原版插图本

堂吉诃德 上

[西]塞万提斯（Miguel de Cervantes Saavedra）◎著

唐民权◎译

El ingenioso hidalgo
Don Quijote de la Mancha

湖南文艺出版社
HUNAN LITERATURE AND ART PUBLISHING HOUSE

博集天卷
CS-BOOKY

图书在版编目（CIP）数据

堂吉诃德：全 2 册 /（西）塞万提斯（Cervantes，M. D.）著；唐民权译 .
—长沙：湖南文艺出版社，2012.5
ISBN 978-7-5404-5468-5

Ⅰ. ①堂⋯ Ⅱ. ①塞⋯ ②唐⋯ Ⅲ. ①长篇小说—西班牙—中世纪
Ⅳ. ① I551.43

中国版本图书馆 CIP 数据核字（2012）第 053264 号

上架建议：青少年阅读·经典名著

堂吉诃德（全 2 册）

作　　者：[西]塞万提斯（Miguel de Cervantes Saavedra）
译　　者：唐民权
出 版 人：刘清华
责任编辑：丁丽丹　刘诗哲
监　　制：张应娜
特约编辑：丁　健
封面设计：张丽娜
版式设计：李　洁
出版发行：湖南文艺出版社
　　　　　（长沙市雨花区东二环一段 508 号　邮编：410014）
网　　址：www.hnwy.net
印　　刷：北京天宇万达印刷有限公司
经　　销：新华书店
开　　本：880mm×1270mm　1/32
字　　数：900 千字
印　　张：28
版　　次：2012 年 5 月第 1 版
印　　次：2018 年 8 月第 5 次印刷
书　　号：ISBN 978-7-5404-5468-5
定　　价：58.00 元（全 2 册）

若有质量问题，请致电质量监督电话：010-59096394
团购电话：010-59320018

译者序
一部个人和社会的冲突史

世人一向以为，塞万提斯的小说《堂吉诃德》初版问世于1605年，然而，有些学者认为，这个时间应该是1604年。据他们考证，1603年，塞万提斯去瓦雅多利德的时候，就随身带了《堂吉诃德》上卷的手稿。次年，他在该地获得印刷权。换言之，自那时起，这部小说就开始在民间流行。据说，作者在给该书命名时，显得有些优柔寡断、游移不定。起初书名为《奇思异想的曼卡乡绅》，到了1605年，也就是人们公认其初版发行的那一年，它的名字有了看似很小但意义重大的变动，成了众所周知的《奇思异想的曼卡乡绅堂吉诃德》，我们一般简称《堂吉诃德》。

《堂吉诃德》发行伊始，即被抢购一空。为满足读者的要求，初版问世的当年竟又再版六次，其中马德里一版，巴伦西亚两版，葡萄牙三版。1607年，欧洲主要国家便有了它的节译本。1613年，托马斯将《堂吉诃德》上卷全文译成英文。1612年至1620年间，再次掀起狂热的《堂吉诃德》出版风。人们断言，《堂吉诃德》的普及程度在当时大概仅次于《圣经》。换句话说，在世俗文学作品中，不管版本的数量，还是译文的种类，它都居于首位。其时，还未曾有哪部文学作品能像《堂吉诃德》那样广泛深入地被世人逐章逐段甚至逐句地加以评论、注释、分析和讨论。至于后世，模仿者竞相而起，续书者更不乏其人。塞万提斯的大作达到了惊人撼世的程度。

一般说来，在一定的历史阶段，一部艺术作品在社会上有如此广泛的影响力是可以理解的。但是，随着时间的流逝，世界发生了变化，其中，衡量事物价值的哲学、伦理学、美学以及政治等标准也相应发生了根本性的变化，而塞万提斯奉献给同代人的《堂吉诃德》却依然享有盛誉，人们不禁会问：这部三百九十多年前问世的小说，当代人读起来仍津津有味且有所得，这是什么缘故呢？

要找到像样的答案，首先要解决下面这个疑问：读者案头上放着的这部《堂吉诃德》是否就是塞万提斯一手创作的？许多专家的考证以及人类文化这笔宝贵的遗产本身都已雄辩地说明，《堂吉诃德》这部杰作如同中国古典名著《水浒传》、《三国演义》一样，并非自始至终完全出自一人之手，而是许多无名氏集体贡献的产物。处于原始状态的素材，正是通过他们的辛勤劳动才渐次成为后来者进行创作活动的出发点。一部文学作品正因此才变得完美动人、丰富多彩，使每个时代每个人都可能从中吸收到新的营养。

说到这里，也许有人会问，一个对未来毫不知情，对以后会出现的人和社会无法预见的人，为什么能创作出像《堂吉诃德》这样一部与世长存的杰作呢？诚然，塞万提斯大概不会想到他的作品会有这样大的影响力。不仅他，就是闻名于世的英国大戏剧家莎士比亚和古希腊"诗圣"荷马也无法预料到他们的作品会产生多大的影响。问题在于，与所有艺术大师和文学巨匠一样，塞万提斯在整个创作过程中始终遵循了"通过个别表现一般，通过具体事物表现抽象概念"的原则。这就使其作品在客观上产生了连他自己也无法想到的，与其本意迥然不同甚至完全对立的信息。

那么，是不是说《堂吉诃德》产生的影响统统归于客观，而作者本身并无目的，或者说没有远大抱负？我完全没有这个意思。事实上也并非如此，塞万提斯不仅有其创作动机，而且相当清楚。

首先，塞万提斯写《堂吉诃德》本身就是为了倡导用散文的形式讲述史诗。这一点，他在小说中作了暗示。他借书中人物教长之口下了一个文学理论的断语。他说，描叙史诗、散文和诗歌具有异曲同工之妙。他不仅坚持这种观念，而且身体力行。在创作《堂吉诃德》时，他根本不顾什么韵律格式，只管将小说的灵魂打入史诗的胸怀。在他看来，散文也好，诗歌也好，这都只是形式，并不触及事物的本质。其次，他在创作这部小说时，不是简单地用散文铺叙史诗，而是竭尽全力地谱写真正的史诗。他将个别和总体紧密结合，熔为一炉，成功地在个人的经历上打上时代的烙印。他在处理个人遭遇和社会环境的关系时，不是使之割裂，而是将二者交织在一起。实际上，他叙述的故事就是一部个人和社会的冲突史。

表面上看，塞万提斯始终把笔墨倾注在那个奇思异想的游侠堂吉诃德身上，把他作为小说的中心人物，似乎书中出现的人和事仅仅属于小说，与现实无涉。其实，他用的是"曲笔"，因为当时发表作品要受到严格检查。在检察官的眼皮底下写作，不拐弯抹角，不耍点花腔，你就休想拿去出版。也许，正是由于这种"曲笔"，才使《堂吉诃德》得以长命百岁、流传至今。而这也使人们对小说产生了神秘之感，把当局的揣测引到了与作者本意毫不相干的地方去了。人们以为作者在攻击骑士文学，而实际上，塞万提斯是在鞭挞旧世界的残渣余孽，揭示封建势力的腐败黑暗。作者在书中暗示，有一种一手遮天的邪恶势力正在动摇刚刚诞生的资本主义。显然，他指的是那个时代的某种社会势力，而非超自然的力量。写到这里，作者的创作目的不是一目了然了吗？

一些自视学识渊博的文人极力贬低塞万提斯的功绩，他们宣称《堂吉诃德》的作者并无学识，塞万提斯根本不懂其作品的巨大意义和价值，他的成功纯属偶然。那么，事实到底如何呢？

《堂吉诃德》问世之初，世人争相购阅、先睹为快，所享盛誉历世不衰，这样的杰作难道会是白痴所为？这部小说总结了前人经验，又为来者开辟新路的事实，也说明它的成功远非运气所致。

　　的确，塞万提斯没有进过高等学府，也没获得过什么学位。然而，这又能说明什么呢？没有上过大学的人就一定没有学问？只有受过高等教育的人才有真才实学？

　　凡是熟悉塞万提斯作品的人都一致认为，他是一位博览群书的好学之士。许多专门研究塞万提斯作品的学者指出，《堂吉诃德》生动的语言、活泼的对话、丰富的谚语以及在描写人物和情节上表现出来的现实主义，都是作者学习前辈作家的结果。注释家们研究的成果表明，书中许多地方都说明，塞万提斯刻苦攻读过西班牙著名诗人加尔西拉索和费尔南多·德·埃雷拉的作品。他在意大利当过四五年兵，对但丁、彼特拉克、薄伽丘、阿里奥斯托等意大利著名作家的作品相当熟悉。从书中不胜枚举的奇闻中不难看出，塞万提斯对古希腊古罗马的名家荷马、柏拉图、塞内加、贺拉斯、维吉尔等的著作也颇为通晓。《堂吉诃德》里改头换面模仿上述作家的情形比比皆是、层出不穷。塞万提斯不拘一格地借助古典作家的宝贵遗产从事创作以及对西班牙民间传说和大众谚语的运用自如，都说明塞万提斯并非不学无术之辈，而是一位学识渊博的文学巨匠。

　　塞万提斯当过兵、打过仗、受过伤、坐过牢，一生受穷，吃尽苦头。艰险困苦的人生经历对他的《堂吉诃德》产生了极大的影响。而博览群书、思维丰富、独具匠心的写作技巧以及对古希腊文、古拉丁文等古典语言的精通，也是他获得成功的不可或缺的因素。

　　有人指责他行文草率，漏洞百出，未免夸张。实事求是地说，书中确有不少错误，甚至败笔。一是因为塞万提斯是个滑稽大王；二是他对不影响实质的细枝末节常掉以轻心。这样，张冠李戴、上下不符的情形就难免发生，比如，本应该王五说的话，却从马六的口中讲出。显而易见，他只注意说的是啥，至于谁说的便不留心了。有人说，也许他是故意搞错，目的纯粹是寻开心。是否如此，当然还值得研究，不过，这也能看出他对骑士文学嘲弄到何等地步。不管如何解释，书中的谬误之处终究是客观存在的。然而，同整部作品相比，只能算白璧微瑕，属于细枝末节问题。《堂吉诃德》作为世界现实主义杰作所享有的崇高地位绝不会因此有丝毫的动摇。

唐民权

El ingenioso hidalgo

堂吉诃德 上 *Don Quijote de la Mancha*

主要人物表
The main characters

堂吉诃德

小乡绅，五十来岁，瘦高个。读骑士小说入迷，竟扮成骑士，驾匹瘦马，挥支破枪，闯荡江湖，替天行道。结果做出种种荒唐事，令人笑掉大牙。可清醒时却十分理智，论及世间道理，条理分明，颇有见地，好似一部百科全书。

桑丘·潘沙

贫苦农民，模样矮胖，为得好处当了堂吉诃德的侍从。骑头灰驴，陪伴左右，忠心耿耿。谚语俗话，张口就来。天真、可爱又实在。

温柔内雅

堂吉诃德邻村村姑，劲大声高，长得粗壮，有如小伙儿。原名阿东莎·洛嫩索。堂吉诃德按骑士道的规矩，要有一位美女做心上人，便将其选中，并以此为名，而她自己并不知晓。

稀世驽驹

堂吉诃德的马，浑身毛病。堂吉诃德认为自己已是赫赫有名的骑士，胯下的马自然是匹良驹，便给它起了此名。他认为这个名字既高雅又响亮，一听就猜得出，它原是一匹驽马，而今已成为同类中的精英。

佩罗·佩雷斯

堂吉诃德同村神甫和好友。为治好堂吉诃德的疯病，费尽心机。

尼古拉斯

理发师，堂吉诃德的好友。为治好堂吉诃德的病，与神甫一起焚烧堂吉诃德的骑士书。

参孙·卡拉斯科

堂吉诃德同村街坊，硕士。为治好堂吉诃德的疯病，几番用计，终于使之答应回乡，不再出游。

目录
CONTENTS

目录
CONTENTS

目录
CONTENTS

致贝哈尔公爵

吉布拉莱昂侯爵、贝纳尔卡萨尔和巴尼雷斯伯爵、
阿尔科塞尔镇子爵、卡皮利亚、古列尔和布尔吉利奥斯诸村领主：

　　大人一向扶持优秀文艺，对格调高雅、不趋时媚俗者，尤加
赏识，小可无限崇敬。今不揣冒昧，恳求大人恩准，给予庇护，使
拙著《堂吉诃德》，能借阁下盛名出版发行。在下这本小书，非在
高楼美室内制作，又少媚人的华丽外表，实难与博学高才之作相匹
敌，不免横遭自以为是者的口诛笔伐。此类小人，专事批驳，不讲
公正，若无大人垂庇，拙著恐难有出头之日。区区此心，望大人明
鉴。谨献微薄，以表愚诚，望莫嫌弃。

　　　　　　　　　　　　　米格尔·德·塞万提斯·萨阿维德拉

　　悠闲的读者，我为这本书费尽了心血，它是我头脑生出的儿子，我希望它聪明漂亮，前程远大。此情此愿，不用指天发誓，想必您也不会怀疑。可有其父必有其子，我想违背这条自然法则，也是心有余而力不足啊。在下才疏学浅，头脑愚笨，又赶上正坐班房，造出的玩意儿，实难丰满端庄，漂亮好看，只能是有皮没肉，古里古怪，像个瘪三。牢房这种地方，除了粗言恶语，就是刺耳噪声，处处令人心烦。如果生活安闲，环境优雅，天气晴和，耳听清泉，面对原野，心情畅快，就是无生育能力的文艺女神，也可以身怀六甲，生出令世人惊叹叫绝的宝贝。但有些当爹的，爱子心切，近于昏聩，明明儿子又笨又丑，却夸他聪明伶俐，仪表堂堂。我说起来是《堂吉诃德》的爸爸，其实只是个后爹。亲爱的读者，我不喜欢趋时媚俗，学别人的样儿，恨不得眼泪汪汪，哀求您高抬贵手，放犬子一马，别揭他的短，出他的丑。您和他非亲非故；您的脑袋就长在您自己的脖子上；您聪明绝顶，自有主张；您是在自己家中，可自主决定，就如同国王收税一样；您也知道这句俗话："蒙上大衣，敢杀国王。"总而言之，您不必犹豫，好就是好，坏就是坏，想怎么说就怎么说。说好听的，没人给钱，骂上几句，也无人责怪。

　　我真想只讲故事，不搞花样，装点门面。就是说，既不写前言，自吹自擂，也不弄一大堆诗句，往脸上贴金。跟您说吧，写这本书不易，搞这篇序言更难！为了写它，我拿起笔又放下，放下又拿起，不知折腾了多少次。为啥？不知从哪儿下笔。有一天，我耳朵上夹着笔，胳膊支在桌子上，手托着腮帮子，眼珠子盯着摊开的稿纸，正挖空心思，琢磨从哪儿下手呢，突然来了一位朋友。他见多识广，诙谐幽默，看我在那儿发愣，就问何故。我直截了当地告诉他，我正冥思苦想，为堂吉诃德的传记作序，感到十分棘手，苦不堪言，真想就此罢手，甚至连这位大骑士的英雄业绩也不想公之于世了。"我这本书内容贫乏，文笔艰涩，缺少新意，既无旁注，又没注释，读来无味，如同嚼蜡。我默默无闻多年，早被人遗忘，现在一大把年纪了，却跑出来写这一部传记。芸芸众生历来是书籍的判官，一想到他们的评头论足，我就不寒而栗。我见过许多书，荒诞不经，俗不可耐，却处处引证亚里士多德、柏拉图等哲学家的警句和格言，读者见此无不肃然起敬，大赞作者博学多才。他们引证《圣经》，十分熟练，左右逢源，仿佛是大神学家圣托马斯再现。上句描述恶人放荡，下句紧跟着一道基督训诫，真是十全十美，无懈可击，令人爱不释手，心旷神怡。而我这本书，无旁注，无注释，更不知引用了哪些名士的话。人家写书，卷首一般都开有一张清单，把引用的作者按字母排列顺序，写在上面，从亚里士多德一直到色诺芬和索伊洛或宙克西斯，也不管这后两位，一个擅长骂人，一个只会画画。[①]我的书头几页也没什么诗，起码没有公爵、侯爵、伯爵、主教、贵妇和什么大诗人为我作诗。不过，我的朋友中有会作诗的，只要我开口，他们肯定会鼎力相助，写出的东西也准会超过国内一流诗人的水平。"我接着说，"总而言之，老兄，我决定暂且将堂吉诃德先生打入曼卡的文献柜，等上天派人把所缺的花样给他装点完毕再说。我才疏学浅，又生性懒散，实在不愿为这些自己能做的事求告他人，故而在此发愣。"

朋友听罢，以手击额，朗声大笑，说道："老兄，我们交往多年，一直以为你精明能干，今天才发现，并非如此。你一向老谋深算，所向披靡，从无难题，目下这等小事，岂在话下，怎么竟如此熬煎，束手无策？容我直言，你哪里是无能，完全是你不愿动脑，怕费工夫。堂吉诃德，游侠中的精英，骑士里的典范，名震遐迩，无人不知，你竟顾虑重重，优柔寡断，甚至不敢将其光辉业绩公之于世，让世人大饱眼福，实在令人百思不解。不过，我愿帮你一把，给你分析

① 色诺芬：古希腊历史学家。索伊洛：古希腊批评家。宙克西斯：古希腊画家。

分析，保你听了如梦方醒，豁然开朗，顾虑全消，难题迎刃而解，欠缺立刻补上。"我听了立即回说："愿闻其详。"他接着说："你操心的头一件事是正文前没有显贵们的捧场诗，对不对？这有何难？你自己写上几首不就得了？署名还不容易？就写印度国王胡安，写特拉皮松达皇帝也行。跟你说吧，这两位还真是诗人，而且名气不小呢。万一不是这么回事儿，引起学究们背后冷嘲热讽，骂你胡扯，你就来个听而不闻，不加理睬，他们能把你怎样？就算他们内查外调，证据确凿，给你定个撒谎大王的罪名，也不能把你写字的那只手剁下来，是不是？

"其次是引文和旁注，你不是对这方面也挺犯愁吗？实话对你说，这也易如反掌。该引经据典的地方，你就大胆往上写。拉丁名言你总记得一些吧？实在想不起来，临时查一下，也不碍事。比如，提到自由和奴役，就用这句话：

> 自由换黄金，有害无益。

"然后旁注此语出自贺拉斯或某某，反正谁说的就写谁呗。要是说起死神的厉害，就用这句：

> 死神践踏平民的茅屋
> 也摧毁帝王的楼阁。

"如果讲到上帝要世人对仇敌也友爱，你就去翻《圣经》，上帝有道现成的圣旨摆在那儿供你引用：我告诉你们，要爱你的敌人。倘若谈及恶念，就引证《福音》中的一句话：从心里发出来的恶念。要是说朋友不可靠，把加东① 那两句诗拿来正合适：

---

① 加东：罗马政治家、演说家。

得意时，亲朋如云；

落魄时，无人问津。

　　"你这儿写一句那儿写一句，人家还以为你是拉丁文专家呢。现今这世道，有了名儿，利就来了，所谓利随名至嘛。至于书尾注释，也有办法解决。比如，你在书里提到什么巨人，就给他起个名儿，叫歌利亚，歌利亚特也行。这不难吧？然后，你就给这个歌利亚来一大段注释，就说：'据《列王记》，巨人歌利亚或歌利亚特，非利士人，牧人大卫乱石将其砸死在特雷宾托山谷。'再查一下出自第几章，写上就行了。

　　"假如你想显示自己通晓地理，就设法提到塔霍河，这样，你又有了一条绝妙的注释：'塔霍河，因西班牙某国王而得名，源自何地，沿名都里斯本城墙，注入大西洋，相传河底有金沙，等等。'如果讲到盗贼，我可以给你聊聊卡科，他的那些鼠窃狗偷之事，我了如指掌，背得滚瓜烂熟。要是说到妓女，就找蒙多涅多主教，他可以把拉米娅、拉伊达和费洛拉借你一用[1]，然后给她们一一加注，那你就更有名了。至于狠毒的女人，现在就有奥维德和美狄亚[2]。讲巫婆，荷马有卡吕普索，维吉尔有喀尔刻。[3]描写英勇的将领，恺撒在《高卢战记》和《内战记》中对自己的叙述就是范本，此外，普鲁塔克[4]的书上还有上千个亚历山大呢！如果写爱情，只要你多少懂点托斯卡纳语[5]，想写多少注释，就能在莱昂·埃布雷奥[6]那儿找到多少。你要是不喜欢外国的，咱们国内就有现存的，丰塞卡的《上帝之爱》就是这方面资料的摘要大全，可供你和其他才子随意引用。

---

① 拉米娅等三人系蒙多涅多《书信集》中提及的妓女，均为当时罗马帝国高官或所属国国王的情妇。

② 美狄亚：希腊神话中的女巫，也是奥维德《变形记》中的人物。

③ 卡吕普索：希腊神话中的女巫，也是荷马《奥德赛》中的人物。喀尔刻：希腊神话中的女巫，也是罗马诗人维吉尔作品中的人物。

④ 普鲁塔克：罗马作家。

⑤ 托斯卡纳语：意大利语。

⑥ 莱昂·埃布雷奥：葡萄牙犹太大人，著有意大利语文集《爱情对话》。

简而言之，只要你在书中提到这些人的名字，或者点一下他们干的那些事，哪怕只沾点边呢，注释引文我就全包了。我对天发誓，向你保证，一定把每一页的空白写满，另在书末用四大张纸注释。

"现在再来说说参考书作者名单的问题。你刚才说，这个玩意儿别的书都有，唯独你的没有，对不对？这不难解决。找一本作家花名册，按字母顺序排好，抄一份附在书前，不就行了？这不是弄虚作假吗？没错。因为你根本没必要参考引证那么多的作者。你不必紧张，更用不着为这烦恼。那些天真到家的傻蛋，还真没准儿把这当真了呢？即使没这样的家伙，至少也会抬高书的身价，是不是？再说，你参考没参考这些作者的书，人家管得着吗？跟你说吧，谁也不会没事找事，去考证这些玩意儿。其实，说了半天，我倒认为，你说的那些装点门面的东西，全无必要。你写这本书，不就是为了反对骑士小说吗？谁见过这类书？亚里士多德也好，圣巴西里奥也好，还有西塞罗①，他们都没见过。里面那些奇思怪想，用不着一一核实，无须星象观测，几何证明也纯属多余，雄辩和解释更是一堆废话。这种书，出自糊涂的脑袋，乃人间与神界的混合。你只要做好一件事就行：把虚构的人和事，尽量刻画得真切。你在这方面干得越好，你的书就越吸引人。你写书的目的就是清除骑士小说在人世间的影响，还有必要去引用哲人的格言、《圣经》的教诲、诗人的胡扯、辩才的演说、圣徒的奇迹吗？最要紧的是：文字通俗易懂，情节生动抓人；发愁的读了愁云顿消，高兴的看了喜上眉梢；聪明的叹为观止，愚笨的不厌不烦；正经人不视之无聊，谨慎者连声称赞。总之，你要下定决心，排除万难，把骑士小说那一套玩意儿，坚决、彻底地扫除干净。这类小说，厌恶者固然不少，但喜欢它的也大有人在。你如能将其完全消除，那功劳就大了！"

我一直静悄悄地听他讲。他的话句句在理，我完全赞同，毫无异议，决定照他的意思撰写序言。亲爱的读者，您读了就知道他有多么聪明；我有多么走运，能在束手无策时得到他的及时帮助；您有多么幸福，有机会读到《堂吉诃德》这样朴实无华的好书。蒙梯尔一带的村民说，像堂吉诃德这般忠贞不贰

---

① 圣巴西里奥：古希腊东正教主教。西塞罗：古罗马政治家、学者和作家。

的情人，这样英勇无敌的骑士，已有多年不见了。其实，我把这位出类拔萃、可叹可敬的骑士介绍给您，并没有什么了不起，真正值得您对我说声"谢谢"的，倒是我奉献给您了他的侍从桑丘。这个桑丘集中了无聊骑士小说中各类侍从的滑稽，是同行里的精英。就写到这儿。愿上帝赐您健康，也送我一个好身体。再会。

读骑士走火入魔 扮义侠首次出游 | 第一章

　　话说曼卡地方上有个村庄，叫啥就不提了，单表这村上，不久前住了一位乡绅，家里养了一只猎狗、一匹瘦马，藏有一面古盾，还有一支长矛，就插在枪架上。

　　这位乡绅平素吃饭，中午多为杂烩，里面牛肉多，羊肉少。晚上常是剩肉拌葱头。周五吃扁豆，周六是鸡蛋和腌肉。礼拜天，改善改善，添只野鸽儿。这就把一年收入吃掉了四分之三。逢年过节，下身绿绒裤、绿绒鞋，上身披一件黑呢子无扣大衣。平日他也体体面面，穿一身本色粗呢子衣服。剩下的钱便花了个精光。家里还有两位女士，一位是管家，已年过四十，一位是乡绅的外甥女，尚不足二十岁。雇来的一个仆役，给他鞴鞍套马，当随从跟班，帮他修整果园，下地干活。

　　乡绅年近半百，体格硬朗，长得干瘦。他喜欢起早，爱好打猎。有人叫他吉哈达，有人称他吉沙达。真要考证，恐怕应叫吉哈那。其实，他叫啥没有多大关系，只要咱们不瞎编，照实讲就行。

　　老人家一年四季，忙时少，闲时多，闲得没事，就看骑士小说，日子一长，就上了瘾，入了迷，一天不看都不行。这样看来看去，猎也不打了，甚至连家业也丢在了一边。他一天到晚心里想的、嘴上说的，全是小说里讲的那一套。到后来，竟卖田卖地，把能搞到的骑士小说统统买回家。他最中意意大利作家费利西亚诺的作品，那真是要文采有文采，要幽默有幽默，曲里拐弯的，写得可神了。特别是书中的那些情节和战书，他更是佩服得五体投地，视为珍宝，像什么"你以无理对我之有理，我有理也变无理，我恨你美也便有理"。还有什么"苍天崇高，崇高得借星宿使你更崇高；苍天伟大，伟大得令你的伟大得到应有的伟大"。

可怜的老头儿，叫这些莫名其妙的话搅得迷迷瞪瞪，糊里糊涂。他百思不解，却硬要绞尽脑汁，去猜这话中之话。亚里士多德学问大不大？就是把他老人家从阴曹地府里请回来，对这也只能是干瞪眼，一筹莫展。乡绅认为，写堂贝利亚尼斯打伤人家就行了，何必又画蛇添足，说他自己也挨了打受了伤呢？要知道，即使遇上外科高手治好了他的伤，也免不了要落下一脸的疤。幸好作者声明：故事未完，还有下文。他这才松了一口气。他对作者留这么一手，十分欣赏，自己也奇痒难耐，好几次差点儿动笔替作者代劳，续写故事，结果都叫一桩更要紧的事情打消了念头。要不是那件事使他牵肠挂肚，他真的会写，也一定写得出来。

本村神甫，是西圭沙大学的毕业生，很有学问。乡绅和他经常争论哪个骑士更厉害，是帕尔梅林，还是阿马迪斯？村里的理发师说，还是太阳骑士厉害，能和他对阵的，除了堂加拉奥尔，再无别人。堂加拉奥尔是阿马迪斯的兄弟，为人爽快，勇敢善战，能屈能伸，也不像他哥那样动不动就哭。

乡绅就这样一门心思地只顾读他的骑士小说，白天读，晚上看，少睡觉，甚至根本不睡觉，读来读去，把脑子读糊涂了，整天价念叨的就是书上那些乱七八糟的玩意儿，什么魔法、打仗、调情、恋爱、痛苦，等等。这本来都是胡扯，他全当成了真事。他说，熙德不简单，是个了不起的骑士，但跟人家火剑骑士一比，就不行了；那个火剑骑士可是厉害，只反手一剑劈过来，两个凶残的巨人便立即身首异处；他最佩服贝纳尔多，这位骑士学大力神赫拉克利斯杀地神儿子安泰的样儿，用双手把有魔法护身的罗尔丹举起，将其扼杀致死。他十分欣赏巨人摩干特，因为摩干特的巨人家族个个狂妄自大，不可一世，唯独他待人和气，有些教养。不过，真正令他心服口服，竖大拇哥的，还要说是雷纳尔多斯，这个骑士冲出城堡，逢人便抢，遇物便夺，还跑到海外，盗回据说是金铸的穆罕默德像。对奸贼加拉隆，他咬牙切齿，无比仇视，恨不能立刻抓到手里，狠揍乱踹一顿，就是为此赔上女管家，再搭上自己的亲外甥女，也心甘情愿，绝不反悔。

总而言之，他完全没了脑子，整日胡思乱想，疯言疯语，简直比真疯子还

疯。他要做游侠骑士，顶盔贯甲，手持武器，跃马扬鞭，走遍天下，冒险闯荡，抑强扶弱，除暴安良，排除万难，克服千险，将书中游侠的种种业绩，一一予以身体力行，以求功成名就，万世流芳。他想，这既为国家出了力，又替自家扬了名，公私兼顾，何乐而不为呢？对，一定要干！我们这位乡绅竟梦想单枪匹马包打天下，出人头地，最不济也要弄个特拉皮松达的皇帝当当①。他想到这里，心花怒放，说干就干。

他动手干的头一件事，就是找出祖上传下来的那套盔甲。这套玩意儿扔在旮旯里不知有多少年了，早就锈迹斑斑，不成样子。他倒不嫌，想方设法，费了好几天的傻劲儿，才把盔甲擦洗干净。可又发现顶盔上缺了面甲，没面甲脸拿什么护住呢？得解决这个难题。他左思右想，竟别出心裁，找了块硬纸板，三下五除二，做了个面甲。他把面甲安在顶盔上，拔出宝剑就朝上面砍，看自己弄的这玩意儿顶不顶用，能不能经得住刀枪的考验。谁知，一剑下去，他费了一周的心血和力气，就全付诸东流了。乡绅气得要命，但并没泄气，又动手做了一个。这回，他多了个心眼，找来一块铁皮在里面当衬。做完之后，他坚信自己的作品不但坚固耐用，而且工艺也是一流的，绝对万无一失，决定给予免检。这样，他便有了一个完整无缺的头盔，就是说，既有顶盔，又有面甲了。

头盔解决了，他就去看自己的那匹马。那马，蹄子上的裂纹比一块银元能换到的小钱还多几文，满身的毛病，连哥内拉②的那匹驽马都会自叹不如。可咱们这位乡绅不这么看。在他老人家眼里，不管是亚历山大的名驹布塞洛，还是熙德的宝马巴比埃卡，都不能和他的坐骑相提并论，同日而语。他用了四天的工夫给它起名儿，心想，我现在已远非昔比，乃赫赫有名的游侠骑士，我这匹马原又是匹良驹，不给它起个响当当的名字，实在说不过去。我要这个名字一听就知道他当年的品位和如今的身价。主人鸟枪换炮，它也该另起炉灶，得个好听的雅号，既不亏了它自己，也配得上主家的声名。他百般设计，千般斟酌，绞尽脑汁，多次筛选，最后才拿定主意，给马起了个名儿，叫"稀世驽驹"。他认为这个名儿

① 特拉皮松达：中世纪欧洲小国，属希腊帝国。
② 哥内拉：15世纪意大利滑稽家。

既高雅又响亮，一听就猜得出，它原是一匹驽马，而今已成为同类中的精英。

他给马起了这样中意的名字，也想给自己找一个好名儿。反复考虑，用了八天的时间，决定自称"堂吉诃德"。也许就是因为这个，本书作者才断定，他叫吉哈达，而不是其他人主张的吉沙达。阿马迪斯觉得光叫这个名儿总好像缺点什么，就在原名之后加上了国名，叫阿马迪斯·德·高拉，算是为国增光。咱们的老绅士要当货真价实的游侠骑士，也学阿马迪斯的样儿，把家乡的名儿安在刚起的名字后，称堂吉诃德·德拉·曼卡。他认为，有了这个名儿，一可让人家知道他是何方豪杰，二来也替家乡扬了名儿。

盔甲洗好了，顶盔成了头盔，他和马也都有了大名，但美中不足的是，还缺个意中人。游侠骑士没有情人，就等于树木没有果叶，躯壳没有灵魂，这哪儿行呀？！他心想：游侠骑士常遇见什么巨人，我要是倒霉催的，也可以说走了红运，碰上这样的家伙，双方交起手来，最后我把他打翻在地或一劈两半，简而言之，我打败了他，降伏了他，那我就可以命他去见我的心上人，叫他跪在我那美人儿脚下，恭恭敬敬，低声下气，向她禀告："小姐在上，小人是傻大个儿卡拉库良布洛，在马林德拉尼岛上称王，方才被盖世英雄堂吉诃德降伏，骑士老爷命我前来叩见小姐，听候差遣。"想到这里，乡绅十分得意，稍后定下意中人，更是乐不可支。据说，他的确看上过邻村的一位漂亮姑娘，但人家并不知情，更没在意。那姑娘叫阿东沙·洛嫩素。乡绅定下的心上人便是她。他想，要给她起个好名儿，既要和她原来的名儿相差不远，又要带点公主贵妇的味道，最后决定叫温柔内雅·德尔·托博索，托博索是她住的那个村子。他觉得这个名字，跟他给自己和马儿取的名字一样，那么好听，那么不同凡响，那么意味深长。

第二章　认娼做良真好笑
　　　　　　　指店为城实荒唐

　　堂吉诃德一切准备停当，就迫不及待，想即刻上路。他要走江湖，闯世界，为国兴利除弊，为民铲暴申冤，救众生于水火，降甘霖于世间，如拖延时日，迟迟不行，恐有愧于天下。于是，他不顾七月盛夏，选了一天，不等太阳出来，就起身准备。全身披挂完毕，他就一手挎盾，一手持矛，骑上稀世驽驹，出了院子后门，扬长而去，径自走到村外。出门的事他没对任何人讲，也没人看见他出门。开头就这么顺当，他心中十分得意。他踌躇满志，心花怒放，得意扬扬。忽然，他想起还有一件大事没办。什么大事？原来他还没有被封为骑士。按骑士道的规矩，没有骑士头衔就没有资格和别的骑士交战。即使他现在有了资格，也只能用白盔白甲，因为新骑士都是如此，再者，盾牌上也没有什么徽号，而这徽号是要靠奋勇杀敌才能得到的。他这么一想，差点儿打道回府，叫这刚起步的事业夭折。幸好他早就没了脑子，疯劲一上来，哪管什么规矩不规矩。他当下决定，碰上谁，就叫谁封他做骑士，他读的那些骑士书，好多人就是这样当上骑士的，他这样做不算歪门邪道。至于白盔白甲，他也有法子应付。他打算闲下来就把身上这套盔甲擦得比银子还白。难题一个个迎刃而解，他这才把心放下，信马由缰，继续前行。他认为只有自然而然碰到的事才算真正的奇遇、地道的冒险。

　　我们这位刚出炉的冒险家，边走边自言自语：

　　"我的英雄业绩迟早会世人皆知，给我立传的博学才子一定会这样描述我的首次出游：

"金色的太阳，把它美丽的金发，在广阔的土地上展开。玫瑰色的黎明女神，从软床上起身，暂离爱吃醋的夫君，闪现在曼卡一家家门口、一户户阳台上。五彩斑斓的鸟儿啼声婉转，迎接着朝霞。我们鼎鼎大名的骑士堂吉诃德，就是在这样一个美好的时刻，钻出了温暖舒适的鸭绒缎被，跳上他的宝马稀世驽驹，在古老的蒙梯尔原野上信马由缰，缓缓而行。"

您还别不信，他老先生还真是在那儿缓缓而行呢。他接着又说：

"我的英雄业绩，值得镂在铜鼎上，刻在大理石上，画在木板上，以传后世，万古不朽。我的英雄传记问世之日，就是世人幸福之时。啊！这部传记非比寻常，一定是由博学的魔法大师执笔。拜托，拜托，不管您是哪一位，千万别忘了写我的好马稀世驽驹，我和它相依为命，一刻也不能分离。"

接着，他又以货真价实的情郎哥的口气，说：

"啊，温柔内雅，你是我心灵的主宰！你严禁我一睹你的芳容，撵我，骂我，不免对我太狠了吧？我的小姐，我的公主，为了爱，我甘愿受这折磨，为了讨你的喜欢，我的心由你差遣。此情此意，小姐千万不要忘怀！"

他还说了一大堆别的昏话，全是从书上搬来的玩意儿。他说得多，走得慢，可太阳该多快还多快，没多久就升上了天，光芒好似烈火，幸好他没脑子，要不，那脑袋瓜早化成一摊水了。

他走了快一整天，什么大事也没碰上，实在感到扫兴。他多想立刻遇上个人，好显示一下自己的武功和力气。据说，他头回冒险是在拉皮塞山口，又有人讲，是大战风车那一次。不过，据本人考证，曼卡地方志也这样记载，那天他白白地走了一天，到天黑时，已是人困马乏，饥肠辘辘。他东张西望，盼着能望出个什么城堡或牧人草棚，好上那儿吃点、歇会儿。说来也巧，竟发现路边不远有个客店。对他来说，那哪是什么客店，简直称得上黑暗中的一颗明星！这颗明星引他去的地方，绝不是耶稣降生的那类牲口圈，而是救他出苦难的城堡啊！

他急如星火，朝那个地方奔去，等到了那儿，已是夜色四合。客店门口当时站着两个女人，就是做皮肉生意的那类货色。她们准备和当晚投宿客店的几个赶脚的搭伴去塞维利亚。我们这位冒险家把他想的和看见的，统统和书上读到的那些故事挂上了号，所以，眼前明明是个客店，他却硬认做城堡，还想象周围有四座塔楼，塔楼的尖顶在闪闪发光，甚至书上描写的壕沟、吊桥等，这里也一应俱全。于是，他催马径自朝他所谓的城堡其实是客店奔去。看看就要到了，他勒住马，想等侏儒在城堞间吹响号角，报告有骑士光临。可等了好半天，啥动静也没有。稀世驽驹可不管这一套，它早就惦记去马房吃点喝点，驮着他一溜烟就跑到客店门口。门口那儿站着的明明是两个妓女，他却一口咬定是美貌的小姐和迷人的贵妇。就在这个当口，有个猪倌吹响了牛角，通知手下的那群猪们，集合时间已到，别再在人家地里游荡、找食了。堂吉诃德一听，乐不可支，没错，一定是哪个侏儒在通报他的驾到。他心满意足，一脸的欢喜，催马走到客店门口。那两个女人看见他顶盔贯甲，手持矛盾，吓得就要往店里跑。堂吉诃德知道她们害怕，赶忙掀开面甲上的护眼，露出那张满是灰土、又干又瘦的脸，文质彬彬，十分有礼貌地说：

"二位女士不用害怕。在下乃是骑士，非礼不为，更不用说对您二位这样的闺秀淑女了。"

两个女人上下打量着他，四只眼睛只顾在他那张叫硬纸面甲遮盖的脸上转来转去。她们一听"闺秀淑女"这四个字，都忍不住笑了。堂吉诃德大惑不解，说：

"美人举止庄重为好，动不动就笑，实在不够雅观。我不是故意要二位小姐难堪，是真心实意替你们着想。"

两个女人听了他这两句话，再看看他那副怪相，笑得越发厉害。堂吉诃德勃然大怒。幸好，这时店主走了出来，否则，还真不知道会闹出什么大事来呢。店主是个大胖子，人说心宽体胖，胖人都有一个好脾气。他见堂吉诃德脸上蒙的玩意儿，身上披着的盔甲，手中拿的长矛、盾牌，还有马缰等，都不般配，差点儿也笑起来，但一想这家伙到底是一身骑士打扮，还是小心为妙，就立刻赔着笑脸，上前招呼道：

"这位骑士先生，是不是要在敝店投宿？在下不敢撒谎，本店啥都不缺，就是缺床。"

在堂吉诃德眼里，店主就是城堡长官。他见城堡长官对他如此和气，就说："城堡长官大人，我怎么都行。您知道吗？对我来说，盔甲就是衣服，打仗就是休息。"

店主听了，还以为堂吉诃德把他看成了卡斯提亚良民[①]，其实他是安达卢西亚人，老家就在圣路卡海边，是个地地道道的贼，比学生娃和小听差还坏。他对堂吉诃德说：

"听您的意思，您的床就是大石头，您睡觉就是睁着眼。那就请先生下马，敝店包您满意，别说一宿，就是一年，也能叫您闭不上眼。"

说着，就上前扶镫，侍候堂吉诃德先生下马。乡绅那天起床后一口东西没下肚，饿得差点儿连下马的劲儿都没有了。

堂吉诃德下了马，吩咐店家用心照看他的马，说他的稀世驽驹举世无双，天下第一。店主上下打量那马，看了又看，认为堂吉诃德言过其实，过于夸张，水分起码超过一半。他把马牵到马房安顿好，又转回来问客人还有什么别的吩咐。这时，那两个姑娘已和客人言归于好，正帮他脱盔卸甲呢。她们帮他脱下胸甲和背甲，但死活卸不下那个七拼八凑的头盔和护颈，原来头盔和护颈都用丝带子系住，打的都是死扣，不用刀子剪，根本取不下来。可堂吉诃德死活不让剪。怎么办？他只好戴着那两个玩意儿过夜了。那滑稽样子您根本想象不出来。

堂吉诃德认做闺秀的那个女人给他脱盔甲的时候，他打趣道：

> 堂吉诃德方到此，女士纷纷款待他；
> 在旁侍候有小姐，公主照看他的马。
> 游侠骑士有千万，谁不夸他福气大。

"二位女士，我的马叫稀世驽驹，堂吉诃德就是在下的名儿。原想为两位小姐立下功劳再报姓名，谁知触景生情，一时冲动，竟步朗斯洛特那首歌谣的韵律，胡诌了几句，才提前报了鄙人的姓名。不过，来日方长，我为小姐们效劳的时候还多着呢，到时候看看在下的武功，就明白我是多么乐意追随二位、侍候二位了！"

那两个女人从未听过这类话语，不知如何回答，就故意打岔，问他要不要吃

---

① 城堡长官，原文castellano，这个字又是卡斯提亚人的意思，故店主有所误会。

点什么。堂吉诃德说：

"什么都行。我还真有点儿饿了。"

那天正巧是星期五①，店内只有几份鱼。这种鱼，在卡斯提亚叫鳘鱼，在安达卢西亚叫鳕鱼，有的地方叫长鳕鱼，有的地方叫小鳟鱼。店家问他喜不喜欢吃这种鱼。堂吉诃德说："小鳟鱼多来几条就顶得上一条大鳟鱼，八枚小银币和一块值八个银币的银元也没有什么两样，所以，小鳟鱼和大鳟鱼对我全一样。没准儿小鳟鱼味道更好。为什么这么说呢？因为小牛的肉比大牛的好，小羊的肉比大羊的强。哎，管它是大的还是小的，赶紧给我端上来！我都饿得快撑不住这身盔甲了。"

门口风凉，饭桌就摆在那儿。店主拿来一份腌鳘鱼和一个面包。鱼咸得没法下口，做得更糟，面包黑得要命，还都发了霉，跟堂吉诃德穿的那身盔甲一样。看这位骑士吃饭，大牙都要笑掉。他戴着头盔，没人帮他，饭就吃不到嘴里，只好叫一个姑娘把吃的往他口里送。喝酒咋办？店主有办法。他找来一根芦苇，一头插进堂吉诃德的嘴里，另一头往里灌酒。要不是店主，他那天就啥也甭想喝了。这位老兄什么罪都能受，就是千万别剪断系在他头盔上的那根带子。这时，店里正巧走进来一个阉猪的，刚跨进门槛，就把芦笛吹了四五声。他一听心中大喜："我确确实实是在一座有名的城堡里用餐呢，而且，还有音乐伴奏。"眼前的鳘鱼就是大鳟鱼，面包是高级面包，妓女是贵妇，店主是长官。他觉得这次出行的决断实在是英明、伟大。但美中不足的是，还有一事令他心烦：他尚未授封骑士。没有这个头衔，就不能名正言顺地闯天下、搞冒险呀！

① 天主教的斋日，禁食肉，但可吃鱼。

骑士授封心想事成
马夫挨打无端受辱

话说堂吉诃德一心惦着授封骑士的事，匆匆吃下那顿简单的晚饭，就把店主叫到马房，关上门，"扑通"一声，跪倒在地，恳求道：

"骑士英雄在上，小可有一事相求，如蒙垂爱，慨然应允，英雄美名定会传播四方，天下也将因此得福，否则，我就长跪不起。"

店主见他如此动作，又这般讲话，竟一时没了主意，看着他发愣。后来才明白是怎么回事儿，就请他起来说话。堂吉诃德死活不肯，店主又动手去拉，仍无济于事，只好答应。堂吉诃德起身后对店主说：

"先生果然豪爽。其实，在下只求您明天封我做骑士。有了这个名分，我才能光明正大地去锄奸扶正，抑强救弱，干一番事业。承蒙先生应诺，我今晚就在贵城堡小教堂守护盔甲，明儿一早，您就可封我为骑士。"

前边说了，店主可不是傻瓜，而且十分狡猾，他早疑心这位客官脑子有点儿不正常，听了堂吉诃德的话，知道自己猜得不错，就故意顺竿爬，等晚上好拿着疯子取乐，便对堂吉诃德说，他的要求合情合理，他长得仪表非俗，一定是个高贵绅士，有远大志向，实属应当。还说什么自己年轻时也干过这类露脸的事，去过许多地方，比如马拉加的晾鱼场、里亚兰岛、塞维利亚的领地、塞哥维亚的市场、巴伦西亚的橄榄林广场、格拉纳达的环行路、圣路卡码头、科尔多瓦的小马区以及托莱多的客店，等等①。他在这些地方，勾引寡妇、糟蹋姑娘、拐骗孤儿，干尽了坏事，几乎全西班牙的官府和法院都知道他的大名。后来他躲在这座城堡里，靠自己和别人的财产度日。他接纳八方骑士，四路游侠，不为别的，只因喜欢英雄，爱戴豪杰，当然也指望别人报答他的一片真情，给他点钱财。最后他才说，城堡内原有一座小教堂，可惜拆了，新的还没有建。实在需要，在院子里守盔护甲也不是不行。要是上帝保佑，明儿一大早就可举行授封仪式，成全堂吉诃德的心愿，使他变成响当当、硬邦邦的游侠骑士。

店主问堂吉诃德身上可有现钱。堂吉诃德说分文没有，因为骑士小说里没写过这类事情。店主说他完全弄错了，说游侠骑士随身带现钱和换洗衬衣是不言而喻的事情，书中根本不用提，换句话说就是，书上没写的，并不等于没有。他说，游侠骑士出门都要带钱，还有衬衣和油膏什么的，以备不时之需。在荒郊野外受了伤咋办？如果你有位魔法师朋友，那当然没问题，他知道你负伤，自然会赶去帮你，比如派一名仙女或一个侏儒，带瓶圣水，驾一朵祥云飞到你身边，把圣水滴一滴在你口中，你就会完好如初。可要是没这样的朋友，你就得靠自己了，所以要带上钱和软布、油膏一类应急的东西。古时，这些东西都由侍从带着，没侍从，那就只好由骑士自己受累了。这些东西都放在一个褡裢里，褡裢横放在马鞍后，看不出是钱袋。其实，谁也不想带这些玩意儿，还不是为了应付意外吗？末了，店主说，他马上就要当堂吉诃德的教父，完全可以命令他，但只想再提个醒儿，以后再出游，千万别忘了带上刚才说的那些东西。

堂吉诃德满口答应，然后就按店主说的，去客店的一个大院子里守护盔甲。院内有口井，井边是个石槽，他把盔甲搁在上面，然后一手握盾，一手持矛，在石槽前走来走去，那架势十分了得。

店主把堂吉诃德的事全讲给店中的客人听了。大家觉得这类疯子实属少见，都跑出来站得远远的看热闹。已是夜深，但明月当空，照得院子如同白昼，所以，堂吉诃德的一举一动大家都看得清清楚楚。只见他一会儿慢条斯理地走来走去，一会儿站在那儿一动不动，死死盯着自己的盔甲。就在这个当口，一个赶大

① 所述各地均系当年小偷流氓常光顾之地。

车的走到井边，要打点水饮牲口。他把石槽上的盔甲挪开，准备打水。堂吉诃德一看，大喝一声：

"呔！何路骑士，怎敢如此放肆！你可知这盔甲的主人是谁吗？他乃天下第一游侠。你敢碰他的盔甲，就纳命来！"

这番话要是管用的话，那就太平无事了。那赶车的根本没理他这个茬，抓起盔甲，扔得老远。堂吉诃德气得眼望苍天，向心上人温柔内雅哀告道：

"我的心肝啊！快帮我吧！你的奴仆第一次受了别人的侮辱。美人啊！成全我吧！千万别叫我当狗熊啊！"

说罢，他放下盾牌，双手举起长矛，朝赶车的头上打去，一下就把他打倒在地，假如再来一下，就不必找大夫了。堂吉诃德把盔甲拾回来，重新放在石槽上，又从容不迫地在盔甲前面走动。没过多久，又来了一个赶车的，也是给牲口打井水。他不知道刚刚发生的事，因为地上躺着的那位还发蒙呢。打水就得挪开盔甲。这回，还没容他动手，堂吉诃德就朝他扑去，免了警告，也省去了求谁保佑，举矛便打。长矛安然无恙，赶车的脑袋可就开了花喽。店主和店客们闻声赶来。堂吉诃德一瞧这架势，一手握矛，一手按剑，叫道：

"我心中的美人儿！我这颗豆腐心因为你才有力气和胆量。眼下我大祸临头，恳求小姐保佑我这个时刻思念你的骑士啊！"

他这么一阵大叫，顿时感到浑身是胆，就是全世界赶车的这会儿都来，他也不会倒退半步。车夫们见同行受伤倒地，都站在远处，朝堂吉诃德扔石头子儿，像下雨似的。堂吉诃德毫不退却，用盾牌抵挡，坚守阵地。店主在一旁连喊带叫，劝大家别惹堂吉诃德，说早就告诉过他们那是个疯子，疯子把他们全宰了也不会判罪。堂吉诃德也在大喊，声音盖过了店主。他大骂那伙人两面三刀，不讲信义，痛斥城堡长官对他们恣意纵容，是下流胚、是婊子养的，还叫嚷，他要是已授封骑士，一定会给这个两面派点颜色看看。接着，又对那伙赶车的嚷道：

"小人！贱货！我根本不想搭理你们。扔石子儿呀！过来呀！有什么本事就全使出来吧！嘿嘿！你们不是跟我来横的吗？那咱们就走着瞧，有你们的好果子吃！"

他态度坚决，气势逼人，吓得那伙人不免有些心虚，一听店主的劝说，就顺坡下驴，宣告停战。堂吉诃德让他们抬走那两个躺在地上的车夫，自己则继续守护盔甲，还是那么从从容容、心平气和。

店主叫堂吉诃德折腾怕了，心想不如一切从简，尽快封他做骑士，免得另生枝节，再惹麻烦。他对堂吉诃德说，他实在不知那伙下流玩意儿的胡作非为，那伙贱货居然敢和堂吉诃德作对，实在该死，不过，他们自食其果，受了惩处，请堂吉诃德大人大量，饶了他们。然后才说，他一开始就说了，城堡里没有小教堂，至于授封骑士也不必过于讲究礼仪，据他了解，仪式主要是先拍拍脖子，再拍拍背，就这么回事儿，所以在野外也可以进行。守护盔甲两个钟头就可以了，他实际上已守了四小时，早就超额完成。

堂吉诃德信以为真，说可照计而行，只求早点完事。他一旦授封骑士，再有人惹他，就别想活着出这个城堡，不过，他尊重城堡长官，长官关照的人不在此例。

城堡长官听得心惊胆战，越发小心。他找来一个供应草料的账本，叫来一个小伙儿，让他举个蜡烛头跟在后面，自己同前面提到的那两个姑娘一起到堂吉诃德那里。他先命堂吉诃德跪下，然后看着账本念念有词。突然，他举手就照堂吉诃德的脖子狠击一掌，接着，又用堂吉诃德的佩剑在他的背上使劲拍了一下，嘴里不停地嘟囔着，好像在念经。随后，他吩咐其中一个姑娘给堂吉诃德挂剑。姑娘遵命照办，一本正经的样子，还真像那么回事儿。她不那样也不行。谁见了这出把戏能憋住不笑？可她俩还真不敢。她们知道堂吉诃德的厉害。淑女一边给堂吉诃德挂剑，一边说吉利话：

"老天爷赐您洪福，做个常胜骑士。"

堂吉诃德问她叫什么名字，将来得了荣誉，也好给她记一份功劳。她卑微地说，她叫托洛沙，父亲是托莱多人，做鞋匠，住在桑丘·别纳亚菜市场附近的客店里，说她永远把堂吉诃德看成是自己的主顾，好好地服侍他。堂吉诃德说，她若不嫌，请以后在自己芳名前加上"堂娜"的称谓，叫堂娜托洛沙。她欣然同意，一口应承。另一个姑娘给他上马刺，他也表示感谢，也问人家叫啥。姑娘回答说，她叫莫利内拉，父亲是安特格拉体面的磨坊主。堂吉诃德也请她用"堂娜"的尊称，说以后定为她效劳，给她好处。这个从没听说过的仪式就这样飞快地举行完毕。堂吉诃德被封骑士后，恨不能立刻跳上稀世驽驹，去冒险猎奇，完成大业。他想到做到，立即套马鞴鞍，翻身跳上坐骑，拥抱店主，千恩万谢他的封授，只是讲的那些话稀奇古怪，难以言传。店主也客套了一番，讲的也不同寻常，但与堂吉诃德相比，那就简短得多了。他巴不得堂吉诃德赶紧离开，连店钱都没有要，就把骑士送出了门。

第四章　救羊倌羊倌倒霉
　　　　　　打商人商人撒野

　　堂吉诃德出了客店，天已微明。他现在已是堂堂正正的骑士，心中好不欢喜，一路疾驰。他突然想起店主的话，决定先回家拿些银两，准备几件衬衣，置办点其他所需什物，还要寻个侍从。他看好邻舍一位老农。这农民家中甚苦，又有孩子拖累，但当骑士侍从却是上等材料。他心中如此盘算，便掉转马头，朝自家村庄奔去。稀世驽驹鼻子挺尖，似乎闻到了自己马房的气味，一路疯跑，飞也似的。他没跑多远，就听见右手林中似有人哭叫，便自语道：

　　"老天有眼，赐我良机，定是有人遇难。我大显身手，建功立业的时候到了！"

　　他拨转马头，循声钻入林中，没走几步，就见一棵树上拴了一匹母马，另一棵树上绑着一个十五岁左右的男童，光着上身，正在哭叫。一个壮实的农民正用皮带抽他，抽一下，骂一句：

　　"少说废话！眼睛睁大！"

　　男童央告道："东家，我再也不敢了。我向上帝发誓，以后好好看羊，再不出错。"

　　堂吉诃德早听得不耐烦，怒声喝道：

　　"这位骑士，为何如此蛮横？他小小年纪怎经得起你这般毒打？不如上马咱俩用长矛比试比试。本骑士倒要看看你到底有多大本事？"

　　原来那农民也有一根长矛，就靠在拴马的那棵树上。他闻声抬头，见面前一位骑士顶盔贯甲，正举矛朝他扑来，吓得忙说：

　　"绅士老爷，这是小人的家仆，专管放羊。他淘气贪玩，做事不用心，天天

都要丢羊，也没准儿在骗我。我罚他，他反说我小气，趁机扣他的工钱。老天在上，咱们说话得凭良心！这小子讲的全是瞎话！"

堂吉诃德说："你这个下流玩意儿，竟敢在本骑士面前胡言乱语，我非扎你个透心凉不可！废话少说，快给他解开！工钱一个子儿也不能少！敢说半个'不'字，我马上要你的狗命！"农民吓得赶紧给那孩子松绑。堂吉诃德问孩子主人欠他多少，回答说共欠九个月的工钱，每月是七个银币。堂吉诃德一算，共计六十三个银币，就对农民说，他想要小命，就马上给钱。农民吓得体若筛糠，忙说没欠那么多，说那男童穿了他三双皮鞋，生病叫大夫放过两回血，这些开销也应扣除。最后，他指天发誓，说他讲的句句是实，绝不敢把性命当儿戏。堂吉诃德说："他穿了你几双鞋，放了几次血，花了你的钱，可你也把人家抽得不轻，还抽出了血嘛。这就算摆平了。"

"坏了，绅士老爷，我身上没带着钱。要不，叫安德烈斯跟我回去取。我说到做到，一个子儿也不会少他的。"

孩子坚决不干，说："先生，我不去，我不敢去。等您一走，剩下我自个儿，他非剥了我的皮不可，那我就成了巴尔多洛梅①第二了。"

堂吉诃德说："他不敢。我的话他不敢不听。他只要以受封骑士的称号发誓，保证你能拿到钱，我就放了他。"

男童说："先生，他不是骑士，更没有什么受封骑士的称号，他是金塔纳尔的财主胡安·阿尔杜多。"

堂吉诃德说："姓阿尔杜多的也会有当骑士的，姓啥没有关系，所谓是好是歹，全由自己。"

安德烈斯说："您说得没错。可我给他干活，他不给工钱，您说他对不对，好不好？"

农民说："好兄弟，我怎么能不给你工钱呢？跟我回家去，我以骑士的称号发誓，一定把工钱给你，绝不少一个子儿，没准儿还加点呢。"

堂吉诃德说："加不加我不管，该给多少就给多少，一个子儿不能少。你要

---

① 巴尔多洛梅：耶稣门徒，被剥皮钉在十字架上死去。

是自食其言，我发誓非回来打得你半死不可，你就是藏进石头缝里，我也能把你抠出来。你是不是要我道出姓名，才肯服从？那就竖起狗耳朵听着，我乃专打恶霸的勇士堂吉诃德。我走了。别忘了你说的话。"

说罢，他一抖缰绳，骑着稀世驽驹飞奔而去。农民等他跑得看不见了，转过身对男孩说：

"来吧，我的小祖宗，骑士有命，我不敢违抗，现在就给你钱。"

安德烈斯说："那当然，你得听骑士的话。我祝他万寿无疆。他真是个勇士，做事又多么公平！你不还我钱，他可是说到做到哟。"

农民说："我也是说到做到。我实在太爱你了，让我再多欠你点，好加倍奉还。"

说完，他一把拉过孩子，重新把他绑在树上，操起皮带，抡圆胳膊猛抽，抽得男童半死不活。农民得意扬扬地说：

"小老爷，快去找那个骑士，他不是英雄吗？我倒要看看他有多大本事！你说我会剥你的皮，我还真想试试。算了，饶你小子一命。"

农民解开男孩身上的绳子，他才不怕谁会来找他算账。安德烈斯低着头，一路哭着走了，暗自发誓要找回堂吉诃德替他报仇雪恨。农民看着他走去，大笑不已。

堂吉诃德哪里想到他的义举竟变成了恶行，还在那儿沾沾自喜，得意扬扬，以为首次行侠仗义就大功告成，自己的骑士事业定有希望，不由得低声自语道：

"天下最美最美的美人儿温柔内雅，你如今已是世上福气最大最大的闺中之秀！英名盖世的堂吉诃德向你叩拜，听候差遣。昨天他刚封为骑士，今日就把暴行铲除。敌人凶残无情，无故鞭打幼童。是他夺下歹徒手中的皮鞭，拯救了那个弱小的生命。"

他扬扬自得，踌躇满志，骑马往自家村庄方向走去。不久，来到一个十字路口。他照骑士的惯例，勒马沉思，考虑往哪条道上拐为宜。想了半天，没有结果，便信马由缰，让稀世驽驹自行决定。那匹马可不像它主人，费那么多心思，抬起腿就朝自己的马房的方向奔去。

约莫走了三里路，忽见一大队人马走来。原来是几位托莱多商人，去穆尔西亚贩丝，路过此地。他们一行六人，个个撑把阳伞，四名仆役跟在后面，也骑着马，还有三个赶脚的。堂吉诃德以为是一路骑士，心中大喜。他要照书中游侠行事，此其时也。他不能错失良机，定要一施拳脚，显一显英雄本色。想到此处，便以盾护胸，紧握长矛，勒马在路中站定。见那伙他所谓游侠走近，堂吉诃德高声傲然叫道：

"尔等听着：举世无双的温柔内雅是曼卡的女皇，天下美女她坐头把交椅。要想从此路过，你们都得这样说，如若不然，休怪本骑士不客气。"

几位商人一听，都收缰绳，举眼来看，这横在路上大喊大叫的家伙是什么东西。一看他生得怪样，口出狂言，就猜出他是个疯子，但觉得其中定有些名堂，想探个究竟。其中一位喜欢逗乐，就问堂吉诃德：

"绅士先生，您刚才讲的那位大美妞，我们谁也没见过，能不能请出来叫我们开开眼？真像您说的那么美，我们一定照办。"

堂吉诃德说："让你们先瞧瞧？那还有什么意思！我就是要你们不用瞧就相信，把我的话当真理，坚信不疑，誓死捍卫！否则，咱们就得比试比试！你们要是眼中还有骑士道的规矩，就一个一个地来，要是耍流氓，那就一齐上。邪不压正，本骑士还怕你们不成！"

那个玩笑大王没听他的话，继续说：

"绅士先生，您说的事我们没亲眼见，承认了对不住自己的良心。要是叫阿尔卡里亚和埃斯特雷马杜拉的王后和女皇①知道了，还会骂我们偏心。我替在场的这几位王子求情，请您把那位美人的玉照赏给我们看看，多小都不碍事，就是像麦粒那样小也行，反正有了线头儿，就能找到线球。这样，我们心里不犯嘀咕，您也称心如意，所谓皆大欢喜。其实，我们完全听您的，她就是一只眼瞎，一只眼流脓，为了讨先生您的欢心，我们什么好听的都讲得出来。"

堂吉诃德闻听大怒，厉声叫道：

"浑蛋！无耻！她眼里怎么能流那种玩意儿？！流的只能是麝香！她眼不瞎，背不驼，身板直得赛过瓜达拉马的纺车轴儿。你竟敢对我的大美人胡说八道，我岂能饶你！"

---

① 阿尔卡里亚和埃斯特雷马杜拉都是西班牙比较贫穷的地区。

他越说越气，竟挺矛催马，直取那个爱打趣的商人。哪承想，稀世驽驹跑到半路突然马失前蹄，摔倒在地。幸好如此，否则，那个耍嘴皮子的家伙的小命恐怕就此要画上个句号了。

稀世驽驹这一跤把堂吉诃德摔得老远。他挣扎着想爬起来，可哪动弹得了啊！先不说那一身祖传的铠甲压得他透不过气来，光是那长矛、盾牌、马刺和头盔就束缚了手脚。他都狼狈成这个德行了，还在那儿大喊：

"胆小鬼，休想逃走！你这无赖！本骑士躺在地上，不能怪我，全是这匹马的过错。"

那伙人中有一个马夫，年轻气盛，脾气不好，见这家伙倒在地上还口吐狂言，一气之下，跑过来夺去堂吉诃德手中的长矛，撅成几节，拿起一节，没头没脑地就往堂吉诃德身上打。堂吉诃德虽然一身铠甲，也好像麦子上了磨，被着实地碾了一遍。那马夫越打越凶，东家们叫他住手，他都不听，似乎要把骑士打个半死才肯罢休。他拾起地上所有长矛断节，一股脑儿全砍在堂吉诃德的身上。可怜的骑士虽然挨人毒打，嘴却一分钟没闲着，不停地大骂，还吓唬人。

马夫打累了，商人一行便扬长而去，路上免不了说笑倒霉的堂吉诃德。堂吉诃德见那伙所谓强人走得看不见了，才想爬起来。没挨打都动弹不了，现在被打得浑身是伤，半死不活，哪还有劲起身呢？游侠骑士吃点苦不足为奇，再说，都是那稀世驽驹闯的祸，和他一点儿关系都没有。他这么一想，心里就坦然了。可浑身疼还是浑身疼，怎么自我安慰也是枉然。看起来，他要想自个儿爬起来，除非太阳打西边出来。

第五章 │ 负重伤落难平川
遇乡党得以生还

　　堂吉诃德瞧自个儿真的爬不起来了，就故技重演，回忆骑士书中的各种故事，一下就想到卡洛托在山里打伤巴尔多维诺，巴尔多维诺遇见曼图阿侯爵的那一段。这段故事，人人都知，人人皆晓，特别是老人，更是信以为真，大加赞赏，其实，和传说的穆罕默德奇迹没什么两样。他觉得那段情节和自己眼下的处境十分相似，如出一辙，便就地打滚，做出百般痛苦的模样，一面上气不接下气，背诵那位绿林好汉受伤倒地时的话：

　　　　你在何方啊？我心上的人，
　　　　我遭了大难啊，你为啥不痛心？
　　　　你也许毫无所知，
　　　　你也许早已移情别恋。

　　他如此这般，一句句地背下去，一直背到下面这两句：

　　　　尊贵的曼图阿侯爵啊，
　　　　我的舅，我的爷，我的至亲！

　　说来也巧，他刚背到这儿，就走来一个农夫。原来是他村上的街坊，上磨坊磨麦子，正往回走。他看见地上躺了个人，哼哼唧唧的，就问是谁，是不是生

了什么病。堂吉诃德认定是舅舅曼图阿侯爵亲自驾到，也不答话，只管背那首歌谣，说自己如何遭难，讲老婆怎么与皇帝的儿子偷情，反正都是歌谣里的那一套。

农夫听了这番胡言乱语，莫名其妙。他掀起堂吉诃德那个被打碎的护眼甲，抹去脸上的净土，一看，吃了一惊：

"这不是吉哈那先生吗？怎么搞成这个样子了？"

他精神正常，还是个清闲的乡绅时，大概就叫吉哈那。农夫再三问他，他也不理，还是背他那套歌谣。丢在那儿不管也不行，农夫便想方设法卸下他那身盔甲，看看身上，没伤没血，又费尽气力，扶他起来，抱上自家的毛驴，因为还是这毛驴来得可靠。又把地上的那套盔甲连同撅断的长矛，捆在一起叫稀世驽驹驮着，就牵着一驴一马，回村去了。一路上老乡琢磨着他那些昏话，百思不解，心中直犯嘀咕。那堂吉诃德也不好受，刚才挨了一顿毒打，现在趴在驴背上，颠来簸去，不禁唉声叹气，响彻云霄，弄得农夫不住地问他哪儿疼。他大概走火入魔太深，对照此时此刻的情景，又想起了安特洛拉总督捉住摩尔人阿宾达拉埃斯，将他押送回总督府的故事。这是豪尔黑·德蒙特马约的传奇《狄亚娜》中的一个情节，堂吉诃德自然记得滚瓜烂熟。他便把总督罗德里戈·德纳巴埃斯审问阿宾达拉埃斯时，阿宾达拉埃斯说的那番话，统统搬过来，回答那位农夫。农夫一听，驴唇不对马嘴，知道这位乡党疯了，不想听他那套天书，脚下放快，赶紧回村。堂吉诃德背完书中那些话，对农夫说：

"堂罗德里戈·德纳巴埃斯先生，您要知道，我刚才提到的美女哈里发，就是而今的佳人温柔内雅。我早已发誓为她建功立业，扬名天下。我履行了诺言。今天和以后，还要一如既往，为她奋斗。这些丰功伟绩，已远近皆知，将来一定会闻名世界。"

那农夫听了，说：

"我的好先生，你看清楚，我不是罗德里戈·德纳巴埃斯，也不是曼图阿侯爵，我是你的邻居、老乡佩德罗·阿隆索。您也不是巴尔多维诺和什么阿宾达拉埃斯，您是体面的绅士吉哈那先生。"

堂吉诃德说："我知道我是谁，我也知道我的本事。你说的那两个人我能做，法兰西十二武士我也能做，就是天下九大豪杰也不在话下。他们的功绩，单个比不用说，就是加到一起，也比不过我。"

说话间，二人已来到自家村口。此时，天刚傍黑。农夫怕人看见绅士这等狼狈模样，一直等到夜色已浓，才放驴牵马，进得村庄，直奔堂吉诃德的家。到了门口，只听里面吵吵嚷嚷，好不热闹。原来本村的神甫和理发师正在那儿和堂吉诃德的女管家说话。他们赶到的时候，女管家正大着嗓门说：

"佩罗·佩雷斯硕士先生，您说我家老爷会不会遭了什么难？三天不见人，马也没了，长矛、盾牌，还有盔甲也都找不到。完了！准是叫那些骑士书给弄的。您不知道，他买了一大堆那些该死的玩意儿，拼着命读，也不管白天黑夜的。没错！一百个没错！准是叫那些书折腾神经了。对了，有好几回，听他自言自语，说要做个游侠骑士，走遍天下，去猎什么奇，冒什么险。这些挨千刀的书把我们全曼卡精英中的精英给毁了！"

堂吉诃德的外甥女说：

"尼古拉斯师傅，您听我说。我舅舅经常一看就是两天两夜。看完那些胡说八道的小说，就拿剑对着墙乱砍。累了，说自己杀了四个巨人，跟塔那么高；浑身出汗，说那是受伤流的血；喝一大壶凉水，说是他的朋友魔法大师埃斯基菲送来的圣水。要怪就怪我。我要是早把这事告诉给您二位就好了。真该把那些害人的邪书，一把火烧掉。"

"你说得不错。明天咱们就来个公审，然后把那些书——判处火刑，以免谬种流传，再害别人。"

堂吉诃德和送他回家的那位邻居在外面听得一清二楚。邻居这才明白他这位老乡为什么有刚才那种举动，便大声叫门：

"快开门！巴尔多维诺先生受了重伤，曼图阿侯爵把他送回来了！安特格拉总督罗德里戈·德纳巴埃斯抓住了摩尔人阿宾达拉埃斯，也把他押到了！"

里面的人听了，一齐出来，朋友认朋友，管家接东家，外甥接舅父，情景动人，催人泪下。堂吉诃德没有一点儿劲儿，下不来驴。大家都过来要抱他，他连忙止住：

"都别这样。全怪这匹马，害得我受了重伤。先把我抬上床，然后去找女魔法师乌尔干达，请她给我治治。"

女管家说："唉！也真倒霉！老爷，我知道您的毛病在哪儿。现在好了，到家了。上楼吧！别请什么乌尔疙瘩了，我们这儿也能给您治。唉！骑士小说真该死！瞧把您弄成什么样子！我要骂死它们！骂死也不解恨！"

大家抬堂吉诃德上了床，看看伤在哪儿，却一处未有。他说，全是叫稀世驽驹给摔的，当时他正和十个巨人交战，那些家伙勇猛盖世，蛮横无比，突然马失前蹄，把他摔在地上，结果，弄了这一身伤。

神甫听了，说："好啊，还有什么巨人呢！我以十字架发誓，明天我非一把火把那些小说烧光不可！还用不着等到天黑！"

他们又问这问那，堂吉诃德根本不予回答，只要吃饭、睡觉，因为这是他的头等需要。他们一一照办后，神甫就去问那位老乡在什么地方碰见堂吉诃德的。老乡由头至尾，详细讲了一遍，连堂吉诃德说的那一套套胡言乱语，也讲得一字不漏。

神甫听罢，感到问题的确严重，事不宜迟，自己的计划要赶快实行。因此，他第二天就请了朋友尼古拉斯师傅，一起去了堂吉诃德的家。

神甫和理发师到堂吉诃德家时，他还在睡觉。神甫向他外甥女要了书房的钥匙，开门走进去，见里面有一百多部精装的大本书，还有些小本的。女管家跟着大家，也进了书房。她一看那一大堆害人坑人的书，就去拿来一盆圣水和一个洒圣水用的帚子，说：

"硕士先生，请您先在屋里洒点圣水。咱们不是要把书里的魔法师统统赶出人世吗？那就一个也不能让他漏网，省得再来害人。"

神甫看她这样死认真，禁不住笑了。他让理发师把书一本一本递给他，好先大致看看，碰到好的，就可以免于火刑了。

外甥女说："不行，不行，一本也不能留下，都是害人的东西。咱们就把这些书从窗户扔到院里，点把火烧了。要不，就弄到后院，堆起来烧，省得烟火熏人。"

女管家自然是站在姑娘一边，也主张把这些无辜的书统统处以极刑。但神甫说不行，他起码要看看书名，再行处置。尼古拉斯师傅首先递给他的是那套四卷本的《阿马迪斯·德·高拉》。

神甫说："这本书看来有点儿神秘。听说在西班牙它是最早出版的骑士小说，是这类书的开山鼻祖。它带了个坏头儿，罪大恶极，应判火刑。"

理发师说："先生，这可不行。我听说这本书写得最精彩，十分难得，还是赦它无罪吧。"

神甫说："既然如此，就暂缓执行。咱们再看看这本。"

理发师说："这本是《埃斯普兰迪安的丰功伟绩》，它可是《阿马迪斯·德·高拉》的嫡传亲生儿子。"

神甫说："说实话，当爹的有功，做儿子的不许沾光。管家太太，给你，打开窗户，扔到后院！等待会儿堆成堆再烧。"

女管家满心欢喜，立刻照办。那位好人埃斯普兰迪安就此被抛入后院，只好捺着性子，等一把大火送他升天。

神甫说："下一本！"

理发师说："下一本是《希腊的阿马迪斯》。看样子，这边全是阿马迪斯的徒子徒孙了。"

神甫说："那就甭看了，全都给我扔到后院去。什么宾蒂基内斯特拉王后，什么达里内尔牧人，还有那些拐来拐去、令人憎恶的文辞，都要统统烧掉，就是我亲爹，他真要也扮成游侠，到处冒险，我也不会饶他！"

理发师说："我也这样认为。"

外甥女说："我举双手赞成。"

女管家说："全都扔到后院！"

书太多，她懒得下楼，全从窗户扔了下去。

神甫说："那个大部头是什么书？"

理发师说："《堂奥利万特·德劳拉》。"

神甫说："这部书的作者还写了《群芳谱》。这两本书真说不清哪本真话多，直说吧，是哪本假话少。反正都是胡说八道！也该去后院！"

理发师说："这本是《佛罗里斯马特·德伊尔卡尼亚》。"

神甫说："佛罗里斯马特先生也在这儿？不错，他身世离奇，行如梦幻，可写得生硬无味。管家太太，把这本也扔到后院去。"

女管家真是高兴，打心眼里乐意执行这种命令。

理发师说："看这本，是《骑士普拉蒂尔》。"

神甫说："这是一本古书，看不出里面有什么可以免于火刑的地方，得了，也叫它和那些一块儿去做伴吧。"

接着，他又去看另一本书，书名为《十字架骑士》。

"书名挺神圣的，内容料想也差不离儿。可有一句话：'十字架后有魔

鬼。'我看，它也不能幸免。"

理发师又拿来一本书，说：

"这是《骑士宝鉴》。"

神甫说："这部大作我读得滚瓜烂熟，里面有雷纳尔多斯先生和他的那些狐朋狗友，都是赛过卡科的盗贼，还有十二武士和尊重事实的史家图尔宾。著名诗人博雅多创作成功，有这些人的功劳，博雅多又为基督教诗人阿利奥斯托提供了素材。公平地说，这本书还是有所贡献，就判他终身发配穷乡僻壤。说到阿利奥斯托，我要讲两句。他要讲本国话，我给他叫好，不讲，我根本不买他的账。"

理发师说："我家倒有一部是用意大利文写的，可是看不懂啊。"

神甫说："你看懂也没用。上尉大人①真是出力不讨好，干吗要把这本书译成西班牙文，入咱们的籍呢？一译过来，原来的味儿就全没了。译诗都难逃这个结果。你学问再大，功夫再深，译出来的总赶不上原诗那样好。我看，再碰到讲法兰西故事的书，就和这本一样，都丢到枯井里放着，等仔细看看再说。有两本书不在此例。一本叫《贝纳尔多·德尔卡皮奥》，肯定在这里面，一本是《隆塞斯巴耶斯》。这两本书，我只要发现，就交给管家，让她扔到火里去。"

理发师完全赞成，认为如此处置合情合理。他知道神甫是个虔诚的基督教徒，一向主持正义，没理的话绝不会说。他又拿起一本书，是《帕尔梅林·德奥利巴》，看见旁边还有一本，叫《帕尔梅林·德英格拉特拉》。

神甫说："德奥利巴实在该杀，要把它撕成碎片，烧成灰。帕尔梅林·德英格拉特拉可是稀世珍宝，得好好保藏。亚历山大大帝征服达里奥，得到一个匣子，就专用来保存荷马的诗作。咱们要好好保存这部书，也得做一个这样的匣子。老兄，你可知道，这部书有两处可圈可点。一是作品好，二是据说作者是个葡萄牙国王，为人谨慎，不胡说八道。那本书中讲了米拉瓜城堡里发生的种种冒险，对话文雅、流畅，叙述生动，引人入胜，真实可信。所以，我说这部书也留下吧。剩下的就不用再看了，一律处以死刑，尼古拉斯师傅，你意下如何？"

理发师说："老弟，你还得手下留情哟。你看，我手里这本《堂贝利亚尼

① 指乌雷阿上尉。

斯》可是名作呀。"

神甫说："这本书的第二、三、四部，火气太盛，得吃大黄泻泻火，写法玛城堡那一节，有些地方更荒唐，都要删去。是宽大处理还是依法判决，看它修改的情形再定。书先存在你那儿，可有一条，老兄，谁也不让看。"

理发师说："太妙了。"

神甫看了半天，不想再费力气去检查，就叫女管家见大本的都往后院扔。她人不笨、耳不聋，对神甫的吩咐又十二分的赞成，所以格外卖力，一下就抢了七八本往窗外扔。她一次拿得太多，掉了一本，正巧落在理发师的脚下。理发师想看看是谁的作品，一看原来是《著名白骑士蒂兰特传》。

神甫叫道：

"哈哈！白骑士蒂兰特在这儿猫着呢！老兄，快拿给我看看。这本书有滋有味，妙趣横生，称得上消闲上品。里面讲了英勇骑士吉雷莱松、他弟弟托马斯和丰塞卡骑士。里面还有蒂兰特大战恶犬，伶牙俐齿的'迷人佳丽'，满口瞎话、谈情说爱的寡妇'文静夫人'和什么皇后和侍从勾搭。讲句良心话，就它的文笔而言，真算得上天下第一本好书。它写的骑士也吃饭，也睡在床上，死在床上，死了还立遗嘱，还有别的什么。这些其他骑士小说里有吗？不过，作者也有欠缺，干吗要胡编乱造那么多荒谬绝伦的事？凭这一条，就该罚他到海船上，做一辈子苦役。你拿回去看看，就知道我的话没错。"

理发师说："那还用说。可这些小本本，咱们拿它们怎么办？"

神甫："那些肯定都是诗歌什么的，不会是骑士小说。"

他拿过一本，看是豪尔黑·德蒙特马约的《狄亚娜》，推想剩下的都是这一类书，便说：

"这类书读了增长知识，不像骑士小说那样害人不浅，就不用烧掉了。"

外甥女说："我说，硕士先生，您还是全烧了吧。我舅舅好了骑士病，再读这类书，没准儿又要去做牧羊人，跑到林子和野地里唱歌奏乐。要是想当诗人，那就完了，因为听说，得了诗人病没治，还会传染给别人的。"

神甫说："这姑娘说得对。还是替咱们朋友想长远点好。看看是不是就从《狄亚娜》开始，我的意思是，书不必烧，但写女巫费利西亚和仙水的那些段落得全删掉，里面的长诗也不能要，只留下散文，那它就是同类书中的顶尖作品。"

理发师说："下一本也是《狄亚娜》，叫什么《萨拉曼加人的〈狄亚娜〉续集》，这儿还有一本《狄亚娜》，是希尔·波洛写的。"

神甫说："萨拉曼加人的那本，扔到后院，和那伙罪犯做伴去吧。希尔·波洛的可要像阿波罗的大作那样保存下来。老兄，咱们还得抓紧，时候不早了。"

理发师又翻出一本，说：

"这本叫《爱之运十卷》，作者是撒丁诗人安东尼奥·德罗佛拉索。"

神甫说："自从有了阿波罗、缪斯和诗人以来，这本书可算是最离奇最有味儿的一部，就文笔而言，也是同类作品的精英。不读这本趣味别具的书，就等于没见过世面。老兄，快给我。这本书对我来说，简直胜过了佛罗伦萨教士袍。"

说完，他笑嘻嘻的，把这本书放在了一边。

理发师说："还有《伊比利亚的牧人》、《埃纳雷斯的仙女》和《妒疾有救》。"

神甫说："都给管家，让她依法判处，别问为什么，要不，又要说半天。"

理发师说："这是《菲利达的牧人》。"

神甫说："他什么也不牧，他是国王跟前的一位大臣，人挺沉稳。书是珍品，值得保存。"

理发师说："这儿还有个大部头，题目是《诗歌选粹》。"

神甫说："这本书美中不足的是，诗多了些，应该把里面的坏诗抽掉。也留下吧，谁叫作者是我的朋友呢，再说人家也写过格调高雅、可歌可泣的东西。"

理发师接着说："这是洛佩斯·马尔多纳多的《诗歌集》。"

神甫说："这本诗歌的作者也是我的好友。他朗诵诗歌，声音婉转，动人心弦，谁听了都要大为赞叹。牧歌写得稍微长了一些，不过，好东西谁会嫌长？这本书和刚才挑出来的那几本放在一块儿。对了，这本是什么书？"

理发师说："塞万提斯的《加拉特亚》。"

神甫说："塞万提斯是我多年的老友。我知道，他遭的难比写的诗还多。这本书有些新意，提出了问题，但什么也没解决。他说还有下集，咱们就等着看到底是什么结局。眼下虽然还有些不足，我想，再修改一下，读者也许会发点慈悲。先放在你家，将来再说。"

理发师说："行啊，老弟。这儿还有三本呢：堂阿隆索·德埃尔西亚的《阿劳加那》、科尔多瓦法官胡安·鲁佛的《奥斯特里亚达》和巴伦西亚诗人克里斯托瓦尔·德比鲁埃斯的《蒙塞拉特》。"

　　神甫说："这三本都是杰出的卡斯提亚语[1]史诗作品，可以和意大利最著名的同类作品并肩比美，是西班牙诗歌的瑰宝，必须妥善保存。"

　　神甫看烦了，也讲腻了，吩咐剩下的一律处以火刑。可理发师还没完，又翻出一本，题目是《安赫利卡的泪水》。

　　神甫一听，说："要把这样的书也烧掉，我也要流出泪水，因为作者不仅国内皆知，而且世界闻名，还翻译过奥维德的几个故事呢。"

[1] 即西班牙语。

想当官侍从新上任
爱冒险乡绅再出游

第七章

神甫等人烧书就要告一段落，忽听堂吉诃德大声叫嚷：

"英勇的骑士们，都来吧，快来呀！是显示显示自己的时候了！让他们看看你们胳膊有多么大的力气！知道不？这一场朝廷的骑士抢了头名！"

大家顾不得许多，丢下没检查的书，一齐赶去看堂吉诃德。因此，像《卡罗莱阿》、《西班牙的狮子》和堂鲁伊斯·德阿维拉的《皇帝的伟业》这几本书，未经检查，就命丧火堆之中，神甫要是来得及看的话，它们也许不会落个火化的下场。

等他们赶到卧室，堂吉诃德已经起身，正大叫大嚷，挥剑乱砍。看样子，清醒异常，根本不像刚睡起的人。大伙儿急忙抱住他，硬把他按在床上。他静了一会儿，对神甫说：

"图尔宾主教大人，我们一连三天场场夺标，可这一回合竟叫朝廷的骑士争了个头名，我们还是什么十二武士呢，真是奇耻大辱！"

神甫说："老兄，快别说了。老天照应，您也会时来运转，所谓'今儿丢，明儿得'，就是这个道理。眼下先养养身子，虽说没伤着哪儿，一路上也累得够戗。"

堂吉诃德说："伤是没有，可打得够受的。那个罗尔丹混账玩意儿，气不过我比他胆大艺高，用树干打我。我不怕他有多高的魔法，等我能下床，要不报这一顿毒打之仇，我就不是雷纳尔多斯·德蒙塔尔瓦！但眼下要紧的是先给我点吃的，等时机成熟，再报仇不迟。"

他们给他吃了些东西，他又睡了过去。大伙儿看他疯得这样，惊诧不已。

当晚女管家就把扔在后院的和放在屋里的书付之一炬，连一些值得保存的，也未幸免。这些倒霉蛋儿落了个如此下场，都怪它们运气太差，和审查的人懒得一一挑拣也有关系。俗话说，"有时坏人犯法，好人跟着倒霉"，就指的这类情况。

为治好友的病，神甫和理发师想出一个办法。他们叫人用砖把堂吉诃德书房的门堵死，抹上灰浆，叫他永远找不见他的书房，所谓治病治根。堂吉诃德问起的话，就扯个谎，说房子连书一块儿叫一个什么魔法师抢走了。过了两天，堂吉诃德能起身了。他一下床就去看他的书。书房哪儿去了？他心中奇怪，四处寻找，找到原来有门的地方，摸了半天，又东瞧瞧，西望望，没吭一声。过了好一会儿，才去问管家。那女人早有准备，答道：

"您还找什么书房啊？没了，全没了，都叫那魔鬼叼跑了。"

外甥女说："不是魔鬼，是魔法师。您出门后，有一天夜里，来了个魔法师，骑着一条龙，还驾着云呢。他一落地，就奔您的书房去了。过了一会儿，就从屋顶那儿飞走了，屋子里满是烟。等我们去看到底发生了啥事，您的书房，还有里面的书，全没了。不过，有一点我和管家太太都记得非常清楚，就是那个老浑蛋走的时候，嚷嚷了几句，说他跟这些书的主人和他的书房有私仇，来这儿就是要出出这口恶气。还说他就是大学问家穆尼亚东。"

堂吉诃德说："可能说的是佛雷斯东。"

女管家说："鬼知道是佛雷斯东还是佛里东，反正末了那个字是'东'。"

堂吉诃德说："那就对了。此人是个魔法师，学问很深。他精通魔法，算出他支持的一位骑士将来要与我决斗，而且必输无疑。他干着急，没办法，就把我看成冤家对头，变着法儿地找我的麻烦。其实，他不明白，老天决定的事，你挡不住，也躲不了。"

外甥女说："话是这么说，可舅舅您干吗要管人家的事呢？在家待着平平安安，为什么非要到外面没事找事，自讨苦吃？您好好想想这句老话'去剪人家羊毛，自己反剃成秃瓢'。"

堂吉诃德说："我的外甥女呀，你想到哪儿去了。我怎么会叫人家剃秃瓢呢？谁敢碰我一根汗毛，我就把他胡子拔光！"

两个女人见他发了火，都不吭声了。

堂吉诃德老老实实在家里待了半个月的光景，好像绝了再出外折腾的念头，天天跟神甫和理发师这两个老伙计聊天，还聊得挺热闹。不过，说着说着，他又提起游侠骑士，说世上最需要的是游侠骑士，游侠骑士想东山再起，就得靠他堂吉诃德。神甫有时据理反驳，有时随声附和，免得又和他争执不休。

堂吉诃德还找时间去会村上的一位农夫，请人家给他做侍从。如果穷人就是好人，那此人就该是好人，但没什么脑子。堂吉诃德又是劝说，又是许愿，死缠硬磨，竟说动了那可怜的农夫的心，答应做他的侍从，跟他一起去闯世界打天下。堂吉诃德叫他大放宽心，说他们没准儿福星高照，征服个海岛，就派他做岛上的总督。农夫叫桑丘·潘沙，一听有这等好事，当下就拿定主意，丢下老婆孩子，跟随堂吉诃德去捡做梦也难得到的便宜。

堂吉诃德找好侍从，就立刻去凑钱。他又是卖东西，又是典当物品，虽说回回吃亏，倒也筹到一笔款子。又费尽心机修整叫人打碎的头盔，还找朋友那儿借来一面圆盾。干完了这些事，他就把出发的日期和时间告诉了侍从桑丘，嘱咐他准备些必用的东西，带在身上，千万别忘了带一个褡裢。桑丘说，他完全遵命，绝无问题，就是要求骑驴上路，因为长途步行，他实在没这份力气。堂吉诃德听了，心里犯了嘀咕。他冥思苦想，搜肠刮肚，也想不起书上有哪位游侠骑士的跟班，出门还骑头驴。他想来想去，就让桑丘先骑上驴，说以后碰上机会，遇到个倒霉的无礼骑士，就想法儿抢了他的马给桑丘骑。随后，他按店主的话，准备好了衬衣和其他物品。一切收拾停当，两人便选了一个夜晚，悄悄出了村子。堂吉诃德没对女管家和外甥女讲，桑丘也没对老婆孩子说，总之，谁也不知道，哪个也没看见。他俩一夜急行，到了第二天清晨才松了口气，因为现在家里人来找他们也找不到了。

桑丘骑着驴，很像个大主教。他身上挎着褡裢和酒囊，一心想着主人许下的海岛总督。堂吉诃德碰巧又走上了头回出游的那条道路。因为天还早，太阳刚刚出来，这次出门比上回好受多了。只听桑丘说：

"游侠骑士老爷，您费点心，千万别忘了您许的愿。我不怕那岛有多大，我都管得过来。"

堂吉诃德说："桑丘，我的伙计，你听好了。古时候游侠骑士攻下个什么王

国、什么海岛，都把手下侍从封个总督，去管那些地方。这可是多年的规矩，我怎么能改呢？只会做得更漂亮。过去要等侍从有了一大把年纪，受够了白天黑夜当差的辛苦，主家才封他个县里、省里的伯爵，顶多不过侯爵。告诉你吧，说不定六天之内，我就打下一个王国，再捎带拿下几个属国。到时候，我给你一个属国，叫你也当当国王，享几年清福。不过，还得看那时候我是否还在人世，你是否还活着。你知道，游侠骑士的遭遇，有的闻所未闻，有的做梦都难以想到。所以，你大可放宽心，我给你的只会比答应的多，而且，我不费吹灰之力就能办到。"

桑丘说："如果我像老爷您说的当上了国王，那我老婆胡安娜不就是王后，我的儿女们不就成了王子公主了吗？"

堂吉诃德说："你还不相信？"

桑丘说："我还真有点儿不信。我心里一直在嘀咕，就算是老天爷像下雨似的往这儿下王国，也不会有哪个不偏不歪，正好扣在我老婆头上。跟您直说吧，老爷，我那个老婆就不是当王后的料，当个什么伯爵夫人还对付，那也得看有那福分没有。"

堂吉诃德说："咱们就听老天爷的吧，他会给她最合适的安排。你呢，也要有志气，起码要弄个什么总督当当嘛。"

桑丘说："老爷，志气我有的是。再说，您这么有名，只要我能干的，什么职位您舍不得给呀？"

第八章 | 堂吉诃德大战风车
桑丘·潘沙猛喝美酒

　　主仆二人边走边说，远远看见野地里竖着三四十架风车。堂吉诃德一见，喜出望外，对他的侍从说：

　　"想得好不如碰得巧。你往那边看，桑丘，那儿来了三十多个巨人，个个无法无天。我要上去与他们交战，将他们全部杀死，挣些战利品，咱们也可以发点小财。把这些坏东西从地球上清除掉，就是为上帝立了大功，所以，我同他们打仗是正义之战。"

　　桑丘说："哪有什么巨人呀？"

　　堂吉诃德说："那些长着长胳膊的，你没看见？有的巨人胳膊有十二三里长呢。"

　　桑丘说："您再仔细瞧瞧，那不是巨人，是风车。您说的长胳膊是风车的翅膀，风吹动它，它就能叫石磨转起来。"

　　堂吉诃德说："你到底是没干过冒险这一行。那些的的确确是巨人。你害怕，就躲到一边去，做你的祷告，让我单枪匹马和那群巨人玩命。"

　　说时迟，那时快，只见他一踢坐骑，飞也似的，直取那三十多架风车。桑丘叫嚷不迭，说前面是风车不是巨人。他哪里肯听，其实，也听不见。等跑到跟前，也不看到底是什么东西，便高声叫嚷道：

　　"不要跑！胆小鬼！下流玩意儿！前来挑战的骑士，只一人一枪一马！"

　　恰好刮起一阵小风，转动了那些巨大的风车翼。堂吉诃德见此又嚷道：

　　"晃什么胳膊！你们的胳膊就是比百臂巨人布里亚雷奥的还多，我也会叫你们败在我的脚下！"

喊完了便念念有词，向他那位美人温柔内雅虔诚祷告一番，求她千万保佑自己，然后，一手持盾护身，一手举着长矛，催马向第一架风车冲去，一枪便刺中了风车的翅膀。翅膀借着风力转得正猛，将矛折成数节，顺势扫过去，把堂吉诃德连同坐骑扔得老远。堂吉诃德摔在地上，不得动弹。桑丘见状，急忙催驴来救，到了跟前，说：

"天啊，我不是跟您说了吗？看清楚，那是风车，不是巨人。您是不是有点儿犯晕？要不，能看不出那是风车？"

堂吉诃德说："甭说了，桑丘，打仗这事最难说。对，一定是抢我书的佛雷斯东魔法师在和我作对。没错，巨人变成风车，肯定是他玩的把戏，还不是怕我胜了，名扬四海？可他哪里知道，他的邪法到底敌不过我的剑法。"

桑丘说："这就要看老天爷的意思了。"

桑丘扶起主人。堂吉诃德又骑上差点儿摔断脊梁骨的稀世驽驹。主仆二人一边说着刚才的遭遇，一边朝拉皮塞隘口走去，因为堂吉诃德说，那条路来往人多，冒险的事也多。但一想起长矛断成了好几截，堂吉诃德就大为恼火，对桑丘说：

"记得书上讲过一位西班牙骑士，叫迭戈·佩雷斯·德·巴尔加斯的，他有一回跟人动武，把剑砍断了，就从树上劈下一根粗树杈，当剑使，打昏了许多摩尔人，因此得了个绰号，叫'树杈'。后来他干脆自称树杈巴尔加斯，子孙后代也跟着以此为姓。我跟你讲这个故事，你知道为啥吗？告诉你吧，我一路上看见不少大树，也想学树杈巴尔加斯的样儿，弄根粗树杈子，干几件露脸的事，叫你开开眼，要不然，我说了你也不会相信。那时候，你就知道跟了我有多划算。"

桑丘说："就让老天爷看着办吧。您说的我全信。不过，您还是坐正了。您看，您身子都歪到哪儿去了！是不是疼得挺厉害？"

堂吉诃德说："怎么会不疼呢？我没吭声，是因为游侠受了伤，肠子打出来也不许哼哼。"

桑丘说："那您就甭哼哼了。可是天知道，我倒愿意您难受想哼哼就哼哼。反正我不管那套，疼就叫唤。骑士难过不准叫，骑士的侍从也不准叫吗？"

堂吉诃德看他这股子傻劲，忍不住笑了。他声明，桑丘愿意哼哼还是不愿意哼哼，这时哼还是那时哼，是小声哼还是大声哼，都由他自己，因为还没听说

哪本骑士小说有不准骑士的侍从喊疼的说法。这时，桑丘说，该吃饭了。堂吉诃德说，他还不想吃，桑丘想吃先吃好了。桑丘听主人这么说，就跟在稀世驽驹屁股后头，慢腾腾地一边走一边吃，一会儿抱起酒囊喝一口，那个滋润，那个舒服呀，简直像个活神仙。马拉加的酒最有名吧，就那个地方开酒馆的见了桑丘这得意劲，都会自叹不如。桑丘只顾喝酒，早把东家许给他的愿忘到了脑后，觉着出来冒险是叫人担惊受怕，但也不是什么苦差事，说实在的，还挺舒坦。

他们那天晚上在林子里过了一夜。堂吉诃德折了一根枯枝，把剩下的枪尖插在上头，算是又有了兵器。他想起书中的骑士在荒野树林里过夜，因思念情人几夜几夜不睡觉，也要学人家的样儿，一门心思去想他的意中人温柔内雅。桑丘吃得饱饱的，又没喝什么提神的东西，一觉就睡到大天亮，太阳照着他的脸，鸟儿在他耳边唧喳乱叫，他都没醒过来。堂吉诃德把他叫醒，他又去拿酒囊，发现酒囊瘪下去不少，便有点儿上火，因为他想，在这条路上走，到哪儿能买得上酒？！堂吉诃德还是不肯吃饭，他想继续作甜蜜的相思，享用精神美餐。他们又重新上路。大约下午三点，已望见拉皮塞隘口。

堂吉诃德说："桑丘老弟，这个地方冒险的事多的是，有一点你给我记住：跟我对打的人是流氓、下三烂，你可以上手帮我；如果是骑士，我就是有了天下最危险的危险，你也不能拔剑相助，因为你没授封骑士。总之，这是骑士的规矩。"

桑丘说："老爷，您放心好了。您说什么，我就干什么。我天生对人和气，最讨厌打架。不过，要是为了自卫，我就顾不了那么多了。不管您这规矩是人定的，还是天定的，总不能光叫人挨打，不让人还手吧？"

堂吉诃德说："我也是这样说。不过要是你帮我和骑士打，那一定要捺着性子，遇事讲个分寸。"

桑丘说："我一定听命，把您的命令当礼拜日来执行，说休息就休息。"

正说话间，路上远远出现两位圣贝尼托教团的修士，戴着面罩，打着阳伞，骑着两匹高头大骡，好似两峰骆驼。后头有一辆马车，车上坐了一位贵夫人，从比斯开来，到塞维利亚去，她丈夫要去美洲赴任做官，在那里等她一同出发。同行的有四五个骑马的和两个马夫。两位修士和那夫人一行并不认识，只是同路而已。可堂吉诃德一见，就想的不一样了，只听他对自己的侍从说：

"我没说错吧？这个天字第一号的冒险事可叫咱们给碰上了。你听我给你说，那两个黑不溜秋的东西大概……肯定是魔法师，他们用马车劫走了一位公主。我要前去搭救公主，严惩那伙强人。"

桑丘说："完了，这比那大战风车还要糟。我说，老爷，那两位分明是圣贝尼托教团的修士，那马车上的人肯定也是过路行人。我看，您还是小心为上，千万别受了魔鬼的骗。"

堂吉诃德说："桑丘，我不是说过吗？你呀，根本不懂冒险。我说的绝不会有错，你就等着瞧好了。"

说罢，他前行几步，站在路当中。等两个修士走近，能彼此听见，就高声喝道：

"你们这帮妖魔听着，快将你们抢走的公主留下，如若不然，定要你们的狗命！"

两位修士听了，忙勒住骡子，见堂吉诃德样子古怪、说话离奇，十分惊讶，就答道：

"绅士先生，我们不是妖魔，是赶路的修士。什么用车劫走公主，我们毫不知情呀！"

堂吉诃德叫道："少给我来这套！你们这两个浑蛋想用花言巧语骗我！"

他不容人家分辩，催马持矛，直取靠前的那个修士。堂吉诃德来势凶猛，吓得修士先行滚鞍倒地，要不然，非撞个半死。另一位修士见此，急忙赶着胯下的大骡子，飞跑而去，比兔子还快。

桑丘看见一个修士倒地，赶紧跳下毛驴，跑到他身边，动手就脱人家的衣服。修士的两个马夫见了，过来问他凭什么脱别人的衣服。桑丘说，他东家堂吉诃德打败了修士，修士的衣服就是战利品，他也该得一点儿。两个马夫不会要笑，也不明白什么是战利品，什么叫打仗，他们看堂吉诃德在和车上的人说话，离这儿挺远，就一齐冲上去，把桑丘推倒在地，踢了一顿，又把他的胡子拔个精光。桑丘直挺挺躺在地上，没气了，摔倒的修士吓得面无血色，魂不附体，急忙爬上骡子，朝同伴那儿飞奔而去。他那位同伴早逃得远远的，在等着看这场突然袭击会是什么结局。两位修士见面后，怕凶多吉少，也不等看什么结局了，立刻催骡赶路去了，一边在胸前猛画十字，画得那个多、那个快，好像有鬼在后面追他们。

堂吉诃德不管那边发生了什么情况，只顾在这里和车上的夫人谈话。他说：

"美丽的夫人，您现在可以自由自在了。劫持您的那伙强人已被我这双铁臂打得落花流水，望风而逃。您不必问救您的是谁。我告诉您吧，我叫堂吉诃德·德拉·曼卡，是游侠骑士加冒险家，我的心上人就是举世无双的大美人温柔内雅·德尔·托博索。我救了您不用报答，只求您去托博索村替我拜见她，把我救您的事告诉她就行。"

夫人的随从中有一个比斯开人，听堂吉诃德要他们马上转回到托博索村，还挡在车前，就跑过来，一把抓住堂吉诃德的长矛，跟他大嚷，说出的话不像卡斯提亚语，更不像比斯开语，总之是南腔北调：

"快靠边儿！你这倒霉的鸡屎（骑士）！内（你）不让叫车走！我压（要）你的小命！"

那个比斯开人咬字欠准，可堂吉诃德全听得懂。他很镇定地说：

"你不是骑士，要是的话，像你这样在我面前放肆，满嘴傻话，我早就揍你了，你这浑蛋！"

那个比斯开人说："我不是鸡屎？内胡说！内放下长矛，拔出包剑（宝剑），内就知道送猫下水，屎情（事情）难办。陆上比斯开人，海里是鸡屎，鸡屎就是魔鬼！内敢说个不字，胡说的就是内！"

堂吉诃德说："阿格拉黑斯说过：现在就叫你瞧好吧！"

说罢，把长矛扔在地上，拔出宝剑，手持盾牌，直取比斯开人，要他的性命。比斯开人骑的是一头劣等骡子，怕它误事，正要下来，哪承想堂吉诃德已拍马赶到，他幸亏正在马车旁边，就急中生智，从车上夺过一个垫子做盾牌，两人就打将起来。打得真是你死我活，不共戴天，谁劝也劝不住。比斯开人扬言，要是不让他把这个仗打到底，他就先把车上的夫人杀掉，反正谁拦他，就杀死谁。夫人一看，急忙吩咐车夫把车赶得远远的，遥观这场恶斗。只见那比斯开人晃过堂吉诃德的盾牌，向他肩上猛砍一剑。幸亏堂吉诃德有铠甲护身，否则，上身早成两半。那一剑砍得有力，堂吉诃德大吃一惊，忙喊道：

"啊！我心上的人，美人中的佳丽！快来救救你的骑士，他为了你，有人竟要他的性命！"

　　说着，持盾挥剑，向比斯开人扑去，恨不得一剑刺去立见输赢。比斯开人一看对手已杀得眼红，自己也得拼命。可是那头劣骡早已累得半死，加上生来就不是干这行的东西，不管主人勒缰绳还是踢肚子，它都坚决不动。比斯开人没办法，只好拿坐垫当盾牌，等着挨打。说时迟，那时快，只见堂吉诃德催马赶到，举剑便砍。比斯开人忙用坐垫护身，挥剑来挡。观战的人，不知道这两剑相交会是什么结果，都把心提到了嗓子眼。车上的夫人和几位侍女只知道向各家教堂各路神仙作揖呼救，求上帝保佑这个侍从和她们自己逃脱这场大难，免遭祸殃。谁承想，就在这个节骨眼儿，作者戛然而止，不往下讲了，说什么堂吉诃德的英雄事迹他就知道这些。但是，这部书的另一位作者不相信他的话，认为曼卡的读书人中肯定有人保存着这位著名骑士的有关材料，就费尽心机，四处寻找，最后托老天的福，居然心想事成。要知他是如何找到的，请您接着往下读。

随从莽撞与游侠交战
骑士慷慨应美人求情

上一章说到勇猛的比斯开人和名闻天下的堂吉诃德都举起手中的宝剑来要砍。如果这两把剑都直上直下地劈下去，双方都非被劈成两半不可。谁知，就在这千钧一发的节骨眼上，作者不讲了，说后来的事没有下文。你说叫人气不气？刚读了一点儿，而且正读到兴头上，就没下文了！太让人扫兴了！我想，那失落的部分恐怕是找不到了，不过，像堂吉诃德这么一位少见的优秀骑士，竟没有学者把他的业绩记录下来，从哪方面看，都说不过去。一般来说，游侠骑士、冒险人物，都是文人给他们作传，有的骑士甚至有一两位博学之士专门为他做这项工作。他们记下来的不光是骑士的丰功伟业，还有他们内心的种种活动。连普拉蒂尔之流都有不少学者为他写传，难道说像堂吉诃德这样伟大的骑士倒无人问津？我想，恐怕是时间这个东西在作恶，它磨灭一切，也会把这位骑士的传记故事埋没。

可又一想，堂吉诃德的《妒忌有救》和《埃雷纳斯的仙女》都是近代作品，那他本人的传记当然也是近代的东西；即便没写进什么书中，他本乡和附近的人一定还记得他的事情。想到这儿，我真想马上去他的家乡进行调查考证。堂吉诃德是我们西班牙的名人、曼卡骑士的光辉典范。他在我们这个灾难深重的年代，第一个投身游侠事业，去抑强除暴，救助寡妇和少女。古时候常有少女执鞭骑马，往来于山野之间，保持贞操不受一点儿玷污，如果没有恶棍或手持斧头的村夫或大得出奇的巨人对她们施暴，她们一辈子也用不着在屋子里过夜，进棺材的时候，也保证是货真价实的黄花闺女，像她娘生她时一样。总而言之，我们这位堂吉诃德值得千古流芳，万世颂扬。我尽心竭力去寻找这个趣事的下文，也该得到表扬。现在我就把我如何找到这个故事的情形讲给大家听。您要是专心看，两小时就可以看完。要不是老天帮忙，我个人走运，抓住了机会，各位恐怕还得不到这点消遣和享受。事情是这样的。

有一天，我在托莱多阿尔纳市场看见一个小孩向一个丝绸商人兜售一些旧手稿和旧抄本。我这个人爱看书，破的旧的都喜欢，就上前从孩子那一堆旧书稿里拿起一本看。认出是阿拉伯文，可看不懂，就想找一个懂西班牙语的摩尔人给我翻译。要找这种翻译容易，就是翻译更古一点儿的希伯来文也能找到人，所以，我很快就找到一个。这位翻译把我给他看的本子从中间打开，看了一段就笑了。我问他笑啥，他说，笑上面的一个批语。我请他译给我听。他一边笑一边译：

"温柔内雅·德尔·托博索是腌猪肉的顶尖好手，全曼卡的女人谁也赶不上她。"

我一听温柔内雅这个名字，十分惊讶，心想这肯定是讲堂吉诃德的故事，就催着他把开头的几行字译给我听。他便随口译出，说：

"写的是《堂吉诃德·德拉·曼卡传》，阿拉伯历史学家熙德·阿梅德·贝嫩赫利著。"我听到这个书名，心里别提有多高兴了，幸亏我使劲板着脸，才没有让人看出来。我花了半个银币，抢先从孩子手里买下了他所有的手稿和抄本。要是他机灵，或是我显得过于急迫，他就是要六个银币，我也得乖乖给他。我买下手稿，立刻带着那个翻译，跑到大教堂的走廊里，请他把有关堂吉诃德的部分，原原本本全译成西班牙文，至于报酬，由他定。那位翻译要我四十六斤葡萄干和二十几升麦子，答应译文忠实流畅，交活迅速。为了方便起见，也怕万一丢失手稿，我把他请到我家里进行翻译。他用了一个半月的时间就全部译完了。

手稿的第一部分里，有一幅堂吉诃德大战比斯开人的画，画得逼真，就像故事讲的那样，两个人都高举宝剑，一个用盾牌护胸，一个用垫子遮身。比斯开人坐下的骡子画得非常像，远远看去就知道是一头租来的牲口。他脚下有个标签，写着"堂桑丘·德阿斯佩蒂亚"。稀世驽驹也画得极好，又瘦又瘦，又长又细，肉没多少，净是骨头，好像得了三期肺痨，的确是稀世驽驹，名副其实。它脚下也有个标签，写的是"堂吉诃德"。旁边是桑丘·潘沙，正手牵着他的毛驴，驴脚下也有个标签，写着"桑丘·桑卡斯"。画上的桑丘，个子矮，肚子大，小腿倒挺长，所以叫他"潘沙"（肚子），又叫他"桑卡斯"（绑腿）。还有些细枝末节，跟故事关系不大，就不提了。

如果说这个故事不真实，那是因为作者是阿拉伯人，属于爱开玩笑的民族。他们与我们为仇做对，对我们的英雄只会贬低，绝不肯添彩，常常是该歌颂的时候故作哑巴。历史学家理应尊重事实，不感情用事；书写历史，要不怕威胁，不受利诱，不为好恶左右。历史孕育真理，时间也难把它磨灭，所以它能把遗闻旧事保存下来。历史是过去的见证，当代的鉴戒和后世的教训。我知道这部书十分有趣，有许多令人满意的地方。如果还有欠佳之处，我认为全该由这浑蛋作者负责，与题材毫无关系。好，就此打住，咱们还是来看译文：

只见两位好汉，精神抖擞，怒目相视，那不可一世的劲头，好像他们的对手不是彼此，倒是这个天地。比斯开人见此大怒，举剑便砍，来势凶猛，差一点儿就宣告恶战告终，堂吉诃德毕生奋斗的冒险事业就此玩儿完。还是堂吉诃德福大命大，比斯开人那一剑虽势不可当，却偏了一点儿，只砍在他的左肩上。性命是保住了，半边铝甲和大部分头盔可没了，还让人削掉半只耳朵。

堂吉诃德一看自己如此狼狈，险遭毒手，火冒三丈，只见他立刻挺直腰板，双手握剑，使出平生气力，搂头盖顶，朝比斯开人砍下去，正好砍在脑袋上，虽说有垫子这般先进的盾牌防护，也好似一座大山突然砸在头顶，砸得他七窍流血，身体晃晃悠悠，要不是搂着骡子的脖子，早已摔倒在地。但他到底是受伤过重，力气用尽，终于滚下骡子来，那骡子也吓得落荒而逃。

堂吉诃德在一旁冷眼观瞧，见对手摔下骡子来，才跳下坐骑，抢步上去，用剑指着他的眼睛，命其投降，不然就要他的项上人头。比斯开人吓得魂飞魄散，只在那儿发呆，哪里说得出话来。车上那几位女士，刚才看他们打架，一直心惊肉跳，浑身哆嗦，现在见堂吉诃德正在气头上，她们的侍从恐怕是凶多吉少，便跑过来央告，说堂吉诃德大人大量，手下留情，饶了她们的侍从。堂吉诃德摆出一副不可一世的样子，郑重其事地说：

"各位美人，我愿意遵命，但有一个条件，这位骑士必须答应到托博索村跑一趟，代我拜见举世无双的堂娜温柔内雅，请她处置。"

那几个女人只知道害怕，根本没去想堂吉诃德的什么要求，也没心思打听温柔内雅是哪一位，就慌忙说，她们的侍从完全同意，保证执行。堂吉诃德听了，说：

"我本该要了他的狗命，现在看在各位美人的分上，先便宜他这一回。"

第十章 | 主人心在骑士道
侍从眼看人世间

堂吉诃德大战比斯开人的时候，桑丘已经从地上爬起，在一旁观看，心里不住向上帝祷告，求他老人家保佑主人打个胜仗，赢个什么海岛，就可以封自己当岛上的总督。现在仗打完了，他见主人准备上马，赶忙跑过去扶镫。在帮他上马之前，突然跪倒在地，抓住他的手，吻了一下，说：

"堂吉诃德老爷，求求您，把刚才打仗挣来的那个岛赏给我吧。多大我都能管好，人家行，我也行，跟着学呗。"

堂吉诃德说："桑丘老弟，什么岛不岛的，这是岔路口。打了半天，不是头破血流，就是叫人家弄掉半只耳朵。你耐心点，日子还长着呢。别说什么总督，再大的官我也能给你弄上一个半个的。"

桑丘一听有这等好事，乐得又是吻主人的手，又是亲他的铠甲，一个劲儿地表示感谢。他帮主人骑上稀世驽驹，自己也上了毛驴。堂吉诃德没有向车上的女人告辞，连话也没多说，就纵马进了附近的树林。桑丘催着胯下的驴子，跟在后面。稀世驽驹跑得太快，他实在追赶不上，就大声叫主人等他。堂吉诃德只好勒住马缰。桑丘走到他跟前，说：

"老爷，我看咱们还是找个教堂躲一躲。刚才您把那个小子打得半死不活，他能善罢甘休吗？没准儿会去找民团来抓咱们。要真叫人给抓去，那咱们可就进得去出不来啰。"

堂吉诃德说："一派胡言！游侠骑士杀人如麻，也没听说谁坐过班房！"

桑丘说："我不管'如马'还是'如妈'，反正我没干过这种事。我只知道人家民团就是专管野外打架的。"

堂吉诃德说："老弟，你放心好了。别说是什么民团，就算你叫迦勒底人①抓去，我也救得出来。说心里话，你看天下还有没有比我勇敢的骑士？你在书上读到过像我这样的游侠吗？英勇善战，本领高强，所向无敌。"

桑丘说："说心里话，我不识字，没文化，啥书都没读过，也读不了。但我敢对您说，像您这样胆大的主人，我还没伺候过。上帝保佑，您还是小心点好，免得叫人家民团抓去。您这只耳朵怎么还在流血，快让我给您包扎一下伤口，我褡裢里有现成的软布和油膏。"

堂吉诃德说："要是我早想到做一瓶大力士那样的神油，你褡裢里的这些玩意儿就全用不着了。那种油包治百病，一滴就行，又省时间又省药。"

桑丘说："那是啥瓶子？啥油呀？"

堂吉诃德说："油就是油呗，我记得配制的药方，有了这油，就不用怕死了，就是叫人打成重伤，也不会要命。赶明儿我做好了给你带上，等哪天看见我叫人家拦腰切成两截——这可是常有的事——你趁血没凝固，赶紧把这两截合在一起，可要轻手轻脚，要合得严丝合缝，然后就把我说的这种油，往我嘴里倒两滴，我马上就会完好如初，跟没事一样。"

桑丘说："得，我也甭做您说的什么总督了，只要您把这种油的秘方给我，我就知足了。这种油一两还不得卖两个银币？我上哪儿不能做这个买卖呀？单靠做这种买卖，我下半辈子就够滋润的。对了，我得先问清楚，做这玩意儿本儿大不大？"

堂吉诃德说："做六升用不了三个银币。"

桑丘说："是吗？！那您还等什么，赶紧教给我得了。"

堂吉诃德说："老弟，你急啥，还有更绝的呢。我这会儿耳朵疼得厉害，你先给我包扎一下再说。"

桑丘遵命，从褡裢里取出油膏和软布。恰在这时，堂吉诃德发现自己的头盔竟已"体无完肤"，气得差点儿发疯。只见他手按宝剑，仰望苍天，说道：

① 迦勒底人：古巴比伦居民，曾征服犹太人。

"伟大的曼图阿侯爵曾发誓说，只要未报外甥巴尔多维诺的杀身之仇，他就不吃饭，不和老婆睡觉，还有什么什么，我一时想不起来了。现在我对万物的创造者和全套四部福音起誓，在我未对侮辱我的人报仇雪恨之前，我也要学曼图阿侯爵，过他发誓要过的那种生活。"

桑丘说："堂吉诃德老爷，您可得记住，要是那个骑士照您的吩咐去拜见了咱们的温柔内雅小姐，他的事就算完了。人家要是不再干坏事，您就不能惩罚人家。"

堂吉诃德说："你说得太好了。刚才我针对那个骑士的誓言现在宣告作废。不过，我要等待时机，从哪个倒霉蛋头上抢个头盔，还得和我这个一个样儿、一般好。这件事做不到，我发誓还是得过刚才说的那种生活。桑丘，你是不是以为我信口开河？告诉你吧，我可是有根有据哟。想当年，曼布利诺的头盔就叫人抢去过，为这事萨克里潘特倒了大霉。"

桑丘说："我的好老爷，您发这种誓干啥？又糟蹋身子，又毁脑子。您还是趁早让这些什么誓言见鬼去吧。您自己说说，如果一连几天碰不见一个戴头盔的，您怎么办？您仔细看看，这路上来往行人，有谁戴头盔！赶大车的骑骡子的倒不少，他们可没人戴什么头盔，恐怕从来就没听说过世上还有这玩意儿。"

堂吉诃德说："这你可说错了。咱们在这个岔路上用不了两个钟头，就准会看到不少顶盔贯甲的武士，肯定是成群结队的，比当年赶到阿尔布拉卡去争抢美人安赫利卡的人还要多。"

桑丘说："得了，但愿如此。我只求老天保佑咱们走运，早点叫我得到个什么海岛，少搭点本钱，我死也闭眼了。"

堂吉诃德说："已经对你说过，桑丘，你就放心好了。没海岛，还有丹麦国和索布拉迪萨国呀，把它们哪个给了你，都会非常合适，就和把戒指戴在指头上一样。再说，又是在陆地上，肯定比海上舒服。这些咱们将来再说，先瞧瞧你那褡裢里有什么吃的没有。吃完了找个城堡好过夜。对了，还要做点刚说的那种油。跟你说实在的，我这只耳朵痛得实在厉害。"

桑丘说："您问有啥吃的？有呀。葱头一个，奶酪一点儿，面包几块，还是掰剩下的。不过，像您这么伟大的骑士，哪能吃这些玩意儿呢？"

堂吉诃德说："说你不懂你还真不懂。跟你说吧，桑丘，游侠骑士整月整月不吃东西是光彩的事。吃呢，也是有啥吃啥，绝不讲究。你要是也像我读过那么多的骑士书，就不会对我说的大惊小怪了。那些书里，只是偶尔提一下，一般都不讲骑士吃饭的事，当然，有时也说他们去参加什么盛大宴会，可是平常日子过得清苦，不是饿肚子，就是随便找点东西充饥。他们到底也和咱们一样，也是人，得吃东西，还得干人人非干不行的那些事情。可他们成年累月在荒郊野外闯荡，随身又没带大师傅，饿了就只好吃你说的这些简单的东西了。桑丘，你明白不？我心甘情愿，你就别瞎操心了，也别忙着改造我们骑士的老规矩了。"

桑丘说："老爷原谅。我说过我不识字没文化，没看过您看的那些书，不懂游侠骑士的说道。以后我给您在褡裢里装上各种野果，因为您是骑士嘛。咱呢，也不是什么骑士，就准备些鸡鸭鱼肉算了。"

堂吉诃德说："桑丘，我的意思并不是游侠骑士只准吃你讲的野果，我是说，他们经常吃的想必是那些东西，对了，还有野菜。我也认识野菜。"

桑丘说："那敢情好，这一手咱们没准儿还真用得上呢。"

两个人讲完了以后，开始吃东西，就是桑丘褡裢里那点玩意儿，还别说，主仆俩吃得还挺高兴。草草吃罢，他们就又上马上驴，想赶在日头落山之前，寻个村庄过夜。谁知，太阳比他们腿脚麻利，还没等他们碰上个村落，就打道回府了。两人无奈，只好钻进路边牧人的草棚，将就一宿了。桑丘因为没有找到客店落宿，闷闷不乐；堂吉诃德心想这乃修行骑士道的大好机会，喜出望外。

第十一章

游侠畅饮论古今
牧人抚琴诉衷肠

　　草棚里的几个牧羊人热情接待了堂吉诃德。桑丘安顿好稀世驽驹和他自己的毛驴，突然觉得一股肉香扑鼻，赶快跑了过去。原来牧羊人在火上炖着一锅羊肉，正在沸腾，直冒香气。他恨不得马上抓一块尝尝看熟了没有，只见锅已被牧羊人端了下来。他们在地上铺了几张羊皮，摆好俭朴的饭食，诚心诚意地请两位客人和他们同吃共饮。草屋里住了六个人。他们把一只木盆翻过来，高声大嗓地招呼堂吉诃德坐。大家坐在羊皮上，围成一圈。桑丘站在堂吉诃德身边给他斟酒。堂吉诃德见了，就对他说：

　　"快坐到这儿来，桑丘，坐在我的旁边。我们虽说是主仆，也不用分彼此，大家同饮共食，这有多快活！恋爱讲一律平等，游侠骑士也讲一律平等。你看看，这就是所谓骑士之道，谁肯为它冒险，不论职位高低贵贱，马上就会受到尊重。"

　　桑丘说："太谢谢您了。不过，我得对您说，坐在皇帝身边吃，不如我一个人站在一边吃，这样吃得香，也自在。坐在那儿，慢慢喝，细细嚼，不停擦嘴巴，打喷嚏咳嗽都不行，想干什么都得小心，这不是活受罪吗？我宁愿自己找个地方，吃点面包加葱头，也不去坐酒席，吃火鸡，干那些死要面子活受罪的事。我的老爷，您说我当了侍从为游侠骑士效劳，就给我荣耀和体面。我跟您说吧，您的情我领了，但我不要这荣耀，体面您也不必给，因为我根本用不着，倒不如折换成更实惠的东西赏给我。"

　　堂吉诃德说："说一千道一万，你也得给我坐下，因为上帝就喜欢谦卑的人。"

说着他一把把桑丘拉在自己身旁坐下。

那几个牧羊的不懂他们在讲什么鬼话，只顾吃自己的，时不时吃惊地看他们一眼。他们俩倒很放得开，胃口也十分好，大块大块的羊肉，一阵猛吃海塞。吃完羊肉，牧羊人又拿出一大堆橡子和半块比砖头还硬的奶酪，放在羊皮上。大家用一个羊角杯喝酒，传来传去，酒杯空了满上，满上又喝空，真好像打水的吊桶。两皮囊酒没多会儿就喝空一个。堂吉诃德吃好了，抓起一把橡子，两眼发呆，在琢磨着什么，突然说道：

"古人讲的那个黄金时代太幸福了，太好了！这么说，不是因为那个时候金子易得，当然，这东西在咱们这些黑铁时代人的眼里，可是宝贝，而是因为那个时候的人还不懂得分什么你我，一切公有，太古盛世，橡树苗壮，橡子挂满树枝，伸手便可摘食。清泉、河水长流不息，任人随意饮用。勤劳聪明的蜜蜂在石缝和树洞里修筑家园，甜蜜的事业创造出丰富的收获，又将其无私奉献给人们。高大的软木树脱下轻巧的树皮，供人们拾去铺在梁柱上，修建蔽风遮雨的房屋。那时人人友好，处处和平。弯头犁还未敢用那笨重的犁刀去挖大地妈妈仁慈的肚皮。大地妈妈宽阔的胸怀，到处都有丰富的宝藏，供养她的儿女，让他们享受生活，世代相传。天真美丽的牧羊姑娘，来往于山间田野，披着秀发，不穿衣服，只用碧绿的草叶，不用紫色的绫罗，把害羞的部分遮盖。这种模样，胜过朝廷命妇赶时髦的奇装异服，又鲜艳又漂亮。那时候，人们谈情说爱，不花言巧语，拐弯抹角，而是直截了当，简单淳朴。真诚与欺诈分明，私心还没有现在这般厉害。法官不会胡判，实际上也没人告状。贞洁的姑娘，独自走在荒郊野林，也不怕遭人调戏和强暴，即使失身也是自愿。看看如今吧，在我们这个可恨的社会里，没一个女人安全，即使把她们关在克里特岛上的迷宫里，淫乱也能从空气中钻进去，让她们失身丧节。世风日下，一年不如一年。创立骑士道就是为了保护少女，救助寡妇，拯救孤苦。各位老弟，我就是这样的骑士。我和我的侍从承蒙各位殷勤款待，在此谨表谢意。当然，招待游侠骑士是大家的本分，但我想各位对此并不知情。就这样对我们还如此周到，真叫我们感激涕零。"

堂吉诃德看见橡子，突然想起黄金时代，便发了这么一大篇议论，讲了半天废话。那伙放羊的，根本听不懂他说的话，都不吭声，只听他一人在那儿海阔天空。桑丘啥也不管，一个劲儿地吃橡子，不停地用眼睛去瞟晾在软木上的那只酒囊。

堂吉诃德饭吃得快，话讲得长。等他不说了，其中一个放羊的才开口道：

"游侠骑士先生，您讲了我们这么多好话，实在太客气了，我们也要表表心意。一会儿我们让个小伙子给您唱个歌解解闷。那个年轻人又聪明又多情，还会看书写字呢，三弦琴也弹得绝了。"

他刚说完，就听见琴声。不一会儿弹琴的人到了，是个二十二岁的小伙子，长得十分英俊。牧羊人问他吃过晚饭没有，他说吃过了。他们又对他说：

"安东尼奥，给我们唱支歌好不好？让我们这位贵客知道，咱们山林里也有懂音乐的人。我们已经向他夸过你了，你就弹一曲，来一段，免得人家说咱们吹牛皮。坐下，你的恋爱故事不是让你那个在教会做事的叔叔编成歌了吗，村里的人都很喜欢，你就唱唱这个怎么样？"

小伙子说："好吧。"

说罢，就在一棵砍倒的橡树上，调好琴弦，唱了起来：

> 奥拉丽雅，我知道你爱我，
> 虽然你没有对我讲，
> 虽然你的眼睛，那传情的嘴巴，
> 也没对我说。
>
> 你知道我心里想的什么，
> 所以我深信你会爱我；
> 只要心上人知情，
> 就不会两手空空。
>
> 奥拉丽雅，听我对你说：
> 你有时对我心如铁石，
> 冷若冰霜，
> 雪白的胸仿佛石头一样。
>
> 任你对我无情冷淡，

任你对我责备埋怨，
我却发现
希望之蝶飞舞在你的裙边。

我信心百倍，勇往直前，
遭冷淡不泄气，
对心上人永远信赖。

假如客客气气表示有情，
那你的面容说明：
我梦寐以求的事
肯定能行！

假如大献殷勤，
能让意中人高兴，
那我讨好你，
也许会博得几分欢心。

假如你注意到我，
你会不止一次地发现：
已经是星期一了，
我还是星期日的打扮。

爱情和美衣
总是并肩同行；
我要在你的眼里
永远是那么潇洒、整齐。

不提我为你而起舞，

也不提我为你演奏的乐章，
虽然你倾听到半夜，
有时欣赏到第二日大天亮。

也不提我对你的赞美，
也不提我夸你长得美丽，
我说的全是真话，
却遭到其他女人的嫌弃。

有位村姑叫特雷莎，
听我夸你美好，
就说："你以为爱上天使，
其实是对猴儿动情。"

她借假发的柔软，
她借首饰的光艳，
她借脂粉的装扮，
竟把爱神也欺骗。

我说她瞎扯，她恼羞成怒，
搬来她的表哥向我挑战。
后来我干了啥，他干了啥，
你反正早就听说了然。

我对你的爱与众不同，
我没半点苟且非分之念，
我追求你，为你效劳。
是怀着更高的心愿。

教堂里备有轭绳一对，

牢牢拴在一个车上，

把你的脖子伸进绳套吧，

我会比你做得更棒！

要是你不乐意的话，

我就立刻对大圣人起誓

我要永远离开这座山，

否则，就去做修士。

　　小伙子歌罢，堂吉诃德请他再唱。桑丘不愿意，因为他困得不行，说：

　　"您今儿晚上该在哪儿歇着，就赶紧去哪儿。这几位老兄干了一天活了，总不能叫人家整宿听歌吧？"

　　堂吉诃德说："桑丘，我明白你的心思，我不是傻瓜。你老往酒囊那儿跑，这会儿撑不住了吧？还说是为了人家！"

　　桑丘说："老天知道，大家都一样。"

　　堂吉诃德说："你说得也对。还是你爱在哪儿歇就去哪儿歇着吧！干我们这一行的，还是熬夜的好。对了，桑丘，先给我的耳朵包扎一下，又疼得不行了。"

　　桑丘遵命照办。一个牧羊人听了，叫堂吉诃德不必担心，他有药可治。说罢，摘了几片当地盛产的迷迭香叶子，嚼烂加盐调匀，给他敷在耳部患处，包扎停当，说无须再用他药。他的话果然灵验。

第十二章

美人无心倾倒众男士
须眉有意难圆梦中情

堂吉诃德刚叫牧羊人包扎好耳朵，就见几个小伙子从村子里运粮食到此。其中一个对牧羊的那伙人说：

"我说，你们知道不？村儿里出事了。"

一个牧羊人问："出啥事了？"

小伙子说："今儿早晨，那个有名的牧羊学生，叫格利索斯托莫的死了。大伙儿都在底下嘀咕，说是因为他爱上了大富翁吉列尔莫的千金、那个叫马塞拉的害人精，就是扮成放羊的、老在咱们这儿转悠的那个女人。"

一个牧羊人说："你说是为了马塞拉？"

小伙子说："没错。他留下遗嘱，让人把他像摩尔人那样埋在野地里，而且一定要埋在流出泉水的那块大石头底下，听说他对人家说过，他就是在那儿第一次见到马塞拉的。遗嘱上还有别的要求，但村里的神甫说都有异教的味道，不便照办。可他的好友，曾和他一块儿牧羊的大学生安布罗西奥，不管那套，一定要完全照遗嘱办。因为这，村里搞得乱哄哄的。据说，到头来还得按安布罗西奥和他那伙牧羊的伙伴说的办。明天他们就要举行葬礼，就在遗嘱上讲的那个地方，肯定与众不同，我非去看看不可，当天回不了村也要去。"

那伙牧羊的齐声说："咱们都去瞧热闹吧。先抓个阄儿，谁抓着谁留下给大伙儿看羊。"

一个牧羊人说："佩德罗，不用抓阄了，我给大伙儿留下来看羊。我不是做好人，也不是不想去。你看，脚上扎了个刺，想去也去不成。"

堂吉诃德问佩德罗死的那个人怎么回事儿，还有那位打扮成放羊姑娘的到底搞了啥名堂。佩德罗说，据他所知，死者是附近山村一个有钱人家的公子，在萨拉曼加上了许多年大学，后来回到家乡，学问很大，没有不懂的，尤其是天上的星星，他最在行，还知道太阳和月亮在天上干啥，哪天会给吃掉。

堂吉诃德说："我说，不是'吃'，叫'蚀'。"

佩德罗认为这都是鸡毛蒜皮，没理会他，继续说：

"他还能提前知道哪年是丰年，哪年是谎年。"

堂吉诃德说："你说的该不是'荒年'吧？"

佩德罗说："什么谎年，荒年，一回事儿。我告诉您说，他爹和他的那些朋友，听了他的话，都发了大财。他还给他们出主意：'今年种大麦，别种小麦'，'今年种小豆，别种大麦'，'明年橄榄油大丰收，接着三年就滴油不收'，等等。他说什么，他们就听什么。"

堂吉诃德说："这叫占星学。"

佩德罗说："我不知道这叫什么学，反正他都懂。可是，有一天，那时他从萨拉曼加回来没几个月，他突然脱掉上学时穿的长袍，披上羊皮袄，拿起赶羊棍，成了放羊的了。他的好友兼同学安布罗西奥也跟他一个样，打扮成放羊的。对了，我还忘了说，格利索斯托莫还会写诗呢。会写圣诞夜唱的颂歌，还能编戏，让年轻人过圣体节时表演。刚才说这两位大学生突然改装换貌，要做牧人，大伙儿感到莫名其妙。恰好在这个时候，他老爸死了，他继承了好大一笔遗产，有田产，有东西，有牛羊，还有一大堆现钱。他也真配这笔遗产，因为他为人随和，心肠厚道，喜欢和好人在一起，长得也招人看。后来才知道，他改装是为了追那个牧羊姑娘马塞拉，因为这可怜的人爱上了她。好，现在就让我告诉您这个小丫头是谁吧，您也真该听听。跟您这么说吧，您就是比王八活得还长，也恐怕……嘿，肯定没听说过这样的事情。"

堂吉诃德说："是比莎拉[①]活得长，不是比王八活得长。"

佩德罗说："比王八活得长。我说，先生，您还有完没完？您老这么挑错，

---

① 莎拉：《圣经》中人物亚伯拉罕之妻，长寿。

咱们还讲不讲了？"

堂吉诃德说："请原谅，我是觉着这莎拉和王八它不是一回事儿，才告诉你一声。您说王八比莎拉活得长，这倒没错。您接着说吧，我再不多话了。"

佩德罗说："好说。我们村有个老乡叫吉列尔莫，比格利索斯托莫的爹还阔气。老天赏了他一大笔财富，又赐给他一个千金。这女孩生下来就死了娘。她娘在村里最受尊敬，这会儿我还记得她的模样，那张脸好像上边是太阳，下边是月亮，美极了。人长得好看不说，做事勤快，尤其愿意帮助穷人。我相信她的灵魂会在极乐世界里享福。吉列尔莫失去这样好的妻子，伤心过度，不久也死了。马塞拉只好由她叔叔抚养。她这叔叔是位修士，在村里做神甫。女孩渐渐长大，出落成了一个非常漂亮的大姑娘，看见她，就叫人想起她死去的娘。她娘已经算是个大美人了，可是大伙儿觉得还比不过她。姑娘长到十四五岁，人见人爱，都夸她貌美，许多人为她神魂颠倒。叔叔管得很紧，但她的美还是传遍了四乡八镇，又有那么多的遗产，本村和方圆几十里的富家子弟，纷纷赶到她家，向她叔叔求婚。她叔叔是个做事稳当的好教徒，看侄女已经到出嫁年岁，也急着想让她成家，但有一条，先得征得他同意。他这样做，绝不是因为自己保管着侄女的财产，想拖延婚事捞取便宜。大家议论起他，都说是个好神甫。在咱们这种小地方，你的一举一动，一言一行，大家都看在眼里，都会说三道四。一位神甫叫人称赞，肯定是好得出奇，尤其在乡下。"

堂吉诃德说："原来是这么回事儿。接着说，挺有味儿的，你老弟讲得也够幽默的。"

佩德罗说："但愿上帝给我这种幽默，讲故事要的就是这个。咱们再接着往下说。求婚的一个接一个，快把门槛踏破了。她叔叔把这些人的情况一一都告诉了她，叫她挑个满意的。她总是说年纪还小，还当不了家，眼下不想结婚。她叔叔觉得这话在理，不好勉强。他说：儿女的婚事做大人的不能强迫。谁承想，忽然有一天，这个有点儿拘束的女孩子居然打扮成牧羊女，和村上的其他几个牧羊姑娘，跑到山里放自家的羊去了。她叔叔看不惯，村里的人也不赞成，都劝她别这样，可她根本听不进耳。她这么一抛头露面，那美丽的脸蛋不知倾倒了多少人。数不清的公子哥儿和富家子弟纷纷穿上牧羊人的衣服，跑到山上，追在她后头求婚。格利索斯托莫就是其中一位。据说，他不是爱她，是崇拜她。马塞拉在山上待的时间长，在家的时间短，可以说不怎么在家。你听了以为她会做出什么出格的事吧？那就错了。她品行端正，追求她的人也没有哪个敢吹牛说她答应过他们什么要求。放羊的小伙子跟她做伴，与她聊天，她并不躲着，也不逃走，总是和颜悦色，以礼相待，但如果谁想向她求爱，哪怕是一本正经又天经地义，她一觉察出这类苗头，就像放炮似的，把人家轰得老远。她天生这种脾气，给村里添的麻烦比闹瘟疫还厉害。她温柔美丽，人见人爱，可她说话直来直去，又叫人伤心失望。求爱的人不知怎样才能打动她的心，只好叹气，说她心狠无情。先生，您要是在这儿多待些日子，总有一天您会听见山林里到处是求婚无望而怨气冲天的叹息。附近有二十几棵大树，上面都刻着马塞拉的芳名，有的在名字上还刻了一个王冠，好像是在说，马塞拉戴上王冠，是名副其实的天下第一美人。一个个牧羊的小伙子，不是怨恨，就是哭泣；这个大唱情歌，那个唉声叹气；有的在树下一坐就是一夜，满脸泪水不止，早上太阳出来了，他还在那儿发呆；有的中午在大太阳底下，躺在火一样的沙地上，长吁短叹，求上帝大发慈悲。美人马塞拉把那些男人一个个搞得神魂颠倒，自己却心平气和，无所牵挂。她这样骄傲，不知哪个男人有福分把她征服，享受这一绝世美貌。所以我听说格利索斯托莫是为她而死，就知道这话不会有假。先生，明天举行葬礼您还是去看看，肯定有名堂。死者的朋友很多，选定的坟地离这儿也不太远。"

堂吉诃德说："我一定去。您讲得很有意思，很有味儿，谢谢了。"

佩德罗说："这算啥？马塞拉有一大堆追她的人，他们的事我知道的连一半都不到。明儿个路上要是碰上个知情的，咱们再让他给咱们讲。您该到屋里歇着了。伤口反正也上了药，没什么事了，但不能碰露水。"

桑丘听佩德罗没完没了地唠叨，心里使劲地骂他。他也劝主人进屋睡觉。堂吉诃德哪里能睡得着，整宿都学着马塞拉那伙情人的样儿，思念他的意中人温柔内雅小姐。桑丘在稀世驽驹和自己那头毛驴中间找了个地方，倒头便睡，没多会儿，就鼾声如雷。

骑士胡言惹人笑
学士失恋归九泉

　　太阳刚刚从东方升起，有五个牧羊人便起了床。他们叫醒堂吉诃德，说他要去参加葬礼的话，不妨搭伴同行。堂吉诃德听了连声说好，起身吩咐桑丘立刻鞴马。不多一会儿，大家便上了路。走了二三里，来到一个十字路口，迎面碰上了六个牧羊人，都身穿黑羊皮袄，头戴松枝冠，手拿一根冬青木棍。还有两个骑马的，身穿出门的衣服，模样不俗，随行有三个仆役，跟在后头走。大家见面，彼此施礼，互相打问，才知都是去参加葬礼的，就合为一处，继续前行。

　　那两位骑马的说了话，一个说：

　　"比瓦尔多先生，听这几位牧羊老兄讲，死的那个牧羊人和害死他的那位牧羊女都是怪人，葬礼想必也不同寻常，咱们去开开眼，看看热闹，耽误点时间也划得来。"

　　一个说："说得有理，耽误一天怕啥？耽误四天也得去瞧瞧。"

　　堂吉诃德问他们都听说了哪些事。一个说，他们今天早上碰见这几位牧羊人，看他们身穿丧服，问给谁送葬，才知道有个牧羊女叫马塞拉，人长得十分美貌，但性格古怪，向她求婚的人多得不得了，都叫她搞得神魂颠倒。末了，又讲了格利索斯托莫的死，说他们现在就是给他去送葬，总之，就是堂吉诃德听佩德罗讲的那一套话。

　　比瓦尔多突然问堂吉诃德，这个地方挺安全的，干吗还要浑身披挂，全副武装。堂吉诃德说：

　　"在下区区一名游侠骑士，说来惭愧，实在不配。干我们这一行，出门在

外，必须得这样打扮。我们游侠骑士就讲究吃苦受累，顶盔贯甲，耍刀弄枪，只有那些在朝当官的才会坐享清福、游手好闲。"

那二位一听，就知道这是个疯人，想再试试，看看是真疯还是假疯，如果是真疯又是哪种类型的，就请教他，什么是游侠骑士。

堂吉诃德说："二位不知看没看过英国历史，那上头记载了阿瑟王的英雄业绩。阿瑟王咱们西班牙语叫阿图斯王。据大不列颠国流行的古老传说，阿瑟王没死，而是被魔法变成了一只乌鸦，等将来机会一到，再重掌大权，恢复自己的王国。就因为这，从那时起直到现在，在英国再没有人杀乌鸦了。圆桌骑士会就是在这位贤德的国王当政的时候创立的。传说堂朗斯洛特和西内布拉王后相好，也在那个时候，给他们从中撮合的是高贵的金塔尼奥娜太太。那首备受咱们西班牙人喜爱的著名的歌谣就是从这儿来的：

> 朗斯洛特方到此，
> 女士纷纷款待他。
> 在房侍候有小姐，
> 公主照看他的马。

你们听，这段儿女情长的故事有多么动人。从那时候起，骑士道逐渐普及，最后扩展到全世界，许许多多仁人志士，纷纷投效此道，做出种种英雄业绩，美名传遍四方，其中就有勇冠三军的阿马迪斯、慷慨大侠菲力克斯马特、人人称赞的白骑士蒂兰特和英勇无敌的贝利亚尼斯。你们问什么是游侠骑士，他们这样的勇士就是。我说的就是他们信奉的那个骑士道。我虽然有罪，但也要干这一行。我要学那些骑士的样，把自己的一辈子都献给骑士事业，所以我才跑到这个荒野山林中来，决心在最危险的时候进行冒险，锄强扶弱，舍身为民。"

那两个人开始见堂吉诃德言语古怪很是惊诧，现在听了他这段胡说八道，认定眼前这位必是疯子无疑，而且也知道属于何种疯病。比瓦尔多喜欢说笑，听说那个坟地还得走一阵子，就故意逗堂吉诃德，叫他再说些疯话，给大伙儿解闷，便说：

"游侠骑士先生，您干的这一行可称得上天下第一苦差，苦修会的修士也比不过您。"

堂吉诃德说："一样苦吧？不过，是否一样合乎需要，这我就不敢说了。说实话，在前面真枪真刀干的士兵，功劳并不亚于指挥他们的军官。我的意思是，教士向上帝为世人求福不冒什么危险，战士和骑士要实现他们的祷告就得动刀动枪。他们不像教士那样，一切都在屋内进行，而是天天奔走在外，夏天烈日当头，冬季冰霜刺骨。我们游侠骑士替天行道，主持正义，凡事都得靠刀枪和拳头解决问题，不出大汗、吃大苦能行吗？我们的职业就是打仗，打仗就是我们的职业。所以，我们比教士辛苦。当然，我不是说，也根本没想过，游侠骑士应和修士们地位相同。我只是说，根据我亲身所受，游侠骑士的确比教士劳累，他们挨打受饿，穿破衣，受痛苦，满身虱子，不知一辈子要遭多少罪。古时候，有几位骑士最后登上了皇帝的宝座，即使有，那他们也是凭武力凭战功，流血流汗挣来的。说实话，还有魔法师从旁帮忙，否则，也只能做做当皇帝的梦。"

比瓦尔多说："您说得不错。不过我觉得有一件事游侠骑士做得太不像话。咱们基督教徒碰到什么危险，都是向上帝祷告，求他老人家保佑，游侠骑士偏偏去求他们的情人，把那些女人当做上帝。这恐怕有点儿异端邪教的嫌疑。"

堂吉诃德说："不这样那怎么行？岂不坏了我们骑士道的规矩？游侠骑士每打一仗，首先要想他的心上人，好像她就在眼前，要用多情柔和的目光望着她，求她赐福免灾。这类例子历史上数不胜数。他们不是不向上帝求情，是还不到时候，等打起仗来，他们会求个不停。"

比瓦尔多说："您讲得头头是道，我看实际情况并非如此。我看书上经常写两个游侠骑士说两句就发火，立刻拨转马头，跑得老远，然后又都拍马回冲，一触即打。他们冲杀之前先行祷告情人保佑。一仗下来，往往是一个被长矛刺透，摔下马来，另一个不是抓住马鬃，也得掉在地上。打仗是你死我活的事，那位叫人刺死的骑士还有工夫求上帝保佑？要想活命，他与其向心上人求救，不如向上帝祷告。再说谁能保证个个骑士都有意中人，那些没有的，求谁？"

堂吉诃德说："没有的事，游侠骑士哪能没有意中人？他们没有意中人，就等于说天上没有星星。从来不会有这样的游侠骑士。没有心上人，就不是真正的骑士，而是冒牌的家伙。没有心上人，那他就不是堂堂正正从大门走进骑士的营垒，而是像强盗小偷，翻墙而入。"

比瓦尔多说："如果我没记错的话，书上可这样写过，说英勇的阿马迪斯的弟弟堂加拉奥尔从没有固定的意中人。但人家并没因此逊色，还是那么遐迩闻名，八面威风嘛。"

堂吉诃德说："'独燕不成夏'，不可以偏贬全。其实，他绝非所谓薄情郎。他见美人就爱，那也是天性，他自己也没办法……反正人家早已查明，他真心爱的人只有一个，也常常向她祷告，但非常秘密，因为他说他是个神秘的骑士。"

比瓦尔多说："游侠骑士如果都得恋爱，那您自然也不会例外。如果您不像堂加拉奥尔那样神神秘秘，玩什么深沉，我恳求您看在在场诸位面上，也给在下一点儿薄面，把您那位心上人的姓名、籍贯、身份和美貌给我介绍介绍。要是您热恋着她，发誓为她效劳，传为佳话，人人皆知，她听说了一定会感到幸福自豪。"

堂吉诃德听了，叹了口气说：

"我那迷人的冤家是否愿意让大家都知道我是她的奴仆，我还不能肯定。不过各位如此有礼地问我，我就把她略加介绍。她的名字是温柔内雅，家乡就是曼卡的托博索村，论身份，至少也是一位公主，因为她是我的王后和主子。她的美丽，人间难寻。要赞美她，得用诗人那一套异想天开的形容词：她头发是黄金，额头是极乐净土，眉毛是长虹，眼睛是太阳，面颊是玫瑰，嘴唇是珊瑚，牙齿是珍珠，脖子是雪花石膏，胸脯是大理石，手是象牙，皮肤是白雪，至于正人君子不可看的部分，依在下愚见，只能适当赞叹，不可比拟。"

比瓦尔多先生说："请告诉我们，她属于哪个家庭，是什么血统。"

堂吉诃德说："她不属于古罗马库尔西奥、加约和埃斯西庇翁家族，也与近代的科洛那斯、乌尔西诺家族无缘；她不是加泰罗尼亚的蒙卡达氏和雷格森氏，也非巴伦西亚的雷贝亚氏和比亚诺瓦比；她和阿拉贡的帕拉佛克斯氏、鲁沙氏、罗卡贝蒂氏、科雷亚氏、阿拉空氏、马雷阿氏、佛士氏和古雷亚氏没有关系，也与卡斯提亚的塞尔达氏、曼利克氏、门多塞斯氏和古斯曼氏搭不上边；在葡萄牙的阿嫩卡斯特罗、帕亚和梅嫩斯等家族中也寻不见她的血缘。她呀，乃是曼卡托博索家族的成员。这个家庭虽是现代姓氏，但前途不可限量，美名远播，指日可待。苏格兰王子塞比诺在奥兰多的盔甲上写了一个条幅：

不是罗尔丹的对手，

他的盔甲你就少碰。

"谁要不同意我刚才说的话，我也以这句回赠。"

比瓦尔多说："在下虽说出身拉雷多的卡丘皮内家族，也不敢和曼卡的托博索氏相提并论。不过，说句老实话，这个姓我还从没听说过。"

堂吉诃德说："没听说过！"

他俩一问一答，好不热闹。旁边的人都竖起耳朵，听得仔细。大家都相信堂吉诃德是个地地道道的大疯子。只有桑丘把他说的全当成真话，因为从小就认识，彼此十分熟悉。不过有关美人温柔内雅一节他有点儿犯嘀咕。托博索村离他家不远，可从没听人说起有叫她这个名字的女人和她这样的公主呀？

他们正边走边谈，忽然看见二十多个牧羊人，一律身穿黑羊皮袄，头戴松枝冠，从两座大山间的山沟里走下来，其中六个人抬着一个担架，上面撒满了各种树枝和花朵。一个牧羊人说：

"上面抬的是格利索斯托莫的遗体。坟地就在那座山下。"

大家闻听，都赶忙跑过去。有四个人正用镐挖坟坑。彼此施礼后，堂吉诃德他们那一伙人就去看那担架。只见尸体上面盖满了花，死者仍是牧羊人的打扮，看上去有三十岁左右的光景，看得出生前相貌英俊，体态匀称。尸体周围放了几本书和一些手稿。所有在场的人都肃寂无声。过了一会儿，才听见有人问：

"安布罗西奥，你说要照遗嘱说的办，那你瞧瞧，这儿到底是不是格利索斯托莫讲的那个地方，可别弄错啊。"

安布罗西奥说："一点儿没错。我有好几次在这儿听我这不幸的朋友讲他的伤心事。他第一次碰见那个害人精就是在这里，第一次热情但有礼地向她诉说衷肠也是在这里，那女人最后一次断然拒绝他还是在这里。真是一场悲剧啊！他要永远纪念这让他烦恼一生的事，留下遗嘱要求我们把他埋在这里。"

他又转过身对堂吉诃德等人说：

"诸位先生，你们现在看见的这个躯体，曾经有一个极其高尚的灵魂，他就是格利索斯托莫。格利索斯托莫才高八斗，温文尔雅，忠诚友情，慷慨豪爽。他严肃而不做作，活泼而不下流。总之，他品德高尚，无人能比，但遭到的不幸，

也是空前绝后。他对她情深似海，她却说他实在讨厌；他对她无限崇拜，她却不理不睬。他向野兽哀求，向顽石诉说；他追逐的是狂风，呼唤的是荒野，伺候的是一个忘恩负义的女人。为了这女人，人生旅途才走到一半就丢了性命，就这样，他还写了不少东西，要让她万世流芳呢。幸好，他叫我埋了他后就把这些手稿烧掉。"

比瓦尔多说："你要是这样处理这些手稿，那就太残忍了。遗嘱不合理，可以不听嘛。要是恺撒大帝答应照曼图阿圣人的遗嘱，叫人把他的史诗《伊尼德》烧掉，那他就铸成大错了。所以，安布罗西奥先生，你千万别把你朋友的遗稿付之一炬。他是伤心过度，咱们得头脑清醒。留下这些东西，可以把马塞拉的无情昭示天下，使活着的人也有所警惕，免得再落进这害人的火坑。我们现在都知道了你这位多情朋友的故事、你们之间的友情、他的死因和遗嘱，也看清了那个马塞拉是多么冷酷无情，也明白，如果一个人糊里糊涂，一头钻进爱情的罗网，下场是多么悲惨。昨天晚上我们惊悉格利索斯托莫不幸而死，又听说他那些令人痛心的遭遇，都感慨万端。听说要将他埋葬在此，我们出于同情和好奇，特地绕道前来参加葬礼。安布罗西奥，请你看在我们对死者的无限同情和惋惜上，一定满足我们的愿望，别把这些遗稿烧掉，让我们带走一些吧。"

比瓦尔多说罢，也不管人家答应不答应，伸手就近拿了几卷。安布罗西奥见了说：

"先生，我尊重你，你拿走的我就算了，但要让我不烧剩下的这些，那可是妄想。"

比瓦尔多急着想看看那几本稿子上讲的是啥，就立刻打开一本，只见上面写的标题是《绝望之歌》。

安布罗西奥一听这题目，就告诉大家：

"这就是我那个不幸朋友的绝笔。他实在是伤心死了。你给大伙儿念念，反正坟坑还得一会儿才能挖好。"

比瓦尔多说："那我就念了。"

大家都想听听，便围拢上来。比瓦尔多朗声诵读。读的什么，请看下章。

第十四章 ‖ 爱情本是双方事
一相情愿实难成

比瓦尔多见大家围拢上来，便开始朗读：

格利索斯托莫之歌

你要世人皆知
你心如铁石；
我苦闷的心胸
要吼出地狱的惨叫。

倾诉你的种种残忍，
发泄我的浑身痛楚。
我不用平日的口吻，
我要用可怕的腔调。

我呕出的是热血，
我喷发的是愁肠；
我悲痛欲绝，
哪里还会有什么动人的歌唱？
我心酸，

我悲怆，
我要全部倾泻出来啊！
能打动你的冷酷心肠？

虎豹怒吼，
毒蛇长啸，
鬼怪乱号，
乌鸦胡叫。

海涛滚滚，
狂风呼啸；
斗败的公牛
不停地咆哮。

失掉伴侣的鹁鸪
阵阵悲啼；
鸱枭遭众鸟嫉妒
呜呜惨叫。

我要借野兽的怒吼；
我要借飞鸟的悲鸣；
我要借天底下的一切声音，
来帮我道出刻骨铭心的悲痛。

塔霍江水颗颗沙粒，
贝蒂斯河岸有成林的橄榄。
这喧嚣的悲号
它们恐怕谁也难以听见！

这鬼哭般的声响，
也许只回荡在
穷乡僻野，
幽谷深山。

我这滴血的语言，
也许只能向毒虫倾诉；
我这永远不消亡的语言，
也许只能向野兽哀叹。

我诉说你的无情，
声音沙哑唇焦口干；
我的生命虽然短暂，
但我的声音将万世流传。

猜疑使人失掉耐心，
轻蔑就像是一把尖刀；
嫉妒杀人不见血，
别离无期更叫人受不了。

生怕人家嫌弃，
唯恐丧失信心；
天下男士知多少，
谁像我终日在苦海中浮沉。

我又嫉妒又猜疑，
还叫人看不起；
折磨受够，
还抱着那么大的热情。

尽管如此，
我还是看不见一点儿希望，
只有垂头丧气，
抱恨终身，别无主张。

又担忧又盼望，
实在令人感伤；
看见叫人嫉妒的事说没看见，
实在令人难以想象。

猜疑变成事实，
希望变成恐惧，
嫉妒变成霸主，
我只得忍受委屈。

轻蔑和狂妄，
快来庆贺这残酷的胜利。
丢给我一根绳套吧！
痛苦将扼杀我对她的记忆。

生不能成对，
死不会成双。
我早不存侥幸，
只等一命归西。

但我永远想着我的冤家，
她心灵美好，模样极佳，
她永远属于我，
我永远要爱她。

她嫌弃我是我自找，
她折磨我是老天的旨意。
我就这么想，
我就只有死路一条。

你的偏见自然而然，
我的短见理所当然。
你对我冷酷无情，
我为你死而无怨。

你那双美丽动人的眼睛
千万别为我的死落泪，
我把灵魂奉献给你，
从不希望你为此破费。

我的末日
就是你的节日；
我葬身的时候
愿你眉开眼笑。

我说这些话，
真是个傻瓜！
因为我的死，
恰好值得你自耀自夸。

来吧，受干渴煎熬的代达罗斯，
来吧，做苦役的西西弗斯，
来吧，叫神鹰啄食心肺的提堤俄斯，
还有绑在火轮上的埃吉翁

和达那俄斯那些受苦的千金，

是时候了！

快来向我诉说苦恼和烦闷，

低声哀歌给我送行。①

我这个不幸的人就要离去，

绝望的悲歌不用再诉说哀曲。

我这个不幸的人就要离去，

你不必在我的坟上泪水滴滴。

众人听了齐声说好，但朗诵诗的比瓦尔多说，诗的内容和传闻大不一样。因为人家都说马塞拉是个很安分很规矩的姑娘，可诗里却讲什么嫉妒、猜疑，还有什么遗弃，这不是故意诬人清白吗？安布罗西奥说：

"我那可怜的朋友是离开马塞拉以后写的诗。他本想，离开了，眼不见心不烦。谁知事与愿违，更加心烦意乱，便胡猜乱想，居然把这些当了真。说良心话，她不过对人有点儿傲气，有点儿冷淡，在人品上那可是无可挑剔。"

"这话在理。"比瓦尔多说。

他说完正想再拿出一本来读，就觉得眼前有什么东西一晃，抬头一看，竟是下凡的天仙。原来是牧羊姑娘马塞拉出现在墓穴旁的岩石上。大家举目一看，那模样比传说的还要美。不管是见过的还是没见过的，都看出神了。唯独安布罗西奥气愤不已，大叫道：

"你这山里的妖精！你来干啥？是不是想看看这个叫你害死的人，会不会冲你喷出血来？是不是想学暴君尼禄的样儿，来欣赏他烧毁的罗马城？是不是和弑父的塔吉诺之女比高低，跑来践踏这可怜人的遗体？你到底要怎样才会称心如意？你说呀！格利索斯托莫活着的时候对你唯命是从。他死了，我们看在和他交情的分上，也会对你言听计从。"

---

① 这节诗中的人均为希腊神话中的人物。

马塞拉说："安布罗西奥，你说得不对，我来不是为别的，只为替自己洗刷罪名。有些人把自己的痛苦和格利索斯托莫的死全说成是我一手造成的。我说这完全是诬蔑。我知道，跟明白人讲理，一讲就通，现在我就跟大家说说。你们说，我天生美貌，你们就爱我；你们爱我，我就得爱你们。上帝给了我头脑，我知道，爱美之心，人皆有之。但不能说，你爱上谁，谁就非得爱你不可。因为没准儿你自己长得并不美，要知道，谁也不喜欢丑的东西。你自己长得难看，非要强求别人爱你，这也太不合情理。其实，就是双方都长得好看，也不见得就能成双成对。再说，也不是个个美人都那么可爱。另外，也不能因为人家长得美，你就动情，因为世上美人多的是，你能见一个爱一个？要是这样下去，你什么时候能得到真正的爱情？什么时候才能不心烦意乱？爱情应当是出于自愿，应该感情专一。凭什么你说你爱我，我就应该勉强去爱你？我要是个丑八怪，你不爱我，我能怨恨你吗？我长得美，能怨我吗？这是老天给的。毒蛇能毒死人，不是它愿意有毒，而是天生的。行为端正的美女，好比这远处的一堆火，好比勇士身上的剑，你不靠近，就永远安全。女人最要紧的是贞洁，没有贞洁，肉体再美也不算美。有的男人只图自己一时快活，费尽心机去夺人家的贞洁。美女因为男人爱她，就满足他的欲念，丢掉自己的贞洁？我喜欢自由，喜欢山林原野、绿树清泉。我是远处的一把火，请你们别靠近。见我貌美心动的，请你死了这条心。我没有对任何人有过什么表示，对格利索斯托莫也是如此。他的死是自作自受，根本谈不上我什么狠心。他要求正当，我自然有问必答。他就在这个地方向我倾诉了他的心愿，我回答得一清二楚，要一世独身。但他执迷不悟，仍不死心，结果一命归西。我不愿虚伪地欺骗他，我更不愿违心地答应他。根本谈不上嫌弃他，是他要死要活、自作多情。我没有答应他，没有勾引他，没有欺骗他，怎么能说是我折磨了他、害死了他呢？！老天到现在没叫我爱上谁，我才不会自投罗网，自讨苦吃。请追求我的人都牢牢记住我刚才讲的这番话。以后，如果有谁因我而死，就别再说我是罪人。说我是妖怪的，就离我远远的；说我无情的，就别来讨好我；说我古怪的，就别答理我；说我残忍的，就别来追求我。请放心，我这个残忍的妖怪绝不会去讨好你们，奉承你们，更不会追求你们。格利索斯托莫狂妄而死，我规规矩矩何罪之有？我要在山林野地中保持清白，不愿把贞操丢失在男人中间。我不贪财，我自己有钱，我没骗过人，没拿谁开过心。我和牧羊姑娘们交往、照看羊群，无拘无束，自得其乐。我心向自由，情系山村。"

她说完，丢下众人，转身径自奔山林深处去了。大家听了她这一番振振有词的辩护，觉得她的心灵和她的外貌一样美丽，都倾慕不已。有几位早被她美丽的目光夺去了魂魄，也顾不得她的告诫，恨不能立刻随她而去。堂吉诃德见此，觉得有必要挺身而出，保护那落难女子，便手按宝剑，厉声叫道：

"诸位听着，谁也别去追她了！如若不然，别怪我手下无情！美人马塞拉说得明明白白，她谁也不爱，格利索斯托莫的死与她无关。像她这样贞洁的女人，世上绝无仅有。是好人就不要去追她、纠缠她，而应当敬重她、尊重她。"

也许慑于堂吉诃德的威胁，也许是因为安布罗西奥要他们对葬礼善始善终，竟无一人去追马塞拉。坟坑挖好，遗稿焚烧，尸体下葬，他们就在墓穴上盖上一块大石头，这中间不免又流下不少眼泪。墓碑尚未凿好。安布罗西奥说他要在上面刻上这样几句话：

> 情痴长眠在此，
> 可怜遗体已僵。
> 生前曾做牧羊人，
> 皆因心愿未果而亡。

> 美人无情之剑，
> 刺透他的胸膛，
> 也使爱情的帝国
> 变得更加狂妄。

大家把树枝和花朵撒在墓上，又向死者的好友安布罗西奥表示哀悼，便纷纷告辞而去。堂吉诃德又向款待他们的牧羊人和比瓦尔多等几位先生告辞。比瓦尔多他们要去塞维利亚，说那个地方街头巷尾处处都碰得上冒险的事，劝堂吉诃德和他们一同前往。堂吉诃德由衷地感谢他们这一番好意，但眼下还不打

算离开此地，因为据传这儿的山林中盗贼出没频繁，他有责任予以扫荡。比瓦尔多他们看他有如此雄心壮志，不再多说。彼此便互道平安，就此分手。比瓦尔多一行人，免不了大谈死去的情痴和活着的美人以及疯傻出奇的堂吉诃德，来化解行路的寂寞。堂吉诃德则决定先去寻找马塞拉，全力以赴为其效劳。

第十五章 | 坐骑欲行非礼
主人挨打受罚

　　堂吉诃德和桑丘走进树林，找了两个多钟头，也没瞧见马塞拉的人影。后来，不知不觉来到一块绿油油的草地上，旁边有一条小溪，清澈见底，缓缓而流。他们正赶上中午，头顶烈日，见到这样的清新去处，身不由己，就下了驴马，打算歇一歇。两头牲口吃着草。他们把褡裢翻了个底朝天，把里面所有的吃的全倒出来，不分主仆贵贱，亲亲热热地一块儿吃了一顿。

　　桑丘知道稀世驽驹一向循规蹈矩，非礼不行，就是把科尔多瓦牧场上所有的母马都赶到跟前，它也不会产生邪念，便没有拴住它，任其自由活动。正巧有一伙从阳圭镇来的赶牲口的，带着一群加利西亚小母马，也在那里歇脚。稀世驽驹好像闻到那些马小姐的芳香，竟一反常态，突然动情，也不管主人同意不同意，拔腿就跑过去，要和它们温存一番。小母马们想必那时觉得吃草比调情更有滋味，便对它连咬带踢，狠狠地教训了一顿，搞得它肚带断裂，鞍子落地，只剩下赤条条一个身子。那伙赶脚的见它竟想对母马施暴，个个拿起木桩子跑来，把它好一顿痛打，打得它浑身是伤，躺在地上。

　　堂吉诃德和桑丘见状，忙赶过去。堂吉诃德说：

　　"桑丘，那些人绝不是骑士，肯定是一帮贱民。我的意思是，你可以帮我一把。咱们不能眼瞧着稀世驽驹叫人欺侮，咱们得替它报仇。"

　　桑丘说："还报仇呢！人家二十多号人，咱们就你和我两个，其实，只能算一个半人。"

　　堂吉诃德说："我一个人就顶一百个。"

说罢，他拔剑冲向那伙赶脚的。桑丘见主人如此勇敢，也奋不顾身，扑上前去，与对方厮打。堂吉诃德一剑下去，把一个赶脚的皮袄砍破，还削掉他肩膀上的一块肉。

那伙人自恃人多，本来就不把堂吉诃德他俩放在眼里，现在竟吃了亏，便一齐拿起木棍，将他们围在当中，一顿乱打。桑丘哪经得住这般毒打，挨了两下就滚倒在地了。堂吉诃德虽然勇猛过人，本事超群，但到底是势单力薄，终于也被打倒。说来也巧，正好倒在稀世驽驹的脚边。主仆二人躺在地上，痛得叫苦连天。那几个赶脚的见把人打坏了，不免有些害怕，急忙牲口驮上货物，匆匆而去。还是桑丘先缓过劲儿来，他看见主人趴在旁边，就一边哎哟一边说：

"堂吉诃德老爷！哎哟！堂吉诃德老爷！"

"怎么啦，桑丘老弟？"堂吉诃德也病病恹恹，有气无力地说。

"是这么回事儿。老爷您能不能把臭布拉斯[1]那种水给咱喝两口，那玩意儿能治伤，骨头裂了大概也管用。"

堂吉诃德说："哎呀！我还真没带在身上，你说倒霉不倒霉！要是现在咱们就有，还有什么好怕的。不过，桑丘老弟，你别着急上火，我以游侠骑士的名义发誓，不出两天我就把那玩意儿搞到手，当然，还得看我的运气好不好，到时候手上有没有力气。"

桑丘说："那您看咱们这脚什么时候才能走路啊？"

"谁知道啥时候能走路。唉，全怪我一时糊涂。我怎么能和没有授封骑士称号的人打斗？！想必是我坏了骑士道的规矩，才受了战神这样的重罚。桑丘，你可得记住我现在说的这番话，这和咱们的关系大了，有关生死祸福，知道不？咱们以后得这样，再碰上刚才那样的下三烂，你别再等我了，我不能上，得你上，得你去跟人家拼，把他们打个落花流水，望风而逃。要是有骑士帮他们，我才能上去助你一臂之力。我会毫无保留，全力以赴，叫他们有来无回。我力大无穷，所向无敌，这你恐怕亲眼见过几千回了，已经见多不怪喽！"

可怜的堂吉诃德因为打败过比斯开人，竟忘了眼前的狼狈处境。桑丘可不管

---

[1] Feo Blas（臭布拉斯）正确的发音应是Fierabras（菲耶拉布拉斯，意为大力士）。

他讲的那一套，说：

"老爷，我可是个老实人，跟谁都和和气气，压根儿和打架就不沾边儿，人家欺负咱，咱也能忍，谁叫咱有老婆孩子呢。咱不能吩咐您，但话得讲明白，不管人家是骑士还是下九流，反正我不能出头跟人家打。从现在起到见上帝的那一天，不管谁得罪了我，或是有得罪我的意思，我都一律宽恕，管他是穷是富，是上等人还是下九流，是绅士还是老百姓。"

堂吉诃德听了，说：

"我讲话实在费劲，肋条也痛得要命。否则，我真要好好教训教训你。桑丘老弟，你呀，说的都是胡话，太没出息了。你听我慢慢对你说，咱们这次出门，一路净倒霉了。要是咱们时来运转，顺顺利利开进我答应你的那个海岛，拿下了它，叫你做那儿的总督，你怎么办？你不是骑士，又不想当骑士，胆小如鼠，不敢玩命，敌人来犯，你能保护你的臣民吗？你能保卫你的国土吗？像你这样逆来顺受，忍气吞声，还想当总督？你知道不知道，你新来乍到，人家能马上顺从你吗？肯定有人想把你赶走，改朝换代，他上来当头儿，就像人家说的，冒冒险，碰碰运气。所以，刚到一个地方当头儿，当国王也好，当总督也好，你得有胆有识，才能定国安邦、政通人和，敌人来犯，才能御敌于国门之外。"

桑丘说："老爷，我现在就想有您说的那种胆那种识。可咱们穷苦人爱说实话，这会儿我最需要的是几贴膏药，不是您那一大堆训人的话。老爷，您要是能爬起来，咱们就把稀世驽驹拉起来。唉！都是为了这不争气的畜生。说实在的，它真不配咱们这样惦记。您说这事也怪。平常这马挺正经，没乱来过呀，谁知这次……这正合了那句老话'日久见人心，世间无常事'啊。谁想得到，您刚砍了那个倒霉的骑士几剑，咱们就挨了一顿乱棒毒打呢？"

堂吉诃德说："桑丘，你挨打挨惯了，我可就惨了。我的肩膀细皮嫩肉，娇生惯养，吃了这一顿毒打，要比你痛十倍。要不是我事先就估计到，还估计到呢，是知道，知道干这耍刀弄枪的差事免不了要吃苦受罪，我早就活活气死在这儿了。"

桑丘说："老爷，原来这种倒霉事都是骑士道搞的？那您得告诉我，是不是老有这样的倒霉事？出这种事有没有时间限制？跟您实说吧，咱们已经碰上两回了，再来一回咱俩都得完蛋，除非老天爷大慈大悲，拉咱们一把。"

堂吉诃德说："桑丘老弟，当游侠骑士就要千次万次地遭罪冒险，可也有千次万次称王称帝的机会。所有的骑士都是这样。没错，他们的生平经历我都知之甚详。这会儿我身上痛得钻心，要不，我全讲给你听。他们都是靠武功当上帝王的，为此受了不少磨难。比如说英勇的阿马迪斯，这位骑士就曾经落在他的冤家对头魔法师阿尔卡劳斯的手里。简单经过是这样：阿尔卡劳斯捉住了阿马迪斯，把他绑在木桩上，用马鞭抽了他两百多下。这事人家调查过，全是真的。还有一位作家，人不太出名，但写的东西可信。据他说，太阳骑士也遭过人家暗算。当时，他正在一个城堡里，忽然脚下开裂，他掉进一个极深的陷阱，叫人捉住捆了。人家用雪水和泥沙给他灌肠，险些要了这位英雄的命，幸亏赶来一位与他有深交的法师搭救了他，否则，他早一命归西了。和这些英雄相比，咱们受的这点苦算得了什么呢？桑丘，我还要告诉你，要是人家顺手抄起个什么东西打伤了你，不算受辱，这一点决斗章程上说得明明白白。比如说吧，一个鞋匠拿起手边的鞋楦子打你，你就不能因为鞋楦是木头做的，就说挨了人家一顿板子。我告诉你这些，是要你明白，刚才咱们并不算受了侮辱，因为那些赶脚的用的不是刀呀剑呀，只是随身带的木棍子，这我记得清清楚楚。"

桑丘说："我那时候哪儿顾得过来看人家使的是什么家伙！我还没把剑拔出来，身上就挨了一顿木棍子，打得我眼冒金星，脚底发软，一头栽倒在地，您看见了，到现在也没爬起来呢。打得人家浑身叫疼，恐怕今生今世也忘不了喽，还管挨了棍子算不算丢人现眼？"

"桑丘老弟，不要往心里去。没有忘不掉的事，一死不就全忘了？"

桑丘说："我就这么命苦，心中的事非得死了才能算完？咱们受的伤不是贴一两回膏药就能解决问题的。我看，就是把哪家医院的膏药都运来也是白费。"

堂吉诃德说："行了行了，别老讲这种泄气的话，来点精气神儿，好不好？我也得挺起精神，咱们去看看稀世驽驹，它也遭了大罪。"

桑丘说："这有什么奇怪的，它不也是游侠骑士吗？可有一点我想不通：咱俩给打得半死，肋条都差点儿断了，可我家毛驴子一点儿没事。"

"这就叫运气。人遇到倒霉的事，运气就给你找条路，叫你有个救。我是说，你这头小牲口倒可以顶替一下稀世驽驹，把我驮到个城堡里去治伤。我认为

骑在毛驴上也不会有失身份。我记得书上说，笑神的师傅西勒诺斯老头儿，进百门之城的时候，就是神气活现地骑在一头十分漂亮的毛驴上的。"

桑丘说："那老头儿也许真像您说的，是骑着驴进的百门之城，但不知他老先生是直着身子骑在驴背上呢，还是像个马粪袋横搭在驴背上？这两种骑法可大不一样哟。"

堂吉诃德说："打仗受伤是光彩的事，没什么丢人的。老弟，别说了，快挣扎着起来，把我扶上你那头驴背，你爱怎么放我就怎么放我。咱们得赶紧走，别等天黑了还在这荒郊野外，叫人给劫了。"

桑丘说："老爷，我可记得您说过，游侠骑士一年中大半年都是睡在荒郊野外的，那样才够味儿。"

堂吉诃德说："你说得不错。但那是没有办法，要不，正赶上苦苦思念情人。还真有这种骑士，不顾白天黑夜，日晒雨淋，在一块大石头上待了整整两年，但他的情人却对此一无所知。阿马迪斯就是其中之一，他自命'忧郁的美男子'，在'荒岩'上一待就是八年，也可能是八个月，我记不太清楚了。不知道他的情人给了他什么气生，反正他是在那儿修行苦练。好，桑丘，咱们也别再扯这些玩意儿了，快扶我上驴吧，要是这小家伙也像稀世驽驹那样出了什么事，咱们就完了。"

桑丘说："那一定是见鬼了！"

他一连"哎哟"了三十声，叹了六十口气，把带他到这个地方来的人骂了一百二十遍，才从地上爬起来，可腰弯得像土耳其弓，始终伸不直。他忍着浑身疼痛，给他的毛驴鞴上鞍辔。那小驴儿逍遥了一整天，不免干了些出格的荒唐事。他又扶起稀世驽驹。这匹可怜的马儿要是会开口喊苦，桑丘和堂吉诃德的苦加起来也比不过它。桑丘把堂吉诃德安顿在驴背上，把稀世驽驹拴在驴后，便牵着毛驴，估摸着方向朝大路走去。他们真是走运，没过多久，就远远望见了大路，还有个客店。堂吉诃德不由桑丘分说，硬说那个客店是城堡。桑丘说是客店，堂吉诃德说是城堡，主仆一路争辩不已，还没争完，已经到了那个地方。桑丘不管是客店还是城堡，领着驴、马和主人，径自进了大门。

第十六章

夜里寻欢惹事端
棒伤未好吃老拳

　　店主见堂吉诃德横着趴在驴背上，就问桑丘这位是不是得了什么大病。桑丘说，他没什么事，只不过从一块大石头上摔下来，肋条受了点伤。老板娘和一般店主的老婆不同，心眼厚道，见不得人受苦害病，喜欢帮助别人。她见堂吉诃德在驴背上待的那个姿势，又听桑丘这般说明，就知道这人伤势不轻，怜悯之心油然而生，赶快过来给堂吉诃德医治，还把她又年轻又漂亮的女儿叫过来，帮她一起照顾病人。店里有个女用人，是阿斯图里亚斯人，宽脸盘，扁脑勺，塌鼻子，一只眼瞎，另一只眼也有毛病，不过人家身段长得动人，完全可以弥补上述种种不足。她从头到脚，长不足四尺，还有点儿驼背，搞得她身不由己，总眼望着地。这位美人也过来和店主的千金一起，在阁楼里给堂吉诃德收拾出一个睡觉的地方。一望便知，这阁楼以前是放草料的去处。里面还住了一个赶脚的，床铺是牲口的鞍具和披毯凑成的，但比起堂吉诃德的那个床可就强多了。堂吉诃德的床就是四块木板，这个鼓，那个翘，一点儿不平。下面当架子的两条木凳，八条腿，这个高，那个低，全不在一个水平面上。褥子薄得像床单，里面还尽是疙瘩，摸上去硬得像石头，要不是几处破得露出了羊毛，真不知道是用啥玩意儿做的。床单有两条，全是做盾牌用的皮子。还有一条毛毯，线缕经纬分明，上面有多少根都能数得出来。他的床和那位赶脚的床相隔不远。

　　堂吉诃德就卧在这个简陋破烂的床上。没多久，店主的老婆和女儿就上来，从头到脚给他贴上膏药，那个叫玛丽托尔内斯的阿斯图里亚斯姑娘在一旁给他们照亮。老板娘看见堂吉诃德浑身上下青一块紫一块的，就说这不像是摔的，很像是打的。

桑丘说："哪是打的呀，不是，是摔的。那大石头上尽是带尖的带棱的玩意儿，碰上就是一个大紫块。"

接着，他又说："太太，软布您省着点使，没准儿还有人想用呢。这不，我的腰和背就有点儿疼。"

老板娘说："你也是摔的吧？"

桑丘说："我没有。我是看见我家老爷摔了，给吓的。这一吓不要紧，浑身都疼，好像挨了一千下棍子打。"

店主的女儿说："这我信，我经常做梦从高高的塔上摔下来，可就是摔不到地上。等睡醒了，就觉得全身都疼，真像摔了似的。"

桑丘说："可我当时并没有做梦呀，脑袋瓜儿清清楚楚，比现在还清楚呢。谁知道是怎么回事儿，浑身都是一道道青紫，跟我家老爷堂吉诃德的一样多。"

玛丽托尔内斯问："你说的这位先生叫什么来着？"

桑丘说："他叫堂吉诃德·德拉·曼卡，是位闯荡天下的游侠骑士，古往今来的骑士中，数他最行。"

那丫头又问："什么叫闯荡天下的游侠骑士呀？"

桑丘说："你这个小妹子，好像刚生下来的娃娃，连这个都不懂。听我给你讲。闯荡天下呀，就是到处冒险，就是刚叫人打了一顿，转眼间又做了皇帝，今天还是个可怜虫呢，明儿就能到手几个王冠赏给他的跟班。"

老板娘说："你跟了个这么好的主人，怎么好像连个伯爵也没混上呢？"

桑丘说："这不还没到时候嘛。我们出来闯荡，才一个月，正经的冒险都没碰上过。事情也怪，您想要这个，偏来那个，老不遂人意。咱们说句心里话，我家老爷不管是打伤的，还是摔伤的，只要他老人家能把伤养好，我也没搞成残废，就是把西班牙最高的爵位赏给我，我也不要了。"

堂吉诃德躺在床上，一直听他们交谈，这时，才硬撑着坐起来，拉住老板娘的手，说：

"美丽的夫人，请听我说，我在您这座城堡里留宿，您应该感到荣幸。我自己不好夸自己，俗话说：好话别人说，自夸要掉价。我是什么人，在下的侍从会对您说。我只想对您说一句，谢谢您的照顾，我会铭记在心，永世不忘。我现在没有自由，一切都听命于爱情，我此刻嘴里念叨的那个美人，冷若冰霜，两只眼睛一直看着我，否则，我宁愿做您这位漂亮女儿的奴隶，看她的眼色行事。"

老板娘和她女儿，还有老实巴交的玛丽托尔内斯听着这位游侠骑士的话，都感到莫名其妙，弄不明白他在说什么，好像他讲的是希腊语。不过她们知道这无非是讨好女人的那些奉承话。堂吉诃德的这一番话她们听所未听，闻所未闻，一个个都听傻了，觉得这人不同寻常。最后，她们也说了一套客店常用的话，表示感谢，就抽身走了。玛丽托尔内斯又去给桑丘治伤，原来他的伤也不比堂吉诃德的轻。

再说玛丽托尔内斯早已答应那赶脚的当晚和他痛快一番。她告诉他，等主人家都睡了就来找他，随他摆弄。据说这姑娘在这种事上从来都是说话算话的，就是在荒山野岭，没人作证，她也会按时赴约，绝不食言，以此证明自己是个一诺千金的名门闺秀。她并不觉得在客店帮工有什么不体面，谁叫自己背运倒霉，找不到别的生路呢。

堂吉诃德他们住的那个阁楼，破烂不堪，屋顶到处是洞，抬头就可以看见天上的星星。堂吉诃德那张床，晃晃悠悠，又硬又窄，就放在这间马圈不如的屋子中间，稍微靠前。往里紧挨着的是桑丘的床铺。那哪是床啊！其实就是一领草席和一条毛毯。毛毯连毛都没有，纯粹是光板一块，顶多算块粗麻布。他们二位的床铺后面，就是那赶脚的铺位了。前文已经说过，他的床是用两头上等骡子的鞍具和披毯拼凑成的。他共有十二头骡子，都膘肥毛亮，个个精壮。本书作者深知这个脚夫的根底，据说他们还有点儿亲戚关系，加上作者是位历史学家，凡事都喜欢刨根问底，一丝不苟，连微不足道的琐碎事也不放过，描述得特别精细准确。读了上文，就知道他的确是这样一个人。那些所谓严肃的历史学家，都应该学学人家的样。他们写实论事，没有内容，干瘪无味。有时因为粗心大意，有时因为浅陋无知，有时因为成心隐瞒，把作品最重要的部分竟丢在了墨水瓶里。写《塔布兰特·德里卡蒙特》和托米利亚斯伯爵生平事迹的两位作者，就是好样的。他们把一切都描绘得那么细致入微，那么详尽如实。好，咱们再接着刚才的说。那个据作者说是阿雷瓦洛镇首富的脚夫，照看了他的那些牲口，喂了两遍草料，便上了阁楼，在鞍具搭成的床上躺下，静候那小女子来共度良宵。桑丘也贴好膏药躺下了，只是肋上作痛，想睡也睡不着。堂吉诃德也疼得钻心，眼睛睁得老大，像个兔子似的。店内已一片漆黑，毫无声息，只有大门口上挂着的一盏灯发着亮光。

我们这位骑士自从中了骑士书的毒后，就一直生活在那些书的情节当中，现在这种神秘的宁静气氛，更使他觉得身临其境，不由得胡思乱想起来。上文说了，他一看见这个客店，就把它认做城堡，所以，他现在就想象自己住在一座左近闻名的城堡里，店主的女儿自然就是城堡长官的千金，接下来就是长官的千金小姐爱上了自己的高雅风度，答应瞒着父母，和他风流一夜。他如此这般，想入非非，最后竟把这想象中的事完全当真了。把这当成真事了，他倒慌了手脚。要快活还是要忠贞，搞得他举棋不定，惶恐不安。他经过激烈斗争，暗自下定决心，哪怕送上门的是西内布拉王后和她的侍女金塔尼奥娜，他也不会有负于自己的情人温柔内雅。

可老天爷偏不成全他。他刚刚下定决心，要为爱情做出重大牺牲，那个答应脚夫的姑娘就如约来到了阁楼。姑娘光着脚，穿一件衬衣，头发用一条粗布带束住，轻手轻脚地进了屋门。她一进来，堂吉诃德就发现了。他不顾浑身伤痛，急忙从床上坐起，伸出胳膊，迎接他心中的美人。那姑娘大气不敢出，小心翼翼地往前走，一边摸索，找她的那个相好。也该着她倒霉，手不知怎么一下碰到了堂吉诃德的胳膊，堂吉诃德一把抓住她的手腕，顺势一拉，就把她拉到床上，姑娘不敢声张。堂吉诃德把她按在床上，就伸手去摸人家的衬衣。衬衣明明是粗麻布的，他却觉得是绫罗绸缎。她手腕子上戴了串玻璃珠子，他却以为是东方珍珠，光彩夺目。她的头发跟马鬃没什么两样，他却看成是阿拉伯金丝，闪闪发光，比太阳还耀眼。她呼出的气有一股子隔夜凉拌菜的味道，他却觉得闻到了诱人的芳香。他曾经在骑士书里读到一位公主忍不住相思的煎熬，去看一位受了重伤的骑士。这会儿他便把来会脚夫却叫他撞上的这个女人当成了那位公主。她的模样、她的身段、她的打扮，总之，她的一切都和公主的一般无二。其实，这位难得的好姑娘，除了她那个相好的脚夫，谁摸了她都得起鸡皮疙瘩，谁闻了她都得恶心欲吐。可我们这个可怜的乡绅，鬼迷心窍，竟一点儿没觉出来，还一个心眼地以为怀里抱着的是个天仙大美人呢。紧紧搂着还不算，还一个劲儿地对人家说甜言蜜语：

"高贵美丽的小姐，您屈尊下就，使我能瞻仰您的天姿国色。我真想报答您的这般恩情，可老天爷偏跟我作对，竟在这个时候叫我身负重伤，躺在床上，使我想让你快活，也是有心无力。这只是其一，还有一件事更叫我为难。因为我已有了意中人，她就是绝代佳丽温柔内雅。我已发誓对她忠贞不贰，否则，我怎么也不会浪费你给我的这个大好机会，当天下第一大傻瓜。"

玛丽托尔内斯叫堂吉诃德搂得浑身冒汗，心急火燎，根本没心思去听他那一套胡话，也听不懂。她一声不吭，只在想方设法脱身。那个赶脚的一心想着好事，哪能睡得着。他的相好进来，他知道，堂吉诃德那些甜言蜜语，他听得一字不漏。他以为这女人已另有新欢，投入了堂吉诃德的怀抱，顿时醋意大发。他走过去，立在堂吉诃德的床边，看这家伙如何收场。但是，他看见那女人挣扎着想逃，堂吉诃德却死抱着不放，觉得这实在太过分了，就抡起胳膊，使足了劲儿，给了这个多情骑士干瘦的脸上一巴掌，打得他满嘴是血。他觉得还不解气，又跳到堂吉诃德身上，一阵小跑，从第一根肋条踩到最后一根。那张床本来就七高八低，晃晃悠悠，哪经得住两三个人在上面折腾，加上脚夫在堂吉诃德身上连踢带踹，没一会儿就轰隆一声坍倒在地。店主给这人的声响吵醒，忙唤玛丽托尔内斯，没听见回音，心想准是这小丫头片子惹了什么祸，便起身点了一盏油灯，往闹出声响的地方走去。那小女子看见主人来了，知道他脾气暴躁，吓得不知如何是好，忙乱之中，竟上了桑丘的床，也不管桑丘睡得正熟，靠着人家缩成一团，尽量不让主人看见。店主进来，一边找那丫头，一边喊：

"臭婊子，快给我滚出来，肯定又是你惹的事！"

店主大呼小嚷的，把桑丘也给弄醒了。桑丘一醒过来，就觉得不对劲，这身上怎么有一大堆东西压着呢？他以为自己魇住了，就抡起双拳乱打，差不多全打在了玛丽托尔内斯的身上。她疼得实在忍不下去，也顾不得什么脸面，动手和桑丘对打。这一打，把桑丘倒给打清醒了。他睁眼一看，原来有人在使劲打他，也没弄清是谁，便跳起来，抱住玛丽托尔内斯，两人便你一拳我一脚，对打起来，那场面真是精彩绝伦，妙不可言。脚夫借着店主拿的油灯亮，看见相好的正在挨打，忙丢下堂吉诃德，奔了过去。这时，店主也来凑热闹。他跟脚夫不一样，人家是帮相好的，他是去收拾那丫头的，因为他认定这场武斗都是她惹出来的。于是，阁楼里就上演了一出类似"猫追耗子，耗子追绳子，绳子追棍子"的连环套：脚夫打桑丘，桑丘打丫头，丫头打桑丘，店主打丫头。大伙儿打得正欢，突

然店主手里拿的油灯灭了，这场连环套就变成了胡打乱闹了。黑暗之中，伸手不见五指，谁也看不清谁，大家扭作一团，乱打一气，反正是打着谁算谁，谁挨打谁倒霉。

说来也巧，那天晚上所谓旧民团有位巡逻队队长正好在店中过夜。他听见有打闹声，就拿上短权杖和官印盒，摸着黑跑进阁楼，对众人喝道：

"我是民团的，都给我住手！"

他踏进屋门撞上的第一个人就是堂吉诃德。他早已被脚夫一顿老拳打得人事不知，正仰面朝天，挺尸似的躺在那张坍倒的床上。巡逻队队长一把过去，抓住了他的胡子，一边说："跟我见官去！"可那人并不动弹。他想肯定已经没命了，杀人的一定是屋里这几个家伙。他这样想，就急忙大声叫道：

"马上关上店门！谁也不许出去！这儿出人命了！"

大家一听杀了人，都吓了一跳，一个个马上住手，赶快溜走。店主跑回自己的屋里，脚夫赶紧躺在自己的鞍具上，玛丽托尔内斯那丫头也钻进了自己的破屋。只有倒霉的堂吉诃德和桑丘主仆二人没挪窝，还待在原处。巡逻队队长这时才松开堂吉诃德的胡子，因为他要去找火点灯，好搜捕人犯。他上哪儿去找火呀，店主趁溜走的机会，早就故意吹灭了门口的灯。他只好跑到火炉前，费了半天劲儿，才点亮一盏油灯。

骑士住店不给钱 侍从倒霉坐飞毯 | 第十七章

堂吉诃德昏迷了好久，刚醒过来，就召唤桑丘，那声调跟前一天他躺在木棍堆里时完全一样：

"桑丘，桑丘老弟，你睡着了吗？"

桑丘一肚子火，说：

"睡个屁！我能睡得着吗？今晚我好像撞上了鬼，还不止一个。"

堂吉诃德说："可不是吗，我看大概是这么回事儿，这个城堡真没准儿中了什么魔法呢。我不会看错。不过，我现在……想告诉你一件事。你想听，就得依我发个誓，我不死你就不能说出去。"

桑丘说："我发誓。"

堂吉诃德说："我这样做也没别的，还不是怕坏了人家的名声。"

桑丘说："我不是说了我发誓？等您百年之后我再说。其实，我真恨不能明天就说。"

堂吉诃德说："好哇，你这个桑丘，我几时亏待你了？干吗要盼着我早死？"

桑丘说："我能盼着您老人家死吗？我这个人哪最不喜欢掖着藏着，不说出来憋在心里难受。"

堂吉诃德说："咱别的也不说了，就凭老弟对我的情分和尊重，我能信不过你吗？我告诉你吧，今儿晚上我撞上了件美事，那真叫绝了，咋跟你说呢？直说吧，刚才城堡长官的千金小姐来看过我。她长得那个美呀，真是举世无双，那脸蛋，那风度，真不知道用什么词儿来形容才好。还有那遮着盖着的地方，我就不说了，总不能干对不起咱温柔内雅小姐的事，说伤她心的话吧？大概因为我走运碰上了这样的美事，老天爷也吃了醋，也没准儿像刚才我说的，这个城堡中了魔法，我跟她谈得正热和正来劲儿的时候，也不知从哪儿钻出来一个巨人，抡圆了胳膊，朝我的下巴就是一巴掌，打得我顿时满嘴是血，紧接着对我好一顿揍。昨儿个为稀世驽驹胡闹咱们挨的那顿毒打，哪比得上今晚这一回，我这罪算遭大了。我想，准是有个着了魔的摩尔人在看着那个大美人，不让我得到她。"

桑丘说："我也没捞着呀。您不知道，围着我打的摩尔人足有四百多号，把我打得那个惨呀，昨天挨那几下棍子，比起来不过是小菜一碟。我说，老爷，我倒想问问您，咱们都给搞到这份上了，您怎么还说是碰上了美事？您当然了，不管怎么说，还抱着您说的那个绝世佳人搂一会儿，我呢，除了一顿臭揍，啥也没捞着。我真倒霉！我妈生我干啥！咱也不是游侠骑士，压根儿不想当游侠骑士，可偏偏最倒霉的事都叫咱摊上了！"

堂吉诃德说："这么说，你也挨了打？"

桑丘说："挨了打，挨了打。我不刚说了吗？真他妈倒了八辈子霉了！"

堂吉诃德说："算了，老弟，忍着点吧。我现在就来做那种奇妙的药水，有了它，咱俩一会儿就哪儿都不疼了。"

这个时候，巡逻队队长已点好油灯，正进来看他刚才碰到的那个所谓死人。桑丘看见进来个人，穿着衬衣，头上裹块布，手里拿个油灯，凶神恶煞的样子，就对堂吉诃德说：

"老爷，这小子保不准就是那个中了魔法的摩尔人。是不是还没打够咱们，又来找碴儿？"

堂吉诃德说："不会是那个摩尔人，因为中了魔法的人，你根本看不见。"

桑丘说："是呀，不叫人看见，可叫人疼呀，不信，你问问我的肩膀。"

堂吉诃德说："我的肩膀也挨了打。但这也不能说他就是那个中了魔法的摩尔人呀。"

巡逻队队长见他俩居然没事似的还在说话，吓了一跳。堂吉诃德因为有伤，身上贴满膏药，依旧脸朝上躺在那儿，不能动。巡逻队队长走到跟前，说：

"嘿，怎么了，伙计？"

堂吉诃德说："说话客气点，干吗这么没礼貌。你们这个地方就这么跟游侠骑士说话？蠢货！"

巡逻队队长瞧这家伙都落到这步田地还敢跟他这么横，气得咬牙切齿，抢起油灯，就往堂吉诃德头上砸，把骑士的脑袋砸伤了好大一块。这下子，屋里又变得黑咕隆咚了。巡逻队队长瞧啥也看不见了，就走了。桑丘说：

"老爷，这回您还有什么话说？他就是那个摩尔人，没错。他肯定是给人家看着宝贝的，咱们只好挨揍了。"

堂吉诃德说："我看是这么回事儿。他中了魔法，你看不见摸不着，上哪儿找他算账，所以，也别生气，也别上火。桑丘，你要是还起得来，就去找一下这个城堡的长官，替我要些油、酒、盐和迷迭香，我要配点神水。现在我太需要它了，你不知道，那个鬼把我的头砸出了血。"

桑丘虽然浑身疼得也很厉害，但还是挣扎起来，摸着黑去找店主，谁知，却偏偏碰见了巡逻队队长在外面偷听他们的说话。桑丘对他说：

"不管你是谁，都请帮个忙，给我些迷迭香、油、盐和酒。您不知道，有位游侠骑士中的大人物受了重伤，躺在里边的床上，正等着这些东西给他治疗，他叫店里一个中了魔法的摩尔人打伤了。"

巡逻队队长听了，料想这肯定是个傻帽儿，那时候天已经亮了，他便打开店门，叫起店主，把桑丘的话告诉了他。店主把要的东西给了桑丘，桑丘又给了堂吉诃德。堂吉诃德正抱着脑袋叫疼。其实油灯只砸出了两个包，根本没流血。他以为是血的那玩意儿，实际是吓出的一头大汗。

堂吉诃德把桑丘要来的那些东西，混在一起，进行煎熬，等他认为差不多了，就要了个瓶子，装这神水。店主说瓶子没有，给了他一个铁皮油壶之类的玩意儿。堂吉诃德把做好的药倒进去后，就对着这个所谓药壶，先念了八十遍"吾父天主"，接着，又把《万福马利亚》、《圣母颂》和《信经》各念了八十遍，而且，每念一个字就画一个十字，表示祝福。桑丘、店主和巡逻队队长一直在场，看了堂吉诃德制药的全过程，而那位脚夫早已平心静气，正在照看他的牲口。

药做好了，堂吉诃德就想先试试，他心里相信这药一定很灵。正好煎药的锅里还剩一些，他就一口气喝下差不多一升。谁知刚一下肚，就觉着恶心，接着就是一阵哇哇乱吐，把那个胃吐得一干二净，浑身直往外冒汗。他赶紧叫人家给

096 *El ingenioso hidalgo*
Don Quijote de la Mancha 上
堂吉诃德

他盖严身子，让他好好躺一会儿。大家照他说的做了。他躺下后，竟一觉睡了三个多钟头。醒来之后，觉得哪儿也不疼了，感到浑身非常舒坦，认为自己伤全好了，心想：有了这灵丹妙药，还怕什么？再危险的仗我也敢打！

桑丘一看主人完好如初，觉得这药神了。他见锅里还有不少，就求堂吉诃德全赏给他。堂吉诃德一口答应。桑丘心中高兴，脸上笑出了花儿，双手捧过药锅，就往肚子里倒，喝下去的神水和主人喝的差不了多少。可怜的桑丘肠胃大概没主人的娇气，并没有马上吐出来，只是觉得说不出来的恶心，肚子疼得直冒虚汗，头也犯晕，好像离死不远了。他难受得要命，嘴里不停地大骂那个药水和给他喝药水的浑蛋。堂吉诃德看他如此模样，就对他说：

"桑丘，谁叫你没有授封骑士。这不明摆着吗？这种神水只能骑士服用，不是骑士的人喝了也不管用。"

桑丘说："您知道干吗还叫我喝？我真是倒了八辈子霉了！"

桑丘说完话，肚子里的药水才开始作怪。只见他上吐下泻，双管齐下，搞得身上盖的粗布毯子和身下垫的草席又脏又湿，根本不能再用。浑身虚汗不住地往外冒，不知昏过去多少次。他自以为日子快到头了，大伙儿也认为他小命难保。桑丘就这样要死要活地折腾了快两个钟头，才安静下来。他觉得浑身软绵绵的，没有一点儿劲儿，连站都站不起来。堂吉诃德可完全两样，前文说了，他感到百病全消，身轻体健，竟想立刻上路，继续冒险。他认为待在店里无所事事，实在有负于天下，对不起那些受苦受难的弱小者，如今有了自制神水，还有什么可怕？所以，他急不可待，自己动手给稀世驽驹鞴好鞍辔，还帮桑丘穿衣，给他的毛驴系好驮鞍。他把桑丘扶上驴，然后自己翻鞍上马，见客店一个旮旯里有根木棍，便顺手抓来，日后当长矛使。当天店中有二十多人，其中包括店主的女儿，大家都站在一边看着他。堂吉诃德自始至终都两眼直勾勾地盯着那个姑娘，不时地还叹个气，仿佛声声发自肺腑。可别人还以为他是因为肋骨疼得厉害，起码那几位夜里看见他上药的人是这么想的。

他俩骑着各自的牲口，走到店门口。堂吉诃德叫来店主，一本正经地对他说：

"城堡长官先生，承蒙阁下盛情招待，不胜感激，永世难忘。如果有什么歹徒坏人欺负过你，我愿替你报仇雪恨，以示报答。惩恶助弱，扶穷济贫，伸张正义，救民于水火，乃本人的职责。你想一下，如有受委屈的事情，尽管说，我以授封骑士的崇高称号起誓，一定让你称心如意。"

店主说道，那腔调也一本正经：

"骑士先生，阁下不必替我费心。谁惹了我，我自有办法对付。我只请您二位把昨晚住店的开销给我就行：两位的吃住，再加上两头牲口的草料。"

堂吉诃德说："您这儿是客店？"

店主说："没错，还是甲级的呢。"

堂吉诃德说："我还以为是城堡呢，而且还觉得它挺像样的。现在看来是我搞错了。这儿既然不是城堡是客店，那我们就用不着交钱了。我是游侠骑士，众所周知，我当然更清楚，游侠骑士住店从来都是免费的。咱不能坏了这个规矩，是不是？我看书上都是这样写的。他们不管春夏秋冬，也不分白日黑夜，有时步行，有时骑马，风吹雨淋，受尽辛苦，理应受到热情的接待，怎么能向他们伸手要钱呢？"

店主说："我管不了这许多。我只知道住我的店得给我交钱。什么骑士不骑士，和我有啥关系？"

堂吉诃德说："你这个店家怎么这么蠢，这么下贱。"

说着，两腿一夹稀世驽驹的肚子，斜提着木棍，竟大模大样出了店门。谁也没拦他，他也没看看桑丘跟没跟上来，一口气走出老远。

店主瞧堂吉诃德跑了，就向桑丘要钱。桑丘说，他主人不付，他自然也不能付。他是游侠骑士的侍从，既然游侠骑士住店不掏钱，他也不应该破费。店主一听，气得要命，威胁他说，要是不交钱，就要他好看，叫他好好掂量掂量。桑丘听了满不在乎，说他得照主人的骑士规矩办事，宁死不屈，不能让游侠骑士自古以来的好规矩坏在他手里，也不能叫后世的侍从骂他丢掉了这样的好处。

合该桑丘倒霉。那天客店中有四个塞哥维亚拉毛匠，三个科尔多瓦马驹泉卖针的和两个塞维利亚市场附近的居民。这几个小伙子，没什么坏心眼，但喜欢穷折腾，拿别人开心。这会儿，好像事先商量好似的，竟一齐跑到桑丘的毛驴前，把他拽了下来。有一个家伙跑进客房，从床上拿了一条毛毯，放在地上。然后，他们几个人把桑丘抬起，扔在毛毯上。恶作剧开始前，他们看屋顶有些低，施展不开，就把地毯连同上面躺着的桑丘，搬到院里，那儿没屋顶，上面就是天，他

098　*El ingenioso hidalgo*
Don Quijote de la Mancha 上
堂吉诃德

们把桑丘兜在毛毯里，一起用力向上抛，就像狂欢节要狗似的拿他取乐。倒霉的桑丘给扔得忽上忽下的，急得大呼小叫。堂吉诃德听到动静，忙勒住马仔细听，开始以为附近又发生了什么打仗的事，准备去厮杀一番，后来才知道是自个儿的跟班桑丘在后面鬼哭狼嚎，便勒马转身，飞快地跑回客店。到店门口一看大门紧闭，就绕墙而行，想找个地方冲进去。院墙不高，他没到跟前，就看见桑丘一上一下，一起一落的，又轻巧又活泼。要不是因为桑丘受人捉弄戏耍，他火冒三丈，看了这个有趣的场面他准会开口大笑。他想站在马背上爬上墙头，可浑身无力，连下马的劲儿都没有，只得骑在马上对着那伙拿桑丘开心的人破口大骂，骂得那个难听，简直无法形容。那伙人根本不理他，仍旧继续拿桑丘开心，一个劲儿地笑。桑丘飞上翻下，叫苦不迭。他一会儿大骂，一会儿央告，但都不管用。最后，他们实在累得没劲儿了，才把他放了。他们闹腾完了，把桑丘的驴牵过来，一齐扶他上了驮鞍，还把大衣给他披好。玛丽托尔内斯心眼还挺好，瞧他累成那样，还特地跑到井台给他提了一罐子凉水，让他喝了解解乏。桑丘接过来，刚要往嘴里倒，就叫他主人给喊住了。堂吉诃德大声喊道：

"桑丘，我的好老弟，千万别喝水！会要你的命！我这儿带着包治百病的神水呢！你瞧呀！"说着，指了指那个装着他自制神药的小壶，"用不着多喝，两滴包好。"

桑丘听了，斜瞪了他一眼，嚷的声音比他还高：

"您老人家记性也太坏了。我不是骑士！您是不是想叫我把肚子里的玩意儿全吐出来呀？那见鬼的药水还是您自己留着用吧，我的事您就别管了。"

说完举起罐子，仰头就喝。可一尝是水，就不愿喝了。他求玛丽托尔内斯给他弄些酒来。她欣然同意，还自己掏腰包。怪不得大伙儿都说，这女人虽说干的是那种营生，心眼儿倒不赖，有基督教的味儿。桑丘喝完了酒，见店门大开，就催动毛驴，径自出了客店。这回，虽然肩膀受了些委屈，但一个子儿没掏就大模大样地走出大门，他心里确实乐滋滋的。

其实店主才没那么傻，早把他的褡裢扣下抵了账，只是桑丘走得急，没有发觉而已。店主看桑丘走了，就要动手把大门顶牢。那些刚才用毛毯戏弄桑丘的人说大可不必，他们根本不怕那个堂吉诃德。

第十八章 指羊为兵大吃苦头
劝说无效一旁观战

　　桑丘紧赶慢赶，等追上堂吉诃德，已经精疲力竭，半死不活，连吆喝驴子的劲儿都没有了。堂吉诃德瞧他累得那副德行，就对他说：

　　"我说桑丘老弟啊，现在我总算弄明白了。不管那是城堡，还是客店，肯定是中了魔法。那伙拿你逗着玩的小子，不是妖魔鬼怪才怪呢。我不是瞎猜，事实就是这样。你看，我在墙外看见你叫人家抛上扔下，胡折腾的时候，气得要命，想爬上墙翻过去救你，可怎么也爬不上去，想下马也下不来，这不是中了魔法是啥？我敢以我的骑士称号起誓，当时我要能翻过墙，哪怕能下得马，我一定会狠狠地把那帮恶棍教训一顿，叫他们一辈子也忘不了，替你出出这口恶气。不过，我要真这么做了，就会坏了骑士道的规矩。我跟你也讲过好几回了，骑士除非身陷绝境，性命危急，迫不得已，是不许和没授封骑士的人打仗的。"

　　桑丘说："我才不管这些呢。只要能行，我就会给自己报仇。问题是咱不行呀。您说折腾我的那帮人是妖魔鬼怪，我不信。他们也没中什么魔法，和咱们一样，也是有血有肉的人，个个还都有名字。他们戏耍我的时候还互相叫名字来着，一个叫佩德罗，一个叫特诺里奥。他们叫店主左撇子胡安。所以，我看您爬不上墙，下不了马，和魔法无关，另有原因。我现在明白了：像咱们这样这儿闯闯，那儿闹闹，除了倒霉遭罪，没有什么好结果，最后真会弄到连左右脚都分不清的地步。眼下也该收庄稼了，我看咱们还不如回村去，该干什么干什么，别再像俗话说的那样：'东跑西跑，越跑越糟。'"

　　堂吉诃德说："桑丘，你呀，对骑士道是一点儿不懂。你急啥？总得有点儿耐性吧？到时候你就明白干咱们这一行有多光彩。你说，这天底下还有哪档子事比得上打胜仗，叫敌人服输投降更让人得意的吗？没了！这还用说吗？明摆着的嘛。"

桑丘说："您说的兴许是这么回事儿。可我还是弄不明白。反正我知道，自打咱们做了游侠骑士，不，是从您做了游侠骑士，我就没碰上过这样的好事，咱们就没打过一次胜仗。跟比斯开人打的那次是个例外，可您也没占多大便宜，掉了半只耳朵，还叫人家削去半个头盔。后来，咱们不是挨棍子，就是吃拳头，我更倒霉，还叫人家用毯子兜着扔上掉下地折腾了半天，而且那伙人是中了魔法，想找他们算账都没处去找。您说的那种得意在哪儿呀？"

堂吉诃德说："桑丘老弟，我也正为这个犯愁呢。你恐怕跟我一样，也为这个事着急上火。没事，我从今天开始就要想方设法弄到一把神剑，得是能工巧匠精心制作的。有了它，就可破一切魔法。没准儿，我时来运转，也碰上阿马迪斯那样的好运，得到他那样的一把宝剑。他当时自称火剑骑士，使一把神通广大的宝剑，削铁如泥，吹毛立断，什么铠甲，什么魔法，都不在话下。"

桑丘说："就算您说的都是真事，哪一天真的弄到了那样一把神剑，可和我桑丘有啥关系？您忘了那神水的事了？您是骑士，这些只对您有用。我这个当跟班的，还不是只有吃苦倒霉的份儿？"

堂吉诃德说："桑丘，这个你只管放心，老天会保佑你的。"

主仆正这么说着，就见前方尘土飞扬，滚滚而来。堂吉诃德一见，心花怒放，转过身对桑丘说：

"桑丘，看好了，咱们的机会到了。我要大显身手，建立一番伟业，名留千古，永世流芳。你看见前面那一阵阵飞扬而起的尘埃了吗？那是一大队人马，哪儿的人都有，数不胜数。"

桑丘答道："照您说的，那应当是两大队人马了。您往那边瞧，还有一阵尘埃呢。"

堂吉诃德回头一看，还真是那么回事儿，心里乐了，这准是两家人马要在此决一死战。其实他看见的尘土飞扬是两群绵羊掀起来的。可是，咱们这位骑士时时刻刻都在想书上讲的那些打仗、魔法、相思、决斗、奇迹等，所以，见到什么都往这上面套。那两大群绵羊离得远时，让掀起的灰尘遮着，还看不清楚，等到了跟前，是人都会说是羊群。可堂吉诃德早叫骑士小说给弄晕了，非说是两支军队不可。桑丘没法子，也只得信以为真，便问他：

"那咱们怎么办呢，老爷？"

"怎么办，当然是锄强扶弱喽。桑丘，你可知道，前面这支人马由阿里方法隆大皇帝亲自率领，他乃特拉波瓦拿岛的岛主，后头这支队伍的头儿是加拉曼塔斯的国王本塔波林，人称赤膊，因为他打仗时，总要卷起袖子露出右胳膊。"

桑丘问："这两位老爷有什么深仇大恨呀？"

堂吉诃德说："因为阿里方法隆爱上了本塔波林的女儿。阿里方法隆为人凶残，又是个异教徒，而本塔波林的千金小姐人长得美丽可爱，信奉基督。他爹当然不愿把她许配给异教徒，除非这位背弃假先知穆罕默德，改信基督。"

桑丘说："我敢以我这一大把胡子发誓，本塔波林完全正确。照这么说，我得帮他，为他拼命。"

堂吉诃德说："桑丘，这回你可以如愿了，因为跟他这种人打仗，不是游侠骑士也没关系。"

桑丘说："这我知道。对了，这头驴子我放到哪儿好呢？别仗打完了，驴子也没影了。骑驴打仗，有这种规矩吗？"

堂吉诃德说："那倒也是。我说，不如就别管它了，它爱上哪儿上哪儿。再说，就是丢了也没什么了不起。咱们如果打赢了，还怕弄不到匹战马？那时候，你想要多少恐怕就有多少呢。没准儿，我连稀世驽驹都不想要了，换一匹更好的呢。看好啊，我先给你介绍一下这两支人马的主将。咱们不如到那边的土岗子上去，在那儿居高临下，看得更加清楚。"

他俩转身，一会儿便上了那个土岗。要是天气好，站在岗上往下看，就会明明白白地看见两大群绵羊。可那天尘土飞扬，风沙太大，把他俩眼睛搞得蒙蒙眬眬，难怪堂吉诃德误以为是两支军队。不过，赶上他正胡思乱想，就是没影的事看不见的人，他都能看得一清二楚。只听他高声对桑丘说：

"看见那个骑士没有？黄盔黄甲，盾牌上画着一头狮子，头戴皇冠，拜伏在一位小姐的脚下。他就是勇士劳尔卡勒克，银桥国的一国之主。那一位，盔甲上有朵朵金花装饰，盾牌蓝底，上有三个银冠的，乃是吉罗西亚大公，凶神恶煞的米科科林波。他右边那个长胳膊长腿的大块头，叫布朗达瓦尔瓦兰，是个天不怕地不怕的人物，阿拉伯的三大部分全归他统辖。他身披蛇皮盔甲，用门板做盾牌，据说就是大力士参孙推倒的那座神庙的门板。他当时仇是报了，可命也没了。你转过脸，再往这边瞧。领头的那位，叫提莫莱勒，人称常胜将军，是新比斯开的王子。他的盔甲有四种颜色，分别为黄、白、蓝、绿，盾牌棕红底子，上面画了一只金猫，写了一个'喵'字，是他情人名字的第一个字。据说她叫喵丽娜，长得极美，举世无双，是阿尔费尼根公爵的女儿。再看看那一位，白盔白甲，骑着一匹高头大马，手持的盾牌也是白的，没什么标记。他是法国人，乌特里克男爵皮埃尔，是新授封的骑士。那边那位，骑着一匹轻巧的斑马，正用马刺踢马的肚子，盔甲上画着两排小铃，一排蓝色，一排银色，口对口，两两相对，盾牌上的标记是一畦芦笋，下面有一行西班牙语：我的命运贴地而行。他就是有钱有势的莱尔比亚公爵埃斯帕尔塔非拉尔多。"

他就这样按照自己的想象，一一介绍着两军的将领，不仅个个有名有姓，还顺口编出各自盔甲的颜色、标记，甚至绰号。他胡编乱造，信口开河，滔滔不绝：

"咱们前面这支人马来源复杂，可称是多民族的队伍。有世代喝桑索斯河甜水的，有来往于马西里克山地的，有在阿拉伯乐土筛细金沙的，有常年在清澈的特尔莫东特河消暑胜地享福的，有开渠挖沟获取金帕克托洛河宝藏的；还有说话不算话的努米底亚人，善于射箭的波斯人，一边打仗一边逃跑的帕提亚人和米提亚人，游牧的阿拉伯人，性情凶残、皮肤极白的西徐亚人，唇上穿孔的埃塞俄比亚人。还有好多好多民族，通过他们的长相我一眼就可以分辨出来，只是名字一时想不起来了。另一支人马里，有的喝灌溉橄榄的贝提斯河的清水，有的用金色的塔霍河水洗脸，有的享用赫尼尔圣河的水治病健身，有的在牧草丰茂的塔尔特苏斯草原上放牧，有的在天堂似的赫雷斯原野上逍遥自在；还有富足的曼卡人，头戴金黄麦穗编成的王冠；古哥特人的后代，穿着盔甲；有的在皮苏埃尔加河里洗澡，那条河以水流平缓闻名；有的在弯弯曲曲的瓜迪亚纳河两岸放牧，那条河因有一段暗流而著称；还有的民族住在满布森林的比利牛斯山上，迎着寒风发抖，生活在高高的亚平宁山上，顶着白雪叫冷。一句话，这支队伍包括了欧洲所有的民族。"

我的老天！他滔滔不绝，一口气讲出那么多地方，那么多民族，还点出人家各自的特点。其实这都是他从那些书上读到的胡说八道的东西，他还以为都是实实在在的人和事呢。桑丘也不说话，只听他一个人在那儿神侃，偶尔也东张西望一下，想瞧瞧主人提到的那些人都在哪里。可他上哪儿瞧呀？根本没有。

桑丘只好问道：

"老爷，您说是不是活见鬼？您讲了半天，说了那么多的骑士、巨人，我怎么一个没看见呢？是不是又跟昨晚一样，是魔法作怪，叫咱们看不着？"

堂吉诃德说："你是不是有点儿不对劲呀？你没听见马在叫，鼓在敲吗？"

桑丘说："没错，我听见了，我听见的是羊叫，有公的，还有母的呢。"

他没说错，那两大群羊快走到跟前了。

堂吉诃德说："桑丘，你什么也听不见，看不清，怕是吓昏了头吧？人一害怕就会犯糊涂，把真的看成假的，把白的看成黑的。你要是实在怕得厉害，就一边待着去，让我独自一人来对付他们。别看我单枪匹马，他们谁输谁赢还得由我来定。"

说话间，只见他催动稀世驽驹，手挺长矛，如一道闪电，飞也似的冲下山冈。

桑丘见状，急忙大叫：

"老爷，我的堂吉诃德老爷，您快回来！我向老天发誓，下面那两团东西是绵羊，不是什么军队，您跟它们有什么好打的，快回来！真是倒了他妈的八辈子霉，您是不是犯病了，啊？您瞧清楚，那儿哪有什么巨人、骑士？也没有盔甲、金猫呀？更别提什么盾牌、小铃了。您说的那些连个影儿都找不到。真是活见鬼！您到底想干啥？"

堂吉诃德哪里听得进去，只管往下冲，还继续大叫大嚷：

"英武皇帝赤膊本塔波林手下的将士们，都跟我来呀！我要把你们的敌人阿里方法隆，打个落花流水，望风而逃。"

他一面叫嚷，一面冲入羊群，举矛乱刺，仿佛眼前真的有他的死敌。赶羊的牧人一看，忙叫住手。堂吉诃德哪里肯听，继续刺杀。牧人们一看喊不管用，就取下弹弓，向他射来拳头大小的石头子。堂吉诃德不顾耳边石子儿呼啸，依旧在羊群中胡奔乱闯，口中叫道：

"阿里方法隆，你别不知天高地厚！你以为你了不起呀？快过来呀！你欺负了英武皇帝赤膊本塔波林，我要替他出这口恶气。我只一枪一人，就要你的

性命！"

刚喊到这儿，就飞来一颗石子儿打在他的腰眼上，两根肋条顿时陷进肉里。他遭此毒手，心想不死也是重伤，忙取出神水壶，往嘴里倒。还没喝够量呢，又飞来一颗石子儿，正好打在他手中的药壶上。药壶打得稀巴烂，手砸得生疼，还磕掉了三四颗牙。这两颗石子儿一前一后，都来势凶猛，力量甚大，竟将可怜的游侠骑士打下马来。牧羊人跑到他跟前，见他一动不动的样儿，以为已一命归西，心中不免害怕，急忙把堂吉诃德打死的那七八只羊往肩上一扛，赶着羊群跑了。

堂吉诃德冲下山冈后，桑丘一直没动，站在山上，一边看他主人乱刺乱杀，一边扯自己的胡子，骂自己没长眼，找了这么一个疯疯癫癫的主人。后来，他看见主人跌下马，躺在地上，但不敢去救。等牧羊的都走得没影了，他才跑下山去看主人。他见堂吉诃德虽然还有口气，但脸色土灰，实在难看，便说：

"堂吉诃德老爷，我喊您'回来！回来！那不是军队，是羊群！'，您就是不听。现在好了。"

堂吉诃德说："这都是那个跟我作对的魔法师搞的鬼。他会变戏法，一会儿变成这个，一会儿变成那个，跟玩儿似的。他知道我准能马到成功，怕我出名，心里有气，就把军队变成了羊群。桑丘，你要是不信，你就照我说的去做，骑上毛驴，偷偷跟在他们后面，不用多久，那群羊就会原形毕露，变成一个个人，跟我刚才说的完全一样。那时候，你就明白，我说的没错。先等等，你走近点，看看我嘴里到底少了多少牙，我怎么觉得全掉光了呢？"

桑丘走过去，把眼睛紧贴着堂吉诃德的嘴巴，仔细往里瞧。就在这个当口，堂吉诃德肚中的药水开始发作，里面的东西一股脑儿喷在了他的脸上。

桑丘大惊失色，一个劲儿地叫：

"我的圣母马利亚呀！这是怎么了？这倒霉蛋怎么直往外喷血呀？是不是要死了？"

他定睛再看：哪是血呀，是东家刚才喝下去的那壶神水。等弄明白是啥东西，他也恶心得受不了了，"哇"的一口，全吐在了堂吉诃德的身上。这下，谁也不欠谁的了。桑丘跑到自己毛驴那儿，想在褡裢里找个什么东西，擦擦脸，再给东家治治病。咦，怎么褡裢没了呢？他又急又气，差点儿发疯，嘴里骂骂咧咧的，打定主意不干这个跟班的差事了。他想丢下主人独自跑回家算了，工钱也不要了，白干就白干，还有堂吉诃德许给他的海岛总督也不要了。这时候，堂吉诃德已经站起，怕剩下的牙掉出来，一只手使劲捂着嘴，另一只手去拉马缰。稀世驽驹真是个忠臣，一直待在主人身边，没离开半步。堂吉诃德走到桑丘身边，见他趴在驴背上，手托着腮帮子，愁眉苦脸的样子，就对他说：

"桑丘，你知不知道，要做非常人，须做非常事。别看眼下咱们老是不顺，不是遇到狂风，就是碰上暴雨。这都是暂时的。雨过天晴，阳光普照的好日子就快要到了。无论好事坏事都会有完有了。咱们也不能老倒霉，也会有交好运的时候。事情坏到头了，好的也就不远了。所以，你没必要为我吃了些亏伤心，再说，也和你没多大的关系。"

桑丘一听，就急了，说：

"您说啥？和我没多大关系？照您这么讲，昨天叫人家兜在毯子里耍着玩的不是我？今天丢了褡裢的，也不是我喽？"

堂吉诃德说："你说什么？桑丘，褡裢丢了？"

桑丘说："我难道还会骗你不成？"

堂吉诃德说："这下可完了，今天咱们就等着挨饿吧。"

桑丘说："您不是说过，您认得野菜吗？就是没啥东西进口，像您这种运气不好的游侠骑士，也能对付过去。"

堂吉诃德说："我才不管这些呢。现在我需要的是一大块面包，再加两条沙丁鱼。至于那些叫迪奥斯科里斯写进书、拉古纳大夫画成图的野草，我才不稀罕呢。得了，咱们别说这些玩意儿。桑丘老弟，赶紧上驴，我们快走吧。上帝大慈大悲，养活着天下万物。阳光普照，不管好人恶人，都会得益；雨露滋润，不分君子小人，大家沾光。天上飞的蚊子，地上爬的小虫，水里游的蝌蚪都有吃的，咱们能饿着吗？何况咱们又时时刻刻在为他老人家办事。"

桑丘说："我看您做游侠骑士，不如去当布道的神甫。"

堂吉诃德说："桑丘老弟，游侠骑士不单会打仗，也要会讲理，得什么都会才行。古时候的游侠骑士有不少人，在打仗的战场上就能传经布道，就像是巴黎大学的毕业生。所谓：枪尖磨不掉笔尖，笔尖也磨不掉枪尖。现在你明白其中的道理了吧？"

桑丘说："行了，老爷，您是常有理，还有不对的时候？可咱们现在得先解决过夜的地方。上帝保佑，可别再碰上什么毛毯、妖怪、魔法和坏蛋。要是再叫我吃亏倒霉，我就撂挑子，不干了。"

堂吉诃德说："桑丘老弟，这你得求上帝了。这回你带路，你找地方，我全听你的。对了，你过来用手摸摸我的牙，看看右边上面的牙少了几颗。疼得我要命呢。"

桑丘把指头伸进他嘴里，摸索了半天，然后问：

"这地方原来有几颗牙？"

"四颗。除了智齿，全都好好的。"

"到底是几颗，老爷？"

"四颗，要不，就是五颗。我活到现在没拔过牙呀，也没掉过一颗牙呀，什么牙病都没得过呀。"

桑丘说："没掉过一颗，没拔过一颗。告诉您吧，这下头只有两颗半槽牙。上头呢，可就惨喽，连个牙齿影儿都没有，光光的，跟手心一样。"

堂吉诃德一听，像挨了一棍，大叫道：

"哎哟，我这下算完了！哪怕断了胳膊呢，当然，别是拿剑的那只。桑丘老弟，你知道，人没了槽牙，就等于磨坊没了磨子。牙比金刚钻还要宝贵。得了，谁叫咱们干这个苦行当呢？老弟，走吧，你走哪儿我跟到哪儿。"

桑丘没再答话，选了个他认为能碰到客店的方向走去，不过，一直没离开大路。堂吉诃德牙疼得心烦，哪里走得快，两人只得缓缓而行。桑丘看主人如此难受，就想讲点逗乐的话，分散他的注意力，多少减轻点痛苦。

教士送尸走夜路
骑士遇鬼荒野间

第十九章

桑丘想讲些逗乐的话叫主人开心，就说道：

"我说，老爷，我寻思，咱们这几天一连气都不顺，都是您惹下的。您不是发过誓？说不把那个叫什么马郎得理诺的头盔夺到手，就是那个摩尔人的，就吃饭不铺桌布，不和王后亲热，还有好多条不这个不那个的，可是您说话不算数，根本没照办，坏了骑士的规矩，结果受了罚。"

堂吉诃德说："桑丘，你说得有理。说实话，我还真把发誓的那档子事给忘了。你也不对呀！干吗不提醒我？所以，人家把你兜在毛毯里扔，也是活该。好在骑士这一行，做错了什么事都可以有补救的余地。我要补过赎罪。"

桑丘说："可我没发过誓呀？"

堂吉诃德说："你没发过誓也不行。反正我心里明白，你少说也是个从犯。不管怎么讲，认错补过总没有错吧？"

桑丘说："要真是那么回事儿，您可就得小心了，别再发了誓就忘，要不，我又要叫那些妖魔耍着玩了，没准儿见您一犯再犯，死不悔改，也要拿您折腾一番呢。"

主仆二人你一句我一句地说着，不想天已黑了下来。投宿无门，令人着急，肚中无食，更叫他们难以忍耐，因为褡裢丢了，吃的全没了。这还不算倒霉，真正叫人晦气的还在后头呢。不用添油加醋，您听了就知道有多神了。当时天色很黑，伸手不见五指。他们虽然肚内饥饿，仍旧拼命赶路。桑丘想，走的是大道，再走一二十里路，肯定会遇上个客店。他们走呀走呀，天越走越黑，人越走越饿。突然，一片片火光，迎面飘然而来，像是一团流动的星云。桑丘一见，吓得魂飞魄散，赶忙拉住驴子的缰绳；堂吉诃德也心惊肉跳，急忙勒住稀世驽驹。他们屏住气息，仔细看去。就见那片火光越逼越近，越近越亮。桑丘见此情景，像是中了水银的毒，顿时全身抖个不停。堂吉诃德头发也根根倒立，但还是强打精神，对桑丘说：

"桑丘，什么也别说了。这回咱们可碰上最凶险的事了，不玩命可不行了！"

桑丘说："这下可完了！是不是又碰上什么妖怪了？我可再经不住打了。"

堂吉诃德说："妖怪也不怕。有我在，谁也别想碰你一根毫毛。上次让他们把你耍了，那是我没翻过墙去。这回咱们是在野地里，我可以自由自在地使宝剑了。"

桑丘说："要是人家又把您弄得手脚不能动弹，在野地里不也是白搭吗？"

堂吉诃德说："你怎么这么多事？桑丘，你只要打起精神，拿出胆儿来就行。过一会儿，你就知道我有多大胆儿了。"

桑丘说："壮胆儿还不会？不过，那得看老天爷帮不帮忙了。"

两人说着闪到路旁，仔细看去，想弄个明白，那片活动的光到底是啥玩意儿。看着看着，就见一帮人走过来，个个都穿一件白色的衬衣。桑丘吓得差点儿晕过去，上牙直打下牙，像害了打摆子病似的。等完全看清楚了，桑丘的牙就颤得更凶了。那一帮穿白衬衣的人，有二十多个，都骑着牲口，手里举着熊熊的火把，后面是一个抬床，上面盖了块黑布，抬床之后，还有六个人，也骑着牲口，穿的丧服很长，把牲口遮得只能看见它们的脚。从走路慢条斯理的样子看，肯定是骡子，不是马。那帮人一边走一边口里念念有词，声音凄惨。深更半夜，又在荒郊野外，突然眼前跑出来这么一群怪模怪样的家伙，桑丘能不害怕吗？就连堂吉诃德都心跳了好一会儿呢。不过，堂吉诃德到底不同于桑丘，桑丘吓得还没缓过劲来，堂吉诃德已经镇定如初了。刹那间，他从书上读到的那些厮杀冒险全都从脑子里冒了出来。于是，眼前的抬床变成了担架，上面躺着个骑士，可能身受重伤，也没准儿早已死于非命，不管怎么说，都要他堂吉诃德为他报仇雪恨。想到此处，他端起长矛，坐稳身体，神气活现地往路中一站，挡住那伙人的去路。等他们走近，便高声说道：

"都给我站住！快快报出各自姓名。从哪儿来，到何方去，担架上抬的是什么人，都给我从实说来。看情形，不是你们叫人害了，就是你们干了害人的事。快说个明白，本骑士自有决断：替各位报仇雪恨，或者拿尔等开刀。"

那帮人当中有一位答道：

"我们投宿的客店还很远，事情又很紧急，不能在这儿耽误时间回答你的问题。"

说着便催骡前行。堂吉诃德闻听大怒，上前一把揪住他骡子的笼头，说道：

"站住！你好大的胆子！快——回答我的问话，如若不然，本骑士就要与尔等斗个你死我活。"

谁知那头骡子生性胆小，一见笼头被人抓住，吓得前腿往上一蹦，把主人从后屁股摔到了地上。一个步行的仆人见了，破口大骂堂吉诃德。堂吉诃德气往上顶，也没回话，端起长矛，朝一个穿丧服的人刺去，将他刺伤倒地。堂吉诃德接着在那帮人当中杀来杀去，冲过冲出，动作灵活，势头凶猛，稀世驽驹好像长了翅膀，左旋右转，充满了灵气。那帮人本来就胆小怕事，加上随身又没带什么家伙，根本不想和堂吉诃德纠缠，没多久便举着火光冲天的火把，四处逃散，那情景真像节日夜晚举行的化装舞会。他们穿的丧服太长，绊得两只脚想快也快不了，结果叫堂吉诃德轻而易举地把每个人都痛打了一顿。那些人以为堂吉诃德是打地狱里来的魔鬼，跟他们过不去的目的就是为了抢走抬床上的死人，一个个逃命还怕来不及呢，哪敢还手？

桑丘在一旁观战，对主人那股子玩命的精神，直竖大拇指，心说："咱东家确实不是在吹牛皮说大话，劲儿真足，胆儿真大呀！"这时，那个一开始从骡子屁股上颠下来的家伙，身边的火把还燃着，把他照得清清楚楚。堂吉诃德见他还躺在地上，就跑过去，用长矛对着他，叫他投降，否则，要他去见阎王。

那个人说："我早就服了。我摔折了一条腿，动都动不了。先生您要也是信基督的，就请您别杀我，否则，您就亵渎了圣教，因为我是神学硕士，已有了初级神职。"

堂吉诃德说："你既然是教士，干吗不在教堂做事？到这儿干什么来了？"

教士说："还不是倒霉催的，先生。"

堂吉诃德说："刚才我问的话你不好好回答，你还得倒霉。"

教士说："这个容易，我马上叫先生您满意。我说呀，刚才我说自己是硕士，其实是学士。我叫阿隆索·洛佩斯，是阿尔科本达斯人，从巴埃沙来。跟我一块儿的还有十一位教士，就是举着火把逃掉的那伙人。抬床上是一位绅士的尸体，我们要把它抬到塞哥维亚去。绅士是死在巴埃沙的，也埋在了那儿。眼下呢，我刚说了，要把他的尸骨送到塞哥维亚正式下葬，因为那儿是他家乡。"

堂吉诃德问："谁把他杀死的？"

教士说："是上帝的旨意，他得了瘟疫。"

堂吉诃德说："既然是老天爷的旨意，那就算了，否则，我还要为他报仇。有啥办法，要是老天要我的命，我也没辙呀。不过，教士先生，我得告诉您，在下乃是曼卡骑士堂吉诃德，周游四方，不为别的，只想为民除害，替天行道。"

教士说："我搞不懂您是如何除害的。我本来好好的，却叫您弄断了一条腿，要当一辈子瘸子。您口口声声为民除害，却叫我终身受害。我真是见了鬼，碰上您这样的人。"

堂吉诃德说："这能怪谁呢？谁叫你们深更半夜走到这个地方，还穿着白色的法衣，点着火把，披着丧服，口中念念有词，简直像阴间的鬼怪。我出来就是要扫荡一切妖魔鬼怪，所以，哪能将你们放过。你们真要是地狱中的魔王，我也会跟你们拼杀。我当时还真的把你们当成魔鬼了呢。"

教士说："算我倒霉。我的游侠老爷，劳您大驾，刚才您差点儿叫我见了阎王，现在快来帮我一个忙，把我从骡子身底下拽出来，我的一条腿还卡在脚镫和骡鞍中间呢。"

堂吉诃德说："您这个人可真行。怎么不早说呢？还有闲工夫说了那么大半天的废话。"

他大声招呼桑丘过来。桑丘听见了，但并不急着过来，他正忙着从一匹骡子身上往下卸东西呢！原来那些大人先生们用那头牲口驮了好多好多吃的。桑丘把自己的外衣脱下来，做成个大口袋，往里使劲塞卸下的食物，然后系好搭在自己的毛驴背上。弄完了这个，他才去帮堂吉诃德的忙，一起把教士从骡子身子底下慢慢拉出来，抬到骡子背上，又把掉在地上的火把拾起来给他。等把教士安顿好了，堂吉诃德就叫他去找自己的人，请代他赔礼道歉，说刚才多有得罪，实在是出于误会。

桑丘对教士说："要是您那些人想知道得罪他们的是谁，您就告诉他们，他

就是大名鼎鼎的堂吉诃德·德拉·曼卡，人称'哭脸骑士'。"

等教士骑骡子走后，堂吉诃德就问桑丘，为啥早不叫晚不叫，非在刚才叫他"哭脸骑士"。

桑丘说："那我就告诉您。刚才那个倒霉的家伙不是举着火把吗？我借火把的光亮仔细瞧了您好半天。您那张脸实在是难看，整个儿一个哭相，还从没见过您这个模样，大概是打仗累的，也没准儿是因为少了几颗牙。"

堂吉诃德说："你全说错了。这是那位给我树碑立传的博士起的。古时候，骑士都有外号，什么'火剑骑士'、'麒麟骑士'、'少女骑士'、'凤凰骑士'、'飞狮骑士'、'死神骑士'，嘿，名堂多了。他们就是因为这些外号闻名天下。所以，那位博士也给我起了个外号，叫你突然说出来。既然如此，我今后就用这个外号了。等有空了，还得请人在我的盾牌上画一个哭脸，这才显得郑重其事。"

桑丘说："还用得着请人画吗？赔上工夫，还得往外掏钱！全用不着。您就往那儿一站，让人家瞧瞧您自个那张脸，就行了，用不着往盾牌上画，人家就知道大人您是'哭脸骑士'。我说的可都是大实话。跟您开个玩笑，您饿得龇牙咧嘴，牙又掉得差不多了，龇不出什么牙来，那副德行真像在哭呢。所以，您不用去瞎耽误工夫，画那没用的像了。"

堂吉诃德叫桑丘逗得哈哈大笑。不过，说是说，笑是笑，他想既然决定采用这个外号，就一定要按自己的想法，把相应的脸谱画到盾牌上。他突然又对桑丘说：

"桑丘，我知道，我刚才是对神圣的东西动手来着，照'据此，凡受魔鬼指使者……'这一条，我就会被逐出教门。不过，我没动手，真的，只动了这支长矛，再说，那会儿也根本不知道对方是教士呀。我对基督坚信不疑，忠贞不贰，对神圣的东西从来都是非常崇敬的，当时我心里真的以为他们是一群从阴界来的妖怪。如果真的要把我轰出教门，倒让我想起一个故事。想当年，熙德当着教皇陛下的面，把一位国王使者的椅子给砸了，结果被逐出教门。其实，这位好汉的作为，还真够英雄，还真给咱们骑士争脸。"

堂吉诃德说了这一大堆话后，突然想瞧瞧那抬床上到底放的是骨头还是什么别的玩意儿。桑丘不同意，说：

"老爷,您打了多少次仗知道不?就这回得了手。那伙人现在是跑了,等回过味来一想,敢情打跑他们的就是一个人一条枪呀,恼羞成怒,说不定跑回来找咱们算账。我这头驴也弄停当了,山离这儿也不远,再说,咱俩也都饿得够呛,还是赶紧走吧,俗话说:'死了埋入地,活着填肚皮。'"

说罢,拉着驴就走,一面请主人跟在后头。堂吉诃德觉得桑丘讲得在理,也没再说什么,就跟了上去。他们俩骑着牲口,在两座小山之间走了一会儿,便进入一个开阔而幽静的谷地。他们立刻跳下马。桑丘把驴背上驮的吃的全卸了下来。两人因为饿得要命,便趴在草地上,大口大口地吃了起来,竟吞下不止一筐熟肉,把早、中、晚三餐和午后茶点一顿就给解决了。这还真得谢谢那些教士老爷,他们从不亏待自己,这次出门就用骡子驮了好几筐熟肉。但有一点不如意,桑丘觉得是糟透了:没有酒,连口水都喝不上。两人口干舌燥,心烦意乱。就在这个时候,桑丘看着满地绿油油的小草,说出一番话来。

如临大敌吓破胆 一场虚惊笑死人

第二十章

桑丘看见满地油绿绿的小草，对堂吉诃德说：

"老爷，您看见这些青草没有，这说明附近肯定有水。咱们再往前走走，要碰不见个河沟泉水什么的，您找我。到了那儿咱们真得好好喝一顿，这会儿真渴死我了。这渴呀还真比饿难受。"

堂吉诃德听了，觉得言之有理，就牵着稀世驽驹，向前走了。桑丘把吃剩下的东西放回驴背，也拉着驴子，跟了上去。当时天很黑，啥也看不见，他们只得摸索着一步一步往前走。还没走出二百步远，突然听见哗哗的水声，好像是从什么悬崖峭壁上奔腾而下。两人心里顿时乐开了花，就停下来竖起耳朵，听听是从哪个方向传来的声响。谁知，却听到一阵乱七八糟的声音，他们刚刚才有的那股子高兴劲儿，一下子凉了半截。桑丘天生胆小，哪儿经得住这种事，早吓得浑身打抖。那声响像是拍拍打打什么，还挺有节奏，里边还夹着铁片和铁链子碰在一起的嘎吱声。这些响动加上那震天动地的水流声，听了能不害怕吗？刚才也说了，当时漆黑一团，他们正巧又走进了一片树林，小风一吹，树叶沙沙作响，确实够阴森恐怖的。周围黑咕隆咚的，耳边水声、拍打声、风声、树叶声，乱糟糟的，一刻不停，也不知道何时会天明。两个人孤零零的，还不知道眼下待的是什么地方，这放着谁都会心里发颤。还别这么说，咱们堂吉诃德大侠就是个例外。这位游侠骑士自始至终就没想到"怕"字，这会儿更是英雄虎胆，翻鞍跳上稀世驽驹，一手持矛，一手拿盾，对桑丘说：

"桑丘老弟，你可知道，老天把我生在黑铁时代，就是要我恢复金子时代，一般都叫黄金时代。我生来就是要玩命冒险，建功立业的。告诉你吧，我到这个世界上来，就是要让圆桌骑士、法兰西十二骑士和世界九大英雄的事业再现辉煌。我要超过普拉蒂尔、塔布兰特、奥利万特、蒂兰特、太阳骑士、贝利亚尼斯以及所有的古代著名游侠骑士。我要在今生今世，轰轰烈烈，创出一番事业，让他们个个望尘莫及、黯然无光。忠实的侍从，你看，夜这么黑，这么静，树林呜呜哀叫，我们来寻的流水轰响，好像从月亮的高山上狂奔而下，加上拍拍打打的嘈杂声音，不管它们是分别来，还是联合在一起，战神听了也会胆战心惊，何况从未见过这类吓人景象的凡人呢。可我毫不畏惧，反而意气风发，勇气倍增，恨不得立刻披挂上阵，去厮杀一番。现在，你替我把稀世驽驹的肚带紧一紧，咱们暂且分手。你在这儿等我三天。三天之后，我还回不来，你就别等了，只管回家去吧。回家后，麻烦你去看一下我那绝代佳人温柔内雅，告诉她，爱得她发疯的那位骑士，为了她的荣誉和体面，已一命归西。"

"老爷，我实在想不通您干吗要跟自己过不去，非拿性命去冒险不可？现在黑咕隆咚，周围又没别人，咱们绕路走开不就得了，水能不能喝有啥关系？三天不喝我也熬得下来。反正没别人，用不着怕人家说咱们胆儿小。咱们村的神甫跟您算是熟人吧？他讲经的时候，就说过这句话：谁冒险，谁完蛋。所以，咱们可不敢去干那些玩命的事，让上帝生气。万一有个好歹，要脱身恐怕得等太阳从西边出来。老天爷对您已经够赏脸了，没像我叫人家用毯子兜着玩，还叫您把那帮送死人的家伙打得到处乱跑。您说，老天对您够不够意思。要是我说的这些话还打动不了您的铁石心肠，您好歹也替我想想。只要您一走，我就没命了。我胆小，谁来要我的魂儿，我都得给。再说，我离开家乡，丢下老婆孩子来给您当差，还不是因为有个奔头，要是找亏吃我能干吗？俗话说：贪心撑破口袋。我还就是叫贪心给害了？您老说要给我个什么倒霉的小岛管管，叫我白天黑夜地盼。现在好了，小岛没到手，我这个人倒要叫您撇在这荒山野岭里了。我说老爷，您千万别干这种坏良心的事。如果您非干不可，那也等到天明再说，行不行？我放羊的时候学会了看时辰。刚才半夜的时候，北斗七星的那个口在我的左胳膊那边，现在已经到我头顶上，这就是说，再过三个钟头天就亮了。"

堂吉诃德说："桑丘，你胡说。四下黑得要命，天上连一颗星星都看不见，你说的什么口呀边呀的，在哪儿？"

　　桑丘说："您说得没错。可是人一害怕，就好像生出许多眼睛，别说是天上的，就是地底下的东西，也看得一清二楚。其实，算都算得出，快天亮了。"

　　堂吉诃德说："天亮也好，天不亮也罢，我总是个骑士呀，总不能瞧人家滴了几滴眼泪，听了几句哀求的话，就耳软心活，忘了自己的职责。桑丘，你也别再啰唆了。既然老天叫我铁了心去冒这份前所未有的凶险，肯定会助我一臂之力，保我平安无事，你就大放宽心好了。对了，你赶紧把稀世驽驹的肚带勒紧。你就好好在这儿待着。我死也罢，活也罢，一会儿就会回来。"

　　桑丘看主人是铁了心要去玩命，再苦苦哀求也无济于事，就想了个鬼点子，叫堂吉诃德非等到天明不可。他趁替稀世驽驹紧肚带的机会，偷偷把他毛驴的缰绳拴在了稀世驽驹的前腿上。堂吉诃德催马要走，马却动不了了，只会原地往上蹦。桑丘看见自己得手了，就说：

　　"老爷，您瞧见了吧？我哭天抹泪地求您，老天都看不过去了，这不，叫稀世驽驹也不跟您走了。您要是非去不可，玩命踢它，硬要它走，老天也不会饶您，要叫您吃不了兜着走。"

　　堂吉诃德哪管这个，只顾使劲踢马。踢了半天，一点儿用都没有，那马还是不走。他哪里想到马腿已叫桑丘拴住，只得认命倒霉，捺着性子等到天明再说。他还以为有别的原因，就对桑丘说：

　　"桑丘，现在稀世驽驹怎么也不走了，我只好哭着等黎明露出笑脸了。"

　　桑丘说："您用不着哭。我给您讲故事解闷。要不，您就按你们游侠骑士的规矩，下马在青草上睡一觉，等天亮了，您准备去大杀大砍玩命的时候，那精神头可就足了。"

　　堂吉诃德说："你说什么？下马？还睡觉？你以为我是谁？我是那种临危偷安的人吗？你要睡自己去睡，随你的便，反正你一天到晚爱睡觉。我知道自己该干什么。"

　　桑丘忙说："老爷，我的好老爷，您发这么大火干啥？我不是那个意思。"

　　那一阵阵拍拍打打的有节奏的声响，吓得桑丘跑到堂吉诃德身边，抱住他的左腿不放。堂吉诃德说，不是要给他讲故事吗，那就讲呀。桑丘说，他叫那响声吓得心里发慌，一时讲不出来。后来，镇静下来，才说：

　　"我就凑合给您讲一个好了。要是我讲得头头是道，不丢三落四，保准是个好听的故事。注意听呀，老爷，我开始讲了。好事但愿人人有，坏事留给找它的人。话说有一次……老爷，您可知道，古人讲故事，开场白是不许乱说的，要用罗马监察加东的一句名言：坏事留给找它的人。这会儿用这句话那可是太合适了，就是让您老老实实待在这儿，别乱跑乱走，没事找事了。也没谁逼咱们，干吗非走这条路，让人心惊肉跳的。"

堂吉诃德说："你就讲你的故事，走什么路我说了算。"

桑丘无可奈何，说：

"讲就讲呗。说的是在埃斯特雷马杜拉的一个村儿里，住了一个羊倌，就是看羊的、放羊的。这个看羊的、放羊的，叫洛佩·路易斯。这个洛佩·路易斯爱上了一个叫托拉巴的姑娘，也是个放羊的。这个放羊的姑娘托拉巴的爹可阔了，是个牧场主。这个阔气的牧场主……"

堂吉诃德打断他，说：

"桑丘，你怎么这么啰唆，一句话老说两遍。你是不是想讲上几天几夜呀？说简单点，别老是那么没脑子。要不，就别说了。"

桑丘说："我们那儿全这么讲，您现在非叫我改个讲法，我改不了。"

堂吉诃德说："行了，行了，你爱怎么讲就怎么讲。谁叫我非要听呢。"

桑丘说："老爷您真好。那我就往下讲了。刚才说道，那羊倌看上了放羊的姑娘托拉巴，那个托拉巴长得又粗又壮，人挺野，还长了点胡子，真像个男的。那模样真真的，好像现在就在我跟前。"

堂吉诃德说："你还见过她？"

桑丘说："我没见过她。但讲这故事的人说，他讲的全是真事，没掺一点儿假。所以，我再讲给别人听的时候，完全可以拍着胸膛说，都是我亲眼得见。咱们接着说。日子就这么一天一天地过了，可那小鬼闲着，什么他都要插一腿，胡搅和，结果把事搅坏了。那羊倌本来是喜欢人家姑娘的，后来呀，不知怎么反倒恨人家讨厌人家了。听那些喜欢说长道短的人讲，那姑娘不知做了什么出格的事，羊倌吃醋了，对她恨得要命，说要走得远远的，免得见了心烦。那姑娘本来并不爱他，等羊倌不理她了，她反倒热和起来了，还真的爱上他了。"

堂吉诃德说："女人天生如此：你爱她，她嫌你；你嫌她，她爱你。接着讲，桑丘。"

桑丘接着讲："后来，那羊倌还真的走了。他赶着一群羊，走过埃斯特雷马杜拉原野，准备到葡萄牙王国去。姑娘听了，就立刻去追他。她鞋也没穿，深一脚浅一脚的，老远跟在羊倌后面，手里拿根拐杖，脖子上吊个褡裢，据说里面装了一面小镜子，一把梳子，还有一瓶擦脸用的什么膏。管它里面装的是啥，我现在可没那工夫瞎琢磨这些玩意儿。那羊倌赶着羊到了瓜迪亚纳河边，想过河，正赶上涨水，水大得都快上岸了，找船也找不着，连个筏子也没有。他心里急得要命，因为托拉巴就快追上来了，到时候又哭又闹，寻死觅活的，他可咋办呢。他四下张望，望了半天，突然看见有个打鱼的，身边有一条小船，船小得很，一次只能上一个人一头羊。有什么法子，这总比没有强。他跑去和那人商量，最后讲好把他和他的三百只羊都送过河。于是，那个打鱼的上了船，把一只羊送过河，返回来再送一只，再回来送一只。老爷，您给数着，打鱼的送过河几只羊，要是漏掉一只，这故事可就到此为止，我再无话可说。我接着说。慢着。对面上岸的地方全是烂泥，滑极了，所以打鱼的来回一趟挺费工夫。可他不嫌麻烦不嫌累，就这么送过去一只，回来，又送另一只，又回来，又送过去一只。"

堂吉诃德："你就当它们全过了河行不行？这回来、送去，送去、回来，每送一只羊都说一遍，还有完没完？"

桑丘根本没听堂吉诃德说什么，反而问：

"我说，到这会儿过去多少羊了？"

堂吉诃德说："你问我，我问谁呀？"

桑丘说："您瞧，跟您讲得有多明白多清楚：把过去几只羊数对了，千万别漏掉一只。现在好了，故事完了，没法讲了。"

堂吉诃德莫名其妙，说："这是什么道理呀？听你讲故事还得给渡河的羊记数？记错一只，你就没词了？讲不下去了？"

桑丘说："讲不下去了，老爷，真的讲不下去了。我问送过去多少羊，您说：'你问我，我问谁呀？'这下就完了，我下面要讲的全忘了。其实下面那段才有味儿呢。"

堂吉诃德说："那这故事就完了？"

桑丘说："那还用说，跟我那老妈一样，完了。"

堂吉诃德说："你刚才讲的那个，不管叫故事也好，传说也好，寓言也好，说实话，还真够新鲜的，恐怕还真没人想得出来。你那个讲法真说得上是空前绝后。可话又说回来，我能指望你那个聪明脑瓜子想出别的什么玩意儿来吗？我知道，这全是那些乱七八糟的声音把你给吓的。"

桑丘说："您怎么说都行。反正我知道，过河的羊什么时候数错，故事就什么时候完。"

堂吉诃德说："完了就完了，管他什么时候呢。我现在倒操心稀世驽驹，不知道这畜生可不可以走了。"

他说着又用腿去夹马的肚子，那马还是只在原地跳，就是前行不得。马腿捆得那么结实，它能走吗？

这时，天就要亮了，不知是吹了清晨的凉风，还是昨晚吃了什么不对劲的东西，桑丘感到十万火急，非要做一件谁也帮不上忙也替代不了的事情，其实倒像是人常会有的那种事。可他胆小得要命，连一寸一分都不敢离开主人，但这种事不马上解决又不行。他真是左右为难。最后想了个万全之计。他松开紧紧抓着驮鞍的右手，悄悄解开裤带。裤带一松，整个裤子就哗啦一下落在了双脚上，活像一副脚镣。然后，他把上衣掀起，两个不算小的屁股蛋就全露在了外面。做完这些事，他总算松了一口气。他哪想到，要命的事还在后头呢。人要方便，难免要弄出声音。这可咋办？他只好咬紧牙关，缩脖耸肩，使劲屏住呼吸。他费了吃奶的力气，但还是弄出了点动静。这声音当然和那个吓得他心惊胆战的啪啪声完全不同。堂吉诃德听见，就问：

"桑丘，你听这是什么声音？"

桑丘说："谁知道，没准儿又撞上什么鬼了。这倒霉事只要沾上你，就没完没了。"

桑丘接着屏气，运气，使劲。还不错，这回没弄出什么声响。他终于把肚里那堆玩意儿解决了，感到说不出的轻松。他是轻松了，可堂吉诃德的鼻子倒霉了。他耳朵好使，鼻子更灵，桑丘又紧紧贴着他的腿，离得太近，所以，那堆玩意儿冒出的气味，一下就升到他鼻子跟前。他赶忙捏紧鼻子，闷声闷气地说：

"桑丘，你是不是吓坏了？"

"早就吓坏了。您怎么这会儿才知道？"

"因为你身上有味儿，还挺大，不像是香水味儿。"

桑丘说："有可能。这不赖我，谁叫大人您半夜三更把人家往这鬼地方领呢。"

堂吉诃德说："老弟，快离我远点。"一边仍旧捏着鼻子，又说："别忘了，你是谁，我是谁。跟你聊聊天，怎么着，就不知自个儿是干什么的了？"

桑丘说："我知道，你怪我刚才在这儿方便了一下，对不对？"

堂吉诃德说："行了！就别再提了好不好！"

主仆二人就这样你一言我一语地过了一夜。桑丘见天马上就要大亮，就偷偷给稀世驽驹解开了缰绳，自己也提上裤子穿好。稀世驽驹本来性情平和，这回被捆了半天腿，好不容易松开了，竟来了性子，前蹄儿在地上乱扑腾，就是跳不起来。倒不是小瞧它，它确实没那两下子。堂吉诃德一看稀世驽驹能动能走了，不胜欢喜，心想，这准是天意，要他去冒险去玩命。天大亮了，他才看清楚，原来四周全是高大的栗子树，枝叶茂密，遮天蔽日。他还发觉，那啪啪的声音仍旧不绝于耳，但还是听不出是从哪儿发出来的。他不再多想，说走就走。走之前，回过头和桑丘道别，又把昨晚那番话说了一遍，无非是叫桑丘在那儿等候，如果三天过了还不见他人影儿，那就是上帝的意思，他已经不在人世，叫桑丘一定把信亲自捎给他的意中人温柔内雅。还说，他不会短桑丘的工钱，让他只管放心，因为他离家之前就立下遗嘱，要按桑丘跟他的时间长短，如数付清。又说，如果老天开眼，保佑他安然无恙，平安回来，他答应给桑丘的小岛准会百分之百地兑现。桑丘听主人又说起这种掏心窝的话，忍不住眼泪汪汪地又哭了起来。感动之余，立下决心，一定跟随主人到底，完成他老人家的大业。

就凭桑丘这番泪水和立下的决心，本传作者就敢说，他一定出自良善之家，起码也是个老资格的基督徒。堂吉诃德见自己的侍从如此动情，也不免受到感染，但脸上还看不出来。他装做若无其事，催马朝有水声和啪啪声的方向奔去。桑丘牵着毛驴，远远跟在后面。那毛驴和他可以说是同甘共苦，形影不离。他们在绿荫成片的栗子树林中走了好长一段路，忽见面前出现一块草地，后面是高大的山岩，一股瀑布从上面奔腾而下。山岩下有几间破屋，破得像废墟。仔细一听，那啪啪声就是从那里面传出来的。稀世驽驹被水声和啪啪声吓得有些骚动。堂吉诃德想办法叫它安静下来后，就向那几间破屋走去。他一步一步地慢慢走过去，不住地向心上人求助，也捎带向上帝祷告，求他们都多多照应，千万别丢下他不管。那桑丘一步不落地紧紧跟在主人马屁股后面，伸长脖子，鼓足眼泡，借着稀世驽驹的腿缝，向前探望，想看看是什么东西把他吓成这个鬼样子。他们又走了一百来步，过了一个拐弯，才真相大白。原来吓得他们心惊肉跳，一夜都魂不守舍的，竟是槌布机的六个大槌子。这六个大槌子交替拍打，那声响的确吓人。

堂吉诃德一看原来是这么回事儿，当时就傻了眼，半天说不出话来，脸也红了，脑袋也耷拉下来了。桑丘看了主人一眼。堂吉诃德也看了桑丘一眼，见他鼓着腮帮子，使劲闭着嘴，想笑不敢笑，强忍着的那个模样，自己倒忍不住先笑了。桑丘一看主人都笑了，索性放开胆子，大笑起来，直笑得双手抱着肚子，生怕笑破肚皮。他笑一会儿，忍一会儿，这样折腾了四回，每次都笑得前仰后合。桑丘这样狂笑已经使堂吉诃德满肚子火了，可他不见好就收，还更来劲了，竟然模仿主人的腔调，说：

"桑丘老弟，你可知道，老天把我生在黑铁时代，就是要我恢复金子时代，一般都叫黄金时代。我生来就是要玩命冒险，立功建业……"

堂吉诃德见他把昨晚说的那番话一字不差地学说了一遍，存心挖苦自己，勃然大怒，举起长矛，向桑丘打去。幸好打到背上，要是打到头上，桑丘的工钱也就免了，除非他的继承人想要。桑丘见自己的玩笑惹恼了主人，怕主人跟他闹个没完，忙赔不是，说：

"老爷您别生气，我这不是跟您开个玩笑嘛，我敢向上帝保证。"

"我就是因为你开玩笑！我这个人可不喜欢跟人家开什么玩笑。过来呀，你这个哈哈哈。你是不是以为，假如咱们碰上的不是槌布机的槌子，而是一场真刀真枪的恶战，我就不敢上，不敢去拼命了？噢，我是骑士，就该知道那声响是不是木槌拍打出来的？再说，我也没见过那玩意儿呀，确实没见过。不像你是个下人，从小见过那些东西。你别不信。你有本事，就把那六个槌子变成六个巨人，叫他们跟我一对一，要不然就一齐上，我要不把它们一个个打得半死，你想怎么挖苦我都行，我绝无二话。"

桑丘说："老爷，您饶了我这一次，行不行？没错，我开玩笑是开过了头。好，咱们就算没事了，但愿以后您再碰上什么危险，都能像这回一样逢凶化吉，遇难成祥。对了，您说咱们吓得这个样子，人家知道会不会笑话？反正当时我是吓得够戗。老爷您……我知道，您怕啥？您啥也不怕，'怕'是啥您根本就不知道。"

堂吉诃德说："确实可笑，不过拿这个笑话人就不合适了。谁能料事如神，一看一个准？"

桑丘说："您还别这么说。您玩长矛可是一打一个准。要打我脑袋，倒叫我的背受罪，多亏了上帝保佑，我自己躲得快。还是那句话：碱水一泡，多脏的都能洗掉。还有一句话：打是疼来骂是爱。那些体面人家的主子把下人臭骂一顿，临了还赏条裤子什么的。要是打一顿板子该给点啥呢？游侠骑士没准儿打完了会赏个海岛或王国什么的。"

堂吉诃德说："运气好，什么事都能办成。你讲的这个也没有问题。刚才你说我用长矛打你的事，还要你多多包涵。你也是明白人，知道人在火头上难免做出傻事。以后你少跟我说话，克制点。我读的骑士小说数不过来，还没见有你这样爱和主人说话的侍从。当然，也不能全怪你，我也有错。你错在对我尊重不够，我错在对你没有严格要求。阿马迪斯的侍从甘达林，后来当了菲尔梅岛的伯爵，书上说，他见了主人总是手里拿着帽子，低着头，弯着腰，完全按土耳其的习惯。再说说堂加拉奥尔的侍从加萨巴尔，他干脆不说话。写他们的那本可称得上鸿篇巨制的书，出奇的长，可只提到他一次。可见他真不爱讲话。难得呀，桑丘！我讲这些就是要你知道，主仆有别，上下不同。骑士就是骑士，侍从就是侍从，不能混为一谈，各有各的身份。咱们以后都要有分寸，不能随便嘻嘻哈哈，没了规矩。要明白，不管为什么，你惹火了我，都是'拿瓦罐儿往石头上碰'。我答应你的赏赐，迟早是你的，万一没有，你起码还有份工钱，这我已经对你讲过了。"

桑丘说："您说得没错。要是您答应赏我的那个东西还很难说能不能成为真事，我当然只能靠工钱了。所以，我想问，以前给游侠骑士当差的侍从，能赚多少钱？工钱是按月算呢，还是像盖房子的小工有一天算一天？"

堂吉诃德说："没听说当侍从的还有拿工钱的，他们只领赏赐。我要给你工钱，已经写进我的遗嘱里了。遗嘱是密封放在家里的。这样做是以防万一，因为现在这个世道实在是坏透了，谁知道干骑士这一行还行不行得通，我怕哪天去了另一个世界，因自己说话没有兑现，灵魂不得安生。桑丘，你听着，在这个世界上，就数冒险家担的风险大呀！"

桑丘说："可不是嘛，槌布机上的几个木槌就把老爷您这么胆大的骑士吓得晕头转向。您尽管放心，我从今以后把嘴巴闭紧，绝不再拿您的事逗乐了。您是我的主子，我的爷，我要孝敬您。"

堂吉诃德说："这就对了，你就可以在这个世界上站住脚了，因为除了孝敬父母，还要像孝敬父母那样孝敬主人。"

第二十一章 平步青云白日梦
指盆为盔想当然

主仆正说话呢，忽然下起了小雨。桑丘想和堂吉诃德进槌布机房里避一避，可堂吉诃德还想着刚才那场虚惊，恨死了那几个木槌，说什么也不去。他们就向右拐，上了像是昨天走的那条路。走了没多远，堂吉诃德便发现前面有个人，骑着马，头上有个闪闪发光的东西，像是金的，便对桑丘说：

"这谚语句句是实话，都是从经验中总结出来的，所以说，经验是一切学问之母。有一句谚语说得好："这门不开，那门开'，真是说到我心坎上了。你瞧，昨天咱们倒霉，让槌布机那几个木槌骗了一场，今天咱们就交了好运，有人送货上门，让咱们有了一展身手的良机。我要是不抓住这个机会，那就只好怪自己无能，再说什么没见过槌布机、深更半夜看不清，就有点儿强词夺理了。我这么说，是因为有个人正骑着马朝咱们这边走来，头上戴的恰好就是曼布利诺头盔，你知道，我指天发誓要夺到手的就是它。"

桑丘说："您说话要小心，干什么之前，更要三思而行。可别又是槌布机那类玩意儿，啪啪啪的，捶得咱们心惊胆战。"

堂吉诃德说："你少胡说八道！头盔就是头盔，和槌布机有什么关系？"

桑丘说："它们有什么关系，我不知道。不过，说心里话，我要是像过去那样多说几句，也许能讲出些道理，让您明白这回您又搞错了。"

堂吉诃德说："你这浑蛋，存心跟我作对，自己疑神疑鬼，还说我说的不对。我哪儿说错了，你说！明明走过来一位骑士，骑的马浑身还有花点，头上戴一个金盔嘛！"

桑丘说：“我这眼睛看见的，可是一个人骑着一头毛驴，跟我这头一样，也是灰不拉叽的，头上有个发亮的玩意儿。”

堂吉诃德说：“那个你说的什么玩意儿就是曼布利诺头盔呀！得，你还是一边给我待着去，瞧我单枪匹马和他见个高低。你看着啊，我不用浪费时间跟他废话，一个回合就会叫他举手投降，得到我思念已久的头盔。”

桑丘说：“您放心，我这就一边待着去。不过，请让我再跟您说一句：老天保佑，但愿您这回想什么是什么，别再碰上槌布机。”

堂吉诃德说：“老弟，别再哪壶不开提哪壶了，成不成？我真想……不说了……真想叫槌布机把你捶死。”

桑丘一听赶紧闭上嘴巴，他害怕主人跟他动真格的。

那堂吉诃德看见的那些什么头盔，什么马呀、骑士呀，到底是怎么回事儿呢？原来这附近有两个相邻的村子，一个大、一个小。小的没理发师和药房，大的全有。所以，大村的理发师也要到小村理发和看病。①那一天，小村有个人要放血，还有一位要剃胡子。理发师就带着铜盆去了小村。谁知道碰上下雨，他怕淋湿了自己那顶还挺新的帽子，就顺手把铜盆扣在头上。这铜家伙擦得锃亮，老远就看见它闪闪发光。桑丘看得还真清楚，他骑的果然是一头灰驴。堂吉诃德头脑发昏，老想着那些骑士书上的故事，就把灰驴看成花马，铜盆当成金盔，理发师变成了骑士。眼看那个倒霉的骑士就要到了，堂吉诃德挺矛纵马，奔了过去，准备一矛下去就将人家刺穿。等跑到那人跟前，也不勒住马，只顾大喊：

“你这坏种听了！快把老天给我的东西留下！如若不然，就放马过来，决一死战！”

那理发师走得好好的，哪想到突然扑过来一个怪物。他见长矛刺来，转身滚下毛驴，脚一着地，撒腿就跑，快得别说野鹿了，就连风都追不上他。他只顾逃命，哪还来得及拿盆，堂吉诃德一看他把盆扔在地上跑了，心中大喜，说：“海獭看见猎人追它，就知道是要它的什么东西，就把那东西咬下来，以便保命。这个异教徒挺贼的，也来了这么一手。”

---

① 当时习惯，理发师兼做医师。

他叫桑丘去拾头盔。桑丘双手把那玩意儿端起，说：

"嘿嘿，这个盆儿还真不赖，能卖到值八个子儿的一个银币呢。"

桑丘把他说的这个盆儿交给主人。堂吉诃德拿过来马上戴在头上。他把这所谓头盔左转右转，却找不到面甲，便说：

"这个有名的头盔一定是照哪个异教徒的脑袋做的。那家伙的脑袋怎么这么大？可惜这头盔少了一半呀。"

桑丘见主人愣把铜盆说成是头盔，忍不住笑了，但一想到主人那脾气，又立刻憋了回去。

堂吉诃德说："桑丘，你笑什么？"

桑丘说："我是说那个异教徒，就是这个头盔的主人，脑袋怎么会那么大呢？搞得这头盔简直变成了理发师的洗脸盆了。"

堂吉诃德说："你知道我是怎么想的吗，桑丘？我告诉你吧。这个鼎鼎大名的神盔，肯定不知什么原因让一个外行给得到了。外行嘛，当然就不识货，不知道它是干什么用的，一看是金的，就财迷心窍，化掉一半拿去卖了，剩下的一半呢，就做成了这个玩意儿，让你看着像个理发师用的脸盆。算了，不管是不是这么回事儿，都没关系。反正我识货，它怎么变都逃不过我这双眼睛。等碰上个有铁匠的村子，把它重新再收拾收拾，一定要叫它超过火神给战神打造的那顶头盔。眼下，我就将就一下，先用上它，有总比没有强，是不是？挡个什么石子儿的我看还行。"

桑丘说："没错，只要人家不用弹弓。您忘了？上次那支军队打仗的时候，人家就是用弹弓打石子儿，把您的大牙全打掉了，也把害得我肠子都吐出来的那个神水的瓶子给砸了。"

堂吉诃德说："那瓶药砸了就砸了呗，有啥可惜的，那配方都记在我脑子里呢。"

桑丘说："我也记在脑子里了。不过，要是叫我去做这种药，或者让我再喝点，我现在就去死。我永远也不会再喝这种药了。我要用眼睛、鼻子，还有手和脚，也就是用全身的劲去保护自己，也不伤别人。还会不会叫人兜在毯子里往天上扔呢？这我就不好说了，因为这类倒霉的事你事先没法知道呀，没法防呀，碰上了只好把脖子一缩，两眼一闭，再憋住气，听天由命，人爱怎么折腾就怎么折腾吧。"

堂吉诃德说："桑丘，你还是不是基督徒？吃了一次亏，就耿耿于怀。你能不能气量大点？那么点小事，计较什么？你脚伤了？肋骨断了？还是头给打破了？人家和你逗着玩，只是开开心。他们要是真想害你，我早就跑回去替你报仇了。我要和他们打起来，那可就不是一般的打仗了。希腊人为了美人海伦被折腾得够厉害吧？我要闹起来，胜过他们十倍。其实那个海伦要是生在如今，或者我的温柔内雅活在她那个时候，我敢说，她就算不上什么大美人了。"

说完，他长叹一声，声震云霄。桑丘说："得了，您说是逗着玩就算逗着玩吧，反正也报不了仇。是逗着玩，还是玩儿真的，我心里有数。我有记性，那天的事我忘不掉，我的背记得更清楚。唉，不说了。对了，您打跑了那个什么马布利诺，他丢下的那匹挺像灰驴的花点子马，咱们怎么处理呀？那小子跑得那么快，跟兔子似的，看样子怕是不会再回来找他的马了。这还真是头好牲口！"

堂吉诃德说："败军之将丢的东西，我不要。再说，你把人家马弄走了，人家骑啥？让人走路？这不就坏了咱们骑士的规矩吗？你要是没有了自己的马，那才可以夺手下败将的牲口，这合法。所以，我说桑丘，你就别打那牲口的主意了，管它马也好，驴也好。一会儿咱们走了，它主人会回来找它的。"

桑丘说："我真恨不能把它牵走，其实，跟我这头驴换一下也行，我这头看着比它是差点儿。真没办法，你们这骑士的规矩也太多了，连驴换驴都不行。那驴身上的东西总可以掉换了吧？"

堂吉诃德说："这个我可说不准，得好好想想，仔细琢磨。不过，如果你急等着用，就先换了再说。"

桑丘说："就是急等着用，比给我自己换穿戴还急呢。"

说着他就动手掉换两头驴身上的东西，不一会儿就弄利索了。桑丘借此机会把自己的驴子打扮了一番，那驴子还真变得漂亮。上次打跑送死人的教士缴获的食品还有不少，他们拿了些出来吃，又到河边喝了点水，但再不敢看上边那些槌布机，因为他们还心有余悸。

他俩吃完了东西，气儿也消了，便骑上各自的牲口，又登前程，完全是一副游侠骑士的派头。堂吉诃德信马由缰，桑丘的毛驴如影随形，紧紧跟在后面。不久，他们又回到了大路，还是老样子，任稀世驽驹随意行走。走着走着，桑丘忍不住对主人说：

"老爷，您让我跟您说两句话行不行？自从您下令不许我说话，有好多东西都烂在我肚子里了，这会儿有几句话就在我舌头尖上打转，再不说出来，非憋死不可。"

堂吉诃德说："说吧，别啰唆。没完没了，可没人爱听啊。"

桑丘说："老爷，那我就说了？有件事我琢磨好几天了。您在这荒郊野外十字路口寻事冒险，能得到多少好处？就算你碰上最险的事，打了胜仗，那也没人知道呀，那您想名扬天下的事儿不就泡汤了吗？说老实话，您的大功大德也就永远给埋在地下喽。您是不是有什么高招？我想呢，咱们不如去投靠个皇帝，找个王子也行。咱们帮他们打仗，您有的是气力，有的是计策，给他们显示显示。人家一看咱们还真行，肯定会给咱们赏赐。您是骑士，自然有人会把您的武功写成书，让您万古流芳。我呢，恐怕就没人写了。要是侍从有功劳也可以上书的话，我敢说我也有份儿。"

堂吉诃德说："桑丘，话是这么说，可要达到你说的这个境界，还得先去闯荡天下，经风雨，受磨炼。等功成名就，到了哪个大君主的京城，就会被街上的孩子们围着、跟着。那些小家伙就会叫喊个不停：'这是太阳骑士'，'这是长蛇骑士'，或者别的使他闻名天下的什么称号。他们还要向别人介绍，说：'这位可了不起，一仗就打败了力大无穷的巨人布罗卡布鲁诺。那个波斯的马梅鲁科大帝叫魔法禁锢了九百多年，最后也是他救出来的。'他的丰功伟绩就这样一传十，十传百，最后家喻户晓，妇孺皆知。国王在皇宫里听见外面大人吵小孩叫的，就走到窗口向外探望，一眼就认出了那位骑士，因为他的盔甲和盾牌上都有他自己的标记。国王一时激动，竟脱口大喊起来：'快来呀！骑士们都快出来迎接贵客！骑士中的顶尖人物到了！'大家一听是圣旨，都纷纷跑了出来。国王下到一半楼梯，就和他拥抱，行了吻面礼，然后就拉着他的手把他领到王后的寝宫。骑士在那儿见到了公主。那位公主真是漂亮，走遍天下恐怕也找不到像她那样完美的女人。公主使劲盯着骑士看，骑士也使劲盯着公主看，都觉得对方是下凡的天仙。两人互相看着看着，双双坠入情网，不能自拔。他们不知道如何表达爱慕之情，感到非常痛苦。接着，肯定会有人将骑士送到个富丽堂皇的地方，给他换上件华贵的红袍。他顶盔贯甲，全身披挂的时候，威风凛凛，英姿勃发，等罩上红袍，又显出风流潇洒，别有一番动人的模样。当晚，他就和国王夫妇和公主殿下共进晚餐。吃饭的时候，他眼不离公主，公主也眼不离他，但两人干得十分巧妙，谁也没看出来。他刚才说，公主是个很懂事的姑娘。吃完了饭，忽然一个侏儒走进了餐厅，后面跟着一位漂亮的侍女，她左右各有一个巨人相随。她带来一个难题，据说是远古的一位魔法师提出的，说谁能解决这个难题，谁就被尊为天下最杰出的骑士。国王命令在场的骑士都试一试自己的本事，结果，谁也不行，最后，还是咱们这位骑士解了那个难题。这一下他的名气就更大了。公主心里别提有多高兴了。她爱上的人有这样大的本事，能不得意吗？"

堂吉诃德继续说："真是无巧不成书。骑士到那个王国的时候，正赶上国王，或者王子，管他是什么呢，反正正和敌人交战，敌人的力量和他们不相上下，仗打得很苦。我们这位骑士就自告奋勇，要求上阵，为国王效劳解忧。国王听了好不欢喜，当下一口应允。骑士恭敬有加，吻了国王的手，谢恩而去。那天夜里，他去花园向公主告别。公主的卧室窗子正对着花园。她和骑士隔着窗子的栅栏已经幽会过好几次，每次都是她的心腹侍女为他们传递消息。这晚，两人相见，骑士不住叹气，公主昏过去好几次。侍女忙着端水浇醒公主。眼看天就要亮了，侍女非常着急，生怕叫人撞上，坏了公主的名声。最后公主终于苏醒过来，把一双白嫩的手伸出栅栏。骑士捧着手使劲地亲吻，泪水成串地滴在那双嫩手上。两人约定，不管是凶是吉，都要互通音信。公主要骑士尽早回来，骑士满口答应，一定照办。接着他又吻了公主的手，心里却是难舍难离，真有点儿痛不欲生的味道。回到屋内，他虽然躺在床上，但心事重重，难以成眠。就这样，一夜没合眼。第二天一大早，他去向国王和王后辞行，但没见到公主，说是身体欠佳，不来相别。骑士明白都是为他伤心难过，更觉心如刀割，差点儿流出眼泪。公主的侍女当时在一旁看得真切，回去一一禀告，公主听了难得又是一番泪水。她说，她最苦恼的是不知这位骑士是不是王侯的子孙。侍女说，看他如此英武潇洒，一定是帝王之后。公主听了稍觉宽慰。她怕父母看出她的心事，就强作欢颜，振作精神，没过两天，便出来见人了。这时，骑士已奔赴疆场。他连打胜仗，攻下不少城镇，打败了国王的敌人，最后得胜还朝。他和公主又在老地方幽会，商定由他出面向国王讨赏，求陛下把公主许配给他。国王不知道他的身世，没有答应。可后来，不知他用的是抢亲的办法，还是别的计谋，公主还是成了他的妻子，连国王也改变了态度，十分满意。原来他四处打探，弄清楚骑士的父亲也是一位英雄国王。可他的国土在哪儿恐怕没人知道，因为地图上根本没有。国王去世，公主继位，骑士转眼成了新王。骑士初登王位，就忙着犒赏他的侍从和所有帮他戴上王冠的功臣，还把公主的侍女许配给了他的侍从，就是那个给公主传递消息的侍女，人家可不是一般人家的闺女，是位大公的千金小姐。"

桑丘说："这我求之不得，别的咱还不要了。要是哭脸骑士您碰上这些好事那就好喽！"

堂吉诃德说："桑丘，这你就放心好了。游侠骑士都是像我刚才讲的那样，一步一步地当上皇帝和国王的。咱们现在就要动手，先打听一下，看哪个基督教国，异教国也行，在打仗，还有个漂亮的公主。但是眼下还不是想这个的时候，因为进宫之前，还得干点能扬名的事情。可还有件难办的事，就是我上哪儿去找个当皇帝当国王的爹呀！咱们走运，找到了一国王，正好在跟人家打仗，还有个仙女般的女儿。我自个儿呢，也威名远扬，还帮他打了胜仗，战功赫赫，论模样论人品也配得上公主，可人家要问我是哪个国王的王子，那我就傻眼了。别说是王子，我连皇帝国王的远房表亲也挨不上啊。你想，那国王能让我当他的驸马爷吗？所以呀。我哪怕武功盖世，声名远播，没这一条，都是白搭。其实，我老家也是贵族，有名气，有财产，受了伤害，还有权罚伤人者五百苏埃多[①]。将来给我写传记的法师博士，考证我的家谱，真没准儿会发现我是哪个国王的第五六代嫡孙呢。桑丘，你可知道，这世上有两种家世，一种是帝王之后，世代相传，生来就显赫。这种家世，逐渐衰落，一代不如一代，最后小得就像个小点，跟倒立着的金字塔相仿。另一种原来是平民百姓，地位低微，后来青云直上，一步步高升，直到当上公侯，成了大人物。这两种家世大不相同，一个是原来有的，现在没有；一个是原来没有的，现在有了。我家大概是属于前一种。哪天查清我的祖上也是名门望族，那个将来要做我岳父老大人的国王还有什么好说呢？就算他不愿意，可公主非我不嫁，知道我父亲是挑水的，也不会听她老爹的。实在没辙，我可以抢婚，带着她一起去闯荡世界。时间长了，她多妈气也就没了，要是死

① 苏埃多：古币名。

了，就更不用说了。"

桑丘说："这使我想起一句混账话：'抢能到手，何必去求。'还有一句说得更好：'求人高抬贵手，不如自己逃走。'我这些话意思是，要是您那位岳丈老大人死活不把公主嫁给您，那您没别的法子，只好抢了。不过这样一来，有的事就不好办了，就是说，您还坐得上王位吗？想坐就要先跟丈人讲和。您自己都碰上麻烦了，您给侍从的那份恩赐，他还指望得上吗？除非那个迟早是他老婆的侍女，就是公主的贴身侍女，跟着公主一起逃出来，和他同甘共苦，熬到老天开眼的那一天，他才能和侍女做正式夫妻。我相信老爷一定会说话算数，绝不骗人。"

堂吉诃德说："这还用说吗？"

桑丘说："那咱们就求老天保佑，但愿福来运转。"

堂吉诃德说："上帝大恩大德，会满足我的心愿，照顾你的需要。要知道，妄自菲薄，一事无成。"

桑丘说："但愿上帝保佑。我是老基督徒，能给个什么伯爵当当，我就够知足了。"

堂吉诃德说："比伯爵大。其实你当不上伯爵也没关系，我当了国王，可以封你嘛，既不用你掏钱，也不用你再出什么力。等你当了伯爵，你就是绅士了。别人要说闲话，你甭管。别瞧他们背后叽叽咕咕，见了面也得尊称你为'阁下'。"

桑丘说："嘿嘿，老子有了这个什么号，就威风了。"

堂吉诃德说："什么什么号？爵号！"

桑丘说："对对，是爵号。我是说，我还有点儿官儿样子。这可不是吹牛，我在教友会当过听差，真的！我穿上那身听差的官服，还真像回事儿，大伙儿见了，都说，就冲我那个派头，少说也够当教友会的总管。我要是把公爵袍子往身上一披，或者学外国的伯爵的样儿，穿金戴银，珠光宝气，那我可就不知有多么气派了！"

堂吉诃德说："没错。不过，你要常把胡子刮刮。你的胡子又粗又多、乱七八糟，起码两天就得刮一回，要不，人家老远就认得出你是干什么的。"

桑丘说："这还不简单，花钱雇个理发师，再叫他老跟着我，就像大人物的马弁。"

堂吉诃德说："大人物有马弁你也知道？"

桑丘说："我跟您说吧。几年前，我在京城住过一个月。有一天，我看见一位老爷在那儿散步。那位老爷长得又矮又小，人家说他可是个了不起的大人物。他走到哪儿，都有个骑马的跟着他，就像是他的尾巴。我就问人家那个骑马的为啥老跟在那位老爷屁股后面呢？人家告诉我那是个马弁，大人物出门他总得跟着。马弁这回事儿我就是从那次知道的。"

堂吉诃德说："……你说得有理。那你就雇个理发师天天跟在你后面得了。什么规矩都不是一下子就有的，但总有个开头的。你就开个头，当第一个出门带理发师的伯爵大人吧。我看身边带个剃胡子的比带个辔马的强。"

桑丘说："理发师这个事您就别操心了。您还是赶紧想法子把国王当上，好封我当伯爵呀！"

"没问题。"堂吉诃德说。他抬起头，就看见前面……看见什么？请读下文。

野外救人不问善恶
转眼吃亏咎由自取

堂吉诃德和桑丘正正经经瞎扯了半天，突然看见前面走来十几个人，手上戴着手铐，脖子都套在一条铁链子上，像一串念珠似的。还有四个人，两个步行，两个骑马。骑马的背着转轮火枪，步行的手持宝剑和扎枪。桑丘就说：

"这些人都是判了刑的苦役犯，国王强迫他们去海上划船。"

"谁强迫他们？国王？国王能强迫人吗？"

"我是说，这些人犯了罪，被罚去海上划船，给国王干活，不去不行。"

堂吉诃德又说："不管是为了啥，这些人是被人押着走的，心里肯定不愿意。"

桑丘说："可不是嘛。"

堂吉诃德说："真是这样，我就有事做了。我干的这一行不就是抑强扶弱，除暴安良吗？"

桑丘说："老爷您可要弄清楚。国王就是法，他说的还有错？他强迫这些人去服刑，是因为他们犯了法，罪有应得。"

这时，那伙犯人已经走到跟前。堂吉诃德很客气地问那些解差，这些人都犯了什么法。其中一个骑马的说，他们是苦役犯，被国王罚到海船上做苦工。还说，别的就无可奉告了。

堂吉诃德并不满意，又说："我是想问问他们每个人都是为了啥落到要去做苦役的地步。"

说完这句话，他又讲了好多道理，央求解差们给他说一说。他讲了半天，另一个骑马的解差才告诉他：

"这些坏蛋的判决书和其他案卷我们都随身带着，一份不差。可我们这会儿也不能停下来，一份一份往外掏，一份一份给您念呀。您实在想知道，就去问他们自己，没准儿他们会对您说。跟您说吧，这些家伙干了坏事呀，还挺乐意叫人知道。"

解差不说这话，堂吉诃德也会去问那些囚徒，现在人家主动让他去打听，他还有什么犹豫？他走过去，问打头的一个囚犯犯了什么王法，竟被迫去海船上做苦役。那个人说是为了爱。

堂吉诃德闻听大惊，说道：

"为了爱？要是因为这就算犯罪，就得去服苦役，我怕早就该被判刑了。"

那个犯人说："我说的不是您想的那种爱，我是爱上了人家满满一筐洗得干干净净的衣服。我把它们紧紧抱着，要不是法官派人动武抢走，我死也不会松手，没准儿现在还搂在怀里呢！我被当场抓获，不用严刑逼供。案子审完，我挨了一百皮鞭，还有三年骨拉八斯。"

"什么是骨拉八斯？"堂吉诃德问。

犯人说："就是在海船上做苦工。"

这人是个小伙子，大约二十三四岁，自称是佩德拉伊塔人氏。堂吉诃德又问第二个犯人。那人满脸愁容，一声不吭。头一个就替他答道：

"老爷，他想当金丝雀，就是说，想做音乐家、歌唱家。"

堂吉诃德听了觉得莫名其妙，忙问：

"喜欢唱歌想当音乐家有什么罪？为这也要做苦工？"

那个囚犯说："可不是嘛，老爷。难过的时候唱歌最倒霉。"

堂吉诃德说："我可听人家说：'开口唱歌，解闷消愁。'"

囚犯说："这儿正好相反，是'唱歌一次，倒霉一世'。"

堂吉诃德说："我是越听越糊涂。"

一个解差："绅士先生，那小子说的都是黑话。难过的时候唱歌，就是受刑招供。这个犯人一受刑就招供。他是个盗马贼，别的牲口也偷。他一招供，就判了六年苦役，还挨了两百皮鞭。他老是垂头丧气的，是因为他一打就招，不敢咬牙顶住，不管原来牢里的，还是现在一起去服刑的，凡是和他在一起的犯人都看不起他，总打他骂他，欺侮他。那些犯人说，招不招，全靠自己的嘴。有运

气有能耐的，死活全凭自己的舌头，而不是人证物证。我看，这些话也不是没有道理。"

堂吉诃德说："我也是这么看。"

他又去问第三个犯人。这位满不在乎，你问他就答，说："我是因为少了十个金币，就得去和骨拉八斯太太一起住上五年。"

堂吉诃德说："我愿意出二十个金币，赎你出来。"

那犯人说："这好有一比。就像一个人落难海上，饿得要死，身上有钱，也没处买吃的。您现在给我二十个金币？您要是早给了我，那还差不多，我就可以拿去润润法院书记官的那支笔，再去活动活动律师的心，今天也就不会像狗似的让人拴着走，早在托莱多索科多维尔市场上溜达了。上帝伟大，什么也别说了，忍着吧。"

第四个犯人相貌庄重，白胡子挺长，一直垂到胸前。堂吉诃德问他犯了什么事。他话没说就哭了起来。第五个犯人就帮他讲了：

"这老实巴交的人判了四年苦役，走之前，还穿了漂亮衣服，骑着马，在大街上美美地逛了一趟呢。"

桑丘说："这我明白，就是拉出去游街。"

那犯人说："没错。因为他给人当捐客，是皮肉生意的捐客，嘿，直说吧，这位先生是拉皮条的，还因为他会点装神弄鬼的玩意儿。"

堂吉诃德说："搞装神弄鬼这一套那就不好办了。如果只是给人拉拉皮条，还真不该判这么重的刑。让人家到海上划船？我看请这位先生指挥舰队，当个海军的什么司令还差不多。拉皮条可没那么简单，没两下子还真干不成。要把一个国家治理得有条有理，规是规，矩是矩，没这行行吗？而且干这个职业要出身清白，还要和其他职业一样，设立监督。交易所用经纪人，都要精心挑选，还有人数限制。我看拉皮条这一行也要这样。现在这个职业毛病不少，干这个行当的不是蠢货就是笨蛋。什么啥事不懂的臭娘们呀，涉世未深的小青年、小流氓呀。这些人一到节骨眼儿上，该他拿主意了，就都傻了，手里拿的面包也不知道往哪儿塞了，甚至连哪只手是右手也糊涂了。我要说的多了！比如，这件事既然这样重要，就应当选派得力的干才去做。不过现在讲这些也不是时候。等以后有人管了，我再说也不迟。现在我想说的是：这位老先生，正正派派的，完全是一位君

子嘛，竟为了拉皮条遭这份儿罪，实在叫我看不过去。可为啥要去装神弄鬼当神汉呢？这就不太好喽，我也不好替他说什么话了。这装神弄鬼都是瞎胡闹，什么作用也没有，谁相信谁就是大傻瓜。每个人都有自己的想法，用草药和魔术都没法改变。一些无知的女人和江湖骗子私下配制的那些玩意儿都是毒药，喝了能叫人发狂，可男人们却以为能激发情欲，其实，我说呀，根本没用。"

那个老家伙说："您说得没错。先生，说实话，要说我当神汉，我还真没什么错，至于干拉皮条这一行呢，那咱们干过就是干过，绝不含糊。但我压根儿就没想到这是在干坏事。我图个啥？还不是希望普天之下，男得其欢，女得其乐，大家和和气气，太太平平。我有这片好心有啥用，末了还得到那边去。我这把年纪，小便又有毛病，一刻也不得安生，我怕是回不来喽。"

说罢又哭了起来。桑丘瞧他可怜，从怀里掏出一枚值四个子儿的银币给了他。

堂吉诃德又问了一个犯人。这个犯人很爽快，把他犯的事全抖搂了出来：

"我被罚做苦役，是因为我跟两个表姐妹和两个别人家的姐妹玩得太厉害了，天天跟她们折腾，结果弄出一大堆孩子，乱得连鬼也算不清。我犯的事都查得水落石出，我一没钱，二没靠山，案子断了下来，我差点儿没让人把脖子扭断，还好，最后判了我六年划船的苦役。谁让自己犯了法呢，就种什么瓜吃什么果吧。我还年轻，日子还长，只要能活下去，总会有出头的那一天。先生您要是有什么东西能周济周济我们这帮可怜虫，将来上帝会在天堂报答您，我们也会在世间为您祈祷，求上帝对您多多关照，让您身体健康，活一百岁。"

这犯人一身学生装。一个解差说，他人很精，又爱讲话。

这一队囚犯最后的那个人，长得相貌堂堂，三十来岁的样子，只是有点儿对眼。他的枷锁与众不同。脚链很长，在身上绕了一圈。脖子上套了两个铁圈，一个扣在铁链上，另一个是所谓下巴托儿，下面垂两根铁条，和手铐相连，手铐套住双手，由一把大锁锁住。铸成这样，就是叫他手挨不到嘴，嘴碰不到手。堂吉诃德不明白为什么如此照顾他。解差说，因为他一个人犯的罪，比这伙人的加起来还多，特别是这小子胆大，心眼也多，就铸成这样，他们都怕他跑了。

堂吉诃德说："判去海上划船，能有多大的罪。"

解差说："十年苦役，就等于终生没有公民权。您还不明白，那我告诉您他是何许人也，您就清楚了。这条好汉不是别人，乃是闻名天下的希内斯·德帕萨蒙特，人称恶棍小希内斯。"

犯人听了，很不高兴，说："起什么外号呀！我叫希内斯，不是小希内斯，我姓帕萨蒙特，不是什么恶棍。咱们各管各的事，就行了。"

解差瞧他这样大的口气，说：

"看你还能得不行，你这天下第一坏种！你再啰唆，我可就不客气了啊！"

犯人说："上帝叫你往东，你不能往西，这咱没办法。不过，总有一天有人会知道我到底是不是恶棍小希内斯。"

解差说："你那伙人不是这样叫你的吗？浑蛋！"

犯人说："不错，他们是这么叫我的。不过，我有办法叫他们闭嘴。我要是空口说白话，我就把我的胡子全拔光。这位绅士先生，您要想给什么，就赶紧给，给完了就赶紧走，少在这儿没完没了打听人家的事。您不烦，我还烦呢！您不是想知道我的事吗？告诉您说，我叫希内斯·德帕萨蒙特，我的传记都写好了，是本人自己动手写的。"

解差说："还真是这么回事儿。他自个儿给自个儿立传，写得太好了，还真没见过。在牢里他把写的那玩意儿押了两百块银币。"

犯人说："哪怕押了两百块金币，我也要把它赎回来。"

堂吉诃德问："真那么好？"

犯人说："咱能跟先生您说假话吗？您知道《托美思河上的小癞子》那一类的书吧？不管是老早写的，还是不久前写的，我这本书一出，它们就全完了，都没戏了。"

堂吉诃德问："你那本书叫什么？"

犯人说："《希内斯·德帕萨蒙特传》。"

堂吉诃德问："都写完了？"

犯人说："怎么能写完了？我还没活到头呢。我从出世写起，才写到这次又去海上划船。"

堂吉诃德又问："照这么讲，你已经去过一回了？"

犯人说："为上帝和国王效劳，本人已经去过一次，整整待了四年，知道硬面包和牛皮鞭的滋味。这回再去，就没啥了，而且，我就有时间写我的书了，因为我要写的东西实在太多了，那儿呢，也有的是闲工夫。其实我写起来也费不了多少时间，因为心里早想好了。"

堂吉诃德说："看你还挺行的啊。"

犯人说："也挺倒霉的。有才的人不走运啊！"

解差说："浑蛋才不走运！"

犯人说："我说，解差先生，你犯不着总跟我过不去。上头把这个棍子给你，是叫你把我们押送到国王定的那个地方，可不是叫你对我们这帮可怜人耀武扬威的。你要是再这么着，老子……哼！客店里那件丑事说不定哪天就会见见天日。咱们最好都和和气气，少管闲事。在这儿耽搁的时间也够多了，赶紧走吧。"

解差听犯人如此狂妄，举棍要打。堂吉诃德急忙拦住，说他被铐得这般结实，就让他说两句也没啥。然后，对那伙犯人说：

"我的亲哥们儿，我听了你们说的话，一切都明白了。不错，你们犯了罪，要判刑，可你们没一个愿意去吃那个苦呀。你们现在是被锁着挂着，心里并不情愿。你们有的是受刑不过，屈打成招；有的是没钱；还有的其实就是没后台。总而言之，言而总之，都是当官的胡判，才把各位兄弟弄到这等地步。想到你们有这些冤情，我实在忍无可忍，就实话实说吧。本人乃游侠骑士，老天要我来此人间，专做锄强扶弱，打抱不平之事。我也明白，凡事皆须'谨慎'二字，就是说，能文了，就不必武了。所以，在下愚求各位解差大人给个面子，放了他们，让他们各自走路，反正国王也不缺这几个人给他当差。我总觉着，人生本就应该是自由的，把人当奴隶对待，实在是有些太狠了点。再说，这些可怜人也没和各位为仇作对呀。各人有罪各人当，老天赏罚自有分寸。做个良善之人有多好，干吗非去当害人的刽子手。我心平气和，好言相劝。各位如果答应，在下不胜感激，要是油盐不进，那我这双胳膊，这支长矛，还有这把宝剑，可就不客气了！"

解差说："您是不是吃错药了？要我们把国王钦定的罪犯给放了？！我们想放谁就放谁？您说什么我们就做什么？这简直是天大的笑话！您该干什么干什么，先把您头上的尿盆儿扣正了，别拿鸡蛋往石头上碰。"

堂吉诃德气得乱骂："你才是鸡蛋！你才是石头！浑蛋！"

140 *El ingenioso hidalgo*
Don Quijote de la Mancha 上
堂吉诃德

骂声未了，他就猛扑过去，举矛便刺。那个解差没有防备，躲闪不及，当时就被刺倒在地。堂吉诃德真走运，刺倒的正是那个带火枪的。其他解差开始有点儿惊慌，不知所措，但立刻沉住了气。骑马的都抽出宝剑，走路的全举起标枪，一齐朝堂吉诃德围上来。堂吉诃德并不慌张，但敌众我寡，早晚要吃苦头。就在这个当口，那伙犯人看机会难得，纷纷想法子砸掉拴他们的铁链子，打算逃跑。这下可帮了堂吉诃德的大忙。解差们一看犯人要逃，就过去拦阻，但堂吉诃德不管那套，仍追着他们打，他们又要回头应付，弄得两头都顾不上。桑丘趁乱，帮帕萨蒙特砸开枷锁，放他出来。他是头一个获得自由的犯人。他首先跑到被刺倒在地的解差那儿，夺下他的火枪和宝剑。他举着火枪，一会儿对着这个解差，一会儿对着那个解差，虽然没开枪，也吓得他们魂飞魄散，四处乱跑。随后脱身的犯人又用石头子儿砸他们，他们只好都逃命去了。这时，桑丘倒担心了。他想，解差们虽然是跑了，但他们肯定会去找民团，民团一敲钟，巡逻队马上就会来追捕逃犯。他把这份担忧告诉了主人，劝他赶紧走人，先藏到山里再说。

堂吉诃德说："你言之有理，但我自有办法，不必多虑。"

这时，那伙犯人正拿那个倒地的解差开心，把他的衣服脱得只剩下内衣。堂吉诃德招呼他们过来，他们便围上来听他有什么吩咐。只听堂吉诃德说：

"出身高贵的人知恩必报，忘恩负义之徒，上帝也不会饶恕。我给各位的好处，大家已深有体会，现在，就轮到你们为我做事了。没别的，我刚才不是帮你们把锁链从脖子上解下来了吗？现在各位就把它再扛上，马上去托博索村拜见温柔内雅小姐，就说，她的哭脸骑士向她请安，然后，再把我今天做的这个惊天动地的壮举，从头到尾，一五一十地给小姐讲一遍。你们干完这个就没事了，就可以各奔前程，自行方便。但愿各位走运。"

那个叫希内斯的替大家上前答话：

"我们的恩公老先生，您的吩咐我们实难办到啊！我们哪能大摇大摆，成群结队的，在大路上走？只有各想各的招儿，各走各的路，怕叫民团抓回去，我们恨不能钻到地底下去呢。您是不是灵活一点儿，别叫我们替您去拜见和问候温柔内雅小姐，就让我们为她念《万福马利亚》和《信经》好不好？这样就方便了，不管白天黑夜，走路休息，还是打仗不打仗，什么时候都可以做。可您要是非叫

我们扛着这副铁链去托博索村，那不就等于让我们回到埃及的肉锅旁[1]吗？这种事要能办得成，除非榆树结梨，时间倒转。"

堂吉诃德勃然大怒：

"好啊！这个婊子养的先生，这个恶棍小希内斯先生，我管你叫什么玩意儿，你给我听着，我就非叫你一个人来着尾巴扛着锁链，到那儿去不可！"

德帕萨蒙特瞧堂吉诃德把他们这伙犯人放了就觉着这人有点儿不对劲，现在竟然对他破口大骂，哪忍得下这口气，就向那伙人使了个眼色，大家心领神会，一齐往旁边倒退几步，拾起石头子儿，就往堂吉诃德身上砸。那石子儿跟雨点似的，堂吉诃德举起皮盾，也难招架，更糟糕的是，那可怜的稀世驽驹好像铜做的似的，怎么踢它都不动。桑丘藏在驴子后面，总算没吃石子儿乱打之苦。堂吉诃德可就没这么走运喽，坐骑不挪窝，盾牌不管用，只有干挨石子儿打的份儿了。最后终于被雨点般的石子儿打翻在地。那个学生模样的犯人，见他趴在地上，就扑上来，抢了他头上的铜盆，往他背上乱打，又在地上乱摔，差点儿把盆儿给砸烂了。那伙囚犯接着上来，把他铠甲上罩的衣袍扒了，又去脱他的长袜子，因有护膝束住，一时剥不下来，只好罢手。桑丘也被扒得只剩下内衣内裤。犯人们害怕民团来追，就急忙分了抢来的东西，四散而逃。

荒郊野外，只剩下堂吉诃德和桑丘·潘沙，稀世驽驹和灰毛家驴。那毛驴子低着头，好像若有所思，大耳朵还一扇一扇的，以为那阵石子儿大战还没结束呢。稀世驽驹和主人一样，也叫石子儿砸倒在地，躺在一边。桑丘穿着内衣内裤，待在那儿，心里七上八下，生怕民团这时候追来。堂吉诃德想着自己好心没好报，竟叫那帮没良心的狗贼给耍了，气得咬牙切齿。

---

[1] 典出《圣经·出埃及记》，指留恋过去不思进取，这里指办不到的事。

第二十三章

丢毛驴痛哭流涕
拾金币欢天喜地

堂吉诃德挨了那伙犯人的石头子儿，心里挺后悔，就对桑丘说：

"桑丘，人常说'对坏人行善，就等于给海添水'。我要是听了你的话，也不会叫人打成这个样子。算了，事情已经如此，再说也没用，以后学聪明点就是了。"

桑丘说："您要是能学聪明，那我就变成土耳其人了。行了，您刚才讲，要听了我的话就不至于落到现在这副狼狈样，那好，您现在听我的话吧。您知道，民团才不管你们骑士那些什么说道，他们根本瞧不起骑士。跟您说实话，我现在就觉着他们的箭在耳边乱响呢。"

堂吉诃德说："桑丘，你还真是胆小。算了，我就听你这一回，免得你说我是个老偏头。慢着，咱们得先讲好：不管你死还是活，永远也不能对别人说，我是因为害怕才躲开你说的那些凶神恶煞的。要说的话，也只能说，是因为你央求我半天，我为了你才走这一步的。听见没有？可不许瞎说。从现在起，还是从将来起，反正不管啥时候，你要是说我是因为害怕，哪怕是这样想，我都要骂你，骂你胡说八道，诬赖好人。行了，就这么定了，你别再这个那个了。说实话，我一想到自己碰上危险就躲着藏着的，特别是这次，看样子还有那么点吓人，真恨不能就单人独马在此等候，不管来的是把你吓成这样的民团，还是什么以色列十二族、犹太马加比七兄弟、卡斯托耳和波吕丢刻斯，就是全世界的民团和教友都来，我也会面不更色，沉着应战。"

桑丘说："老爷，躲一下不算是逃跑。明知凶多吉少，很难打赢，还要硬着头皮上，实在不划算。留得青山在，不怕没柴烧，不能就想着今日死拼，那明儿咋办？跟您说吧，别瞧咱是个乡巴佬，居家过日子的理儿还是多少知道一点儿。得，您可千万别再乱想，赶紧上马，上不去，我扶您上。这回您就全听我的，跟我走。我这脑瓜子说了，眼下，咱们这双脚可比这双手好使。"

堂吉诃德不再吭气，上了马，跟着桑丘走了。他们走进附近的黑山。桑丘想翻过山去，先到比索或阿尔莫多瓦，在山沟里躲几天，避开民团的搜捕。他决定翻山越岭，长途跋涉，还因为驴身上驮的那袋干粮还在。他认为，那帮犯人没抢走干粮实在是天大的奇迹。

当天夜里，他们就到了黑山深处。桑丘决定在那儿过夜，然后看干粮的多少，再商量是不是多住几天。

没有真正信仰的人，总认为一切都是命中注定的，谁也没办法改变。这不，命运也把那个大名鼎鼎的骗子和强盗希内斯送到黑山深处来了。那个坏蛋希内斯被疯疯癫癫的堂吉诃德搭救出来，害怕叫民团抓住，东奔西跑，也不知怎么的，也进了黑山，还正巧来到堂吉诃德他们过夜的地方。当时虽然天黑，离近了还是能看清楚人的模样。希内斯自然认出了他俩。这家伙人坏心黑，根本不知道什么叫感恩戴德，再赶上走投无路，哪还管什么良心不良心，顾什么将来不将来？希内斯本来就是个歹徒，只顾个人贪便宜，哪还会想到报恩。他看稀世驽驹太差，别说卖了，押也押不出去，就想偷桑丘的毛驴。桑丘睡得很香，什么也听不见。希内斯偷了驴，便逃之夭夭。等天亮了，他早已跑远了，上哪儿找去？

太阳出来，大地一片欢笑，桑丘可惨了。他起身发现自己的驴没了，到处去找，可哪儿都没有。他明白，驴丢了，马上大哭起来，哭得别提有多伤心，最后把堂吉诃德给哭醒了。就听见桑丘一边哭一边说：

"哎哟，我的心肝哟！你从小是我看着长大的哟！你是我娃儿们的伴儿！你是我老伴的小玩意儿！街坊都眼红你了！你减轻了我的负担！你一天挣二十六个子儿，一家人的生活你自己就出了一半的力呀！"

堂吉诃德见他咧嘴大哭，痛不欲生，就问他出了什么事如此悲痛。等知道原因，就百般安慰他，叫他不必过于伤心，还答应给他写个条子。凭条子他可以去他家挑三头驴驹，因为他家还养着五头。桑丘听了，心中稍觉宽慰。他擦干泪水，边抽搭边向主人道谢。

堂吉诃德来到这深山之中，环视周围，觉着确是探奇猎险的好去处，心中大喜。想着想着，眼前又出现游侠骑士在深山老林劫富济贫、锄强扶弱的种种情景，竟把别的事全丢在脑后。桑丘呢，他认为这个地方安全保险，万无一失，也不害怕也不犯愁了，只惦记剩下的那些干粮。他背着原来驮在驴背上的那袋干粮，跟在主人后面，一边走，一边掏袋里的干粮吃。他这样自在，怎么会希望碰上冒险的事呢？就在这时，他抬头突然看见主人勒住坐骑，用矛尖在挑地上的什么东西。他立刻跑过去，看需不需要他帮忙。等他到跟前，堂吉诃德已挑出来一个鞍子垫，上面还捆着一只小箱子。箱子差不多全烂了，不知为什么还挺重。堂吉诃德叫桑丘去看看，里面到底装了些啥玩意儿。箱子上捆了铁链，还上了锁，因为到处都破了，所以看得见里面有四件细麻纱衬衣，其他是棉制品，都很干净，不同一般。另外，还发现一方手绢，里面包了不少金币。桑丘一见是钱，立刻说：

"谢天谢地，这一趟可没白来，咱们要发大财了！"

他又接着翻那箱子，结果找到一个装帧精美的笔记本。堂吉诃德说，笔记本他要，钱归桑丘。桑丘听了，抱着主人的手就亲，连声称谢。后来，他把箱子里的衣服全部拿出来，塞进了干粮袋。

堂吉诃德说："没错，一定是有个人走迷了路，稀里糊涂进了这座深山，叫土匪碰上给杀了，埋在了这个地方。"

桑丘说："不像是这么回事儿。要是土匪，他干吗不把钱和东西抢走？"

堂吉诃德说："你说得有理。对呀，干吗不要钱呢？这实在令人费解。对了，咱们翻翻这个笔记本，看里面记了什么没有，没准儿能看出点名堂。"

他打开笔记本，首先看到的是一首十四行诗，像是初稿，但字写得十分工整。他为了让桑丘知道里面写的是什么，就高声朗读。诗里说道：

是爱发昏，

还是她过于残忍？

是我自觉受了大罪，

还是她判罚太狠？

爱是神仙，

理应无所不知；

她大慈大悲，

怎会给我苦吃？

一切都怪你吗，菲莉？

这实在稀奇，

难道善恶能混在一起？

可也不是上天之意。

找不出病因何以下药？

要我死里逃生，除非发生奇迹。

桑丘听了，问道："这写的是啥呀？什么费力不费力的。"堂吉诃德反问道："哪有什么费力不费力？"

桑丘说："您念的那玩意儿里，不是有个叫什么费力的吗？"

堂吉诃德说："你打什么岔嘛，是菲莉。没错，是一位女士的大名，这首诗就是在向她诉苦。说实话，诗写得还真不错，要不，我不就成了大外行了吗？"

桑丘说："好家伙，老爷您也会作诗？"

堂吉诃德说："干吗说会作呀，应该说作得非常好。赶明儿叫你给我的温柔内雅送信，你就有机会开眼了。我写的信全是诗，知道不？你看了就知道，你老爷还是个大诗人呢。我跟你说吧，桑丘，古时候，可以说游侠骑士差不离儿个个是大诗人、大音乐家。作诗和奏乐这两种能耐，说准确点，这两种天赋，多愁善感的游侠骑士不能没有。只是古时候的骑士诗写得热情奔放，可词句推敲不足。"

桑丘说："老爷您再往后翻，看还有没有别的什么能帮咱们解开这个谜。"

堂吉诃德翻到一页，说：

"这一页上写的是散文，像是封信。"

桑丘问："是啥信呀，老爷？"

堂吉诃德说："像是一封情书。"

桑丘一听，急忙说："哎哟喂，那就快给咱念呀！我就中意这些谈情说爱的玩意儿，大声点呀！"

堂吉诃德说："好吧，那就念了。"

说完，他就朗读起来。信是这样写的：

> 我真心爱你，你却对我虚情假意。都怨我命苦，才落到这步田地。我心中有多少苦痛呀！你永远也无法听到了，因为我已经一命归西。你贪图富贵，轻视德才，竟然因此把我抛弃。天下以德为贵，所以，我并不羡慕你有福气，恨自己倒霉。你美若天仙，令人疼爱，但你的作为并不高尚，难免叫人小看。我看你美貌以为你是天使，但你的行为证明你只不过是一个女人。虽然你弄得我神魂颠倒，我还是要祝福你平安无事。但愿上天永远不叫你看破你夫君的本来面目，这样，你既不用后悔，我也不必借此昧着良心出口恶气。

堂吉诃德念完信，说：

"这封信和那首诗一样，看不出啥名堂。但有一点很清楚：写这些东西的人是个失恋的倒霉蛋。"

他接着翻下去，笔记本全翻完了，也没找到什么有用的东西，有的只是信和诗。有的看得清，有的看不清。写的内容都是那一套，什么思呀、想呀、善呀、愁呀、情呀、怨呀，等等。堂吉诃德翻看笔记本的时候，桑丘也没闲着。他翻看的是箱子。他像梳头似的，把箱子好好检查了一遍，连原来捆在一起的那个鞍垫也没放过，他把垫子缝一道一道地拆开，把羊毛一撮一撮地撕开，那个细致呀，生怕落下哪个地方。他意外得了一百多个金币，还想再弄点外快，但到底也没如愿。可桑丘并不认为白干，而且还十分得意，感到非常划算。有了这一百多个金币，别说跟主人受的这些劳苦饥寒，就是遭人戏弄、吃人拳脚、丢了褡裢、失了外衣那些倒霉事也都可以一笔勾销了。

桑丘得了实惠，心中欢喜。可我们这位哭脸骑士却还在那儿冥思苦想：这箱子的主人到底是谁？读了那首诗和那封信，再看看从箱子里找出来的金币和衬衣，可以肯定，这箱子的主人不是寻常百姓，一定是个有钱人，因为受了心上人的冷落和欺骗，一时糊涂，寻了短见。可这深山老林，人烟绝迹，上哪儿去打听呢？他想不出更好的法子，便信马由缰，走哪算哪。他想，这样随意而行，没准儿倒会碰上什么新奇刺激的事。

他正这样想着呢，突然看见前面的山包上，有个人在石头和树丛中跳跃而行，动作轻快如飞。仔细看去，那人好像没穿衣服，一把胡子又黑又浓，头发挺多也挺乱，光着脚，露着小腿，裤子短得只到大腿，好像是棕色丝绒的，到处都是窟窿，连肉都看得见，头上也没戴什么帽子。也就是说，那人虽然动作敏捷，身轻如燕，跑得飞快，但他的长相和衣着也没逃过我们这位哭脸骑士的一双神眼。他本想追上去，可稀世驽驹瘦弱无力，不争气，本来走路就慢，现在又碰上这乱石成堆的山路，更是寸步难行。堂吉诃德突然心里一亮：莫非那个人就是箱子的主人？想到这里，便下决心要追上那个人，哪怕在这座荒山野岭中跑上一年。于是，他吩咐桑丘立刻抄近道从山那边追，他自己从这边走。他盘算这样出兵两路没准儿能撞上刚才那个一闪而过的人。

桑丘一听就急了，忙说："这万万不行。我一离开您就心惊肉跳，疑神疑鬼。跟您直说吧，我得形影不离，永远跟着您，您什么时候也不能把我一个人撇在一边呀！"

哭脸骑士说："这还有什么说的？我给你壮胆儿。你能这样相信我，我高兴还来不及呢。别怕，就是真的吓破了胆，有我也可以逢凶化吉。好吧，你就跟着我走，眼睛可得睁大点。咱们绕过这个山包子，没准儿能碰上刚才看见的那个人。咱们刚才拾的那些东西，肯定是他的。"

桑丘听了，打心眼里不乐意，说：

"算了，别去找那个人了。万一找到人家，钱正好又是他的，那我还得还给他呢。我可不做这种吃力不讨好的傻事，还是把钱放在我这儿好。失主丢了钱，人家自然会来找，用得着咱们到处去找他吗？等他真的出现了，那钱没准儿早用得精光，就是告到国王那儿，也不能把咱们怎么样。"

堂吉诃德说："桑丘，你这样想就错了。咱们都差不多认准失主是谁了，他又在眼前，那就一定要找到人家，把东西归还原主。要不，咱们就等于有罪，心里就不踏实。所以，我说桑丘，咱们去找他你也别难过，因为找不到他我可就要难过。"

说完，他就催促稀世驽驹往前走。桑丘因为驴叫希内斯那坏蛋偷了，只好背着东西，跟在后面步行。他俩绕着山走，没见人影，倒在河沟里发现了一头死骡子，已经叫野狗和乌鸦吃掉一半，但鞍子和辔头还在。一看这情形，他们更加相

信，刚才跑掉的那个人肯定是这头死牲口和鞍子的主人。正这么想的时候，忽然听见一声呼哨响，像是赶羊的哨声。接着，从左边跑出一大群山羊，赶羊的跟在羊群后面，出现在山头上，看样子已有一把年纪。堂吉诃德喊他下来说话。那人大声问他们怎么跑到这个山林里来了，说这儿极少见到人来，有的只是羊群和野狼。桑丘对他喊，叫他快下来，坐到一块儿再细说。

赶羊的下山，走到堂吉诃德跟前，对他说：

"我敢说，二位准是在看这头死骡子。告诉你们说吧，这头死骡子躺在这河沟里起码有半年了。请问，两位是不是见到了骡子的主家？"

堂吉诃德说："没见到什么人呀，倒是在那边发现一个箱子和一副马鞍。"

赶羊的说："那两件东西我早见过。我没去拿，在跟前我都没敢去。我怕惹事，叫人家说我偷东西。再说，也没准儿只是魔鬼使的坏，叫你倒霉了还不知道是怎么回事儿。"

桑丘说："咱俩算想到一块儿去了。我也看见了，但还离老远我就停下了。那些东西还在那儿放着呢，我们没动。我可不要做戴铃铛的狗，自找麻烦。"

堂吉诃德问那赶羊的："老哥，请问，你可知道那些东西是谁的吗？"

赶羊的说："我就把我知道的全告诉给您吧。大概半年以前，我们看羊的那个小棚子里，来了一个小伙子。那个小棚子离这儿有几十里路。小伙子长得挺英俊，骑的就是沟里这头死骡子，你们见了但没动的那个小箱子和鞍子什么的，就是他的。他问我们这山里什么地方最荒僻。我们告诉他，就现在咱们待的这个地方最荒僻。你们不信？告诉你们，你们要是再往里头走上个四五里路，我敢说你们连回来的路都甭想找着。所以，我也纳闷，你们是从哪儿走到这儿的，这儿别说大路，连小路也没有呀。咱们再接着说。那小伙子听了我们的话，骑着骡子，就朝我们指点的方向走去。大伙儿瞧他模样长得好看，都挺喜欢他，但听他问的那些话，再看他急着往山里走的情形，又感到莫名其妙。几天之后，我们当中有一个去放羊，竟在半道上叫他给截住了。那小子二话没说，上去就是一阵拳打脚踢，打完了，就跑到驮干粮的毛驴那儿，把驴背上装的面包和干酪一抢而光，逃之夭夭。我们听说了，就去找他。我们几个人在这深山老林里转悠了快两天，才在一棵软木树的树洞里发现了他。他瞧见我们，便走出树洞，样子可老实了。身上的衣服早已破烂不堪，脸叫太阳晒得干黄，都变得走了样。要不是那身衣服，我们还真认不出他呢。因为那身打扮虽已破烂，但原来的大致模样还看得出来。他和我们打招呼，显得十分客气。他只说了几句话，我们就全明白了。他说，他跑到这山里来，把自己搞成这个样子，是为了赎罪，因为他实在罪孽深重，所以，请我们不要见怪。我们问他姓甚名谁，不管怎么问，他都不说。我们说，不吃东西怎么行，想吃啥，告诉我们，我们会给他送去。不愿叫我们送，找放羊的要也行，但有一条：可别再抢了。他感谢我们的好心，求我们原谅他上次的胡来，答应再不做那样的坏事，只求我们看在上帝的分上，给他点吃的就行。问他住在什么地方，他说走到哪儿就住哪儿。说到这儿，就哭了，哭得那个伤心呀，你要不是石头做的，也得跟着流眼泪。想想头一回见他是啥样，这一回又是啥样，你能不难受？刚才我说了，他这个年轻人长得帅气，说话有条有理，挺斯文的，一看就知道是体面人家的子弟。我们虽说都是乡巴佬，土里土气的，但什么是体面、是斯文，还是知道的，所以，他跟我们一说话，我们就心里有数了。谁知道，正说着呢，他突然不吭气了，两只眼睛直勾勾地盯着地下，好半天哪！我们瞧他忽然来这么一下子，都莫名其妙，只好等他缓过劲来再说，心里倒真觉得可怜。只见他两眼圆睁，死盯着地，连眨也不眨，过一会儿，又合上眼，皱起眉头，紧闭嘴巴。大家一看都以为他就要犯病。您瞧，还真没想错。那家伙一头栽倒在地，又马上猛跳起来，发疯似的，朝旁边一个人身上扑去，那股子凶劲，要不是我们把那人拉开，他非打死咬死人家不可。就听见他嘴里乱喊乱叫什么：

"'费尔南多，你这个坏蛋！你这个恶魔！你害苦了我了！我轻饶不了你！你招摇撞骗，丧尽天良！我一定要挖出你那颗黑心才能解我心头之恨呀！'

"还骂了许多其他话，都是骂那个叫费尔南多的。骂完，便一阵风似的，跑进了乱树棵子中。我们也没去追他。我们想，他犯病发狂也是一阵一阵的，想必是那个叫什么费尔南多的，对他干了什么损事，要不，绝不会病成这个样子。我们猜的还八九不离十。后来他又跑出来好多回。有时跟放羊的要点吃的，有时干脆动手就抢。一犯疯病，我们放羊的好心好意把吃的给他送到跟前，他连答理都不答理，非要给你几拳几脚，抢走不可。人好的时候，他跟你要吃的，客气极了，你给了他，他还会眼泪汪汪的，一个劲儿地道谢。

"实话跟您说了吧，我和另外四个看羊的，两个是我的朋友，两个是我的伙计，我们昨天一合计，说非要把他找出来不可。找到了，先把他送到阿尔莫多瓦城，不愿去也得去。那个地方离这儿有八十多里地，到那儿给他看着。能治就给他治。要不，就趁他好好的时候，想办法问清他到底叫啥名字，有没有什么亲人，我们也好去报个信。得，二位要问的，我知道的都说完了，你们看见的那些东西，就是他的。还有，您说的那个在树棵子里快跑、没穿衣服的人，就是他。"

那放羊老头儿怎么会知道堂吉诃德看见的那些事呢？因为我们这位游侠骑士把什么都告诉给人家了。

堂吉诃德听了放羊老头儿这番话，就更想知道那位疯小子是谁了。他还是原来的想法，要走遍这座山，不放过一沟一坎、一洞一穴，不找到那人，绝不罢休。说来也巧，也算他走运，他正准备踏破铁鞋去寻觅的人，突然间出现了。原来，那个小伙子正从对面的山沟往这边走来，嘴里嘟囔着什么，声音含混不清，在跟前都听不明白，就别提离那么远了。穿的就像上面叙述的那样，但走近了，堂吉诃德看明白他身上那件外衣竟是熏香皮子的，才知道他绝非下等人。

那个年轻人走到跟前向他们问好，声音虽说嘶哑，但语调十分客气。堂吉诃德也客气地候了他，甚至，跳下稀世驽骍，动作文雅地和他拥抱，还搂了好大一会儿呢，好像是多年不见的老朋友。堂吉诃德人称哭脸骑士，那我们就叫这位苦脸小伙儿得了。苦脸小伙儿叫堂吉诃德使劲搂了半天，好不容易挣脱开，向后退了一步，把两只手放在堂吉诃德肩上，仔细打量，好像要看看是不是熟人。他一看堂吉诃德顶盔贯甲，全身披挂的模样，脸上顿时露出惊奇之色，跟堂吉诃德看见他时完全一样。

第二十四章 佳人变心移情别恋
小伙儿一气遁入深山

苦脸小伙儿挣开堂吉诃德的拥抱，又仔细打量了他一番后，便讲出了下面一段话：

"先生，说实话，您是何人，我真不知道。但是，您对我如此客气和有礼，我由衷感激。您热情地拥抱我，我真想报答您，可是我眼下背时倒运，有心无力，实在惭愧。"

堂吉诃德听了，说道：

"我真心想帮助你，还下定决心，不找到你不出这座山林。你到这荒山野岭中来过这种古怪的生活，想必自有苦衷。不知你心中的苦闷有没有法子消除，如果还有，我可以尽全力帮助你；要是实在没辙，我也愿意陪着你哭泣。人遇到难处得到同情，总算有个安慰嘛。你是个知书达理的人，见我对你有如此善心，肯定会以德报德。其实我也不要什么回报，只求请你看在我这份好心的分上，再想想你这辈子最爱的东西，告诉我你的尊姓大名，为什么独自一人跑到这座深山老林中，和野兽待在一起？你是人，穿着人的衣服，和野兽完全不是一回事儿。我虽然是个凡夫俗子，才疏学浅，但我身为游侠骑士，敢以我的称号和职业起誓，只要你愿意，我一定竭尽全力，真心实意地帮你化愁为乐，或者像刚才所言，陪你大哭一场。"

苦脸小伙儿听了哭脸骑士这一通话，从上到下，由左到右，把他好好看了个够，才说：

"各位如果有什么可吃的东西，就请看在上帝的分上，给我点儿吧。等我吃了，各位想问什么，只管开口，也算我对各位一番好心的回报。"

桑丘听了，赶忙去掏自己的干粮褡裢。那个赶羊的也去给苦脸小伙儿找吃的。苦脸小伙儿把吃的拿到手就往嘴里送。他不是一口一口地吃，而是一把一把地朝嘴里塞，像个傻子似的，吃得飞快。大伙儿看着他狼吞虎咽，都一声不吭。他吃完了，叫大家跟他走。他们绕过一块大石头，来到一块青草地上。他到那儿就往地上一躺。跟着他的那几位，也没问怎么回事儿，也学他的样，往地上一躺。苦脸小伙儿把身子都放合适了，才开口说话。他说：

"各位先生，如果你们叫我从头到尾，一口气把我满肚子苦水都讲出来给你们听，就得先依我一个条件：只听我讲，不许问，也不能插话。你一问，我就忘了讲到哪儿了，也就是说，我就讲不下去了。"

堂吉诃德一听苦脸小伙儿这番话，不禁想起桑丘给他讲故事那档子事了。桑丘不就是因为他没记清楚几只羊过了河，故事就讲不下去了吗？得，还是听他怎么讲吧。苦脸小伙儿接着说：

"我这样说是给各位提个醒，免得扫大家的兴，也是想赶快讲完自己那些倒霉的事。各位想必也明白，倒霉的事谁也不愿老提，讲一次就难受一次。你们不问，我就讲得快，难受就少点。不过，请放心，关键的地方一个也落不下，听了你们保准满意。"

堂吉诃德替大伙儿作了保证，苦脸小伙儿才开始往外倒苦水：

"我叫卡德尼奥，老家是安达卢西亚，我们住在一座大城市里。我出身贵族，父母有钱。可我的命太苦，二老有钱也不能帮我逢凶化吉，只能在一旁掉眼泪，至于其他亲人，就更没有办法喽。因为命中注定，钱财也无法改变。城里住了一位仙女，令我朝思暮想，万分倾慕。她叫露辛达，是天下第一大美人，和我一样，出身名门，家财万贯。她比我有福气，但对爱情不够坚贞，很伤我的心。我从小就喜欢她，她天真烂漫，也真心爱我。两家父母都看出了我们的心思，并没有异议，因为他们认为反正我们长大成人后总归是要结婚的，再说，彼此又门当户对，肯定是一桩美满的婚姻。我们渐渐长大，彼此的感情也越来越深。露辛达的父亲按照风俗礼教，开始不让我去她家。诗人们赞颂巴比伦少女提斯贝对爱情坚贞不渝，露辛达的父亲这样做，完全是在学提斯贝多妈的样儿。他哪里知道，越是禁止我去找她，我对她爱得就越狂热。所以，他这样做，无异于火上浇油。我不能用舌头去和她说话，却可以写信给她，传送我的爱情，因为当着情人的面，最坚定的决心也会动摇，最大胆的舌头也会变硬。相比之下，用笔去写更加自由。我呀，不知给她写了多少情书！也不知收到她多少充满柔情的回信！我编了不少的歌，写了不少的诗，向她倾诉我对她那火热的爱，回忆往昔的甜蜜，憧憬美好的未来。到后来，写信传情已不能解决问题，我实在憋不住了，急着要和她见面。我想来想去，要一劳永逸地称心如意，只有登门求婚。我说干就干，就去求她父亲把露辛达许我为妻。她父亲说，我这样看得起他们，他非常高兴，但又说，既然我父亲健在，就应由他老人家出面求亲，假如我父亲没相中他的姑娘，他们的露辛达也不是随便叫人偷偷拐跑的那种女人。我觉得他说得有理，便谢过他的好意，赶回家去。我想，这事父亲一定同意，就立刻去找他。我走进他的房间，还没开口，就见他把一封拆开的信递给我，说：'卡德尼奥，快看看这封信。人家里卡多公爵有心要提拔你呀。'各位想必也听说过，这位里卡多公爵可是西班牙的一位显赫人物，他的封地是安达卢西亚最富的地方。我把信由头至尾看了一遍。人家信中说得多恳切，要是我爹不答应，我都觉得有点儿对不起人。公爵在信中说，要我即刻动身去他府上，给他大儿子做伴，不是当仆人。还说，要看看我的具体情况，给我安排个合适的位置。我默默地读完那封信，又默默地听我父亲说：'卡德尼奥，过两天就上路吧，到了公爵那儿听候人家的差遣。你要谢谢上帝给你的这个大好机会。我也知道你是个有出息的孩子，不会辜负我对你的期望。'接着又对我讲了一些父亲对儿子常说的那些劝勉的话。我动身前，找了一个晚上，把上述情形一五一十全告诉了露辛达，也告诉了她父亲，求他老人家再等几天，把我和他女儿的婚事略微推后一下，看里卡多公爵大人对我如何安排，再作打算。他同意我的话，露辛达也再次表达了她对我的忠贞，几次信誓旦旦，几次晕倒过去。我到了公爵府上，受到热情接待，时间不长，竟引起府上一些人的嫉妒，特别是那些老仆人，他们瞧主人对我另眼相看，自己觉得遭到冷落，对我十分愤恨。公爵家里，最欢迎我的要数他的二儿子费尔南多。这是个慷慨多情的风流公子。我到那儿没多久，他就和我好得形影不离，惹得别人直说闲话。老大对我也不错，但不像他兄弟那般热情，对我那样亲近，那样无话不谈。我慢慢从他的宠信变成了他的朋友。朋友之间，自然就没秘密可言，所以，他有什么心事都跟我谈。他对我说起一件让我心神不安的私情。他说，他看上一个农家姑娘。姑娘的父亲是公爵封地的佃户，挺富裕。那女孩又聪明又美丽，又温柔又规矩，十全十美，叫人说不出哪方面更出色。她的美貌使费尔南多欲火中烧，她的贞节又使他无法把她得到。他想不出别的办法，为了把她弄到手，就只好答应正式娶她。我作为朋友，劝他千万不能这样做。我讲道理，举例子，说破了嘴也不管用，就决定把这事报告公爵大人。费尔南多实在太聪明了，他知道我为人本分，不会瞒着主人，尤其是关系到公爵大人名声的事，就骗我说，他要不受那姑娘美色的诱惑，只有暂时避开她，最好到外面住上几个月。因为我们家乡盛产良马，世界闻名，他就提出以去相马买马为由，让我陪他去我家。说心里话，这个借口并不高明，但我想趁机回去看看我的露辛达，就连声称好，不但如此，我还催他尽快动身，说什么只要未见面不在一起，再深的思念也有淡忘的时候。后来我才知道，他跟我讲这番话之前，就已经以丈夫的名义，享受了那个乡下女子。他怕他老爹知道了跟他没完，想先避一避，然后碰到合适的时候，再把这丑事挑明。一般说来，小伙儿的所谓爱情，大都不是真正的爱情，只是一时的情欲。情欲满足了，所谓爱情也就没了。费尔南多对那个农家少女的爱就不是真正的爱，而是寻欢作乐。他把人家姑娘骗到手，情欲得到满足，原来那股子热和劲就渐渐凉了下来。他嘴里说的是，眼不见，心不想，害怕经不住美色诱惑，其实是有意逃避。公爵不知底细，同意他出门走走，并要我一路相伴。到了我家，家父按费尔南多的身份，把他奉为上宾，大加款待。我立即去看我的露辛达。我对她的爱一直像火一般热烈，可一见到她，我的心又像初恋那般跳动不已。我千不该，万不该，不该把我的私情告诉费尔南多。我看他对我什么都讲，我要瞒他什么，太不够交情，就把我的露辛达的事儿告诉了他，在他面前，大夸特夸她的美貌，大赞特赞她的教养。费尔南多听了我的称颂，心中奇痒难耐，非要我让他看看那个绝代佳人。我一错再错，竟糊里糊涂地答应了他。就在一天晚上，我把他带到我和露辛达经常幽会的那扇窗下，指给他看正在窗口的露辛达。她当时披着一件长衣。费尔南多一看见她，把生平见到过的美人全部忘了个干净，眼睛也看直了，嘴张着也闭不上了，可以说，魂都叫她勾走了。他陷入了情网，我却蒙在鼓里。我真是倒霉到家了！他打上了露辛达的主意，可这事只有老天知道！我还使劲给他帮忙呢！有一天，露辛达给我的一封信不知怎么给他看见了。露辛达在信中要我去向她父亲求婚，写得又含蓄又委婉，又多情又动人。费尔南多看了赞叹不已，说天下女人才貌双全的极少，露辛达可称得上其中之一，既貌美如仙，又才气过人。说实话，他对她的赞美一点儿也不过分，应该讲，非常恰当。可当时我听着却非常别扭。我担心他起了邪念，因为他不管跟我谈什么，总是变着法儿往露辛达身上引，有时明摆着是生拉硬扯。我不担心露辛达会发生什么变化，只害怕老天爷不帮我一把。费尔南多老是要我和露辛达来往的书信看，说我俩是妙笔生花，他十分欣赏。露辛达爱看骑士小说，有一次她想向我借《阿马迪斯》看……"

堂吉诃德一听他提到骑士小说，忙插言道：

"您要是早说露辛达小姐爱读骑士小说，不用您说，我就知道她肯定是位才气超群的女子。她要是没有这种爱好，您就是说破了嘴，我也不相信她有多么出众多么迷人。所以，您不必对我讲她有多漂亮、多聪明、多懂事，只要告诉我她喜欢看这种有意思的书，我就相信她是天下顶顶漂亮顶顶聪明的女人。您给她送《阿马迪斯》的时候，我希望也把那本《堂鲁赫尔》捎去。《堂鲁赫尔》可是本好书，露辛达小姐读了一定喜欢。里面讲了达拉伊达和加拉亚的故事，写得可有意思了。还有出口成章，妙语连珠的牧童达里内尔，他不仅口才好，写出来的牧歌，也是佳句连篇，还能自编自唱，歌声自然，优美动听。这本书虽然眼下不在这里，但只要您不嫌费事，屈尊跟我到舍下去一趟，我可以给您拿出来三百多部，它们都是我的心肝宝贝，都是我的开心丸。哎哟，对了，我还差点儿忘了，那些书全没了，都叫那些心术不正的魔法师给抢跑了！实在对不起，说不打断您，可一听说骑士小说，我就憋不住，把这个事给忘了。您有所不知，一提起游侠骑士和写他们的书，我不说两句就不行，就像不叫太阳发热、月亮返潮一样。我不说了，我不说了，对不起，您接着讲。"

堂吉诃德讲上边那番话时，卡德尼奥一直低头沉思。堂吉诃德向他道歉，请他讲下去，他不抬头，也不吭声。过了好半天，他才突然仰起脑袋，大叫：

"我认为大流氓埃利萨巴特师傅是玛达西玛王后的姘头！我永远这样认为！谁也不能让我改变！永远不能！如果有人敢说不是，他就是浑蛋！"

堂吉诃德一听，火冒三丈，竟又像往常那样大骂起来：

"他妈的！胡说！这是恶意伤人，诬人清白！玛达西玛王后是高贵的公主，怎么会跟一个跑江湖的郎中鬼混呢？谁敢再胡说，谁就是浑蛋！不服气的，可以跟咱家比试比试，骑马也行，不骑马也行，操家伙也行，空手打也行，白天也行，晚上也行，随便！"

卡德尼奥这时只用眼睛瞪着他，一声不吭。他又犯疯病了，故事是讲不下去了。堂吉诃德听他诬蔑玛达西玛王后，心里气得鼓鼓的，也听不下去了。不过，令人奇怪的是，堂吉诃德干吗要拼命护着那个女人，好像她是自己合法的太太？他这样糊涂可笑，完全要怪那些混账的骑士小说。刚才说了，卡德尼奥已经疯了，听见堂吉诃德大骂他胡说、浑蛋，也气得不行，伸手捡起一块大石子儿，朝堂吉诃德的胸口砸去，把他砸了个四脚朝天，摔在地上。桑丘看主人给打趴下了，吃了亏，握着拳头就向疯子扑过去。苦脸小伙儿瞧他扑来，就势迎面给了他一拳，也把他打倒在地，还用脚在他身上乱踩。赶羊的去保护桑丘，也挨了一顿痛打。那疯子把所有的人都打倒打伤之后，竟扬长而去，跑进了深山里。

桑丘觉得自己无故挨打，气得要死，爬起来竟要找那个放羊的拼命，说人家没有事先告诉他，那个卡德尼奥是个疯子。放羊的说，他早说过，是桑丘自己没注意听，不能怪他。桑丘哪里肯听，两人便大吵起来，最后竟互揪胡子，大打出手，要不是堂吉诃德连劝带拉，他们非打破脑袋不可。

桑丘揪住放羊的说：

"哭脸骑士老爷，您就别管了。反正我们都是山野村夫，不是游侠骑士。他让我倒了霉，我就要叫他吃点苦头。我们是半斤对八两，也可以像回事儿似的，干上一仗。"

堂吉诃德说："话说得在理，可我觉得你挨打和人家一点儿关系也没有呀。"

最后两人才消了气。堂吉诃德便急忙问放羊的有没有法子找到卡德尼奥，因为他很想知道那个故事最后的结局。放羊的还是那句话：不知道。不过，他说，要是在这周围多转转，还是碰得上的，至于碰上的时候他疯不疯就说不定了。

第二十五章　骑士深山发疯病
村姑哪知有人思

　　堂吉诃德和放羊的道别后，就骑上稀世驽驹，叫桑丘跟上，往山里走去。桑丘不愿意去，也没办法。两人走着走着，就到了最险恶的去处。桑丘嘴上要不说点什么就难受，可主人不准他说，急得他像热锅里的蚂蚁，不知怎么才好。他盼着主人先开口，可堂吉诃德竟一句话没有。最后，他实在忍无可忍，只好不管那套，先舒服舒服再说，便率先开口道：

　　"老爷，请您费心说一句祝福的话，把我辞了算了。我现在就想回家，跟老婆孩子在一起。在家里，不管过得咋样，起码能想说什么就说什么，自由自在的。跟您在一起，白天黑夜地就在这没人的山里胡转悠，还不叫人说话，这非把人憋死不可，我看跟活埋没什么两样。要是牲口都会讲话，跟伊锁①那个时候一样就好了！我实在憋不住，还可以和毛驴聊上几句呀，就是挨了打受了气，心里也好受些。现在倒好，东奔西跑，像没头苍蝇乱撞，心想去碰个什么稀罕事，结果，不是挨打挨揍，就是叫人家兜在毯子里乱扔，要不，就叫石头砸趴在地下。受这么大罪还嫌不够，还得把嘴缝上，有话都不敢说，这不成了哑巴了吗？这叫什么事呀！"

　　堂吉诃德说："行了，行了，你的话我明白，不就是撑不住了，要我网开一面，准你说话？好，我答应你，想说什么，只管说。但是咱们一出山，你还得给

①指伊索。

我把嘴闭严。"

桑丘说："以后的事我管不着，那是老天的事，现在能说话就行。老爷，我真不明白，您干吗玩命护着那个什么驴王后马王后？她跟那个什么郎中鬼混和您有什么相干？人家也没找您评理，您操那么大的闲心干啥？您要是事不关己，高高挂起，那疯子就把故事讲完了，也不至于拿石头子儿砸咱们，用脚踩我的胸口，还给了我几拳。"

堂吉诃德说："桑丘，你要是也像我一样，知道那位玛达西玛王后为人多么正派多么高贵，你一定还会嫌我手软，太客气，没给那浑蛋小子一个大耳光，打烂他的臭嘴。别说是当众诬人清白，就是把人家往那里想，都是犯罪！一个高贵的王后怎么能和一个大夫私通呢？事情的本来面目是，那个埃利萨巴特是王后的医生和老师，极有头脑，又颇多见识。他怎么会把王后当做自己的情妇？王后怎么会和他乱来呢？完全是胡说八道。你想，卡德尼奥说这些话的时候已经疯了，他的话能算数吗？肯定是胡扯。"

桑丘说："我就是这个意思。他的话能算数吗？何况还是个疯子。您幸好走运，要是他砸过来的石子儿打的不是您的胸口，而是脑袋，那您就够呛了。您也不知图个啥？就为那个连老天爷都看不上的王后？您挨了打，想找人评理都没用。人家卡德尼奥有疯病，打了白打。"

堂吉诃德说："我们身为游侠骑士，就要维护女人的名声，不管她是什么女人，只要听到有人诬蔑她们的清白，就应当挺身而出，为她们据理力争，洗刷她们蒙受的不白之冤，尤其是玛达西玛王后这样高贵的女子。她不仅相貌美丽，而且头脑清楚，加上受过苦难，待人处事也十分老练。因此，我对她格外敬重。埃利萨巴特作为她的老师，常常在她左右，帮她出主意，替她解心烦，使她怀着信心渡过一道道难关。想必是因为这些，那些卑鄙小人才胡猜乱想，说王后是他的姘头。我再说一遍：不管谁这么说，谁这么想，都是瞎说胡扯！他们即使说上一万遍，也是胡扯！"

桑丘赶紧声明："我可没这么说，我也没这么想。'种瓜得瓜，种豆得豆。'他们是不是姘头，他们自己会向上帝交代。'我刚从葡萄园出来，什么也不知道。'我可不喜欢管别人的闲事。'买没买东西，自己钱包有数。'再说，'我来这个世上是一丝不挂，如今也是不挂一丝，没赚也没亏。'他们相好不相好，与我何干？'都以为这儿有肉，其实连挂肉的钩子都没有。'有什么法子？'谁能给野地安门？'何况，'连上帝都有人说他的坏话'。"

堂吉诃德听了，对他大吼一声：

"赶紧给我住嘴！你怎么这么多废话！你那一大堆俗话，跟咱们现在讲的事有什么关系？行了，桑丘，你别再言语了。从今往后，和你没关系的事，你少操心。你给我竖起耳朵好好听着：我过去，现在，将来，不管干了什么，还是要干什么，都合骑士的规矩，都是对的，用不着谁来教训我，我对这些比哪个骑士都精通。"

桑丘问："老爷，咱们现在干的是不是合骑士的规矩？跑到这个连路都没有的深山，东转西转，就为了找那个疯子，等找到了，他没准儿还得接着干他那件事，可不是讲故事，是接着砸您的脑袋踩我的肋条。"

堂吉诃德说："桑丘，我再说一遍，你快给我闭嘴。我到这座山里来，可不是单为找一个疯子，我还有一件大事要做。我要做成了，就会扬名天下，万世流芳。游侠骑士只有干了这样的大事，才称得上是货真价实的骑士。"

桑丘问："老爷您讲的这件事是不是很危险？"

哭脸骑士说："危险倒不危险。只是胜负不好说，好像耍牌一样。不过，全要靠你帮忙了。"

桑丘大惑不解："靠我？"

堂吉诃德说："没错。我现在就派你去一个地方，你到了那儿再赶紧回来。你回来得越早，我的苦日子就结束得越早，好日子也就开始得越早。你别在那儿傻瞪眼看着我。我这就给你慢慢说明白。你知道，那位天下闻名的阿马迪斯可是个十全十美的游侠骑士，他空前绝后，天下第一，出类拔萃，无人能比。谁要是说堂贝利亚尼斯有的地方可以和他并肩比美，那就让说这种话的人和堂贝利亚尼斯一起去见鬼吧！我敢打包票，他们全都错了。现在，我再说说，一个画家要想出人头地，名扬四海，他就必须挑选几个最出色的画家，努力模仿他们的作品，为国争光，多半都是照此办理。想获得忍耐谨慎的好名，就得去学乌利西斯。荷马正是通过对他的为人和经历的描写，才给我们画出一个坚忍不拔的智者形象。维吉尔描写埃内亚斯，使我们看到了孝子的英武和武将的智勇。他们写的并非真人实事，而是在刻画典范，目的是叫后人效法。所以，阿马迪斯就可以成为骑士们学习的榜样，成为他们的太阳，充当他们的指路明灯。勇敢而多情的骑士要奉他为楷模和典范，要追随在他的旗下，为爱情而战。因此，谁学他学得像，谁就是真正的骑士，学得越像，就越合乎骑士的典范。阿马迪斯有许多美德：明智、勇敢、刚强、坚忍、多情和忠诚。有一件事就集中表现了他这些优点，就是他因为心上人奥丽妮娜不理他，便跑到穷山上去修行赎罪，还把自己的名字改为'苦中美男'。对他选定的这种苦修生活来说，这个名字实在太合适了，也十分耐人寻味。我看，我干脆学他这件事算了。这可比什么降龙伏虎、刀劈巨人、驱魔斩蛇、击溃舰队、打败敌军来得容易！再说，咱们现在待的地方，干这种事正合适。机不可失，时不再来。现在不马上抓住这个良机，我得后悔一辈子。"

桑丘问："老爷，您讲了半天，说了这么一大堆，您到底想在这个野林子里干啥呀？"

堂吉诃德说："你听了半天怎么还不明白呀！我不是说了吗？我要跟阿马迪斯学，在这儿吃苦受罪，痛不欲生。这还不够。我还要模仿英雄堂罗尔丹，发疯发狂。罗尔丹在泉水旁发现了一些异常情况，由此推断大美人安赫利卡和梅多罗干了那种下流勾当，顿时气得发狂，竟连根拔掉大树、弄污清泉、杀死牧人、驱散羊群、推倒房屋、烧毁草棚、拖死马匹，还有其他数也数不清的暴行。这些都值得大书特书，载入史册，世代相传。罗尔丹、奥兰多，还是罗兰多，反正都是一个人，他发疯时说的、想的、干的，实在太多，我没法都学，找几个重要的大致模仿一下也就可以了。其实，我不如就学阿马迪斯一个人，他不发疯不发狂，不伤人不惹祸，自个儿躲在一边哭哭鼻子，不是照样出了大名？"

桑丘说："人家干这种事都是有个什么原因，没有无缘无故就发疯逞凶，总是受了刺激，再不，叫谁惹急了。您平白无故发哪门子疯、吃哪门子苦呀？谁惹您了？哪位小姐小瞧您了？是不是看出什么苗头，认为温柔内雅小姐跟哪个摩尔人或基督徒也干了那种事？"

堂吉诃德说："妙就妙在这儿，我的桑丘老弟。一个游侠骑士总要因为点什么才发疯发狂，那就太俗太没劲了。咱们就是要与众不同，别出心裁，什么也不因为就折腾折腾。叫我那心肝宝贝瞧瞧，没事还这样呢，要真有点儿啥，那就可想而知了。其实，光是这么久没见到我日夜思念的温柔内雅，就够叫我发疯的了。你还记得那个安布罗西奥说的话吗？他说：情人不在眼前，总要疑神疑鬼。所以，桑丘老弟，你也别劝了，劝也是白劝。这种发疯妙不可言，不说绝后，也是空

162　*El ingenioso hidalgo*
Don Quijote de la Mancha 上
堂吉诃德

前，我主意已定，非学不可。我现在要你做的就是去拜见我的温柔内雅，把我的一封亲笔信交给她，你再马上把她的回信带回来交给我。回信令我满意，我就马上停止发疯，马上结束苦修，否则，我就会一直疯下去，变成真正的疯子。真疯了，就没有痛苦了。所以，不管你带回来的消息是凶是吉，是好是坏，你临走时看见我的那些痛苦都会烟消云散，不复存在。因为听了喜讯，我会马上停止发疯，立即结束苦行，心里充满愉快；如果她的答复令我失望，我就真的成了疯子，自然也就无所谓痛苦了。对了，桑丘，那个曼布利诺头盔你放好了吧？我记得是你从地上捡起来的。那个坏蛋还想砸烂它，真是异想天开，那可是件精品，不是一般货色。"

桑丘说："哭脸骑士老爷，老天在上，您讲的这些玩意儿，是哪儿跟哪儿呀？我都听腻了，实在受不了啦！听了您这一通话，我算明白了。您讲的那些什么骑士典范呀，征服王国呀，封地赏赐呀，全是画饼充饥，骗人的鬼话。说起那个什么头盔，明明是人家理发师用的铜盆，您非说是曼布利诺头盔，嘴还挺硬，多少天了，还不改口！让人家听了会怎么说？肯定会说，这位脑袋有毛病，精神不正常。那个盆儿我放在干粮袋里了，早砸扁了。等回家收拾收拾，剃胡子也好用。但愿老天可怜，让我快点回家和老婆孩子团圆。"

堂吉诃德说："桑丘，我也要说一句：老天在上，像你这种没见识的侍从，世上过去没有现在也没有，你是独一份儿。游侠骑士的所作所为，看起来挺虚、挺荒唐的，这其实只是表面现象。你跟了我这么久了，一点儿都没看出来？你知道，老有不少魔法师跟着咱们，他们把咱们眼前的东西七变八变，搞得大家稀里糊涂，你看见的是铜盆，到我眼里就成了头盔，另外的人可能会看成别的什么。为什么？这全是魔法作怪。那些魔法师随心所欲，想咋变就咋变，有时好心相帮，有时故意加害。那次抢曼布利诺头盔，我就受到魔法师的关照。曼布利诺头盔价值连城，是了不起的宝物，他怕大家认出，纷纷来抢，就施展法术，叫大家都看成是一个理发师用的不起眼的铜盆。那家伙把它砸扁，丢在地上走了，就是这个原因。要是他知道是宝贝，早拿跑了。老弟，你先收着，眼下我还用不上，如果我决定改学罗尔丹，还得扒光全身盔甲，光着屁股，像刚出娘胎时一样呢。"

他们这样说着，已经走到一座山峰脚下。这座山峰如刀削一般，独自耸立在群山之间。山边有一小溪，潺潺流动，周围绿草丛生，清新悦目，野树成林，鲜花点缀，更显幽静。哭脸骑士一眼便看中了这块地方，立刻发疯似的大叫道：

"老天啊！我可看上了这个地方了！我要在这儿叹息我的苦命，哭泣我的不幸。我的眼泪要流满这条小溪，我的叹息要震动这片树林。诸位山神在上，请听我这个苦命人的诉说吧！我是个可怜的情种，许久不见心上之人，难免疑神疑鬼，心绪不宁，只好到这深山向各位神仙哭诉我那绝世美人的冷酷无情。纳皮阿斯和得津阿得斯两位女神，我知道你们总是住在密林深处，怕好色轻浮的半人半羊怪的纠缠。我也求你们听听我的表白，给我一点点同情，至少不要厌烦。温柔内雅呀，我黑夜中的光明，痛苦时的安慰，行走时的北斗，命中的福星。我求老天保佑你万事如意，天天称心。我远远离开你，流落到这个地方，变成这般模样。求求你可怜我，千万不要抛弃我，叫我白对你付出一片忠心。这里的树啊！我们以后就是邻居了，请摇一下树枝，对我表示欢迎！还有你，我忠实的侍从，我不管倒霉走运，你永远是我得意的伴侣！你仔细听，仔细看，我在这儿的一言一行，一举一动你都要牢记，然后去向我的心肝温柔内雅如实报告。"

堂吉诃德说着，就下了马，把稀世驽驹的鞍子辔头全卸了下来，然后，拍了一下马屁股，说：

"马儿呀，你功高盖世，但命运极差。我现在没有自由，却想叫你自由。走吧，爱去哪儿就去哪儿吧！脑门子上伤的标记，表明了你的价值。你日行千里，阿斯托尔佛的飞马也自叹不如，名驹佛隆蒂诺更不在话下。"

桑丘说："看起来，我还得谢谢那位偷驴的贼了，要不，我还得费半天劲给我那灰驴卸鞍子解缰绳，拍它几下，讲几句好听的呢。说实话，它要是没丢，还在这儿的话，我绝不把它的鞍子卸下来。干吗要卸鞍子，解缰绳？它主人我又没思谁想谁，寻死觅活。主人和这种事不沾边儿，他的毛驴就更没关系，所以，它要自由干啥？根本就没有必要卸什么鞍子，是不是？现在咱们说点实际的。哭脸骑士老爷，您当真要发疯发狂，我也非得去见温柔内雅小姐不可，那您还是再把鞍辔给稀世驽驹套上，顶替一下我那灰驴。您想呀，我要是走着去，走着回，谁知道哪年到，哪年能回呢。说实话，我也实在走不了那么多的路。"

堂吉诃德说："这也好。桑丘，你看着办吧，我认为你讲的不能说没有道理。再过三天，你就动身上路。这几天你得注意听，仔细看，听我为她说了哪些话，看我为她干了什么事，这样你好给她讲啊！"

桑丘说："这不都看见了吗，还叫我看啥？"

164　*El ingenioso hidalgo*
Don Quijote de la Mancha（上）
堂吉诃德

堂吉诃德说："没错！但还差几样。我还要撕衣服，扔盔甲，撞石头，还有别的，能把你吓死。"

桑丘说："哎哟，您这可是玩命呀！拿脑袋往石头上撞？那您可得看明白，要是石头上有个带尖的玩意儿，您这一撞，还想不想苦修了？还赎不赎罪了？那就全泡汤了！我说呀，反正您那一套全是装样儿，都是假的，糊弄人的，您要是非撞不可，少了这出就不行，那干脆就跟水撞撞算了，撞棉花也行，反正找个软的玩意儿。剩下的事就交给我，您就甭管了。我见了咱们那位小姐，就告诉她，您脑袋撞的那块大石头，比金刚钻还硬呢。"

堂吉诃德说："桑丘老弟，你的好意我心领了。但有的话我得说清楚。我做的这些事可不是闹着玩，都不是假的，是真做实干。我不能做违背骑士道的事，不能撒谎，否则，就是罪上加罪。以假充真，和撒谎没什么两样。所以，脑袋撞石头，我得真来，得使真劲，半点虚的都不能有。对了，把布条给我留下点，万一撞伤了还得包扎一下，谁叫咱们倒霉催的，把神水都丢光了呢。"

桑丘说："还要布条呢，驴都没了！布条什么的都在那驴身上呢。就别再提那个什么坏水了。我一听见说它，就恶心，连我的魂都要吐出来了。我再求您一件事。您不是叫我看您发三天疯吗？您就当这三天已经过去，我也就当亲眼看见了。到了温柔内雅小姐那儿，我自会讲个天花乱坠。您赶快写信，我好早早回来救您出这个炼狱。"

堂吉诃德说："你说什么？炼狱？还是叫地狱吧，其实比地狱还糟。"

桑丘说："可人家讲：'一进地狱，别想出门。'"

堂吉诃德问："什么是'出门'？"

桑丘说："'出门'就是出地狱的门。这句话的意思是：一个人入了地狱，就永远别想出来了。其实，您也没在地狱，我也不必玩命用马刺踢稀世驽驹。您让我现在就到了托博索村，站在温柔内雅小姐的面前，向她禀告您在发疯，您在犯傻，反正都是一回事儿。她哪怕心硬得像石头，我也会叫她变得比棉花还软，然后，我就带着她那封蜜水般甜的回信，像巫师一样，腾云驾雾，飞回到您这儿，把您救出这座炼狱，不是您说的什么地狱。要是地狱，您进去了，就永远别想出来了。"

哭脸骑士说："说得在理。那咱们拿什么写信呢？"

桑丘问："也把驴驹的欠条写了吧？"

堂吉诃德说："写。没有纸，咱们就往树叶上写，人家古人就是这样。写在蜡版上也行。不过，这些东西跟纸一样，现在也没地方去找。对了，我想起来了，咱们干吗不用卡德尼奥笔记本上的纸写呢？记住，到了前面村里，请人再誊到正式的纸上，字要写得工整。小学教师就可以，没有，就请教堂司事也行，可千万别找村公所的文书，他们写的那些连笔字，鬼都不认识！"

桑丘问："落款怎么写？"

堂吉诃德说："人家阿马迪斯写信从来没有落款。"

桑丘说："信上没有就没有吧。欠条得签上名。可要是叫人再抄一遍，到时候说是假的，我不就领不到驴驹了吗？"

堂吉诃德说："欠条就写在那个笔记本上，我签上字，我外甥女见了，她肯定会把驴驹给你的。那封情书就这样落款，'至死都是属于你的哭脸骑士'。让别人代写落款，我看没什么问题，因为我知道温柔内雅不识字，也从来没见过我的字体。我们之间的爱是精神上的，柏拉图式的。说实话，顶多规规矩矩地看一眼而已，就这，也是十年九不遇的事。不怕你不相信，我爱她爱了有十三年了，爱得比对我这两颗迟早要入土的眼珠子还深。我见到她的次数，加起来还不过四回，这四回，没准儿她一回也不知道我在看她。她这么正派，都是她爹妈管得严哟！她爹叫洛嫩索，她娘叫阿东莎。"

桑丘说："哈哈！原来您那位温柔内雅小姐，就是洛嫩索的闺女呀！她是不是也叫阿东莎·洛嫩索？"

堂吉诃德说："对呀。她完全配当世界女皇。"

桑丘说："她呀，我可太熟了。跟您说吧，她玩起扔铁棒，敢和村里最壮的小伙儿比试。这姑娘，没说的，长得结结实实，有股子男人气。不管是游侠骑士，还是在外边游荡的人，要娶她当太太，倒了霉背了运都不用怕，你就是掉到烂泥塘里，她都能揪着你胡子把你给拽出来。他娘的，她劲儿大，嗓门也大。有一天，她家的长工在地里干活，离村子恐怕有好几里远，她跑到村里的钟楼上叫他们，他们竟听得清清楚楚，好像就站在钟楼下边。这姑娘还有一个好的地方，就是不假正经，人家见得多，跟谁都敢开玩笑，嘻嘻哈哈的，可随便了。哭脸骑士老爷，您干吗为她发疯呀，您真该为她去上吊！吊死了给魔鬼抓走，人家也会说你死得不亏！好久没看见她，真恨不能现在已经在路上，好早点看见她。

女人的脸蛋都娇嫩，哪儿经得住在外面风吹日晒，说不定那小模样早变得认不出来了。堂吉诃德老爷，跟您说句实话，我一直以为温柔内雅小姐，不是公主也是名门闺秀，配得上您送去的那些厚礼，比如那个比斯开人呀、那些苦役犯人呀，还有其他，等等。因为每次您打了胜仗，总要把手下败将派去见阿东莎·洛嫩索小姐，我是说，温柔内雅小姐。我想，我当您侍从之前，您恐怕也是这样。可是现在细一琢磨，没准儿您派去的那些人到那儿的时候，她正在整理亚麻，或正在打麦子，他们见了一定大吃一惊，她呢，看了那些礼物，说不定会感到又好笑又好气呢。"

堂吉诃德说："桑丘，你怎么这么多的废话！自个儿脑袋不行，还硬充机灵鬼。我现在给你讲个小故事，你听了就知道我是多么有道理，你是多么笨。从前有个小寡妇，年轻、漂亮、有钱，非常风流，什么也不在乎。她爱上了教堂的一个秃驴，那个教士长得高大粗壮，又很年轻。这件事不知怎么传到了教士的上司耳朵里。这位教堂里的头头儿，以自家人的口气劝那个小寡妇：'太太，我确实弄不明白，您这么漂亮，这么有钱，这么尊贵，怎么竟看上那么一个又下贱、又愚蠢、又粗鲁的人呢？咱们教会里大师、博士、神学家有的是呀，您完全可以像挑梨子那样，随便选呀。'那女人回答得挺爽快也挺俏皮：'这位先生，您说得欠妥。您说他是个笨蛋，我不该把他爱，可您知道不知道，他在某个方面远远超过亚里士多德，我看上他恰好是因为这。'桑丘，我也要这样对你说，温柔内雅在某一方面，远远超过了世界上最高贵的公主，我爱她正是因为这。跟你实说吧，诗里歌颂的女人，都并非确有其人，全是随便起的名字，像什么阿玛利娅、西尔维亚、迪亚娜、加拉特亚、菲利达这些女人的名字，书里、歌里、理发店和戏园子的墙上，到处都有。你以为这些都是真人吗？那些把她们捧上天的诗人，真的把她们当做自己的意中人吗？根本不是，绝对不是。他们不过是瞎编一个女人，借题发挥，表白自己风流多情，显示自己多有才华。所以，只要我自己认为阿东莎·洛嫩索既漂亮又贤惠就行，管她出身是啥，更用不着费心思去调查，反正我就一口咬定她是世上最尊贵的公主。桑丘，你应该知道，也许你不知道，这世上有两件东西最叫人爱。一是美丽的外貌，二是清白的名声。这两样，温柔内雅一样不差，她貌美无双、贤惠头名。她在我心里就是这样完美无缺。我把她想成什么样，她就是什么样，一分不多，一分不少，所以，不管是海伦、鲁克雷西亚，还是古希腊、古罗马和蛮族的美人，都比不过她。别人说什么，我管不着。

傻瓜也许会对我说三道四,聪明人肯定不会有半点责备。"

桑丘说:"您说的没一句错。我是头蠢驴行了吧?哎哟,我怎么哪壶不开提哪壶呀!又提起驴来了。得,您赶快写信,我得走了。"

堂吉诃德拿出笔记本,找了个地方去写信。写毕把桑丘叫过去,要念给他听,叫他记在脑子里,怕万一一丢失,就不好办了,因为他老不走运,难说会发生什么事情。

桑丘说:"您就在本子上多写几遍,我好好拿着就是了。让我记在脑子里?您不是在糟蹋我吗?我连自个儿叫什么,有时候都想不起来呢。给我念念也行,这玩意儿肯定好听,您一定也写得不坏。"

堂吉诃德说:"那就听好。"

堂吉诃德致温柔内雅的信

无比尊贵的小姐:

离愁别恨,使我身心交瘁。但愿我最温柔的温柔内雅贵体康健。假如你因美貌而小看我,你仗高贵而冷落我,你以蔑视来折磨我,我天生坚忍,也难以忍受这样的苦,因为这苦痛太苦,拖的时间太久。我到底落到何等狼狈的田地,在下的忠实侍从桑丘,会在你面前一一禀明。啊,冷酷的美人,迷人的冤家,你要是肯搭救我,我就是你终生的奴仆,你要是将我抛弃,我只好自认倒霉。我要以死来满足你的冷酷,我要以死来完成我的夙愿。

至死属于你的
哭脸骑士

桑丘听完,一拍大腿,说:

"我的爹呀!我从来还没听过这样文雅的东西!我说呀,您怎么想说什么就能写什么呀!'哭脸骑士'这落款也太棒了!老爷,您简直成了神了!什么都会!"

堂吉诃德说:"干咱们这一行,不什么都会行吗?"

桑丘说:"对了,您再给我写张欠条,三头驴驹,落款写清楚点,好让人一看就明白。"

堂吉诃德说："没问题。"

说着，就写了一张欠条，还给桑丘念了一遍：

外甥小姐：

　　见此欠条，请把你喂养的五头驴驹，选出三头，交给我的侍从桑丘，以履行我对他的诺言。凭此欠条及桑丘的收据，即可如数交付。

本年八月二十二日于黑山深处

桑丘说："太棒了！您再签上名。"

堂吉诃德说："算了，画个押吧，跟签名一样好使。别说三头驴驹，就是三百头，这也一样顶用。"

桑丘说："您怎么说就怎么办吧。您先等等，我得去给稀世驽驹鞴鞍。您就等着给我祈祷吧。您要做的那些怪事，我来不及看了，我马上就得走。您放心，到那儿我会对她说，我看见您这样疯、那样疯，哎呀，多得了不得，我都不想再看了。"

堂吉诃德说："你呀，你起码，我是说，你必须亲眼看我脱光了，耍它一二十套疯子把戏。快得很，用不了半个钟头。你亲眼见了，你就可以指天发誓，添油加醋地说你把我干的疯事全看了。其实，我敢说，我要干的事，你怎么也说不全。"

桑丘说："老爷，我的好老爷，您饶了我行不行？我一瞧您什么都不穿，光着在那儿，我肯定会心疼，大哭一场。昨夜我丢了灰驴哭得我现在脑袋还难受，今天说什么不敢再掉眼泪了。如果您老非要叫我看您疯几回不可，那就请您还是穿着衣服干，来几套简单的，意思意思就行了。照我说呀，其实我已经跟您说了，您干脆连耍都不必要，我也不用看，咱早点去早点回，赶紧把您盼星星盼月亮，盼得要死要活的好消息，给您带回来。温柔内雅小姐也该是个明白人，咱们老爷想什么，她就该说什么，要是不识相，休怪咱家鲁莽，我敢发誓赌咒，非给她吃一顿老拳，叫她照您想的回话不可。像您这么有名的游侠骑士，干吗要发疯？凭啥？莫名其妙！就为了她？为了一个……还是别逼我说出来的好！哼！我叫是啥都说得出来！惹急眼了，我可什么都干得出。她大概还不知道，真要是知

道我这个人的脾气，她就怕了。"

堂吉诃德说："桑丘，我看你也疯得够呛。"

桑丘说："我可没疯，我是发火。得了，咱别再瞎扯了，我问您，我走之后，您吃什么呢？是不是也想学卡德尼奥，跑到路上抢人家放羊的吃的？"

堂吉诃德说："行了，你别瞎操心了。我就吃野草野果，别的一律不吃。我干的这件事绝就绝在不吃不喝，只吃这种苦，得，咱们再见吧。"

桑丘说："可我有一件事发愁。这个地方挺隐蔽的，要是我回来找不着可咋办呀？"

堂吉诃德说："你好好看看咱们现在待的这个地方，看看有什么特别之处，记清楚。我呢，不远去，就在左近这一带，过一段时间，就爬到最高的石头上，看你回来没有。对了，我看这样最保险。这山里不是到处都长满了金雀花吗？你就走一路折一路，走一段撒一段，一直到走出这深山为止。这样，你回来的时候，就可以凭着这些树枝找到咱们这个地方，忒修斯不就是凭着一根长线走出迷宫的吗？"

桑丘说："我听您的。"

他说完，还真的折了几枝金雀花。他求主人为他祝福。两人告别，都不免洒了些泪水。堂吉诃德又再三嘱咐桑丘，要像爱护他自己一样爱护稀世驽驹。桑丘一一答应，然后上马下山而去。桑丘照主人的话，走一段撒一把金雀花。堂吉诃德目送他走去，突然又大声喊，叫他是不是至少看他耍上一两套发疯的把戏再走。桑丘还没走出一百步，只好又返回来。

桑丘说："老爷，还是您说得对。我一眼没看，就指天发誓，说您疯得这样，疯得那样，我良心上能过得去吗？其实，您跑到深山一个人待在这儿，就是发疯。"

堂吉诃德说："你瞧我说什么来着？桑丘，你别急，我这就给你疯一样看看，念一遍《信经》的工夫就完。"

堂吉诃德说罢，扒下裤子，脱得精光，然后蹦了两下，接着来了两回倒立。两腿向上一伸，难免露出那一堆玩意儿，桑丘一见，连忙勒马回身，催动稀世驽驹就走，免得再看第二眼。他一路走去，心安理得，再叫他发誓说，老爷发疯，他亲眼得见，就不感到昧良心了。

桑丘送信遇街坊　第二十六章
神甫设计救老乡

　　堂吉诃德光着下身，又是蹦跳，又是倒立，折腾了半天，人家桑丘也不爱看，催马走了，他才住手，爬上一块大石头，想他的心事。阿马迪斯和罗尔丹都会发疯，但方式各异，一个精神癫狂，无法无天，一个郁郁寡欢，独自悲哀。他应当学谁呢？这件事一直在他脑子里转悠，始终没有打定主意。这会儿又想起此事，禁不住自言自语起来：

　　"罗尔丹的确英武勇敢，名不虚传，可他完全是靠魔法保护，别人才杀不死他，并非自己有什么超人之处。当然，用大钉子钉进他的脚底可以叫他毙命，可他老是穿着七层铁底的鞋。这又怎么样？最后还不是叫技高一筹的贝纳尔多，用胳膊夹死在隆塞斯巴耶斯？他勇敢不勇敢，咱先不管，只说说他是如何发的疯。这发疯的事没问题，的确有这么档子事。他先在泉水边发现一些蛛丝马迹，后又听放羊的说，安赫利卡和梅多罗中午在一块儿睡过好几次觉。梅多罗就是那个摩尔人，头发卷卷的，阿格拉曼特的侍童。自己的心上人跟别人睡觉，他能不发疯吗？可我没这种事呀！我凭什么要发疯呢？我可以发誓打赌，我的温柔内雅从生下来，就没见过一个货真价实的摩尔人，现在还纯洁得和刚出娘胎时一样。我现在学罗尔丹，对她乱猜疑，大发其疯，那不是糟蹋人家吗？阿马迪斯没有犯疯病，不是照样获得多情的美名吗？书上说，他的情人告诉他，不得她的允许，他不能去见她。受了这般冷遇，他并没有发疯犯傻，只是跑到穷山上隐居下来，整日与一位山僧做伴。他在那儿哭哭啼啼，求上帝可怜他，后来，上帝真的把他救出了苦海。这都是真事。所以，我干吗要脱光衣服，赤身露体？为啥要推倒树木？它们又没惹我害我。去把河水搅浑？我这不是给自己添乱吗？我难道不想喝水？我要永远记住阿马迪斯！我要把他奉为楷模！他没有功成名就，但他一生都在为完成伟业奋力拼搏，并且因此献出了生命。但愿我也能像他那样，得到后人的这种评价。当然，温柔内雅并没有抛弃我，但这样天南海北，天各一方，也够我好受的了！好，咱们说干就干！让我的脑袋现在就开始转动，想想到底应从什么地方学起。他主要是念经，祈祷上帝保佑。念经需要念珠，我没有咋办？"

他想出一个法子，把衬衣的下摆撕下一条，打了十一个结子，其中一个比其他都大。他把这些结子当做念珠，念了几千几万遍《万福马利亚》。念珠有了，虽然是代用品；经也念了，尽管没有山僧听他忏悔、给他安慰。除此，没别的事干，觉得无聊之极，就在草地上走过来走过去，还在树皮上和沙土地上，刻画作诗，抒发心中的苦闷，赞美他的温柔内雅，不过等后来人家找到他的时候，发现只有一首还算完整，看得清楚。诗中写道：

> 绿草啊，大树，
> 还有满山的灌木，
> 如果你们
> 没有拿我的不幸开心，
> 就请听我由衷的哭诉。
>
> 请不必为我难过，
> 虽然我万分痛苦。
> 谢谢你们的宽厚。
> 思念远在家乡的温柔内雅·德尔·托博索，
> 堂吉诃德在此号啕大哭。
>
> 世上最忠贞的情人，
> 为躲避心爱的姑娘，
> 独自在这老林中藏身。
> 他为什么这样倒霉？

自己也说不清。

爱情任性，变来变去，把人折腾得好苦。
除了流泪还有啥辙？
思念远在家乡的温柔内雅·德尔·托博索，
堂吉诃德在此号啕大哭。

找风险，他踏破千重山；
寻奇遇，他不避万般难。
心里不住大骂那铁石心肝。
可找来寻去，
除了倒霉，就是苦难。

爱神要人吃苦，
不用软的腰带，只举皮鞭，
专打你后脑，叫你六神无主。
思念远在家乡的温柔内雅·德尔·托博索，
堂吉诃德在此号啕大哭。

看到这诗句的人，见温柔内雅的这个名字后，老加上"德尔·托博索"几个字，都觉得好笑。认为堂吉诃德这样做，是怕人家看不明白。他自己居然也承认，是这么回事儿。他写了不少的诗。不过，刚才也说了，除了上面这首其余都看不清楚，也欠完整。他在山里，不是写诗抒情，就是长吁短叹，呼唤林中的牧神、树精，水中的仙子，尤其是那个眼含热泪、状极悲切的回声女神，求他们听他诉说、给他安慰。他饿了就吃野菜。桑丘三天后就可以回来。要是他三个星期以后才回来的话，咱们这位哭脸骑士恐怕就会变得人不像人，连他亲妈都认不出来了。

堂吉诃德如何写诗，怎样叹息，先按下不表，再看看桑丘走到何处。他到了大路，就想方设法打听去托博索的方向。第二天，他到了一家客店。你说巧不巧，那客店正是他叫人用毛毯耍弄的那家客店。他一发现，顿时觉得天旋地转，好像自己又在天空中翻上翻下，竟不敢进去。其实，他真想进去，因为这几天肚子里装的全是冰凉的玩意儿，他多么想吃点热和的东西。他正欲进不进的时候，店里走出两个人，一眼认出他是桑丘，其中一个说：

"硕士先生，您看，那个骑马的莫不是桑丘？听咱们那位冒险家的女管家说，他给她家老爷当了侍从，一块儿出门了。"

硕士说："是他！没错。他骑的马就是堂吉诃德的。"

那二位对他为什么这么熟？原来不是别人，正是一个村的神甫和理发师，就是对堂吉诃德的书进行检查和判决的那两位。他们认出桑丘和稀世驽驹，就想打听一下堂吉诃德的近况。神甫立刻叫住桑丘，问道：

"桑丘老兄，你家主人呢？"

桑丘也认出他俩。他想，他绝不能泄露主人的秘密，就回答说，他主人正忙着一件十分重要的事情，什么地方？什么事情？他不能说，就是把他眼珠子抠出来，也不能说。

理发师说："不行！桑丘。你要不说他在什么地方，那就是你把他给害了，还抢了他的马。说实话，我们真这么怀疑你呢。你听清楚，赶快交出你家主人，要不然，我要你吃不了兜着走！"

桑丘说："少来这套！你们以为能唬住我呀？我什么时候杀过人？什么时候抢过东西？我家主人正在那边一座深山里吃苦赎罪呢。"

他能瞒得住吗？好家伙，一口气把什么都讲出去了：堂吉诃德遇上了啥，现在正干着啥，他如何给温柔内雅小姐送信来到此地。桑丘就这样一五一十讲了个一清二楚，还说，这个温柔内雅就是洛嫩索的丫头，是他主人爱得发疯的心上人。那二位一听十分惊讶。其实他们知道堂吉诃德发疯，也知道他为什么犯这种病，但每次听说仍然吃惊不小。他们对桑丘说，很想看看堂吉诃德给那位温柔内雅小姐的信，不知是不是可以让他们瞧一瞧。桑丘回答说，信写在一个笔记本里，主人让他碰见村子再找人抄在信纸上。神甫说，不必了，他就可以代劳。桑丘伸手去怀里摸，却没找见那个笔记本。他上哪儿去找呀？他就找到现在，也甭想找到，因为那个笔记本堂吉诃德压根儿就没给他，他也忘了要。

桑丘一看笔记本没了，脸一下子变得煞白，和犯人没什么两样。他在身上乱摸一阵。完了！丢了！他这么一想，两只手抓着自己的胡子就往下揪，揪下了一大半。这还不行，又抢起拳头，左右开弓，往自己脸上一连气打了五六下，打得鼻青脸肿，满面是血。神甫和理发师瞧他如此虐待自己，不明白怎么回事儿，就忙问桑丘何以如此。

桑丘说："何以如此？就这么一转眼，我的三头驴驹没了，哪头不是一座城啊！"

理发师问："怎么又出来三头驴驹？到底出了什么事了？"

桑丘说："那个笔记本没了。那里面有主人写给温柔内雅的信，还有主人画了押的欠条，凭那张欠条，他家的外甥女得给我三头驴驹。"

于是，他又把灰驴是怎么丢的对神甫和理发师说了一遍。神甫说，这没关系，等见了他主人，再叫他重新写一个就是了，而且要按正式的规定写在纸上，写在什么小本本上，人家是不承认的，没有用。

桑丘一听，心这才放下。他说，要是这样的话，给温柔内雅的信丢了也不用着急了，因为内容他差不多都记得，待会儿请他们用笔记下来就行了。

理发师听了，连连说好，要桑丘这就回忆，他们好记录下来。桑丘使劲回想那信上的话，不住地搔头，一会儿抬左眼，一会儿抬右眼，一会儿看天，一会儿看地，一个手指甲盖咬得只剩下半截子了，还一个字没想出来。那两位等着他开口，只顾大眼瞪小眼地看着他。过了半天，桑丘才说：

"硕士先生，您说这是不是见鬼了？我记得清清楚楚，怎么就想不起来呢？反正开头是什么'无匹纯贵的小姐'。"

理发师说："什么无匹纯贵，是无比尊贵。"

桑丘说："您说得对。接下来是……我想想啊，对，如果我记得不错的话，接下来是……是：'别恨我，我要碎，冷了，冤家，美人，吻你的手。'还有什么搭救，什么倒霉，还有什么什么，最后落款是：至死属于你的哭脸骑士。"

两人见桑丘这般好记性，忍不住大笑，齐声夸他，叫他再背两遍，他们好详记在心，等有空了再找纸笔出来。桑丘于是又背了三遍，每遍都不一样，全是乱说胡扯。背完了，又借着高兴劲儿把主人的好多事情告诉了他们。但他自己叫人用毯子戏耍的事，却只字未提。他还说，等他把温柔内雅小姐的回信带回去，主人就会立刻上路，想法子当个皇帝，至少也混个国王。他主人身强力壮，有胆有识，办这点事可说不费吹灰之力。到时候，主人还要给他娶位皇后的侍女当太太，所以，他得变成鳏夫才行。那位宫里的侍女还从她爹那儿得到了一份遗产，是一大片肥沃的良田，还是在陆地上。有了这样的老婆，海岛呀河岛呀，他就不要了。桑丘一边胡言乱语，一边擦鼻子，可样子却一本正经，好像他嘴里说出来的话，没有一句是假的。神甫和理发师看了叹息不已，没想到堂吉诃德疯得这样厉害，把可怜的桑丘也传染上了。他们想，桑丘虽说头脑发昏，但还没做什么缺德的事情，就不必多费口舌和他争论，再说，听他满口荒唐，胡说八道，也不失为一种乐趣。他们对他说，他要随时求上帝保佑主人平安无事，身体健康，没准儿他主人真有一天会当上皇帝，要不，起码也会弄个主教干干。桑丘听了忙问：

"二位先生，要是我家主人命中不该当皇帝，而当了主教，我倒想请教一下，这四处游荡的主教会给他的侍从什么赏赐？"神甫说："照一般规矩，给个赏赐，或给一笔钱，要不，安排个教堂司事当当，有固定收入不说，还能来点外快。别小看这外快，跟月薪相差无几。"

桑丘说："哎哟，这可就麻烦了！干这一行，得是个光棍，起码会帮助做弥撒。我呢，第一，有老婆；第二，我连一个字母都不会念。我家主人要是心血来潮，不照游侠骑士的规矩去当皇帝，偏要做什么主教，那我就完了！"

神甫说："老兄，你不用着急上火。你主人那儿，我们会去帮你说话。我们求他、劝他，叫他发誓赌咒，坚决不干主教，只做皇帝。说实话，他武功强于学识，更适宜当皇帝。"

桑丘说："您说的和我想的完全一样。不过，凭良心说，我家主人能耐还真是大，干什么都难不住他。所以，我要向上帝祷告，求他老人家让他往咱们想的道上走，他方便，我也有利。"

神甫说："你讲得有道理，想法也合乎基督徒的身份。眼下咱们要做的，是想方设法把你主人叫回来，别让他再在那儿受罪。什么苦修？！什么赎罪？！完全是在干傻事！现在是吃饭的时候，咱们不如进店里去，一边吃，一边商量，看用什么办法，才能达到目的。"

桑丘说他们只管进店吃饭，但他不能，什么原因？以后会告诉他们，只要他们拿点热和的给他吃，再给稀世驽驹弄点草料。神甫和理发师听他这样讲，没有勉强他，就自己进了客店。过了一会儿，理发师给他拿了些食物。神甫和理发师两人边吃边议，最后神甫又想出一个主意，既合堂吉诃德的心意，又可达到他们的目的。他把这个计划详细地讲给了理发师听。他扮成到处流浪的姑娘，理发师要装扮成姑娘的侍从，两人一起去找堂吉诃德。少女要假装遭了难，悲痛欲绝，哀求堂吉诃德救救他。那堂吉诃德是天不怕地不怕的骑士，肯定一口答应，愿拔刀相助。少女再告诉他自己是受了一个坏蛋骑士的侮辱，要领他去找那个歹徒算账，还要特别说明，别问她的身世，也别让她取下面罩，一切都等他教训了那个浑蛋小子，替她报仇之后再说。神甫认为这个办法十拿九稳，肯定能把堂吉诃德骗出那座深山。等把他弄出山后，就可以领他回家，想法子治他的疯病。

第二十七章

公子失恋难自拔
神甫欲助叹无奈

　　神甫想好救堂吉诃德的计划，便告诉了理发师。理发师连连称妙。两人立即照计行事。神甫用一件新教士服作抵押，向老板娘借了一条裙子和几方头巾。理发师则向店主要来他插梳子用的灰褐色牛尾巴。老板娘觉得奇怪，问他们要这些东西干啥。神甫就简单讲了一下堂吉诃德现在如何在山里发疯，他们打算怎样把他哄骗出来。店主两口子这才恍然大悟，原来犯疯病的这位老兄就是在店里熬神水的那个客人，叫人用毛毯耍弄了半天的家伙就是他的侍从。他们把那疯子在该店的事一股脑全讲给了神甫和理发师听，连桑丘一直瞒着人的那件倒霉事也没落下。

　　随后，老板娘就帮神甫装扮，把他收拾得还真像回事儿。神甫下身穿一条毛料裙子，上面缀了一圈圈两三寸宽的黑丝绒褶儿。上身是一件紧身小袄，绿丝绒的料儿，白缎镶边。说起来这套衣服大概还是西哥特万巴王时代的遗物呢。神甫不好意思戴女人的头巾，就把自己的睡帽扣在脑袋上。他用一条黑绸带系在脑门上，拿另一条做面罩，遮住胡子和脸。末了，披上大衣，戴上一顶大得可以当阳伞的草帽，便翻上骡背，像个女人家一样，横坐在上面。理发师也骑上了骡子，一大把胡子长得过了腰，颜色灰褐间白，前文说了，是用店主的一条牛尾巴改装成的。

　　他们跟店里的人一一告别，也包括那个好姑娘玛丽托尔内斯。她自己虽说作过孽，却愿意念经祈祷，求上帝保佑他们救人成功，善心遂意，因为这事并不怎么好办。他们出了店门，没走几步，神甫就后悔了，认为自己打扮成落难女子，实在有失体面，虽说是为了救人，也不合乎身份，不如和理发师对调一下，他当侍从，理发师改扮落难少女，要是理发师不答应，就是堂吉诃德叫魔鬼抓走，他也不打算接着干了。他把自己刚刚冒出的想法告诉了理发师。这时，桑丘跑过来，一见他们的打扮，忍不住大笑起来。理发师最后依了神甫，两人掉换了角色。神甫当了侍从，却不停地教理发师，应该以什么样的身份去见堂吉诃德，应当对他说什么什么话，应当这样，应当那样。理发师听了，说他不用别人教，自己全懂，知道如何应付。他还说，他现在不能换那套女儿的装束，等快到了地方再说。于是，他把衣服折了放好，神甫也没有马上把那根牛尾巴戴在嘴上。两人跟着桑丘，去了那座深山。一路上，桑丘给他们讲了他和堂吉诃德遇见疯子的事，但只字未提手提箱和在箱里发现的东西。这小子看着傻乎乎的，心眼还真不少！

第二天，他们走到一个地方，桑丘发现他丢在地下当标记的树枝，就对神甫他们说，前面就要进山了，他主人就在里面发疯，请他们现在就乔装打扮，好去搭救堂吉诃德。桑丘为啥这样讲呢？原来神甫和理发师已经跟他讲了，说他主人在吃苦受罪，要救他非得改装不可，否则，他绝对不会出山。接着，他们又再三嘱咐桑丘，千千万万别说漏嘴，让堂吉诃德认出他俩，也别说自己认识他们。要是堂吉诃德问，肯定要问，信送到温柔内雅小姐手里没有，就说送到了，还要说小姐不识字，没法写回信，只让捎句话，叫堂吉诃德马上去见她，否则，她可要生气发脾气了。他们说他必须照他们讲的去说去做，因为这和他利害攸关。桑丘照他们教的去说，他们在一旁使劲劝，他主人肯定会信以为真，马上出山，不再受那无端的痛苦，还会振作精神，去想法子当上皇帝或什么国王。他们让桑丘放心，他们不会劝堂吉诃德去做主教什么的。桑丘把这些都一一牢记在心，对他们答应劝主人只做皇帝不当主教的一片好意，特别感激，因为，照他盘算，皇帝比主教有权，主人要做了皇帝，只能对他更有利。桑丘对他们说，只要他进山把温柔内雅小姐的话对堂吉诃德一讲，堂吉诃德就会乖乖地跟他走出来，用不着他们费神费事。他俩听了，觉得在理，就暂且在山外等候，看他见了堂吉诃德有什么结果，再作道理。

桑丘沿着一条山沟进了山。神甫和理发师便在山口附近的一条小溪旁，找了地方坐下。溪边有大树巨石遮挡，清爽适意，赏心悦目。当时，正是八月盛夏时节，烈日当头，酷暑难耐，又是下午三点左右，一天最热的时间。所以，那个去处就显得越发难得，格外可爱了。他们在那个地方等候桑丘实在是太棒了！

　　他们在阴凉里坐着休息，突然耳边传来一阵阵歌声，没有乐器伴奏，完全是干唱，却依然那么悦耳、那么动听。两人感到十分惊奇。平常听人讲，山野之间也有好嗓子的牧人，原以为不过是诗人的夸大之词，想不到今天却亲耳听到如此美妙的声音，而且，不是什么山歌野调，是极为文雅的诗句呢。歌中唱道：

　　　　谁毁了我的幸福？

　　　　嫌弃。

　　　　谁给我苦上加苦？

　　　　嫉妒。

　　　　谁叫我坐立不安？

　　　　恋情。

　　　　恋情、嫉妒、嫌弃合伙一起，

　　　　我的病还有药可医？

　　　　灰心丧气，

　　　　我只能一命归西。

　　　　谁使我这样悲哀？

　　　　爱情。

　　　　谁断送了我的前程？

　　　　命运。

　　　　谁给我这样的罪受？

　　　　老天。

　　　　爱情、命运、老天合伙一起，

　　　　我能神定心安？

　　　　灰心丧气，

　　　　我只能一命归西。

谁能改变我的命运？

一命归天。

谁能给我爱的甘甜？

见异思迁。

谁能根治我的病患？

疯疯癫癫。

死亡、变心、疯癫合伙一起，

才能治我的病患？

灰心丧气，

我只有一命归西。

　　他俩在那个季节，那个时候，那个地方，听到那样的歌声，那样的诗句，真是惊叹不已，赞不绝口。他们屏息静气，想再接着欣赏，可等了半天，没有动静，就要起身去寻那位出色的歌手，又一阵歌声传了过来。他们又坐定，仔细听，原来是一首十四行诗。诗中唱道：

神圣的友情摇动翅膀，

青云直上，升入天堂。

你把假象留在了人间，

自己却和神仙们在一起欢畅。

你把真正的和谐指给我们，

却又在上面蒙上一层面纱。

罪恶假冒仁义道德，

在人间乱打乱杀。

友情，你快从天上回到大地，

别再让虚伪顶了你的名儿，

继续扼杀人间的真情实意。

你赶紧戳穿留在人间的假象，

免得世界又兴动乱，

大家重新回到原始时期。

　　唱歌的人唱到这里，长叹了一声。神甫他们以为还要继续唱，又静静等候。谁知，等了一会儿，听到的却是叹息和哭声。那位歌唱得好听，哭声却令人伤心。他们心里都有点儿纳闷，打算去看看到底是什么人，有什么伤心的事。他们循声而去，没走多久，便见前面有一巨石。绕过巨石，看见一个人，模样和高矮跟桑丘说的那个疯子卡德尼奥十分相似。那人见他们走过来，并不惊慌，依旧低头想他的心事，连头也不抬，只是在他们刚刚出现时，随便向他们瞅了一眼。神甫根据桑丘讲的和他眼下看到的情况，断定他就是那位疯子卡德尼奥，便走上去，和他说话。他口才极好，话虽不多，但委婉中听。神甫苦苦劝他，叫他别再待在这个深山老林中受这份罪，说再这么折磨自己，命就没了，那不是更不幸更倒霉了吗？卡德尼奥发疯犯病，是家常便饭，一疯起来，就糊涂。可那时候正巧头脑清醒，处于正常状态。他看这两人的装束穿戴不像是荒山野岭中常来常往的人，感到惊奇，等听了神甫劝他的那些话，就更加奇怪了。他说：

　　"二位先生，不管你们是谁，但我明白，老天总是想着好人，派人来救他们，有时，连坏人也救。我实在惭愧，我有什么德行，让上帝惦记我，还派二位来这么个荒野去处找我。你们劝我离开此地，过另外一种生活，说出的话句句在理，令人感动。可二位哪里知道，要我离开这种自讨苦吃的生活，我就会遭到更大的不幸。你们不知我的苦衷，还以为我神志不清，发疯发狂。其实这也难怪，因为我自己也很清楚。我一想起那些伤心事，就心如刀绞，万分痛苦，自己都不知怎么回事儿，就变得麻木不仁，像块顽石，完全没了知觉。事后人家把我发疯时的所言所行告诉我，我才知道自己当真犯过糊涂、发过疯。但我也没办法避免，只能自怨自艾，怪自己命不好。我为了求得人们谅解，事后总向不明真相的人解释我疯癫的原因。明白人听了，会原谅我，起码不怪罪我，甚至从讨厌变成由衷的同情。如果二位来此真的为了劝我转意回头，那就免开尊口，不必苦劝，先听我把自己受的罪从头说来。等听完我那说不完道不尽的苦痛，二位就会明白，你们要劝我离此苦境，完全是瞎耽误工夫，白白浪费你们的时间。我的苦痛无药可救、无药可解呀。"

神甫和理发师早就想听他亲口讲讲犯疯病的起因，一听说他主动要这样做，连忙表示一定照他的话去做，绝不硬劝他，让他生气。那可怜的人便把自己那段伤心的事一五一十讲述了一遍，内容和方式和前几天对堂吉诃德他们讲时完全一样。不同的是，上回因为堂吉诃德维护骑士的尊严，对埃利萨巴特师傅的事过于计较，把卡德尼奥惹得发了疯，故事没有讲完。这回没人插话，卡德尼奥也没犯病，所以故事得以讲完。

卡德尼奥上回是讲到"露辛达爱看骑士小说，有一次她想问我借《阿马迪斯》看……"这个情节时，叫堂吉诃德打断的。接下去是说费尔南多在《阿马迪斯》那本书里发现一封短信，信的内容他还记忆犹新，全文如下：

露辛达致卡德尼奥：

我对你的品德，日日均有新的发现，自然对你就越来越喜欢。你要我爱你又不伤我的体面，这轻而易举。我父亲了解你，又很爱我，如果你真像你说的和我想的那样爱我，他一定会满足你的愿望，又不违背我的心愿。

卡德尼奥说：

"这封信使我勇气倍增，我决定去露辛达家求婚，也是这封信使费尔南多认定露辛达是他认识的最聪明最稳重的女人。费尔南多存心害我，不叫我得到露辛达，也是因为这封信啊！我对费尔南多说，露辛达的爸爸一定要我父亲出面求亲，我怕他不答应，一直没有找他谈这件事。不是我担心他不知道露辛达才貌双全，品德高尚，百里挑一，实在难得，哪家望族娶进门都会大放光彩。我清楚家父的盘算，他想先让我得到里卡多公爵的提拔，有个前途，不高兴看到我早完婚。除了这，我还告诉他，我之所以不敢跟家父谈，另有别的原因，到底是什么，我也说不清。反正心里总是在犯嘀咕，老是战战兢兢，担心自己日夜思念的事恐怕难以遂意。费尔南多听了，表现得十分慷慨，竟毛遂自荐，主动提出由他去找家父谈，想法子叫他尽快去露辛达家提亲。费尔南多，你是野心勃勃的马里奥！残忍无比的喀提林！凶狠恶毒的西拉！诡计多端的加拉隆！杀君逆贼维利多！因私卖国的胡里安！① 贪财丧义的犹大！你不仁不义，口蜜腹剑，以恶报善，丧尽天良！可怜我一片真心，对你毫不猜疑，把心中的秘密全部告诉你，对你多够朋友，多讲义气。你遇到麻烦，我帮你出主意，我说的哪一句话不是为了你的利益，为了你的体面？我对得起你呀！可你却……唉，埋怨还有什么用？骂你就能把一切重新改变？谁叫我命该如此，自找苦吃！厄运如洪水猛兽，自天而降，来势不可抵挡，更无法事先防范，就自认倒霉，谁也别怪。费尔南多身为贵家子弟，不愁情欲得不到满足，又和我情同手足，欠了我许多人情，他竟然丧尽天良，背恩忘义，要夺走我仅有的、还没到手的一只羔羊！说这些已经没用，都是废话。我还是接着往下讲自己这段伤心事。刚才说道，费尔南多主动要去找我父亲，帮忙催他去提亲。其实，这都是幌子，他是在骗我、麻痹我，使我对他完全失去防范。他看我在跟前碍事，就设计把我支开，说买了六匹马要付款，派我去向他大哥要钱。他是在提出帮我忙的当天就把马买好了，可见他早有预谋。那时，我无论如何也想不到他是在用计骗我，非但如此，我还挺高兴，觉得他做的那笔生意很上算，答应立刻动身。当晚我就在和露辛达约会的时候，把费尔南多主动要帮我忙和我要去取款的事全告诉了她。我跟她说，我们正当的愿望一定能实现。她跟我一样，也没想到费尔南多心存歹意，只叫我尽快回来。她想，只要两家老人讲好，我们的事就可以说办就办。奇怪的是，她说完这话，忽然眼泪汪汪，好像嗓子眼儿塞住了东西，再也没有言语。我看得出她心里似乎有好多话要跟我说，可那天晚上她再也没多说一句话。过去从来没有这样的情况呀！莫非出了什么事？以前，我们只要有机会，没有也要想方设法找机会，凑在一起，有说有笑。高兴还高兴不过来呢，哪还有时间去掉眼泪？去唉声叹气？更谈不上什么猜疑和发愁了。我总觉得自己实在走运，太有福气，能得到她这样的女人。我一个劲儿地夸她长得美，称赞她人品好，又聪明。她也对我大加赞美，凡是情人嘴里能说出的甜言蜜语，她都毫不吝惜。我们也谈街坊和熟人的家长里短。总而言之，我们谈得非常高兴，十分投机。我最出格的动作，也只是抓住她那只雪白

---

① 马里奥：罗马大将。喀提林：罗马共和国末期贵族。西拉：罗马独裁者。加拉隆：骑士小说中人物。维利多：熙德传说中人物。胡里安：西班牙安达卢西亚总督。

圆润的小手，硬从把我们隔开的铁窗栅栏里拉出来，用嘴去亲。可我临走的前一天夜里，她却又是哭，又是唉声叹气，最后还一声不吭地走了。我觉得她一反常态，心里又奇怪又着急，不知道她为啥这样悲哀。我还以为是她太爱我的缘故呢。虽然我是这样想，但内心深处还是疑虑重重，百思不解，却又不知道在怀疑什么。这不明摆着我要倒霉了吗？

"我到了费尔南多的家，把他的信交给他大哥。他大哥对我很殷勤，招待也十分周到，但并不着急办我的事，竟叫我先住上八天，还特别叮嘱我千万别叫公爵知道我来了，因为费尔南多信中说，要钱的事得瞒着老爸。当时我很不高兴，因为我实在不愿意和露辛达分开那么久。刚才我也讲了，我跟她告别的时候，她已经难过得叫我受不了。可谁叫我是人家忠实的奴仆呢？明明知道这样对我十分不利，我还是听从了吩咐。其实，这都是大骗子费尔南多使的坏，因为他大哥身边有钱，完全可以马上叫我回去。我在那儿待到第四天，突然有人来找我，说给我捎了一封信。我接过信，一看信封，就知道是露辛达写的，因为她的字体我太熟悉了。我一边拆信，一边心惊肉跳，是不是出了什么大事？在跟前时她很少写信，现在出了远门倒托人捎信，这里肯定有事。我想到这儿，没等看信，便急着问捎信人，是谁交给他的信，路上走了多少天。他说：'那天中午，我正在城里一条街上走路，就听见有人叫我，我寻声抬头望去，原来是一位漂亮的小姐。她当时站在一个窗口旁，眼泪汪汪的，很紧张地对我说："大哥，我看您是个好人，求您看在上帝的分上，帮忙捎封信好不好？地址和姓名上面都写得清清楚楚，就算是替上帝做件好事吧！这个小包里的东西请您收下，路上用得着。"说完，她就从窗口扔下一个小包，里面有一百个银币、一封信和这个金戒指。她见我拾起小包，又向她做手势表示一定送到，才离开窗口。她给我这么多钱，我说什么也要帮她的忙。后来，我一看信封，才知道是您的。先生，我认识您。再说，那美人泪汪汪的样子，我要是不替她办这件事，心里还真过意不去。我决定亲自跑一趟，一口气走了十六个钟头，您想必也知道，差不多有两百来里的路呀！'

"那个热心肠的送信人说这番话的时候，我一直竖着耳朵认真听着，两条腿不住地发抖，差点儿坐在地上。他说完，我马上打开信看，上面这样写道：

"'费尔南多答应去见你父亲，催他向我父亲求婚。他的确这样做了，但不

186 *El ingenioso hidalgo*
Don Quijote de la Mancha 上
堂吉诃德

是为你，而是为他自己。我告诉你吧，他已经向我父亲求亲，要求把我嫁给他。
我父亲觉得费尔南多胜你一筹，就一口应允，还决定尽快完婚。婚礼两天之后便
要举行，仪式秘密进行，参加婚礼的，除了老天，只有家里的人。我此刻的情形
你可以想象得到。你是否马上赶回来，由你自己决定。我是不是真心爱你，事
后你便知晓。愿老天保佑，你收到此信时，我还没有被迫和那个背信弃义的人
成婚。'

"信上就是这样写的。我还等什么款子！我还等什么盼咐！费尔南多要我来
取钱，根本不是为了买马，完全是骗人！我对费尔南多恨得咬牙切齿。我不能眼
睁睁地看着我奋斗多年，凭真诚才获得的心肝宝贝，就这样被别人用阴谋诡计抢
去，第二天就急匆匆地赶回了家。我把骡子暂且放到送信人的家里，立刻悄悄进
了城。也算是我走运，到了她家附近，正巧露辛达站在铁栅栏后面。我们过去就
经常在那里幽会谈情。我看见了她，她也看见了我，但彼此的心情和目光已和往
常完全不同。在这个世界上，有谁敢夸口，说他能看透女人的心思，摸准女人的
脾气？一个没有！露辛达看见是我，便说：

"'卡德尼奥，我已穿上新娘的礼服，就要去参加婚礼。费尔南多那个坏
蛋和我贪财的父亲，还有几个证人，都在等我过去。我是会去的，但我不是去当
新娘，而是去死。我的朋友，你别慌，你要想法子来看看我作出的牺牲。假如我
苦苦哀求无济于事，那就让这把藏在怀里的短刀来对付无理的强暴吧！我要用它
结束自己的生命，向你表白我对你的真情。'我看时间紧迫，来不及细说，就急
忙讲：'小姐，但愿你说到做到。你身藏短刀自保贞洁，我要持剑将你保护，如
果难以如愿，我就自尽，与小姐同去。'这时有人来催，说新郎已等候多时，她
急忙走去，大概没来得及听完我这句话。她走了，带走了我的全部欢乐，留下的
则是凄惨的黑暗。我的眼前一片漆黑，心里空空如也，一时不知所措，既没跟着
她进去，也没有转身回家。过了好一会儿，我才恢复理智。这时，我才意识到，
当晚要出大事，我必须到场。于是，我振作精神，鼓起勇气，偷偷溜进她家。她
家我是熟门熟路，加上当晚要举行婚礼，全家上下都忙得不亦乐乎，谁也顾不上
照看门户，我轻而易举就进了她家，没叫任何人看见。我走到大厅一个窗户外，
藏在窗下。窗帘掩着，里面看不见外面，外面却可以透过缝隙对里面一目了然。
我当时躲在那里，心慌意乱，心如刀割，思往虑今，百感交集。真是心里说不出

是什么滋味。不说了！越说越叫人心里难受。正在这时新郎走进了大厅，他还是平常打扮，没有特别修饰。伴郎是露辛达的一个表弟。厅内没有客人，只有用人进进出出。过了一会儿，露辛达由她母亲和两个丫头陪着，也走进来了。她的服装、相貌和她的身份十分般配，又华贵，又优美。我当时又恨又急，哪有心思去看她的穿戴，只觉着衣服是红白两种颜色，满身满头珠光宝气。倒是那一头金发耀眼夺目，盖过了她戴的宝石和厅内那四支多芯蜡烛。啊，这该死的记忆，为啥故意和我作对？干吗要把我往死里折磨？时至今日，你为什么还要叫我记住那个迷人冤家的倾城美貌？可恶的记忆啊，你还是叫我说说她当时的所作所为不是更好？她无耻的背叛，即使不能激我去报仇雪恨，也至少会促使我含恨一死。我讲得有点儿离题，请二位休烦勿躁。这实在是因为我的痛苦非同一般，我不能也不愿意草草了事，一笔带过，我觉得每个细节都有必要说得清清楚楚，明明白白。"

神甫说，这从何说起？他们哪会感到厌烦？因为他们正想过细地听，越是细枝末节，越引人入胜。他们希望他对自己的那段伤心史不分巨细，一律同等对待。

卡德尼奥又继续讲："等该到的都到了，教区神甫才进来。他按规矩，拉着新郎新娘的手，问道：'露辛达小姐，你是否愿意按圣母教会的规定，选择你身边的费尔南多先生做你的合法丈夫？'我伸长脖子，把脑袋紧贴在窗帘缝上，竖起耳朵，心若悬石，屏着呼吸，听露辛达如何回答，等着她宣判我的生死。唉，我当时怎么没跑出去，对露辛达大喊一声：'露辛达，你可要三思而行！别忘了你对我说的话！别忘了你是我的人，不能再跟别的人！你要明白，只要说一声愿意，就等于立刻要我的命！费尔南多，你这个奸贼小人，无耻之尤！你夺走我的幸福！毁了我的生命！你要干什么？你又能得到什么？你好好想想，按教会的规定，你到头来会一无所获，两手空空，因为她是我的妻子，我是她的丈夫。'啊，现在什么都想出来了，什么都敢嚷嚷了，当时怎么不这样做呢？人家把心肝宝贝从手里抢走的时候，为什么一个屁都不敢放，现在倒在这儿胡骂乱叫？说来说去，都怪我懦弱无能，十足的胆小，当时我哪怕有一点儿勇气，仇恐怕早就报了。想起当初的无能胆小，现在羞愧愤恨，疯狂欲死，完全是活该自找！

"神甫等着露辛达回答，可她半天不做声。我以为她最后会拔出短刀，以死表白心迹，要不，也会愤然揭开真相，使我逢凶化吉。谁知，却听到她有气无力地吐出两个字：'愿意。'费尔南多也说了这两个字，就给她戴上戒指。两人从此就算挂在一起，永远解不开了。新郎去拥抱新婚的妻子，新娘却手捂心口，晕倒在她妈妈的怀里。

"我听到她那一声'愿意'，彻底明白，自己纯粹是自作多情，露辛达的话全是自欺欺人。我的心肝宝贝永远属于别人了，我一切都没了。老天不要我了，大地也在和我作对。我呼吸不到空气，难过却流不出泪水。我怒气冲天，妒火中烧，完全成了愤怒的奴隶。

"露辛达一晕倒，大家便乱作一团。她母亲忙解开她胸前的纽扣，让她舒舒气，发现怀里有一张折好的字条。费尔南多一把夺过去，就着烛光仔细看。看完，在一把椅子上坐下，不问妻子情况如何，也不看别人在怎么急着救护，托着腮帮子，若有所思的模样儿，好像心里有事。

"我看他们家上上下下都乱了手脚，就大着胆子跑了出来。我不怕叫人看见。真叫他们看见，我就豁出去，跟他们拼了，把奸贼小人费尔南多好好教训一顿，那个水性杨花的女人，虽说还昏迷不醒，也不能轻饶，叫大家都知道，他们不仁不义，活该受罚；我受害被骗，理应出气。可是老天就不让我出这口恶气，还要我倒更大的霉。为什么这样说呢？因为那时我格外清醒，不愿向他们发泄私愤，只想惩罚自己，把应给他们的痛苦，全放在自己身上。当时，我要是对他们进行报复，可以讲，轻而易举，因为他们根本想不到我会突然出现。我一手结果他俩的性命，痛苦也就没了。可是现在，我自己糟蹋自己，比死了还难过。总而言之一句话，我没去报复他们，而是跑到寄放骡子的那户人家，鞴好鞍辔，也没来得及告辞，就骑上骡子跑出城去，连头都不敢回，简直像《圣经》中的罗得一样。等我跑到荒郊野外，天已是一片漆黑，周围静得毫无声息，在那儿大喊大叫，也没人听得见。于是，我放开嗓门，转动舌头，把费尔南多和露辛达骂了个狗血淋头，好像这样才能解我心头之恨，除去他们给我造成的痛苦。我大骂特骂露辛达残酷无情、虚伪奸诈、忘恩负义，尤其是贪图富贵、追求钱财，正是因为这她才把我抛弃，投入那个富家子的怀抱。我痛骂之余，又替她说情。我说，她一个姑娘家，整天待在家中，受的教育无非是父母之命儿女必须服从。现在父母为她找了一个又漂亮又有钱的公子做丈夫，她当然只能顺从，否则，别人一定以为她是个傻瓜糊涂蛋，要不，就是另有所爱，这就会坏了她的名声。可问题是，

如果她说她已选定我做她的丈夫，她父母为了女儿，也觉得我不错，是会答应她的选择的。事实上，在费尔南多向她父亲求婚前，他们也找不到比我更好的女婿。其实，如果露辛达在最后关头一口咬定已和我私订终身，不可反悔，事情也许可以挽回，不至于落到这步田地，反正她说的是真是假，我都会讲确有其事。所以，说来说去，还是她不爱我，或者说更爱钱财，要不然，她怎么会把刚讲过的话忘得一干二净。我真是个痴情的傻瓜，竟对她的诺言信以为真，对我和她的爱情充满希望。

"我乱号胡骂，糊里糊涂地走了一夜，天亮的时候到了这座山的一个山口。我不认路，在山里胡跑了三天，最后到了一块草地，但分不清在山的哪一边。我问放羊的哪个地方最荒僻，最没有人去。他们说这里便是。我就照他们指的方向走到这里，准备在此结束自己的生命。这个地方又荒又险。我骑的骡子连饿带累倒地而亡，大概是想离开我这个毫无用处的拖累。没了坐骑，只好靠两条腿。最后，我也饿得要命，累得半死，没处求救，也不想求救，便就地躺倒。不知在地上躺了有多久，反正再爬起来的时候，肚子居然不感到饿了。我见周围有几个放羊的牧人，心想大概是他们给过我吃的。因为他们说，发现我时，我正在胡言乱语，看情形是犯了疯病。从那天起，我自己也觉得有时候脑子确实不清楚，心里犯糊涂，不是乱撕自己的衣服，就是大叫大嚷，骂自己命不好，叫我那负心冤家的名字，好像不求别的，只求这样叫骂而死。等神志恢复清醒，顿时感到浑身酸软，痛得不能动弹。

"我晚上就住在一棵软木树的树洞里。来往的牧羊人可怜我这个苦命人，把吃的放在路旁，估计我会从那里过，能看见那些食物。我即使在神志不清的时候，出于生理的需要，也知道饿，见东西就想吃，没吃的就去找。我没事的时候，听放羊的几个老乡说，我抢了他们好几回干粮，他们常从山下村里往这儿的草棚送吃的。我拦住他们，人家即便愿意给我，我还是要抢。我就是这样过着日子。哪天上帝可怜我，把我叫去，我才有希望了结这令人苦恼的生活。如果我没有了记忆，忘了露辛达有多美，忘了她有多么伤我的心，想不起那个费尔南多是怎么变着法儿地坑我骗我，就是说，要是老天叫我这样活着，我也许还有好的那一天，否则，我只能求上帝大慈大悲，原谅我这个倒霉的人，让我继续自作自受，受尽折磨吧！我没有勇气，也没有力量，从苦难中自拔！

"二位先生，这就是我这个可怜人的伤心史。你们直说无妨，是不是觉得我有点儿过分伤感？我请你们打消劝我的念头，那不过是瞎子点灯白费蜡。你们认为可行，但对我却完全没用。这好比一个名医给一个顽固不化的病人治病，不管他开的药方如何对症，假如病人死也不肯吃药，那不也是枉然？跟你们说吧，没有露辛达，一切对我都失去了意义，身体好又怎么样？她应当属于我，本来就是我的，却跟了别人，还说自己'愿意'。我本来能成幸运儿，现在就只好自认倒霉。她想以寻求新欢逼我一死了之。我甘心情愿自我毁灭，让她高兴。后来人可以从我身上看到一个与众不同的怪事，因为失意的人到什么希望都没有的时候，大都变得心平气和，而我却恰恰相反，只能是变本加厉，越发悲痛，恐怕到死也难解心中的愤恨。"

听完卡德尼奥这段既长又缠绵的辛酸故事，神甫正想说几句宽慰他的话，突然听到有谁在伤心地诉说什么，就把要说的又咽了回去。

第二十八章　美人天真闺中失身
少爷贪色夺人之爱

我们在无比勇敢的骑士堂吉诃德诞生的那个年代，实在是太走运太幸福了，因为这位骑士立下崇高志向，要把已被人遗忘，而且早已弄得半死不活的骑士道，重新恢复，再显辉煌。多亏了他，我们才能在没有消遣，缺乏娱乐的今天，有幸品味描写他的这部意趣横生的真实传记，以及穿插其间的奇闻逸事。别小看这些枝节小事，它们构思奇巧，环环相连，而且真实可信，跟正文一样精彩。上一章讲到神甫正想去安慰卡德尼奥，忽听有人哭诉。他们仔细听去，原来是在用哭腔哭调说：

"啊，上帝啊！我这个身子已经成了沉重的负担。我再也忍受不了了。我要找个地方把我自己活埋。这里真是我要找的那个荒僻去处？是的，我看这正是我的葬身之地。我好苦命哟！有难无人助，有苦无处诉，世上竟无人给我同情！在这个乱石荒草间，我尽可以向苍天倾诉我的不幸！"

神甫他们听了这一番话，断定说话人就在附近，便拔腿去找。走了二十来步，便看见山石后一棵白蜡树下，坐着一个农民打扮的小伙子。因为他正低头在河里洗脚，从后面看不见他的面孔。他们轻手轻脚走过去，他只顾洗脚，竟没有发觉。他那一双脚在溪水中晃动，真像是两块白玉。他们三个看见这双雪白的漂亮的脚，感到十分惊讶，觉得这不是跟在牛和犁后面跑的那类脚，便对他身农民打扮产生了怀疑。神甫马上做了个手势，示意先躲起来。于是他们三个人便藏到一块大石头后面，注意观察那个小伙儿的一举一动。那个青年穿一件两边开衩的棕色上衣，腰里系一条白色毛巾，裤子和裹腿也是棕色的，头上戴了一顶棕色便帽。裹腿卷到小腿上半部，露出的部分比雪还要白。他洗完脚，从帽子里抽出一块布擦脚。抽布的时候，他们看见了他的脸。那张脸简直美极了！卡德尼奥小声对神甫说：

"这个不会是露辛达，一定是仙女下凡。"

小伙子摘下帽子，左右晃了晃头，长长的金发立刻披散在双肩，照得太阳也失去光芒。好家伙！这位哪是什么农民啊，分明是一位娇嫩美貌的女子呀！她长得美若天仙，艳如桃李，称得上是绝世佳人呀！神甫和理发师这辈子也没见过这么美的女子呀！就是卡德尼奥，他要是没欣赏过露辛达的姿色，也会看呆的。事后他也说，只有露辛达能和她并肩比美。她那一头金发又密又长，披散垂下，不但遮住了肩背，而且盖住了全身，只露出一双秀足。她正用手梳理长发。她那双浸泡在水里的脚像白玉，她那双梳头的小手更像是用雪捏成的。他们越看越稀奇，越看越想知道这美人是谁，便不再藏着躲着，决定上前问个究竟。他们刚一站起来，就惊动了那个女子。美人听见有动静，立刻抬起头，双手分开遮眼的长发，一下子就发现了他们三个人。她不顾头发散乱，也来不及穿鞋，抓起身边的那堆衣服，撒腿就跑。她那双娇嫩的秀足如何经得起石头的折磨，没跑出五六步，就跌倒在地上。他们仨连忙赶过去。神甫说：

"别怕，姑娘。不管你是谁，我们都会帮你，绝没别的意思。你用不着跑。你那双脚受得了吗？再说，我们也不忍心呀。"

那女子一声没吭，看得出，心里还是十分害怕。这时他们走到她跟前，神甫拉着她的手，又说：

"姑娘，你这身打扮倒是挺能蒙人的，可是你那一头金发却泄露了天机。不用说，你一定是出了什么大事。要不，像你这样漂亮的人，能穿这身很不像样的衣服，跑到这么个很难见到人影的地方来吗？幸亏叫我们碰上了。我们可能无法救你摆脱苦难，但是给你出出主意，想想办法，恐怕还是做得到的。人生在世，不管遇到什么伤心事，碰到什么大灾大难，只要还有口气，人家好心好意的话还是听得进去的。所以，你这位小姐，你这位先生，你愿意我们怎么称呼你都行，不必害怕我们，先把你的事讲给我们大家听听，好事也罢，坏事也罢，我们的目的无非是想分担你的愁闷。"

那个女扮男装的女子一边呆呆地听着，一边直勾勾地看着他们三人，好像乡下人突然发现了什么稀奇玩意儿一样。神甫后来又讲了半天，无非还是"别害怕、说实话、我们同情你"那一套。这时，姑娘才开了口，只听她长叹一声，说道：

"既然这个荒山都藏不住我，我的长发又使我露出了女儿身，我就不必再躲躲藏藏、遮遮掩掩了。如果我继续那样，你们不揭穿我，也仅仅是出于礼貌。我谢谢各位的一番好话，也答应你们的要求，但又担心我个人的不幸遭遇不仅会引起你们的同情，还会给你们增添无端的烦恼，因为我遭受的不幸，已无从挽回。可是，我的女儿身已被你们识破，一个年轻女子，女扮男装，跑到这么个地方，谁见了都会猜疑。所以，为了我的清白、我的名声，我现在只好把我本想隐瞒的事告诉给你们听。"

那姑娘一口气说完这些话，把神甫他们三人羡慕得不知说什么才好。这女子人长得百里挑一，说起话来，声调优美，头头是道，他们又夸她美丽，又赞她有才。他们再次表示愿听她讲述自己的身世，并重申要帮她的诺言。姑娘这回不再推辞。她认认真真地把鞋穿好，绾起头发，便在一块石头上坐下。他们见此，也跟着在她旁边坐好。她强忍着满眼的泪水，开始讲述自己的经历，声音沉稳，吐字清晰：

"西班牙有位公爵，封地就在我们这个安达卢西亚，是有名的大家族。这位公爵有两个儿子。大儿子要继承他的爵位，也继承了他的品德。老二呢，就说不清继承了啥了，我看他像像是叛臣维利多和加拉隆的嫡派子孙。我父母是公爵家封地的臣民，虽然出身低下，但十分有钱。要是他们有与财产相当的门第，他们就会感到非常满意，我也不会落到如今的这步田地。我背时倒运，恐怕正和这个有关。我的意思不是说他们出身下贱到了丢人的地步，不过，说实话，也真谈不上什么高贵。直截了当地说吧，他们是农民，平头老百姓，可几代都是正经基督徒，从没听说干过什么伤天害理的事。他们不仅有钱，而且对人十分和气，因此慢慢得了个乡绅的好名，甚至进入当地知名人士之列。但我父母心中最宝贵和最引以为豪的，却不是这些，而是我，他们的女儿。他们天性宠爱孩子，家中又没有别的儿女，所以，对我十分溺爱。在二老的眼里，我是无价之宝，是他们过去的再现，是他们将来的依靠。他们对我寄托了世上所有美好的愿望。我明白这一切都是为了我好，总是完全接受，从不违反，而事实上，他们事事都在照我的意志办，连财产的安排也不例外。雇用和辞退用人，安排播种、收获的账目，酿酒榨油，饲养牛羊蜜蜂，一句话，凡是像我父亲那样富有的农民应该管应该做的事，都由我一手经办。我既是管家，又是老板，我尽心竭力，他们也满心欢喜，总之，一切都进行得顺顺利利。每天我给管事的、领工的和其他短工分派完活，就回到闺房，做点姑娘家应做的事情，无非是针线、纺织之类。有时也读读祈祷书，弹弹竖琴，散散心。我自己深有体会，音乐能修身养性，解闷提神。这就是我日常的生活。我讲得这么仔细，特别讲这一段，绝不是为了显阔，一点儿没有这种意思。我告诉各位过去的美好生活，无非是想说，我本来一切如意，突然变成这般模样，完全不是我自己的罪过。

"那时候，我整天忙忙碌碌，从不出门，就跟关在修道院里一样。恐怕可以说，除了家中的用人，外人谁也见不着我。去教堂做弥撒，我也是一大早就去，而且，还有母亲和好几个女仆陪着。我的脸捂得严实，自己也害羞，眼睛只看着走路的脚。就这样，也没躲过比山猫还要厉害的眼睛，就是爱的眼睛，更确切点，应该说是无事生非的眼睛。用这么一双眼睛盯着我看的人叫费尔南多，就是前面讲的那个公爵的二少爷。"

卡德尼奥一听费尔南多的名字，立刻脸色大变，神情激动，直冒冷汗。神甫和理发师一看他那个样子，真怕他又要发疯，因为他们都听说过他时不时都要来这么一出。幸好卡德尼奥只是冒了点冷汗，又安静下来，不过，一个劲儿盯着人家姑娘看，心里想，这女人到底是哪一位呀？那女孩哪里知道卡德尼奥的情况和现在的心态，只管讲自己的事。

"他对我说，这是后来他自己说的，他说，他一看见我，就让我把魂儿牵去了，就是说，立刻就爱上了我，而且马上表现了出来。他为了表白他对我的爱，用了不少心计，要了许多把戏。他收买了我们全家，给我爹妈送礼许愿，弄得我们那条街天天都像过节似的，热闹非凡。夜里就唱歌奏乐，搅得大家难得安宁，无法入睡。他的情书，联翩而至，不知道怎么便到了我的手中；信中满是甜言蜜语，海誓山盟，赌的咒和发的誓比写的字还多。他玩的花样还有好多好多，我就不细说了，因为我想早点讲完这个没有结果的伤心故事。不管他用了什么办法，都没有叫我动心，反而引起我的反感，使我的心肠越发变得铁石般硬。我不是没看上费尔南多的风度和气派，也不是讨厌他对我恭维得太过分。说实话，我们女人不管长得有多丑，都喜欢别人说自己生得漂亮，我也不会例外。我见一位名门公子这样喜欢我，心里自然喜出望外，看着信中那些甜言蜜语和夸我的话，觉得说不出的好受。但我非常谨慎，注意保护自己的贞洁。我父母也不停地叫我小心，因为他们已经识破费尔南多的狼子野心。那个费尔南多当然不在乎，他恨不能闹得全城都知道才好。我爹妈对我说，我的贞洁就是他们的名声，让我想清楚我家和费尔南多家可不是门当户对，地位相差太大。从这一点就可以看出，不管费尔南多说得多么好听，他图的是一时欢乐，不会给我长远的幸福。他们说，如果我愿意，不如把我马上嫁给我喜欢的人，只要是大户人家，本地外地倒没多大关系，因为这样可以断了费尔南多的念头。父母的考虑和打算完全在理。这样，我就更加坚定了原来的决心，始终没有答应费尔南多，甚至没给他留下一点儿幻想的余地。那个坏蛋把我的自尊自爱当成是故意拿他一把，反而邪火烧得更旺。他心里点燃的就是邪火，真要是正经八百的爱情，你们就碰不上我喽，也没处去听这个故事了。费尔南多知道我爹妈在替我找人家，以便叫他死心，或至少也会多一个人来保护我，不知是他听说的，还是自己乱猜出来的，反正他知道后，竟干出了下面这件事。有一天夜里，我正在卧室里，身边只有一个使女，门窗关得很严，以防歹徒闯入对我非礼。我们就这样小心防范，加上又是深闺午夜，不知那个费尔南多使了什么招数，竟突然出现在我的面前。我一见他，就觉得眼前一片漆黑，舌头也转不动了，想喊也喊不出声来。他也不会让我喊，因为他早已跑过来，把我搂在怀里。我吓得魂不附体，连挣扎的力气都没有。他搂着我说了一大堆话。我真想不通他那根舌头怎么这么好使，愣把谎言说成真话。那个坏家伙又哭天抹泪又唉声叹气，又是发誓又是表白。我从小就大门不出，二门不迈，整日守在家里，对这类事一点儿经验也没有，又没跟外人打过交道，糊里糊涂竟相信了他那一堆鬼话，但绝不是他的眼泪和叹息感动了我。等最初的惊慌过去，我逐渐镇定下来，最后竟变得十分勇敢，连我自己都不明白从哪儿生出来的胆气。我胆子大了，舌头也转动自如了。

　　"'先生，要是一头凶残的狮子像你现在这样紧紧抱住我，非要我十出丢人的事讲出丢脸的话不可，否则就不放过我，你说它能得逞吗？我可以明白无误地说：它是白日做梦！你要明白，你虽然紧紧搂着我的身子，但我却要牢牢地守住我的贞操。如果你非要胡来不可，我就会叫你知道，你的企图和我的心愿完全不是一回事儿！我是你们封地的农民，但不是你的奴仆，你休想仗着出身显贵，糟蹋我这个出身卑微的人！我地位低，是农家丫头，你是绅士，是老爷，但我自尊自爱，并不亚于你。我不怕你家有钱有势，也不稀罕你家的财产，你少对我说那些甜言蜜语，也别再冲我唉声叹气。我父母做主给我选中的人，只要具备你有的

198 *El ingenioso hidalgo*
Don Quijote de la Mancha 上
堂吉诃德

任何一个条件，我都会依顺他。你现在想用暴力得到的东西，如果合乎礼数，哪怕不合我的心意，我也可以答应你。我讲这番话就是说，除了合法丈夫，任何人也甭想在我身上得到他要的东西。'

"那个没信义的绅士说：'貌美无双的多洛苔，如果你就是为这个事心烦，那我就把手给你，答应做你的丈夫。我们的证婚人就是无所不知的老天和你身旁的圣母像。'"

卡德尼奥一听到多洛苔这个名字，又有些激动，他的推想果然不错。下面的故事他其实几乎全知道，但还是想听她讲完，只是说：

"姑娘，你叫多洛苔？有一个和你同名的姑娘，她的不幸恐怕和你不相上下。你接着说吧。过一会儿，我会告诉你一些事情，你听了一定会又伤心又吃惊。"

多洛苔听了他的话，再看看他那身破衣服，心里难免产生好奇，就求他，如果知道什么和她有关的事，赶紧告诉她，因为老天还没有完全把她往死里推，她还有勇气面对别的什么灾难，反正她已经倒霉到这种地步，再来一点儿也没有多大关系。

卡德尼奥说："小姐，如果我猜得不错，我会马上都对你讲。可现在还不是时候，你还没有必要知道。"

多洛苔说："那就悉听尊便。我再接着往下讲。费尔南多拿过来屋里的一尊圣母像，作为见证，然后发誓一定娶我为妻。我没等他赌定咒发完誓，就劝他还是再考虑考虑，我是乡下姑娘，父母又都是公爵的臣民，他父亲要知道自己的儿子娶了我这样的女人，一定会大发脾气。我告诉他，别为了我这张漂亮脸蛋做傻事，因为这并不是个很像样的理由。我说，他要是真心爱我，就该替我设想，让我安分做我的农家姑娘，因为我们家庭的地位实在太不相当。门不当，户不对，开始可能还会热和，时间长了肯定会生出麻烦。我讲了许多实在的道理，但他根本听不进去。他唯一想的就是得到我，别的他根本就不考虑。一个人说话不算数，他事前是什么都会答应的。这时，我突然想：'女人靠婚姻往上爬，古已有之，我不是第一个。男人贪恋女色，或一时冲动，娶个门第不相当的女人，费尔南多也不是首开纪录。反正我不是在树新风、做模范，头一个这样做。既然上帝给了我这份体面，我为什么就不接受下来呢？'即使他满足了要求便不再爱我，我至少也是他的妻子，这上帝可以作证。要是坚决不从，他肯定会对我强行非礼。我遭到侮辱后，怎么说才能表明我是无辜受害呢？人家能相信费尔南多是私自闯入我的卧室？我翻来覆去，想得好苦。这时候，我又想到他的赌咒发誓和列举的证婚人，尤其是他那英俊潇洒的外表和多情的眼泪，竟使我动了春心，情不自禁地把自己推向了火坑。任何一个还没有意中人的女孩，她就是比我还规矩，碰到这样的情况，也难于把持住自己。

"我让使女做了证婚人。费尔南多再次发誓赌咒，又追加了几位圣徒做证人，并说，如果他背信弃义，甘愿受罚，说着又是流泪又是叹息。他一直抱着我，这时就抱得更紧。随后，使女退出卧室。从此，我就不再是黄花闺女了，他也很快露出骗子的原形。

"一个人欲望得到满足后，往往盼着早点离开那个让他满足的地方。费尔南多那天晚上得到了我之后，我感到他就是急着想让天早点亮，就是说，他想赶紧离开我的闺房。原来他是勾结了我的使女，才得以闯入我的卧室的，现在又由使女帮忙，趁天没亮溜出我家。告别的时候，他已经没有来时的那股子热和劲了，只是叫我放心，相信他是真心实意的，还从手指上摘下一枚贵重的戒指，给我戴上，作为信物。他就这样走了。他走后，我自己也说不清是高兴还是难过，心里很乱，魂不守舍，连骂那个使女的心思和精神都没有。她瞒着我，竟把费尔南多藏在我的房间！我确实没了主意，不知道夜里那件事是祸是福，是好是坏。费尔南多临走时，我对他说，反正我也是他的人了，他干脆每天晚上都来找我算了，其他事等他愿意公开的时候再说。第二天晚上他来了。以后，就再没见他的人影。我到处去找他，大街上，教堂里，但始终没找到。就这样过了一个多月。后来才知道，他在镇上，几乎天天都去打猎，那是他的喜好。

"那些日子，我是一分一秒地在打发时间，我心烦意乱，痛苦极了。我开始怀疑费尔南多，也开始怪罪使女不该那样胆大包天。但我还不能发作，只有忍着眼泪，强作欢颜，害怕父母看出点什么，还要编一套瞎话搪塞。可这样下去是无法持久的，忍也有个限度。后来，我实在忍不下去，就顾不上什么体面脸面了，把自己的那点事全都讲了出去。

"没过多久，镇里就传开了，说什么费尔南多已和附近一个城里的姑娘结了婚，那姑娘是个大美人，没人能比。女方虽说还没富到能拿出相当的嫁妆攀这个高枝，但在当地也算得上大户。听说那女的叫露辛达，举行婚礼的那天还出了一些稀罕事。"

卡德尼奥一听到露辛达的名字，耸了耸肩，皱着眉头，使劲咬住嘴唇，流下两行热泪，除此他再没别的动静。多洛苔继续说：

"我听到这个消息，并没有感到失望，而是愤怒，真想跑到大街上，把他坑我骗我的事嚷嚷个遍。但我压着自己的火，因为我正计划干一桩事。当天晚上我向家里的一个长工要了一套衣服，就是我现在穿的这身。我还把自己的不幸告诉了那个长工，要求他陪我进城，去找那个冤家算账。开始，他说这样做太莽撞，也有危险，劝我打消这个念头，后来，瞧我态度坚决，也就答应下来，而且还表示，我走到哪儿，他就跟到哪儿，哪怕是天涯海角，也在所不辞。主意已定，我就把一身女人衣服、一些首饰和钱装进一个麻纱枕套里，准备带在身边，以备不时之需。等夜深人静，我就满怀一肚子心事，带着那个长工，瞒着出卖我的使女，溜出家门，急急向城里走去，恨不能身上长出两个翅膀，当时就到。我知道事情已是生米做成熟饭，无法挽回，但我起码要当面质问那个骗我的坏蛋，为什么要这样害我，到底安的是什么心。

"我们走了两天半才到了城里。一进城，我就打听露辛达住在什么地方。我问到的第一个人不但告诉了我要问的事，还把我没打听的事讲了一大堆。他指给我们露辛达家的地址，还讲了她结婚那天出的事，说那件事家喻户晓，人人皆知，当时就搞得满城风雨，议论纷纷。原来露辛达和费尔南多举行婚礼的时候，露辛达刚说了一声'愿意'，就昏倒过去。新郎解开她胸口上的衣扣让她缓口气，竟发现怀里藏着一封新娘手书的短信。那信上写得明明白白，她不能做费尔南多的妻子，她已许给卡德尼奥了。他说，卡德尼奥也是他们这里一家大户的少爷。信上说，她当着费尔南多说愿意结婚，并非真心，是不想违背父母之命。还说，婚礼结束她就自杀，而且还写明了原因。据说还真的在她衣服里的什么地方发现了一把短刀，看来她说的并非儿戏。费尔南多觉得自己大丢面子，气得要命，不等露辛达醒来，就抢过她藏在身上的那把短刀，往新娘身上捅。幸亏她爹妈和在场的人拼命把他拉住，要不，他真敢干出什么事来。他还说，费尔南多见杀她不成，不知什么时候竟跑掉了。第二天，露辛达才苏醒过来，告诉父母，她确实已和卡德尼奥订了婚约。那人说，他听别人讲，那晚举行婚礼时，刚才讲的那个卡德尼奥也在跟前。他眼看着露辛达跟人结了婚，伤心得要命，竟留下一封信，说露辛达如何背信弃义，他如何不幸倒霉，并说，他要到一个渺无人迹的荒野去处了此一生。这事刚传扬开去，大家又听说露辛达弃家出走。她父母满城找遍，也不见她的踪影，急得快要发疯了，也不知道上哪儿去找她。

"听了这番话，我好像又有了一点儿希望。虽说没找见费尔南多，但总比看见他跟别人结婚要好。我觉得，这好像是天意，就是说，老天故意让他第二次婚结不成，恐怕是叫他别忘了头一回的婚事，要记住自己到底还是基督徒，要多注意自己的道德和责任，别老想着世间的享乐。我就这样想来想去，无非是自我安慰，自己哄自己，编出没有希望的希望，求个苟延残喘。说实话，我已经活腻了。

"我在城里找不见费尔南多，正不知如何是好，就听见有人在叫喊。原来是一名报童在大声宣读一则寻人启事，说要重金悬赏找到我的人，还介绍了我的年龄，描述了我的长相和衣着，最后还说我是被一个长工拐骗带走的。我听了非常难受，看起来，我已经名誉扫地，成了个坏女人。本来出走就够难看了，现在又被定为私奔，而且是跟一个下贱的长工。我立刻带着那个长工跑出了城。那个长工原来还可以，等出了城就渐渐变得不那么可靠了。当晚我们怕被人发现，就避到这座山里最荒僻的地方。俗话说'祸不单行'，又说'才出龙潭，又入虎穴'。这两句可巧都叫我赶上了。那个长工，一向还规矩，但那晚上一看荒山野岭，四处无人，就想占我的便宜。说他见色起意，还不如说是本性发作。他不顾道德廉耻，不怕上帝惩处，更不管我的人格尊严，竟厚着脸皮向我求欢。他开始只是央告纠缠，见我态度坚决，痛骂他是无耻之尤，干脆动手动脚，企图用武力要我就范。到底是老天有眼，向着好人，我居然没费多大力气，就把那小子推下了深渊。他是死是活，至今不得而知。当时，我又怕又累，可不知哪来的劲儿，竟一口气跑进了深山。我只想躲在那儿，别叫我父亲和他派出寻找的人找到我。就这样过了差不多好几个月。后来，我遇见一个牧主，他雇我给他放羊，把我领到一个深山沟里。我总想办法一个人待在外面放羊，怕他看到我这一头长发，看出我是女人。其实，我是白费心机，我那个主人后来还是看破我是女扮男装，也和那个长工一样，对我起了歹意。我总不能老是逢凶化吉，遇难成祥，再说，那次恰好在悬崖边上，这回可找不到那样好的地方，把这个坏蛋也推下去了。跟他拼力气，我显然不是对手，忍气吞声顺从了他，我也不愿意，所以，我便跑到这里，想用叹息和哭泣来打动老天爷，求他可怜我，帮我脱身，要不，就叫我一死了之，免得人家背后诬我清白，叫世人永远忘掉我这个不幸的倒霉女人。"

第二十九章　苦命郎巧遇落难女
　　　　　　　　假公主计赚疯骑士

多洛苔接着说：

"各位先生，这就是我的不幸遭遇。你们听了，一定不会认为我在无病呻吟，无端流泪，也不会说我在故意添油加醋，夸大其词。想想我遇到的这种打击，你们就会明白，宽慰对我徒劳无益。现在，我只求各位替我指明一个安身的去处，免得我整日提心吊胆怕被人找回家去。我想这对各位来讲，应是轻而易举、手到擒来的小事。我当然知道父母盼我回到他们的身边。可我一想到我再不是过去的我，丢了他们的脸，就羞愧不已，无地自容，哪还敢和他们待在一起，面面相对。所以，我宁愿离乡背井，四处流浪，也不想受那份难熬的罪。"

说到这里，戛然而止，她脸变得通红，显得又难过又惭愧。大家对她的不幸遭遇也是感触良多。神甫想说几句话宽慰一下她，却叫卡德尼奥抢了先。卡德尼奥问：

"那小姐一定是美丽的多洛苔，财主克莱纳多的独生女了？"

多洛苔一听他提到父亲的名字，又见他破衣烂衫的，如此狼狈，不免感到奇怪，就说：

"这位兄弟是谁？你怎么知道家父的称谓？我记得清清楚楚，我讲自己不幸的时候，始终没提到过我父亲的名字呀。"

卡德尼奥说："小姐有所不知。刚才您讲露辛达不是说她已和一个叫卡德尼奥的青年订了婚约吗？跟你说吧，在下便是卡德尼奥，就是那个倒霉的人。那个不仁不义、形同禽兽的小人把你害了，也把我坑了。你看我叫他折腾得成什么样

了：破衣烂衫的，跟光着身子没多大差别。没有朋友，远离亲人。最要命的是脑子常常犯糊涂，偶尔清醒也全托上帝的福。多洛苔，我亲眼看见费尔南多不仁不义，胡作非为，亲耳听到露辛达说'愿意'嫁他为妻。我实在看不下去，所以，她昏倒之后以及在她怀里发现短信的事，我全然不知。我受了这样沉重的打击，忍无可忍，匆匆离开她家，急急写了一封信，托别人一定面交露辛达，然后，就跑到这个荒野之地，准备了此一生。因为从那一刻起，我就恨我自己，把自己这条命视做仇敌。但是，老天不叫我死，只让我变得神志不清，好像他老人家有意这样安排，好让我今天和你巧遇。我相信你说的每一句话。看来，老天爷没准儿是瞧咱俩上天无路入地无门，便大发慈悲，给了咱们这一转机，不让费尔南多娶露辛达为妻。露辛达说了，她是我的人，不能嫁给费尔南多。费尔南多是你的人，自然也就不能娶她。谢天谢地，事情还没有发展到无可挽回的田地，我们完全可以期望老天把我们各自应有的物归原主。这不是画饼充饥，水中捞月。我打算改弦易辙，另作打算，也望小姐不再继续现在的作为。让我们一起迎接好运的到来。我身为绅士，又是基督徒，我可以向你发誓，我要一直保护你，直到你回到费尔南多的怀抱。如果我好言相劝，他也不听，坚持弃你不顾，不愿承担应有的责任，那我就正式提出与他决斗，为你报仇雪恨，宁愿把他欠我的债交老天去管。"

多洛苔听了卡德尼奥的这一番话，才消除对他的怀疑，不知如何感激他的好意，竟弯腰去吻他的脚。卡德尼奥哪里肯受如此大礼，急忙将她拦住。神甫这时开了腔。他先赞美卡德尼奥慷慨助人，品德高尚，然后对他俩又是劝又是央告，请他们先跟他回村里去，添补一些必需的东西，再想办法去找那个费尔南多，或者先把多洛苔送回她家也行。卡德尼奥和多洛苔表示感激，同意神甫的安排。理发师一直没有吭气，这时也说了些安慰的话，表示也要像神甫那样，给他们帮忙，还讲了他们上山的原因，什么堂吉诃德得了疯病，什么他的侍从上山来找他，什么他们在等他回来，等等。卡德尼奥一听，突然模模糊糊想起他在梦中和堂吉诃德似乎吵过嘴打过仗，但为什么他就说不清了。

就在这时，忽听有人在大呼小叫。神甫和理发师听出是桑丘的声音，知道他肯定是在约定的地方没看见他们，才这样喊叫的，便赶紧叫住他，问他主人如何。桑丘说，堂吉诃德上身只穿一件衬衣，下身什么都没穿，脸蜡黄，瘦得像一把干柴，马上就要饿死了。就这样，还一个劲儿地唉声叹气，念叨他的情人温柔内雅呢。他说，他告诉堂吉诃德，温柔内雅小姐命他立即下山回托博索村去见她。可堂吉诃德说，他现在还不能去，要干出一番丰功伟绩，他才有脸去拜见自己心中的美人。桑丘说，这下子算完了，别说做皇帝，他主人恐怕连当主教的希望也没了。他叫神甫他们想想办法，无论如何得把他家主人救出荒山。神甫叫他少安毋躁，他自有妙计把堂吉诃德骗出来。接着，他把如何治堂吉诃德的疯病，至少把他送回家的计划讲给了卡德尼奥和多洛苔听。多洛苔听了说，落难女子不如由她扮演，她身边带着衣服，穿起来肯定比理发师要像，另外，她也读过不少骑士小说，知道落难女子该怎么向骑士求救，也懂得怎么做怎么说会叫堂吉诃德上圈套。

神甫听了大喜，说：

"咱们现在是万事齐备，只等行动了！真是有福之人不用忙。你看，你们俩原以为走投无路，现在忽然有了转机。我们呢，本来让人头痛的事，如今也有了解决的办法。"

多洛苔说干就干。先从枕套里拿出一条高档连衣裙和一个华贵的绿披肩，然后又从一个小盒里取出一串项链，几样首饰。没过多一会儿，她就把自己打扮成一位雍容华贵的小姐。她说，她从家里带出来这些东西，原为不时之需，一直未用，谁知今天竟派上了用场。大家见她风度优雅，相貌秀丽，都十分欢喜，一致认为费尔南多有眼无珠，竟把这样的大美人弃之不顾。对她最赞不绝口的还要数桑丘，因为他打娘胎里蹦出来，还从来没见过这么美的女子，所以，禁不住问神甫，这位美人是谁，为啥一个人跑到这种荒野的地方来。

神甫说："桑丘老哥，咱们就直说吧，这位漂亮的小姐不是别人，乃是迷糊你国嫡传继承人。有个坏蛋巨人欺负了她，她要找你主人替她报仇。你家主人现在可说是誉满天下，所以这位美丽的公主才慕名从几内亚远道赶来。"

桑丘说："她找得好！找得妙！要是我家主人有幸把您刚才讲的那个婊子养的巨人杀死，替她报了仇，雪了恨，那就更妙了！只要那个巨人不是鬼，我主人碰上准要了他的命，要是妖怪他可就没辙了。神甫先生，我看您还是先想办法让我主人跟这位公主成亲，要不然，他又想去当什么主教了。我可不愿他去干这个差事。他当了主教，我怎么办？人家教会不用结了婚的人。我不但有老婆还有孩子，想去当差，领份薪水，还要特批，麻烦就大了。主人如果娶了这位公主，就做不成主教，只能去当国王，那我就有利可图了。所以，现在最要紧的事是主人赶紧和这位公主结婚。对了，这位公主还不知道怎么称呼呢。"

神甫说："她的国家叫迷糊你国，她自然就是迷糊你娜公主了！"

桑丘说："您讲得不错。我知道不少的人都把自己出生地的名儿加在名字后头，什么佩德罗·德阿尔卡拉，什么胡安·德乌贝达，什么迭戈·德瓦雅多利德。"

神甫说："没错。至于你家主人的婚事，我自会尽力促成。"

桑丘听了非常高兴。神甫却大吃一惊，他没想到这桑丘怎么也变得跟他主人一样，脑子糊涂到这种地步，认准堂吉诃德一定会做什么皇帝。

这时，多洛苔骑上神甫的骡子，理发师也把权做大胡子的牛尾戴在嘴上。他们叫桑丘前面带路，叮咛他千万不要让他主人看出他认识神甫和理发师，否则，他们要办的事就会泡汤，堂吉诃德也别想当什么皇帝了。神甫和卡德尼奥不和他们同行。卡德尼奥是怕他去了，万一堂吉诃德想起他们打架的事就不好办了。神甫是不便现在就去。所以，神甫叫那三人先走一步，他和卡德尼奥在后面慢慢走。神甫自然免不了告诉多洛苔应该怎么说该怎么做，但姑娘劝他和大家大放宽心，她熟悉骑士小说中讲的那一套，会装得跟真的一模一样。

他们走了差不多七八里路，远远看见堂吉诃德待在一堆乱石当中，衣服都已穿得好好的，只是还没戴盔甲。多洛苔问桑丘那是不是他的主人，桑丘说是。姑娘便催骡子直奔堂吉诃德。装成大胡子的理发师见状，紧跟其后。到了那儿，理发师忙去扶姑娘下骡，哪知人家早就轻捷地跳了下来。她脚一沾地，就跑过去跪在堂吉诃德面前。堂吉诃德哪里肯受此大礼，忙请她起身。多洛苔并不理会，说出了下面这番话来：

"勇敢无敌的骑士，小女子受了天大的欺侮，有一肚子冤屈。久闻您的大名，如雷贯耳，特地远道赶来，求您救我于水火之中。恳求您大慈大悲，答应我的求助。如果您果真武艺高强，确实锄强扶弱，就请您帮帮我，这也可以使您增光添彩，名气大振，但要是您不答应，我就长跪不起。"

堂吉诃德说："美丽的小姐，你要不起来，我绝不对你说一句话，也不听你说。"

多洛苔说："您不答应，我就不起来。"

堂吉诃德说："我答应你，但你要保证此事无损我的国家、我的国王和我的心上人。"

"好心的先生，我保证。"

这时，桑丘走到主人身边，贴着他耳朵悄悄说：

"老爷，您就答应了吧。对您这是小菜一碟。不就是杀死一个大点儿的巨人嘛。求您的可不是别人，是迷糊你娜公主，埃塞俄比亚迷糊你王国的女王。"

堂吉诃德说："我做事不问是谁，只要不违背良心，不违背自己的原则，我都会尽心尽职去干。美丽的小姐，我答应你的请求，请起吧。"

多洛苔说："事情是这样：有个奸贼无法无天，竟篡夺了我的王位。我请您费心跟我走一趟，替我报仇，还劳您驾优先办我的事，然后再考虑别的厮杀。"

堂吉诃德说："我再说一遍，我答应你的请求。从今以后，小姐，你就不必再心烦意乱，要振作精神，迎接美好的未来。有上天保佑，有我的武功，你荣归古老伟大的祖国，重登女王的宝座，可以说指日可待。那些乱臣贼子都不值一提，在我面前只能抱头鼠窜。常言说得好：'拖拉迟延，常有危险。'所以，事不宜迟，要说干就干。"

多洛苔表示要吻他的手。可堂吉诃德是个处处时时都很谦虚有礼的骑士，他不能接受这样的大礼。他将女子扶起，彬彬有礼地拥抱她，表示敬意。随后，他叫桑丘看一看稀世驽驹的肚带，再把盔甲给他披挂好。他那套盔甲还在树上挂着，像什么战利品似的。桑丘取下来，给主人披挂好，然后检查了马的肚带。堂吉诃德看一切均已就绪，说道：

"咱们走吧，以上帝的名义去帮这位高贵的公主。"

理发师一直跪在那里。他看着这个情景，差点儿笑出来，但他不敢笑，还要用一只手按住胡子，怕它掉下来，前功尽弃。这时，他瞧堂吉诃德忙着出发，顾不上看他，就赶快站起来，用空着的一只手去搀多洛苔，和堂吉诃德一起把她扶上骡子。理发师也骑上自己的牲口。只桑丘一个人步行。桑丘不禁又想起自己那头灰驴，因为这会儿正需要它，可它偏偏叫人偷了。他想，算了，已经如此，自认倒霉吧，再说，主人已同意下山，早晚反正要当皇帝，就先忍一忍吧。他估计主人一定会娶这位公主，就是说，主人至少也可以弄个迷糊你国的大王当当，但转念一想，他又有些担忧，因为这个迷糊你王国在黑人的土地上，他将来的封地上肯定都是黑人。他忽然有个办法，便自言自语道：

"全是黑人又怕啥？我把他们一锅端，全用船运到咱们西班牙，再一卖，可就挣大钱啦！有了钱，还愁不能买个一官半职，弄个什么营生做做？这一来，我后半辈子就舒舒服服过日子啦！我看我还没迷糊到什么都不懂，什么都不会的地步，不就是一下子卖掉一万两万臣民吗？你说怎么卖吧，连大带小也好，批发也好，零售也好，不管他们黑到什么程度，我都让他们变成黄的白的①。嘿嘿，我可不是只会嘬手指头的吃奶孩子。"

这么一想，人家骑骡他走路的苦处就忘了个干净，一路上竟表现得异常快活。

卡德尼奥和神甫藏在乱树棵子中，看见他们一行人渐渐走到，一时不知如何上前答对。还是神甫脑子快，当下就想出一个办法，从随身带的布套子里拿出一把剪刀，三下五除二，把卡德尼奥的胡子剪得精光，给他穿上自己的深灰色上衣，再脱下自己的黑大衣给他披上。卡德尼奥穿上神甫这身衣服，加上没了胡子，马上变成另一个样，他要是往镜子跟前一站，肯定认不出里面那人是谁。可神甫就惨了，身上只剩下内衣内裤了。神甫给卡德尼奥化装穿衣的时候，那几个人已经走过了他俩待的那个地方。他们赶紧抄近道，等到了大路，堂吉诃德一行人还没见人影呢。原来山路崎岖不平，杂草丛生，往往步行比骑牲口还方便快捷。直到他俩出了山，走上平原，才看见堂吉诃德他们缓缓从山里出来。

神甫装做认人的样子，一个劲儿地上下打量堂吉诃德，最后，似乎认出来似的，张开双臂，迎上前去，大声叫道：

"哎呀呀！这真是天赐我福啊！让我们在这儿遇上了我的好老乡堂吉诃德！他是骑士的典范，绅士的楷模，游侠的精英，受苦受难人的救星和靠山！"

他一面叫，一面抱住堂吉诃德的左膝盖。堂吉诃德突然碰上这么个人，又叫他老乡，又对他大加赞美，感到十分奇怪，等留神细看，才认出是村里的神甫先生，不禁又喜又惊，便要下马施礼。神甫哪里肯让，一把拦着。堂吉诃德说：

---

① 黄的指黄金，白的指白银。

"硕士先生，您千万别拦我。我骑马在上，您这么德高望重的先生却在地下步行，这成何体统？"

神甫说："这是哪儿的话？您是什么人物？是大名鼎鼎的堂吉诃德。您不骑马谁骑马？这是应该的。再说，您干的那些丰功伟绩，做的那些大事，哪一件不得骑马干呀？我不过是个微不足道的教士。如果跟您同行的那位先生不怕委屈，那就让我搂着他，骑在骡子屁股上。跟您说吧，我坐在那儿，就跟骑在飞马柏伽索斯或摩尔人穆萨拉克的那匹斑马上一样。这个摩尔人，中了魔法，到现在还在孔普路托城附近的苏莱玛山坡上躺着呢。"

堂吉诃德说："硕士先生，这样也不行。当然，我知道，这位公主会看在我的面子上，叫他的侍从把骡鞍让给您坐，他骑在骡子的屁股上，可这骡子受得了吗？"

公主答道："我看受得了。我这位侍从先生也用不着吩咐，他可是个知书达理的人，绝不会自己骑着骡子让一位神甫步行。"

理发师说："那还用说。"

他说着从骡背上跳下，请神甫骑。神甫不再推辞，骑了上去。可等理发师往骡屁股上跳的时候，那骡子就不干了，一撅屁股，就尥了两个蹶子，幸好没踢着理发师的脑袋和胸口，否则，他真会骂自己这次寻找堂吉诃德是没事找事，活该倒霉呢。原来，那是一匹租来的骡子，生性十分刁顽。理发师虽然没受伤，但也被吓得摔在地上，连那部假胡子也掉出老远。他见露了馅，赶忙用双手捂着脸，直喊牙掉了。堂吉诃德一看人跌倒了，怎么连下巴上的大胡子也甩掉了呢？而且，一滴血也没流？心里称奇，禁不住喊道：

"哎呀！这事可真叫绝了！他下巴上的胡子居然全掉了，就跟刮过一样！"

神甫一看大事不好，赶紧拾起地上的那根牛尾巴，跑到还躺在地上哼哼的理发师跟前，把他的脑袋往怀里一搂，再把那根牛尾往他下巴上一按，嘴里念念有词，说这粘胡子的咒语保管有效。神甫替理发师安上胡子后就起来走开。大家一看，公主的侍从果然又是满脸胡子，跟原来完全一样。堂吉诃德见此大惊，心想，胡子揪下来，皮肉总会有伤，这咒语既然能把胡子粘上，还不伤皮肤，想必还有更大的用途，就求神甫也教给他。

神甫听了，说，等有了时间一定教给他。

到前面的客店大概还有二十多里路，他们商量好，这一段，理发师骑的骡子由他、神甫和卡德尼奥轮流骑，神甫先骑。就是说，重新上路的时候，骑牲口的有堂吉诃德、公主和神甫三人，步行的是卡德尼奥、理发师和桑丘。堂吉诃德对多洛苔说：

"公主殿下，您要把我们往哪儿领，就请发话。"

神甫不等姑娘开口，抢先问道：

"公主，您要带我们去哪个国家呀？是不是迷糊你王国？我看一定是。要不，那就是我对这些王国一无所知。"

姑娘很聪明，知道神甫是在提示她，便回答说：

"是啊，先生，您说得很对，我就是要到那个王国去。"

神甫说："要是这样，咱们就会路过我们村儿。从我们村儿可以直达卡塔赫纳，碰上船，咱们可以马上出海。要是赶上顺风，又没有大的风暴，不用几年就能看见梅奥那大湖，我是说梅奥蒂德斯大湖。从那儿到殿下的国家恐怕也就百十天的路吧。"

多洛苔说："先生，您搞错了。我离开家还不到两年呢，而且，一路上从没有碰到好天气。不过，我终于见到了我一心要见的人。我一到西班牙，就听说堂吉诃德先生的大名。我就下决心要找到他，求他给我伸张正义，主持公道。"

堂吉诃德说："您快别说了。我不喜欢人家给我戴高帽子。就算不是奉承，我这双耳朵也受不了。我只跟您说一句话，不管我武艺高强不高强，我都会全力以赴为您效劳，哪怕因此送掉性命。咱们先说到这儿。对了，硕士先生，您怎么一个人跑到这儿来了呢？连个跟班仆人都不带，还穿得这样少？我实在不明白，也真替你担心。"

神甫说："我就简单跟你说说吧。是这么回事儿。我和咱们的朋友尼古拉斯师傅去塞维利亚取一笔钱，是好多年前去美洲的一个亲戚托人捎来的，有六万多，全是足色的银币，数目可不算小啊！昨天路过这儿，碰上四个强盗，结果衣物被抢，连胡子都给揪光了。理发师没法子，就想主意弄了副假的戴上。这小伙子简直都给揪得不像人样了。据说，抢我们的那伙强盗是苦役犯，被一个非常非常勇敢的人给放了，就在这一带地方，连解差都挡不住。我看，这家伙一定是个疯子，要不，也是一个强盗，一个大坏蛋，一个没良心没心肝的歹徒，因为他故

意把豺狼轰进羊群，把狐狸放入鸡窝，把苍蝇掺入蜂蜜。他无法无天，目无纲纪，对抗天子国王，有意要海船无法航行，给多年无事可干的民团制造麻烦。总而言之，他干的这些事可以说坏到家了，既损害了他的灵魂，又糟蹋了他的身体。"

原来桑丘把堂吉诃德放走苦役犯还自鸣得意的事全告诉给了神甫和理发师。神甫故意对堂吉诃德提起这件事，借此教训他，看他有何反应，作何答对。堂吉诃德听着神甫的声讨，脸上一阵白一阵红，但到底也没敢说是他放走了那伙善类良民。

神甫接着说："就是这伙坏蛋抢走了我们的东西。愿上帝仁慈，饶了那个放走他们的人吧。"

第三十章

少女胡编身世
骑士痛打侍从

　　神甫的话还没讲完，桑丘就插嘴说：

　　"硕士先生，我就直说吧。干这个好事的就是我家主人。他不能赖我事先没提醒他。我跟他讲了，得三思而行，小心再小心。要知道那伙人都是坏得流脓的歹徒，把他们给放了可是犯王法的事。"

　　堂吉诃德人吼道："浑蛋！那些人是犯罪还是受了冤屈，和我们游侠骑士有什么关系。我只知道他们身戴枷锁，受人欺压，吃尽苦头，我的责任就是扶弱抑强，救苦救难。我只看他们受的苦，遭的难，至于他们有罪无罪，我不管。我碰上一伙披镣戴锁，满脸愁苦的人，就按自己信仰的原则把他们放了。就这么回事儿，我可没想到什么别的。硕士先生德高望重，我没的可说。其他人要是认为我做得不对，那他就是个傻蛋！根本不懂什么是骑士道！哼！就是婊子养的！下九流！完全是胡说八道！他要是不信，就来问问我这把宝剑，它会好好告诉他的！"

　　他说着，在马鞍上坐稳，又把顶盔往下拉了拉，因为他当做曼布利诺头盔的铜盆，让苦役犯弄坏了没来得及修，还挂在鞍架上呢。

　　多洛苔聪明活泼，爱开玩笑，见堂吉诃德脑子不对，除了桑丘，大家都拿他取乐，也不想错过机会，看堂吉诃德怒气冲冲，就对他说："骑士先生，您千万别忘了帮我的忙啊！您不是说，不管遇到什么事，哪怕它急如星火，您也要先把我的事办好再说，对吧？另外，硕士先生刚才说的话，您也别往心里去，他要是知道那些苦役犯是您这双横扫天下无敌手的胳膊给放走的，他宁肯把嘴缝上，把

舌头咬住，也绝不会说出惹您生气的话。"

神甫说："公主说得一点儿不假，说实话，就是把我脸上的胡子拔得一根不剩也行呀。"

堂吉诃德说："公主殿下，既然您这么说，这事就不提了，我会压住刚才冒上来的怒火，保证一路心平气和，将您的托付完成。我是决心为您全力以赴，那您如果没什么不便的话，是不是也应对我讲明，您吃了什么苦遭了什么难？我应该找谁算账为您雪恨？他们有多少人？又都是何许人也？"

多洛苔说："只要您不烦，我就原原本本讲给您听。"

堂吉诃德说："公主殿下，您这是怎么说的？我能烦吗？"

多洛苔说："既然如此，那各位先生就听我慢慢道来。"

姑娘刚说完，卡德尼奥和理发师就凑了过去，心痒难耐地想听听这位冒牌公主那张巧嘴如何编造自己的身世。桑丘也走到她身边，他和他主人一样，对这个姑娘的来历一无所知。多洛苔先在骡鞍上坐稳，然后，轻轻咳了几声，清了清嗓子，又煞有介事地做了一番姿态，这才温文尔雅地开口说：

"各位先生，首先让我自我介绍一下，我叫……"

坏了，她把神甫给她起的那个名字给忘了。神甫一看就明白是怎么回事儿。怎么办？赶紧给她找台阶吧。于是，神甫忙说：

"公主殿下，这不奇怪，想起自己倒霉的事，谁都会心烦意乱，讲不下去也是常事。您肯定心里难受，连自己叫迷糊你娜，是大迷糊你王国的合法继承人都想不起来了，是不是？我这么一提醒，您肯定全想起来了，那就请您接着讲吧。"

多洛苔说："还真是这么回事儿。不过，往后就不用麻烦您提醒了，我能把自己的事讲到头的。我的父王叫蒂纳克里奥，人称神算子。他精通魔法，算出我母后哈拉米雅先他而亡，他自己也会不久于人世。他们一死，我就成了没爹没娘的孤女。他说，这倒不太叫他发愁，真正让他着急上火的是另一档事，因为他算出和我国相邻的一个大岛上的首领，以后会侵犯我国。说那位首领名叫潘达菲兰多，是个彪形巨人，人称贼眼。大家都知道，他那双眼睛长得倒都是地方，样子也端正，可看人视物总是看东朝西、'指南打北'，像个斜眼。父王推算出，只要他和母后离我而去，贼眼就会大军犯境，占我国土，掳我臣民，甚至连一个容我苟延残喘的地方也不会给。不过，假如我肯嫁他为妻，就什么也不会发生了。父王知道我绝不会答应这门极不般配的婚事。他老人家想得太对了，我死也不会嫁给那个巨人，也不会嫁给别的什么巨人。父亲告诫我，他死之后，如果潘达菲兰多举兵来犯，千万记住不要抵抗，否则，无异于自取灭亡。为了全体臣民的生命安全，不如把国家让给他。父亲要我带上少数随从，立即出国去西班牙，到那儿找那个声名显赫的游侠骑士，要是我没记错的话，他就叫堂阿索德，不对，是堂希缺德。"

桑丘急忙纠正她说："是堂吉诃德，人称哭脸骑士。"

多洛苔说："对对对。父亲还说，那位骑士细高个，长瘦脸，左肩下靠左侧，长了一个暗红的痣，上面有几根毛，很像猪鬃。"

堂吉诃德听说他还有颗痣，就对桑丘说：

"桑丘，我的好老弟，快过来帮我把衣服脱了，我想看看那个能掐会算的国王说的骑士是不是我。"

多洛苔问："那您干吗要脱衣服呢？"

堂吉诃德说："你父亲不是说那个骑士身上有颗痣吗？我是想看看我身上有没有。"

桑丘说："算了，用不着脱衣服，我知道您背上有颗痣，跟她爹讲的那颗一模一样。有这颗痣，说明老爷您身强力壮。"

多洛苔说："有就行。朋友嘛，别斤斤计较干啥？长在肩上还是生在背上，有多大区别？不都是在同一个人的肉皮上吗？我那老爹的确能掐会算。我不远千里求他救助算是找对了人。他就是我爹说的那位骑士，相貌和传闻的完全一样。他真是大名鼎鼎，西班牙知道他，在整个曼卡也家喻户晓。我在奥苏纳一下船，就听说了他许多英雄事迹，当时我就明白，他就是我要找的大救星。"

堂吉诃德问："在哪儿下船？在奥苏纳？那儿离海还有差不多两百来里路呀。"

神甫抢在多洛苔的前面，解释说：

"公主殿下的意思是，她在马拉加下船后，第一次听到您的大名是在奥苏纳。"

多洛苔说："对，我就是这个意思。"

神甫说："我没说错吧？公主，您接着讲。"

多洛苔说："讲完了。还有啥呢？无非是老天不负苦心人，终于叫我找到了堂吉诃德先生。我现在呀，就好像已经坐在了女王的宝座上，成了一国之主了。骑士慷慨仗义，答应跟我走，帮我恢复国君的地位。现在，我只要把他领到地方，杀死贼眼巨人潘达菲兰多，那些被他无理夺去的国土就会重新回到我的怀抱了。这件事一定会马到成功，因为我那父王神算子蒂纳克里奥早就预言，而且还写下了遗嘱，搞不清是迦勒底文还是希腊文，反正我是看不懂。他说呀，那位骑士拧断了巨人的脖子后，要是有意娶我为妻，我不得推辞，必须一口答应，连王位都要交给他。"

堂吉诃德听到这儿，对桑丘说：

"桑丘老弟，听到没有？我没瞎说吧？你瞧，咱现在不是马上就要当国王，做女王的丈夫了吗？"

桑丘说："这还有错？我敢打赌。我还有一句话：谁杀了那贼眼先生又不想和女王结婚，他就是婊子养的！难道咱们女王还配不上他吗？我实在太高兴了！"

说着，他又蹦又跳，乐得有点儿忘乎所以。接着，又跑过去，拉住多洛苔骡子的缰绳，趴在地上，求姑娘伸给他手，让他亲吻，表示他已承认多洛苔是自己的王后和女主人。大家看着他们主仆俩，一个疯得可笑，一个傻得可爱，忍不住都笑了。多洛苔还真的把手伸给了桑丘，还许诺说，等她靠天照应收复了国土，恢复了王位，就封他个大官当当。桑丘听了千恩万谢，惹得众人又是一阵大笑。

多洛苔接着讲："各位先生，这就是我的身世。我还要补充一点，就是跟我从国内逃出来的人，现在只剩下这位大胡子侍从了。我们的船快进港的时候，遇上了一场大风暴，大家都落水，死在海里，只有我们俩抓住两块木头才死里逃生，泅到岸边。这确实有点儿神。其实，我这一生都很神。如果各位觉得我讲的有什么地方不对头，颠三倒四，那都是我受打击太大，遭的难太多造成的。人吃苦多了，记性也会受到很大影响，硕士先生刚才也这么说。"

堂吉诃德说："尊贵的公主殿下，我为您效劳，不管受多大的打击，遭多大的罪，都不会使记性受到一点儿影响。我愿在此重申我刚才对您的许诺：我下定决心，跟你到天涯海角，一定要找到您的敌人，将他傲慢的脑袋砍掉。我有上帝的帮助和自己的力量，还有我那……啊，别提了，那个希内斯把我的宝剑给抢跑了。"

他咬牙切齿说完这句话，又接着说：

"我砍下那个坏蛋的脑袋，您就可以登上王位。您爱干什么就干什么。我呢，反正一心想我的那位……已经身不由己，没有办法了，总之，眼前即使站着个凤凰，我也不能和她结婚，连这样想也不行。"

桑丘一听主人竟然不想结婚，气得大叫大嚷：

"哎哟喂，我的好老爷，您真的是活糊涂了？这我敢搭上老命说呀。要您娶的可是位高贵的公主，您干吗还推三阻四，犹豫不决呢？您上哪儿能捡到这样的便宜呀？您以为这是随便就能碰上的好事吗？咱们那位温柔内雅小姐有人家漂亮吗？没有，连一半都赶不上，跟您说句实话吧，给人家当丫鬟都不够格儿。您就快跟人家把婚事办了，越快越好，我恨不能要去求魔鬼帮您的忙了。结了婚，您就白得一个王国，做上国王，就可以封我个什么伯爵、总督当当，以后的事，咱就不管了，哪怕都叫魔鬼弄走了呢。您要是死心眼，非干那种海底捞针的事，我的事还能有指望吗？"

堂吉诃德听桑丘如此贬低他的温柔内雅，气得火冒三丈，一句话没说，操起矛杆狠狠地打了桑丘两下，把他打翻在地，要不是多洛苔叫他住手，桑丘一定老命难保。堂吉诃德停了一会儿，才开口道：

"你这个贱货，你是不是以为可以随便拿我开心，对我胡说八道，我都会饶了你？你搞错了！你这个浑蛋，无法无天，目无尊长，竟敢辱骂举世无双的温柔内雅！你简直是个畜生，流氓，恶棍！你知不知道？没有她，我哪来那么大胆儿？我连跳蚤也不敢碰呀！你说，恶毒的家伙，是谁拿下了这个王国？又是谁砍下了巨人的脑袋？你的伯爵又是哪一位给你封的？你说呀！当然，这些现在还不是真事，可用不了多久就是真事了，所以，我们就可以看成是真事。这不全靠温柔内雅的力量吗？没有她的保佑和支持，我的胳膊，刚才不是说了吗？连个跳蚤都捏不死的！她靠我替她拼命，我靠她保住这条老命，她就是我的命根子，没有她就没有我。你听明白没有？你这个婊子养的浑蛋！忘恩负义的小人！人家把你这个泥巴腿提拔到伯爵的高位，你却骂人家！有你这样以怨报德的吗？！"

桑丘虽然被堂吉诃德打倒在地，但并没伤着哪儿。他趴在地上把主人的话一句不落全听进耳朵里。末了，他十分敏捷地从地上跳起来，跑到多洛苔那儿，躲在她的骡子后面，对主人说：

"老爷，您既然不想娶公主殿下为妻，那您说，您还能当国王吗？当不了国王，您拿什么封我呀？我着急上火的就是这。现在人家公主像天上掉馅饼似的，送到咱们嘴边了，您干吗不见好就收，先娶了她再说呢？然后咱们再去找温柔内雅小姐，也不是不可以呀？这世上，当国王的，妻妾成群的有的是。要说谁更漂亮，我看咱就免了吧，说实话，我还没见过温柔内雅小姐的芳容呢。"

堂吉诃德一听就急了，说：

"你又胡说开了。你没见过？你不是刚刚给我带来她的口信吗？"

桑丘看说走了嘴，忙解释说：

"我是说没仔细看过，没有好好琢磨她美在什么地方，反正大致看了一眼，还挺好。"

堂吉诃德说："好了，这次就算了。我刚才打你也是一时性起，不由自主，你也别生我的气了。"

桑丘说："这我知道，我也是一时性起，想到啥就说啥。话到了嘴边，想咽回去也来不及了。"

堂吉诃德说："我看你还是想好了再说。你没听说这句话？水罐儿去井边次数多了①……行了，下面的话我就不说了。"

桑丘反唇相讥道："对呀，上帝在上，底下有什么坏事，他看得清清楚楚。我说得多，您干得多，谁好谁坏，他老人家会说句公道话。"

多洛苔说："好了好了。桑丘，快去吻一下你主人的手，请他饶恕。以后，不管说人好说人坏都悠着点儿，尤其不准再讲人家温柔内雅小姐的坏话。你要相信上帝，将来会给你个伯爵当的。"

桑丘低着脑袋走到主人身边，请他伸出手给自己。堂吉诃德很和气地把手伸给他亲吻，还祝福他，然后把他叫到一边，说有要紧事和他详谈。桑丘跟着他往前走了好长一段路，堂吉诃德才站住，对他说：

"你回来后，咱俩还没有好好聊聊你这次捎信的情况，一直也没有工夫和机会。现在咱们就趁这个空儿谈谈怎么样？快把带回来的好消息告诉我，叫我也高兴高兴。"

---

① 西班牙民谚：水罐儿去井边次数多了，早晚得砸。

桑丘说："老爷您就问吧，我保证有问必答，让您满意。对了，有一件事想求您，就是以后别老跟我算旧账，找碴治我。"

堂吉诃德问："你这是什么话，桑丘？"

桑丘说："我是说，您刚才打我，其实还是为了那天晚上咱俩的争吵，那都是魔鬼挑的。我说了温柔内雅小姐几句话那倒是其次的事。我对她跟对圣物一样敬重，不过她成了您的人，也就当不成圣物了。"

堂吉诃德说："桑丘，你怎么又扯上这个了，我可不爱听。那件事我已经原谅了你，你怎么……你记住这句话：犯一次罪，受一次罚。"

正说着，只见对面过来一个骑驴的。走近了，看着像个吉卜赛人。桑丘一见驴子就特别留心，留心驴子，自然也就注意骑驴的人。他一看，就认出是希内斯，接着，又认出自己那头驴子。那小子怕人认出，就化装成吉卜赛人，出来准备卖掉驴子。他会讲许多种语言，其中包括吉卜赛语，而且都讲得跟家乡话一样好。但桑丘一眼就认出了他，立刻大叫：

"希内斯，你这个贼骨头！快把我的宝贝还给我！啊，我的心肝！我的命根子！我走路要靠它，它给了我多少快活呀！快留下我的小毛驴！你这个婊子养的东西！快给我滚！那不是你的，你这个贼强盗！"

其实他大叫大骂完全是多余，因为那个希内斯听他第一声喊，就吓得翻下驴逃了，跑得比兔子还快，转眼就不见人影了。桑丘跑过去，一把搂住心爱的毛驴，说：

"怎么样？宝贝，还好吧？伙计，我的心肝，我的好灰毛儿。"

他一面心肝宝贝地叫唤毛驴，一面像对情人似的又是搂又是摸。那毛驴倒挺乖，一声不吭任他亲热抚爱。大家知道了，都恭喜他的灰驴失而复得。堂吉诃德更是兴高采烈，当场许诺，虽然灰驴找到了，他答应给桑丘的三头驴驹仍然有效。桑丘闻听对主人千恩万谢。

他们主仆说话的时候，神甫趁机与多洛苔聊了几句。神甫说，多洛苔的确是个聪明的姑娘，故事编得恰到好处，而且简单扼要，跟骑士小说里写得极像。多洛苔则说，她过去常看这类书解闷，只是对地理不熟悉，所以讲到下船时不知哪里是港口，就瞎说了个奥苏纳，想蒙一蒙。神甫说：

"我一听就知道是这么回事儿，便赶忙插了一句，给你打个圆场。只要照骑士小说的口气编，你怎么说，咱们这位可怜的绅士都信，你说奇怪不奇怪？”

卡德尼奥说：“的确奇怪，也实在少见，可以说根本没见过像他这样的疯病。这肯定不是装出来的，没有异想天开的本事还真不行呢。”

神甫说：“还有一件事。我们这位绅士只有提起让他发迷的话题，他才胡说八道，像个疯子，真要是谈别的事，他一点儿不疯，头脑清楚，讲得有条有理。就是说，只要不谈什么骑士道的事，谁都不会说他神志不清。”

神甫和多洛苔、卡德尼奥谈论堂吉诃德的事，咱们先放在一边，再看看堂吉诃德主仆在说什么。

堂吉诃德说：“桑丘老弟，咱俩吵架那档子事就别再提了。你现在呢，别生气，也别恨我。我问你，你在哪儿见到温柔内雅的？是怎么找到她的？见到她的时候，她在干啥？是哪天？她看了我的信脸色怎么样？你是怎么跟她说的？她是怎么回答的？我那封信是谁给抄的？一句话，你该告诉我的事都要对我说。不要添油加醋，胡编乱造，哄我高兴，也不要怕我生气瞒着什么。”

桑丘说：“老爷，您问谁抄的信？跟您实说吧，我压根儿就没带什么信。”

堂吉诃德说：“还真是这么回事儿。你走后过了两天，我发现那封信还在我的笔记本上，心里挺着急，以为你会转回来拿。”

桑丘说：“那当然啦。幸好您读的时候，我都记在心上了，要不，真得跑回来。后来我请一个教堂司事帮忙，我说，他记，愣把整个信里说的一句不漏地全写下来了。那个司事说，革除教籍的文书他看过许多，但像您那样漂亮的信，还真没见过。”

堂吉诃德问：“桑丘，信上的话现在你还记得吗？”

桑丘说：“老爷，现在可不行了。我一句一句背完那封信，司事一句一句记下来后，我觉得反正也没用了，就把它们全忘掉。当然，也不是忘得一干二净，像什么‘无匹纯贵’，不对，是‘无比尊贵’，还有最后的什么，‘至死属于你的哭脸骑士’。这两句中间，我还加了三百多个‘心肝儿’呀，‘宝贝’呀，‘眼珠子’呀。”

第三十一章

灰毛驴失而复得
放羊娃怒责恩公

堂吉诃德说："你这些话我听了还不刺耳。接着讲吧。你到了那儿，我那位美人之最在做啥呢？没错，一定在为我这个被降伏的骑士穿珍珠，要不，准是用金丝线给我绣徽号呢。"

桑丘说："没看见她穿什么珍珠，也没发现她在绣什么徽号，她正在她家后院筛麦子，麦子有两百多斤呢。"

堂吉诃德说："你知道不，那麦粒一到她手，全变成了珍珠。老弟，麦子咋样呀？是白的还是黑的？"

桑丘说："全是黄的。"

堂吉诃德说："跟你说吧，她筛出的面做的面包肯定像雪一样白，这我敢和人打赌。对了，你把信给她的时候，她咋没吻信？有没有把信高高举在头上？总而言之，她是怎么接的信？用了什么礼节？"

桑丘说："我把信递给她的时候，她正玩命筛一大箩麦子呢，腾不出手呀，就对我说：'老哥，劳你驾先把信搁在粮食袋上，这会儿我正忙着，等筛完这些麦子，有工夫再说。'"

堂吉诃德说："瞧，咱们小姐做事就是稳，慌慌张张能看好信吗？她要等闲下来，慢慢看，仔细琢磨里面的滋味。说下去，桑丘。她筛麦子的时候，跟你聊了些啥？她问起我了吧？怎么问的？快说呀！全告诉我，一点儿不许瞒着。"

桑丘说："她问啥呀？啥也没问，倒是我对她讲了您的事。我说老爷您为了她正在深山野地苦修赎罪，上身脱得精光，跟野人没什么两样，吃饭没桌子，

晚上就躺在野地里，胡子拉碴的，也不梳也不理，一天到晚只知道哭，骂自己命不好。"

堂吉诃德说："这是什么话？我干吗要骂自己命不好？我是福星高照，大喜过望。能和这位高不可攀的温柔内雅小姐谈情说爱，我是三生有幸呀！"

桑丘说："她还真是挺高，比我还高一截呢。"

堂吉诃德说："怎么着？桑丘，你还和她比过个儿吗？"

桑丘说："是这么回事儿。我帮她扛麦子往驴背上放，两人恰巧站在一起，就这么着我跟她比了一下个头。"

堂吉诃德说："你说得没错。她长得既然这么高，肯定有万般妖媚、千种才德相配。对了，你挨着她的时候，肯定闻见一阿拉伯萨巴香味儿，那真是芳香袭人哪！闻起来可舒服了，简直没法形容，就好像走进了手套精品店。这种味儿，你闻见了吗？"

桑丘说："跟您说吧，老爷，我就闻到了一股男人味儿，准是她干活太猛，身上有点儿汗气。"

堂吉诃德说："不可能，准是你伤风鼻子不通，要不就是你自己身上的味儿。带刺的玫瑰、野百合花和龙涎香水是什么味儿我还不知道？"

桑丘说："也没准儿。可能我闻到的就是自己身上的气味，还以为是人家温柔内雅小姐的呢。这也没什么新鲜，魔鬼反正长得都一样。"

堂吉诃德说："行了。现在她也筛完麦子，该送磨坊了。好，说吧，她看信时有什么情况？"

桑丘说："她说她一不识字，二不会写字，所以信她根本没看。她说怕别人知道这事，就把信撕掉了，反正我也告诉了她您有多么爱她，为了她现在还在山里苦修赎罪，她听了这些也就行了。她要我告诉您，她吻您的脚，说信不回了，只是盼能早一天见到您。她要您，命令您，见到我之后，马上下山，别再做那些傻事了。只要没有十万火急的事，就赶快回托博索村，一分钟也不能耽误，她急着要见您。我告诉她您还有个外号叫'哭脸骑士'，她听了乐得笑弯了腰。我问她，有没有个比斯开人去见她。她说，有呀，还说，那人挺老实。我又问是不是还见到过一伙苦役役犯。她说，从未见过。"

堂吉诃德说："你说的都不错。现在我再问你，你临走的时候，她赏给你什么珠宝没有？按老习惯，游侠骑士和他们的意中人，总要给为他们传递情书、互通消息的侍从、丫鬟和侏儒赏件贵重的饰物。"

桑丘说："您说得不错，我也认为很好。但这大概只在古时候实行，现在恐怕只赏点面包和干酪了。我临走时，咱们温柔内雅小姐隔着院墙递给我的就是这两样东西，认真点说，是一块羊奶干酪。"

堂吉诃德说："她一向是慷慨大方的，这回没给你什么金首饰，想必手边没有。没关系，'节后的礼物也不赖'，反正我就要和她见面了，到时候，再给你补上。不过，我一直有点儿纳闷的是：从这儿到托博索村有三百多里地呀，你怎么来回才用了三天多一点儿的工夫？你是不是飞着去飞着回的？我想，肯定是哪位魔法师朋友在暗中帮我。当然，这也是顺理成章的事，否则，我就不是顶呱呱的游侠骑士了。我的意思是，这位老哥想必帮了一把，只是你不知道而已。从前，有个骑士睡觉，醒来却发现自己已经离睡觉的地方十万八千里了。原来是一个魔法师趁他睡了把他带到了那儿。游侠骑士常要靠这种魔法来互相帮助，逃脱危险。比如说，有个骑士在亚美尼亚跟个什么魔鬼或什么骑士打仗，渐渐不支，眼看就要吃亏，突然间，他的一位正在英国的朋友，就会腾云驾雾或坐着火焰战车，杀到跟前，救了他的性命，让他能当夜回家吃上一顿美餐。从英国到亚美尼亚有两三万里的路呀！这全要靠那些魔法师，他们有学问，有本事。所以，你去见温柔内雅小姐来回这么快，我一点儿也不吃惊，我刚才不是说了吗？准是哪位魔法师朋友腾云驾雾带着你在空中飞行，你自己并不知晓。"

桑丘说："还真没准儿是这么回事儿。真的，稀世驽驹跑起来，跟吉卜赛的驴一样，好像耳朵里灌了水银似的。[①]"

堂吉诃德说："好像灌了水银？还有一大群魔鬼呢！他们自己走路不知疲乏，也能带着别人这样做。得，这个咱们就到此为止。刚才你不是说，我那位心肝宝贝叫我去吗？可现在有点儿麻烦。我应该马上听从她的召唤，立刻跟你去找她，可我刚才答应这位公主的事咋办？我们骑士的规矩，是先履行诺言，后图个人快活。我心急难耐，要早一天见到我昼思夜想的情人，可我又许下诺言，要替

① 据说吉卜赛人用此法叫驴跑快。

人家恢复王位，完成一项义不容辞的光荣使命。要想两边都顾到，我必须快马加鞭，争分夺秒，尽快找到那个可恶的巨人，砍下他的脑袋，将公主扶上王位宝座，然后立即去拜见照耀我的太阳。我那位小姐听了我的解释，一定会理解我，明白我的事全是为了给她增光添彩。我永远属于她，受她的保佑，得她的恩典，所以，不管过去、现在、还是将来，我凭武力所赢得的荣誉和成就，全都应当归功于她。"

桑丘一听就急了，忙说：

"哎哟喂！我的好东家，我看您的脑瓜子还真是糊涂了！您就这么白替她干这一场？连这么体面这么富贵的亲事都不要？人家的陪嫁可是一个王国哟！跟您说吧，那个王国方圆有二十多万里呀！还听说，物产丰富，过日子用的东西应有尽有，葡萄牙和卡斯提亚加起来也没人家大呢。看在上帝的分上，您别再说了。您刚才说的那些话，您也不觉得难为情？得，您还是听我一句话，等碰上有神甫的村子，就赶紧跟人家公主把婚事办了，实在不行，咱这儿不还有硕士先生吗，他给您二位主持大礼还会有错？您也该知道，我这把年纪，完全可以给人家指点指点了。我现在就给您说上两条，对您最合适不过。一条是：'天上飞的老鹰，不如手里拿着的家雀'；还有一条是：'有好的偏挑坏的，再生气，好的也没有了。'①"

堂吉诃德说："桑丘，你的心思我摸得一清二楚，不就是叫我杀了巨人当国王，好把答应给你的东西立刻赏给你？你真是死脑筋。我不结婚就不能满足你的要求吗？跟你说吧，我可以在打仗之前提出一个条件，就是说，要是胜了，不结婚，只要一块土地，由我随意赏赐给人。我有了那块地，你想想，除了给你，还能给谁？"

桑丘说："您说的也是。对了，您要地方的时候一定要靠海的。万一我住在那儿不得劲儿，就可以带着我的黑人臣民坐船一走了之，照我刚才说的办法把他们处理。老爷，您先别老想着去看咱们的温柔内雅小姐，抓紧时间去把巨人杀了，赶紧把这事了了。这可是名利双收的好事哟！"

---

① 正确的说法是："有好的偏挑坏的，拿了坏的就少埋怨。"

　　堂吉诃德说："桑丘，你说得不错，我就照你说的办，先帮公主，再去见小姐。不过，咱俩刚才说的这些话，千万别叫外人知道，也包括这几个同路的。温柔内雅可是个规规矩矩的姑娘，肯定不愿别人知道她的心思。咱俩谁也不能嚷嚷出去。"

　　桑丘说："那就怪了。既然您这么说，那为啥您每打败了谁，就命令人家去见咱们小姐呢？这不等于您告诉人家，您爱她吗？您叫那些人去拜见温柔内雅小姐，还硬要人家说是您派去的，您和小姐的事还能瞒得住谁呀？"

　　堂吉诃德说："桑丘，说你蠢，还真没说错，你真是蠢到家了。我叫他们去拜见她，是为了给她争荣誉。我们骑士认为，一位女士手下为其效劳的骑士越多，她就越光彩。这些骑士也没有非分之想，只是敬重她，甘愿为她效犬马之劳，根本不求什么赏赐，只要她乐意接纳就行。"

　　桑丘说："神甫讲道也是这样讲：爱上帝只是因为敬爱他，不是想得到赏赐，也不是害怕受罚。不过，说实话，我为上帝效劳，确实想得点好处。"

　　堂吉诃德说："好呀，你这乡巴佬还真有两下子呀！说起话来还真是那么回事儿，看样子肚子里还真有点儿墨水呢。"

　　桑丘说："您别夸我了，我大字不识一个。"

　　这时，就听见尼古拉斯师傅叫他们停下，说想歇一会儿，到附近的泉边喝点水。堂吉诃德立刻止步。这正合桑丘的心意，要是再和堂吉诃德这样说下去，非露馅不可，因为他已经编够了瞎话，再没有兴头编下去了，再说，他只晓得温柔内雅是个农家姑娘，别的一无所知，而且从没见过。

　　再说卡德尼奥他们。这时候，卡德尼奥已经换上多洛苔离家出走时穿的那套男装，虽然不怎么样，但也比他原来那身衣服强。大家都在泉水那儿下了自己的坐骑。走了一路，都已饿得要命，幸好神甫他们从客店出来时带了些吃的，大家就将就充一充饥。

　　这时，路上走过来一个男孩，到他们跟前时，仔细打量他们，然后突然扑倒在堂吉诃德的脚下，紧紧抱住他的腿，故意放声大哭，边哭边说：

　　"老爷，我的好老爷！您认不出我了吗？您再好好看看，我是安德烈斯呀！就是绑在橡树上的那个孩子，不是您救的我吗？"

　　堂吉诃德这时才想起，就一把拉过孩子的手，转身对与他同行的那伙人说：

"各位，你们看游侠骑士有多么重要。这个世界到处都有人横行霸道，欺侮弱小，只有游侠骑士才能去主持正义，铲恶锄强，救助妇孺。前些日子，我路过一个树林，听见有人哭喊求救，觉得有责任去看一看发生了什么事情，就朝发出哭声的地方跑去。到那儿一看，一个孩子，就是这个小子，让人绑在一棵橡树上。他现在来了我挺高兴，因为他可以证明我说的没有半点掺假。他当时被绑在树上，光着上身，一个乡巴佬正用皮带抽他，把他抽得皮开肉绽，喊爹叫娘。后来才知道，那乡巴佬是孩子的东家。我就问他，干吗这样毒打孩子？那小子说，孩子是给他做工的，干活马马虎虎，一点儿不用心，不但笨，而且天生一个坏种。孩子说：'老爷，他打我是因为我问他要工钱。'那个乡巴佬东家说了一大套理由，我根本不信。反正，我最后叫他把小孩放下来，命令他把孩子带回家，该给人家多少工钱就给多少，一个子儿也不能少，还要再加点。安德烈斯，好孩子，你说是不是这么回事儿？我命令他、吩咐他、叫他发誓赌咒，样子是不是很凶？他连连说是，对不对？你告诉这些先生，不用怕，把事情原原本本对他们讲，让他们明白，游侠骑士云游四方确实大大有利于天下百姓。"

那孩子说："您讲的句句是实，可最后的结果正好和您想的相反。"

堂吉诃德问："正好相反？你那个乡巴佬东家没给你工钱？"

孩子说："给我工钱？您一走，他看树林里只剩下他和我，就把我重新绑在树上，又是一顿好打，把我抽得成了揭了一层皮的圣巴托洛梅，他抽一下，就损您一句。我当时要不是痛得要命，那些俏皮话非把我逗笑不可。我吃够了他的苦头，受了重伤，直到如今还要去医院治疗。这全是您给我惹下的祸。您要是少管闲事，我主人顶多抽我二十几下鞭子就算了，末了，还会付我工钱。可您对他没头没脑乱骂一通，他憋了一肚子气，不敢把您怎么着，我可倒了霉了，害得我这一辈子再也当不了男子汉了。"

堂吉诃德说："要是我等他给了你工钱再走就好了。我知道，乡巴佬从来说话不算数，除非有便宜可占。当时我不是就发了誓吗？我说，他要是不付工钱，我一定要找他算账，就是躲在鲸鱼肚子里，我也能把他揪出来。"

孩子说："您是这么说的，可有啥用呢？"

堂吉诃德说："我马上就叫你看看到底有用没有用。"

说着，他便吩咐桑丘给稀世驽驹鞴好鞍辔，那匹马正在一边吃着青草呢。多洛苔问他意欲何为。他说，要去找那个混账乡巴佬，不管世界上有多少乡巴佬，他也要把那个坏家伙找到，命令他把安德烈斯的工钱如数付清。多洛苔问，他答应替她报仇的事是不是已经忘了。他办完她的事前，不能管其他的麻烦，这个道理，他应该最明白。所以，请他压下心头怒火，等帮她夺回王位后再说。

堂吉诃德说：“公主言之有理。安德烈斯暂且忍耐一时，等我回来再说。我要再一次对他发誓，一定替他报仇，工钱拿不到，誓不罢休。”

安德烈斯说：“算了，我不再信这些赌咒发誓的话了。报仇也没多大意思，有什么气好出？算了，倒不如给我弄点盘缠和吃的，我好马上去塞维利亚。愿老爷您和上帝同在，拜托天下的游侠骑士，只管去游荡，可别再管我这种闲事了。”

桑丘从干粮袋里取出一块面包和一块干酪递给安德烈斯，说：

“拿着吧，安德烈斯小老弟，你倒霉，我们也跟着遭殃。”

安德烈斯问：“你遭什么殃呀？”

桑丘说：“我给你的这份吃的，天知道我自己是不是也需要。小老弟，我们这些给游侠骑士当侍从的人，挨饿受苦是家常便饭，还有别的罪受，就不说了。”

安德烈斯接过面包和干酪，瞧再也没有人给他啥了，就低下头，准备上路。临走，他对堂吉诃德说：

“游侠骑士先生，您要是再看见我，哪怕我叫人切成八块，请您看在上帝的分上，也千万别救我。我再倒霉，也总比您帮倒忙强。愿上帝叫您和所有的游侠骑士不得好死！”

说罢，他撒腿就跑，堂吉诃德想打他也没办法。堂吉诃德听了那孩子的一番话，又气又恼，羞愧难当。本来大家都想笑，但怕他更难为情，就使劲憋住了。

第三十二章

店主大赞骑士书
神甫朗读手抄本

堂吉诃德他们吃完那顿美餐，各自骑上骡马，重新上路。一路无话，第二天便到了桑丘怕进去的那个客店。没法子，他不想进也得进。店老板、老板娘、他们的女儿，还有那个玛丽托尔内斯，一见是堂吉诃德和桑丘来了，都笑嘻嘻地，跑出来迎接。堂吉诃德板着面孔，煞有介事，对他们说，给他安排个好床铺，要比上次的好。老板娘说，只要他掏的钱比上回多，一定给他收拾出一张王爷睡的床。堂吉诃德说没问题。老板娘就叫人在上回堂吉诃德住的那个阁楼里，给他准备了一张床，还算过得去。堂吉诃德早已累得半死，头脑发昏，一上床就睡了过去。老板娘把门关好，转身就扑向理发师，一把揪着他的假胡子，说：

"行了，你干吗还拿我的牛尾巴冒充胡子！快给我。我丈夫那玩意儿总放在地上，多不像话！我是说我男人的梳子，以前总是插在这条好看的牛尾巴上的。"

不管那女人如何揪，理发师就是不给。后来神甫说，算了，还她吧，反正这玩意儿也没多大用了，与其继续瞒着堂吉诃德，不如露出真相，就说是让那伙苦役犯给抢了，逃进了这个客店。要是他问起公主的侍从，就骗他说，他已奉公主之命，先行回国，告诉国民，公主请来的救星随后就到。理发师听了，这才把牛尾巴还给老板娘，同时把为救堂吉诃德下山而向店里借的东西也一并还清。

店里的人见多洛苔长得貌似天仙，卡德尼奥英俊潇洒，无不惊叹。神甫吩咐店主，有什么就都拿出来，叫大伙儿好好吃一顿。店主一看有钱赚，很快就准备好一桌还差不多的饭菜。大家知道，堂吉诃德此刻最需要的是睡觉，不是吃饭，就没有叫醒他。他们一边吃，一边讲堂吉诃德的事，也不管店主夫妇、他们的女儿和玛丽托尔内斯在一旁听。他们讲了堂吉诃德古怪的疯病，讲了他们是如何找到他的。老板娘也插嘴讲了堂吉诃德和脚夫打架的盛况。接着，她看桑丘不在场，又讲了桑丘叫人用毛毯戏弄的趣闻。大家听得津津有味，十分开心。神甫说，堂吉诃德这样昏头昏脑，胡思乱想，都是因为看了那一大堆骑士小说。店主说：

"怎么会这样呢？实在搞不明白。其实，这种书最有意思，我这儿就有两三本，还有些是手抄的。看这类书就是过瘾、就是来劲，很多人都爱读。一赶上麦收，我这儿总要来一大群麦客，有识字的，就拿起一本念给大家听。大家聚精会神，听得很起劲，每次差不多都有三十来人围在那儿，怪热闹的。您还别说，越听越觉得年轻，白头发都变少了。真的，我恨不能叫人白天黑夜地给我念这种小说！听那些骑士杀呀打呀，真觉得带劲儿，不由得自己也想来那么两下。"

老板娘说："你要是真那样我可就烧高香喽。这家里只有你听小说的时候，才有一点儿安静。有小说听，你也就老实了，连骂人也没工夫了。"

玛丽托尔内斯也说："还真是这么回事儿。跟您说吧，我也特爱听。那些故事讲得棒极了，特别是那段，讲一个小姐在橘子树下让她的骑士搂在怀里，给她望风的伴娘又要替她担惊受怕，又看着她好受心里酸溜溜的，真是妙极了！听这些故事，就好像吃蜜一样甜。"

神甫问店主的女儿："这位小姐阁下，你是不是也挺喜欢骑士小说？"

那女孩说："这怎么说呢，先生，说实话，我也听他们念这些故事，虽然听不太懂，但还是挺感兴趣。我可不像我爸，喜欢弄枪使剑，打呀杀呀的。那些骑士见不到心上人，伤心得直叹气，这我最爱听，觉得他们实在可怜，好几次，我都难过得流下了眼泪。"

多洛苔说："小姐，要是他们是在为你伤心叹气，你会去安慰他们吗？"

女孩说："不知道。有些女人心实在太狠，怪不得人家都叫她们狮子老虎，还有更难听的呢。我真搞不懂，她们干吗那么狠。人家挺好，又体面又端正，干吗连一面都不让见，把人家弄得要死要活，神昏意乱。装什么假正经！要真是个正派女人，跟人家结婚就得了呗，人家盼的就是这。"

老板娘说："你这个死丫头！还不给我住嘴！你是不是挺内行的呀？姑娘家怎么这么多话？再说，你也不该知道这么多事！"

女孩说："人家先生问我，我好意思不理吗？"

神甫说："行了，行了。对了，老板，请把那几本书拿出来，让咱们也看看。"

店主说："行呀。"

他回到自己房里拿了一个旧提包，上面锁了一条铁链子。他打开提包，取出三大本书，还有一些手稿，字写得十分工整。神甫拿过来一看，原来是：《堂希隆西里奥》、《费利克斯玛特》和《大首领贡萨罗传及迭戈之生平》。他转头对理发师说：

"要是咱们老友的管家和外甥女在这儿就好了。"

理发师说："这事没她们也行，我难道不会把书往后院扔，往炉子里丢？跟您说吧，这会儿炉子着得正旺呢。"

店主说："你们原来是要烧我的书呀！"

神甫："只烧《堂希隆西里奥》和《费利克斯玛特》这两本。"

店主问："为啥？我的书讲的都是歪门邪道，还是在分类教会？"

理发师说："老板，不是分类教会，是分裂教会。"

店主说："不错。你们非要烧的话，就把那个'大首领和迭戈'烧了算了，这两本可不行，一本也不行，就是把我儿子烧了也不行。"

神甫说："老兄，你可知道，这两本书全是胡编乱造，都是瞎话。这大首领的事才是真的，讲的是贡萨罗生平事迹，说他因武功卓著，人家才叫他大首领，他也当之无愧。这个迭戈是个高贵显赫的骑士，生于埃斯特雷马杜拉境内的特鲁希略城，勇猛善战，力大无穷，能用一个手指头让猛转的磨坊车轮停住。有一回，他独自一人，手持宝剑，立于桥头，竟叫千军万马望风而逃，真可谓一夫当关，万夫莫开呀！这类事还多着呢！他为人谦虚，又是给自己立传，要是换个别人来写，稍微发挥一下，他的武功业绩，早就使赫克托耳、阿喀琉斯和罗尔丹等黯然失色了。"

店主说："你们还是去骗我老爸吧！顶住磨坊车轮有什么了不起！您应该看看《费利克斯玛特》。我看过呀，人家多厉害，用剑一扫，就把五个巨人，拦腰一劈两半，好像他们是小孩子用豆荚做的小教士。有一回，他碰上一支军队，人家有一百六十万人，还个个顶盔贯甲呢！可他就像对付一群绵羊，没费吹灰之力，就把他们打得落花流水，望风而逃。还有我们这位堂希隆西里奥，就更不用

说了。书里讲，说他真是英雄虎胆，有一次他在河里坐船，突然一条火蛇从水里蹿上来，他连眼都没眨，立刻扑上去，骑在满是鳞片的火蛇背上，两手死死掐住那怪物的喉咙。那蛇怕被掐死，就没入水底，我们的英雄哪里肯罢手，也骑着它沉入水底。到了水底，眼前竟是宫殿花园，富丽堂皇。那条蛇竟一下子变成了老人，给他讲了好多好多稀奇古怪的事情。得了，您也别说了。您要是听了那老头儿讲的事，非乐疯了不可。您刚才说的那个什么大首领，还有那位迭戈，全是小菜一碟！"

多洛苔听了，悄悄对卡德尼奥说：

"咱们这位店老板也快够上写《堂吉诃德》第二部的水平了。"

卡德尼奥说："我看也是。瞧他这样，肯定把那些书上写的事全当成真的了，现在就是把赤脚修士①请来，对他也没办法了。"

神甫说："老兄，跟你说吧，这世上压根儿就没有什么费利克斯玛特，也没有什么堂希隆西里奥，骑士小说里的骑士，全是耍笔杆儿的文人胡编出来的。他们写这些东西全是给人提供消遣，你刚才说麦客们都喜欢听骑士的故事，就是为了消遣、为了解闷。哪有那些骑士呀？他们的所谓武功、业绩、奇遇、冒险，更是天方夜谭，没影儿的事。"

店主说："'您还是把这根骨头扔给别的狗吧！'好像我连我有几个指头都不会数，自己的鞋哪儿紧都不知道！您少蒙我，我可不是傻蛋！这些明明是好书，您非要我相信它们全是胡诌，这不也太那个了吗！这些书都是枢密院的老爷们恩准付印的，能满是谎话，叫人看了就昏头昏脑、想入非非吗？要是这样，那些大人也不让印呀！"

神甫说："老兄，我说过了，这些书是给咱们解闷用的。治理得顺顺当当的国家都让老百姓下棋、打球、打弹子。那些不想干活、不用干活、不能干活的人，就有打发时间的游戏玩了。国家让印这些小说，也是这个意思。恐怕谁也不会蠢到这个地步，把这些书里写的事都看成是真的。要说怎样写骑士小说，我倒有些话讲。假如现在合适，也有人乐意听，我还真可以饶舌几句。不过，我想还

---

① 赤脚修士极善说教，备受尊敬。

是等将来碰上个这方面的能人，再说也不迟。眼下呢，老板，你就把书先拿回去，它里面说的是真事还是瞎编，你自己掂量着看，但愿上帝保佑你，别像堂吉诃德似的，也犯疯病！"

店主说："我不至于。肯定不会发疯，也不会去当什么游侠骑士。以前，确实听说有名的骑士都在到处游荡，现在已经不时兴这些玩意儿了。这我都知道。"

他们说话时，桑丘进来了。他听他们讲现在已经不兴什么游侠骑士，骑士小说里全是胡编乱造，心里就挺着急，私下盘算，先看看主人这一回有什么结果，如果没有什么好处，就下决心不跟他干了，回家找老婆孩子，该干什么就干什么去。

店老板正要拿走提包和书，就让神甫拦住了。神甫说：

"别急，我想看看那些手稿。这一手字写得真好！"

店主拿出手稿给他看，一共八张，书名是《无事生非》。神甫看了三四行，说：

"这书名起得怪有意思，很想借来一读。"

店主说："那您就拿去读吧。跟您说吧，有几个客人读了非常喜欢，再三要我这份手稿。我不能给呀，这一提包书和手稿都是一位客人落在这儿的，赶明儿我还要物归原主呢。我是个开店的，不错，可还是个基督徒呀。"

神甫说："你说得没错。可我确实很喜欢读这本小说。这样吧，让我抄一份好不好？"

店主说："没问题。"

卡德尼奥趁他们讲话的时候，已经把小说看了几段，也觉得很有意思，就请神甫干脆把小说念给大家听。

神甫说："我念没问题，就怕各位现在想睡觉。"

多洛苔说："现在我心还没定下来，睡不着，听听故事倒是一个很好的休息。"

神甫说："我是好奇心切，没准儿还真有点儿意思。"

尼古拉斯理发师和桑丘也求他读。神甫看大伙儿都这么想听，自己也很有兴趣，就说：

"那就请注意，我这就读了啊。"

少爷无端疑贤妻
公子奉命追美人

意大利托斯卡纳省有个城市叫佛罗伦萨，富足繁华，遐迩闻名。城里住了两位高门大户的少爷，一个叫安塞尔莫，一个叫罗塔里奥。他们非常要好，交情极深，熟人就送了他俩一个外号，叫"这小哥儿俩"。这"哥儿俩"性格相近，又是同年，加上都很年轻，又尚未结婚，所以，感情极好。安塞尔莫喜欢谈情说爱，罗塔里奥爱好野地打猎，但他们往往放下自己的爱好，陪对方去玩。他俩情同手足，胜似手足，同行同止，共欢共乐，步调一致得连最精确的钟表都会自叹不如。

安塞尔莫爱上本城一位美丽的大家小姐。女方十分贤惠，她父母也非常之好。安塞尔莫想去求婚。他什么事都要和罗塔里奥商量，这一次也没例外。罗塔里奥十分赞成，他才决定向女方求亲。罗塔里奥替朋友出面说合，与对方谈妥了婚事。安塞尔莫非常高兴，不久就和那位小姐成了亲。卡米拉嫁了安塞尔莫也十分满意，经常感谢上天和罗塔里奥，因为多亏他的帮忙，她才得到今天的幸福。办喜事头几天一直热热闹闹、人来人往。罗塔里奥那几天也天天去安塞尔莫的家，给他帮忙、助兴、撑场面。等喜事办完，宴席一撤，前来贺喜的客人就渐渐少了。罗塔里奥有意借此少去安塞尔莫的家。他觉得大家都是单身的时候来往随便没什么关系，现在朋友有了妻室，再像过去那样一天到晚钻到人家屋里，时间长了，难免不生闲话，别说是朋友，就是亲兄弟也有所顾忌。他这种想法，谨慎小心的人都不会感到奇怪。

可安塞尔莫不这样想，他发现好友不常来了，心里就有点儿不高兴，说什么，要早知道结了婚，朋友就不能经常往来，他根本就不会结婚娶妻。想想单身的时候，他和罗塔里奥感情有多好，人家都赞美他们是"这小哥儿俩"，现在就因为怕人说闲话，莫名其妙地不要这个美名了，这怎么行呢？如果在他们之间非得用"请求"二字的话，那他就请求罗塔里奥仍一如既往，把他的家看做自己的家，自由出入，他保证卡米拉会照他的心思办，知道他俩过去亲如手足，现在绝不忍心看着他们如同路人。总而言之，安塞尔莫说来说去，还是要劝朋友跟以前一样常去他家。罗塔里奥讲了原因，说得诚心诚意，又不失于谨慎。安塞尔莫听了也无话可说。最后说定，罗塔里奥每周两天和节日都要去安塞尔莫家吃饭。罗塔里奥答应了下来，但具体如何做，他还要看是否有碍朋友的名誉。他把朋友的体面和声誉看得比自己的生命还重要，他说，一个人托老天的福，得到如花似玉的美貌妻子，就要注意选择什么样的朋友上门，也要留心妻子女友的情况。做丈夫的不能禁止妻子去市场、上教堂、参加公众庆典和宗教祈祷，但对请什么样的朋友来家里是可以自由做主的。因为许多没办法在教堂和市场等公众场合干的事，往往可以并且容易在女友和亲戚家里进行。罗塔里奥还说，人结了婚，总要有个朋友常给他提个醒，因为丈夫往往宠着妻子，不敢说她，怕她生气，更不好去告诉她，什么该做，什么不该做，什么是体面，什么是难看。这时候，有个朋友在跟前，就好办了。可是像罗塔里奥说的这种忠心耿耿、谨慎小心的朋友，上哪儿去找呀！我还真说不明白，大概只有罗塔里奥算得上吧。他一心为朋友的名声着想，尽量减少去朋友家聚会的次数和时间，甚至想方设法不去。他出身名门，又有几分人才，经常出入美人卡米拉的宅第，难免给那些吃饱了没事干的无聊小人提供口实，借以散布谣言，恶语中伤。虽说卡米拉本身的贤德足以封住那些恶毒的嘴巴，但他不愿自己和朋友无端遭受非议。所以他一到约定好的聚会日子，便推说有事。这样，两人一有机会见面，总是一个不停地埋怨，一个不停地道歉。有一天，他们一起在城外草地上散步，安塞尔莫对罗塔里奥说：

"好朋友，你也许认为我这个人是大福大贵，老天另眼相待。父母高贵，自己先天出类拔萃，来到这个世上又有钱财供我使用，可以说，既有人才，又有资财。老天还赏给我你这样的朋友和卡米拉这样的妻子。你和她是我最心爱的宝贝，是我的命根。有这样的优越条件，谁还会不知足呢？可我却过得非常痛苦，好像是世上最倒霉的人。我也搞不清是从什么时候开始，脑子里冒出了一个念头，自己都觉得十分古怪，气得直骂自己，也极力克制，不想将它告诉任何人。可我实在控制不住自己，仿佛不把它公之于世，大肆张扬一番，心里就痛苦难耐。所以，既然早晚要公开，我何不先告诉你，让你给我出出主意，看我应当怎么办。我相信，你是我的知心朋友，会帮我解开心中的疑虑，使我摆脱那个念头的折磨，重新笑逐颜开。"

罗塔里奥听了朋友的这番诉说，大感不解，不知道安塞尔莫绕来绕去，到底想告诉他什么了不起的大事，也搞不懂他有什么疑虑搅得他心神不定，痛苦不堪。他为了尽快弄清楚朋友心中的秘密和痛苦，就对安塞尔莫说，他们是莫逆之交，心换心的朋友，干吗要这样拐弯抹角，不坦诚直言，是不是已经不相信他这个朋友了。应当信任朋友，他总会想方设法帮助自己清除烦恼、解决困难的。

安塞尔莫说："你说得没错。我要是不把你当好朋友，我能把心里的东西说给你听吗？是这么一回事儿。我一直在想，我的妻子卡米拉是不是真像我想象的那样，贞洁贤德，完美无缺。真金不怕火炼，是好是坏，是真是假，必须经受考验，所以，要知道她到底是怎样一个女人，也要想办法考验考验。好朋友，你知道，一个女人没经过别的男人追求和引诱，很难断言她是否贞洁。如果有男人苦苦追求，百般纠缠，送礼物，许诺言，再哭上几天，她都丝毫不为之所动，那才叫坚贞不移、品德高尚呢。"

他接着说："一个女人，如果是因为没人引诱她才保住了贞节，她的清白和规矩又有什么意义呢？或者说，她没有堕落完全是没有机会，或者害怕丈夫知道要她的命，并非是出于贞洁和自重。这样的女人没有什么了不起。女人只有受了男人勾引和挑逗，依然守身如玉，那才叫人敬重呢。我还可以摆出千条万条的理由来说明我的看法丝毫不错。总之，一句话，我打算考验一下卡米拉，找个人去勾引她，当然，这个男人要能配得上她才行，看看她到底如何。她如果真是不怕火烧的纯金（其实，我并不怀疑），那我就是世界上最最幸福的人啦！我就会得意地说，她就是圣人所说的'上哪儿去找'的女人。万一与此相反，出乎我意料，那我也会以平常心对待，因为虽说我会感到难受，但我到底证实了我的猜测。我现在已经横下一条心，非干不可，你不要反对，反对也没有用。我求你帮我这个忙，就当是做一回我的工具。我给你提供一切方便，反正追求勾引一个贞洁诚实、宁静安详的女人所应具备的东西，你都会得到。我把这个难办的事情托付给你，是因为万一卡米拉打了败仗，投入你的怀抱，你肯定不会把事情做绝，让我真正蒙受奇耻大辱，而是点到为止，不会真刀真枪地干。另外，你也绝不会把我这种丢人的事张扬出去。好了，朋友，你如果想叫我活得像个人样，就拿出所有的热情去找她，要认真、努力地去干，千万别有气无力，敷衍了事，辜负我对你的托付。"

罗塔里奥除了插了几句话，始终没再吱声，一直注意地听着。等朋友说完，他盯着他看了半天，好像面前站着的不是人，而是个怪物。末了，才说：

"安塞尔莫，好朋友，你是不是在开玩笑，搞逗我玩的那一套？早知道你是一本正经的，我就不听你说了，你也就不会发这么一大通议论了。我怎么觉得，不是你不认识我，就是我不认识你。可问题是，我知道你是谁，你也知道我是谁。遗憾的是，我觉得你已不再是从前的你，你恐怕感到我和过去的我也变了一个人。你想想，你说的那些话能出自于一个老朋友之口吗？你怎么可以向你的知心好友提出这样的要求呢？朋友之间，不管是考验，还是求助，都必须是那些'能登祭坛'的事，这是一位诗人说的。绝不应该利用交情去做上天不准做的事情。那位诗人是个异教徒，都知道这个道理，难道我们身为基督徒的，反倒在这个问题上犯糊涂，做蠢事？基督教徒总要把对神的敬爱放在人世间的情感之上吧？即使为了朋友不顾对上帝的敬爱，那也是遇到什么和名声、性命相关的大事，绝不是你刚才说的那类微不足道的小事。安塞尔莫，你说说，你现在是生命遇到了危险呢，还是名誉受到了损害？你凭什么要我做那种伤天害理的缺德事？我看，你是在要我毁坏你的名声和生命，同时也葬送掉我的名声和生命。这不是明摆的事吗？我毁了你的名誉，就等于要了你的命，因为名誉胜过生命。我使你名誉扫地，无以做人，成了这场灾难的罪魁祸首，我的名声不就一落千丈、遗臭万年了吗？到这步田地，我活着还有什么意义呢？安塞尔莫，好朋友，我还有好多话要对你讲，你耐心听下去。等我都讲完，有你反驳的时间。"

安塞尔莫说："这太好了。你讲吧，我听着就是了。"

罗塔里奥继续说："安塞尔莫，我怎么觉得你现在变得跟一般摩尔人一样了。那些摩尔人，你给他们读《圣经》也好，讲道理也好，或是用一般常情来启发也好，都没办法叫他们承认他们信的是旁门左道。对他们非得举例说明不可，而且例子要浅显易懂，看得见摸得着，有时还要用算术方法，比如说，'两个相

等的数减去同样的数，余数仍然相等'。假如他们还不明白，实际上有人就是不明白，那你就得用手比画着讲。就是这样，也没法使他们相信咱们信仰的真理。现在，你就是和他们一样的脑袋瓜子，对你也得用对待他们的办法。你的想法实在太荒唐，一点儿不合情理，可以说愚蠢至极，这会儿我只说你愚蠢，是因为我不愿意用别的词来形容你。我知道要你明白这一点眼下很难办到，真想随你的便，爱干啥你就干啥。可咱们是朋友，我不忍心看着你就这样自己毁了自己。安塞尔莫，我问你，你不是说要我追求勾引一个娴静清白的女人吗？对不对？你是这样跟我说的。既然你认为她规矩、清白、贤淑、谨慎，那还怀疑什么呢？你说你相信她绝不会败在我的手下，你干吗还要找我去考验她呢？既然她在你的眼里已经十分完美了，你还要求什么呢？她又能再增加什么美德呢？是不是你心口不一，并没有把她看成你说的那样好？要不，就是你自己也稀里糊涂，不知道什么女人才算标准女人。如果你并没有看好她，还考验她干啥？你就把她当坏女人看不就完了吗？假如你认为她确实很贤惠，还要去试试她，岂不是没事找事？事情现在一清二楚，如果还要硬去干，那就是自讨苦吃，完全是发疯。有人奋斗是为了上帝，有人奋斗是有个人打算，或者二者兼而有之。圣人也是肉体凡胎，却过着天使般的日子，他们是在为上帝效劳。有的人顶风冒雨，四处奔走，远渡重洋，希图发财，这是为了个人打算。勇敢的战士一见敌人的城池被炮火轰开，立刻奋不顾身，冒死冲锋，他们是为了捍卫自己的信仰、自己的君主和祖国。这种英雄行为既为上帝也为自己，是应该受到鼓励的事情。做这种事，虽然有危险，有困难，但都可以给人带来光荣、名誉和利益。可你要做的那种事，既谈不上光彩，更无什么名利可言。假如事情的结果与你估计的一样，你难道就会比现在更有钱、更有名、更舒心？相反，假如结局完全是另一种样子，你会怎样？你恐怕会苦不堪言了。就算别人都不知情，但你自己总不会自欺欺人，装做不知吧？那时，你心里是什么滋味，大概只有你自己最清楚。著名诗人路易斯·谭西洛写过一部诗，叫《圣佩德罗的眼泪》，这部诗的第一章最后有几句是这样写的：

天破晓，

佩德罗越发烦恼。

就算无人看见，

岂能自欺说不知道！

谁叫自己犯罪！

良心自责难逃！

　　"我给你念这段，就是告诉你，没人知道也丝毫不能减轻痛苦，到时候，你会不停地流泪，眼里流不出，心上也会流的。诗里说的那位糊涂医生试验魔杯的效用[1]，结果当众出丑。你的眼泪也会和那位医生的一样多。雷那尔多就比较谨慎，他坚决不去试那只魔杯。当然，这是诗人虚构的，却给我们以启发，值得我们深思，我们实在应该从中引出教训。我再给你举个例子，你听了就明白你的想法真是错到家了。安塞尔莫，假定你因上帝照应碰上好运，得到一颗最上等的钻石，所有的宝石商经过鉴定，无不对它的质地和成色表示满意，一致认定，无论从成色、质量，还是从重量上看，它都是同类中的精品，你也持同样的观点。如果这时候，你突然心血来潮，把钻石放在铁砧上，用铁锤使劲捶打，看它是不是像大家讲的那样坚硬，我问你，这像不像话？合不合乎人之常情？假如你真的这样去蛮干，那颗钻石经得住这种无聊至极的考验吗？即使经受住了，又怎么样呢？但如果没能挺住玩命的捶打，变得支离破碎，十有八九会是这个结果，你不就失去宝物了吗？人家还会骂你是天字第一号的大傻瓜。安塞尔莫，我的好朋友，你应该明白，卡米拉就是这样一件钻石中的精品，不管在你眼中，还是在别人眼中，她都是这样完美的女人。你不应该叫她去冒粉身碎骨的危险。她保住了贞操，她还是她，并不会增加什么；可要是万一她难以自持，失了身，那可就铸成大错了。她将人不像人，而你呢，也会后悔莫及，自吞苦果。所谓害人害己，活该倒霉。女人最要紧的是贞洁，女人的名誉要靠公众的舆论来维护。你夫人既然名声这么好，你为啥还要犯嘀咕呢？朋友啊，女人不是完美的动物，所以，你就更不该故意给她制造困难，设陷阱，下套索，叫她跌跤吃苦头。你应当做的是，帮她克服一切障碍，让她平平安安、顺顺当当地达到完美的境界，成为贤德的女人。据自然学家说，银鼬这种小动物，皮毛最为洁白。猎人捉它有个窍门。

---

[1] 传说魔杯可测妻子忠贞与否，妻子不忠，酒到嘴边必定洒出。

它在哪儿经常出没，就在哪儿堵上烂泥，然后，想方设法把它朝那个地方赶。它跑到烂泥前，死也不动了，宁肯叫猎人抓住，也不愿把皮毛弄脏。为了干净，它连自由和生命也可放弃。贞洁的女人就有如银鼬，她的贞洁比雪还要白还要纯。要保持她的贞操，就要处处保护她，千万不可用捉银鼬的办法，让其他男人用奉承讨好之类的乌七八糟的玩意儿挡住她的去路，因为她恐怕，干脆说吧，她肯定没有那么坚强，能突围出去。得有人去帮她，教她去做贤德的女人。贤德贞洁的女人有如一面明亮光洁的镜子，但呵上一口气，就会立刻变得模糊。所以对女人要像对圣人一样，只许看，不许碰。要把她们视为鲜花盛开的园子，主人只许外人隔着栅栏观赏花儿的美丽，呼吸花儿的芳香，绝不能让任何人跨入一步，乱踩乱摘。我看过一出现代喜剧，里面有一个老头儿劝另一个人最好把自己年轻的女儿关在闺房，免得出事。他劝的时候，是这么说的，都是诗的语言，你听了可能会有所启发：

女人本是玻璃做，
别去试她脆不脆。
因为结果难预料，
还是不要找倒霉。
碎的可能实在大，
砸了拿啥去补她？
喊爹叫娘也无益，
劝君莫做大傻瓜。

此言并非把人吓，
还望各位当真话。
世上还有达那厄[1]，
绵绵金雨还会下。

---

[1] 希腊神话：古希腊王因神言其外孙必杀他，将女儿达那厄关入塔内。宙斯化做金雨入塔与之幽会，达那厄有感而孕。

　　"安塞尔莫，刚才我说了半天都是从你那方面考虑，现在我也该替我自己说上几句。也许要啰唆一阵，请你原谅，因为你已经什么也听不进，要说服你一两句话恐怕很难解决问题。你说我是你的朋友，却要败坏我的名声，而且还要叫我想方设法败坏你自己的名声，这还算是朋友吗？这不是明摆着吗？我按你的想法去纠缠追逐卡米拉，她一定把我看成是无耻小人，要不怎能做这种不仁不义、非分非礼的缺德事呢？这样，我在她面前，不就丢尽脸了吗？卡米拉瞧我居然敢对她非礼，一定认为我把她看做荡妇，会觉得受了奇耻大辱。你是她丈夫，她受了侮辱，就等于丢了你的脸，叫你也受了侮辱。这种情形可以说是司空见惯。妻子与人通奸，丈夫本不知晓，既非他故意促成，也不是他疏于防范，总而言之，他毫无责任，却往往要背上黑锅，被人称做王八。其实都知道他老婆淫乱完全是她生性如此，根本与他无关，但人们还是瞧不起他，骂他没本事。我讲这些，就是告诉你，放荡的女人干了丢人的事，她丈夫也要跟着倒霉，也要丢人现眼，哪怕他一点儿错也没有。我再给你找点根据，反正都是为你好，你也不必烦躁。《圣经》说，上帝先在人间天堂里造出了人类的老祖宗亚当，接着，趁亚当熟睡时，取出他的一根左肋，又造出了我们的第一个老妈妈夏娃。亚当醒来一见她就说：'她是我的肉，她是我的骨。'上帝于是说：'男人要离开父母去找女人，两人将合为一个肉体。'从此确立了婚姻大礼，把男女双方捆绑在一起，到死才能分开。这种神奇的婚姻大礼作用极大，不仅能使男女异性合为一体，假如婚姻美满，还会使他们心心相印，同心同德。所以，妻子的肉体就是丈夫的肉体，妻子有什么污点，或受到什么侮辱，丈夫感同身受。比如一个人脚疼或其他什么地方不好受，全身都会受影响。也就是说，妻子丢人，丈夫也有份，因为两人已是一体。不管是风光的事情，还是丢人的行径，无一不是血肉之躯造成的，淫妇所为就属于此类。她丢人现眼，当丈夫的也要大出其丑，叫人数落你毫不知情，完全无辜，也难逃此下场。安塞尔莫，你夫人本来安安静静过着平和美满的日子，你却要去搅乱她的生活，你想想，你会冒多大风险，你这样做简直是无聊透顶，无事生非，没事找事，自讨苦吃。我告诉你，你如果固执己见，一意孤行，到头来只能是自毁幸福，一无所获。干这种伤天害理的缺德事，你还是另找高明，我可不做这样的工具。也许这样会断送了咱们的交情，这当然对我是莫大的损失，那我也不能干！"

　　自重自爱的罗塔里奥讲完了。安塞尔莫心里七上八下，久久不能平静，过了半天，才说：

　　"罗塔里奥，我仔细听了你讲的话。你讲了许多道理，还举例子，打比方。可以看出你很有见识，对我也是一片真心。我明白，我如果不听你的劝告，固执己见，那我就是弃善求恶，就会一条道走到黑。可是，我现在好像得了一种女人病，老想吃什么泥呀、土呀、煤渣子呀、石灰呀，还有别的什么平常看了都要恶心的玩意儿。这你得原谅我，我这病非得靠你来治不可。其实这也没什么难的，你就帮帮我吧。你就装模作样，有一搭无一搭地去纠缠她，试一下，我看她也不至于脆弱到见几次面就顾不得许多，与你乱来，是不是？你试一试，就算考验了，我的心事也就没了。你尽了朋友的心，我也可以睡个安稳觉了，不会再觉得丢脸，失了体面。所以，为了我，你一定要帮我做这件事，因为你也不希望我的想法被第三个人知道，对不对？要是那样，我的名声就难保了。你刚才说，怕因此叫卡米拉误会你，坏了你的名誉。这好办，等完了事，也就是说，她果然如我预料，坚贞不屈地顶住了你的勾引后，我们就把实情告诉她，你的名誉不就和以前一样了吗？你冒的风险不大，有也是一点点，却给我带来了一生的安稳和体面。朋友，就答应我吧，就算有千难万难，别再推三阻四了。你只要稍微试一试，咱们就算大功告成。"

　　罗塔里奥见他如此固执，知道已无法使他改弦更张，加上害怕他有可能把那个荒唐的打算张扬出去，将这事弄得没办法收拾，便决定先答应下来再说。他告诉安塞尔莫，千万不要把这事捅出去，他自会根据情况，相机行事，叫安塞尔莫放心好了。其实，他心里是打算小心行事，既要叫安塞尔莫满意，又不能搅得卡米拉心神不定。安塞尔莫听朋友终于松了口，高兴地和罗塔里奥热烈拥抱，感谢他答应了自己的要求，似乎是给了他莫大的恩德。两人商定第二天就依计而行。安塞尔莫说一切他都会安排妥当。他给他和卡米拉创造机会，留出足够的时间，让他俩单独在一起。他给罗塔里奥准备首饰和钱，好让他送给卡米拉，以表示豪爽和慷慨。他说，罗塔里奥可以给她唱歌、写诗、奉承她。罗塔里奥懒得写，他可以替他写。罗塔里奥对此表面点头称是，实际上他心里与安塞尔莫想的完全不一样。商量完毕，他们就一起回到了安塞尔莫的家，发现卡米拉正心神不宁地在那儿张望，因为丈夫那天迟迟没有回来，她十分着急。

随后，罗塔里奥回了家。安塞尔莫心情愉快，罗塔里奥却大伤脑筋，不知用什么方法才能把这件难办又荒唐的差事应付过去，直到晚上他才想出一条妙计，既可骗过安塞尔莫，又不伤害卡米拉。

第二天，他按计划去安塞尔莫家吃饭。卡米拉热情接待了他。卡米拉知道他是丈夫最好的朋友，所以每次他来都对他这样热情。吃完饭，安塞尔莫请罗塔里奥陪卡米拉一会儿，说他要出去办一件急事，大约要一个半小时。卡米拉不让他去，罗塔里奥说陪他去，他都一口拒绝，说回来还有要事和罗塔里奥相商。他装得真像回事儿，谁也没看出来。

现在就剩下罗塔里奥和卡米拉两人了，因为用人都已出去。罗塔里奥觉得自己像是上了战场，眼前的敌人光凭美貌就可以打败一队全副武装的骑士，你想他能不心惊肉跳吗？他两肘支在椅子的扶手上，一手托腮，请卡米拉原谅他，他想在那儿稍事休息一会儿。卡米拉说这样不舒服，请他去女会客室歇息。罗塔里奥说就这样将就闭一会儿眼，他没有去。说完不一会儿，就真的睡着了。安塞尔莫回来的时候，看见妻子在自己房间，好友在外间睡着，以为自己出去的时间太长，罗塔里奥和卡米拉聊完了，还有富余时间睡觉。他恨不能马上叫醒罗塔里奥，到外边问个究竟。罗塔里奥很快醒来。他们刚走出门，安塞尔莫就等不及了，忙问胜败如何。罗塔里奥说，头一次接触，不能把心思和盘托出，他只是夸奖卡米拉美丽聪明，还说全城的人都这样称赞她。他说这样可先讨她高兴，下一次再说肉麻点的话她就能听得顺耳了。魔鬼引诱洁身自好、行为端正的人，总是这样做。地狱里的小鬼开始总是装扮成天使，对人和气仁慈，把你哄住，到时候才凶相毕露，这样阴谋诡计容易得逞。安塞尔莫听了连连称好，说以后罗塔里奥天天都可以来他家，他在与不在，他都会安排他俩见面说话，留给他充分的时间执行那个计划，又不叫卡米拉看破。可是过去了好几天，罗塔里奥连一个字都没对卡米拉说，但安塞尔莫问起，他总是讲，他已经跟她讲过那事了，而她毫无动摇的意思，甚至反过来警告他，再有邪念，就要告诉她丈夫了。

安塞尔莫听了，说："很好。看起来甜言蜜语、讨好奉承还不能把她怎么样，但会不会在金钱财物面前打败仗，还不好说。明天我给你两千金币，你拿去送给她。再给你两千买些珠宝首饰去试试。女人嘛，不管多么规矩，多么安分，都喜欢穿戴打扮，而且长得越漂亮越是这样。如果这都打动不了她的心，那我就算大功告成，也就心满意足了。你呢，也就没事了。"

　　罗塔里奥说，他明明知道这是瞎子点灯白费蜡，枉费心机的事，但既然答应了，而且已经开了头，那就要有头有尾、有始有终，绝不会半途而废。

　　第二天，他拿到了四千金币，也扛上了四千斤的负担，因为他的谎已经撒到了头，再找不别的花招去哄安塞尔莫了。想来想去，还是那句话：送钱送物和奉承讨好一样，都是瞎耽误工夫，她还是雷打不动，守身如玉，咱们就死了这条心吧。哪晓得老天不答应。那天，安塞尔莫又像以往一样，借口有事外出，把罗塔里奥和自己的妻子单独留在房内。但这回他没有出门，而是钻进隔壁的小屋，藏在那儿，眼睛贴在锁眼上，偷看里面的情况。他看了半个钟头，听了半个钟头，罗塔里奥不但没有什么动作，而且还一句话都没说。他看出来，就是再等上一百年，他也不会对她讲一句话，这才恍然大悟，如梦方醒：原来他的好友一直在骗他，什么卡米拉雷打不动呀，什么她坚贞不从呀，全是瞎编！他立刻把罗塔里奥叫出来，问他有何进展，卡米拉有没有改变态度，目的是要验证他刚才在锁眼那儿的所闻所见。罗塔里奥哪里晓得安塞尔莫来了那么一手，就按原来的计划回答说，他不想干下去了，卡米拉态度严厉，还当面斥责他，他再没有胆儿和她周旋了。

　　安塞尔莫听了，非常生气，说：

　　"好啊！罗塔里奥，你可真行啊！你就这样对待我啊！什么交情！友谊！诺言！全是假的！你一直在哄我！我刚才趴在锁眼那儿什么都看见了，什么都听见了。你根本就没对她讲话，一句也没讲。前几次肯定也是这样，对不对？你干啥要耍花招？为什么不愿让我试试呢？你实在对不住我啊！"

　　还说什么呢？就这一通话罗塔里奥就下不了台。花招叫朋友说穿了，这也太难为情了，怎么办呢？赶紧转圜吧。他立刻发誓，下次一定叫安塞尔莫满意，绝不再糊弄他。要是他不信，还可以继续偷看监视。其实，这也大可不必，他以后一定坚决、彻底、完全按安塞尔莫的意愿去做，保管叫他万分满意。安塞尔莫相信了他的赌咒发誓，并且告诉朋友，为了他做起来方便自在，他不会再去偷听偷看，而且决定搬到城外的一个村子里住上八天，因为那儿有他一位朋友。为了不引起卡米拉的疑心，他请那位朋友来信约他去小住。

　　安塞尔莫真是个少有的糊涂蛋！你在干啥？你在扇自己的耳光！你在丢自

己的脸！你在骂自个儿，也在叫人骂！你完全是自己害自己！你是自作聪明，自
讨苦吃！弄来弄去，最后倒霉吃亏的，还是你！你的卡米拉多么纯洁多么贤淑，
是一个多么好的女人，你从从容容地享受她，谁也不会来打扰你的幸福。她的心
思完全在你这个家上，你是她在人间的天堂，她一辈子的归宿。她想你、爱你，
一切为了你，你是她的乐趣、她的幸福。她循规蹈矩，一切都以你和上天的意志
为转移。她是一座包含美色、贤德、贞洁、娴静等各种品德的宝矿，已经心甘情
愿、毫不吝惜地，把她所有的、你所需要的宝藏，全部奉献给了你，你为什么还
不满足，硬要继续挖下去，去寻找根本不存在的新的宝藏呢？难道你不怕那个矿
井因你的无理挖掘而倒塌吗？你知道吗？她那个矿井是由脆弱的人性支撑的，是
经不起你这般折腾的。追求不可能得到的东西，到头来可能原有的也会丢掉，正
像一位诗人写的那样：

> 我问死神要生命，
> 我求病魔给健康，
> 我进监狱寻自由，
> 我入牢笼找出路，
> 我愿叛徒有忠诚。
>
> 我这是枉费心机，
> 我这是白日做梦，
> 我这是有悖天意，
> 我这是缘木求鱼，
> 我这是自讨苦吃。

第二天，安塞尔莫就出城去了他说的那个村子。临走时，他对妻子说，他
不在家的时候，罗塔里奥会来照顾她，陪她进餐，她一定要把他当丈夫一样对
待。卡米拉是个本分女人，听了丈夫的嘱咐，心里觉得不太合适，就说，丈夫不
在家，让别的男人坐在他的座位上吃饭太不像话。要是他怕她不会管理家务，可
以借这个机会让她试一试，经过这次考验，他就明白自己的妻子有比这更大的能

耐。安塞尔莫一心只想办成他计划中的事，哪里听得进去，坚持要卡米拉按他讲的办。卡米拉虽说不乐意，也只好遵命了。

安塞尔莫走后，罗塔里奥果然来到他家。卡米拉仍然对他很热情，很大方。她一直没有单独同罗塔里奥待在一起，因为左右总有用人，特别是那个名叫莱昂内拉的使女，更是和她形影不离。卡米拉十分喜欢她，因为她俩自小一起长大，卡米拉出嫁又把她一块儿带到了夫家。所以，头三天，罗塔里奥没能和卡米拉说上话。其实，有机会他也不敢造次。按卡米拉的规定，主人吃罢饭，用人们就应接着尽快吃，她还叫莱昂内拉先吃，好让她早点过来陪她。也就是说，用人吃饭这段时间，罗塔里奥还是有机会的。不过那个莱昂内拉老惦记着去寻欢作乐，正想抓紧饭后的时机去痛快痛快，往往忘了女主人的吩咐，丢下他俩单独在屋，跑出去玩耍，好像有人特意指使她这样做。

但卡米拉庄重的举止，安详娴静的神态，使罗塔里奥的舌头难以转动，却使他的心飞快地跳动，因为默默相对，正好使他有机会仔细观察卡米拉的美妙之处。她美若天仙，艳如桃李，石头见了也要为之动情，何况他这个肉体凡胎呢？所以，有机会和她说话，他也不说，只是静静地看着她，越看越爱看，越看越喜欢，竟渐渐忘了对朋友的忠诚。他不知多少次打算远走高飞，让安塞尔莫永远也找不到他，他也永远再见不到卡米拉。但每次他都下不了决心，因为他实在对卡米拉爱得发狂，已经丢不下、离不开了。他极力克制自己对卡米拉的欲念，责备自己在发疯，骂自己不够朋友，不是好基督徒。他又为自己辩解，认为这全怪安塞尔莫荒唐无聊，硬逼他去干这种事，所以，他如果有什么过错，世人会原谅，上天也能谅解。

一句话，由于卡米拉的美貌贤淑，加上她那昏头昏脑的丈夫主动送货上门，罗塔里奥已经落到了不顾信义的田地。如果说，头三天他还感到内心有愧，极力克制自己的欲念，那么三天过后，他就不顾一切，放纵开来，疯狂地向卡米拉发起爱情的冲锋。卡米拉突然听到求欢的话，吓得跑进自己的房间。但爱情的火焰一旦点燃，就很难熄灭。罗塔里奥并不气馁，反而欲火更旺，越发玩命纠缠卡米拉。卡米拉万万没想到罗塔里奥竟会对她有非分之想，一时不知如何是好，认为再让他有机会和自己见面实在危险，就当夜派用人给丈夫送去一信。

第三十四章 ┃ **无事生非巧设计**
┃ **弄巧成拙害自己**

卡米拉给丈夫的信是这样写的：

"常言说得好，'军不可一日无帅，城不可一日无主'。我要说，妻更不可一日无夫，尤其是少妇，除非万不得已。没有你在身边，我十分苦闷，尤感孤独。如果你马上回不来，我就先回娘家暂住几天，那就顾不上照顾家了。你所托的人，心思不在朋友所托，只求玩乐。你是聪明人，无须我多说，也不便多说。"

安塞尔莫看了信，明白罗塔里奥已经开始干了，卡米拉的态度也正合他意，心里非常高兴，就立刻叫人捎口信给妻子，叫她千万不要回娘家，他马上就回去。卡米拉听了大为惊讶，更加为难。待在夫家，清白难保；跑回娘家，丈夫回来如何交代？最后，竟两害相权取其重，决定留下来。她拿定主意留下后，不再躲着罗塔里奥，免得用人们疑心他们有什么不检点，另外，她后悔给丈夫写了那封信，担心丈夫怀疑她是个水性女人，要不人家罗塔里奥怎么会起邪念呢？不过，她自信本身没有过错，相信一靠上帝保佑，二靠自己安分，可以抵抗罗塔里奥的勾引和挑逗，决计不再给丈夫写什么信，哪怕出了什么事也罢，因为她不想给他再添什么麻烦和不快，甚至准备一旦安塞尔莫问起那封信到底是怎么回事儿时，还要替罗塔里奥作一番解释。

她心眼真好，想得也不错，但没有用，也不合实际。有一天，她就是以这样的心境，倾听了罗塔里奥催人泪下的表白。罗塔里奥苦苦哀求，百般纠缠。卡米拉渐渐春心荡漾，感到难以招架。罗塔里奥的眼泪的确打动了她的心，要不是想着自己的身份和贞操，极力克制感情，她早就流出可怜他的眼泪了。罗塔里奥看

得真切，知道她已开始乱了方寸，身上的欲火就越发旺盛，进攻就越加猛烈。他想，现在必须乘安塞尔莫不在的大好时机，一举将她这个堡垒攻破。他极口称赞她的美貌，投其虚荣之所好。美人最喜欢别人夸她长得娇艳，奉承完全可以打败虚荣，讨好必定战胜高傲。别说美女，就是铁打的玩意儿，也抵挡不住这一套。罗塔里奥就是用这套办法向卡米拉发起持续不断的进攻，而且火力越来越猛，把她逼得越来越紧。他又是哭，又是求，又是讨好，又是奉承，总之，使出一切追求女人的招数，热情澎湃，情深似海，表现出不达目的绝不收兵的极大诚意。面对这种真诚而顽强的爱情进攻，卡米拉终于献出了自己的贞操。他昼思夜想，急不可耐想得到的宝贝儿，竟出乎意料地投入了自己的怀抱。

卡米拉被打败了！缴械投降了！这能怨谁呢？对待情欲，只有避开它，远离它，谁想和它一决高下，必败无疑。罗塔里奥和卡米拉的事就是一个明证。情欲是人之天性，非神力难以克服。

女主人的这份私情，只有她的贴身使女莱昂内拉心里有数，她在偷情这方面可是内行，想瞒也瞒不了她。罗塔里奥把卡米拉追到手后，就不管过去和安塞尔莫商定的计划，不想把实情告诉卡米拉，他怕如果卡米拉知道他和她丈夫那个计划，会认为他是逢场作戏，玩玩而已，不是真心爱她。

几天后，安塞尔莫回到了家中，他对家里发生了什么事毫无察觉。事实上，他不在时，家里出了大事，他最珍贵的但又是他最掉以轻心的宝贝，叫人家偷去了。他立刻去找罗塔里奥。两人一见，热烈拥抱。安塞尔莫就问那件对他性命攸关的事进展怎样。

罗塔里奥说："好朋友，我能告诉你的就是：你夫人真不愧是贤惠女子的典范，我对她说甜言蜜语，她听而不闻；我对她发誓赌咒，她连理也不理；我送她金银财宝，她连看都不看；我对她挤眼泪，她笑我没男人气。总之，卡米拉既美如天仙，有万般娇媚，又贞洁贤淑，是地地道道的正派女子。这些钱一个子儿没用，现在都还给你。卡米拉坚贞自爱，好话和金钱是打动不了她的心的。安塞尔莫，现在该满意了吧？我说，你就别再考验她了。猜疑女人，就如同掉进无边苦海，现在好了，你已经逃离苦海，就别再自找烦恼，要是一不小心掉进去，那可就不好办喽。人生的渡船都是天定的，你别再找人家去试船体用料好不好，造得牢不牢。你应当看到，自己已进入安全的港湾，放心抛锚，安顿下来，直到上帝叫你回去为止，不管贵贱，是人就逃不过那一天。"

安塞尔莫听了毫无怀疑，仿佛罗塔里奥刚才说的全是上帝颁发的圣旨，心中不胜欣喜。但他对罗塔里奥说，先别忙着收兵，最好再坚持一段时间，看看最后还有什么变化。还叫他不必再像开始和前些日子那样挖空心思，玩花招了，就当做是娱乐是消遣，做得潇洒自在点。说罗塔里奥不妨写几首赞美诗，奉承奉承卡米拉，诗里可以虚构一个女人，就叫她格洛莉。他可以告诉卡米拉，说罗塔里奥爱上了一位夫人，怕伤害她的名誉和自尊，就用了这个名字。要是罗塔里奥懒得动手，他可以代劳。

罗塔里奥说："不用了。诗神想必还不会厌烦我，差不多每年也要来舍下光顾几回。你就照你刚才说的，告诉卡米拉，我有了情人。诗还是我自己写，写得好不好，配不配得上要赞美的人，那不好说，但我一定尽力而为，全力以赴。"

这两位真有意思，一个自作聪明，实为糊涂；一个煞有介事，其实存心不良。安塞尔莫回到家中，就问起那封信是怎么回事儿。卡米拉正为丈夫迟迟不提此事心中犯嘀咕，这时便将早已想好的话，顺嘴说出。她说，罗塔里奥开始对她是有些随便，跟安塞尔莫在眼前时不大一样，不过，现在没事了，因为罗塔里奥总躲着她，好像不愿单独和她在一起。她想可能是自己多疑，实际上根本没啥。安塞尔莫说她完全可以大放宽心，因为他听说，罗塔里奥正在和城里一位名门闺秀谈情说爱，还写诗借格洛莉这个名字赞颂她呢。其实，即使罗塔里奥没有情人，她也应当相信，他绝不会打她的主意，干出不仁不义的事情。幸好罗塔里奥事先给卡米拉通了气，说他胡说爱上格洛莉是为了哄住安塞尔莫，好借机赞美她。他要不打这个招呼，卡米拉非醋意大发，气得半死不可。现在，她心里明白，所以，听了丈夫讲的这条所谓新闻，根本不会伤心。

有一天，他们三人在一起吃饭。安塞尔莫要罗塔里奥给他们念几首他新作的情诗，他认为卡米拉不认识格洛莉那姑娘，他不用有什么顾忌。

罗塔里奥说："认识也没什么关系。这也不是什么见不得人的事，赞美情人的美貌，埋怨她的冷酷，不算伤害她的名誉。昨天我就作了一首，专门怨恨她的无情。我给你们念念：

夜，是那么幽静，

人，都早已睡着，
唯独我在向上天诉说，
唯独我在向格洛利哀告。

日头徐徐升起，
东方洒下一片黄金。
我依旧在哭泣，
我仍然在叹息。

太阳当空，
光芒普照八方四面。
我已痛苦不堪，泪如涌泉。

夜幕虽降，我哀声又起。
心烦意乱中才发现，
原来老天不听，格洛莉不理。"

卡米拉说这首诗不错，安塞尔莫大加赞叹。他说诗写得确实好，只是那位小佳人心肠也太狠，人家一片真情，她却故意不理。卡米拉说：

"热恋中的诗人说的都是真心话吗？"

罗塔里奥说："作为诗人，说的倒不一定都是真话，但如果他真的在谈恋爱，那说的可全是肺腑之言，而且心里话能说出一半就算不错。"

安塞尔莫说："他说的是实话。"

他还帮罗塔里奥说话呢，其实卡米拉的心早就跟着人家跑了！她心里明明白白，罗塔里奥的诗就是为她写的，里面那位格洛莉就是她，所以还希望再给她念几首诗。

罗塔里奥说："完全可以。不过，我看这一首不如刚才那首好。说确切点，是不比那首差。你们看吧。好，我现在就朗诵给你们听：

你不相信，我也要死。
躺在你的脚下，算是我的福分。
狠心的美人儿啊，
至死我对你都是一片真情。

我可以不要生命和荣耀，
也不求流芳千古，万世不朽。
但你那美丽的面容，
永远会铭刻在我敞开的胸中。

这是我临终时刻的遗物。
你的冷酷更使我痴情，
我的痴情加快了我死亡的脚步。

我在黑夜中航行，
大海茫茫不辨东西。
港口在哪儿？哪儿是北斗星？"

安塞尔莫又大加赞扬。他就这样把耻辱的铁环一个个慢慢连成锁链，把自己套牢。罗塔里奥给他身上泼的污水越多，他倒越发得意光彩。而卡米拉在堕落的泥坑中越陷越深，她丈夫反倒认为她更加贞洁自爱。

有一天，卡米拉见只有使女莱昂内拉在跟前，就对她说：

"莱昂内拉，我的好妹子，我一想到这么随便，就觉得脸红。我也真是，干吗不多让他费些时间，这么容易就叫他把我弄到了手？他看我一下子就把心给了他，会不会小瞧我？其实，他追得也实在厉害，我真没办法不依他呀。"

莱昂内拉说："我的太太，你不必为这个心烦。只要东西好，给得迟给得早，都一样珍贵。俗话说：'给得及时，一个胜俩。'"

卡米拉说："你别忘了还有句话：'得来容易，丢得也快。'"

莱昂内拉说："这句话安在你身上不合适。我听说，爱情也有各种各样的。

有的飞，有的走；有的狂奔傻跑，有的溜溜达达，慢条斯理；有的平和冷静，有的热火朝天；有的因此受伤，有的为此送命；有的从开始到结束，不过是眨眼的工夫；有的早上攻打堡垒，晚上就将其拿下。爱情的力量谁也无法阻挡。爱情不是趁老爷不在家，把你们给征服了吗？罗塔里奥的情况跟你一样。你不必多虑。你们早就该加快速度，趁热打铁，赶在老爷回来之前，把事做成。他现在在家，你俩的事就不好圆满。男女间的事得靠机会，才得遂愿，爱情都是机会促成的，特别是开头。我可不是听人家说，我差不多都亲身体会过。这方面我称得上行家，有机会，我会跟你细谈，太太，我也是有血有肉的年轻女人嘛。再说，你也不是一下子就依了他呀。你看，他先是含情脉脉、目不转睛地看你，接着长吁短叹，心里实在按捺不住。然后，又是央求，又是赌咒，最后大送珠宝，极力讨好。他弄了好长时间，费了九牛二虎之力，才使你看到了他那颗爱你的心，发现他身上的种种优点，终于觉得他很可爱。事实就是这样，太太你就不用想这想那，担惊受怕了。已经很清楚，你爱他，他也爱你。既然你已落入情网，他又让你这样称心，就应该好好享受一番，别再自寻烦恼了。据说理想的情人不仅具有'四德'：聪明博学，出类拔萃，彬彬有礼，谨言慎行，还得有情人品德大全中讲的那一套：一是知恩图报，二是人好心善，三是知书达理，四是慷慨大方，五是情意绵绵，六是坚定不移，七是温文尔雅，八是诚恳实在，九是闻名遐迩，十是忠贞不贰，十一是年富力强，十二是品质高贵，十三是公正坦率，十四是门第显赫，十五是家产丰厚，十六是手头阔绰，十七是前述'四德'，十八是沉默寡言，十九是待人真诚，二十嘛，不太好听，就不说了，二十一[1]即最后，是处处顾及心上人的名誉。"

卡米拉听她一口气背了这么多的情人品德，忍不住笑了，心想，这小丫头还真是个情场老手，说不定干得比说得还厉害。莱昂内拉毫不掩饰，承认自己就是精于此道，还说眼下就在和一个男人谈情说爱，那人还是个年轻的绅士呢。卡米拉一听暗暗叫苦，她担心这小丫头会把她的私情暴露出去，要是这样，自己的

---

① 情人品德大全所列品德，按各词词首字母顺序排列，九为I，二十一为Y，Y与I发音相同，故视为一类。

名声可就难保了。她又问莱昂内拉，是说说笑笑，小打小闹呢，还是已经真刀真枪，来实的了。那使女脸皮厚得赛过城墙，根本不知羞耻，回答说，早不是说说笑笑而已了。女主人放纵，丫头们就敢胡来，所谓上梁不正下梁歪。她们见主人行为不检，自己便放开胆子干。卡米拉虽说担忧，但也无计可施，只得求使女别把她和罗塔里奥的事捅给自己的相好，另外，她和那个年轻绅士来往也要小心才是，千万别让安塞尔莫和罗塔里奥发现。莱昂内拉嘴上答应得倒挺干脆，但心里就没有把这当回事儿。不怪卡米拉担忧，后来她的名声就败在这个丫头身上。原来，这小丫头见女主人有私情，变得比以往更大胆、更放荡，因为她手里有女主人的把柄，知道卡米拉不能把她怎样，竟把情人带到主人家里过夜。主人不自爱，造成的恶果可想而知。她们不再是主人，而成了用人的奴隶，有时还要替她们遮掩隐瞒。卡米拉就是这样的女主人。她经常撞上莱昂内拉和她的相好在一起鬼混，不但不敢说她半句，反而想方设法帮她窝藏情人，免得丈夫发现。但事情总有疏忽的时候。果然，一天黎明时分，东方刚刚有亮，莱昂内拉的情人从安塞尔莫家里溜出来的时候，恰好碰上罗塔里奥。起初，他没看清楚是谁，还以为碰上了什么鬼呢。后来，他见那人鬼鬼祟祟，遮头盖脸的，就明白自己想错了，便起了疑心。他这一起疑差点儿叫有关的人全部遭殃，最后还是卡米拉出面挽回了局面。罗塔里奥在这个欲明还暗的时刻看见从安塞尔莫家跑出个人，就怀疑和卡米拉有关。他没想到是莱昂内拉勾搭进去的，说实话，他连莱昂内拉是谁都还搞不明白。他想，卡米拉轻而易举地依了他，难道不会对别的男人也这样吗？女人行为不检点往往会连勾引她，使她失身的男人也不相信她的贞操，总以为她也会叫别的男人得手，所以，有点儿风吹草动，就会疑神疑鬼。罗塔里奥立刻妒火中烧，失去了理智，把他过去对安塞尔莫讲的那些大道理完全抛到脑后，认准了卡米拉干了背叛他的下流勾当，别说三思而行，他连略加思索都没有，就决定报复卡米拉，而且，说干就干，立刻跑去找安塞尔莫，也不顾人家起床没有。

罗塔里奥找到安塞尔莫，开门见山对他说：

"安塞尔莫，我的好友，这几天我心里好烦，有件事我想对你说，又不敢说，不说心里又犯嘀咕。所以，我非要说出来不可。我告诉你，卡米拉已经向我投降，完全依顺了我。我没有马上告诉你，是因为我不知道她是逢场作戏呢，还是在试探我是不是对她真心。我想，她若是正经规矩的女人，就像咱们想的那

样，她早就会向你告我的状。我看她并没有这样做，就明白她许诺我的话是真的。她答应我等你下次出门，就和我在你放首饰的房间幽会（他和卡米拉已在那儿幽会多次）。你呢，也别急急忙忙去收拾她，她现在只是说说，没准儿还没真干就反悔了呢。你一向都喜欢让我给你出主意。这一次，我再给你进一言：你先别急着惩处她，咱们要把事情弄清楚，然后再想个合适的办法对付她。我看，你是不是还假装出门几天，然后偷偷躲进你那间房子，藏在壁毯或别的什么东西后面，到时候，咱们就知道卡米拉到底是什么样的人了。我希望她是个规矩的女人，但万一不是那么回事儿，你就可暗自动手，想个巧妙的方法，为自己洗刷耻辱。"

安塞尔莫原以为妻子已抵挡住了罗塔里奥的假意追求，哪想到事实竟和自己的意料相去十万八千里，他感到十分震惊，一时不知所措，目瞪口呆，张口结舌，过了半天，才说：

"罗塔里奥，你真够朋友，我没有白托付你。我听你的主意，你看着办吧。这事来得太突然，咱们先不要声张出去，对不对？"

罗塔里奥一口答应。但他一从安塞尔莫家出来，就暗自叫苦，后悔不迭，认为自己实在有些发昏。卡米拉是该受惩处，但也用不着下这样的毒手。他大骂自己糊涂，责备自己做事轻率。他想设法挽回，想来想去，最后决定把这一切对卡米拉和盘托出。

罗塔里奥要见卡米拉还不容易？他当天就找到了她。卡米拉也急着要跟他说话，所以两人一碰面，卡米拉就对他说：

"亲爱的罗塔里奥，你知道这几天我有多难受，真是有苦难言，可不说出来心里总憋得慌。你知道，我那个丫头莱昂内拉，真是个不要脸的东西，天天晚上都把她那个相好的引到家里鬼混，不到天明不走，根本不管会不会影响我的名声。我真担心哪天那小子一大早溜出去，碰巧叫人撞上，那可就糟了。到时候，肯定会搞得满城风雨，你想说都说不清。这还罢了，可气的是我还不能把她怎么样。咱们的事她都知道，她是在拿咱们一把。你说，这叫我怎么办？我担心咱俩的事早晚得败在她的手里。"

罗塔里奥听了卡米拉的这番话，开始以为卡米拉故作姿态，来个先下手为强，向他解释从她家溜出去的那个男人是莱昂内拉的情人，和她毫无干系，可后来见卡米拉又哭又求的，要他想主意，他才明白她讲的全是实情，感到十分懊悔，错怪了情人，还把事情弄糟了。他先安慰了卡米拉一番，叫她不用着急，也不必烦恼，他自有办法教训那个淫荡的使女。然后就讲了他如何吃醋，如何大怒，又如何气急败坏向安塞尔莫交代了他俩的私情，最后还献计叫安塞尔莫藏在房内偷看她如何做对不起他的下流勾当。说完，他忙不迭地求卡米拉饶恕他的一时糊涂，请她赶紧想办法帮他渡过这个难关。

卡米拉听了吓了一跳，气得把他骂了一顿，说他心眼太坏，脑子太蠢，竟然想出这样的坏主意来害她。女人有时缺乏理智，但碰到问题，不管好坏，却能急中生智，这点确实胜过男人。当时，在罗塔里奥看来，他闯下的祸已无法挽回，可卡米拉心里却已有了主意。她叫罗塔里奥不必紧张，说不如将计就计。她说，她自有妙计，要借这个大好机会，使她和罗塔里奥的好事，不再有妨碍，可随意进行。她没有讲她的计划，只是要罗塔里奥等安塞尔莫藏好了，听见莱昂内拉叫他，就立刻到她那儿去。她问什么，他就答什么，权当不知道她丈夫藏在一旁。罗塔里奥要卡米拉把她的打算告诉他，让他心中有数，免得再生枝节。但卡米拉说：

"你不必紧张，我问，你答，就行了。没问题，你能做到。"

卡米拉不想事先把计划捅给他，怕他以为不好，自作聪明另搞一套，反而坏事。她认为自己想的实属高招。

罗塔里奥见此，不再坚持。第二天，安塞尔莫按原来商定的步骤，告诉妻子要去乡下朋友家住几天，然后偷偷溜回藏了起来。他做得十分顺手，因为卡米拉和莱昂内拉故意给他提供方便。

安塞尔莫藏在那儿，心里七上八下，很不是滋味。他要亲眼看的不是什么令人愉快的事，而是叫他丢人现眼的下流勾当。没准儿再过几分钟，他的宝贝卡米拉就永远不属于他了。

卡米拉和她的使女算好安塞尔莫已经藏好，就一起走进那间小房。卡米拉刚把腿迈进门，就长叹一声，说：

"唉，莱昂内拉，我的好妹妹，我不能告诉你，我跟你要这把短剑干什么，我怕你阻拦我。我看，还是让你杀了我算了！省得我这个下贱的人难受。不行！我有什么错？我干吗要代人受过？我要先问问那个色迷心窍的罗塔里奥，他那双贼眼到底在我身上看到了什么，竟使他胆大包天，毫无羞耻，向我提出非分的要求。他不尊重我，也就辜负了朋友。莱昂内拉，你去窗口那儿喊他上来，他肯定在街上溜达，盘算着怎么把我搞到手，来遂他的邪念。他等着瞧吧！我对丈夫有多忠诚，对无耻之徒就有多狠！"

莱昂内拉脑子机灵，心领神会，立刻说：

"哎呀，太太，你要这把短剑干啥？自杀？还是把罗塔里奥干掉？跟你说吧，干哪一样下场都不美妙，人家都会说你不好，就是说，都会叫你在人前没脸面。我劝太太还是忍了这口气。你要我叫他进来？可千万别这样干。你想呀，屋里现在就咱们两个弱女子，他一个大男人，这会儿又正心急火燎，一心要把你搞到手，肯定色胆包天，什么事都做得出来。你要是放他进来，就等于给恶狼送上美餐，不等你要了他的命，他就先占有了你，叫你落个比死还糟糕的下场。咱们老爷也是！你说他傻不傻？家里有漂亮的太太，还往屋里带不三不四的男人，这不是引狼入室是啥？！太太，你大概是真要对他下手吧，但你想没想，杀了他，你把尸体咋办？"

卡米拉说："这还不好办？安塞尔莫找个地方一埋不就完了嘛。家丑不可外扬，干这种维护自己名声的事，他一定做得快做得好。哎呀，你还在这儿等什么呢！快去呀！赶紧把那浑蛋小子叫来，我受了这样的欺负要是不报仇，心里总觉着对不起我的丈夫。"

安塞尔莫越听越糊涂，搞不清是老婆讲得对，还是朋友说得真。等听到卡米拉下定决心要杀死罗塔里奥的话时，他差点儿跑去劝阻。他想看看这贞节烈女最后是如何行事，才克制住自己，准备到节骨眼上再挺身而出，控制局面。

就在这个当口，卡米拉突然昏死过去，一头扑在了床上。莱昂内拉见状，立刻泪如雨下，大哭小叫起来：

"太太呀，太太！你品德高尚，正经规矩，可是少有的贞洁女子呀！要是你这朵世上最纯最美的花儿死在我怀里，那可怎么办才好啊！"

她一把鼻涕一把泪地这样伤心哭诉，谁听了都会以为她是世上最忠诚、最富同情心的使女，她的女主人是个被追求者包围得难以脱身的珀涅罗珀①。

---

① 珀涅罗珀：《奥德赛》中奥德修斯的妻子。丈夫远征特洛伊的十年间，无数男人追求她，均遭她拒绝。

卡米拉苏醒过来后，立刻对莱昂内拉说：

"莱昂内拉，你怎么还没去呀？快去，快把那个世上最没良心，太阳不见、月亮不看的所谓朋友叫来！快去！赶紧跑呀！别磨蹭了，再待会儿，我没火了，还报什么仇？出什么气？不全成了吓唬人了吗？"

莱昂内拉说："行了行了，我的太太，我马上就去。你呢，还是先把短剑给我，别等我不在，你再干出什么叫爱你的人伤心一辈子的傻事来。"

卡米拉说："莱昂内拉，你去吧，放心去吧，我没那么傻。你以为我为了名誉会不顾一切，昏头昏脑，干出愚蠢至极的事吧？不会的，我不会傻到卢克雷西亚①那种地步，明知自己清白无辜，却走了自杀自绝的路。我可跟她不一样，我要先宰了那坑我的小子再说。死就死，我不怕，但我要先杀了他。我也没勾引他，是他心存邪念，在打我的算盘，害得我老是坐立不安，泪流满面。"

她又是催促，又是恳求，莱昂内拉就是不去。后来，那丫头还是让了步，跑出去找罗塔里奥。她走后，卡米拉嘴就没闲着，一个劲儿地跟自己念叨：

"上帝啊，我要是像一开始那样，明确拒绝他就好了，都怪我没有把话挑明，使他还以为我是个荡货。要是早讲清楚，自然事情就没有了，可这一来，罗塔里奥的狼子野心就谁也不知道了，他还可以像以前那样，道貌岸然，像个规矩人似的，来我家里，自由出出进进。他既然动了邪念，我就要出这口恶气，为了我丈夫的名誉，我也要叫他用命来换！就是叫外面知道了我也不怕，因为人家会说，我卡米拉到底是个对丈夫忠贞不贰的好妻子，而且还敢教训那些企图对她非礼的歹人。对了，我是不是要先对安塞尔莫谈一下我的这些想法呢？算了。其实，他看了那封信应该明白是怎么回事儿。问题是，他怎么无动于衷，也不想想办法呢？可能是他太老实、太实心眼，压根儿就没往那方面想。从小的老朋友怎么能不顾信义，打自己老婆的主意，把好友的名誉当儿戏？我开始不也是这样吗？所以我长时间也没敢往那上头想。后来，他又是送东西，又是发誓赌咒，又是哭天抹泪的，我这才恍然大悟，原来他想得到我呀！还说啥？已经走到这一步，说什么也等于零了。反正我已经横下一条心，再想什么都是白搭，再说什

---

① 卢克雷西亚：传说中的罗马贵妇，因遭人强暴，愤而自尽。

么也是无用。我现在只等着那个骗子进来。我叫他进来！走近点！一剑刺去！叫他倒地完蛋！以后是啥，我就管不了那么多了。我嫁给我丈夫是一身清白，我离开他时也是一身清白。遗憾的是，我纯洁的血将会和那色狼污秽的血混杂在一起。"

她一面说，一面把那短剑晃来晃去，手舞足蹈，东倒西歪，好像发了疯似的。她这副模样哪还像柔弱的女子，简直有如亡命之徒。

安塞尔莫藏在壁毯后面，听得清清楚楚，看得真真切切，心中不免大惊。他认为只凭眼前所见所闻，再大的猜疑都可烟消云散，还要罗塔里奥出面证实干啥，而且，要是等他赶来，卡米拉真起手来，事情就难以预料了，所以决定立即停止偷看偷听，赶紧出来圆场。可是他正要走出去拥抱妻子，挑明真情，莱昂内拉却领着罗塔里奥走了进来，只好把伸出的腿又收了回去。

卡米拉一见罗塔里奥，就用剑在地上画了一条线，说：

"罗塔里奥，你听着，你敢越过这条线，我就用这把剑自杀。你别急，先听我把话说完。首先，我来问你，你认不认识我的丈夫安塞尔莫？你认为他怎么样？其次，你要回答我，你认不认识我。说吧，这对你十分简单，既不用琢磨，也不用考虑。"

罗塔里奥人很聪明，卡米拉叫他出主意让安塞尔莫藏在屋里时，他就猜到她想干啥，所以，这会儿他心领神会，便和她一唱一和，大演双簧，说的跟真的一样。他回答说：

"我的美人，我来找你可不是为这，你要我回答这些问题，如果为的是拖延时间，不让好事马上做成，我也无奈。但你要明白，你越拖下去，我就越发心急难耐，眼看伸手可得的快活就是得不到，那滋味你可想而知。但你非要我先回答不可，我也只好暂且忍受煎熬，免得又惹你心烦。我和你丈夫安塞尔莫，自小相知相好，交情深厚，这你都知道，我就不必多言，否则，就越发感到对他不起。但爱情力大无比，为了它，我犯再大的错也觉得划得来。你呢，我也十分了解，我和安塞尔莫一样尊重你，你要不是这么美、这么好、这么招人爱，我哪有那么大的胆儿，不顾自己的身份，也不管跟你丈夫多年的友情呢？现在，这一切都已坏在我的手里，还不是因为这所向无敌的爱情吗？"

卡米拉说："你简直是一切值得珍爱之物的冤家对头！你明知故犯，践踏了你的身份，破坏了你和朋友之间的友谊，还有什么脸面跑到我跟前来？你看看我是什么人，再看看他是什么人，你不觉得惭愧吗？你伤害他实在是天理不容啊！唉！我也真是倒霉！现在我明白了你为什么对我起了邪念，大概是我有些随便，对，不是不正经，因为我不是有意要那样。女人无拘无束的时候，往往会不经意不当心，有那么点随便。除了这些，我答应了你什么，暗示了你什么，叫你以为你的下流欲念能在我身上实现？你甜言蜜语向我求爱，哪次我没有把你骂个狗血淋头？你发誓赌咒，我信以为真了吗？你送来的金银珠宝我收过吗？可扪心自问，也许自己也有不当之处，肯定我无意中让你感到尚存希望，要不，你也不会这么久了还对我痴心妄想。所以，我愿替你承担罪责。我的丈夫是个最有体面的人，你却挖空心思，想方设法丢他的脸。我当然也有责任，不该同你接触，使你产生下流的意念。我现在叫你来，就是要叫你看看，我为了丈夫受到的侮辱，要怎样赎罪。要叫你明白，我对自己都下得了死手，对你当然不会轻饶。我再说一遍，我因为太随便才勾起你的非分之念，一想到此，我就心神不定，坐立不安。我不想请他人代劳，我要自我制裁，免得我的罪过张扬开去。我落到今天这个下场，应该归罪于那个勾引我的人，所以，我必须先将他杀死，然后再行自裁，这样，我才能报仇雪恨，既惩罚了自己，也惩罚那个害我走上绝路之人，不管到哪儿，这都合乎天理人情。"

说时迟，那时快，只见她话音一落，举剑就向罗塔里奥当胸刺去。这一剑又凶又猛，来得突然，罗塔里奥无法判断是真来还是假做，仓促之间，只能靠自己的力气和灵巧，左躲右闪，不叫卡米拉轻易得手。她假戏真做，表演得淋漓尽致，甚至不惜拿自己的血来迷惑那个唯一的看客。她见没有得手，其实是故意这样做，就大声说道：

"我要杀此贼人本是天经地义，怎奈老天难遂我意！不过，他还不是力大无边，完全束缚我的手脚，我还有气力对付我自己。"

当时她握剑的手已被罗塔里奥抓住。只见她使尽全身力气，拼命挣扎，迫使他松了手。她一得自由，便把剑头对准自己左肩下锁骨上那个伤不到要害的部位，刺了进去，随后，往地上一倒，假意昏死过去。

莱昂内拉和罗塔里奥都吓傻了。看见卡米拉浑身是血，躺在地上，不知是假戏真做还是发生了意外。罗塔里奥赶紧跑过去，拔出短剑，一看伤势很轻，心上

260 *El ingenioso hidalgo*
Don Quijote de la Mancha 上
堂吉诃德

一块石头才落了地。他不禁暗自为卡米拉叫好，佩服她沉着机智，有胆有识。他心平气稳后，开始扮演自己的角色。只见他放声大哭，好像卡米拉已一命归西。不但哭，而且还夹杂着咒骂，骂自己该死，更骂那个指使他做这等傻事的人。他知道安塞尔莫藏在那个屋里，故意说给他听，叫他明白，死了的卡米拉也不如他这个活着的人倒霉。

莱昂内拉把卡米拉抱上床，求罗塔里奥去找个什么人偷偷进来给女主人治伤，还问他，要是卡米拉伤没好，安塞尔莫就回来了，怎么对他说。罗塔里奥说，她们爱怎么说就怎么说，他这会儿心里乱糟糟的，哪有心思去考虑这个问题，只想赶紧找个没人的地方去赎罪。莱昂内拉当务之急，是想尽办法止住卡米拉的血。说罢，就装做痛不欲生的样子，走了。等到了没人的地方，他在胸口大画十字，庆幸卡米拉出此妙计，称赞莱昂内拉随机应变，叫人看不出破绽，心想安塞尔莫一定会信以为真，把卡米拉看成是珀霞①第二。这出绝妙的好戏，真中有假，假中有真，罗塔里奥巴不得现在就和他的好友安塞尔莫一起庆祝演出的成功，各取所需，各得其乐。

卡米拉没流多少血，刚好达到演出的效果。莱昂内拉给她止血，用酒清洗伤口，包扎，一面说个不停。她即使刚才啥也没说，这会儿嘟囔的一番话安塞尔莫听了，也肯定会把自己的太太封为贞洁女人的典范。卡米拉应对得也恰如其分。她责备自己贪生怕死，没有勇气，错过了天赐良机。她又问莱昂内拉该不该向亲爱的丈夫诉说这一切。使女说，千万不可如此，告诉他，这等于去叫他和罗塔里奥拼命，那样结果就难以想象了。还说，聪明贤德的女人都是尽量息事宁人，绝不会鼓动丈夫去做蠢事。卡米拉听了说，她讲的句句有理，决定完全采纳。但她担心伤口不能马上好，会让安塞尔莫发现，到时候不好解释，叫莱昂内拉再动动脑筋，给出个主意。莱昂内拉说，编瞎话她可不会，就是闹着玩胡说几句她都不在行。

卡米拉说："说的也是。我也是这样呀！你就是要了我的命，我也不敢，也不会说半句假话。我看还是都说出来的好，省得费了半天劲还叫人一眼看穿是编

---

① 珀霞：古罗马政治家布鲁图之妻，使苦肉计，向丈夫表白，能保守机密。

的，那就更糟了。"

莱昂内拉说："太太，你不用过于着急。老爷回来起码也要等到明天，我琢磨着到时候我会想出万全的办法，再说你伤的地方不容易看见，完全可以遮盖。俗话说，好人一生平安，老天一定会对咱们另眼相待。太太，可别老是这样紧张，这样反倒会让老爷多心。你就把事全交给我，再说，还有上帝呢，他老人家是不会见死不救的。"

安塞尔莫自始至终全神贯注地偷看了这出毁了他名誉的悲剧。剧中人表演得实在出色，就仿佛是真人实事一样。他心情激动，盼着早点天黑，好溜出去找他的老友罗塔里奥，两人痛痛快快庆贺一番，显示自己有这样贞洁的妻子，庆幸自己得到了一个货真价实的无价之宝。那两个女人早猜透他的心思，故意给了他溜出去的机会。

他跑出家门，立刻找到罗塔里奥，又是拥抱，又是夸自己老婆如何好，兴高采烈，心满意足，那情景实在难以形容。罗塔里奥却一点儿也高兴不起来。他怎么能高兴呢？他不仁不义，欺骗好友，勾引人妻，想起来就觉得伤天害理，无地自容，惭愧万分。安塞尔莫哪里会知道是为了这个缘故，还以为他还在为卡米拉自裁受伤，悔恨不已呢，就再三劝他不必多虑。安塞尔莫说，她们决定瞒着他受伤的事，足见伤势一定很轻。他还说，从此以后，他们就可以同行同止，共享人间快乐，因为都是罗塔里奥出谋献策，甚至亲自出马，证实了妻子的贞操，使他达到了人生幸福的顶峰。他最后说，罗塔里奥以后就专门给卡米拉写赞美诗，让她万世美名传，并说这应当是罗塔里奥最好的消遣。罗塔里奥称这是个极妙的主意，他一定竭尽全力，帮朋友树立这个光辉四射的榜样。

安塞尔莫就这样高高兴兴地当上了世上头号大傻瓜。他主动哀告，引狼入室，明明叫人侮辱，还以为得到了莫大幸福。卡米拉见了罗塔里奥，爱答不理的，十分冷淡，但心里却一往情深，沸腾澎湃。

丑事捂了几个月，突然，命运之神的车轮转了一百八十度的大弯，终于露出马脚，传扬开去。安塞尔莫无事生非，鸡蛋里挑骨头，结果自寻烦恼，自讨苦吃，最后还赔上自己的小命。

第三十五章　疯骑士梦中斩巨人
店老板无辜失美酒

故事马上就要读完了，突然桑丘从阁楼上跑来，慌里慌张的，大叫大喊：

"各位先生，快来呀！我家老爷在跟人家打仗呢！打得可凶了！我还从来没见过！快过来帮他一把吧！我的天呀！他一剑下去，那个和咱们迷糊你娜公主为仇作对的巨人的脑袋，就像萝卜似的，打根上给削掉了！"

神甫放下手里的手抄本，问：

"老兄，你是不是有神经病呀？糊涂了吧，桑丘？那个巨人还远在天边呢，你这不是大白大说梦话吗？"

这时，就听见阁楼里一阵乱响，接着就是堂吉诃德的叫嚷：

"站住！你这个坏蛋！强盗！你跑不了啦！你那把弯刀也不管用！"

喊声过后，就听见一阵用刀砍墙的声音。桑丘说：

"各位！别站在这儿光听着玩呀！快去把他们拉开！要不，就我主人一个跟他打。唉，还帮什么呀？那个巨人早就见上帝去了，没准儿这会儿正向他老人家交代在世间的罪孽呢。我看见血流一地，砍下的脑袋滚在一边，跟那个大皮酒囊一样。"

店主一听，叫苦不迭，喊道：

"这下子可完了！那个床头上放了好几个装得满满的红葡萄酒皮囊，准是那个叫什么堂吉诃德、堂凶克德的，在上面用剑乱砍，砍得酒直往外流，这位老兄还以为是血呢。"

他说着，进了阁楼。大家也尾随而入。只见堂吉诃德打扮得古怪出奇。上身穿一件不够尺码的衬衣，前头刚刚到大腿，后面比前头还短好大一截。两条腿又瘦又长，上面长满了毛，脏兮兮的。头上扣一顶油迹斑斑的小红睡帽，还是人家店老板的，左手上搭着一条毛毯。桑丘一见就火冒三丈，什么原因，他心里明白。堂吉诃德右手持剑，正在四下里胡劈乱砍，一边不停地喊叫，好像真的在和什么巨人交战。最可笑的是，他还没睁开眼。他还在梦里呢！他心里一直惦记着迷糊你娜公主托付的事，所以，做梦就梦见到了迷糊你王国，而且还和巨人打了起来。他把床头上堆的那些酒囊看成巨人，对准它们一顿乱砍，砍得酒囊千疮百孔，酒流满地。店老板一见损失惨重，不禁大怒，扑将过去，挥拳便打。要不是神甫和卡德尼奥使劲把店主拉开，这场巨人之战恐怕就要由他收场了。堂吉诃德饱吃店主一顿老拳后，竟然还沉迷在梦中。理发师只好从井里打上来一桶凉水，往他头上一股脑全倒下去，他才苏醒过来。不过，还有些迷糊，弄不清出了什么事情。

多洛苔见他几乎一丝不挂，不好意思进去，所以，她没能亲眼目睹她这位恩人如何和她的仇敌大打出手。桑丘满地找巨人的脑袋，但哪儿也没有，就说：

"好啊，原来这个客店着了魔了。我说呢，上回我就是在这儿，叫人又是拳头，又是棍子的，痛打了一顿，等末了想瞧瞧是谁，连个人影都没见着。这回就更神了，明明看见一个脑袋刷的一声被砍下来，脖子上还往外喷血呢，跟喷泉似的，一眨眼就没了。"

店主说："你这个不敬上帝和圣徒的坏蛋，什么喷泉！什么血呀！你睁开狗眼看看，这儿放的是我的酒囊！流在地上的是我的酒！我的红葡萄酒都快流成河了！把我的屋子都淹了！我要诅咒这个砍破酒囊的浑蛋！叫他也在地狱里淹死！"

桑丘说："我才不管你的屁事，我反正得赶紧找到那个巨人的大头，要不，我的伯爵名位和封地就会像盐掉进水里，全完了！"

醒着的桑丘竟然比睡着的堂吉诃德还要迷瞪、糊涂。主人给他许愿，他就鬼迷心窍。店主看见这主仆俩，一个胡作非为，一个胡说八道，气得发疯，发誓这回绝不能再叫他们白吃白住，一走了之。他才不认什么骑士道八十道，不但旧账新账一齐算，还要他们赔偿砍破的酒囊。

神甫一直抓住堂吉诃德的手。堂吉诃德还以为巨人既死，大功告成，面前站

着迷糊你娜公主殿下呢，就跪倒在地，对神甫参拜道：

"美丽尊贵的公主殿下，我已结果那坏蛋的性命，您从此不用再担心他来骚扰。我既然上靠老天保佑，下靠我为之而生的情人的恩典，圆满完成您的嘱托，那我对您的许诺也就到此了结。"

桑丘说："我没胡说吧？还以为我喝多了呢。瞧！我家老爷不是把那个大块头给宰了吗？还腌成了肉呢！现在好了，没问题了！我就等着封赏了！"

大家见这主仆俩满口胡言，无不捧腹大笑，只有店主笑不起来。他上哪儿笑呀？他气都气不过呢。神甫、理发师和卡德尼奥这一下可忙坏了。先把堂吉诃德抬上床，让他好好休息。堂吉诃德也确实精疲力竭，倒头就睡了过去。接着，又跑到店门口去劝桑丘，他找不到巨人的脑袋在那儿发愁呢。最叫他们费劲儿的是想法压住店主的怒火，他还在为自己的酒囊无端受损大发脾气呢。老板娘也没闲着，只听她大叫大嚷道：

"我们算是倒了八辈子霉了，碰上这么个玩意儿！但愿上帝别再叫我碰上他！这个该死的什么游侠骑士，让我们赔惨了！上回，他和一个侍从，两个人，两头牲口，在我这店里住了一宿，晚饭、床铺、草料，还有大麦，啥钱也没给就跑了，说什么他是到处冒险的游侠骑士，住店吃饭都不必掏钱，还说这都是什么游侠骑士章程上写明的。让这些到处冒险的骑士去倒霉送死吧！后来，又来了这位先生，说是为了救他，还是这个该死的家伙，愣把我家男人的牛尾巴给拿走。现在这牛尾巴上的毛快拔光了，成秃尾巴了！我这不又吃了亏，我男人用也用不成了。这回，他又把我的酒囊捅破，酒全流光了！干吗流出来的不是他的血呢？他别错打了算盘！还想像上一回那样溜之大吉？没门！我凭我爹的老骨头和我妈的在天之灵，在这扔下这句话：我要不叫他一文不少地把欠账还清，我就不姓我的姓，我就不是我爹养的！"

老板娘骂骂咧咧，叫嚷了半天，她那个忠心耿耿的用人玛丽托尔内斯则在一旁添油加醋，随声附和。店家小姐没有给她妈帮腔，只是偶尔笑笑。神甫说，他一定想方设法帮堂吉诃德把账还清，酒囊和酒当然包括在内，就是那条不可多得的牛尾巴，他也要给予应有的赔偿。店主一家听到这才露出了笑脸。多洛苔也在一旁劝桑丘，说只要他主人砍下巨人脑袋的事得到落实，等她重返祖国再登王位，一定给他个一等伯爵，封给他国内最好的地方。桑丘闻听大喜，并说，他看得真真的，那个巨人的脑袋可大了，胡子长得一直垂到腰上呢。还说，要是找不见，那肯定是这个客店着了魔法。他在这儿住过，什么事也甭想瞒得住他。多洛苔说，她对他一百个相信，不过凡事不可操之过急，她认为他的期望应当没有问题，最后一定会叫他如愿以偿。

神甫看大家也都消了气，故事只剩下个收尾，就想接着念下去。卡德尼奥、多洛苔，还有其他人，都想知道结局如何，也请他往下读。自己有兴趣，大伙儿也捧场，神甫又重新念那个故事：

安塞尔莫自从证实了妻子的确守身如玉、忠贞不贰之后，心情非常愉快，天天都是笑容满面，扬扬得意。卡米拉故作姿态，对罗塔里奥爱答不理，不给他好脸；罗塔里奥则向安塞尔莫表白，说卡米拉见了他就生气，他不如从此不再登他家的门槛。他俩密切配合，制造假象，掩饰真情。安塞尔莫还真上了他们的当，全信以为真，说什么也不答应罗塔里奥的请求。人家做好了套儿放在那儿等他往里钻，他还真乖，不用催不用逼，心甘情愿，主动积极，使劲往里钻。这个期间，那位莱昂内拉可真是如鱼得水，尽情寻欢。她认为卡米拉不但会帮她遮盖偷情之事，没准儿还会教她一两下这方面的手段呢。所以，她不管不顾，肆无忌惮。后来，终于出了事。

有一天，安塞尔莫听见莱昂内拉屋里有脚步声，就想进去瞧瞧是谁。可门推不开，好像里面有人顶住。他越发奇怪，非要推开不可，便憋足了劲儿，一下子推开了门。就在门开的一刹那，他看见一个男人从窗口跳了出去。他拔腿便追，追不上也想看清楚是谁，谁知却叫莱昂内拉死命抱住不放。她说：

"老爷，您别生气也别着急，您别追了，他是我丈夫。"

安塞尔莫哪里听得进去，一怒之下，竟拔出随身短剑，指着她，要她老实交代，否则就要她的小命。莱昂内拉吓得浑身发抖，乱了方寸，竟不假思索，脱口说道：

"老爷，饶了我吧！千万别杀我呀！我有要事向您报告，您连想都想不到的。"

安塞尔莫叫道："那就快说！不然就要了你这贱人的性命。"

莱昂内拉说："老爷，我现在心慌意乱，说不明白，能不能让我明天早上再讲，您听了，肯定会大吃一惊。刚才跑掉的那个人是城里一个小伙子，我们已经

订了婚，他不是什么坏人，请您放心。"

安塞尔莫听后，心头的火稍微平息，同意她明天再向他交代。他根本没想到莱昂内拉要说的那桩要紧事和卡米拉有关，因为他一直相信妻子的忠诚。

他出屋后把门反锁，警告莱昂内拉，若不实话实说，就别想出来。接着，他就去找卡米拉，把他发现莱昂内拉屋里有男人和莱昂内拉答应向他交代要紧的事，原原本本，全告诉了她。卡米拉听了大吃一惊，吓得魂不附体。她想，那丫头肯定会把她干的那些丑事全交代出去，心里不禁咚咚乱跳，也没想去问问莱昂内拉到底是怎么回事儿，就在当天晚上，趁丈夫睡得烂熟，收拾些金银细软，藏了些现钱，神不知鬼不觉地溜出家门，径自去了罗塔里奥的家。两人一见面，她就把莱昂内拉出了事，他俩私情面临败露的危险详细地说了一遍，求他想办法把她藏起来，要不，他俩干脆远走高飞，叫安塞尔莫永远也找不着。罗塔里奥一听就傻了眼，半天没说一句话。他冥思苦想，才想出一个救急的法子，就是把卡米拉送到他姐姐当院长的那个修道院去。卡米拉说行。因为事情紧迫，他当晚就把她送到了那儿，自己也偷偷溜出了城。

第二天清早，安塞尔莫一觉醒来，也没看看妻子在不在身边，就起身去找莱昂内拉，急着想知道她要讲的事。到了莱昂内拉的屋子，开门一看，人没了，窗口上往外垂着一条用床单拧成的逃命索带，甭说了，人从那儿跑了。他窝着一肚子火，跑回来，想告诉卡米拉。床上没人。家里到处找，也找不到。这时候，他心里就上火了，问遍所有的用人，都说不知道。到最后，他发现卡米拉的箱子盒子全开着，里面的金银首饰大半都没了，才知道家里出了大事，罪魁祸首还不是那个丫头莱昂内拉。他气急败坏，不及穿戴整齐，就一路小跑，去找好友罗塔里奥，要向他倾诉自己的特大不幸。到了那儿，人家的用人说，罗塔里奥昨夜就出了门，家里有的现钱全带走了。安塞尔莫一听差点儿气疯了。这还不算完，等他再回到家里，发现里面已空无一人，原来用人都跑光了。

安塞尔莫不知道该说啥、干啥、想啥，变得糊涂起来。一夜的工夫，事情竟变得如此之快，妻子没了，朋友不见了，用人们也逃掉了，似乎老天爷也要弃他而去呢。尤其叫他痛心疾首的是老婆跑了，这说明他的名誉已不复存在，可以说，已丢尽了脸。他从此再没有颜面在人前走动了。他痛不欲生，再三斟酌，才决定去乡下那位朋友家，想当初，他就是在那儿精心策划了眼前的这个悲惨下场。他锁好大门，骑上马，有气无力地上了路。走到半路，他觉得心如刀绞，浑身难受，只好下来，把马拴在一棵树上，便躺在地上，不住地唉声叹气，难过得不行。就这样，他一直在那儿待到天黑。这时，有一人骑马从城里来。他向人致意后，问起佛罗伦萨城最近有何新闻。

那人说："听说出了件新鲜事，多少年都没听说过这么怪的事。说家住圣胡安附近的阔少爷安塞尔莫的老婆卡米拉，愣叫他多年的老友罗塔里奥给拐跑了，就是昨天夜里出的事。说安塞尔莫也失踪了。原来呀，卡米拉有个使女，昨晚上用床单结成一条长带子从安塞尔莫家的窗户往下滑的时候，叫咱们市里当官的给抓住了，上面那些事全是她说出来的。再详细的情况我就不清楚了。城里的人都感到百思不解，这人称'小哥儿俩'的好朋友，怎么会出这种事呢？"

安塞尔莫问："有人知道罗塔里奥和卡米拉在哪儿吗？"

那人说："不清楚。听说市里正在四处打探他们的消息呢。"

安塞尔莫说："再见吧，先生。"

那人答道："再见。"

那人走后，安塞尔莫气得五内俱裂，差点儿见了上帝。他咬着牙，挣扎着站起身，好不容易一步步走到朋友家。那位朋友不知道他惨遭大不幸，见他一脸灰土颜色，气喘吁吁，还以为他生了什么大病。安塞尔莫没有多言，只是要他把自己扶上床，再给他准备些纸笔，最后求他关上门，他要静心休息。朋友一一照办。他一个人孤苦伶仃的，心中痛苦好似万重大山压在身上。他知道自己快不行了，就赶紧取笔写遗言，想说明不幸死亡的原因，但没写几句，就咽了气。他自寻烦恼，无事生非，最后自取灭亡。那位朋友到了晚上也没听安塞尔莫招呼他，以为安塞尔莫病情加重，便推门进去看。只见安塞尔莫半个身子在床上，半个身子趴在桌子上，面前一张纸，一支笔还在手里握着。他叫他，未见回答，又去拉他的手，才发现手已冰凉：死了！主人吓得要命，急忙叫来用人作证，以免自己受牵连。他拿过桌子上那张纸，上面有几行字，认得是安塞尔莫的手迹。上面这样写道：

"我无事生非，愚蠢至极，结果自己断送了自己。如果卡米拉知道我已身亡，请告诉她，我原谅她。她没有义务创造奇迹，我也没有权利逼她这样做。我自取其辱，活该倒霉，就无……"

字就写到这里，因为他还没有写完，命已经结束。

第二天，乡下那位朋友就把安塞尔莫的死讯通知了他的亲属。他们听说了他的不幸，也知道卡米拉待在修道院里，差点儿也走上了丈夫走的那条路。不过，她不是因为丈夫的死，而是听说情人跑了。据说，丈夫死后，她既不出修道院，又不愿做修女。后来，没过多少天，有消息说，罗塔里奥打仗打死了。原来他后悔莫及，一口气跑到那不勒斯参了军，当时法国元帅罗特莱正和费尔南德斯大将军交战。卡米拉得知情人阵亡，立刻当了修女。但没过多久，因痛苦过度，也一命归天。事情开始得荒唐，结局自然不会是别的样。

神甫念完故事后，说：

"这故事还真有点儿意思，但实际上不会有这样的事，完全是编的，编得也过于离谱。上哪儿去找这么蠢的丈夫，不惜赔上性命去试妻子的忠贞。偷情的男女或许有这种情况，安在夫妻之间就不合情理了。不过，叙事的方式还可以。"

第三十六章 | 薄情郎回心转意
有情人终成眷属

这时，站在门口的店老板说：

"那一帮过路客人可真气派呀！要是住咱这店，咱们可就赚了！"

卡德尼奥问："都是什么样的人呀？"

店主说："四个骑马的男的，一式短镫骑法，拿着长矛和盾牌，戴着黑面罩。一个女的，全身素白，骑在有鞍椅的马上，也蒙着脸。还有两个脚夫，跟在左右步行。"

神甫问："快到了吗？"

店主说："已经来了。"

多洛苔听了马上戴上面罩，卡德尼奥立刻躲进堂吉诃德的房中。他们刚刚折腾完，那一队人马已经开进了客店。四个男士先下得马来，个个长得帅气，动作也斯文。他们一起过来扶那位女士下马，其中一位将她抱下来，放在堂吉诃德房门前的一把椅子上。他们始终没讲一句话，也没有除去面罩。只见那女子深深叹了口气，耷拉下胳膊，有气无力的样子，好似个病人。两个脚夫把他们骑的马送到了马圈。神甫见状，很想知道这伙不吭不哈、穿戴古怪的都是些啥人，就问其中一位脚夫。

那脚夫说："老爷，谁知道他们是怎么回事儿，我也不清楚。不过，看样子，恐怕不是一般人，特别是刚才把小姐抱下马的那位先生，因为其他那几位都听他的，对他挺尊重。"

"那位小姐呢？"神甫又问。

脚夫说："咱也说不上。这一道上还没看见过她的脸哩，老听见她唉声叹气，好像快不行了。我和我这位伙计才跟他们走了两天，就知道这些情况。我们是在路上碰上的。他们再三求我们陪他们到安达卢西亚，答应多给工钱。"

"没听见他们都叫什么？"

"没有。说来也怪，他们这一道上谁也不吭气，就听见那位可怜的小姐不停地叹气。看着小姐那个样子，还真叫人心里怪难受的。她莫非是被人强迫去什么地方吧？看她穿的，挺像修女，可能是去当修女。没错，就是这么回事儿。这就明白了，她干吗叹气呀？还不是不想当那玩意儿嘛。"

神甫说："说不定。"

神甫问完，又回到多洛苔那儿。多洛苔听见那女子唉声不断，不免生了怜悯之心，就过去问她：

"小姐，您哪儿不舒服？是不是咱们女人家常见的那种毛病？告诉我，我会帮您的。"

那个姑娘始终不开口。多洛苔再三再四表示想帮助她，她都还以沉默。这时候，那个刚才把小姐抱下马的蒙面男子走过来，对多洛苔说：

"小姐，您不必对她这么好，她这个女人是不懂得领情的，她不说还好，要听她说话，您就会上大当的。她从没有一句真话。"

"我从来说的都是真话。"那个女人突然开口了，"正因为我说的句句是真话，才落了个悲惨下场。这些你最清楚。正是我的一片真诚，才使你变得如此伪善。"

当时卡德尼奥正藏在堂吉诃德的房内，他和那说话的小姐只隔着一道木门，所以，她说的话他听得最清楚。只听他在房内大叫道：

"天啊！是谁在说话？这是谁的声音？"

小姐听见这声音，大吃一惊，忙回头去看，没见着人，便朝那房内跑去。蒙面男子见状，使劲拉住她。小姐一挣扎，面纱掉了下来，立刻露出她那张天姿绝色的脸蛋儿，尽管有些苍白惊慌。她两个眼珠飞快转动，四下寻找着什么，焦急的样子好像要发疯。多洛苔他们不知道其中的缘故，但都十分可怜她。那蒙面男子只知道用力拖住她，不叫她动，也顾不上去扶落下的面罩。等他的面罩完全掉下来，露出了整个儿面庞，正抱着小姐的多洛苔才发现，他竟是自己的丈夫费尔南多，便惨叫一声，向后一倒，当即晕死过去。幸好理发师在旁边一把将她扶住，才没有摔倒在地。神甫赶忙过来，除去她的面罩，往她脸上泼水。那个男子正是费尔南多。多洛苔面罩一拿下，他就认出来了，顿时吓得面如土灰。他仍然死抱住不放的那位小姐就是露辛达。她听出了卡德尼奥的声音，卡德尼奥也听出了她的声音。她听见多洛苔"啊"的那声惨叫，还以为发自露辛达，惊得面无人色，立刻从房里冲出来。他第一眼看见的就是搂住露辛达不放的费尔南多。费尔南多也立刻发现了他。一时间，大家都目瞪口呆，不知所措，然后是面面相觑，你瞧着我，我瞧着你。多洛苔望着费尔南多，费尔南多看着卡德尼奥，卡德尼奥瞧着露辛达。

最后还是露辛达第一个开了口：

"费尔南多先生，请你放开我。你不要体面，也应该想想你的身份。我本是墙上的常春藤，我只能待在那里，你用什么办法也不能叫我离开。欺骗、引诱、威胁、纠缠，你不是都使过了？怎么样你心里明白。老天有眼，终于把我送到自己真正丈夫的眼前。这一切还不能使你改弦更张、彻底死心吗？我告诉你，只有死才能把他从我记忆中抹去。你还不明白吗？你现在只能把情欲变成怒火；把你的如意算盘变成对我的仇恨，你杀了我吧！我能在丈夫面前死去，也是死得其所，死有所值，我正好可以向他表白，我对他的忠贞至死不变。"

多洛苔这时已清醒过来，她听了露辛达的话，明白了她是谁。她见费尔南多依然抱住露辛达，就挣扎着站起来，走过去跪在他的面前，泪流满面地说：

"我的夫呀，你搂着的这颗太阳要是没有耀花你的眼睛，你就会看见跪在你面前的可怜的多洛苔，她命好命坏，全在你的身上。我本是农家女，出身低贱，不知你是出于好心，还是一时高兴，总之，把我抬举成了你的人。我本来好静守贞，过得无忧无虑，都是你百般哀求，热烈追逐，我才把自己交给你，让你得到了我。我现在落到这步田地，又看见你死命纠缠别的女人，我明白你喜新厌旧，心中根本没有我这个人。但是，你要弄清楚，我离家出走可不是做了见不得人的事，羞愧难当，我是因为被你抛弃，含着一肚子苦水。你当初非要和我结婚，而且还是照你说的办法和我结的婚，所以，你想反悔也来不及。我的夫呀，我对你一片忠心，你又何必再去追求别的美人和更好的门第。你好好想想吧，你不能和美丽的露辛达结婚，因为你是我的丈夫；她也不能与你成亲，因为她是卡德尼奥的妻子。你应该明白，回心转意，重新回到爱你的人的怀抱有多好！如果硬强求厌恶你的人喜欢你，肯定是自讨苦吃。你追求我的时候，我还不太懂事；你纠缠我的时候，我还是个黄花女子。我的家庭出身，你一清二楚，我为什么依了你，你心里十分明白。你现在不能说我欺骗了你，你找不出什么理由，也找不到任何借口。事实就是事实，你不想承认也不行。你是基督徒，又是名门少爷，为啥喜新厌旧，有始无终，迟迟不以礼待我？我是你的正式妻子，你要是不愿意以妻子相待，起码也要让我当你的女奴，天天侍候你，在你的左右呀。我只要跟着你就觉得幸福。你千万别抛弃我，叫人家在街上对我说三道四，看我的笑话，搞得我爹我妈跟着遭罪受苦。他们可是你家忠实的臣民，一向老实安分，不该得到这样的下场啊！如果你觉得我的血统低贱，有辱你的门第，那你就错了。告诉你吧，从古到今，天下贵族的血统大都与别的血统相混，纯粹的贵族血统很少存在，也许根本没有。再说，血缘高贵与否，也和女方无关。其实，真要说高贵不高贵，还要看自己的品行如何。如果你不认我，就没有道德，哪还谈得上什么高贵？说了半天，其实就是一句话：你愿意也好，不愿意也罢，我都是你的妻子。你早已对我许了诺发了誓。你不是自以为很高贵吗？那就没有理由不承认你对我的承诺，就没有道理不认我这个妻子。还有，你给我的签字也是见证。你发誓时以老天为证，所以老天爷也是见证。假如这所有的见证和你的诺言都毫不中用，你就是寻欢作乐，良心也会跑出来骂你背信弃义，为我鸣不平，叫你难以心安。"

　　饱受痛苦的多洛苔如泣如诉，泪流满面，听她讲的人无不伤感，连费尔南多的几个同伙也流下泪来。费尔南多仍旧一言不发，只听她说。多洛苔讲完了，又不断地流泪，不停地叹气。看着她那悲伤的样子，只有铁打的人才会无动于衷。露辛达又同情她又惊叹她的善良与美貌，想去劝她几句，怎奈被费尔南多紧紧抱住不放。费尔南多感到惶恐不安，一时不知如何是好。他盯着多洛苔瞧了半天，最后才放开露辛达，对多洛苔说：

　　"你赢了，美丽的多洛苔，你赢了。你说的全是真话，谁也没有胆子否认。"

　　露辛达身体十分虚弱，费尔南多突然一松手，她险些摔倒，正巧卡德尼奥在她旁边，一把将她扶住，抱在怀里。刚才他不愿意叫费尔南多看见，一直躲在他的身后。

　　卡德尼奥对怀中的露辛达说：

"我美丽而坚贞的姑娘，如果上天慈悲给你片刻的休息，我的怀抱就是你最理想、最安全的床铺。想当初我就是这样拥抱着你，是好运叫你做了我的妻。"

露辛达急忙转过脸，一下子看见了卡德尼奥。她刚才就听见了他的声音，现在又见到了他本人，激动得不顾一切，搂着卡德尼奥的脖子，把自己的脸紧贴在他的脸上，说：

"我的夫呀！你是我的命啊！哪怕还有多少厄运，哪怕生命受到威胁，我永远是你的奴仆，你永远是我的主人，真正的主人！"

看到这个场景，费尔南多和所有在场的人都感到意外和突然，吃惊非小。多洛苔见费尔南多此时脸色阴沉，伸手按剑，她怕他要和卡德尼奥玩命，就立刻抱住他的双腿，一面亲一面哭，说道：

"我唯一的依靠啊，你要干啥？你自己的妻子就在身边，你硬想得到的女人已经回到她丈夫的怀抱。人家是天作的姻缘，你想拆散，还讲不讲天地良心？人家姑娘不顾一切，拼死拼活，证明自己守身如玉，忠贞不贰，当着你的面，用自己甘露般的泪水浸润她真正丈夫的胸膛和面庞，难道你还硬要夺人之爱吗？我求你看在上帝的分上，也要多顾及一下自己的人格，不要看见人家亲亲热热就怒火中烧，应当及时醒悟，让这对有情人终成眷属，白头到老，别再去拆散人家，这才显出你品德高贵，别人也会说你不感情用事，懂得事理。"

多洛苔说话的时候，卡德尼奥双手一直抱着露辛达，但两只眼睛可一直盯住费尔南多，如果费尔南多有什么冒犯之举，他会立即作出反应，和要害他的人拼个你死我活。当时在场的人有费尔南多的几个同伙，这边还有神甫、理发师，以及老实巴交的桑丘。大家上去围住费尔南多，劝他求他，求他可怜可怜以泪洗面的多洛苔，说她讲的都是真心话，她的要求合情合理也合法，请费尔南多别再辜负她了。他们又对他说，他们四位在此巧遇，表面上是偶然相逢，实际上完全是老天的安排，就是说，是注定的。神甫说："要想拆散露辛达和卡德尼奥，除非把他们杀死，用武力是达不到目的的。"他还说，凡事到了没办法的地步，最好宽怀大度，克制自己的欲念，成人之美，让人家去享用天赐的幸福。神甫还叫费尔南多好好看看多洛苔的模样，就知道她有多美貌，世上能赶得上她的女子少得可怜，超过她的更是凤毛麟角。再说，人家这么美的女子对他如此低声下气，一片真情，他还有什么可挑剔的？他说，如果费尔南多以君子和基督徒自居，那就应该信守承诺，信守承诺，就是服从上帝，有识之士也会称道他。有识之士都认为对美人应另眼相待，就是说，只要是美人，只要品德上乘，出身微贱也配得上任何高贵的男人，男人娶了这样的美人，并不会降低原来的身份。一个人顺从了爱情，只要不是非礼犯罪，就无可指责。

其他人也在一旁帮腔劝说。费尔南多到底出身高门，心胸开阔，终于回心转意，承认今是昨非。其实，他想不承认也不行呀！他表示听从大家的规劝，伸手去搀扶多洛苔，说：

"我的夫人，起来吧！你是我的心肝宝贝，我怎么能叫你给我下跪呢！我到现在才对你讲出这句话，也许是老天的意思，好让我看清你对我的真心，叫我以德报德，以同样的心境爱你。请你不要责怪我的恣意胡为，做了对不起你的事。我当初执意要娶你为妻和后来又将你抛弃，原因都是一个。你只要回过头看着露辛达那双快活的眼睛，你就会明白，也就会原谅我的所有过错了。她现在已心满意足，我有了你也称心如意。我祝愿他们俩万事如意，永远幸福，也求上天赐福，保佑咱们幸福美满，相爱到老。"

说着，他又拥抱多洛苔，脸紧贴着她的脸，要不是努力克制，那充满爱情和自责的泪水早就夺眶而出了。其他人，包括卡德尼奥和露辛达在内，都毫无顾忌，任泪水横流，他们有的感到自己万分幸福，有的看到别人快乐自己心情激动。他们泪流满面，好像遭遇了什么大的灾难。连桑丘这个土头土脑的汉子也哇哇大哭。不过，他事后透露，他大哭一场是因为别的原因。他本以为迷糊你娜公主能赏他一大块上等封地，谁知她竟是多洛苔，不是公主，他见希望破灭，才伤心大哭。

大伙儿悲喜交加，过了好一会儿才恢复正常。这时，只见露辛达和卡德尼奥走到费尔南多面前，双双跪下，感激他的恩典，态度诚恳，言辞得体，搞得费尔南多不知说什么才好，只得将他们一一扶起，分别热情拥抱，表示歉意。

费尔南多问多洛苔如何跑到这个地方。多洛苔就把对卡德尼奥讲过的那段经历，简短扼要地重复了一遍。她讲得活灵活现，引人入胜，费尔南多和他的同伴个个听得津津有味，真想叫她再多讲一点儿。接着，费尔南多也讲了他的事，说他在露辛达怀里发现一张字条，上面写明她已是卡德尼奥的人，无论如何不能再做他的妻子。他看了气得要命，要不是露辛达父母拦住，真会把她杀死。他又羞又恼，离开了露辛达的家，打算找机会对她进行报复。可第二天就听说露辛达离家出走，不知去向，过了几个月，才知道她进了修道院，发誓如果不能和卡德尼奥在一起，就永不出修道院的门。他便请了这三位绅士一同去了修道院。他们怕走漏风声，修道院会加强防范，就没有去见露辛达，一直等到修道院开了大门，他才留两人在门外等候，自己带一人溜进去找她。他们趁她和一位修女在回廊讲话的机会，出其不意，将她抓住，挟持出去。他们把她劫持到一个村里，采购了一些必需品，准备带她上路。他们自始至终都十分顺利，因为修道院在乡下，离城很远。他说，露辛达看着自己又落在他的手里，当时就昏死过去，醒过来后，除了哭泣流泪，始终没有说一句话。他们就这样，一路听着她的哭声和叹气，最后来到了这个客店。对他来说，到了这儿，就等于进了天堂，因为世间的一切不幸到此便烟消云散，化为乌有了。

公主还原成民女
骑士疯癫仍如前

　　桑丘听完多洛苔和费尔南多的述说，心一下子全凉了，自己盼星星盼月亮盼着早日得到的封赏，竟成了白日做梦，那位迷糊你娜公主原来叫多洛苔，所谓巨人呢，实际上是人家费尔南多。而他主人还在睡觉，对此一无所知。多洛苔心情激动，又有些恍惚，不知道刚刚发生的事，是不是幻觉。这突然到来的幸福，弄得卡德尼奥和露辛达也有同样的感觉。费尔南多感激上苍，把他从糊涂的泥坑中拉了上来，要不他就会名誉扫地，终生受到内心的责难。总之，这一串错综复杂、难分难解的麻烦事，像个连环套似的，竟得到如此圆满的解决，店里人无不拍手称快，异常欣喜。办事稳妥的神甫，祝贺他们个个如愿以偿。最得意最兴奋的还要数老板娘，因为堂吉诃德给她造成的一切损失和欠店里的款项，神甫和卡德尼奥答应均由他们承当。

　　唯有桑丘心里不痛快。他闷闷不乐地走进主人睡觉的阁楼，正巧主人醒来。他对主人说：

　　"哭脸老爷，您就接着睡吧，什么杀掉巨人，什么给公主抢回王国，您都不用费心劳神了，这些事，人家全替您做完了。"

　　堂吉诃德说："没错，我跟那个巨人恶战了一场，打得那个凶呀，还从来没见过。我一剑挥去，咔嚓！他那脑袋就掉到了地上，血就跟河开了口子似的，流得别提有多凶了。"

　　桑丘说："干吗跟河似的，您不如说像葡萄酒似的。跟您实说吧，您说的那些巨人，是酒囊！您说的那些血，是流出的葡萄酒！那个砍下的什么巨人脑袋……是他妈生我的婊子！真是他妈活见鬼！"

堂吉诃德说："你说什么呢？疯了？没脑子了？"

桑丘说："您还是赶紧起来吧，看看您干得有多漂亮，您呀，给人家掏钱吧。还有那个什么女王陛下，已经变成民间妇女了。还有更神的呢，您知道了准会大吃一惊。"

堂吉诃德说："还大吃一惊呢，这有什么新鲜的？还是魔法师在作怪，咱们上次不就在这儿碰了一回吗？这次还是那么回事儿。"

桑丘说："我还真想相信您的话，可我那次叫人家兜在毛毯里往天上扔，的确是真人实事呀！那天，他们拿我戏耍的时候，我看得真真的，这家的店老板拽住毛毯的一头，使劲把我往天上扔，跟大伙儿配合得挺好，还一边扔，一边笑。我就是傻到家了，也认得出那些拿我开心的家伙是谁。我当时浑身酸疼，这能是魔法在作怪吗？唉，那次可倒了八辈子霉了！"

堂吉诃德说："得了，上帝会让你有好报的。你先把衣服给我拿来，我穿上好去看看外面发生了什么变化。"

在桑丘帮堂吉诃德穿衣服的时候，神甫正给费尔南多他们讲堂吉诃德的疯病，说他胡思乱想，无中生有，以为情人冷淡自己，就跑到深山老林去折磨自己。又讲了他们如何设计将他骗到这里，还把桑丘讲的有关他主人的种种离奇怪事，复述了一遍。众人听了，大笑不止，都认为，像堂吉诃德这样神经错乱、行为失常的人实属少见。最后神甫说，现在多洛苔交了好运，不便再扮演公主的角色，原来的计划恐怕要进行一番修改，才能最终把堂吉诃德骗回老家。卡德尼奥建议让露辛达顶替多洛苔，接着演下去。

费尔南多说："我看不必了。我乐意叫多洛苔继续演她的公主。如果这位老先生住得不远，我很愿意替他治病。"

"最多走两天的路就到了。"

"再远点也没关系，做好事嘛。"

这时，堂吉诃德来到了大家的面前。只见他顶盔贯甲，全副武装。不过，头上顶的那个曼布利诺头盔，七凸八凹。他一手持盾牌，另一只手拿的却是根木头棒子。大家一看，十分惊诧，这人脸怎么这么长，又黄又瘦，皮包骨。身上的盔甲都是东拼西凑的，根本不配套，神情却一本正经，格外庄重。众人一声不吭，只管瞧着他这古怪的打扮和与众不同的模样，看他要说什么。堂吉诃德目不转睛地看着多洛苔，从容不迫又一本正经地说：

"美丽的小姐，在下的侍从报告说，公主殿下已不复存在，您过去是女王，是公主，现在变成了平民百姓。如果是您那能掐会算、预卜将来的老爹怕我无力给您帮助，把您变成现在的身份，那我就要说，他对我们游侠骑士的历史，知之太少。他要是酷爱读书，就会明白，连那些名气远不如我的骑士，都曾做过比这更艰险的事情。区区巨人有什么了不起，跟您说吧，几个小时前，我就和一个巨人打了一仗，把他的……得，我也不说了，省得人家骂我瞎扯。反正时间还长着呢，到时候，大伙儿就明白了。"

"什么巨人，你打的是我的酒囊。"店主插了一句。

费尔南多叫他赶紧住嘴，不许打断堂吉诃德的话。堂吉诃德继续说：

"尊贵的公主，您王位虽然被夺，但仍是公主。如果您的父王真的为了我说的缘故，变了您的身份，您也不必当真。不管前头有什么艰险，我都可以用剑杀出一条血路。我能用剑将您仇家的头颅砍下，自然也能用三五天的工夫把王冠重新戴在您的头上。"

堂吉诃德说到这里不再吭声，只等公主给他回话。多洛苔知道费尔南多要她把这出戏演下去，好把堂吉诃德最终送回家，就煞有介事，大大方方地说：

"英勇无敌的哭脸骑士，我怎么会改变身份呢？这完全是胡说八道。我昨天是谁，今天还是谁。我是交了好运，心情也与以前大不一样，但我还是公主，我还是要您替我夺回王位，我仍然要仰仗您这位大英雄。所以，请您尊重我的父王，相信他有先见之明和高深的学问，要不是他，我怎么能找到这条救我出苦难的阳关道呢？我也正是因为您，才交了这样的好运。在场的各位先生小姐都可做见证。今天时间不多了，我看，是不是明天再上路。但愿能心想事成，一切都指望您的武功和上帝的保佑了。"

堂吉诃德听了多洛苔的话，勃然大怒，指着桑丘大骂道：

"好哇，桑丘，你可真算得上全西班牙最浑的浑蛋！你这个贼骨头，你说，你凭什么说人家公主殿下变成了叫什么多洛苔的民间姑娘？你满嘴胡言，还说我砍下的巨人脑袋是养你的婊子！你胡说八道，把我都整糊涂了！我过去有这种情况吗？我呀……"他两眼朝天、咬牙切齿，接着说，"非好好教训你一顿不可，好叫世上给游侠骑士当差的侍从，都小心一点儿。"

桑丘忙说："老爷息怒。我说公主变成了民女可能是搞错了，但我说砍掉巨人脑袋，也就是砍破酒囊，酒流满地，不是血流成河，那可是真事。上有天，下有地，您砍破的酒囊还在您的床头上，红葡萄酒都把您睡的那间房变成水塘了。您要是不信，'等煎鸡蛋的时候就明白了'①。就是说，等老板要您赔钱的时候，您就明白是怎么回事儿了。女王没变身份，我巴不得如此，这样大家都有好处，我也有便宜占。"

堂吉诃德说："桑丘，现在我告诉你吧，你是个大傻蛋。对不起，这就够了。"

费尔南多说："行了，咱们都别再提这档子事了。既然公主殿下觉得今天已晚，明天上路为好，那咱们就遵照执行。今晚咱们就放开了聊上一宿，明儿一早都陪着堂吉诃德走一趟，让大家伙儿开开眼，亲眼看看这位英雄好汉的功夫。"

堂吉诃德说："怎敢劳您大驾，应该是在下陪您走一趟。谢谢您的看重和赏识，为此本人不惜献出生命。"

两人如此这般地互相客套了一番。忽然间，走进来一位客人，他们的恭维也就此打住。只见来人穿一件蓝呢子短外套，半截袖，没有领子。裤子也是蓝的，头上的小帽还是蓝的。脚上穿一双枣红色短筒靴子，斜挎在身的肩带上挂了一把摩尔弯刀。看他打扮，像是刚从摩尔地区回来的基督徒。后面紧随一骑驴的女子，也是一身摩尔人打扮，包头蒙面，戴一顶缎子小帽，穿一件长袍，从肩到脚，把全身裹得严严实实。那位男子身强体健，四十开外，黑脸膛，长胡须，可说是仪表非俗，假如有一身像样又合体的衣服穿，一定会被看做出身高贵的上等人。他进来要店主安排一个房间，听说客满，很不高兴，就走过去把那个摩尔人打扮的女人抱下驴背。露辛达、多洛苔、老板娘和她的女儿，还有玛丽托尔内斯，都没见过摩尔人的装束，感到稀奇，全走过去围着那女人看。多洛苔为人随和，又挺聪明，听说他们没有房间，心里不自在，就对那女人说：

---

① 西班牙民谚。据说一贼偷了某家的煎锅，出门时正巧撞上主人，主人问他为何在此，他答道："等煎鸡蛋时就明白了。"

"小姐，您不必过虑，客店都是这样，肯定不如家里方便。如果您不介意，就和我们俩住在一起吧。"说到这里，指了指露辛达，"恐怕你们二位一路上还没有碰上这样的接待吧？"

那女人没有说话，只见她站起来，两手交叉胸前，对他们深鞠一躬，以表感激之意。大家见她始终不言语，猜想她一定是摩尔人，不说西班牙语。那个俘虏①一直在忙着别的事，这时才进屋里来。他见几位女士围着自己的同伴问东问西的，就对她们说：

"各位夫人，各位小姐，这个姑娘只会说她那个地方的话，我的话她还懂得一点儿，所以，你们问她，她回答不了。"

露辛达说："没问她什么。我们只想请她跟我们住在一起，互相做个伴，肯定叫她处处方便。人家是个外国人，又是个女的，我们能看着她有困难不管吗？"

俘虏说："太谢谢您了，小姐，我吻您的手，也替她吻您的手。在这样的时刻，在这样的地方，有您这样的一位小姐愿意给我们帮助，我实在感激。"

多洛苔问："请问先生，您这位小姐是摩尔人还是基督徒？她不说话，又这样的打扮，真怕是我们猜的那种人。"

"她穿的是摩尔人的服装，可心里却是地地道道的基督徒，她最大的愿望就是当一个基督徒。"

露辛达问："就是说，她还没有受洗礼，是不是？"

俘虏说："是啊。她一直没有机会。自从她离开祖国阿尔及尔到现在，还没有遇到什么非常事件，必须匆忙受洗不可，所以最好等她把咱们圣教的各种礼仪学会再说。我相信，她不久就会从容体面、不失身份地受洗。我俩现在这身打扮根本不能说明我们的身份。"

大家听了，心里真想马上知道这摩尔女人和俘虏的身世和来历，但谁也没敢开口问，因为都觉得人家现在该休息，拿这事去打扰人家实在欠妥。多洛苔拉起摩尔女人的手，两人坐在一起。多洛苔请她拿下面罩。她听了用眼去看那战俘，

---

① 上文未见提及此人为俘虏。系作者疏漏。

似乎在问多洛苔说的话是什么意思和她该怎么做。他用阿拉伯语把多洛苔的意思告诉了她。她听了摘掉面罩。大家这才发现，真是个绝色女子啊！多洛苔觉得她比露辛达还漂亮；露辛达认为她比多洛苔还美丽；大伙儿也都异口同声地说，能和她俩并肩比美的只有这位摩尔女子，但也有个别人认为这摩尔女人更漂亮。美人到哪儿都吃香，因为她具有倾城的魅力，抓人的神韵。大家争先恐后地向这位摩尔美女大献殷勤。

费尔南多问俘虏她叫什么，回答说叫莱拉·索拉伊达。她听出是问她叫什么，立即打断说，脸上露出生气的样子：

"不！不索拉伊达！马利亚！马利亚！"

她的意思很清楚：她叫马利亚，不叫索拉伊达。她说得真切，惹得大伙儿流了不少的眼泪，尤其是那几位女士。女人嘛，心肠柔弱，爱动感情。露辛达搂着她亲切地说：

"对，是马利亚，是马利亚。"

摩尔女人也说："对，对，马利亚，索拉伊达'马康赫'。""马康赫"就是"不是"的意思。

说话间，天色已黑。店主按费尔南多几位同伴的吩咐，殷勤周到地准备了一顿晚饭。因为没有方桌也没有圆桌，饭菜就摆在一张像大户人家中仆人用的长桌上。众人不顾堂吉诃德再三谦让，硬把他按在了上手坐下。堂吉诃德把迷糊你娜公主请过去，挨着他坐下，说他要保护她。挨着公主的依次是露辛达和索拉伊达。坐在女士一边的还有神甫和理发师。女士对面坐的是费尔南多、卡德尼奥、俘虏和其他几位绅士。大家吃得兴致勃勃。后来，堂吉诃德放下餐具，大发议论，把晚餐的热烈气氛推向了高潮，众人吃得更来劲了。原来堂吉诃德又像上回同牧羊人一起吃晚饭时一样，忽然心血来潮，谈起了他干的这个游侠骑士行当，口若悬河，滔滔不绝：

"各位先生，要是咱们真坐下来仔细琢磨琢磨，就明白只有干游侠骑士的好汉才有机会见到大世面。不信，那你们就说说，如果这时候有个什么人闯进咱这座城堡，看见咱们围坐一起，共进晚餐，他能想象出咱们是干什么的吗？他能猜得出我身边的这位小姐是闻名于世的女王？他能想到我就是遐迩闻名的哭脸骑士吗？所以，必须承认，游侠骑士远远高于其他一切行业，而且，风险越大，这一行就越受人敬仰。谁说武不如文，就趁早从这儿滚蛋！不管谁这样讲，我都要骂他满嘴胡言。这样说的人他们认为，动脑子的要强过干体力的，武士完全是凭体力混饭吃，好像都是一群粗人，有劲就行了。其实带兵打仗，守卫被敌军围困的城池，既要靠武力，也要凭脑子去策划去安排，一句话，要文武并用。比如说，要识破敌人的用心，想出妙计予以防范，光凭动武行吗？这都要开动脑筋，冥思苦想，方可奏效。很清楚，文武均须动脑。那么哪一方更辛苦呢？这就要看哪个追求的目标远大高尚了。追求越高尚，那就越叫人钦佩。我现在说的文武中的文士，并不包括神职人员，神甫们的目标是把灵魂引导上天，这是超过一切的最高尚远大的目标。我说的文士是世俗文士，即世间以笔杆和动脑子为生的人。这些文士的目标，应当是主持公正，使人人各得所需，各得其所，督促大家遵守法律。这种目标当然也十分伟大、高尚，值得歌颂赞扬，可比起我们玩刀弄枪的武人，还略逊一筹。武士们的奋斗目标是和平。和平是人一生中最希望得到的幸福，是人类头一次听到的福音。在节日的夜晚，天使们在空中唱道：'让荣耀归于在天之神，让和平归于地上的好人。'不管是天上的，还是人间的，凡属最杰出的导师，都会这样教导他的学生和追随者，无论到谁家去，进门要说：'祝您一家和睦平安！'而且还反复教诲他们：'我赐给你们和平，我把和平留给你们，我愿和平与你们同在。'和平就像他恩赐的宝贝。没有它，天上人间都无幸福可言。打仗的真正目标就是为了和平，而武士们的主要活动就是打仗，所以武士的目标要高于文人就十分明白了。现在咱们再说说，这文武两行，哪一行更辛苦。"

堂吉诃德话如泉涌，一泻千里。大伙儿听得入迷，根本不认为他脑子出了毛病。特别是那几位绅士，平常免不了玩刀耍枪的，听了他这番议论，觉得格外对心思。堂吉诃德继续说：

"现在再说说读书人到底有什么苦。他们最大的苦就是穷。我不是说他们个个都很穷，我是指最穷的那些。说他们穷，你就知道他们有多苦了，因为穷人是什么福也轮不上的，但倒霉的事全有份儿。不是挨饿，就是受冻，再不，就是破衣烂衫，有时，这些滋味一块儿尝。但他们还不至于弄不到口饭吃，只不过不能随心所欲，按时就餐，或者吃的是财主阔佬的残羹剩饭，最大的不幸也就是吃点人家的施舍。他们就是再穷，总还可以跑到街坊家的炉子旁，就算取不了多少暖，起码也可挡一挡寒，到了晚上，也总可以找到个有遮盖的地方安然入睡。当然，他们的穷还表现在，没替换的衬衫，只有一双鞋，衣服单薄破旧，碰上走运有人请吃，就放开肚子，撑个半死。穷困的狼狈相还有的是，我就不一一细表了。他们在这条艰难困苦的人生道路上，跌倒，爬起，再跌倒，再爬起，直到最终拿到学位。他们当中有不少人，就是这样，历经千辛万苦，到了这一步，就开始飞黄腾达，鸟枪换炮了。就是说，他们便高高在上，指挥一切，统治天下。从此，他们就告别了忍饥挨饿、衣衫不整、穷困潦倒的过去，天天吃美味佳肴，穿绫罗绸缎，受之无愧。但他们受的苦还不能和当兵的遭的罪相提并论。当兵的有多大的苦呢？现在就给大家讲讲。"

众人相聚共进晚餐　　第三十八章
骑士妙论文武两行

堂吉诃德继续大发议论：

"咱们讲完了书生的穷困潦倒和其他苦处，那是不是当兵的就好一点儿呢？其实更惨。他们拼死拼活挣那俩钱儿，不是一拖再拖，就是干脆不发。抢吧，不仅违心，而且有可能赔上小命。他们哪有什么像样的衣服，好不容易有一件，也是千疮百孔，四处开缝，既是衬衣，又当礼服。隆冬腊月，待在荒野，只能靠嘴往外呵气御寒。我自己试过，饿着肚皮呵出的气，全是凉气，根本御不了什么寒。到了晚上，他们就好喽，有一张特大的大床在等着给他们提供舒适和享受。他们躺在上面，可以随心所欲乱翻乱滚，想占多大地方就有多大地方，而且也不必担心床单被弄皱巴了。如果这样的大床还嫌窄的话，那就怪他们自己了！一上战场，他们就快毕业了，就是说快到领毕业证书的时候了。他们在战场上，不是子弹打在脑袋上，就是断胳膊断腿。头上包扎伤口的纱布就是他们的学士帽。要是承蒙上天照应，平安无事，他们恐怕还是和以前一样，还是穷光蛋，而且有可能重返战场。假如每次上阵，每次都得胜，无恙而回，最后兴许能分点赏赐，可这样的好事千载难逢，百年不遇。各位不知是否留意过这个问题：打一回仗是活着回来领赏的多，还是战死疆场的多？你们一定会说：死的不计其数，活下来受奖的往往不超过三位数。文人就不同了。他们有薪水好挣，还有外快可捞。足见当兵行武的苦吃得多，钱可拿得少。但有人讲，酬劳两千名文人易，给三万个兵开支难。对文人，给他安排个位子，就算酬劳了，但要给士兵钱，得叫他们的主子掏腰包，要主子掏腰包可就不那么容易了。这就更证明我讲得有理。不过这笔糊涂账谁也算不清楚，咱们就别管它了。现在还是来看看文人强呢，还是武士强，因为这个问题至今并没有定论。大家众说纷纭，可以说是智者见智，仁者见仁。文人们讲，没有他们，当兵的就没法打仗，因为打仗也要有一定章程，而章程是文人们制定和掌握的。武士们则反驳说，什么章程不章程，没有当兵的，什么也弄不成，保卫国家，维护城市道路的安全，海盗的清剿，哪一样少了军人都是纸上谈兵。也就是说，缺了当兵的，国家、王室、领土、城市，还有海陆交通，都会受到战争的影响乃至破坏，天下必将大乱，无法无天的事就会到处发生，老百姓就要陷入水深火热之中。俗话说，付出的多，得到的也应该多。文人想出人头地，混出个样来，得下苦功，开夜车，忍饥饿，穿破衣，头发昏，肚发胀，忍受诸如此类的苦头。可要按部就班地当上个好士兵，不仅要吃遍书生能碰到的那些苦，而且还要受更大的罪，甚至时刻有丢掉性命的危险。所以，书生哭穷叹苦，他们哪里知道士兵遭的那些罪自己一生恐怕也碰不上啊！比如一个士兵在一座被包围的碉堡上站岗，明明感到敌人正朝他那儿挖地道，在他脚底下埋地雷，他也只能向上司报告，让上司作出决断，自己不敢离开半步，老老实实待在原地不动，战战兢兢的，等着突然一声巨响，不用插上翅膀就飞上九天云外，然后又自由落体，坠入深渊。如果这种危险只算小菜一碟的话，那咱们就看看两只战舰在汪洋大海中，头对头，面对面地殊死搏斗吧！看看这是不是比那个放哨的更危险？那两只战舰当时打得难解难分，士兵只有冲角板上两尺宽的立足之地，面前一竿子远的距离就是敌舰的大炮。那一门门的大炮对着他们，犹如一个个凶神恶煞的催命鬼。在这种危险之中，稍一疏忽，就会葬身海底。但他们面无惧色，冒着炮火硝烟，勇往直前，用尽平生气力，跳到敌舰上。一个倒下，第二个顶上；这个落海，那个继续跟上。就这样，士兵们前仆后继，置生死于不顾，在战斗的关键时刻表现出大无畏的精神，演出了一幕可歌可泣的壮举。

"古时候没有这种该死的大炮恣意逞凶，那时候的人真值得庆幸！发明制造这种武器的家伙，我相信他这会儿正在地狱里接受奖赏。自从世上有了枪炮，小人和懦夫都会轻而易举地要了英雄好汉的命。志向高远的英雄正大显身手的时候，没准儿一颗流弹就能叫他壮志未酬，提前与世长辞，而那个开枪的坏蛋可能一见那该死的枪口冒火光，就吓得屁滚尿流，逃之夭夭。想到这些，我就有些后悔，真不该在这个该诅咒的时代当游侠骑士。我倒不是怕死，我是想，现在有枪

有炮了，我想靠武功扬名天下就难了。所以，心里总犯嘀咕，老不怎么踏实。唉！算了，一切听天由命吧。如果我心想事成，我冒的危险远远超过古代的同行，那我就会得到更大的荣誉，受到更多的称赞。”

堂吉诃德只顾高谈阔论，早把吃饭的事忘在一边。桑丘提醒他好几次，叫他先吃饭，完了再说，有的是时间。但堂吉诃德谈兴正浓，哪里听得进去，结果，一口都没吃。大伙儿见他谈别的问题，头脑清晰，句句在理，可一说到那该死的骑士道，就昏头昏脑，胡言乱语，不免对他有几分怜悯。神甫说，堂吉诃德对武士的赞誉不无道理，他个人虽是个读书人，而且有学位在身，也持同样见解。

吃罢晚饭，老板娘和她女儿，还有玛丽托尔内斯，都去了堂吉诃德的阁楼，准备把那儿收拾干净，安排所有女客过夜。这边呢，费尔南多正请那位俘虏讲讲自己的故事。他从他和索拉伊达一进店，就觉得这俩人来历与众不同，经历一定很有意思。俘虏倒是乐意讲，只怕讲不好，叫人不爱听。但人家这样诚恳，加上神甫等人也要求他讲，俘虏便连连称谢，说既然各位如此抬举他，他就照大家的吩咐办了。

“那就请各位听我慢慢讲来。我讲的可是真人实事，绝非那些精心杜撰之类可比。”

在座各位立即平心静气，准备洗耳恭听。俘虏见大家静下来，等着他开场，便从从容容开始讲述他的经历，声音异常好听。

第三十九章

为争光投军从戎
倒邪运做了俘虏

"我家住在莱昂山区，出身不错，运气欠佳。由于那个地方穷，我父亲竟成了当地的富翁。其实，他如果勤俭持家，不挥霍成性，本来完全有能力成为真正的富人。他挥金如土的毛病都是年轻时在兵营里养成的。兵营是个学花钱的大学校，只要进去，小气的能变慷慨，慷慨的能变成大把花钱的。在那个地方，你要是吝啬，人家非骂你是怪物。老爷子可不只是慷慨，简直是大把大把地扔钱。他有妻子，还有儿子等着继承遗产，所以，他这样做，对自己实在是有百害无一利啊。父亲有三个孩子，全是儿子，那时，都到了自立的年龄。他看自己挥霍的毛病得的太重，恐怕在世之日不好改掉，就想干脆来个釜底抽薪，就是说，将家产全部分掉。没了钱财，看还能拿什么挥霍？即使慷慨有如亚历山大大帝，也得变成小气鬼。他拿定主意之后，有一天便把我们哥仨叫到跟前，对我们讲了下面这番话：

"'孩子们，你们都是我的亲生儿子，我当然非常爱你们。可我自己挥霍成性，难以改正。我怕亏待了你们，让你们以为我不是真心爱你们的亲爹，而是要毁了你们前程的后爸，心里非常不安。我左思右想，再三斟酌，决定办一件大事。你们年纪也不小了，都该成家立业了，应当找个差事干干，日后年纪再大些，也有个名分，有个生计。我把家产一分为四，我留一份养老，你们三个各得一份。但拿到各自的家产后，你们必须按我说的话去做。咱们西班牙有不少老话，讲得句句在理，都是经验之谈，至理名言。有一句是这样说的：教堂，大海，国王身边。意思就是，要想发财，出人头地，有三条路：或进教堂做神甫，

290 *El ingenioso hidalgo*
Don Quijote de la Mancha 上
堂吉诃德

或山海经商做买卖，或给国王陛下当差。俗话说得好：宁要国王的剩饭，不要主家的赏钱。好，我说这些话，就是要叫你们哥儿仨一个读书，一个经商，一个给国王打仗，因为进宫伺候国王实在不容易办到。打仗挣不了什么钱，但容易得到名声。八天之内，我就把你们各自该分得的现钱，一分不少地交给你们，到时你们就明白当爹的不偏不倚。现在，该你们表态，同不同意我的这个主意。'我是老大，他叫我先说。我开始说不要分家产，他可以随意花，我们年纪轻轻，都能挣钱。后来我才依了他，提出做一名士兵，为上帝效劳，替国王出力。老二开始跟我一样，后来决定去美洲经商。小弟我看最聪明，他表示准备进教堂，当然，先要在萨拉曼卡完成他已经开始的学业。

"爹和我们哥儿仨一商量，就把各自的前程定了下来。父亲挨个儿拥抱了我们。他很快把答应的事办妥了，就是说，给我们每个人分了一份家产。有个叔叔怕祖上传下的基业落到外姓人手里，就买下了我们三个的家产。这样，我们各自得了三千金币。那天，我们拜别了亲爱的爹，临行时，我一想老爸将来就只靠手里那点家产养老送终了，心里实在不是滋味，就拿出两千金币硬塞给老爷子，因为我去当兵，有一千金币足够了。两个弟弟见此，也各自留下一千金币给父亲。他自己的那份也值三千金币，现在又多了四千。后来，我们流着眼泪告别了父亲和叔叔。他们再三叮嘱我们，不管好坏，都要经常写信回来。我们满口答应。他们一一拥抱我们，祝我们一路平安，万事如意。我们仨，一个去了萨拉曼卡，一个奔了塞维利亚，我呢，上了阿利坎特。到了那儿听说有一条热那亚的商船，准备运羊毛回去。

"我与老父一别，至今整整有二十二年了。我写过几封信回去，但始终未见回复，所以老爹和两个弟弟的情况我一点儿不知。这些年来我经历了不少事情，现在就讲给各位听。我在阿利坎特上了船，一路顺风，到了热那亚，又从热那亚去了米兰，在那儿买了几样武器和几件漂亮军服，打算到皮亚蒙特去当兵。可当我往亚历山德里亚赶路的时候，听人讲阿尔瓦大公爵正向弗兰德斯进军，便一改初衷，投奔了他。我跟随大公爵，四处征战，亲眼看见埃格蒙和奥尔诺斯两位伯爵被处决，后来还在瓜达拉哈拉著名将领迭戈手下当上了少尉。我到了弗兰德斯没多久，就听说，神圣教皇庇护五世和威尼斯及西班牙结盟，共同对付土耳其。土耳其仗着强大的海军占领了威尼斯统治的名岛塞浦路斯，这对上述三家结盟者来说，是一个巨大的损失。后来，又有确切消息说，咱们国王陛下他老人家的异母兄弟堂胡安殿下，将出任联军总司令，还说，他正在加紧备战，规模惊人。我听到这些好消息，心花怒放，雄心勃勃，急不可待地要参加这次战斗。当时，种种迹象表明，甚至可以十拿九稳地说，我马上就要被提升为上尉，但我放弃了这个晋升的机会，跑到意大利。真是有福之人不用忙，我一到意大利，正赶上堂胡安大人率军刚刚抵达热那亚，准备到那不勒斯和威尼斯海军会合，事实上，后来是在墨西哥会合的。简而言之，我有幸参加了那次辉煌的大战，而且还升了官，当上了步兵上尉。我得到这个位置，并不是立了什么大功，而是交了好运。原来世界各国都以为土耳其是海上的霸王，那天，也就是土耳其威风扫地的那一天，基督教各国才明白，那不过是个迷信而已，所以，那一天真算得上基督徒的节日！你们知道，那天有数不清的基督徒交了好运，尤其是那些战死的好汉，更是令人羡慕，只有我倒霉透顶。我本以为自己能福星高照，像罗马帝国时代的人那样，弄顶海战桂冠戴戴，哪晓得就在那天晚上我却成了囚犯。事情是这样：阿尔及尔王乌恰里是个贼胆包天的海盗，不知交了什么好运，竟击败了马耳他的旗舰，除了三个受伤，舰上将士全部阵亡。胡安率领我所在的那艘旗舰，赶去救援。一到那个地方，我身先士卒，第一个跳上敌舰，尽了我的职责。谁知，没等我手下人跟着过来，敌舰突然转舵退去，结果，我孤立无援，身陷重围。虽奋力抵抗，怎奈敌众我寡，最后受伤被俘。乌恰里率领他的舰队得以逃生，我却成了他们手中的囚徒。那天，一万五千名被迫替土耳其舰队划船的基督徒，全部获得盼望已久的自由，欣喜若狂，而我却成了俘虏，暗自叫苦。我被带到君士坦丁堡。乌恰里为了表明他的战绩，特地带回一面在战场缴获的马耳他教团旗。为此，土耳其人苏丹塞林穆提升他为海军司令。

　　"第一年，也就是七二年，我当时在那瓦里诺港，给一艘旗舰划船。我亲眼看着我们的舰队失去了一次大好机会，没有把港内的土耳其舰队全部俘虏，因为土耳其舰队上的海军和陆军士兵，都以为他们会被堵在港内，遭到我们的袭击，纷纷收拾衣物和他们所谓鞋子'怕杀马克'，准备逃命。他们对我们的舰队怕得要死，但上帝却救了他们。失掉那次全歼敌舰的良机，并非我们将领无能和失算，而是老天有意惩罚我们基督徒，因为我们实在罪恶深重。乌恰里那次吓得率队撤到港口附近的莫东岛，让全舰士兵登陆，筑工事，准备坚守，悄悄等着咱

们的堂胡安大人撤军。大人率舰队返国途中，他的'母狼号'旗舰俘获了敌人的'俘虏号'战船。那不勒斯'母狼号'旗舰的舰长就是人称士兵之父、战地雷公和常胜将军的圣克鲁斯伯爵堂阿尔瓦罗。'俘虏号'战船的船长是臭名昭著的海盗红胡子的儿子。这小子十分残忍，想尽办法折磨手下的囚徒，所以，大伙儿都对他恨得咬牙切齿。那天，'俘虏号'在前面逃，'母狼号'在后面追，眼看就要追上了，急得红胡子的儿子在指挥台上大喊'快划'。但划船的囚徒根本不听，一齐扔掉船桨，上前将他抓下来，一边咬，一边把他从船尾往船头扔，结果没过桅杆，他就一命归了西。

　　"七三年，听说堂胡安大人攻下了突尼斯，并把这个从土耳其人手中夺回的王国，交给了阿麦特治理，使世界上最残暴最霸道的摩尔人阿米达永远断了重登突尼斯王位的念头。土耳其大苏丹为此十分恼火，但这个王族一向聪明，见威尼斯人比他更急于求和，就来了个顺水推舟，立即与对方签了和约。可是到了七四年，土耳其大苏丹就派兵攻打戈莱塔和堂胡安在突尼斯附近刚建造了一半的要塞。那阵子，我一直干划船的差事，没有一点儿获释的希望，也想不到有人会帮我赎身，因为我不想把我的不幸遭遇写信告诉父亲。

　　"土耳其大苏丹派兵攻打的那两个要塞终于失守了。敌人兵力庞大，光土耳其雇佣兵就有七万五千，从非洲各地招来的摩尔人和阿拉伯人更有四十万之众，加上武器弹药充足，还有一大批敢死队，每人抓一把土就能把那两个要塞埋了。首先被攻克的是原以为固若金汤的戈莱塔。怪谁呢？反正不能怪守岛的士兵，他们每一个都尽了自己最大的努力。原来以为河滩上无法修筑工事，因为挖两拃深便可见水，谁知土耳其人往下挖了快两米也没见水的影儿，所以，他们轻而易举地在那儿修筑了战壕，还在壕沟上垒起沙袋，最后沙袋垒得比要塞的城墙还要高。敌人站在沙袋上，居高临下往城里射击，城里的守军如何抵御得了呢？有人说不该死守城内，应在城外旷野上布阵与敌交战。这纯粹是瞎扯，完全是外行。在戈莱塔和那个修建一半的要塞里，守军不足七千，以此数目对敌之四十七万五千，在旷野上无异于送死。守军即便个个奋勇无比，也无济于事。围城敌军人多势众，攻击异常凶猛，城中守军孤军奋战难以抵挡，最终陷落，实所难免。再说，人家是在本土作战，得地利人和。不少人说，丢掉那些要塞，实在是老天爷对咱们西班牙的恩典。那些要塞和城池纯粹是西班牙的祸害，它们是吸血鬼，是无底洞，咱们给它们多少金钱和血肉，它们都不够，唯一的用处，就是让世人知道英明盖世的卡洛斯五世征服了那个王国，似乎他不朽的功绩要靠那一堆堆乱石传留后世。戈莱塔完了！要塞也完了！但要塞是土耳其人一寸一寸地攻占的。守军浴血奋战，坚忍不拔，共打退敌人二十二次进攻，灭敌达两万五千，活下来仅三百人，个个都受了重伤才被俘虏，这表明他们英勇顽强，尽职尽责。驻守要塞中心小碉堡的是巴伦西亚骑士、优秀军人堂胡安·塞诺盖拉指挥的一个小队，他是和敌人经过谈判才放下武器的。戈莱塔的守军司令堂佩德罗几经苦战，最终力尽被擒，在被押往君士坦丁堡的路上，气愤而亡。被俘的我军将领中还有一位叫加布里奥，是米兰骑士，不但是位技术高超的机械师，也是一名非常勇敢的军人。在这次保卫战中牺牲了不少著名人物，像圣胡安教团的骑士帕甘就是其中之一。这位骑士为人豪爽，对其弟胡安·安德烈阿宽厚慷慨就是明证。令人痛心的是，他竟死在自己信任的几个阿拉伯人手里。要塞失守后，他听了这几个狼心狗肺的家伙的主意，扮成摩尔人跟他们去了塔瓦尔卡，一个小小的港湾，采珊瑚的热那亚人在那儿有自己的住处。谁知，那几个阿拉伯人趁其不备，砍下他的脑袋，跑到土耳其舰队司令那里请功。可俗话说'叛变可喜受欢迎，叛徒可憎遭唾弃'，那几个家伙下场也不怎么叫人看好。听说舰队司令怪他们送来的不是活口，下令把他们统统绞死了。

"还有一个被俘的军官，叫堂佩德罗·德阿吉拉尔，是要塞的少尉，人也很勇敢。他是安达卢西亚人，具体是哪个地方的，就不清楚了。他十分聪明，很会作诗。我提到他，是因为我们俩在一个船上划船，还并排坐在一起呢。我们离开港口时，他写了两首十四行诗，哀叹戈莱塔和那个要塞的沦陷。我现在还背得下来，相信你们听了一定会喜欢，绝不会厌烦。"

费尔南多听他提到堂佩德罗，就瞧了瞧自己那几位朋友，彼此心领神会，相视而笑。他的一个朋友开口道：

"对不起，我想问您一句，您刚才提到的那个堂佩德罗后来怎样了？"

俘虏回答说："据我所知，他在君士坦丁堡待了两年，后来化装成阿尔巴尼亚人，跟一个希腊间谍逃走了。他到底跑掉没有我不知道，不过，我看他是成功了，因为过了一年，我又在君士坦丁堡遇到了那个希腊人。遗憾的是我没来得及跟他打听堂佩德罗的下落。"

刚才问他话的那位绅士说：

"放心吧，他确实逃脱了。这个堂佩德罗和我是亲哥俩，现在在家乡，身体挺好，也有钱，娶了妻室，都生了三个孩子了。"

俘虏说："谢天谢地，他交了这样的好运。我看哪，自由失而复得，恐怕是人生最大的幸福。"

那位绅士又说："堂佩德罗写的那两首十四行诗，我也背得下来。"

俘虏说："那您就给大伙儿背背吧，您肯定比我背得好。"

绅士说："那我就试试。先背写戈莱塔的那首。诗是这样写的：

第四十章 ┊ 美人一掷千金
　　　　┊ 战俘苦尽甘来

为国尽忠，多么光荣！
离开地界，脱离凡俗，
幸运的灵魂啊！
在天堂上遨游信步。

你们义愤填膺，拼死战斗，
一颗颗火热的心在激烈跳动；
用自己和敌人的血，
把海水和沙滩染红。

你们为了最后的胜利，
毫不顾惜自己的鲜血和生命，
一息尚存，就奋勇向前。
你们不幸饮弹而去，
人间天堂，
英雄美名万古永传。

俘虏说："你背的和我记的一句不差。"
绅士说："关于要塞那首诗，我记得是这样写的：

残垣断壁，满目凄凉，
这就是悲壮的战场。
三千英魂从这里，
飘然而上升入天堂。

他们纵有拔山之力，
怎奈何数十倍之敌？
力竭弹尽献身躯，
英雄一曲可歌可泣。
战场遗迹遍布此地，
从古至今
人们心里充满悲惨的回忆。

这是一块坚强的土地，
无数英魂从此升入天际，
它的怀抱里躺着勇士的躯体。

　　这两首十四行诗看来还不错。俘虏知道他同伴的近况心里很高兴，又接着讲他的故事。

　　"戈莱塔和那个要塞失守后，土耳其人下令拆除戈莱塔的工事，因为戈莱塔本身已荡然无存。他们图方便，选了三个地方，埋上地雷，想一炸了事。结果，看起来最不牢靠的老墙倒没事，而国王的军事工程师小修士 ①建造的新工事尚存的部分，却一下子全塌了。后来，土耳其人得胜而回。没过几个月，我被迫为之效劳的乌恰里一命呜呼了。那家伙，人家都叫他'叛教痢子'乌恰里。土耳其人共有四个姓，都属于皇族血统，其他人的名字就按他们身上的毛病和其他特征来起。叫乌恰里'痢子'，他并不吃亏，因为他脑袋上确实长有痢子。他原是大苏

---

① 小修士：指哈科莫·帕莱阿罗，"小修士"为其绰号。

丹的奴隶，给苏丹划了十四年的船。三十四岁那年，挨了一个土耳其人的耳光，一气之下叛了教，纯粹为了报复。大苏丹周围的红人无一不是靠鄙劣手段爬上去的，但他是个例外。这瘸子完全是靠拼命、强悍，才当上阿尔及尔王和海军司令的。这海军司令在土耳其算是第三把手。他生在意大利卡拉布里亚，心眼不坏，对手下的囚徒还算不错，他的囚徒最多曾达到三千之众。他死后，我们这些囚徒就按其遗嘱移交给了归顺他的叛教者和大苏丹，因为按当时定制，大苏丹有权在部下死后与死者子嗣均分该人遗产。我呢，就转到了一个威尼斯叛教者的手里。这个威尼斯人原是一个船上的见习生，后被乌恰里俘虏，不久，竟大受宠幸，成了乌恰里最喜欢的侍童之一。他叫阿桑阿加，是叛教徒中最狠毒的家伙，后来发了财，还当上了阿尔及尔王。我跟随他从君士坦丁堡到了阿尔及尔。到了阿尔及尔，我暗自高兴，因为那儿离咱们西班牙比较近。我倒不是准备写信给我家，诉说自己不幸的遭遇，只是想，从那儿逃跑可能运气好一些，因为我在君士坦丁堡逃了好几次都没有成功。在阿尔及尔，我始终在想办法重获自由。一个办法不行，就另想别的办法。总而言之，我一直没有放弃这方面的努力。

"我被关在所谓俘虏营的监牢和营房里。被俘的基督徒全在那里。我们虽都是俘虏，但归属并不一样，有的属于国王，有的是私人的，还有一批被称为'库存奴隶'，也就是所谓'市政囚徒'，属于市政机构，算公家的奴隶，从事城建工程方面的劳役。这种奴隶因属于公家，是公共财产，即使搞到赎金，也不知道找谁去谈判，所以很难得到自由。我前面讲了，俘虏营里也有私人的俘虏。私人常把自己的俘虏，特别是那些等钱赎身的俘虏，放在俘虏营里，因为那儿比较安全。他们待在那儿不用干活。国王的俘虏，等着赎身的，也不必跟其他奴隶去做苦工，除非赎金迟迟不到，为了逼他们写信回家催钱，才叫他们去砍柴，干重活。

"我被列入等钱赎身之列。其实，我一开始就声明，我没钱也没家产，可人家不听，他们知道我是上尉军官，认为我不可能没钱。我和那些等待赎身的绅士关在一起。他们给我戴上手铐，让人一看就知道我是等着赎身的俘虏，防止我逃跑倒在其次。我就和那些有望赎身的绅士和显贵一起，天天如此度日。身为俘虏，饥寒之苦自然难免，但最令人难以忍受的，就是眼看着我们的基督徒遭受他们非人的虐待，却毫无办法去解救。他们为了鸡毛蒜皮的小事，甚至无缘无故就绞死自己的奴隶，割他们的耳朵，或者穿在扦子上。土耳其人天生残忍，以此为乐，每时每刻都在屠杀基督教徒。但有一位叫德萨阿维德拉的难友，却从未受到他们的虐待。这位好人多次帮助自己人逃离虎口，深受基督徒的热爱。他做的这些事，要是放在别的俘虏身上，早就死一百次了，他自己也担心土耳其人会对他下毒手。可是，他从来没挨过一次打，甚至一声骂。要是有时间，我真想讲讲他的事迹，那要比我的经历好听得多，更吸引人。

"我们住的监狱有个院子，院墙紧挨着一排窗户。房主是个有钱有势的摩尔人。摩尔人家的窗户，其实就是一些洞，上面有又厚又密的窗格挡着。有一天，大家都出去干活，监狱里只剩下我们四个难友在院子里玩戴镣铐跳高消磨时间。正玩着呢，我偶然抬头，竟惊奇地看见，从一个窗户里，伸出一根竿子，头上系了一个布袋，轻轻晃了几下，好像是在招呼我们去取下来。我们中有一位就走过去，想看看是不是这么回事儿。他刚走到跟前，伸手去抓，那竿子就左摆右晃地提了上去，似乎在说：不行。换了个人去，结果和第一位一样。再换一个，还是没有成功。见此情景，我又是唯一没去试的，便打算碰碰自己的运气。哈哈！还是我有福气，我刚走到那竿子下面，它就掉了下来。我忙赶过去，取下那个布袋，解开一看，好家伙！十枚西亚尼！这种摩尔人使用的低成色金币，一枚合咱们十个银币呀！我一看，心里甭提多高兴了，可以说又惊又喜。我沦为战俘，做了人家的奴隶，竟碰上这等好事，真是福星高照，财运不小啊！四个人，三个到跟前，竿子不但不落下来，反而提高，唯独我有此福分，想必是有意给我的恩惠。我拾起那一袋金币，走到那个窗户下，向上张望，只见一只雪白的嫩手伸了出来，打开窗户，随即又关上。我们看了，猜想一定是这家里的一个女人给了我们那笔钱，便学摩尔人的样子，双手交叉在胸前，朝窗户躬身行礼，表示感激。过了一小会儿，从那窗户里又伸出一个用苇秆做的小十字架，但眨眼间就抽了回去。这说明那房子里大概关的是一位女基督徒。可那双又白又嫩的玉手和腕上戴着的镯子又作何解释呢？对了，可能她已经叛教，成了主人的正式妻子。摩尔男子喜欢女基督徒胜过本国女人，常娶女基督徒为妻。

"其实我们在瞎琢磨，真正的情况远非如此。反正从那以后，我们一有机会就往那扇窗户那儿看，好像盼星星盼月亮一样，对那儿寄托了莫大的希望，仿佛那儿还会给我们带来什么好运。结果过去了整整十五天，什么也没有。我们想方设法打听里面是不是有个叛教的女基督徒，可得到的明确回答是：房主是一位摩尔富豪，叫阿吉莫拉托，过去当过帕塔要塞司令。

"我们不再指望从那儿得到钱了，谁知，有一天，一根竿子又从那个窗户里探出来。这回竿头上系的是一个布包，比前次那个布袋要大。那天，俘虏营里没有别人，还是我们四个。跟上次一样，他们三个先去够竿子，还是谁也没够着。轮着我去，刚走到竿底下，那竿子就掉了下来。我打开布包一看，里面装有四十枚西班牙金币和一张用阿拉伯文写的字条，后面画了个好大的十字架。我吻了十字架，拾起金币，和大家一起向窗户行了礼。上次那只手又伸了出来，我比画着告诉她一定会好好看那个字条，那只手才把窗户关上。我们又惊又喜！又着急。急什么？想马上知道字条写的是啥呀！可我们谁也不懂阿拉伯语，让别人给我们读，又不合适。最后，我决定找一个叛教的穆尔西亚人帮忙。他跟我交情很深，又有求于我，绝不会出卖我们。原来叛教的基督徒要想重返基督教国，总要随身带着有地位的俘虏给他写的证明，格式不限，只要写明他是好人，经常关照基督徒，而且早有逃回基督教国之意就行。想方设法搞到这类证明的人有两种：一种人确实是想回去，另一种人则是用来骗人。这后一类的人跑到基督教国目的是为了抢东西，万一被抓获，就可以出示所带证明，说自己跟土耳其人来抢劫，完全是为了留在基督教国，这样，他们就不会受到惩处，还会重新得到教会的接纳，以后有朝一日回到北非，再干其叛教者的勾当。那个穆尔西亚属于真想回去定居的。我和好几个难友都给他写了证明，为他说尽了好话，这种东西要是落在摩尔人手中，非把他活活烧死不可。我知道他精通阿拉伯语，能说能写。我没有把底儿全交给他，就是说，多了一个心眼儿，留了一手。我只说是在牢房的墙洞里拾到的一小片纸，请他给说说是啥意思。他拿过字条，一边看一边嘟囔。我问好懂吗，他说没问题，并说，要让他笔译，得给他弄支笔和墨水。我们拿来他要的东西，他就开始翻译。译完后说：

"'我一字不漏地全译好了。有一点要注意，就是"莱拉·马利亚"这几个字，意思是圣母马利亚。'原来那张字条上写的是：

"'我小时候，父亲的一个女奴用我们国家的语言教给我基督徒的祷告，还讲了许多有关莱拉·马利亚的事。这个虔诚的基督徒早死了，我深信她没有入地狱，而是升了天，和真主在一起。她死后我还见过她两次，每次她都劝我去基

督教国，去找莱拉·马利亚。我非常喜欢莱拉·马利亚，很想去基督教国家，但不知道如何才能到那些地方。我就在窗前向院里张望。我看见过许多基督教徒，但只有你像个绅士。我长得年轻漂亮，又可以带走许多钱。你想个法子咱们一起离开这里。到了那边，你乐意的话，我就嫁给你当妻子，不乐意也没啥关系，反正有莱拉·马利亚，我不愁找不到合适的丈夫。这个字条是我写的，千万别让别人看见，尤其是摩尔人，他们心眼都很坏。我再说一遍，千万别叫其他人看到。要是我父亲知道了，他非把我扔到井里，再倒上一大堆石头埋上不可。你把回信绑在竿子上，那上面有一根线。你要是找不到懂阿拉伯语的基督徒，就对我做手势，莱拉·马利亚会帮我弄明白你的意思的。愿她和真主保佑你，也愿我无数次亲吻的十字架保佑你，这还是那个死去的女奴教给我的呢。'

"各位可以想见，我们知道了字条的内容有多么高兴，又有多么惊异。那个叛教者一看我们又惊又喜的样子，马上明白，那字条绝非偶然拾到，一定是写给我们当中哪一位的，就央求我们相信他，把真情告诉他，他会豁出命来帮我们获得自由。他还从胸口那儿掏出一个铁十字架，做上帝的象征，流着眼泪发了誓。说他尽管是个罪人，却始终坚信上帝，如果我们能把秘密告诉他，他不但不会讲出去，还会全力帮助我们。他好像预感到，那位写字条的女子，有可能帮助他和我们这些俘虏重获自由，使他得以回归圣教的怀抱。当初，他因无知，犯下了背离圣教的大罪，好像脱离母体的手脚，已腐败变质。他无比悔恨，痛哭流涕。我们受了感动，就一致答应，把前前后后的情况如实地全讲给他，还把那个窗户指给他看。他仔细看了看那房子，表示要设法弄清里面住的是什么人。我们认为还应当给那摩尔姑娘写封回信。于是，我口授回信，由那个叛教徒译成阿拉伯文。这个故事的关键之处，我至今历历在目，永远不会忘记，所以，这封信我可以一字不落地背给各位听。信是这样写的：

"'小姐，愿真主阿拉保佑你。神圣的马利亚是上帝的生身母亲，她因为太爱你，才叫你去基督教国家。你向圣母祈祷吧，求她大慈大悲，告诉你怎么行事。她既然要你去那样的国家，就一定会帮你。我们就不必说了，肯定全力以赴，舍死相助。你要是有什么办法，务必写信告诉我们，我们也会给你回复的。伟大的阿拉给了我们一个基督徒俘虏，他能说能写你们的语言，你读了这个字条就会明白。你有什么就说什么，不用担心。你说，到了那边就嫁我为妻，我完全

同意。你知道，我是个虔诚的基督徒，跟摩尔人不一样，我说到做到，以信义为本。愿真主和圣母马利亚保佑你，我的小姐。'

"我把信封好，过了两天，等俘虏营里又没人的时候，就走到那个窗户下面，看伸出竿子没有。等了一会儿，竿子伸出来了。我看不见她，但知道她看得见我，就把回信晃了晃，意思叫她在竿子上拴根线，好绑字条。其实竿上早拴了根线，我开始没注意。我把回信系在竿子上。没过多久，那根竿子又伸出了来，上面系了一个布包，白白的布真像一面和平的旗子。竿子掉在地上，我过去打开布包，里面有各种金币和银币，要折合五十多枚西班牙金币呢。当时我就觉得我的高兴心情一下子增加了五十倍，重获自由的信心和希望也成倍地增加了。当晚，那个叛教徒来告诉我，他已打听清楚，那所房子的主人就是我们上面说的那个叫阿吉莫拉托的摩尔人。他是个富翁，财产继承就是他的独生女。全城公认，那姑娘是整个柏柏尔地区 ①最漂亮的女子。不少总督前去求婚，都被她一口回绝。她家过去确实有一个女基督徒给他们做用人。总之，叛教徒了解的情况和她信中写的完全吻合。

"我们和叛教徒合计，用什么高招才能帮索拉伊达逃出家门，然后我们又如何把她带到基督教国家去。她原名叫索拉伊达，但她喜欢人家叫她马利亚。我们都很清楚，除了她，谁也没有办法，就决定先看索拉伊达怎么想，再作打算。叛教徒叫我们别着急，他豁出命也要帮我们得到自由。接下去的四天，俘虏营里总有人，所以她不能和我们联系。第五天，才赶上没人，窗户里就伸出了竿子，上面系着一个鼓囊囊的包，想必里面东西不少。竿子还是落在我的跟前。打开包，发现除了一张字条，全是金币，有一百枚。叛教徒当时也在场。我们就回到牢房，请他译给我们听。信上说：

"'先生，我实在想不出去西班牙的办法，问过马利亚，她也没说。我想，不如我先从这个窗户给你送钱。送多多的钱，好让你们中的一个先赎身，回到西班牙，在那儿买条船，再开船回来接剩下的人。我在父亲的花园里等你们。那座花园在巴巴松门外的海边上。我们全家人整个夏天都在那儿。你们要趁晚上天

---

① 柏柏尔地区：指北非。

黑，把我从那儿带到船上。放心大胆地干吧。你已经讲定做我的丈夫，千万不许反悔，否则，我会叫马利亚惩罚你。你要是不放心别人去，就自己先赎身回去买船。你是基督徒，又是绅士，我相信你比别人可靠，会回来接我和大伙儿，到时候可要看准花园在什么地方。以后，只要我看你在窗户底下溜达，那就是说俘虏营里没人，我就给你送钱下去。愿真主保佑你，我的先生。'

"听了这张字条里写的话，大家都争先恐后，提出自己先赎身，保证尽早返回，救剩下的人一起出去。我当然也不例外。但那个叛教徒坚决反对，说要走大家一起走，绝不能放一个人先走，因为先走的一旦获得自由，往往食言而肥，根本不履行他当俘虏时许下的诺言。这种例子可以说层出不穷。有不少有身份的俘虏就曾这样做过，先让一个人赎身，由他带着钱去巴伦西亚或马略卡岛买船，然后返回去接为他出钱赎身的那些囚徒。但实际情况是，首先赎身出去的人，往往害怕再次沦为俘虏，不敢再踏上北非的土地，所以，即使他发了誓，赌了咒，承担了天大的义务，也不会付诸实施。叛教徒还举了一个刚刚发生的事例，说明他并非无中生有，那个事例在那个古怪的地方也够得上稀奇。最后，他说，不如干脆把那笔赎身的钱给他，他可就近在阿尔及尔买条船，假装在得士安沿海一带做生意。他做了船长，还愁没有办法把大伙儿救出去？如果那个摩尔女子真的会出钱替我们赎身，我们成了自由人，上船就不必偷偷摸摸了。麻烦的是，摩尔人不允许叛教徒购置船只，要买必须买大型海盗船，他们怕这些人，特别是西班牙的叛教徒，用这个办法逃回基督教国家。但他已经想好了对策。他说，他可以找一个塔加里诺人合伙买船，一起经营，如果可行，他就可以当船主，其他事就好办了。我们觉得还是按那个摩尔女子的意见办为好，但又怕这位叛教徒生气，告发我们。索拉伊达和我们的事要是捅出去，她肯定凶多吉少，我们几个也自身难保。没法子，只好听天由命，一切按叛教徒的意思办。

"我们当场就给索拉伊达写了回信，说我们一致认为她的主意好，真像是圣母马利亚口授一样，决定照计而行，至于立刻动手还是从长计议，请她明示。我重申一定娶她为妻，绝不含糊。给她信的第二天，恰好俘虏营里又没别人，她就用老办法分几次给我们送来了两千金币和一张字条。字条上写道：下星期五做胡玛①，她就要动身去父亲的花园，走前，还会给我们钱。要是不够，尽早告诉她，要多少都可以，她爹的钱多得没数，她又掌握了所有的钥匙。我给了叛教徒五百金币去买船，自己留下八百赎身。赎身是通过当时正在阿尔及尔做生意的一个巴伦西亚商人办的。他出面同国王谈赎身的具体事宜，提出先把我保出去，赎金等巴伦西亚商船一到马上付清。之所以不马上付款，是怕国王乱猜，以为钱早到阿尔及尔，被商人悄悄挪做他用了。我那个主人一肚子都是鬼心眼，给他钱真得三思而行。

"美人索拉伊达临去花园的前一天，也就是星期四，又给了我一千金币，并且讲了她出发的时间，还特别关照我说，得了自由，就马上去找她，千万要记清她那个花园的位置。我回了字条，说一切都会照她说的去做，她就只管做女奴教给的祷告，祈求圣母保佑我们。接着，我又想法子替另外三个难友赎身，帮他们平安离开俘虏营。我怕他们见我有了自由，会丢下他们不管，一生气，干出糊涂事情，害了索拉伊达。其实，我对他们还是知之甚深，谅他们还不至于干出这等不仗义的事来，但为了防止万一，我还是一一为他们赎了身，也是把钱交给那个巴伦西亚商人，由他出面去办。出于谨慎，我们拟订的计划没有向他透露半点儿。"

---

① 胡玛：伊斯兰教的礼拜。

为圣母摩尔女弃家别土 第四十一章
历千险基督徒重返祖国

"还不到半个月，给我们办事的那个叛教徒就买到一条好船，可乘载三十多人。他为了做起来自然，故意先开船去了萨尔赫尔一趟，造造经商的声势。那是个无花果市场，就在阿尔及尔吉奥兰的路上，离阿尔及尔大约有三百多里地远。后来又去了一两次，每次都是和那个塔加里诺人一起往返。北非人都把西班牙阿拉贡的摩尔人叫'塔加里诺'，把格拉纳达的摩尔人叫'穆德哈雷斯'，可在非斯王国，又把'穆德哈雷斯'叫'埃尔切斯'，就是常替国王打仗的那一类人。得，咱们还是接着讲刚才的故事。索拉伊达住的那个花园附近有个小码头，花园和码头之间不过两箭之地。叛教徒每次开船路过那儿，都抛锚停下，故意带着划船的摩尔小伙儿待在那儿，不是做涛告，就是把计划中的事情当游戏演练一遍，有时还跑到花园里要水果吃，索拉伊达的父亲当然不认识他，见他要，也不拒绝。他后来告诉我，他到花园去，是想见见索拉伊达，挑明自己是我派去准备带她到基督教国家的人，好叫她放心，但始终没找到机会。按摩尔人的习俗，摩尔女子非经父亲或丈夫允许，是不许叫别的摩尔男人或土耳其男人看见的，但可以和基督教俘虏交谈，甚至不必拘束，随意言笑。那个叛教徒要是真的找到机会和这位摩尔小姐谈了我们计划中的事，我倒有些担心了，因为索拉伊达一听连叛教徒都知道她的事，肯定得吓坏了。幸好上帝英明，那位叛教徒虽怀好心，却未得到表现。他那一阵子就往返于阿尔及尔与萨尔赫尔之间，一直平安无事，想在哪儿停就在哪儿停，自由极了。那个和他合伙的塔加里诺人对他言听计从，任其摆布。我已经赎了身，再找几个划船的基督徒，事情就妥了。叛教徒问我，除了那几个赎了身的，还准备带多少人走。他说，他决定下星期五动身，让我尽早通知要走的人。我听了他的打算，就赶紧去找划桨手，结果找到了十二个西班牙划桨好手，他们都可以自由进出城门。当时，正赶上有二十条海盗船准备出海抢劫，把所有的划桨手都招走了，我能找到那十二位，实属不易，也算是走运，因为他们主家的海船尚未造好，那个夏天不能出海抢劫，否则，我一个划手也甭想搞到。我没有告诉他们实情，只要他们分别偷偷到阿吉莫拉托的花园外面等我。我是分头个别通知的，并且告诉他们，要是碰见别的基督徒，只说是我叫他们去那儿等我的，别的不要多说。

"我办完这件事，又去做另一件更要紧的事，就是把我们进展的情况如实地告诉索拉达，叫她心中有数，及早准备，否则，我们突然出现在她面前，动手带她走，她会吓死的。我决定亲自去她家的那个花园，看能否和她说上话。行动前的一天，我装做拾野菜进了花园，没想到第一个就碰上她爹。他盘问我是干什么的，用的是摩尔人和俘虏之间通用的一种特殊语言，既非阿拉伯语，也不是西班牙语，更不是别的什么语，可以说是几种语言的大杂烩，反正彼此都听得懂，主要用在北非，在君士坦丁堡也用。他问我在花园里找啥，我的主人是哪位。我知道他有个极要好的朋友叫阿恼特·马米，就胡编说自己是阿恼特·马米的奴隶，在花园挖野菜，回去好给主人做个凉盘。他又问我是不是准备赎身，我主人开价多少。

"他正对我问东问西，美丽的索拉伊达恰好从房里走到花园。她早就看见了我。上文说了，摩尔女子见到基督徒，既不害羞，也不用回避，所以，她就大模大样地向我们走来。她爹嫌她走得慢，还招呼她快走呢。

"我看见了亲爱的索拉伊达！她简直是绝代佳人！那美丽的脸蛋、动人的身段、华贵的装束，真是秀色可餐，令人销魂。只见她优美的脖子、耳朵和头上，到处是珍珠点缀，好像比头发还多。她按当地习俗光着脚踝，戴一对所谓'卡尔卡赫'，就是脚镯。这对脚镯纯金做成，上面镶了钻石，她父亲估计其价值有一万多布拉金币 [①]。她手腕上戴的那副镯子也值这个数。总而言之，她浑身上下

[①] 多布拉金币：西班牙古币。

戴的首饰都是最值钱的。摩尔女人最富丽的装饰品就是各种各样的珍珠，所以，这个民族收藏的珍珠比世界上其他民族的要多得多。众所周知，索拉伊达的父亲收藏的珍珠，不止量大，品位也高。除此，他还有二十万西班牙金币。这些珍珠和金币现在都归我妻子所有了。看见她虽因操心出走的事脸上难免留下忧愁的痕迹，但打扮装饰起来，仍是那么美丽动人，就可以想象出日后过起从容富贵的日子时她那光彩照人的景象。世人皆知，女人的美色，会因日子和场合，或增或减，可随感情的波动，时而大放光彩，时而满布乌云，而大多数时候，是被彻底摧毁。

"总之一句话，她一脸娇艳、满身珠光地出现在我的面前，这不是天下第一美人吗？想到她对我的恩德，我就觉得她简直是天女下凡，专为我消灾赐福而来。她父亲用他们的话告诉她，说我是他好友阿恼特·马米的奴隶，来花园拾野菜的。她就用刚才说的那种杂烩语问我，是不是绅士，赎身没有。我说已经赎身，主人要价一千五百索尔塔尼小金币，凭这个价就知道主家是多么看重我。她听了说：

"'说心里话，你要是我父亲的奴隶，再加一倍的钱，我也不叫他放了你。你们这些基督徒尽撒谎，老装穷，骗我们摩尔人。'

"我说：'您说的没错，小姐。可我不是那种人，我对主人一向老老实实，对别人也是如此，不管过去，现在，还是将来，我永远都是个老实可靠的人。'

"索拉伊达问：'你什么时候走？'

"我说：'明天吧。这儿有条法国船明天正好要走，我想坐这条船算了。'

"索拉伊达说：'法国跟你们西班牙关系不怎么样，干吗不等西班牙的船呢？'

"我说：'我不能等了，我着急要回家和亲人团聚。明天肯定可以走成，要是等西班牙的船，谁知道会等到什么时候，我可一天也不想等了。'

"索拉伊达说：'你肯定有妻室，否则不会急成这样，非要明天回去不可。'

"我说：'那倒没有，不过，已经订了婚，答应人家一到家就举行婚礼。'

"她问：'你那位未婚妻很漂亮吧？'

"我说：'漂亮极了！真的，特别像您。'

"她父亲一听，哈哈大笑，说：

"'真主啊！那一定美得像天仙了！要不，怎么会像我的女儿呢？跟你说吧，我的女儿是我们国家第一美人，你好好瞧瞧她。我说得不假吧？'

"索拉伊达的父亲会说咱们的话，所以，我和索拉伊达的对话大都靠他从中翻译。索拉伊达当然也多少能讲一些我上面说的那种通用的混合语，但她主要还是通过表情来表达她的心意。我们正说着的时候，急匆匆跑来一个摩尔人，大喊大叫，说有个土耳其人翻墙进来，乱摘还没有成熟的果子。老人家吓了一跳，她女儿也吃惊非小，因为摩尔人似乎生来就怕土耳其人，特别是当兵的，这些土耳其人对他们统治下的摩尔人十分霸道，比对奴隶还要坏。索拉伊达的父亲对她说：

"'孩子，赶紧回屋去，把门关严了。我去看看这些畜生到底想干啥。这位基督徒，你呢，摘完野菜也快回去。咱们就此再见了，祝你一路顺风，平安回国。'

"我向他鞠躬行礼，表示再见。他丢下我和索拉伊达，急着去见那几个土耳其人。索拉伊达似乎要照父亲的话转身回屋，可见到老人家刚好叫树木遮住，就对我眼泪汪汪地说：

"'阿麦克西？基督徒，阿麦克西？'意思是：'你要走了？基督徒，你要走了？'

"我说：'不错，小姐，而且是带你一起走。下一个胡玛日你等着我们，看见我们的时候可别害怕，我们肯定能去基督教国家的。'

"我把话尽量说得简明易懂。还不错，她都听明白了，便一把钩住我的脖子，慢慢朝屋里挪。你说倒霉不倒霉？我俩正这个姿势的时候，她老爹赶回来了，看了个一清二楚。我俩一看反正是这样了，就将计就计。索拉伊达真是聪明绝顶，来了个随机应变，不但手还紧紧地搂住我的脖子，而且，干脆把头倒在我的怀里，两腿打弯儿，做出一副晕倒的模样。我心领神会，故作为难之态，又不得不赶紧扶住她。她父亲见此，忙跑过来。谢天谢地，他完全信以为真了。他问女儿怎么了，不见回答，就说：

"'都是那些狗东西把她吓的。'

"老头儿说着就把女儿从我怀里接过去，搂在他胸前。索拉伊达舒了一口气，含着泪水对我说：

"'阿麦克西，基督徒，阿麦克西。你走吧，基督徒，你走吧。'

"她父亲听了对她说：

"'孩子，干吗叫人家基督徒走呢？他又没惹你。那几个土耳其人都走了，你不用害怕了。我再说一遍，土耳其人从哪儿来又从哪儿走了。'

"我说：'老爷，你说的没错，小姐是叫那些人给吓的。既然小姐叫我走，我还是走为好，省得小姐心烦。您歇着吧。没准儿以后还要来您的花园拾野菜，您不会生气吧？我家主人说过，做凉菜，数您这儿的野菜好。'

"她父亲说：'你来吧，想摘什么就摘什么，没关系。她是叫土耳其人走，不是冲着你，不是冲着基督徒。也可能是叫你去拾野菜吧？'

"我向他们父女告别。索拉伊达跟着她父亲走了，当时她那个模样，就像是生离死别，痛苦万分。等他们回屋，我假装继续拾野菜，把整个花园转了一遍，仔细察看了所有出入通道，留意观察了整个房屋的情况，盘算着如何行动才能最顺利地把索拉伊达带走。回到住处，我把上述情形一五一十地告诉了大伙儿和那个叛教徒。我盼星星盼月亮，只盼着幸福的那一天早早到来，好叫我和上天恩赐给我的美丽、可爱的索拉伊达，无忧无虑地在一起，和和美美地共同生活。那一天终于盼到了。我们深思熟虑，反复讨论，制订了一整套行动计划。我们按计而行，一切顺利。就是说，在星期五，也就是我跟索拉伊达见面的第二天傍晚，叛教徒把船停在了美人索拉伊达住的那个花园的对面。

"我找的那些划船的基督徒早已躲在花园周围，他们一看见那条船，个个都摩拳擦掌，恨不得马上登上船去，干掉上面的摩尔人。他们不知道叛教徒的安排，还以为先结果了船上的摩尔人，才能获得自由。等我们到了，他们都迎上来。那时，城门已经关闭，城外连个人影也没有了。大家一块儿合计，不知是先去找索拉伊达好呢，还是先干掉船上的摩尔人好。正拿不定主意的时候，叛教徒来了。他见我们还站在那儿不动，就说，大伙儿还愣着干啥，他手下的摩尔人根本毫不知情，而且大都睡着了，是动手的时候了。我说是因为拿不定主意先做哪件事。他说，当然是先把船搞到手，而且，马上动手，十分容易，又毫无危险。船弄到手，再去找索拉伊达也不迟。大伙儿听了都说他讲得有理，就跟着他奔那条船去了。他第一个跳上船，手举弯刀，用摩尔话喊道：

"'都不许动！谁动就杀了谁！'

"这时，基督徒差不多都登上了船。摩尔人本来就胆小，一看上来这么多人，船长冲他们这么喊，吓得个个魂飞魄散，连操家伙的劲都没有了，其实他们也没啥可操。基督徒一边捆他们，一边吓唬，说只要出一点儿声，就把他们全用刀捅死，所以，他们都一声不吭，乖乖地让基督徒们捆个结实。然后，一半人留下看着他们，另一半人跟叛教徒去那个花园。我们还真走运，门好像根本没上锁，一推就开了。我们悄悄走进去，谁也没发现。美人索拉伊达正在窗户后等着我们，一听见有声音，就低声问是不是'尼萨拉尼'，'尼萨拉尼'就是基督徒。我忙答道'是'，叫她赶快出来。她认出是我，就立刻打开房门，走了出来。她娇艳无比，服饰华丽，简直难以形容。我一见她就捧着她的小手使劲吻。叛教徒和我的难友们也跟着我学，吻她的手。其余的人看了莫名其妙，也学我们的样儿，以为是感谢她给了我们自由呢。叛教徒用摩尔话问她父亲是不是也在花园里住。她说是的，正在睡觉。叛教徒说：

"'得把他叫醒，要把他带走。这漂亮花园里所有值钱的东西，都得带走。'

"她说：'不许碰我父亲。这里已经没啥了，我该带走的都会带走的，够你们发财的了。待会儿你们就相信我说的都是真话。'

"说完她又进屋去，告诉我们别出声也别乱动，她马上就回来。我问叛教徒是怎么回事儿。他对我说明前后情况后，我告诫他千万别做索拉伊达不愿意的事情。果然，没多大一会儿，她就出来了，抱着一个小箱子，沉得她都要拿不住了，原来里面全是金币。谁知道，就在这个节骨眼上，她老爸醒了，一听花园里有动静，就跑到窗口。一看，园子里全是基督徒，就扯起脖子，用阿拉伯语大叫大喊：

"'强盗，基督徒！强盗，基督徒！'

"他这么一嚷，把我们都吓坏了，一时不知如何是好。叛教徒倒还镇静，他看事已至此，趁还没惊动更多的人，得赶紧采取断然措施，便拔腿奔进了阿吉莫拉托的卧室，后面跟了几个人。我没法去呀，因为索拉伊达一听父亲大叫，当即晕倒在我的怀中。叛教徒领去的几个人干得十分麻利，转眼就见他们押着阿吉莫拉托出了房门。他双手被捆住，嘴里塞了一条手绢。押他的人还吓唬他，出声就要他的老命。索拉伊达见老爹如此情景，捂上眼睛不敢看他。她父亲见她这个样子，也吓傻了。他当时做梦也没想到他女儿和我们在一起是心甘情愿的呀。到了那个时候，就要看脚的功夫了。我们架起阿吉莫拉托，连走带跑地上了船。船上的人见我们迟迟不到，一直提心吊胆，生怕我们出什么意外。

"天黑不到两个钟头，我们就全上了船。我们给阿吉莫拉托松了绑，把嘴里的手绢也取了出来。叛教徒警告他不许吭气，否则要他的命。他见女儿也在那儿，伤心得直叹气。后来他发现，女儿被我紧紧搂着，不躲不叫不哭，安安静静，若无其事，就更是叹息不止了，但他不敢说话，怕叛教徒对他动真格的。船就要起锚航行了，索拉伊达见自己父亲和其他几个被捆绑的摩尔人还在船上，就叫叛教徒向我求情，让我看在她的面子上放了她爹和其他摩尔人，她说，她宁愿跳海而死，也不能眼看着亲爱的父亲做阶下囚。我听了叛教徒翻译过来的话，表示完全同意。但他说，万万使不得，因为放了他们事小，惊动了全城的人，人家会封锁陆海通道，派人追捕我们，那时我们别说回基督教国家了，恐怕插翅也难逃喽，所以，等我们到了基督教国家再放他们，最保险。大家听了都认为他说的对，索拉伊达也觉得合情合理。

"我们真诚地祈求上帝保佑之后，便决定立刻开航。划手们个个都是好样的，他们暗自欢喜，操起船桨，朝最近的基督教国土马约卡划去。谁知竟刮起北风，海浪也比较大，我们只好改航，不得已沿海岸向奥兰方向驶去。大家这时都有些担心，因为再走六十海里就是萨尔赫尔，到那儿很容易被人发现。另外，也害怕碰到从得士安来的船，它们经常往返于这一带。我们心里各想各的事情，但都希望上帝保佑，别叫我们碰上落在海盗手里的商船。要是一般商船，我们不但不会吃亏，还可以换乘大船，更加顺利快捷。路上，索拉伊达一直把脸埋在我的手心里，不敢抬眼看她的父亲，只听她不停地向马利亚祷告，求圣母保佑。

"我们走了差不多有三十海里的样子，天就开始慢慢亮了。这时离岸边只有三箭之地，岸上满目荒凉，根本不会有人。但我们还是使劲往远海划。这时海面可以说风平浪静。向前又走了大约二十多里路，我们便商量大家替换着划船，好分别吃点东西。可划桨手们说还不到歇息的时候，要不，让闲着的人喂他们点吃的也行，反正，他们说什么也要继续划下去。大家只好照办。正说话间，突然刮起一阵大风。我们只好放下船桨，扯起风帆，直向奥兰驶去，也只能朝那儿驶去。我们动作麻利，扯起船帆，船一小时能走八海里还多。我们还是担心碰上海盗船。我们给那几个摩尔人吃了东西。叛教徒还安慰他们，叫他们放心，我们并没有把他们当做囚徒，到适当的时候一定会放他们走。他也对索拉伊达的父亲这样说。那老头儿听了说：

"'基督教徒，我知道各位慷慨大度，会待我不错，可放我走，实在难以相信。我再傻也不会傻到连这些事都不懂！你们冒险抓了我，会平白无故又放我回去？你们知道我是谁，值多少钱？干脆，明说吧，要多少？为了自己和这个可怜的女儿，你们要多少我都答应，就是放她一个人也行，她是我心中最重要的宝贝啊！'

"老人说到这里，再也忍不住，放声大哭起来。哭得那个伤心，弄得大家都动了恻隐之心。索拉伊达听她老爹痛哭，不由得抬起头来，一看父亲老泪纵横，心中一酸，站起扑了过去。父女俩抱头痛哭，在场的人无不落泪。她父亲定下神来，发现她浑身珠宝，打扮得像过节似的，不免一惊，就用他们本国话问她：

"'孩子，这是怎么回事儿呀？昨天晚上咱们遭难的时候，我记得清清楚楚，你穿的是平常的衣服，日常的打扮，现在怎么一转眼就换上了最好的衣服，打扮得这么入时了呢？我记得，这还是咱家最红火的时候，我给你做的高级衣服。可今天有什么喜事乐事值得你如此高兴，穿上节日盛装呢？咱们都遭了大难了，你哪来的工夫换上这些衣服呢？你说呀，这到底是怎么一回事儿？这比我遭的这个难还叫我糊涂，还叫我害怕。'

"她父亲对她说的这番话，叛教徒一句不漏都翻译过来给我们听了。索拉伊达一言不发。这时，她父亲突然看见她的首饰箱也在船上。他记得这箱子一直放在阿尔及尔城中的家里，并没有带到花园去，怎么现在居然落在了我们的手中，更不知里面如今装了些什么。他感到百思不解，便一连发出几个疑问。叛教徒不等他女儿开口，就抢先回答道：

"'先生，您也不必再盘问索拉伊达了，我一句话就能叫您全明白。跟您说吧，您女儿已经成了基督徒了。我们都是多亏了她，才除掉了枷锁，从囚徒变成了自由人。她是自愿到这里来的。我想她对现在的处境十分满意，好像离开黑暗得到光明，摆脱死亡获得新生，告别痛苦永享幸福。'

"老头儿问女儿：'他讲的都是实情？'

"索拉伊达说：'是的，爸爸。'

"老头儿说：'这就是说，你真的变成了基督徒，而且还把你爸交给了敌人？'

"索拉伊达说:'我是当了基督徒,但你现在这样并不是我害的。我从来没有想到要抛弃和伤害你,我只是想寻求幸福。'

"'孩子,难道你要的就是这种幸福?'

"'是的,爸爸,你问马利亚吧,她会讲得更清楚。'

"她父亲一听这话,'扑通'一声就投了海,快得谁也没想到去拦他。幸亏他穿的衣服又长又大,碍手碍脚,使他没有马上沉下去,否则必淹死无疑。索拉伊达见状大喊救命。我们反应过来后立刻抓住他的衣服,把他拖上船。他已经淹得半死,完全没了知觉。索拉伊达上前紧紧抱着他,大哭不止,那凄惨劲儿,真好像他已经没命了一样。我们把他嘴朝下翻过去,让他往外控水,他吐出了大量海水,过了两个钟头,才苏醒过来。

"这时,风向又变了,我们只好朝岸边划,而且还要避免撞到岸边,所以大家要使很大力气。我们很走运,把船划进了一个港湾,港湾紧挨着一个小小的海角,摩尔人叫它'卡瓦·鲁米亚'角,用咱们的话说,就是'基督娼妇'之角。据摩尔人传说,那个使西班牙亡国的卡瓦就埋在那里。'卡瓦'在摩尔语里就是'娼妇'的意思,'鲁米亚'呢,就是'基督徒'。摩尔人一向认为在那个地方抛锚停泊太不吉利,除非万不得已,他们绝不会那样做。可我们眼前一片汪洋,只要能救我们的小命,谁还管它是不是什么娼妇葬身之地。我们派了几个人在岸边放哨,划手们坐在自己的位子上,手不离桨。大家吃了些东西,又诚心向上帝和圣母祷告,求他们保佑我们顺利实现回基督教国家的愿望。索拉伊达说不忍心看着父亲和同胞被捆绑的惨样,再三央求我放了他们。我们商量后决定出发时把他们送上岸。那个地方荒无人烟,放他们在那儿对我们没有什么危险。看来我们的祷告并没有白费,不一会儿,风向变得对我们有利,海面也渐渐平静。我们可以重新起航。开船前,我们给摩尔人一一解开手脚上的绑绳,分头送上岸去。他们都十分欢喜,也感到有些意外。索拉伊达的父亲临下船时说:

"'各位基督徒,你们是不是以为这个贱丫头要你们放我走,是可怜她老爹,尽尽孝心?不对!是怕我待在这儿碍她的事!我不在跟前,她不就可以随心所欲,想干什么就干什么了吗?她改换宗教根本不是为了信仰,而是以为在你们那儿可以自由胡来,没人干涉。'

"我和另一个基督徒紧紧拉住他,怕他动手行凶。只见他转身又对索拉伊达说：

"'唉，你真是个傻妞！你也太不知羞耻了！你瞎了？傻了？还是糊涂了？这帮狗杂种是咱们天生的仇人，你竟然听他们的，由他摆弄，有你好果子吃的！我干吗要生下你这个冤家呀！我把你娇生惯养，拉扯这么大，我简直是疯了！'

"我们看他没完没了地胡骂，就赶紧把他送上岸了事。他上了岸，依旧大骂不止，还祈求穆罕默德请真主阿拉诅咒我们，叫我们尸沉大海，彻底完蛋。我们起航以后，已听不见他的喊声，但仍能看见他的动作。他在岸上气得又扯胡子，又揪头发，在地上乱爬。突然，我们听见他大声呼唤：

"'回来吧，我的心肝宝贝！我什么都不怪你。把钱给他们！快回来吧！可怜可怜你的老爹吧！你要丢下他不管，他非死在这个荒滩上不可！'

"索拉伊达句句听在心里，只顾伤心落泪，不知如何答对，后来才说：

"'爹呀，我做基督徒是马利亚的意思，她会安慰你的。真主阿拉也知道我跟他们走完全是天意。这些基督徒没有强迫我，是我自愿的。即使我不跟他们走，要我待在家里，也是办不到的。亲爱的老爸啊，你也许认为这样极糟，可我却以为最好。'

"索拉伊达的这些话老头儿根本没法听到，因为我们已经看不到他了。我设法安慰她，免得她过分伤心。大伙儿逐渐把心思转到航行上。我们顺风行驶，估计天明就能到达西班牙海岸。俗话说，'祸不单行，福不双降'。好事怎么也不会叫你全占上。也没准儿是索拉伊达老爹的诅咒发生了效力，人常说，当爹的诅咒不可不信。我们顺风行船，风帆鼓得满满的，根本不用划桨，可以说一路顺当。约莫夜里三点钟，借着皎洁的月光，我们发现一艘方帆大船，满帆而行，船舵微偏，从前面斜穿而过。两船相距太近，我们急忙降帆，避免撞上，那大船也用力转舵，让开我们。只听那边有人问我们是干什么的，从哪儿来，往哪儿去。叛教徒听出他们讲的是法语，就告诉大伙儿说：

"'谁也别吭声！他们准是法国海盗，都是亡命徒。'

"大家听了他的话，谁也没答话。那艘大船从我们前头斜插过去，走到背风处，突然船上的两门海炮一齐开火，好像发射的都是链弹，一发命中我船的桅杆，将其拦腰击断，断掉的一截连同船帆统统落入水中，另一发正中船的中部，将船击得四处开花。我们虽然没有伤亡，但眼看都要沉入海中。大家齐声呼救，央告那艘大船援救我们。他们见此，放下风帆，解开救生小艇，十二个法国人全副武装，点着火绳，端着火枪，坐上小艇，朝我们开过来。到跟前一看我们就那么几个人，船眼看就要沉下去，就让我们上了小艇，一边对我们说，他们问话，我们不理，实在不懂礼仪，现在落到这个下场是罪有应得，咎由自取。叛教徒乘机把索拉伊达的首饰箱丢进了大海，竟没有任何人看见。

"我们都上了大船后，他们一一盘问了我们，简直把我们当成了战俘。还抢走了我们所有的东西，甚至连索拉伊达的脚镯都撸了下来。索拉伊达很伤心。我对此倒并不在乎，只是担心他们抢完了贵重物品后，还企图夺走她身上最珍贵的东西。谢天谢地，那些家伙只贪求金钱和物品，并不想要别的东西。他们贪得无厌，假如他们认为我们穿的囚衣也值俩钱儿的话，非给我们扒下来不可。他们中有人说，不如干脆把我们用帆布一裹丢进大海了事。那些家伙本来是打算假冒布列塔尼的商人去西班牙沿海港口做生意，现在有我们这些活人在船上，很容易使他们的海盗面目露馅，一旦叫人识破，就会遭受惩罚。船长，就是抢走索拉伊达全部东西的那个家伙说，他们既然抢到这么多的好东西，就没有必要再去什么西班牙了，干脆，趁天黑设法通过直布罗陀海峡，回拉罗谢尔算了，他们就是从那个地方来的。他还说，他们不去西班牙，但准备一见到西班牙海岸的影儿，就给我们一只小艇和到西班牙港口所需的东西，让我们自己划过去。第二天，当我们看见西班牙海岸的时候，一个个都乐得连姓什么都忘了，遭的那些罪早丢在了一边。自由失而复得恐怕是人生最大的喜事吧！

"他们说话算话，中午就叫我们上了小艇，给了我们两桶水和一些饼干。美人索拉伊达下到小艇上的时候，船长不知动了什么怜悯之心，竟送了她四十枚金币，还不准手下人剥她现在穿的这身衣服。我们登上小船后，对他的大恩大德一再表示感谢，可以说是感激涕零，怨恨之心早已抛到九霄云外。大船朝海峡方向航去。我们眼下的目标就是对面的陆地，便奋力划船，争取尽早到达。太阳落山之前，我们已经离陆地很近了，估计半夜可以靠岸。可那天晚上没有月亮，漆黑一团，谁也说不清我们在什么地方。于是有人主张先别忙着上岸，以防不测，但也有人认为还是尽早登岸为好，理由是那一带海域常有得士安海盗活动，他们夜里睡在北非，清晨就跑到西班牙海岸抢东西，然后回去接着睡。所以，即使上岸满目山岩，一片荒凉，也比待在海上安全。我们最后采取了一种折中的办法，就是不急着登岸，而是徐徐靠过去，趁风平浪静的时候，找个地方上岸。快到半夜，我们面前出现了一座险峻挺拔的山峰，幸好山离岸边还有一段距离，而且靠海的地方是一块平地，使我们很容易上岸。船撞上沙滩，大伙儿纷纷跳上岸，趴在地上玩命地吻地，欣喜若狂，泪如泉涌，感谢上帝的大恩大德。

"我们把船上的粮食和其他吃的统统搬下来，又把船拖上岸，然后开始登山。走了好半天了，我们心里还在嘀咕，竟不相信我们已经踏在了基督教国家的土地上。我们盼来盼去，好像过了好长的时间，才盼来了天亮。我们爬上山顶，极目四望，竟没看到一个村落，甚至一间草棚。再看看有什么可走的路，结果别说大道，连小路也没见一条。怎么办？走吧，反正早晚能碰见个人，见着人就好办了。我只是心疼美人索拉伊达，瞧她深一脚浅一脚的，在这山里爬上爬下，实在不忍心，就背着她走。可她看我辛苦，反而并不觉得轻松，坚决不叫我再背她，情愿我和她手拉手走。我们就这样走了差不多二三里路，忽然听见铃铛作响，知道附近有放牧的牛羊，大家便四下寻找，只见一棵软软木树下坐着一个牧羊少年，正悠闲自得地用刀子削一根木棍。我们大声招呼他。他闻声抬头，一看见我们，爬起来就跑。后来才知道，他第一眼看见的正好是叛教徒和索拉伊达，他俩都是摩尔人打扮呀，那小伙子还以为是摩尔人过海来抓他呢。他跑得比兔子还快，一下子就钻进了前面的村子，一边大叫大喊：

"'摩尔人！摩尔人上岸了！摩尔人来了！快抄家伙！'

"他这么一喊，把我们都给喊怕了。当时大家的确有点儿慌张，不知该咋办。我们想，那孩子这么一喊，肯定会惊动当地居民，免不了有人去报告，海岸巡防队说话间就会赶到。我们马上叫叛教徒脱掉土耳其衣服，让一位难友扒下自己的囚衣给他穿上，自己先暂且穿衬衣。我们顺着那牧羊少年逃走的方向继续往前走，一面祷告上帝保佑，一面做好精神准备，随时迎候巡防队的阻截。果然不出我们所料，没过两个钟头，我们刚刚走出村子，踏上一块平川的时候，就见一队五十来号骑兵奔驰而来。我们站住，等他们过来。他们放马过来，走到跟前，一看没什么摩尔人，全是基督徒，感到十分奇怪。其中一个骑兵就问我们，刚才那个放羊的小伙子大叫大嚷，说什么摩尔人来了，叫大伙儿抄家伙，是不是因为看见了我们。我说是的，也正想把我们的来历和身世讲给他们听。刚说到这儿，我们当中的一位竟认出了问话的那个骑兵，便打断我的话，对大伙儿说：

　　"'我说各位，实在得感谢上帝，你们知道咱们现在到了什么地方吗？告诉大家吧，这是维莱斯·马拉加呀！我虽说坐了这么多年的牢，但脑子还没生锈。这位问咱们话的先生，就是在下的亲舅舅佩德罗·德布斯塔曼特。'

　　"他话音未落，那个问话的骑兵已滚鞍下马，跑过来一把抱住他，说：

　　"'我的好外甥啊！你把我们都想死了！不错，就是你！我和你妈——我那亲姐姐，可以说全家人，都以为你已经不在了，整天就知道流眼泪。幸亏上帝保佑，让我活到今天，看见你活着回来。瞧你们的这身打扮，肯定好不容易才逃了出来，是不是？'

　　"'那还用说，以后我再慢慢讲给您听。'

　　"同来的骑兵一听说我们都是基督战俘，纷纷下马，叫我们骑上，一起进维莱斯·马拉加城，反正也就十五多里地的路。我们说还有条船在岸边。他们分了几个人去运送那条船，剩下的骑兵，一个管我们一个，让大家都坐在马鞍后。索拉伊达和那个叫佩德罗的骑兵乘一匹马。我们就这样向维莱斯城走去。有人赶回去报了信，全城的人都跑出来欢迎我们。这一带居民看惯了获释的基督囚犯和被俘的摩尔人，对我们并不感到稀奇，但对索拉伊达个个都大为惊叹，因为她长得实在太美了。这索拉伊达见已踏上自己梦寐以求的基督教国土，加上走路多了，两颊泛起红晕，显得异常媚人。也许是情人眼里出西施，反正当时我认定她是我平生见过的最美最美的女子。

　　"我们先去教堂感激上帝的保佑和恩德。索拉伊达说里面有许多像很像马利亚，我们说，她讲的没错，那都是圣母像。叛教徒给她讲解，说可以把所有的圣母像都看做马利亚的化身，向她们行礼膜拜。她脑子聪明，很快就领会了有关圣像的种种解释。随后，人们把我们领进城，分别给我们安排了住处。那个碰上舅舅的基督徒把我和叛教徒、索拉伊达领到他家住。那是一个富裕之家，他父母对我们十分亲切，好像我们是他们的亲生骨肉。

　　"我们在那儿住了六天。叛教徒借这个机会打听清楚自己要办的事应履行什么手续，后来便一个人去了格拉纳达，准备经过宗教法庭，重新做基督徒。其余的人也根据各自的情况，选择了不同的路。总之，大家都各奔前程，开始新的一页。最后，就剩下我和索拉伊达两人了。我们现在除了法国人给她的那些金币，可以说已一无所有。她骑的那匹马就是用那些金币买的。现在我还不是她的丈夫，我一直以父辈和侍从的双重身份照顾她侍候她。我想回家看看父亲是否健在，兄弟是否运气比我强。我现在有了索拉伊达这个终身伴侣，别的好事我都不觉得有什么稀罕。索拉伊达能吃苦耐劳，不怕贫穷，诚心诚意要做个真正的基督徒，我对她格外佩服和尊敬，心甘情愿一辈子侍候她。可我如今不知道父亲和兄弟的情况如何，也不知道能不能找个落脚的地方，安身立命，愉快地一起生活。假如找不到亲人，我们可怎么办呢？一想起这些，就不免有些发愁。

"各位先生，我的经历就讲完了，有无意思，各位自有高见。我反正尽了最大努力，力求从简，免得大家生厌。事实上，有好多事我都想讲，就是这个缘故，话到嘴边上又咽了回去。"

俘虏讲完了自己的经历。费尔南多对他说：

"上尉先生，您这段经历确实新鲜，您讲得也确实动人。故事自始至终离奇古怪，闻所未闻，一波三折，引人入胜。您明儿个再重讲一遍，我们也不会生厌。"

他说完这些话，又和在座的人向俘虏表示，要全力给他帮忙。俘虏见他们一片诚心，深受感动。费尔南多还说，如果俘虏愿意跟他到他的家乡去，他会请自己的侯爵哥哥当索拉伊达受洗的教父，还表示愿意资助俘虏荣归故里。俘虏对此千恩万谢，但一一婉言谢绝。说话间，天色已晚。正在这时，一辆马车在客店门口收住了缰绳，后面跟着几个骑马的。这几个骑马的走进客店要店主安排住处。老板娘说，店里人满为患，连巴掌大的地方也挤不出来了。

其中一个骑马的说："法官大人到了，你总得给个地方吧。"

老板娘一听是法官大人要住店，吓得连忙回话说：

"老爷，是这样，店里实在没有多余的铺盖。要是大人随身带着，我想准没问题，我把我们睡的房间腾出来，请他老人家委屈一宿。"

法官的随行人员说："那就这样吧。"

随后，就见马车上走下一位男士，从那身打扮看就知道他是什么官，有什么权。只见他身穿长衣，紧口袖上一串褶子，看上去的确是位大法官。他手拉着一个十六七岁的大姑娘，穿着出门的服装，秀丽娇艳，气貌不俗，叫人看了无不赞叹，要不是多洛苔、露辛达和索拉伊达三位大美人在，谁都会说，很难再找到像她那样美的女郎了。

320 *El ingenioso hidalgo*
Don Quijote de la Mancha 上
堂吉诃德

堂吉诃德看见法官和那姑娘走进来，就说：

"您请进来歇歇吧。这里地方是小了点，可能还有种种不便，但文人武士驾到，总有招待他们的地方，何况您还有美人陪伴，谁还敢怠慢？为了欢迎她的光临，这座城堡必须四门大开，岩石应该让道，高山也得靠边儿。我再次盛情相邀，请您光临我们这座乐园。这里的武士英名盖世，威风八面；这里的美人如沉鱼落雁，绝后空前，像灿烂的星斗和耀眼的太阳，而随您而至的娇娃好似明朗秀丽的天；她们相映成趣，彼此陪伴。"

法官听了堂吉诃德这番高论感到古怪，就仔细打量他的模样，越发惊诧不已，竟待在那儿不知如何是好。这时，又走出来露辛达、多洛苔和索拉伊达三位美女，使他一惊未了，又吃一惊。原来她们听老板娘说来了新客人，其中还有位十分美貌的姑娘，便急着一起出来看。费尔南多、卡德尼奥和神甫等男士对新来的客人表示欢迎，客气了一番。法官大人脚往里走，可心里一直感到莫名其妙，刚才看见堂吉诃德神里神气的，现在又一起跑出来三个大美人迎接自己的闺女。不过，他看出，除堂吉诃德样子古怪，装束奇特，神态异样，说话叫人摸不到头脑，其他人都还正常，而且都有些身份。大家彼此客气见礼之后，便根据客店的现有条件和来客的实际情况，按原来的办法作了安排，就是说，女士们进阁楼休息，男的全留在外间委屈一时，也算是替她们当当门卫。法官见女儿和那几位漂亮女士同住，十分放心，姑娘本人也非常欢喜。女人们添了店家两口子那张小床，再加上法官带来的铺盖，那天晚上睡得比原想的要舒服得多。

法官一进店门，俘虏就心中一跳，觉着他怎么这么像自己的亲弟弟呢。他想弄清楚情况，就问法官的一位侍从他主人尊姓大名，家住何处。回答说，叫胡安·佩雷斯·德维德马，是个硕士，住在莱昂山区。俘虏别提多高兴了，就把费尔南多、卡德尼奥和神甫请到一旁，告诉他们法官乃是其弟。据那个侍从说，他兄弟已被任命为墨西哥法院法官，就要去美洲赴任。那个姑娘是他的闺女，她娘生下她就死了，留下巨额陪嫁，使他一夜成了富翁。

战俘向神甫他们三位请教，是上前相认呢，还是摸一摸底再说。他不知道弟弟会不会见他穷酸如此，怕丢了自己的面子，不和他兄弟相认。

神甫说："还是让我先去试探一下为好，不过，我看令弟慈眉善目，庄重知礼，不像个没良心的人，想必懂得人生的悲欢和苦乐。"

战俘说："您说得不错，但我看还是谨慎一点儿为妙。"

神甫说："放心好了，我会让你们皆大欢喜的。"

说话间，晚饭已经做好。女士们在阁楼用餐，男客除战俘躲了出去，其他全都坐到桌旁。吃着吃着，神甫找了个空儿，对法官说：

"大人不知，小可曾在君士坦丁堡当过几年战俘，认识了一位难友，说来也巧，跟您同姓，是个十分勇敢的上尉，力气大，胆量大，可霉倒得也大。"

"先生，请问这位上尉叫什么名儿？"法官问。

神甫说："鲁伊·佩雷斯·德维德马，老家在莱昂山区。他给我讲过他父亲和他们兄弟几个的事。要不是听他这个老实人亲口讲，我还以为是老太太们冬天没事一边烤火一边讲的那些故事呢。他说，他老爹把家产分给三个儿子，还送他们许多金玉良言，句句都胜过加东的格言。他说他选择了步兵打仗。我看他没选错。他没有后台，又无人扶持，几年之间就当上了步兵上尉，还不是靠他自己勇敢善战，本领高强。后来，眼看就要提升到陆军中校的位置，却遭了大难。事情就发生在莱潘托那次战役中。那一战使许许多多的人重新获得了自由，却使他沦为战俘。我是在戈莱塔被俘的。我们俩各自几经周折，在君士坦丁堡萍水相逢，并且成了要好的朋友。后来他去了阿尔及尔，在那儿又经历了一次天下少有的奇遇。"

于是神甫就把战俘和索拉伊达的事情简单扼要地讲了一遍。法官大人洗耳恭听，那专注劲儿连他办案时也未曾有过。神甫没有把事情讲到底，只说法国海盗如何洗劫了船上的基督徒，他的那位难友和其漂亮的女伴如何陷入困境，至于他们后来下落怎样，他只字未提。

战俘躲在一边，偷偷观察他兄弟的表情。法官听完神甫的述说，顿时泪如泉涌。只听他叹了一声，说：

"先生，您说的这些实在跟我关系太大了！我身为法官，本该稳重，把持自己，可听了您的讲述，我实在难以控制自己的眼泪。您不知道啊，您说的这位勇敢的上尉就是我的大哥啊！我们的大哥，在弟兄三个中，体格最好，志向最高，所以，他才选了当兵从戎的道路，这是家父给我们指出的三条路之一。刚才您已经讲到了这一点。我走的是读书求学之路。各位都看到了，我是通过自己的努力和上帝的照应，最后得到了目前的地位。我二哥去秘鲁经商，发了大财，不断寄钱给父亲和我，数目早超过分给他的那份家产。我爹因为这才敢照旧胡乱花钱，我才得以比较宽裕地完成学业，得到眼下的职位。家父健在，天天都在想我们的大哥，他老人家的长子，日日都在祷告，求上帝别让他过早闭上眼，起码叫他跟儿子见上一面再说。我这个大哥也是有点儿怪，不管受罪享福，总得往家里捎个信什么的吧？他也是个很懂事的人呀，可就是不见他的一纸一字。要是父亲和我们两弟兄知道他在遭难，能不尽早把他赎回来吗？现在别的都不说了，我最担心的是，那些法国海盗会不会早对他下了毒手？这次远去美洲赴任，满心欢喜，现在想到大哥的遭遇，只能一肚子心酸喽。大哥，我的好兄长，你到底在哪里呀？要是知道你的下落，我一定会去救你，就是搭上性命，我也心甘情愿。要是咱们老爹知道你还健在，你就是关在北非最秘密的地牢里，我爹、二哥和我都要把你赎出来，我们有的是钱，花多少都不怕。还有那位善良的美人索拉伊达，但愿能报答你对我大哥的一片恩情！但愿能亲眼看到你再生的灵魂！我们大家要是能参加你的结婚大礼就好喽！"

法官伤心至极，一口气说出了上面这番话。大伙儿听了都十分感慨。神甫见自己的目的已经达到，上尉也一定感到满意，神甫不忍再叫大家如此伤心，就起身走进屋内，拉着索拉伊达的手一起走出来，后面跟着其余三位美人。上尉在一旁看着神甫，不知他到底要做什么。正这么想着呢，神甫竟拉着索拉伊达的手走到他的跟前，二话没说，用另一只手拉起了他的手，把他和索拉伊达一块儿拉到法官和众人面前，说：

"法官大人，您赶紧擦掉眼泪吧！您的愿望已经实现了！您看，他们是谁？他就是德维德马上尉，您的大哥，这是您的大嫂，就是对您长兄有大恩的摩尔美人。我说过，法国人把他们搞得身无分文，狼狈不堪，您要对他慷慨解囊正是时候。"

上尉早已等不及，上去一把搂过弟弟。但兄弟却推开他伸着的双臂，上下仔细看，一看果然是大哥，立即和他紧紧拥抱在一起，泪流满面，看得周围的男男女女无不落泪。兄弟俩千言万语也难说尽彼此的悲欢，我这枝秃笔更无能为力。简而言之，他们简略述说了一下各自经历，表达了手足的亲情。法官拥抱索拉伊达，表示要和他们分享家产，又叫过女儿拥抱她的大娘。众人看见基督佳丽和摩尔美女搂在一起，无不叹为观止，又陪着流了一阵欣慰的热泪。大家高兴、激

动，唯独堂吉诃德在一边默默无语，静悄悄看着眼前的人和事，脑子里却把它们全当成骑士小说中的情景。法官说，他得到确切消息，知道月内有一支舰队要去新西班牙①，出发地是塞维利亚，他必须搭船赴任，否则，就会耽搁使命。大家一看，就主张上尉和索拉伊达跟他兄弟先去塞维利亚，同时把他获释回国和喜得佳丽的事火速通知他父亲，如果有可能，请他也去那儿参加索拉伊达的受洗仪式和他俩的婚礼。

在场的人都为战俘交了好运而庆贺高兴。这时，夜已过去大半，大伙儿都有些疲倦，想趁天亮前稍事休息一下。堂吉诃德自告奋勇，为大伙儿守护城堡，以防巨人或什么歹徒打这里众多美人的主意，来个什么突然袭击。知道堂吉诃德情况的人都向他深表谢意。法官不知内情，有人又把堂吉诃德的怪病向他作了说明。法官听了觉得颇为有趣。桑丘见大家说东道西，总也不去睡觉，早就一肚子意见，现在听说都要休息一下，就赶紧把毛驴的全副鞍具铺好，往上一躺，睡得别提有多么舒服。他哪会想到，为了这副鞍具，他就要倒大霉了。

美人们已在房内安歇。男士们就凑合着在外面休息。只有堂吉诃德，按照自己的许诺，在门外守卫。

天快亮的时候，突然传来一阵婉转悦耳的歌声。女士们不由得都侧耳倾听，特别是多洛苔，因为她早就醒了，她旁边躺着的是法官的女儿，堂娜克拉拉·德维德马。这是谁唱的？唱得真动听，连伴奏都没用。歌声似乎来自后院，又好像从马圈传出。她们正这么琢磨的时候，卡德尼奥来了，对她们说：

"你们听听，唱得有多好，是一个骡夫唱的。你们听见了吗？"

"先生，听见了。"多洛苔说。

卡德尼奥走后，多洛苔平心静气，凝神细听，终于听了个明白。

---

① 即今之墨西哥。

第四十三章 | 追情人少爷扮骡夫
　　　　　　戏游侠二女恶作剧

那骡夫唱道：

情海茫茫，
一片汪洋；
港口难寻不见影，
心中好不惆怅。

明星高挂夜空，
我仰望她目不转睛；
帕里努洛 ① 见过星斗千万，
也为她的亮丽惊叹。

我驾小船，
随她而游；
身心由其摆布，
却不知要往何处。

① 帕里努洛：罗马诗人维吉尔作品中的一位舰队舵手。

忸忸怩怩，

羞羞答答；

忽隐忽现好似云雾，

难见真面目。

亮丽的星啊，

你为何隐身不见了；

我心急如焚啊，

死期不远。

多洛苔听到这里，觉得克拉拉没欣赏到这般悦耳的歌声实在可惜，就使劲把她晃醒，对她说：

"别生气，好妹妹，我叫醒你，是要你欣赏这美妙的歌声，你恐怕还从没听过吧？"

克拉拉睡得正香，被突然弄醒，还有些懵懂，没听明白多洛苔的话，问到底出了啥事，多洛苔又把刚才的话重说了一遍。克拉拉一听是这么回事儿，就注意听了。谁知刚听了两句，就浑身发抖，像是得了四日疟，紧紧搂着多洛苔说：

"我的好姐姐，您这不是要我的命吗！你叫醒我干吗？我巴不得老天开恩，蒙住我的眼睛，塞住我的耳朵，叫我看不见听不到……"

"小妹妹，你说什么？人家是个骡夫，年纪还轻呢。"

克拉拉说："他哪里是什么骡夫，是地地道道的大庄主，不仅手里管着许多田产，还紧紧抓住了我的心。除非他自己改变主意，谁也别想把他轰走。"

克拉拉小小年纪居然说出这样动感情的话语，多洛苔觉得实在有些不相称，不免大吃一惊，就说：

"我说克拉拉小姐，你这番话我还真没听懂，什么心呀田产呀，到底是什么意思啊？你刚听人家唱两句怎么就慌起来了？得，你还是待会儿再说，我现在要听他唱歌。总不能为了你，错过欣赏美妙歌喉的良机吧？你听，他换调儿了，准是一支新歌。"

克拉拉说："随你的便。"

说罢她竟把两只耳朵捂得严严实实，看样子确实不想听。多洛苔更觉奇怪。不过，她喜欢听歌，暂且没去想其中的蹊跷。只听那人唱道：

> 我满怀美好希望，
> 克服千难万险，
> 毫不犹豫，勇往直前，
> 即使是走向死亡
> 也绝不会消沉下去，
> 裹足不前！

> 畏惧困难，
> 哪有胜利可言？
> 听天由命，
> 永远得不到光彩，
> 只有奋力拼搏，
> 幸福才会实现。

> 爱情无价，
> 人生珍宝，
> 付出多少都不高。
> 若是轻易得到，
> 难免视之等闲，
> 皆因未尝其中味道。

> 要得到真正的爱情，
> 须百折不挠。
> 有志者事竟成，
> 目标一定会达到。
> 山穷水尽疑无路，

柳暗花明总有一朝。

歌声刚落，克拉拉就哭了。多洛苔越发觉得奇怪，人家唱得这样多情，她为啥哭得如此伤心。想到此处，多洛苔便问克拉拉，刚才她那一番话到底暗含着什么意思。女孩好像怕露辛达听见，就嘴贴着多洛苔的耳朵，悄悄对她说：

"我的好姐姐，你听我慢慢给你讲。这个唱歌的他父亲是阿拉贡人，有两处田产，家住京城，和我家对门。我家的窗户，冬天用布帘遮掩，夏天有百叶窗挡住外面的视线，可不知是怎么搞的，他居然看见我了。我猜很可能是在教堂，也没准儿在别的什么地方。总而言之，他爱上了我。我看见他总是从他家窗口对着我，又是打手势，又是流眼泪，表达他对我的爱意。我居然信以为真，还爱上了他，其实连我自己也搞不清是为了什么。他做的手势里有一种是把两手合在一起，意思是想娶我为妻。我心里倒挺愿意，可一个没娘的女孩找谁去说呢？我没办法回答他，事情就只好悬在那儿。我只能趁两家当爹的都出门的机会，拉开布帘或卷上百叶窗，站在窗前，让他看个够。一到这个时候，他便高兴得如痴如狂。过了没多久，我们要出远门。这个消息他不知从什么地方知道的，反正不是我告诉的，因为我从来没有机会和他说话。他病倒了，我想肯定是相思病。我们动身那天，我跟他也没有告别，因为我们甚至连互相看上一眼的机会都找不到啊。就是说，分别那一天我们始终没能见上面。我和父亲走了两天，来到一个村子，离此地大概有一天的路吧。我们找了一客店，刚要进门，我竟然看见他也在那里。他装扮成骡夫，要不是我对他印象很深，还真认不出来。我心里自然惊喜交加。不管住店时，还是随后在路上，他都一直跟着我们，总是躲着我父亲偷偷看我。我知道他是地主家的公子，从来没有走过这么多的路，吃过这么多的苦。他受这些罪还不都是为了爱我，想到这些，我真是心疼死了。所以，我的两只眼睛也总盯着他转。我不知道他跟我们来有何打算，也不清楚他是怎么偷跑出来的。我知道，他在家是个独子，他爹非常疼爱他，说实话，他确实也招人疼爱。等你见着他就明白我说得不错。对了，跟你说吧，他唱的歌全是自己编的。听说，他学习优异，很会作诗。还有，就是我一见到他，甚至听见他唱歌，全身便抖，我害怕父亲认出他，猜出我们的关系。其实，我们还没讲过一句话呢，不过，我非常非常爱他，爱他爱得没他就活不下去了！好姐姐，我要对你说的就是

328 El ingenioso hidalgo
Don Quijote de la Mancha 上
堂吉诃德

这些。他唱得多好！就凭这个，他也不会是什么骡夫。他呀，是位庄主，也是我的心灵之主。"

多洛苔打断她说："堂娜克拉拉小姐，你不用再说了。"

说到这儿她亲吻了几下克拉拉，又接着说：

"你不用说了。等天亮了再看。我相信上帝圣明，会成全你们的。你们一片纯真，会有好报的。"

克拉拉说："我的小姐呀！上哪儿去找好报啊！他爹有钱有势，别说他儿子娶我，就是叫我给他当丫鬟，他没准儿都嫌不够格呢。另外，我也不能背着我爹嫁给他，说啥也不行！我现在就想叫他别跟着我们，赶紧回家。眼不见，心不念，时间长了，也许我就不会那么难受。唉，说是这样说，我心里明白，这恐怕很难做到。我也不知道是叫什么鬼给迷住了，怎么偏偏爱上了他。我还小，他也不大，你还不知道吧，我们还同岁呢。我今年还不满十六岁，听父亲讲，过米盖尔节那天才是我的生日。"

听了克拉拉这些天真幼稚的话，多洛苔禁不住笑了，说：

"小姐呀，天也快亮了，咱们还是再睡一会儿吧。反正天总会亮，人总有办法，我不相信我就那么笨。"

两位美人渐渐重新进入梦乡。店内一片寂静，唯独有两个女人还没睡，一个是店小姐，一个是女仆玛丽托尔内斯。她俩都知道堂吉诃德为人古怪，眼下正顶盔贯甲，全副武装，骑着马，在店外守卫，就合计着逗他玩耍一场，叫他再说出一番疯话，以此打发时间，消遣解闷。

客店里的窗子没一个是向街上开的，要想往外看，只有通过干草房的墙洞。那个墙洞是往外扔草用的。店小姐和玛丽托尔内斯这两个准处女就趴在那个洞口往外瞧。只见堂吉诃德骑着马拿着长矛在那儿不时长叹一声，痛苦得似乎肝胆欲裂，接着，又讲出一番甜言蜜语：

"啊！我的美人！我的温柔内雅！你是天下最漂亮的美人，世界上最聪明的佳丽，风度最优雅的小姐，道德最高尚的淑女，简而言之，你是世上一切美好之最。小姐，你现在正忙着啥？是不是在思念拜倒在你裙下的那个骑士？他舍生

忘死，甘心为你效劳。啊！月亮，你这位三面女神①！请把她的近况及时向我通报吧！也许你这会儿正凝视她的芳容，欣赏她的美貌。她呢，没准儿正在宫殿里漫步廊下，或是依栏苦思，想方设法找出个万全之计，既保全自己的贞操，维护高贵的身份，又使为她吃苦受累的我得到一些安慰。她一定是在琢磨这档子事，考虑如何减轻我的苦累，消除我的疑虑，奖励我的功劳，让我死里逃生。啊，太阳，你或许正在整装辔马，准备一大早就赶去看我的那位情人。我只求你见到她时，代我问候一声，但你可要小心，我不许你问候她时亲她的脸蛋，我要吃醋的！你当年追逐那个无情的神行女人②，满头大汗地跑遍了特萨利亚平原，也许是皮尼奥两岸，我记不太清了，总而言之，你追在她后面，又急又恨，欲火中烧。告诉你吧，我要是妒恨你，会比你妒恨她，还要入木三分！"

堂吉诃德的情话刚说到这里，就听见店小姐冲他"喂！喂！"招呼了两声，然后说：

"我的好先生，劳您大驾，请这边来。"

当时明月当空，照得四下如同白昼。堂吉诃德循着声音回头一看，只见墙洞处有人叫他。他疯癫的脑袋瓜里，客店早就是一座城堡，那墙洞被他当做窗子，也就是顺理成章的事了，接下去，店小姐自然就是城堡长官漂亮的千金。他想，城堡长官的女儿恐怕和上回一样，又害了单相思，现在跑来纠缠他。他虽不情愿，但为了顾全颜面，不失礼仪，就掉转马头，走到墙洞前，对里边那个女人说：

"我的美人儿！我只能向您表示深深的遗憾。您虽然貌美德高，对我一片深情，我却不能接受，更无法回报。请您务必原谅我这个可怜的游侠骑士。他早已有了心上人，他奉她为珍宝，专心不二，誓做她忠实的奴仆，他不能再去爱别的女人。我的好小姐，请谅解我的苦衷，回去安歇吧，别再向我倾诉衷肠，免得我显得更加无情。如果您出于对我的爱慕，求我帮忙的话，您只管开口，只要不是跟我要爱情这玩意儿，我什么都豁得出去，我以我那个宝贝冤家的名义起誓，即

---

① 指月亮圆、缺、如钩三种情形。
② 指太阳神阿波罗追求的女神达芙妮。

330　*El ingenioso hidalgo*
Don Quijote de la Mancha（上）
堂吉诃德

使您要的是墨杜萨满头的活蛇长发①，甚至是一小瓶阳光，我都可以办到。"

玛丽托尔内斯插言道：

"我家小姐才不要这些玩意儿呢，骑士先生。"

堂吉诃德问："请问这位大姐，你家小姐到底想要啥呢？"

"她呀，要的就是您那一双漂亮的手。只要您伸过来一只，她心中的欲火就能平息。她叫这欲念搅得心神不定，魂不守舍，连体面也不顾了，非跑到这儿来找您不可。要是叫她爹知道，最轻也得割掉她一只耳朵。

"我倒想看看那家伙有多大的胆儿！她老子要是不想吃不了兜着走，那就让他碰碰这个多情的娇人吧！"

玛丽托尔内斯算定堂吉诃德准会答应她提出的要求，把手伸进墙洞，就跑到马圈，拿走桑丘套驴用的缰绳，回到墙洞那儿。这时，堂吉诃德已经站在稀世驽驹的背上，好够着那个他所谓的窗户，因为里面有位急不可耐地等着他的多情女郎。

他把手伸进墙洞，说：

"小姐，握住这只手吧，握住吧，它不只是只手，它是指向世间一切恶事的利剑。这只手至今还没有叫女人碰过，就连我全心全意爱慕的心上人也没有。我请您握住，不是要您吻它，而是请您看看上面饱绽的青筋、粗壮的血管和块块的肌肉。您看了就可以想象出它后面的胳膊有多么粗壮有力了。"

玛丽托尔内斯说："让我们看看。"一面把缰绳的一头打个活扣，套在堂吉诃德的手腕上，然后跑到门口，把另一头拴在门环上。

堂吉诃德觉得手腕子勒得生疼，就说：

"您这哪里是在抚摸呀，简直是在割我的肉啊！您干吗对我下死手，我的心对不住您，可我的手并没惹您呀！您心里不痛快，也不能拿我这只无辜小手出气呀！再说了，您既然爱我爱得发狂，怎么能下此毒手呢？"

他这番话从头到尾全等于对自己讲，因为玛丽托尔内斯把他的手绑好，就和

---

① 墨杜萨：又译美杜莎，系希腊神话人物。原为美女，后冒犯雅典娜，头发变成条条毒蛇。凡看其一眼者，立刻变为石头。

店小姐大笑着跑了。堂吉诃德收不回胳膊，只好伸着，直挺挺地站在稀世驽驹的背上，一点儿不敢动，因为不管稀世驽驹往哪个方向挪上一步，他都会整个身子吊在一只胳膊上，悬空挂起。谢天谢地，稀世驽驹真是匹温驯的好马，就是叫它纹丝不动在那儿待一百年，也绝不含糊。后来，他发现两位小姐不见踪影，自己竟被什么绑住胳膊，才恍然大悟，如梦方醒。上回就是在这座城堡里，他叫一个装扮成骡夫的摩尔法师给揍了个半死，这次肯定又是什么魔法师跟他过不去，让他中了魔法。他暗自叫苦不迭，又骂自己没脑子，既然在这儿吃过亏，就不该再上当。照骑士的规矩，同类冒险没有成功，就应让别人去试，自己万万不可再去玩命，以卵击石。他往回收胳膊，收不回，左右晃动，还是无效。他知道手已被捆牢，抽是抽不回来了。他晃动胳膊肘，十分小心，总怕惊动稀世驽驹。直挺挺站在马背上实在累得够呛，他几次三番都想坐下去，可就是不行，除非一狠心把那只手扯断。

堂吉诃德这时多么想得到一把阿马迪斯神剑，破除束缚自己的魔法啊！他骂自己命不好，运气差。他担心自己受制于魔法，会使天下大乱。他想起了心爱的温柔内雅。他喊自己忠实的侍从，哪知桑丘在驴鞍具上睡得像死人一般，连养他的亲娘都忘得一干二净。他祈求法师利尔干德奥和阿尔吉非来搭救他，盼望好友乌干达女法师来帮他一把。可是，一直等到天亮，谁也没来，他依然如故，还困在墙洞下，一只胳膊伸在洞里，身子直挺挺站在马背上。他又气又急，乱吼乱叫，像一头发疯的大公牛。他瞧稀世驽驹仍旧一动不动，站在那里，自己的姿势也和昨晚一样，深信他和马双双中了定身术，就是在大白天也休想脱身。他和稀世驽驹恐怕就要永远这样一动不动地待下去，不吃、不喝、不休息，除非时来运转，遇上一位本事更高的法师，破法搭救。

他哪里想到，天刚放明，就来了四个骑马的，一个个穿得十分体面，马鞍带上都挂着火枪。他们瞧店门关着，就连敲带叫，让赶紧开门。堂吉诃德虽然被定在墙洞下不能动弹，却始终牢记他守卫城堡的责任，就对那四个人喝道：

"不许敲门！骑士也好，侍从也罢，管你们是什么人，都不许敲门！尔等应当明白，现在天色尚早，城堡里的人还在休息。城门天大亮才开。你们先回去。说实话，到时候给不给你们开门还很难说。"

其中一个骑马的说：

"见你的鬼！哪有什么城堡？事儿还真多！你是不是店主？是就快把门开开。我们只是路过，想给马喂点草料，马吃完了还要赶路呢。"

"列位骑士，你们看我像店主？"堂吉诃德问。

"我不知道你像啥，但我知道你把客店叫城堡就是胡说八道。"

"就是城堡嘛，告诉你们说，还是左近最出名的城堡，里面住的人还曾头戴王冠，手握权杖呢。"

"什么头戴王冠，手握权杖，不如说：头顶权杖，手握王冠。这店里八成住着个什么戏班子吧？恐怕只有他们才有你说的那种王冠和权杖。这么个小店，一点儿动静也没有，能有戴王冠、握权杖的大人物在里面住？"

堂吉诃德说："世上的事看来你知道的也太少了，恐怕对游侠骑士的所闻所见和亲身经历更是一无所知。"

其他几个骑马的早就听得不耐烦，又开始玩命地敲门。店主和里面的人终于被吵醒了。店主起身问是何人敲门。就在这时，那四个人的马有一匹竟凑到稀世驽驹跟前，上下左右地闻它。稀世驽驹从昨晚到今晨，始终一动不动，背上站着直挺挺的主人，自己耷拉着耳朵，一点儿精气神儿都没有。它虽然极瘦，形如一把干柴，但到底是肉体凡胎，不可能对同类的亲热无动于衷，便投桃报李，也伸着鼻子去闻那匹马。谁知它这么一动，其实只略微一动，就使主人的脚离开了马鞍。幸好他有一只胳膊吊在墙洞上，要不然非摔在地上不可。但这么一来，他整个身体便吊在了那一只胳膊上，疼得他好像断了胳膊折了手腕。其实，他离地非常近，脚尖都可以蹭到土。可这更遭罪，因为他看差一丁点儿就挨着地，就使劲用脚往下够，可总也够不着，就像在受"吊滑轮"那种刑法，自我折磨，活受罪。

第四十四章

桑丘·潘沙实话实说
堂吉诃德颠倒黑白

堂吉诃德吊在一只胳膊上，悬在半空，疼得实在难以忍受，禁不住大呼小叫。店主听见，急忙开门去看，那几个敲门要喂牲口的过路骑士也赶过去，想知道个究竟。玛丽托尔内斯也被这叫声吵醒。她自然心中有数，就起身一溜小跑，到了那间干草房，偷偷把缰绳从门扣上解下。所以，等店主和那伙人赶到墙洞外，正好看见堂吉诃德从那上面摔下来，就上前问他为何大喊大叫，到底发生了什么了不起的大事。堂吉诃德听若不闻，一语不发，解下手腕上的缰绳，站起身子，跨上稀世驽驹，一手持盾，一手举矛，放马走出好一段路。然后，又掉转马头，一路小跑，冲着大伙儿嚷道：

"谁要是敢说我刚才是中了魔法，活该倒霉，我就要他吃不了兜着走！我会奏请迷糊你娜公主殿下恩准，戳穿他的诬蔑，以正视听，还要与他决斗，拼个他死我活。"

那几个骑马的赶路人听了实在摸不着头脑，甚为惊诧。店主立刻告诉他们，说此人名堂吉诃德，脑子有点儿问题，请他们不必与他一般见识。他们说了一声"好说"，就向店主打听客人中是否有一个十五岁左右的少年，说那少年是一身骡夫打扮，还讲了他的模样和身高。按他们的描述，那少年恐怕正是堂娜克拉拉的那个相好。这时，他们中有一位发现了法官大人的马车，就说：

"别说了，那孩子一准在这儿，因为听人说他一直跟在这辆马车的后面。咱们这样吧，一个把住大门，其余的全进店去找。慢着，我看，外面最好也留一个人，注意客店周围，以防他跳墙跑了。"

"说得对。"另一位说。

于是，那四个人，两个人进店找人，一个站在门口，一个在客店周围转悠。店主看他们这般小心，如临大敌，不觉好笑，不就找一个孩子吗？用得着这么兴师动众？真是小题大做。

这时天已大亮，加上刚才堂吉诃德那一番乱叫，店里人早就睡不着了，纷纷起了床。克拉拉和多洛苔这两个女人就更甭提了。一个因为情人就在近处，心里激动，难以入眠；另一个好奇心切，急不可耐地想见到那个唱情歌的小伙儿，也一夜没合眼。

堂吉诃德见那四个骑士根本不理他，对他的挑衅毫不介意，气得脸一阵红一阵白。他要不是因为答应别人的事还未兑现，早就找那四个小伙儿开战了。是啊，他必须遵守骑士们的规矩，在帮助迷糊你娜公主重登王位之前，不能和任何其他人交战。没法子，他只能捺着性子，压住火头，静观事态发展，看看那几个家伙会玩出啥新鲜花样。

那几个赶路的人终于找见了那个少年。孩子当时正睡在一个骡夫身边，睡得安安稳稳，根本没想到有人在四处找他。

发现他的那个人抓住他的胳膊，说：

"堂路易斯少爷，你这身打扮还真配你的身份啊！你妈把你娇生惯养大，你就躺在这样的床上来报答她呀！"

少年还没睡醒，揉了揉眼睛，仔细看了看抓他胳膊的人，发现原来是家中的用人，心里大吃一惊，半天没说出话来。

用人接着说："少爷，什么也别说了，什么也别想了，乖乖跟我们几个回去就行了。你再不回去，你老爸，我们的老爷可就没命了。他老人家为了你，都不想活了。"

堂路易斯问："我爹咋知道我到这儿来了？咋知道我打扮成这样？"

"是你的一位同学说的。他看你爹伤心得要死，实在不忍心，就把你的事全说了。你爹就派我们四个来找你，侍候你。真没想到事情办得这样顺利。你爹白天黑夜地想你，现在父子马上可以团圆，真是叫人高兴极了！"

堂路易斯说："这还得看我愿不愿意，老天有什么安排。"

"你只能回家，还有什么愿不愿意！老天嘛，也不会有别的安排！"

　　和堂路易斯睡在一起的那个骡夫把他们的话听了个一清二楚，就赶快起身，跑到男士们休息的地方，这时，男士们都已穿好衣服。他便把堂路易斯和其用人的谈话，一五一十全讲给了费尔南多和卡德尼奥等人，说那个人不叫小伙子路易斯，而是堂路易斯，用人叫小伙子跟他们回家，小伙子似乎不太乐意，如此等等。大家都听小伙子唱过歌，为他的歌喉叫好，现在听说他遇到了麻烦，就更想知道他的来历，甚至打算助他一臂之力，就一齐跑过去看。只见小伙子还在和他家的用人争辩。这时候，多洛苔和堂娜克拉拉也走出了房间。多洛苔把卡德尼奥叫到一边，简短讲了那个小伙子和堂娜克拉拉的关系和现在的情况，卡德尼奥则把小伙子的用人来找他的事讲了一下。可是，他只顾说话，忘了压低嗓门，结果全叫堂娜克拉拉听见了。那小姐一听，吓得当时就头晕目眩，要不是多洛苔急忙扶住，早就摔倒在地了。卡德尼奥叫多洛苔先扶堂娜克拉拉回屋休息，他去想办法对付那伙用人。两位姑娘听从了他的话，回房去了。

　　再说那四个用人已经全都跑进客店，把堂路易斯围在当中，极力劝他回家，叫老爷放心。小伙子说，他还有件与性命和名声攸关的大事未办，所以无论如何不能回去。用人们则说，他们奉命而来，绝不能空手回去交差，说什么也要把他带走。

　　堂路易斯说："你们休想，除非我断了气。"

　　他们各不相让，争辩不休，惹得店里的人都跑过去看热闹，其中就有卡德尼奥、堂费尔南多及其伙伴、法官、神甫和理发师。堂吉诃德见天已大亮，无须再在外面守卫，也走过来看出了什么事情。卡德尼奥从多洛苔那儿知道了小伙子的情况，就问那几个用人，干吗硬逼他回家。

　　一个用人答道："我们还不是为了他老爹？他离家出走不要紧，老头儿急得都快死了！"

　　堂路易斯一听，立刻打断他说：

　　"你不必在这儿说我的事。我是个自由人，回去不回去，我自己能做主。我不愿做的事，你们强逼我也没有用。"

　　"你总该讲点道理吧？你犯浑，我们可不糊涂。再说，我们来就是要带你回去，所以，你乐意也罢，不乐意也罢，我们都得把你带回家。"

　　法官这时开了腔："各位，请问这到底是怎么回事儿呀？"

那用人认出他是老爷家的邻居，就说：

"这不是法官大人吗？您快看看，这位绅士就是您邻居的儿子，您认出来了吧？他换了这身很不像样的衣服，瞒着我家老爷跑到了这儿。"

法官仔细一看，果然不错，就上前一把抱住他，说：

"我的堂路易斯少爷，你是怎么了？要小孩脾气，还是真出了什么大事？怎么穿这么身衣服，让人家说你有失身份？"

小伙子并不回答，只顾流泪。法官让那四个用人不必着急，说问题总会有解决的办法，便拉着堂路易斯的手，走到一边，询问他为什么要离家到此。正问着的时候，就听见门口传来吵架的声音。原来两个前日晚上进店投宿的旅客，趁众人去看热闹的机会，想不付店钱，溜之大吉。但店主可不是顾了热闹忘了生意的人，两眼一直不离大门，所以，那两位刚走到门口，就叫他给挡住了，不仅向他们要住店的钱，还骂他们卑鄙小人。那两个人恼羞成怒，举拳便打。店主大呼救命。他老婆和女儿见大家都没空，只有堂吉诃德闲着无事，便去求他。店家小姐说：

"骑士老爷，上帝给了您那么大的本事，您就行行好，快救救我那可怜的老爸吧，要不，他就让那两个坏蛋砸成肉酱了。"

堂吉诃德听了并不着急，慢条斯理地说：

"漂亮的小姐，您现在叫我帮您实在不是时候。您知道，凡事有个先来后到，我已经答应替别人两肋插刀，不能一心二用，所以，不能马上答应您的要求。不过，我倒有个解决的办法。我去求迷糊你娜公主殿下，只要公主说行，我马上就去帮他。眼下，您得让他咬牙坚持，千万顶住。"

玛丽托尔内斯说："哎呀！等公主恩准下来，我家老爷恐怕早没命了！"

堂吉诃德说："小姐，少安毋躁，我马上就去晋见公主。公主金口一开，就算您老爸等不及归了天也没关系，我会把他从天上弄回人间，老天也拿我没办法。最起码我也会把那两个要了他命的小子，打个灵魂出窍，给您出口恶气。"

他说完，就跑到多洛苔跟前，跪倒在地，说了一通游侠骑士的行话，求公主大人慈悲为怀，准他去搭救小命危在旦夕的城堡长官。公主马上照准。他起身谢过公主，操起盾牌，拔出宝剑，直奔大门。可等他赶到店门口，看见店主正叫那两个赖账的没头没脑地乱打时，却发起了呆。老板娘催他快救自己的丈夫，玛丽托尔内斯求他立即帮她主人。堂吉诃德心平气和地说：

"不对呀，我怎么能和侍从之流对阵！快把我的侍从桑丘找来！侍从对侍从才合规矩。"

那两个想白住店的人和店主在门口继续对打。双拳哪敌四手，店主只有吃亏挨打的份儿。店主的老婆和女儿以及用人玛丽托尔内斯都以为堂吉诃德贪生怕死，畏缩不前，干瞧着自己的丈夫、老爸和东家任人踢打，又气又急，不知如何是好。

店主如何挨打，那三个女人如何心疼，咱们暂且不表，反正总会有人去救他。真要是没有，那他就耐下心来，叫人打吧，谁让他不睁眼闭眼，贪那小钱儿呢！我们还是倒退五十步，再去看看刚才讲到的那个小伙子堂路易斯吧。刚才法官把他叫到一边，问他为啥一身骡夫打扮，跑到这个地方。小伙子紧紧握住法官的手，泪流满面，仿佛有一肚子苦水要对他说。只听他说：

"大人，我只有对您实话实说了。天公作美，让我们两家比邻而居，使我有幸见到您的女儿。从我见到她那一刻起，她就占据了我的心，成了我的心上人。您是父辈尊长，如果您赞成，我今天就可以娶堂娜克拉拉为妻。您知道，我换了这身衣服，背着父亲跑出来，都是为了她。她要是箭靶，我就是离弦的箭；她若是北斗，我就是船上的水手。总而言之，她走到哪儿，我就跟到哪儿。她并不知道我对她的感情，但她好多次看见我流着泪水望着她，恐怕也能猜出个八九分。大人，您想必知道我家的情形，也大概晓得我是唯一的财产继承人。假如您不嫌弃，可否先收我做您的义子。如果家父不同意我自己选中的幸福，另有安排，那就让时间去发挥它的威力吧，我想，人再固执，也拗不过时间。"

多情的少年郎说到这儿竟哽住了。法官大人目瞪口呆，一时不知说啥是好。堂路易斯竟将自己的儿女之情说得这样委婉这样撩人心田，叫他吃惊，所述之事他从未想过，又使他大感意外。他只是劝小伙子不要着急，先想个办法稳住那几个用人，尽可能别叫他们当天把他带走。堂路易斯硬拉过法官的手，好一阵亲吻，还把汪汪泪水倾倒在上面。目睹此景此情，甭说法官，就是铁石心肠的人也会感动。法官心如明镜，知道这门亲事成功了对女儿有多大的好处，不过凡事都要慎重，最好双方家长都没有意见。他听说堂路易斯的老爹正为儿子的爵位四处奔走呢。

看样子堂吉诃德好言相劝胜过武力威胁，那两个想赖账的家伙终于把该付的店钱一一付清。这边，堂路易斯的几个用人见法官同少爷已谈完话，只等小主人如何决定。你想安静，魔鬼可不答应！它能闲着吗？这不，店里又走进来一位理发师。这位理发师跟咱们堂吉诃德和桑丘都打过交道。堂吉诃德把人家头上的所谓曼布利诺头盔抢了作为己用，桑丘趁机换了人家的鞍具，给了自家的毛驴。真是不是冤家不聚头，那倒霉的理发师牵着毛驴走进马圈的时候，正巧碰上桑丘在收拾鞍具，他一眼就认出自己的牲口家什，立刻冲上去喊道：

"好啊！土匪先生！你原来躲到这儿来了！快把你抢去的盆儿、驴鞍，还有别的什么全还给我！"

桑丘见有人突然向他扑来，还不干不净地骂骂咧咧，就一手护着驴鞍，一手向那理发师的面门上打去。这一巴掌打得真不轻，理发师立刻满嘴是血。那家伙虽然受伤，手仍然死命抓住驴鞍，并且大喊大叫，惹得店中客人纷纷赶来看热闹。只听理发师大嚷：

"这儿还有没有王法了？！还有没有公道了？！这个土匪抢了我的东西，还要杀人灭口呢！"

桑丘说："胡说！我不是土匪！这些东西都是我家主人打仗赢来的。"

堂吉诃德看见桑丘能攻善守，心中大喜，认定他有胆有识，有机会封他个骑士，他也不会给自己丢脸。理发师还在吵嚷：

"各位先生，这个驴鞍的确是我的，就跟我终有一天会让上帝叫回去一样毫无疑问。我一眼就认出它来，简直就跟从我肚子里生出来的完全一样。不信，咱们就试试。我的毛驴就在那边马圈里，如果这驴鞍和我那驴儿不相配，我就是混账王八蛋！除了这驴鞍，他们还抢了我的一个铜盆，一次都没用过，倍儿新！是和驴鞍一块儿被抢走的！买它我花了一个金币呢！"

堂吉诃德越听越来气，最后实在忍不下去，就走到桑丘和理发师中间，把他们推开，将驴鞍往地上一放，说：

"各位先生请看。这位侍从大概是眼神不好，明明是曼布利诺头盔，他非说是什么铜盆。这个头盔，过去是，现在是，将来永远都是曼布利诺头盔，绝不会错！还有，这头盔是我和他打仗赢来的，现在归我是应该的。那副鞍具嘛，与我无关，我就管不着了。但有一点我可以告诉各位，这个没用的家伙虽说打仗败在

我的手里，他倒有一副很不错的鞍具，我的侍从看上了，问我可不可以当战利品拿过来用，我说可以，他就取下来放在了自己的坐骑上。要说马具怎么突然变成了驴鞍，那我只能按习惯的说法给予回答：游侠骑士常遇到这种怪事。各位要是不信，我就叫你们亲眼瞧瞧。桑丘老弟，去把头盔给我拿过来，就是这位老兄说的那个什么铜盆。"

桑丘听了，说："哎哟喂，我的老爷！您说话倒是容易，哪来的什么头盔嘛？您说的那个什么利诺头盔，就是铜盆嘛，这个鞍具也是人家这位老兄的驴鞍。"

堂吉诃德说："少废话，我叫你干什么你就干什么。我不信这城堡全叫魔法控制了。"

桑丘无奈，只得听从东家吩咐，取来那个铜盆。堂吉诃德接过来，对大家说：

"各位看好了，这就是在下说的那副头盔，看这位侍从老兄还好意思说它是铜盆不。我以游侠骑士的身份发誓，这头盔就是我从他手中夺来的那个，不增不减，跟原来一样。"

桑丘接过话茬说："这倒是大实话。我家老爷自从有了它，跟人家打过一次仗，就是把一帮该死的囚犯放跑的那一次。那回，还真多亏了这个盆儿盔，要不，早叫那一阵石头子儿给打死了。"

第四十五章 | 巡逻队多管闲事
吉诃德大显威风

那个被堂吉诃德抢走铜盆的理发师对在场的人说：

"各位都听见了吧？这两位绅士还硬说这是头盔，不是铜盆。"

堂吉诃德说："哪个骑士不同意我的说法，我要骂他撒谎，哪个侍从说这话，那他就是撒谎大王。"

堂吉诃德村上的那个理发师，知道他得了什么毛病，就顺着他说，故意叫他再胡说下去，让大家解闷，便对他的同行说：

"这位先生，我虽然不认识你，但我可以告诉你，咱们还是同行。我正式干理发这一行已有二十多年了，理发用什么家什，我简直太熟悉了，年轻时候又当过兵，什么头盔、顶盔、面盔，一句话，军队上用的东西，比方讲武器什么的，我没有不知道的。如果另有高明，在下恳请赐教，但现在要让我说的话，这位先生手中的东西哪会是什么铜盆，简直是风马牛不相及嘛！咱们说话，白就是白，黑就是黑，不能有一点儿含糊。

"这玩意儿谁不认得？是头盔，没错，就是不配套。"

堂吉诃德一听，忙说："还真是这么回事儿。你们瞧，护脸的那一块没了。"

神甫也附和说："没错。"他早就看破理发师的意思。

卡德尼奥、堂费尔南多及其伙伴也跟着起哄，都顺着理发师和神甫的意思讲。甚至法官大人也差点儿凑上去逗乐，他因为堂路易斯的事正在犯愁，很可惜失去了这个打趣的机会。

那个被大家有意要弄的理发师感到委屈，大叫：

"上帝啊！这到底是怎么回事儿啊？！怎么这些正正经经的人也都说这是头盔，不是铜盆呢？！就是把哪个大学的人都请来，哪怕他们个个都是聪明人，也会叫这种情况搅得晕头转向，莫名其妙。好吧，既然他说这个铜盆是头盔，那这个驴鞍也像他说的，是马具喽？"

堂吉诃德说："我看像驴鞍。不过刚才我已声明，这事与我无关。"

神甫接着过来说："是驴鞍还是马具，堂吉诃德先生说了算。有关坐骑方面的事，我和在场的各位先生都远不如他。"

堂吉诃德说："上帝保佑！跟各位说句实话，我在这个客店住了两次，每次都遇上稀奇古怪的事，搞得我都有些糊涂，对这里的事不敢妄加判断。我看都是因为魔法作怪。上一次，一个摩尔人不知搞什么鬼名堂，叫我挨了一顿好打，他的几个帮凶也把桑丘折腾了一番。这回，也就是昨晚上，愣把我的一只胳膊吊了整整两个多钟头。我百思不得其解，干吗老跟我过不去？叫我大吃苦头？所以，现在让我来判这个奇案，这不是哪壶不开提哪壶吗？这东西是铜盆还是头盔，我已经说得明明白白了。可要我判明那玩意儿是驴鞍还是马鞍，那我就不敢胡说了。我看还是请在座各位定夺吧。各位不是授封骑士，和这里的魔法毫无瓜葛，头脑清醒，耳聪目明，完全可以实话实说。我就不行，目之所见，似乎都是幻影。"

费尔南多接过他的话茬，说："堂吉诃德先生所见甚是，咱们就负责了结这桩奇案吧。为公正起见，我一个一个地听取大家的意见，完全秘密进行，然后把结果如实公布。"

凡是知道堂吉诃德有毛病的人，都明白这纯粹是借机会开开心，可那些不知情的，比如堂路易斯、他家的那四个用人，还有刚刚进店的三位客人，就认为这实在荒唐可笑，不合常理。刚进来的这三位客人很像巡逻队的，其实就是。那个倒霉的理发师见此，非常生气，因为自己的铜盆竟变成了头盔，而且，照此下去，那驴鞍也一定会变成名贵的马鞍。堂费尔南多装模作样地把耳朵逐个贴在每个人的嘴边，征询各自的看法，要他们低声告诉他，那争论不休的玩意儿到底是驴鞍还是马鞍。大家看着他这种秘密收集个别意见的动作，都觉得好笑。意见收集完毕，费尔南多高声宣布结果：

"老兄，咱啥也别说了。我问谁，谁都说：那是马鞍，不是驴鞍，而且是名马的马鞍，谁再说那是驴鞍，那他就是存心捣乱。我看，你就自认倒霉吧。是马鞍，不是驴鞍，你也别再说了，再说你也没有证据呀！"

那倒霉的理发师说："升不了天堂我也要说，各位全搞错了！这东西是驴鞍！就跟我的灵魂总有一天会去上帝那儿报到一样，没错！算了，谁让'法是人家订的呢'，我也不说了。说实话，我没喝醉呀！别说喝酒，我连早饭都没吃，也没干什么缺德的事呀！"

大伙儿瞧着理发师和堂吉诃德：一个死心眼，一个胡说八道，个个笑得前仰后合。

堂吉诃德说："什么也别说了，谁的东西谁拿走，这事儿就算完了。所谓'听天由命，各得其所。'"

堂路易斯的一个用人颇觉奇怪，开口道：

"你们这不是在逗着玩吧？这实在叫人想不通呀！各位都是明白人，怎么大白天说梦话，硬把这铜盆说成头盔，驴鞍叫做马鞍？而且大家都这么说，我想这其中必有缘故，大有文章！我发誓，"说到这儿，他还真发了个誓，"这就是理发师的铜盆！那就是公驴的鞍子！要我指白为黑，没门！"

神甫说："也没准儿是母驴的！"

"咱们争的不是公驴母驴，而是驴鞍马鞍。"

巡逻队员中有一位早听得不耐烦，气得喊道：

"驴鞍就是驴鞍，就和我爹就是我爹一样，没错！谁敢说个不，他就是喝糊涂了！"

堂吉诃德一听，勃然大怒道："你是什么东西，竟敢在此胡言乱语！"

说着，对着那个巡逻队员的脑袋瓜儿，举矛便打。那人幸好躲得快，要不，当时就得趴下。结果长矛刺在地上，一下子折成几段。剩下那几个巡逻队员一看同伴险些吃了大亏，吓得大呼民团的人快来救命。店主是民团分子，听了同伙呼救，立刻回屋取了权杖和宝剑，准备助那几个巡逻队员一臂之力。堂路易斯家的四个用人将他们的少爷围在当中，以防他乘乱逃走。那个倒霉的理发师见有机可乘，伸手去抢自己的驴鞍，桑丘见状，哪里肯让，用手使劲按住不放。堂吉诃德抽出宝剑，径自朝巡逻队员刺去，卡德尼奥和费尔南多没有袖手旁观，一齐冲上，为他助威。堂路易斯大声叫他家的那几个用人别总围着他，快去帮堂吉诃德。只见神甫在喊，老板娘在叫，店小姐在哭，多洛苔六神无主，露辛达哆哆嗦嗦。理发师棒打桑丘，桑丘回以老拳。一个用人怕主人跑掉死命抓住堂路易斯的胳膊，被小伙子一拳打得满嘴是血，法官也在旁边帮他整治用人。费尔南多将一个巡逻队员踢倒在地，再跳上去用脚乱踩。店主见寡不敌众，急呼民团的人救命。一时间，店里就乱了套喽：哭的、喊的、叫的、吓的、慌的，使剑的、动拳的、用棍的，还有拿脚踢的，弄得有人头破血流。堂吉诃德见此情景，以为自己被拖进了阿格拉曼特军营的内讧之争，便大喝一声，震得客店直晃：

"都给我住手！快别打了！想活命的，赶紧给我住手！"

他这么一通大喊，大伙儿还真的不打了。他接着说：

"各位先生，刚才我曾讲过，这个城堡已被魔法师缠住，看样子，现在这儿不是有一两个魔鬼，而是有一群啊！这不是明摆着吗？阿格拉曼特军营的内讧之乱已经转移到这儿了。咱们再说具体点，你看，就为了一匹马、一把剑、一只鹰、一个头盔，大伙儿你争我夺，打作一团。法官大人，请过这边来，您就算是阿格拉曼特国王；还有您，我的神甫先生，您就当索布里诺国王；你们二位就做主讲和吧。上帝在上，我说呀，咱们都是体面的人，干吗为一丁点小事打来杀去呀，实在是惭愧哟。"

那几个民团的巡逻队员听不懂堂吉诃德的这套鬼话，他们叫费尔南多和卡德尼奥狠揍了一顿，心里挺憋屈，还有点儿不服。理发师可不想再折腾了，驴鞍已打破不说，连胡子都叫桑丘扯去一把。桑丘对主人一向言听计从，堂吉诃德一发令，他就停住了手。堂路易斯那四个用人看再打下去非吃亏不可，也都老实了。只有店主还在那儿吵吵嚷嚷，说都是那个疯子无事生非，把客店搅得乱七八糟，他一定要好好教训教训他。末了，客店才安静下来。但在堂吉诃德眼里，驴鞍就是马鞍，铜盆就是头盔，客店就是城堡，即使到了世界末日，他也不会有一点儿改变。

多亏法官大人和神甫先生的劝解，大家总算心平气和下来。可堂路易斯的父亲派来的那四个用人，又跟他闹了起来，非叫他马上跟他们一起回府。法官赶紧和费尔南多、卡德尼奥和神甫商量如何帮堂路易斯想个万全的办法。商定之后，费尔南多把堂路易斯的用人们叫来，先介绍了一下自己的身份，然后说他想带他们的小主人一起去安达卢西亚，在那儿，堂路易斯会受到他哥哥侯爵大人的热情接待。他说他之所以想这样做，是因为听说堂路易斯宁死也不肯这会儿回去见他老爹。那四个用人知道堂路易斯一时难以改变态度，也明白像费尔南多那样的绅士绝不会骗人，就合计了一下，决定回去三个向主人禀告实际的情况，留下一人侍候小东家，同时等候主人新的吩咐。

于是，这场莫名其妙的大混战才得以平息。这真多亏了阿格拉曼特国王的崇高威望，也归功于索布里诺国王的足智多谋。但是，那个以挑拨离间、无事生非为能事的家伙①见自己被冷落一边，没从刚才挑起的那一场天下大乱中得到什么好处，便眉头一皱，又生一计，定要叫大伙儿再动干戈，重起纷争。原来那三个巡逻队员听说跟他们打架的都是些体面的上等人，心想不管谁输谁赢，谁好谁坏，到头来都是他们倒霉，就决定越早躲开越好，免得引火烧身，自找麻烦。可内中有一位，因为刚才差点儿叫费尔南多踢死，心中还有气，这会儿突然想起，民团通缉的罪犯中有一个叫堂吉诃德的，罪名是放跑了一帮苦役犯。看来，桑丘的担忧并非多余。那位想到这里，便从怀里掏出一张羊皮纸，找到堂吉诃德的名下，一个字一个字地念，因为念不好，速度相当慢，想核实一下，看眼前这个人的特征和纸上写的是否完全一样。他费了半天劲，才证实堂吉诃德果然是通缉犯，便将羊皮纸叠好，左手拿着，右手一把揪着堂吉诃德的衣领，拽得他喘不过气，一边大喊道：

"快来帮民团抓人！我说的可是实话，瞧，通缉令上写着呢！这家伙是个土匪！"

神甫拿过那张羊皮纸一看，果然不假，上面的描述和堂吉诃德的模样完全一样。堂吉诃德见那个下流的东西竟敢跟他动手动脚，气得火冒三丈，浑身上下骨节都在嘎吱作响，两手死命掐住巡逻队员的脖子。要不是其他几个巡逻队员帮他，他早就断气了。店主瞧自己人吃了亏，自然上去帮忙。他老婆一见丈夫又去跟人打架，立刻又大呼小叫。他女儿和玛丽托尔内斯也跟着一起哭天抢地，齐声大呼救命。桑丘一瞧他们这番折腾，就说：

"上帝啊！这能怪我主人吗？这个城堡就是中了魔了嘛！待在这儿，一会儿

---

① 指魔鬼。

安静的时候也没有！"

堂吉诃德和那个巡逻队员一个掐住对方的脖子，一个揪住对方的领子，还在那儿对峙。费尔南多上去把他们拉开，他俩这才松了一口气。但是，巡逻队员还是不依不饶，喊叫着让大家协助他们，把罪犯捆绑起来，交民团处治，说这既是为民团帮忙，也是替国王效劳。

堂吉诃德听了他们这番呼吁，淡淡一笑，心平气和地对他们说：

"你们这帮小人，知道啥叫拦路抢劫吗？砸枷断锁，释放囚犯，扶危济贫，抑强救弱，这叫拦路抢劫？啊！你们这些卑劣小人！天生笨蛋！你们哪里懂得游侠骑士的高贵品德！更不明白，对游侠骑士的影子不顶礼膜拜就是犯了天大的罪！你们现在连游侠骑士本人都敢冒犯！你们说我是土匪，我看你们才是地地道道的土匪！什么巡逻队！其实是打着民团的幌子，到处为非作歹的强盗！你们说，是哪个浑蛋，竟敢发什么通缉令追捕我！追捕我这个骑士！他难道不知道游侠骑士是不受法律管治的吗？告诉你们，游侠骑士的剑就是法！他的勇敢就是权！他的意志就是章程！那个浑蛋知不知道，凡是授封骑士的人，只要他不顾辛苦，不避艰难，干上了骑士这一行，他就享有贵族老爷都望尘莫及的特权，什么产业税、营业税、皇室婚礼税、土地税、过路税、渡河税，他全部免交。裁缝给他做衣服分文不要，城堡主招待他毫厘不取，国王请他同餐共饮，姑娘见他一往情深、百依百顺。最后，我要告诉尔等，古往今来，没有一个游侠骑士对付不了四百来号巡逻队员，而且是单枪匹马，还要给他们每人一棒。"

第四十六章 | 糊里糊涂进木笼
好心好意挨顿骂

堂吉诃德还在那儿大话连篇，摆游侠骑士的派头。神甫赶紧借这个机会劝说那几位巡逻队员，说堂吉诃德脑子有病，只要听其言观其行就一目了然，敬请高抬贵手，不必再行追究。如果硬要带他走，到了官府人家见他是个疯子，早晚也要把他放掉了事。可是那位怀里揣着通缉令的老兄说，堂吉诃德疯不疯，他管不着，他是奉命行事，非把人带走不可，等他交了差，人家爱放不放，哪怕放走三百次，也与他无关。

神甫说："你说的也有道理。但我是劝各位息事宁人为好。再说，把他老先生抓走，恐怕也不是说到就能做到的事。"

末了，多亏了神甫那张能言善辩的嘴巴，加上堂吉诃德也的确疯得上了水平，他们要是再视而不见，不是自欺欺人，那就是自己也得了疯病。简而言之，他们最后一合计，得，饶了那老小子算了。他们不仅如此，还把好事做到底，主动调解理发师和桑丘之间的纠纷，以民团的名义，给予了公断。桑丘和理发师对调了驴鞍，但肚带和笼头除外。两人虽说没有欢天喜地，但多少也各有所得，称得上基本满意。神甫瞒着堂吉诃德，偷偷给了理发师八个银币，算是那个头盔，也就是铜盆的补偿。理发师收下钱，写了字据，声明铜盆一案就此了结，永不反悔。

到此为止，客店里最麻烦的问题已经解决，剩下的就是堂路易斯的事情，这就要看那几个用人是否同意三个回去复命，一个留下陪少爷了。事情的发展看来对有情人和勇士们越来越有利。他们真是福星高照，时来运转啊！原来，堂路易斯的用人们已经同意按少爷的意思办。堂娜克拉拉十分高兴，欣喜若狂，毫不遮掩。索拉伊达对发生的事情并不清楚，但她从大家脸上看得出是忧是喜，也跟着"同悲欢，共患难"。不过，她最关心的还是那个已属于她的西班牙人，总是目不转睛地看着他，一门心思地想着他。

神甫给理发师钱的事早叫店主看见。他立即向堂吉诃德追讨店钱，而且是新账旧账一起算，其中包括刺破的皮囊和流掉的酒，并且扬言说，如果不全部付清，堂吉诃德的稀世驽驹和桑丘的毛驴都别想出这个店。神甫又出面调停。法官表示他可代付。最后，还是费尔南多慷慨解囊，才了结了这桩事。现在，矛盾没有了，店内不再像闹内讧的阿格拉曼特军营，而是一派屋大维①太平盛世的气象。大家众口一词，都说应归功于神甫的古道热肠和绝妙口才，以及费尔南多的慷慨豪爽。

堂吉诃德见自己和侍从惹的事端一一平息，顿感身轻气顺，便想到答应公主大人的事还没兑现，决定继续赶路。他走到多洛苔跟前，跪倒在地，向公主进言。多洛苔叫他站起，否则她就不听他讲话。堂吉诃德无奈，只好依从。他起身对公主说：

"美丽的公主，俗话说，'勤能交好运'。经过大风大浪，见过大世面的人都明白，只要努力肯干，多困难的事都能办到。这句话对打仗尤其适宜。两军交战，动作迅速可以先发制人，趁敌不备，出其不意，战而胜之。我对公主讲这番话，是因为再在这个城堡中逗留已无好处，甚至有害，将来也许会看清这一点。我总觉得，夺走您王国的那个巨人，很可能已经派出密探，要是得知我要去消灭他，就会大兴土木，建造城堡，加强防范。这样一来，我虽力能拔山，气吞河海，也只能望城兴叹，无可奈何。所以，公主呀，咱们还是勤快点，先下手为强，抢在他的前面，早些上路，以交好运。等我和您的仇敌对阵，殿下您就可以如愿以偿，重登王位。"

堂吉诃德一席话毕，再不做声，只等美丽的公主吩咐。多洛苔拿腔捏调，学着堂吉诃德的样儿，完全一副帝王之相，说道：

① 屋大维：罗马皇帝。

"先生，您真是个货真价实的骑士，锄强扶弱，古道热肠。我感谢您为我两肋插刀，主持公道。求上帝大慈大悲，保佑我们大功告成。请您放心，我是个知恩必报的女子。何时起程，悉听尊便，我完全同意您的安排。我既然把恢复王位的大事都托付于您，也就等于是由您全权负责我的苦乐安危。所以，您的决定就是我的意愿，我一定服从，毫无怨言。"

堂吉诃德说："咱们就听上帝的安排吧。公主乃一国之主，竟待我如此谦卑，真叫人惭愧。我一定要效犬马之劳，扶助殿下重登王位。俗话说得好：'凡事拖延，就有危险。'咱们还是赶早不赶晚，马上出发为妙。不过，能吓倒我的主儿，老天没见过，阎王爷也没收过呢！桑丘，快给本骑士辔马，也把公主的马和你那头驴收拾好，咱们马上动身，向这个城堡和各位先生辞行。"

桑丘听了，一个劲儿地摇头，说：

"老爷！我的老爷呀！俗话说，'村里的丑事，比听说的还多'，对了，规矩的女士不必多心。"

堂吉诃德吼道："浑蛋！村里会有啥丑事？和我又有什么相干？"

桑丘说："忠于主子是侍从、仆人的本分，不过，我还没说您就发那么大的火，我还是把嘴巴闭紧算了。"

堂吉诃德说："有话就说，少跟我来那个。你也少吓唬人。你要是害怕，那是你天生如此，我可什么都不怕，我也是天生如此。"

桑丘说："哎哟喂，您这是想到哪儿去了？我说的不是这档子事。我是说，我都弄清楚了，这个自称迷糊你娜王国公主的姑娘，跟我那老娘一样，其实啥也不是，要不，她哪能一有空子，就偷着和咱们中间的一位脸对脸，嘴对嘴，乱拱个没完呢？"

桑丘这番话说得多洛苔满面飞红。原来，她丈夫费尔南多有好几回趁别人不注意，亲了她的脸蛋和嘴唇，满足一下爱的需求，凑巧全让桑丘看见了。他瞧多洛苔如此轻浮，心想，这哪是什么女王呀，纯粹是一个妓女。多洛苔叫桑丘说得无言以对，干脆听之任之，一言不发。

桑丘接着说："我说老爷，咱们翻山越岭，东奔西走，白天吃苦，晚上受罪，为啥？就为了让一个在店里寻欢作乐的家伙坐享其成？我着急干啥？辔马？套驴？我看，咱们就这样待着得了！婊子纺她的线，咱吃咱的饭！"

这还了得！手下侍从竟敢出言不逊，没了规矩！堂吉诃德顿时气得两眼冒火，舌头发僵，一时竟说不出话来。末了，一股怒火才从胸口喷出，只听他大吼道：

"浑蛋！蠢货！流氓！放肆！狂妄！无耻！竟敢无中生有，胡编乱造，用心恶毒，诬人清白！还是当着我的面！当着这些大家闺秀的面！就这么满嘴喷粪！粗言秽语！你那狗屎脑袋，怎么尽想这些下三烂的事情？滚开！快给我滚！你这个魔鬼！骗子！胡扯大王！你一肚子坏水，满脑子污泥，造谣惑众，无事生非，竟敢冒犯公主大人！实在是贼胆包天！快滚！省得我见了你气不打一处来！"

他皱着眉，鼓着腮，瞪着眼，扫视众人，发狠顿足。桑丘听了他那一通话，又见了这一套动作，知道主人怒火中烧，肝胆欲裂，吓得直缩脖子，恨不能地上裂个缝，立刻钻进去。他无可奈何，只好先躲开正在气头上的东家。多洛苔到底聪明伶俐，她已摸透堂吉诃德的脾性，便对症下药，平息他的怒火，说：

"哭脸骑士阁下，您不必动怒。您那个可怜的侍从刚才出言不逊，恐怕并非平地风波，无缘无故。他头脑清楚，又是个好基督徒，按理，是绝不会无中生有，诬人清白的。我想，还是骑士阁下刚才说得对，这个城堡中了魔受了邪。想必桑丘不幸也魔鬼缠身，生出幻觉，才说看见我做了什么丢人的事。"

堂吉诃德叫道："万能的上帝作证，我敢说，公主殿下您真是一语道破天机，说到点子上了。这个糊涂蛋准是受了邪法，否则他上哪儿去看见那些事呢？我知道他，老实巴交，没什么能耐，也没啥心眼，不敢也不会胡说害人。"

费尔南多说："没错，也许以后还会碰到类似的事呢。堂吉诃德先生，您还是原谅了他吧，大家一如既往，和好如初，免得他再胡思乱想，又看见什么。"

堂吉诃德一口答应。神甫去找桑丘。桑丘低着头走到主人面前跪下，求主人伸手让他吻。堂吉诃德伸出手并为他祝福，然后说：

"我亲爱的桑丘，我说得不错吧？这城堡中发生的事，都是魔法在作怪。"

桑丘说："可不是嘛。不过，那个毛毯的事得另说，明摆着是人干的嘛！"

堂吉诃德说："你弄错了。要真像你说的那样，别说现在，当时我就能给你报仇雪恨。但事实怎么样？不行，根本不行！当时不行，现在也不行！"

大伙儿不知那毛毯的事是指啥，都想问个究竟。店主就把桑丘那次叫人兜在毛毯里，扔上扔下的狼狈情景，给众人讲了个仔仔细细，听得在场各位捧腹大笑。要不是他主人堂吉诃德一口咬定那是魔法作怪，桑丘可真要抬不起头喽。桑丘是有点儿犯傻，但并不糊涂，他仍然认为那件事和魔法根本不沾边儿，完全是几个大活人干的。

这伙贵宾在客店歇了两天便准备登程上路。大家合计，再继续让堂吉诃德去帮助迷糊你娜公主恢复王国，就要麻烦人家多洛苔和费尔南多跟着一起走，不如让这场戏停演，由神甫和理发师按原计划设法将他带回家去治病。怎么办呢？真是无巧不成书，正好有个赶牛车的从店门前路过。他们跟牛车主人商定，由他们做个木笼，将堂吉诃德装入，请赶牛车的帮忙运到他家。随后，神甫叫费尔南多及其伙伴、堂路易斯的用人、巡逻队的那几位，还有店老板，都一个个蒙面，扮成各种模样，让堂吉诃德认不出。一切准备就绪，他们就鱼贯而入，进入堂吉诃德的房子。堂吉诃德打了一整天的仗，累得腰酸背痛，睡得像个死猪，哪想到神甫他们会给他来个突然袭击，所以，大伙儿进去，没费什么劲，就三下五除二，把他手脚捆了个结实。堂吉诃德醒来，发现自己动弹不得，又见周围立着一群奇形怪状的家伙，知道大事不妙，肯定眼前这群怪物就是城堡中的鬼魂，他不能动弹是中了魔法。他无计可施，只能听之任之。堂吉诃德这样胡思乱想，正中神甫下怀，他处心积虑设下这个计谋，目的就在于此。

桑丘没有化装，头脑也还清醒。他受主人的影响，也快疯到相当程度，但还没昏到认不出那些化装成怪物的人。他没有出声，想看看他们到底要把主人怎么样。堂吉诃德也没说话，从从容容地等着人家收拾他。大伙儿抬来木笼，把他关进去，用木条钉牢，叫他怎么晃也晃不断。然后，又把木笼抬出房子。就在木笼将出未出的当口，理发师，就是堂吉诃德村上的那位，突然对他说出下面一番话来，声音十分阴森可怖：

"啊，哭脸骑士！你进了木笼，不必伤心。因为只有如此，你肩负的大业才能尽早完成。曼卡雄狮与托博索的母鸽双双垂下高昂的头。接受柔软的婚姻枷锁，同床共枕，结合一体之日，便是骑士你大功成就之时。这空前的结合，将生出一群勇猛的小狮，个个都会继承他老爹的本事，张牙舞爪。跟您说吧，追逐女神达芙妮的太阳神在他日常运行的轨道上不用转上两圈，这一切就会实现。啊，你这位侍从！你腰挂佩剑，留着长须，鼻子灵敏，高尚温顺，是最出色的侍从！千万别看见骑士的精英叫人押走，就灰心丧气。只要上帝高兴，您就会高官得

坐，显贵一时，连你自己都认不出自己是谁。也就是说，你这位主人给你许下的愿都一定会实现。我现在以扯谎仙姑的名义向你保证，你会一个子儿不少地拿到工钱，不信，就等着瞧。你必须和你这位中了魔的勇敢骑士相跟而行，他走到哪儿，你要跟到哪儿。我只能说到这里，愿上帝保佑你们。我呢，就此告别，回我该回的地方。"

话到末尾，他突然提高嗓门，然后又逐渐把声音变柔变细，大家明知这是拿堂吉诃德主仆开心，竟差点儿信以为真。堂吉诃德听了这番话，心中好不欢喜，这不是明摆着说，他将与情人温柔内雅进行神圣的结合，然后从她肥沃的肚子里养出一群小狮子，也就是一窝小堂吉诃德吗？他将后继有人，曼卡的荣耀将万世不朽，永放光芒。他对理发师讲的那一套深信不疑。他长长舒了一口气，然后高声大嗓地说：

"啊！感激你告诉了我美好的将来！你是哪位，没有关系，我只想求你帮我做一件事，请对管我生死的魔法师说，请他千万别让我死在这个木笼里，我一定要亲眼看见这美妙绝伦的预言变成现实。果真如此，身陷木笼，就是享福；套着枷锁，犹如游戏；这身上的硬木头，就是洞房里的绣花软床！你刚才还安慰我的侍从桑丘，他确实心眼极好，规规矩矩，不管我升天入地，走运倒霉，他都不会弃我而去。万一他和我都倒了大霉，我许他的小岛化成泡影，他的工钱我也不会不给，数额多少，我已写进遗嘱。当然，这也难以补偿他对我的忠义和效劳，但我尽了全力，也问心无愧。"

桑丘听完，毕恭毕敬，弓腰向主人行礼，吻了他的双手。他两只手捆在一处，想只吻一只也不行。

那群怪物扛起木笼，放在牛车上。

堂吉诃德见自己先被装入木笼，现在又抬上牛车，大感不解，说道：

"正经的游侠传记我读得多了，还没听说把骑士装在牛车上运走的。牛这东西慢慢腾腾，磨磨蹭蹭，弄走骑士怎么用这种玩意儿呢？一般都是来一阵乌云，把他裹走，要不，就用火焰车装，或是让他骑在神马之类的怪兽身上，腾空而去。可如今，我的上帝啊！全乱了套了！难道是今不如昔？骑士变了规矩，魔法也改头换面了？也许我是当今世上新出炉的骑士，头一个要恢复已无人知晓的那种冒险的骑士风范，所以对付骑士的魔法也要随之发生改变。你说是不是这么回事儿？我的桑丘老弟。"

桑丘说："老爷，您读了多少书？我读了多少书？我不知道，不过，我敢说，咱们旁边这些鬼怪，都不是什么正经玩意儿。"

堂吉诃德说："废话！鬼怪有正经的吗？要都是正经东西，能变成奇形怪状，害咱们吗？你要是不信，就去摸摸他们。他们都不是肉身，只是影子。"

桑丘说："有上帝作证，老爷。您还让我去摸呢，我早摸过了。您瞧这个紧忙活的鬼，身上全是肉，结实得很呢。更叫人奇怪的是，听说鬼都有一股子硫黄味儿，或别的臭气。可他身上香极了，真可称得上是香飘万里哩。"

桑丘说的这个香鬼是费尔南多。一个爵爷家的少爷，身上有香气，不足为怪。

堂吉诃德说："老兄，你是少见多怪。跟你说吧，这魔鬼都能耐大得很哩。你想，鬼魂有什么气味，有也是臭气，难闻得要命。什么原因？是因为他们不管走到哪儿，总离不开地狱，就是说要不停地受罪、受煎熬、受折磨，甭想有一时半刻的舒服时候。谁都喜欢闻香味儿，可他们哪会有什么香味儿。你恐怕是鼻子有问题，要不，准是魔鬼故意哄你呢，叫你认不出他的真面目。"

堂吉诃德主仆俩就这样你一言我一语，谈得好不热闹。费尔南多和卡德尼奥担心桑丘看破他们的把戏，决定立即出发。其实，桑丘早已看出了八九分。他们叫过店主，吩咐他给堂吉诃德主仆辔马辔驴。店主手脚麻利，很快把那两头牲口收拾停当。神甫此时也同那几个巡逻的讲好，请他们护送，每日付一定的工钱。卡德尼奥把堂吉诃德的皮盾牌和盆盔分别挂在稀世驽驹鞍桥的两侧，然后招呼桑丘上驴，牵着稀世驽驹的绳子，又叫两个巡逻队员扛着枪，站在牛车两边。牛车刚刚启动，老板娘、店小姐和玛丽托尔内斯一齐跑出来，和堂吉诃德告别，装模作样，痛哭流涕，好像她们非常同情他的遭遇。

堂吉诃德见此，忙说：

"夫人，二位小姐，请不必为我如此伤心落泪，你们的好心，在下领受了。我干的这一行，受苦遭罪，家常便饭，要不，我能闻名遐迩，叫人公认为杰出的游侠骑士吗？那些没名的骑士一辈子也别想碰到这种事情，因为世上没人管理他们。大名鼎鼎的勇敢骑士那就不同了。他们品德高尚，武功盖世，难免会招惹王公和骑士的嫉妒，想出卑劣手段进行陷害。可高贵品德天下无敌，就是魔法师的老祖宗索罗亚斯德亲自出马，亮出全部招数，我也会杀他个片甲不留，如日上中天，照耀世界，大放异彩。美丽的夫人，漂亮的小姐，如果我有什么地方做得欠妥，惹你们不高兴，那绝非有意。我现在身陷木笼，肯定是哪个坏蛋法师耍的阴谋。我恳求夫人小姐为我祷告上帝，救我出此牢笼。对你们的恩德，我一定铭记在心，永不忘怀，一旦自由，定要以德报德，甘效犬马之劳，还要以重金酬谢。"

城堡长官的夫人、小姐在一边和堂吉诃德告别，另一边，神甫和理发师在和其他人辞行。那些人有费尔南多及其一行，上尉和他的弟弟，称心如意、各得其欢的小姐们，如多洛苔和露辛达。大家彼此拥抱，讲定别后互通音讯。费尔南多把自己的地址告诉神甫，请他及时把堂吉诃德的情况写信告诉他，因为他对那位骑士的事特别感兴趣。他也答应把叫人高兴的事及时告诉神甫他们，比如自己的婚礼呀，索拉伊达怎么受的洗礼呀，堂路易斯最后的结局呀，露辛达如何回家

呀，等等。神甫说，费尔南多这个主意极妙，他一定照办。于是，大家又搂在一起，互相拥抱，又将前面的话再讲一遍。这时，店主交给神甫一批手稿，说是从放《无事生非》的那个箱子的夹层里发现的。他说物主再没回来找，他自己也不识字，不如神甫他们全拿走算了。神甫接过来打开一看，书名是《林科内特和科塔迪略》，知道是篇小说，心想，《无事生非》写得那么好，这一篇也错不了，没准儿出自同一个作者之手，就收了起来，等有时间再细读。

末了，神甫和理发师都上了马。他俩都戴了面具，为的是不叫堂吉诃德认出来。牛车终于起步了。车主赶着车走在前，两边护驾的巡逻队员扛着火枪，车后跟着桑丘，骑着毛驴，手里还牵着稀世驽驹，最后，是神甫和理发师，一人骑一匹大骡子，上文说了，都蒙面而行。牛儿们慢条斯理，他们跟在后面，只能缓步慢行。

堂吉诃德坐在木笼里，手捆着不能动，两条腿伸得直直的，背靠着木栏，一声不吭，忍辱负重的样儿，哪像个大活人，简直像个石雕。他们一行就这样无声无息，慢慢腾腾地走了差不多二十来里路，便进了一个山沟。赶车的觉得可以停上一会儿，叫大家休息休息，也让牛吃点青草，便向神甫提出要求。理发师说，翻过前头的山坡，有一个小坳，那儿有水有草，比这儿强似百倍。赶车的说，如此更好，于是，一行人又继续前行。

神甫无意间回头，发现后面有六七个骑旅客，一个个穿得十分讲究，骑的都是教长专用的高头大骡，自然要比牛车跑得快，所以不一会儿就赶了上来，看样子，是急着要赶到前边的客店投宿，那客店离此不到十里的路程。简而言之，急急忙忙赶路的追上了慢慢腾腾走路的。双方见面，彼此施礼，才知道，果然其中有一位是托莱多城的教长，同行的是他的随从和属下。教长见堂吉诃德关在木笼中，其余人跟在牛车两侧及其后，依次而行，就问干啥要以这等样子押解人犯。他看见其中有巡逻队员，估计笼里关的准是个土匪或凶犯，要送到民团予以惩办。其中一个巡逻队员对他说：

"您问我们这位绅士先生干吗让人这么押着走，跟您说吧，不知道。您还是叫他自己说吧。"

堂吉诃德听见他们一问一答，便开口道：

"不知各位绅士先生是否懂得游侠骑士这一行？懂，我就给各位说说我遇到

的倒霉事，不懂，我就不必废话了。"神甫和理发师怕他们的计策露馅，赶忙走过来对应。教长听了堂吉诃德的话，说：

"老兄，跟您说实话吧，我虽说熟读比亚尔潘多的《伦理学大纲》，但更精通骑士小说。所以，如果您再没别的条件，那就对我畅所欲言吧。"

堂吉诃德说："您说得不错，绅士先生。事情是这样：我为人品德高尚，武功盖世，名望威震天下，可称得上当代典范，后世楷模。正人君子无不称赞，恶棍小人则妒意大发。不单嫉妒，害红眼病，还处心积虑，大加迫害。我就是因此，中了魔法界中邪恶之徒的妖法，陷入此笼，不得自由。但是，无论嫉妒女神如何施展妖术，也不管波斯的巫师，印度的婆罗门和埃塞俄比亚的怪人怎样颠倒黑白，我们这些伟大的游侠骑士一定会永世不朽，万古流芳。"

神甫忙接过话茬，说：

"这位堂吉诃德先生说得没错。他并没有犯罪，连个小错也没有。他现在关进木笼，坐在牛车上，完全是中了魔法，是那些嫉妒他的奸邪小人有意害他。他就是哭脸骑士，您也许有所耳闻。他的丰功伟绩会铭刻在青铜和大理石上，万世不朽，小人恶人如何给他脸上泼污水，也是没有用的。"

教长听这两人说话，虽然一个在笼子里关着，一个在笼子外走着，味儿全一个样，感到十分惊讶，差点儿在胸口上画十字。他的随从和属下也一个个大眼瞪小眼，莫名其妙。桑丘早就凑过去听他们说话，这时，禁不住开口道：

"各位先生，不管爱听不爱听，我得说句实话了。如果说堂吉诃德先生中了魔，那我老娘早就中了！他中啥魔呀！脑袋瓜儿明白得很！又能吃能喝，能拉能撒，昨天进笼子还方便了一回哩。跟好人一样，能是中了魔吗？我听好多人说，中了魔，不吃、不喝、不睡、不说。可您瞧咱们东家，要是没人管着，他的话比三十个律师说的加起来还多。"

他转过身，看着神甫，继续说：

"哎哟喂，我的好神甫！神甫先生！您以为我认不出来了吧？您以为我看不出你们搞的啥花招了吧？跟您说吧，您捂得再严实，装得再像，我也能认得出来；您搞得花样再多，说得再像那么回事儿，我也能一眼看穿。一句话，小人得势，好人倒霉；兜里没钱，难装大方。我真是见了鬼了！您神甫大人先生不来这么一手，我家主人这会儿真没准儿都和迷糊你娜公主成了亲了，我也至少当上侯

360　*El ingenioso hidalgo*
堂吉诃德 *Don Quijote de la Mancha* 上
Don Quijote de la Mancha 上

爵什么的了。我主人心肠那么好，我对他那么忠心，这点是没有问题的。可老话说得好：水磨轮子不停转，祸福只在一眨眼，昨儿个天上飞，今儿个地下爬。我老婆娃娃也真委屈了。他们本来可以满心欢喜，看着我这个做丈夫的当爹的，混上个什么小岛总督，风风光光，衣锦还乡，现在倒好，进门的是他妈的一个跟班的。神甫先生，我说这些也没别的，是请您老人家也想想，您把我东家捆起来关在这笼子里，实在有点儿缺德，弄不好将来见了上帝也没法交代。您这么关着他，不叫他走遍天下．救人行善，这可是罪孽呀！小心吃不了兜着走啊！"

理发师说："桑丘，你还是一边凉快去吧！我看你准是叫你主人给传染上了，得了一样的毛病，疯疯癫癫的。是不是也中了什么邪？什么小岛、总督的，着了迷了！三句话不离他给你许下的那些愿，看都把你弄得糊涂到什么地步了！你是不是也想进笼子里跟他做伴呀？"

桑丘说："我才不糊涂呢！谁也甭想叫我糊涂，就是国王也不行。我人穷志不短，正宗基督徒。我不欠谁的，也没做对不起别人的事。再说，男子汉大丈夫，做教皇也不是没可能，我要一个小岛算什么，有的人才要得邪呢。没准儿我主人打下的岛多得送不出去哩。理发师先生，请您说话也放尊重点，这世上的事不只是剃剃脑袋刮刮胡子，人还分三六九等呢，咱们谁不认识谁呀，少给我来虚的。我主人是不是中了魔，老天明白。得，咱们还是少搅和。"

理发师怕桑丘胡说八道，把他和神甫设的计策都抖搂出来，就不再答理他。神甫也是这么想，就请教长和他往前赶几步，好把堂吉诃德的事给他介绍介绍。教长便和随从们往前多走了几步。神甫给他讲了堂吉诃德的身世和性情、习惯和疯病、遇到的遭遇，一直讲到被关进木笼，还说了他们之所以这样做，完全是为了把他带回家乡去治疗。教长和他的随从听了都感到十分奇怪。

教长说："说实话，神甫先生，这些骑士小说对国家有害无益。我出于好奇，有时也是为了解闷，几乎把这类书都翻着看过，但每次都只看个开头，就读不下去了。内容枯燥无味，荒诞低级，形式雷同，千篇一律，解闷消遣还可以，要说给人以教益那就谈不上了，所以，还不如那些可读性强又有教育意义的故事呢。如果写这些书的目的是供人消遣，干吗要胡编乱造，满纸荒唐？这样做不是南辕北辙，适得其反吗？美好和谐方能使人赏心悦目，得到享受；丑陋畸形只能令人反感厌恶，绝对不能使人心旷神怡，欢愉快乐。十六岁的少年，一刀挥去，

竟如切点心一般，将高塔似的巨人砍为两半。两两对阵，一边千军万马，一边匹马单枪，结果众不敌寡，望风而逃。这些玩意儿能叫读者相信吗？它们有什么动人之处吗？里面有什么美好和谐的东西吗？这样写有什么意思呢？还有更神的事哩，面对萍水相逢、互不知底的游侠，女王储君随便以身相许。一座高塔挤满了骑士，竟然有如船舰，在海上乘风破浪，今儿晚上还在意大利的伦巴第呢，明儿一大早到了印度，或者连托勒密①都不知道、马可波罗也未见过的什么地方。这些神乎其神的玩意儿没人能信，除非傻瓜笨蛋。当然，可能有人说，人家本来就是在编造，真实不真实，有什么关系。其实不然。编也要编得像那么回事儿，把假的说得跟真的一样，不可能的使人觉得完全有可能，才能引人入胜。作品好坏，全看描写叙述是否逼真。要虚虚实实，既叫读者大感意外，又令其觉得在情理之中，这才能使作品趋于完美。完美之作都是首尾呼应，一脉相承的。可我读过的骑士小说，都是东拼西凑，不像个完整的东西，它们写的无非是妖魔鬼怪，根本不塑造完美形象。此外，文笔粗劣，情节荒诞。写爱情，有失文雅；写礼貌，做作虚伪；写打仗，冗长无味；写旅行，离奇古怪；写议论，不着边际。总而言之，根本不懂创作。在我们基督教国家里，这些东西都是废物和垃圾，应该一律清除。"

神甫全神贯注，听完教士的高论，觉得他言之有理，与自己所见略同，说他也十分讨厌骑士书，甚至对堂吉诃德的这类书籍处了火刑。接着，他向教长讲了他们那次书籍大清查、大焚烧，哪些得以逃命，哪些被判火刑，听得教长开怀大笑，十分高兴。教长说，虽然他对这类书籍大加批驳，但也看到了它的长处：这类小说题材没有限制，有文才的人可以尽情发挥，走笔行空，无拘无束，什么海上遇难、风暴骤起、交战拼杀，他都可描写，他都可叙述。他可以刻画智勇双全的将帅：勇敢无敌、足智多谋、能言善辩、指挥若定、能攻善守、士卒拥护；他可以描绘可歌可泣的悲壮场景，也可以叙述一桩出人意料的喜事；还可以勾勒各种各样的人物：品貌皆优的美人，文武双全的骑士，狂妄野蛮之徒，勇敢知礼的王子，善良忠诚的臣民，心慈仁义的爵爷；他还可以卖弄自己的天文和地理知

---

① 托勒密：古希腊地理学家。

识，炫耀自己的音乐天赋和治国才干；甚至还可以乔装打扮，冒充一下魔法大师；他也可以表现乌利西斯的谋略，埃涅阿斯的慈悲，阿喀琉斯的勇敢，赫克托耳的不幸，西农的叛变，欧利亚的友谊，①亚历山大的豪爽，恺撒的勇气，图拉真②的仁慈和真诚，索皮真③的忠诚，加东的谨慎，等等。一句话，英雄、伟人的种种美好品质都可以描写，既可让一个人拥有这全部美德，又可让许多人分别表现其中之一二。除此之外，再加上文笔流畅，构思新颖，描写入神，那作品就一定是完美无缺、脍炙人口的经典佳作，就是说，既给人教益，又使人欢愉，实现写作的最高也是最终的目的。这种散文体的作品，不受韵律的限制，作者可以自由驰骋，大显身手，撰写史诗、抒情诗、悲剧、喜剧，以及一切富有诗情画意或理性色彩的文学作品。史诗可以写成诗，也可以写成散文。

---

① 以上均为希腊传说中的人物。

② 图拉真：罗马皇帝。

③ 索皮真：古波斯国督军。

神甫听完教长的一番议论后，说：

"您说得很对，真该好好批判批判这些胡编乱造的家伙。他们既不认真琢磨，又不遵循写作规律、虚心向希腊文和拉丁文的两位大师①学习，只知道闭门造车，信笔胡诌。"

教长说："跟您说吧，我真想按照自己对写作的看法，试着创作一部骑士小说，其实，我已经写下了百十多页。我把这一百多页的东西拿给喜欢骑士小说的人看，请他们提提意见。这些骑士小说爱好者中，既有博学的有识之士，也有凑热闹的不学无术之辈。没想到，他们竟异口同声，夸我写得不赖。但我没有接着往下写。我认为，写作的事不是我的本职。再者，我看得一清二楚，明白人少，糊涂蛋多。我宁肯要一两个有见识的人称赞，也不愿听一大堆糊涂家伙捧场起哄。大读特读此类书籍的，多半是那些凡夫俗子，本来一脑袋浆糊，却自以为是，俨然行家里手。不过，我中途停笔，甚至决心不再写这种玩意儿，是发生在我看了时下上演的那些戏之后。那些戏，不管有无事实根据，差不多全是些有头无尾、荒唐可笑的东西。可您瞧怎么着？观众齐声叫好，鼓掌欢迎。编戏的和演戏的说，就得这样编，就该这样演，因为这样老百姓才爱看，否则就不行。要是按照艺术原则的要求去编去演，除了极少数内行能琢磨出其中的味道，其他人看了，恐怕

---

① 指荷马和维吉尔。

364 *El ingenioso hidalgo*
Don Quijote de la Mancha 上
堂吉诃德

都得犯晕，摸不着头脑。所以，眼下的编剧只能投大众所好，混饭吃。他们哪顾得上去听你三两个人的意见？既然如此，我又何必去做那种出力不讨好的傻事呢？

　　"我有时也劝演员们别演那些胡编乱造的戏，要演高雅的作品，也许这样更容易出名，更能吸引观众。但他们抱残守缺，偏见极深，你讲得再有理，他们也充耳不闻。

　　"记得有一次，我对一位持有这种偏见的编剧说：'不知您记不记得，几年前，西班牙上演了本国一位名作家的三部悲剧，演出效果令人拍案叫绝，可称得上雅俗共赏，众口称赞。后来接下去演的那三十出一流作品，把收入全加起来，也赶不上这三部戏赚的钱多。'他听了说：'您说的肯定是《伊萨贝拉》、《菲利斯》和《阿莱汉德拉》这三出戏。'我说：'不错，这几出戏都是按艺术的原则写的演的，它们不都挺受欢迎吗？所以，不能说老百姓就喜欢荒唐的东西。你不给他们出精品，他们看啥？只好拿那些荒唐古怪的玩意儿解闷。正经的戏也有，像什么《负心的报应》、《努曼西亚》，还有《可爱冤家》、《多情商人》。此外，一些懂行的诗人也写了不少好东西。这些戏的作者不仅出了大名，演员们也赚了不少钱。'接着我还讲了一些别的道理，说得他有些茫然不知所措，不过，看得出，他并没有被我说服，依旧坚持错误的观念。"

　　神甫说："教长先生，您这些话倒使我想起了我过去对新戏的看法。我不喜欢这些玩意儿，您说，它们和骑士小说有什么区别？图利乌斯①说得好：戏剧是人生的镜子、习尚的榜样、真实的写照。可时下上演的这些戏，男盗女娼，愚昧荒唐，乱七八糟。主人公在第一幕还是个吃奶的孩子，到了第二场竟变成了胡子拉碴的大老爷们儿。您说，这荒唐不荒唐？可笑不可笑？还有更绝的呢！演的老头儿个个勇猛，年轻小伙儿却胆小如鼠，跟班的能说会道，跑腿的出谋献策，却叫国王打杂，公主扫地。这是讲描写塑造人物。说到时空概念，我看过这么一出戏，第一幕在欧洲开场，第二幕就挪到亚洲，等第三幕剧终又上了非洲。这只有三幕，真要有第四幕，还不得跑到美洲？这倒不错，看一出戏，周游世界！戏剧主要是反映现实，可有的戏明明演的是佩皮诺王和查理大帝时候的事，却把拜占

————————
① 图利乌斯：古罗马西塞罗。

庭皇帝希拉克略拉来做主角，还叫他像哥多弗雷①那样，举着十字架，进入耶路撒冷，收复圣陵。其实他们完全不是同一个时代的人，之间不知隔了多少年。明明是虚构，却把历史掺和进去，东拉一个人，西取一件事，也不管是不是同一时代，硬扯在一起，编得非驴非马，没人相信，完全失去魅力。就这种四不像的玩意儿居然还有人大唱赞歌，说它们完美无缺，空前绝后，谁要批评两句，就扣上一顶鸡蛋里挑骨头的大帽子。宗教戏怎么样？更是胡来！瞎编了不少奇迹，还把这个圣徒的奇迹硬安在那个圣徒身上！在世俗剧里，他们也敢塞进这些奇迹，或其他诸如此类的东西，也不管剧情需不需要，是不是合乎事实，只要能迎合无知观众的兴趣就行。这简直是歪曲历史，捏造事实！也叫人小看咱们西班牙人的文才，因为懂行的外国人看了这些荒唐古怪的玩意儿，准以为西班牙没人了呢！真是在给国家脸上抹黑！可能有人会跑出来为这帮败坏国风的家伙辩解，说一个天下太平、治理有方的国家准许演戏，主要是让老百姓有个正当的消遣和娱乐，免得无事生非，搞出什么伤风败俗的蠢事，至于戏的好坏，并不影响这个宗旨，所以，不一定非要叫编剧和演员去遵循什么艺术原则和规律。此言差矣。要达到娱乐观众，使其免生邪念的目的，坏戏远不如好戏。一出精心编演的戏，寓教于乐，悬念迭起，引人入胜，观众看了，或增长智慧，或拓展见识，或有所警戒，或义愤填膺，或肃然起敬，从情感到心灵都会得到享受，这不单对有头脑的人是这样，就是对愚钝之辈也是如此。而坏戏就没有这种功能和效果。时下上演的戏剧就属于此类。不过，这不能全怪作者。戏应该怎么写，大多数编剧明明白白，可实际上又不能那样写，他们也清清楚楚。很简单，戏剧已变成了一种商品，你不按戏班子的要求写，人家不买你的货。作者为了出售自己的作品，只得投其所好，按顾主的需要，胡编乱造。咱们西班牙有一位文坛高手②，下笔如神，曲调高雅，思想新颖，意味深长，剧作甚多，名震天下。可是为了迎合戏班子的需要，他的作品并非个个都达到了应有的水平。还有一些编剧，马马虎虎，大大咧咧，写的东西得罪了国王，伤害了贵族，弄得戏一散场，演员就吓得东躲西藏，生怕挨打受辱，就这样，

---

① 哥多弗雷：第一次十字军的将领。
② 指维加。

有时也无一幸免。这样的事几乎天天都有，我就不必多说了。我想，这种事完全可以避免。很简单，由宫廷聘一位权威专家，负责审批全国待演剧本，未经他认可核准，一律不得上演。戏班子还敢自行选定剧目吗？编剧们还敢投其所好，胡编乱造吗？不行了。戏班子得乖乖把剧本送到京城待审，剧作家们得坐下来好好想想，怎样才能使剧本过关。有内行专家把关，戏班和编剧都认真、严肃对待，还怕没有好东西问世，好玩意儿上演？这样，戏剧的宗旨就得以实现，观众得到了艺术享受，西班牙的才子们名气大增，演员们收入丰厚还免了挨打挨骂的危险。如果骑士小说也有专家审查，像您说的那种完美的作品准会出现，那我们的文坛将会大放异彩，也会使过去的那些骑士小说相形见绌。读这种新书，才算得上正当消遣，于身心都有好处，对闲人如此，对一天到晚手忙不停的人也一样。咱们做人的天性也有软弱的一面，老把弦绷那么紧，不适当放松放松，时间长了，恐怕也难以为继。"

他俩谈到这儿，理发师走过来对神甫说：

"硕士先生，我刚才说的那个好去处到了。咱们好好休息休息，牛也可以美美地吃上一顿青草。"

神甫说："说得极是。"

他把这个意思告诉教长。教长环顾四周，觉得此处风景果然清秀，很乐意和大伙儿一起在此歇息，一来，可欣赏一下自然风光，二来，还想继续和神甫交谈，详细听听有关堂吉诃德的奇闻逸事，便吩咐随从去前边不远的客店给大家搞点吃的。随从中有一位说，他们驮食的骡子想必已经到了那家客店，人吃的东西足够，只跟店里要点草料喂牲口就行了。

教长听了吩咐说："那就把这里的牲口全赶过去，把那头驮食物的骡子牵回来。"

桑丘趁这个工夫，避开神甫和理发师，跑到主人跟前，想单独跟他讲几句话，因为他实在信不过神甫他们。他对关在笼子里的堂吉诃德说：

"老爷，您这中魔的事，我想跟您再叨咕几句，不说，心里挺不是滋味。您知不知道，这两个蒙面的，就是咱们村儿的神甫和理发师。他们耍花招，把您押着走，完全是嫉妒，怕您干出大事，他们脸没处搁。事情很明白，您根本就没中什么邪，着什么魔，是上了他们的当，中了他们的诡计，是自己脑子犯糊涂。不信我问您一句话，您要是答上来，我肯定您能答上来，那就证明我说得没错。"

堂吉诃德说："亲爱的桑丘，你随便问吧，爱问啥就问啥。我一定有问必答，包你满意。你刚才讲，那两个人是咱们的乡亲神甫和理发师。我看也有点儿像，其实并不是。你以为他们是神甫和理发师，那是魔法师作怪，把他们变成那样的。他们能施魔法把我关进木笼，当然也可以把他们变成咱们的老乡。他们这样做，是故意把你思想搞乱，叫你掉进陷阱，爬不上来。没准儿也是想把我搞晕，叫我不明白为什么身陷牢笼。你说，一直跟着咱们的那两个人是神甫和理发师，那我是怎么进这笼子里的呢？这绝非人力所为，完全是魔法在作怪。当然，我这次中魔法的情形，可说是奇特空前，书里从未有类似的描写。行了，桑丘，你别再自寻烦恼了。他们不是神甫和理发师，就跟我不是土耳其人一样，毫无疑问。对了，你不是要问我什么吗？问吧！你就是从现在问到明天，我都奉陪到底。"

桑丘听了，仰面长叹，大声喊道：

"我的圣母娘娘！我跟您讲的全是大实话哟！您怎么这么糊涂，这么没脑子啊！您这次倒霉叫人关起来，不是中了魔，是人家在使坏。上帝圣明，快救救我的主人吧，让他回到我家小姐温柔内雅的怀里吧！您不信，我……"

堂吉诃德说："别圣母上帝了！要问啥赶紧问！我不是告诉你，有问必答嘛！"

桑丘说："没错，我要您做的就是这个。您是玩刀弄枪的，是骑士，是游侠，有正式头衔，说话从来有啥说啥，所以，我求您实话实说，不增不减，不多不少，一句话，是啥说啥。"

堂吉诃德听得不耐烦，就说：

"桑丘，你这是怎么回事儿？没完没了，啰里啰唆。我什么时候扯过谎？我是那号人吗？快说！别拐弯抹角了！"

桑丘说："我知道主人您人善心好，没问题。好，我这就问了。这事跟咱们关系可大了。我可是正儿八经地问了？您老人家进了这笼子，也就是中了这邪之后，想没想过……就是咱们经常干的那个……什么什么……方便方便？"

"什么方便方便，我听不懂。桑丘，你要我直说，你为啥不直说？"

"老爷，这方便的事，小孩子一断奶就知道啊，您怎么会听不明白？我是问您，您是不是想过要干那个谁也免不了的事？"

"啊，是这个事呀！我明白了，明白了。跟你说吧，桑丘，想过不知道多少次了，这会儿就在想哩。赶紧给我想个办法解决，别弄得脏兮兮的。"

第四十九章 | 侍从献计救主人
骑士巧语驳教长

桑丘一听，喜出望外，大叫道：

"哈哈，看您还想往哪儿跑！这下叫我抓住了吧？我就等您这句话呢。咱们老百姓呀，看见谁心里不痛快、不高兴，就会说：'这家伙犯什么病了？不吃不喝，也不睡，问啥都来个干瞪眼，准是犯了魔怔，中了邪了。'这种话，老爷您肯定听说过。这就是说，人一到不吃不喝不睡，也不干刚才我问您的那种事，那就是中了魔了。您呢，给吃的就吃，给喝的就喝，人家问啥就答啥，还老想干那种事，那就是没有中魔。"

堂吉诃德说："桑丘，你说得没错。不过，我也跟你讲过，中魔的也各不相同，也许还和时代有关。比如，过去中了魔，啥也不想干，现在中了魔，就啥都干，像我这样。所以，你也犯不着动那个脑筋，瞎琢磨，时代变了，中魔的样儿也得跟着变。就这么回事儿。反正我心里明白，自己的确中了魔。明白了倒好了，要不，我能叫人家随随便便关在木笼里，眼巴巴看着受苦受难的人在水深火热中熬煎，不去保护拯救他们？"

桑丘说："万一我说的是那么回事儿，您不就吃亏了吗？所以，我劝您还是试一试，看我说得对不对。您先从笼子里出来，我拼出命帮您，一定把您救出。出来后，您再试着骑上稀世驽驹。这牲口怎么也没精打采的？是不是也中了邪？要是您真骑上去了，那这事就算成了。咱们就试着再闯荡天下，猎奇冒险。退一万步讲，要是咱们又四处碰壁，倒霉透顶，那再回笼子里待着也不算晚。顶多您是倒霉催的，没一点儿福分，我是蠢驴一个，给您胡出了主意。到时候，我绝不辜负好侍从的名声，一定进笼子里给您做伴。"

堂吉诃德说："桑丘老弟，你说得不错。我全听你的好了，就看有没有逃走的机会了。可是，你总有一天会明白，我到底遭了什么罪，你并不清楚。"

游侠骑士和胡游侍从一边说一边走，一直走到神甫、教长和理发师他们那儿。他们早已下马在那儿等他俩呢。赶车的把牛卸下来，让它们在平静的绿草地上自由漫步。那个地方清新凉爽，像桑丘一样的明白人自然感到十分惬意，但对堂吉诃德这类着魔中邪的来说，就意义不大了。桑丘求神甫放他主人出来走动走动，免得把笼子弄得脏兮兮的，他堂堂一个骑士待在里面实在不成体统。神甫知道他指的是啥，说这实在是小事一件，完全不成问题，只是担心堂吉诃德放出来又胡折腾，再跑得没影儿就麻烦了。

桑丘说："我保证他跑不了还不行？"

教长说："我也替他担保，他要以骑士的名义答应，不得咱们同意，不能远走。"

堂吉诃德听得明明白白，赶紧说："我答应。其实，我能往哪儿跑啊？整个身子都叫魔法给定住了，想干什么都干不成，三百年我都甭想动。退一万步讲，我跑了，那魔法师也能把我给逮回来。"他说，不如把他放出来，对他有好处，对大伙儿也方便，要不，请各位赶紧躲得远远的，否则，他就对不起大家的鼻子了。

教长也不管他双手还捆绑着，走过去拉着他的手，听了他的保证，立刻放他出笼。堂吉诃德走出木笼，高兴得了不得，先舒舒服服伸个懒腰，然后走到他的稀世驽驹跟前，在它屁股上拍了几下，说：

"骏马之最，最骏之马，上帝和圣母会叫咱们如愿以偿，对这我仍坚信不疑。咱俩，你驮着我，我骑着你，一起去完成上帝交给的重任。"

堂吉诃德说完这话，就和桑丘一起去了个没人的地方。等他回来，大家都看得出，他如释重负，显得格外轻松。身上轻松了，心里可更急了。急啥？急着实施桑丘想的那个计划。

教长看着他，心里奇怪他为啥疯成这样。他谈吐应答，见识不俗，可一说到骑士的事，就犯糊涂，满嘴疯话。大家都坐在草地上，静等吃饭。教长看着堂吉诃德，越看越可怜他，就对他说：

"绅士先生，我实在搞不懂，那些穷极无聊的骑士小说怎么会把您弄得神魂颠倒、稀里糊涂，竟让您相信假的虚的东西，以为自己真的着了魔呢？一般人怎么会相信书里的那些事呢？哪有什么阿马迪斯，什么特拉皮松达皇帝，什么游荡少女，什么毒蛇怪兽，什么巨人，什么冒险魔法，什么侯爵的侍从、耍活宝的侏儒，什么多情的公主，什么格斗厮杀，什么谈情说爱，什么女人好斗？骑士小说中那些胡编乱造的东西，我平常把它当热闹去读，还觉得挺有意思，要是较起真儿来，我恨不得把它往墙上摔，往火里扔，哪怕是顶尖精品呢。这种小说，随心所欲，胡写乱编，讲的全是怪事邪说，旁门左道，处以火刑，罪有应得。这些坏书，不仅糊弄一般无知百姓，而且狂妄放肆，对出身高贵、知书达理的绅士老爷也敢蒙骗。先生您不就是受了它们的愚弄吗？您看，您现在是啥样子？叫人关在笼子里，让牛车拉着，像是什么狮子或老虎，叫人牵着，四处漂泊，供人赏玩，以此谋生。我说，堂吉诃德先生，您也该珍重爱惜自己，别再糊涂下去了！快醒醒吧！把上帝赐给您的智慧，用在正经事上吧！去读读那些有益身心的好书。你不是喜欢打仗吗？《圣经》里的《士师记》就是这类书的典范。它写的都是盖世武功，而且完全是真事。卢西塔尼亚①有维利亚托，罗马有恺撒，迦太基有汉尼拔，希腊有亚历山大，卡斯提亚有费尔南·冈萨莱斯，巴伦西亚有熙德，安达卢西亚有冈萨罗·费尔南德斯，埃斯特拉马杜拉有迭戈·加尔西亚·德帕莱德斯，赫雷斯有加尔西亚·佩雷斯·德巴尔加斯，托莱多有加尔西拉蒙，塞维利亚有堂曼努埃尔·德莱昂。这些英雄的丰功伟绩可歌可泣，读了令人振奋，既引人入胜，又大有教益。堂吉诃德先生，这些书才配得上您这副好脑子。您读了这些书，必将精通历史，崇尚美善，修养品性，胆大心细。这样，您既能让圣明的上帝笑逐颜开，又为自己赢得好的名声，还给生养您的家乡故土曼卡增光添彩。"

堂吉诃德竖起耳朵，聚精会神，恭听教长的宏论。教长已经闭嘴不语了，他还目不转睛地看着他，过了好大一会儿，才开口道：

"绅士先生，您说了半天，就是告诉我，这世上压根儿就没有什么游侠骑士，骑士小说呢也全是胡编出来的，于国于民，有百害而无一利。我就不该看这

---

① 卢西塔尼亚：即葡萄牙。

种书，看了还相信是错上加错，更可气的，还照书上的话和事去做，当什么游侠骑士，去替天行道、受苦受累，是不是这么回事儿？照您的说法，阿马迪斯纯粹是瞎诌出来的，高拉没有，希腊也没有，简而言之，骑士小说上的骑士全是写书的人自己想出来的，对吗？"

教长说："正是。"

堂吉诃德接着说："您还说，这些书害得我好苦，弄得我神志不清，头脑发昏，才糊里糊涂叫人关进木笼。您劝我悬崖勒马，及时醒悟，别再读这些书，要读也要读有教益有趣味的好书。"

教长答道："是啊。"

堂吉诃德说："既然您都供认不讳，那就让我告诉您，着魔中邪、头脑发昏的，不是别人，正是先生您自己！人人喜欢、个个坚信的事，您却破口大骂，说都是胡编乱造！还无名火起，对您那些无辜的小说施以火刑，置于死地！告诉您，该受这种酷刑的，正是您。您叫嚷什么世上从未有过阿马迪斯，胡扯什么骑士书上的骑士全是虚幻，这等于在说，太阳无光，冰雪不寒，大地不是万物的根基。谁敢说佛罗里佩斯公主和古伊的事不是史实？谁敢说菲耶拉布拉斯和曼提布莱大桥的事是胡编乱造？我敢发誓，这都是实实在在的历史，就像现在是白天一样，只有蠢人才会怀疑。如果这些都是胡扯，那赫克托尔、阿喀琉斯、特洛伊之战、法兰西十二骑士、英国亚瑟王就全是假的了！英国的亚瑟王变成乌鸦后，他的臣民们到如今还盼着他重返王位呢。不仅这些历史，恐怕连瓜里诺传记和《求圣杯记》中的事实也成了虚构的了。至于堂特里斯坦和女王伊塞奥、西内布拉王后和朗斯洛特之间的爱情，那就更是无中生有的事了！可问题是，有人亲眼见过那位大不列颠头名斟酒女士金塔尼奥娜夫人[①]。真的，我奶奶一见有体面头饰的夫人，就对我说："孙子，那位夫人可真像金塔尼奥娜。"这不是明摆着吗？她老人家肯定见过，起码也看过画像什么的。还有，皮埃尔和美人玛加洛娜的故事也是真的。到现在，还能在皇家武器博物馆里，看到英勇的皮埃尔当年骑木马在空中飞行时用的那个转轴呢，就摆在熙德坐骑巴比埃卡的马鞍旁边，粗得赛过车

---

① 金塔尼奥娜：西内布拉王后的侍女。

辕。罗尔丹使过的那个号角，像房梁那么粗，现在还保存在隆塞斯巴耶斯。这说明确实有过十二骑士、皮埃尔、熙德，以及他们那些大名鼎鼎的宝马良驹，并非后人杜撰。勇敢的卢西塔尼亚人胡安，德梅尔洛去过博尔哥尼亚，先在拉斯城与著名的查尔尼郡主皮埃尔打过仗，后于巴西莱亚城同恩里克·德雷梅斯坦对过阵，两次都稳操胜券，威名远震。还有西班牙的佩德罗·马尔巴和我的八辈儿老祖宗古铁雷·吉哈达，他们也在博尔哥尼亚进行过冒险和搏斗，大败圣波洛伯爵的儿孙。您能说，他们也是瞎编的，不是真人真事吗？总之，基督骑士的丰功伟绩，谁也不容抹杀！堂费尔南多·德格瓦拉专门跑到德国，与奥地利公爵家族的骑士霍尔赫老爷交锋，确有其事！苏埃罗·德吉尼奥内斯在荣关比武，路易斯·德法尔塞斯大战卡萨提亚骑士冈萨洛·德古斯曼，也绝非凭空捏造！谁要否认这些事实，他就是头脑发昏，胡说八道！"

教长听了堂吉诃德这一番真假混杂的高论后，十分惊讶，他实在没想到这疯疯癫癫的家伙，竟对骑士道的情形了如指掌，如数家珍，就说：

"堂吉诃德先生，您讲的有不少确实是真人真事，我都一概承认，特别是那些西班牙游侠骑士，还有法兰西十二骑士。不过，图尔宾大主教笔下的那些事，他们未必都做过。事实是，法兰西国王把他们挑选出来，并称十二骑士，是因为他们都武艺高强，英勇善战，品德高尚，几乎分不出高下。即使有所区别，按道理也应一视同仁，统称一个名号，就像如今的圣胡安骑士呀，阿尔坎塔拉骑士呀，当年那些骑士就叫十二骑士，并驾齐驱。熙德当然真有其人，这不容置疑。贝纳尔多，德尔卡尔皮奥更不在话下。他们的丰功伟绩，我也完全认可。至于阁下提到的皮埃尔那个木马转轴，恕我孤陋寡闻，眼神差劲儿，从未见过。那个皇家武器馆里，鞍子倒是有一个，转轴可没见着，您还说比车辕都粗？"

堂吉诃德说："没错，就是在那儿。听说怕它发霉变烂，外面还裹了一层牛皮。"

教长说："也许是那么回事儿。可我从没见过。真的，我敢以我的教职发誓。退一步说，就算是那儿有那么一个转轴，我也不相信有阿马迪斯，更无法理解书上那一大堆骑士都是真人真事。阁下，像您这样正直高尚，这样聪明，愣把骑士小说里那些疯言疯语当成真事，实在叫人百思不解。"

胡言乱语貌似有理
只想得利哪管是虚

第五十章

堂吉诃德听了教长的话，高声说道：

"您说得太棒了！您知不知道？那些书可不是随随便便就让印的，一有国王陛下恩准，二有审查官认可，才能出版问世。这是一。书出来后，不论贫富老幼，雅俗贵贱，个个爱读，人人称赞。这是二。书中每讲一位骑士，都把他的籍贯父母，事情发生的时间地点，交代得明明白白，清清楚楚，将他的所言所行，逐日详加描述，一点不漏。这是三。有此三条足以证明书中的所述均为真人实事，绝无半点谎言！所以，我劝先生您还是放聪明点，别再攻击骑士小说。您如果仍然执迷不悟，那干脆去拿一本这样的书读读，就知道有多么来劲儿了。我给您举个例子，您听了准会拍手叫好，还想再听。您听好。咱们眼前忽然出现一个大湖，湖中热油滚烫，怪兽蛇虫穿游其间。就听见一个阴森可怖的声音在说：'是哪位骑士在盯着这湖面观看？有胆量你就跳下去吧！漆黑的湖底是七魔女的七城堡，那里有妙不可言的千古奇观。否则，你就会坐失良机，无缘领略这美好的景象。'骑士闻听，不顾安危，不管险恶，甚至不及卸去披挂在身的铁甲重盔，仅求上帝和情人保佑，便纵身跳入沸腾的湖中。等睁眼一看，脚下竟是万花盛开、群芳争妍的一片田野，四周的景致简直比天堂还要胜过十分：天空蔚蓝，阳光明媚；绿树成荫，青翠葱茏；鸟儿飞舞，五彩缤纷；啼声婉转，悦耳动听。实在令人心旷神怡，流连忘返。又有一条小溪流过，水清见底，碎石如珠，细砂似金。再往前，有喷泉两座，一座为大理石和杂色玉石砌成，一座用贝壳、蜗牛壳以及碎玻璃和翡翠片构造，黄白相间，错落有致，虽为人造，胜过天成。放眼望去，稍远处竟有一座壮丽的宫殿，矗立在那儿。金砖城墙，钻石雉堞，紫晶门楼。材料高档，结构精巧，令人叹为观止。更妙的是，突然从那城门楼里走出一大群仕女，个个衣着华丽高贵。详情细节恕我不一一转述，否则，这故事我一辈子也甭想讲完。单说其中一位仕女，像是个当头儿的，上前一把拉住骑士的手，也不言语，将他领入宫殿。之后，竟把他衣服扒得精光，有如初生婴儿。接着，用温水给他洗澡。洗好，又在他身上涂了一层香脂。随即，将一件芬芳透软的丝衬衣给他穿上。末了，另一位仕女拿来一件长袍，披在他的肩上。这件长袍据说比一座城堡还要值钱。后来，那就更妙了。人家领他走进一座大厅，里面一桌桌饭菜，摆得非常整齐好看。他目瞪口呆，暗自叫绝。这时，有人送上清水，侍候他洗手，那水可都是龙涎香水和蒸滤过的鲜花汁混合而成的呀！他被引到一把象牙椅上坐下。一群仕女在旁伺候，无声无息。席上佳肴美味，品种繁多，他馋涎欲滴，却不知先品尝哪一味为好。忽然间，耳畔传来歌声，却弄不清从何处传来，更不知出自何人。酒足饭饱，骑士斜靠椅背，正剔着牙，忽然又走进一位仕女，艳丽多姿，赛过所有在场的美人。这美丽女子走进来，在骑士身边落座，向他讲了该宫殿是何所在，她自己又是怎样中魔身陷其中，还有许许多多其他的趣事。骑士听了出乎意料，读者看了大惑不解。

　　"行了，我不想再多嘴饶舌了。就这些便足以说明，骑士小说多么有趣，多么好看，你不管读它哪一段哪一节，都能叫你嚷声迭起，拍手称赞。您要是不信，读读就知道，我所说的句句是实，无半点虚假。看了骑士小说，不但能解闷消遣，而且可破涕为笑，转忧为喜。我自己就深有体会。自从当了游侠骑士，我简直大变样了：英勇善战，慷慨仁义，文质彬彬，宽宏大量，胆大心细，心平气和，吃苦耐劳，坚忍不拔。虽说我被人当做疯子，关进笼子，但我意志更坚，只要上帝赐福，时来运转，我决心依靠自己的本事，数日之内登上国王的宝座，好向世人显示我知恩必报，慷慨仁义。穷困潦倒的人，再慷慨大方，也无法给人以救助。嘴上说感激不尽，却无具体行动，又有什么意义？因此，我迫不及待，恨不得马上交上好运，登上皇位，好有能力帮助朋友，特别是我这个可怜的侍从桑丘。他可是好人堆里出的好人。我真想封他个伯爵。这话也说了好久了，可他是否有治理领地的才干，就不好说了。说实话，我还真有点儿担心。"

　　最后这几句话可让桑丘听见了，他立刻说：

　　"老爷，您还犹豫啥？快把伯爵的封地赏给小人吧。您说了这么久了，我想都想疯了。跟您说吧，我安邦定国也有一套呢。就算没有治国的本事，我也可以把地租出去，收租吃租，享享清福嘛。人家都是这样干的。整天价啥事不管，啥心不操，只管当我的伯爵太爷。"

教长听了，对他说：

"桑丘老兄，收租吃租，当然潇洒滋润，可地方上的行政，老百姓打官司，你总不能不管不问吧？搞行政，理司法，没本事那可不行，尤其要心正和认真，否则，就会不断出错，把事搞糟。俗话说得好：'好心的傻瓜，上帝肯成全；聪明的坏蛋，老天跟他没完。'"

桑丘说："我不懂这些道道儿，反正有了封地我就会管。我有手脚也有脑子，不比别人少一样。人家能当王，我也能做侯。一朝权在手，便把令来行，自然事事如意，桩桩顺心，心里就高兴。高兴还求啥呢？得，咱们还是两个瞎子那句话：再见吧，伙计。"

教长说："你还挺会说嘛，桑丘！可封地这事还难说呢。"堂吉诃德忙插言道：

"有什么难说？阿马迪斯·德·高拉怎么办我就怎么办。他封侍从做菲尔梅岛的伯爵，我如法炮制，也赏给桑丘一个伯爵。您知道，游侠骑士的侍从里，他是有史以来最拔尖的一个。"

主仆俩的话让教长惊叹不已。惊的是，堂吉诃德虽说是胡言乱语，却讲得头头是道。骑士湖中奇遇本是天方夜谭，他竟述说得绘声绘色。骑士书中都是瞎编胡扯，他居然信以为真。叹的是，主人头脑发昏许他的封地，桑丘至今惦记难忘，真是愚不可及。

这时，教长的随从已把驮食物的那头骡子牵来了。他们在草地上铺开地毯，摆上吃食，就坐在树荫下，开始进餐。赶牛的车夫也觉得那个地方舒服。

突然，附近树丛草堆里一阵乱响，还有铃铛声，接着，蹿出一头母羊，身上黑白黄三色斑点相间，长得很好看。后面跟着放羊的，一边追一边喊，叫它停下、回去。那只漂亮的母羊哪里肯听，一路惊慌失措，竟径自朝人堆里奔来，好像求他们救命似的，最后停在了那伙正在吃饭的人前。放羊的赶上一步，抓住它的犄角，把它当个人儿似的，对它说：

"小花呀，小花！你可真是个野姑娘！这几天你是咋啦？到处胡跑！傻丫头，你是犯病了，还是叫狼吓着了？对了，是不是因为你是个女孩，才这样心浮气躁？瞧你那傻样儿，也不学点好！你们这帮丫头都是这德行！快跟我回家吧，心肝宝贝！跟女伴在一起，不如意，可也没啥麻烦。你不带个好头，自己乱跑乱窜的，她们可就更要命了！"

大家听了，觉得真逗，特别是教长，他还是头一回碰见这事儿。他对放羊人说：

"我说老弟，着啥急？你急着把它赶回去干啥？你不是说它是姑娘吗？那就由它去吧，天性如此，你有啥办法？先过来吃点喝点，消消气，让羊也歇一歇。"

说着，用刀尖挑了一块兔子里脊，递了过去。赶羊人接过来，道了谢，喝了几口酒，这才心平气和，开口道：

"您几位别见我把它当人看，跟它讲人话，就以为我是个大傻子。我人再粗再笨，也不至于分不清人和畜生。跟您几位说吧，我这话里的道道儿深了！"

神甫说："这我相信，俗话说，'山中有文士，茅屋出哲人'嘛。"

赶羊的答道："您说得不错。起码那儿有吃过亏变明白的人。各位如果不信，我过一会儿就讲个实实在在的事，只要您几位能捺着性子听完，就明白我和这位先生（他指了指神甫）所见略同。我不知深浅，不请自来，还望各位多多原谅。"

堂吉诃德这时搭了腔，说：

"听您这话还真有那么点骑士冒险的味道。老弟，我乐意听，肯定又逗人又新鲜。我们这几位先生也准喜欢听。谁不高兴听听奇闻逸事呢？老弟，讲吧，大伙儿都听着呢。"

桑丘忙说："别算我啊！我要去河边好好吃它一顿肉饼，以后好三天不用吃饭。我老爷堂吉诃德先生说，游侠骑士的侍从，有机会就要玩命吃，把肚子往圆里撑，因为他们经常钻树林子，一进去六七天甭想出来，要是肚子没填饱，布褡裢又没粮，非饿死在那儿，变成木乃伊不可。"

堂吉诃德说："桑丘，你说得没错。你爱去哪儿去哪儿，能吃多少就吃多少。我肚子现在挺实在，就是缺点精神的东西，所以，我得听听这位老弟讲的故事。"

教长说："我们也要精神营养。"

赶羊的在母羊身上拍了两下，说：

"得，小花儿，咱们待会儿再回吧！躺在我身边。"母羊似乎明白主人的话，等赶羊的坐下，就乖乖地趴在他跟前，望着他的脸，好像它也要听主人讲呢。

放羊的开口讲了：

"离这山沟三十来里路，有个村子，地方不大，人都挺富。村上有个农民，老实巴交，人品极好。按说家境好的一般都安分老实，可他受人看重，主要还是人品，有钱倒在其次。但据他自己讲，他最得意的，是养下了一个美丽端庄、聪明可爱的女儿。见过她知道她的人，都说老天对她情有独钟，把一个人应有的美好品质全给了她。她从小长得就很漂亮，而且越长越好，到了十六岁，竟美得像一朵花似的，四镇八乡都知道她这个美人。岂止是左近乡镇，连老远的城里，甚至皇宫王府，也都晓得她的大名。各地的人，从四面八方慕名而来，都想一睹这绝代佳人的美貌和风采，简直把她奉若神明，视为稀罕。他父亲对她管教甚严，她也知道自重自爱。大闺女不自重，管教再严也等于零。

"姑娘美得像天仙，家里又那么有钱，求婚的人能不多吗？本村的，外乡的，求亲的，说媒的，络绎不绝，差点儿把门槛踢破。当爹的，先是扬扬得意，到后来就不知所措了。想当他女婿的人太多了，他拿不定主意，到底把自己的宝贝女儿嫁谁最好。我也在做这种美梦。说实话，我条件最好，希望最大。我是本村的，她爹对我知根知底：家道清白，正当年纪，家里富足，人也不笨。可本村还有个求亲的小伙子跟我条件不相上下。姑娘她爹这就犯了愁了，不知把她配给谁才好。末了，他想，干脆让女儿自己做主。他女儿叫莱安德拉。他把我俩的情况告诉了她，让她自己选。我认为，父母让儿女决定娶谁嫁谁，完全正确，当然，不是说他或她跟了坏人也撒手不管，而是说让他们好中挑好。可这个莱安德拉把我搞得好惨啊！

"莱安德拉选了谁我不知道，反正她爹一直没有明说，只是讲，他女儿年纪还小，什么这个那个，说得含糊其辞，弄得我俩搞不清他是愿意呢还是不愿意。事情就这样一直拖着。这简直是一场悲剧，而且还没完，最后，肯定很惨。我叫欧赫尼奥，跟我竞争的对手叫安塞尔莫，我们俩都是这个悲剧中的人物。

"就在这个时候，村里一家穷人的儿子回来了。他叫比生特，在意大利和其他许多地方当过兵。他十二岁那年，有一个上尉带兵路过我们村时，就把他带走了。现在十二年过去了，他长大了，穿着五颜六色的军装，浑身挂满玻璃坠子和细铁链子，回到了家乡。他一天一身，天天都换服装，轻薄透亮，看起来挺显眼，却不是什么值钱的货色。乡下人闲得发慌，喜欢挑刺，有人竟用心计算了他穿戴的东西，发现，上上下下，里里外外，大大小小，归根结底，就那么三套，只是颜色不同。可他会搭配呀，变来变去，你不留意的话，真以为他有二十多套衣服呢。您几位别以为我讲的是不着边儿的废话，这些跟我讲的事关系大了。

"我们那村里呀，有个空场，空场上有棵大杨树，大杨树底下放了个石凳。那小子老坐在那儿给大伙儿讲他打仗的事迹。大家听得津津有味，嘴张得老大。好家伙，这世界上没他没去过的地方，没他没打过的仗，他杀死的摩尔人比摩洛哥和突尼斯人加起来还要多。他打过的仗海啦！什么甘特，什么鲁纳，还有什么迭戈·加西亚，[①] 还有他提到的那些数以万计的有名有姓的武士，都不在他的话下。而且，他每战必胜，滴血不流。可有时又叫我们看他身上的伤疤，竟说每次打仗他都中了子弹，挂了彩。不过，他指的地方，我们连个斑点都没发现。那家伙狂妄自大，跟熟人和一般人都以'你'相称，还说，他不知道谁是他爹，就认他这双胳膊，他没有家世，靠的是功劳，还说什么有这身军装，他比国王也差不到哪儿去。这家伙虽说目空一切，狂妄自大，还真多少懂得点音乐，吉他弹得不赖，娓娓动听，好像在和你说话。他本事大着呢，还会写两句诗，村里的鸡毛蒜皮，到他那儿，都能给你编出长长的一大套。

"莱安德拉家的窗户正对着村里那个空场，姑娘老站在窗前，看着望着我

---

① 以上均系好斗之人。

说的这个当兵的，这个比生特，这个弹吉他的，这个编小曲的，这个小白脸，这个男子汉。比生特那身行头，一天一个样，闪光耀眼，她怎么看怎么顺眼；比生特编的小曲，花样翻新，她怎么听怎么好听；那小伙儿瞎编的英雄事迹，吹的牛皮，她都信以为真。到后来，你说邪不邪，没等那小子心生妄想，姑娘倒先爱上了他。这男女的事，只要女方乐意，没有办不成的。莱安德拉和比生特没费吹灰之力，就这样搞上了。村里村外那一群求婚的，还眼巴巴等着姑娘给自己一个机会见，她已当机立断，撇下老爹（幸好老娘早撇下他们一命归西），跟那个当兵的小伙子逃出村子，私奔去了。别看比生特爱吹牛，当时他可真是旗开得胜，马到成功啊！

"不管本村的，还是外乡的，谁听了都惊得说不出话来。我丢了魂儿，安塞尔莫傻了眼，她父亲痛不欲生，亲戚们气得咬牙切齿。他们报了案，巡逻队派了人马，路口通道，山上树林，到处搜寻，花了整整三天三夜，才在一个山洞里发现莱安德拉。这个任性的姑娘竟叫人剥得只剩下一件衬衣，她从家里拿走的钱和贵重首饰早已无踪无影。大家把她送回家，问她到底是怎么回事儿。她没让大伙儿费劲，就全部招供，说比生特骗她离家出走，答应娶她为妻，带她去世上最豪华最放荡的城市那不勒斯，她实在糊涂，竟鬼迷心窍，答应跟他一起跑，就偷了父亲的钱和值钱的东西，给了那小子。那坏蛋把她带到一座荒山，关进一个山洞，抢了她的东西，带着她的钱财，丢下她一个人跑了。她还说，那家伙只是图财，并没有坏了她的贞节。大家听了无不惊诧。

"那小子真那么稳得住？实在叫人难以相信，可她一口咬定，就是那么回事儿。她爹听了总算一块石头落了地。要是女儿叫人糟蹋了，那就完了。谢天谢地，宝贝还完整无缺，破点财就破点财吧。

"她父亲找到她后，当天就把她领到附近一个镇上的修道院，关了起来，心想女儿做出的丢脸事时间一长大家就会慢慢忘掉。莱安德拉年轻无知，一般人并不十分在意她做下的荒唐事。但是，了解她的人就不这么看了。她聪明懂事，干下那桩丢人的事，完全不是天真无知，而是天性轻浮，大多数女人都是如此，没头脑，好放荡。

"自莱安德拉被关进了修道院，从我们眼前消失起，安塞尔莫眼睛就啥也看不见了，起码没有值得一看的东西了。我呢，也是眼前昏黑，一点儿也高兴不起来。见不到莱安德拉，心烦意乱，坐卧不安。我和安塞尔莫大骂那小子花里胡哨，埋怨莱安德拉她爹粗心大意。这管啥用呢？后来，我俩一合计，干脆不在村里待了，就一块儿上了这山沟。他放绵羊，我放山羊，就在山林中混日子。我们唱歌叹息，由着性子来。我们夸莱安德拉美貌如仙，又骂她冷酷无情。一会儿仰天长叹，一会儿低头哭诉。许多迷上莱安德拉的人，也尾随而来，学我俩的样儿，在这深山老林里苦度时光。这下子好了，满山是羊，到处是赶羊的人，把这山沟变成了牧人避世遁俗的地方。他们在这儿，骂她水性杨花，轻浮放荡，又夸她美丽漂亮，为她开脱。总之，骂她，恨她，爱她，迷她，想她，自个儿把自个儿搅得晕头转向，疯疯癫癫。有的人根本就没跟她说过话，却埋怨她冷落自己，有的人连她的边都没挨过，竟醋劲十足。其实，谁也不知道她看上了谁，倒是大伙儿都知道了她那件丢人的事。可那些日子，无论是山洞里、小河边，还是树荫下，都有牧人在哭天抢地，诉说自己的痛苦。那些日子，无论是山上，还是水中，到处回荡着'莱安德拉'的名字。我们如痴如醉，迷恋着她，明知无望却心存侥幸，担惊受怕却不知为何。安塞尔莫在我们这群失魂落魄的傻瓜当中，最糊涂，又最清醒。他怨气冲天，可只提他见不到情人的痛苦。他吟诗弹琴，诉说哀怨，这是他的特长。我另走捷径，自以为更加合适。我大骂女人两面三刀，口是心非，见异思迁，滥用感情。各位先生，我刚才对这头羊讲的那番话，就是这个原因。它是羊群里最好的一只，可谁叫它是母的，我就不喜欢它，看不上它。我的故事到此为止。我讲得不错吧？待会儿呀，我要把各位招待得更好。我那个草房离这儿挺近，里面有鲜奶和干酪，还有各种甜果子，不但好吃，而且好看。"

第五十二章 ｜ 当日踌躇满志闯天下
今朝遍体鳞伤把家还

众人听了那放羊的讲的故事，都觉得怪有趣的，尤其是教长。他感到意外的是，故事竟讲得如此动听，心想，山村野夫哪有这般修养，只有朝中大臣才有此种口才。看起来，神甫先生所见甚是，山林的确出文才。当下，大家都表示愿助欧赫尼奥一臂之力，但最热情的还要数堂吉诃德。他对放羊的说："老弟，说实话，我真想帮你个大忙，把莱安德拉给你救出来。她肯定不乐意关在那个地方。修道院院长想拦也不行，别人办不到，我一定得把姑娘救出来，亲自交到你手中。以后的事，就要看你自己了。不过，有一条，你得按骑士的章程，不可对姑娘非礼。可惜，我眼下脱不开身，还不能为你出力。但是，我坚信，魔法师中，心善的总会战胜邪恶的，上帝也会帮我的。总之，只要条件允许，我一定为你效劳。你知道，我就是干这行的，救困扶难是我的本职。"

放羊的见堂吉诃德打扮得怪里怪气的，很是吃惊，就问身边的理发师：

"请问先生，这位模样怪怪的，又这样讲话，他是谁呀？"

"你不知道？这就是咱们大名鼎鼎的堂吉诃德呀！他锄强扶弱，主持正义，保护少女，镇伏巨人，每战必胜，所向披靡，是位大大的英雄啊！"

"您说的这一套，骑士小说里全有。我觉着就是这么回事儿，先生您是不是在逗我玩呀？否则，就是这位绅士脑袋里空空如也。"

堂吉诃德恼羞成怒，大骂道：

"浑蛋！你脑袋才空空如也呢！我脑袋瓜满极了，比养你的那个婊子的肚子还满呢！"

　　他骂着骂着，顺手抓起眼前一块面包，对准牧人的面门砸去，差点儿把他鼻子砸扁了。那放羊的一瞧对方来真格的了，也豁出去了，跳起来就朝堂吉诃德扑了过去，根本不管地上的毛毯、上面的杯盘和周围正吃东西的人。他双手卡住堂吉诃德的脖子，使足了劲，想把他当场掐死。桑丘见主人受屈，赶上去一把把放羊的揪翻，按在权当桌子的毛毯上。顿时，杯破盘碎，酒洒水流。堂吉诃德脱了身，就赶过去骑在放羊的身上。放羊的叫桑丘一顿臭揍，弄得鼻青脸肿，浑身是血，气得要命，趴在地上正东摸西找，想搞到把刀子，来个白刀子进，红刀子出，要玩命了。教长和神甫一看，非出人命不可，就赶紧把他叫住。谁知，理发师搞了个鬼，竟使放羊人骑在了堂吉诃德的身上，左右开弓，把他也美美地揍了一顿。这下子，两个人都是鲜血淋漓，狼狈不堪。教长和神甫笑得前俯后仰。巡逻队那几个人也乐得直拍巴掌，好像在看野狗咬架，一个劲儿地起哄、叫好。只有桑丘在一旁干着急，因为教长的一个随从硬拉着他，不让他去帮主人的忙。

　　打架的打得正欢，看热闹的看得正高兴，就听见一阵凄惨的号角声。大家都侧耳转身去听，最用心的还是堂吉诃德。可他被人家压在底下，不得动弹，又叫人打得够戗，无奈何，只好向放羊的求和，说：

　　"魔鬼老弟，我可没叫错哟，要不，我怎么能打不过你呢？我说，咱们能不能休战一个钟头？你没听见吗？悲惨的号声在叫我，准是出了什么危险事，要我去显显身手。"

　　那放羊的叫人打得难受，自己打人也费了吃奶的力气，已经精疲力竭，听了他的停战要求，乐得顺坡下驴，立刻放开了手。堂吉诃德得了自由，马上站起来，循声望去，只见从山坡上走下来一行人，看样子还不少，个个白衣白裤，似乎是赎罪之人。

　　原来那一带久旱不雨，各村村民纷纷聚众游行，扮成赎罪之人，求老天网开一面，赐些雨水。堂吉诃德所见正是某村的村民，为求天降甘露，列队要去山上朝拜一座显灵的寺庙。这种情景他见得多了，可那天他满脑子转悠的全是骑士救弱，游侠除恶的意念，竟以为又碰上什么冒险的事，又要他大显威风，尽尽骑士的职责。他看见那伙人扛着一尊丧服披身的圣像，更加自以为是，认准那是一位贵妇，那伙人就是抢她的一群土匪。他便健步如飞，奔到稀世驽驹跟前，从鞍架上取下马缰，跳上马背，叫桑丘递来宝剑，手持皮盾，大声叫道：

"诸位，这世界上没有游侠骑士能行吗？等我救了那位贵夫人，你们就明白该不该把游侠骑士奉为英雄好汉啦！"

堂吉诃德有马鞍可没马刺，只好双腿一夹马的肚子，催马疾驰。那马在这部真实传记中，从没有四蹄亮掌、腾空飞奔，这回也只能是一路小跑，径自朝那一伙赎罪的村民冲去。神甫等人没能拦住，桑丘大叫大喊，也无济于事。

桑丘喊道："堂吉诃德老爷！您这是干啥？您鬼迷心窍，怎么竟去和正教作对？简直是胡闹呀！那是赎罪的苦行人，抬的不是什么贵夫人，是纯洁神圣的圣母！您怎么不三思而行？这回呀，您真是糊涂到家喽！"

堂吉诃德哪里肯听，只管向前猛冲，一心要救那身披丧服的贵夫人，就是国王下令，他也会置若罔闻。他冲到那伙村民跟前，勒住马，其实他不勒住缰绳，那马也不想再跑了。他气喘吁吁地叫道：

"你们遮着脸干啥？准不是好人！都给我竖起耳朵听着！本骑士有话要说。"

抬圣像的几个人听他这一叫嚷，就站住不走了。村民一行中有四个念经的教士，其中一位，见堂吉诃德打扮得怪里怪气的，稀世驽驹又瘦得像把干柴，十分滑稽可笑，就答道：

"老兄，有话快说！我这几位教友都把自个儿抽得皮开肉绽，体无完肤，可没工夫听你瞎扯。"

堂吉诃德说："就一句话，赶紧把这位美人给我放了。看她一脸愁容，两行泪水，肯定是让你们给抢了，还受了你们欺负。我生来就是为了除恶救弱的。你们要是不乖乖把她马上给放了，就休想从我这儿过去！"

那伙人一听他这番胡话，猜想这位一定是个半疯，都笑得前仰后合。这哄堂大笑等于给堂吉诃德火上浇油。只见他紧闭双唇，拔出宝剑，用力朝抬圣像的架子砍去。其中一个抬担架的把担子让给别人，操起休息时支撑担架的木杈，向上一挡，竟被剑劈为两截。他并不示弱，仍握着手中那一截，与堂吉诃德对擂，竟一棍打在疯骑士持剑的那一侧肩头上。堂吉诃德疼痛难忍，一头从马上栽到地上。桑丘见主人吃亏，连忙跑过去，求对方高抬贵手，说这位骑士可怜中了魔法，生平并没害过人。那村夫根本不理，还要痛打，可定睛一看，堂吉诃德直挺挺地躺在地上，以为被自己打死了，吓得把长袍下摆往腰里一掖，拔腿便跑，快得跟兔子似的。

这时，用木笼押送堂吉诃德的那伙人赶了过来。求雨的村民瞧他们来势汹汹，其中还有拿着弓箭的巡逻队员，心想大事不好，就乱哄哄的，拥在圣像四周，扔掉高帽，握着鞭子，教士们也举起烛台，做好抵挡的准备，有机会还可进行反击。幸好，老天没照他们料想的那样办。原来，桑丘以为主人已一命归天，只顾趴在他身上大号，号得又惨又可笑。

多亏了我们这位神甫认得村民中的一个神甫，局势才趋于和缓。神甫对他的同事简单讲了一下堂吉诃德的情况，那神甫和求雨的村民才一哄而上，去看疯骑士是否真的气绝身亡。桑丘满脸泪水，诉说着：

"啊！我们最棒最棒的骑士呀！你辛辛苦苦一辈子，就叫这一棍子给打完了。啊！你立下汗马功劳，天下闻名，给家里和祖宗增光添彩，也让家乡曼卡露了脸！世界没有你，坏人可就无法无天啦！所有的亚历山大都没有你大方慷慨！我才跟了你八个月，你就把最好的海岛赏给了我呀！你对狂妄的人低声下气，对低声下气的吹胡子瞪眼 ①。你挨打受骂，遇小人就骂，见歹徒就打，一句话，是真正的游侠！"

桑丘这一通哭竟把堂吉诃德从昏迷中哭醒了。他醒来就说：

"我温柔的温柔内雅啊！我再痛苦也赶不上你我的别离。桑丘老弟，快扶我进牛车吧！我骑马是不行了，都叫人给打散架子了。"

"老爷，我听您的。这几位先生对您没坏心，咱们就跟他们一起回村去吧。以后再找机会出来，我就不信得不了利出不了名。"

"桑丘，你讲得没错！眼下咱们是厄运当头，不能拿鸡蛋往石头上碰。等时来运转，再作计议，才是上策。"

神甫、教长和理发师都说他想得不错。他们一面暗笑桑丘这些傻话，一面把堂吉诃德抬进牛车上的木笼。求雨的继续走自己的路。牧人向大家告别。巡逻队员们不想再护送他们，接过神甫答应的工钱，也走了。教长带着随从同他们分手，他希望神甫及时告诉堂吉诃德的病情，好让他知道是继续恶化，还是恢复正常。

---

① 桑丘悲痛过分，把话说反了。

他们各奔东西，只剩下神甫、理发师、堂吉诃德和桑丘，还有总那么听话的稀世驽驹，它和主人一样，非常有耐心。

牛车主人套好牛，又给堂吉诃德身下垫了一把干草，就赶着车跟着神甫上了路。慢慢腾腾走了六天，终于到了堂吉诃德的家。那天是礼拜日，又正好是中午，村里的人差不多都在广场上。牛车从那儿过的时候，大伙儿都围上来看热闹，一下就认出了他们的街坊堂吉诃德。一个小男孩赶忙跑到堂吉诃德的家，告诉女管家和外甥女，说她们老爷和舅舅，坐着牛车，躺在干草上，回村了，还说，他瘦得皮包骨，一脸蜡黄，可惨啦！

两个女人一听，跺脚捶胸，左右开弓，自打耳光，一边大骂骑士小说，等堂吉诃德进门时，哭闹得就更厉害了。

桑丘的老婆听说堂吉诃德回来了，知道丈夫是给他当侍从的，就赶忙去了广场。她一见桑丘，没提别的，先问毛驴怎样，桑丘说比他强。

"那可要谢天谢地啦！老伴，你出去给人当侍从，得了啥好处了？给我捎裙子回来了？孩子的鞋袜买了吧？"

桑丘说："得了，老婆子，我捎那些玩意儿干啥？我带回的，比你要的那些东西强一百倍。"

"那敢情好。快把你说的那宝贝东西拿出来，叫我开开眼吧。你不在家，把我愁得没着没落的。快把那东西拿出来叫我看看，也让我乐和乐和。"

"等回屋再给你看行不？一准叫你乐开花。老天保佑，下次我要是再出门去找冒险的事干，你就瞧好吧，我非给你弄个伯爵回来不可！我要当个海岛的总督！可不是随随便便的海岛，是最棒的海岛！"

"老爷子，我就等着这一天呢！可这海岛是啥玩意儿呀？"

桑丘说："蜂蜜不是喂驴的！到时候你就明白了。等底下的臣民叫你夫人太太，你呀，就更不知道东南西北了。"

胡安娜·潘沙说："桑丘，你说的都是些啥呀？乱七八糟的，什么夫人、海岛，还有臣民？"

胡安娜·潘沙是桑丘老婆的名字。这两口子不是本家，她姓潘沙，是曼卡地方的习惯，女人嫁了，都要姓丈夫的姓。

"胡安娜，你急啥？别老是刨根问底的行不行？这事儿哪有一下子就搞明白的？我说的都是实事，不就完了嘛。顺便跟你说说，这世上最得意的事呀，就是给游侠骑士当个体面的侍从。游侠骑士东奔西跑，到处冒险，倒霉的时候多，走运的时候少，跟你说吧，干一百次，九十九次没好下场。这滋味我尝过，知道是怎么回事儿。我让人兜在毯子里乱扔，还挨过好几次打。你还别说，苦是苦点，还确实好玩，老盼着找点新鲜事干干，又是翻山越岭，又是满树林子里乱跑，有时还住城堡客店呢。我们住店从来一个子儿不掏，白吃白住。"

桑丘两口子聊得正欢的时候，堂吉诃德的女管家和外甥女已把他接进屋里，给他脱掉衣服，扶上了床。

堂吉诃德斜眼看着她们，不知道自己现在何处。神甫告诉外甥女，他们费了九牛二虎的力气才把他弄回家，嘱咐她好好侍候，时刻注意，别再叫他跑了。两个女人又是好一阵大哭，嘴里还不干不净，把骑士小说骂了个狗血淋头，再三求上帝把那些胡编乱造、坑害好人的小说作者，一个个都打入十八层地狱。她们依然放心不下的是，只怕这位当东家、做舅舅的一旦恢复健康，又会跑出去胡闹。她们也真是倒霉催的，这竟叫她们猜中了。

可堂吉诃德第三次出游的情形，本书作者虽四处查找，八方搜寻，终未发现任何可资参考的文字资料。不过，在曼卡地方，有关的故事民间倒是代代相传。传说堂吉诃德第三回出游，去了萨拉戈萨，参加了那儿的几次大比武，显示了自己的勇敢和才智。但他最后结局如何，传说中并没有说。要不是老天有眼，叫本书作者碰上一位老医生，那他永世永生也别想把堂吉诃德的事迹弄个有始有终了。那老医生有一个铝皮箱子，据他说，是一座寺庙翻修时，在废墟中发现的。箱子里有几张羊皮纸，上面写的都是卡斯提亚语诗，字体都是哥特式的。诗里叙述了堂吉诃德的好多事情，还描写了温柔内雅的美貌、稀世骏驹的模样以及桑丘的忠心。另外还谈到堂吉诃德的墓地。最后是几篇有关他生平的墓志铭和挽诗。本书作者追求新奇，更尊重史实，便将其中能辨认的几篇抄下附在书后。

这部书的作者，收集了曼卡地方的全部文献，费尽心血，终于使该书得以问世。他别无所求，只要读者看了，也像明白人对骑士小说那样，信以为真，就算是给了他最高奖赏，他不但心满意足，还会再接再厉，充满信心，去收集新的资料，再写一部传记，即使不如这部内容丰富，也会一样新奇有趣。羊皮纸上开头这样写道：

堂吉诃德公生为人杰，死为鬼雄

麻鞍子学院全体院士敬献

迷你刚果院士吊堂吉诃德墓

脑瓜灵活，浑身武功；
闻名世界，家乡光荣；
尽打败仗，原是半疯。

柔情似水，顽石动容；
异想天开，才情过人；
赛过文豪，气死名流。

当年骑马胡乱游，
如今长眠石墓中。

怕你掺水院士赞温柔内雅

姑娘胸脯丰满脸盘宽，
浓眉大眼赛过男子汉；
温柔内雅，托博索的女王，
伟大的堂吉诃德对她深深迷恋。

他东奔西走，
忽而高山忽而平原，
心力交瘁，疲惫不堪，
只为了他这个宝贝心肝。

这对情人命运太坏，
当然与稀世驽驹也有关；
曼卡美女正当年，
谁知忽然升天。

骑士百战百胜，
石墓上刻有他的大名；
他还是那么疯狂，
那么痴情。

反复无常院士赞堂吉诃德宝马稀世驽驹

金刚宝座，傲视人间，
战神血迹，将它污染。
曼卡狂士，勇气无边，
百胜战旗，其间高悬。

鞍桥常挂，长矛短剑，
勇士用它，大杀大砍。
武艺高强，实属空前，
兵书战策，又添新篇。

阿马迪斯，荣及高拉，
如此骄傲，也有希腊。
堂吉诃德，武功绝佳，
家乡曼卡，容光焕发。

主人英雄，坐骑不凡。
稀世驽驹，确实少见。

前辈同行，望洋兴叹。

寻开心院士吊桑丘·潘沙

桑丘潘沙，胆大个矮，
老实巴交，心眼不坏，
天下侍从，数他最乖。

伯爵帽子，差点头戴，
生不逢时，别的不怪，
罪恶年代，把他坑害。

稀世驽驹，缓步在前；
桑丘骑驴，跟在后边。
东奔西走，仆随主便。

人生在世，宛如一梦；
日思福禄，夜想高升；
万般希望，一场虚空。

八成魔鬼院士吊堂吉诃德墓

骑士长眠在此间，
胡游乱闯于生前。
稀世驽驹让他骑，
走遍九九十八湾。

桑丘躺在他身边，
人家叫他傻瓜蛋。

自古侍从有万千，
哪有一个比他善。

提起难过院士吊温柔内雅

生前丰满壮如牛，
死神临头一时休。
温柔内雅长眠此，
灰土一堆芳名留。

血统纯来人清白，
贵妇风采眉目间。
堂吉诃德把她爱，
故乡声名天下传。

仅这几首诗能看清楚，剩下的全叫虫咬了，根本无法辨认，便交给一位院士，请他考订。据悉，他废寝忘食，花了不少工夫，已把全部疑问解决，只等堂吉诃德第三次出游，好同时公之于众。

原版插图本

堂吉诃德 下

［西］塞万提斯（Miguel de Cervantes Saavedra）◎著

唐民权◎译

El ingenioso hidalgo

Don Quijote de la Mancha

湖南文艺出版社
HUNAN LITERATURE AND ART PUBLISHING HOUSE

博集天卷
CS-BOOKY

图书在版编目（CIP）数据

堂吉诃德：全2册／（西）塞万提斯（Cervantes，M. D.）著；唐民权译．
—长沙：湖南文艺出版社，2012.5
ISBN 978-7-5404-5468-5

Ⅰ.①堂…　Ⅱ.①塞…②唐…　Ⅲ.①长篇小说—西班牙—中世纪
Ⅳ.① I551.43

中国版本图书馆 CIP 数据核字（2012）第 053264 号

上架建议：青少年阅读·经典名著

堂吉诃德（全2册）

作　　者：[西]塞万提斯（Miguel de Cervantes Saavedra）
译　　者：唐民权
出 版 人：刘清华
责任编辑：丁丽丹　刘诗哲
监　　制：张应娜
特约编辑：丁　健
封面设计：张丽娜
版式设计：李　洁
出版发行：湖南文艺出版社
　　　　　（长沙市雨花区东二环一段 508 号　邮编：410014）
网　　址：www.hnwy.net
印　　刷：北京京都六环印刷厂
经　　销：新华书店
开　　本：880mm×1270mm　1/32
字　　数：900 千字
印　　张：28
版　　次：2012年5月第1版
印　　次：2014年1月第2次印刷
书　　号：ISBN 978-7-5404-5468-5
定　　价：58.00 元（全2册）
（若有质量问题，请致电质量监督电话：010-84409925）

目录
CONTENTS

目录
CONTENTS

致莱莫斯的献词

前些日子，在下曾把几个已经出版但未上演的剧本给大人送去，记得当时我好像说过，堂吉诃德已穿好马靴，就要前去拜见阁下，亲吻您的双手。他到了您的面前，我觉得就算自己对大人尽了义务，因为有人假冒堂吉诃德第二，招摇过市，令人作呕，世界各地，方方面面，都急得要命，催我赶紧把堂吉诃德送出。最急的要数中国大皇帝。一个月前，他派人送来一封中文信，要我，干脆说吧，求我给他一本《堂吉诃德》，他要在中国办一家西班牙语学校，打算用堂吉诃德的故事当教材。我问送信的，皇帝有没有把我去中国的盘缠叫他捎来。回答说，压根儿就没想过这件事。

我对他说："您从哪儿来，还回哪儿去。走这么长的路，我的身体可吃不消，再说，我也没钱。他是皇帝也好，君主也好，反正我有那不勒斯莱莫斯伯爵的照应。我不用当这个校长那个教师，他老人家就会资助我，保护我，给我种种意外的恩典。"

我送走了他，现在也要跟您辞行。如果上帝开恩，《贝雪莱斯和西吉斯蒙达历险记》再有四个月可望完工，届时一定将拙作奉上。在西班牙语消闲读物中，它不是最好，便是最糟。我真后悔对它作出最糟的评价，因为朋友们都说，它一定是上乘之作。祝大人身体健康。贝雪莱斯不久就要亲吻阁下之手，阁下的奴仆也盼着亲吻大人的贵足。

阁下的奴仆
米格尔·德·塞万提斯·萨阿维德拉
一六一五年十月底于马德里

前言致读者
Preface to the reader

　　你是贵人也好，百姓也罢，肯定早就急不可耐，等着我这篇前言。大家都说，塔拉戈纳又出了个《堂吉诃德》，还说这本书是在托尔德西亚斯怀上的胎。你大概以为我会借写这篇前言，把那位作者臭骂一顿，以解心头之恨吧？你猜错了。照常理说，窝囊废受了人家欺负也会发火，可我是个例外。你希望我骂他蠢驴、浑蛋、狂妄，但我不愿这样。他会自作自受，所谓种瓜得瓜，种豆得豆。但是，他骂我老朽，还说我是一只胳膊，这我绝不能无动于衷。好像我应该拉住岁月，不叫它从我身边飞走？好像我不是在古今最伟大的时刻失去的胳膊，倒是在酒馆里因斗殴致残？我的残疾一般人恐怕不以为然，但知道缘由的人见了一定会肃然起敬。作为一名战士，宁死也不能当逃兵。假如我又回到当年，我仍会义无反顾，投身到可歌可泣的战斗中去。战士脸上和胸部的伤痕好比天上的星斗，它能激发人们好强上进，为荣誉而战。写作不能靠年纪，要用头脑，但人年纪越大就越有头脑。他还说我好嫉妒，这也使我很生气。他居然把我看成无知之人，竟给我讲什么叫嫉妒。嫉妒有两种含义，说实在的，我只知道含有高尚和善意那一种。所以，我无论如何都不会去做攻击教士的事情，就别说人家还是宗教裁判所的要员了。如果他是在为他指的那个人说话，那他就完全弄错了，因为我对那位非常欣赏，不管他的文才，还是他的善行，我都佩服得五体投地。不过，我也应该讲两句感谢他的话，因为他说我那几篇小说与其叫训诫小说不如叫讽刺小说，但都堪称佳品。讽刺和训诫不兼而有之，能叫佳品吗？

　　我想，你会说我这个人心慈手软，过于克制，不愿叫可怜人再受煎熬。那位先生不敢在光天化日之下露面，隐姓埋名，连籍贯都是假冒的，好像犯了弑君的大罪，着实可怜。你如果赶巧碰上了他，请替我捎个话，就说我并不觉得受到了冒犯，我也明白魔鬼的诱惑意味着什么，更清楚其中最厉害的，莫过于叫人冲昏头脑，自以为能写书出书，名利双收。要想叫他更好地明白我的意思，你是不是可以用开玩笑的方式给他讲讲下面这个故事：

塞维利亚有个疯子，疯得出奇。他找来一根苇秆，把一头削尖，就拿着在街上乱转。碰上狗，便捉住它，踩住它的一条腿，提起另一条腿，将苇秆尖插入方便之处，嘴对着苇秆口往里吹气。等把狗吹成皮球那么圆鼓鼓，他就往它肚皮上拍两下，然后放走。每次看客如云，他总要对大家说：

"各位是不是以为吹鼓一只狗易如反掌？"

您是不是以为写一本书不费吹灰之力？

假如这个故事不起作用，读者朋友，你就给他另讲一个，还是说疯子和狗的。

科尔多瓦也有个疯子，他有个毛病，喜欢弄块石板顶在脑袋上，有时是石头，反正都不轻。一见到愚笨的狗，他就挨过去，叫头上的石头猛然间砸下去。砸得狗疼痛难忍，狂叫不已，一口气跑出三条街远。有一回砸到了一个帽子店老板爱犬的头上，疼得狗乱叫，气得狗主人抓起一把尺子，追打肇事的疯子，打得他没一块好骨头，还打一下，骂一句：

"你这狗贼！敢欺负我的小猎兔犬！浑蛋，你没看见我这狗是小猎兔犬吗？"

他骂一句，打一下，最后把疯子打开了花。疯子知道了厉害，在家蹲了一个多月不敢出门。后来他又跑出来玩他那套老把戏，顶的石头更重了。他看见一只狗，左看右看，不敢叫石头砸下去，只是说：

"哎呀！这是小猎兔犬！"

后来，他不管碰见猛犬还是小狗，都说成是小猎兔犬，也没有再让石头砸下去。那位作者没准儿也会碰上同样的情况，所以他还是小心为妙，别把自个儿的才能放在写书上了。书写坏了，没人看，还不如不写。

他说，他的书一出来，我就没地方挣钱了。你告诉他，少吓唬人，我才不怕呢！著名幕间短剧《拉·佩伦登嘎》里有句话，我现在拿它来送给他："祝我的市议员老爷万寿无疆！基督保佑大家！"祝莱莫斯伯爵大人长命百岁！他老人家乐善好施，闻名天下；我命如纸薄，几经坎坷，多亏了他才得以立足。祝慈悲的托莱多大主教堂贝尔纳多·德圣多瓦尔·伊·罗哈斯寿比江河！即使世上没有印刷术，即使攻击我的书比明戈·雷布尔戈小曲里的词还多，我也不在乎。这两位大人，仁义慷慨，不用我乞求奉承，就对我关怀备至。即使我时来运转，有一天飞黄腾达，也不会像现在这样感到富有和幸福。人穷不丢脸，堕落才下贱。贫穷能遮盖高贵，但只能一时，不能永远。美德自有光芒，一旦透过贫穷的缝隙，重见天日，必将博得贵人和高士的敬重和厚爱。

你就对他讲这些。我也没别的话了，只是想告诉你，我献给读者的这部《堂吉诃德》（下卷）和其上卷，是同一位大师用一块料子裁剪出来的。这本书继续描述堂吉诃德的故事，直到他寿终正寝。他一死，那些好事者就没机会胡编乱造，拿他开心了。他疯疯癫癫的趣闻已经够多了，有一位好人写出来让大家欣赏就行了，别人就不必再费心劳神、无事生非、画蛇添足了。再好的东西，多了就不新鲜；再差的玩意儿，没多少倒挺抢眼。对了，我差点儿忘了告诉你，《贝雪莱斯》快写完了，你等着看吧，还有《伽拉苔亚》第二部。

本书下卷讲了堂吉诃德第三次出游，说神甫和理发师担心勾起堂吉诃德旧事重提，过了快一个月才去看他。但女管家和外甥女那儿，他们倒是常去，关照她们好好侍奉病人，对症下药，给他多吃些养心补脑的东西。她俩说，她们就是这样做的，以后还要坚持下去，发扬光大。还说，堂吉诃德已渐渐清醒过来。神甫和理发师听了大喜，认为当初先叫他中魔，再用牛车把他运回村子这一招实在是高。他俩决定去看看他，想亲眼瞧瞧是不是真的有了起色。其实，他们心里对他的病根本不抱什么希望，认为伤口初愈，新肉还嫩，经不起磕碰，决定见面时绝口不提游侠骑士的事。

神甫和理发师商量好了之后，就找了一天结伴去看堂吉诃德。两人一进屋，就见堂吉诃德坐在床上，穿一件绿毛衣，戴一顶托莱多小红帽，瘦得像一把干柴。主人热烈欢迎，客人诚挚问候。问答之间，堂吉诃德讲了自己身体的近况，言谈有条不紊，用词优雅，恰到好处。他们说着说着，话题就转到治国安邦上来了。批刺弊端，评论时尚，这要改革，那须埋葬，三个人讲得眉飞色舞，真好像是李库尔果和梭伦①转世再生，似乎是刚冒出来的立法官。仿佛在唇枪舌剑当中，他们已把国家整治一新，如同废旧回炉，重铸面容。这两个来探虚实的好友，见堂吉诃德不管谈啥都讲得头头是道，就相信他的确已经恢复正常，完全康

---

① 此二人均为古希腊立法家。

复了。

女管家和外甥女一直在旁听他们谈话，见老爷神志清醒，一个劲儿地向上帝道谢。神甫想再试试，看堂吉诃德的疯病是不是已完全断根，竟改变初衷，有意把话题往游侠骑士方面扯。他东扯一句西扯一句，慢慢地就讲到了来自京城的各种消息。说据可靠人士透露，土耳其集结了强大的海军，想干啥谁也摸不清，也不知这场恶战会落到哪个地方。基督教国家年年都担心土耳其入侵，现在更是加紧备战，以防不测。国王陛下已下令加强那不勒斯、西西里和马耳他岛的防卫。

堂吉诃德听了说：

"国王陛下果然英明，他及时防范，敌人就难搞突然袭击了。不过，要是陛下肯听我的话，我倒有一条锦囊妙计，可保国家万无一失。这条妙计是啥，恐怕他老人家根本想不到。"

神甫一听，暗自叫苦，心想：

"堂吉诃德呀，堂吉诃德！我看你是疯到家、傻到头，没治了！"

理发师和神甫想的一样，不过，他听说，给国王胡出主意的人多得要命，估计堂吉诃德也是其中之一，就问他有何良策。

堂吉诃德说："跟您说吧，剃头匠先生，我可不是胡出主意，我说的点子全都有针对性。"

理发师忙声明："我不是说您会出傻主意，我是说，以往给陛下献的计策，几乎全都没用，起码大部分行不通，有的对国家和君王还有害呢！"

堂吉诃德说："我说的办法与众不同，合情合理，肯定行得通。像这样简单便当、切实可行，又堪称绝妙的建议，恐怕没人会想得出来。"

神甫说："得，您也别绕弯子了，赶紧把您的这条妙计告诉我们吧。"

堂吉诃德说："这可不行。我要是现在讲出来，明儿一早肯定传到国王那些顾问老爷的耳朵里。我费了半天劲，叫别人去立功，我能干这傻事吗？"

理发师说："我向上帝发誓，您说的话我不会对任何人讲，不管他是国王，还是平头百姓。这句誓言我是从一首民谣里学来的。那首民谣讲了一位神甫叫小偷盗走一百枚金币和一头外号神行太保的骡子，发誓绝不讲出去，可后来在做弥撒念开场白的时候，还是把这件窃案捅给了国王。"

堂吉诃德说："我没听说过这个故事，但理发师先生我信得过，他发的誓准

没错。"

神甫说："我做他的保人，保证他比哑巴还哑巴。退一万步讲，他要是食言，咱们罚他出钱不就得了！"

堂吉诃德说："神甫先生，您说得不错，可谁给您担保呢？"

神甫说："我是神甫，保守别人的秘密是我的本分。"

堂吉诃德说："那咱们就一言为定！我要说的其实很简单。国王陛下只须派个人，传令全国，叫所有的游侠骑士于指定日期齐集朝廷，事情就解决了。能招来五六个就够了，其实，没准儿一个骑士就能叫土耳其全军覆没。这有什么新鲜！游侠骑士单枪匹马打败二十万大军不是常事吗？二十万人算啥？在咱们骑士眼里，就是一堆面团！就是一个脑袋！书里这种事写得多了！咱们打个比方。假如堂贝利亚尼斯还健在，或者阿马迪斯家族中还有人活着（当然，这对我的发展十分不利），只要他俩有一个去跟土耳其打，土耳其就得举手投降。现在咱们也不用担心，因为上帝会关照他的子民，关键时刻肯定要派个救星下凡，即使不如古时的骑士凶悍，起码也一样勇敢。我的意思上帝明白，就不多说了。"

外甥女听了大叫道："哎哟喂，我舅舅又想干游侠骑士了！我要是说的不对，你们杀了我都行！"

堂吉诃德回了她一句："我到死也是游侠骑士。不管他土耳其人从什么地方来，也不管他有多少人马，随他的便！我刚才说了，上帝明白我这话的意思。"

理发师连忙插嘴道："请各位原谅，我这会儿突然想起一个故事，正对咱们眼前的景儿，是塞维利亚的事。哎呀，我要是不马上讲出来，非憋死不可。让我讲讲，行不？"

堂吉诃德说可以，神甫和那两个女人也没说反对。理发师就开讲了：

"故事发生于塞维利亚。说的是有一个人精神失常，家里人把他送入当地的疯人院。这人毕业于奥苏纳大学，学的是教规。可不少人说，他哪怕是萨拉曼卡大学毕业的，也还是个疯子。过了几年，他自以为神志已完全正常，就写信给大主教，说多亏上帝恩典，治好了他发昏的头脑，可他家的亲戚图他的财产，硬说他到死也治不好疯病，非逼他待在疯人院不可，他求主教大人帮他早日脱离苦海，逃出那个不是人待的地方。他写得情真意切，句句在理，加上三番五次地这样写，大主教硬是被打动了。他派了一个教士去疯人院，先让他去见院长，了解一下大致情况，然后再和写信的那个疯子面谈，如果他头脑真的完全恢复正常，就放他出院。教士领命而去。疯人院院长告诉教士，说那个疯子根本没好，有时说话高谈阔论，言之成理，可说着说着就不知道东南西北，胡说乱扯开了，真让人疑心开始那些有头脑的话，是不是从他嘴里说出来的。还说，只要和他当面一聊，就什么都明白了。教士说，那就试试吧。谁知道，教士和那个疯子谈了一个多钟头，疯子没讲一句疯话，言谈有条有理。教士只得承认他已完全康复。疯子对他说，他倒霉就倒在有一大笔家产，亲戚个个贪心，都想据为己有。他们装聋作哑，闭眼不看上帝早已大发慈悲，把他从牲口变成良民，还买通疯人院院长，令其颠倒黑白，胡说他只是偶尔清醒，疯的程度跟进来时没多大区别。说来说去，都是亲戚贪财没良心，院长受贿乱编病情，他呢，的的确确早已恢复正常。教士听完他的话，决定把人带回去，请主教大人亲自决断。教士主意已定，就请院长吩咐手下把那位硕士入院时的衣服还给他穿上，准备带他去见大主教。院长说那人的确还是个疯子，劝他再考虑考虑。教士哪里肯听。院长知道他是大主教派来的，只好随他去了。硕士脱掉疯人装，穿上自己那套体面的新衣服，就求教士让他和自己的病友们告个别。教士正想进去看个新鲜，就一口答应，两人相伴，跟着在场的几个人，上了楼。

"硕士走到一个木笼前，那里面关了一个武疯子，不过当时还挺老实。硕士对他说：

"'老哥，有什么事要我办吗？我这就要出去了。上帝洪恩浩荡，大慈大悲，终于叫我又有灵性了，想起来实在是惭愧！上帝真是无所不能，威力无边啊！您瞧，我这不是全好了吗？我能好，你也一定能好。你就相信上帝吧！等我回到家，一定给你送些好吃的东西。你要全都吃下去，一定啊！这我深有体会。吃不饱，肚子空，脑袋瓜儿里全是气，不疯才怪呢！要有精神！人倒霉，就没了精神，没了精神，就甭想有好身体，就活不长。'

"武疯子对面那个木笼里也关了一个疯子，躺在旧席子上，全身上下脱得溜光。他听了硕士的话，一个翻身站了起来，大声问谁病好了要出院。硕士说：

"'老哥，是我啊，我不用再待在这儿了。这是老天爷的大恩大德，我千恩万谢也难以表达我的感激之情呀！'

"那个光身子的疯子对他说：

"'硕士，说话可要悠着点，别再鬼迷心窍。我劝你老老实实在家待着，别到处乱跑，弄不好还要再回来。'

"硕士说：'我全好了，用不着回来啰。'

"那疯子说：'你好了？是这么回事吗？好，你走吧，上帝保佑你。我作为朱庇特①在人间的全权代表，郑重声明，塞维利亚把你当成好人放出疯人院，可是罪过啊！我要严惩这个地方！硕士老弟，我可是雷公朱庇特哟，这我已经声明了。我有雷鸣闪电，能摧毁世界，震慑人间。不过，对付这个愚昧无知的城市，有另一套办法。我要让它和四周的村镇三年无雨，就从现在算起！你好了？有灵性了？可以出去了？我是疯子？病人？还得叫人绑住？哼，想叫我下雨，除非让我死！'

"大家正听着这疯子叫嚷，咱们的硕士先生转身拉着教士的手，说：

"'您别听他在那儿吓唬人。他说他是朱庇特，三年不下雨，我还是尼普顿②，水他爹呢！什么时候下雨，还不是我一句话！'

"教士一听他这么说，立刻答道：

"'尼普顿先生，咱们还是忍一忍为好，甭去惹朱庇特先生的火。我看，您还是在这儿待着吧，等以后有空了，我们再来看您。'

"院长和在场的人都笑了，把教士弄得挺不好意思。一句话，硕士又被扒去新衣，还得继续待在疯人院里。故事到此为止。"

堂吉诃德说："理发师先生，这就是您讲的故事？还正对眼前的景儿？还非讲不可？我说，剃头的，您别拿我不识数！您说的是谁，不是明摆着的嘛！傻子才听不出来！还把人家的才干、品德、模样、身世比着说，这不是糟蹋人嘛！我不是什么尼普顿，也没有什么高明之处，用不着别人吹捧。我只是想大声疾呼：不恢复古道热肠的骑士时代，是天大的错误。想当年，游侠骑士守疆卫国，锄强扶弱，保护妇幼，一派正气；如今，世道衰败，人心不古，实在令人痛心。现在的骑士，身上不见钢盔铁甲，有的只是绫罗绸缎。从前，游侠骑士顶盔贯甲，风

---

① 朱庇特：罗马神话中的主神。

② 尼普顿：罗马神话中的海神。

餐露宿，身不离鞍，手不离枪。出密林，进深山，到海边。不顾狂风恶浪，跳上设备全无的光板小船，在汪洋大海中，随波浪起伏，忽而天上，忽而海底，毫不畏惧，勇往直前，转眼间就走了几万里的路程。随后，弃舟登岸，踏上一块陌生的土地，遭遇了种种奇遇，桩桩件件不仅值得大书特书，而且应当镌刻在青铜板上。现在上哪儿去找这样的骑士？没有了！如今这年头，好逸恶劳，贪图享受，已成风气。苦没人吃，福都抢着享，道德丢一边，恶习像块宝，傲慢之徒横行霸道，见义勇为已成绝迹，哪有真刀真枪，言行一致，全是纸上谈兵，耍嘴皮子。舞刀弄枪这一行，只能在黄金时代和游侠骑士身上大发异彩。不信，我随便举几个例子，就可以一目了然。论正直英勇，谁比得过阿马迪斯？论聪明灵气，难赶得上帕尔梅林？论随机应变，谁比得上蒂兰特？李苏尔特的多情风流，佩里翁的坚强不屈，费利克斯马尔特的勇往直前，埃斯普兰迪安的坦诚直率，堂西隆希里奥的奋不顾身，罗尔丹的天下无敌，索布里诺王的细心认真，鲁赫罗的温文尔雅……有谁超过了吗？这位鲁赫罗，据图尔宾《宇宙志》说，还是现在费拉拉公爵一族的老祖宗呢。神甫先生，像上述这些游侠骑士的精英，我还能举出一大堆呢。我准备向国王推荐的就是像他们这样的人。国王有了他们，不但可以高枕无忧，而且能省去一大笔开销。土耳其知道了，只能是吹胡子瞪眼，干着急。现在好了，教士先生变了主意，不带我出去了，我只好待在那儿了。刚才理发师说，朱庇特不下雨。真要是那样，还有我呢。跟您说吧，我想什么时候有雨就什么时候有。我说这些是告诉脸盆先生，我听得明白他话里有话。"

理发师说："您这是怎么说的，堂吉诃德先生？老天在上，我全是为您好，没半点儿想得罪您的意思。您千万别生气。"

堂吉诃德说："生气不生气，我自己知道。"

神甫这时候开了腔，说：

"我一直没搭腔，现在实在憋不住了，想请教堂吉诃德先生一件事。"

堂吉诃德说："神甫先生有话尽管说，何必憋在心里，憋久了是要生病的。"

神甫说："既然如此，我就说了。堂吉诃德先生，我怎么也想不通，您讲的那一大堆游侠骑士，会真的是这个世上的人？一个个都有血有肉，看得见，摸得着？我看全是胡说八道，瞎编出来的，纯粹是大白天说梦话。"

堂吉诃德说："这不是您一个人的错，很多人都犯这个毛病，硬不相信世上真有我讲的那些骑士。我到处对人讲，这是真事，叫他们不要糊涂。有时人家服了，有时根本不起作用。我说话可都是有根有据，绝不瞎扯。比如讲阿马迪斯吧，我说是亲眼得见，说他是个大高个儿，白净脸儿，黑黑的胡子修剪得整整齐齐，不多言多语，也不爱发火，有火也能压住。所有的游侠骑士我都能这样细致入微地描绘出来。这对我可以说是小菜一碟。我读的书多呀，书上怎么讲的，我都能背出来。我根据他们的武功和义举，再想想每个人的性格脾气，就能把他们各自的模样、身材甚至肤色琢磨出个八九不离十。"

理发师问："堂吉诃德先生，我想问您一下，巨人摩干特到底有没有那么高？"

堂吉诃德说："有没有巨人，大家看法还不一致，有人说有，有人说无。我们还是看看《圣经》是怎么说，它总不会胡扯吧？《圣经》说，世上有过巨人，它讲了有关巨人歌利亚的故事。歌利亚是腓力士人，身高达三四米。这个高度，难道还不算巨人？另外，在西西里岛还发现过特大型的腿骨和肩胛骨。这么大的骨头，不是巨人才怪呢，肯定有塔那么高。这用几何就可以算出来。至于摩干特的身高，我说不太准，可能不会太高。我这样讲，可不是瞎蒙，我有根据。有本记载他事迹的书说，他常常在屋里睡觉。他能在屋子里待着，能有多高呢？"

神甫说："是这么回事。"

他觉得堂吉诃德胡说八道怪有意思，就故意说了不少游侠骑士的名字，请堂吉诃德一一给他们画像，比如雷纳尔多斯、罗尔丹，还有什么法兰西十二骑士，等等。

堂吉诃德毫不推辞，认认真真作了回答：

"雷纳尔多斯，大宽脸，红脸膛，眼睛不停地转，稍微有点鼓泡，脾气躁，动不动就发火，和土匪之流为伍。罗尔丹，也叫罗兰、奥尔兰，这三个名字都通用。我看，他也就是个中等身材，肩膀挺宽，黑脸膛，红胡子，一身的汗毛，长得老长，目光寒气逼人。不言不语，挺懂礼貌，略微有点儿罗圈腿。"

神甫说："要照您这么说，罗尔丹可算不上英俊，难怪人家大美人安赫利卡看不上他呢。安赫利卡多机灵，转身就跟那个摩尔小伙子搞上了。她确实有眼光，那小伙子长得帅，气度也不同一般，看起来可精神了！她丢下呆板的罗尔丹，跟了多情的梅多尔，够聪明的！"

堂吉诃德说："这个安赫利卡，神甫先生，那可是个没脑子的女人，整天就知道瞎跑，还有点儿任性。她长得美，这大家都知道，任性放纵，也很有名。公子王孙，勇士才子，她都不爱，偏偏看中了一个给人当差的小白脸。那小子长得倒是好看，可没名气也没财产哪，唯一值得夸两句的是他知恩必报，挺有良心。大诗人阿里奥斯托对安赫利卡的美貌大唱赞歌，但绝口不提她和那个当差的小子干的那些有失体面的事，只在诗中写了两句：

> 她如何得到中国的权杖，
> 也许别人唱得更好。

这两句诗很像预言。其实，诗人也称预言家。您还别不信，这两句诗还真应验了。后来果然在安达卢西亚有位知名诗人讴歌了安赫利卡的眼泪，在卡斯蒂利亚有个最有名的诗人赞美了她的姿色。"

理发师说："堂吉诃德先生，难道光有夸她的诗人，就没有讽刺她的作家吗？"

堂吉诃德说："要是萨克里潘特或罗尔丹会写诗，恐怕早把这个女人骂得一无是处。诗人选意中人，不管是真的还是想出来的，一旦遭到拒绝，就会写诗骂她，图报复，出出气。不过，心大的人可不会干这种事。所以，这位安赫利卡女士尽管搅得天下大乱，到现在我也没听说有谁作诗骂她。"

神甫说："这事也神了！"

女管家和外甥女没有一直陪到底，中途就退出了他们谈话的屋子。这时，院子里突然有人叫嚷起来。他们一听是她俩的声音，就都赶出去看到底出了啥事。

第二章　绅士欲知世人言
　　　　侍从实说不一般

　　堂吉诃德、神甫和理发师跑出去一看，才明白是怎么回事。原来是桑丘想进去探望堂吉诃德，女管家和外甥女不让，把他挡在门口，正冲他大叫大嚷：

　　"你这个傻瓜跑到我们家里想干啥？我说，还是在你自个儿家待着吧！别来惹我家老爷了！他到处瞎跑，全是你给勾的！"

　　桑丘反驳道："得了，管家，魔鬼！你怎么能颠倒黑白，胡说八道呢？明明是你家老爷勾我骗我，带着我满世界乱跑，怎么倒成了我勾他呢？他还哄我，说要赏给我一个海岛。跟你们说吧，我到现在还等着圆这个梦呢。"

　　外甥女说："你这个该死的桑丘！怎么不叫那些倒霉的海岛把你噎死！海岛是啥玩意儿？好吃的？你呀，真是个饭桶！"

　　桑丘说："哪儿能吃呀，是管的东西。我要管起来，准比四个市政府和四个京官加起来还要强。"

　　女管家说："少废话！你就是说得天花乱坠，也不准你进去。你那脑袋瓜儿里没好东西！还是种自个儿的地，管自个儿的家去吧！什么海岛河岛，别白日做梦了！"

　　神甫和理发师听得津津有味，堂吉诃德却有点儿担心，他怕桑丘一时性起，胡言乱语，说些有失体统的话，坏了他这个当主人的好名声，就喊那两个女人不要吵，也不要拦桑丘了，一边招呼桑丘进屋。桑丘进去，神甫和理发师便向堂吉诃德告辞。他俩亲眼看见他依旧沉迷在骑士道中，胡思乱想，胡言乱语，一致认为他已病入膏肓，没啥指望了。神甫对理发师说：

"老兄，你就等着瞧吧，指不定哪天，咱们这位乡绅又要远走高飞了。"

理发师说："没错。主人疯，侍从傻，特别是这个侍从傻得叫人难以想象。他还把那个什么海岛当真呢，真是一根筋，傻到家，倔到头了！"

神甫说："得，只能求上帝救救他们了。咱们有啥办法？一边看着呗。咱们倒要看看这两位能折腾到什么地步。你还别说，这一疯一傻配得真合适，缺了谁，都没戏。"

理发师说："你说的一点儿不假。我真想听听这两位在屋里扯什么呢。"

神甫说："放心吧，管家和外甥女一定会偷听，她们最喜欢干这种事。偷听完了肯定会告诉咱俩。"

这时，屋里只有堂吉诃德和桑丘主仆俩。堂吉诃德关上门，对桑丘说：

"我说，桑丘，你怎么好意思说我把你骗出家门，这实在叫我痛心。你明明知道我也没坐在家里享清福嘛！咱们不是一起出游，一起冒险，同甘共苦吗？你叫人放在毯子里耍弄了才一次，我可是让那些混账家伙揍过一百回！我就占这种便宜！"

桑丘说："这是您应得的。您不是老说，当游侠骑士就得吃苦倒霉吗？当侍从想倒霉还不一定挨得上边呢。"

堂吉诃德说："桑丘，你说得不对，古人云：'头疼……'"

桑丘说："我不懂什么古人云，您还是跟我讲大白话吧。"

堂吉诃德说："我是说，脑袋疼，全身上下都得疼。我是你的主人，就等于是你的脑袋，你是我的仆人，就等于是我身体的一部分。所以，我难受，你也好受不了，反过来，你不舒服，我也会受影响。"

桑丘说："没准儿是这么回事。可是我叫人用毯子兜着玩的时候，您，我的脑袋，并没有疼得直叫呀，而且，还在墙外边看着我上下翻滚。刚才您说，脑袋疼，身子也得疼，那身子疼，为啥脑袋不疼呢？"

堂吉诃德说："你是说，你叫人折腾的时候，我一点儿不感到痛苦，对不对？要是你真这样想，那咱们就啥也别说了。我不痛苦？你当时只不过受点皮肉之苦，我可是疼在心上呀！你那点儿苦怎么能和我这种苦相提并论呢！这个事咱们先放在一边，以后有时间再细谈。桑丘老弟，现在我只想知道，村里的人都讲了我啥？种地的是怎么说的？乡绅和骑士又有何看法？他们对我的英勇、武功和教养有什么评价？大伙儿对我一心要重振骑士时代的雄风有何议论？总而言之，言而总之，你听见什么就说什么，千万别只讲好话，不提坏话，就是说，不夸大，也不缩小，照实讲就行。忠心耿耿的属下应当对主人讲真话。桑丘，告诉你一句实话，要是当王的听到的都是真话，里面没有奉承迎合的花言巧语，那早就天下太平了，也就不会有如今的黑铁时代，就全是黄金世纪了。我说这些话，就是要你老老实实，别跟我玩花样，把你知道的情况一五一十地全告诉我。"

桑丘忙说："老爷，跟您说吧，我还真乐意这样做。不过，咱们先把丑话说在前面，您要听了不顺耳，可别怪我桑丘没分寸，这可都是您叫我干的啊。"

堂吉诃德说："没事，说吧，桑丘。我叫你照实说，你就照实说。"

桑丘说："那我就说了啊。种地的都说您是天字第一号的大疯子，说我是傻瓜里挑出来的大傻瓜。绅士们说您不过只有四架葡萄、两亩薄地，说到头也只是个小乡绅，竟自称堂什么什么，披上几块破布，做起骑士来了。骑士们说，他们可不喜欢乡绅们抢他们的饭碗，特别是那些只配当侍从的家伙，说他们补黑袜子用绿线，鞋脏了得自己擦。"

堂吉诃德说："这和我有什么关系？我总是整整齐齐，衣服上从没有什么补丁，弄破的时候倒没准儿有，不过，那也不是穿破的，是打仗打破的。"

桑丘接着说："还有别的呢。对您勇敢，懂礼貌，武艺高，也各有说辞。有的说，疯劲是不小，可挺逗人。有的说，打仗的确不怕死，但也够倒运的。有的说，讲礼貌没的说，可总觉着有点儿二百五。一句话，把咱们骂得狗血淋头，浑身上下没一点儿好的地方。"

堂吉诃德说："这没什么，很正常的事。所谓'人怕出名猪怕壮'嘛。自古以来，有名的人很少不叫人骂，恶意中伤呗。恺撒是英明坚强的三军统帅，人家却骂他野心勃勃，还说他衣服不干净，习惯也有问题。亚历山大能打仗，得了个'大帝'的称号，可有人说他像个酒鬼。赫丘利功劳不小吧？可人家骂他贪欲好色。阿马迪斯和加拉奥尔两弟兄怎么样？还不是有人说闲话？什么哥哥爱哭，弟弟好斗。桑丘，这么多出类拔萃的人都免不了受人攻击，我那点儿算啥？小事一件。"

"哎哟喂，我的老爸爸耶！要紧的我还没说呢！"

"还有？"

桑丘说："跟您说吧，刚才我讲的不过是几块小小的点心，大菜还在后头呢。您不是什么坏话都想听吗？我这就给您请个人来，他呀，没有不知道的，保准叫您满意。他就是巴尔多洛美的儿子，他刚从萨拉曼卡大学毕业，得了学士的名儿，昨晚才回到家。我去看他的时候，他告诉我，您的事都写成书了。书名叫什么《足智多谋的堂吉诃德》。他说，书里面还有我呢，名字没变，还是桑丘·潘沙，还有温柔内雅小姐。对了，书里有好多事只有老爷您和我知道，都是咱俩亲身经历的嘛，可这个写书的人为啥都知道？我这么一想，心里真还有点儿害怕，吓得一个劲儿地画十字。"

堂吉诃德说："桑丘，没问题，写咱们事的人肯定是个魔法师，还是博士级的呢。这种人你什么事能瞒得过呀，他只要想写，你躲都躲不过去。"

桑丘一听便喊道：

"我说呢！原来写书的又是法师又是博士啊！刚才我说的那位学士叫参孙·卡拉斯科，他说，那个写书的叫熙德·阿梅德·长茄子①。"

堂吉诃德说："听名字是个摩尔人。"

桑丘说："没错。我听人家说，摩尔人都爱吃茄子。"

堂吉诃德说："'熙德'这两个字在阿拉伯语里就是'先生'的意思。你呀，肯定把这位熙德的姓听错了。"

桑丘说："还真没准儿。老爷，您想不想见他？我能把他马上叫来。"

堂吉诃德说："这还用说吗？你赶紧把他给我找来。听了你刚才说的那些话，我心神不定，心急火燎，不把这件事弄个水落石出，明明白白，我吃蜜也不甜。"

桑丘说："那我就去叫他喽。"

没过多会儿，桑丘就把学士带来了。这三位碰在一起，说起话来就更逗人了。

---

① 桑丘把写书人的姓读错了。

　　桑丘去叫学士的时候，堂吉诃德一个人就在那儿琢磨：他剑上敌人的血迹未干，怎么就会有人出书叙述他的骑士业绩呢？所以，他要好好问问那位学士，到底那本书上都写了他什么。

　　他想，那个写书的准是位魔法师，至于为啥要写他堂吉诃德，就猜不透了。要是出于好心，肯定会对他的业绩大加颂扬，把他捧上天；如果心怀敌意，那就不用说了，一准儿将他打入地狱，把他贬得还不如最卑贱最下作的侍从。但他转念一想，这实在没有可能，书上从来也不写侍从呀。要是桑丘说得没错，真有那么一本写他的书，那肯定是部正经的作品。既然是给游侠骑士立传，一定既高雅又精彩，而且有根有据，绝无半点儿夸张。想到这里，他才有点儿放心。

　　可是作者被称为熙德，肯定是个摩尔人，这就麻烦了。他想，摩尔人一个个都不老实，免不了胡编乱造，要是把他和温柔内雅小姐之间的爱情写得过于肉麻，难以入目，不就毁了她的一世清白！按他的愿望，书上应着重描写他对温柔内雅小姐的一片真情，对她的尊重，写他极力克制情欲的冲动，把一个个女王公主和各色各样的女人拒之门外。他正如此这般想着的时候，桑丘领着学士卡拉斯科到了。

　　堂吉诃德彬彬有礼地接待了他。

　　学士虽名叫参孙①，但个儿头并不大，脸色苍白，但富于心计。他圆脸盘，

① 参孙：古犹太大力士。

塌鼻子，大嘴巴，二十四岁的样子，一看就是个滑头，喜欢逗乐开玩笑，所以跟堂吉诃德一见面，就要上活宝了。只见他急忙上前一步，跪倒在地，说：

"堂吉诃德先生阁下，请允许在下吻您的手。本人在教会中虽处末流，但可以凭身上这套圣佩德罗教士服发誓赌咒。跟您说吧，您可是古往今来世上最伟大的游侠骑士。真应该大谢特谢熙德·阿梅德·贝嫩赫利，是他把您的丰功伟绩载入了史册呀！还要给那位好事的翻译记上一功，要不是他把这部阿拉伯文的传记译成通俗易懂的西班牙语，我们哪儿有这福分读到这样的旷世之作啊！"

堂吉诃德忙将他扶起，问道：

"如此说来，果真出了一本写我的传记？作者也确实是位摩尔博士？"

参孙说："没错，这完全是事实。据我推算，这本书现在恐怕少说也出版了一万两千多册了。不信，您可以到葡萄牙、巴塞罗那，还有巴伦西亚去打听呀。听说安特卫普①那个地方也正在印这本书呢。我看，将来这本书非译成各种文字，在世界各国流行不可。"

堂吉诃德说："知书达理的骑士最痛快的就是活着的时候能亲眼看见自己的名字印在各种语言的书上。你可听明白，我讲的是'好名'，可不是'恶名'，要是恶名流传，那比死还难受。"

参孙说："要论好名声，您在游侠骑士里可坐得上头把交椅。不管是那位摩尔作者，还是基督徒译者，他们都着意刻画了您伟大而光辉的形象，使我们有幸看到了您那所向无敌的英雄气概，不避艰险的顽强精神，忍受剧痛的坚毅和刚强，以及对堂娜温柔内雅小姐那种超脱肉欲的纯洁爱情。"

桑丘插嘴说："叫什么堂娜？我还从没听说过。我们可一直叫她温柔内雅，根本不加什么堂娜。准是书上写错了。"

参孙说："这没多大关系。"

堂吉诃德说："对，这都是小事，无关紧要。不过，学士先生，我倒想知道，这书里我哪件事干得最棒？"

参孙说："这不好说，所谓仁者见仁，智者见智嘛。有人说是风车大战，就

① 安特卫普：比利时一城市。

是您把风车认成巨人那回，有人说是巧遇槌布机的那个晚上。这个欣赏那次先是对垒的两军，后来稀里糊涂竟变成两群羊的奇迹，那个为死尸移葬塞哥维亚一节叫好。有人认为最精彩的地方要数您放走一大批苦役犯。但还有人说，您遭遇本笃会巨人，大战比斯开人那次才令人拍案叫绝。"

桑丘插了一句，问：

"学士先生，那次碰上阳圭人，稀世驽驹动了性子，想干出格的事，书里面也提到了吧？"

参孙说："人家大博士知道得可详细了，没一件事落下，就连你老兄在毛毯上尥蹶子书上都有。"

桑丘忙说："谁在毛毯上尥蹶子了？明明是在半空中嘛，再说，也不是我自个儿愿意那样呀！"

堂吉诃德说："人生在世哪儿会总有一帆风顺的好事呀，一会儿走运，一会儿倒霉，是正常现象，游侠骑士尤其如此。"

参孙说："您这话讲得没错。不过有些读者见书里老是写堂吉诃德先生挨揍，还真希望作者饶他几回棍棒呢。"

桑丘说："这本书倒是净讲实话。"

堂吉诃德说："学士先生言之有理。鸡毛蒜皮一类的小事，的确可以略去。写那些玩意儿干啥？这不是叫人出丑吗？！说实话，埃涅阿斯并不像维吉尔写的那样仁慈，尤利西斯（奥德修斯）也不像荷马说的那样谨慎。"

参孙说："是这么回事。不过，作诗和写史是两码事。作诗是诗人根据自己主观想象写，写史就不然了，事情原来是啥样就是啥样，添一笔减一笔都不行。"

桑丘说："要是这位摩尔先生确实句句都按真的写，那他写我主人倒霉，肯定不会落下我。他老人家背上挨打，我全身都得跟着疼。这有什么奇怪？我家老爷说了：脑袋疼，全身都得疼。"

堂吉诃德说："桑丘，你脑袋瓜儿可真行呀！我看，你只要想记，什么都能记得住。"

桑丘说："挨的那些打我倒是想忘记，可这几根肋条骨不答应呀，到现在还疼呢。"

堂吉诃德不乐意听，打断他说：

018
El ingenioso hidalgo
堂吉诃德　Don Quijote de la Mancha　下

"得得得，桑丘，别越说越远了，咱们还是听学士先生接着讲。那本书还说了我些啥？"

桑丘说："还有我呢，听说我也是书中的一个主要人户呢！"

参孙说："桑丘老兄，是'人物'，不是'人户'。"

桑丘说："得，又跑出来个挑刺的！照您这么挑来挑去，这辈子也完不了！"

参孙说："桑丘，你是书中的第二号人物，没错！要有假，让上帝叫我倒一辈子霉！你还别说，有人还就乐意听你说话，说你讲的最逗乐。也有人说你太傻，居然相信咱们跟前这位堂吉诃德先生的话，等着他赏你一个什么海岛。"

堂吉诃德说："'西墙上还有太阳'，来日方长嘛。桑丘再长几岁，做起总督来，就更合适更称职了。"

桑丘说："我的上帝，我都一大把年纪了，还来日方长呢！是不是非要我活到玛土撒拉①的岁数才行啊？问题不是我有没有管海岛的脑瓜子，是那个海岛还不知道在哪儿呢。"

堂吉诃德说："桑丘，你就求上帝赐福吧，一切都会心想事成的，没准儿比你想的还要好呢。上帝不开口，树叶子都不会动。"

参孙说："这可是大实话。只要上帝高兴，别说一个岛，就是一千个岛桑丘也能得到。"

桑丘说："说到总督，我倒见过不少，说实话，那些家伙连我的鞋底都够不着，可人家照样是'大人'，吃饭用银盘子。"

参孙说："你说的那些总督可不是管海岛的，他们那种官好当。要当一个海岛总督，起码你得懂语法。"

桑丘说："'语'嘛，咱还行，'法'那就不懂了。反正有上帝他老人家张罗，但愿给咱弄个好地方。我说，学士先生，我真是打心眼里高兴呀，那个写书的还真给咱面子，没讲咱一句难听的话。其实，咱还真是顶呱呱的好侍从，正宗基督徒，他要是胡编乱造，糟践咱们爷们儿，我真能喊上三天三宿，叫聋子都听得见。"

---

① 玛土撒拉：《圣经》中的长寿人，享年九百六十九岁。

参孙说："你呀，越说越神。"

桑丘说："别管神不神，反正讲别人写别人都得八九不离十，不能红口白牙，胡编乱造，想说什么就说什么，想写什么就写什么。"

参孙说："这本书还真有些毛病，比如那个叫什么《无事生非》的故事就有些问题。故事本身挺有意思，讲得也不错，就是插得不是时候，跟堂吉诃德先生的事一点儿挨不上边。"

桑丘说："我敢打赌，那狗娘养的准是'把白果和草袋片全当成了菜'！"

堂吉诃德说："听你们这么一说，我看那个给我写传的人，根本不是什么博士，纯粹一个不学无术之徒，就知道胡扯。他呀，想到哪儿写到哪儿，根本没有计划，完全是蒙人，就跟乌韦达城的那位画家一个样。人家问他画的是啥，他总是回答说：'像啥是啥。'有一次，他画公鸡，结果根本不像，就在底下用花体字注明：'这是公鸡'。那个给我写书的家伙恐怕也得加注，要不，读者知道他写的是老几呀？"

参孙说："不是这么回事。人家文笔挺流畅，一点儿不难懂。无论老少，人手一卷。小孩看热闹，大人细琢磨，老年人也直叫好。总而言之，这本书人人爱读，家喻户晓。有时候，看见走过来一匹瘦马，就立刻有人大喊：'稀世驽驹来了！'最爱看这本书的就要数那些当用人的小孩子。有身份的人家客厅里都放着一本《堂吉诃德》。这个刚放下，那个就拿走了，大伙儿彼此借来借去，竞相阅读。反正在消遣的书里，还没见过这样好的，有益无害，特别有味。另外，没有旁门左道的事，更见不到一句下流话。"

堂吉诃德说："给人写传就得这样，否则，就是胡编乱造。瞎编历史的和造假钱的没什么两样，都该烧死。我奇怪的是，我一个人的事就够他写的，干吗还要加进那些和我不沾边儿的小插曲呢？对，'不管稻草还是饲料，肚子都能填饱'，肯定是这么回事。其实，光写我的心思、我的叹息、我的理想、我的事迹，就够一个大部头，起码也有'黑脸儿'①的全集那么厚。一句话，不管给人立传还是写别的什么书，都得有才气，有见识。只有大才子才能笔下生辉，妙语

---

① 指西班牙的一位多产作家。

连珠。喜剧里最聪明的角色是傻瓜，因为演傻子演得活灵活现的人可不是傻子。历史是很神圣的事，要写就要实实在在地写。哪儿有真理，哪儿讲真话，哪儿就有上帝，道理很明白，可还是有那么一些人，偏偏要胡编乱写，他们写书跟炸油饼似的，一会儿一本，一会儿一本。"

参孙说："再坏的书也有令人称道之处。"

堂吉诃德说："这话倒是不假。不过也有这样的情况，而且还很普遍：书还没出就大吹大擂，搞得名声震天，可到了出版问世的时候，竟一落千丈，起码逊色许多。"

参孙说："其实很简单，书出来了，人家就有机会仔细看，毛病就容易发现。一般而言，作者名气越大，读者就越要'挑肥拣瘦'。所以，那些才气过人的大诗人、杰出的历史学家和其他名士，总会有人看着生气，难免要横挑鼻子竖挑眼，找人家的麻烦。这些人自个儿没出过一本书，就喜欢对人家的成果评头论足，说三道四。"

堂吉诃德说："这类事太多了！不少神学家上不了讲台，却喜欢对别人讲道指手画脚，似乎他们才是行家里手。"

参孙说："您讲的没错，堂吉诃德先生。我求求那些专爱挑刺的人，还是待人宽厚点儿，别老是鸡蛋里挑骨头，太阳光里找黑点。再说，'荷马伟大，也有打盹的时候'。其实，他老先生为了尽量减少失误，出书前，不知费了多少时间和精力。从另一方面讲，有时，你挑出的毛病，没准儿正好是人家的优点，比如美人脸上的痣，非但无损其美，反倒使她更加动人。出书真得冒风险，要让人人满意、个个称道，实在是件难办的事。"

堂吉诃德说："照这么说，写我的那本书恐怕满意的人屈指可数吧？"

参孙说："您正好猜错了！喜欢的人多得就没法数，原因很简单，《圣经》里不是说了：'愚昧之人数不胜数。'不过，也有人埋怨作者记性太坏，桑丘的驴丢了，既没说谁是贼，也没讲是如何偷的，还得读者自个儿去猜。可过没多久，那驴又叫桑丘骑上了，驴怎么找到的，也没交代。反正搞得不明不白。另外，书中还有个漏洞，也称得上悬案。就是桑丘从皮箱里拿走的那一百金币居然没有下文，是桑丘用了？还是又叫别人偷了？都没有说明。"

桑丘一听提到了他，忙说：

"参孙先生，我这会儿实在没心思给您报细账，作交代。您看，不知怎的，肚子突然有点儿难受，我得赶紧回家喝两口暖暖，要不非出大事不可。我家有酒有菜，啥也不缺，老伴正等着我呢。我吃饱喝足了就回来。到时候，您想问啥就问啥，别客气。什么驴子是怎么没的，那一百金币跑到哪儿去了，我都有问必答，包您满意。"

话音一落，不等人家再说啥，他竟抽身出门，回家去了。堂吉诃德再三邀请学士留下吃顿便饭。学士见盛情难却，只好留下和堂吉诃德共同进餐。主人除了家常菜肴，又特意添了一对鸽子款待。两位在饭桌上仍旧谈兴很高，而且聊的依然是游侠骑士，参孙还是那样幽默逗人。饭毕睡过午觉，桑丘也回来了，三人又接着聊。

第四章 | 桑丘解疑有问必答
乡绅神侃又欲出游

桑丘回来，对参孙说：

"参孙先生刚才不是问谁偷了我的驴？在什么时候偷的？用的是什么高招？现在我就一五一十讲给您听。那天夜里，我们怕碰上民团的人，急急忙忙上了黑山，钻进了树林。因为打了几次仗，叫人家打得腰酸腿疼，接着又爬山，累得半死，我和主人一到地方，主人靠着长矛，我骑在毛驴上，两人就呼呼地睡着了，那个舒服劲儿呀，真好像躺在了鸭绒褥子上。我睡得跟死猪一样，人家用四根棍子支起我的驮鞍，把灰驴儿从我胯下牵走，我一点儿都不知道。"

"这还不容易？也没什么新鲜的。萨克里潘特围困阿尔布拉卡的时候，就碰上过这样的事，布鲁内洛那个贼，就是用这种方法偷走了他的马。"

桑丘接着讲："天亮了，我一伸懒腰，那四根棍子就全倒了，把我摔了个半死。等缓过劲儿来一看：驴子没了！我急得眼泪刷地就下来了。我在那儿大哭了一场。我这段痛哭流涕要没写进书里，那它就没啥好看的了。后来，不知又过了多少天，我正和迷糊你娜公主一起走着路呢，突然就看见有个人骑着我那头灰驴，冲我们跑。那小子吉卜赛人打扮，走近一瞧，原来是希内斯那个大坏蛋、大骗子！我们把他放了，救了他，他反倒偷我们的东西！"

参孙说："不是这么回事。我是说，书里为什么在你找到毛驴之前，就说你骑着它走路了呢？"

桑丘说："这我哪儿知道啊？反正不是写书的犯糊涂，那就是印书的搞错了。"

参孙说："大概是这么回事。可那一百金币到哪儿去了呢？"

桑丘说："都叫我们家给花了：我，我老婆，还有我那几个孩子。要不，老婆子能让我跟堂吉诃德老爷满世界乱跑吗？出门这么久，一个子儿没挣回来，还把毛驴丢了，说得过去吗？还有啥想问的，赶紧问。我怕啥？国王来了，我也是这些话。钱是不是我拿走的，又是怎么花的，管得着！我跟堂吉诃德老爷出去替天行道挨的那些打，就算挨一下值四文钱，再给我两百金币，恐怕也不够！咱们还是都摸摸自个儿的良心，别老把别人想得那么坏。大家都差不多，全是上帝造的，没准儿你比我还坏呢。"

参孙说："你刚说的这些话实在太棒了！我得记住，找机会告诉那位写书的，再版的时候，别忘了加进去。"

堂吉诃德问："学士先生，您看书里还有什么地方应该修改？"

参孙说："肯定还有，不过，都不会比刚才提到的那些严重。"

堂吉诃德又问："再问一句，作者想不想出第二部？"

参孙说："有这个打算。不过眼下手稿还不知道在哪儿呢，能不能找到也很难说。人家都说：'续集从来没好的。'还有人说：'堂吉诃德的事写得已经够多了。'看样子，第二部能不能出还是个大问题。当然，有些爱热闹的人十分喜欢堂吉诃德的疯劲和桑丘的傻样儿，他们说：'堂吉诃德冲呀杀呀，桑丘聊呀说呀，写得越多越好，我们才不嫌呢，还就专门爱看这些玩意儿。'"

"问题是作者本人有什么想法？"

"他？正翻箱倒柜找手稿呢。一找到，他就会立刻拿去印。他只想弄点儿稿费，别人说啥并不在意。"

桑丘听参孙这么说，可有点儿急了。

"他就是要钱是不是？那这书能写好吗？俗话说：'复活节前几天找裁缝，甭想穿上好衣服。'他紧赶慢赶，能出细活吗？那位摩尔还是摩啥的老爷，可得给咱们干细活哟。我和堂吉诃德老爷干的那些冒险事，简直多得没法数，别说写个第二部，就是一百部也绰绰有余。没准儿那位老兄还以为我俩在草堆上睡大觉呢。哼，想知道咱们爷俩儿是怎么回事，您还是先给我们脚上钉块马掌。要是主人听我的话，我们现在哪能在这儿闲着呀，早照老规矩，像个好骑士的样儿，在外面替天行道，为民除害了！"

　　桑丘话刚说完，就听见稀世驽驹一阵嘶叫。堂吉诃德一听，认为这是大吉之兆，当下决定过三四天再出去闯荡。他把这个想法告诉学士，问他第一站先去哪儿好。学士说，依他之见，不如先去阿拉贡王国的萨拉戈萨，过几天，就是圣霍尔赫节，那儿要举行大比武。堂吉诃德要是技压群雄，胜了阿拉贡所有的骑士，就等于打败了全世界的骑士，那名声可就大了。学士说，堂吉诃德不愧为男子汉大丈夫，敢毅然决然作此决定。夸完了他又提醒说，打仗时还是小心为妙，作为一名游侠骑士，他的生死存亡已非个人之事，要知道天下还有多少受苦受难的人在等着他这个大救星呢。

　　桑丘插嘴说："您算说到点子上了。我就常这么劝他。我这位老爷天生不怕死，来一百个拿刀拿枪的武士，他跟小孩见了爱吃的大甜瓜似的，愣玩命地往上扑。其实，这打仗的事，该冲得冲，该退您也得退，不能'冲啊！西班牙！'冲起来没完。我听人家讲，对了，就是我家老爷自己说的，他说，胆儿太小了是怕死鬼，胆儿太大了是亡命徒，中间正好，才称得上好汉一条。所以，见敌人就逃不行，打不过硬着头皮还要去冲去杀，那不成了傻瓜？有句话咱们得说到前头，要是老爷还想带我出去闯，我可只管侍候他的生活，打仗的事我一概不管。跟您说吧，管人吃喝拉撒，我干起来最起劲、最内行，要叫我拿刀去杀人，那可不行！就是对付拿斧子耍流氓的坏蛋，我也不干！参孙先生，我这个人呀，不图当什么英雄好汉，只想侍候好我的游侠骑士老爷，在侍从堆里争个头名。堂吉诃德老爷说了，天下海岛多如牛毛，要是他念我跟着他，鞍前马后的，尽心尽力，一高兴赏我一个半个的，我当然求之不得，感激不尽。要是没这样的好事，我也没啥，靠上帝呗。当不当总督，咱照样吃饭！没准儿总督那个差事还不好干呢！魔鬼瞧着眼红，给你使个绊，叫你来个狗吃屎、嘴啃泥，把大牙给你磕个精光，也说不定呢！咱生是桑丘，死了也大名不改，还是桑丘！要是不费什么劲儿，也没有危险，老天爷就白给我一个海岛什么的，我也不会不要。咱不是傻瓜，对不对？俗话说得好：'人家白给头小牛，赶紧拿绳子挂上走'，'有便宜不占是傻蛋'。"

　　参孙说："桑丘老兄，你讲得太妙了，简直跟大学教授差不多。你就相信上帝和堂吉诃德先生吧，别说一个海岛，他能给你一个王国呢。"

　　桑丘说："王国也好，海岛也好，不就是一个大点儿，一个小点儿吗？这我

不在乎。不过，要是我家老爷真给我个国王干干，跟您说吧，学士先生，那他算是找对人了。我掂量过自己，管个王国海岛什么的，咱还绰绰有余。这我跟堂吉诃德老爷不知讲过多少回了。"

参孙说："桑丘，你可得留神。人一当了官，就全不是那么回事了。你要是当上了总督，没准儿连你亲娘都不认了。"

桑丘说："那都是下贱货才干得出来的事。我，正宗老牌基督徒，哪儿能做这种伤天害理的事？您看看我平常怎么为人，就知道咱绝不是没良心的坏种。"

堂吉诃德说："你啥时候当总督，就看上帝的安排了，不过，我总觉得快了。"

他说完，又对学士说，如果学士先生会作诗，他想麻烦他编几句，算是向温柔内雅小姐辞行。他求学士费心把小姐芳名中所有的字母，按顺序用在每一句诗的开头，使全诗每一行的第一个字母连起来就是小姐的名字：温柔内雅·德尔·托博索。学士说，他虽说算不上西班牙最著名的诗人（据说公认的只有三个半），但还是打算答应了堂吉诃德先生的要求。不过，难度实在太大：小姐的名字一共十七个字母，作四节四行诗，多一个字母，作五行诗呢，又差三个。尽管难办，他表示自有法子省去一个字母，还能让小姐的名字全放进四节四行诗中。

堂吉诃德说："这一点可不能含糊，因为女人认真，没看见自己的全名清清楚楚地摆在诗里，她绝不会相信诗是为自己做的。"

他俩就这样商量停当。堂吉诃德把再次出游的日期定在八天之后。他请学士守口如瓶，千万别把这事泄露出去，特别要对神甫、理发师、他的外甥女和女管家实行消息封锁，省得他们拖后腿，让英雄难以成行。参孙满口答应，随即起身告辞。临出门时，他再三嘱咐堂吉诃德，此番出游，无论顺利与否，都要与他通个消息，免得惦记。桑丘也告辞离去，准备上路必需之物。

第五章

桑丘嫁女图荣华富贵
老伴疼娃求门当户对

  译者读了这章，觉着桑丘好像变了个人，说起话来有头有尾，有根有据，还常出惊人之语，心想，像他那路见识浅薄的村夫，怎么会有如此高深的见地？莫非文字有假，系他人伪造？可转念一想，自己是个译书的，还是尽应尽的责任，照译算了。

  桑丘欢天喜地地回到家，他老婆老远就看见他乐得合不上嘴，便问：

  "老伴儿，你今儿个是怎么啦？瞧把你高兴的。"

  桑丘说："老伴儿啊，怎么说呢？我还真希望老天爷别叫我这样高兴。"

  他老婆说："这就怪了，哪儿有不愿意自己高兴的呀？我实在弄不懂。我就是蠢到家了，也知道不高兴是咋回事呀！"

  桑丘说："特雷莎，你别急，听我慢慢给你说。你知道，我主人堂吉诃德老爷又要出门闯荡了，我呢，已打定主意再跟他跑一趟，所以心里挺高兴。我不去不行呀。咱们花光了一百个金币，不出去上哪儿挣钱去呀？没准儿这回我还能弄回一百个来呢。这么一想，能不高兴吗？可是，这样做我就得和你和孩子们分开，又觉得怪不好受。要是上帝肯叫我待在家里，啥也不干，就能吃香的喝辣的，我犯得着到外边去疯跑吗？一句话，高兴是高兴，可想起要与你分别，又有点儿伤心。所以才说希望老天爷别让我这样高兴。"

  特雷莎说："桑丘，瞧瞧你，跟人家游侠骑士混了没几天，说话都不一样了，曲里拐弯的，谁听得懂？"

  桑丘说："老婆子，上帝能听懂就行。得，咱们别在这上面瞎耽误工夫了。

你呀，给我把灰驴照看好，叫它啥时候都能上路就行。给它多喂点儿草料，把鞍子什么的也拾掇拾掇。知不知道，老婆子？我们出门可不是去喝喜酒，我们得整天价在野地里胡跑，不是跟巨人打，就得和魔鬼斗。这还不算啥，就怕再碰上阳圭人和摩尔法师那些要命的家伙。"

特雷莎说："老头子，我也知道给游侠骑士当侍从这碗饭不好吃。等你走了，我要天天祷告上帝，求他老人家叫你早日脱离苦海。"

"老婆子，跟你说实话，要不是惦着早点儿当上海岛总督，我没准儿这会儿就死了。"

特雷莎一听，忙说：

"老头子，快别这样说。俗话说：'老母鸡得瘟病，也不愿它去见阎王。'什么总督烂督，都给我见鬼去！不当总督，你不是也从娘肚子里爬出来了？没这个官儿帽，你不是也活到了今天？将来你死了，不是总督，人家就不让你入土安葬？这世上不是总督的人多着呢，我也没看见谁就活不下去了。咱们穷苦老百姓，什么都缺，就不缺饿。肚子一饿，吃啥啥香，所以说，世上最开胃的玩意儿就是饿。桑丘，要是哪天你真的当了什么总督，可别忘了我老婆我和孩子们。咱们那个小子都十五岁了，早该上学了，他那个当修道院长的舅舅还准备给他在教堂找个事做呢。还有你那个闺女玛丽，咱们要是给她找个主儿，她绝不会去寻死的。看样子，她想男人呀跟你想当总督一样，着急着呢。反正呀，'嫁个不称心的丈夫，总比给人当姘头强'。"

桑丘说："老婆子，说真格的，上帝真要是给我个什么官当，我一定要给咱闺女找个大户人家。谁要娶她，不喊两声'太太'，那就休想！"

特雷莎说："不行，不行，桑丘，还是找个门当户对的人家，比较牢靠。你叫她一下子把木头鞋换成皮鞋，把粗布裙换成带撑的绸子裙，不叫她'玛丽卡'，称她'太太'、'小姐'，她肯定觉得不自在。心里犯嘀咕，让人家一瞧就是个乡下傻丫头。"

桑丘抢白她说："你这个傻老娘们儿！你懂啥？有那么三两年，就全习惯了。到时候就像个太太，那派头跟天生的没啥两样。就是差个一星半点的，也不碍事。她反正是太太，想怎么着就怎么着，别人谁敢说个'不'字？"

特雷莎说："桑丘，你也不想想咱们是什么人家，干吗老惦着高攀？俗话说得好：'别看街坊的儿子流鼻涕，洗干净就是好女婿。'把闺女给个高门大户，人家发起火来，还不随便欺侮咱娃，骂她是乡巴佬、土老帽儿，骂她爹是个臭种地的，她妈是纺线的傻老婆子？那咱丫头可就有福享啰！哼！没门！老娘我只要活一天，就休想把我娃往火坑里推！我一把屎一把尿把孩子拉大，就图叫她让人糟蹋？你呀，我看只管往家弄钱就得了，闺女的事我来管。眼下就有一个合适的小伙儿，就是胡安的儿子洛佩。这娃身体挺棒，咱们都知道他家是怎么回事儿。我看出他对咱头有那么点儿意思。他家跟咱家都是一种人家，门当户对，成了家，小两口跟咱们又在一块儿，爷孙、母女、翁婿，天天见面，热热闹闹的，有多好！干吗要把孩子嫁到城里那些当官的家里，人家看不上她，她也难受得不行。"

桑丘说："你这个老妖婆，简直蠢到家了！你为啥要跟我过不去？我把女儿嫁给好人家，外孙生下来就是老爷，你明白吗？特雷莎，'有福不享，谁也别怪'，这句老话长辈们常说，你知道不？眼下咱们时来运转，福气都在敲咱们的门了，还硬是挡着不让人家进来！咱们还不赶紧来个借风使舵，顺水推舟？"

这本书的译者凭桑丘说话的这种口气和后面接着说的话，就有点儿疑心这一章是假冒的。

桑丘接着往下说："你呀，真是个蠢货！我能捞个肥缺干干，你还不乐意？咱们真有那么一天，就永远不用跟泥块打交道了！咱丫头能嫁个大官爵爷什么的，你呢，那就是堂娜特雷莎，官太太了！到了教堂，人家就得请你坐在软垫子上，那些太太小姐眼红也没办法。可你，净讲那些不争气的话，像画上的人，大不了，也小不了，永远是那个德行！行了，别的咱都不说了。不管你愿意也好，不愿意也好，我反正是非把咱闺女嫁个伯爵老爷不可！"

特雷莎说："老头子，你说得倒轻巧。咱闺女真要是进了什么伯爵家的门，非叫人家整死不可。我不管什么公爵夫人，还是公爵小姐，只要我不开口，你休想把孩子往火坑里推！是啥就是啥，装门面，摆样子，我瞧不惯。我从小就叫特雷莎，这名字叫起来多利索，加上那些什么堂呀娜呀，烦死人啦！我爹姓卡斯卡赫，嫁到你家才改成特雷莎·潘沙的。按理我该叫特雷莎·卡斯卡赫才合适。可谁让国王的法就是嘴呢①，咱就凑合着叫吧。不过，少把那个什么堂呀娜呀往我

---

① 此民谚应为：国王的嘴就是法。特雷莎说反了。

脑袋上放。那玩意儿太沉，咱承受不起呀！也不想叫人说三道四。让我打扮成个伯爵夫人、官太太？那哪行呀！人家还不得说：'好家伙，真是鸟枪换炮了！昨几个这喂猪的娘儿们，还在家摇机子纺线，上教堂没头巾把裙子撮在脑袋上，今儿是咋啦？又是裙撑，又是首饰，抖起来了？还以为人家不知道她是干啥的呢！'只要上帝开恩，保我六神有主，要不就是五神有主，反正保住我所有的神都有主，我绝不叫人家戳我的后脊梁！老头子，你呀，当你的总督，管你的河岛海岛，耍你的威风去吧！我和闺女，冲我死去的老娘，也绝不会离开咱家一步。跟你说吧：'正经女人没腿，不出门'；'老实丫头，干活就是享福'。你呢，跟你的堂吉诃德去撞大运，我们娘儿几个就在家喝西北风。上帝瞧我们一个个心善，早晚会给我们恩典。说实在的，这个什么堂不堂的也不知是谁给他安上的，他爹他爷可都没有这玩意儿呀？"

桑丘听了，数落她道：

"活见鬼！你这是哪儿跟哪儿呀？乱七八糟的，你到底想说啥呀？什么卡死刚好①呀，什么首饰呀，耍威风呀，还有那一堆什么老话，跟我说的那些事有啥关系？唉，说你什么好？真是个啥事不懂的傻老娘儿们！你呀，就配这句话！这不明摆着吗？人家把好事都送上门来了，你倒好，吓得直躲！我一不是要咱闺女跳楼跳塔，二没想叫她学堂娜乌拉卡的样儿，跑到外头去干那种买卖，我是盘算着，一眨眼的工夫就叫她当上阔太太、贵夫人，高高在上，坐在幔帐底下，客厅里到处是绿绒垫子，那个多呀，简直比摩洛哥垫子王朝时代的摩尔人还多②。我全是为她好，你凭啥还不乐意，非跟我对着干不可呢？"

特雷莎说："我凭啥还不乐意？我先给你说一句老话：'能让你乐的玩意儿，也能让你哭。'你穷得叮当响，谁也不答理你，等你富了，那人家可就盯住你了，闲话也就来了。爱管别人闲事的人多着呢，比苍蝇还多。"

桑丘说："老婆子，你好好听着，这儿有一句话，你恐怕从娘肚子里出来就没听说过。这也不是我的话，是人家神甫在村里对大伙儿说的，对，就是过斋节

---

① 应为卡斯卡赫，桑丘用其谐音逗趣。
② 这个王朝的名字在西班牙语中意为"垫子"。

那几天。他说，眼前的东西能比过去的东西更顽强、更生动、更容易地铭刻在脑子里。"

这样的话能出自桑丘之口吗？译者由此越发疑心这一章是伪造的了。

桑丘接着说："所以我们看见有人穿着高级衣服，一大堆用人前呼后拥，派头十足地走过来的时候，就算当时想起他原来只不过是个穷光蛋或出身低贱，也会不由自主地对他十分恭敬。他过去穷也好，出身差也罢，反正你再怎么说也是过去的事。人都看眼前，眼前是啥就是啥。这可不是我编的，全是人家神甫老爷讲的，我一点儿没往里掺东西。他还说，人走运，由贫变富，只要不得意忘形，待人慷慨随和，也不跟那些世家大户争高论低，可以肯定，他过去不管多穷多贱，都不会有人去管。人家只看你现在怎么样。当然，这不包括那些奸邪小人。那些害红眼病的人，瞧谁过好了有俩儿钱就生气。"

特雷莎说："老头子，你别说了，你那一堆话讲得我脑袋都炸了。我不懂，也不管，你结计要干啥就干啥吧。"

桑丘说："老婆子，什么'结计'，是'决计'。"

特雷莎说："你少跟我咬文嚼字。上帝就是教我这样说的，改不了啦。我说呀，你要是非当官不可，那就把你儿子也带去，现在就教他学怎么当官，反正，老子干啥，儿子也得干啥。"

桑丘说："这没问题。等我做了总督，马上派人把他接去，顺便给你捎点儿钱回来。当了官，还怕没钱？真没钱，还怕没人借？你把咱那小子好好收拾收拾，打扮得像个当官的样儿，别老弄得那么穷兮兮的。"

特雷莎说："你就只管捎钱回来，打扮孩子的事，你放心，我全包了，保你满意。"

桑丘说："咱俩还得讲好，让咱闺女一定得当伯爵太太啊。"

特雷莎说："她什么时候当伯爵太太，我就当她什么时候死了。唉，你爱干啥就干啥吧。谁让我是个女人呢。女人命苦啊，哪怕丈夫是个傻蛋，也得听他的。"

说着她竟伤心地哭开了，好像女儿真的已经一命归西。桑丘见她如此，只好劝她说，女儿将来当伯爵夫人是当定了，不过，他可以把日子往后拖一拖。

桑丘说罢，就出门找堂吉诃德商量第三次出游的事情去了。

第六章 | 管家苦劝老爷
主人妙论出身

　　桑丘同他老婆打嘴仗的时候，堂吉诃德跟他的女管家和外甥女也在唇枪舌剑。这一老一小两个女人，从种种迹象发现，堂吉诃德又蠢蠢欲动，想再次偷跑出去，干那个倒霉催的什么游侠骑士。她们苦口婆心，再三再四求他，别再异想天开，跑到外面去受罪吃苦，结果是对牛弹琴，和聋子说话，根本没用。虽说如此，她们还是不死心，仍苦苦相劝。有一回，女管家对他说：

　　"老爷，说句实话，您还是趁早在家好好歇着。到那些山沟里有啥可转的？冒险猎奇？纯粹是瞎胡闹，自讨苦吃。您要是还不听我们的劝，我可要告到上帝和国王那儿，让他们来管您啦。"

　　堂吉诃德说："管家太太，上帝和国王能把我怎么样，我不知道。可我知道，要是我当国王的话，我才不管这些事呢。当个国王麻烦得很，告状的求情的没完没了，天天时时都有，都一个一个地听，再一个一个地回答，不把人累死才怪呢。咱可不好意思去给他老人家添乱。"

　　女管家问："老爷，想问问您，国王陛下的朝廷上有没有骑士？"

　　堂吉诃德说："当然有呀，多得很呢。没骑士，君主就显不出伟大，帝王就失掉了威严。"

　　女管家说："既然朝廷上有，那您就去给陛下当差多好啊，安安稳稳，什么苦也不用吃。"

　　堂吉诃德说："我亲爱的管家太太，是这么回事，朝廷上的人不能都是骑士，骑士也不能全待在朝廷。这世上什么人都得有，是不是？就是骑士，也不是

全一个样。人家朝廷上的骑士，不用出宫门，也不必花一个子儿，更犯不着顶烈日，冒风雪，受累吃苦，把地图拿过来看看，就算周游了世界。可我们这些货真价实的游侠骑士，就得顶风冒雨，不避寒暑，不分昼夜，骑马或步行，一步一个脚印地走遍天下。我们遭遇的对手可不是画上的假人，是手拿凶器的真人。我们不是逼着玩，而是要拼出性命与他们斗个你死我活，跟平常所谓一对一的比武完全不是一码事。比武有许多规矩，你不知道，我可一清二楚。比如说，双方使用的家伙长短是不是合适，身上是否带了符咒和暗器，是否有一方阳光晃眼吃了亏，等等。我们打起仗来可没这些穷讲究。跟你说吧，就是迎面撞上十个巨人，个个高得顶破天，胳膊粗得像桅杆，眼睛大得如磨盘，亮得像炼玻璃的火炉，好样的游侠骑士也会从容不迫，一往直前，冲上去与他们见个高低，将其一一打翻在地。这些巨人还不同一般，身上的盔甲是用鱼鳞做的，听说比金刚石还硬，使的家伙不是大马士革钢刀，是我见过多次的那种带钢刺的大铁锤。管家太太，我对你说这些话，意思是要你知道骑士跟骑士也不一样。这第二种，应该说是一流骑士，早该受到君主们的重用。我读了不少有关的传记，被这些骑士救过的国家多了去了！"

外甥女说："舅舅，什么游侠骑士！全是胡言乱语！那些乱七八糟的书不烧掉，也得套上囚服、画上记号，叫人一看就知道是些下贱玩意儿。"

堂吉诃德说："你也太放肆了！你要不是我的亲外甥女，我敢向上帝发誓，非揍得你喊爹叫娘，叫大伙儿都知道不可！你小小年纪，连挑个花边还不会呢，竟胆大包天，对咱们游侠骑士的书说三道四起来？要是阿马迪斯先生听见，如何是好？不过我想他倒会原谅你。他为人谦和，加上你是个年纪轻轻的姑娘，肯定没问题。可要是碰上别的骑士，那就说不定了。因为不是个个骑士都那么宽宏大量，温文尔雅，有不少人相当粗鲁，根本不懂礼貌。自称骑士的不都是真货。纯金的不少，冒牌的也大有人在。表面上看，都像那么回事，一动真格的，有的就露馅了。有两种骑士，一种出身低微，但奋发向上，靠着好强和高贵品德，最后得到高升。一种出身高贵，却甘心堕落，不是懒惰成性，就是道德败坏，最后掉进罪恶的深渊。这两种人都自称骑士，但行为完全不同，没有相当的眼力和经验，要把他们区分开是很难的哟。"

外甥女说："哎哟喂，我的舅老爷哟，您怎么知道这么多的事啊？等哪天用得着您，您上台子上讲，到大街上说，都依着您。您肚子里满是学问，可嘴里讲的全是疯话。您看，您明明是个老头儿，还自以为挺年轻；明明有病，愣说浑身是劲；自己又老又病又弱，却异想天开，要去替别人抱打不平。更可笑的是，自个儿根本和骑士不沾边儿，硬自封了一个。说实话，就算乡绅可以当骑士，那您也没地方去弄那份当骑士的钱。"

堂吉诃德说："外甥女，你这番话有道理。关于家世门第，我有一肚子话要说。真要是全讲出来，你非听傻了不可。算了，还是不讲为妙，省得把神仙和凡人搅和到一块，说不清。哎，还是跟你们说说吧。世上的家族大致有四类。第一类原本低贱，后来逐渐发达，最后成了高门大户。第二类报上显赫，后辈也争气，始终保持原来的架势。第三类开始是大户人家，后来慢慢衰败，变得十分渺小，就像那金字塔，底座顶大，塔尖可细得要命。最后一类就是一般老百姓，祖上就没啥基业，后几辈也没什么大的出息，始终平平常常，默默无闻。比如奥斯曼皇室，就属于第一类。他们的老根儿不过是个地位卑微的牧人，后来逐渐发达，变得显赫。第二类可以包括许多王公贵族。他们安分守己，使祖业始终完好如初，既无缩小，也没增大，世世代代平平安安。至于那种开始兴旺发达，后来委靡衰败的家族，例子就更多了，可说是成千上万哪。像埃及的各位法老和托勒密家族，罗马的恺撒世家，以及古时候的米提亚、亚述、波斯、希腊和蛮邦的那些数不胜数的皇子皇孙、王公贵族，都属于这一类，说得不好听，简直多如牛毛。这些世家早已烟消云散，他们当年显赫一时的荣光后世更是无人知晓。至于其后代，不知还有人在世没有，就是有那么一个两个，恐怕也属于贱类。平民老百姓，我就无话可说了，他们微不足道，毫无光彩，活在世上纯粹是充数。你们这两个傻女人啊，我讲了半天，无非是告诉你们，这所谓出身门第实际上根本说不清。真正称得上高贵之人，是那些有财而又乐善好施之士。家道殷实但品性恶劣的家伙，只能叫他恶棍，腰缠万贯却一毛不拔之徒，其实是些吝啬的叫花子。家有万金未必有福。有钱又会花，当然不是胡花乱花，才会洪福齐天。至于说到没钱的绅士，那他只有靠高贵的品行，别人才知道他的绅士身份。他必须谨言慎行，殷勤谦恭，彬彬有礼，温文尔雅，万万不可恣意胡为，惹是生非，尤其要待人宽厚，慈悲为怀，给穷人两分钱，也要表现得像敲钟施粥一样慷慨。有了这些高贵品德，就是生人见了也敢断言他是高贵出身，否则就成了怪事。人人赞扬

美德，有德之人肯定受人赞扬。要想荣华富贵，有两条路可走。一是做文人，二是当武士。我呢，弄武胜过习文。我天生好武，恐怕是受了战神星的影响。我命中注定，非走这条路不可。此乃天意，非人力所能改变。再说，也是我本人的志愿，所以，你们俩就别再瞎耽误工夫劝我了。干游侠骑士得受苦受累，可苦中有乐，苦尽甘来。美德之路虽说窄而凶险，但可通向新生，永久的新生。罪恶的路倒是宽而平坦，却走向死亡。咱们西班牙有位大诗人说得好：

> 沿着这条崎岖小路，
> 由不朽到稳坐高位，
> 从此永放万丈光辉。"

外甥女听了，喊道：

"好家伙，我舅舅还会作诗呢！他真是无所不会，无所不通啊！我敢说，他要是当个泥瓦匠，盖房子准比做鸟笼子还利索。"

堂吉诃德说："外甥女，你还真说对了。我要不是一门心思惦记着我这游侠骑士的事，啥玩意儿我不会做呀？特别是鸟笼子和牙签。"

这时，听见有人敲门。一问，原来是桑丘。女管家恨他恨得要死，根本不愿见他的面，立刻躲了出去。外甥女开了门。堂吉诃德张开胳膊迎了上去。主仆俩把门一关，大聊特聊，比前一次聊得更妙不可言。

第七章 桑丘不等赏赐只图现钱
学士顺水推舟另有打算

　　管家一见老爷和桑丘关起门说话，心想，准是在商量第三次出游的事，急得不知如何是好，突然想到参孙学士，琢磨着这人能言善语，又是主人新交上的朋友，说不定他有办法叫老爷改弦更张，便抓起披巾，急如星火地跑出去找那学士。管家找见学士的时候，他正在院里散步。只见她赶上前跪倒在学士的脚下。学士见她满头大汗，神情紧张，一脸愁容，忙问道：

　　"出什么事了？管家太太，看你吓得这个样子！"

　　"没啥，学士先生。只是我家老爷又憋不住了，他非……"

　　"太太，什么憋不住了？他犯啥病了？"

　　"不是病，嘿，就是病！他的老毛病又犯了！我的学士老爷！我是说，他又惦着往外胡跑了！老爷说这叫碰运气。我还没听说过到外边瞎逛荡就叫碰运气。反正这是第三次了。头一次，叫人揍得半死，浑身上下青一块紫一块的，叫人用驴驮了回来。第二回，更不像话，愣让人家装在木笼里，用牛车拉回了村，他还说是自己中了魔道。到家时那个惨样儿，简直没法提，面黄肌瘦，两只眼睛都快找不着了。多亏我用了六百多个鸡蛋，才让老爷有了点儿人模样。这事大伙儿都看见了，上帝也知道，我那帮母鸡更不用说了，它们可不许我撒谎哦！"

　　参孙说："您说的我全信。您养的那群母鸡，个个心宽体胖，很有教养，就是撑破肚皮也不会胡说八道。就是说，没出什么大事，就是担心堂吉诃德先生又要搞他的老花样，对不对，管家太太？"

　　"没错，学士先生。"

学士说："那好。您别着急，先回家去，给我弄点儿热和的饭，路上呢，您要会《圣阿珀罗尼亚经》，就念上几遍①。我一会儿就到。您就等着看好了。"

女管家听了叫道："您说啥？念《圣阿珀罗尼亚经》？我家老爷得的可不是牙疼，他是脑瓜子里面出了毛病呀！"

学士说："太太，您听我的没错。您先回，别跟我争了。您知道，我可是从萨拉曼卡大学毕业的学士。"

女管家走后，学士立刻去找神甫。他们如何商量，容后再说。

堂吉诃德和桑丘关起门都谈了些啥，传记从头到尾，一字不落地全记录了下来。

桑丘说："老爷，我已经说糊我老婆了，她不挡我了，您就带着我爱上哪儿就上哪儿吧。"

堂吉诃德说："桑丘，是说服，不是说糊。"

桑丘说："我不是跟您说了好几回了吗？别老挑我的字眼儿，能听懂我说啥就行了呗。真要是听不懂，您就直说：'桑丘，你这家伙讲啥呢，我听不懂。'如果还是不懂，您再给我纠正也不晚呀。我这个人肥和②得很呢……"

堂吉诃德听了莫名其妙，说：

"桑丘，这个'肥和得很呢'是什么意思？"

"'肥和得很呢'就是我这个人很那样。"

"什么乱七八糟的，越听我越糊涂。"

"您要是还听不懂，那我就没法子啦。反正老天爷知道我想说啥。"

堂吉诃德恍然大悟，叫道：

"哎呀！原来是这么回事呀！你是不是想说，你非常随和，十分听话，我叫你干啥，你就干啥？"

桑丘说："我敢打赌，您一开头就明白我的意思。您这么做，是存心拿我要着玩，好叫我一慌，出一大堆洋相。"

---

① 据说，念此经可止牙疼。

② 桑丘要说"随和"。

堂吉诃德说："没准儿是这么回事。得，咱们还是说说正事。特雷莎具体都讲了些啥？"

"她说呀，让我对您多留几个心眼，要'口说无凭，立下字据'；'事先讲好，免得争吵'；'许人两件，不如给人一件'。我说呀，'女人的话，肯定有差'，可人家说，'不听老婆言，吃亏在眼前'。"

堂吉诃德说："我也这么说。桑丘老弟，接着讲，今儿个你是出口成章，妙语连珠啊！"

桑丘说："明摆着嘛，这您比我明白。是人都得死，有今儿没明儿，就是这么回事，不管老羊小羊全一个样儿。人命由天定，老天叫你这个时辰死，你就甭想拖到下个时辰。小鬼耳朵不好，催命可急，软磨不听，硬抗不怕，更不管你是当官的还是念经的，它一概不认。大伙儿都这么讲，神甫布道也这么说。"

堂吉诃德说："你说得都在理，可你对我讲这些玩意儿是啥意思？"

桑丘回答道："没别的意思，就是请老爷这回把每月该给我的工钱说个准数，用您的家产来顶我的工钱。老爷的赏赐，天知道什么时候能到手，就算拿到了，也不一定称心如意，也许根本就没指望。一句话，我想知道跟您跑一趟能挣几个钱，多少咱倒不在乎。'老母鸡一个蛋也孵'；'积少成多'；'赚点儿是点儿'。您许给的海岛我也不要了，想要也得有门呀！当然啦，万一老爷您福星高照，拿下个把海岛赏给我，我也不会没良心，两边都占着，一定把岛上收来的税折合成工钱，剩下的如鼠退还。"

堂吉诃德说："桑丘老弟，你干脆如猫退还得了。"

桑丘说："对，是如数退还，说错了。其实，这有啥？您不是听得明明白白的吗？"

堂吉诃德说："明明白白？我早把你五脏六腑都看了个透！你那一长串俗语老话说的是啥，我能听不出来？桑丘，你不就是要我跟你讲好工钱吗？行呀。不过，你得给我说说，有哪本骑士小说讲过，侍从还有挣工钱的？哪怕有那么一点点这种意思，我都可以照你说的办。可是，我要告诉你，骑士书我差不多全看过，根本就没有什么主人和侍从讲定工钱的事。人家侍从全都图个赏赐什么的。主人时来运转，就赏给侍从一个海岛，最差也会给什么官衔吧。桑丘，你要是也这么想，就跟我走，我这儿多谢了，可你要是想叫我坏了游侠骑士的规矩，那是白日做梦。我看，你先回去，把我这些话讲给你老婆听。她要是答应，你也乐意，那再好不过。不愿意也没关系，咱们还是好朋友。老伙计，'窝里有食，不怕鸽子不来'；'现抓一把赖的，不如等着一个好的'；'挣俩破钱不如骂个痛快'。跟你说吧，你能喷唾沫星子似的满嘴成语，我也能顺口溜出一大串俗话。反正一句话，你要是非要工钱才跟我去，那就让上帝保佑你，把你变成圣贤吧。你以为缺了你我就找不到侍从了？告诉你，我要再找一个，肯定比你听话，比你勤快，绝不会像你那么笨，那么贫嘴贫舌。"

桑丘原以为缺了他，堂吉诃德非傻眼不可，就是天下的金山银海摆在那儿等他去取，他恐怕也会知难而退。谁知，主人根本不买他这个账。桑丘顿时觉得天昏地暗，前途茫茫，一时不知如何是好。就在这个当口，参孙走了进来。女管家和外甥女也跟了进来，看看他有没有什么高招把老爷劝住。那个精猴参孙又来了上次那一套，过来就一把抱住堂吉诃德，大声说：

"啊！游侠骑士的精英！武士的榜样！你是西班牙的光荣！是大家心目中的国宝！谁胆敢和你过不去，阻挠你第三次出行，我就要郑重地向无所不能的上帝祈祷，叫他白费心机，徒劳无益。"

他又转过脸对女管家说：

"管家太太，您不必念什么《圣阿珀罗尼亚经》了。堂吉诃德先生立志要三出家门完成他的英雄事业，乃是天意，非人力可以阻挡。我不如顺水推舟，大力促成，支持他展示自己仁慈的胸怀，运用自己盖世的武功，保护孤弱寡女，维护正义，为民申冤，免得埋没了一世英才。再说，处在水深火热中的可怜人都在等着他去搭救呢。所以，我说呀，亲爱的堂吉诃德先生，我们英武的勇士，您还等什么明天，干脆今儿个就动身吧！您要是还缺什么，您就找我，没说的，我的家产、我本人全听您的吩咐。如果您这样的大人物看得起我，要我做您的贴身侍从，那在下就受宠若惊，乐得不知姓什么了。"

堂吉诃德听到这儿，对桑丘说：

"听见了吧，桑丘？你还跟我讲条件！看人家举世无双的大学士参孙都自愿要给我当侍从呢！人家学士是什么人？那可是萨拉曼卡大学里有名的大滑稽，逗乐取笑，无人能比。他身体棒，手脚灵，耐寒暑，没废话，总而言之，侍从应有的条件他样样俱全。不过，为了我，老天爷能委屈咱们的学士、才子、大能人吗？我说呀，参孙学士刚回故土，还是留在年迈的二老身边，为父老乡亲增光添彩吧。我呢，就好歹找个人跟我走就得了，反正人家桑丘也不稀罕给我做伴儿。"

桑丘听到这里，激动得不行，两只眼睛里顿时泪珠子乱转，开口道：

"老爷，您快别这么说，咱可不是'吃了面包，转身就走'的那号小人。咱们姓潘沙的，祖祖辈辈可都是老实厚道的人，没出过狼心狗肺的人。这大伙儿都知道，尤其是咱村的。再说，您给我那么多的好处，说了那么多的好话，看得出您是真想重赏我。我跟您斤斤计较，讲什么工钱，全都是我那个老婆子的主意。这个女人，要想做啥，非逼着你答应她不可，比催命鬼还逼得紧。不过爷们儿就是老爷们儿，老娘儿们就是老娘儿们，什么事还是咱老爷儿们说了算，在哪儿都一样，更别说在自个儿家里了。我才不管谁乐意谁不乐意，反正我乐意就行。这么着吧，老爷您写个遗嘱，加上一条，省得到时候反灰①。完了咱们就走，免得参孙先生着急，他不是要大力猪成②您第三次出游吗？得，我呀，就死心塌地，陪您走一趟，好好侍候您，争当天下侍从第一。"

参孙学士听了桑丘的这番话，真有点儿目瞪口呆。他看过这本书的上卷，但桑丘是不是真像书上写的那样可笑那样逗人，他总有点儿半信半疑。现在他亲耳听见桑丘把"反悔"说成"反灰"，知道书上并未胡说。心想，这家伙真是世上最老实的傻蛋，这主仆俩确实是天下数一数二的大疯子。

堂吉诃德和桑丘紧紧抱在一起，主仆二人又重修旧好。他们从此对参孙学士言听计从，奉若神明，决定遵照他的吩咐，三天后起程出游，行前作些必要的准备。堂吉诃德急需一个带面罩的头盔。参孙说他一位朋友可以帮忙，并说，绝无问题，因为朋友家的那个头盔早已锈迹斑斑，毫无光泽了。

女管家和外甥女见参孙非但不帮她们劝说老爷，反倒鼓动主人出去折腾，气得大骂学士。两个女人像哭丧婆似的，又是揪自个儿的头发，又是抓自个儿的脸皮，哭天抢地的，好像堂吉诃德此去凶多吉少，必死无疑。她们哪里知道，学士

---

① 桑丘想说"反悔"。

② 桑丘想说"促成"。

此番力劝堂吉诃德出游，完全是神甫和理发师二人一手策划。到底学士和他们是如何商量的，读了下文便一目了然。

堂吉诃德和桑丘主仆二人用了三天时间将路上所需用品悉数备齐。桑丘花言巧语，哄住了老婆；堂吉诃德费尽唇舌，方使管家和外甥女少安毋躁。一切准备停当，所有问题解决，他俩就选了个傍晚，动身奔托博索去了。临行，只学士一人相送，因为其他人根本不知道他们何时起程。学士陪他们走了四五里路，这才告辞回村。分手时，学士热烈拥抱堂吉诃德，要他无论顺利与否，都要给他捎个口信，好让他为他们倒霉大唱赞歌，为他们走运痛哭流涕，以尽好友情谊。堂吉诃德满口答应。于是，主仆俩，一个骑着安分守己的稀世驽驹，一个骑着灰毛驴儿，带着干粮袋和钱包，直奔托博索大城去也。

第八章 | 堂吉诃德三次出游
桑丘·潘沙再做侍从

阿梅德·贝嫩赫利在本章一开始就说："赞美你，万能的真主。"接着又把这句颂词连说了三遍。他为啥这样高兴呢？因为堂吉诃德和桑丘主仆又要出游，读者诸公可望再次欣赏到他们的奇闻趣事和妙语村言了。他请大家休提堂吉诃德以往的表现，只把心思放在这位游侠今后的行为举止上。他前次出游从蒙梯尔原野开始，此番另寻路径，直奔托博索村去。作者要求不能说高，他答应的话倒要看他如何兑现。且听他继续上文，讲道：

参孙告别回村，路上只剩下堂吉诃德和桑丘主仆。突然，稀世驽驹仰天长嘶，那灰驴也跟着大叫了一声。两人听了，都认为是个好兆头。不过说实话，灰驴的声儿远比那瘦马的大，所以桑丘认为这次自己的运气要胜过主人。他对占星术倒是略知一二，但是不是据此推算出要比堂吉诃德走运，那就不得而知了，因为书上没明说。不过他过去对人讲过，每次摔了碰了哪儿，他都大呼"谢天谢地"，庆幸自己没出家门，因为摔跤绊倒，轻者坏了鞋袜，严重了，非伤筋断骨不可。你说他傻吧，这些话还蛮在理。这时，堂吉诃德说话了：

"桑丘老兄，这天怎么一下子就黑成这样了，我担心咱们要摸黑赶路了。摸黑也得去。我得先到我那绝代佳人温柔内雅的裙下，聆听小姐的祝福和赞许。听了她的金口玉言，我就会勇气倍增，什么千难万险都不在话下。游侠骑士的勇气从哪儿来？全凭情人那份爱。"

桑丘说："您说得没错，可没正经地方呀！您要和小姐见面、说话，总得找个合适的地方不是？再说，她还要给您祝福，这都得有个地方才行。我看，恐怕只能让她隔着那篱笆墙给老爷您祝福了。您记得吧？上次您在山里边发疯，叫我给小姐捎信，我就是隔着篱笆墙见到她的。"

堂吉诃德说："你说什么？篱笆墙？你在那种地方见到的绝世美人？胡说，肯定是高门大户的走廊、门廊……反正是什么廊。"

桑丘说："也没准儿。反正我当时看着是篱笆墙。要不，是我看花眼了？"

堂吉诃德说："算了，桑丘，咱们到那儿再说。管它是篱笆还是窗户，哪怕是道门缝也行，只要能见到她，我啥都不在乎。我只要看见她那张美人的脸蛋，她只要多情地瞅我一眼，我呀，就要多聪明有多聪明，要多勇敢有多勇敢。"

桑丘说："老爷，我就爱讲大实话。我看见温柔内雅小姐的时候，没觉着她那张脸蛋有多美，也没见她看人有什么情不情的，没准儿是灰土扬的，遮住了她的脸，我不是跟您说过吗？那天她正在簸麦子。"

堂吉诃德说："你说啥？我的心肝宝贝儿在簸麦子？你呀，怎么一条道跑到黑呢？她是贵小姐，能干这种粗活吗？人家生来就是贵人，离老远就能看出来。贵人干高贵的事，要不，就是玩。你记不记得咱们那位大诗人是怎么描绘水晶宫四仙女的？他是这样形容：仙女们从可爱的塔霍河里游上岸，坐在绿草地上编织美丽的衣衫。那位才子写道：那华美的衣服全是用金丝银线和珍珠钩织串连而成的。你见到我那心上人的时候，她肯定也在干这种事情。如果不是，那就是哪个魔法师，瞧我眼红，心生嫉妒，故意跟我过不去，我喜欢的，他都要折腾得不成样子。据说为我立传的书已经出版，要是作者恨我，肯定会胡说八道，歪曲事实，无意纪实，存心瞎编。嫉妒是万恶之源，再高尚的人也会受其影响。桑丘，你知道吗？恶习虽恶，大都或多或少给人带来某些快感，可嫉妒这玩意儿，只能叫人怨天尤人，七窍生烟！"

桑丘说："您说的没错。参孙学士讲的那本什么传记呀，准把我像猪似的胡折腾。说句良心话，我没惹过哪位魔法师呀，连一句骂人的话都没讲过呀，再说，我也不是什么阔家主，叫人眼红，惹人生气呀。要点儿小心眼，使点儿坏，倒是有，可我这副傻样儿，人家也不相信呀。这也不是故意装出来的，我娘把我生下来就是这样。咱没别的能耐，可对上帝咱一百个相信，罗马圣教叫咱干啥就干啥，对犹太人一反到底，绝不含糊。就凭这，那个写传的人就该对我网开一面，笔下留情。其实，咱也不在乎，随他的便，爱写啥写啥。老话说得好：'生下来光着身子，现在身子光着，没亏没赚。'我怕啥？爱咋写咋写，爱咋说咋说，叫全世界都知道，咱也不怕！"

堂吉诃德说："桑丘，你这么说话，倒叫我想起一件趣闻，说的是当今一位有名的诗人，作诗挖苦那些娼妓。有一位女士因为诗人没搞清她是不是妓女，就没有写进诗里。这女的认为自己给落下了，心里十分生气，就埋怨诗人为啥对她另眼相待，难道她没有资格入选，要诗人立即把她补上，还威胁说，如不照她讲的办，就叫他吃不了兜着走。诗人挺听话，赶紧加了几句，把她美美地臭骂了一通，那女人这才心满意足，所谓：不能流芳千古，也要遗臭万年。管它香名臭名，只要出名就行。有个牧羊的也是这样，想图个留名后世，竟一把火烧了狄亚娜神庙，那可是世界七大奇观之一呀。可当时的政府偏偏不想叫他名传后世，严令禁止口头和书面提到他的名字。但根本没用，后来老百姓还是知道他叫厄洛斯特拉托。说到这儿，我想起了大皇帝卡洛斯五世和一位罗马骑士的逸事。皇帝陛下要去看看圆庙，这个庙十分有名，古时候叫万神殿，现在叫万圣殿，名儿改得恰如其分。这座古庙是罗马时代的遗物，保存得非常完整，雄伟壮观，名不虚传。殿的样子活像半个橘子，高大无比。屋顶开了一圆形的天窗，殿内十分敞亮。皇帝到了那儿，就从这个天窗俯瞰全殿，一位罗马骑士陪驾在旁，给陛下介绍这座古庙的精美之处。参观完毕，离开天窗后，骑士对皇帝说：

"'神圣的陛下，我千次万次地想，我一定要拥抱陛下一回，然后就从那个天窗跳下去，这样，我就会万古流芳了。'

"皇帝听了，对他说：'我这儿多谢了，你幸亏没这么干！以后我可不能再叫你有机会向我表忠心了，所以，不准你再来见我！'

"随后，竟重赏把骑士打发走了。桑丘，我举这些例子，是想告诉你，人都太好出名啦！你说，是谁把全身披挂的贺拉斯从桥上推到特韦雷河里的？是谁用火烧穆西奥手的？是谁逼库尔西奥跳进罗马城熊熊大火之中的？是谁催恺撒不顾凶兆仍坚持抢渡鲁比孔河的？再举几个近一点儿的例子。文质彬彬的科尔特斯率领西班牙的勇士远征新大陆，将战船沉没，使士兵不得不背水一战。他这样做，是被逼而为吗？从古到今，哪个英雄壮举不是为了出名？但我们基督教的真正信徒，更看重身后天国的荣誉，世间的虚名倒在其次。天堂里的光荣是永恒的，人间的虚荣是短暂的。一个人名气不管有多大，也难以不朽，因为人生有限，迟早末日都会来临，到时，名儿和这世界会同归于尽。总之，咱们做事得有个规矩，不能想干啥就干啥，违背基督教对我们的教育。我们要谦虚谨慎，戒骄戒躁，心胸宽广，稳重沉着，切不可狂妄自大，胸狭量窄，心浮气躁；要学会熬夜，战胜困乏，尤其不可贪食；选定了意中人，就要忠贞不渝，始终如一，绝不可放荡淫乱；不要好逸恶劳，要艰苦奋斗，走遍天下，尽一切努力，找一切机会，把自己造就成一个遐迩闻名的骑士。桑丘，我们只有照我刚才讲的这样做，才能成为有口皆碑、人人称道的优秀骑士。"

桑丘听完，说："您讲的这些我都明白，就是有一个地方还犯糊涂，您能不能给我解决解决？"

堂吉诃德说："什么解决解决？是解释解释，桑丘，是不是这么回事？那就问吧，我尽力给解释就是了。"

桑丘问："请问老爷，您讲的那些尤里乌、奥古斯①，还有那一大堆骑士，早就死了，他们现在能在哪儿呀？"

堂吉诃德说："异教徒，全进了地狱，基督徒，表现好的，不是在炼狱里，就是升了天堂。"

桑丘说："还有件事想问老爷。听说埋这些老爷的坟头前点着银灯，灵堂的墙上挂着拐棍、裹尸布、头发，还有蜡做的腿和眼睛，不知是不是真的。现在，我琢磨着，要没这些玩意儿，那墙上光秃秃的，可咋办啊？"

堂吉诃德说："异教徒的坟大多是宏伟壮观的庙堂。比如尤里乌斯·恺撒的骨灰就放在一座金字塔顶上，人称"圣佩德罗尖塔"。哈德良皇帝墓跟城堡一样，比一个村庄还大，如今叫桑坦赫勒城堡。阿蒂密斯王后安葬其夫摩索拉斯的陵园，就是咱们称之为七大奇观中的一个。这些异教徒的坟墓没有什么裹尸布之类的装点，别的异教徒也没有，只有圣人的墓地，才有这些点缀。"

桑丘说："这我明白。现在我再问您：是救活一个死人好呢，还是杀掉一个巨人好？"

堂吉诃德说："这还用说，当然是救活一个死人好啦。"

---

① 尤里乌即尤里乌斯，恺撒的名字，奥古斯即奥古斯都，恺撒的义子，后为罗马皇帝。

桑丘说："这可是您说的，那就是说，谁能起死回生，让瞎子睁眼、跛子不跛、病人康复，谁死了坟上就可以点灯，他的灵堂就老有人来跪拜，瞻仰他的遗物。就是说，他今生今世，来生来世，都会大名鼎鼎，叫什么皇帝呀、异教徒呀，还有游侠骑士呀，全都干瞪眼、白着急。"

堂吉诃德说："没错。"

桑丘说："那就是说，只有圣人的遗体遗物才有刚才讲的那么大的名气，才会受到那么多人的跪拜，才会显灵。咱们的圣母圣教才允许给他点灯，供奉裹尸布、拐棍、画像、头发、腿和眼睛，使世人对他更加信服，也让他的好名儿传遍四面八方。国王们才会抬他的遗体遗物，亲他的骨头片儿，才会用这些玩意儿装饰他们的礼拜堂和尊贵的祭坛。"

堂吉诃德说："桑丘，你说了半天，到底想干啥？"

桑丘说："我是说，咱们要想出名，还不如去当圣人呢。您还不知道吧，昨天，也可能是前天，反正是这两天的事，有两个赤脚小修士被册封当了圣人。当初他们锁在身上折磨自己的铁链子，如今成了宝了，大伙儿都争着去摸去亲，好像摸摸亲亲就有多大的福似的。上帝保佑，国王他老人家有把罗尔丹宝剑，就收藏在武器博物馆里，跟您说吧，人家那两根铁链子比这宝剑还灵。老爷，这不明摆着吗？当游侠骑士有什么意思？您就是把什么巨人、妖怪拿枪扎一万个窟窿，也比不上人家随便一个小小的修士往自个儿身上抽上二十几下赎罪皮鞭管用。所以，咱们不如随便找个教派，去给人家当个末流小修士。谁叫上帝中意这个呢！"

堂吉诃德说："你说得在理。不过这修士不是谁想当就能当的。上帝引导信徒们升天，路子多着呢。骑士道也算一门教派，骑士修炼成圣人，一样可以登天。"

桑丘说："可我听说，天上修士远比游侠骑士多。"

堂吉诃德说："那是因为地上游侠骑士远比修士少。"

桑丘说："游侠还少？"

堂吉诃德说："当然也不算少，但够得上骑士资格的不多。"

他俩就这样边走边说，过了一天又一夜，什么大事都没发生，堂吉诃德心里就有点儿着急。到了第二天傍晚，他们终于望见了名城托博索。堂吉诃德这下可来了精神了。桑丘呢，反倒发了愁：温柔内雅小姐住在哪儿呀？他不知道，堂吉诃德也不清楚。两个人心里都在七上八下地乱翻腾，只不过是，一个心急火燎，恨不能当下就见着美人儿；一个着急上火，不知到哪儿去找她。他能不上火吗？万一主人吩咐他先到城里去报信，他可咋办？幸好堂吉诃德作出决断：天黑后进城。主仆俩便在城外橡树林中暂且歇息，等时候一到，再向城里进发。

第九章 | 欲会情人急不可待
怕露马脚再编谎言

堂吉诃德和桑丘离开树林进入托博索，差不多已是半夜。村里万籁俱寂，大家都睡得正香。当时，夜色不算太暗，尚能看清路途，但桑丘巴不得四下漆黑一团，好有借口，免得主人叫他领路。突然，一阵狗叫，里面也掺和着猪叫、猫叫，还有驴的吼声。堂吉诃德觉得震耳，桑丘有点儿心慌。夜深人静，这些声音显得格外响亮。咱们这位多情的骑士觉得有点儿不对头，认为是什么凶兆。虽说如此，他并没忘记此行的目的，就对桑丘说：

"亲爱的桑丘，快给我带路，我这会儿就去温柔内雅的府上，她没准儿还没睡呢。"

桑丘说："老天爷！您要到哪个府上去？我那次去见她，人家明明住的是个小房子嘛。"

堂吉诃德说："高门大宅里有小房子有啥奇怪？她那会儿准是在那儿休息，贵人公主让使女陪着，在那种地方闲住，是常有的事。"

桑丘说："老爷，您怎么不信我的话，非说温柔内雅小姐住在大宅子里不可呢？那好，就照您说的，她住的是宫殿大宅，那我问您，现在都半夜了，人家的宫殿还能四门大开吗？咱们不管不顾，过去就拍人家的门环，大呼小叫，叫人快开门，行吗？找相好的行，到了就叫门，没有时间限制，多晚都不碍事。可咱们是那路人吗？"

堂吉诃德说："你少说废话，咱们先找见她住的那座宫殿再想办法。桑丘，你看前面那黑糊糊的一大片，肯定就是温柔内雅家的宫殿。没错，除非我眼瞎了！"

桑丘说："那就请您前边带路吧。但愿是那么回事。可要我相信，没门。我就是亲眼看见，亲手摸到，我也不信。要我信，就等于叫我说，现在是大白天！"

堂吉诃德根本不管那套，径自向前走去。约莫走了二百步，便到了那片黑影的跟前，定睛一看，哪是什么宫殿，是座高塔！他这才弄明白，那一幢房子根本不是宫殿，而是座教堂。他说：

"桑丘，弄了半天，是座教堂啊。"

"我看见了。老天保佑，可千万别把我们往自个儿的坟里折腾，这会儿在死人堆里瞎转悠，准没好事。其实我早跟您说过，温柔内雅小姐家在一条死胡同里。"

堂吉诃德骂道："胡说！你这个该死的！简直蠢到家了！哪儿有把宫殿修在死胡同里的？"

桑丘说："这可难说。各地有各地风俗，兴许托博索这个地方就喜欢把宫殿大宅修在死胡同里。得，您也别胡骂了，我干脆一个人去找吧。我去那大街小巷跑跑，真没准儿在哪个旮旯儿里能找到呢。这该杀的宫殿！害得咱们好苦啊！真恨不能让它喂了一群饿狗！"

堂吉诃德说："桑丘，那可是我心上人的家，你说话也积点儿德，别这么没有礼貌。'咱们最好别伤了和气'，'省得偷鸡不成蚀把米'。"

桑丘说："对，我以后尽量忍着点儿。可您也太过分了，是不是？您去过好几千次，应该是熟门熟路，都找不着，我就来过一回，就能找着？再说，还是个深更半夜。"

堂吉诃德说："桑丘，你胡说啥呢？是不是想把老爷我气死？我跟你讲了多少回，有几千回了！我压根儿就没有见过这位大美人温柔内雅，更没有踏过她家的门槛。我是听说她美貌无比、聪明绝伦，才爱上她的。"

桑丘说："闹了半天，是这么回事啊！得，我向您老实交代：您不是没见过小姐吗？我呀，也没见过。"

堂吉诃德根本不相信，说："你胡说。你不是告诉我，我让你捎信给她的那次，你亲眼见她在簸麦子吗？"

桑丘说："老爷您也真是，干吗抓住我那句话不放呢？实话对您说，我说见到了她，还说她有回话，也全是听来的，根本没那么回事。您说，我上哪儿去找她？这不是大白天说梦话吗？"

堂吉诃德说："我说桑丘，你这个人开玩笑也得看啥事，不能不问青红皂白，乱开一气。我说没见过小姐，也没和她讲过话，你也学舌似的，也说没见过，没讲过话，这怎么行呢？反正你自个儿心里明白是咋回事。"

两人正这么说着呢，就见一个人牵着两头骡子走过来。他们听见有犁拖在地上的声响，估计来人是个农民，起大早下地干活。果然是个农民，只听他一路哼着小曲儿：

> 法国人吃了大亏，
> 在隆塞斯巴耶斯打了败仗。

堂吉诃德听了，忙对桑丘说：

"今儿晚上，咱们算完了，甭想碰上什么好事啦！你没听这乡下佬唱的都是些啥？"

桑丘说："咋没听见啊！这有啥呀？他法国人在隆塞斯巴耶斯打了败仗，和咱们有啥关系呀？他就是唱卡拉伊诺斯叫人给杀了，咱们也用不着怕。他唱啥能管着咱们的运气吗？"

这工夫，农民已经走到他们跟前。堂吉诃德上前问道：

"这位大哥，愿上帝保佑您。请问天下头号大美人温柔内雅·德尔·托博索公主府在贵地哪个方向？"

那个农民是个小伙儿，听了说：

"我不是本地人，是从外地到这儿给人家帮工的，才来没几天。我干活那家是个富户，他家对门就是村里的神甫和教堂司事住的地方。他们手里都有托博索村的户口簿，您找谁，问他们好了。不过，您刚才说的什么公主，好像没听说过。太太小姐倒有的是，她们在自个儿家里那肯定都是公主。"

堂吉诃德说："老弟，我打听的那位公主说不定就在这些太太小姐当中。"

农民说："真没准儿。得，天亮了，再见。"

他说完，不管堂吉诃德还问不问别的话，转身赶着骡子，扬长而去。堂吉诃德气得在那儿干瞪眼。桑丘一看主人很不高兴，就对他说：

"老爷，马上天就大亮了，咱们总不能在大街上傻站着吧？咱们还是先出城，找个近点儿的树林歇着。等天亮了，我再进城，好好找一遍，绝不放过一个旮旯，一定要想法子找到咱们那位小姐，不管她住在哪儿，小房子也好，大宫殿也罢，反正非找见不可。真要是找不到，那怎么办？就算我倒霉吧。要是找到了，我就告诉她：您在什么地方，急着想见她，只想见上一面，保证不碍她的名声，请她给个回话。"

堂吉诃德说："桑丘，你刚才这一番话，真抵得过万语千言，可以说，正合我意。我就听你的，先找个地方歇着。你待会儿去找她，见到了，就把我的意思跟她说说。她聪明贤惠，给我的恩惠肯定比我想象的还要慷慨。"

桑丘怕主人识破自己编的瞎话，揭穿他根本就没去给温柔内雅送信的事实，就想方设法把堂吉诃德引出村去。他俩走得很快，一会儿就出了村，并在离村不远的地方找了片小树林。桑丘让堂吉诃德在里边休息，他自己返回村去找温柔内雅。要知桑丘找见小姐没有，您就接着往下看。

第十章 大美人变成丑八怪
乡下女痛责疯骑士

这部伟大传记的作者说，他原来担心这一章写的东西没人会信，本想删去不提，因为堂吉诃德疯得实在出奇，天下所有的大疯子都望尘莫及。但他终于还是照实写上。看来，作者很有见识，实际上也是这么回事，真理就是真理，你把它弄得再细，它也不会断，你把它放在谎话堆里，它也会像油浮在水面上一样，让人一眼就能发现。好，咱们书归正传。

堂吉诃德刚钻进树林子，就吩咐桑丘火速再返托博索城，代他在温柔内雅小姐面前求情，请她一定大发慈悲，允许被她征服的骑士前去拜见，接受她的祝福，求个逢凶化吉，遇难成祥，三回出游，再造辉煌。他要桑丘此去一定马到成功，否则不许回来见他。桑丘只管答应，还大言不惭，说一定遵命，还要像上回一样，再传佳音。

堂吉诃德说："那你就去吧。我说，伙计，我那绝代佳人光芒四射，就像个大太阳，你见了她，肯定觉得耀眼，但你用不着紧张。现在，你可算得上天下最幸运的侍从呢！你到了她那儿，把看到的情况都好好给我记住。她是怎样接待你的？你跟她讲我的那话时，她脸上有没有什么变化？你提我的大名，她是不是很激动？她是公主，肯定在富丽堂皇的客厅里接见你，这时候你要特别留意，她要是坐着，你看她是不是坐得不安稳？要是站着，她是不是老换脚支撑她的贵体？她说话，是不是每句都要讲三四遍，生怕你记不下？讲起话来，是不是一会儿温柔和气，一会儿严肃生硬，一会儿热情洋溢，一会儿冷若冰霜？她头发整齐，是不是还时常用手去梳理？总而言之，她的一举一动你都看

个仔细，记在心里，回来给我详细汇报。跟你说吧，情人之间的事，举手投足，一皱眉，一个笑，都是内心的表露。我知道了她如何待你，当时有什么表情，有什么动作，她心里想啥我就能猜个八九不离十了。得，老兄，快走吧，就让我孤苦伶仃一个人在这儿苦等吧。但愿你比我走运，但愿你带回来的消息比我想得还要好！"

桑丘说："我快去快回，您就别操心了。您的那颗心，我看都快愁没了吧？放心吧，常言说得好：'心大无厄运'；'没肥猪肉，哪来挂肉的钩子'①；还有：'指不定哪儿就跑出来个兔子呢'。我的意思是，咱们晚上没找见小姐的宫殿，现在是大白天，没准儿倒能碰上呢。等找到了，您就看我的吧！"

堂吉诃德说："桑丘，你还真有两下子，不管咱俩讲啥事，你都能顺口冒出一大堆老话俗语，还句句对路，但愿老天爷也这样，叫我事事顺心。"

桑丘转身赶着毛驴走了。堂吉诃德坐在马上，靠着长矛，愁肠满肚，暂且不提，单说这桑丘一路上也是心事重重。等出了林子，回头看不见主人，就跳下驴背，靠着一棵树坐在地上，自言自语道：

"'桑丘老兄，敢问您老人家要上哪儿去呀？是不是驴丢了，又要去找啊？''我找驴干啥？这不是就在跟前吗？''那您找啥呀？''找啥？找公主，找大美人，美得连太阳都觉着晃眼，天仙！''那您上哪儿去找呢？''上哪儿？去有名的托博索城呗！''上托博索城？替谁找啊？''就是那位鼎鼎大名的游侠骑士堂吉诃德呀！他路见不平，拔刀相助，谁渴他给吃的，谁饿他给喝的②''这不错。可桑丘你知道公主住在哪儿吗？''我家老爷说，反正不住在宫里，就住在又高又大的城堡里。''你见过公主吗？''我上哪儿见过啊！连我那老爷也没见过。''那你们就是来勾引公主。要是叫托博索的老乡们知道了，你们跑到这儿来，就是要打他们娘儿们的主意，不把你们肋条骨打断，算我白说！''他们真要这样对我，也是理所当然的。他们绝不会认为我是给人当差

---

① 这句民谚应作："还以为这儿挂着肥膘肉呢，其实连挂肉的钩子都没有。"桑丘讲错了。

② 桑丘把话说颠倒了。

的，就网开一面，说：

> 老兄送信跑腿，
>
> 哪能算你有错！

"'桑丘，你可要三思而行，曼卡人素来就又好面子又脾气火暴，你要惹了他们，那可就是捅了马蜂窝啦！他们真要知道你是冲什么来的，那老兄可就惨啦！''去他娘的，让别人去挨雷劈吧！我凭什么替别人受罪！吃饱了撑得没事找事！跑到这个托博索找温柔内雅，这不是秃子头上寻头发，瞎折腾吗？我干啥了吗？准是叫鬼迷住了！没错！'"

桑丘自问自答，竟想出了个对付的办法。他想：

"这人死了就什么也别说了，可咱还是个大活人啊！活人总不能叫尿憋死，对不对？反正总有办法。我这个主家也确实够疯的，真该用绳子把他捆起来。其实，我也够馋，跟他差不了多少。俗话说：'跟啥人在一起，就像啥人。'又说：'不管生在哪家，只看吃在哪家。'我天天跟着他，侍候他，形影不离，我能比他强到哪儿去？他也是真够疯的，一天到晚，颠三倒四，不分黑白，把风车说成巨人，骡子说成骆驼，羊群说成军队。他疯成这样了，我不是很容易骗他吗？好，等我待会碰上个乡下娘儿们，就一口咬定她是温柔内雅，他没准儿还真信了呢。要是不信，我就拼命赌咒发誓说是，反正我不改口。这样一来，他看我老不能如他的愿，说不定以后就不让我干这种跑腿学舌的苦差事了。也没准儿，他又以为是哪个跟他为仇作对的魔法师，把温柔内雅变了模样，存心和他捣乱呢。"

桑丘想到这儿，乐了，好像这差事已经完成了。他一直在那儿歇到下午，让堂吉诃德以为他真的去托博索跑了一趟。说来也巧，他刚站起身要骑驴走，就见从托博索村口走出来三个乡下女人。她们骑的是小公驴还是小母驴，作者没有明说，照理该是小母驴，乡下女人一般都骑小母驴。这事无关紧要，反正是骑着驴奔桑丘这边来了。桑丘心中大喜，忙催驴赶回主人那里。堂吉诃德正在长吁短叹，自言自语，诉说衷肠呢。他见桑丘回来，就问：

"桑丘老兄，事情进行得怎么样了？今天是拿白石子做标记呢，还是拿黑石子做标记？^①"

桑丘说："我看，干脆用红赭石得了，像人家大学发帮那样^②，让大伙儿都看个明明白白。"

堂吉诃德说："这么说，你带来的是好消息喽？"

桑丘说："好消息？特大喜讯！您赶紧骑着稀世骏驹出去看吧，咱们的温柔内雅小姐带着两个丫头，来看您了！"

堂吉诃德冲他嚷道："我的上帝！你说的是啥呀？老兄，可不敢编瞎话骗我啊！"

桑丘说："瞧您说的！我能骗您吗？骗了您我能落啥好？再说，您马上就能看破呀！快点儿吧，咱们的公主殿下说话就到了。人家那身打扮，一看就知道是国王家的人：公主！对了，还有两个丫鬟，浑身都是珍珠、金刚钻、红宝石，穿的全是绫罗绸缎，有十来层呢！头发长得披在肩上，一闪一闪的，真跟太阳差不离，还飘来飘去。骑的是啥？一人一匹花点子小驴马，漂亮极了！"

"什么小驴马，是小女马。"

桑丘说："驴马女马，没多大区别。管它是啥马，反正她仨都漂亮得没治了，特别是咱们的温柔内雅小姐，那美得能把人迷死！"

堂吉诃德听了，心中大喜，对桑丘说：

"桑丘，你立了大功，你带来这么好的消息，真叫我喜出望外。这样吧，下一回打完仗，我一定把战利品奖给你，让你挑最好的。要是你不喜欢，我就给你几头马驹子，咋样？你也知道，村里的草场上有我家三四匹母马，今年都要下马驹了。"

桑丘说："我就要马驹得了。战利品是好是坏，现在谁也说不准。"

他们边说边跑，很快出了树林，已经看见三个乡下女人慢慢腾腾向他们这边走来。堂吉诃德把眼睛睁得跟牛眼一样大，顺着去托博索的大路一直望过去。除了三个村姑，哪有什么公主小姐的影儿呀，就问温柔内雅她们是不是已经走过去了。

---

① 古罗马人习惯用白石子表示好日子，黑石子表示坏日子。

② 桑丘是想说"发榜"。

桑丘说："老爷您这是咋啦？眼睛长到后脑勺上了？人家不是正往咱们这儿走嘛！一个个身上光芒四射，比大中午的太阳还晃眼呢！"

堂吉诃德说："哪有小姐的影儿呀？明明是三个村姑，骑着三头毛驴嘛！"

桑丘说："真是活见鬼！明明是三匹雪白雪白的马，不对，是那个那个马，反正是马，老爷您怎么硬说成是驴呢？要真都是驴，不是马，老天爷把我的胡子一根根揪光，咱都没得说。"

堂吉诃德说："桑丘老兄，确实是毛驴，公的母的不敢说，反正是驴没问题，起码我看着像驴。我讲的是真话，就像我是堂吉诃德，你是桑丘，没一点儿假。"

桑丘根本不听他那一套，只管对他说：

"您快别说了，老爷。您把眼睛睁大点儿，看准了，您的心上人已经过来了，快给人家小姐行礼去！"

他说完，不等堂吉诃德回答，就催驴朝那三个村姑走去，到了其中一个的跟前，跳下毛驴，过去一把抓住她那头驴子的缰绳，跪倒在地，说：

"大美人、女王、公主、公爵夫人，劳您大驾，赶紧去见见您俘虏的那个骑士吧！他想见您，急得心发慌，连脉都没有了，成了一块大石头。我呢，是他的侍从，叫桑丘，他就是到处胡跑的骑士堂吉诃德，人称苦脸骑士。"

桑丘这么说这么做的时候，堂吉诃德早已跑过来，和他跪在一起了。他睁大眼睛，眼珠子恨不能鼓出眼眶，死死盯着那个桑丘称为女王、公主、公爵夫人的女人看。他左看右看，看来看去，还是个乡下娘儿们，长得模样也不好：大扁脸，塌鼻子。他只知道在那儿犯傻发呆，根本不敢开口说话。另外两个村姑见有两个怪人跪在地上，胡言乱语，又惊又急，莫名其妙。倒是叫桑丘拦住的那个女人有胆量，只听她大叫道：

"滚开！你们这两个浑蛋！我们还有急事！快　边待着去！"

桑丘哪里肯听，只听他哀求道：

"我的公主啊！托博索全城的主子啊！您就大发慈悲，格外开恩吧！您可知道，跪在殿下面前的是当今最拔尖的游侠骑士！"

另一个村姑听了，说：

"吁！我公公的驴，我在给你刷毛呢！瞧瞧，如今这些老爷倒会拿咱们乡下娘儿们寻开心！跟您说实话，我们也会拿各位找乐儿！得，你们赶紧走你们的

路，该干什么干什么，别碍我们的事，找不自在！"

堂吉诃德说："桑丘，起来吧。这不是明摆着吗？我真是命苦啊！我苦恼万分，却得不到半点幸福。小姐呀！你品德高尚，无人能比，貌美艳丽，举世无双，只有你才能救我出痛苦的深渊！恶毒的魔法师处处与我作对，竟丧尽天良，用妖术迷惑了我的眼睛，你在世人面前是绝代佳人，可我怎么看都像一个村姑。幸好那邪恶的家伙还没有把我变成丑八怪，叫你看了讨厌，所以，恳求你多情地看我几眼。你知道，我的眼睛虽然看不见你的姿色，可我这颗心始终思念着你，我永远是你裙下的奴隶！"

村姑叫道："哎哟我的爷！我还真得意你说的这些好听的！快靠边！让我们过去！我这儿先多谢了！"

桑丘巴不得赶紧躲开，叫她们过去。他心里挺高兴，这回没白动脑筋。那个被桑丘说成是温柔内雅的村姑，见没人拦她了，赶忙用木棍尖扎了一下她的"小驴马"，朝前面的草地跑去。哪承想，毛驴觉得这回棍子尖扎得比往常都疼，就不停地尥蹶子，最后把"温柔内雅小姐"折腾到了地上。堂吉诃德一见心上人滚翻落地，赶忙上前搀扶。桑丘也过去把驮鞍扶正，系好。堂吉诃德伸出双手，正想将小姐抱起，重新放在驴背上，那村姑早从地上跳起，先往后退了几步，而后一阵快跑，到驴身后两手往驴屁股上一按，像个男人一样，纵身跳起，一下就坐到了鞍子上，动作比老鹰还轻巧。

桑丘一看，惊得直喊：

"好家伙！咱的小姐大人真赶得上老鹰了！她上马这两下子，科尔多瓦和墨西哥的行家也得竖大拇哥！你瞧她，一下子就跳过鞍子的后梁，不用马刺，就叫她的小驴跑得比斑马还快。她那两个使女也够厉害的，跑起来跟一阵风似的！"

确实是这么回事。那两个村姑瞧自己的女伴骑着驴跑了，也各自催动胯下坐骑，跟了上去，一口气跑了好几里地，连头都不回。堂吉诃德看着她们跑得不见影儿了，才转过身对桑丘说：

"桑丘，这你也看见了，那些魔法师是存心跟我过不去，我要见心上人，他们就偏不叫我如意。他们恨死我了。说实话，我真是倒霉透了！天生的倒霉蛋！什么倒霉的事都叫我碰上了。这伙恶人把我的温柔内雅变成村姑，还觉得心不够狠，竟把她搞成个丑八怪。更可气的是，连她身上特有的龙涎香的香味都闻不出来了。桑丘，告诉你吧，刚才我过去扶她上那匹马，这可是你说的，我怎么看都像驴，她身上那一股子大蒜味，没把我熏死！"

桑丘这时故意破口大骂：

"你们这些该杀的魔法师，真是丧尽天良！浑蛋玩意儿！我真想把你们像穿沙丁鱼似的，用草绳穿成串儿！你们本事也太大了，干的坏事也太多了！我家女主人温柔内雅招你惹你们了？你们就狠心把人家一双珍珠似的眼睛变成两个树上生的瘤子，一头纯金的头发变成牛尾巴上的鬃毛。一句话，把她一个美人脸蛋折腾成了丑八怪，还把小姐身上的香味也给弄没了！你们实在不像话！要是她的香味还在，我们也能猜出这丑模样包着的可是好货色嘛！其实，我一点儿不觉得她有多难看，跟您说吧，我还越看越觉着好看呢！为啥这么说呢？我发现她嘴唇右边长了一个黑痣，上边生了好几根黄毛，像一撇胡子，足有一拃多长。"

堂吉诃德说："这种痣，我知道，脸上有，同一边的大腿上准也有。不过痣上长毛不会像你说的那么长。"

桑丘说："没错，一定是痣。"

堂吉诃德说："得，我信你的行了吧，温柔内雅天生十全十美，就算她身上有一百颗痣，那也不是痣，都是闪光发亮的星星和月亮。对了，桑丘，你给她收拾鞍子的时候，我看那鞍子像驴用的驮鞍，你说，到底是平鞍还是女人用的鞍椅？"

桑丘说："都不是。她用的高鞍，鞍子上铺着出门用的毛毯，看样子挺贵呀，我看值半个王国还多。"

堂吉诃德说："桑丘，我怎么啥也看不出来呢！我真是世界上最倒霉的倒霉蛋！我就是！就是！我要喊一千遍一万遍！"

桑丘听了堂吉诃德这番胡言乱语，知道他完全中了自己的圈套，差点儿笑出声来。他俩如此这般讲了好半天，才分别骑上驴、马，朝萨拉戈萨奔去。那座名城每年都有大的庆典，他俩快马加鞭，争取及时赶到，以饱眼福。不过一路上又巧遇许多奇事，不能不提。欲知详情，您读了下章便见分晓。

第十一章 小丑惹是生非
桑丘化战为和

　　堂吉诃德一直在琢磨：这个魔法师真不像话，竟对他来这么一下子，把他的心上人温柔内雅变成了丑八怪，可自己又想不出什么高招把她变回来，心里不免烦乱，抓马缰的手慢慢松开了。稀世驽驹见主人不管它了，又恰好走到野草繁盛的地段，就走两步停下来啃吃青草。桑丘见主人想得走神，就劝道：

　　"老爷，人愁牲口不愁，人要是愁坏了，可就成牲口了。您别犯愁了，想开点儿！把马缰抓紧，拿出点儿精神气儿！您那游侠骑士的劲儿哪儿去了？犯得着吗？弄得这么没精打采的。叫霜打了？真是见鬼了！咱们是在西班牙，还是在法兰西呀？魔法有啥了不起！有能耐把世上的温柔内雅全叼走，只要老爷您什么事都没有，身体棒棒的，就行。"

　　堂吉诃德开始说话，话听起来还有点劲儿：

　　"你少废话，桑丘！不许你说她的坏话！她都中魔了，知不知道？全赖我，全是我的过错。那些坏蛋瞧我眼红，就拿她当出气筒。"

　　桑丘说："您说的没错。以前她是那样，现在变成这样，谁见了能不掉眼泪？"

　　堂吉诃德说："是啊。桑丘，她有多美多迷人，你都看得一清二楚，一点儿不漏。魔法只冲着我一个人的，只能蒙蔽我的眼睛，遮不住你的眼睛，也挡不住她的美貌。我突然想起，你形容她的美貌时用的词不对。我记得，你说她的眼睛像珍珠。鱼眼睛才像珍珠！温柔内雅是大美人，大美人的眼睛一定发绿，像翡翠，大大的，两道眉毛，弯弯的，像天上的彩虹。我说，你最好还是把珍珠从她眼里

取出来，放进她嘴里当牙齿。桑丘，你肯定看花了眼，把眼睛和牙搞混了。"

桑丘说："没准儿。您是让她的丑样吓昏了，我是看她的美人脸蛋看傻了。得，咱们别自找心烦，还是听老天爷的吧！这个世道，什么事不是真真假假、假假真真的呀？将来会搞成啥样，只有上帝他老人家知道。不过，有一件事我琢磨着不好办，就是老爷再降伏了个什么巨人、骑士，命他们去拜见温柔内雅小姐，这些倒霉蛋可上哪儿去找她啊？那景儿我现在都想象得出来：那帮傻蛋肯定像群没头苍蝇，在托博索胡跑乱撞，到处找温柔内雅小姐。他们上哪儿找呀？就是当面见了，也认不出来！"

堂吉诃德说："桑丘，也许那魔法对我打败的那些巨人和骑士不灵验，他们还是认得出温柔内雅的。这样吧，以后有机会，打败几个这样的家伙，叫他们去拜见温柔内雅，然后回来报告，就知道那魔法对他们管用不管用了。"

桑丘说："老爷您说得没错，也的确是个高招。假如就您自个儿看不出她原来的模样，那就是您一个人倒霉，人家温柔内雅小姐啥事也没有。其实，只要小姐好好的，咱们还有啥？只管东跑西闯，过快活的日子，不就得了？其他的事，都有老天爷呢，甭瞎操心。跟您说吧，日子长了，什么病好不了！"

堂吉诃德刚要开口回答桑丘的话，就见迎面过来一辆大车，车上坐的人，奇形怪状，难以形容。赶车的是个丑陋的魔鬼。骡车只有车架，没有篷布遮掩。堂吉诃德头一眼见到的是死神，却长着一张活人的脸。死神旁边坐着的是个天使，两胁各插一只彩色大翅膀。另一边是个皇帝，头戴金冠。死神脚下是爱神丘比特，眼上没蒙什么东西，随身带着弓箭和箭袋。车上还有一名骑士，披挂整齐，只是放头盔的地方扣了顶宽檐帽，上头插满各色羽毛。剩下的几位，也是模样各异。突然撞上这么一伙怪模怪样的人，桑丘早吓得七魂去了五魄，堂吉诃德也暗自吃惊。不过，他以为又碰上了什么奇遇，可以再试身手，大显武功，反而顿时精神大振，竟不顾一切，往大车前一站，喝道：

"我说赶车的，魔鬼，还是什么别的玩意儿，快说！你是谁？上哪儿去？你这破车上都坐的是些啥人？这车哪儿像一般的大车，真像卡隆①的摆渡船。"

---

① 卡隆：希腊神话中摆渡亡魂去阴曹地府的神。

魔鬼听他这么说，就把车停下，慢条斯理地道：

"先生，我们是安古洛的戏班子，大伙儿都叫他坏蛋①。今天是圣体节的第八天，上午我们在山那边演了寓言戏《死神的议会》，下午还要去前边的村子再演一遍，两个村离得很近，再换衣服有点儿不划算，所以就穿着戏装来了。这个小伙子扮的是死神；那个演的是天使；那个女的是作者的老婆，她演的是王后；这个是兵；那个是皇帝；我演的是魔鬼，是主角，我在这个戏班里是主要演员。您还想知道什么，尽管问，我是魔鬼，没有不知道的。"

堂吉诃德说："说实话，我看见你们这辆车，还以为又遇到什么凶险的事呢。哎，这眼见的东西，不用手摸摸，还真难辨虚实。各位，愿上帝保佑你们，祝你们演出成功！要是有什么事需要我，就来找我，我有求必应。跟你们说吧，我自小就喜欢看戏，一见戏班子我就走不动路了。"

说来也巧，他们正这么说着呢，就见一个丑角打扮的演员走过来，身上挂满了铃铛，手中举着根棍子，上面系着三个鼓囊囊的牛尿泡。他又蹦又跳，晃得身上铃铛乱响，还把尿泡在地上摔打。稀世驽驹从来没见过这样的怪人，也从来没听过这样的怪声，当下就吓得魂飞魄散，挣开主人手中的马缰，径自朝荒野中奔去，跑得那个快呀，谁也想象不出它是匹瘦得皮包骨的驽马。桑丘一看，知道堂吉诃德非摔下来不可，赶忙跳下驴背，飞跑过去救主。等他赶到跟前，堂吉诃德和他的爱马早已双双趴在了地上。这个稀世驽驹每次疯跑，结果全是这种下场。

桑丘跑去救主人的这个空当，那个丑角趁机跳上了他的驴，用尿泡打它，疼倒不是多疼，只是那铃铛乱响，毛驴受不了，也吓得朝野地里跑去，跑的方向恰好是戏班要去的那个村子。这下子把桑丘难住了：心爱的毛驴跑了，服侍的主人摔倒在地，到底先顾哪头才好？他不愧是侍从里的精英、仆人中的榜样，最后还是跑去搀扶堂吉诃德，可眼看着那几个尿泡打在自己毛驴的屁股上，心里像针扎似的疼，真想叫自己的眼珠子去顶替毛驴的屁股吃点儿苦头，也不愿让人碰一下驴尾巴上的一根毛。他就这样想着这边惦着那边，跑到了主人的身边。他见堂吉诃德摔得鼻青脸肿，赶忙扶他上了稀世驽驹，一边说：

① 安古洛的绰号。

"老爷，那个鬼头把我的毛驴抢跑了。"

"哪个鬼头？"

"就是拿着尿泡的那个。"

"走，咱们找他去，他就是把你的驴子弄到阴曹地府，我也能找见，给你救回来。再说，他们的大车走得慢，咱们一会儿就能追上，还可以拿那几头大骡子顶你的灰驴嘛。"

桑丘说："老爷，您别跟他生气，犯不着。您看，灰驴正往咱们这儿走呢。"

原来那个举尿泡打驴的丑角也和灰驴一起摔在地上，他只好自个儿走到村子去，毛驴呢，则返回头，寻主人来了。

堂吉诃德怒气未消，说：

"就这样放了他，也太便宜！抓不到他，咱们就治治大车上的人，皇帝咱也不怕！"

桑丘忙劝道："算了，老爷。您知道，这些演戏的都是活宝，会逗人取乐，大家都喜欢，都把他们当成宝，又是捧，又是护着，您能把他们怎么样？有个戏班子杀了两个人给抓了起来，可没多久又给放了，连个大子儿都没花。跟他们较真儿没用，特别是国王恩准的那些戏班子，一个个穿的戴的，简直跟皇亲国戚没什么两样！"

堂吉诃德说："不行！就是全世界都护着，我也不能善罢甘休！"

说着，他就朝大车赶去。这时已经离村子不远了。他边走边喊：

"都给我站住！你们这帮可笑的家伙！我今儿个要叫你们知道，应该怎么对待游侠侍从的毛驴子！"

堂吉诃德的声音很大，大车上的人听得一清二楚，都明白他这番叫喊的意思，由死神带头，大家纷纷跳下车，捡起地上的石子，一字排开，严阵以待，准备迎敌。堂吉诃德一看这架势，心想好汉不吃眼前亏，立刻勒住稀世驽驹，琢磨如何行事才可免受石子痛击之苦。他还没想好呢，桑丘就跑了过来，知道又要有一番厮杀，便对他说：

"我的老爷！您可别犯傻！那雨点般的石子，您能躲得开吗？想躲开也行，那您得把自己扣在一口铜钟里。您得三思而行。人家一大堆人，有死神，有皇帝，天神和恶魔肯定站在他们一头儿！您跟人家打，单枪匹马，是胡来，不是勇敢！再说，人家里面皇帝呀、王子王孙呀倒是都有，可没有游侠骑士呀！您跟谁去打呀？"

堂吉诃德说："对，这话说得实在对。我听你的就是了。就是嘛，我跟你说过好多次，我不能和没授封骑士的人打仗交锋。那咋办呢，桑丘，那你上吧，人家欺负了你的毛驴，你还不该为它出口气？你上，我给你出主意，呐喊助威。"

桑丘说："老爷，您这就不对了，我干吗要出这口气？图报复不是基督徒该做的事，我还要劝灰驴也别那样做。我这个人哪，没别的，只求平平安安、和和气气地过一辈子。"

堂吉诃德听罢，赞道：

"桑丘，你真是个好人，又聪明又厚道。既然如此，咱们就不答理那帮妖魔鬼怪了。我觉着，这块地方怪事肯定少不了，咱们干脆另找个有味的冒险事干干算了。"

说罢，他掉转马头，桑丘跨上灰驴，主仆二人继续前行。多亏桑丘这番好话，一场格斗才得以化解。

第十二章

堂吉诃德妙论人生
林中骑士苦诉衷肠

堂吉诃德和死神巧遇的当晚，他和桑丘是在一片高大茂密的树林里过的夜。桑丘好说歹说，堂吉诃德才多少吃了一点灰驴儿驮的干粮。他们吃着的时候，桑丘对堂吉诃德说：

"老爷，我幸好要了您给的那三匹小马驹子，没要这回头一个战利品！我真是走运呀！要不就成大傻蛋了。老话说，'天上飞的老鹰，咋也比不上手里逮着的家雀。'"

堂吉诃德说："当时你要是不拦着我，我肯定会冲上去跟他们干了，把皇后的金冠和丘比特那对花翅膀抢下来，给你当报酬。"

桑丘说："您别说了，唱戏的用的那些什么皇冠和权杖都是假的，是用铜片铁片做的，哪会是真家伙呀！"

堂吉诃德说："没错。戏本来就是假的，戏装干吗要用真货呢？意思意思就行了。桑丘，这戏虽是编的，但它很有意义，对国家有好处，就像一面镜子，照出了咱们的本来面目，同时，告诉我们应该如何做人行事。这戏的作用，别的玩意儿还真没法比，所以，我希望你不要小瞧人家，要尊重他们，不管是演员还是编剧，咱们都要敬重人家。不过，这些演员在台上是一回事，在台下又是一回事。在台上，他们是皇上、国王、教皇、骑士、贵妇；老鸨、无赖骗子、恶棍、商人、大兵；还有聪明的傻瓜和一位情深的白痴。总之，什么人他们都能演，可等演完了，卸了妆，又都变成了戏子。"

桑丘说："我看过戏，知道是怎么回事。"

堂吉诃德说："人生也是一个戏台，有当皇帝的，也有做教皇的，戏里有啥角色，人生也有啥角色。可等他们活到了头儿，死神扒掉他们身上的衣服，送进坟堆里的时候，大伙儿又都变成一个模样了。"

桑丘说："老爷您比方得真妙！但不新鲜，这样的话我不知听到过有多少回啦。其实，这就和下棋一样。下的时候，每个棋子都有用处，可等下完了，棋子全混在一起，往袋子里一放，就像是把死人往坟里埋一样，没了区别。"

堂吉诃德说："桑丘啊，你那傻气越冒越少，脑袋瓜儿越来越灵啦。"

桑丘说："您说的没错。您想，您那么聪明，我能不沾点儿光吗？一块荒地，耕一下，再上点儿肥，肯定有好收成。我的意思是，我这个脑瓜子就是块荒地，老爷您对我讲的话就像是撒在上面的粪肥。我侍候您，和您说话，就等于您在耕我这块荒地。我这脑瓜子虽说不怎么灵性，但有您老爷这么精耕细作，又是上肥，又是翻耕，恐怕日后收成也差不到哪儿去。"

堂吉诃德听了桑丘这番不伦不类的话，禁不住笑了。不过，他认为桑丘这家伙的确有些长进，偶尔也语出惊人。美中不足的是，这位忠实的侍从说起话来没完没了，喜欢用论文答辩的语调，弄到最后，乱冒傻气，愚蠢可笑。他老话、成语记了一大堆，往往脱口而出，用得是不是地方，他就不管了。桑丘这种风格，想必读者早已领教。

主仆俩就这样聊了大半夜。桑丘说他得把眼帘子放下了，他困了总喜欢这么说。他卸下毛驴的鞍子，随它去吃地上的青草。他没有给稀世驽驹卸鞍，因为主人吩咐过，在野外过夜，不得给他的坐骑卸鞍。这也是游侠骑士自古定下的规矩，就是说，马嚼子可以取下来挂在鞍桥上，但马鞍是绝对不可卸下来的。桑丘不敢坏了这个规矩，只得让稀世驽驹带着鞍子去自由行动。桑丘的灰驴儿和堂吉诃德的这匹马交情甚深，可称得上空前绝后，美名远扬，世代相传。本书作者原本用了几章描写它们之间的友情，但考虑到既然讴歌英雄豪杰，就不宜大肆描写驴马，否则未免有失庄重，便在最后一刻将其删除。但他一时疏忽，竟忘了这个决定，描述起灰驴和稀世驽驹的亲热情景：两头牲口聚到一块儿，就喜欢互相蹭来蹭去，挠痒痒。等蹭够了，挠舒服了，稀世驽驹总要把脖子架在灰驴的脖子上，其实它的脖子比灰驴的要长出一尺多呢，两头牲口就这样交颈而立，眼看着地，一站就是三天。要是肚皮不饿，又没人打搅，它们真会就这样一直站下去的。据说，作者还把它们俩比做涅索斯与欧律阿罗斯[1]、皮拉得斯与俄瑞斯忒斯呢[2]。要是真的如此，这两头温驯畜生之间的友谊，实在称得上牢不可破，值得大家敬佩。而人与人之间，友情往往难以持久，想到这点，我们做人的不免感到惭愧，有一句诗就这样写道：

> 今儿是朋友，
> 明儿就操家伙。

还有句话是：

> 朋友彼此，
> 好比眼中的沙子。

要是有人认为，把人与牲口相提并论实属荒唐，那他就错了，因为我们人类确实从动物那里得到过许多教益，学到了不少有益的东西，比如，我们从白鹳那儿学会了灌肠法，从狗那儿学到了清胃法以及它知恩必报的品德。另外，像鹤的机警、蚂蚁的远虑、象的正直、马的忠诚，都给了我们以启迪。

议论到此，再看桑丘，他早躺在软木树下睡着了。堂吉诃德则靠在一棵大橡树上小憩。可他眼睛还没闭上多久，就被身后一阵声响吵醒。他大吃一惊，爬起来四下张望，想弄清楚到底出了啥事。原来是两个骑马的男人。只见其中一人翻鞍下马，对同伴说：

"伙计，下来吧，给咱们的马拿掉嚼子，这个地方的草真多，够它俩吃的，又这么僻静，正好可以叫我安下心来，想念想念我那个相好的。"

说着，就一头倒地，躺下了，弄得身上的盔甲叮当乱响。堂吉诃德一看，料定他是个游侠骑士，就走到桑丘身边，使劲摇他的肩膀。那桑丘睡得跟死猪一

---

[1] 维吉尔的史诗《伊尼德》中的一对好友。

[2] 古希腊传说中的一对好友。

般，堂吉诃德费了半天的劲，才把他弄醒，悄悄对他说：

"老弟，咱们碰上奇遇了。"

桑丘说："但愿上帝叫咱们走运。对了，老爷您刚才说的那个什么奇遇小姐，她在哪儿呀？"

堂吉诃德说："你问她在什么地方？那就把脸转过来，往那儿瞧。看见没有，地上躺着的那个游侠骑士？看样子，他有一肚子苦水。刚才我看见他从马上跳下来，就一头倒地，连点儿精神气儿都没了，还把身上的铠甲弄得乱响。"

桑丘听了，一脸的问号，说：

"这就是老爷您讲的奇遇？"

堂吉诃德说："我不是这个意思，我只是说，这可能是个奇遇的开头，一般奇遇都是这样开始的。你听，他好像在拨弄什么琴弦，又一边干咳，像是要唱点儿什么。"

桑丘说："没错，准是个害相思病的骑士。"

堂吉诃德说："游侠骑士全这样。咱们先听他唱些啥，'找到线头，就能解开线球'，他心里想啥就一目了然了，所谓'言为心声'，就是这个意思。"

桑丘刚想开口回话，那位林中骑士就唱起来了。看来嗓子还凑合。主仆俩静下来，听他唱道：

小姐呀，请听我言，
指给我一条明路哟，且莫迟延。
我一定步步紧跟哟，
事事都要顺遂你的心愿。

你要我死而无怨，
我即刻就随小鬼上阎王殿；
你要我谈情说爱不同一般，
我的爱自会让你意足心荡。

我比蜡软又比钢坚，

为了爱情，

我任凭你的调遣。

一颗爱心献在你的眼前，

任你在上面留下什么印记，

我都会保存永远。

歌声刚落，他便长叹一声，稍后，悲凄凄地说：

"啊！亲爱的卡西尔德娅，天下最美也最无情的女人！你的心怎么这般硬呀？拜倒在你裙下的骑士，四处流浪，吃尽苦头，把自己折磨得要死要活，难道还不遂你的意吗？我已经叫天下的骑士，不管是纳瓦拉的、莱昂的、塔尔特西奥的，还是卡斯莱亚的，甚至连曼卡的骑士，都承认你是世上美人之最，难道这还不行？"

堂吉诃德一听，忙说："纯属胡说！本人就是曼卡的骑士，根本没有这回事！她是天下第一号大美人？还叫我承认？没门！我那位心上人往哪儿搁？这是对她的最大侮辱。桑丘，你听见了吧，这位骑士是不是在胡说？咱们再听听他还有什么胡话要讲。"

桑丘说："他呀，看样子还要在那儿念叨一个月呢。"

林中骑士听见有人说话，竟打住了，没再接茬儿往下说。他站起来，高声问道，不过语调十分客气：

"是哪位在说话？您一帆风顺，还是事事不顺？"

堂吉诃德说："跟您一样，我也是满腹愁肠。"

林中骑士说："那就这边有请啦。见了我，您就算见到天下最伤心的人了。"

堂吉诃德见对方如此客气有礼，就走了过去，后面紧跟着桑丘。

那个一脸愁容的骑士抓住堂吉诃德的胳膊说：

"骑士先生，请坐。这个去处又荒又静，正是游侠骑士歇息的地方，咱们在这样的地方不期而遇，想必先生也是骑士啰？"

堂吉诃德说："在下正是。我虽说经常倒霉，有诉不完的痛苦，但碰上不幸的人，我仍有精气神表示自己的同情。听了您刚才唱的说的那些话，我想您一定受着爱情的折磨，您刚才提到的那个名字，恐怕就是您苦苦追求、百般爱恋的那个冷酷无情的美人，对不对？"

两位一见如故，竟坐在硬邦邦的地上热烈交谈起来，那亲热劲儿，谁能想到他们第二天一大早竟会大打出手，弄得头破血流？

林中骑士问："先生，您是不是也正在恋爱？"

堂吉诃德说："您猜得不错，我不幸也赶上了这种事。不过爱情有痛苦，也有幸福，只要处理得当，还是幸福居多，所以谈不上什么不幸。"

林中骑士说："您说得没错。不过，要是对方老是冷眼相待，那滋味恐怕谁也难以忍受。完全是以怨报德嘛，简直要把人气昏了头。"

堂吉诃德说："我那个相好的可从来没这样对待过我。"

桑丘在一边帮腔说："没错，我家女主人温顺得跟小绵羊一样，软和极了，赛过猪油呢。"

林中骑士问堂吉诃德："这位是你的侍从？"

堂吉诃德答道："是啊。"

林中骑士说："我还从没见过像他这样的侍从，竟敢在主人讲话的时候插嘴。你看，我的侍从都跟他爹一般高了，还从没在我说话的时候插过嘴。"

桑丘说："不错，我就是说了。别说当着我的主人，就是当着别的什么……得，到此为止，我也不想再添乱了。"

这时，林中骑士的侍从走过来，拉起桑丘的胳膊，说：

"咱俩都是侍从，走，咱们讲咱们侍从的话去，让主家去聊他们的情呀爱呀吧，跟您讲吧，这一整天也不够他们聊的，没错。"

桑丘说："好主意！待会儿我要告诉您，我是谁，您听了就明白我是不是那种多嘴多舌的人了。"

于是，侍从和侍从聊，东家和东家谈。一边是说笑逗乐，一边是一本正经。两相对照，十分有趣。

第十三章　桑丘·潘沙夸祖宗　林中侍从献美酒

东家找东家，侍从找侍从。东家互诉情思，仆从各言身世。花开两朵，先表一枝。话说两个侍从携手跑到一边，交谈起来。林中骑士的侍从先开口道：

“伙计，咱们做人家的侍从，整天跟在游侠骑士屁股后面跑东跑西的，实在是累人。其实，上帝骂咱们老祖宗的时候，就说过：‘要吃饭，得流汗。’”

桑丘说：“干脆说‘要吃饭，先挨冻’得了。当人家的侍从，受苦受罪，家常便饭，热起来像钻进了蒸笼，冷起来像掉进了冰窟窿。真是倒霉透了！有点儿吃的还好，俗话说：‘肚皮不饿，啥也不懑。’可问题是，有时候，一连两天肚里啥也没有，咋办？喝西北风呗。”

林中侍从说：“唉，只要能得到老爷的恩赏，这些苦咱们还是能对付过去的。只要他们别太不走运，咱们当侍从的弄个海岛总督当当恐怕是十拿九稳的，其实，给咱块封地也行。”

桑丘说：“我跟主人说了好几回了，我有个海岛总督当就知足了。跟您说吧，我家老爷，慷慨仗义，都答应我不知有多少回了。”

林中侍从说：“我呀，能在教会里谋个差事，就挺好。东家都答应了，实在是棒极了！”

桑丘说：“这么说，您的东家肯定是教会的那种骑士，要不，他能给您在教会里找事做吗？我家主人不是教会的。有几个精猴儿劝他当大主教，我看这些家伙准没安好心。可我主人不愿意，非要当大皇帝。我这才一块石头落了地。开始，我真担心，浑身乱抖，生怕他一时发昏，听了那几个家伙的劝，进了教会的

门。跟您说句掏心窝子的话，我这人站在那儿挺像回事，可要我给教会当差，准变得像头牲口，啥也不会了。"

林中侍从说："您这话可说错了。管那些海岛难着呢！有的穷得叮当乱响，有的没一天不出乱子，最好的，也有一大堆麻烦，叫人头疼死了。谁当这种官，谁倒霉！像咱们这号给人当班的主儿，趁早溜之大吉，回家得了。干点儿顺心的事多好。咱们虽说给人当侍从，没几个钱，可再穷，总还有一匹瘦马、两只猎狗、一根钓竿吧？有了这些玩意儿，去打打猎、钓钓鱼，有多滋润！"

桑丘说："您说的这些玩意儿我都有，不过，倒是缺匹瘦马。没关系，我还有头驴嘛。我这驴比我东家那匹马可强多了，至少强出两倍哩！要我跟他换，除非上帝叫我复活节倒霉。哼，就是再给我四箩筐大麦我也不干！您没准儿以为我是在开玩笑，跟您说实话，我那灰毛儿真是头好驴。干吗叫灰毛儿？它全身上下全长的灰毛呀。猪狗没问题，我们村里多的是。其实，人家打猎，咱跟着混，更来劲。"

林中侍从说："实说吧，我呀，早就不想跟这些骑士瞎混了。我有三个儿子，个个像东方明珠，我得回家好好教育他们，将来长大了好有个出息。"

桑丘说："我有俩孩子，一男一女，我可以把他们领到教皇跟前，让他老人家看看。尤其是我那个丫头，只要上帝没说的，我要把她培养成伯爵太太，她娘不答应也不行。"

林中侍从问："您这位小姐芳龄几何？"

桑丘答道："您问我那个丫头？她呀，十五六岁吧，可长得挺高，赶得上长矛了，那水灵劲儿简直像春天的早晨，身上有的是力气，赶上个壮劳力呢。"

林中侍从说："真是百里挑一，干吗当伯爵太太，简直可以当林中仙女了！好家伙，这婊子养的小婊子，还他妈真有劲儿！"

桑丘一听大怒，说道：

"她咋是婊子呢！她不是！她娘也不是！只要我还活着，就不会有这种事！老天也不会答应！您这话说得太难听了吧？您不管怎么说也是个游侠骑士的侍从，人家游侠骑士可都是文明人，懂礼貌，您这……"

林中侍从忙分辩道："伙计，您怎么好赖不分呀？您大概也知道，斗牛的时候，骑士要是美美地给公牛扎上一枪，玩得漂亮，或者哪个人干个什么事，干得出色，大伙儿就会说：'嘿，瞧这婊子养的，还真行哇！'这句话听起来像是骂人，其实是称赞，是叫好。告诉您，要是您的娃干了啥事，人家不这么夸您，您就甭认他。"

桑丘说："可不是嘛。得，您就骂吧，骂我，骂我老婆，骂我女儿，骂我们都是婊子吧。跟您说，我们一家干啥都配得上这种夸奖。我恨不能马上跑回家去，和他们团圆。我一直在祷告上帝，别再叫我犯这种十恶不赦的大罪，就是说，别再让我给人家当跟班的，干这种玩命的差事。我呀，上当受骗都第二回了。都怪我贪心。那次在黑山拾了一口袋金币，里面满满的，足有一百多块呢。打那儿以后，我就昏了头，好像魔鬼老往我跟前丢金币，走到哪儿都能撞上，一伸手还就能抓住，然后就抱回家，投资生利，过着王爷般的日子。我一这么想，跟着我那位傻东家吃的那份苦好像都不算啥了。我那个东家，跟您说吧，他哪儿是什么游侠骑士，整个儿一个半疯！"

林中侍从说："您说的没错，老话讲，'贪心撑破肚皮'，要说疯子，谁也比不上我那位主人。他为啥疯？还不是多管闲事！所谓'操心别人事，累死自家驴'。他给一位骑士治疯病，没治好人家，自己倒成了疯子。他这么瞎折腾，到头来只能是自讨苦吃。"

桑丘问："他恐怕是在害相思病吧？"

林中侍从说："您算猜对了。他爱上了一个叫卡西尔德娅的女人，那婆娘恶得很，恐怕算得上世界恶婆娘之最吧？其实，他成了疯子倒不是因为这女人太凶，而是他自个儿鬼心眼太多，过不了多久，您就能看出来了。"

桑丘说："世上路难平，磕绊总难免。家家都有本难念的经，唯独我家的最难念。疯子过得比明白人舒坦，有人宠来有人陪。看样子，还是老话讲得对，'吃苦不算啥，就怕没人陪'。所以，我有您做伴儿，心里好受多了，因为咱俩的东家都是大笨蛋。"

林中侍从说："笨是笨，人倒挺勇敢。其实，是滑头。"

桑丘说："我家主人可不是滑头，跟您说吧，他可是个厚道人，一点儿坏心眼也没有，对谁都那么好，是个实在人，他都能叫小娃娃骗了，把大白天当成深更半夜，您说他老实不老实？我跟着他，像对心肝宝贝似的护着他，为啥？还不就是冲他这老实劲儿、这傻乎乎的样儿吗？所以，不管他疯到什么样子，我都下不了狠心，丢下他一个人，自己跑回家。”

林中侍从说：“老兄，您也该明白这句老话：‘盲人骑瞎马，一摔就是俩。’所以，我劝您，不如早做打算，跟我一起各回自己的家。‘出门寻奇遇，不会总如意。’”

林中侍从见桑丘边讲边吐痰，又稠又黏，就对他说：

“大概咱们说话太多了，舌头都不灵性了。我那马鞍架上挂着一种好东西，能生津化痰，您喝了，就知道我这话无半点儿虚言。”

说罢，就去取那好东西。不一会儿，只见他一手提着酒皮囊，一手拿着个大肉馅饼，走了回来。那个馅饼可真大，说出来真有点儿吓人，足有两三尺宽，里面是一只大白兔的肉。那只兔子也太肥了，桑丘摸了摸饼，竟以为里面连小羊羔都打不住，肯定是头大山羊呢。桑丘一看这架势，就问：

“老兄，您还随身带着这样的好东西？”

“跟您说吧，我可不是那种喝西北风就凉水的主儿。我那马屁股后面还驮着不少好吃的呢！就是大将军也比不过我！”

桑丘不等人家让，就大口大口地吃了起来，他吃馅饼，一口就足有巴掌那么大，还一边吃一边说：

“您这顿饭不得了！说您这是变戏法，恐怕也差不多吧？您可真行！够意思！像个侍从，够格儿！哪像我呀，吃苦受累不说，口袋里啥也没有，真是穷得叮当乱响。我那褡裢里有啥？一小块干酪，硬得像石头，能把巨人脑袋瓜儿砸个大口子。剩下就是豆子、榛子和核桃，都没多少，最多的也就是几十粒吧。这都怪我家主人太穷了，不过，他认为游侠骑士只能吃野果野菜，吃别的就是坏了规矩。”

林中侍从说：“说实话，老兄，我这肚子可受不了那些什么苦菜野果。我不管那套！他们当游侠骑士的爱干啥干啥，不吃这不吃那，随他们的便。我可不能亏待自己。您看，我这不带一篓子熟肉，鞍架上还挂着一只酒囊。这酒可是我的心肝宝贝，我隔一小会儿，就得亲它几口，搂它几回。”

说到这儿，就把酒囊递到桑丘手里。那桑丘二话没说，举起酒囊，嘴对嘴，咕咚咕咚就往肚子里灌，两只眼睛望着天上的星星，足有十五六分钟的工夫。等喝够了才脑袋一歪，长长舒了口气，说：

"这婊子养的！还真他妈的够味！"

林中侍从一听，就说：

"您也这样吧？夸这酒好，就骂它是婊子养的？"

桑丘说："得，没说的。用'婊子养的'夸人不能算骂人，我服了。对了，请您看在您祖宗的面子上，给咱说说，这酒是不是雷阿尔城产的？"

林中侍从叫道："老兄，您可真行呀！没错，就是雷阿尔城产的，还是陈年老酒呢！"

桑丘说："这算啥？小事一桩。什么酒咱品不出来？这可是天生的，跟您说吧，我只要用鼻子一闻，就知道是哪儿产的，叫啥酒，味儿怎么样，放了有多少年，还有……其实，这也算不了啥。跟您说吧，咱祖上，我父亲这一支，就出了两位品酒的行家。这就是在咱曼卡也是不多见的。当年，有人抬来一桶酒，舀出一点儿请咱这两位老祖宗品尝，问酒是不是够时候了，味道如何，有没有什么问题。两位老人，一个只用舌头尖舔了一下，一个光用鼻子闻了闻。舔酒的说酒有铁锈味，用鼻子闻的讲有一股子羊皮味儿。酒的主人说，桶干干净净，哪儿来的铁锈味儿和羊皮味儿呢？可两位品酒行家还是那句话。后来，等酒卖光了，该洗桶了，才发现桶里的确有铁家伙和羊皮子。您猜是啥？一块羊皮，上面挂了把钥匙。祖宗能行，孙子也差不了。"

林中侍从说："我说呀，咱们犯不着东跑西颠，四处冒险。老话说：'家有面包，还要什么蛋糕，不如回家的好。'咱们好好待在家里，上帝想什么时候见咱们就能见着咱们。"

桑丘说："我还得陪主人去萨拉戈萨。回不回家以后再说吧。"

两个人一边说一边喝，说够了，喝足了，瞌睡也来了，舌头才停止转动。要不是困得不行，他俩喝多少酒也解不了渴。只见这二位睡得跟死猪一般，手里还紧紧抓住喝干的酒囊，嘴里还含着未吞进肚子里的肉。咱们这会儿再去看看那两位游侠骑士在干啥。

第十四章　吹牛皮看错对象
扮丑态的确吓人

　　据书上说，堂吉诃德和林中骑士聊了好长一阵子。末了，林中骑士说：

　　"骑士先生，我说了半天，就是想告诉您，我爱上卡西尔德娅，完全是命中注定，也可以讲是我自己乐意。她举世无双。论身材，没人超过她；论地位，谁也没她尊贵；论容貌，她称得上绝代佳人。一句话，没有任何人比得过她。这个卡西尔德娅，我对她可是一片真情，彬彬有礼，可她又是如何对待我的呢？让我慢慢道来。她就像赫丘利的后妈刁难他一样，没完没了地叫我干这干那，还都是危险的差事。说什么，我干好了，她就答应我。可我完成了一件事，她又叫我再干一件，就这样干到现在，她也没叫我如愿以偿。我也不知道这样的日子还有没有头。有一次，她吩咐我去塞维利亚，向当地有名的女巨人西拉尔达①挑战。那女人和铜铸铁打的一般，非常强壮，十分勇敢。她虽然老待在一个地方，永不挪窝，可变化无常，难以捉摸。我还真走运，'到了，见了，胜了。'②我命她老老实实，不许乱动。她都乖乖地听了，因为正巧那个星期七天都刮的是北风。还有一次，她竟然让我去举吉桑多大公牛。其实，就是几块百年顽石。举那几块大石头？这是骑士干的事吗？找几个卖苦力的就行了。另外有一回，说起来都吓人，她叫我往卡布拉深沟里跳，那深沟黑咕隆咚的，哪儿看得到底儿呀！还让我

---

① 西拉尔达：塞维利亚大教堂塔顶上的女神铜像，因兼有风标的作用，故名之。
② 此句为恺撒的名言。

看看那里头都藏了些啥，回来向她报告。我征服了女巨人西拉尔达，举起了吉桑多大公牛，跳下了无底深沟，弄清了里面藏了什么。这又怎么样呢？我还是没有得到她，可她指使我干这干那，却一刻没有停，而且，对我越来越不放在眼里。最后，她又命令我跑遍整个西班牙，一定要叫所有的游侠骑士承认：她是天下第一大美人，我是世上头号多情的勇骑士。我按照她老人家的指示，跑了大半个西班牙，打败许多跟我对着干的骑士，最得意的是降伏了鼎鼎大名的堂吉诃德，逼他不得不承认我的卡西尔德娅比他的温柔内雅更美貌。我打败他一个，胜过降伏一百个、一千个，因为堂吉诃德打败了所有的骑士。我打败了他，就等于打败了天下所有的骑士。他的美名，现在已经落在我的头上了。

> 败将名声越大，
> 胜方荣耀越高。

"现在呀，堂吉诃德那些数不胜数的功劳，全成我的了！"

堂吉诃德闻听，心里大吃一惊，几次三番想戳穿林中骑士的信口胡言，可每次话到嘴边又咽了回去。他这样忍辱负重，是想叫对方自己承认错误。只听他平心静气地问道：

"骑士先生，您刚才说您降伏了全西班牙甚至全世界的游侠骑士，咱不敢说啥。不过，您说您打败了堂吉诃德，我就不能苟同了。没准儿您打败的那个人和堂吉诃德长得差不多？可像他的人少得可怜！"

林中骑士说："我说得没错！我敢指天发誓！我跟堂吉诃德打了一仗。我打败了他，制伏了他。他高高的个头儿，胳膊腿又细又长；头发灰白，鹰钩鼻子，嘴上面长两撇大胡子，又黑又长；跟人打仗，自称苦脸骑士；跟班是个老农民，叫桑丘；骑的那匹马叫稀世驽驹；意中人叫温柔内雅，原名是阿东沙。我的意中人原来叫卡西尔达，是安达卢西亚人，我就改叫她卡西尔德娅·德·汪达丽亚 ①。我说了半天您还不信，那就只好请教我这把宝剑了，它会叫您信也得信，

---

① 汪达丽亚即安达卢西亚。

不信也得信！"

堂吉诃德说："骑士先生，您少安毋躁。先听我说几句。您刚才说到的那位堂吉诃德正是本人最要好的朋友，跟您说吧，我俩好得就和一个人一样。他的长相您讲得分毫不差，所以，您说您打败了他，我也无话可说。不过，我又的的确确相信，您打败的绝不会是他。恐怕是哪位和他作对的魔法师搞的鬼。堂吉诃德的仇人中有不少是魔法师，其中一个两天前就施法术，把一位好端端的大美人温柔内雅，变成了一个不堪入目的村姑。堂吉诃德靠武功和高尚的骑士品德挣来的荣誉，他看着眼红，想败坏其声名，难道不会摇身一变，装成这位鼎鼎大名骑士的模样，故意败在您的手下？要是这番话还不能叫您心明眼亮、分辨是非的话，那我就明说吧，本人便是堂吉诃德。我要为真理而战。咱们是马战还是步战，您看着办。"

说罢，他站起身，伸手按剑，只等林中骑士答话。林中骑士毫不慌张，镇静地答道：

"'还得起账就敢借。'堂吉诃德先生，我既然能叫您的替身做我的手下败将，也会让您本人在我脚下俯首称臣。不过，咱们是堂堂正正的骑士，不是鼠窃狗偷的盗贼，深更半夜打斗恐怕有失体统，不如天亮以后再论短长，也显得光明磊落。咱们先把丑话说在前面：谁输了就得听赢家的，当然，赢家也得尊重人家的骑士身份。"

堂吉诃德说："这正合我意！"

二人商定，就去找各自的侍从。两位侍从躺下以后还没翻过身，正鼾声如雷。他们只好叫醒侍从，命其鞴马，说等太阳出来，他们要你死我活地厮杀一场。桑丘一听，吓得张口结舌，不知说啥好，心里真替主人着急，因为林中侍从说了，他家主人也非同一般。两个侍从还有啥可说，只好去牵各自的牲口。那三匹马和灰驴早已互相闻过，正待在一块儿呢。他俩一边走一边说话。

林中侍从说："老兄，安达卢西亚有个规矩，两人决斗，各自的证人也不能袖手旁观，就是说，咱俩的东家打仗，咱俩也得玩命。"

桑丘说："侍从先生，您讲的全是强人歹徒的说道，游侠骑士才不听这一套呢！骑士道的规矩，我主人背得滚瓜烂熟，我还从没听他讲过有这种章程。就是有，哪怕它都写在纸上，我也不听。主人打架，我不掺和，就要罚我？罚吧，不就是两磅蜡吗？我认了。这能花几个钱？主人打架，我也跟着上，脑袋打开了花，我连买纱布的钱都掏不起呀。再说，我也没有剑，拿啥去打仗？其实，我压根儿就没使过那玩意儿。"

林中侍从说："没剑有啥呀？我这儿有两条麻袋，大小一样，咱们各拿一条，当武器，也能打。"

桑丘说："这倒不赖！怎么打也伤不着人，跟掸土差不多。"

林中侍从说："用空袋子打不行，轻飘飘的，没分量。得找五六个光溜的石头子装进去，当然，两个麻袋要一样重。这样，既能甩起来，又伤不着人。"

桑丘一听，连声叫苦，道：

"哎哟喂！我的老爹！还说伤不着人呢！难道里面装的是治貂皮①和软棉花？跟您实说吧，就算麻袋里放的都是蚕茧子，我也不干！主人们要打，让他们自个儿打去，和咱们有啥相干？咱们尽管喝咱们的老酒，少管闲事。果子熟透了，自个儿就往下掉。人活一世也总有个头，犯不着没事找事，抢着去地狱那儿报到。"

林中侍从说："咱们不比试比试说不过去呀，怎么着也得打上半个钟头吧？"

桑丘说："不行，不行。刚才咱俩还一块儿喝酒，一块儿吃肉，转眼就叫我跟您打架，不行，就是小打小闹，也不行！咱干不了这种缺德事。咱也不是那种不懂事、没良心的主儿，是不是？再说了，咱俩凭什么要打架呀？谁招谁了？没有啊！真是活见鬼！"

林中侍从说："我有个高招。我趁您不注意，上去就给您几个嘴巴子，把您打翻在地。这一招准叫您火冒三丈。"

桑丘说："您想打出我的火是不是？跟您说吧，我也有个高招。我不等您把我的火扇出来，先给您几棒子，把您的火打晕过去，叫它永远也甭想醒过来，来世也没门！哼！我桑丘的脸蛋可不是随便什么人可以碰的！'各自都小心点儿！'最好还是把火压下去。'知人知面不知心'；'剪别人家羊的毛，反叫人剃成了秃瓢'；'和平得福，争斗惹祸'；猫逼急了，能变成狮子，鬼知道我急

---

① 桑丘发音不对，应为紫貂皮。

了会变成啥！侍从先生，咱们先把丑话说在前面，咱们真要动了手，出了什么事，可就由您一人包圆儿了。"

林中侍从说："没错。'天亮了自有办法。'"

就在这个时候，艳丽的朝霞从东方的一扇扇门的缝隙中、一个个阳台上，渐渐地露出了她那娇嫩艳美的脸蛋儿。她金发披肩，晃动中，飘洒下无数晶莹的水珠；千树万木，甘露滴滴；小溪流水，欢歌笑语；森林欣欣向荣，草地越发嫩绿；百鸟灿烂，啼声婉转，仿佛在迎接黎明。天渐渐亮了，已能分辨四周的东西。桑丘第一眼就看见了林中侍从的那个大鼻子。好家伙！这鼻子怎么这么大啊！简直大得出奇！相比之下，他那个身子仿佛都没有了。那个大鼻子确实是够大的，不但大，中间还往上拱。鼻子上全是紫疙瘩，像个茄子。鼻子头长出嘴巴足有两三指。那张脸摊上这么一个大鼻子，真是要多丑有多丑。桑丘看了吓得浑身乱抖，像得了羊角风。他宁愿叫这个丑八怪扇几百个耳光，也不敢惹他，更别说打架了。

堂吉诃德这时看了看他的对手。那位骑士不但戴上了头盔，还拉下了面甲，所以，看不见他的长相。当然，个头是一目了然，不高，但结实。他在盔甲外还穿了一件罩衣，料子像是细金线的，上面缀了不少小玻璃镜片，闪闪发光，头盔上插的绿、黄、白三色羽毛，摇来摆去。有这身打扮，林中骑士越发显得英武。他的那根长枪又粗又长，钢打的枪尖足有一拃宽。

堂吉诃德看在眼里，记在心中。他估计，对方肯定力大过人。但他并不害怕，他和桑丘不一样。他不仅面无惧色，而且还沉着有礼地对镜子骑士说：

"骑士先生，您想和我交战，也不能急得连礼貌都不顾吧？我也没别的意思，只是想求您稍微抬一抬面甲，让我看看您的尊容是不是配得上您的身材。"

镜子骑士说："想瞧我长的什么样儿，甭急。等咱们打完了，无论谁败，谁赢，都有的是工夫。让我现在听您的，那可就有点儿对不住我的美人卡西尔德娅了。咱们还是少废话！有工夫让您看我的脸，我还不如早点儿叫您当我的手下败将！"

堂吉诃德仍不死心，说：

"咱们不是还没上马吗？趁这个工夫，您再说一遍，我到底是不是您说的那个堂吉诃德？您不是说打败过他吗？"

镜子骑士答道："孤①要告诉您，我打败的那位跟您长得实在太像，就好像两个鸡蛋，难以分辨。不过，您既然声明有魔法师跟您作对，那我就不敢肯定您二位到底是不是一个人了。"

堂吉诃德说："不必说了。咱们还是上马吧！只要上帝和心上人保佑，我这双胳膊上劲，用不着您掀开面甲，我就能看清您的嘴脸，叫您知道您打败的那位不是我堂吉诃德。"

说罢，二人各自上马，准备开战。堂吉诃德想来个冲杀，便掉转马头，先向后跑去。镜子骑士也是这样。可没等堂吉诃德跑出去二十步，镜子骑士就喊他，对他说：

"骑士先生，别忘了我们刚才讲好的条件：谁输了，就得乖乖听赢方的，叫干啥就得干啥。"

堂吉诃德说："忘不了。不过有一节，不管谁赢，都不准强迫人家干有违骑士道的事情。"

镜子骑士说："没问题。"

到这个时候，堂吉诃德才发现那个林中侍从长着一个古怪的大鼻子，吓了一大跳，还以为是什么怪物，要不，就是怪人。桑丘害怕一个人跟那个怪鼻子侍从待在一起，心想，那大鼻子真要撞过来，不撞翻自己，也得把人吓趴在地上，连架也甭想打了。所以，他瞧主人催马掉头跑，就追上去一把抓住稀世驽驹的马镫皮带，跟在后面，等堂吉诃德转回头，准备冲杀的时候，就对他说：

"老爷，您先把我弄上那棵软木树再跟那位骑士玩命，行不行？在树上看您打仗，比在地上看来劲。"

堂吉诃德说："桑丘，你是光想看热闹，对不对？"

桑丘说："跟您说实话吧，那个侍从的鼻子大得要命呀，我怕他，不敢和他在一块儿待着。"

堂吉诃德说："也不怪你。那家伙的鼻子确实大得吓人。幸亏我啥也不怕，要不，也得跟你一样，吓成这个样子。来吧，我把你弄上树去。"

---

① 镜子骑士故意用国王的口气，自称"孤"。

就在堂吉诃德帮桑丘上树的时候，镜子骑士已经跑出去相当长的一段路。他认为堂吉诃德也跑出去同样长的距离了，就不等喇叭之类的玩意儿发出信号，一勒马缰，掉头跑了回来。他那匹马跑起来还真不如稀世驽驹轻快，模样也不怎么样。说它跑，还不如说快步走来得恰当。快到跟前，他才发现堂吉诃德正帮桑丘上树，急忙勒住马，停在半道上。那匹马早就跑不动了，主人一勒缰绳，它真想高呼万岁。堂吉诃德只觉得镜子骑士飞马而来，忙用马刺扎稀世驽驹瘦得只剩一张皮的肚子。它平常最多是快步走，这次大概被扎得太疼了，竟也飞奔了起来。镜子骑士见对手冲了过来，也忙用马刺踢坐骑的肚子，踢得那个狠劲，恨不能把马刺扎进牲口的肚皮里，可那马居然一动不动。不光马不听使唤，他那根长枪也遇到了麻烦。不知是没找到盔甲上的枪座呢，还是根本就没往枪座里插，反正他折腾了半天，也没把长枪插进枪座里。就在这个时候，堂吉诃德拍马赶到。他根本不管对手遇到了什么麻烦，径自朝他扑去。镜子骑士见堂吉诃德来势凶猛，连招架的工夫都没有，哪来得及还手，竟仰面朝天，从马屁股上重重地摔了下来，摔得那个重呀，手脚都一动不能动了，好像断了气。桑丘一看镜子骑士摔倒在地，急忙从树上滑下，跑到主人跟前。堂吉诃德这时已下了马，走到镜子骑士那儿，给他解开头盔带子，看是不是真的没气儿了，要是还活着，也好给他透透气。他不看还好，一看大吃一惊，这长相、嘴脸、眉眼、神情，怎么跟参孙·卡拉斯科一个样呀？！就喊桑丘：

"桑丘，快来看呀！这事儿实在太神了！你看了也不会相信！快点儿，伙计！这魔法师的妖术还真有两下子呢！"

桑丘跑过去一看，竟是参孙的那张脸，顿时画起十字，恨不能画上一千个才罢休。这时候，躺在地上的那位骑士仍旧像死人一样。桑丘对堂吉诃德说：

"老爷，还等啥呀？干脆给这个长得像参孙的家伙嘴里捅上一剑算了。把他杀了，没准儿就等于杀了一个和您作对的魔法师呢。"

堂吉诃德说："没错，冤家还是少一个是一个。"

说罢，他抽出宝剑，就要结果地上那位骑士。就在这个当口，林中侍从赶过来，大叫：

"堂吉诃德先生，您等等！地上躺着的是您的朋友参孙·卡拉斯科学士，我是他的侍从。"

桑丘举眼一看，林中侍从的那个大鼻子不见了，就问他：

"您那个大鼻子呢？"

"在口袋里。"

说着，他伸手从右口袋里掏出一个用面团捏的大鼻子。这鼻子啥样前面已经说了，这儿就不形容了。桑丘定睛一看，突然大呼小叫起来：

"我的圣母马利亚呀！这不是老街坊、老伙计托美·塞西亚尔吗？"

"是我，是我啊！桑丘老伙计，我就是托美·塞西亚尔。你的好哥们儿！到底是怎么回事，我待会儿再跟你细说。你先替我求求堂吉诃德先生，可别杀了镜子骑士，别伤了他，也别打他。对，就是在地上躺着的这位，他真的是咱们的老乡参孙·卡拉斯科学士，没错。他是个冒失鬼，我是个瞎胡闹，这咱们待会儿再说，行吧？"

这时，镜子骑士已经醒过来了。堂吉诃德见此，就用剑指着他的脸说：

"快说！温柔内雅是天下头号大美人，比你那个什么卡西尔德娅强得多。要不，我马上叫你见阎王！你摔得这么重居然得以活命，那就去托博索城，代我拜见我那位小姐，听她吩咐。如果她让你自便，你就回来把拜见的前后情况，如实向我禀告。我这一路前行，肯定有所作为，自然会留下踪迹，你可寻迹将我找到。我让你做这些事可都是决斗前说好的，也不违反骑士道的规矩。"

地上那位骑士说："我说，我承认，温柔内雅小姐的破鞋脏鞋，都比卡西尔德娅那把虽说干净可乱糟糟的胡子值钱。我也一定按您的吩咐，去拜见您的那位小姐，回来如实向您报告。"

堂吉诃德说："还有，你得承认，你打败的那个骑士根本不是也绝不可能是堂吉诃德，而是另一个和他长相差不多的人。比如你吧，长得真像参孙·卡拉斯科学士，可你不是，而是另一个和他相貌相同的人。我的仇人把你变成学士的模样，是让我发火时能克制自己，得意时大发慈悲。"

地上躺着的那位骑士，摔得实在太狠，身子动都动弹不得，连连告饶道：

"您说的我都承认，您讲的我都认可，只求您让我站起来就行。我这跤摔的没把小命要了，还真不知道能不能站起来呢。"

堂吉诃德和那位叫托美·塞西亚尔的侍从将他扶起。桑丘一直盯着林中侍从，问这问那。听他回答的话，确实是自己的乡亲托美·塞西亚尔。可主人说林中骑士都是叫魔法师变成参孙的，难道这位托美不会是假的吗？一想到这儿，他也不敢相信曲前的事实了。简言之，堂吉诃德主仆俩到底也没搞明白这是咋回事，就继续赶路，奔萨拉戈萨去了。剩下的镜子骑士和他的侍从，一对倒霉催的，只好没精打采，相跟着去找地方看病吃药了。要知这两位到底是谁，下章就给您讲个明白。

第十五章 | 真疯子得胜欢天喜地
          假骑士落败垂头丧气

　　堂吉诃德心花怒放，喜气洋洋。不可一世的镜子骑士怎样？不是也败在了他的枪下？那位败是败了，到底还是游侠骑士，肯定要履行诺言，代他去拜见温柔内雅小姐，然后回来向他禀报小姐的情况，这样，他就可以知道小姐是否已消除了魔法。堂吉诃德越想越高兴，越想越得意。那位镜子骑士可就不一样啰，他这会儿，还有啥可说的，只一心想找个地方治他的伤。

　　前文书讲了，参孙本来和神甫、理发师都劝堂吉诃德，别再跑出去胡折腾，老老实实在家里过日子，可怎么劝都不行。怎么办？参孙想了个主意：既然劝他是白费唇舌，瞎耽误工夫，不如来个欲擒故纵，干脆鼓动他出去冒险。等他出了门，参孙再扮成游侠骑士的模样，在半道把他截住，找个借口，和他打一仗，把他打败。打之前讲好，谁输了就得听赢家的话，叫干啥就得干啥。参孙冒充骑士打败他，就可以命令他马上回家，两年之内不得出门。堂吉诃德自然不敢违反骑士道的规矩，一定会乖乖地回家待着。他两年不外出，待在家里，也许胡思乱想的病会不治而愈，至少也有时间想法子为他寻找妙药良医。参孙以为这个计划执行起来易如反掌，就披挂起来，准备照计而行。不但他胸有成竹，还有自告奋勇，给他充当侍从的呢。这个人就是桑丘的老伙计、老街坊托美·塞西亚尔，人极聪明，又爱逗乐。

　　参孙扮成骑士，托美给自己安了个大型的假鼻子。这样，堂吉诃德和桑丘见了也认不出来。他俩紧紧跟在堂吉诃德主仆后面，差点儿也碰上戏班子上演的那个奇遇，最后到了那片树林子里，才追上桑丘他们。他们四位相遇后发生的种种

事情，读者诸位早已知晓，这里就不赘述了。幸好堂吉诃德头脑异常，一口咬定学士不是学士，否则，学士先生恐怕永远也别想当硕士了。

参孙"想掏家雀，可连家雀窝都没找着"，如意算盘落了空，还摔得半死。托美说：

"这件事弄到这个田地，也是咱们活该倒霉。看起来挺容易，真做起来就不是那么回事了。堂吉诃德是疯子，咱们不是疯子，现在疯子啥事也没有，乐呵呵地走了，咱们这俩好人倒叫人折腾个够，一脸晦气。您说，到底是他这个真疯子疯呢，还是咱俩这假疯子疯？"

参孙说："这两种疯子大不一样。真疯子，也就是不由自主变成疯子的人，得一直疯下去。假疯子，也就是自愿当疯子的，只要不愿干了，随时可以不疯。"

托美听了说："得，原来我是自愿发疯，才做了您的侍从，现在，我不愿当疯子了，我要回家了。"

参孙说："你回不回家由你自己做主。反正我不能回，我得找到堂吉诃德，打他个半死。原先我是想治他的病，现在我要找他算账。我叫他折腾得浑身是伤，疼得要命，不能再对他讲什么善心了。"

两人边说边走，不久来到一个小镇，碰上一位接骨大夫。倒霉的参孙倒是治好了伤，可侍从托美不想再干，竟丢下他一个人回家去了。参孙如何设计报复堂吉诃德咱先不提，还是去找那个打了胜仗的骑士一起乐和乐和得了。

第十六章 乡绅大谈善举
游侠纵论诗道

　　上文说了，堂吉诃德在路上，踌躇满志，得意扬扬。他十分看重刚刚打胜的那一仗，认为那一仗已把他抬上了当代最英勇骑士的高位，以后再遇上什么风险，都将不在话下，他一定会所向披靡，马到成功。什么魔法师呀，什么魔法呀，在他眼里都不过是小菜一碟，不足挂齿。至于以前他挨的那些棍棒、打掉他牙的雨点般的石头块、那帮苦役犯的恩将仇报、阳圭人对他的乱打，他都忘得一干二净。他心里只惦记一件事，就是要想方设法破除温柔内雅小姐所受的魔法。假如这件事办成，就是天下最走运最幸福的游侠骑士他也不眼红了。他正这样左思右想，忽听桑丘问道：

　　"老爷，您说这事新鲜不新鲜？我那个街坊托美长得怪模怪样的大鼻子，怎么老在我眼前晃呢？"

　　"桑丘，你是不是真以为那个镜子骑士是参孙学士，他的侍从是你的老乡托美？"

　　"我也说不清楚。反正我听他讲我家的情况，我老婆孩子的事，一点儿没错。换了生人能知道得那么细吗？再说了，他把那个大鼻子一拿掉，跟托美简直是一模一样。我们是一个村的，两家只隔着一道墙，天天见面。说话的腔调也一个样。"

　　"桑丘，你说，参孙学士跟我远日无冤，近日无仇，凭什么要跑来跟我打仗？还顶盔贯甲，全副武装？我招他了，还是惹他了？我俩不是同行，不存在竞争的问题呀。难道他见我武艺高强，鼎鼎大名，眼红不成？"

桑丘说："老爷，您讲的这个理儿不错，可那位骑士怎么那么像参孙呀？还有他的侍从，简直跟我那老街坊托美一个模样，这都是咋回事呀？您说这都是因为法术作怪，可他们干吗不像别人呢？"

堂吉诃德说："这都是那些心狠手毒的魔法师使的坏。他们知道我这一仗必胜无疑，便把那个战败的骑士变成参孙的样子。你想呀，我一见是参孙，还下得了死手吗？心硬不起来，火儿也消了大半。这不就救了那个想害我的家伙吗？桑丘，你自己也有亲身体验嘛。前些日子，你亲眼看见温柔内雅美貌无比，可在我眼里，却变成了个粗鲁的乡下女人，眼睛迷迷瞪瞪，嘴里吐着臭气，长得要多丑有多丑。这还不都是魔法师捣的鬼？他们变美为丑，变丑为美，轻而易举。这你都见了。难道他们就不会变成参孙和你老乡的模样，跑来抢我的荣耀？他们爱咋变就咋变，反正我打败了他总是事实。有这就够了。"

桑丘说："反正上帝知道这都是怎么回事。"

把温柔内雅变成丑陋的村姑还不是他一手搞的花招，所以他根本不相信堂吉诃德那一番胡话，但他又不敢对嘴，免得说多了露馅。

二人正你一言我一语说着的时候，就见一人骑马赶了上来。那人身穿绿呢子外衣，黄丝绒镶边，戴一顶猎手的帽子，也是黄丝绒的。金绿色的皮肩带上，挂一把摩尔弯刀，脚蹬一双皮靴，也是金绿色的。马刺没有镀金，漆成绿色，油光铮亮，与他穿的外衣色彩一样，看上去倒比纯金的还要漂亮。再看他胯下的那匹母马，黑白花色，显得十分精神。那人赶上他们，客气地打了个招呼，又继续催马前行。堂吉诃德见状，忙说：

"美男子，要是您和我们同路，又没有什么急事，咱们一起走，不知尊意如何？"

那人答道："好哇。我急着往前赶，是怕我这匹母马惹您的坐骑来性子。"

桑丘忙接过来说："先生，您只管收住缰绳，我们这马呀，又老实又规矩，还从来没干过那种下贱的事呢。有一次，它想干那事，叫我和主人美美地揍了一顿。我说呀，您就大放宽心，跟我们一块儿走。实话跟您说吧，您就是把您那匹母马送上门来，它也不敢用正眼看。"

那人勒住了马，看见堂吉诃德那个样子和那副打扮，心中好不惊奇。也难怪人家惊讶。原来，本该扣在堂吉诃德脑袋上的那顶头盔，挪了地方，叫桑丘给挂在了他灰驴的鞍前。绿衣人上下打量堂吉诃德。堂吉诃德干脆盯着人家看。他觉得，这位绿衣人非同一般，有些来头。看上去，五十左右，白头发不多，瘦长脸，眼神介乎活泼与严肃之间，从装束和神情上看，是个有身份的人。

可在绿衣人眼里，堂吉诃德纯粹是一个怪人：细长的脖子，细长的身子，脸上有骨头没肉，整个儿一个瘦干猴。就这身板，还顶盔贯甲，全副武装，还有那副叫人哭笑不得的神情。简言之，他这副德行，这个地方已好多年没见过啰。

堂吉诃德看得明白，人家在仔细打量他，也知道对方心里在想啥。他这个人对谁都那么彬彬有礼，十分热情，所以不等人家发问，就主动自我介绍：

"您瞧着我稀奇古怪，对不对？这也难怪，我的长相确实新奇，不同一般。告诉您吧，我不是什么怪物，乃是一名游侠骑士，就是那种

人人争说

八方冒险

的骑士。我变卖家产，离乡背井，好日子不过，偏要把自己交给命运安排，无非是要把衰亡的骑士道重新建立起来。好多天来，我东跑西颠，磕磕碰碰，摔倒了，又爬起来，一直勇往直前。我扶助孤童弱小，保护各种女子，不管是大姑娘、小媳妇，还是失业寡妇，不知救了多少，总算大致完成了夙愿。我做的这些好事，建立的这些武功，已载入史册，人家印成了书，几乎传遍了世界。写我的那本传记已经印了三万多册，看样子，再印三千万册也打不住。干脆我就直说吧！我就是堂吉诃德·德拉·曼卡，人称苦脸骑士。俗话说：'自吹自擂，不怕害臊。'我这可是没办法，没人引见，只好自个儿介绍。绅士先生，您听了我的自我介绍，知道我姓甚名谁，干的哪一行当，再看看我这身装束，这副模样，恐怕就不会大惊小怪了。"

绿衣人听完堂吉诃德的话，半天没言语，好像不知说啥的好。后来，才开口道：

"骑士先生，您猜得不错，我确实觉得您很奇怪。您说，经您自我介绍，我知道了您是谁，我就不再奇怪了。可听了您刚才那一番话，我反倒更觉得稀奇了。难道现在还有游侠骑士？还有人为他们出传记？还真有侠客义士助幼扶弱，保护妇女？要不是在这儿亲眼见到了您，我还真不相信呢！您说写您的那本传

记，把您做的那些好事善举全写了进去，这实在太好了！有了您这本真的，那一大堆假游侠骑士小说肯定就没人看喽！那些坏书，胡编乱造，伤风败俗，把人家正经的传记都害得没人敢信敢读了。"

堂吉诃德说："骑士书里写的事是真有其事，还是胡编乱造，咱们还可以商量。"

绿衣人说："难道还有人不相信那些书都是瞎编的？"

堂吉诃德说："我就不信。为啥？咱们待会儿再说。不错，是有一些人认为那些书讲的全是假话。但您不该和他们一般见识。咱们不是搭伴走吗？等我路上跟您慢慢说，您听了一定会说我讲得有理。"

绿衣人听了这几句话，心想，这家伙八成是个疯子，打算再听他说几句，好证明所料不差，哪承想堂吉诃德不再讲了，反过来要绿衣人也把自己介绍介绍。绿衣人无奈，只好答道：

"苦脸骑士先生，我是个乡绅，就住在前头那个村子，要是上帝肯帮忙，咱们今儿个就能赶到那儿吃饭。我叫堂迭戈·德·米兰达，有老婆、孩子，还有几个好朋友，家境算得上小康吧。喜欢打打猎，钓钓鱼。我爱打猎，可不养什么老鹰和猎犬。我在家养的玩意儿有两个：一只非常听话的石鸡，一只十分勇猛的白鼬。我还有七十多本书，有西班牙语的，有拉丁语的，有讲历史的，还有宗教方面的。骑士小说嘛，压根儿没踏过我家的门槛。我对宗教方面的书兴趣不大，常看的是世俗读物，这种书文笔优美，情节动人，内容也健康，实在是消闲解闷的好东西，可惜咱们西班牙这样的书太少了。我经常和街坊、朋友一起吃饭，请人家到我家进餐的时候居多。跟您说吧，我每次请人家来吃饭，做的菜又丰富又卫生。我不在背后说人闲话，也不喜欢听别人的是非。人家的私事我不感兴趣，也不喜欢去干涉别人的事。我每天都要做弥撒。我帮助穷苦的人，做了好事从不张扬，因为我不愿落个假善人的恶名，也不想要什么虚荣。人最容易犯这两种毛病，我得时刻小心。碰上别人闹矛盾，我就主动去调解。我信仰圣母，真心实意相信我主上帝的仁慈。"

桑丘竖着耳朵，一直听完了乡绅的话，觉得他真是个善人、圣人，心想这人肯定会干出奇事来，就急忙从驴背上翻下来，跑到那人跟前，抱着马镫，玩命地亲人家的脚，眼里含着泪水，心里充满虔诚。那人一见，十分奇怪，便问：

"这位老兄，为何亲我的脚呀？"

"您就让我亲个够吧！我这一辈子还头一回看见骑马的圣人。"

"我哪是圣人，我造的孽多了。老兄，我看你才是圣人，瞧你有多好的心眼儿。"

桑丘重新又跨上毛驴。他这一出不但把一脸愁容的主人逗笑了，也使堂迭戈更觉奇怪。接着，堂吉诃德又问人家有几个儿女，还发表议论，说古代哲人不知有上帝，认为人生在世，先天优越，后天走运，多子多孙，高朋满座才称得上大福大贵。

乡绅说："堂吉诃德先生，我只有一个儿子。要是一个没有，也许我会活得更舒坦。倒不是这儿子不好，而是没我希望的那样好。他也有十八岁了，已经在萨拉曼卡大学学了六年拉丁语和希腊语。我的意思，希望他再学点儿东西，比如法律呀、神学呀。这神学可是所有学问的基础。可他一概不感兴趣，却偏偏迷上了诗。这诗也算是学问？当今朝廷重赏德才兼备之士，因为有才无德，就等于一颗珍珠掉进了粪堆。所以，我希望他有个长进，能光宗耀祖，门庭生辉。可他呢？一头钻进诗堆里，整天琢磨荷马《伊利亚特》里某句诗写得好还是不好，马尔西阿勒的某首讽喻诗是否有失体统，维吉尔的某行诗如何理解，还有贺拉斯、佩尔西乌斯、尤维纳利斯和提布卢斯等。总之，一天到晚，心里想的，嘴上说的，全是这几位古罗马诗人的东西。至于现代西班牙语诗，他根本看不上眼。你说他不喜欢现代诗吧，可最近却在那儿挖空心思，要把一首四句诗改写成四节诗①。这首四句诗是人家从萨拉曼卡寄来的，我猜想，恐怕是要参加什么诗会吧。"

堂吉诃德听罢，说："先生，孩子都是父母的心头肉，好赖当爹当妈的也都像命根子一样对待。父母的责任，就是教孩子们学好样，走正道，做一个有善心的基督教徒，等长大了，对老辈孝敬，对自己的孩子也是个榜样。硬要他们攻读这科，钻研那科，我看也不一定合适。当然啦，提个建议，劝一劝，也还是可以的。年轻人生来有福气，父母有条件供他读书，他用不着为生计奔波，愿意学什

---

① 原文为glosa，敷衍诗体，即将一首短诗的每句发展为一节，该句为每节最后一句。

么就随他好了，不要强求。诗虽说只供人欣赏、消遣，没有多少实用价值，但也比有些玩意儿学了有伤大雅要好。绅士先生，我觉得，诗这个东西呀，就像个小姑娘，又美丽又娇嫩，其他学科像啥呢？就是一帮子丫头，围着她转的使女，打扮她、侍候她、供她差遣。这位小姑娘可不喜欢叫人家动手动脚，随意乱摸，也不乐意在大街广场上抛头露面，更不愿意叫人藏于深宫内院。写诗好比炼金，只有妙手高才方可造就出有如无价真金的好诗。作诗要慎之又慎，切莫叫她堕落成卑鄙下作的讽刺和丧失人性的宣泄。诗是不能拿去卖钱的，当然，不包括讴歌英雄的历史剧、不像样子的悲剧和装腔作势的轻喜剧①。哗众取宠的小丑和无知的庸夫是决然不懂诗的价值。他们没有资格写诗品诗！我说的无知庸夫，不单指一般老百姓，也包括王公贵族里的无知之辈。一句话，按我的标准学诗写诗，就会成名，受到世界各文明国家的赞颂。对了，您刚才好像说过，贵公子看不上西班牙语诗。如果是这样，那他就不对了。道理很简单：伟大的荷马不用拉丁文写作，因为他是希腊人，维吉尔不用希腊文写作，因为他是罗马人。一句话，古时候的诗人都是用自吃奶从妈妈那儿学来的语言从事创作的，没有人用外国语表达自己高深的思想。所以，不管哪国诗人，都不会因用本国语言写作遭受歧视，德国的、西班牙的、比斯开的，都一样。不过，我猜呀，您的儿子恐怕并不是不喜欢西班牙语诗，而是不喜欢那些用土话写的诗。写那些诗的人不懂外文，又无别的学问，就算有些天分，也难有出息。可就算是这种情况，他也不对。要知道，诗人是天生的。这是一条真理。也就是说，诗人从娘肚子出来就是诗人。诗人不必去学什么技巧，只凭天分就能写出好诗，就能证明'上帝就在我心中'这句至理名言。当然，有了技巧，诗会写得更好。但没有天赋，单凭技巧，则是万万不行的。一句话，天赋是根本，有技巧是锦上添花；单有技巧，没有天赋，是决然写不出什么好诗来的。完美的诗人就是天赋加技巧。

"先生，我讲了半天，无非是想告诉您，就让您的公子照命运指点的路走下去吧。他很用功，已经有了很好的古典语言基础，如果继续奋斗，一定会登上文学的顶峰。剑袍绅士加上文学成就，就如同主教戴上法冠，法官穿上礼服，马上

---

① 上述剧均为诗剧。

会光彩夺目，身价倍增。要是贵公子作诗讥讽他人，损害人家名声，您一定要说他，责备他，甚至撕掉他写的那些玩意儿。可他要是学贺拉斯的榜样，写诗惩恶扬善，醒世警俗，而且文笔流畅优美，您就应当对他大加赞扬。诗人可以批评斥责嫉贤妒能的小人，也可以嘲弄其他恶习，但不必指名道姓。诗人品行好，写出来的诗也品位高。不过，出言不逊，恶语伤人的，的确也大有人在，不是有人宁肯冒被流放到彭托岛的危险，也要写诗骂人吗？思之于心，行之于笔，心里怎么想，笔下就怎么写，所谓：文乃心声。诗人德高望重，才高八斗，德才兼备，君王器重，王公厚赏，甚至头戴桂冠。相传雷公不打戴桂冠的人，就是说，凡头戴桂冠的人，谁也不敢欺负。"

绿衣人听了堂吉诃德这番宏论，简直佩服得五体投地，早忘了刚才还把人家当成疯子那回事了。桑丘可不喜欢听他们在那儿瞎扯，见路边有牧人在挤羊奶，就跑过去要奶喝。乡绅觉得堂吉诃德讲得头头是道，很有见地，想接着再谈。谁知堂吉诃德一抬头，忽然看见路上跑来一辆大车，上面挂满国旗，猜想一定又是什么冒险的奇事，就大声叫桑丘把头盔送过去。桑丘一听主人召唤，急忙催动胯下的灰驴往回跑。这回，堂吉诃德可真的碰上奇遇了。

骑士胆大与狮斗
猛兽无意卧笼中

　　堂吉诃德大呼小叫，命桑丘拿头盔给他的时候，桑丘正在买奶酪。他一听主人唤他，心里着急，手忙脚乱，不知用啥盛奶酪。钱都给了，扔了怪可惜，突然有了主意：把奶酪放在头盔里不就得了！他就提着这玩意儿往主人那儿跑，看看到底出了啥事。等他到了，堂吉诃德对他说：

　　"伙计，快把头盔给我！又有冒险的差事啦！我一看就知道，没错。我得赶紧操家伙！"

　　绿衣人听他说得这么肯定，就四下张望，看了半天，只瞧见一辆大车，上头插了两三面小旗，心想，莫非是国王陛下他老人家的运钱车？就把自己的猜想对堂吉诃德讲了。堂吉诃德满脑子里除了冒险打仗，就是打仗冒险，哪儿听得进这种话？只听他答道：

　　"有所准备，不会吃亏。这方面我可深有体会。我那些冤家对头花样翻新，有看得见的，有看不见的。他们在什么地方，什么时候钻出来跟我干，谁也拿不准。他们变成什么模样，以什么方式袭击我，谁也说不清。"

　　说罢，他就问桑丘要头盔。桑丘来不及取里头装的东西，就连奶酪一起递了过去。堂吉诃德急着要打仗，顾不上看一眼里面有啥东西，接过来就往头上一扣。这么一扣不要紧，奶酪全成了奶水，从头顶上往下直流，弄得他满脸满胡子都是汤汤水水。他吓了一跳，对桑丘说：

　　"桑丘，这是咋回事？我脑袋瓜儿破了？脑子流出来了？还是从脚到头都在冒汗？我咋出这么多汗呢？我可不是吓的。我知道眼前这场仗是要拼个你死我活的，我不怕。快给我弄个什么玩意儿擦擦眼睛，全叫这汗眯住了。"

桑丘不敢吭气，赶忙递过去一块布，心想：谢天谢地，老爷还没明白是咋回事。堂吉诃德脸是擦干净了，可头顶还觉着冰凉，就摘下头盔一看，里面全是又白又软的东西，用鼻子一闻，气得大骂桑丘：

"我以温柔内雅小姐的芳名发誓，你这该死的家伙，竟用我的头盔盛奶酪！你是存心跟我捣乱！"

桑丘装傻充愣，慢条斯理地说：

"真是奶酪，那您赶紧让我吃了算了。不行，不行，还是叫鬼吃吧，准是他放进去的。老爷，您说，我桑丘有那么大胆吗？故意把老爷您的头盔弄脏？咱从来没干过这种缺德事吧？对不对？现在我算明白了。我给您当侍从，受您提拔，就是您的人，所以，那些跟您作对的魔法师也跟我过不去。他们故意把这些脏玩意儿放到您的头盔里，就是叫您发火生气，因为您一发怒，就会打断我几条肋骨。这不是瞎耽误工夫吗？老爷您一向通情达理，知道我这儿别说奶酪，连奶都没有，能干那事吗？真要有的话，我也不会倒到头盔里，早进我肚子了。"

堂吉诃德说："这话说得也在理。"

那乡绅觉得这主仆俩怪怪的，特别是堂吉诃德。堂吉诃德擦净了头脸和胡子，又把头盔擦干，重新戴上，在马上挺起胸脯，一手按剑，一手持矛，叫道：

"过来吧！就是魔王亲自出马，我也不怕！"

这时，大车已经快到跟前。车上没几个人。车夫骑在最前面的一头骡子上，车前边还坐着一个人。堂吉诃德往车前一站，问：

"伙计，上哪儿去呀？这是啥车？车上装的是什么东西？这些旗子是干啥的？"

车夫说："车子是我的，车上装的是两头狮子，都关在笼子里，是奥兰总督给国王进的贡品。旗子是咱们国王陛下的，一看这旗子，就知道车上的东西全是他老人家的。"

堂吉诃德问："狮子大不大？"

坐在车前的那个人说："可大了。从非洲运到咱们这儿的狮子，还没见过有这么大的。我专门管狮子，经常运送这些动物，像这么大的还真没见过。车上这对狮子一公一母，前头这个笼子装的是公的，后头这个装的是母的。跟您实说吧，这两头狮子今天啥也没吃，肚子肯定饿得够呛，所以，请先生您还是让开路，我们好抓紧时间找个地方给它们喂点儿吃的。"

堂吉诃德听了，微微一笑，道：

"拿狮子吓唬我？这二位押车的老哥，你们也不看看我是谁，我怕一两头狮崽子？得，老天在上，我告诉你们，你们不是管狮子的吗？好，那就把笼子打开，放出这两头畜生！让你们看看我堂吉诃德是有种还是没种。实说吧，那些魔法师想拿狮子吓唬我，是打错了算盘！"

乡绅一听他的这番话，心想：

"得！咱这位大骑士算现出了原形！不用说，准是脑壳叫奶酪泡软了，脑子也给焐熟了。"

桑丘见主人要跟狮子比试比试，赶紧过来对乡绅说：

"先生，您看在上帝的面上，想个啥法子，千万别叫我家主人和狮子干架。弄不好，咱们大伙儿都得跟着遭殃，叫那畜生撕成一块一块的！"

乡绅说："你相信他真疯了？真要跟这两头野兽打仗？"

桑丘说："他哪儿是疯呀，是不怕死。"

乡绅说："那我就去劝劝他。"

这时，堂吉诃德还在叫喊，让人家把笼子打开。

乡绅走过去，对他说：

"骑士先生，游侠骑士绝不干没把握的事。勇敢是美德，但过了头就是胡来，算不上勇敢，是发疯。再说，人家那两头狮子也没招您惹您，可以说，半点这种意思都没有，对不对？人家不是讲了吗？那是给国王的贡品，您拦着不让走，恐怕不太合适吧？"

堂吉诃德答道："您少管闲事！还是去看自己的公鸡和白鼬吧。各人自扫门前雪，休管他人瓦上霜。那两头狮子是不是冲我来的，我自己心里有数。"

说罢，他又转过身，对车上的人大呼小叫：

"你这浑蛋玩意儿要是不听我的话，马上打开笼子，我立刻用长矛把你钉在车板上！我敢发誓，绝不食言！"

车夫见这顶盔贯甲的怪人要来真格的了，忙说：

"我的好老爷，您行行好。打开笼子可以，得先让我把骡子卸下来，找个安全的地方放着，要不，非叫狮子吃了不可。您不知道，我家里家外，就这挂大车和这几头骡子，要是叫这两头畜生给折腾完了，我可就没活路了！"

堂吉诃德说："你这个没用的东西！卸吧！随你的便。我告诉你，你这是瞎耽误工夫，待会儿你就明白了。"

车夫跳下车，开始卸那几头骡子。管狮子的那位这时大声说：

"您这几位先生也都看见了，开笼子放狮子，可是人家逼着我干的。所以，请各位一定做个见证。我还得和这位先生把丑话说在前边：这两头畜生要是伤了人，惹出了事，可都由您担着，我的工钱和别的损失。您也得包下。我这就开笼子，各位赶紧躲开。我没事，它们不会咬我。"

乡绅再三劝堂吉诃德别干这种伤天害理的事，说这会招天报应。堂吉诃德说他心里有数，不必过虑。乡绅叫他三思而行，说这明摆着要吃亏惹事。

堂吉诃德说："先生，您既然认定我非倒霉不可，您又看不过去，那您干脆赶紧找个保险的地方得了。"

桑丘瞧主人是铁了心要和狮子厮杀一番，心想这可不比风车大战和那次吓人的槌布机事件，这次可是玩命呀，就眼泪汪汪地求主人悬崖勒马，千千万万别找那个畜生的麻烦。他说：

"老爷，我从笼子栅栏那儿看见了狮子的一只爪子。光看这只爪子，就知道那头狮子的个头准比一座山小不了多少！这儿可没啥魔法那玩意儿了。"

堂吉诃德说："瞧把你吓的，你干吗不说比整个世界还大？桑丘，你还是一边靠着去，少管我的事！我要是死在这儿，咱们反正早说好了，你就去找温柔内雅。"

他还说了一大堆话。看样子，他是不会迷途知返，回心转意了。绿衣人想来硬的，可手无寸铁，如何对付得了一个全副武装的人，何况还是个疯子。堂吉诃德大呼小叫，催逼管狮子的人赶紧打开笼子。乡绅、桑丘和车夫见此，不敢怠慢，分头催赶自家的坐骑和牲畜，逃命去也。桑丘边跑边哭，心想，这一次主人肯定凶多吉少，必死无疑。他一个劲儿怪自己命不好，骂自己跟着堂吉诃德出来，纯粹是倒霉催的，瞎胡闹。别看他哭得挺惨，跑得可不慢，只见他不停地挥鞭，打得那灰驴飞也似的，恨不能一口气跑出十万八千里才好。管狮子的那位见大伙儿都跑远了，便把刚才那番警告和条件对堂吉诃德重申了一遍。堂吉诃德哪里听得进去，叫他少说废话，快把狮笼打开。

在狮笼将开未开的当口，堂吉诃德突然犯起嘀咕，倒不是怯阵，而是考虑与狮格斗是步战为好还是马战更佳。后来，他怕稀世驽驹叫狮子吓着，坏了他的大事，便决定步战。他跳下马，扔掉长矛，一手持剑，一手握盾，以盖世的胆量，一步步朝大车逼近，心里不住地祈求上帝和温柔内雅小姐保佑。作者行文到此，禁不住大声赞叹：

"啊！英勇无比的堂吉诃德！天下勇士你数第一！世上豪杰你排头名！你是英雄曼努埃尔再生，你是全西班牙的光荣！你弃马步战，你单身一人，你是伟大的孤胆英豪！你手无名刀利刃，只握一把佩剑，你护身的盾牌也非好钢锻造、寒光逼人，而你就要与之厮杀的是两只非洲猛狮！你这惊天动地的壮举，我这支秃笔实在难以形容，想叫后人信以为真，更是有心无力。曼卡勇士，还是让你自己的行动来描绘你的勇敢和无畏吧！"

作者一番感叹完毕，又言归正传。

管狮子的那位一瞧堂吉诃德的架势，是要来真格的，心想再不打开狮笼，那个天不怕地不怕的骑士非要他好看不可，就先打开前边那个笼子。这笼子里装的是一只雄狮，个头大得吓人，样子凶恶，令人不寒而栗。它原是躺着的，见笼门大开，便站起来，转了几圈，又一只爪蹬着笼底，伸了个懒腰，然后，张开大嘴，慢条斯理地打了个哈欠。接着，把舌头伸出嘴快两拃长，用它又是洗脸，又是揉眼睛。最后，才把脑袋伸出笼子，瞪着两只火炭般的眼睛，东瞧西望。它这种样子，别说一般的人，就是胆量超群的勇士见了也会骨头发软，两腿乱颤。可堂吉诃德根本就不知道什么叫怕，愣是目不转睛地盯着那狮子，就等那畜生出了笼子，他好上去将它剁成肉块。

疯成他这样的人实在少见。但奇怪的是，那狮子并没摆出气势汹汹的样子，而是十分慷慨，十分克制，根本没有理会堂吉诃德的无理取闹和荒唐挑衅。它转了几圈，最后，屁股对着堂吉诃德，又卧下了。堂吉诃德一瞧，就叫管狮子的用棍子打它几下，把它打出笼来。

管狮子的说："这我可不敢。我用棍子打它，它非把我撕成碎片不可。骑士先生，这就行了，您能这样就够胆儿大的了，您可别惦着碰第二回运气了。笼子门开着，狮子出不出来全看它自己。它要是到这会儿还不出来，那今儿个恐怕就不会出来了。您胆量过人，实在是空前绝后，这恐怕没人敢说个'不'字。可挑战的再胆儿大，也得等对手应战不是？假如对方不应战，丢人现眼的是他，胜利的桂冠自然应该戴在挑战一方的头上。"

堂吉诃德说："你说得不错。那就关上笼子吧。不过，有一条，你得给我当个见证，把你亲眼看见的情况如实告诉大伙儿，就是说，你打开笼子，我等着狮子出来，它转悠了半天，却不出来。我又等了一会儿，它还是不出来，后来，干脆躺下不起了。我该做的全做了。魔法一边靠着去吧！上帝才是正义和真理的卫道士，他老人家保护货真价实的骑士。好，你关上笼子，我把那几个逃走的叫回来，别忘了把刚才的事告诉他们。"

看狮子的关上笼子。堂吉诃德把刚才擦奶酪的那块布系在枪尖上，摇晃着示意叫那几个人回来。那几位由乡绅领着还在没命地往远处跑，不过跑一步就回头望望。桑丘忽见一块白布在空中乱晃，就说：

"准是我家老爷打败了那两头大狮子，看，他正摇白旗叫咱们回去呢！我要胡说，你们就杀了我！"

忙着逃命的这几个人听桑丘这么说，都站住了，回头一看，果然是堂吉诃德在摇白旗，打信号，表示平安无事，便大着胆子往回走，但走得很慢，等快走近了，才听见堂吉诃德叫他们的声音。大伙儿到了跟前，就听见堂吉诃德对赶车的说：

"老兄，赶上车走吧。我误了你们赶路，理应赔偿。桑丘，给这二位拿两枚金币。"

桑丘说："给钱咱不心疼，我是想知道那两头狮子到底咋了？是死了，还是活着？"

看狮子的那位就把刚才的情形讲了个详详细细，对堂吉诃德大吹特吹，说他如何英勇，如何胆大；说狮子一见他吓得不敢出笼子；说笼子一直大开着，可狮子说什么也不出来；还说堂吉诃德叫他逗狮子的火，好叫它出笼和骑士厮杀，他说这样做是跟上帝过不去，会遭天罚；骑士不高兴，但也无可奈何，只好让他关上狮笼。

堂吉诃德对桑丘说："听见了吧？魔法师有啥了不起？真正的骑士他治不了，他们可以叫我捣乱，坏我的运气，但绝对抵不过我的胆量和意志。"

桑丘按主人吩咐，给了车夫金币。车夫套上牲口，准备起程。看狮子的捧起堂吉诃德的手一个劲地亲吻，表示谢赏，说见了国王陛下，一定要把堂吉诃德这个可歌可泣的英雄事迹向他老人家如实禀告。

堂吉诃德说："要是陛下问起干这种事的是何许人，你就说是'狮子骑士'。原来我叫'苦脸骑士'，现在呀，我改名了，换姓了，不再叫什么'苦脸骑士'了。以后，我就叫这个名：'狮子骑士'。过去游侠骑士都这样，只要自己乐意，或者认为有必要，随时可以改名。"

长话短说。大车自去赶路，堂吉诃德主仆和绿衣人继续前行。堂迭戈一直没有吭声，心思全放在了堂吉诃德的身上。他留意他的一言一行、一举一动，觉着这个人，你说他是个明白人吧，可又疯话连篇，你说他疯吧，他又明明白白。这也难怪，因为乡绅从未听说也从未读过堂吉诃德传记的上卷。要是读过，就不会对堂吉诃德的所作所为大惊小怪了。所以他一会儿觉得骑士见识高明，一会儿又觉得他是个疯子。事实也是如此。这堂吉诃德讲起话来，头头是道，谈吐高雅，可做起事来，又显得十分荒唐，简直是胡闹。"明明是奶酪，他却说是化掉的脑子！笼子里装的是吃人的狮子，他却要人家放出来跟他决斗！这不是疯到家了吗？"乡绅心里正这样想着的时候，忽听堂吉诃德说：

"堂迭戈·德·米兰达先生，您一定认为我是个十足的疯子，对不对？您没错。谁见了我的举动都会这样说。其实，我并不疯，更不傻。在斗牛场上，当着国王的面，一枪刺中凶猛的公牛，您说棒不棒？举行比武大会，顶盔贯甲，骑着骏马，从夫人小姐面前走过，您说光彩不光彩？在王宫府邸表演武功，给陛下添乐，为朝廷争光，您说体面不体面？但最光彩、最体面、最棒的还要数游侠骑士。他们踏遍旷野荒郊、深山密林、大路小道、出生入死、不避艰险、下定决心、勇往直前，只为千古留名，万古流芳。我认为，在野外救一个寡妇的游侠骑士，远比在城里向姑娘献殷勤的宫廷骑士光彩。不同骑士有不同的任务。宫廷骑士要做的事情不算少：侍候夫人小姐，身穿礼服，显示朝廷的威严，向穷绅士施舍好菜好饭，组织比武，安排操练。他们只要表现出朝廷的高贵、慷慨，尤其是对基督的忠贞不贰，就算完成任务。可游侠骑士要履行自己的职责就不那么简单了。他们要走遍天涯海角，经受千难万险。酷暑，他们得背着日头走；寒冬，他们要迎着风雪上。他们不怕豺狼虎豹，不怕妖魔鬼怪，他们的天职恰恰是要对这些凶恶丑陋的东西进行跟踪追击，同它们决一死战，将其彻底打败。本人三生有幸，成了一名游侠骑士。我既然是游侠骑士，就有义务履行自己的职责。我与狮子决斗，就是在履行自己的职责。我明白，这未免有些鲁莽。世人有两个毛病，一是怯懦，一是鲁莽。介于这二者之间的，才是真正的勇敢。一个勇敢的人宁可鲁莽，也不能怯懦。挥霍的人慷慨起来不难，鲁莽之士则容易变得勇敢。堂迭戈先生，跟您说吧，在打仗这方面，宁可输于鲁莽，也不能失之怯懦。您说，您是乐意听'某某骑士鲁莽轻敌'呢，还是'某某骑士胆小如鼠'？"

堂迭戈说："堂吉诃德先生，您说的句句在理。看样子，就算游侠骑士的规矩全失传了，咱们也不必害怕，这不还有您这本活章程吗？我看天也不早了，咱们还是赶路要紧，早点儿到村子，您也好歇歇。您这一天虽说没耗多少体力，动了不少脑筋，这也一样累人。"

堂吉诃德说："堂迭戈先生，谢谢您的这番好意。"

说罢，三人继续赶路。约莫下午三时，他们到了堂迭戈的村子。堂吉诃德给堂迭戈也起了个外号，叫绿衣骑士。

第十八章

主人诵读爱情诗
贵客高论骑士道

　　堂迭戈家是个大宅。门额虽说是粗石制成，上面却刻有族徽。门楼底下是酒窖，院子就是酒库，到处都是酒坛子。这些酒坛子都是托博索产的，睹物思人，堂吉诃德禁不住想起了他那位中魔变相的温柔内雅。他也不看跟前还有别人，竟长叹一声，哼出了两句诗：

　　　　宝贝啊！怎么咱们会在这地儿碰见？
　　　　往日的甜蜜又激动在我的心间！

　　接着，又感慨道：
　　"托博索的坛子啊！我那位温柔甜美的姑娘啊！你叫我想得好苦啊！"
　　这时，堂迭戈的夫人和儿子，就是那位兼做诗人的学生，已经迎了出来，正好听见堂吉诃德这番感叹，再一看他那副怪样，母子俩顿时惊讶不已。堂吉诃德一见是女主人，赶紧从稀世驽驹身上下来，彬彬有礼地要去吻她的手。堂迭戈介绍道：
　　"夫人，这位是堂吉诃德先生，当今世界上最勇敢、最聪明的游侠骑士，你可要好好招待哟。"
　　夫人名叫堂娜克里斯蒂纳，她非常客气、非常亲切地向客人表示欢迎。堂吉诃德以礼还礼，也讲了一番客套话。接着，又和那位学生寒暄了几句。这位公子觉得他说起来，还是蛮有条理的。

接下来，作者详尽无遗地描述了主人家的陈设，向我们显示了乡中富户殷实的景象。译者认为传记以事实为重，其他琐事与故事关系不大，不如略去，以免絮烦。

主人把堂吉诃德请进一间客厅。桑丘替他扒下那身盔甲。里边穿的羚皮紧身衣和宽腿长裤已被盔甲蹭得满是油垢；衬衣的大翻领是学生装式的，既没上浆，也没花边；软靴是枣色的，外面套的硬皮鞋上只上了蜡；据说他患有肾病，所以挂佩剑用的肩带都是海狗皮的。他外面还披一件灰细呢子大衣。他先用了五六桶水冲洗脑袋和脸，洗下来的水还是乳白色的呢。这全怪桑丘嘴馋，买了那点儿倒霉的奶酪，弄得主人满头满脸都是乳白色。洗好了脸和头，堂吉诃德穿着上面说的那身衣服，来到了另一间客厅，真是举止不俗，气度非凡。堂选戈的公子正在那儿等他，想趁开饭前的工夫，跟他聊聊。女主人堂娜克里斯蒂纳见家里来了贵客，打算显示显示她多么懂得礼数，善待客人。

堂吉诃德脱盔卸甲，洗头净脸的时候，堂罗伦索，也就是那位学生兼诗人，对他父亲说：

"父亲大人，您领回家那位客人到底是什么人呀？他姓名出奇，长得更怪，我和我妈都觉得这个人不同一般。"

堂选戈说："我也搞不明白。我亲眼见他发疯发狂，可过一会儿讲起话来，又头头是道，根本不像个疯子。你待会儿跟他聊聊，看看到底是咋回事。你脑子行，会看出他是真疯还是装傻。我看哪，他不像个明白人，八成就是个疯子。"

堂罗伦索听了他爹的话，就在客厅等堂吉诃德。堂吉诃德一到，堂罗伦索就和他聊了起来。

堂吉诃德对堂罗伦索说：

"令尊堂选戈·德·米兰达先生说您才高八斗，聪明过人，还说您是位大诗人。"

堂罗伦索说："说我是诗人还凑合，要说是大诗人，那就言重啦。是啊，我喜欢诗，也爱读名家的诗，但无论如何也算不上大诗人。"

堂吉诃德说："您如此谦虚，实在令人钦佩。一般诗人都十分自负，都认为自己是天下第一，世上头名。"

堂罗伦索说："凡事总有例外，恐怕谦虚的大诗人还是有的。"

堂吉诃德说："这种人少得可怜。听令尊讲，您眼下正在写诗。不知是什么体的，要是敷衍体，本人倒很想拜读，我对这类诗可以说略知一二。您准备参加赛诗会的话，我主张您拿个二等奖就算了。一等奖那是给有来头和大人物的，拿二等奖的才有真本事。所以，一等奖实际上是三等奖，三等奖该是二等奖。大学里授学位也是这么回事。当然啦，一等奖到底是一等奖。"

堂罗伦索心想："现在我还不能说你是疯子。我还得接着跟你聊。"

"看样子您一定读过书，您做的是哪行啊？"

"游侠骑士。这一行跟那个诗学可以平起平坐，甚至还略胜一筹。"

堂罗伦索说："这也算学问？还真没听说过。"

堂吉诃德说："这一行学问大了，世上的学问，它差不离地全包了。干这一行，你首先得是个法学家：知法懂法，什么该奖，什么应罚，哪个有罪该判刑，哪个罪小应减刑，你都要弄明白。其次，得是个神学家：不管走到什么地方，也不管是谁来请教，你都要把信奉的基督教义给人家讲个一清二楚，绝不含糊。再次，还得是位大夫，尤其兼通草药：到了荒郊野外，你受了伤，上哪儿去找大夫，只能拔点儿草药，自行处理。最后，得是个星象学家：抬头一看天上的星斗，就知道是夜里几点，自己在什么方位、什么地带。你还要懂点儿数学，这方面的知识随时都有可能用上。当然，言行举止都必须合乎宗教道德和世俗伦理，这就不用说了。还有些小本事，你也得会。比如游泳，必须有人鱼尼古拉斯那样的水性，尼古拉斯也叫尼古拉奥。再比如，钉马掌、修马鞍这类小事也得会。咱们还回到大的方面上来。你得对上帝和心上人忠心耿耿，得心慈面善、慷慨大度、言辞高雅、勇敢善战、不避艰险，还要有为真理舍得性命的决心。真正的游侠骑士就得有这些品德和本事。这一行不仅要学懂学通，还要用到实际当中去。您说，堂罗伦索先生，这一行算不算一门学问？它能不能和学校里教的那些东西并肩媲美？"

堂罗伦索说："要真像您说的这样，这一行那可算是顶尖的学问啦。"

堂吉诃德说："'要真像您说的这样'？这是什么话？"

堂罗伦索说："我是说，我不知道像这么有德行这么有本事的游侠骑士，过去是不是真有，现在是不是还有。"

堂吉诃德说："有句话我讲过了一千次，现在还得再讲一遍。这世上的人哪，多半都认为从来就没有游侠骑士这种人。要让他们明白游侠骑士不仅古时有，而且现在仍然有这个事实，我就是把嘴说破了也没用。依我看，只有上帝显灵，他们那个木头脑袋才能开窍。您跟大多数人一样，看法有误。不过，我这会儿不想跟您争论这个问题。我只祈求上帝，请他老人家告诉您：游侠骑士古时候起过多大的作用，而今又是多么需要他们。现在的人哪，就知道吃喝玩乐，纵情尽欲。"

堂罗伦索心里说："咱们这位客人有点儿走火入魔了。不过，得承认这个疯子不同一般，否则，我不就成大傻蛋了吗？"

正好聊到这个地方，开饭了。堂迭戈问他搞清楚没有，客人为啥疯疯癫癫。堂罗伦索说：

"他疯到家了，可有时候又挺明白。能搞清他这种毛病的大夫还没出世呢。他那个脑袋像本天书，抄写高手也认不出上面到底写的是什么。"

大家都去吃饭。饭菜果然像堂迭戈在路上说的那样，既丰盛可口，又清洁卫生。但堂吉诃德最喜欢的是这里宁静的环境和气氛，因为主人家真像个远离尘世的深山老庙。吃罢饭，谢了上帝，洗净双手，堂吉诃德请堂罗伦索把他准备参赛的诗朗诵给他听。堂罗伦索说：

"有些诗人你求他念念他的诗，他装腔作势，不给人家念，等你不要他念了，他又急着想显示显示。我可不是这样的人。叫我念，我就念。我念一首敷衍体诗吧。我写它也不是为了参加比赛，只不过是练练笔，活动活动脑子。"

堂吉诃德说："我有个朋友，人挺谨慎，他认为写敷衍体诗，费时费神，划不来，而且，再怎么下工夫，也赶不上原诗，还总是跟原诗的意思有出入。另外，这种诗体格律太严，不许发问，不能用'他说过''我会说'这些话，不能变动词为名词，不能改原来的意思，还有其他不少规定，把人管得缩手缩脚，一点儿自由都没有。总之，这里面的苦衷您一定比我清楚。"

堂罗伦索说："跟您说实话，堂吉诃德先生，我想找您的毛病，可您滑得跟泥鳅一样。"

堂吉诃德说："什么滑不滑的，我不明白您的意思。"

堂罗伦索说："这事先放一放，我以后再给您解释。现在我就把那首敷衍体诗念给您听。原诗是：

假如时光倒转，

往昔转眼重现；

假如时光提前，
今日就是明天。

我的敷衍体诗如下：

万事皆会过去，
幸福亦有终点。
美好岁月难忘怀，
只叹它永不回返！
意欲重温旧梦，
假如时光倒转。

荣华富贵，名利高官，
均非我心系所念。
活在我心坎上的，
只有幸福的昨天。
我昼思夜想，旦夕企盼：
往昔转眼重现。

我的愿望实在荒诞：
岁月流逝如江水，
过去的怎会回返？
现在如何变成昨天？
可我仍痴心不变：
假如时光提前。

明知白日做梦，
还要苦苦企盼；
这样活着倒不如马上归天。

可转念一想：

会不会奇迹出现：

今日就是明天。”

堂吉诃德听罢，跳将起来，一把拉住诗人的手，大叫道：

"老天爷啊！小伙子，您真不简单啊！真称得上世界上最优秀的诗人啊！应该给您戴上桂冠。有位诗人说，要接受桂冠得去塞浦路斯或加埃塔。求上帝原谅他吧，因为我认为，如果雅典的那些学院还有的话，应当去那儿接受桂冠，要不，去现在的巴黎大学、博洛尼亚大学和萨拉曼卡大学也行。您去参加赛诗会，如果裁判敢不给您头名，我就求上天叫太阳神用箭射死他们，让文艺九女神永不踏他们家的门槛！您能不能再念首长点儿的，也好让我全面领略一下您的大诗才。"

堂罗伦索认为堂吉诃德是个大疯子，可对他的恭维听得非常入耳，您说这怪不怪？其实，一点儿不怪。奉承、恭维、魅力无穷，人见人爱，堂罗伦索也不例外。他欣然应允，又念了一首十四行诗，写的是皮拉莫和蒂斯贝的恋爱故事：

墙上开个小缝隙，

美女欲见俊少年。

奇闻不胫千里走，

惊得爱神来观看。

缝隙太小难通话，

情人隔墙默无言。

心心相印自交流，

区区墙壁能阻拦？

姑娘天真又轻率，

以为幸福在眼前，

岂知天公不成全！

一座坟墓一把剑，

双双竟入鬼门关。

悲惨故事代代传。

堂吉诃德听罢，叹道："上帝圣明！差劲的诗人多如牛毛，您才是真正的诗人！冲您刚刚念的这首诗，就知道您是个大诗才！"

堂吉诃德在堂迭戈家受到贵客般的招待。四天之后告辞而去，行前对主人的盛情接待万分高兴，说既然干上了游侠骑士这一行，就不宜逍遥自在太久，应速去履行自己的职责，猎奇冒险。还说据传这一带冒险的机会挺多，打算试试自己的运气，然后再奔萨拉戈萨比武不迟。他准备先去蒙特西诺斯洞走一趟，据说那儿有不少令人叹为观止的事情，然后再看看人称"鲁伊德拉"的七湖，考察一下它的源泉所在。堂迭戈父子对他的打算大加赞赏，并表示他有什么需要，他们都可以满足，因为他人品高贵，所从事的行当也必定高尚。

告别主人那天，堂吉诃德心花怒放，桑丘·潘沙却一脸懊丧。在堂迭戈家，他有吃有喝，十分得意，现在又要去旷野深山吃苦受罪，靠干粮度日，他如何高兴得起来。可主人要走，他也没法，只好把褡裢装得满满的。临行时，堂吉诃德对堂罗伦索说：

"我好像对您讲过，现在再啰唆一遍恐怕也没害处。我是说，您要是想名扬四海，又不打算费时费力，就趁早别再作诗，赶紧改行当游侠骑士，这条道虽说比诗人的路还要窄一百倍，但眨眼间就能把您送上皇帝的宝座。"

单凭这几句话，就可以断定堂吉诃德是个大疯子，可他还要饶上几句。他接着说：

"我真想把您带走，把我这行的规矩给您说上几条，比如，对顺从的人应当宽恕，对强暴狂妄者要镇压打击。不过，我明白，您年纪还很轻，又舍不得丢下令人赞叹的学业。这样吧，我有几句话相告：做诗人要想成名，就得多听听别人的批评，少固执己见。做爹妈的没一个觉得自己生的孩子难看，作文写诗的更没一个认为自己写的东西不行。"

堂迭戈父子一听大为吃惊，刚才堂吉诃德还满嘴胡说，转眼间竟口吐良言，实在叫人捉摸不透。不过，他到底还是要去猎奇冒险。宾主再次告别，连女主人也出来送客。堂吉诃德主仆各自跨上坐骑，又重新登程。

才听风流故事
又看学子比剑

第十九章

堂吉诃德离开堂迭戈的家没走多久，就遇上四个人。其中两位既像教士又像学生，另外两个是农民。四个人骑的全是毛驴。一位学生背着个绿麻布包，里面好像装的是些白色的毛料和两双线袜。另一位学生随身只带了两把击剑用的钝头无刃剑，还是新的，上面都套着皮套子。两个农民大包小包的，一看就知道是从哪个大城市买东西才回来。堂吉诃德那身装束那副模样，谁见了都会大吃一惊，这四位自然也不例外，都恨不能马上知道这家伙是谁。堂吉诃德主动向他们问好，听说是同路，又提出和他们结伴而行，并求他们别叫驴子走得太快，免得他的稀世驽驹跟不上。他又主动自报姓名和职业，说自己是四处猎奇冒险的游侠骑士，大名叫堂吉诃德，外号人称"狮子骑士"。两个农民一听，还以为他在讲外国话，要不，准是黑话。两位学生可不像他们，一眼就看出堂吉诃德脑袋瓜子有病，不免有些吃惊，但仍然很尊重他。其中一个说：

"骑士先生，既然您是猎奇冒险的，那一定是居无定所，行无方向，走哪儿算哪儿，何不跟我们一起去吃喜酒？那家的喜事排场可大了，别说在曼卡，就是在方圆多少里的地方，也是空前的。"

堂吉诃德问是不是哪位王子成亲。

学生回答说："哪是什么王子成亲，是乡下人娶乡下人。男的是本地首富，女方是绝代佳人。婚礼可排场啦，要在女方村子附近的一块草地上举行。新娘长得别提多漂亮了，大伙儿都叫她大美人吉特丽娅。新郎官人称财主卡马丘。女的十八，男的二十二，真是天生的一对。有吃饱了没事，专打听别人家出身的，说什么女家比男家门第高。其实，现在谁管这个！有钱就行！您还别说，人家卡马丘就是阔，非要在那块草地上搭个特大的凉棚不可，还准备了不少舞蹈节目，有剑舞，小铃铛舞，村里会跳这种舞的人多得很，还有踢踏舞，这我就不说了，因为会跳的就更多了。这些玩意儿谁也不会老记在心里，真能叫人忘不掉，成为事后话题的，我看恐怕只有这件事：气急败坏的巴西利奥没准儿要来大闹婚礼。这个巴西利奥和吉特丽娅是一个村的，两家只隔一道墙。巴西利奥小小年纪就爱上了吉特丽娅，吉特丽娅也爱上了巴西利奥。两个孩子你来我往，好不亲密，竟成了村上人闲谈解闷的话题。等女孩渐渐长大，她爹才开始操心，怕惹出什么麻烦，不再让巴西利奥像以前那样随便出入他家。他成天提防，时刻小心，还是担心出问题，后来干脆把女儿许配给财主卡马丘，他认为卡马丘比巴西利奥强。其实，巴西利奥人长得不错，就是家里钱差点儿。说句良心话，我们见过的小伙子，还没有比他更灵巧的。不论掷铁棒、打球，还是摔跤，那都是百里挑一的好手。跑起来比鹿还快，跳得比山羊还高，玩九柱戏简直叫你目瞪口呆。歌声如云雀，吉他弹得像在跟你说话。特别是剑术，谁见了都会给他喝彩。"

堂吉诃德听到这儿，忙接过话茬儿，说：

"就冲他这一手好剑术，别说大美人吉特丽娅，要是西内布拉王后还健在，他都配得上娶她，朗斯洛特挡不住，别人就更甭提。"

桑丘一直没吭声，这会儿也憋不住了，说：

"我老婆也是这个意思！她相信老话说的：'羊生下来都得给它配对'，就是门当户对。巴西利奥是挺好的小伙儿，为啥不能娶吉特丽娅小姐，人家相亲相爱，谁敢捣乱，我就叫他好活好死。不对，是不得好活，不得好死。"

堂吉诃德说："只要两人相好就可成亲，那老家儿还能为儿女做主吗？闺女想嫁谁就嫁谁，那就麻烦啦。说不定她看上的人是她爹的仆人，也没准儿在大街上瞧哪个男人长得帅气，就要嫁给人家呢，哪儿还顾得问人品好坏！这男女之间的事呀最容易叫人入迷，犯糊涂。可男婚女嫁终究是人生大事，来不得半点马虎，弄不好就造成终身痛苦，得格外小心才是。当然，要挑上个如意可心的，还要靠老天爷保佑。聪明谨慎的人出远门，总要找个合得来又靠得住的旅伴。人生之路更漫长，不到死那天就不算完，何况夫妻得吃在一起，睡在一处，朝夕相对，形影不离，所以，人生伴侣尤其重要。要知道，老婆不是商品，想退就退，

想换就换，那可是离不掉甩不开的东西。婚姻就像一根绳子，套上你的脖子，一辈子都别想解脱，除非哪天小鬼有请。要不是我急着想听巴西利奥的故事，还真想再往深里谈谈呢。硕士先生，请接着往下讲。"

那位学生说："也没多少可讲的了。自打吉特丽娅和财主卡马丘定了亲，巴西利奥脸上再没见过笑容，嘴里再没讲过一句明白话。他整天满脸愁容，自言自语，若有所思，很明显，脑袋瓜儿出了问题。他吃不下，睡不着。要吃也只吃些水果，要睡就往地头上一躺，简直成了一头牲口。他不是傻望着天，就是呆看着地，整个儿一尊塑像，只不过多了件衣服。他实在太伤心了。我们这些跟他很熟的人看他这副样子都非常担心，真怕明天美人吉特丽娅一声'愿意'，就要了他的命啊。"

桑丘说："上帝自有锦囊妙计。上帝叫你生疮，也会给你送药。谁也弄不清将来会咋样。到明天还早着呢。房子说塌就塌。我还见过大雨天出太阳呢！晚上睡下还好好的，天亮没准儿就不能动弹。谁敢吹牛能在命运的轮子上扎一个钉子，叫它不再转动？谁也不敢，肯定谁也不敢。女人说'愿意'和'不愿意'，这中间连根针尖也插不进，反正我就插不进。我要是知道吉特丽娅一心一意爱巴西利奥，一定会送给小伙子一袋子运气，俗话说：情人眼里，铜成金，穷变富，眼屎都是大珍珠。"

堂吉诃德说："桑丘，你这该死的家伙！还有完没完了？满嘴俗话老语的，就差叫犹大把你给带了去！什么钉子轮子的，你这畜生到底懂个啥？"

桑丘说："听不懂，就别说我这是胡扯。其实，这也没啥，我个儿知道不是胡扯就行了。反正不管我干啥说啥，老爷您都要骨头里挑鸡蛋。"

"鸡蛋里挑骨头！再好的词儿也得叫你说拧了，真是个上帝都不爱搭理的糊涂玩意儿！"

桑丘说："您别老跟我过不去行不行？人家一没在京城住过，二没进过萨拉曼卡大学，不会用词儿。真是的，总不能叫萨格亚人说起话来都跟托莱多人一样吧，就是托莱多人，也不见得个个都说得那么准吧？[1]"

① 萨格亚地处西班牙边境，该地区居民讲的西班牙语不纯。托莱多人讲的西班牙语标准。

　　硕士说："此话有理。托莱多人和托莱多人也不完全一样。在皮革厂和菜市场长大的，能跟整天在大教堂里走动的人相提并论吗？能讲一口纯正、地道、文雅、清楚西班牙语的，那都是机敏的朝臣。干吗要强调'机敏'二字？因为很多朝臣都不机敏。要想有口才，必须做到两条，一是机敏，二是常说。我呢，不好意思，在萨拉曼卡大学读过教规，自以为说话清楚明白，通俗易懂。"

　　另一位学生说："你要是自以为有口才就好啦，那早就考第一，而不是考末了。你把工夫全用在击剑上了。"

　　硕士反驳道："我说，学士，你要是小瞧击剑这玩意儿，那可就大错特错了。"

　　学士答道："哪儿是我小瞧呀，这根本就是事实嘛。不信，咱们就试试。你随身带着剑，不用去借了。我胆大力大，准保叫你心服口服。下驴吧，把你全套本事都使出来。我就凭刚刚学到的这点儿剑法，就能叫你吃不了兜着走。跟你说吧，除了上帝，我这两下子可以说是天下无敌，所向披靡。"

　　硕士说："你少吹牛皮。没准儿你一下地，就得见阎王。"

　　"我这就让你瞧瞧我是不是吹牛！"名叫科丘埃罗的学士说着，跳下驴背，伸手就从硕士的驴身上抽出一把剑。

　　堂吉诃德说："这样可不行。我来主持这场剑术比赛，当你们的裁判。这种比赛常常难断输赢。"

　　说罢，他跳下稀世驽驹，手提长矛，往大路中间一站。这时，硕士已双腿叉开，摆开架势，准备迎战。科丘埃罗眼冒着火，直向他扑来。两个农民坐在驴背上观看这场你死我活的恶战。只见科丘埃罗舞动那把钝头无刃剑，又是砍又是刺，又是挑又是劈，迅猛如狂风暴雨，令人目不暇接，简直像头发怒的狮子。突然，硕士的剑头皮套直扑他的面门，他躲闪不及，脸上重重地挨了一巴掌，打得他一愣神，像亲圣物似的，亲了皮套一下，当然不是心甘情愿，更谈不上虔诚二字。硕士趁机用剑将他短道袍上的扣子，一股脑儿全部砍掉，随势又把道袍的下摆划得乱七八糟，就像墨斗鱼的触须，还两次打落他的帽子。学士狼狈不堪，又羞又恼，竟将剑用力抛去。看热闹的农民中有一位是公证员，他一看，赶紧跑去拾剑，后来他证明说，那位学士把剑扔出了差不多有六七里远。由此可见，蛮劲难敌技艺。学士累得难支，当下就坐在了地上。桑丘走过去对他说：

"我说，学士先生，我劝您，以后少跟人家叫阵比剑。您年纪轻，又有把力气，还是练摔跤和掷铁棒吧。您去跟击剑老手干，那不是鸡蛋往石头上碰吗？我听说他们剑法可高了，能把剑头刺进针眼里去。"

科丘埃罗说："我口服心服。都怪我没自知之明。这回栽了跟头，总算明白了。"

说罢，他站起身，使劲搂住硕士。自此两人就更要好了。他们估计那个拾剑的农民一时半会儿回不来，想急着赶回村去，就没再等他。他们四个人都是和吉特丽娅一个村的。

一路上，硕士大讲剑术的奥妙。他指手画脚，讲得生动活泼，有根有据，众人无不点头称是，科丘埃罗也心悦诚服。

天色已黑，他们才到村外。只见眼前繁星满天，闪闪发光，耳畔不时传来优美的乐器合奏，里面有笛子、长鼓、串铃和手鼓。走到村口，发现那儿早搭好了一座凉棚，上面挂满了灯笼，和风拂过，树叶不动，灯火不灭。

来贺喜的人，仨一群俩一伙，有的跳舞，有的唱歌，有的奏乐，草地上洋溢着喜悦和欢笑。有不少人正忙着搭建看台，好让客人们明天观看节目表演。明天这里就要举行财主卡马丘的婚礼和巴西利奥的葬礼。

学士和农民都请堂吉诃德进村，但他死活不肯，理由还十分充足，说什么按规矩游侠骑士只能在野外露宿，不可进入村镇，更不能在宫殿似的房子里过夜。大家无奈，只好任他朝野地深处走去。这当然不合桑丘的意，他这会儿正想着在堂迭戈的庄园所受到的殷勤款待呢！

第二十章 | 财主结婚大摆宴席
| 桑丘解馋口无遮拦

堂吉诃德伸了伸懒腰，从地上爬起去招呼他的侍从时，光芒四射的太阳神刚刚把黎明女神金发上的露珠晒干。桑丘打着呼噜，睡得正香。堂吉诃德不忍叫醒他，反而赞不绝口道：

"你真是有福气啊，桑丘！你不眼红人家，人家也不眼红你。睡吧，安心睡吧，魔法师不会折腾你，他不能把你咋样！我再说一遍：睡吧！我要说一百遍：睡吧！睡吧！你呼呼大睡，哪儿管情人会不会去偷人，也用不着操心借债还钱，妻儿老小明儿个有没有饭吃。你没有雄心大志，不追求人间虚荣，心平气和，不受煎熬。你一心只想着看好你的毛驴，因为你的生活全由我替你负担。这是做主人的本分，也是古上传下来的习惯。仆人睡觉，主人熬夜，操心着如何养活他，赏赐他。老天吊起脸，硬不下雨，主人愁得吃不下饭，仆人可以袖手旁观，因为年景好仆人侍候主人，年景坏主人得养活仆人。"

桑丘睡得像个死猪，根本不知道他在说啥。后来，还是堂吉诃德用长矛把他拨醒，要不然指不定睡到什么时候呢。他虽然睁开眼，却一脸困倦，好像没睡醒，突然又东张西望，说：

"真香！不像灯芯草和百里香的味，准是烤肉条。一烤肉条，婚礼就开始了。我敢打保票，宴席一定气派！"

堂吉诃德说："你就知道吃！快起来，咱们去看看婚礼咋进行，那个叫人看不上眼的巴西利奥不知道会干出啥事呢。"

桑丘说："他爱干啥干啥。他要是有钱，还怕娶不上吉特丽娅？锁子儿没有还想高攀？我看，这人要是穷，就老老实实，安分守己，别癞蛤蟆想吃天鹅肉！您说是不是这个理儿，老爷？我敢用这条胳膊打赌，卡马丘的钱能把巴西利奥包起来。没错！卡马丘送给吉特丽娅的那些漂亮衣服和珠宝首饰，她能不稀罕吗？放着有钱的卡马丘不跟，非要嫁给那个巴西利奥穷小子，她不成傻瓜了吗？巴西利奥有啥好？不就是会扔个木棒、耍两下剑吗？扔木棒有啥？玩剑又能咋样？这些玩意儿你要得再好，酒店老板也不会白给你一小杯酒。光靠这些玩意儿不行，就是迪尔罗斯伯爵也甭想发财。得又有本事又有钱！盖好房子就得打好地基，这世上最好的地基就是钱，明白不？"

堂吉诃德说："我说桑丘，你饶了我行不行？你看你没完没了，大发议论。这样下去，你怕连吃饭睡觉都没工夫了。"

桑丘说："老爷，您是不是忘了？咱们这回出门可说好了，只要我的话不伤人，爱怎么说就怎么说，对不对？我说到现在没伤着您吧？"

堂吉诃德说："有这么回事吗？就算有，我现在也要你闭嘴。咱们赶紧走，昨晚咱们听见的那种音乐声又响起来了。婚礼肯定趁早上凉快举行，不会拖到午后大热天的。"

桑丘遵命，起身给稀世驽驹套上辔头，把驮鞍放在灰驴身上。主仆俩又各自翻上坐骑，慢慢朝凉棚方向走去。桑丘头一眼看见的，是一头牛犊穿在当烤钎用的一棵榆树上，底下准备烤肉的柴堆大得像座小山。柴火堆周围架着六口大锅，这六口大锅哪是锅呀，简直像六个大缸，每个锅都能把一个屠宰场杀的肉全吞进去。整只整只的羊扔进去，就跟往里丢个小鸽子，眨眼就不见影儿了。树上挂着剥了皮的野兔、煺了毛的母鸡，多得数也数不过来，都随时等着下锅。晾在树上的飞禽野味也多得不得了。桑丘数了数，装五十来斤酒的皮囊就有六十多个，后来他知道，个个里面都灌满了好酒。雪白的面包摞得像场院上的麦垛。干酪垒成了一面花墙。两口油锅比染缸还大，炸好的果子用大铲子捞出来，泡在旁边的蜂蜜锅里。男女厨师五十多个，个个干净麻利，满面春风。烤钎上的那只牛犊肚子老大，里面塞了十二头小乳猪，缝起来烤，肉更香更嫩。大柜里放着的各色香料，一看就知道不是一斤一斤买来的，而是一买就是二三十斤。宴席村味十足，可东西多，足够一支部队吃的。

桑丘什么都看，眼睛都不够使了，心里别提多高兴了。他先看上了砂锅炖肉，恨不能马上一口吞下它半锅，接着又叫酒囊揪去了魂儿，一转眼又馋上了油锅里的果子（还真没见过这么大号的油锅）。他馋得实在受不了了，就凑到一个厨子身边，也不管人家忙得不可开交，软声软气地说自己饿得心慌，想用面包蘸点儿肉汤吃。厨子说：

"老兄，你算赶上好时候了，这都多亏了咱们财主老爷卡马丘。跟你说吧，今儿个谁也饿不着。快下来，找把勺子，捞一两只鸡好好吃一顿。"

桑丘说："没勺子咋办？"

厨子说："你也真是，还讲究啥？"

说着，伸手拿过一口铁锅，用它当勺，竟从那大缸似的肉锅里捞出三只鸡、两只鹅。他把鸡鹅递给桑丘说：

"喜酒得等到中午，你先把这些吃了，就当早点吧。"

"我拿啥吃呀！"

"你就连锅端走不就得了。卡马丘有的是钱，今儿又是结婚大喜，心里高兴，还在乎这点儿玩意儿？"

桑丘在这边犯馋病的时候，堂吉诃德正看着一行十二个农民骑着马走进凉棚。马匹骏美，鞍辔华贵，胸带上缀满了小铃铛。骑马的人都穿着节日盛装，列队在草地上跑了好多圈，一边跑一边齐声欢呼：

"卡马丘！大富翁！吉特丽娅！大美人！世上最美的美人！"

堂吉诃德一听就琢磨开了：

"这些人肯定没见过我的温柔内雅，要是见过，就明白这样夸吉特丽娅实在有点儿过头了！"

接着，村民们又在凉棚下表演了好几种舞蹈，其中一种叫剑舞。二十四个健美英俊的小伙儿，个个身穿雪白的薄麻纱衣，头上包着五彩丝绣的花巾。领舞的小伙儿动作轻捷。骑马的一行人中不知谁问他有受伤的没有。

"老天保佑，到现在还没有一个受伤的，大伙儿都挺好。"

他说完，又跑进伙伴当中。他们不停地旋转，那个灵巧劲儿，连见过这类剑舞的堂吉诃德都连连称绝。接着表演的舞蹈，他也觉得十分精彩。跳舞的全是如花似玉的美人，这些妙龄少女，小的十四，大的不过十八，个个身上穿的是淡淡的绿呢料子，头发一半散披，一半是辫子，全是金黄色，赛过太阳的光辉，头上

戴的花冠各色各样，有茉莉的，玫瑰的，鸡冠花的，还有金银花的。领舞的居然是一个德高望重的老头儿和一个体态微胖的老妈妈，看他们跳得那么轻捷，谁也想不出他们已有一大把年纪。姑娘们在萨莫拉风笛的伴奏下，翩翩起舞，个个步履轻盈，表情庄重，舞技出众，堪称天下第一。

随后上场的是舞剧，配有解说。剧中有八位仙女，分成两组，一组由爱神带领，另一组的头儿是财神。爱神两胁插翅，身背箭囊，手持弓箭。财神穿华贵的彩丝金衣。爱神领着的四位仙女背上都缀了一张白羊皮纸，上面用大字标明各自的名字，分别是："诗才"、"机敏"、"贵族"、"勇敢"。财神领的那一组也一样，四位仙女的名字是："豪爽"、"乐施"、"富有"、"常乐"。这两组仙女的前头有四个野人，身上绕着藤萝，裹着绿布，拉着一座木头做的城堡。他们装扮得惟妙惟肖，几乎乱真，差点儿把桑丘吓死。城堡各面都写了"贞洁城堡"四个大字。

四位乐师敲鼓吹笛，爱神应声而舞，转了两圈，便抬头拉开弓弦，瞄准从城堞间探身的一位姑娘，口中唱道：

> 我，万能的神，
> 管天管地。
> 大海无边，
> 地狱无底，
> 也都得听我的号令。
> 我，万能的神，
> 哪知惧怕！
> 为所欲为，
> 不能也能，
> 世上一切唯我独尊。

唱罢，朝城堡顶上放了一箭，退回原位。接着，财神上来跳了两圈，等鼓声停下，便唱道：

爱神引我下凡，

我比他更有手段。

财大气粗，

八面威风，

谁不拜倒在我的脚边？

财神是我，

我是财神。

有我能使鬼推磨，

保你幸福一生；

无我休想事成！

财神唱罢，诗才出场。她跳了两圈，便抬眼看着城堡上的姑娘，唱道：

柔情似水，

人叫我诗才。

我才思横溢，

情诗千首万首唱不尽，

只想把心掏给你看。

我对你如此执著，

你千万别嫌。

我要把你捧上明月，

保你一生幸福平安，

哪管其他女人妒羡。

诗才下场，财神队里的"豪爽"紧接着出演。她跳了两圈，唱道：

吝啬不好，

挥霍更糟。

凡事不可走极端，

　　恰到好处最妙。

　　可为了你的体面，

　　我乐意大掏腰包：

　　献上全部的爱，

　　掏出心来给你瞧。

　　两组的仙女你出我进，我出你进。跳舞，唱歌。诗句有的文雅，有的可笑。堂吉诃德记性虽好，也只记下上面几首。接着，两组仙女混合一处，忽而连成一队，忽而各自为政，姿势优美，活泼喜人。爱神一跳到城堡前，就朝城上射箭，财神呢，就朝城墙上砸钱罐，后来，他取出一个山猫皮做的大钱袋，里头塞满了钱。他用力朝城堡砸去，竟将城堡砸塌，木板纷纷散落，里面那位姑娘一下失去了保障，暴露在大伙儿面前。财神率领手下一组仙女赶上去，用金链把她脖子套住，以示将其俘获。爱神及其仙女们一看，忙种解救动作。这些情节他们都是踏着鼓点，用舞蹈动作表现的，而且配合得天衣无缝，非常和谐。接着，四个野人上去平息了他们之间的纷争，很快把城堡复原，重新将那姑娘关在里面。舞剧到此结束，观众无不兴高采烈，拍手叫好。

　　堂吉诃德问一位演仙女的是谁编排的舞剧。她回答说是村上的神甫，还说他脑袋瓜儿灵，写这类剧是拿手好戏。

　　堂吉诃德说："我敢说，这位学士，对，这位神甫肯定向着卡马丘的。我看他做个诗讽刺个人倒比当神甫在行。他是在挖苦巴西利奥嘛。不过，这个剧把巴西利奥的才气和卡马丘的阔气都演得像那么回事。"

　　桑丘听见主人这般议论，插嘴道：

　　"我看好卡马丘，这小子准赢。"

　　堂吉诃德说："你呀，纯粹一个势利眼，谁得势就喊谁万岁！"

　　桑丘说："您爱说啥就是啥。我能从卡马丘的锅里捞肉吃，巴西利奥的锅里有吗？"

　　说罢，他把手里端的铁锅给主人看，那口锅里装了满满的鸡鹅。他捞出一只鸡，津津有味地大口大口地吃起来，还一边吃一边说：

　　"巴西利奥有才气又咋？有钱才有价，没钱啥不顶。奶奶说了，世上人分两类，有钱的一类，没钱的一类。她当然向着有钱的。我的爷，如今这年头儿，本事算啥，有钱才行。俗话说，金驴赛过铁马。所以，我跟您再说一遍，我看好卡马丘。他锅里有鹅有鸡，还有家兔野兔。巴西利奥的锅里能有啥？恐怕都是剩汤剩菜吧？"

堂吉诃德说："桑丘，你还有完没完了？"

桑丘说："不说了行吧？我要不是看老爷您难受，再说三天也完不了。"

堂吉诃德说："我的老天爷啊！桑丘，你能不能不说话？但愿我死前能看见你变成哑巴。"

桑丘说："就照咱们眼下这种情况，甭等您闭眼我就得先叫人给埋了。那时候我一定把嘴闭紧，一直闭到世界末日，起码也要坚持到末日审判那一天。"

堂吉诃德说："算了，桑丘，你再闭嘴也没用，你这一辈子唠唠叨叨，多少时间也抵不过的。再说，我肯定比你先死，所以，要叫我看到你变成哑巴，除非太阳打西边出来。跟你说吧，你喝醉了睡着了，嘴也闲不住。"

桑丘说："那位白骨娘娘，跟您说句掏心窝子的话，老爷，就甭相信她，对，我指的是死神，她肥羊爱吃，羊羔也不嫌。咱那儿的神甫说，不管穷人的草房，还是帝王的楼阁，她都能给你踩塌了。这位娘娘有权有势，吃起东西来可不挑三拣四，什么都能吃，什么都敢吃。她那个褡裢里装的全是人，有男有女，有贵有贱，真是三教九流，五花八门，啥人都有。她是个割草的，不睡午觉，从早割到晚，管你是青草干草，见草就往下割。不管啥玩意儿，只要叫她撞上，她非吞了不可。她吃东西从来不嚼，好像个饿死鬼。她那一副白骨，哪儿有什么肚子，可总是渴得要命，恨不能把世人身上的血都吸干，当凉水喝。"

堂吉诃德说："桑丘，别再说了。话不在多，恰到好处才行。说实话，你刚才那番话，俗是俗点儿，可挺抓人，不比讲经师差。桑丘，像你这种心眼不错的人，要是再机灵点儿，完全可以提着讲经台到处讲经布道了。"

桑丘说："咱别的神道不懂，就知道这句话：人品好，胜说教。"

堂吉诃德说："你倒是没必要懂什么神道。可我想来想去就是弄不明白你怎么懂得那么多。人家都说：敬畏上帝为智慧之源。可你，根本不怕他老人家，见了蝎虎子倒吓得够戗。"

桑丘说："老爷，您还是管您的骑士道吧。别人怕不怕上帝和您有啥关系？

我跟其他人一样，对咱上帝挺敬畏的。得，您也别废话了，还是先让我把这锅玩意儿解决算了。废话多了，到了阴间人家还要找咱们的麻烦。"

　　说罢，他便向那口肉锅发起冲锋。他狼吞虎咽的样子把堂吉诃德也给逗馋了。堂吉诃德正想上前和他一同大嚼美味，突然听见人喊马叫。到底出了什么事，您请接着往下看。

堂吉诃德和桑丘正说话呢，忽听那边人呼马叫。举目一看，原来是先前那队骑马的人一边跑一边在向新郎新娘欢呼。只听鼓乐齐鸣，一对新人在神甫、双方亲属和邻村体面人物的陪同下，走进来了。大家都穿着过节的衣服。桑丘一见新娘，就赞不绝口道：

"好家伙，还说是乡下姑娘呢，整个一宫中美女！老天在上，她脖子底下挂的哪儿是铁牌牌①，是一串值钱的珊瑚珠子！那一身绿呢子衣服，绒面就有三十层啊！花边绝不是麻纱白布，是缎子！错了找我。快瞧瞧那双手，上面戴的镏子，都是黑玉的！不对，是金的，没错！绝对是金的！上面还镶着珍珠，白得跟奶油一样，值钱啊！赛过人的眼珠子！嘿，婊子养的，头发金黄，长得挺长，除了假发，还真没见过这么美的头发呢！那身条儿，那模样，那气质，你就甭想挑出毛病来！她可真像一棵摇来摆去的椰枣树，那头上脖子上挂的首饰活像一串串椰枣。我敢说，她这样标致的姑娘，哪个男的不想娶回家里做媳妇啊！"

桑丘这一嘴乡巴佬的话，堂吉诃德觉得十分可笑，似乎除了他的温柔内雅，他再没见过别的美人。美人吉特丽娅脸色有点儿苍白，想必是连夜打扮没睡好觉的缘故。新郎新娘和拥簇着他们的那些人走到了台子前。台上铺着地毯，装饰了树枝之类，婚礼将在那儿举行，也是看跳舞演戏的地方。突然有人在后面大喊：

---

① 指西班牙农村妇女挂在胸前的圣像铁牌。

"等一等，干吗这样着急？是不是做事太荒唐？"

众人循声望去，只见那人穿一件黑长衣，衣边是火红的颜色，头顶一个柏树冠，分明是丧服的标志，手里还握着一根长拐杖。等他走近，大家才认出原来是俊小伙儿巴西利奥。众人无不提心吊胆，生怕他做出什么叫人难堪的事来。巴西利奥这时喘着粗气，显得十分疲惫。只见他往那对新人面前一站，把拐杖的钢尖往地上一插，眼睛死盯着吉特丽娅，声音嘶哑颤抖地说：

"吉特丽娅，你真没良心。你明明知道照咱们信奉的圣教，我得死了你才能另嫁。你不是不知道，我迟迟没和你完婚，是为了把家境搞得再好些，叫你少受罪。我尊重你，从未有过邪念。我这一片苦心得到了啥？你早把我忘了个一干二净，答应了我又变了心。对，他有钱，有钱就有福，有大福。我成全他，不是我愿意这样做，是老天的旨意啊！我活着碍他的事，就叫我自个儿毁了自个儿吧！祝财主卡马丘和没良心的吉特丽娅幸福，永远幸福！让可怜人巴西利奥死吧，快死吧！他没钱，和幸福挨不上边，只有资格进棺材！"

说到这里，他突然使劲向上拔拐杖，竟拔出来一个剑套，露出一把长剑，尖冲上，柄朝下，稳稳地插在地上。他不等众人看明白，身体便朝剑头上一扑，剑头立时扎了他个透心凉，血淋淋地从他背上钻出来。他扑通一声，倒在了血泊中。

他的朋友们慌忙赶上去救，个个无不感到心痛。堂吉诃德见此惨景，也赶忙跳下马，跑去帮忙。他抱起巴西利奥，发现那可怜人还有口气。有人要拔出巴西利奥身上那把长剑，被神甫制止，他说先叫巴西利奥做临终忏悔，要是把剑拔出来，人马上就会断气。正在这时，巴西利奥醒了过来，有上气没下气地说：

"狠心的吉特丽娅，我说话就要断气了，你要是现在能答应嫁给我，就是给了我大恩大德，我死也值了！"

神甫一听，忙劝慰他，当务之急是求得灵魂的净化，别再去想肉体的快活，要诚心诚意求得上帝饶恕自己一生的罪过，特别是刚刚做下的轻生的举动。巴西利奥根本不听神甫的劝告，非要吉特丽娅答应做他的妻子。说不这样，他至死也不搞什么忏悔，因为这个心愿不了，他根本没心思也没力气忏悔。

堂吉诃德听了巴西利奥这番恳求，高声大嗓地说，巴西利奥的要求合情合理，也容易办到。卡马丘先生娶勇敢的巴西利奥的遗孀吉特丽娅绝不掉价，这跟娶一位黄花闺女没什么两样。

"简单得很，就说声'愿意'，什么后果也没有，新郎的洞房就是棺材。"

卡马丘这时竟没了主意，不知答应好还是不答应好。巴西利奥那帮朋友都围过来，你一句我一句地要他吉特丽娅，说也就是道一声"愿意"，免得巴西利奥死了灵魂也得不到安宁。大伙儿七嘴八舌，连劝带哄，最后卡马丘没办法，只好表示，要是吉特丽娅答应，他也无异议，婚礼耽误一时半会儿也没啥。众人听了，一齐拥到美人吉特丽娅身边，有的以泪洗面，苦苦哀求，有的巧舌如簧，振振有词，都极力劝说她满足巴西利奥的心愿。不管大伙儿如何哀求，美人始终是一脸冰霜，心硬得像块大石头，那模样好像在说，她不会、不能，也不想开口回答大家的请求。神甫一看，就告诉她，巴西利奥还有一口气，可已经到牙关，她要是再犹豫不决，就来不及了。美人似乎动了心，显得十分悲痛，默默地向巴西利奥走去。巴西利奥这时已经在翻白眼，呼吸也变得短促，嘴里还在念叨吉特丽娅的名字，看样子，他要像异教徒那样不做忏悔就死去了。吉特丽娅走到身边，扑通跪在他跟前，没有开口，而是做手势要他伸出手来。巴西利奥把眼睛睁得老大，死死地盯住她，说：

"吉特丽娅，你现在可怜我了？晚了！你可怜我，等于在用刀子杀我啊！你现在答应嫁给我，可我哪儿有力气来享受你给的这种福啊？我受了重伤，死神已经蒙住了我的双眼，我没有力量从它手里解脱。啊！我的冤家呀！我求你不要可怜我，不要再欺骗我，要说实话，说你答应我，同意做我的妻子，完全是心甘情愿，绝无半点儿违心。你可不要骗我，我马上就要离开人间，又对你一片真心，你千万不能再耍我啊！"

他说这番话时昏过去好几次，每次大伙儿都以为他真的咽了气。吉特丽娅见他这般样子，便又庄重又有点儿难为情地用右手拉住他的右手，说：

"我主意已定，谁也不能左右我的意愿。只要你讲的都是真心话，不是做傻事头发昏，我就答应做你的合法妻子，而且是完全自愿。"

巴西利奥立刻答道："我讲的绝对是真心话。我不糊涂，心里清楚，老天可以作证。我愿意娶你为妻，做你的丈夫。"

吉特丽娅说："我愿意嫁给你，做你的妻，不管你长命百岁，还是马上一命归西。"

桑丘听他说得这样起劲儿，就说：

"这小伙儿受这么重的伤，话还多得不行！快叫他少说两句吧，别光顾了谈情说爱，忘了自己还剩一口气。那口气哪是到了牙关，我看还在舌头上转悠呢。"

吉特丽娅和巴西利奥手拉手的情景，神甫看得动了心，禁不住潸然泪下。他为这对新人祝福，又求上帝让新郎安息。谁知巴西利奥刚一接受神甫的祝福，就从地上一跃而起，立刻拔出插进胸口的剑，动作麻利，神情坦然。大伙儿都看呆了，其中几个也不动脑筋，竟大叫道：

"奇迹！奇迹！"

"什么奇迹！妙计！"

神甫看得直发蒙，竟不知所措。后来，他用手去摸巴西利奥的伤口，才发现那把剑并没有刺伤他的身体，而是刺穿了一根装满血的铁管。原来铁管封得十分严，血在里面不会凝固。在场的人，包括神甫和卡马丘在内，都明白自己上了当。可吉特丽娅一点儿不生气，听大家说她和巴西利奥的婚约是骗人的把戏，不能算数，竟再次声明，他俩的事已板上钉钉，不可更改。到这时候，大伙儿才明白，刚才那出戏完全是他们俩事先策划好的。卡马丘和他那一帮人受了这样的捉弄，哪肯罢休，一个个恼羞成怒，刹那间都拔出随身携带的佩剑，要与巴西利奥杀个你死我活。巴西利奥一伙人也不退让，立刻拔剑相迎。不等双方交战，堂吉诃德就一手高举长矛，一手握盾护身，催马奔到他们跟前。桑丘从来不喜欢干这种傻事，一看他们这架势，赶忙藏到肉锅后面，认为那儿才是神圣不可侵犯的地方。

堂吉诃德跑到那两拨就要动手的人跟前，大喊道：

"各位万万不可动手！情场得失，不可以武力解决。要知道，谈情说爱和攻城略地是一回事，打仗要用谋略，恋爱自然也可以玩玩花招，只要无损所爱的人，就无可非议。巴西利奥和吉特丽娅能结为夫妻，实在是天意。卡马丘腰缠万贯，要什么就能得到什么，可巴西利奥就只有这么一只小羊羔。你再跟他争来抢去，恐怕就说不过去了。天意成全的姻缘，人力难以拆散。谁想和老天作对，先问问我这支长矛答不答应！"

说罢，他拉开架势，使尽气力舞动长矛。在场的人哪知他的底细，瞧他把长矛舞得上下翻飞，都叫他镇住了。卡马丘当众出了丑，十分恼火，却对吉特丽娅

寒了心，加上神甫从旁劝说，这才消了气，和自己那帮人收回了剑。他们对巴西利奥耍诡计倒可以理解，但对吉特丽娅水性杨花深恶痛绝。卡马丘静心一想，吉特丽娅从小就喜欢巴西利奥，即使嫁了他恐怕也是旧情难断，他没娶她真该谢天谢地。

等双方气都消了，卡马丘表示，虽然上了当，但心里并不气，决定宴请照常进行，就当自己真的结婚。巴西利奥两口子和他们那伙人不愿再待在那儿，就一起回到了自己的村子。财主有人溜须拍马，人品好的穷汉照样有人敬重、拥护。巴西利奥他们认为堂吉诃德有胆有识，为人正直，也把他带回了村。桑丘一看吃不上丰盛的酒席了，气得咬牙切齿，但又无可奈何，只得没精打采地跟随主人去巴西利奥他们村。他骑着灰驴，跟在稀世驽驹的后面，心里一直惦记着那个埃及的肉锅①。虽说那肉锅里的美味已所剩无几，但他也一点儿不饿，但一想起没能胡吃海塞一番，心里就老大不痛快。

---

① 《圣经》典故，这里指卡马丘的丰盛宴席。

第二十二章 | 骑士妙语论择妻 游侠探险入黑洞

巴西利奥和吉特丽娅认为堂吉诃德成全了他俩，帮了大忙，对他热情招待。他们夸他有勇有谋，武艺比得上熙德，口才也不在西塞罗之下。桑丘也跟着沾了光，在人家里白吃白住，快活了三天。新郎新娘告诉他们，巴西利奥假装自杀的把戏，吉特丽娅事先并不知情，但小伙子信心十足，也确实如愿以偿。巴西利奥说，他倒是向几位朋友透露过自己的计划，想请他们在关键时刻帮他一把，成全他的骗术。

堂吉诃德说："追求幸福算不得欺骗。"

他认为有情人终成眷属是天大的好事，最正当不过，但有一点他们要牢记在心：饥饿和穷困是爱情的大敌。爱情意味着欢乐和幸福，一个男人得到了自己的心上人，会有更深的体会，而这个时候，饥饿和贫困就成了他的死对头。堂吉诃德说，他这番话是要巴西利奥先生明白，他会的那些玩意儿只能图个虚名，挣不来钱。他应当找个正经活做，像他那样聪明勤快，不怕发不了财。如果一条汉子，人穷志不穷，他要是娶了一个漂亮媳妇，那就是有了脸面。谁要抢走他的妻子，就等于毁了他的脸面。如果他老婆品貌俱佳，就算得了头名，有资格得到一顶桂冠。她的美貌谁见了都免不了要动心，都会像老鹰和其他猛禽扑向美味一样，向她发动进攻，想方设法把她搞到手。假如她模样迷人而生活过得紧巴，那恐怕连老鸨之类的野鸟都想找机会占她的便宜。一个女人能顶住这类冲击，守身如玉，就算替丈夫保全了脸面。

堂吉诃德接着又说："我说，聪明的巴西利奥，有位高人说过，世上的好女

人只有一个。他奉劝每个当丈夫的都应当把自己的妻子看做世上唯一的好女人，这样就会快活一辈子。我没结过婚，而且至今也没这方面的想法，不过谁要问我如何择妻，我倒是可以帮他出出主意。第一，要重德轻财。一个女人家里是否有钱并不重要，关键是要名声好。名声好不好，主要看其言行举止。女人暗中偷情固然不好，但举止轻浮更叫人丢脸。娶回一个好女人，让她贤惠终生并不难，甚至还可以使她好上加好。可是弄回来一个坏女人，要叫她改恶从善，恐怕比上刀山还难，不是说绝对办不到，实在是太难。好坏两个极端，要把它们颠倒过来，谈何容易！"

桑丘听了，心里说：

"我这位老爷，一听我讲得在理，就说我可以端着讲经台，周游世界，讲经布道，还说我准能行。他呀，嘿！更能耐！你看他讲起大道理来，一套一套的。干吗用手端着讲经台呀，他一个指头就能顶起俩来！他那张嘴我是服了。好家伙！我还以为他就知道骑士道那些玩意儿呢，谁晓得他啥都知道，人家说啥他都能插上嘴，说起来还一套一套的。这游侠骑士确实不简单！"

堂吉诃德见他嘴里在叨咕什么，就问：

"桑丘，嘟囔啥呢？"

桑丘说："没嘟囔啥。我是在想，我娶媳妇的时候，怎么没去向您请教？要不然，我这会也能说：无牵无挂，活得潇洒。"

堂吉诃德问："桑丘，你的特雷莎就那么差劲？"

桑丘回答道："很差劲倒不是，但也说不上多好，反正不如我的意。"

堂吉诃德说："桑丘，这就是你的不是了。她好歹是你娃的妈，你怎么可以说她的坏话呀？"

桑丘说："我们俩谁也别说谁。她来性子了，照样骂我，要是吃我醋，那泼劲魔王都受不了。"

主仆俩在那小两口家整整住了三天，好吃好喝，过得和皇上一样。堂吉诃德听人讲有个蒙特西诺斯洞，里边可神了，想亲眼去看看到底有多神，就请那位硕士级的击剑手帮他找个向导。击剑手说，他有个表弟，在大学读书，学得呱呱叫，特别喜欢骑士小说，叫他领路肯定没问题，不但可以把他们一直带到洞口，还能领他们去逛逛鲁伊德拉湖。那个去处别说在曼卡，就是在西班牙也称得上游览胜地。还说他那位表弟会写书，印出来送给爵爷大官们看，所以，一路上他们不会觉得乏味。后来，那位表弟果然来了，还牵着一头怀崽的草驴，驮鞍上垫着一条杂色毛毯，又好像是块粗麻布。桑丘先后给稀世驽驹和灰驴鞴好鞍辔，接着把随身的褡裢装满干粮。那位向导也装满了自己的粮袋。收拾停当，他们一行三人祈祷过上帝，便告别众人，径自朝蒙特西诺斯洞走去。

路上，堂吉诃德问向导学什么专业，有啥爱好。向导说，他专攻人文学科，喜欢写作。说他出的书既有意思，又益于国家。其中一部名为《骑士服饰》，介绍了七百零三种款式，包括颜色、标记和徽号，应有尽有，十分完备。有了这本书，每逢节日宴请，宫廷的骑士们就用不着自己费心费力设计剪裁，也不必低三下四东借西借，要啥样，随便挑就得了。

"我设计的骑士服各种各样，无论害红眼病的、遭到冷落的，还是心不在焉的、没人答理的，都能在我那儿找到合适的样子。我还有一本书，准备起名叫《变形记——西班牙的奥维德》。这本书构思奇特，立意新颖。我模仿奥维德，以戏谑的笔调，描写了塞维利亚的西拉尔达、马格达达莱娜教堂的天使、科尔多瓦的维辛格拉阴沟、吉桑多的大公牛、黑山、马德里的莱加尼托斯和拉瓦皮埃斯泉，还介绍了虱子泉、金沟泉和普里奥拉泉。我运用比喻和象征等修辞手法，使这本书不仅有益于读者身心，而且颇多风趣，引人入胜。我还有一本书，书名是《维吉尔·波利多罗补遗》，讲了各种事物的开端，学问太深了。我将维吉尔的重大遗漏逐一作了细致入微的考证，然后用优雅的文笔记录下来。比如世界上第一位得感冒的是谁，哪位首次用水银涂身治好梅毒，这些维吉尔忘掉的事，我都查了个水落石出。您听我这番介绍，就知道我写作是多么认真，我的书是多么有价值了。"

桑丘一直竖着耳朵听他说，这时插嘴问道：

"但愿上帝保佑您的书到时候能印出来。对了，先生，我想问问您，这头一个在脑袋上挠痒痒的是谁呀？这您肯定知道。我猜一准是咱们的老祖宗亚当，对不对？"

那位表弟说："还真没准儿是他，准是他。亚当有脑袋，脑袋上有头发，他又是世上第一个人，没错，他肯定挠过头。"

桑丘说："咱俩想的一样。您可知道这世界上第一个翻跟头的人是哪位吗？"

那位表弟说："哎呀，这我还真说不准。这样吧，等我回去好好查查，然后再告诉你。咱俩总不会再碰不上面了吧，是不是？"

桑丘说："得，先生，您也甭费心去查了。我现在就想出来了。谁是第一个翻跟头的呀？是魔鬼路西菲尔。上帝把他赶出天门，他就一连串跟头，翻进了地狱。"

那位表弟忙说："老兄说得在理。"

堂吉诃德这时插言道：

"桑丘，你刚才这一问一答根本不是你自个儿想出来的，你都是听人家说的。"

桑丘马上回了一句："老爷，您趁早把嘴闭上。跟您说吧，我要是乐意，找能自问自答到明儿也刹不住闸。胡问乱答，张口就来，这谁不会呀，还用得着别人指点，真是的！"

堂吉诃德说："桑丘，你知道得不多，讲得倒不少。有的人什么都想知道，什么都想打听，可就是长不了学问，纯粹是瞎折腾。"

他们一路神侃，当夜在一个小村过了夜。那位表弟说，蒙特西诺斯洞离他们住的小村已不太远了，不过二十来里，堂吉诃德如果真想下洞里看看，得带些绳子，好绑在身上往下放。堂吉诃德说，哪怕那个洞直达地狱，他也要下去看个明白，弄清到底有多深。他们买了一百多米长的绳子。第二天下午两点，他们就到了洞口。洞口挺大，只是四周长满了野蒿和蒺藜，密密麻麻的，把洞口全堵得看不见了。三人下了马。桑丘和那位表弟一起把绳子捆在堂吉诃德身上。桑丘一边捆，一边对主人说：

"老爷，您是不是再想想？这弄不好还不给活埋了！悬在半空，上不来下不去，像冰在井里的一瓶酒，这也够戗呀！我说呀，您实在犯不着下去，那下头黑咕隆咚的，比地牢还可怕！"

堂吉诃德说："你少废话，赶紧给我捆！跟你说吧，桑丘，干这种事非我不行。"

那位充当向导的这会儿开了腔：

"堂吉诃德先生，我求您把眼睛睁大，仔细看，说不定里边有不少东西可以写进我那本《变形记——西班牙的奥维德》里呢。"

桑丘说："您算是找对人了。"

他们说话的工夫，绳子已经捆好，不过不是捆在盔甲外面，而是系在里面的紧身小袄上。堂吉诃德说："糟糕！要是带个小铃铛来就好了，系在我身边的绳子上，你们只要听见它响，就知道我还活着，往下坠呢。现在说也来不及了，听天由命吧！"

说罢，他跪在地上，念念有词，朝天祈祷，求上帝保佑他此番冒险能吉星高照，平安无事，然后，抬高嗓门说：

"啊！温柔内雅，你品德高尚，举世无双！能有你这样的心上人，我真是太有福气！我要听你的差遣，服从你的号令。绝代佳人啊！请你听我说一声。我马上就要下洞探险，那里面可是无底深渊。没别的，只求你务必保佑我帮助我，使我免遭凶险。我这样做，无非是要让天下人都知道，我只要有你庇护，不管干啥，都会所向无敌，马到成功。"

随后，他向洞口走去。这时才发现，那儿满是荆棘，根本进不去。便抽出佩剑，左右开弓，一阵乱砍。他只顾挥剑，哪知道却惊动了里头的乌鸦。它们成群结队，密密麻麻，直冲出来，将堂吉诃德撞倒在地。幸好他只信基督不信征兆，否则，就会把这看做不祥之兆，认定下去非活埋在里面不可。

桑丘和那位表弟等堂吉诃德从地上爬起来，见乌鸦和藏在洞里的蝙蝠全飞光了，这才一点一点地放绳子，把骑士往那个阴森可怖的洞里坠。他下洞前，桑丘专门替他祝福，还在他身上不停地画十字，说：

"让上帝保佑你吧，还有法兰西山上的圣母和加埃塔的圣父、圣子、圣灵！游侠骑士中的尖子！铁心铜臂的好汉！下去吧！但愿上帝给你指路，让你平平安安。地上明明亮亮的你不愿待，却一门心思地往这黑窟窿里钻！"

那位表弟也如此这般为堂吉诃德祈祷了一番。

堂吉诃德一下洞就不停地喊放绳子。上面这两位一点一点地往下放，等一百多米的绳子放完了，也听不见底下喊了。他们想是不是应该把堂吉诃德拽回来，但又觉得再等一下为好。他们在洞口那儿等了半小时，便开始往上收绳子，竟觉得一点不费劲儿。桑丘一想，完了，主人准是掉进洞底了，急得放声大哭，一边赶紧往上收绳子，希望是自己搞错了。约莫收回了八十米绳子，才感到下面有了分量，两人这才转忧为喜。到了十点钟，他们才清清楚楚地看到了堂吉诃德。桑丘一见主人，便大声说道：

"老爷，您可算上来了！我们还以为您永远不回来，要在底下传宗接代呢！"

堂吉诃德没有回话。等他们把他拽上来，才发现他双目紧闭，好像睡着了一样。他们把他平放在地上，解开身上的绳子，但他还是没醒。他们便一起把他晃过来摇过去，折腾了半天，他才醒过来。只见他伸着懒腰，好像刚刚做了一场梦似的，左看右看，显得十分吃惊，说：

"二位，但愿老天能饶了你们！你们把我拉上来干啥？我在底下多自在多滋润！这人世间上哪儿去找那种好日子啊！现在我才明白，这人生快乐不过是过眼烟云、朝开夕落的花朵儿。啊！倒霉的蒙特西诺斯！啊！遍体鳞伤的杜兰达尔特！啊！不走运的贝莱尔玛！啊！以泪洗面的瓜迪亚纳！啊！鲁伊德拉不幸的女儿们，看看你们的湖面，就知道你们美丽的眼睛流出了多少泪水！"

堂吉诃德这些话仿佛句句发自肺腑，字字包含着深切的痛苦。桑丘和那位表弟听得入神，等他讲完，立刻央求他说说他那番话到底是啥意思，他在那个地狱里究竟看见了些啥。

堂吉诃德说："地狱？你们说那儿是地狱？可不兴这么说，不能叫地狱，一会儿你们就知道了。"

他说饿极了，要桑丘先弄点儿吃的。他们就把那位表弟搭在他牲口背上的毛毯取下来，铺在草地上，拿出褡裢里的干粮。三个人亲亲热热地坐在一起，吃了一顿午饭兼晚饭。吃罢饭，撤去毛毯，堂吉诃德说：

"伙计们，都别走，坐好，听我给你们讲。"

骑士大讲洞中奇闻
侍从连说一派胡言

大概是下午四点，云彩当空，太阳隐去，光线柔和。堂吉诃德便借这阴凉时刻，将他在蒙特西诺斯洞里的种种见闻，向那两位贵人一一作了介绍。只听他说：

"我在洞里往下出溜了差不多有十多米，就发现右边凹进去一大块，那块地方大得能搁下一挂骡子拉的大车，上头还有一线光亮射下来，肯定和地上挨着的地方有个小窟窿。当时，我吊在绳子上，四周黑咕隆咚，不知道最后会落到什么去处，加上我又感到疲乏，心里有火，一见这么个宽敞地方，就想干脆先到那里面歇会儿再说。我冲上面喊，先别往下放绳子，等我往下坠的时候再说。你们想必没听见，还一个劲地往下放。我只好把放下来的绳子收过来盘好，坐在上面想，待会我可怎么接着往下坠呢？想来想去，想不出个办法，谁知，就在这个时候，糊里糊涂地睡着了。等我再醒过来，竟发现四周是一片青草，清新幽静，风景如画，那个美呀，真是世间少有，难以想象。我以为自己还在做梦，使劲揉了揉眼睛，又睁大了看看，明白不是做梦，确实醒了。我仍旧不放心，便又是摸头又是摸胸口。经过这番折腾，再加上自己思前想后，最后才彻底相信身居草地的那位就是我。

"抬眼一看，只见一座富丽堂皇的宫殿，好像是水晶造的，光洁透明。两座殿门打开，从里面走出一位令人尊敬的长者，身穿一件深紫色粗呢长袍，一直拖到地上，头戴一顶黑色木兰圆帽，肩头和胸前系了一条绿缎子大学生饰带。老人家雪白的长胡子飘洒在腰间，他手中没有武器，只拿了一串念珠。那念珠个个都比一般的核桃大，而且，每十个便有一个大得像鸵鸟蛋。老者庄重坦然，步履稳健，气度不凡，我不禁肃然起敬。他走到我跟前，紧紧抱住我，说：

"'英勇的骑士堂吉诃德啊，我们被魔法关在这里不见天日已有多年。我们盼你盼得好苦哟，只有你来了，才能把这洞里的秘密公之于世。你天下无敌，豪气冲天，只有你能担负起这样的重担。举世闻名的骑士，让我带你去看看这座水晶宫里的种种奇观异景。我叫蒙特西诺斯，是这儿的终生主管，也负责此处的保卫。这个洞就是用我的名字命名的。'我一听他是蒙特西诺斯，就问他洞外边都传说他按照好友杜兰达尔特的临终遗嘱，用小刀挖出后者的心，献给贝莱尔玛夫人，不知是真是假。他说确有其事，但用的不是小刀，而是一把短刀，锋利无比，赛过锥子。"

桑丘插嘴说："没准儿这把短刀还是塞维利亚人拉蒙·德·奥塞斯打造的呢。"

堂吉诃德说："不敢说。不过这恐怕不是他造的。拉蒙·德·奥塞斯死了没有多久，可咱们现在听说的这个骇人听闻的事发生在隆塞斯巴耶斯，已经过去好多年了。"

那位表弟认为堂吉诃德言之有理，说：

"您讲得有理，堂吉诃德先生。接着讲下去，实在太有意思了。"

"我也觉得挺有意思。刚才我讲到那位令人尊敬的蒙特西诺斯把我带进水晶宫，先到了一个厅里。那厅不高，全是用雪花石膏造的，里面特别阴凉。正中有一座大理石墓，造得十分精巧。墓上直挺挺躺着一位骑士，既非用石头或玉雕的，也不是用铜铸的，而是有骨头有肉的真人。他右手放在心口上，手上长满了毛，青筋暴露，一看就知道是个有力气的人。蒙特西诺斯见我一脸的疑惑，没等我开口，就解释说：

"'这就是我那位朋友杜兰达尔特，论勇敢，论多情，他可是骑士中顶尖的人物。他和我们一样，也是叫那个法国魔法师梅尔林用魔法禁锢在这个洞里的。据说梅尔林是魔鬼的儿子，我看他比魔鬼还魔鬼呢！他为啥要这样对付我们，用的到底是什么魔法，谁也说不清，不过总有水落石出的那一天吧，而且这一天也不会太久了。有一件事我至今想不明白。杜兰达尔特明明死在我的怀里，他死后明明是我亲手挖出了他的心，对了，那颗心足有两磅重呢！博物学家说，心大胆

儿也大。简言之，这位骑士的的确确是死了，就跟这会儿是大白天一样，不容置疑，可不知怎么回事，他还经常叹气，好像根本就没死！'他刚说到这儿，就听见那可怜的杜兰达尔特叹了一口粗气，说道：

> 蒙特西诺斯表哥，
>
> 拜托，拜托，
>
> 等我闭上双眼，
>
> 灵魂出壳，
>
> 你就取出我的心，
>
> 送到贝莱尔玛的住所。
>
> 用什么家伙，
>
> 请你自己定夺。

"蒙特西诺斯老人听了，禁不住流出两行泪水，连忙跪在地上，说：
'杜兰达尔特先生，我最最亲爱的表弟，咱们不幸失败的当天，我就遵照你的嘱托，小心翼翼地取出了你的心，一点儿都没剩。我用一块花边手绢把你的心擦得干干净净，准备送到法国去。我在你胸腔里掏心时，两只手弄得血淋淋的，但我埋你入土时流的那些眼泪，已将一双手冲洗得白白净净。埋了你我就捧着你那颗心，急急火火地出发了。亲爱的表弟，你听我给你细说。出了隆塞斯巴耶斯，到了头一个村，我就往你那颗心上撒了点儿盐，怕它变味，等送到贝莱尔玛夫人跟前，就算不新鲜了，起码也能见到一个腌的。可是，贝莱尔玛夫人、你、我、你的侍从瓜迪亚纳，还有鲁伊德拉夫人和她的七个女儿、两个外甥女，以及你的许多熟人和朋友，都中了魔法，被关在这里。这都是魔法师梅尔林搞的鬼。五百年过去了，可咱们这些人一个没死，全都健在，只是走了鲁伊德拉她那一家人。她们母女哭哭啼啼的，大概是把梅尔林哭软了心，就把她们都变成了湖，在曼卡地方人称鲁伊德拉湖，其中，七个女儿属西班牙国王，两个外甥女成了神圣的圣胡安教团的财产。你的侍从瓜迪亚纳因为常为你的不幸流泪，后来也叫梅尔林变成了一条河，河名也叫瓜迪亚纳。它流出地面，一见到挂在天上的太阳，就想起把你丢在洞底，心中好不难过，便又钻入地下。但它到底改变不了天然的流向，还时常回到地面上，见见世人和阳光。上面提到的那几个湖和其他许多湖都将水注入这条河，使它水量大增，一路浩浩荡荡，奔入葡萄牙境内。它虽然气势很大，但始终郁郁寡欢，养的鱼既不名贵，味道又差，实在无法与金色的塔霍河相提并论。表弟呀，我这些话对你说了不知有多少遍，可你始终没有答话。我想你不是不相信，就是没听见。反正我心里不是滋味，这上帝可以作证。现在我要给你讲点儿新鲜的事，就算不能给你多大安慰，也绝不会惹你心烦。你知道你眼前站着的是谁吗？睁开眼仔细瞧瞧！他就是大名鼎鼎的堂吉诃德骑士，梅尔林魔法师早就预言了他好多事。这位大骑士要使失传的骑士道重整旗鼓，进而发扬光大。有他出来主持，咱们没准儿能从魔法中解脱。没有英雄哪来壮举？'

"身负重伤的杜兰达尔特有气无力地说：'要是不行，我说表哥，要是不行，咱们也别泄气，接着洗牌吧。'说完又转过身去，沉默不语。突然有人大号，哭声中夹杂着长吁短叹和伤心的抽泣。我回头隔着水晶墙，看见一队貌美无比的姑娘，排成两行走来，个个都穿着丧服，像土耳其人那样白巾缠头。最后边那位，神情庄重，像个贵妇。她也是一身黑色丧服，头纱长大，一直拖到地上，头巾也长，是其他人的两倍。夫人双眉相连，鼻梁略低，嘴大唇红，两排牙齿稀落不齐，却雪白如去皮的杏仁。她手捧一块薄纱，上面放着一块干瘪的东西，我猜定是杜兰达尔特那颗腌过的心。

"蒙特西诺斯说，那些漂亮女孩都是杜兰达尔特和贝莱尔玛的侍女。她们也中了魔法，所以，也随着男女主人待在那里。走在最后，用手捧心的那位就是贝莱尔玛夫人。一个星期有四天，她都要率领侍女们来这儿列队边走边唱，实际上就是哀悼杜兰达尔特受伤的躯体和他那颗心。他说，如果我觉得她有点儿难看，或者说，不像传说的那样美，那恐怕是她中了魔法后，在洞中夜里睡不好白天更难过的缘故，她眼圈发黑，脸色发黄就是证明。他解释说：'别看她脸黄眼圈黑，就以为她得的是女人月月来的那种病，那玩意儿她好几个月，甚至好几年都没来过了。她是心疼不幸的情人，一看见手里捧的那颗心，就难过得不行。天天如此，她能有好模样吗？要不是因为这，论长相，论气质，论风度，恐怕连举世闻名的大美人温柔内雅也要让她三分呢。'

"我一听他竟说出这样的话，就拦住他说：'蒙特西诺斯先生，讲故事就讲故事，干吗要东拉西扯。老话说，胡比乱比，惹人生气。这您恐怕也应该知道。

所以，我要劝您一句，别比来比去。举世无双的温柔内雅就是举世无双的温柔内雅，贝莱尔玛夫人就是贝莱尔玛夫人。好，就到此打住。'

"他听了忙答道：'堂吉诃德先生，实在对不起，是我们的不对，我不该说温柔内雅要让贝莱尔玛三分。我不知是咋搞的，早猜出您是温柔内雅的骑士。我真不该拿她跟别人比，要比也只能和天比。刚才我说话前要是把舌头咬破就好了。'

"人家蒙特西诺斯先生如此大度，直赔礼道歉，我还有啥可说？不过，刚才他居然把贝莱尔玛和我的心上人放在一起相提并论，确实叫我挺生气。"

桑丘说："这我就有点儿想不通了。您干吗不揍那老小子一顿，把他的骨头全踢断，胡子全拔光？"

堂吉诃德说："桑丘老弟，咱们可不兴这样做。他到底有把年纪，咱们得尊敬老人嘛。再说人家又是骑士，还中了魔法，其实不是骑士，也应尊重。算了，他说了半天，我也说了半天，也算扯平了。"

这时，那位表弟插嘴道：

"堂吉诃德先生，您在下面只待了一会儿，怎么能看见那么多东西，讲了那么多话呢？"

堂吉诃德问："我下去了多长时间？"

桑丘说："一个钟头多一点儿吧。"

堂吉诃德说："不可能。我在那底下看着天黑天亮有三回了，我估摸着，在那个世人难见的洞里待了有三天三夜。"

桑丘说："老爷说的肯定是实话。您碰到的事都受了魔法，在我们这儿可能是一个钟头，您那边没准儿就成了三天三夜了。"

堂吉诃德说："可能吧。"

那位表弟问："先生，您在下边吃没吃过东西？"

堂吉诃德说："一口也没吃，也不饿，根本没吃东西的想法。"

那位表弟又问："底下那些中魔的人吃饭吗？"

堂吉诃德说："不，也没人便。可听说指甲、胡子和头发照样长。"

桑丘问："老爷，那他们睡觉吗？"

堂吉诃德说："不睡。起码我在那儿的三天，没见他们谁合过眼，我也一样。"

桑丘说："老话说得对呀，跟谁学谁。您和那帮子中魔的人在一块儿，他们不吃不喝，连觉都不睡，您能两样吗？老爷，您别生气，跟您说吧，您讲了半天，我没信一句。真的，要撒谎，就让上帝把我抓走，我差点儿说叫魔鬼把我抓走呢。"

那位表弟说："你不信？堂吉诃德先生真的是胡编？他就算有这个意思，也没这工夫是不是？"

桑丘说："我不是说我老爷在胡编。"

堂吉诃德问："那你是啥意思？"

桑丘说："我是说那个梅尔林，还有那些什么魔法师，他们叫洞底下那些人中了魔，那些中魔的人，您都见着了，还和他们聊过天。梅尔林他们肯定也叫您中了魔，要不，您能说出刚才那些事吗？"

堂吉诃德说："你说得没准儿有道理。不，不是这么回事！我刚才讲的确确实实都是我亲眼所见，亲手摸过的。那个蒙特西诺斯带我看了好多好多怪事，多得真是没法数，等待会咱们路上慢慢说。现在我只说一件，你就知道有多怪了。他有一回叫我看草地上的三个乡下姑娘。那片草地青翠幽静，三个姑娘在上面又蹦又跳，像快活的山羊。我一眼就认出其中一个是温柔内雅我那绝世美人。另外两个就是咱们在托博索林口碰见的那两个女人。这事实在奇怪！我问蒙特西诺斯认不认识那三个女人。他说不认识，是这几天才看见她们的，估计是几位贵夫人，大概也中了魔。他说这没什么好奇怪的，那儿中了魔的夫人女士多的是，一个个都变成各种各样的怪样子，有古时候的，也有现代的。其中两位他还挺熟，一个是希内布拉王后，一个是侍候她的金塔尼奥娜夫人。那个朗斯洛特

（刚从不列颠到此）

金塔尼奥娜还为他斟过酒呢。"

桑丘听了主人这番话，差点儿笑得背过气去。他心里明白，温柔内雅中魔是他瞎编的，魔法师是他，证人也是他。这回，他再不会怀疑了，东家的确疯了。

"亲爱的东家，您真不走运，去阴曹地府还挑了个不吉利的日子，又倒霉

催的，碰上了那位蒙特西诺斯先生，害得您整个儿变了样儿。您在上面活得好好的，托上帝的福，脑袋瓜儿清清楚楚，出口成章，还劝这劝那。现在可好，信口开河，满嘴胡说。"

堂吉诃德听了，说：

"桑丘，我知道你这个人，你爱说啥说啥，我没工夫答理你。"

"我还没工夫答理您哩，您要是不承认您刚才讲的都是瞎扯，我还真的不答理您，打我杀我，我也不怕。趁咱们还没闹翻脸，我想问您一句：您凭哪条说那位贵小姐就是咱们的女主人？您跟她说话了？您说了啥？她说了啥？"

堂吉诃德说："她穿的衣服和上次你指给我看时穿的一样，所以我认为是她。我跟她说话，她不但不理，还扭头就跑，比射出的箭还快。我要去追，蒙特西诺斯拉住我，说追不上，别白费力气了，再说我也该上去了。他说以后他会给我捎信，把他、贝莱尔玛、杜兰达尔特和所有在洞底的人如何破除魔法的情况告诉我。不过，最叫我难过的一件事是，我正同蒙特西诺斯说话的时候，温柔内雅的一个女伴突然走到我的身边，流着眼泪，颤声低语道：

"'我家小姐温柔内雅吻您的手，她十分关心您的近况。她眼下手头很紧，恳求您借她六雷阿尔，把您身上现有的都借给她也行。她说先用这条短裙做抵押，保证尽快如数奉还。'

"我一听大吃一惊，就问蒙特西诺斯先生：

"'蒙特西诺斯先生，那些中了魔的贵人也有手头紧的时候？'

"他回答道：'堂吉诃德先生，您听我说，这种事哪儿都有，谁也免不了，中了魔的人也一样。人家温柔内雅叫人来借俩钱，又有抵押做担保，准是日子难过，我看就借给她好了。'

"我说：'抵押就不要了，可我眼下拿不出六雷阿尔，就给她四雷阿尔吧，我身上就这些钱了。'桑丘，这四雷阿尔就是你上次给我准备路上布施用的那几个钱。接着，我对那女人说：

"'我说，姑娘，请转告你家小姐，我听说她手头紧，心里怪不好受的。恨只恨自己不是大财主富格尔，要不，我能叫她受这个罪吗？烦你再告诉她，看不见她的漂亮脸蛋，听不到她的温柔话语，我就浑身不舒服，也不该舒服。我恳求她，能赏个脸，给个机会，让我这个被她迷住的骑士，见她一面，跟她说上句话。还有句话，也请务必转告。从前有个曼图阿侯爵在深山发现了他快要断气的外甥巴尔多维诺，便发誓不替外甥报仇雪恨，吃饭就不铺桌布。我也要学他的样，一定要破除温柔内雅小姐中的魔法，否则，我就要走遍世界七大洲，一刻也不停，让葡萄牙王子堂佩德罗也要自愧不如。我这个决心恐怕会有人告诉她的。'

"那姑娘说：'您就该这么做，就这，还差得远呢。'说完，抓起那四雷阿尔，身子往上一蹦，离地足有两三米高，算是对我表示敬意。"

桑丘听到这里，大声说道：

"啊！上帝圣明，这世上怎么会有这样的怪事？那些魔法师使了什么招数，怎么把我家老爷搞得神神道道的？老爷，我的爷，看在上帝的分上，您也注意注意自己的身份和脸面，别再相信这些没影的事了，您都叫它们给搞得神经错乱了。"

堂吉诃德说："桑丘，你说这些都是为我好，这我明白。你呀，还是见得少啊。稍微和平常不一样，你就大呼小叫，真是少见多怪。刚才我不是说了，我在底下见到的事还多着呢，往后我慢慢讲给你听，到时候你就会明白，我刚才讲的那些都是真的，没半点儿含糊。"

第二十四章　送兵器小伙儿行色匆匆
　　　　　　　论从军骑士口若悬河

　　这部伟大传记的译者说，他译到堂吉诃德下蒙特西诺斯洞探险这章时，发现原作者在书页边留下了一段批语：

　　"前一章堂吉诃德经历的那些事，我实在难以相信，更无法理解。以前他碰见的那些冒险事情都有可能发生，看起来也像那么回事。可这蒙特西诺斯洞里的那些事，实在太玄，根本就挨不上边。但也不能说堂吉诃德在胡编乱造。人家是谁？当代最诚实的君子，最高贵的骑士，你就是把他乱箭射死，他也不会讲半句谎话。何况他还讲得那么细，一会儿的工夫能编出那么一大堆东西吗？反正就算这段不是真事，也不能怪我。人家上面怎么写，我就怎么译，是真是假，读者心明眼亮，自会判断。我无能为力，还是少说为妙。不过确有人说过，堂吉诃德临终前作了交代，承认他这段是编的，是模仿读过的小说，照猫画虎虚构出来的。"

　　好，再接着上一章往下讲。

　　那位表弟见桑丘对主人如此无礼，主人却听之任之，十分吃惊。他想，这都是堂吉诃德见到温柔内雅，心里痛快，变得一点儿没脾气的缘故，否则，桑丘少不了要挨一顿板子，因为他对主人实在太放肆了。看起来，那温柔内雅还真有两下子，都中了魔了，还有那么大的魅力。

　　那位表弟对堂吉诃德说：

　　"堂吉诃德先生，跟您跑这一趟，我真长了不少见识。首先，我结识了您，走了大运。其次，知道了蒙特西诺斯洞里的秘密，了解到了瓜迪亚纳河和鲁伊德拉湖的来历，这些为我正在撰写的《变形记——西班牙的奥维德》提供了新材

料。再次，发现纸牌游戏古已有之。您说，蒙特西诺斯对杜兰达尔特讲了半天，最后他醒来说了一句：'咱们也别泄气，接着洗牌吧。'他这句话绝不是在中了魔以后学会的，肯定是在以前，在查理大帝时代，在法国学的。这证明在查理大帝时代就已经有玩纸牌的游戏了。我正在写的另一本书《维吉尔·波利多罗〈古代事物渊源考〉补遗》，肯定漏掉了有关纸牌发明的情况，我现在把它补写进去，真是再合适不过了。这件事非同小可，也真实可信，因为是杜兰达尔特先生说的，他可是位又实在又严谨的人哟。最后，是我搞明白了瓜迪亚纳河的源头，这事现在还没人知道呢。"

堂吉诃德说："说得不错。对了，如果上帝开恩，让您的大作获准出版（我看够呛！），您能不能告诉我，您打算把它们献给谁？"

"愿意接受我献书的贵族老爷，在西班牙多的是。"

"不见得。我不是说他们没资格，而是说人家未必都愿意。作者辛苦多年，又这般热情，不是谁都承受得了的。不过，我认识的一位贵人与众不同，他有许多优点，我要是竹筒倒豆子，全讲出来，只怕肚量大的人心里也会有点儿那个。咱们以后有工夫再细说，现在还是先找个地方过夜吧。"

那位表弟说："离这儿不远有座庙，庙里住了个山僧，听说当过兵，大伙儿都夸他是个好基督徒，有见识，也厚道。他自己掏钱在庙旁边盖了一所房子，地方不大，接待几个客人还是可以的。"

桑丘问："您说的这位僧人也养鸡，对吧？"

堂吉诃德说："不养鸡的僧人很少。过去住在埃及沙漠里的僧人，穿树叶，吃草根，现在的僧人可大不一样了。我说过去的好，并不是说现在的不好。我的意思是，现在的僧人已不像当年那样艰苦了。其实现在的僧人也不错，反正我认为他们都挺好。天下不太平的时候，假善人总比公开作恶的坏蛋强。"

他们正说着话，就见一人赶着骡子匆匆走来，驮鞍上装的全是兵器。他挥动着棍子，催促牲口前行，从他们身边经过，也未停步，只打了个招呼。堂吉诃德忍不住对他说：

"老兄，急啥？歇会儿吧，您这骡子能受得了吗？"

那人说："老爷，不行啊！我运的这些兵器明儿就要用，实在不能歇。我先走了。我打算今晚上在庙那边的客店过夜，您要是想打听这些兵器的用处，只要咱们走的是同一条路，您可以到那家客店找我，我给您讲点儿有意思的事。得，回见！"

那位说完就赶着骡子急急忙忙走了，堂吉诃德想问都是些啥有意思的事，竟来不及开口。他一向好奇心切，顾不得那位表弟先前的提议，决定不去小庙，而去运兵器的人说的那家客店投宿。于是三人上了各自的坐骑，直奔客店而去。等到了那儿，天已经快黑了。

路过小庙，表弟说是不是进去喝杯酒。桑丘一听，二话没说，忙赶着灰驴往那儿跑。堂吉诃德和表弟也跟着他跑去。桑丘运气实在太差，僧人不在。这话是僧人的一个徒弟说的。他们问他要些贵点儿的酒喝，那人说他师傅没有，不过，便宜的水倒有的是。

桑丘说："要喝水，老子早在路上喝饱了，一路上哪儿都是井！卡马丘家的喜酒啊！堂迭戈家的吃喝啊！我能不想你们吗？"

酒没喝上，他们只好继续往客店赶。没走多久，就见前边有个小伙儿，走得不快，他们很快赶上了他。小伙儿肩上扛把剑，剑上挑了个包袱，看样子，无非是裤子、衬衫之类的换洗衣服。他上身穿一件绒衣，不少地方都成了光板，亮得跟缎子似的，下摆底下露出了衬衣。脚上穿的是绿袜和京城流行的方头鞋。十八九岁的样子，老是笑呵呵的，动作也挺灵巧，边走边唱，自己给自己解闷。堂吉诃德他们赶上他时，他刚唱完一段。表弟记住了那段歌词：

穷得没辙去当兵，

有钱谁肯来玩命。

堂吉诃德先开了口，说：
"小伙子，长得够帅的，您这一身也够轻巧的啊！敢问您这是去哪儿啊？"
小伙子回答说："穿得少，一是天热，二是没钱。问我去哪儿？打仗。"
堂吉诃德说："天热还说得过去，可这和没钱有啥关系？"
小伙子说："我没钱，就这么一套衣服。上身这不穿着了吗？下身那条裤子在包袱里，我路上不敢穿哪，万一弄破了，进了城咋办，那不太丢人了吗？所以我说一为凉快，二是没钱。部队离这儿还有一百多里地，等我赶上他们再把这裤

子套上。我追上他们，参了军，再去港口，就不用走路了，部队还能没有车？听说上船的港口就是卡塔赫纳。我宁愿给国王老爷打仗卖命，也不想再侍候京城里的穷光蛋了。"

表弟问："您得过赏钱没有？"

小伙子说："咱运气不好，要是侍候过大官、贵人什么的，赏钱还用说？侍候人得找好主家。在大官家当差，出了灶房，少说也能混个少尉上尉当当，或者弄个别的什么好差事。我没这福分。我侍候的那些主儿，自个儿都得到处去谋差事，碰运气，挣的那俩钱儿，浆完衣领就剩一半了，他们还能给我赏钱吗？给这些人当差想交好运，除非太阳打西边出来。"

堂吉诃德问："小伙子，您说实话，给人家当了这么多年的差，难道连件号衣都没混上？"

"人家给过两套。主人给号衣穿还不是为他自己装门面，等在京城办完事回家，我还得给人家脱下来。有些教会不就是这样吗？你要是没正式入会，离开的时候就得把教士服扒下来。"

堂吉诃德说："用意大利人的话说，这真是'太抠门'了！您还算不错，总算离开了京城，还胸怀壮志，真是可喜可贺。这世上最风光最有用的事，就是为上帝效劳，给国王这天赐的主子效命，特别是当兵打仗这一行。干武的不如干文的赚钱，可干文的比不上干武的光荣。这话我说了不知有多少回了。不错，靠耍笔杆子起家的人要远远超过以武出道的，可我不知怎么回事，总觉着武士要比文人光荣，这种光荣是文人望尘莫及的。我有句话希望您牢记在心，日后遇到困难或不顺心的时候，会对您是个安慰。人生在世犯愁的事多了，最糟的无非是死，只要好死善终，死不就成了最美的事了吗？有人问罗马英雄恺撒大帝，怎么死最好。他说，突如其来，意想不到，毫无准备。他是个异教徒，连上帝都不知道，但这句话说得不错，因为这样死少受多少罪啊！比方打仗，您一上阵就死了，不管是吃了枪子，还是踩上了地雷，反正是玩儿完了。泰伦提乌斯说，战士宁可战死疆场，也不要临阵逃亡。服从指挥的战士才是好战士。小伙子，当一名士兵，宁要一身火药味，也不要带一点儿麝香气。如果您当兵到老，即便是满身伤疤，缺胳膊断腿，您至少还是个光荣的战士，贫困也不会把您压倒。现在就更不怕了，国家眼下正下令让救济老年伤残军人呢。对老兵，不能用对待黑奴的态度。

奴隶主一见黑奴上了年纪，没多大用了，就以解放奴隶为名，把他们扫地出门。这些人上哪儿去找自由啊？最后都得冻死饿死。好，咱们先说到这儿。请上马，骑在我后头，咱们一块儿去客店，一块儿吃晚饭，明儿一早您再赶路。但愿上帝助您一臂之力，一路顺风，心想事成。"

小伙儿不肯上堂吉诃德的马，但答应一块在客店用餐。当时桑丘心里说：

"上帝保佑您，我的东家！您嘴皮子不是挺行的吗？看说得有多好，真叫人爱听！可说起蒙特西诺斯洞里的事，为啥就胡扯一通？得，咱们就等着瞧好了！"

他们到客店时，天色渐晚。桑丘这回挺高兴，因为主人也认准眼前的是客店，没再像过去，非一口咬定是城堡不可。一进门，堂吉诃德就问店主那个送兵器的小伙子在哪儿。店主说正在马圈安顿他的骡子。于是，桑丘和那位表弟也把各自的毛驴牵到马圈里，还给稀世驽骍找了个最好的地方和最好的食槽。

神猴未卜先知
村委大学驴叫

堂吉诃德一听说运兵器的男子在马圈，恨不能立刻插翅飞到他的跟前。他急不可耐，想马上知道那男子答应讲的那些趣事，所以一见面，就催他赶紧讲。小伙儿说：

"要讲也不能站着讲，最好是从容不迫，慢慢道来。我的好先生，等我喂了牲口，再给您讲行不？"

堂吉诃德说："您马上□讲吧。我帮您干。"

他说做就做，又是筛大□，又是洗马槽，忙个不停。小伙儿瞧他这么谦恭真诚，实在不好意思，就答应马□给他讲。他在一条长石凳上坐下。堂吉诃德坐在他的身边，周围还有表弟、桑丘、店主和那个准备投军的小厮。

小伙子开始讲了：

"各位大概知道，离这儿四十五六里地有一个村，村里的一位委员丢了头驴。这事全是他家的一个丫头捣的鬼，要细讲就长了。委员费了半天劲儿也没找见驴。过了半个月，据说村里的另一位委员在广场遇到了丢驴的同事，对他说：

"'老兄，得谢谢我哟，你丢的那头驴，我知道在哪儿。'

"'当然要谢谢你，还要重谢呢。老兄，我那头驴到底在哪儿呀？'

"'在山里。我今儿早上在那儿看见的，身上的东西，什么鞍子、嚼子，全没了，瘦得皮包骨，真叫人心疼。我说给你赶回来算了，谁知道它已经变野了，根本不让人到跟前，我一过去，它就躲，最后逃到山里边去了。要不，咱俩一块儿再去找找？好，先让我把这头草驴送回家，回头咱们就上山。'

"丢驴的那位听了,说:

"'你太好了,我一定得好好儿谢谢你。'

"知道这事的人都是这样讲的,我自然也不例外。后来那两位委员一起进了山。他俩在那儿东找西找,找了半天,连个驴影儿也没看见。报信的那位开口了:

"'老兄,你看咱们这么办行不行?我不是会学驴叫吗?我一叫,它就是钻到地底下也得跑出来。跟你说吧,我学驴叫,跟真的差不多。要是你也会叫两声,咱们还怕找不到它。'

"'说什么?会叫两声?老兄,上有天主,我学驴叫,比那真的还像。'

"'那咱们就走着瞧。你看咱们是不是这样,你往那边走,我从这边行,咱俩把这山绕上一圈,走它个遍。走两步,你学一声驴叫,我也学一声驴叫,只要那驴在山里,早晚会搭腔。'

"丢驴的那位说:'老兄,你这主意实在是妙,真不愧是个聪明人。'

"两人商量好,立刻照计而行。谁知他们俩学驴叫,一个叫,另一个也叫,弄得双方都以为是真驴在搭腔,就循声去找,结果又碰在一起。失主问:

"'老兄,咋搞的?刚才叫的不是我那头驴?'

"'怎么会是你的驴,是我。'

"失主又说:'老兄,说句实话,你学驴叫跟真的没啥区别,像你叫得这么好的,我还真没见过。'

"出主意的那位说:'过奖,过奖。老兄,要说叫得像叫得好,那还要说你。你那两声驴叫,世界头号叫驴也自愧不如,这我可以对上帝发誓。你那一声吼,震天动地,底气十足,拖的时间长不说,还挺有节奏,很中听,称得上余味无穷。一句话,咱是佩服得五体投地,这门绝技的顶尖高手还得数你。'

"失主听了,说:'照老兄的话说,我还真有两下子啦?以后也可以引以为豪了。我知道我学驴叫学得挺像,可从没想到有你说得那么绝。'

"那位说:'世上有些绝技都白糟蹋了,不是不会用,就是没机会用。'

"失主说:'你说得不错,咱俩这本事要不是因为找驴,能用上吗?就这,还得看上帝帮不帮忙呢。'

"他俩就这样聊了一会儿,又像刚才那样,分头找驴去了。可还是闹了误会,彼此把对方的叫声当成真驴的回应,又碰到一起。他们便商量好,再学驴

叫，要连叫两声，好同真驴有别。就这样把山都走遍了，别说没听见驴声儿，就是驴影儿也没见着。上哪去见驴影儿啊？它早让狼给吃了。他们直走到山尽里边才发现那驴的骨头架子，唉，真可怜！失主这才恍然大悟，说：

"'我说呢，弄了半天它早死了。要不，它肯定会搭腔，谁叫它是头驴呢。老兄，这驴虽说死了，可我这趟没白来，我欣赏到了你那妙不可言的驴叫。'

"另一位说：'没错，老兄，俗话说得好：神甫唱得好，侍童也差不了。'

"他俩白忙活了半天，最后哑着嗓子回到村子，把他们进山找驴的事，见谁跟谁讲，还借机把对方学驴叫的本事大吹了一番。这事很快就传到了周围几个村庄，弄得左近无人不晓，是人便知。魔鬼可闲不住，最喜欢无中生有，搬弄是非，这回又逮住了机会，鼓动别村的人，一见我们村的就学驴叫，明摆着是戏耍我们那两个村委。后来，连小孩也出来瞎起哄，弄得人觉得是地狱里的小鬼在乱吼乱叫。这个村学驴叫，那个村也学驴叫，搞得我们这个驴叫村的人格外引人注目，离老远就能认得出来，就好像黑人跑进了白人堆里那么显眼。他们这么折腾，丢我们的脸，我们忍无可忍，拿起家伙，成帮结队，要跟那些耍弄我们的人干上几场。谁也劝不住，我们也天不怕地不怕。我估摸着，也就在今明两天，我们村要全体出动，去跟二十多里地外的一个村打仗。那个村的人把我们欺侮得最厉害。我买的这些刀枪就是为这。完了。各位可能觉得没多大意思，可除了这，我还真没别的好讲。"

他刚说完，客店里就走进来一个人，穿着羚羊皮套裤、坎肩和长袜。他粗声大嗓地问：

"店家，有地方住没有？猴子先知和《梅里森德拉脱险》来了。"

店主一见来人，也喊了起来：

"好家伙！这不是佩德罗师傅吗？今儿晚上咱们又有乐头了！"

对了，我还忘说了，这位佩德罗师傅左眼上贴了一块绿绸底膏药，快把半边脸蒙上了，看样子那地方有点儿什么毛病。

店主接着说："欢迎，欢迎。对了，佩德罗师傅，猴子和道具怎么没见来呀？"

佩德罗说："随后就到。我先走两步，看看有没有地方住。"

店主说："别人没有，您佩德罗师傅还能没有？就是阿尔瓦公爵，他也得把地方让给您不是？赶紧把猴子和道具弄来，今儿晚上店里有客人，你们来了，准赚钱。"

佩德罗说："那太好了。我一定优惠，只要不亏本就行。我这就去招呼拉猴子和道具的车子。"

他说完就出了店门。

堂吉诃德问店主，佩德罗师傅是谁，他的猴子和戏是咋回事。店主说：

"他是演木偶戏的，可有名了！他一直在咱们曼卡靠阿拉贡那边，给人演戏，演的是《鼎鼎大名的堂盖菲罗斯搭救梅里森德拉》，戏挺有趣，演得也棒，这一带好久没看过这样好的戏了。他有只猴子，厉害得很，猴子里少见，人堆里也未必有。你问它啥，它先注意听，然后跳上主人的肩膀，嘴对着耳朵，把应该回答的话告诉主人，最后由主人说出来。它擅长回答过去的事，将来的事就差点儿劲了。当然也不是一答就对，反正十回有八回差不多。我们都觉得它有鬼附身。猴子答对了，一次收两个雷阿尔。所以大伙儿都认为佩德罗肯定有的是钱。他是意大利人说的那种所谓'上等人'、'痛快人'，日子过得别提多舒坦了，又能说又能喝，论讲话，他一个顶六个，论喝酒，十二个也比不过他。这全靠他那张嘴、那只猴子和那台木偶戏。"

他们正这么说着呢，佩德罗师傅已经回来了，一起跟他来的还有拉道具的车子和一只没尾巴的大猴子，屁股磨得像光板，一根毛也没有，脸长得倒不可怕。堂吉诃德一见，就问：

"先知先生，请问，我们将来会怎么样？这是两雷阿尔，您瞧准了。"

他让桑丘把钱给佩德罗师傅。佩德罗说：

"先生，这猴子过去和眼下的事知道一点儿，将来的概不回答。"

桑丘说："他妈的，过去的事还用花钱请别人告诉我？我也不是傻蛋，花这种冤枉钱！这猴儿精不是知道现在的事吗？那好，我给您两雷阿尔，告诉我，我老婆特雷莎这会儿在干啥？在做什么开心的事？"

佩德罗没有接过钱，说：

"咱是先回答问题，后收钱。"

说着，用右手拍了拍自己的左肩，猴子立刻跳了上去，把嘴贴在他的耳朵上，上下牙乱碰，也就是念遍《信经》的工夫，又跳回到地上。这时，只见佩德罗师傅跑到堂吉诃德跟前，扑通一声，跪倒在地，抱住他的两条腿，说：

"我抱着的哪儿是两条腿呀，是赫丘利的两根大柱子！啊！重振骑士道昔日雄风的伟人！啊！千言万语也赞不够你呀，堂吉诃德！你鼓励泄气的，拉住要摔跤的，扶起跌倒的，救助有难的，安慰不幸的，是大大的善人！"

堂吉诃德张口结舌，桑丘·潘沙直翻白眼，那位表弟莫名其妙，驴叫村的目瞪口呆，客店老板暗自称怪，一句话，这位演木偶戏的对堂吉诃德突如其来的颂扬，把大伙儿都说蒙了。没等这些人缓过劲来，他又说：

"你呀，我的桑丘老哥，你可是世上顶尖骑士的顶尖侍从啊！你放一百个宽心吧，你那个好老婆特雷莎一切都好，她现在正梳理一把亚麻呢。再说细点儿，她左边放着一只破嘴儿的罐子，里面装了不少酒，她就靠这去乏解闷呢。"

桑丘说："这我完全相信。她还真是个有福气的女人！她要是不吃醋，用哪个女人我也不换，连那个女巨人安当多娜也算上！听我主人说，这娘们儿有才有德，十全十美，称得上百里挑一！我那个特雷莎会享福得很，哪怕把留给儿女的东西花掉，她也不会叫自己受委屈。"

堂吉诃德说："我说呀，读的书多，走的路多，见识就多。你看，要不是亲眼所见，我能相信世上有这种神通广大的猴子吗？猴子先生说得对，我就是堂吉诃德，只是它把我讲得太好了。不过，说实话，我这个人还真是生来心软，只有助人之心，绝无害人之意。这还真得谢谢老天爷。"

小伙子说："我是没钱，要不，我想问问这趟出门吉凶如何。"

这时，佩德罗师傅已经从地上爬起来，说：

"我不是说了吗？这小畜生不回答将来的事。它真能回答，钱不钱的没关系，给堂吉诃德先生办事，世上什么好处咱舍不得？为报他的大恩大德，让他高兴高兴，我现在就去把戏台搭好，免费请大家看戏。"

店主大喜，就去帮他安排演戏的地方。没多一会儿，戏台就搭好了。

堂吉诃德总觉着有点儿不对劲，他想，这猴子虽说知道过去、将来，本事挺大，但终究不是正道，便趁佩德罗准备戏台的工夫，悄悄把桑丘拉到马圈的一个旮旯儿，对他说：

"桑丘，我想了半天，这猴儿怎么会有那么大的神通？现在我明白了，准是佩德罗师傅和魔鬼合伙捣的鬼，商量好的，没有写成文书，也肯定有默契。"

桑丘说："又是魔气^①，又是魔鬼，肯定这味儿好不了，可我弄不明白，佩德罗师傅要魔气干啥？"

"桑丘，你没听懂我的话。我是说，他肯定和魔鬼订过什么协议，要不，那猴子能什么都知道吗？他就靠这挣钱，等发了大财，就要把灵魂交给魔鬼。魔鬼这个人类公敌就喜欢要人的灵魂。你看，那猴子只回答过去和现在的事。魔鬼也只有这点儿本事，对将来，它根本说不准，只能瞎猜，能不能蒙上还不好说呢。世上的事，只有上帝清楚，在他眼里，没有过去、现在和将来的区别，只有现在，只有眼前。没错，那猴子说话的口气，跟魔鬼没什么两样，这我敢打赌。你说怪不怪啊，怎么就没人往宗教裁判所告呢？把它好好审查审查，叫它如实交代，它为啥有这样的本事。那猴子也不是什么算命先生，它也好，它主人也好，都没有起卦呀，其实他们谁也不会。说到起卦这玩意儿，西班牙现在可时兴了，不管是小娘们儿、小听差，还是给人修鞋的，都自吹自擂，说会起卦，好像这跟摸牌一样容易。这是门令人叫绝的学问，可他们不懂装懂，一通胡说，把它全糟蹋了。我认识一位夫人，去找人算卦，问她的小哈巴狗能不能下崽，能的话，一窝能生几只，什么毛色。算命先生起了一卦，说肯定下崽，一窝能生仨，一只绿，一只红，剩下一只是杂毛。不过配种的时辰得一定，必须在星期一或星期六，白天、晚上都行，但要在十一点和十二点之间。可两天后，那只母狗吃多了，撑死了。那位算命先生竟从此成了当地的'神卦'。其实，算命的主儿都能落下这个美名。"

桑丘说："您说得没错，可我还是想请老爷叫那个佩德罗师傅去问问他的猴子，您在蒙特西诺斯洞里的那些事，是不是都是真的。不瞒您说，我看都是胡说八道。"

堂吉诃德说："这很难说。行，我听你的。可我心里总有点儿那个。"

主仆俩正说着悄悄话呢，佩德罗师傅跑来找堂吉诃德，说戏台已经搭好，请他去看戏。堂吉诃德把自个儿的想法对他讲了，说请他一会儿一定要问问那只猴子，他在蒙特西诺斯洞的所见所闻，到底是真事还是做梦，因为他自己也说不

---

① 桑丘误将"默契"听成"魔气"。

清。佩德罗没说话，走回去把猴子牵过来，当着堂吉诃德主仆的面，对它说：

"我说，猴子先生，这位骑士想知道，他在所谓蒙特西诺斯洞里的见闻是真是假。"

说完，又做了个惯常的手势。猴子跳上他的左肩，在他耳边嘀咕了几句。佩德罗师傅说：

"猴子说了，您在那个洞里见到的事，有假有真。它就回答这，您要是还想问啥，下星期五再说，到时候，它有问必答。现在它的神功已经耗尽了，它说了，得下星期五才能复原。"

桑丘说："我说什么来着？您讲的那些玄事谁能相信，有一半是真的就不错！"

堂吉诃德说："桑丘，到时候就知道了。啥事能瞒得住人呀？就是埋在地底下，也有见天日的那一天。得，咱们现在什么也别说了，还是去看佩德罗师傅的戏吧。我想，总有点儿什么新玩意儿吧。"

佩德罗师傅说："有点儿！告诉您，我那戏里新玩意儿少说也有六万种。跟您说吧，我这个戏是世上最好看的戏。'不信我的话，也要信这些事。'①干活吧！时候不早了，咱们要做的、要说的、要演的，还多着呢！"

堂吉诃德主仆听他的话，走去看戏。戏台已经收拾停当，周围点满了小蜡烛，照得明明亮亮的。佩德罗钻进戏台底下，准备摆弄演戏的木偶。台边站着一个小伙子，是他的仆人，负责讲解剧情，手里还拿一根棍子，用来介绍出场的木偶。

全客店的人都坐在了戏台前，有些人站着看。堂吉诃德、桑丘、表弟和小厮坐的都是最好的位子。解说员开始说了。要知戏里演的什么，请接着往下看。

---

① 《圣经》里的一句话。

　　戏台前鸦雀无声，就连冤家对头都闭上了嘴巴，就是说，所有的看客都屏声静气地等着那充当解说员的孩子开口讲解呢。这时，就听见台上锣鼓喧天，炮声隆隆。随后，那男孩朗声说道：

　　"列位观众，现在给大家演的这出戏，都是真人真事，全是法国历史上讲的、西班牙民谣中唱的，一字没加，一字没减，家喻户晓，妇孺皆知。说的是堂盖菲罗斯救妻的故事。梅里森德拉夫人被摩尔人抓走，关在桑苏埃尼亚城，就是现在的萨拉戈萨，她的夫君堂盖菲罗斯闻知，设法救出了她。各位看好，堂盖菲罗斯正在掷色子呢，民谣唱得好：

　　　　堂盖菲罗斯赌场玩得欢，
　　　　早把梅里森德拉忘一边。

　　"各位现在看见的这个人物，头戴王冠，手握权杖，他就是梅里森德拉的义父。老头子见女婿还在这儿起劲玩牌，气得要命，开口就骂呀，你看他骂得有多厉害，恨不得拿权杖打。有的本子说，还真下手打了，打得还挺重呢。他告诉女婿，要是再不想办法把妻子救出来，可就把人丢光了。最后还丢了这么一句话：

　　　　我懒得跟你再废话，你个儿看着办。

"各位看见了吧？皇帝老儿说完转身扬长而去。剩下堂盖菲罗斯一个人在这儿大发脾气。他怒气冲天，把色子连盘子一起扔得老远。他叫人赶紧把盔甲拿来，又向表兄堂罗尔丹借杜林达纳宝剑。堂罗尔丹不肯，但是愿意陪他走一趟，气得咱们这位英雄好汉当面谢绝，声称他老婆就是关在地底下，他一个人也能把她救出来。说完就进屋收拾，准备上路。现在请各位往那边看。那个高塔，就是萨拉戈萨城堡里的塔楼，如今叫阿尔哈非里亚塔。塔楼的阳台上站着一位夫人，摩尔女子打扮。她就是绝世美人梅里森德拉。她总爱站在那儿，远远望着去法国的大路，思念巴黎和她的丈夫，排解心中的苦闷。各位看呀，最精彩的一段来了！看见那个摩尔男人了吧？他一根手指压在嘴上，蹑手蹑脚、偷偷摸摸地走到梅里森德拉后面。快看，他竟然嘴对嘴亲了她一口。她急忙唾了一口，又用雪白的衣袖使劲擦嘴，气得又哭又叫，直揪自己那一头漂亮的头发，好像她倒霉就倒霉在它们身上。走廊里有位庄重的摩尔人，各位看见了吧？他乃是桑苏埃尼亚城的马尔西里奥国王。他见刚才那个摩尔人对夫人如此无礼，竟不讲私情，下令立即拿下，抽两百皮鞭，拉到闹市示众。原来那个好色之徒是国王的亲戚和宠臣。有歌唱道：

> 报子开道前面走，
> 衙役押解后面跟。

各位看见了吧，事刚开了个头，就把罪给定了，刑给判了，不像咱们这儿，又是'起诉'呀，又是'在押候审'呀。"

堂吉诃德听得不耐烦，高声说道：

"小伙子，别东拉西扯，拐来拐去，你就直截了当地往下讲。要审明白一个案子，事儿多了，你能讲得完吗？"

佩德罗师傅也随声附和说：

"孩子，别添枝加叶，来花花儿的，就照这位老爷讲的说，直截了当，平铺直叙，要得太花了，反而不美气。"

那孩子说："我照您说的办。现在各位看见的，对，就是披着加斯科尼斗篷、骑一匹马的这位，不是别人，正是堂盖菲罗斯。他妻子见那个大胆的摩尔人

已受到惩处，心情变得好一些，这会儿正站在塔楼的阳台上，和他说话呢，但她并不知道这就是自己的夫君堂盖菲罗斯，还以为是个过路的人呢。她对他讲了些啥呢？请听歌里唱道：

> 骑士要是去法兰西，
> 请代问候堂盖菲罗斯，我的夫君。

"他们说了半天，我就不另啰唆了，免得叫人讨厌。长话短说，那堂盖菲罗斯掀开面罩，露出真容，梅里森德拉一见是自己思念的丈夫，高兴得满面春风。这会儿，各位看见了，梅里森德拉正顺着绳子往下出溜呢。她是想骑在忠实丈夫的马鞍后，一起逃走。她想得挺好，谁知裙子被阳台的铁栏杆挂住了，她吊在半空中，上不去下不来。正在这紧要关头，老天爷大发慈悲，救了她的急。原来是她丈夫跑了过来，一把将她拽了下来，也顾不得会不会撕破那条华贵的裙子了。他把她放在马鞍后，让她像男人一样，叉开腿跨在马上，两手紧紧抱住他的身体，千万坐稳当，因为他知道妻子不习惯这种骑法。各位听见了吧？那匹马一阵嘶鸣，不知有多么得意，它身上驮着的两位主人，一位是英雄好汉，一位是绝世美人。只见他们纵马转身出得城去，欢欢喜喜，直奔巴黎。你们这对少见的情侣啊！祝你们一路平安，无灾无难，回到家园。愿你们和亲朋好友永远相聚在一起，幸福美满，平平安安！"

佩德罗师傅又大声喊道：

"又来了，别讲这些没用的话行不行？"

那孩子没答理他，只管说下去：

"爱管闲事的人就是多，你就甭想瞒过他们那双贼眼。有人看见梅里森德拉上马逃走，马上跑去通风报信。马尔西里奥国王闻听，立即吩咐敲钟报警。霎时间，所有的清真寺钟声齐鸣，震耳欲聋，整个城差点儿震塌了！"

堂吉诃德突然叫道："不对！摩尔人哪有打钟的？他们只敲鼓，要不就吹一种竖笛，很像咱们的笛号。佩德罗师傅没弄对！桑苏埃尼亚城里怎么会有钟声呢？这不是瞎扯吗？"

佩德罗师傅听他这么一说，赶紧停手，不敢再敲钟了，说：

164　*El ingenioso hidalgo*
Don Quijote de la Mancha 下
堂吉诃德

"堂吉诃德先生，您管这些鸡毛蒜皮的小事干啥？太认真了，就没戏了。胡编乱造的戏多了，还不是照样演？观众又是喝彩，又是鼓掌，爱看得很呢！得，小伙子，你接着讲，甭管人家说啥。就算咱们戏里不合适的地方赛过太阳光下的尘土，你也甭怕！只要能赚钱就行。"

堂吉诃德说："也的确如此。"

那孩子接着往下讲：

"看哪！这一队队的骑兵多么威武，多么神气！他们奔出城去，追赶那对基督徒夫妻。听啊！号声鼓声，震天动地！我真为他们捏一把汗呢。要是叫追兵抓住，捆在马尾巴上拖回来，那可就惨了！"

堂吉诃德见这么多摩尔人追人家两个人，又听见鼓角齐鸣，一股侠气不禁油然而生，当下就站起身，喝道：

"站住！你们这帮浑蛋！不许再追了！听见没有？堂盖菲罗斯何许人也？他可是有名的骑士，多情的豪杰。我能眼睁睁地看着他受这种欺侮吗？不听的话，咱们先干一仗！"

说到这儿，他真的拔出宝剑，一步跳到戏台前，举剑就砍，动作之快，下手之狠，实属空前。剑锋到处，木偶摩尔人，不是脑袋搬家，就是粉身碎骨，至少也是断手断腿。在他乱杀乱砍之际，突然向下狠劈一剑，要不是佩德罗师傅一缩脖，往下蹲得快，他那脑袋恐怕早就像面团一样，被切成两半了。佩德罗师傅气得大喊大叫：

"别砍了！我的堂吉诃德先生！您瞧好了，您杀的不是真人，都是木偶！真是作孽啊！我的全部家当都给您毁了！"

堂吉诃德根本不听，继续乱杀乱砍，不到念两遍《信经》的工夫，一座戏台全塌在了地上，木偶没一个完整的，道具也七零八落。马尔西里奥国王身负重伤，查理大帝脑袋和王冠都被劈成两半。猴子逃上了屋顶，看戏的一片惊慌，表弟目瞪口呆，小厮心惊胆战。桑丘也吓得够呛，他指天发誓说，他从没见过主人发这么大的脾气，动这么大的肝火。堂吉诃德把戏台全砸烂了，才安静下来，说：

"世上不能没有游侠骑士！可有人就是不信。我真希望他们都能到这儿来看看。今天要不是我在这儿，好人堂盖菲罗斯和美人梅里森德拉的遭遇恐怕就不堪

166 *El ingenioso hidalgo*
Don Quijote de la Mancha 下
堂吉诃德

设想了！肯定现在已经让那帮狗东西追上，正受活罪呢！一句话，万事悠悠，唯骑士道最紧要，但愿它能代代相传，与世长存！"

佩德罗师傅有气无力地说："对，骑士道万岁，那我就完蛋。我真是倒了八辈子霉了！就像罗德里格国王说的：

> 昨日还在西班牙称王，
>
> 今天已身无片瓦。

刚才我还是一大堆帝王的爷，马圈里有数不清的骡马，箱子和包袱里装满了漂亮衣服，可一转眼的工夫，我就成了光棍一条，成了个要饭的穷鬼，最要命的，是连我那只猴子也跑了。要找回它，除非我的牙能冒出汗来。都是这位骑士先生乱发脾气，胡砍乱杀，人家说他锄强扶弱，打抱不平，做了许许多多好事，可老天爷啊！您说他干吗对我就这么狠呢？这个苦脸骑士呀，非把我也弄成一副苦脸才甘心啊！"

桑丘听佩德罗师傅这通哭诉，心里挺不是滋味，便说：

"佩德罗师傅，别哭了！也别说了！弄得人家怪难受的。跟你说吧，我这位东家可是个货真价实的基督徒，打心眼儿里相信天主，他要是明白过来，真做了对不住你的事，一定会如数赔你，还会给你点儿别的好处呢。"

"堂吉诃德先生能多少赔点儿，我就谢天谢地了。再说，您老人家心里也能舒坦点儿，是不是？大伙儿都知道，糟蹋别人的东西不赔，是上不了天堂的。"

堂吉诃德说："您说得不错，可我糟蹋您啥了，佩德罗师傅？"

佩德罗师傅说："糟蹋啥了？这地上的尸首是咋回事？是谁把它们搞成这个惨样儿的？难道不是您那双天下无敌的大粗胳膊干的吗？这一地的尸体都是我的家当，我是靠它们吃饭活命的！"

堂吉诃德说："我算知道是怎么回事了，以前好多回我都是这么想来着，全是那些魔法师在跟我捣乱。他们先把什么人哪东西哪，在我眼前一晃，接着就把人家给变样儿了。就是这么回事。各位，我说句老实话，我刚才看见的的确是真人真事。梅里森德拉就是梅里森德拉，堂盖菲罗斯就是堂盖菲罗斯，马尔西里奥就是马尔西里奥，查理大帝就是查理大帝。当时我真的是出于义愤，为尽我做游侠骑士的职责，帮了那对夫妻一把。我真的是出于一片好心，各位有目共睹。如果说我适得其反，那只能怪那些混账玩意儿，不能加罪于我。不管咋说，乱子是我捅下的，我自认倒霉，甘愿赔钱。佩德罗师傅，您说个数儿，我照赔就是了。"

佩德罗听了，给他鞠了一个躬，说：

"我就知道英勇的堂吉诃德是慈悲心肠，仗义疏财，扶危济困，专门救助江湖上有难的朋友。得，咱们就请店主先生和桑丘大人给个说法，看这些被打坏的木偶能值多少钱。"

店主和桑丘一致同意。佩德罗拾起没了脑袋的马尔西里奥国王，说：

"这明摆着是恢复不了原样了。我看，把我们这位国王弄没了气，要了命，得赔四个半雷阿尔吧？"

堂吉诃德说："您接着说。"

佩德罗又捧起被劈成两半的查理大帝，说：

"这位皇上给劈成了两半，五雷阿尔再添二十五个小钱，不多吧？"

桑丘说："不少了。"

店主说："也不算多。得，去掉零头，就给五雷阿尔吧。"

堂吉诃德说："算了，咱也不差这二十五个小钱，都给他吧，他倒了这么大的霉，够难受的了。佩德罗师傅，您是不是快点儿？马上要开晚饭了，我也有点儿饿了。"

佩德罗师傅拿起一个木偶，说：

"这个鼻子没了，眼睛也少了一个，是美人梅里森德拉。我看，您就给两雷阿尔，再加十二个小钱。"

堂吉诃德说："梅里森德拉和她丈夫这会儿至少也到了法国的边境了，要不，那一准儿是魔鬼在捣乱。他们骑马哪儿是在跑啊，简直是在飞呀！要是一路顺风，现在那两口子恐怕正在法国快活呢。你现在想来个狸猫换太子，弄个没鼻子的来顶数儿，甭想！佩德罗师傅，咱们都实在点儿，心别太狠，大家都不吃亏，上帝才帮忙。您接着说。"

佩德罗师傅一听堂吉诃德这样说话，心想这家伙肯定脑袋瓜儿又不正常了，怕他越扯越远，误了赔钱的事，赶紧就坡下驴，说：

"这个想必不是梅里森德拉，恐怕是她的一个丫鬟，就算六十个小钱吧，我也知足了。"

佩德罗师傅给打坏的木偶一一定了价。两位中人把他出的价往下降了点儿，一共是四十雷阿尔，再加七十五个小钱。结果皆大欢喜。桑丘如数付清后，佩德罗师傅说还得给他两雷阿尔，因为找猴子也得花钱。

堂吉诃德说："给他给他。什么找猴儿，还不是想去喝口老酒。两雷阿尔有啥？现在要是有人能告诉我，说堂娜梅里森德拉夫人和堂盖菲罗斯先生已经双双回到法国，和他们的亲人团圆了，我可以赏他两百雷阿尔呢。"

佩德罗师傅说："这个我那猴子最清楚！可这会儿连鬼也甭想找到它！过，它跟我挺好，加上肚皮饿，今儿晚上肯定还得来找我。反正早晚得天亮，咱们就走着瞧。"

堂吉诃德剑扫木偶一场风波总算有了个了结。他慷慨大方，当晚请大家在一起和和美美地吃了一顿饭。天没亮，运兵器的男子就离店而去。天亮之后，表弟和小厮来与堂吉诃德辞行，一个要回家，一个须赶路。堂吉诃德送了小厮十二雷阿尔。佩德罗师傅对堂吉诃德实在是太了解了，他不想再碰上他，另生枝节，趁太阳还没露头，一大早就带着那些破烂木偶和猴子，别处谋生去了。店主不知道堂吉诃德的来历，看他疯疯癫癫，大手大脚，很是奇怪。最后，桑丘按主人的吩咐，给了店主不少钱。上午八点左右，堂吉诃德主仆俩才离开小店，继续赶路。咱们趁这个工夫，把书中的几件事情交代一下。

老爷讲理有人听 跟班犯忌挨棍打 | 第二十七章

这部伟大传记的作者熙德·阿梅德，在写到本章时，一开头就说："我像基督教徒那样起誓……"译者说，作者是摩尔人，这毫无疑问，他说要像基督徒那样发誓，没别的意思，就是想说明他发誓要像基督徒一样，来真格的，不管啥事，都要有啥说啥，像基督徒一样；讲堂吉诃德的事是这样，介绍佩德罗师傅和他那只能掐会算、闻名遐迩的神猴，更是如此。熙德·阿梅德接着说："读过本书上卷的各位，想必还记得堂吉诃德在黑山放了一帮苦役犯，这帮坏蛋以怨报德，其中有一个叫希内斯·德帕萨蒙特，堂吉诃德叫他恶棍小希内斯，桑丘的灰驴就是叫他偷走的。上卷付印的时候，完全由于印刷厂的疏忽，竟把驴是啥时候偷走的和怎么偷走的给漏掉了。读者不知底细，不少人都还以为作者粗心大意，丢三落四。那么，灰驴是咋给偷走的呢？很简单，希内斯趁桑丘在驴背上睡着了，用了布鲁内洛的方法，硬从他两腿中间偷走了驴。萨克里潘特围困阿尔布拉卡时，布鲁内洛就是这样盗走他的马的。桑丘后来又找回了灰驴，这故事中已有交代。那个希内斯罪行累累，罄竹难书，他自个儿都记了一大厚本呢。他知道司法部门到处抓他，就逃到了阿拉贡，在左眼上贴了一块膏药，以演木偶为生。木偶他演得好，变戏法也很在行。那只猴子呢，是几个从柏柏尔放回来的基督徒卖给他的。他教会猴子如何一看他的手势，就跳到他的肩上，在他耳边嘀嘀咕咕，或者说，装做嘀嘀咕咕。他带着这只猴子演木偶戏，到一个村儿，进一个镇，总要事先打听那个地方有什么重要人物和特别的新闻，牢记在心。他每次都先演木偶戏，内容不是回回一样，但都滑稽逗人，大家也挺熟悉。等戏演完，他就把猴子牵出来，当众乱吹，说除了将来、过去和眼下的事，那猴头无所不知。猴子答一个问题收费两雷阿尔，有时也打点儿折扣，这就要看提问题的是什么人了。如果他对某家的事打听清楚了，就径自跑到人家那儿，也不管那家愿不愿出钱，便主动给猴子打手势，然后告诉主人猴子说了些啥，结果和实际情况完全相符。他就靠这出了名，走到哪儿都受欢迎。他脑子特灵，说话巧妙，从没出错，加上压根儿就没人刨根问底，盘问猴子为啥那么神，所以，他一路顺风，把大伙儿蒙了个够，也挣足了钱。这一次，他一进客店，就认出了堂吉诃德和桑丘。他知道这主仆俩的情况，所以，堂吉诃德和桑丘一问，他就把他们的事讲了个一清二楚，不仅把他俩说愣了，所有在场的人也都连连称奇。不过，这小子也差点儿把吃饭的家伙赔上，幸好堂吉诃德砍掉马尔西里奥国王的脑袋，歼灭了他的骑兵后，没再使劲往下劈。这些上一章都讲过了。有关佩德罗师傅和那只猴子的情况就说到这里。

现在，咱们言归正传。堂吉诃德离开客店后，决定在去萨拉戈萨的途中，先到埃布罗河地区看一看，因为比武的日子还早着呢，他有充分的时间观光游览。在路上走了两天，没碰见什么新鲜的事。到了第三天，他骑着马正往一座山冈上爬呢，就听见鼓角齐鸣，枪声阵阵。他以为是部队路过，就催动稀世驽驹，赶上山去，好看个究竟。到了山顶，才看清楚山脚下有两百多人，手里拿什么的都有：长矛、弩弓、扎枪、长戟，还有几支火枪和不少圆盾。他下到坡底，走过去，才看见那些人举着旗子，看清楚旗子的颜色和标志。其中有一面白缎子旗最惹眼，上面画了一头驴，个头儿跟真的小驴差不多少，昂着脑袋，张着大嘴，吐着舌头，那模样那姿势，好像在吼。周围有两句诗，字写得挺大：

> 两位都是一村之长，
> 学驴叫全挺在行。

堂吉诃德一看，明白了：这帮人肯定都是驴叫村的。他把这对桑丘讲了，还给他说了那旗上的两句诗。堂吉诃德说，从旗上的诗看，那两位不是村委，是村长，看样子，讲丢驴找驴故事的那位，把人家的职位搞错了。桑丘说：

"老爷，这有啥？没准儿人家后来又当上了村长呢？叫村委、村长都一样。

其实，管他是啥，反正学驴叫是真的。"

后来，他们才打听明白。原来这驴叫村的老乡被邻村的人欺侮得太不像话，实在咽不下这口气，全村人都跑出来，要找对方算账，报仇雪恨。

堂吉诃德走了过去。桑丘最怕惹是生非，所以见老爷往那堆人中间走，心里就挺着急。驴叫村的老乡以为堂吉诃德是来给他们助威的，就任他走进自己的队伍。堂吉诃德掀起面罩，大大方方地走到那面画着驴子的旗子底下。驴叫村领头的几位，见他站在旗下，感到十分奇怪，就围了上去。其实，头一回看见他的人都这样。堂吉诃德见他们都干瞪着眼瞧着他，一片鸦雀无声，索性自己先开口。只听他高声说道：

"各位先生，我有几句话想跟大家说说。希望各位不要打断，让我把话讲完。如果实在听不下去，您就做个手势，我马上闭嘴。"

那伙人说，想说什么就说什么，他们愿洗耳恭听。堂吉诃德见人家没什么异议，就接着说：

"各位先生，我是个游侠骑士，干的就是舞枪弄棒，扶危济困。前些日子，我就听说了你们那件倒霉的事，知道你们为啥老出去跟人家打架。我左思右想，总觉着这里面有点儿问题。按决斗的规矩，你们根本算不上受了侮辱。一个人能侮辱整个村儿吗？当然，如果是跟弑君的逆臣决斗，又搞不清哪个是凶手，那倒可以把人家全村的人都算上，比如堂迭戈·奥尔多内斯就是向萨莫拉全城发出挑战的，因为他不知道害死国王的凶手只是维利多一个人。这样一来，萨莫拉城的人全成了他报仇的对象。堂迭戈这样做，实在是走极端。死人和还在娘胎的孩子，甚至连面包和泉水，都成了他雪恨的目标，这还能叫决斗吗？可有啥法子？人一到气头上，还能管得住嘴巴？那就跟发大水一样，冲到哪儿算哪儿。反正不管咋说，单独一个人是不能去侮辱人家一个国、一个省、一个城，甚至一个村儿的。所以，说来说去，全是无事生非。为了个外号，就全村出动，跟人家玩命？有外号的城镇多了，像什么钟大妈、家庭主男、种茄子的、鲸鱼崽儿、卖肥皂的……可以说多得数不过来。要是这些名城古镇的人一听人家叫这些外号，就觉得受了奇耻大辱，操家伙跟人家干架，那不就乱套了！千万不能这样做！上帝也不会答应！有头脑的汉子，治理有方的国家，只有碰到下面这四种情况，才可以不顾一切，拼死奋战。一、捍卫基督教信仰；二、保护自己的生命，这可是天

经地义的事；三、保护家人和财产，捍卫自己的荣誉；四、为国王效忠，参加正义之战。要是再添一条，我想应当是保卫国家，其实这可以包括在第二条中。当然还可以加上几条，只要合情合理就行，不过，最主要还是这五条。为这些事动刀动枪，没说的。要是为些鸡毛蒜皮的小事，就大动肝火，非白刀子进红刀子出不可，那就没劲了。有的事根本谈不上受什么侮辱，完全是打个趣儿逗个乐儿。其实，喜欢报复也不合咱们圣教的教义。圣教谆谆告诫我们：以善待敌，以德报怨。这一点好像很难做到，其实不然。真正与这条告诫作对的只有一种人。这种人只恋尘世，不想天国，只要肉身，不顾灵魂。耶稣基督是上帝，也是血肉之躯，他给我们订立戒规时说过，他的轭是软的，他的担子是轻的。所以，他教我们做的事都是可以做到的。说了半天，一句话，不论是天上的戒规，还是地上的法律，都要求你们心平气和，少安毋躁。"

桑丘听了暗想："我家老爷要不是圣学家①才怪呢！就算他不是，他跟那些什么家也是鸡蛋比鸡蛋，一个样。"

堂吉诃德说到这儿，喘了口气。他见那伙人依旧鸦雀无声，就想接着往下讲。还没开口，桑丘却自作聪明，插嘴道：

"我家老爷堂吉诃德，从前人称苦脸骑士，现在叫狮子骑士。他老人家头脑清楚，一肚子学问，什么拉丁语、西班牙语，样样精通，跟学士没什么两样。他也是个武士，本事高强，决斗的那些条条他倒背如流，所以，他劝你们的话，你们就照着做，没错。他不是说了吗？别一听驴叫就发火，犯不着。我小时候就学过驴叫，想起来就叫一声，谁也没管我。我学得特像，我一叫，村里的驴都跟着叫。我不还是我爹妈的儿？我爹妈都是正正经经的人。就这两下子还惹得村里几个小心眼的嫉妒。他们爱说啥说啥，我才不管呢！咱说的都是实话，不信我给各位学两声。这本事跟游水一样，学会了，就一辈子忘不了。"

说着，他用手捂着鼻子，学起了驴叫。他叫的声音太大了，震天动地，空谷传响。他身边的一位以为桑丘在取笑他们驴叫村，举棍便打。这一棍要是打在别的东西上，可能没啥，但桑丘就吃不消了，他当时就倒在了地上。堂吉诃德见桑

---

① 应为神学家，桑丘说错了。

174　*El ingenioso hidalgo*
Don Quijote de la Mancha 下
堂吉诃德

丘吃了大亏，举起手中长矛直扑那人，可中间有他们那帮人挡着，无法得手。这口恶气还没出，一阵雨点般的石子就朝他打来，数不清的弓弩和火枪也已经瞄准了他。他一看，知道大事不妙，急忙掉转马头，冲出人群，飞跑而去，不停地向上帝祷告，真怕子弹射个后背进前胸出，来个透心凉，还隔一会儿喘上一口气，看自个儿是不是还活着。幸好那伙人见他跑了，就放他一马，没朝他开枪。他们还把刚苏醒过来的桑丘扶上灰驴，随他去赶自己的东家。桑丘虽说有了知觉，但还有点儿迷瞪，根本驾不了驴。可灰驴儿离不了稀世驽驹，顺着伙伴儿的蹄子印，自个儿就追上去了。堂吉诃德跑了一阵子，才回头看，见桑丘在后面，那伙人没有追上来，就勒马等他。

那伙人在那儿一直等到天黑，也没见敌手出来应战，便得意扬扬地回村去了。他们要是听说过古希腊的风俗，肯定会在那个地方立块石碑，纪念胜利。

桑丘忘乎所以 | 第二十八章
主人大发雷霆

　　勇士逃跑，那准是看出了危险。先退一步，再等良机，不失为明智之举。堂吉诃德就是这样。他瞧那一村人杀气腾腾，怒火冲天，要跟他玩命，转身就跑，哪儿还管桑丘是死是活啊！他一溜烟跑出去老远，等觉得自己已万无一失了，才勒马停住。前文说了，这时，桑丘才叫灰驴驮到他跟前。桑丘一路横着趴在驴背上，直到见着堂吉诃德，才完全清醒过来。他龇牙咧嘴，使劲叫疼，竟从驴背上滚落在地，倒在稀世驽驹的脚下。堂吉诃德急忙下马，看他伤在何处，看了半天，一点儿毛病没有，心里这个气呀，就对他说：

　　"桑丘，你这驴叫还真够水平啊！吊死鬼家提绳子，你是哪壶不开提哪壶啊！你学驴叫，人家拿棍子打，这不正合适吗？谢天谢天，幸好那伙人用的是棍子，要是用刀子在你脸上画十字，那你就惨了！"

　　桑丘说："我现在还捯不过气儿来，没劲儿跟您说话。咱们还是赶紧走吧！驴叫我是不会再学了，但有句话我不能不说：游侠骑士把忠实的侍从丢给敌人，叫人家磨成粉儿，碾成泥儿，自个儿跑了。"

　　堂吉诃德驳斥道："我是撤退，不是逃跑。桑丘，告诉你说，有勇无谋，是鲁莽。鲁莽有时也能得手，那是运气，不是勇敢。我撤下去了，不假，但绝不是逃跑。我这也是跟书上的勇士学的，他们以退为进、待机而发的例子屡见不鲜，数不胜数。这会儿我也不想再跟你啰唆，讲了也是对牛弹琴，我也没这心思。"

　　说着，他把桑丘扶上驴背，然后自己骑上稀世驽驹。他们见两里地外有一片白杨树林，就慢慢向那儿走去。桑丘一会儿哎哟、一会儿哎哟地直喊疼。堂吉诃德问他怎么这样难受，他说从屁股到后脑勺，没地方不疼的，他都快疼晕过去了。

堂吉诃德说："瞧你疼得这个样儿，准是打你那棍子很长，一棍子下来，整个背全打着了。要是棍子挨着的地方多，你疼得更厉害。"

桑丘说："哎哟喂，我怎么这么糊涂啊？您说到点上了，说得太对了！都是那棍子打的！废话！不是棍子打的，我的背能疼吗？幸好我不是脚脖子疼，要是疼在那儿，我得好好想想为啥那么疼。可我是叫棍子打的，打哪儿哪儿疼，这不是明摆着吗？用得着去瞎琢磨吗？老爷，这就应了一句老话：别人的痛苦，针眼大的事。我算越来越明白了：跟您干实在没多大劲。这次您是叫我挨棍子打，下一次，下一百次，您恐怕又会叫我让人家来个毛毯飞人，或是别的什么胡折腾。这回背挨打，没准儿下回眼睛遭殃。我纯粹是个大傻瓜！这样下去，我这辈子不是全完了？我呀，干脆回家跟老婆孩子待在一起，靠上帝恩典，养活家小算了！我跟您到处乱跑能落个啥好？走路吧，哪儿没路往哪儿钻；吃没吃的，喝没喝的；晚上睡觉，'侍从老弟，量出七尺地'。不够，再加六尺，自个儿看着办呗，反正这地多的是。从前的游侠骑士都是大傻蛋！也不知是谁兴的骑士这玩意儿！我真想把他烧成灰！实在不行，至少也得叫他的侍从做替死鬼！如今的骑士，我就不说了，咱得放尊重点儿，谁让老爷您也是呢。老爷您可大不一样，说话办事比鬼都精！"

堂吉诃德说："桑丘，现在我敢跟你打赌，打多大的都行。你这会儿嘴皮子利的，谁也插不上话，哪儿也不疼了吧？老弟，只要你哪儿也不疼，你想说啥就说啥，我就是叫你那些胡言乱语气得发昏，也不会生气。你不是想回家找老婆孩子吗？我想拦你上帝也不答应。这不，钱在你手里，你自个儿算算，看这趟出门有多少日子，你该拿多少钱，自个儿给自个儿发，不就得了。"

桑丘说："我在托美·卡拉斯科家干活的时候，托美就是参孙他爹，您认识，在他家干活，一个月能拿两杜卡多①，还管饭。跟着您能拿多少我不知道，反正给游侠骑士当侍从比在地里干活苦。在家里给人干农活，不管白天多苦多累，晚上回来总捞得上一顿沙锅杂烩吃，有一张床睡觉吧。跟着您当侍从，除了

---

① 杜卡多：金币。

在堂迭戈家享了几天清福，碰上卡马丘摆喜酒，捞了点儿油水吃，在巴西利奥家大吃大喝大睡了几天，晚上就从没睡过床，可以说铺的是地，盖的是天，身子底下全是土疙瘩。饿了，啃几块干面包，吃几片干奶酪，渴了，碰上路边河沟，就好歹喝两口。"

堂吉诃德说："桑丘，你说的都是实话。该给你多少，你说吧，反正我得比托美给的多。"

桑丘说："我看，一个月再加两雷阿尔吧。这是工钱。您不是还答应赏我个海岛总督吗？这也得算钱，对不对？您再加六雷阿尔，一共是三十。"

堂吉诃德说："行。咱们这趟出来正好二十五天。就照你说的算，看该给你多少工资，你自个儿取就是了。"

桑丘说："老天爷！这可不行啊！哪儿有这样算日子的！您得从答应赏我海岛那天算起！"

堂吉诃德说："那你说，该是多少天。"

桑丘说："要是我没记错的话，应当是二十年再加三天吧。"

堂吉诃德用手一拍脑门，大笑道：

"从咱们到黑山，干脆说从咱们出门到现在，总共都不到两个月，桑丘，你怎么说我答应给你海岛都有二十年了呢？你是不是想把我交你管的那些钱连锅端啊？你要是真这么想，我全给你。你拿去慢慢花吧！像你这种坏蛋侍从，我得赶紧打发掉，哪怕我因此变成穷光蛋也没啥。'我侍候您，您得按月给我工钱。'给游侠骑士当侍从还要工钱？哪本书上有这事？你听谁这样讲过？骑士道的规矩全叫你给糟蹋了！你简直是个流氓！恶棍！坏蛋！魔鬼！真不知道叫你什么好！游侠骑士的书多得要命，你好好看看，到底有哪个侍从想过、说过你刚才说的那些话。要是真有，你就甭客气，把这句话刻在我脑门子上，再弹我四下鼻子[①]！走吧！赶着你那毛驴回家去吧！我说啥也不会再要你了！我看错人了！面包也叫人白吃了！你还能算人？我看连牲口都不如！你说你有脑子没有？我这儿正打算抬举你，不管人家怎么看你老婆，也得叫你一声'大人'，你却甩手不干了！我

---

① 一种侮辱人的举动。

这儿正想着把世上最大的海岛封给你，诚心诚意要你当一当总督，你却要回家找老婆孩子！你不是老爱讲什么'蜜不是喂……'你就是那不知好歹的驴，今儿是，明儿是，到死那天还是！我看你呀，恐怕闭上眼那天也不明白自己就是头牲口！"

桑丘让堂吉诃德骂得张口结舌，目瞪口呆。他心里感到十分懊悔，难过得竟流出了眼泪，后来才有气无力地说：

"老爷，您骂得对，我是驴，就少根尾巴。您给我安上一条，就货真价实了，以后您就把我当驴使得了。我啥也不懂，顺嘴胡说，不是故意使坏，反正'有错就改，上帝也爱'。您大人大量，就饶了我这一回吧。"

"桑丘，我看你不说两句老话就张不开嘴，是吧？行，我原谅你这一回，下次可不敢再犯了，啊？你少打那个小算盘，眼光放长远点儿，得有耐心。我答应你的事，一时半会儿，可能还办不到，可迟早是你的。"

桑丘说，他一定照办，没劲儿也得硬撑着。主仆两人边说边走过树林。堂吉诃德躺在一棵榆树脚下，桑丘卧在一棵毛榉树脚下。这些树，还有别的树，都没有手，只有脚。桑丘难受了一夜，因为露天睡觉，潮气重，挨打的地方就更疼。堂吉诃德一直在想心事，几乎彻夜未眠。末了，他们才进入梦乡。第二天一大早，他俩就起身上了路，径自朝著名的埃布罗河走去。

魔船冒险欲救落难人
骑士逞强几成水中鬼

　　堂吉诃德和桑丘走了两天，终于到了埃布罗河边。堂吉诃德举目四望，心旷神怡。只见河水清澈，缓缓而流，有如水晶，两岸清幽，风景如画。看着眼前美好风光，无限情思不禁油然而生，特别是蒙特西诺斯洞中的所见所闻，更使他恋恋难忘，反复回想。佩德罗师傅那只猴子讲这事有真有假，桑丘说都是胡扯，可他仍然信以为真。

　　他就这样边想边走，突然看见河边有只小船，上面空空如也，连桨都没有，被绳儿系在一棵树上。他四下张望，见一个人都没有，就翻身下马，吩咐桑丘下驴，把两头牲口系在附近的一棵杨柳树上。桑丘问他干吗急着下马，拴牲口。堂吉诃德说：

　　"桑丘，你知道那只船是怎么回事吗？跟你说吧，那是在等我，请我上去，没错！干啥？救人！肯定是哪位骑士，要不就是位贵人，遭了难了。骑士小说里都这么写：一个骑士遇险落难，自个儿没法救自个儿，必须求助别的骑士。可以救他的骑士，哪怕离他几千里几万里地，也没关系。他坐船也行，驾雾也罢，一眨眼就能到达。桑丘，你现在明白了吧？这只船就是来接我去救人的。没错！绝对是！就跟现在是大白天一样，千真万确！趁天黑之前，你赶紧把灰驴子和稀世驽驹拴好。咱们就照上帝的指引走吧，即使赤脚修士来劝，我也要登舟而去。"

　　桑丘说："您又来了，我真不知道该说不该说，反正您又要胡来了。有啥法子，咱只能服从，老话不是说了吗？'主人叫你吃，你就甭客气。'可不说实话，心里总犯嘀咕。我还是得给您提个醒儿，老爷，那是只渔船，跟魔法挨不上一点儿边。您知不知道，这河里就出产举世闻名的鲱鱼！"

他一边说一边把两头牲口拴好。眼见主人的稀世驽驹和自家的毛驴就要交给魔法师照管，他心里说不出的难受。堂吉诃德叫他放一百个心，千里迢迢来接他们去远道的人，会好好喂它们的。"

桑丘说："啥叫'千里迢迢'？咱活这么大，还没听说过有这词儿。"

堂吉诃德说："'千里迢迢'就是离咱这儿很远很远。你不懂也不奇怪，你没学拉丁文嘛。有些人装得像那么回事，好像他精通拉丁文，其实狗屁不通。"

桑丘说："牲口拴好了，咱们还该干啥？"

堂吉诃德说："干啥？画十字起锚，明白吧？马上登船，把系在树上的缆绳割断。"

说罢，他跳上了船，桑丘紧随其后也上了船。他割断绳子，船慢慢离岸而去，走了快两米的距离，桑丘就哆嗦开了，心想小命快保不住了。不过他最难受的还是听见灰驴儿伸着脖子乱叫，看见稀世驽驹在玩命挣脱捆它的绳子。他对堂吉诃德说：

"咱们上船走了，灰驴急得直叫，稀世驽驹也想挣开绳子，跟咱们走。宝贝！别急！我们丢下你们是昏了头，等待会儿明白过来，我一定会回到你们的眼前！"

说着说着，竟难过得放声大哭。堂吉诃德一见他这副样子，心里无名火起，对他大喊道：

"你真是个软蛋、脓包！哭啥？怕啥？是有人在追你？要害你？瞧你那个耗子胆儿！你呀别有福不知福。难道你是在光着脚爬里非尼亚山？你现在是坐在船上，像个大公爵。你看，水多清，流得多慢，一会儿咱们就可以看见大海了，咱们没准儿已经在海上了，因为我琢磨着至少也走出几千里地了，要是这会儿手里有个星盘，就能测出个准数了。咱们现在大概已经过了赤道了，要不，也快到那儿了。对，就是在南北两极的中间。"桑丘问："到您说的那个什么赤豆[①]，咱们得走多少路啊？"

堂吉诃德说："多了。你知道托勒密吧？他是历史上最伟大的宇宙学家，

———

① 应为"赤道"，桑丘发音有误。

照他的计算，咱们这个有水有陆的地球，可划为三百六十度，到了我说的那个地方，咱们就走了一百八十度。"

桑丘说："老天爷，您搬来的证人还真够厉害的啊！又驮着煤，又有什么鸡的，好家伙！"

堂吉诃德知道他把托勒密的名字和计算这个词听错了，忍不住大笑，说：

"桑丘，你知不知道？西班牙人在加的斯坐船去东印度群岛，走着走着，只要船上的人身上见不着一个虱子了，那就是过了赤道了。因为到了那个地方，你就是像找金子那样去找，也甭想找出一个虱子来。桑丘，你摸摸大腿，要是摸到什么活的玩意儿，那咱们就明白是怎么回事了，要是啥也没有，那肯定是过了赤道。"

桑丘说："我才不信这一套呢。反正信不信也得按您说的办。这不明摆着吗？咱们现在离岸边恐怕还不到四五米远，离那两头牲口也才一两米远。我估摸着，我敢打赌，照咱们这样走啊，恐怕比蚂蚁还要慢。"

堂吉诃德说："桑丘，你少操这些闲心，我叫你干啥你就干啥。你懂得经线、纬线、黄道、十二宫、南北极吗？你知道什么是两至、赤道、方位、标记吗？还有什么天体和地球的度数，你明白吗？你要是明白，哪怕知道一点点，你就说得出咱们现在在什么纬度上，看到的是哪颗星星，经过了哪些星座，现在正经过哪个星座。我看你还是摸一摸、试一试，你呀，肯定比干净的白纸还干净。"

桑丘遵命，伸手去摸自己的大腿，一下就摸到了大腿根儿。他抬起头看着主人，说：

"您这招不灵吧？要不，就是还没到您说的那个地方，离那儿还远着呢。"

堂吉诃德说："你说啥？没摸着点儿啥？"

桑丘说："摸着的多了！"

说着，他使劲甩了甩手指头，然后把手伸进河里洗了洗。小船在河里缓缓而行。它能往前漂动，哪里是神灵在暗中帮忙，更不是什么魔法师藏在哪个地方施展魔法所致，完全是因为河水不紧不急的流动。

就在这个时候，忽然发现前面有几个巨型水磨立在河上，堂吉诃德忙大声对桑丘说：

"老兄，看见前面那个城堡了吗？那里面肯定关着一位骑士，要不就是落难的女王、公主、贵妇。这只船把我带到这儿来，就是要叫我救他们的。"

桑丘说："活见鬼，您说的城堡在哪儿？您看清楚了，那是水磨，磨麦子的水磨。"

堂吉诃德说："桑丘，你最好还是把嘴闭上。你看着是水磨，其实根本不是。我不是早跟你说过吗？魔法师能把一个东西变成另一个东西。倒不是真的变成什么新玩意儿，而是让人觉着变了样儿。我那心肝宝贝儿温柔内雅不就是叫人给变了样走了形了吗？"

他俩正争论着呢，小船已经漂到了河中心。一到那儿，它一改先前的迟缓劲儿，竟径自朝水磨轮子底下的急流中冲去。不少磨坊工人一瞧，赶紧跑出来，用大木棍子去挡。他们一个个脸上、身上全是白白的面粉，看上去怪吓人的。只听他们大声喊道：

"往哪儿划呢？不要命了！想找死啊！"

堂吉诃德一听他们这么大呼小叫，更来了精神，对桑丘说：

"桑丘，我没说错吧？你瞧那帮恶棍，都是妖魔鬼怪！长得多凶恶、多可怕！我到这儿就是来收拾他们的。你们这群浑蛋！就等着瞧吧！"

说着他站起身，对那些磨坊工人大喊道：

"你们这帮混账东西！害人精！把你们关押的人给我放出来！我不管他是贵族，还是一般老百姓，都赶快放出来！我是堂吉诃德，狮子骑士，上天派我来救人的！"

说完，拔出佩剑，冲着磨坊工人在空中乱舞。磨坊工人听不懂他那套疯话，只顾用长棍子去拦那条冲向水磨轮间的小船。桑丘吓得跪在船上，不停祷告，求上天保佑。他这招还挺灵，磨坊工人眼明手快，竟用棍子把小船拦住了。船是停住了，却来了个底朝天，堂吉诃德主仆俩全翻进了水里。堂吉诃德哪怕这个呀：他会水，比鸭子还能游；可身上那套盔甲太重了，两次都把他折腾到了河底。最后还是磨坊工人把他俩捞了上来，要不都得喂了鱼。两人被救上岸，浑身湿透，嘴里反倒发干。桑丘又跪倒在地，双手合十，真心诚意地祷告了半天，求上帝发发慈悲，以后别叫他再受主人异想天开、胡打乱闹的牵连。

这时，小船的主家来了。他们一看船叫水磨轮子打得粉身碎骨，上来就扒桑

丘的衣服，喊叫着要堂吉诃德赔钱。堂吉诃德若无其事、心平气和地对他们说，赔钱没问题，但有个条件，得把城堡里关的人先放了。

一个磨坊工说："你是不是在讲疯话？哪来的城堡？谁被关押了？难道你想把人家来磨面的人带走？"

堂吉诃德心说："算了。让这群浑蛋做点儿好事，真比登山还难。肯定是两位魔法高手在斗法，一个送小船叫我去救人，一个想方设法打翻我坐的船。这个世界就是这样，大家钩心斗角，你搞我一下，我折腾你一下。得，我对付不了，还是让上帝看着办吧。"

想到这儿，他提高嗓门冲着磨坊喊道：

"关在里面的各位朋友，我不知道你们的尊姓大名，请多多原谅了。我倒霉，你们命也不好。我救不了你们了，这个义举恐怕得留给别的骑士了。"

接着，他又去和船家们谈赔船的事。他决定给人家五十雷阿尔。桑丘不乐意，也没办法。付了钱，他对堂吉诃德说：

"甭多，再来这么两回，咱们那点儿钱就得全玩儿完！"

船家和磨坊工都觉得这两个人怪怪的，也听不懂堂吉诃德大喊大叫是啥意思，心想准是疯子，就不再答理他们，磨坊工人回磨坊，船家抬脚往家走。

堂吉诃德和桑丘呢？他俩又重新骑上各自的牲口，登程上路，继续去当牛做马。

魔船冒险到此收场。

巧遇美人绿草地
喜做上宾爵爷府

　　骑士和侍从主仆俩没精打采，走回到自己牲口那儿。桑丘心里特别不是滋味，赔给渔夫船钱，就像挖了他的心肝五脏，要了他的老命。他们谁也不吭气，骑上各自的牲口，离开了那条有名的大河。一路上，堂吉诃德思念着情人，桑丘琢磨着如何发财，但又觉得这恐怕是驴年马月的事。他傻是傻，但心里还清楚，知道东家干的那些事全是瞎折腾，准备一有机会就溜之大吉，偷跑回家。他想得挺好，但命运另有安排。

　　第二天傍晚，夕阳西下，他们走出一座树林的时候，发现前面是一片绿油油的草地。堂吉诃德抬眼远望，只见草地尽头有一群人。走到跟前才看清楚：原来是一伙放鹰打猎的。再仔细一瞧，人群中竟有一位貌美的夫人，骑了一匹小马，除鞍子是银色的，其余马具饰物全是绿的。夫人也是一身绿，高雅华贵，英姿飒爽。堂吉诃德见她左手举着一只苍鹰，料定她是那伙打猎的主人。他还真猜对了。

　　他吩咐桑丘："亲爱的桑丘，快过去告诉那个骑小马举鹰的夫人，就说，我狮子骑士亲吻美人的手。要是美人乐意我很想过去真的亲一亲，向她致意，愿为她效犬马之劳。不过，我得给你提个醒：跟夫人说话，好好说，别又满嘴俏皮话。"

　　桑丘说："我啥时候满嘴俏皮话了？您放一百个心，给贵夫人小姐捎话，咱也不是头一次！"

　　堂吉诃德说："你不就给温柔内雅小姐捎过一回吗！还有哪回？反正我没再叫你捎过第二回。"

　　桑丘说："没错。反正'赎得回来，就当得出去'；'家里有钱，做饭也容易'。我是说，不用您提醒，我心里有数，知道咋说。"

堂吉诃德说："你说得没错。那就快去吧，愿上帝保佑你！"

桑丘一踢灰驴，就奔那美人跑去。到了跟前，翻身下驴，跪在她面前，说：

"美丽的夫人，那位先生，人称狮子骑士，以前叫苦脸骑士。他是我的东家，我是他的侍从，家里叫我桑丘·潘沙。主人叫我来您这儿，是他有个心愿，就是想为您这位又尊贵又美丽的夫人效劳。请您答应、同意、允许。他就这样讲的，我也是这样想的。美人您要是答应了，对您有好处不说，对他那可是好大的面子，非把他乐坏了不可。"

夫人说："真是个好侍从。说实话，你很懂礼数。请起来吧。苦脸骑士我们久闻大名，是个了不起的英雄啊。你身为他的侍从，怎么可以给我下跪呢？快请起，请转告贵东家，我和丈夫公爵大人在附近有座别墅，我们欢迎他光临。"

桑丘起身一看，眼前这位夫人简直太美了，不但长得美若天仙，说起话来还挺和气，对人非常有礼，感到十分惊讶，听她说对苦脸骑士早已耳闻，更觉得不可思议。她没有提狮子骑士这个绰号，想必是才起不久的缘故。这位不知姓甚名谁的公爵夫人问桑丘：

"请问侍从老哥，有本书叫《堂吉诃德》，你家主人是不是就是书里的那位？他还有个心上人叫温柔内雅，对不对？"

桑丘说："夫人，您说得没错，就是我家主人。里边还有、也应该有个侍从，叫桑丘·潘沙，就是我，要是没有，那准是叫人家给换掉了，我是说，叫印书的给换掉了。"

夫人说："太好了。桑丘老哥，快去对你家主人讲，我们非常欢迎他，他能光临舍下，我们将感到万分高兴、无上光荣。"

桑丘见夫人如此爽快，便欢天喜地跑了回去——向主人作了汇报，又满口粗话地吹捧了一番那位夫人，说她多么漂亮、多么客气、多么懂礼。堂吉诃德听罢侍从的汇报，在马鞍上挺直腰杆，戴好面罩，踏稳马镫，风度翩翩，英姿勃发，骑着稀世驽驹，前去亲吻公爵夫人。公爵夫人趁桑丘叫堂吉诃德的工夫，已经派人请来了她的夫君公爵大人，对他讲了刚才的事。这夫妻俩都看过《堂吉诃德》的上卷，知道这位骑士的疯劲傻样儿，迫不及待想早点儿亲眼看看他本人，打算投其所好，顺着他说，还准备按骑士小说中的规矩，接待堂吉诃德。他们喜欢骑士小说，也读了不少，知道如何招待就要到来的客人。

这时，堂吉诃德已经来到公爵夫妇面前，他掀开面罩，准备下马。桑丘一见，忙跑过去，想扶稳马镫，帮主人下马。谁知他刚翻身，一只脚竟套在了鞍子边的一根绳子里，结果来了个倒栽葱，头朝下脚朝上，挂在了半空中。堂吉诃德回回下马，必须有人帮他扶镫，这回他以为桑丘又在帮他，便侧身下马。哪承想鞍子没有捆紧，竟和他一起滚倒在地。他羞愧难当，心里咬牙切齿，大骂桑丘，可那个倒霉蛋自个儿的一只脚还在镣铐里呢。

公爵见状，忙命手下猎户将那主仆扶起。堂吉诃德摔得不轻，可还一瘸一拐，硬撑着要去给两位贵人下跪。公爵哪里答应，慌忙下马，抱住堂吉诃德，说：

"苦脸骑士先生，实在对不起，您头一回来敝庄，就碰上这么倒霉的事。都是侍从太粗心，往后呀还说不定弄出什么更要命的事呢。"

堂吉诃德说："这算啥倒霉呀！尊贵的王爷，能见到您，我是三生有幸啊！哪还有什么倒霉！就凭您给的这个莫大荣耀，我即使摔进深沟里，也能蹦上来。我那个侍从实在该死！他耍嘴皮子，胡诌乱扯，能行得很，可要他捆个马鞍子，就完了。可我不管咋样，摔倒了还是站在地上，步行还是骑马，我都永远是公爵大人您和公爵夫人的忠实奴仆。夫人知书达理，品格高贵，貌美无双，称得上当今世上第一美人，真不愧为公爵大人您的夫人！"

公爵说："堂吉诃德先生，您可悠着点儿。有温柔内雅小姐在世，可不该夸别的美人。"

这工夫，桑丘早已甩掉了绊脚的绳子，站在一边，听公爵这么说，就插嘴道：

"没说的，我家女主人温柔内雅小姐确实是个大美人。可话又说回来，'你想不到的地方，愣蹦出个野兔。'我听人家讲，这老天爷就好像个做泥盆的，能做出一个好看的，就能做出两个、三个、一百个好看的。我讲这话，意思是，拿咱们公爵夫人跟温柔内雅小姐比，还真分不出高低。"

堂吉诃德对公爵夫人说：

"尊贵的夫人，这侍从里面，就数我这位最爱说话、最爱逗乐了。您要是让我给您当几天差，就知道我这话一点儿不假。"

公爵夫人说:"我看重桑丘老哥,就是因为他会逗乐,会逗乐的人都是聪明人。堂吉诃德先生,您恐怕也知道,笨人都不会逗乐说笑。桑丘说话逗人,就说明他挺聪明。"

堂吉诃德补充了一句:"话也多得要命。"

公爵说:"那就是锦上添花嘛。满肚子俏皮话,一时半会儿能说得完吗?得,咱们别光顾着说话,快请伟大的苦脸骑士……"

桑丘提醒道:"大人,是狮子骑士,我家主人的脸已经不苦了,早变成狮子脸了。"

"那就请狮子骑士到我的城堡做客,就在附近。像您这样高贵的客人,我们会给予隆重的接待。我们经常接待云游到此的各路游侠骑士。"

这时候,桑丘已经捆好了稀世驽驹的鞍子。堂吉诃德翻身上马。公爵也骑在了他那匹漂亮的马上。他们让公爵夫人骑马走在中间。于是,一行人便向城堡走去。公爵夫人爱听桑丘逗趣,叫他跟在左右。桑丘也很爽快,拍马向前,夹在他们中间。一路上,他不时插嘴说上几句,逗得公爵夫妇直乐。他们感到非常高兴,认为能把这位游侠骑士和这位瞎游侍从请到城堡做客,实在是太荣幸了。

桑丘以为公爵夫人格外喜爱他，心里别提多乐了，他想，爵爷府上肯定啥都有，比堂迭戈和巴西利奥两家只能强，不会差。他喜欢享受，只要有机会绝不放过。

书上说，公爵赶在大家前面，先到了城堡。他吩咐家中奴仆准备接待堂吉诃德。公爵夫人和堂吉诃德他们一到门口，就有两个仆役出来迎接。他们都穿着深红缎子长袍，一直拖到脚面，就是那种叫做晨衣的玩意儿。两个仆役过来搀扶堂吉诃德下马，同时悄悄耳语道：

"请大人搀扶夫人下马。"

堂吉诃德依言而行，要抱公爵夫人下马。一个要抱，一个不让，彼此客套了半天，最后还是由公爵把她抱下了马。她说她乃无用之辈，怎敢劳动如此伟大的骑士。随后，他们一起走进大院，就见两位漂亮的姑娘将一件精工细做的猩红大衣披在堂吉诃德身上。刹那间，大院四周的游廊上挤满了男女仆人，只听他们齐声高喊：

"欢迎，欢迎，骑士精英！欢迎，欢迎，头号游侠！"

他们一边喊，一边往堂吉诃德和公爵夫妇身上洒香水。堂吉诃德受宠若惊，欢喜异常，头一回觉得自己是货真价实的骑士，因为他受到的礼遇，和书上写的完全一样，分毫不差。

桑丘只管跟在公爵夫人后面，也顾不上管灰驴了。可把那牲口孤零零地丢在一边，他又不放心，正好看见女仆中有一位仪态庄重的嬷嬷，就走过去低声对她说：

"您是不是贡萨雷斯太太？实在对不住。我不知道您叫啥。"

嬷嬷说："我叫罗德里格斯·德·格里哈尔巴，大哥，有事吗？"

桑丘说："我的灰驴在门外呢，想麻烦您叫个人把它送到马房。要不，您给跑一趟？我那可怜的驴胆儿太小，把它自个儿丢在那儿，怕受不了。"

嬷嬷说："要是这主人和这跟班的一样聪明，那我们就撞上大运了！见你的鬼吧！老兄，还有你那个东家！你自个儿去牵驴吧！我们当嬷嬷的可没干过这种活儿！"

桑丘说："跟您说实话吧，我家老爷知道的东西多了，满肚子都是故事，我就听他讲过朗斯洛特的事，什么：

> 他从英国刚到此，
>
> 女士纷纷款待他；
>
> 在旁侍候有夫人，
>
> 嬷嬷照看他的马。

朗斯洛特的马怎么样？想换我的驴，我还不肯呢！"

嬷嬷说："老兄，你倒挺会卖嘴的啊！谁爱听，你跟谁卖去！我呀，只能给你个那玩意儿！"

桑丘马上接过来说：

"好家伙！您那玩意儿准都熟透了吧！要是比岁数，那您准赢！"

嬷嬷大怒道："你这个婊子养的！我老不老，关你屁事！浑蛋！一嘴的臭大蒜味！"

她这一喊不要紧，叫公爵夫人听见了。夫人回头一见嬷嬷气得直抖，两眼发红，就问她在跟谁吵。

嬷嬷说："就是这老家伙。他的毛驴儿搁在外头，非要我给他弄到马房去不可，还说哪个地方，有个叫什么朗斯洛特的，夫人侍候他，嬷嬷照看他的马，意思是叫我也跟着学。最可气的，他竟然叫我老太婆。"

公爵夫人说："别的话还罢了，就这句我都受不了。"

然后，她对桑丘说：

"桑丘老哥，你知道吗？堂娜罗德里格斯还很年轻，她戴着头巾，不是上了岁数，是表明她的身份。"

桑丘说："我不是那个意思。要有一点儿，就叫我下半辈子倒霉！我太心疼我的灰驴了。堂娜罗德里格斯太太慈眉善目，肯定是个大善人，我不托付给她，那托付给谁呀？"

他们的话，堂吉诃德全听进了耳朵里。他对桑丘说：

"桑丘，你说这些事也不看看地方。"

桑丘说："老爷，需要说什么还管在哪儿？我是在这儿想起灰驴的，当然就在这儿说呀，要是在马房想起它，那肯定在那儿说啦。"

公爵说："桑丘并没有错，就不要说他了。桑丘，你放心吧，灰驴有人管有人喂，人和驴我们都会好好招待的。"

这番话大家听了都挺高兴，只有堂吉诃德没有什么表示。他们上了楼，把堂吉诃德请进客厅。客厅里挂着金帷银幔，富丽堂皇。六位姑娘充当侍童，给堂吉诃德脱盔卸甲。公爵夫人事先给她们都打过招呼，并教她们如何侍候，怎样接待，一句话，得让堂吉诃德感到人家的确把他当游侠骑士接待才行。脱掉盔甲，堂吉诃德身上只剩下羚皮上衣和紧身套裤，那身板更显得干瘦细长，简直像个麻秆，脸瘦得两个腮帮子恨不得都贴在一块儿。要不是公爵夫妇有言在先，他这副尊容非让那几个姑娘笑趴下不可。

姑娘们请他脱光了换衬衣，他死活不肯，说游侠骑士既要英勇大胆，也应知耻懂礼。他说不如把衬衣交给桑丘，由他办理。桑丘拿过衬衣，主仆俩便藏到一个房里。堂吉诃德换好衬衣，见没有旁人，就对桑丘说：

"你这个老傻瓜，现在又成了小丑了。你说，你做得对不对？人家嬷嬷多体面多有身份，你怎么竟敢对人家胡说八道，当面侮辱！干吗非在那个时候提你的灰驴？人家公爵和夫人这么慷慨接待咱们，能亏了咱们的牲口吗？桑丘，看在上帝的分儿上，你干啥是不是也都悠着点儿，别想啥说啥，让人一眼就看出你是个乡巴佬。你这该死的家伙，你知不知道，仆人越有教养，越体面，人家就越看得起当主人的。咱们跟人家贵人就没法比，他们的仆人和他们一样懂礼有教养。你明不明白，你满嘴粗话，信口胡说不要紧，我可丢够了人！人家看你土头土脑，净出洋相，一定以为我是个江湖骗子、冒牌假货。桑丘老弟，还是小心为妙，悠着点儿好，别再胡说乱扯耍贫嘴，弄不好，就成了人见人厌的小丑了。想说什么，先多想想，要三思而行。这可是个好地方。有上帝照应，再加上咱这两下子，还怕不会名利双收？"

桑丘真心实意地向他保证，以后一定按主人讲的做，宁可把嘴缝上，咬掉舌头，也不再胡说八道，免得让人家看出他们的来历，请主人大放宽心。

堂吉诃德穿好衣服，系上挂着佩剑的肩带，披上猩红大衣，戴上姑娘们送来的圆顶绿缎小帽，然后，就去了大厅。众侍女分做两班，左右排列，个个手捧洗漱用具，恭敬有加，侍候他洗手。随后，餐厅领班率领十二个侍童来到，说公爵大人夫妇已在餐厅恭候。于是他便在侍童们拥簇下，走进了餐厅。饭菜已经摆好，看来十分丰盛，不过，只放了四个座位。公爵夫妇出来迎接，后面还跟着一位模样严肃的教士。贵族人家一般都有这么个教士负责管理家务。这种教士不是贵族出身，要他们教贵族如何做贵族实在是强人所难。这些人自己心狭量窄，却要去抑制贵人的豪爽慷慨，本想教导贵人学会节约，却把他们搞成一毛不拔的铁公鸡。和公爵夫妇一起来迎接堂吉诃德的那位教士恐怕就属于这一类。宾主互相客气了一番，公爵夫妇才一左一右，陪着堂吉诃德入了席。公爵让他坐首席，他再三推辞，最后只好恭敬不如从命。教士坐在他的对面，公爵夫妇分坐两边作陪。

桑丘见两位贵人如此抬举自己的主人，惊得嘴张得老大，眼珠子差点儿鼓出来。他看见公爵和主人为谁坐首席你推我让，没完没了，就说：

"说到这坐席，我倒想起我们村里的一个故事，各位老爷要是喜欢听……"

堂吉诃德一听，不由得一颤，心想：完了，这老小子肯定又要胡扯了。桑丘看了主人一眼，知道他心里在想啥，就说：

"老爷，您只管放心，我不会胡来。您刚才教训我什么是好话，什么是坏话，什么该多说，什么该少说，我都句句记在心上了。"

堂吉诃德说："桑丘，我啥时候教训你了？有话就说，少废话。"

桑丘开始讲了："我讲的这个故事呀，可是真的，没错。我老爷就在跟前，我敢瞎编吗？"

堂吉诃德说："你瞎编不瞎编，碍我什么事？反正你那嘴巴得悠着点儿。"

桑丘说："我已经悠了半天了，您就放一百个心吧，到时候就知道了。"

堂吉诃德说："我看，还是请大人把这傻瓜轰出去算了，省得他在这儿胡扯。"

公爵夫人说："我敢拿公爵的命担保，绝不叫桑丘离开我半步，我知道他是个明白人。"

桑丘说："您真圣明，一辈子都是明白人。您这么瞧得起我，太谢谢您了。其实，我还真有点儿担当不起。我要讲的故事是这么回事。我们村里有个绅士请客，他是个贵族，家里挺有钱，是梅迪纳·德尔·坎波城阿拉莫斯家的子弟。他娶了个女人叫堂娜门西亚·德·奇尼翁内斯，老丈人是圣地亚哥教团骑士堂阿隆索·德·马拉尼翁。这个堂阿隆索后来在埃拉杜拉海边淹死了，就为这，几年前我们村还打过一次架，记得我老爷堂吉诃德也动了手，铁匠巴尔巴斯特罗的儿子，就是那个淘气包托马西约还受了伤……老爷，东家，您说是不是这么回事？您给说句话，做个保，省得这几位先生还以为我在这儿信口胡说呢。"

教士抢先说道："到现在为止，我看还没胡说，就是太啰唆了。再说下去怎么样，我就不知道了。"

"桑丘，你讲得挺细，还提到不少的人，应该说基本属实。你接着往下讲吧，就是别这么啰唆，要不，两天也甭想讲完。"

公爵夫人说："两天算啥？讲六天也没关系。他讲得越长，我越解闷。就叫他放开讲吧。"

桑丘说："夫人，各位先生，那我就接着往下讲。那个绅士跟我可熟了，我们两家住得可近了，也就一箭的路吧。他请客请的是个庄稼人，人穷不错，可本分。"

教士说："老兄，快讲吧。照你这东一句西一句的，这辈子甭想有个完。"

桑丘说："上帝帮忙，用不了半辈子，我就没词儿了。刚才说了，那个种地的到了请客的绅士家。愿他的灵魂得到安息，他已经不在人世了。听说他死得挺安静的，真像个天使。我那天没去，跑登布雷克割麦子去了……"

"我说，老兄，你要是不想多死几个人，就赶紧从登布雷克回来，把你那故事讲完，也别去管理不埋那个绅士。"

桑丘继续讲："当时，是这么回事，两个人正要入席，这会儿他俩就跟在我眼前一样……"

桑丘啰里啰唆，没个要领。教士大人一脸的不耐烦，堂吉诃德一肚子都是火。公爵夫妇看着他们这种模样，心里别提有多乐了。

桑丘说："他俩正要入席，那个种地的一定要让绅士坐首席，绅士呢，一定要种地的坐首席，说在他家，得听他的。种地的自认为有教养，懂礼貌，硬推辞不就。绅士最后火了，硬是按着他的肩膀，让他坐在了首位，说：'给我坐下吧，你这笨蛋，我坐在哪儿，都是在你的上头。'我的故事讲完了。我讲的是不是挺对咱们现在的景儿？"

堂吉诃德脸本来长得黑，这时候变得一会儿白一会儿青了，说不清是啥颜色。公爵夫人听出桑丘话里带刺，想笑又怕惹恼了堂吉诃德，只好忍住。公爵夫人担心桑丘再说出什么傻话来，赶紧话锋一转，问堂吉诃德温柔内雅小姐有什么消息，近况怎样，他是不是给她派去了什么巨人、恶棍，想必这类东西他一定打败了不少。

堂吉诃德说："夫人呀，我这厄运一来，就没个完了。巨人我降伏过，恶棍歹徒也给她派过。可现在上哪儿去找她呀？她中了魔，变成了丑八怪，丑得您想都想不出来！"

桑丘说："这我不知道。我倒觉着她是个绝世美人，反正，那灵巧劲儿比翻跟头练把势的还强。夫人，咱不是吹牛，她一跺脚，腾地一下，能上了驴背，比那猫还灵。"

公爵问："桑丘，你看见她中魔了？"

桑丘说："干吗看见呀！第一个撞上那玩意儿的，就是我这倒霉催的！她中魔了，跟我爹差不多。"

教士听他们讲什么巨人、恶棍、魔法，突然恍然大悟：原来眼前这位就是堂吉诃德呀！写堂吉诃德的那本书，公爵成天捧在手里读。他说过他好多次，别再看这种瞎扯胡闹的书。想到这里，他便非常生气地对公爵说：

"大人，这位老兄干的事，阁下可得向上帝汇报。这位堂吉诃德，堂傻瓜，堂什么玩意儿，可并不像您想得那么笨头笨脑，您就别一个劲儿地逗他，让他装疯卖傻了！"

他又转过头对堂吉诃德说：

"你有脑子没有？你是游侠骑士？还打败过巨人？降伏过歹徒？谁告诉你

的？别瞎扯了！我说呀，趁早回家好好过日子。有孩子，就下工夫好好培养，把心都用到管自个的家产上，别老惦着往外跑，瞎胡闯，吃不上，喝不上，叫人笑话。你真是个倒霉催的！哪有什么游侠骑士！你见过？还有什么巨人、歹徒！西班牙有吗？曼卡有吗？什么温柔内雅，还是中了魔的！在哪儿？全是胡说八道！"

堂吉诃德一直洗耳恭听，等那位正人君子训斥完毕，他再也忍不下去了，竟不顾公爵大人夫妇在座，腾地站了起来，怒气冲冲，反唇相讥道……他到底说出了一番什么话来，请听下章分解。

| # 一席话气走教士
洗胡须风波又起

堂吉诃德腾地站起来，气得浑身发抖，就像吞了水银。只见他又气又急地说：

"我一肚子火呀，可不能发作。为啥？我是在公爵大人家做客，您又是位教士，我得尊重。还有，这大伙儿也都知道，穿道袍的跟女人一样，和人家干架只能动嘴。所以我只打算和阁下来一场舌战。原以为您能给点儿好意的劝告，谁知道却挨了您一顿臭骂。好心好意，骂几句也没啥，可也得看时候，看场合。您当众骂人，很难说是出于善意。和颜悦色进行规劝恐怕比骂人有效。您骂了我半天浑蛋傻瓜，您知道我干了什么浑事傻事？您根本不知道！这像话不像话？您还命令我回家去看孩子老婆，您知不知道？我压根儿就没结过婚，上哪儿有孩子？有的人穷学生出身，在小地方长大，没见过啥大世面，却厚着脸皮跑到人家那儿指手画脚，教训主人，还对游侠骑士说长道短，真是不知天高地厚！游侠骑士不图享受，东奔西走，闯荡天下，吃尽苦头，光做善事，名垂千秋，万古流芳，是浪费时间，瞎耽误工夫吗？是毫无用处吗？要是骂我傻瓜的是英雄贵人，我没的说，只能忍辱负重。如果是根本不懂骑士道的书呆子，那他的胡言乱语我只当做耳边风。只要上帝高兴，我生是骑士，死也是骑士。人各有志，有的雄心勃勃，有的趋炎附势，有的狡猾伪善，有的虔诚信教。而我命中注定，走上了游侠骑士的山间小道。为了骑士道，我轻财重德，锄强扶弱，降妖伏魔，战败巨人。游侠骑士个个侠骨柔情，我自然也不能例外，但纯属精神恋爱，绝无轻薄非分之念。我一言一行，只求对人有百利而无一害。这样的人该不该骂他是傻蛋，请公爵大人和夫人明断！"

桑丘说："哎哟喂！老爷，东家，您说得太好了！您用不着再多说一句了！这人能想到的、能说出来的、能坚持不让的，您一口气全说了！这位先生不承认有游侠骑士，说什么过去没有，现在也没有。他不知道的事多了！"

教士接过来说："我听说有个桑丘，他东家许给了他个海岛，老兄，你大概就是他吧？"

桑丘说："正是本人。怎么着，别人能管海岛，我就不能？咱是'跟什么人在一起，就是什么人'；'不看你生在哪家，只看你吃在哪家'；还有'背靠大树，乘凉避暑'。我靠的就是我的东家。我跟他出来有好几个月了，上帝高兴，我迟早也得变成他那样的人。他活着，我也活着。他早晚要当皇上，我也准会做上总督。"

公爵说："桑丘老兄，你说得一点儿不错。我现在就以堂吉诃德先生的名义，派你去一个岛上当总督，反正那儿也没人管，不过，地方可是个好地方。"

堂吉诃德说："桑丘，这是多大的恩典啊！快跪下，亲亲大人的脚！"

桑丘二话没说，赶紧照办。教士一看那个气呀，腾地站了起来，对公爵说：

"我以一个教士的身份跟您说，您现在和这两个罪人一样，也没了脑子。您看，明白人也跟着瞎起哄，火上浇油，他俩能不疯上加疯吗？您就跟他们同流合污吧！反正有他们没我，我呀，回家去也，省得我说了半天也没人听。"

说完竟离席而去。公爵夫妇再三挽留，他也不听。其实公爵大人也没怎么劝他，因为他见教士无名火起，笑得连话都说不出来。等忍住了笑，他对堂吉诃德说：

"狮子骑士先生，阁下刚才那一番话讲得实在是好，太解气了。教士说的那些话，听起来有点儿不入耳，其实没啥。您也知道，教士跟女人一样，不会冒犯人的。"

堂吉诃德说："没错。不该受到冒犯的人也不会冒犯别人。女人、儿童和教士受了欺负不能自卫，他们也就不应受到侮辱。阁下很清楚，冒犯和侮辱并不完全一样。侮辱人的人都有侮辱人的本钱，使受辱的人只能忍气吞声。而冒犯别人的事，谁都有可能干，但不是侮辱。举个例子吧。有个人在街上走，突然跑来十个人，冲他举棍便打，他拔剑自卫，但终究寡不敌众，没能报仇。这位受到了

冒犯，但没受到侮辱。再举个例子。一个人站在那儿，突然有个家伙从背后给了
他几棒子，打完了撒腿就跑。他回头去追，但没追上。这个倒霉蛋也只是受到了
冒犯，不算受了侮辱。如果有个人趁你不备，从背后用棍子打你，然后又拔剑在
手，站在那儿看着你，大有挑战之势，那你呀，就是既受了冒犯，又受了侮辱。
受了冒犯，是因为他打了你个措手不及；受了侮辱，是因为他打了你并不逃跑，
还敢站在原地，跟你叫阵。按照那该死的决斗章程，我这回只能说受到了冒犯，
侮辱还谈不上。儿童、女人惹了人家跑不了也不会站在那儿等着跟人打仗。教士
也跟他们一样。这三种人不管打人或是自卫，都没有可用的武器。即使他们不得
不起而自卫，也不会对别人造成冒犯。现在想想，他那些话连冒犯也谈不上。这
不是明摆着吗？他属于不该受辱的人，自然也就不会侮辱别人。所以，我不该为
那位好人的话生气，其实，我也并没有生气。我真想让他再多坐一会儿，告诉
他，让他明白，不承认世上有过而且现在还有游侠骑士是不对的，这样想也不
行，要是这些话叫阿马迪斯或是他的后人听见了，他老人家可就麻烦了。"

　　桑丘说："没错！非把他一刀劈成两半不可，就跟切石榴和熟透的甜瓜一
样。人家能受这种窝囊气！我敢说，要是这小子的话叫雷纳尔多斯听见了，准给
他一个大嘴巴，叫他三年开不了口。不信，就叫他去试试，看他有什么高招能逃
出人家的手心！"

　　公爵夫人听桑丘这么说，差点儿笑死，觉得他比他主人还疯傻还逗人。其实
很多人都这样认为。

　　堂吉诃德经公爵这一番分析，总算消了气。饭罢，就见四个使女走来，一
个捧着银盆，一个提了银壶，一个肩上搭了两条雪白精致的毛巾，第四个卷起袖
口，白嫩的（真是白嫩）双手上，托着一块圆圆的那不勒斯香皂。捧盆儿的使女
走上前，姿态优雅，落落大方，将银盆儿往堂吉诃德下巴底下一塞。堂吉诃德不
知道这是怎么回事，也不敢问，心想，这个地方恐怕只洗胡子不洗手，入乡随俗
吧，就赶紧把胡子伸过去。这时候，银壶的水也浇了下来。拿香皂的使女马上往
胡子上抹香皂，边抹边揉，胡子上立刻冒出一团团雪花似的沫子，溅得满脸都
是，弄得咱们这位骑士大人眼睛都睁不开，他还是乖乖的，听凭姑娘们的摆布。

　　公爵夫妇不知这洗胡子算怎么回事，觉得十分奇怪。洗胡子的使女见胡子上
的肥皂沫子已堆得一拃多高，便假装水用完了，叫提壶的使女再去取点儿水，请

堂吉诃德稍候。堂吉诃德只好待在那儿，那副怪相真会把人笑死。

当时在场的人挺多，大家都瞧着他。见他发黑的脖子伸出去一尺多长，紧闭双眼，胡子上全是肥皂沫，竟没一个人笑。他们居然如此克制，功夫实在是太深了。那几个胡闹的使女低眉顺眼的，不敢看公爵夫妇。公爵夫妇见此情景，又气又笑，不知如何是好，骂她们胆大无礼，还是夸她们有办法叫大伙儿取乐？

提壶的使女取了水，把堂吉诃德的胡子洗净，拿毛巾的使女帮他擦干。最后，四个姑娘一起给堂吉诃德鞠了个九十度的大躬，准备退下。公爵怕堂吉诃德看见是有意拿他开心，就叫住捧盆的使女，说：

"也给我洗洗，可别洗着洗着又没水了！"

那丫头挺聪明，马上跑过去，照刚才给堂吉诃德洗胡子的样儿，把盆儿放在公爵下巴底下，其他几个侍女接着给他打肥皂、冲洗、擦净，最后鞠躬行礼，一齐退下。后来才知道，公爵当时曾经警告她们，要是不照样给他洗一遍胡子，非严厉处罚她们不可。那四个姑娘挺机灵，赶紧给主人洗了一遍。

桑丘看着看着，不禁自言自语道：

"我的上帝呀！不知道这地方是不是也给侍从洗胡子？老天在上，我还真想洗洗。要是再用刀给刮刮，那就更好了！"

公爵夫人问："桑丘，叨咕啥呢？"

桑丘说："夫人，我是说，在别的爵爷家只听说吃完了饭洗洗手，没听说还要用碱水洗胡子。活得长还就是好，能多长见识多开眼。有人说，活得长，受罪多。我看七八天洗一回胡子也不赖。"

公爵夫人说："桑丘老哥，这有啥？我叫丫头们给你也洗洗不就得了。你要是乐意，就干脆在碱水里泡泡算了。"

桑丘说："得，收拾收拾胡子咱就知足了。反正眼下就这样吧，以后咋样，那就看上帝的了。"

公爵夫人说："管家，桑丘老哥说的话，你听见了吧？就按他的意思办，一点儿也不能马虎啊！"

管家说他一定照办，叫桑丘先生称心如意。随后就退下去吃饭，同时带走了桑丘。饭厅里只剩下堂吉诃德和公爵夫妇。他们继续闲聊，不过，扯来扯去，不外乎练武呀、游侠骑士呀这类话。

公爵夫人说，久闻温柔内雅小姐艳若桃李，美似天仙，想必举世无双，在曼卡也是第一，想请堂吉诃德给她好好形容一番，因为他肯定记得真切，如在眼前。

堂吉诃德长叹一声，说道：

"我要能把心掏出来，搁在盘子里，放在夫人眼前的桌子上，那就好喽！她的美貌根本无法用言语形容，全刻在了我的心上。要是夫人能看见，那远比我用嘴巴讲强。其实，真要我全面详细地描绘举世无双的温柔内雅，我还真难以承当。要想完成这项艰巨的任务，必须请来帕拉修斯、提曼特斯和阿佩莱斯①的画笔，利西波斯②的神刀，把美人的姿色和容貌刻画在木板、大理石和青铜上。还得用西塞罗式和狄摩西式的辞令来赞美她！"

公爵夫人问："堂吉诃德先生，狄摩西式是什么意思？我还从没听说过这个词呢！"

堂吉诃德说："狄摩西式，就是狄摩西的。西塞罗式就是西塞罗的。这两位都是天下著名的大修辞家。"

公爵说："原来如此。你大概一时犯晕，要不，怎么会连这个都不知道。堂吉诃德先生，话虽是那么说，我们还是希望您给个面子，给我们形容形容，哪怕讲个大概，我敢说，她也能叫天下的美人个个嫉妒。"

堂吉诃德说："我本来完全可以满足您的要求，真的。但前些日子她出了事，她在我心中的形象就变得看不清楚了。还叫我描绘她呢，我一提起这事就想哭。两位大人也许听说了，我第三次出游前去吻她的手，希望能得到她的恩准和祝福。谁知一见面，她完全变了个人。原来她中了魔，美人变成了丑婆，天使变成了魔鬼，清香变成了臭气，文雅变成了粗俗，娴静变成了好动，光明变成了黑暗，一句话，温柔内雅变成了乡下女人。"

公爵听到这里，不禁大叫道：

"上帝啊！是谁这样伤天害理，竟敢毁掉赏心悦目的花容月貌，夺去令人叹

---

① 以上三人均为古希腊画家。

② 利西波斯：古希腊雕刻家。

服的道德情操？"

堂吉诃德说："还能有谁！就是对我怀恨在心的那些魔法师。他们人多势众，到这个世界上来，不为别的，专跟好人好事为仇作对，替坏人坏事摇旗呐喊。他们一直在害我，过去、现在，从来没有罢过手，将来也一样。不把我和我的骑士事业打入十八层地狱，他们就不得安生！他们心狠手辣，专找要命地方下毒手，竟夺去了我的意中人。夺走游侠骑士的意中人，就等于挖了他的眼，断了他的粮，抢走了给他光明的太阳。我说过好多回了，可还要说：游侠骑士没了意中人，就等于大树落光了叶子、楼阁没有地基、人有影无形。"

公爵说："您的话还有错？不过，新近问世的《堂吉诃德传》应当句句属实吧？这本书很受读者欢迎，要是我没弄错的话，书上说您从来就没见过温柔内雅小姐，世上也根本没有这么个人，完全是您自个儿想出来的，她的美貌和高雅也是您给硬安上的。"

堂吉诃德说："真是一言难尽啊！世上到底有没有温柔内雅，她究竟是不是编造出来的，这上帝知道，就不必去刨根问底了。我的意中人可不是我想象出来的，我明明看得见嘛。她出类拔萃，十全十美；秀色可餐，无懈可击，端庄而不傲慢，多情又能自重；彬彬有礼，和蔼可亲。特别是她出身高贵，姿色更显大家风范，越发出众诱人，哪儿是一般小户人家的秀女可比的。"

公爵说："不错。可我读了您的传记，有句话实在想说，请您务必见谅。就照书上说的，确实有温柔内雅这么个人，不管她是托博索的，还是别的什么地方的，也的确像您说的，长得跟天仙一样漂亮。可要论起出身来，恐怕就很难和奥丽亚娜、阿拉斯特拉哈雷阿斯、马达西马等高贵女子相比喽。您读的书多，这类人物您都知道。"

堂吉诃德说："说起出身，我是这样看。人高贵不高贵，属于哪个层次，要看他的行为。对温柔内雅就应这样对待。德行可以改变血统，品德优良的平民和地位显赫的坏人相比，是不是应得到更多的尊重？再说，温柔内雅还有能耐当上头戴王冠，手持权杖的女王呢。一个又漂亮又贤惠的女人完全可以创造更大的奇迹。她虽说没什么高贵的封号，但有高贵的品质。"

公爵夫人说："堂吉诃德先生，您说话真是四平八稳，小心谨慎，就像俗话说的，走路都带杆秤。得，我打今儿个起就相信您说的那些话。不但我相信，我还要叫全家人都相信，要是我先生公爵大人有怀疑，我还得让他也相信，相信托博索那个地方确确实实有位温柔内雅；这位温柔内雅确确实实还活在世上，也确确实实出身高贵，长得漂亮；堂吉诃德先生这样的骑士为她效劳一点儿不亏。我已经把她捧上天了，话都说绝了。可是我心里总有点儿犯嘀咕，不知为啥有点儿烦那个桑丘·潘沙。书上说，他给您捎信，竟看见温柔内雅小姐正忙着筛麦子，还特别说明筛的是荞麦。小姐筛麦子，她出身能高贵吗？"

堂吉诃德说："夫人，您知道，这事一轮到我，就反常，就与众不同。这也许是命中注定，要不，那就是哪个魔法师嫉妒，故意给我使坏。谁都知道，差不多有名气的游侠骑士都有绝招。有的能避开魔法，有的皮坚肉硬，刀枪不入，像法兰西十二骑士里大名鼎鼎的罗尔丹就有这样的本事。据说除了左脚板，他全身都伤不着，就是这个左脚板，不用粗别针的尖儿，别的家伙还扎不进去。贝纳尔多在隆塞斯巴耶斯跟他打了半天，见他刀枪不入，最后才抱起他，把他掐死。赫拉克利斯在和地神儿子、凶猛的巨人安泰打斗时，就是用这种方法要了他的命的。如此说来，我恐怕也有点儿什么天生的本事吧。当然我不是钢筋铁骨，刀枪不入那一类。我试过好多回了，事实证明，我细皮嫩肉，不管用啥玩意儿，都能一碰就破。起初，我也对付不了魔法。有一回我不知怎么愣叫人给关进了笼子，要不是魔法，谁能把我关进去？后来我破了那个魔法。打那儿以后，我看什么魔法都甭想再治我了。那些魔法师一看他们的招儿对我不灵了，就拿我意中人开刀。温柔内雅是我的命呀，他们折腾她，就是要我的命。我想，我派侍从给她捎信，他们就故意把她变成乡下女人，叫她干筛麦子的粗活。刚才我说了，那不是麦子，也不是荞麦，是东方珍珠。两位大人，我还可以讲一件事来证明我说的是实情。前不久，我去了托博索一趟，想去温柔内雅府上看看她，可就是找不到。第二天，我们碰见她了，结果，我的侍从桑丘见到的是她的真身，也就是大美人的模样，可我看见的，愣是个土头土脑、又丑又蠢的乡下婆娘，粗声恶气的，一点儿不会说话！我那温柔内雅原来又聪明又和气的啊！我没有中魔，也不会中魔，那只能是她中了魔。她走形变相，受到迫害，完全是那些魔法师捣的鬼。他们对我恨之入骨无计可施，就拿她出气。她要是不能恢复原来的美貌，我就会流一辈子眼泪。我说了半天，就是告诉大伙儿，别听桑丘那一大堆瞎扯。温柔内雅小姐，能在我眼里变了样儿，就不能在他桑丘眼里变样儿？她出身高贵，像她府上这样的名门大户，在托博索有的是。我琢磨着，那个地方将来恐怕主要得靠这位绝代佳人出名啰。像特洛伊出名靠的就是海伦，西班牙出名全多亏了那个卡瓦。不过，论品德和名声，这两个女人比咱温柔内雅可就差多了。两位大人，我还想说一下我的侍从桑丘。我这个侍从，恐怕是天下最有意思的侍从了。他傻得可爱，不知道是真傻呢还是机灵得过了头，就这就够叫人解闷逗乐的。他要起花招来，简直像个无赖，可要是一糊涂，马上就变成十足的傻蛋。他啥都不信，啥都信。有时候看见他笨得那个样，真想一脚把他踹死，他却突然冒出一大串至理名言。一句话，这个侍从拿啥我也不换，就是再搭上一座城也不行！所以您说要赏他个官做，我都拿不定主意叫不叫他去。要他去管个什么岛，我看他还行，是块当官儿的料儿。他那个脑袋好好顺一顺，管个什么地方，还成。国王是收税，他就不能当个官？其实咱们都明白，当个总督用不着有多大的能耐、多深的学问。现在有上百个总督几乎不认识字，当起官来不也是挺像回事？要紧的是心正，做事认真。再说，他们还有人给出主意，帮着干事。比如有的总督是绅士，可没什么学问，判案子就靠师爷。桑丘做官的时候，我会送他两句话，就是：'非分之财毫厘不贪，应得之利绝不放弃。'还有些话我先在肚子里放一放，到时候再告诉他不迟，反正对他，对他要管的那个岛，都有好处。"

公爵夫妇和堂吉诃德正聊着呢，忽听城堡里一片嘈杂，接着就见桑丘闯入大厅，慌慌张张的，脖子底下围了一块粗麻布，好像小孩的围嘴儿。后面跟着一大帮用人，其实都是厨房伙计和一些打杂的。其中一个端了一盆脏水，一看就知道是刷锅水，他追着桑丘，想方设法要把水盆塞到他下巴底下，另一个打杂的好像做好准备要给他洗胡子。

公爵夫人问："弟兄们，这是干什么呢？你们要把这位老哥咋样啊？好家伙！你们知不知道，人家就要去当总督了？"

要给桑丘洗胡子的那个家伙说：

"这位先生不让我们给他洗胡子。我们是照规矩办事，咱家爵爷和他家老爷不都这样洗了吗？"

桑丘生气地说："谁说我不让洗了？那也得弄块干净点儿的毛巾是不是？就用那么脏的水，用那么脏的手？这也太不公平了吧！我老爷用的是天使水，给我的却是魔鬼汤！王爷贵人家的规矩都不错，做起来也不叫人遭罪，可这儿洗脸的

道道儿，比修行赎罪还难受。我这把胡子干净着呢，用不着这么折腾。谁敢过来洗，谁敢碰我头上一根毛，我是说，谁敢碰我一根胡子毛，我就一拳头砸烂他的脑袋！这种洗胡子的说道儿，哪是宽待客人①，纯粹是拿咱开心！"

看到他发这么大的火，又说了这么一大套话，公爵夫人笑得差点儿背过气去。堂吉诃德可一点儿也乐不起来。他见那一大帮打杂的死缠着桑丘不放，还在他脖子底下围了块脏兮兮的破布，心里非常不高兴。他先冲公爵夫妇深鞠一躬，表示有话要说，请求恩准，然后心平气和地对那帮无赖说：

"我说各位绅士先生，就饶了这小子吧。请各位都回去，回哪儿都行。我这位侍从挺干净。这种小盆跟那个小口细脖的酒罐差不多，他觉着别扭。我劝各位还是放了他，他可不喜欢开玩笑，我也烦这一套。"

桑丘马上接过来说："我才不吃这个呢！好像现在是深更半夜，可以胡来！你们还是去找傻瓜耍着玩吧！要不，就拿把梳子过来，别的玩意儿也成，只要能梳就行，过来给我梳梳胡子。要是梳出来点儿什么不干不净的东西，我就叫你们在我的脑袋上胡剪。"

公爵夫人边笑边说：

"桑丘说得对，他的话没有不对的。他挺干净，他就是这样说的，所以根本不用再洗了。他既然不习惯咱这规矩，那就算了。你们也是，天天洗洗涮涮，专门干这个的，怎么这么粗心，简直是胡闹！侍候这么一位贵客，洗涮这么一把胡子，得用金盆银壶、德国毛巾，怎么能使木盆木桶和擦桌子布呢？你们都是坏蛋！生下来就是坏蛋！你们对游侠骑士的侍从就没安好心！"

那些故意拿桑丘开心的仆役，还有跟他们一起进来的管家，一看公爵夫人真的生气了，急忙取下围在桑丘脖下的那块破布，一个个诚惶诚恐，羞愧难当，退了出去。桑丘一看自己逢凶化吉，跑过去跪在公爵夫人面前，说：

"您大人大量，大恩大德，我咋报答得了啊！得，我呀，想法子能封个骑士，给您效劳一辈子。我是个种地的，叫桑丘·潘沙，有老婆孩子，现在给人当着侍从。您看我能干啥，吩咐一声就得。"

① 应为"款待"，桑丘说的口音不对。

公爵夫人说："桑丘，你真是太有礼貌了，是不是从哪个礼貌专科学校毕业的？没错！我的意思是，堂吉诃德是讲礼貌的表率，你一定是他一手栽培起来的。你们主仆俩都可称得上人杰，一个是游侠骑士中的北斗，一个在侍从中算得上忠诚的明星。桑丘，快快请起。你对我如此尊重，我也不能亏待你。我一定在公爵大人面前为你讲话，让你早日得到他许给你的总督头衔。"

他们的谈话到此为止。堂吉诃德离席去睡午觉。公爵夫人对桑丘说，她待会儿要和几个侍女去凉厅乘凉，如果桑丘困得不厉害，想请他过去一块儿坐坐。桑丘回答道：说实话，他一到夏天，每天吃完午饭都要睡上四五个钟头，既然夫人给这么大的面子，他就豁出去，一个钟头也不睡，专门陪她。桑丘说完就出去了。公爵又吩咐手下人，一定要好生接待堂吉诃德，严格按照传统的古礼行事，不可有一点儿怠慢。

第三十三章

贵妇拿侍从开心
桑丘惹嬷嬷生气

　　书中讲到，桑丘说话算话，吃罢午饭，果然没有睡觉，径自去了公爵夫人讲的那个地方。夫人特别爱听他说，叫他在自己身边的一把矮椅上坐下。桑丘非常懂礼，连连推让。夫人一看他不肯就座，就叫他以总督身份坐下，以侍从身份说话，说他有了这样的双重身份，连熙德的象牙宝座都有资格坐。桑丘没辙了，恭敬不如从命，耸了耸肩，只好坐下。他一落座，夫人手下的使女和嬷嬷便围了上来，大家鸦雀无声，个个竖起了耳朵，就等他开口。可他还没张嘴，夫人倒先说了话：

　　"这儿就咱们几个，说什么别人都听不见。我想趁这个机会，请教总督大人几个问题。是这么回事。我看了新近出版的伟大骑士《堂吉诃德传》之后，有些地方一直弄不明白。其中一点就是，桑丘老兄压根儿就没见过温柔内雅，对，就是托博索村的那位温柔内雅小姐，也没把堂吉诃德先生的信捎到，因为信写在一个本子上，那个本子根本没挪地方，一直放在黑山，可他怎么那么大胆，瞎编说小姐还有回信，更可气的，竟说亲眼见小姐在筛麦子？这不是说瞎话，糟践咱们大美人温柔内雅的名声？一个忠心耿耿的大牌侍从，干这种事合适吗？"

　　桑丘听完夫人的话，一声没吭，从椅子上站起来，用一个指头封住嘴，然后弯腰弓背，蹑手蹑脚，在厅里转了一大圈，把所有的窗帘布幔都掀开看了一遍，最后回到座位上，才开口道：

　　"好了，夫人，没别人偷听。我现在也不必提心吊胆了，您就问吧，问啥都行，我都敢回答。对了，先让我说两句，您别看我家主人堂吉诃德有时候讲话头头是道，真的，不是我这么讲，凡是听他说话的人都这样讲，他那样的口才呀，恐怕魔鬼撒旦也未必赶得上，可他呀，整个儿一个疯子。这我早就看出来了，他脑子有毛病。要不，我敢编瞎话哄他吗？说温柔内雅有回信是我胡编的。还有堂娜温柔内雅小姐中魔也是胡编的，这一段大概还没写进书里呢。哪儿有中魔这档子事啊！都是我胡编的。"

公爵夫人请他把温柔内雅中魔的那段故事再细细地说一说。桑丘于是把那天的事从头到尾，一点儿不漏地讲了一遍，大家都听得津津有味。

公爵夫人说："听桑丘老兄这么一讲，我倒有点儿犯难了，好像有什么在我耳边悄悄对我说：'堂吉诃德又病又傻，这是明摆着的了。他的侍从桑丘明知他这个样，还跟着他，还把他大白天说梦话许的那个愿当了真事，一直盼着兑现。这个桑丘不是比他主人更疯更傻吗？公爵夫人啊！你呀打错了算盘！你怎么能把一个海岛交给桑丘去管？他连自个儿都管不了，他能去管别人吗？'"

桑丘说："老天在上，夫人，您说得没错，是得犯难。其实您就直说，拐弯抹角也成，反正我认为您说得有理。我要是个聪明人，早就丢下主人自个儿走了。可谁让我是倒霉催的，生就这种命呢？我不能扔下他一人，我得跟他走。我们俩是一个村的乡亲，我又吃过他家的饭，两人交情还挺深，他还把驴驹子送给了我。特别是我这个人最讲义气，对人忠心耿耿，所以要拆开我俩，没门！除非用铁铲和镐头。要是公爵夫人不想叫我当那个什么总督，我也没啥，说不定，心里还踏实。我人笨是笨，可还明白这句老话：'蚂蚁长翅膀，活到头了'，没准儿当侍从的桑丘比做总督的桑丘更容易进天堂呢。'这儿的面包跟法国的没什么两样'；'猫到夜里全是灰的'；'熬到下午两点都吃不上早饭，那才叫倒霉呢'；'人的肚子差不多少，全一样'；'麦秸干草，一样填饱'；'野地上的鸟不怕找不到吃的'；'粗绒布比细呢子挡寒'；'别看王爷小工天上地下，去阴间的道儿宽窄一样'；'教皇和司事贵贱分明，死后占地没啥区别'。这人一进坟坑，都得乖乖地往紧里缩，不缩还不行，埋人的帮着缩。你不乐意？不乐意也得行啊！你就在那黑洞洞里歇着吧！我再说一回：要是夫人您嫌我笨，不想把岛交给我管，我不生气，也不想求您。我听人家常讲：'魔鬼就藏在十字架的后面'；'发亮的不一定都是金子'。古时候传下的小曲不知是真是假，说驾牛耕田的泥腿子万巴一下子当上了西班牙的国王，那个享尽荣华富贵的罗德里格却落了个喂蛇的下场。"

堂娜罗德里格斯说："哪儿会有假！小曲里说，罗德里格王是被活埋的，那坟里净是长虫、癞蛤蟆、蝎虎子。过了两天，听见国王在里面难受得直哼哼，说：

> 它们咬我吃我，
> 专挑作恶多的地方。

难怪这位先生宁可种地也不愿做国王，他是怕叫长虫给吃了。"

公爵夫人听了桑丘那一长串顺口溜已经乐得够呛，现在又听见嬷嬷这番傻话，索性放声大笑。笑罢说道：

"桑丘老兄想必知道，骑士一言出口，驷马难追，就是死也不能食言。我夫君公爵大人虽不是什么游侠，但总还是位骑士。他答应赏你一个岛，就一定办到，谁嫉恨使坏都没用。桑丘，打起精神来，说不定哪天你就坐上海岛总督的交椅，就会一朝权在手，便把令来行呢。到时候，再给你别的官儿，你恐怕还不会换哩。别的我不说了，只愿你善待百姓，他们可都是安分守己的顺民。"

桑丘说："这我都明白。我会好好对他们的。我这人心软，一见穷人就可怜。'人家的面人家揉，人家的面包不能偷。'我发誓：'少给我假色子'；'我是条老狗，什么声儿都听得懂'；谁也甭想蒙我，节骨眼上我机灵着呢，谁也甭在我眼前耍花枪，'鞋哪儿紧，穿鞋的心里有数'。我说了半天，意思是：好人我会帮助爱护，坏人连我的边也甭想靠。我看，做官这事只要开头顺利，以后就不会有啥问题。说不定要不了十天半个月，我就干顺了手呢。到时候真没准比我种地还得意还行。"

公爵夫人说："桑丘，你讲得太对了。人不是生下来就有本事。主教是人学出来的，不是石头变出来的。得，咱们还是说温柔内雅小姐中魔那档子事吧。桑丘骗他主人说那个乡下女人就是温柔内雅，他主人没见过，就信了他的话，认为温柔内雅中了魔。桑丘以为自己骗了主人，其实这完全是跟堂吉诃德作对的魔法师捣的鬼。这事我都打听清楚了，一点儿不会错。那个蹦上驴背的乡下女人就是温柔内雅。桑丘老兄想蒙人家，自己倒先叫人家蒙了。世上有好多事你看不见摸不着，但的的确确存在。跟你说吧，桑丘·潘沙先生，我们也有魔法师，他们把各地发生的事，随时向我们通报，有啥说啥，不胡编乱造。桑丘应当相信我刚才说的话，那个蹦来跳去的村姑就是温柔内雅，现在也是。她中了魔，跟生她的娘一样。说不定什么时候她就突然现出原形。恐怕到那个时候，桑丘才肯相信是他自己上了当。"

桑丘说："还真没准儿是这么回事。看样子，我主人说他在蒙特西诺斯洞里见到的那些事，也都是真的了？他说他在洞里看见了温柔内雅小姐，身上穿的就跟我胡扯她着魔时穿的一模一样。夫人您刚才也说了，还真没准儿是我把事弄拧了呢。您想啊，我这笨头笨脑的，能眨眼儿工夫编出那么一大套花样？我主人也不会傻到那份儿上，听我一通胡诌就把那没影儿的事当真？可是夫人，您千千万万别把我看成坏人。我这么笨，哪儿能看出那些浑蛋魔法师的鬼花招。我胡扯乱说，是怕主人堂吉诃德骂我，确实没有半点儿害他的意思。现在把事弄翻了个儿，只有上帝明白，我真的没存什么坏心。"

公爵夫人说："事情弄清楚了，就行了。对了，你刚才讲的那个蒙特西诺斯洞，是咋回事呀？给我们说说。"

桑丘就把那次冒险由头到尾详详细细地讲了一遍。公爵夫人听罢说：

"你看是不是？咱们伟大的骑士堂吉诃德在洞里看见的那个乡下女子，跟桑丘在托博索村口看见的，就是一个人！就是温柔内雅！没问题，肯定是那些有两下子又爱惹事的魔法师捣的鬼。"

桑丘说："就是嘛。温柔内雅中了魔，那是她倒霉，我可不敢去惹主人的那些冤家。那些家伙人多不说，心眼可坏了。咱是有啥说啥，看见的是乡下女人，那就是乡下女人。她要是温柔内雅，那我管不着，也算不到咱头上！少跟我来那套！让我小心点儿？可这些人非找我的麻烦不可！'这是桑丘讲的，那是桑丘干的，这也是桑丘，那也是桑丘'，好像桑丘是个随便的什么小人物。错了！桑丘可不是一般人，参孙都说了，写他的那本书，全世界的人都在看呢！人家参孙可是萨拉曼卡大学的学士，除非头脑发热，一般是不会随随便便胡说八道的。所以呀，谁也甭想跟我找碴儿，我这个人可是清清白白的哟。我主人说过，名声比钱财要紧。二位大人请放宽心，把海岛交给我。你们就等着瞧好了！我桑丘能当好侍从，就能当好总督，没错！"

公爵夫人说："桑丘老兄说的这些，都是加东味的格言，起码也是从英年早逝的米格尔·维里诺肚子里掏出来的妙语。得，咱们也学桑丘的样儿说：'别看穿得不好，喝的全是好酒。'"

桑丘说："夫人，您算说对了。咱喝酒从不贪杯，口渴了才喝点儿。我也不来那个假模假式，想喝就喝。可有时候不想喝也得喝，人家请你，给你敬酒，你能说不喝，驳人家的面子？不过咱是'穿袜子可不脏袜子'。给游侠骑士当侍从，平常只能喝点儿水。您想呀，整天在林子里、野地里乱跑，上哪儿去找酒喝？你就是拿眼珠子去换，也没人会给你一滴。"

公爵夫人听到这儿，说：

"是这么回事。现在就请桑丘去休息休息，以后咱们再聊。你当总督的事，我们会尽快给你办。"

桑丘又一次吻了公爵夫人的手，请她一定别忘了叫人照看好他的心肝宝贝灰毛儿。

夫人问："什么灰毛儿？"

桑丘说："就是我那头驴。我不愿叫驴，就叫他灰毛儿。我刚到您府上，就求这位嬷嬷太太给我照看一下，谁知道她一听就发火，好像我骂她长得丑长得老了。说实话，打发她们去喂毛驴，比放在客厅里当摆设强。哎！我们村儿有个乡绅呀，可讨厌这些太太了！"

堂娜罗德里格斯马上接过话头说：

"那他准是个下流坯！他要是个绅士，又有教养，肯定会把嬷嬷们捧上天的！"

公爵夫人说："行了，行了。都别说了。堂娜罗德里格斯赶紧住嘴，潘沙先生也少安毋躁。灰毛儿就交给我管好了。他是桑丘的宝贝，也就是我的宝贝，我得把它揣在怀里。"

桑丘说："搁在马圈就行了。别说它，就是我放在您怀里都不够格儿，放一小会儿也不够格儿，就是用刀子扎我，我也不能让您这样干。我主人说过：礼多人不怪。可对这驴呀马呀，还是得有个分寸。"

夫人说："桑丘，你走马上任的时候，把它也带上。到了那儿，你爱怎么款待它就怎么款待它，给它办退休也没人管。"

桑丘说："夫人，这算啥新鲜事呀。带驴子上任的事儿我见过，还不止一回呢。"

夫人听了又是一阵大笑。她打发走桑丘，就对公爵讲了刚才那些逗人的事。然后，夫妻俩合谋想了一条妙计，打算好好逗一逗堂吉诃德，大家开心。他们假戏真做，跟骑士小说里写的几乎完全一样，精彩极了，称得上是本书最引人入胜的部分。

第三十四章 忙逃命树上倒挂
刚得救又讲俗话

　　公爵夫妇喜欢跟堂吉诃德主仆说话，觉得他俩实在逗人，想再多找点儿乐，就决定设计些冒险的事，好好捉弄他们一番。公爵和夫人已经听说了堂吉诃德在蒙特西诺斯洞里的事，便围绕这个瞎编了一套，好耍弄耍弄那两个疯傻的家伙。公爵夫人觉得最可笑的，是桑丘傻到家了。温柔内雅中魔的事，明明是他自己胡编出来骗堂吉诃德的，现在他倒信以为真了。两位显贵计议已定，又向仆役们作了一番交代，便在六天之后，请了堂吉诃德一同出外打猎。随行的猎手和跟班就有一大群，那排场真赶得上国王出猎的阵势。公爵送给堂吉诃德主仆俩各一套绿细呢子猎装。堂吉诃德坚辞不受，说再过几天他还要去干武士的苦差事，总不能背个衣柜走吧。桑丘毫不客气，收下了衣服，心想找个机会就把它卖了换钱。

　　打猎的日子终于到了。堂吉诃德顶盔贯甲，桑丘套上猎装，胯下一匹灰驴。其实，主人家让他骑马，可他舍不得丢下宝贝灰毛儿。公爵夫人一身猎装，更显俊俏。堂吉诃德出于礼貌，伸手给她牵绳拉马，公爵哪里肯让，但堂吉诃德执意要为夫人效劳，他只好听之任之。最后，他们一行人到了一片森林，两边都是高山。猎手们根据事先的安排，或埋伏、或守候、或堵截，各就各位。随着喊声四起，围猎宣布开始。喊声中，猎犬齐吠，号角相闻，真是震耳欲聋，根本就听不见说话声。

　　公爵夫人到了一个地方，翻身下马，手里握支尖利的标枪，守在那里，她知道那儿是个野猪经常出没的去处。公爵和堂吉诃德也下了马，一边一个站在她的两旁。桑丘躲在众猎手后面，不敢下驴，生怕它出事。

公爵他们三人刚刚站好，众家仆也才排列整齐，就见一头野猪朝他们奔来。野猪叫猎手和猎犬追赶得无路可走，口吐白沫，牙咬得吱嘎作响。堂吉诃德见这畜生冲了过来，二话没说，一手持盾，一手举剑，迎面而上。公爵也拿着标枪跟了上去。公爵夫人要不是叫丈夫拦住，早跑到他俩前头去了。桑丘可没想着往前冲，他一见那野物凶神恶煞的样儿，吓得跳下灰驴，撒腿就跑，也顾不上他那个灰毛儿宝贝蛋了。他跑到一棵大橡树下，想爬上去，可怎么也上不去。最后抓住一根树枝，拼命往上蹿，哪承想那根树枝竟让他给拉断了，他一下子就掉了下去。眼看就要摔个倒栽葱，半道硬叫树杈给挂住了。虽说没摔到地上，可上不着天，下不着地，悬在半空中，也非长久之计呀。他正发愁呢，又发现猎装马上就要扯破，再一想，要是野猪来了，肯定能够着他，吓得大喊救命。众人只听见喊救命，看不见人在哪儿，还以为谁叫野物咬上了。等野猪叫乱枪刺死，堂吉诃德才听出是桑丘的声音，赶紧转身，抬头一看，果然是他的侍从，正头朝下挂在那棵大橡树上。灰毛儿可没有扔下他，正站在他旁边，和他共患难呢。熙德·阿梅德说，桑丘和他的灰驴情深似海，桑丘在哪儿，灰驴就在哪儿；灰驴在哪儿，桑丘就在哪儿；他俩如胶似漆，难得分开。

在主人的帮助下，桑丘总算化险为夷。他一落地，就赶紧看自己撕破的猎装，心里不知有多难过，因为这件猎装在他眼里，可是好大一笔家产啊。这时，众人已把那个大块头的野猪抬上了骡背，还在它身上盖了不少迷迭香和爱神木的枝叶，好像这是一件战利品。等回到森林，那里已搭起几顶大帐篷，里面佳肴美酒早就摆好。主人家真是又有钱又大方！

桑丘指着猎装上的口子对公爵夫人说：

"要是抓个兔子打个鸟儿什么的，我这身新衣服也不至于弄成这个样儿。干啥不好，非得打什么野猪。它那个大獠牙碰上谁，谁就得玩儿完。古时候有个小曲是这么唱的：

> 你就跟那出了名的法比拉一样，
> 活活喂了几头狗熊。"

堂吉诃德对他说："你讲的是一位哥特国王，他在一次打猎中，叫熊吃了。"

桑丘立刻说："没错，我说的就是这个。我可不愿意叫王公贵人干这种冒险取乐的事，这也太悬了！再说，那畜生也没犯什么罪呀，干吗要把人家给杀了！"

堂吉诃德说："你不明白，桑丘。这打猎呀，是王公贵人们最喜欢的事，也是他们应该做的事。打猎就如同打仗，也得讲点儿谋略，怎么能打倒猎物，自己又不受到伤害。另外，打猎也不简单，很辛苦，起早贪黑，冬寒夏暑。打猎对身体有好处，增强体力，使腿脚变得灵活。一句话，打猎对谁也没有坏处，对许多人来说，还是一件十分好玩的娱乐。再说，围猎不比一般的打猎，只有王公贵族才干得来，鹰猎也是这样。桑丘，你的看法也该变变了。将来你去做总督，也去打打猎。这玩意儿不玩不知道，一玩你就知道它有多大的好处了。"

桑丘说："那可不成。好总督断条腿，是不出门的。人家急着来找他办事，他老人家还在树林里溜达，这像话吗？他还能做好总督吗？大人，我看，还是叫那些闲人去打猎玩吧，总督该干什么干什么。我这个人呀，也就是在复活节打打纸牌，礼拜天和别的什么节日，玩玩击柱游戏。我才不喜欢什么大猎小猎^①那些没名堂的玩意儿呢。"

"桑丘，但愿你说到做到。可说起来容易，做起来难啊。"

桑丘说："管不了那么多了。反正'赎得回来，就抵得出去'；'起早贪黑，不如上帝帮忙'；'肚子带着两脚，不是两脚带着肚子'。我是说，只要上帝保佑，自己又尽职尽责，我准能当好总督。不信，那就把手指头往我嘴里伸，看我咬不咬。"

堂吉诃德说："该死的桑丘！真该叫上帝和圣人都来骂你！我说过你多少次了，你什么时候才能好好说话，不再满嘴顺口溜？二位大人别答理这个傻瓜。他一说起俗语老话，不是一句两句，不来上几千句，他嘴就甭想闭上。要是有一句用的是地方，那就谢天谢地了！我要是想听，那就烧高香喽！"

公爵夫人说："桑丘说的俗话成语，虽说比希腊骑士团长收集的还多，但简明扼要，趣味横生，哪儿是那些用得对景的成语可比。"

---

① 指打猎，桑丘故意这样说，以示蔑视。

他们谈笑着走出了帐篷，在树林里查看了几处为围猎布下的埋伏和观察点。夕阳西下，暮色初降。那是个仲夏之夜，天色与通常一样，若明若暗，朦朦胧胧。公爵夫妇看在眼里，喜在心上，这样的情景他们真是求之不得。说时迟，那时快，就在夜色渐浓之际，突然树林四周大火冲天，随即号角响彻远近，其中还夹杂军乐之声，仿佛有千军万马通过。他们只觉得火光耀眼，号声震耳。接着又传来如摩尔人冲锋时的呐喊声。刹那间，鼓声、号声、笛声、喊声，响成一片，搞得人头昏脑涨，心神不定。公爵瞪着眼睛，夫人不敢喘气，堂吉诃德心中纳闷，桑丘只有发抖的份儿，最后连知情的人都吓得心惊肉跳了。正当大伙儿莫名其妙，心慌意乱的时候，那鼓乐之声竟戛然而止，就见一名信使从他们面前走过，那人魔鬼打扮，手拿一个特大空心牛角号，边走边吹，号声阴森可怖。

公爵问道："信使老弟，你是何人？往何处去？好像有军队从这儿过，他们是哪儿来的？"

那位信使嗓门大得吓人，说起话来却很随便。只听他说：

"我是魔鬼，到这儿来找堂吉诃德。后面还有六队魔法师，他们拖着一辆彩车，车上坐着举世无双的温柔内雅。陪她一起来的还有法国勇士蒙特西诺斯，他要把如何给温柔内雅去魔的方法告诉堂吉诃德。"

"听你这番话，看你这副模样，你确实是个魔鬼。你要找的堂吉诃德，就在你眼前，你想必已经认出来了吧？"

魔鬼说："老天在上，说良心话，我还真没往那上面想。我心里一直想着那些逗人的事，倒把这正经事给忘了。"

桑丘说："这个魔鬼是个好人，好基督徒。要不，他能一口一个老天、一口一个良心吗？我现在明白了，敢情这地狱里也有好人。"

魔鬼一直骑在马上。只见他目不转睛地盯着堂吉诃德，说：

"我说，你这个狮子骑士（我看你真该趴在狮子爪子底下），我是落难英雄蒙特西诺斯派来的，他叫我来找你，让你就在这儿等着，他一会儿就带着那位叫温柔内雅的女子来，要告诉你帮她去魔的方法。我不能在此久留，这就告辞。愿魔鬼们留在你的左右，天使陪着这两位大人。"

说完，也不管对方有话无话，吹起大号角，转身扬长而去。众人莫名其妙，桑丘和堂吉诃德更是百思不解。桑丘心里明白温柔内雅是怎么回事，却搞不懂为啥大伙儿都要说她中了魔。堂吉诃德一直在琢磨他在蒙特西诺斯洞里的事到底是真是假，现在一听魔鬼这么说，心里就更没谱儿了。

"堂吉诃德先生，阁下准备在这儿等他们吗？"

堂吉诃德说："当然要等。哪怕地狱里的鬼全来，我也不怕，老子要奉陪到底。"

桑丘说："要是再来一个魔鬼，也吹那么个大牛角，我才不等呢！"

这时，天完全黑下来了。树林里灯火浮游，仿佛从地上冒出的一样，看上去犹如流动的星星。一阵阵吓人的轰鸣，震耳欲聋，好像有千万个牛车的实心木轮在滚动，据说狼和熊听见这样的响声都会吓得乱逃。这边炮声隆隆，那边枪声四起，肉搏呐喊声震云霄，仿佛林中到处都发生了激烈的战斗。号声、鼓声、枪声、炮声，加上那令人胆寒的牛车木轮声，响成一片，惊天动地，连堂吉诃德这样的勇士都要鼓足了勇气才能支撑得住。桑丘早吓得魂飞魄散，晕倒在公爵夫人的裙边。夫人赶忙用裙子接住，又命下人给他脸上喷凉水。等他苏醒过来，正好一辆大车吱吱嘎嘎走到他面前。拉车的是四头耕牛，一个个有气无力的样子，身上都披着黑色的毯子，每只牛角上都系了一根点着的大蜡烛。车上有把高椅，坐了一位可敬的老人，雪白长须，垂至腰间，身上穿一件黑粗布长袍。车上点满蜡烛，把一切照得清清楚楚。赶车的是两个魔鬼，长得极丑，穿的也是黑粗布衣服。桑丘只看了一眼，就吓得赶紧闭上眼睛，不敢再看。只见那老者离座而起，高声说道：

"智者李甘德奥来也。"

只说一句，便不再开口。这辆牛车过去，紧跟着又来一辆，样子和前面那辆完全一样，上面也坐了一位老者。等车到他们跟前，那老人叫车停下，说话的调门儿跟前头那位一个样。他说：

"智者阿尔吉非来也，我和善变女乌尔干达可是老交情。"一说完，车又走了。

接着，又过来一辆车，还是老样子，只是车上坐的不是老者，而是个壮汉。车到跟前，他也站起来喊道，声音凶恶，有点儿嘶哑：

"魔法师阿尔卡劳斯来也，阿马迪斯和他的整个家族都是我的仇人。"

说完，这辆车也走了。三辆牛车走出去一段距离都先后停下了，木轮子的刺耳声也随之消失。突然，又响起了什么声音。谢天谢地，这回可不是难听吓人的怪声，而是悦耳的轻音乐。桑丘一听高兴了，认为这是好兆头。他一直待在夫人身边，不敢离开半步，这时才开口说话：

"夫人，有音乐的地方，绝不会有坏事。"

夫人说："有光有亮的地方，也一样。"

桑丘说："有光就有火，有火才有亮，咱们周围全是火，太危险了，弄不好就会让火烧着。可一响起音乐，那准是有喜庆的事。"

堂吉诃德一直在旁边听他们说话，这时开口道：

"等着瞧吧。"

他还真说对了，看了下一章您就明白了。

第三十五章 | 假主人骗真侍从
灵性人整糊涂蛋

　　随着阵阵悦耳的乐声，一辆彩车开到。拉车的六匹骡子，都是深棕色，一律披着白麻布，各自背上驮一个手持蜡烛的赎罪人①。赎罪人都穿白衣，手举点燃的大蜡烛。这辆车比前几辆车大得多，有它们的两倍，甚至三倍。另外，还有十二名赎罪人分立两侧，也是一身素白，手里也举着明亮的蜡烛。这幅情景叫人看了又惊奇又害怕。车当中有一把高高的椅子，上面端坐一位仙女，身披千层银纱，上面缀满金箔，让人看了，不说她出自富豪，也得令她打扮得华丽耀眼。四周灯火通明，她虽面罩薄纱，也能看清其天姿国色，甚至能推知美人的年龄当在十六至二十岁之间。她身旁还有个人，头罩黑纱，穿一件长至脚面的长袍。彩车走到公爵夫妇跟前，笛号立即停止吹奏，竖琴和琵琶也没了声息。这时，只见美女身边的那个人，离座而起，敞开衣服，拿掉黑纱，竟露出一副死神的模样：骨头一把，无血无肉，实在可怕。堂吉诃德看了心中不快，桑丘一见吓得魂飞魄散，公爵夫妇也感到有些害怕。这个活生生的死神直挺挺地站在那儿，竟唱了起来，不过舌头发硬，声音也不响亮。他唱道：

　　　　我乃梅尔林，
　　　　史书上有名。

---

① 有两种赎罪人：一种用鞭子抽打自己，叫流血的赎罪人；一种手持蜡烛游行。

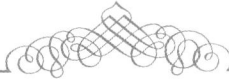

都言我父是魔鬼，
千年谎言乱弹琴。

魔法师中我为王，
法术奥妙心中藏。
游侠骑士难埋没，
皆因本师好心肠。

心狠手毒，邪魔外道，
都说法师残暴。
慈悲为怀，行善人间，
唯我心眼最好。

我写咒画符，
消遣在阴曹地府。
忽听人间美人哭，
原来温柔内雅在诉苦。

我钻进书堆，
我变成死神，
千方百计寻良药，
誓叫温柔内雅再现美人身。

你丢开舒适，不要享乐，
你顶盔贯甲，冲锋陷阵。
你是武士们的楷模，
你是英雄们的明灯。

啊，智勇双全的堂吉诃德，

曼卡的精英，

西班牙的明星，

如何赞美你都不过分。

要美人恢复原形，

桑丘必须协助。

挥动皮鞭三千下，

狠抽他自个儿的大屁股。

桑丘受苦不冤枉，

自作自受理应当。

本师此行为哪般？

诸位想必已知详。

桑丘一听，喊道："去他妈的！三千鞭子？三鞭子我也不干！就这样去魔道呀？一边趴着吧！这和我屁股有啥关系？梅尔林要是没有别的高招，就和你那些魔法一起去见鬼吧！"

堂吉诃德说："你这个满身臭蒜味的土包子！我就把你抓住，往树上一绑，再扒个精光，就像刚从你娘肚子里蹦出来一样！抽你三千下？我要抽你六千下！还得玩儿命地抽，把你抽成三千块！你要是再顶嘴，我非要你小命不可！"

梅尔林说："这可不成！桑丘老哥干不干，全由他自己，别人不许强迫，也不能定日子，得看他什么时候方便，什么时候乐意才行。他要是嫌麻烦，可以减去一半皮鞭，也可以请人代劳，不过，那就要打得更重了。"

桑丘说："我不管谁打，也不管打得轻打得重，反正谁也甭想碰我一根汗毛。温柔内雅小姐也不是我生出来的，她眼睛遭了罪和我屁股蛋有啥关系？我凭啥得替她挨打？我这位主人老爷整天嘴边都挂着这几句话：我的心肝，我的宝贝！没有你我就活不成！他俩才是真正连在一起的。挨鞭子的应该是他！为了给温柔内雅小姐去魔，他应当豁出去才对！怎么着？要我吃皮鞭，坚定不干！"①

桑丘话刚落地，坐在梅尔林身边的那个银装素裹的仙女，腾地站了起来，一掀面纱，露出娇艳俏丽的脸蛋，让众人觉得那个美呀，简直都美得过了头了。仙女无拘无束，像个男孩，说话声也不像个姑娘家，冲着桑丘就说：

"你这个该死的侍从！给脸不要脸！心全是石头长的！真是个贼骨头！叫你跳楼了，还是逼你往肚子里吞癞蛤蟆了？也没有让你拿刀去杀自个儿的老婆孩子吧？瞧把你给吓的！三千下鞭子有啥了不起！人家孤儿院的孩子，最差劲的，都把这看成家常便饭，你却死活不肯！有良心的人，心眼好的人，不管现在，还是将来，听了你刚说的那些话，都会大吃一惊，恨不得吓死过去！你这个狼心狗肺的牲口，睁开你那两只见不得阳光的夜猫子眼，好好看看我这双明星般的眼眸，瞧瞧成串的泪珠子都把我这张娇艳的脸蛋搞成了啥样子：原来平滑细嫩，现在变成了沟沟坎坎。你这个老坏蛋！你这个没安好心的魔鬼！我今年才十几岁，对，十九岁，还不到二十岁，好像一朵花儿，却蒙上了一块乡下女人的粗面皮，白白给糟蹋了。你就一点儿不动心？我现在这个容貌，都是多亏了这位梅尔林先生的特别关照，无非是想用美貌打动你的心。落难美人一滴泪，能叫顽石变棉花，可使老虎变绵羊。畜生，别犯偏脾气了！赶紧打你的大屁股吧！懒虫，快点儿，使出你吃奶的劲儿，让我重新变得细皮嫩肉、娇艳俏丽、温柔可爱。你不可怜我，也该为那个可怜的骑士想想，我是说你主人，他就在你身边。我都看见了，他那颗心哪，都提到嗓子眼上了，再紧张点儿，就到嘴边儿了。你要心肠一软，它就回到肚子里去了，要是你铁了心，死活不干，它可就从嘴里蹦出来了。"

堂吉诃德一听，赶紧摸自己的喉咙，转身对公爵说：

"我的上帝呀！大人，这温柔内雅还真没说错，我这颗心还真是在嗓子眼这儿堵着呢，就像个打鸟用的铁弹子。"

公爵夫人问桑丘："咋办啊，桑丘？"

桑丘说："夫人，还是那句话，要我吃皮鞭，坚定不干！"

公爵说："什么'坚定不干'！是'坚决不干'。"

---

① 应为"……坚决不干！"桑丘说错了。

桑丘说："大人您饶了我吧！这会儿我哪有闲工夫去摆弄字眼。到底是人家要打我，还是我自个儿得打自个儿，我都弄糊涂了，自个儿在说啥干啥都不知道了。大人，您能不能给咱讲讲，我这位堂娜温柔内雅小姐怎么能这样求人？她是跟谁学的？跑来央求我把自个儿玩儿命抽一顿，可嘴里一个劲地骂我是懒虫、畜生，还有一大堆难听的话，我就不说了。这谁受得了！我这身体是铁打的？她中魔不中魔和我有什么相干？再说了，求人办事连个见面礼都没有，比如送点儿衣服什么的，衬衫啦、头巾啦、袜子啦……我用不用得着您甭管，起码咱看着舒服不是？她倒好！开口是畜生，闭口是坏蛋，我欠她的？老话说：'背上驮金扛银，驴儿上山得劲'；'礼物送到，石头也会变软'；'求上帝保佑，自己也得忙活'；'说千道万，不如实事一件'。这些话她总该听说过吧？我这位老爷就更邪乎了！您是求我，得叫我高兴不是？过来捋捋我的毛，我一舒服不就听您的了？他怎么干的！嚷着要把我抓住绑在树上，还要扒光我的衣服！人家说抽三千下，他非加倍抽六千下不可！我这二位主人是不是也该好好掂量掂量，他们要打的哪儿只是个侍从，他还是个总督呢！他们是不是要我用樱桃下酒，来个好上加好？好好学学吧！求别人办事，也得讲点儿礼貌吧！干什么也得看时候！谁也不能老是那么乐和。我这儿正心疼撕破了身上的绿衣服，气得要命呢，他们竟跑过来叫我自个儿抽自个儿，还得自觉自愿！这不是火上浇油，要我发疯吗！"

公爵说："桑丘，咱们打开天窗说亮话吧。你要是心肠不软得像烂透的无花果，你就甭想当什么总督。你说，我能把岛上的老百姓交给一个无情无义、心如铁石的总督去管吗？落难女子流泪，他无动于衷，德高望重的法师苦苦央求，他置若罔闻。一句话，要么叫别人打，要么你自己打，不然的话，你想当总督，没门！"

桑丘说："大人，您老能不能给我两天时间，让我好好想想？"

梅尔林说："绝对不行！这事儿就得现在定。反正两条路：一条是温柔内雅再变成乡下女人，回她的蒙特西诺斯洞。一条是她先留着现在的模样，去极乐净土那儿歇着，等着你把自己抽够数。"

公爵夫人说："我说桑丘老兄，拿出点儿精神气来。人家堂吉诃德先生人品那么好，为骑士事业费尽心思，咱们都应该助他一臂之力，让他心情愉快，对不对？再说，你吃人家的饭，也该知恩必报吧？亲爱的，你就爽爽快快地答应吧！害怕是小鬼，胆小是脓包，'胆子大坏运也怕'。"

桑丘听完夫人的话，突然冲梅尔林说：

"梅尔林先生，刚才那个魔鬼报信说，蒙特西诺斯要我主人在这儿等着，他要来告诉他怎么为温柔内雅小姐去魔，可到现在也没见他的人影。这是咋回事呀？"

梅尔林说："老兄，那个魔鬼啥也不懂，纯粹是个大坏蛋。什么给蒙特西诺斯带口信！是我派他来的，捎的是我的话。蒙特西诺斯这会儿还在那洞里歇着呢，跟你说吧，是在那儿盼着早一天解除身上的魔法呢，现在'就差尾巴上的皮没剥了'。要是他欠你什么，或者你想找他谈点儿什么事，我可以去叫他来，也可以按你的想法安排个会面的地方。不过这会儿你还是把这挨鞭子的事了了。答应吧！对你没坏处。行善积德，有利无弊。你身上有的是血，这我都知道，出点儿血还不是小菜一碟？"

桑丘说："这世上的大夫可真够多的，连魔法师都给人看起病来了。我非用鞭子抽自个儿不可？我怎么就想不通呢？得，既然大伙儿都这么说，咱还有啥说的？我呀，乐意自个儿抽自个儿三千下鞭子。不过，有句话咱们得说在前头，我什么时候动手，别人管不着，得由我自个儿定。我呢，会尽最大努力尽早地把这笔账还清，好让大伙儿早点看到堂娜温柔内雅小姐的漂亮脸蛋。看样子，是我弄错了，她还真长得叫人心疼。别忙，还有件事，不一定非打出血才行，像赶蝇子似的拍一下也得算数。要是我数错了，梅尔林先生可别忘了给我加上，他无所不知嘛。反正打了多少鞭得叫我心里有数。"

梅尔林说："多打你几下管啥用！一打够数，魔法就失效了，温柔内雅小姐就马上会跑过来向你道谢，说不定还会赏点儿啥呢。所以，你用不着瞎操心。我这个人不贪小便宜，针尖大的便宜也不要。再说了，老天爷也不答应呀！"

桑丘说："得，也别说啥了，咱就听天由命，自认倒霉吧！我是说，我就照讲好的条件，挨打吧。"

桑丘刚说完这句话，就听见笛号齐奏，枪声四起。堂吉诃德一把搂过桑丘的脖子，在他的脸上额头上一阵猛亲。公爵夫妇和在场众人一齐大笑。牛车启动，继续前行，走到公爵夫妇面前，温柔内雅先向他俩深鞠一躬，然后给桑丘行了个大礼。

此刻，万物复苏，天已大亮。但见野花盛开，流水潺潺，溪水清澈见底，石子黑白相间，这今日的小河，明天就要流入大江巨川。再看那天空，万里无云，阳光明媚，大地一派欣欣向荣，新的一天已经到来。公爵夫妇心里特别愉快：围猎捕获甚丰，事先设计的恶作剧演得活灵活现。两位贵人把逗堂吉诃德和桑丘玩看做生平最大乐趣，准备回城堡再接着拿这两个二百五开心。

第三十六章 桑丘光想升官发财 骑士一心救苦救难

公爵家里有位管家很滑稽，会耍怪。夜里那场戏就是他一手策划的，诗是他写的，梅尔林也是他演的，他还找了个侍童装成温柔内雅，把堂吉诃德和桑丘都骗了。后来，他又和公爵夫妇一起，导演了一场更滑稽、更奇怪的恶作剧。

第二天，公爵夫人问桑丘是不是已经开始拿鞭子抽自个儿了。桑丘说早就开始了，当夜就抽了五下。夫人问用啥抽的，他说用的手。

夫人说："用手能叫抽吗？那不过拍几下。你下不了狠心，梅尔林法师知道了恐怕会不乐意。我看哪，要动真格的，非用铁蒺藜和皮带环抽不可，得打疼了才行。不流点儿血，能识字吗？要给温柔内雅这样高贵的小姐去魔，不动真格的能行吗？行善行善得真行善，装模作样屁不顶。"

桑丘说："那您给我根鞭子，绳子也行，反正得能使又抽不太疼的。说实话，夫人，咱虽说是个乡下人，皮肉可软得像团棉花。为别人的事自个儿玩命糟践自个儿，我可不干！"

夫人说："成，明儿就给你找根合适的，打在你那身嫩肉上，就跟你亲妹子在挠痒痒一样，包你满意。"

桑丘又说："尊贵的公爵夫人殿下，跟您说吧，我给我那老婆子写了一封信，把我出门后的事从头到尾讲了一遍。信就在我怀里，就等着写信封了。我想有劳夫人大驾给看看。这封信得有点儿总督的派头，我是说，得像是当总督的人写下的。"

夫人问："这封信上的话是谁说的？"

桑丘说："还能有谁呀，就是小人自己。"

夫人说："字也是你写的？"

桑丘说："我哪儿能写呀！我大字不识，写个名儿还凑合。"

夫人说："好吧，拿来给我看看。不用猜，你肯定才气过人，是个大手笔。"

桑丘把信交给公爵夫人。夫人拆开一看，信是这样写的：

桑丘·潘沙写给他老婆特雷莎的信

我得叫人拿鞭子狠狠抽一顿，才能当个像样的骑士，我要做总督大人，就得叫人拿鞭子狠狠抽一顿。特雷莎，这话你眼下可能看不懂，将来就会明白。特雷莎，我想好了，你再上街出门，一定要坐马车，千万记住！出门不坐车，咋行！那不成在地上爬了吗？你现在是总督太太了，可不能再叫人家背后瞎嘀咕了。我们公爵夫人赏我一套打猎穿的衣服，是绿颜色的，我叫人捎回去，给咱丫头改件合适的衣服。我听这个地方人说，我那个东家堂吉诃德，疯是疯，可挺有见识；傻是傻，但很逗人。说我跟他是半斤对八两，一个样。我和东家去过蒙特西诺斯洞，就因这，梅尔林法师非要我给温柔内雅去魔道不可。那位小姐其实就是咱那块的一个乡下丫头，叫什么阿东沙洛嫩索。法师说，我只要自个儿抽自个儿三千下皮鞭，那丫头身上的魔道就没有了，就跟养下她的亲娘一样了。对了，不是三千下，得扣掉五下，因为我已经打过了。这事跟谁也别说，老话说得好："自家的事少张扬，省得人家论短长。"过几天，我就要走马上任当总督了。我当这个官还不是想捞点儿钱。人家说，新官上任全这样儿。我先去看看，合适了我再把你接过去。灰毛儿不错，它还挺想你，一个劲儿地给你请安。跟你说吧，就是叫我去当土耳其大皇帝，我也不会丢下它不管。我们公爵夫人要吻你的手一千遍，你得以礼还礼，亲她的脸蛋两千回。我东家说过："礼多人不怪，顶事又省钱。"这回呀，上帝没照顾我，叫我再拾回一个箱子，弄上一百个金币了。特雷莎，你别着急，反正"敲钟的最保险"，"当官的甭发愁"。不过，我现在倒为一件事发愁。听人说，一尝到当官的滋味，就连手脚都不想要了。真要是这样，我可就吃大亏了。不过，"残废了去要饭，也能发点儿财"。

反正不管怎么着，你早晚都能当上个富婆。求上帝给你多多赐福，保佑我好好侍候你。

你的丈夫

总督桑丘·潘沙

一六一四年七月二十日于城堡

公爵夫人看完信，对桑丘说：

"总督大人有两个地方写得不合适。一是他的话让人觉着，他能当上这个官，完全是靠他用鞭子抽自己抽来的。其实根本不是这么回事，他自己也清清楚楚，我们公爵大人许他做总督的时候，做梦也没想到世上还有抽鞭子这档子事。二是他说话的口气，让人感到有贪财之嫌。我真担心他会因福得祸，俗话说'贪心不足蛇吞象'，贪财的总督绝对公正不了。"

桑丘说："夫人，我还真没想那么多。要是大人您说不行，咱们撕了再写成不成？就怕我脑子笨，越写越糟。"

夫人说："不用了。其实我觉得写得挺好。我还想请公爵看看呢。"

随后，他们一起去了花园，午饭就在那儿吃。夫人把桑丘的信给公爵大人过目。公爵看了，十分欣赏。吃罢饭，公爵夫妇又听了一阵桑丘那有滋有味的闲聊。正在高兴得意之际，就听见一声凄惨的笛声和阵阵沉重而杂乱的鼓响。大家都有些惊慌，堂吉诃德更是坐立不安。桑丘又吓坏了，忙着往公爵夫人身后钻，那儿是他最保险的地方。说实话，那动静也确实够吓人的。大家正心惊肉跳呢，忽然两个男子走进花园，都是一身丧服，长得拖地，一人一面大鼓，上面也蒙着黑布。他们边走边敲。旁边还有一个人，就是吹笛子的那位，也是一身黑。这三人后面还有一位，长得人高马大，身上披一件黑袍，又长又大，袍子外头斜挎一条黑肩带，上头挂一把大弯刀，刀把刀鞘也都是黑的。他戴了一块透明的黑纱，遮住了头脸，但仍隐约看得见他那一大把雪白的胡子。他神情庄严，心平气和，踏着鼓点，迈着方步，走进花园。不知底细的人，见了这么个大块头，这么个走路姿态，穿这么一身黑衣服，还有人给他前面开道，肯定吓得够呛。

公爵等人都站在那儿等着看他干啥。那个大高个儿从容走到公爵面前，双膝跪下。公爵哪里肯受，一定要他站起来讲话。那怪人起身摘去面纱，立刻露出一把大胡子，又白又长，实为罕见。只见他目不转睛地盯着公爵开口道，那真是声若洪钟，底气十足：

"尊贵无比的公爵大人殿下，小人叫白胡子三折裙，眼下给三尾裙伯爵夫人当差，她老人家又称伤心夫人。她现在心里非常痛苦，那股难受劲儿呀，真可说是天上没有，地上少见。她想当面向您诉说，特派小人前来求大人恩准。她让我问一下，那位英勇的常胜骑士堂吉诃德可在您府上。她为了见他，从坎大亚国饿着肚子一步一步走到了贵地。这事儿实在叫人不可思议，很可能有魔法暗中相助。我家女主人现在门外等大人的回话。"

他讲完咳嗽了一声，双手一捋胡子，静等公爵定夺。公爵说：

"我说白胡子三折裙侍从老兄，早就耳闻三尾裙伯爵夫人遭到了不幸，魔法师们都称这位夫人伤心嬷嬷，老兄，好样的，你去请她进来。她要找的英勇骑士堂吉诃德正在这里。他为人慷慨，肯定有求必应。你还可以告诉她，如果用得上我，我也会尽力。我是骑士，帮助和保护各种女子，责无旁贷，特别像你主人那样的嬷嬷，本来守寡在家，现在又受人欺侮，真是苦上加苦啊！"

三折裙侍从听了，屈膝行礼，同时示意随从们奏乐，然后，又踏着鼓点，走出花园。众人见他那副神态，又是一阵惊讶。

公爵对堂吉诃德说：

"大名鼎鼎的骑士，一个人的德才和勇敢，无论阴谋诡计，还是愚昧无知，都无法掩盖或磨灭它们的光彩。我这么说是有缘故的。您到这儿不过六天，就有人从外国千里迢迢慕名而来。而且没坐马车，也没骑骆驼，是饿着肚子，两条腿走着来的。这些受苦受难的可怜人，久闻您的赫赫战功，对您力挽狂澜的气概深信不疑，一个个都满怀希望，期待您把他们从水深火热中拯救出来。"

堂吉诃德说："大人，要是那位可爱的教士也在这儿就好啦！那天吃饭的时候，他不是大骂我们游侠骑士吗！他真该睁开眼看看，这世上没有我们这伙人行不行！那些在苦海中挣扎的人，一不找文人学士，二不求村里的神甫，三不问就知道在家里转悠的乡绅，四不登大官的门槛。这些人自己不想有一番作为，扬名天下，整天瞎打听别人的事情当新闻讲。只有游侠骑士才会自告奋勇，保护天下受难的女子。多谢老天成全，不才有幸当上此中一分子。所以，我心甘情愿吃苦受累。快请嬷嬷进来，有苦尽管诉，有话尽管说，我一定有求必应，凭我天不怕地不怕的胆量和这身好武艺好身板，一定会叫她逢凶化吉，遇难成祥。"

伯爵夫人未见影
桑丘嬷嬷先斗嘴

第三十七章

公爵夫妇听堂吉诃德这么说话，知道他已入圈套，就别提多高兴了。桑丘突然发话了：

"我可不想叫这位嬷嬷误了我的前程。我在托莱多听一个药房抓药的说，那家伙嘴巴可灵了，他说呀，哪儿有嬷嬷掺和，哪儿就甭想消停。哎呀呀，那个抓药的就甭提多讨厌这些女人了！既然是嬷嬷就叫人讨厌，那伤心的嬷嬷肯定也是一个味儿！刚才说的那位三尾还是三裙伯爵夫人，不是叫伤心嬷嬷吗？在我们那个地方，裙子就是尾巴，尾巴就是裙子，反正都是一码事。"

堂吉诃德说："桑丘老弟，你趁早把嘴闭上。人家可是从远地方来的，恐怕不是药房那位说的那一类嬷嬷。再说了，这位嬷嬷本身是位伯爵夫人，是侍候女皇和皇后的。人家在家可是贵人，也有嬷嬷侍候呢。"

堂娜罗德里格斯插嘴道：

"要是时来运转，我们公爵夫人手下的嬷嬷没准儿也能弄个伯爵夫人当当呢！可'国王的嘴就是法'，谁也别讲嬷嬷们的坏话，特别是那些做嬷嬷的老姑娘。我虽然不是老姑娘，可心里明明白白，老姑娘嬷嬷比寡妇嬷嬷强。哼！'拿剪子的，不光只剪我们嬷嬷的毛儿'。"

桑丘反唇相讥道：

"可嬷嬷身上的毛多得剪不完呀！还是抓药的那句话：'饭粘了锅，也别搅和。'"

堂娜罗德里格斯哪里肯让，应声道：

"这些当侍从的，专门和我们嬷嬷作对！就像客厅里的游魂，总盯着我们不放。除了念经，没事儿就在背后瞎嘀咕我们，骂我们八辈儿祖宗，坏我们的名声，缺了大德了！我要告诉你们这些会走路的木头，你们生气也白搭，我们就要生在这个世上，还非住在贵人王爷家不可。就是每天吃个半饱，整天把嫩的或不嫩的皮肉用黑衣服包上，就像圣周游行用毯子捂上大粪那样，我们也乐意。说真格的，只要有机会，我非要好好说说不可，不光对在场各位说，我要告诉全世界：我们做嬷嬷的个个都是好样的，凡人有的品德，我们都有。"

公爵夫人说："我们堂娜罗德里格斯讲得实在是太好了！她确实得好好反驳反驳那个抓药的坏蛋，替她和嬷嬷们说说公道话，也省得桑丘·潘沙大人有偏见。不过现在不是时候。"

桑丘说："等我有了总督的架势，侍从那股傻气就全没了。嬷嬷们那些鸡毛蒜皮的事，还值得我去管吗？"

正在这时，笛声鼓声又响开了。幸好如此，否则嬷嬷和桑丘之间的嘴架还得接茬儿往下打。原来是伤心嬷嬷到了。公爵夫人问丈夫是否要出去迎接，人家是伯爵夫人，也是贵人嘛。

公爵还未开口，桑丘却说了话：

"人家是伯爵夫人，二位应该迎接。可她又是个嬷嬷，我看还是站在那儿别动。"

堂吉诃德说："桑丘，谁问你了？"

桑丘说："老爷您问谁？我呀！我不能自个儿问自个儿？我是您的侍从，您最有教养，是礼貌大师，我是您一手教出来的徒弟呀！您讲起礼貌来，不是常说'反正是输，少张牌不如多张牌'吗？得，'对明白人不必多说'。"

公爵说："桑丘说得不错。咱们先看看这位伯爵夫人是什么长相，再决定如何接待。"

说话间，吹笛子的和打鼓的又走了进来。

本章简短，下章继续叙述，虽是同一故事，却称得上全书最引人入胜的片段。

嬷嬷胡编乱造 第三十八章
桑丘信以为真

　　笛鼓手之后，是十二个嬷嬷，排成两行，缓步走入花园。她们都身穿又宽又大的修女袍，看样子是磨光哔叽做的；白布头巾薄薄的，几乎跟袍子一般长。她们后面就是三尾裙伯爵夫人，白胡子三折裙侍从牵着她的手。她穿一身黑粗呢衣服，是平绒的，极为精致，但一摩擦，就会起球儿，个大的赛过鹰嘴豆。她那个尾巴，也就是裙子，反正都是一码事，分出了三个尖儿，分别由三个侍童牵着。三个侍从也是一身丧服，跟他们手中的三个尖儿形成的锐角，构成一个十分引人注目的图形。人家一看她那条裙子，就立刻明白她为啥叫三尾裙伯爵夫人了。作者说得对，她本应叫狼氏伯爵夫人，因为她的领地盛产狼。那个地方有个风俗，贵族们喜欢用当地有名的出产给自己起名，比如，要是多的不是狼，是狐狸，那她也许就得叫狐氏伯爵夫人了。可谁叫这位夫人喜欢她那条式样摩登的裙子呢。就因这，狼氏变成了三尾裙。

　　十二个嬷嬷在前面引路，三尾裙伯爵夫人缓步走入花园。嬷嬷们脸上罩的黑纱挺厚，不透明，根本看不见她们的长相。一见她们进来，公爵夫妇和堂吉诃德便立即站起身。其余人等也纷纷起立。嬷嬷们走着走着，突然停下，分立两厢，让出中间一条道。伤心嬷嬷由三折裙侍从牵着手，继续前行。公爵等见状，忙向前赶过去十余步，以示迎接。那伯爵夫人双膝跪下，声音一点儿也不柔软，而是又沙又哑：

　　"各位大人不必多礼，我是你们的小厮，不对，不对，是小婢。我太伤心了，都忘了规矩。我突遭横祸，连脑袋瓜儿都不知丢到哪儿去了，准是丢到天边了，怎么找都找不着。"

公爵说："伯爵夫人，一看您这气质，就知道您不比寻常，准是位贵人，谁要是看不出来您的身份，那才是丢了头脑呢！我们要按最高的规格接待您。"

公爵扶她起身，请她坐在公爵夫人旁边的椅子上。公爵夫人对她也十分有礼。堂吉诃德没有吭气。桑丘心痒难耐，急着想看看三尾裙太太的长相，别的嬷嬷也行。可有啥办法，人家自个儿不掀开面纱，你总不能动手去拉下来吧？大家都不做声，人人都想等别人先开口。末了，还是伤心嬷嬷说了话：

"最最尊敬的大人，最最美丽的夫人，最最聪明的在场各位一定会对我这个最最可怜的人儿报以最最深厚的同情。我的痛苦之深，能撼山动地，熔化铁石。在我向各位禀告，对，是禀告，不能说是讲，在我向各位禀告之前，我有一事想拜问：那位最最伟大的最最罕卡的骑士堂吉诃德和他的最最侍从潘沙，是不是也在你们这伙、这帮、这群里？"

桑丘抢先答道："在下就是潘沙。那位就是最最的堂吉诃德。最最伤心的最最嬷嬷，就赶紧把您最最想说的说出来。我们都最最想听，最最愿意为您最最效劳。"

堂吉诃德也起身对伤心嬷嬷说：

"伤心夫人，假如靠游侠骑士的胆量和力气，能使您化悲为喜，转危为安，在下很愿意自告奋勇，尽微薄之力。本人便是堂吉诃德，专做扶危济困的事情。夫人，您不必苦苦哀告，也用不着拐弯抹角，有什么苦处，只管道来。我们即便帮不了忙，也会表示同情。"

伤心嬷嬷一听他这么说，扑通一声，跪倒在堂吉诃德的脚下，又一把抱住他的腿，说道：

"骑士呀！天下无敌的骑士！我要拜倒在您的脚下，因为您这脚是游侠骑士的基石和支柱。我要亲吻您的脚，因为我盼着它开步走，把我救出苦海。啊！英勇的游侠啊！阿马迪斯、埃斯普兰迪安和贝利亚尼斯神奇的武功跟您做的那些实实在在的善事义举一比，早就没了光彩！"

接着，她转脸抓着桑丘的手，对他说：

"啊！你是古往今来最忠实的侍从！你做的善事比我的随从三折裙的大胡子

还要多！你完全可以自豪地说，你侍候伟大的堂吉诃德，就等于侍候天下所有的骑士。你是最最忠实的侍从，求你替我说说情，请你主人一定帮帮我这个最最卑微最最可怜的伯爵夫人。"

桑丘说："我做的好事是不是比您侍从的大胡子还多，我倒不在乎，只要'灵魂上天，胡须齐全'就成，活着的时候胡子多点儿少点儿没啥关系。您不是要我主人给您帮忙吗？这全包在我身上了，您也不用哀呀求呀，甭搞那些花样儿。我主人可喜欢我了，再说眼下他还有求于我哩。您就竹筒倒豆子，有啥麻烦就一齐往外端，咱们也好商量商量看咋办。"

公爵夫妇和知道这场把戏的人听了他俩的对话，差点儿笑破肚皮，都暗自称赞三尾裙演得精彩。伯爵夫人站起身，重新坐下，继续说：

"在特拉波瓦拿岛和南海之间，离科莫林角二十多里的地方，有个著名的王国坎大亚。国王阿尔奇皮耶拉已不在人世，大权便掌握在王后玛昆西娅的手中。他们的独生女叫安托诺玛霞，现在是当然的王储。我因为是王后手下资格最老、地位最高的嬷嬷，所以公主殿下从小一直受我管教。长到十四岁，公主就出落成了个大美人，模样那个俊呀，老天爷也不得不承认啊。当然，不是说才干不重要，实际上，她不光貌美绝伦，而且才高八斗，就是说才貌都称得上天下第一。不过，这也有个条件，那就是别让命运女神嫉妒她的美丽，下死手割断她的生命之线。要不，这不等于把最甜美的葡萄不等熟透就摘下来一样吗！上帝绝不允许这种伤天害理的坏事发生！她长得太美啦！我这张笨嘴要了命也形容不到家，可把国内国外那些公子王孙搞得神魂颠倒，晕头转向了！其中有一位，京城人氏，没啥官衔，可长得年轻英俊，能说会道，还会一两手玩意儿。就这样他居然癞蛤蟆想吃天鹅肉，打上了我们公主的主意。这小子还真有两下子，各位不嫌我耽误时间，我就再啰唆几句。他会弹一手好吉他，手拨弄琴弦就跟人在说话一样，还会写诗、跳舞，除了这些，还能编鸟笼子，手艺也不赖，实在没辙了，就单靠这也能混口饭吃。他这些能耐和优点呀，别说是柔弱的姑娘，就是一座大山也挡不住啊！可我们公主是什么人？光长得帅，会讨好人，有点儿本事，就想把她弄到手？没门！谁知道这不要脸的玩意儿竟使计先把我弄得服服帖帖！这个流氓恶棍变着法儿地讨好我，搞得我昏头昏脑，最后竟然把公主这个堡垒的钥匙拱手交给了他。直说吧，他今儿送首饰，明儿送珠宝，搞得我鬼迷心窍，对他言听计从。不过，最叫我动心，令我不得不举手投降的是他哼的那支小曲。有一天夜里，他站在我那扇临街的窗前，唱道：

> 我万般痛苦如刀扎，
> 都为了可爱的冤家。
> 我只能忍受不能表达，
> 这才是对我的最大惩罚。

真是字正腔圆，悦耳动听，有如珠落玉盘。打这以后，不对，从那以后，我看出了这些坑我的诗实在对人有害。所以，我认为那些治理有方的国家，都应照柏拉图说的办，把诗人，起码把那些色情诗人都轰出国外，因为这些家伙写的诗，不像人家曼图阿侯爵的小曲，至少能让妇女儿童解闷，叫他们流泪，而是些尖刻的话，像芒刺看似柔软却扎人心，如雷电一样不毁衣却伤人。还有一次，他唱道：

> 悄悄过来吧，死亡，
> 千万别弄出声响！
> 也许死的愉悦，
> 会重新点燃我生的希望。

这些小曲真令人陶醉，要是把词儿写下来去读非让你拍案叫绝不可。如果写这些歌的诗人不怕降格，编几支坎大亚流行的那种民间舞曲，那准把这人一个个弄得神魂颠倒、心花怒放、手舞足蹈！所以，各位先生，各位女士，我主张把这类诗人都发配到蝎虎子岛上去。把他们弄到那儿去也是他们活该！不过，话又说回来，这事儿全加在他们头上也有点儿理亏，那些吹捧他们的傻男人和相信他们的蠢女人自个儿也有份儿。我要是个安分尽职的好嬷嬷，也不会信他那些鬼话，什么'我在死中活'、'我在冰里燃烧'、'我在火中抖动'、'失望就是希望'、'我离开你就是在你身边'等。反正全是这些乱七八糟的玩意儿！他还给你许这愿许那愿，什么阿拉伯的凤凰、阿里阿德纳的王冠、太阳神的骏马、南海的珍珠、提巴尔河的金子、潘卡亚的香料，一句话，什么稀罕捡什么说，反正说了也不兑现。哎呀呀！我这是扯到哪儿去了！自个儿作孽多端，还一个劲儿地骂人家！真是该死啊！唉！我呀，就是个糊涂人，就是个倒霉蛋！不是人家拿诗歌骗我，是我自个儿没脑子！不是人家用小曲迷惑我，是我自个儿太轻浮！我蠢到家了，竟稀里糊涂成了那个叫堂克拉维霍的小子的开路先锋，干了引狼入室的勾当。就是说，由我从中牵线搭桥，那小子不止一次钻进了公主的闺房。其实，不是他骗了安托诺玛霞，是我！不过，他进她屋是以丈夫的身份进去的，否则，他就是想碰碰她的鞋帮我也绝不会答应！我再不是东西，这点我还不敢胡来。确实如此！凡是我拉的线，这上面不能打半点儿折扣，一定得先结婚才行。美中不足的是，他两门不当户不对。堂克拉维霍是个平头百姓，人家安托诺玛霞不但是公主，还是王储。他俩这私情多亏我遮掩，好歹混过一阵子。可是后来安托诺玛霞的肚子不知咋回事越来越鼓，眼看这事就要露馅了，急得我们仨忙商量对策，总而言之，不能让这丑事败露。于是，就叫堂克拉维霍拿着公主写下的字据去找神甫，要求同意他俩的婚事。那张字据是我写的，白纸黑字，确凿无疑，铁证如山，大力士参孙也推不倒。神甫看了字据，又询问公主，公主照实作了交代。神甫命她先在一个很本分的卫士官家中藏一藏……"

桑丘打断她说："原来这坎大亚也有卫士、诗人、民间舞曲这些玩意儿呀。没错，全世界都一个样。三尾裙太太，您这个故事还有多长？我真想一下子就听到头儿，您快说吧！"

伯爵夫人说："我这就接着往下讲。"

第三十九章 | 公主下嫁气死女王
巨人报仇女变男样

桑丘只要一开口，公爵夫人就高兴，堂吉诃德就生气。他叫桑丘闭嘴，伤心嬷嬷这才接着讲下去：

"反正不管怎么问，公主都是那些话，连一个字都没变。神甫一看，就答应了堂克拉维霍的请求，把公主判给他做合法妻子。玛昆西娅王后听说公主下嫁给了那个小子，气得要死，没过三天，我们就把她埋了。"

桑丘说："那准是死了。"

白胡子三折裙说："废话！我们坎大亚从来不埋活人。"

桑丘说："侍从先生也有过这种事，一个人昏倒在地，别人以为他死了，就给埋了。所以，我猜王后不一定是死，是昏过去了。只要人还有口气，啥事都好办。人家公主也没犯什么大不了的事嘛，她至于气成那个样子？公主要是嫁给什么侍童、什么家奴，那倒是麻烦了。这种事我听说过，的确有！可公主嫁的是骑士，照您刚才说的，还要长相有长相，要本事有本事。这事要说起来是有点儿那个，可也不算太那个，是不是？我主人讲过，他人就在跟前，我可不敢瞎扯，他说，耍笔杆的能当主教，骑士特别是游侠骑士就可以做国王、做皇帝。"

堂吉诃德说："桑丘说得不错。游侠骑士只要沾上点儿运气，就能当上世界之王。得，还是请伤心嬷嬷往下讲吧。这故事甜的部分大概快完了，该轮着讲苦的了，我猜得不错吧？"

伯爵夫人说："可不是吗！说起来还真是苦啊！苦极了！苦瓜苦不苦？可跟我讲的这苦一比，真称得上甜瓜啦！王后陛下不是昏倒，确实死了。我们刚把她埋了，说了声'安息吧'，唉，谁听了这句话都会掉眼泪啊！突然看见巨人马郎布鲁诺骑着木马站在王后的坟上。这位巨人是王后的表兄，生性残忍，又会魔法。他跑到那儿是要为表妹报仇雪恨，严惩胆大包天的堂克拉维霍，教训任性的安托诺玛霞。他施展妖术，把女的变成铜猴，把男的变成一条说不清用什么金属做的鳄鱼，还在他们中间立了一根柱子，也是金属做的，上面刻了几行叙利亚文，先译成坎大亚语，现在又译成西班牙语，意思是：这一对胆大包天的男女要恢复原形，必得等到曼卡英雄与我恶战一场。这空前的决斗乃是天意。接着，从刀鞘里抽出一把大弯刀，一把抓住我的头发，要齐根儿削下我的脑袋，吓得我连声儿都没了。幸亏，最后我拼足了浑身的力气，才发出颤抖的声音。我苦苦哀求，总算求得暂缓执行。他把宫中所有的嬷嬷都叫到跟前，就是现在这些人。他夸大其词，数落我们的过错，又大骂所有当嬷嬷的心狠手毒，着实可恨，把我一个人作的孽全加在了大家头上。他说他才不会叫我们一下就死，要慢慢折磨，叫我们死不了活受罪。他话音刚落地，我们大家就觉着脸上的毛孔突然都张大了，立刻感到针扎般的疼，伸手一摸：坏了！全变成了这个模样。"

说着，她和所有的嬷嬷一下子都拉下了面纱，露出了各自的尊容：都是满脸胡子，只不过颜色不同，有白的、黑的、灰的，还有黄的。一看这景儿，公爵夫妇呆了，堂吉诃德和桑丘傻了，所有在场的也都惊了。那位三尾裙太太接着说：

"原来呀，那个马郎布鲁诺坏种在我们的细皮嫩肉上撒满了又粗又硬的鬃毛。他就是这样害我们啊！天哪！还真不如拿他那把弯刀把我们都砍死呢！现在我们这漂亮脸蛋上长了这么多长毛，可咋办哪！一个满嘴胡子的嬷嬷还能有什么前程？哪个当爹当妈的会心疼她？想帮都没法儿帮啊！就是把她泡在美容水里，也不会有人喜欢她了！可咋办哪！想起这些倒霉事，我们就泪流成河，现在想哭都没眼泪了，要不，早就泪流成海了。嬷嬷们哪！我的伙伴们哪！咱们的爹娘真不该养下咱们哪！"

她讲到这儿，又要昏过去。

嬷嬷伤心长胡须　骑士慷慨欲助人 | 第四十章

　　说良心话，凡是爱看这类故事的人恐怕都要大谢特谢本书的原作者熙德·阿梅德。他叙事详尽，不丢任何细枝末节，刻画人物心理，揭示他们的思想，答疑解惑，一丝不苟，滴水不漏，最爱刨根问底的人读了也无话可说。啊！闻名世界的作者啊！吉星高照的堂吉诃德啊！芳名远扬的温柔内雅啊！滑稽逗乐儿的桑丘·潘沙啊！愿你们个个千古留名，永远逗人开心！

　　上一章说了，伤心嬷嬷昏了过去。桑丘一见，忙说道：

　　"咱可是个本本分分的人，我敢向我八辈儿老祖宗发誓，眼下这事咱还压根儿没见过，也没听咱主人讲过，他恐怕连想都想不出来呢。马郎布鲁诺啊！你又是巨人又是魔法师，我哪敢讲你的坏话！你简直比得上一千个魔王啊！你干吗要让这些该死的娘儿们长胡子？换个花样教训教训就不成？比方说，把她们的鼻子上半截切掉，弄得齉声齉气的，也比长胡子强。我敢说，她们肯定没那么多钱去刮胡子。"

　　一位嬷嬷说："先生，可不是吗，我们哪有钱去刮这些毛啊！倒有个省钱的法子，就是把橡皮膏往脸上一贴，接着再往下一揭。嘿，您还别说，这脸马上就平整光滑，跟磨盘面一个样了。其实在我们坎大亚，有些娘儿们专门上门儿给姑娘媳妇拔眉毛，去汗毛，也就是给人家美容。我们这些给王后当嬷嬷的，可不跟这些女人打交道。她们差不多原来都是卖肉货，后来自己不干了，又给别人拉生意。现在我们就只靠堂吉诃德先生了，他要是不管，我们就得带着胡子进棺材了。"

堂吉诃德说：“咱们就照摩尔人那么办，我要拔不光你们的胡子，就先把我自个儿的胡子拔光。”

三尾裙太太早不醒晚不醒，就在这个当口醒过来了。她说：

“英雄！骑士！我虽说昏昏沉沉，可您刚才这句话我听得清清楚楚，多干脆！多爽快！您要不说这句话，我没准儿还真醒不过来了呢。得，好汉！游侠！我再求您一次，您刚才答应的话可无论如何得兑现哟！”

堂吉诃德说：“您放心，我这儿没一点儿问题。该做啥，您赶紧指教，我都等不及了。”

伤心嬷嬷说：“是这样。去坎大亚，走陆路，大约得走五万里。走直道从天上飞，也就是三万里多点儿。马郎布鲁诺说，如果我们有幸找到那位大救星，他会送他一匹绝好的良马，根本不是那些租来的牲口可比的，极好驾驭。直说吧，就是皮埃尔勇士抢回美人马加隆娜骑的那匹木马。骑那匹马可省事了，一不用缰绳，二不用皮鞭，会摆弄它头上的机关就成。它飞得又轻又快，好像有一帮魔鬼在托着它。据古代传说，那匹木马本是法师梅尔林做的。他朋友皮埃尔一出远门就借来骑，刚才说了，他去抢美人马加隆娜，就是骑的它。他俩一前一后骑在马上在天空中飞翔，地上的人见了都惊奇得要命。这匹木马不是朋友或是出价不高，梅尔林是绝不借的。听说，除了皮埃尔，还没别人用过。马郎布鲁诺是靠玩阴谋耍诡计，才把木马弄到手的。他骑着它周游世界，一会儿去法国，一会儿到波托西。这马最大的优点就是不吃不喝不睡觉，还用不着钉马掌。它没翅膀，可飞得特快，还特稳当，骑在上面端着满满一杯水也不会洒出半点儿。所以，美人马加隆娜骑在上面可得意了。”

桑丘急忙插嘴道：“要说稳当，还要数咱的灰毛儿。别看它飞不上天，只在地上跑，真要比试比试，世界上谁也跑不过它。”

大伙儿哄堂大笑。伤心嬷嬷继续说：

“要是马郎布鲁诺真想叫我们脱离苦海，天一黑他就会把那匹木马送来。不管我在哪儿，只要见他把木马送过来，就说明我已经找到了救命的骑士。”

桑丘问：“那木马能骑几个人？”

伤心嬷嬷说：“两个，一个在鞍上，一个在鞍后。要是鞍后坐的不是抢来的女子，那这两人就是骑士和他的侍从。”

桑丘又问："伤心嬷嬷，那匹马叫啥名字？"

伤心嬷嬷说："它的名字，既不像贝莱罗丰特的马，叫佩加索；也不像亚历山大大帝的马，叫布塞法罗；也不像狂人罗尔丹的马，叫布里亚多罗；更不叫巴亚尔特，它是雷纳尔多斯的坐骑；也不是鲁赫罗的佛隆蒂诺；更不是博特斯和佩里托亚，据说它们都是太阳神的宝马；可以肯定，也不叫奥雷利亚，哥特本代国王、倒霉的罗德里格就是骑着它打了最后一仗，结果丢了性命也亡了国。"

桑丘说："这些好马的名字它都不用，那肯定也不会叫稀世驽驹。我主人这匹马起的名最棒，刚才您说的那些名字没一个比得上。"

大胡子伯爵太太，也就是那位伤心嬷嬷说：

"没错。不过，这木马起的名儿也不赖，叫'插翅飞木钮'。为啥呢？它是木头做的，这是一；头上有个旋钮，这是二；第三，它跑得快，像长了翅膀。怎么样？和稀世驽驹一样响亮好听吧？"

桑丘说："还不难听。骑这马，用啥缰绳和嚼子呢？"

伤心嬷嬷说："啥也不用，我不是说了嘛，全靠头上那个旋钮！用手一拧，那马就开步走，飞上天也行，擦着地皮跑也行，一般都是在半空中狂奔。"

桑丘说："我还真想见识见识。可要叫我骑它，那可不行，鞍上还是鞍后，骑哪儿都不行！要我骑它，除非榆树结梨！我骑灰毛儿，鞍子比丝绵还软和，我都凑合着坐。现在怎么着！叫我骑在那木头上，连垫的都没有，这不是存心硌我的屁股吗！真是活见鬼！我凭啥为了人家脸蛋光溜，让自个儿屁股受罪！她们要剃胡子那是她们自个儿的事！就为这，我可没工夫陪主人跑那么远的路。再说，这刮胡子的事我也使不上劲，是不是？要是给温柔内雅去魔嘛，咱还真少不了。"

伤心嬷嬷说："谁说使不上劲？老兄，告诉你吧，没你还真不行。"

桑丘一听就急眼了，叫道：

"这儿还有说理的地方没有！主人冒险，和侍从有啥相干？我们受罪，他们成名，没那么便宜的事！如果书上这么写，'某某骑士功成名就，全靠了他的侍从某某出了大力，要不，什么也甭想弄成'，咱们都好商量。可人家就那么一句：'三星骑士帕拉柠檬梅脓结果了六个妖怪。'根本不提随他出生入死的侍从，好像世上就没这个人！各位老爷太太，我再说一遍，我家主人愿去，他自个儿去就是了，我祝他吉星高照，马到成功。我可要待在这儿，陪我的主子公爵夫人。说不定等他回来，温柔内雅小姐的事会大有转机呢，因为我打算没事就打自个儿几鞭子，要打得一根毛也不剩。"

伤心嬷嬷说："好桑丘，真要是需要你，你还得陪他走一趟。你看，大伙儿都在求你呢，又都是些好人。有啥好怕的？你胆小倒不要紧，可这些太太可就惨了！她们老是一脸的大胡子，可咋办啦！"

桑丘说："还讲理不讲理了！这话我可都讲了第二遍了！要是去救什么姑娘或是什么女孩，咱男子汉大丈夫豁出去吃点儿苦，也没啥。就为了嬷嬷们的胡子，叫我去冒险去玩命，我不干！我看这些嬷嬷，不管是老的还是小的，娇气包也好，假正经也罢，都长着胡子也不赖。"

公爵夫人说："桑丘老兄，你对嬷嬷是不是也太狠了。你就信那个抓药的胡说？这可就不对了。我家里的这些嬷嬷可都是模范嬷嬷哟。这位堂娜罗德里格斯，我就找不出她一点儿毛病来。"

罗德里格斯说："夫人夸奖了。反正实际如何上帝知道。我们这些做嬷嬷的不管好赖、有胡子没胡子，都是娘养下的，跟别的女人没啥两样。上帝带我们到这个世上，自会有他的安排。我只盼他的恩典，没工夫去管别人的胡子。"

堂吉诃德说："罗德里格斯太太，您是不是就先说到这儿。三尾裙太太和各位嬷嬷，我相信上天会看见你们受的这些苦难。桑丘没问题，我叫他干啥，他绝没二话。只要'插翅飞木钮'来，只要我见着那位马郎布鲁诺，我准能一剑把他的脑袋砍下来，比给你们剃胡子还容易。坏人总有得报应的那一天。"

伤心嬷嬷说："啊！英勇的骑士，愿天国所有的星星都用和善的眼睛看着您，给您添劲儿，给您好运气，好让您保护我们这帮嬷嬷。我们的命好苦啊！抓药的伙计骂我们，当侍从的嫌我们，连做小厮的都拿我们开心。活该！谁让你年纪轻轻不当修女，偏要做嬷嬷呢！什么也别说了，我们都是倒霉催的！哪怕我们是特洛伊王子的嫡系子孙，我们的女主人也照样会对我们呼来唤去，要不，她就没了王后的派头了！啊！巨人马郎布鲁诺，你虽身为魔法师，可说话算话，一点儿不假！快把举世无双的'插翅飞木钮'送来吧！快叫我们恢复容颜吧！天气一热，我们还是满脸大胡子，那可就完了！"

伤心嬷嬷说得那么伤心，大家无不落泪，连桑丘也不例外。他心中暗想，只要能把这帮老娘儿们脸上的毛去光，他宁愿跟着主人走遍天涯海角。

天已经黑了下来，那匹神马也该到了。可为啥还不见马影儿呢？堂吉诃德等得有些心烦了，担心人家并没选中他去做那件惊天动地的大事，又怀疑是不是马郎布鲁诺胆小，不敢前来应战。他正这么胡思乱想的时候，突然花园里来了四个野人，披着绿油油的藤萝，一起扛着一匹大木马。他们把木马放在地上，其中一个说：

"有胆的骑士，赶紧上啊！这可是神奇的玩意儿。"

桑丘说："我可不上！咱不是骑士，也没那胆。"

那个野人又说："骑士要是带着侍从，就叫他骑在马屁股上。马郎布鲁诺说话算话，他只比剑，绝不搞别的花招。这马脖子上有个旋钮，转一下这个旋钮，它就会飞上天，带二位去找马郎布鲁诺。上了天，得把眼睛蒙上，免得头晕。什么时候听见马叫，那就是到地方了，才能把蒙眼的东西揭下来。"

说完，四个野人又四平八稳地从原路走了。伤心嬷嬷一见木马，几乎泪流满面。她对堂吉诃德说：

"英勇的骑士，您看见了吧？木马就在您的跟前，马郎布鲁诺果真是守信的君子。我们的胡子没日没夜地还在玩命地长啊！我们大伙儿求您了，您就看在我们这一根根胡子的分儿上，赶紧给我们剃光吧！没别的，您带上侍从上马赶路就成。"

"三尾裙伯爵太太，我马上照办，完全心甘情愿。咱也不多说，现在是越快越好。得，我坐垫也不要，马刺也免了，我呀，恨不能现在就让夫人您，还有这

些嬷嬷的脸蛋变得溜光。"

桑丘说："我反正不干，不管情愿不情愿。我不骑马屁股，她们的脸就光不了？那我老爷趁早另找高明当侍从。再说，这几位太太想让脸蛋光溜也可以另想别的法子嘛。我又不是巫师，不喜欢在天上飞来飞去。要是我那岛上的百姓听说他们的总督老爷在天上瞎转悠，指不定说什么哩！还有呀，从这儿到坎大亚有三万多里地，要是马累得飞不动了，或是那个巨人老小子犯起牛脾气，我们要回来还不得走五六年！那时候恐怕这天底下没哪个岛会认我了！常言道：'磨磨蹭蹭，一事无成'；'人家送你牛，牵起赶紧走。'我只好对不住这几位太太的胡子啦！'圣佩德罗在罗马就挺自在。'我是说，我在爵爷这儿过得挺滋润，看人家招待得多好！我还等着公爵大人赏我个总督的官当当哩！"

公爵说："桑丘老兄，我许你的海岛跑不了也溜不掉，它的根深着呢，一直扎进海底，玩命拽也拽不动它。咱们都明白，要弄个大官美差，多少都得贿赂贿赂。我呢，就免了，但你得跟堂吉诃德先生跑一趟，要不，这总督的事儿……'插翅飞木钮'飞得快，你们转眼就会回来。万一运气不好，一路得步行住店，变成朝圣的香客，那你也不用着急。那个岛还在那儿，绝不会飞了，岛民们还会欢迎你，总督还是你的，我许出的愿绝不会改。桑丘先生，我这可都是实话，你要再犹豫，可就对不住我的一片好心了！"

桑丘说："老爷，您快别这样说了。咱是啥人？一个可怜巴巴的侍从。您这样抬举我，我实在担待不起啊！咱什么也不说了，让我老爷先上马，再把我眼睛蒙上。求求各位替我祷告上帝。对了，我还要问一声，我在天上飞的时候，能不能求上帝保佑，求天使关照？"

伤心嬷嬷说："行呀，求谁都行。马郎布鲁诺虽说是个魔法师，可信基督耶稣，他施法的时候，非常小心，并不想找谁的麻烦。"

桑丘说："那太好了，就请上帝和加埃塔的圣父、圣子、圣灵保佑我吧。"

堂吉诃德说："从那次巧遇槌布机之后，我还没见桑丘像今天这样害怕过。我要相信吉凶祸福的说道儿，也非心惊胆战不可。桑丘，过来。对不起各位，我跟他有两句话要说。"

他把桑丘领到花园的树林里，两手抓住他说：

"桑丘老弟，咱们这趟出远门，什么时候能回来，路上有没有闲工夫，这只有天知道。所以我想请你找个借口回屋里待上一会儿，就说要取个路上要用的东西。进了屋，你抓紧时间，使劲抽自己。你不是答应抽三千下吗？抽上五百下也成，反正早抽晚抽都得抽。'只要动手干，就算完一半。'"

桑丘叫道："老天爷，您是不是犯糊涂了？这不是'看见我挺着大肚子，还要我当处女'吗！马上就要坐硬木头走，您干吗又要叫我打烂自个儿的屁股！您这可是没道理哟。咱们还是先把这几位太太的脸刮光溜再说。回头我一定还清欠您的这笔债，我保证！别的咱就不说了。"

堂吉诃德说："好桑丘，你既然这样说，那我就放心了。我相信你说话算话。你这个人笨是笨，可实实在在，言而有信。"

桑丘说："我脸长得青？不，我黑得要命。管它呢，反正我这人是说到做到，不开空头支票。"

两人说完就要上那匹大木马，堂吉诃德忙说：

"桑丘，把眼睛蒙上再上马。咱们老实巴交的，人家犯不着千里迢迢跑来耍咱们吧？要是真那样，那也是丢他自个儿的脸！咱们反正豁出去了，就算适得其反，咱们仗义勇为的名声也会与世长存！"

桑丘说："老爷，咱们快走吧。一看见这几位嬷嬷掉眼泪，满脸都毛乎乎的，我连饭都吃不下了。要不把她们的脸蛋变得光溜溜的，我就不得安生。您先上，先蒙上眼，谁让您骑在马鞍上，我骑在马屁股上呢！"

堂吉诃德说："没错。"

他从口袋里掏出一条手绢，求伤心嬷嬷给他把眼睛蒙上。等人家系好了，他又一把扯了下来，说：

"我读过维吉尔的特洛伊，记得帕拉迪翁那一段，希腊人献给帕拉斯女神一匹木马，说那匹木马肚子里藏的全是拿刀拿枪的骑士，就是这些人最后毁了特洛伊城。现在我也想看看'插翅飞木钮'肚子里，是不是也有点儿什么玩意儿。"

伤心嬷嬷说："您想到哪儿去了，能有啥呀？我担保没事。马郎布鲁诺不会使坏，这我心里有数。您就大放宽心上马吧。出了事找我。"

堂吉诃德心想，人家都讲到这份儿上了，自己再没完没了，还像啥英雄好汉？就不再言语，立刻上了"插翅飞木钮"，试了试旋钮，还挺灵活。他骑在马上，因为没有马镫，两条腿只好悬着，就像佛兰德壁毯上罗马凯旋图中的人物。

桑丘心里老大不乐意，磨蹭了半天才骑上了马屁股。他觉得马屁股太硬，硌得难受，就央求公爵给他找个垫的东西，像公爵夫人用的坐垫、小厮床上的枕头都行。他说那马屁股哪是木头做的，整个儿一块大石头。伤心嬷嬷说，"插翅飞木钮"身上不叫放任何东西，叫他不如学女人的样儿，侧着身坐在马屁股上，幸许好受些。桑丘没别的法子，只好向大伙儿告别，让人给他把眼蒙上。可刚蒙好，他又摘下来，泪水汪汪地望着大家，真是一百个不愿走啊。他看了看大伙儿，求他们千万千万为他多念几道《天主经》和"圣母万福"，说以后他们有了难处，上帝也会找人替他们念经祈福的。

堂吉诃德一听他的这些话，生气地说：

"你这个贼头！你是不是马上要上断头台了？是不是就要没气了？干吗又是求人念经又是求天保佑的！真是个没用的熊包！你坐的地方，那是美人马加隆娜坐过的地方，史书上说了，人家美人从那上面下去，没进棺材！是当了法国的王后！我坐的地方，那可是英雄皮埃尔坐过的地方，我比他也差不到哪儿去！快蒙上眼睛，你这胆小的畜生！心里害怕就得了吧，干吗非嚷嚷出来！我就不中意这！"

桑丘说："蒙上吧！蒙上吧！我自个儿求上帝保佑，您不让，求别人替我祷告，您还不让。我能不害怕吗？没准儿这附近就有一大帮魔鬼，早晚得把咱俩送到佩拉尔维约①！"

主仆两蒙上眼，堂吉诃德觉得已坐稳当了，就伸手去摸旋钮。他手刚挨上，就听见嬷嬷们和所有在场的人高声喊道：

"英勇的骑士，愿上帝给你引路！"

"大胆的侍从，愿上帝与你同在！"

"你们飞到了天上，比射出的箭还要快，正冲云破雾，勇往直前！"

"地上的人看见你们在空中飞翔，真是又惊奇又羡慕！"

"勇敢的桑丘，别晃悠！要坐稳！可别掉下来啊！太阳神的儿子想开他爹的战车，结果摔了下来。你要是掉下来，肯定比他还惨！"

桑丘一听这些大呼小叫，赶紧抱住主人，说：

---

① 佩拉尔维约：处决人犯的地方。

"老爷，他们的喊叫声咱们听得真真的，好像就在咱们跟前，怎么又说咱们都飞上了天呢？"

"桑丘，你管那么多干啥？本来咱们在天上飞就不合常理，能听见他们喊有什么新鲜？咱们飞出去一万里，照样能看见，能听到。你别抱那么紧行不行？都快把我掀倒了！你慌的是啥？跟你说吧，我还没骑过这么稳当的马呢，简直就跟没挪窝儿一样。老弟，甭害怕。这事办得有多顺溜，真是一帆风顺啊！"

桑丘说："可不是嘛！我这后头风可大了，好像有一千个风箱对着我的背吹哩！"

他还真说对了，确实有几个大风箱正对着他猛吹。原来公爵夫妇和他们的管家想得十分周密，该准备的全准备了。

堂吉诃德也觉得后面有风在吹，说：

"桑丘，咱们肯定到了二重天，冰雹雪花就是在这儿生成的。雷电生在二重天。咱们要是不停地往上升，一会儿就会到火焰天。咱们不能到那个地方去，到那儿非烧死不可。可糟糕的是，我不会使这个旋钮。"

这时，旁边一根竿子上挑着一串串容易着也容易灭的麻束，虽说离他俩不近，可桑丘已经感到烤得受不了。他说：

"要是我胡说，杀了我都行！咱们现在准是在火焰天上了！起码也快到了！我的胡子都烤煳了。老爷，我真想扯下蒙眼布看看，咱们到底在哪儿。"

堂吉诃德说："那可不行！你难道忘了托拉尔瓦硕士的事啦？他骑一根竿子，闭着眼睛，被一群魔鬼带着在天上飞，只用了十二个钟头就到了罗马，降落在诺纳塔街，亲眼看见波旁遭到围攻以及被杀的情景。第二天他回到马德里，讲了在罗马的所见所闻。他还说，他在天上飞的时候，魔鬼叫他睁开眼。他照办了。等睁开眼一看，好家伙！那月亮好像就在他身边，伸手就能摸着。他说他没敢往下面瞅，怕把头看晕了。所以，咱们可不敢把蒙眼的那东西拿下来。反正谁管送咱们谁就得把咱们管到底。咱们这样飞呀飞呀，说不定什么时候就会像老鹰抓小鸡似的，一个猛子扎下去，就到了坎大亚国了哩。咱们才离开花园半个钟头吧，其实，咱们已经飞了好远的路了。"

桑丘说："这咱说不准，可有一点我绝对不会错：那个什么马隆加娜还是马加隆娜太太坐在这个马屁股上，还觉得挺得意的话，那她肯定不是什么细皮嫩肉的主儿。"

公爵夫妇和所有在花园里的人听了这两位英雄好汉的对话，觉得实在解闷，太开心了，决定结束这场精心策划的恶作剧。他们用麻束点火烧"插翅飞木钮"的尾巴，马肚子里装的烟花爆竹顿时响成一片，把堂吉诃德主仆全震落到了地上。两人被烧得半焦。

等他俩狼狈不堪地从地上爬起，四下一看，才发现自个儿还待在公爵的花园里，三尾裙和她那帮子大胡子嬷嬷早已踪影全无，满地躺的都是人，好像刚刚昏迷过去，感到十分奇怪。更令人吃惊的是，他们在花园里还看见地上插着一根长矛，枪尖上用绿丝带系了一张光洁的羊皮纸，上面写了几行金色大字：

大名鼎鼎的骑士堂吉诃德大功告成，救了三尾裙伯爵夫人（又名伤心嬷嬷）及其随从。

马郎布鲁诺非常满意，嬷嬷们脸蛋上的胡子已剃得干干净净，国王克拉维霍和王后安托诺玛霞也恢复原状。现只等待从抽够屁股，白鸽方可逃脱鸢鸟的追捕，重返情人的怀抱。切切此令。

魔法界精英梅尔林博士

堂吉诃德看毕，立刻明白，最后一句指的是为温柔内雅驱魔。他感激上天如此恩典，竟使他没费多大力气便完成了一桩大事，让那些可敬的嬷嬷脸蛋重现昔日光彩。她们现在不知去了什么地方，竟不见一点儿踪影。堂吉诃德走到公爵夫妇旁边。人家躺在地上，还昏迷不醒。他就伸手拉着公爵的手，说：

"喂，大人，醒醒，您听我说，轻而易举！易如反掌！大功告成！没出一丁点事！那儿挂着的羊皮纸上都给咱写得明明白白！"

公爵渐渐有了知觉，脸上现出惊恐的样子，如梦方醒。他夫人和其他昏倒在地上的人也学他的样儿，都做出恐惧的表情，演得跟真的别无二致。公爵眯着眼睛，煞有介事地把那羊皮纸上的字看了一遍，接着伸出胳膊抱住堂吉诃德，嘴里称赞他是有史以来最棒的骑士英雄。桑丘呢，在到处找那位伤心嬷嬷，想瞧瞧她没了胡子是啥模样，心想，她身段好看，脸蛋准也差不了。人家告诉他，木马着火一掉在地上，伤心嬷嬷和她那帮人就没影儿了，不过走的时候看得清楚，她们脸上一根毛都没了，连根胡子楂儿都没留下。

公爵夫人问桑丘路上如何。他说：

"夫人，好像我们飞到了火焰天，对，这是我东家讲的。我想掀开蒙眼布看看，东家不让。我这个人有个怪脾气，你越不让干的事，我越想干。我就偷偷掀开一条缝，往地上一看，唉，这地球也太小了，整个还赶不上一个芥子大，上面的人那就更甭说了，也就比棒子大点儿吧。您就知道我们飞得多高了。"

公爵夫人说："桑丘老兄，你这话听起来可有点儿怪了！你呀，根本没看见地球，只看见了地上走来走去的人。你说地球没芥子大，又说地球上的人比棒子还大一点儿，那不是等于说，一个人就能把整个地球遮住吗？"

桑丘说："是呀。反正我是从一头看的，所以全看见了。"

夫人说："我说桑丘，光看一头，怎么能看见整个呢？"

桑丘说："我管不了那么多。夫人，您也知道，我们飞上天靠的是魔法。有了魔法，怎么看都能看见，地球也好，地球上的人也好，都能看见。您要是不信，我待会儿讲的您肯定更不会信了。跟您说吧，我把蒙眼布掀开到眉毛，一看，好家伙！我离天太近了，就一拃来远啦！夫人，我敢发誓，那天实在太大了！原来我们已经到了七羊星那儿了。我小时候放过羊，所以一见着羊，就想逗它们玩，要不，非急死我不可。咋办呢？我呀，就偷偷下了马，没敢叫东家知道，跟那几只羊玩了整整三刻钟，那七只小羊可爱极了，像紫罗兰，像一朵朵花似的。您猜怎么着？那'插翅飞木钮'愣没挪窝儿，还在那儿。"

公爵问："桑丘老兄逗羊玩，堂吉诃德先生干啥？"

堂吉诃德说："这些事没一件合乎常理，所以桑丘说的这些话也没啥大惊小怪的。我反正一直蒙着眼，天呀地呀、海滩呀，我都没看见。不过能感觉到飞上了天，好像离火焰天还挺近。说已经到了那儿，这我不信，因为火焰天在月亮层和空气层之间。我们真要到桑丘讲的那个七羊星那儿，恐怕早就烧焦了。事实上，我们平安无恙，这就是说，桑丘不是胡扯就是在说梦话。"

桑丘说："我没胡扯，也没说梦话。不信你们问我那几只羊怎么样，就知道我是不是在瞎说了。"

公爵夫人说："那你就说说看。"

桑丘说："七只羊，两绿两红两蓝，剩下那只是杂毛。"

公爵说："够新鲜的啊。咱们地球上有这些颜色……的羊吗?"

桑丘说："这还不明白!这天上的羊能和地上的一个样吗!"

公爵说："得。我再问你,那七只羊里有公的吗?"

桑丘说："没有,大人。不过,我听人说,公羊的犄角没一个能赶得上月亮的犄角。"

公爵夫妇问够了,可桑丘才开了个头儿。他一步未离花园,却像把天界逛了个够,将所见所闻讲给他们听。

伤心嬷嬷的故事就此打住。这段插曲不仅当时就把公爵两口子逗得前仰后合,而且日后他们一想起来还会大笑不止。这件事也使桑丘有了永恒的话题,就是说,哪怕他活几百岁,也不愁没话说。堂吉诃德对着桑丘的耳朵悄悄说:

"桑丘,你要人家相信你在天上看见的那些事,那我也要你相信我在蒙特西诺斯洞中的所见所闻。得,就这句话。"

第四十二章

老农走马上任心花怒放
主人苦口婆心反复告诫

　　伤心嬷嬷那场戏演得太有意思了，可以说大获成功。公爵夫妇十分得意。这两位贵人一瞧堂吉诃德主仆俩这么容易上当，决定把答应的海岛交给桑丘，继续拿他俩开心。他们唤来仆人和属下，如此这般吩咐一番，便在次日，也就是木马上天的第二日，叫桑丘收拾行装，准备上任，去做总督大人，说岛上的老百姓盼春雨似的盼着他去呢。桑丘向公爵深施一礼，说道：

　　"我在天上往下面看过。这地面实在太小了！弄得我想当总督的那股热心劲儿全没了。叫我去管个芥子大的地方！管那么几个棒子大的小人儿！我犯得着吗？那有啥威风？有啥光彩？这地面上的玩意儿就那么回事。要是您大人恩典，给咱一小块天，哪怕就一里来地儿，也比给我世界上最大的岛强。"

　　公爵说："桑丘老兄，我哪儿有资格把天送人，就是指甲盖那么大点儿也不行。只有上帝才能给这种恩典。我给你的就是一个海岛。那个岛完完整整，土肥地好，出产丰富，货真价实，又中看又中用。你只要有本事，就能在地上发大财，到天上享清福。"

　　桑丘说："得，咱就要这个海岛了！我呀，不管小人捣什么乱，我都得好好干，当个像样的总督，日后好上天堂。我倒不是想搞点儿什么新鲜的，也不是想要要什么威风，我是想尝尝当总督的滋味。"

　　公爵说："桑丘呀，你要是尝上一口，恐怕就丢不下喽。你发号施令，大伙儿俯首听命，这是啥滋味！你主人看样子早晚得当上大皇帝，到时候，他绝不会让人把宝座抢去，只会后悔没早点儿把皇冠戴在自己头上。"

桑丘说："大人，我看，就是能对一群牲口呼来唤去也不赖啊。"

公爵说："英雄所见略同。桑丘，你还真够有灵性！没问题，你准能当个好样的总督。这个先不说了。现在我告诉你，明天你就要走马上任，去那个岛当总督了。今儿下午呢，就要给你准备些官服和别的要用的东西。"

桑丘说："我穿啥都行。反正怎么穿，我也是桑丘·潘沙。"

公爵说："没错。不过穿什么得跟你的官位相称。法官穿军装，当兵的披道袍，总不像话吧？这样吧，你就来个半文半武怎么样？那个岛上，文武都要！"

桑丘说："我不懂什么文，连字母都认不全，不过，只要记住那个十字架，就能当个好总督。武的嘛，有啥家伙咱就使啥家伙，反正咱是玩命到底，听老天爷的。"

公爵说："桑丘有这么好的记性，那还有啥问题。"

堂吉诃德这时走过来，听见他们讲的话，知道桑丘就要去海岛做总督，便请公爵准许他和桑丘到屋里说几句话。公爵应允，他就拉着桑丘的手，把他领进自己的房间，想教他如何当好总督这个官。一进屋，堂吉诃德就把门关上，然后，把桑丘拉到自个儿身边叫他坐下，这才不紧不慢地开了腔：

"桑丘老兄，我真要对上帝千恩万谢啊！我说过，我一交上好运，就马上酬劳你。现在好了，我还没碰上好运，你就福星高照，走到了我的前头。真是福从天降啊！有的人托门子，送票子，起早贪黑，争来夺去，结果还是竹篮打水一场空。突然跑来个小子，自己都不知是怎么回事，就把许多人做梦都想得到的官儿搞到了手。老话说：'想得好不如碰得巧。'你呀，整个儿一个傻瓜，不起早不贪黑，没受半点儿辛苦，居然轻而易举地混上了个总督的官儿。凭啥？还不是沾了游侠骑士的光！我这样说，是要你知道，这都不是你自个儿的功劳，你要感激洪恩浩荡的上天和伟大有力的骑士道。我好比你的加东，你仔细听我对你的告诫。官场好比汪洋，恶浪滚滚，波涛汹涌，你现在就要卷入其中，我来给你导航，带你安全入港。

"老弟，第一，要敬畏上帝，'敬畏上帝，才会聪明。'聪明就不会做错事。

"第二，你要掂量掂量自己，做到有自知之明，这一点最难。知道自己吃几碗干饭，就不会跟青蛙学，去和老牛比个儿，忘乎所以。你得意的时候，赶紧想想自个儿在老家当过猪倌，就会像开屏的孔雀瞧见了自己的丑脚丫，有所收敛。"

桑丘说："没错，那是小时候。后来大点儿了，我就不赶猪、赶鹅了。赶过猪有啥？当官的也不都是王子王孙吧？"

堂吉诃德说："你讲得对。所以，出身卑微的官要谨慎行事，待人要宽。这样就省得人家背后说三道四。不管你有什么身份，也难逃物议呀。"

他接着说："桑丘，你就大胆说你出身农家，还要以此为荣，四处炫耀。人家看你自己都无所谓，也就不会拿出身羞辱你了。宁做地位低的贤者，也不当有权有势的恶人。出身低下而当上教皇和皇帝的人，数不胜数，我要是一一道来，你耳朵都会起趼子。

"桑丘，你记住，你只要追求美德，以品行端正为荣，就不必羡慕那些王子王孙。血统是上代传下来的，品德则完全靠自己培养。品德木身就有价值，血统可没有。

"既然如此，事实也是这样，等你走马上任到了岛上，要是有亲戚来看你，你千万不可怠慢人家，更不许把人家轰走，要迎进府内，好生款待。上天造出万物，当然不愿它们受到欺侮。你礼貌待人，就是顺应天意，老天是会高兴的。

"在外做官，不宜长久单身。你如果把妻子接到任上同住，切记要不断开导她，磨掉她天生的粗鲁。你要明白，有些贤德的总督身败名裂，就是坏在他那个愚蠢粗鄙的老婆手上。

"要是你哪天不幸打了光棍，想靠自己的官位讨个更可心的老婆，你千万要当心。那种只想仗着你的权势大把捞钱的女人可不要娶进家门，她们嘴里说不要不要，手可指着装钱的小帽。实话告诉你，法官老婆收受的贿赂，她丈夫死了到天宫地府都得加四倍偿还，那时候觉得冤枉可就晚了。

"审案判案，不要学那无知之徒，自作聪明，想当然。切记切记。

"要同情穷人的眼泪，也要倾听富人的申诉，总之，要以法律为准。

"不要看富人送多少礼，也不要管穷人流多少泪，要紧的是查明事实。

"判决应当公正，也必须公正，但能宽容就别严酷。执法严厉不如与人为善。

"你绝不可贪赃枉法，手下留情也是出于恻隐之心。

"碰上审判仇家，切不可借机报复，必须实事求是。

"审判案子，不可感情用事。一旦错判，大多难以挽回。即使可以补救，也免不了要丢人现眼，赔钱失财。

"要是碰上美人来打官司，千万别看她的眼泪，也别听她的叹息，只须认真听她的申诉，否则，她的泪水会淹没你的良心，她的叹息能动摇你的公正。

"对判刑的人不要恶言恶语，那些倒霉蛋在狱中已经吃苦挨罚，就不必再骂他们了。

"要知道人天性可恶，罪犯都是恶性未改的可怜虫，所以，在无损受害一方利益的前提下，尽可能对他宽容。虽说上帝的品德都一样伟大，但我以为，怜悯比公正更有光彩。

"桑丘，只要你听了我这些告诫，你就会健康长寿，万古留名，有用不尽的财，享不完的福，儿女婚事称心，子孙发达昌盛。你会和大家和睦相处，度过一个宁静和幸福的晚年。在你仙逝之时，你的重孙们会用白嫩的手给你合上双眼。这些告诫无非是为了陶冶你的心灵，现在我再告诉你如何注意外表。"

第四十三章 | **成语大王满嘴成语**
仪表先生句句仪表

听了堂吉诃德这番妙论，谁都会说他头脑清楚，颇有见地。这部大作多次提到，他一说起骑士道，就胡言乱语，但讲别的事情，始终有条有理，合乎人情，所以他的言行总是互相矛盾。接着他又给桑丘讲了另一番告诫，言语诙谐俏皮，既机敏灵性，又透着疯狂。桑丘竖起耳朵仔细听，恨不能一字不漏全记在心上。看样子他真打算照主人的话去做，当一个好总督。堂吉诃德又开始对桑丘进行教导：

"你如何照顾自己和料理家务呢？第一，你要爱干净，要常剪指甲，别留长指甲。留长指甲有什么好？有些人以为那样手显得漂亮，其实是无知！留那么长，总不剪，那还叫指甲吗？全变成蝎子爪了！太恶心了！纯粹是臭毛病！

"桑丘，穿衣服不能松松垮垮，邋里邋遢。衣冠不整说明一个人没有精神，要是故意不修边幅，像恺撒大帝那样，那就更不像话了。

"要弄清楚你那个官儿能有多少薪水。如果打算给仆人做制服，只要实用大方，切不可追求浮华。另外，还要想到穷人。我的意思是，你能做六套仆人制服，只做三套，剩下三套的钱可以送给穷人做衣穿。这样你在世上有人侍候，到了天堂也不缺人照顾。这个主意那些摆阔的人是想不出来的。

"别吃大蒜和葱头，免得人家一闻味儿，就知道你是个乡下佬。

"走路别急，说话要稳，可也别像自言自语，假模假式也叫人看不上眼。

"吃饭要有节制，晚饭尤其不能多吃，胃肠没有毛病，身体才能健康。

"喝酒也要节制，喝多了，会失言误事。

"还有，别狼吞虎咽，也别当着人面嗳气。"

桑丘问："什么叫嗳气？"

堂吉诃德说："就是打嗝儿，这个词儿在咱们西班牙语里最难听，不过，倒挺生动。说话文雅一点儿的，就找了个文词儿，不说打嗝儿，叫嗳气。有人开始听不懂，用多了也就习惯了。这语言就是靠大家都用才丰富起来的。"

桑丘说："这打嗝儿的事我得记住，因为我太爱打嗝儿了。"

堂吉诃德说："什么打嗝儿，要说嗳气。"

桑丘说："对，是嗳气，我一定记住。"

堂吉诃德说："另外，以后说话别满嘴顺口溜，还有成语什么的。不错，成语简练，是格言，可你生拉硬扯，弄得驴唇不对马嘴，那不就成废话了吗？"

桑丘说："这恐怕得找上帝想法子啦！我肚子里全是成语顺口溜，比书本上的还多，我一张嘴，它们都争着要出来。谁跑得快，争得凶，谁就先出来呗，至于合适不合适，我就顾不上喽。以后，我留点儿神就是了，有失我总督身份的，我就不让它蹦出来。反正'家里粮满仓，做饭不心慌'；'倒牌的不能洗牌'；'打钟的人最保险'；'送人不送人，先要想个明白'。"

堂吉诃德一听，那个气呀，说：

"嘿！桑丘，可真有你的！怎么说着说着又来了！得，你说吧！成串地说吧！没完没了地说吧！没人管你啦！'老妈你打吧，我该咋样儿还咋样。'你说你这个人，我正劝你少满嘴顺口溜，你倒好！干脆给我来了一大串！你说，你这些成语和咱们说的有啥关系？八竿子都打不着！桑丘，我不是不叫你用成语顺口溜，是要用得是地方。想起来就说一大串，乱七八糟的，实在没意思，还叫人说俗气。

"骑马也要有样子，既别往鞍架上靠，也不要直挺挺地叉开两腿，更不要没精打采，像你骑在灰毛儿身上那个样。这人和人就是不一样，有的骑在马上一派骑士风度，有的一看就是个马夫跟班。

"不要贪睡，和太阳一起起床，全天都会高兴。桑丘，你要牢记这句话：勤奋自有好运，懒人永远不会心想事成。

"我最后想告诫你的虽说和仪表方面没有太大的关系，我还是希望你牢记在心，我觉得它和刚才讲的那些一样重要。我要说的是，千万别和人家比出身讲门第，比来比去，必定有高有低。低的会恨你，高的也不会领你的情。

"你穿的衣服应当是紧身衣加长裤，外罩一件长披风。千万别穿肥腿儿短裤，这对总督和骑士都不合适。

"桑丘，我现在想到的就是这些。你上任之后常给我来信，我可以根据情况，再给你些别的忠告。"

桑丘说："老爷，您这都是金玉良言，全是为我好，我心里明明白白。可要是我一句也记不住，咋办哪？您不叫我留长指甲，说有机会还可以娶个老婆这些话，我确实一辈子也忘不掉。可您讲得也太多了，乱七八糟的，叫我全记下来，那不等于问我去年天上云彩是啥样吗？我实在记不住这么多的玩意儿。这样吧，您给我用笔写下来。我不识字没关系，我还不兴把它交给我的忏悔神甫，叫他提醒我？"

堂吉诃德说："哎呀！这是怎么说的！当总督的不认识字！桑丘，你可知道？一个人不识字，或者是个左撇子，不是因为他爹妈太卑贱，就是他自个儿太顽皮，成不了才。这可是个大问题啊！这样吧，你先学会写自个儿的名字。"

桑丘说："写自个儿名字我行。当年我在村里的教友会当过总管，学过几个字，大得跟货包上的记号一样。人家说那就是我的名字。实在不行，我还可以假装右手瘫了，请别人替我签名嘛。反正活人不能叫尿憋死。'只要有口气，不愁没主意'；'一朝权在手，便把令来行'。我做了官，有了权，想干啥不行！'老爷是村长……'我是总督，比村长还大几级。来吧！看看我是谁！谁要是想小瞧我，拿我不识数，那就是：'去剪人家的羊毛，反被剃成大秃瓢'；'上帝欢喜，在山沟也能交上运气'；'阔人瞎扯也是圣旨'。我就是阔人，我又是总督，我再大方点儿，识不识字算个啥！'你把自己变成蜜，苍蝇就会来找你。'我的一个老奶奶说过：'财有多大，气有多粗'；'只要根子深，不怕惹麻烦'。"

堂吉诃德说："该死的桑丘！瞧你这一串串的顺口溜！真恨不得叫六万个魔王把你和这些成语全带走！你满嘴顺口溜，胡扯了足足一个钟头，简直像往我鼻子眼里灌凉水！真叫我受够了！我敢打赌，你早晚得为这些顺口溜要了小命，迟早会因这些顺口溜逼老百姓造反，把你赶下台。你这个浑蛋玩意儿，你说，你是打哪儿搞来这么一大堆废话？你是咋用的？蠢货！我为了说一句恰到好处的成

语，费的那力气比刨地还要多。"

桑丘说："哎呀！我的主人大老爷！我使唤自个儿的东西，您哪门子气呀！我没钱没家当，就只有这些顺口溜。我这会儿就想出来四句，别提多合适了！就跟小篮里摆的梨子那么整齐。得，我呀还是把嘴闭紧为妙，俗话说：'少说废话才是桑丘。'①"

堂吉诃德说："这个'桑丘'可不是你。你不光废话连篇，还没完没了。对了，你说你想出来四句绝妙的成语，我脑子也不坏呀，怎么连一个也想不出来呢？快说说。"

桑丘说："确实妙极了！您听着啊：'指头长也别往我牙上搁'；'有人找我老婆，问他干啥，叫他滚蛋，他都没话说'；'瓦罐碰石头，石头碰瓦罐，倒霉的总是瓦罐'。句句都说到了点子上！谁也别来找总督的麻烦，别的官也不行，到最后还不是自己倒霉，就跟把手指头往人家大牙上搁一样，往别的牙上放也够戗。总督说啥也不能顶撞，比方有人来勾搭我老婆，我问他干啥，叫他滚蛋，他敢回嘴吗？至于石头碰瓦罐的意思，瞎子都看得出来。'能看见别人眼里的刺，就能看见自己眼中的棒子'，省得人家说'死人还怕无头鬼'。老爷您也知道：'自家的事，再傻的人也清楚。'"

堂吉诃德说："桑丘，你说得不对。不管自家的事还是别人家的事，傻瓜蛋都稀里糊涂。愚钝之人怎能变成栋梁之材。咱们别再扯这个了。你要是当不好总督，只能怪你自己，我当然也脸上无光。不过，我问心无愧，我尽了自己的责任，把能想到的事都预先给你提了个醒。桑丘，愿上帝保佑你当好总督，可别把海岛弄得一塌糊涂，叫我操心。要真是那样，我只好向公爵大人赔罪，实话实说，告诉他，你这个胖小子只不过是个塞满顺口溜和鬼主意的大麻袋。"

桑丘说："老爷，您要是觉着我不配当这个总督，我不干就是了。我这整个身子宁肯不要，也不能把灵魂丢掉一点儿。得，让总督吃他的石鸡阉鸡，我桑丘还是面包就葱头吧。其实，'管他贫富贵贱，睡着了全一个样'。再说啦，这总督的事还是您先提出来的。我算老几？傻蛋一个！哪儿懂啥叫总督呀！要是您认

---

① 应为："少说废话才是圣人。"西班牙语里，"桑丘"和"圣人"发音相似。

为我一当总督就会叫魔鬼带走，我宁可做桑丘上天堂，也不当总督下地狱。"

　　堂吉诃德说："老天在上，桑丘，就听你说这几句话，我就可以把几千个岛交给你。你人好心好，没这点，就是有天大的学问也没用。求上帝保佑吧，原来怎么想就怎么干，不要动摇。我的意思就是，全心全意干好你分内的事。胸怀善心，人助天助。得，咱们该去吃饭了，公爵和夫人一定在等我们了。"

情歌绵绵寸肠断
爱心笃笃坚如磐

第四十四章

据读过原书的人讲，这一章译者没有逐字逐句照译下来。作者在本章大发牢骚，后悔写《堂吉诃德传》这种单调乏味的书，只能写堂吉诃德和桑丘，不敢加进别的有滋有味的情节。他说，他这样做，根本发挥不出自己的文思才情，只能围着一两个人打转，实在是费力又不讨好，弄得心里老大不痛快。他忍无可忍，才在上卷里插进了几个故事。《无事生非》和《战俘上尉》与本书没什么大的关联，但其余的可都是堂吉诃德的亲身体验，想不写都不行。他说，他写这些旁枝末节的时候就估计到，许多读者一心想知道堂吉诃德到底咋样，根本不会细看另加的这些耐人寻味的东西，不是一目十行，匆匆带过，就是气得连看都不看。这样一来，他们哪儿有机会去品味那些故事优美的文笔和奇妙的构思呢？要是这些故事不与堂吉诃德的疯和桑丘的傻搅和在一起，单独成书，另行出版，那就好喽。所以他在下卷里便不再添枝加叶，只收进一些看似与主题无关，其实大有瓜葛的奇闻逸事，而且不大事铺张，只用三言两语，写个大概，能叫人看明白就行。他本来才高八斗，天地都在其笔下，但也不得不约束自己，只在小范围内略施拳脚。他恳请读者体谅他的苦衷。他最后说，读者可能会说他写的已经很不错了，其实，他忍痛割爱的那些才令人拍案叫绝哩。

一番议论过后，书归正传。

吃过午饭，堂吉诃德就把饭前讲的那套长篇大论写下来，当天下午便给了桑丘，叫他以后找人给他念。桑丘伸手去接却没接住，竟落在了公爵手中。公爵当下就和夫人一起捧来读了。两位贵人对堂吉诃德既疯又灵的脑子不免又是一番感叹。他们想继续寻开心，便立即派了一大批人送桑丘去那个他想象中的海岛，其实是公爵属地中的一个小镇。陪他上任的人挺多，领头的是公爵府上的一位管家，脑子特灵，滑稽幽默（脑子不灵就不会幽默），就是装三尾裙伯爵夫人的那位，前边也说了，他演得十分精彩，惟妙惟肖。这么聪明灵性的人，又经公爵夫妇悉心指点，对付桑丘还不是易如反掌？结果自然是大获成功。当时一见这位管家，桑丘就觉得面熟，怎么看怎么像伤心嬷嬷，就转过脸对堂吉诃德说：

"老爷，公爵大人家的这位总管，长得跟伤心嬷嬷一个样儿。我要是瞎扯，就叫魔鬼立马把我抓走。"

堂吉诃德仔细看了看那位总管，然后对桑丘说：

"桑丘，魔鬼不用抓你了，不管立马不立马，其实我也不明白这立马是啥意思。管家这张脸的确就是伤心嬷嬷那张脸，但这不是说，管家就是伤心嬷嬷。要真是一个人，那这事就怪了。要弄清是怎么回事，非掉进迷魂阵里不可。现在咱们没工夫操这个心，还是真心实意求求上帝，请他老人家保佑我们不再受那些坏蛋魔法师的祸害。"

桑丘说："老爷，我可不是说着玩的哟。我刚才听他说话，那声音就跟伤心嬷嬷的一个样。得，我也不废话了，以后我留点儿神，保不准能发现点儿啥，证明我不是胡猜。"

堂吉诃德说："桑丘，你这样想就对了。你要是发现了什么，还有公事上有啥问题，都要告诉我。"

接着，桑丘出门上任去了，前后左右跟了一大帮随从。只见他一身文官打扮，外面罩一件狮鬃色驼毛外套，宽宽大大，头上戴的帽子也是驼毛做的，胯下一头高鞍短镫的骡子。后面，按公爵大人的吩咐，紧跟着桑丘的灰毛驴，披绸挂缎，鞍辔崭新。桑丘走两步就回头看看灰毛儿，跟这个老伙计在一起，他别提多得意了，就是叫他跟德国大皇帝换个个儿，他也不干！

他吻了公爵和夫人的手，向他们告别，又接受了主人的祝福。堂吉诃德热泪盈眶，桑丘抽抽搭搭。

各位读者，咱们先把桑丘送走，祝他走马上任，一路平安。等看了他如何当官，您准会笑破肚皮。现在咱们再转过头，看看他主人当晚闹出的笑话。堂吉诃德的一举一动、一言一行，您听了看了，不哈哈大笑，也得像猴子似的龇牙咧

嘴。他的事呀，不是出人意料，就是令人发笑。

据说，桑丘刚走，堂吉诃德就觉得浑身不自在，恨不能马上把桑丘叫回来，不准他去当什么总督了。公爵夫人看出他感到寂寞，就问他是不是因为走了桑丘感到不方便，说公爵府上，侍从、嬷嬷和使女有的是，随他差遣，包他满意。

堂吉诃德说："尊敬的夫人，您说得不错。确实是因为桑丘不在跟前的缘故，但我忧虑的主要原因还不在此。夫人的种种关怀，我感激不尽，但在下生活起居，还望夫人容我自己处理。"

夫人说："堂吉诃德先生，这怎么可以呢！我手下有四个丫鬟，一个个像花儿一样漂亮，还是叫她们来伺候您吧。"

堂吉诃德说："万万不可！我看她们不像花儿，像刺！像扎进我灵魂中的刺！她们要我的屋，除非太阳从西边出来！您要是还看得起我，就让我一切自便。我要在欲念和操守中间造一座大墙，不能因夫人您的好意丢了我的道德，总之，我宁肯和衣而卧，也不要别人侍候我脱衣服。"

夫人说："您别说了，堂吉诃德先生。我这儿绝没问题。没有我的命令，别说是姑娘，就是一只苍蝇也甭想飞进您的卧室。像我这样的人能去败坏堂吉诃德先生的清白吗？我知道，您最突出的美德就是为人正派，绝不胡来。您啥时候脱衣，啥时候穿衣，怎么脱，怎么穿，一切的一切，您都自个儿看着办，没人会帮您，给您添麻烦。关着门睡觉所需的一应用具，屋里全有，不必开门去行方便。祝愿大美人温柔内雅长命百岁，天下闻名，她真是三生有幸，得到了这样一位既勇敢又高尚的骑士的爱恋。恳求大慈大悲的上天，叫潘沙总督别再死心眼，尽早抽够鞭数，完成苦行，好让世界重睹这位小姐的美貌芳容。"

堂吉诃德说："夫人尊贵，金口玉言，哪儿会有只字恶语？大人您的话一句顶一万句，有您的赞美，温柔内雅必将声名远播，大福大贵。"

夫人说："对了，堂吉诃德先生，该吃饭了，公爵一定在等咱们呢。请吧。吃了饭，早点儿休息，昨天跑了坎大亚一趟，肯定很累了。"

堂吉诃德说："夫人，我一点儿都不累。我敢说，我骑过的牲口，还真没'插翅飞木钮'这样温驯、稳当的呢。这么好的坐骑，马郎布鲁诺硬一把火给烧了，真叫人想不通！"

夫人说："这有啥想不通！他害过三尾裙太太，害过她的那帮随从，还害过别的什么人，他干魔法师这一行，少不了还做过别的坏事，他心中有愧，追悔莫及，就把害人的工具全毁了。其中罪大恶极的当属'插翅飞木钮'，把它付之一炬，自然是顺理成章的事了。但它烧成的灰和那张记录此事的告示，把伟大的堂吉诃德的英名载入了史册。"

堂吉诃德谢过夫人。用过晚饭，他独自一人回到房间，不让任何人进去侍候。他时刻念叨游侠骑士精英和榜样阿马迪斯的美德，生怕受不住诱惑，动了欲念，做出对不起温柔内雅小姐的事来。他一进屋就把门关上，然后借着两道烛光脱衣服。他把鞋往下一扒，哎哟喂！真丢人哪！出啥事了？不是他弄出什么不体面的动静，也不是他在卫生方面有什么问题。那是啥？嘿！袜子上有二十根线开了，成了一溜窗格子！急得咱们这位乡绅不知如何是好。要能马上搞到一小股绿丝线，他出一两银子都不在乎。干吗非要绿丝线呢？因为他那双袜子是绿的。

作者写到这儿，不免感叹道：

"贫穷啊贫穷！我不明白那位科尔多瓦的大诗人凭什么要把你说成：

　　神圣礼品，无人喜欢！

我虽说是个摩尔人，但在和基督徒的交往中，我明白了仁爱、谦卑、信仰、顺从和清贫都是圣德。这些圣德中，我觉得最难做到的就是安于贫穷。这世上有两种贫穷。一种是像某个大圣人讲的'什么都有，又好像什么都没有'，这叫做精神贫穷。另一种就是我现在要说的。为什么这种贫穷不找别人，偏偏要跟出身清白的乡绅过不去？为什么非让人家往鞋上涂蜡不可？为什么叫他们的衣服上缀的扣子五花八门，绿的、鬃毛的、玻璃的，什么都有？为什么把他们的衣服领弄得皱皱巴巴，而不是浆得挺括？"原来衣领上浆，以求挺括，古已有之。

作者接着写道："这些乡绅真是死要面子活受罪！他们躲在屋里，吃的是清汤寡水，却跑到大街上装模作样拿牙签一个劲儿剔牙！他们实在太可怜了！总怕丢人现眼，老是以为人家在几里地外就能看出他们鞋上的补丁、帽子上的汗渍、衣服的破旧、肚子里空空！"

堂吉诃德看见袜子上有窟窿时，心理状态就是这样。幸好他发现桑丘给他丢下了一双出门用的靴子，这才稍稍安心，准备明天穿上。但他仍旧心乱如麻，躺

在床上思来想去，一是因为桑丘不在，二是那双倒霉的袜子搞得他狼狈不堪。要是能缝上几针就好喽，哪怕是别的颜色的线也行！不过这会给他长期的困顿生活打上深深的贫穷的烙印哪！他吹灭蜡烛，但天热睡不着觉，又从床上爬起，把铁栅窗户略微打开一点儿，忽然听见窗外那个漂亮花园里有人走动，还说着话，就静下心来仔细听。这时，说话的人提高嗓门，他听得清清楚楚：

"埃梅伦西亚，你别再逼我唱了好不好？你知道，自打这个外地人进了咱们城堡，我瞧了他一眼后，就再不会唱歌，只会哭了。再说，太太睡觉很容易惊醒，我可不愿意叫她发现我跑到了这里，就是把全世界的财宝都给我，我也不愿意。另外，要是那个人睡着了醒不来，我唱了他也听不见呀，对，我说的就是那个埃涅阿斯第二，他呀，跑到咱们这儿来就是专门取笑我的。"

另一个人说："我的阿尔蒂西多拉，你就别操这么多心了。太太肯定睡着了，这府上的人全睡着了。只有你那个心上人还醒着呢。刚才我听见他在开窗户，肯定没睡。唱吧，小可怜，弹起你的竖琴，轻声低唱吧。要是吵醒了太太，咱们就说是天太热，睡不着。"

阿尔蒂西多拉说："哎呀，埃梅伦西亚，我不是怕这个！我是不想让人家听出我的心事。有的人不明白爱情的巨大力量，没准儿还以为我是个轻浮任性的女孩呢。嘿，管他呢，丢人现眼怕啥？总比心里难受强！"

随后，响起了轻柔悦耳的竖琴声。堂吉诃德听得如痴如醉，觉得脑子里全是他在那些无聊骑士小说中读到的情景，什么窗前月下、栏外花间呀，什么悠悠琴声、谈情说爱呀，什么晕倒怀中呀，等等。他想，准是公爵夫人的哪个丫鬟爱上了他，不好意思向他表白。他不停地告诫自己，诚心诚意祈求心上人温柔内雅保佑，生怕一时不能自持，动了凡心，一面又打定主意要听听她到底唱些啥。为了让那两个姑娘知道他在听，还故意打了个喷嚏。她们一听，正中下怀，心里说不出的高兴。阿尔蒂西多拉调好琴弦，唱道：

> 铺盖雪白柔软，
> 躺在上面痛快。
> 两腿一伸呼呼睡，
> 天亮才把眼睁开。

曼卡骑士千万，
你最坚强勇敢。
阿拉伯金子最纯，
也比不上你半点。

姑娘我出身不错，
可怜福分浅薄。
你眼睛火热如太阳，
烤煳了我的心窝。

你四处冒险多痛快，
哪管别人替你担忧。
伤了人家全不顾，
只想留名千秋。

勇敢少年听我说：
你是利比亚的沙丘，
还是哈卡山的石头？
愿上帝多给你点温柔。

你像林中的乱草，
你像山上的顽石。
是喝了毒蛇的奶，
还是奶妈的过失？

温柔内雅真棒！
健康又粗壮。
征服老虎似寻常，
她如何不得意扬扬？

从东到西，
从北到南，
人人争说小姐美，
温柔内雅天下传。

她要和我换换多好！
只要叫我称心如意，
我宁愿送她一份大礼，
哪怕是镶金边的美衣。

我真想扑倒在你的怀里，
要不就坐在床头陪你，
抚摸你的脑袋瓜儿，
给你清除头皮。

我心比天高，
命如纸薄。
这般体面的事哪轮得上我，
还是让我给你搓搓脚。

我送你的礼物一大包：
有拖鞋有绸裤，
有披风有发套，
样样精品样样好。

还有珍珠一大串，
颗颗大得像鱼眼。
天上没有地上不见，
人人都说稀罕。

曼卡的尼禄①，

你好狠毒！

放火烧我的是你，

现在却登高看我的热闹！

我十五岁不到，

真真的一个娇娃嫩苗。

我敢指天发誓：

绝没瞎说八道！

我不瘸不拐，

胳膊腿儿全在，

头发长得像百合，

拖在地上乱摆。

鼻子又扁又塌，

下面长着鹰嘴巴，

口含两排黄牙：

盖世美人甲天下。

你听我的歌喉，

是不是又甜又柔？

论个头我也不赖，

中等偏低不发愁。

我这个大美人，

---

① 尼禄：古罗马暴君，派人烧罗马城，自己登高抚琴，欣赏火光。

已拜在你的脚下。

我就是这家的使女，

人家叫我阿尔蒂西多拉。

痴情姑娘小曲唱完，人见人爱的堂吉诃德开始感叹。他长长吁了一口气，自言自语道：

"我这个游侠真不走运！凡是看见我的女孩，都非要爱我不可！绝代佳人温柔内雅也实在没有福分！为什么不让她独占我这颗坚定不移的心？王后们，你们想把她怎样？女皇们，你们干吗总找她的麻烦？十四五岁的小姑娘，你怎么也要和她为难？放了她吧！别再给这可怜人儿添乱！让她成功吧！得意吧！快活吧！我的爱给谁，老天早有安排。只有她才能征服我的心，得到我的爱。你们这帮痴情女子好好听着！我只在温柔内雅面前才柔顺得像面团，对别的女人我就是块石头。我对她甜蜜蜜，对你们冷冰冰。在我眼里，温柔内雅最美丽、最聪明、最高雅、最圣洁，其余的全是贱女人、丑八怪！我生下来就是她的人，别的女人就别再异想天开！阿尔蒂西多拉，你哭吧唱吧！那位害我挨揍的小姐，跺脚捶胸吧！来吧！让天下的魔法师都来和我作对吧！油煎也好，火烧也罢，我永远对温柔内雅忠心耿耿，绝不会移情别恋。我永远是她的人！"

他说完这句，就"呼"的一声关上窗户，心里说不出的难受和不痛快，一头倒在床上，好像碰上了件天大的倒霉事。他如何睡觉暂且不提，咱们再转回头表一表伟大的桑丘。他走马上任当了总督，想来个新官上任三把火，风光风光，正盼着咱们去看他哩。

第四十五章　荡妇恶人先告状
　　　　　　　总督妙算巧断案

　　啊！你是世上的火炬、老天的眼睛，地球无处不在你的目光之下，你射出的彩虹轻轻地摇荡。有人称你丁布里奥，有人叫你福玻斯。你是射手，你是大夫，你是诗歌之母，你是音乐之父。你永远普照四方，从不下落，有时感到你下落，那也是表面现象。啊！我说的是你，太阳！多亏了你，人类才生生不已！啊！太阳，求你帮帮我的忙，把我这无知的脑袋变得聪明，能将桑丘·潘沙大人的政绩，讲得清清楚楚、详详细细。要是你不管我，我就会没精打采，有气无力，头脑发蒙。

　　话说桑丘率领众随从来到一个有千把人的小城。这小城可是公爵名下最好的一块领地。人家告诉他，那地方叫便宜岛。可能人家就是这么叫，也可能是挖苦他捡了个便宜，故意这么说。小城四周有墙，桑丘一行到了城门口，城里大小官员都迎了出来，顿时钟声四起，百姓无不欢呼雀跃。官民们前呼后拥，把桑丘迎入大教堂，先向上帝谢恩，然后，举行了个滑稽可笑的仪式，将城门的钥匙献给他，表示尊他为便宜岛终生总督。

　　新总督穿的衣服、脸上的胡子和又矮又胖的身材，别说外人，就是知道底细的人看了，都觉得惊奇。最后，人们把桑丘引到总督衙门，请他在官位上落座。公爵的管家对他说：

　　"总督老爷，这个远近闻名的岛子，自古以来有个规矩，凡是头回来这儿当总督的人，都得回答百姓的一个问题，自然都是很难、很复杂的问题。岛上的人听了他的回答，就知道他是才高八斗还是无能之辈，给大家带来的是喜还是忧。"

管家介绍便宜岛上的老规矩时，桑丘一直在瞧对面墙上的字。字挺多，写得也很大。桑丘不识字，就问墙上都画的是什么玩意儿。有人回答说：

"大人，墙上写的是您老人家来本岛就任总督的年月日。我给您念念：'某年某月某日，堂桑丘·潘沙大人就任本岛总督之职，祝他官运长久。'"

桑丘问："这堂桑丘·潘沙是谁呀？"

总管答道："就是大人您呀！除了大堂上坐的，没有别的潘沙来过咱们岛了。"

桑丘说："那好，伙计，你听我说。我不叫什么堂不堂的，我家祖祖辈辈都不叫这玩意儿。我就叫桑丘·潘沙，我爹叫桑丘，我爷叫桑丘，都是潘沙，没那个什么堂不堂的。我看哪，这岛上的堂比石头子儿还多！不过，这些家伙也蹦跶不了几天了。老天爷知道我这话是啥意思。我一定要把这些堂一扫而光，哪怕我只干四天的总督！这些堂成群结队的，肯定比蚊子还讨厌！管家先生，提你的问题吧，凡是我知道的，有问必答，岛民们听了是笑是哭，那我就管不着了。"

他们正说着呢，大堂上走进来两个人，一个农民打扮，另一个手里拿把剪子，看样子是位裁缝。

裁缝先开了口：

"大人，我和这个老乡上堂来，是这么回事。这位老哥昨儿个到我店里去——对了，各位原谅，在下是个裁缝，托上帝的福，有职业合格证——拿出来一块布，问我：'先生，这块布够给我做顶帽子吧？'我估摸了一下，说没问题。他大概以为我会赚他的布。我当时这么想。我还真猜对了，他这人心眼还真多，总把我们做裁缝的往坏处想。我说够做一顶帽子，他又问做两顶行不行。我知道他葫芦里卖的是什么药，就随口回答说行。他见我如此回答，成见更深，便不停加码。我呢，不变应万变，总是那句话：没问题，行。最后要做的帽子从一顶变成了五顶。今天他来取活儿，我如数交给了他。可他不但一个工钱不给，还要我赔他布料！"

桑丘问农民："他讲的是这么回事吗，老哥？"

农民说："大人，他讲得没错。这样吧，请大人叫他把那五顶帽子拿出来，给大伙儿看看。"

裁缝说："这有啥？"

说完就把手从斗篷底下伸出来。大家定睛一看：五个指头上各套了一顶小帽儿。

裁缝说："这就是他叫我做的五顶帽子。上有天，下有地，咱们做事凭的是良心，这块布全做了帽子，没一点儿余头。要不，就叫行业检验所来检一检，验一验。"

大家听了这稀奇的案子，看了这五顶小帽，都禁不住放声大笑。桑丘低头略加思索，说：

"这案子好判，用不着再折腾。有头脑的马上就可定案。好，现在听我宣判：裁缝不许跟人家要工钱，老乡不能叫人家赔布料，五顶帽子一律送给犯人。完了。"

大家笑归笑，总督的判决到底还是照办了。这个案子判完，紧接着又进来两个老汉，其中一个拄着根竹竿。手里没拿拐棍的先说话。他说：

"大人，前些日子，我借给这位老兄十个埃斯库多，纯金的，说好我啥时候要他就啥时候还。他借钱的时候，手头儿紧张得要命，我知道叫他马上还也不可能，就拖了下去。过了好久，我见他根本没有还的意思，就上门去要。去了好几回，他不但一个子儿不给，还反咬一口，说我压根儿就没借给他什么钱，即便有这么回事，他肯定也早还了。他借钱的时候没有证人，还钱的时候……嘿！他压根儿就没还！我只求大人叫他发个誓。他要是发誓说钱真的还了，这笔钱我就永远不要了。"

桑丘问拄竹竿的老汉："这位老先生，你有什么话要说？"

拄竹竿的老汉说："大人，我承认向他借过钱。请大人垂下权杖。他不是说只要我发誓就行吗？那我现在就发誓，我向他借的钱的的确确全都还清了。"

总督垂下权杖的时候，这老汉把手中的竹竿交给告他的老汉，让他代拿，好像他发誓的时候，手拄竹竿有点儿别扭。然后，才把手放在权杖的十字架上，开始发誓，说他的确向那个老汉借过十个埃斯库多，这一点儿不假，对方再三催要也是事实，可他后来全还清了，而且是亲手交给对方的。谁知还钱后那老汉还来讨债，肯定是他把还钱的事给忘了。

大总督听完拄竹竿老汉的誓言，便问债主有何话讲。那老汉说，对方讲的想必是实，他本来就认为人家是个好人，好基督徒，肯定是他自己记性差，想不起

人家是什么时候还、怎么还的，表示他今后不再向对方讨债了。被告从原告手中要回竹竿，低着头退出了大堂。桑丘见他走得这么急，原告又这么好说话，就低下头，将右手食指摁在眉间，想了一会儿，随即抬起头，吩咐左右将已出大堂的那个老汉追回来。等那老汉重新回到大堂，桑丘对他说：

"老兄，把你手里的拐棍给我用一用。"

老汉说："大人请便。"

桑丘接过竹竿，就递给原告，说：

"上帝保佑你，那笔钱还你了。"

原告说："大人，我……这根竹竿能抵得上十个金埃斯库多？"

桑丘说："那还用说！要是抵不上，我就是天下头号大傻蛋。都瞧着，我这两下子管整个儿一个国都好使呢！"

说罢，他吩咐左右当众劈开被告的竹竿。竹竿一劈两半，里面放着整整十个金埃斯库多。众人看了，无不惊奇，都认为他们的总督大人真称得上所罗门①第二。有人问桑丘，他怎么知道竹竿里藏了那十个金埃斯库多。他说，他见被告发誓前把竹竿交给原告，发誓一完又赶紧要了回去，心想，那笔钱没准儿就在竹竿里。从这件事可以看出，当官就算是一群蠢货，上帝也会教他们审案。其实，像这类事情，他早在家时就听本村神甫讲过，至今还记得清清楚楚呢。他要不是想记住什么偏记不住什么的话，这岛上还真找不出第二个比他记性好的人。那两个老头，一个收回了自个儿的钱，一个丢人现眼，满面羞惭，都退下公堂。众人对桑丘佩服得五体投地，描述桑丘言行举止的作者却感到左右为难，吃不准是把他写成傻蛋呢，还是描绘成机灵鬼好。

这场官司刚了结，堂上又跑进来一个女人，手里紧紧抓住一个男子，那男子牲口贩子打扮，看样子，家里挺有钱。这女人进来就大叫大嚷：

"天哪！我活不了啦！总督大人，您要给我做主啊！要是在这人世上讨不回公道，我就到天上去讨！我的青天大老爷呀！这个坏蛋在野地里把我抓住，像对待一块脏布破布，他随随便便就把我给糟蹋了！天哪！我怎么这么倒霉啊！我守

---

① 所罗门：古代以色列国王，善断疑案。

身如玉，守了整整二十三年啦！不管是摩尔人，还是基督徒，也不管是本地人，还是外乡人，都没有碰过我。现在好，一转眼的工夫，就叫他把我毁了！我的心比软木树还硬，我护着个自儿的身子，不叫它受一点儿委屈，就像掉进火里的蝎虎子，跑过乱树棵子里的青蛙，拼命挣扎，却便宜了这个家伙，竟叫他白白地享用了！"

桑丘说："这个风流鬼是不是白白享用了你，还得调查一下。"

说完，转过头问那男子对人家的控告有什么话说。那家伙显得挺慌张，答道：

"各位先生，我是个卖猪的，没什么运气。今儿早上我卖完猪就出了城，对了，我卖了四头猪。哎呀！我怎么能提这种玩意儿的名呢！真是对不起。我上了税，又叫人连骗带扣，结果，差点儿连本钱都赔进去。后来，我就回村了，走到路上就碰见了这位大嫂，也不知道是什么鬼搞的，我们俩竟跑到一块儿睡了觉。我给了她好多钱，她还嫌少，抓住我就不放，一直把我拉到这个大堂。她说我强奸了她，完全是瞎说，我敢发誓，现在就发誓。我讲的全是实话，没掺半点儿假。"

总督问他身上带着银币没有，他说有二十个杜卡多，都装在一个皮包里。总督让他把皮包连钱都交给那女人。男子哆哆嗦嗦地把钱包给了女人。女人接过钱，冲大伙儿鞠了一千个躬，称赞总督大人是孤儿弱女的大救星，求上帝让他永远健康，万寿无疆。她打开皮包看清里面确实是银币，就紧紧握住皮包走出大堂。猪贩子的一颗心和两只眼睛一直盯着他的钱包，尾随着那个女人，泪水也涌了出来。桑丘等那女人一出门，就对猪贩子说：

"老弟，快跑！把钱包抢回来！把那个女的也给我追回来！"

猪贩子不聋不傻，听了这话，飞也似的冲了出去。在场的各位屏着呼吸，专等着看这场热闹。不一会儿，就见那双男女扭成一团，回到大堂，比头回来扭得还紧。女的提着裙子，揣着钱包，男的拼命要夺下钱包，女的死活不放。只听她大呼大叫：

"救命呀，老天爷！总督大人，您看看，这浑蛋玩意儿有多大胆儿，有多没脸，您判给我的钱，他在大街上就敢抢！"

总督问："他抢去了吗？"

女人答道："让他抢去？除非要了我的命！我可不是三岁的娃娃，没那么听话！对付老娘，机灵鬼都不行，就别提这个倒霉鬼、恶心人的玩意儿了！别说是钳子、榔头、凿子、铁锤，就是老虎、狮子也甭想撬开我的指甲缝儿，除非把我劈成两半，挖出我的心！"

贩猪的说："她还真是这样。我实在弄不过她，抢不回钱包啦。算了，我不要了。"

总督对女人说：

"是个良家妇女，还很勇敢，不错。把那钱包递给我看看。"

总督一拿到手，就把钱包还给了猪贩子，然后对那个力大难驯的女人说：

"我说大妹子，你能有那么大的劲儿争那个钱包，就没那么大的劲儿护住自个儿的身子？你把那争钱包的力气拿出一半，大力士赫丘利也未必能占你的便宜。滚吧，你这该死的臭娘儿们！不许你再上这个岛，方圆六十里以内不要再叫我看见你。否则，就叫人抽你两百皮鞭。快滚！你这个女骗子，不要脸的贼婆娘！"

女人吓得要命，低着脑袋走了，心里那个不痛快，就不用说了。总督又对那男子说：

"老弟，快把钱拿上回家吧，让上帝保佑你。要想不破财，以后就少惦着跟人家睡觉。"

猪贩子嘴笨，好歹向总督道了谢，也转身走了。在场众人见这位新来的总督明察秋毫、判决公正，都称赞不已。给桑丘作传的史家把上述各案照录不误，接着还写信给公爵大人，他老人家太想知道这些事了。

桑丘这儿咱们先放一放。他的东家堂吉诃德叫阿尔蒂西多拉唱得神魂颠倒、心猿意马，咱们赶紧去看看吧。

第四十六章 | 游侠安慰痴情女
　　　　　　骑士大战铃铛猫

　　多情少女阿尔蒂西多拉一席弹唱搅得大英雄堂吉诃德心乱如麻，思绪万千。他躺在床上，左思右想，难以成眠，心里乱得好像有几百只跳蚤在他身上乱跑乱咬，有时又想起脱线掉针的那双袜子，更是烦躁不堪。但光阴似箭，所向无阻，转眼已是天明。堂吉诃德从不偷懒，一见天亮，就丢下羽绒被褥，穿上麂皮衣，套上出门穿的靴子，遮住掉线的袜子，披上深红大衣，戴上银边绿绒小帽。然后，他将系着一把上等宝剑的肩带斜挎在身上，拿起随身带的一串念珠，大摇大摆、装模作样的，径自去了前厅。公爵夫妇早穿戴整齐，待在那里，好像在等他。他走进回廊的时候，看见阿尔蒂西多拉在一边等他，同她在一起的还有一个姑娘。阿尔蒂西多拉一见堂吉诃德，就故意昏了过去，那姑娘赶紧把她抱在怀里，立刻解开她的上衣。堂吉诃德见此情景，走过去对她说：

　　"我知道她得的是啥病。"

　　那姑娘说："我可不知道。阿尔蒂西多拉在我们府上身体最好，自我认识她起，就没听她哼哼过。世上的游侠骑士没一个好玩意儿！都是没良心的东西！叫他们不得好死！堂吉诃德先生，您躲开这儿行不行？您老待在这儿，她就甭想醒过来！"

　　堂吉诃德说："小姐，请您费心叫个人在我房里放上一把吉他，我要想方设法安慰安慰这个伤心的姑娘。相思病刚开头，给她开导开导，就啥事也没有了。"

　　说完就走了，他不愿引起别人的注意。他刚走开，阿尔蒂西多拉就醒了过来，对女友说：

"吉他要给他送去。他肯定要给咱们弹几曲，他弹的曲儿，肯定不难听。"

两个姑娘马上将这事向公爵夫人作了汇报，说堂吉诃德要一把吉他。夫人听了大喜，忙和公爵及使女们合计，准备再跟堂吉诃德开一次玩笑，只逗乐不伤人。他们欢天喜地，只等夜幕降临。公爵夫妇和堂吉诃德整个白天都在聊，聊得有滋有味，不知不觉，已夜色四合。那天，公爵夫人叫来一名小厮，此人曾在树林中装扮中了魔的温柔内雅。她命他把桑丘的亲笔信和一包衣服给桑丘的老婆特雷莎送去，叫他把在桑丘家里看到的听到的都记在脑子里，回来向她汇报。

小厮送信按下不表。再转回头讲堂吉诃德。夜里十一点的时候，堂吉诃德发现房内果然摆了一把吉他。他拨了拨琴弦，推开窗子，听见花园里有人走动。他又拨动琴弦，调好了调子，吐了两口唾沫，清了清嗓子，就放声唱了起来。他声音嘶哑，调子还对。他唱的是他当天自己编的一支小曲儿：

> 爱情有啥力量，
> 搞得你要死要活？
> 还不是你游手好闲，
> 无事可做？

> 要是你忙忙碌碌，
> 绣花又做衣服，
> 这爱情之毒，
> 也可清除。

> 大姑娘不出门，
> 心里可总惦记拜堂。
> 只要自个儿规矩人说好，
> 还怕找不到个如意郎？

> 御前侍从守宫中，
> 游侠骑士天下走，

娶的都是正经人，
玩的全是女风流。

一日鸳鸯，
露水夫妻，
都是逢场作戏，
完事各奔东西。

来得快走得急，
不过一夜风流。
什么模样、什么长相，
心里一点儿没留。

涂抹过度，
难见真容。
第一个美人印心上，
再遇佳丽实难从。

温柔内雅住托博索村，
我心中有她没别人。
要叫我忘掉她，
告诉你吧：没门儿！

两情相爱乐无穷，
始终如一最难成。
若是白头如新婚，
凡人也能变成神。

公爵、夫人、阿尔蒂西多拉，几乎府上所有的人，都聚精会神地听着堂吉诃德弹唱，突然，从窗户上面垂下来一根绳子，上面拴了一百多个铃铛。紧接着又掉下了一个大口袋，从里面跑出来一大堆猫，尾巴上都系着小铃铛。猫儿叫，铃铛响，顿时一阵大乱。这本是公爵夫妇搞的鬼，可连他们自己听了都受不了，何况蒙在鼓里的堂吉诃德。这老兄一听乱响乱叫，吓得毛骨悚然，摸不着头脑。好像这还乱得不够，竟有几只猫跑进了他的房间。这几个小东西好像着了魔似的，没头没脑，东窜西逃，总想找个地方跑出去，把屋里的蜡烛全撞灭了。猫们在房里乱跑瞎折腾，那窗外吊着的一长串大铃铛也没闲着，不停地晃过来晃过去。府上一多半人不知道这场闹剧的底细，都惊恐万状，站在那儿发呆。堂吉诃德跳将起来，举剑就向窗栅处乱砍，一边大叫道：

"滚出去！你们这帮无恶不作的魔法师！浑蛋！想在这儿兴风作浪，对我下毒手！休想！赶紧收起你们这套鬼把戏！曼卡堂吉诃德在此！"

说罢，他就跟在那几只猫屁股后面，大喊大叫，大杀大砍。猫儿们见状，纷纷跳窗而逃，唯有一只尚在屋内。这只未能逃出的猫被堂吉诃德赶得走投无路，摆出拼命的架势，往他脸上就扑，抓住鼻子便咬。堂吉诃德疼得大叫。公爵两口子知道是怎么回事，急忙跑到他的卧室，用万能钥匙打开门。只见这可怜的骑士正拼着老命，要把猫从脸上拉下来。他们拿着灯走了进去，亲眼看了这场大小悬殊的人猫之战。公爵上前帮忙，堂吉诃德却死活不让，还叫嚷道：

"谁也别管！叫我单独和它交手。我要叫这个魔鬼、这个巫师、这个魔法师知道知道曼卡堂吉诃德的厉害！"

猫可不听他那套，还是死咬着他不放，一边呜呜乱叫。后来，还是公爵把猫拉下来，扔出了窗外。堂吉诃德的脸叫猫抓得一塌糊涂，鼻子也咬得不堪入目。都这样了，他还一个劲儿地埋怨人家没让他跟那个混账魔法师血战到底哩。公爵吩咐人取来治伤的药膏。阿尔蒂西多拉伸出她那双白嫩的小手，给他上药，包扎伤口，一边低声细语对他说：

"活该你遇上这些倒霉的事儿！谁叫你这个骑士心这般硬，这么狠，脑袋瓜儿这么死。但愿上帝叫你的侍从桑丘想不起抽自个儿鞭子，让你爱得要死的那个什么温柔内雅永远去不掉身上的魔道！你这辈子也甭想和她拜堂进洞房！哼！只要我还有口气，你就别想得到她！谁让我这么喜欢你呀！"

堂吉诃德听了，一句话没说，只长叹了一口气，便倒在了床上。他感谢公爵夫妇好意相帮，救了他的急，不过，他说，他并不怕那些装猫扮铃铛的混账玩意儿。公爵夫妇要他好好休息，便双双告辞而去。原想逗逗乐，没想到闹出这么大的乱子，叫堂吉诃德吃尽苦头，在床上整整躺了五天，他们真是后悔莫及，懊恼不已。不过，这五天里，他又碰上了件奇遇，比上面讲的那事更有意思。可为他立传的史家不想马上讲，他还惦记着桑丘哩，听说他在任上干得挺欢，过得特别有趣儿。

医生不让总督吃饭
农民只想桑丘掏钱

　　话说桑丘判案已毕，宣布退堂，手下将他送到一座富丽堂皇的府邸。大厅里早已摆下一桌丰盛无比、洁净异常的饭菜。桑丘一过去，就听笛声四起，四个小童忙赶上来，给他倒水洗手。桑丘沉着脸，让他们服侍。笛乐奏罢，桑丘在首席落座。其实饭桌前就那么一把椅子，桌上就那么一套餐具。他身边立着一个人，手中拿了一根鲸鱼骨，后来才知道是位大夫。伺候的人拿掉盖在盘子上的细白布，一时间，各类水果、各种菜肴全展现在他的眼前。一个学生模样的人上前为他祝福。接着，又来一小童给他戴上花边围嘴。专管伺候用餐的仆人把一盘水果送到他面前。桑丘刚吃了一口，就见身边立着的那位，用手中的鲸鱼骨敲了一下盘子，这道水果就撤下去了，又端上了一道菜。这回，没等桑丘伸手呢，那鲸鱼骨就敲上了，得，菜又撤下去了。桑丘一看，问左右伺候的人，这是吃饭呢还是变戏法。拿鲸鱼骨头棍儿的那位说了：

　　"大人，在岛上当总督，吃饭都有个规矩。我是大夫，在岛上领薪水，专门为总督效劳。我自个儿生不生病不是主要的，只要您身体健康就行。我白天黑夜地琢磨大人的体质，万一您生了病、不舒服，我就知道咋给您开药了。我最主要的工作，就是伺候您早晚吃饭，合适的让您吃，不合适的、对肠胃有害的，就叫下人撤了。刚才送上来的水果水分太大，接着的那道菜又太烫，作料也太多，吃了口渴，所以，我让人把它们撤了。您不知道，水喝多了，冲淡体液，伤本损命。"

　　"听你这么讲，那道烤石鸡肯定对我没害，我看还做得不错嘛。"

　　大夫一听，忙说：

"大人，您绝不能吃！只要我还活着，您就绝不能吃！"

"为啥？"

大夫说："我们医界泰斗希波克拉底有句名言：贪食伤身，石鸡尤甚。意思是，什么东西吃多了都不好，特别是石鸡。"

桑丘说："那就请大夫先生说说，这桌子上哪道菜有好处又不伤身，赶紧叫我吃上几口。看在总督的性命上（但愿上帝能保住它），你就别再敲那根骨头棒子啦！我快要饿死了！不管怎么说，这老不叫吃饭，能让人长寿吗？非要我的命不可！"

大夫说："大人说的也是。照我看，那盘炖兔子您无论如何都不能吃，要是吃下去，那麻烦就大了。这盘小牛肉倒可以尝尝，可惜是烤的，又加了卤，吃了也够戗。"

"最前面那个大盘子里热气腾腾的，准是大烩菜，里面肯定啥都有，少不了又好吃又补人的玩意儿！"

大夫听了，忙说：

"万万不可！您怎么能有这种想法呀！大烩菜最伤身了。总督能吃这玩意儿吗？这是教长、校长，还有乡下人娶媳妇摆席吃的。总督的餐桌上只能摆精细干净的食品。为啥？这不明摆着吗？比方吃药吧。您说单方药保险还是复方药保险？当然是单方的保险啦。单方药不会配错，这复方药就保不准了，这味多了那味少，配到一块儿很容易出问题。大人要身强体健，我自有办法。您现在就吃上一百张小薄脆饼，再来几片榲桲果，这玩意儿养胃健脾，帮助消化。"

桑丘听了，往椅背上一靠，盯着大夫的眼睛，没好气地问他姓甚名谁，在哪儿学的医。大夫答道：

"大人，在下名叫佩德罗·严厉·德·兆头，家住滚蛋村，就在鬼脸镇去阿莫多瓦的路上，靠右边，是奥苏纳大学毕业的医学博士。"

桑丘听了，气往上撞，喝道：

"家住鬼脸镇去阿莫多瓦路上靠右首、生在滚蛋村、在奥苏纳大学毕业，叫什么佩德罗·严厉·德·兆头的大夫，好好听着：快从我这儿滚蛋！不然，我会指着头上的太阳发誓，用棒子把你和岛上所有的大夫都打出去，起码也得把像你一样的冒牌货轰出岛去。对懂医术、明事理的大夫，我会把他们捧上天，当神供起来。听着，佩德罗·严厉，快滚蛋！要是不滚，我就用坐着的这把椅子把你的脑袋砸烂。我不怕谁来找我算账。我做的是好事，是义举，我杀的是害人的恶大夫，是替天行道，是伸张正义。快给我端饭！不给饭吃，这个总督的官儿我就不干了！饭都没得吃，这官儿还有啥干头？"

大夫见总督勃然大怒，心里发慌，正要滚蛋，就听见街上响起了驿车的号声。侍候上菜的小童探头往窗外看了看，转回头说：

"给公爵大人送信的来了。准是有什么要紧的事。"

果然跑进来一个信差，满头大汗，慌里慌张的。信差从怀里取出信，呈给总督。桑丘接过来交给管家，命他念念信封。信封上写道："便宜岛总督堂桑丘·潘沙亲启，或由秘书代启。"桑丘听到这里，问：

"谁是我的秘书？"

有一人答道：

"大人，在下便是。我能读会写，是比斯开人。"

桑丘说："就凭你末了这句话，当大皇帝的秘书都够资格①。拆开看看，都说了些啥。"

这位刚出炉的秘书拆开信看了一遍，然后对总督说，这信上的事得单独向他汇报。桑丘只留下管家和上菜的小童，其余仆役，包括大夫，都被请了出去。秘书读信：

> 堂桑丘·潘沙先生，据报，本人和岛民的仇人准备大举进犯海岛，至于哪晚，不得而知。望你日夜戒备，不可大意。另据可靠密报，有四名奸细已化装潜入岛内，准备对你实施暗杀，无非是嫉贤妒能使然。小心找你说话之人，不吃别人送的食物。切记，切记。如局势危急，我必前往相救。凭你的才智，当无大碍。

> 你的朋友公爵
> 八月十六日晨四时

---

① 比斯开人以忠心著称，常为皇室秘书。

桑丘听完，大吃一惊。在场众人也无不惊慌。他转过头对管家说：

"眼下头一件要办的事，就是把严厉大夫关进大牢。要说有人害我，头一个就是他。他害我的招儿绝，想慢慢整治我，叫我饿死。"

上菜小童说："这桌上的菜您都别吃了，全是修女送来的。俗话说，魔鬼就躲在十字架后面。"

桑丘说："这话没错。这样吧，先给我弄块面包，再来四磅葡萄，这些吃的不会有毒吧？说实在的，老不吃东西，人能活吗？这不，说不定什么时候还要对付人家的进攻，不吃饱吃好能行吗！俗话说，填饱肚子才有精神，强打精神填不饱肚子。秘书，赶紧给公爵大人回信，说我完全遵命，他怎么说我就怎么干，一点儿不含糊。代我给夫人请安，请她千万派个人把我的家信和那包衣服给我老婆特雷莎捎去，说太麻烦她了，实在不好意思，往后一定要好好报答。再问候我的东家堂吉诃德·德拉·曼卡，跟他说，我没白吃他的饭。你是个好秘书，又是个好比斯开人，哪儿该添点儿加点儿，你就看着办吧。赶紧把桌上的东西撤了，给我搞点儿吃的。不管有多少奸细、刺客、魔法师，老子都不怕！"

有个小厮进来禀报：

"有个农民求见大人，说有要紧事。"

桑丘说："现在是啥时候？怎么这么没脑子？我们当官的不是人？不吃饭？不休息？找我也得拣个合适的时候，是不是？我们是石头做的，是钢筋铁骨？这总督的官儿我看是干不长喽。要干，咱就得立下个规矩。得，就叫他进来吧。可给我瞅准了，别把奸细和刺客给放进来。"

小厮说："大人，不会。看样子是个没心没肺的人。没错，是个老实家伙。"

管家说："有我们在，怕啥？"

桑丘说："我说上菜的，这会儿严厉大夫不在，赶紧给我弄点儿实在的玩意儿吃，一块面包、一个葱头也行！"

上菜的说："今儿晚上，我叫您吃个够，连中午的都给您补上。"

桑丘说："但愿如此。"

就在这个时候，那个农民走了进来，样子挺和气的，几百里外就看得出是个大好人。只听他问：

"哪位是总督大人呀？"

秘书说："你说是哪位？除了上面坐的，还能是谁！"

农民说："那我就给您行礼了。"

他说着跪下，就要亲总督的手。桑丘不让，叫他起来，问他有什么要说。农民听了总督吩咐，站起身说：

"大人，我是个种地的，家就在米盖尔图拉村，离雷阿尔城不过二十来里地。"

桑丘说："又是个滚蛋村的！得，老弟，说吧。告诉你吧，你那个米盖尔图拉村，我熟极了，离我们村没多远。"

农民接着说："大人，是这么回事。多亏上帝慈悲，神圣罗马天主教会批准，我顺顺当当成了亲，生了两个儿子，小的读学士，大的读硕士。我现在是光棍一条，老婆死了，叫个混账大夫害死了。我老婆怀着孩子哩，他愣要她吃泻药。要是老天有眼，能把孩子生下来，又是个小子，我非叫他读博士不可，免得埋怨我偏心眼，光向着他那俩哥哥。"

桑丘说："你的意思是不是，如果你老婆没死，或者说没叫人家害死，你现在就不会是光棍了？"

农民说："没错，大人，这不是明摆着的吗？"

桑丘说："好极了！老弟，说吧，现在是说事的时候吗？该睡午觉了！"

农民说："我是说，我那个读学士的小子看上了本村一个姑娘。姑娘叫克拉拉·珍珠，她爹是个大财主，叫安德烈斯·珍珠。其实他们原本不姓珍珠，而叫麻痹。为啥哩？他们那一族都有小儿麻痹的病。为了好听点儿，麻痹就改成了珍珠。说良心话，那姑娘还真美得像颗珍珠。看右半个脸，简直就是一朵鲜花，往左边看，就差点儿了：少了一只眼，害天花给害没了。一脸的麻子又多又大，可喜欢她的人说，那不是麻子，是坟坑，埋的全是相好们的魂儿。她可讲卫生了，怕鼻涕弄脏了脸蛋，干脆把鼻头往上翻，就像人说的，成了个翘鼻头，那架势，好像在躲着那张嘴。不管咋说，人长得就是美，您瞧那张大嘴就明白了。要不是少了十一二个板牙和槽牙，那张嘴可算得上百里挑一，人见人爱哩。那两片嘴呀，怎么说哩？就别提有多薄了！要是把线往上边绕，准能绕一大团。说到嘴唇的颜色，也与众不同，有点儿蓝，还有点儿绿，又像紫茄子色儿，简直好看极了。这姑娘反正早晚是我的儿媳妇，我实在太喜欢她了，所以啰里啰唆，讲得细了点儿。大人可别见怪。"

桑丘说："讲细点儿怕啥？正好解闷。要是我吃了饭，你这一通形容真顶得上一道上好的饭后点心哩。"

农民说："我还真打算伺候您呢！可这会儿不行，反正还有的是时候。大人，我说，要是把她那诱人的身条儿全给您形容出来，那非把人听傻了不可！她老是弓背弯腰，嘴巴总和膝盖套近乎。明白人一看就知道，只要她能把腰挺直了，脑袋非碰上房顶不可。她早就该把手伸给我那学士小子，做他的媳妇，可惜她手老拳着，伸不开。可人家姑娘指甲长得好呀，又长又细。心不好人不美，能长出这么好的指甲吗？"

桑丘说："行了，老弟，你把她从头到脚都说完了，你到底想干啥？干脆点儿，别东拉西扯、拐弯抹角了。"

农民说："大人，没别的，只想劳驾大人给女方的爹写封信，帮我说几句好话，求他一准答应下这门亲事。要说家产人品，我们两家旗鼓相当。跟您说实话吧，大人。我那个儿子恶鬼附身，每天都折腾他好几次。有一次，愣把他折腾到火里去了，结果脸烧得皱巴巴的，就像是羊皮纸，两只眼睛老是泪汪汪，再没干过。可人好啊，跟天使似的。就是有个小毛病，喜欢用棍子打自己，用巴掌扇自个儿。要不，就成活神仙了。"

桑丘问："老弟，还有啥？"

农民说："有呀，可就是不敢说。不敢说也得说，顾不了那么许多了，再搁在心里，非憋死我不可！大人，我想求大人赏给我三百杜卡多，六百也可以，帮我那学士儿子成亲。他得有个家，是不是？都大人了，老叫父母管着算哪门子的事嘛！"

桑丘又问："还有啥？都一块儿说出来，别支支吾吾，不好意思。"

农民说："没了，真没了。"

他话没说完，总督就跳了起来，抓住椅子喊道：

"你这个浑蛋玩意儿，没脸没皮的乡下佬！快给我滚！滚得越远越好！我真想用这把椅子砸死你！把你脑袋砸开了花！你是什么东西？婊子养的，下三烂！在我跟前形容怪物！也不看看是啥时候，跟我要六百杜卡多！我有吗？就是有，我能给你这坏蛋、蠢货吗？我才不管什么米盖尔图拉村、什么珍珠、什么麻痹呢，我和这些玩意儿有什么相干！我再说一遍：快滚蛋！再不走，我敢拿公爵大人的命发誓，说怎么着就怎么着！你说你是米盖尔图拉村的，谁信哪！肯定是阎王殿上的小鬼，专门找我捣蛋的！我这总督才干了不到一天半，我能有六百杜卡多吗！混账东西！"

上菜的仆人一瞧总督大发脾气，赶忙向农民又挤眼又摆手，叫他快走。农民心里也有点儿发颤，夹着尾巴赶紧走了。这小子装得还真像那么回事哩。

桑丘爱咋生气就咋生气，但愿在场各位平安无事！咱们再回头去看看堂吉诃德。他让猫抓伤了脸，正在包扎呢，过了八天才恢复本来面目。这八天，他没闲着，又出了一档子事。作者说了，一定要把这事原原本本地写出来。其实，他写啥都是这种做派，不增不减，详尽无遗。

嬷嬷夜半潜入房
骑士心虚躲上床

　　堂吉诃德满脸是伤，到处缠的是纱布。这些伤不是上帝弄的，是猫抓的。其实，这是游侠骑士常有的事。不过，他还是很不高兴，关在屋里，六天都没出门。有一夜，他躺在床上，想着自己的这些倒霉事，还有那个阿尔蒂西多拉的勾引，辗转反侧，久久难以入眠。突然他觉着有人在开他的房门，心想一定是那个害单相思的姑娘，要对他发动进攻，诱惑他做下对不住心上人温柔内雅的事来。他心中这样想，嘴上竟说了出来："绝对不行！你就是绝代佳人，也不能让我忘掉我的心上人，她深深刻在我心坎上，紧紧抓住了我的魂儿。啊，我的美人儿呀！不管你变成粗俗的村姑，还是金塔霍河边的织锦仙子，也不管梅尔林、蒙特西诺斯把你关在何方，你永远属于我，我也永远属于你。"他大喊大叫，门外听得一清二楚。

　　他正这样大声表白呢，门竟然开了。他急忙立起，站在床上。只见他身上裹着黄缎被罩，头上扣了一顶睡帽，脸和胡子都包扎得紧紧的。脸是因为被猫抓得伤痕累累，胡子呢，是怕它耷拉着，没了精神气儿。他模样古怪，活像个幽灵。他两只眼睛死死盯着门口，以为闯进来的必是可怜的阿尔蒂西多拉，她欲火中烧，难以克制。谁知，竟是一位庄重的嬷嬷。她头上裹一条白头巾，又宽又长，盖住了脚面，把整个身子遮得严严实实；左手拿一根半截蜡烛，右手挡着光，免得晃眼；鼻子上架了一副大眼镜。她轻手轻脚，悄悄走了进来。

　　堂吉诃德站在床上，如同登上了瞭望台。他见那人怪模怪样，又一声不吭，心想，一定是巫婆妖女之类化成嬷嬷的样子跑来害他，急忙在胸前大画十字。那

嬷嬷越走越近，到了屋子中间，抬头一看，见堂吉诃德慌慌张张，不停地画十字，再瞧瞧他个子高高，一身黄色儿，脸上还扎着绷带，也吓得够戗，禁不住大叫：

"我的耶稣啊！这是个啥玩意儿呀？"

她心一慌，蜡烛掉在了地上，顿时啥也看不见了，吓得她回头就跑，没跑两步，一脚踩到裙子上，当时就趴在了地上。堂吉诃德心里还在发颤，哆哆嗦嗦地问：

"你是谁呀？不管是鬼，还是别的什么，我求你快快告诉我，告诉我你想要我做啥。你要是冤魂，就直说，我一定替你申冤。我是个天主教徒，喜欢助人行善，这不，就干上了游侠骑士这一行，专门救苦救难，就是炼狱里鬼魂相求，我也不会袖手旁观。"

嬷嬷虽说吓得魂不附体，但听了堂吉诃德这番诚恳的话，知道他也跟她一样害怕，便可怜巴巴地小声说道：

"堂吉诃德先生，是您吧？我不是鬼，也不是妖，更不是炼狱里的冤魂，都不是。我是堂娜罗德里格斯，公爵夫人跟前有头有脸的嬷嬷。我碰上一件难事，要解决它，非您莫属。所以我就来了。求您千万帮我这个大忙。"

堂吉诃德说："我说堂娜罗德里格斯太太，您要是来给谁拉皮条，就请免开尊口。您竖起耳朵听着：我的意中人温柔内雅是天下第一大美人。除了她，谁也别想打我的主意。跟您说吧，只要不是干这个来的，别的都好商量。要是这么回事，就去点支蜡烛来谈。"

嬷嬷说："堂吉诃德先生，我是干那种事的人吗？我还没到那把年纪，能做这种无聊的傻事吗？上帝保佑，我精神好，身体棒，要不是得感冒掉了一两颗牙，我那副牙齐着呢。在阿拉贡这地方得感冒太平常了。您稍候，我这就去点根蜡烛。我要一五一十地向您这位受苦人的大救星，说说我的伤心事。"

她说完扭头就出了房间。堂吉诃德静下心来，一边等她，一边思前想后。他越想越不对，觉得许多事来得蹊跷，担心自己一失足成千古恨，做出什么对不起心上人的蠢事。他想："魔鬼一向诡计多端，防不胜防。没准儿他见我在女王、皇后和各类爵爷夫人面前居然都能心平如镜，稳如泰山，就找来个嬷嬷迷我，拖我下水。不少有见识的人说：魔鬼可贼了，他宁肯赏你个扁鼻子的婆娘，也不给你个高鼻梁的美女。眼下夜深人静，万一我来了性子，岂不前功尽弃，坏了我一世清白。看起来，切不可仓促上阵，还是走为上策。我这是咋了？疯了？傻了？她是天仙，还是美女？就这么一个半大老婆子，就这么个披毛巾、戴眼镜的嬷嬷，最好色的家伙见了都不会动心。世上哪个嬷嬷是人见人爱的？她们都是一路货色，总是眉头紧锁，装腔作势，叫人讨厌。有位夫人真有办法，在客厅里面放了两个嬷嬷雕像，戴着眼镜，靠着垫子，好像在做活，跟真的一样，叫人看了不能不感到敬畏。嬷嬷就起这个作用。"

他这么一想，就跳下床，准备关上门，不让罗德里格斯太太再过来。可没等他关门，那位嬷嬷已经拿着点燃的蜡烛走了进来。她见堂吉诃德裹着被单，扎着绷带，扣着睡帽，站在眼前，又吓了一跳，连连倒退，慌忙说道：

"骑士先生，您这是干啥？您从床上下来，是不是想打我的什么主意？"

堂吉诃德说："您问我，我还问您呢，太太！我还不知道会不会叫人家给强暴了呢！"

嬷嬷说："您问我？我会打您的主意？"

堂吉诃德说："我不问您问谁？这不是明摆着的吗？我不是石头，您也不是铁打的，这会儿也不是大白天，是半夜三更，没准儿，还要晚点儿。这屋子关上门，谁也进不来，比当年胆大包天、背信弃义的埃涅阿斯享用貌美心慈的狄多的那个山洞还要安全保险。得，您就把手伸过来吧，太太。其实最保险的是，我有脸皮，讲良心，还有您头上那条叫人望而生畏、敬而远之的大头巾。"

说完，他吻了一下自己的右手，然后才伸出手去。嬷嬷也如法炮制。于是两人才手牵着手。作者在这里插了一句，说他以穆罕默德的名义起誓，如能亲眼看看他俩是如何手拉手走到床跟前的，就是赔上两件特制的上等长袍，也不会说半个不字。

后来，堂吉诃德又上了床。罗德里格斯太太呢，则坐在一把椅子上，离床没多远。她手里仍然拿着蜡烛，鼻子上依旧架着眼镜。堂吉诃德盖得严严实实，只把脸露在外面。两人都静静地在那儿待着。最后，还是堂吉诃德先开了腔：

"堂娜罗德里格斯太太，您心里有啥痛苦，肚里有何辛酸，现在可以一吐为快了。我一定洗耳恭听，竭诚相助。"

　　嬷嬷说："我早就知道您会这样。就看您这又气派又可爱的模样，准是个宽厚的君子。我的事呀，说起来话就长了。堂吉诃德先生，您看我现在待在这个阿拉贡王国的地界里，坐在这把椅子上，穿着这身嬷嬷的衣服，好像个饱经风霜、备受煎熬的女人，其实我是阿斯图里亚斯人，靠奥维多那边，亲戚里有不少高门望族。可我命不好，父母不会理家，搞来搞去，竟成了穷光蛋。后来，他们把我带到京城马德里，让我给一位贵夫人做针线活，一来有个吃饭安身的地方，二来也免得再碰到什么别的倒霉事。跟您说吧，干针线活，什么绣花呀，缝个衣服呀，我可是把好手，比我强的还真没有。我多妈把我丢在那儿当丫头，自个儿回了老家，没几年便都升了天，因为他们是好人，又是好基督徒。我孤苦伶仃，在大公馆里给人当丫鬟，靠一点点工钱和主人家可怜的赏钱过日子。后来，也不知道是咋搞的，连我自己也不明白，竟叫府上的一个侍从看上了。他年纪不轻，大胡子，模样挺俊，人也有派头，像绅士，像国王，到底是北部山区的人哪。我们谈情说爱公开进行，从不偷偷摸摸，女主人很快就看出来了。她怕人家说长道短，就让我们成了亲，是圣母罗马天主教会批准的，事办得也顺顺当当。后来我生了一个女儿，好不容易享了点儿福，这下又全完了。不是难产差点儿要了我的命，那天生得挺顺，也是时候，而是我那个丈夫受了惊吓送了命。要是我给您仔细讲讲，您听了一定会大吃一惊。"

　　说着，她伤心地哭了，说：

　　"实在不好意思，堂吉诃德先生，也不知咋回事，一想起那死鬼，我就忍不住眼泪。想当年，他骑一头骡子，女主人坐在鞍后，真是八面威风！那头骡子又高又大，像黑玉似的，特别亮！那时候出门，哪儿像现在，有车有轿，都是叫侍从骑马把女主人带在鞍后。有一件事我得跟您讲讲，您听了就知道我那个好人有多么知书达理。有一天，他们走进马德里的圣地亚哥大街，那条街当时还很窄，正巧有个京官迎面走过来，前头还有两个公差开道。我丈夫是个本分的侍从，一看是个当官的，赶紧一带缰绳，就要掉转骡子，退回去让路。坐在鞍后的女主人低声对他说：

　　"'干啥？你也太没用了。有我在这儿你还怕啥？'

　　"那位京官还挺客气，勒住缰绳说：

　　"'先生，您先请！我该给堂娜卡西尔达夫人让路。堂娜卡西尔达夫人就是

我当年的女主人。'

"人家都这样说了，可我丈夫还在那儿让，手里拿着帽，一个劲儿地说，请大人先走。女主人一瞧，这个气呀，顺手从小包里掏出个大别针，也没准儿是个锥子，朝我丈夫腰上就是一下，他疼得大叫一声，翻下骡来，把女主人也连带着摔在地上。女主人的两个跟班赶紧去扶她，那个京官和手下公差也跑过来帮忙。这一下不得了，瓜达拉哈拉门周围顿时乱了套，闲人们全跑过来看热闹了。女主人自个儿走回了家。我丈夫去了理发师的店，说他肚子叫人给捅了。自打那儿起，他多礼的美名就传开了，孩子在街上一见他就跟在他后面跑。女主人因为这，又看他是个近视眼，就把他辞了。他很生气，我敢说，他死就死在这上。

我和女儿成了孤儿寡母，我拉扯着她过日子，不容易呀。还别说，我这丫头是女大十八变，越变越好看。我的针线活也很有点儿名气。那年女主人嫁给公爵大人，成了公爵夫人，就把我们一起带到了阿拉贡这个地方。女儿慢慢长大，学了一身的本事，说她多才多艺，无所不会，也不算过分。她唱歌胜过百灵鸟，跳宫廷舞轻盈优美，跳民间舞活泼泼辣，读书写字，就像学校里的老师，算起账来，活像个守财奴。特别爱干净，河里的流水恐怕也没她干净。她今年这会儿整好是十六岁五个月零三天。

"直说吧，有个财主的儿子看上了她。他家离这儿不远，那村子也是我家老爷的地盘。她跟那小子是怎么搞到一块儿的，我实在不知道。他答应娶她，等把我闺女骗到手，又不要她了。我找公爵老爷告过好几次，求他要那小子说话算话，跟我女儿结婚。可公爵听了跟没听一样，根本不管。原因很简单，那小恶棍的爹阔极了，常借钱给公爵，有时还给他做保人去借别人的钱，您想，公爵敢得罪他们吗？我找您，就是想求您给我出出这口恶气。大伙儿都说，您来这个世上就是为了帮助弱小，主持公道。反正您要为我们做主，动刀动嘴，您看着办。求求您一定要救救我那苦命的女儿啊！她小小年纪就没了爹，苦啊，人长得又好，谁见谁爱，还有许多优点，这我刚才都说了。老天在上，咱们说句良心话，女主人手下丫头多了，哪个比得上我女儿？连给她提鞋都没资格！有一个叫阿尔蒂西多拉的，都说又聪明又漂亮，可要跟我女儿一比，那就差得太远了！先生，跟您说句掏心窝的话，发亮的不一定都是金子。那个阿尔蒂西多拉自以为挺美，其实有啥呀！整天东跑西颠的，整个儿一个疯丫头，哪儿有姑娘样儿？可能还有什么病，嘴里味儿挺大，在她身边多待一会儿都受不了。还有咱们公爵夫人……得，还是少说为妙，俗话说隔墙有耳嘛。"

堂吉诃德一听，急得直求她：

"公爵夫人咋啦？哎呀，堂娜罗德里格斯太太，您快说呀！"

嬷嬷说："您这么想知道，我就实说了吧。堂吉诃德先生，公爵夫人美不美？细皮嫩肉的，光溜得跟磨好的宝剑一样，两个脸蛋白里透红，真是光彩照人，就像一边是太阳，一边是月亮，走起路来脚不沾地，又轻又快，到哪儿都是那么精神。为啥？还不是上帝保佑？除了这个，我跟您说吧，多亏她大腿上开了两个口子！开口子干啥？医生说，她身上脏东西太多，得让它往外流。"

堂吉诃德一听，大喊道：

"圣母马利亚！公爵夫人身上还有这种阴沟？这事就是从赤脚修士嘴里说出来，我都不敢信呀。谁让您是堂娜罗德里格斯太太呢？得，我信了。可从那个地方流出来的，不能是什么脏水脓水吧？肯定是琥珀香水。我又学到一手：要想身体好，腿上开口少不了。"

话音未落，房门忽然"哐当"一声开了。堂娜罗德里格斯吓了一跳，手上的蜡烛也掉在了地上。屋里马上啥也看不见了，俗话说，都掉进狼嘴了。可怜的嬷嬷就觉着有人用手死死卡住她的脖子，另一个人掀开她的裙子，抢起个像是拖鞋的玩意儿，没命地抽打她。嬷嬷这下子可惨了！堂吉诃德心里挺为她难过，可不敢起床呀。别说起床，他连大气都不敢出，怕人家听见再把他揍一顿。他这样懦弱，自己都觉得莫名其妙。他不害怕行吗？那两个打手毒打完了嬷嬷，就奔他去了。把他从被子里拽出来，又掐又拧。他只好手脚并用，东挡西架。奇怪的是，打手们收拾嬷嬷的时候，双方都没出声，接着过来折腾堂吉诃德，大家打的也是哑巴仗。这顿哑巴仗打了半个多钟头，那两个鬼才走。堂娜罗德里格斯理好裙子，一路唉声叹气，出了房门，临走也没再对堂吉诃德讲一句话。堂吉诃德呢，叫人莫其妙地拧了半天，浑身疼得要命不说，肚子里也实在气得不行，自个儿躺在床上左思右想，就是想不出来是哪个魔法师让他吃了这种苦头。得，咱们也不能老讲堂吉诃德的事，还得回头去看看桑丘老哥，是不是？

第四十九章 总督夜巡公事忙
男装难掩女儿样

上回咱们说到总督大人，正大动肝火，痛骂那个乡下老滑头，添油加醋，胡说八道，把丑八怪愣说成大美人。其实那个乡巴佬是受了管家的指使，管家又是听了公爵的吩咐。别看桑丘又粗又蠢，满身是肉，愣把他们一个个整得干瞪眼。后来，他对大伙儿讲了话，当然这里面也包括佩德罗·严厉大夫，公爵的密信读完，他就回到了大厅。只听桑丘说道：

"我现在算真明白了，这当官的一个个都得是钢筋铁骨，要不，非叫那帮人整垮不可！他们根本不看什么时候，也不管你在做啥，跑来就要找你，对你说这讲那，全是鸡毛蒜皮，叫你帮他解决，好像你就是为他一个人效劳的。要是还不到上堂办案的钟点，你没听他说，或者没给他办，也实在办不成，那你就倒霉啦。说你怪话是好的，有的还要骂爹骂娘骂你老祖宗呢！这些浑蛋！这些蠢货！来找我，你也得看时候，对不对？着的哪门子急呀？人家要吃饭，你来了，人家刚躺下，你就要人家起来听你胡扯。这也不像话嘛。当官的不是人？不用吃喝拉撒？他跟你们一样，你们要干的，他也得干，一样也少不了。就我这个总督没这个命，连吃都吃不上！都是这位佩德罗·严厉大夫搞的，他想把我活活饿死。把我整得要死不活，人家还说这样我才能长命百岁！这个福我受不了，还是叫他和他那伙人去享受吧！我说的是那些混账大夫，真正的好大夫，那是该表扬该奖励的。"

知道桑丘的人听他这一番言辞，有板有眼，不失文雅，都吃惊非小，不知什么缘故。推测起来，大概和做了大官有关。有人当了官，马上变成糊涂蛋，有人掌了权，立刻就成机灵鬼。佩德罗·严厉大夫最后只得将希波克拉底的教导放在一边，答应当晚让桑丘吃饭。总督听了，心中大喜，就盼着赶紧天黑，总觉着时间不走了，真是度时如年啊。他左等右等，总算到了吃晚饭的时间。仆人端上了牛肉拌葱头和清炖牛蹄，牛蹄虽说放了好几天，桑丘还是吃得津津有味，好像他吃进嘴里的是米兰的鹧鸪、罗马的野鸡、索伦托的牛犊、莫龙的石鸡、拉瓦霍斯的烧鹅。吃着吃着，他转过头对大夫说：

"我说大夫先生，你给我听着，赶明儿呀，别给我搞什么山珍海味的，我这肚子消受不了。我吃惯了牛肉、羊肉、猪肉、咸肉，还有什么萝卜、葱头。高级菜咱还真不能吃，一吃就想吐。上菜的最好给我弄点儿杂烩菜，越杂越香。凡是能吃的，你就给我往里放。让我吃这样的菜，我就谢天谢地，谢谢师傅了。谁也别想捉弄我，'该干什么干什么'；'咱们大伙儿吃在一起，住在一起，谁也别惹事'；'上帝赐福，大家都有份儿'；我在这儿当总督，'薪水不能少，贿赂绝不要'；'大家都把眼睛大点儿，看好各自的箭'；知道不？'魔鬼就在你跟前'，谁要是叫我抓住了，就有他好看的！其实，'自己变成蜜，苍蝇才会叮'。"

管上菜的那位说：

"总督大人，说实话，您讲得句句在理。我代表全体岛民向您保证，我们一定听您的话，好好当差，尽心尽力，慈悲为怀。您才来几天，我们就看出来了，您治理这块地方，手段实在温柔。就冲这，我们能跟您对着干吗？想都不会想！"

桑丘说："没错。谁要是跟我对着干，那他就是傻蛋。我再说一遍，得叫我吃饱，得把我的灰驴喂好，这是头等大事，来不得半点儿马虎。我呀，还要去咱岛上看看，巡视巡视。我要把岛上的各种脏玩意儿一扫而光，把那些啥事不干的懒虫、闲人统统轰出去。我说，各位，知道不？在一个国里，这闲人懒汉，就好比是蜂窝里的雄蜂，一天到晚，除了吃，啥也不干，把工蜂做的蜜全糟蹋了。我要照顾种地的，护着做绅士的，奖励有德行的，特别要尊重教会和教士。怎么样？我讲的是不是还有点玩意儿？否则，那就是瞎耽误工夫，白费了脑子。"

管家说："大人，您这是说哪儿去了？您讲的这些都是至理名言，哪儿能是瞎耽误工夫呢？我知道，您没念过书，斗大的字不识半个，哪承想，您是满腹经纶呀！我家主人公爵夫妇，还有我们这些陪您一起来的人，谁也没想到您肚子里有这么多正经玩意儿呀！这世上真是新鲜事天天有，逗着玩成了正经事，耍弄人反被人耍。"

　　严厉大夫说话算话，当晚真的让总督大人吃了顿饱饭。吃过饭，总督就要到岛上各处巡视。陪他巡视的有管家、秘书、上菜的仆役，还有记录总督言行的史官，另外，就是公差和公证人。这一大帮人，前呼后拥，还真够派头。桑丘手持权杖，走在中间，挺像那么回事。没走几条街，他们一行就听见刀剑相碰之声，便寻声赶去。到那儿一看，原来是两个人在打架。他们见当官的来了，都不打了。其中一个嚷道：

　　"这儿还有没有王法了！大街上就敢抢东西！还当着这么多的人！像话吗？"

　　桑丘说："我说这位，你先少安毋躁。说说，为什么打架！本人就是这儿的总督。"

　　还没等这位开口，另一个就抢先说道：

　　"大人，还是让我来说吧，我两句话就能讲明白。这位绅士刚从对面那个赌场出来，袋里鼓鼓的，装的都是钱，有一千雷阿尔呢！全是赢的！咋赢的？上帝知道。我一直在他旁边瞧着，他要的那些鬼花招我全知道，可我昧着良心没说。他赢了钱，拍拍屁股，走了。我还等他给点儿抽头，起码来个银币什么的。像我这样有头有脸的人物，他总得少意思意思吧？这可是这儿的老规矩！我往那儿一站，不管他有手气没手气，都能赢。怎么着？赢了钱，抬起屁股就走？您说，我心里能高兴吗？我追了出来，跟他讲了半天好话，求他哪怕给我八个雷阿尔呢。这小子贼得很，别瞧他当小偷比不上卡科，骗个人不如安德拉迪亚。他知道我是个老实人，没职业也没产业，父母没留下啥玩意儿，也没教给什么本事，便说，只给我四个雷阿尔。大人，您说，他有没有脸？有没有良心？跟您实说吧，您就是不来，我也有本事叫他把赢的钱全吐出来！我要教训教训他，以后要知趣识数！"

　　桑丘问没开口的那位：

　　"你有什么话要讲？"

　　那人说，对方讲得没错，他确实只想给四个雷阿尔。他还说，给对方钱已经有好多回了。又说，跟人家要抽头，应当说好话赔笑脸，哪儿能贪多嫌少，论长道短。他说，他是个好人，根本不是对方说的那种骗子，靠玩花招赢钱的主儿都得给看赌的一点儿抽头，他分文都不想给，证明他赢得光明正大。

管家说："就这么回事。大人，您看如何发落？"

桑丘说："我看就这么办。你呢，赢了钱啦，不管是咋赢的，赶紧往外掏出一百雷阿尔，给这个跟你玩命的家伙，再破费三十雷阿尔给坐牢的那些可怜虫。你呢，没家产也没营生，在岛上胡转悠，现在把这一百雷阿尔拿上，快滚出这个岛，明天就得走，十年不许回来。你要是不听命令，偷跑回来，我就把你绞死，我不自己动手，还有刽子手代劳呢，把你送到阴曹地府，接着流放。你们谁也甭回嘴，我可说罚就罚。"

结果，一个出了钱，一个得了钱，出钱的回家，得钱的离开了岛。

桑丘说："这些赌场实在是害人的地方。我真恨不能把这些玩意儿一锅都给它端了。"

一位公证人说："大人，反正这一家赌场您没辙。人家来头大着呢。老板每年赢钱是不少，可贴出去的钱更多，简直都没法比。您要关就关那些小赌场吧。那些小赌窝子，花样玩得别提多绝了，可以说胡弄乱整，无法无天。在贵人开的赌场里，他们不敢胡折腾。现在赌博已成风气，要赌就去高级赌场，千万别进小赌场。那种地方，只要逮住个倒霉催的，便从后半夜开赌，不把他活剥了皮，您找我。"

桑丘说："这里面花样还真不少啊。"

正说着，进来一个公差，还带进来一个小伙儿。公差禀告道：

"这小子一看见我们是官府的，撒腿就跑，比兔子还快。我一看就知道不是好人，便追了上去。要不是他跌了一跤，要了命我也抓不住呀。"

桑丘问："我说小伙子，你跑啥呀？"

"我怕公差盘问起来没完。"

"你是干啥的？"

"我是个搞编织的。"

"编织的？编织啥？"

"枪头呀，是大人批准的呀。"

"你还会跟我要贫嘴啊？多有意思，是不是？好，这咱们待会儿再说。我问你，你要去哪儿呀？"

"去有风的地方。"

"好小子，有问必答，脑瓜子挺快嘛！跟你说，我就是风，要把你吹到车房去！来人！给我带走！今晚我要叫你睡在没风的地方！"

小伙儿说："让我在牢房里睡觉？没门！"

桑丘说："我不能让你在车里睡觉？老子手里有权，抓你放你全凭我一句话！"

小伙儿说："您再有权也办不到。"

桑丘说："办不到？你看我办得到办不到！给我带下去！想得美！你就给看守塞了黑钱也没用，他要是让你走出牢门一步，我就罚他两千杜卡多。"

小伙儿说："真好笑！能叫我在监狱睡觉的人还没出世呢。"

桑丘说："你这个小鬼头！我现在就叫人把你铐上，看哪路神仙能帮你打开，救你出去！"

小伙儿很风趣地说："总督大人，咱们说话总得讲个理，对不对？好，您说要把我手脚铐住，送进牢房，又说，要是看守放了我，您就重重罚他。就算您都办到了，我整宿都不睡觉，把眼睁得老大，您能咋办？您的权力再大，我自个儿不想睡觉，还是不想睡觉。"

秘书说："是呀！这家伙还真有两下子！"

桑丘说："我明白了。你是自个儿不想睡，不是跟我对着干。"

小伙儿说："哪儿能呀！我想也不敢想啊！"

桑丘说："得！让上帝保佑你，好好回家去，晚上做个好梦。别的不多说了，只劝你以后少跟官府的开玩笑，弄不好，碰上个较真的，非把你小子脑袋瓜儿搬了家不可！"

小伙子走后，总督接着巡视。没多会儿，就见两个公差押着一个人，走上前来，禀告道：

"总督大人，这是个女扮男装的。看他像个男的，其实是女的，长得还不丑。"

马上有两三个灯笼举到了她的眼前。大家借着光一看，的确是个女的，还是

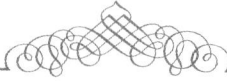

个十六七岁的少女，头上罩了一个金绿相间的丝织发网，模样美似天仙。再往细看，只见她穿一双肉色丝袜，白绸袜带上是一串串小珠子，由金丝线连在一起，绿缎子宽腿裤，绿缎子做胸短外衣，里面穿一件白缎子紧身小衣，还有一双白色的男鞋。腰上没挂佩剑，别了一把非常漂亮的匕首，手上满是贵重的戒指。一句话，大家都看着姑娘挺美，可谁也没见过她。连那些合谋捉弄桑丘的人都感到这姑娘来得突然，因为事先没设计这个节目。他们一时有点儿慌神，只好走一步算一步。桑丘见那女孩这般漂亮，也感到吃惊，便问她是谁，到哪里去，为啥要女扮男装。姑娘感到非常难为情，低着头说：

"大人，这可是我个人的秘密，哪儿能当着这么多人的面讲。不过我要说清楚，我不是小偷，也不是坏人，只是个倒霉的姑娘，都怪自己耐不住寂寞，连面子都不顾了。"

管家对桑丘说：

"大人，是不是让大家先回避一下？这位小姐脸皮薄，当着这么多人不好意思开口。"

总督发话，叫大家先退下，只剩下管家、秘书和那位管上菜的。姑娘见没几个人了，这才接着往下说：

"各位先生，我是佩德罗·佩雷斯·马索尔卡的女儿。他是镇上的羊毛贩子，常来我父亲家。"

管家说："小姐，你这话我怎么越听越糊涂？我和佩德罗·佩雷斯太熟了，他没儿没女呀。你说他是你爹，又说他常去你爹家，这是哪儿跟哪儿呀？"

桑丘说："我听着也不对劲嘛！"

姑娘："各位先生，都怪我心慌，自己说啥都不知道了。我爹叫迭戈·德拉亚纳，各位想必都认识。"

管家说："这还差不多。迭戈·德拉亚纳，我当然认识，是位很有钱的乡绅，有一儿一女。他夫人去世以后，这镇的人就再没见着过他的女儿。他把她关在家里，不让出门。可大伙儿都说，她漂亮极了！"

姑娘说："您说得没错。我正是他的这个女儿。都说我漂亮极了，是不是这么回事，各位现在就可以证明。"

话音未落，她便伤心地哭了。秘书赶紧把嘴贴在上菜仆役的耳朵上，悄悄说：

"这么一个有钱人家的大小姐，又长得这般叫人心疼，半夜三更，女扮男装，跑到外面来，不是出了什么大事才怪呢！"

上菜的附和道："可不是嘛！没出大事，能哭得跟泪人似的？"

桑丘好言安慰，尽力劝解，叫她有什么话就直说，别怕这怕那，说大伙儿一定想办法帮她。

姑娘说："各位先生，那我就说啦。我妈死了十年，我也让我爹关了十年，连做弥撒都是在家里，我们家有一间很漂亮的念经堂。搞得我白天看的是太阳，晚上见的是星星和月亮。什么马路呀、广场呀、教堂呀，我根本不知道是啥样，也不知道男人是啥样。我只见过我爹、我弟弟，还有那个羊毛贩子佩德罗·佩雷斯，他老来我家。我刚才一下子想起了他，就胡说他是我爹，我不愿提我亲爹的名字。我就这样叫父亲关在家里，大门不出，二门不迈，连教堂都不能去。这谁能受得了！我多想看看外面的世界啊！至少也叫我看一眼我出生的这个小镇吧。我有这种愿望不算过分吧？难道富贵人家的小姐就该整月整年地关在房子里？我听人家说外面有斗牛、抢竹竿、演戏，有好多有意思的游戏。我就问弟弟，他只比我小一岁，我问他这都是怎么回事，还问了他许多别的事情。他给我一一作了介绍，讲得非常仔细。我越听越觉得有意思，越想亲眼去外头看看。反正，最后就干了今晚这件傻事。我真是求爷爷告奶奶地求他呀！哎！后悔也来不及了！"

说罢，又是一阵痛哭。管家对她说：

"小姐，快说呀！到底出了啥事呀？别哭了！都快把我们急死了！"

姑娘说："没啥了，有的就是眼泪。谁叫我不安分呢？"

上菜的仆役越瞧姑娘越觉得她美，忍不住举起灯笼照了照佳人的脸蛋。他看着看着，竟觉得美人眼里流出来的不是泪珠儿，而是珍珠、露珠儿，简直就是东方明珠！他心里直犯嘀咕：她哭哭啼啼，唉声叹气，没多大关系，可千万别是出了什么倒霉的事。总督见女孩只管哭，不往下讲，也有点儿不耐烦，叫她赶紧说，别让大伙儿干着急。说时间这么晚了，他们还有不少地方要巡视哩。

姑娘只好抽搭着往下说：

"我没出什么大事，我只不过央求弟弟给我一件他的衣服，趁我爹睡着了，领我在镇里转一转。我死缠活缠，他实在拗不过我，就给了我一套男装。我也给了他一套女装。他穿上我的衣服合适极了，加上他没有胡子，简直就像个漂亮女孩。我们出了家门，随心所欲，在镇子里转悠了也就是个把钟头吧，正要回家，就见一大帮人迎面走了过来，我弟弟对我说：

"'姐呀，准是巡逻队，咱们赶紧跑，你可别落下，叫他们看见就坏了！'

"他说完，扭头就跑，跑得那个快呀，简直就是在飞！我呢，跟在后面跑呗。没跑几步，心一慌，就趴在了地上。公差赶过来，就把我带到了大人这儿。真丢人死了！全怪自个儿任性！"

桑丘说："我说小姐，你原来啥事也没有啊！你不是说耐不住寂寞才跑出来的吗？"

姑娘说："是呀，是没出啥事呀，也说不上是什么寂寞不寂寞，就是想出来瞧瞧，看看这镇上的几条马路而已。"

姑娘讲的都是实话。她弟弟没跑多远，就让公差抓住了，这会儿也押来了。大家一看，那小伙子穿了一条华丽的裙子，一条蓝缎子大披巾披在肩上，披巾边上缀着金丝花边。头上既无纱巾，也无其他饰物，只有像金圈似的一头鬈发。总督、管家，还有上菜的那位把他叫到一边，背着他姐姐，问他干吗要男扮女装。他跟他姐一样，满脸羞愧，讲的也和她姐一个样。上菜的仆役已经看上了那姑娘，一听不过如此，心里别提有多高兴了。这时，总督对姐弟二人说：

"你们这两位呀，真够呛！不过是小孩子瞎胡闹，几句话就能讲明白的事，折腾这么半天，还哭哭啼啼，这是干啥嘛！'我们是谁谁谁，想去外头看看，就从家里偷跑出来了，没别的事。'就这么几句话还不会说？真是的！"

姑娘说："大人说得对。可人家当时害怕，吓得不知说啥好。"

桑丘说："行了，幸好没出啥事。我们把你们姐弟俩送回去，你们的老爷也许还不知道刚才这些事哩。以后别再胡闹了。外面有啥好看的？俗话说：'正经姑娘断条腿，大门不出二门不迈'；'女人和母鸡，谁乱跑谁倒霉'；'女人去看热闹，也为了叫人看'。得，我就说到这儿。"

小伙子谢过总督的好意，大伙儿便一起送姐弟俩回家。没走多久，就到了他们的家。小伙子捡了颗石子朝窗户扔去，立刻跑出来个女仆给他们开了门。两个孩子进去后，总督一行还站在那儿发呆，无不赞叹这两个孩子眉清目秀，活泼可爱，又觉得他们实在是两个小孩，以为半夜在镇子里转悠转悠就算看了世界。上菜的仆役早已心不在焉，正盘算着天明就去向姑娘她爹求亲。他信心十足，认为自己是公爵府上的人，肯定马到成功。桑丘也没闲着，他打的是那个小伙儿的主意，想叫人家做他的乘龙快婿。他准备瞅准机会，就采取行动。他想，给总督当女婿，谁敢说个"不"字。

夜巡到此结束。两天后，他的总督也做到了头，想捞个好女婿的计划自然就泡了汤。

第五十章 村妇走运变夫人
嬷嬷多嘴挨了打

　　这部传记的作者熙德·阿梅德喜欢刨根问底，写东西绝不会放过一个细节。他说，堂娜罗德里格斯从自个儿卧室出去，奔堂吉诃德那儿走的时候，同屋的另一位嬷嬷就发觉了。这些做嬷嬷的都是爱管闲事的娘儿们，什么都想知道，你就是放个屁，她们都想闻闻。这位嬷嬷偷偷跟在罗德里格斯太太后面。罗德里格斯做梦也想不到有人盯她梢，只管往前走。她那个同屋看见她钻进堂吉诃德的卧室，立刻跑到公爵夫人那儿。干啥？当嬷嬷都会嚼舌头，她能例外吗？她对夫人说，罗德里格斯刚刚进了堂吉诃德的屋子，现在还在里头哩。

　　公爵夫人把这事告诉了公爵，说她想带阿尔蒂西多拉走一趟，看罗德里格斯找人家堂吉诃德到底要干啥。公爵应允，她俩便屏住呼吸，轻手轻脚，走到了堂吉诃德的住房门外，将耳朵贴在门上，把里面讲的话，一句不漏，尽收耳内。该死的贱人！连她腿上的两个出水口都说出去了！公爵夫人气得浑身乱抖。阿尔蒂西多拉也听得满肚子是火。真是反了！两个女人打定主意，要狠狠教训教训这个烂嘴婆娘，便撞开房门，把罗德里格斯痛打了一顿，将堂吉诃德好一阵乱抓，这上文已经详细叙述。女人都爱面子，讲虚荣，最恨别人贬低糟蹋自己的容貌，一听人家讲自个儿不美，非跟人玩命不可。公爵听夫人讲了这件新闻，笑得前仰后合。公爵夫人还嫌闹得不够，又接着儿拿堂吉诃德取乐。她派了一个小厮去给桑丘的老婆送信，还附带上自己写的一封信和一串珊瑚念珠，算是礼物。送信的小厮就是前文里装扮温柔内雅小姐的那位，当时还说要破她身上的魔道，得桑丘受了皮肉之苦才行哩。桑丘如今只想着岛上的公务，早把这事丢到脑后了。

话说那小厮是个聪明灵巧之人，一天到晚都想讨好主人家，这回得了个送信的差事，真是满心欢喜，求之不得。一路无话，单说那小厮一日找到桑丘家住的村子，见村口有一河，一群妇人正在河边洗衣服，就问特雷莎·潘沙是不是这村的人，说她丈夫叫桑丘·潘沙，眼下是曼卡骑士堂吉诃德的侍从。其中有一个小姑娘听了站起身说：

"特雷莎·潘沙是我娘，您说的桑丘·潘沙是我老爸，那位骑士是我们东家。"

小厮听了，说："姑娘，这太好了。赶紧领我去见你妈，我这儿有你爹给她捎的一封信，还有一包礼物哩。"

小姑娘也就是十四五岁，一听这话，就说：

"太好了！"

她把洗了一半的衣服丢给女伴，头巾也不戴，鞋也不穿，披着头发，光着两腿，连蹦带跳，跑到那小厮跟前，对他说：

"我带您去。我家就住在村口。我爹他老人家好久没捎信来了，把我娘急得，快急坏了！她现在正在家里呢。"

小厮说："我这不给她捎信来了吗？是好消息！她得好好谢谢上帝呢。"

姑娘一路上连蹦带跳，不一会儿就到了家，还没进门，就冲里面喊：

"快来！娘！快来呀！我爹让人捎信回来了！还有东西呢！"

她娘特雷莎听女儿在外头喊她，赶紧跑了出来，手里也不闲着，不停地纺着一缕粗麻。她身上穿一条深灰色短裙，短得遮不住羞。内衣和敞胸外衣也是深灰色。她不老，也就是四十出头吧，身体挺壮实，脸色儿挺深。她见女儿领来个骑马的小厮，就问：

"丫头，啥事呀？这个先生是哪位呀？"

小厮回答道："是您堂娜特雷莎·潘沙夫人的仆人。"

他边说边下马，恭恭敬敬地在特雷莎夫人面前跪下：

"堂娜特雷莎太太，便宜岛总督桑丘·潘沙大人唯一的正式夫人，请允许我吻您的手。"

特雷莎急忙拦着说：

"哎哟喂！我的好先生，快别这样！我可不是什么官太太，我是个穷人、乡巴佬，我爹是个在地里刨食的，我那个男人哪儿是什么总督，是个什么游动侍从。"

小厮说："您的先生确确实实是个大总督，您也确确实实是位总督夫人。没错！您看了我给您捎来的这封信，还有这件礼物，就明白了。"

他说着从口袋里掏出那串两边有金扣的珊瑚念珠，往特雷莎脖子上一挂，说：

"这封信是总督大人给您的家信，这封呢，还有这串珠子，都是我家公爵夫人送给您的。"

特雷莎一听，惊得说不出话来。她女儿也张着大嘴，不知说啥才好。末了，还是姑娘先开了口：

"我敢拿命打赌，这准是咱们东家堂吉诃德先生给弄的。他给我爹许了好多回愿了，这回算是真的给他总督当了。"

小厮说："是呀，桑丘大人做了便宜岛的总督，还真是亏了堂吉诃德先生的面子。这些信上全写了。"

特雷莎说："绅士，您给咱念念。我纺个麻什么的还行，要叫我看信，我不认字呀。"

她女儿也说："我也不识字。我去找个人来念算了，神甫、参孙学士都行。他们要听说是我爹的消息，肯定会来。"

"算了。我不会纺麻，识个字还行。我来念吧。"

他从头到尾念了一遍。内容前文都说了，这里就不提了。他又取出公爵夫人写的那封信，念道：

　　特雷莎朋友：您的丈夫有德有才，为此，我求我夫君公爵大人，给他一个海岛去管，这种岛我们多的是！听说他管得挺好，人精得跟天上的老鹰一样。我对此很高兴，公爵大人也很满意。我没看错人，这真得谢谢老天爷！特雷莎夫人，您可知道，在这个世界上，找一个好样的总督不易呀。但愿上帝能保佑我也像桑丘一样。

　　亲爱的朋友，随信捎去一串镶金扣的珊瑚念珠。我真希望它是一串东方明珠，可俗话说得好："骨头轻来情意重。"说不定咱们还有见面交往的一天，这上帝自有安排。代我问您的女儿桑奇卡好。先给她说一声，说不定哪天我会给她说门好亲事哩。

听说你们那儿橡子长得大，请给我捎一二十个来。您给的东西，我一定珍惜。请给我写封长信，说说您的身体如何，生活怎样。有什么需要，尽管开口，我一定有求必应，保证办到。愿上帝保佑您！

您的好友

公爵夫人谨上

特雷莎听完了信，大声说道：

"哎呀呀！这位太太咋这么好呢！看人家多随和，哪儿有太太的架子呀！跟这样的太太死在一块儿我都乐意！哪儿像我们村里那些阔小姐、阔太太呀！一个个风都吹不得！她们去教堂那个神气劲，快赶上王后了！根本就不把我们当回事，好像看一眼我们这些庄稼人的老婆，就丢了她八辈老祖宗的脸！瞧咱们这位太太，人家还是公爵夫人呢，都跟我是朋友相称，根本不分高低贵贱。可我看人家夫人，高得像咱们曼卡最高的塔楼。她要点儿橡子，这有啥呀？先生，我给夫人带上个四五升，都挑个大肉肥的，让人看个新鲜。对了，桑奇卡，快过来招呼咱们这位先生。帮他把马拴好，再从马房拣几个鸡蛋出来，还有，把咱家的腌肉切上一大块，咱们得像侍候王子那样招待他。人家给咱们家捎来了喜信儿，模样又长得那么叫人心疼，不这样招待招待，放在谁那儿也过不去啊！我趁这工夫赶紧去村里转转，把这喜信儿让大伙儿知道知道，也不能忘了告诉神甫先生和理发师傅尼古拉斯，他们都是你爹的老朋友。"

桑奇卡说："娘，我这就去。可那串珠子得给我一半。公爵夫人能那么傻吗？把这串珠子全给你一个人？"

特雷莎说："我说，闺女，这串我不要，全给你。不过，得先在我这脖子上挂几天，我实在太高兴了。"

小斯说："回头看了我带来的那个包袱，你们更得乐了。那包里有件细呢料儿的衣服，总督大人就打猎那天穿了一回，是给桑奇卡小姐的。"

桑奇卡说："我祝他老人家活一千岁！给我捎衣服的这位先生也一样，他要想再活长点儿，两千岁也行！"

特雷莎说干就干。只见她手里拿着信，脖子上套着念珠，出了家门。她一边走，一边用手敲信，好像手里拿的是个手鼓。走着走着，迎面碰上了神甫和参孙，她就手舞足蹈地说开了：

"我们家发了，鸟枪换炮，不是穷光蛋了！我们桑丘做官了！那些阔太太、阔小姐敢再看不起我，我非叫她们吃不了兜着走！"

"我说特雷莎，你这是咋了？疯了？手里那些纸是干啥的？"

"谁疯了？我手里拿的是公爵夫人和总督大人写的信，脖子上挂的是高级珊瑚念珠，上面的圣母经珠子和天主经珠子都是金的！我现在是总督太太了！"

"特雷莎，别说我们，就是上帝也听不懂你说的是啥！"

特雷莎说："那你们自己瞧吧。"

神甫接过信，高声朗读。参孙听了，和神甫两个人惊奇得你看我我看你，半天没说话。后来，学士问信是谁捎来的。特雷莎说是个漂亮小伙儿，现在就在她家，说还捎来了礼物，可值钱了。神甫把那串珠子从她脖子上取下来，左看右看，正看反看，最后认定是上等货，心里越发惊奇。

神甫说："又送珊瑚珠子，又是写信。这不，我刚刚还摸了摸呢，可这位公爵夫人又要一二十个橡子！我凭这身教服起誓，我还真弄不明白这里面有什么道道儿！"

参孙说："别瞎猜了！咱们先去看看那位捎信的，有什么不明白可以问问他，是不是？"

他们两位跟着特雷莎去了她家。到了那儿，他们看见那小厮正在筛大麦，给他的马准备饲料。桑奇卡在切腌肉，准备裹上鸡蛋炸了给小厮吃。神甫和参孙见小厮长得眉清目秀，穿得也十分体面，心里非常高兴。双方行过礼后，参孙请他讲讲堂吉诃德和桑丘主仆的近况，说桑丘和公爵夫人的信看过了，但还是有些糊涂，搞不清楚桑丘当的那个总督是怎么回事，还有，就是地中海里的岛全是国王陛下的呀，桑丘怎么会做了岛上的总督呢？小厮说：

"桑丘·潘沙先生当总督，一点儿不假，确有其事。他管的那个地方是不是海岛，我不敢多嘴，可人家那儿也有一千多号人呢！说到橡子，跟二位说吧，我们公爵夫人可平易近人了！跟乡下佬要橡子？她还叫人去街坊家借过梳子哩！我

们阿拉贡的贵夫人都挺和气，哪儿像卡斯提亚那边的太太小姐，死要面子，傲气十足。"

这时，桑奇卡提着一包鸡蛋，蹦到小斯跟前，问：

"先生，我爹做了总督，是不是要穿锁眼紧身裤？"

小斯说："这我可没注意，可能穿了吧。"

桑奇卡说："真的？我的老天爷！我爹穿上紧身裤能是啥样？您说怪不怪？我自小就盼着我老爸穿上锁眼裤呢。"

小斯说："这算啥呀！让你开眼的事还多着呢！老天在上，你爹再干上两个月总督，出门还要套上挡灰的面罩呢！"

神甫和学士知道小斯在拿桑奇卡耍着玩，可那串高级珊瑚珠子，还有特雷莎后来给他们看过的那套猎装，都是真的呀。他们听了桑奇卡的话，禁不住都笑了，再一听特雷莎讲的那一套，乐得差点儿没趴在地上。特雷莎说：

"神甫先生，您费心给咱打听着，谁要是去马德里、托莱多，我要求他给我捎一条裙子，得带裙撑，要高级货，时髦的。跟您说实话吧，男人在外面当了官，咱不能给他丢脸，是不是？咱好歹也是个官太太，也得坐着马车到京城转一转吧？总督太太弄辆车有啥呀！"

桑奇卡赶紧帮腔：

"娘，你说得太对了！上帝保佑，咱们说走就走，赶早不赶晚。那伙人要是看见我和我娘坐上了马车，准会说：'瞧这丫头啊！爹妈都是乡巴佬，满嘴臭大蒜味，她倒坐在马车上怪神气的，活像个女教皇！'叫他们在烂泥地里混吧！我就是要坐在马车上，永远脚不沾地！让那些烂嘴巴的都去倒霉吧！'只要自个儿舒坦，甭管别人扯淡。'娘，你说是不是这个理儿？"

特雷莎说："那还用说吗，丫头！坐坐马车算啥呀？那享福的事还在后头呢！我那个好桑丘早给我许下愿了。闺女，你就等着瞧好儿吧！他说什么都得给我弄个伯爵太太当当，没错！咱们这运气才开了个头儿，大富大贵还在后头哩。我总听你那老爸说，对了，他也是成语俗话的老爸，他说呀：'送你头小牛，牵起就走'；'给你个官儿当，赶紧接着'；'叫你爵爷，马上答应'；'人家手里拿着厚礼，把你当狗招呼，你甭管那么多，先接过来再说'。别稀里糊涂，人家福气在外面叫你，你倒爱理不理！"

桑奇卡说："那伙人要瞧见我那么傲气，肯定会说什么'狗穿裤子……'哼！我才不怕哩！"

神甫听他们母女说完，这才开口道：

"好家伙！看样子，潘沙家的人个个都能得不行，好像生下来就满肚子成语俗话，只要一张嘴，就往外冒啊！"

小厮说："可不是嘛！桑丘总督大人张嘴就来，不过老用得不是地方，可挺逗人。我家公爵和夫人还一个劲儿夸他哩。"

参孙这时问道："我说这位先生，桑丘做了总督确有其事？世上还真有这么个公爵夫人？她还真的给特雷莎写了信，捎来了礼物？您还真这样认为？我们俩，不错，信也看了，礼物也摸了，可就是不敢相信呀！我们总觉着这像我们那位老乡堂吉诃德遇到过的事，他认为这些事全是魔法师变出来的。说实话，我真想把您上上下下、里里外外，好好摸索摸索，好弄明白您这位捎信的是鬼呢，还是有骨头有肉的大活人。"

小厮说："二位先生，反正我自个儿明白，我确实是个人，是个大活人，是来给人送信的。桑丘·潘沙先生也确确实实做了总督。我们公爵大人和夫人有权封他这个官儿，也确实封了。桑丘·潘沙总督干得挺好，办事很有魄力。要说这里面有没有魔道，还是请二位自个儿去琢磨。反正我说的没一句假话，这我敢拿我爹妈的命打赌，他们都活得挺好，是我最亲的人。"

参孙说："您说得挺对。可奥古斯丁仍大惑不解呀！"

小厮说："您爱解不解，反正咱说的是实事。俗话说：水是水，油是油。真的假不了，假的真不了。二位不信我可以，不信这实事行吗？要不，跟我走一趟。对你们说你们不信，让你们亲眼瞧瞧，我看还信不信？"

桑奇卡说："得，让我去走这一趟吧。您把我往马鞍子后面一放就行。我可想去看我爹了。"

"总督大人的千金小姐哪儿能这么出门呀？得有马车、抬轿，还得跟一大帮跟班仆役哩。"

"老天在上，我桑奇卡也不是什么娇小姐，骑驴坐车我都一样！"

特雷莎说："住嘴，丫头！你瞎扯啥呢？这位先生说得对，什么时候说什么话。你爹是桑丘，我就是桑卡。他当了总督，我就是夫人。是不是这个理儿？"

小厮说："特雷莎太太讲得太对了，连她没想到的都讲出来了。得，赶紧给我弄点儿吃的，我得赶后半晌到家。"

神甫说："招待您这样的贵客，特雷莎太太恐怕是有那个心没那个力。您还是到我家吃顿便饭算了。"

小厮开始推辞不去，后来一想，还是答应为好。神甫高兴极了，心想这下可有机会好好打听打听堂吉诃德的英雄事迹了。神甫和小厮走了不提，留下参孙赶着要帮特雷莎写回信，可特雷莎不愿意，她怕参孙耍怪，不想让他参与自己的事。她找了一个会写字的教堂侍童，给了人家两个鸡蛋、一个甜面包，求人家代写了两封信，一封给丈夫，一封给公爵夫人。两封信都是她说，人家写的，在这部大作里，文笔还不算最差的。要问都写了啥，请您接着往下瞧。

第五十一章 总督断案从善如流
骑士训导不厌其烦

　　总督去岛上巡视的那个晚上，上菜的那位仆役一夜没睡觉，心里总想着那个女扮男装的姑娘，怎么也忘不掉她那张漂亮的脸蛋和动人的姿态。管家呢，趁快天明的时候，给自个儿的主子公爵夫妇写了一封信，将桑丘的情况作了一番汇报，说他言语行动时常出乎意料，看上去傻，实际上比谁都灵，可以说，傻中有灵，灵中有傻，又傻又灵。

　　天明，总督大人起了床。按照佩德罗·严厉大夫的指示，他早饭只吃一点儿干果，喝了四口凉水。其实，他真想吃一块面包和一串葡萄。可有啥办法？只好忍着吧。人家严厉大夫说了，吃饭要少而精，才会聪明灵气，当大官的费脑不费力，更应当按这个原则对待自个儿的饮食。他讲得好听，倒霉的是桑丘的肚子。气得总督直骂，骂他的这个官位，骂那个给他官做的家伙。桑丘肚子里没啥玩意儿，饿得够呛，可升堂还得升堂，问案还得问案。那天一升堂，就进来一个外地人，当着他的下属提了这么一个问题：

　　"大人，有位爵爷的封地叫一条大河给分成两半……您可得听清楚，我讲的这个可是大事，还挺麻烦。得，我接着给您说。那河上有座桥，桥头安了个绞架，还有座房子，像是个公堂。那块封地的主人，也是桥和河的东家，他立下个规矩：凡是过桥的人，都必须先讲明去哪儿、干啥。讲真话的，放行；瞎扯的，立马上绞架，绝不轻饶。有四个法官就在那个像公堂的房子里办公，谁可以过桥，谁应该吊死，全由他们审定。这条规定可够厉害的，但许多人还是安然无恙地过了桥。人家肯定讲的都是真话，法官不放人走能行吗？可有一回呀，来了个过桥的，说他啥事没有，就是想吊死在那个绞架上。四位法官听了一合计，感到进退两难：'要是放他过桥，那就是说他讲了假话，理应处死；可绞死了他，又等于说他说了真话，该放他走。'他们犹像不决，到现在也没想出什么高招。大伙儿都说您聪明过人，所以，他们赶紧派我来面见大人，求大人帮他们一把，尽快了结这件让人头疼的公案。"

桑丘听了说：

"那几位法官先生多余派你来。我一点儿也不聪明，笨得很。这样吧，你再把这事说一遍，让我听明白，没准儿我还真能想出点儿什么道道来呢。"

那人把刚才说的那一套又反复讲了好几遍。桑丘说：

"其实我两句话就可以讲个一清二楚。那家伙说他想死在绞架上。要绞死他，他就是说了真话，按规定得放他走；可不绞死他呢，他就是说了假话，照规定得绞死他。是不是这么回事？"

那人说："没错，就是像大人讲的这样。"

桑丘说："我说呀，把那人说真话的一半放行，说假话的一半绞死，不就完了吗！"

那人说："大人的意思，是不是要把那人分成两半？可这么一分，人就死定了，还去判谁呀？"

桑丘说："我说好兄弟，你过来听我说。我能那么傻吗？这不明摆着吗？吊死他，有理；让他过去，也有理。说真话，死不了；讲假话就没命，对不对？我说，你回去对那几位先生就这样说：既然杀与不杀都有理，为啥就不给他留条命呢？做好事总比做坏事好吧？我说的这些话我可以在底下签名，可我不会写呀！跟你说吧，这可不是我自个儿脑袋瓜儿想出来的，全是我东家堂吉诃德说的。我来这个岛上任的头天晚上，他苦口婆心，嘱咐了我好多话。我刚才说的那句话就是他讲的。他当时是这么说的：要是断案碰到麻烦，最好慈悲为怀。托上帝的福，我正好想起这句话，立马就用上了。"

管家说："可不是嘛。我说呀，我们潘沙大人断案，比那个给斯巴达人立法定规矩的李库尔果还要高明哩！行了，上午的案子就办到这儿。我去叫他们弄点儿好饭，让咱们总督大人美美地吃上一顿。"

桑丘说："这才像回事嘛！可不能跟我玩什么花样啊！只要让我吃好，什么疑案能难得住我呀！哪怕它多得像下雨，不用它落地，我就全给它断了。"

管家说到做到，还真没糊弄桑丘。他真要把这么有本事的总督活活饿死，心里也过意不去嘛。再说，按东家的吩咐，还没耍够桑丘，晚上还有一个节目呢。就这么着，桑丘当晚竟违反严厉大夫的规定，饱餐了一顿。饭罢，就见一邮差跑进来，说有堂吉诃德给总督的信。桑丘叫秘书先看一遍，说如果不是什么机密大事，就大声念给他听。秘书遵命，从头到尾看了一遍，然后对他说：

"没问题，堂吉诃德先生给大人您写的这封信，就是用金字刻出来，也是当之无愧的。我给您念了：

堂吉诃德·德拉·曼卡致便宜岛总督桑丘·潘沙

桑丘老弟，我总担心人家会说你糊涂，骂你是昏官，谁知听到的全是赞扬你的声音，夸你聪明心细。我感谢上苍，只有它能从粪堆里提拔穷人，把傻瓜变成灵性人。听说你做官如同老百姓，生活过得跟畜生一样。这都是你太谦卑的缘故。你听我跟你说，当官就要有点儿威风，不能还像原来那样卑下，天性如此也得改。当啥官就得像啥样，仪表十分重要，不能由着性儿来。穿衣戴帽也要讲究点儿。俗话说：棍子拾掇拾掇，就不像棍子了。我不是要你打扮得花花绿绿，闪光夺目，我是说穿戴要合乎身份，不能身为法官却穿一套军装，另外，还要让人看着干净整齐。

要想老百姓拥护你，有两件事必须做到：一要以礼待人，这以前已经对你说过；二要保证人人丰衣足食，老百姓最怕的就是缺吃少穿。

法令不必多，要定就定好的，而且，一经公布，必须严格执行。否则，不如没有。有令不行，说明当官的有权有才立法，却无勇气叫人执行。如果法令根本不能付诸实施，只是吓唬人的条文，那它跟那根充当青蛙大王的梁木一样，开始把青蛙都唬住了，时间一长，就慢慢露了馅儿，到后来，青蛙们根本不把它放在眼里，全跳到它身上去了。

你要做好人的亲爹、坏人的后爸。既不能老是严厉，也不要一味手软。不走极端，适可而止，这就叫明智。你要常去监狱、肉铺和广场那几个地方走走，总督在那些地方常露面，作用不同一般。盼着早日宣判的囚犯可以心安；卖肉的害怕，不敢短斤少两；在广场上转悠的女人有所顾忌，不敢放肆胡来。我相信你一不贪财、二不贪色、三不贪吃。幸好你没有这些毛病，但是，我还得给你提个醒，千万别有这些毛病。要是你治下的百姓和跟你打交道的人看出你有的话，他们就会引你上钩，把你推进堕落的深渊，叫你身败名裂。你上任前我给你写的那些注意事项，你要反复看，认真读。你要是全照着我写的办，就一定会逢凶化吉，遇难成祥，克服各种困难，战胜各种挫折。你要写信给两位主人，感激他们的恩情。狂妄之徒才会忘恩负义，不知报恩乃世间最大的罪恶。知道感恩的人，一定也知道感激随时都在施恩于自己的上帝。

公爵夫人已经派人把你的衣服和一包礼物给你女人特雷莎·潘沙捎去，现在正等着她的回音呢。我小病了几天，都是叫猫给抓的，弄得鼻子生疼，不过，问题不大。这都是魔法师搞的鬼，有害我的，可也有向着我的。

你疑心跟你一起去上任的那个管家和三尾裙嬷嬷的事有瓜葛，到底是咋回事？你近况如何？请随时给我捎信说说，反正咱们离得也不太远。这么待着，无所事事，真叫人心烦，我天生就闲不住嘛。

我现在有一件事要做，弄不好会得罪这府上的两位贵人。我有点儿犹豫，可又非做不可，因为不管怎么说，总得尽职尽责嘛。古人云：吾爱吾师，更爱真理。我引用这句拉丁语，是因为你做了总督，想必也学了点儿吧。愿上帝保佑你，别变成叫人可怜的东西。

> 你的朋友
>
> 堂吉诃德·德拉·曼卡

桑丘很用心地听完这封信。大家听了都竖大拇哥，说写的都是金玉良言。桑丘听完信，把秘书叫上，回到了自个儿的卧室，关上门，要秘书马上写信给主人堂吉诃德。他说由他口述，秘书记录，不可增加一字，也不可减掉一词。秘书遵命，记下了桑丘这封信。信是这么写的：

桑丘·潘沙致堂吉诃德·德拉·曼卡

我忙得要命，连挠脑袋瓜儿都没工夫，就别提剪指甲了。指甲就玩命长呗，有啥法子，只能求上帝了。亲爱的东家，我这么一说，您就明白为啥我到今儿个才给您写这封信，也就不会骂我了。从到这儿那天起，我就没吃过一顿饱饭，比咱俩在树林子和野地里胡跑乱窜的时候还惨。

前些日子，公爵大人给我捎来一封信，说岛上混进来几个奸细，要把我给害了。我现在只发现了一个。这家伙是个大夫，由公家给他开钱，专门害来这儿上任的总督。那小子叫什么佩德罗·严厉，家住滚蛋村。您听听这名儿！我还真担心哪天会死在这小子手里！他说了，你得了病他不管，你还没得呢他才治。他开的药方就是少吃，恨不能不吃，不把你折腾成一把骨头架子就没完，好像发烧算个病，饿得皮包骨不算啥。反正，他不把我饿死，也得把我气死。本来还以为当上个官，可以吃香的喝辣的，睡软床，盖鸭绒，谁知道变成了个和尚，整天吃苦受罪。这么折腾下去，我非让鬼叫了去不可！

我到现在一分钱薪水也没领，也没收人家什么贿赂。我压根儿就不知道这些玩意儿打哪儿来呀！我听这儿的人讲，过去的几任总督，还没到任就先大捞了一笔，反正有借的也有送的。据说哪儿的官都是这么来钱，不是这儿独此一家。

昨儿晚上我在岛内巡视的时候，碰上一男一女，都长得挺漂亮。男的穿女装，女的穿男装，是姐弟俩。给我上菜那小子相中了那姑娘，想讨回家做媳妇；我看上了那个小伙子，打算叫他当我的女婿。我们俩今天就想去找他们的老爹求亲。他们那个爸叫迭戈·德拉亚纳，是位绅士，基督徒，老资格了！

您不是叫我常去广场转转吗？我照您说的做了。昨儿个我去那儿，正巧看见一个卖榛子的在捣鬼，她把一筐烂的坏的掺和到一筐好的里面。这还成？！我马上全部没收，送给了孤儿院，反正孩子们分得出好坏。我还罚了她，半个月内不准到广场上来卖东西。大家伙儿都夸我有两下子，说："老爷，您不知道，这个地方的女贩子个个没皮没脸，心黑得很，胆大得吓人。"没错，像这类女人，我在别的地方也见过。

谢谢公爵夫人给我家里写信，还捎去了礼物。我听了真高兴，将来我一定要报答她的。请替我吻她的手，跟夫人说，就说我说的，她给我的好处，绝不会白给，到时候她就知道了。

您干啥要跟两位主人家闹翻呢？我看还是拉倒吧。要是真把他们给惹了，我也得跟着倒霉。您还要我知恩必报呢！人家两口子待您可够意思的，请您住在府上，吃在府上，招待得有多周到多殷勤！您对人家那样，说得过去吗？

猫把您抓了是咋回事？是不是又是那些存心跟您对着干的浑蛋魔法师干的？得，等见面的时候再说吧。

我想给您捎点儿啥，可又想不出捎啥好。这个地方倒是有一种灌肠用的细管子，做得还挺有意思。反正，我这官只要还能当下去，我好歹得找个东西送给您。

要是特雷莎有信来，麻烦您贴足邮票，给我寄来。我很想他们，不知道老婆和孩子们过得咋样。

愿上帝保佑您不再受浑蛋魔法师的治，也赐福给我，叫我把这官当得顺顺当当。我还真有点儿发颤，就照那位严厉大夫这么折腾，我能把小命保住就谢天谢地了！

您的仆人

桑丘·潘沙总督

秘书封好信，立刻交给了邮差。那几个耍弄桑丘的家伙碰了一下头，商量如何赶走这位总督。桑丘为了治理好他所谓的这个海岛，那天下午一直忙着制定法令。他严禁在岛内倒卖粮食；允许外地的酒在岛上销售，但必须标明产地，好按质定价，掺水或冒牌的，一律处死；降低鞋袜价格，尤其是鞋价，因为他认为价钱实在太高；限定用人的工资，以防他们贪得无厌，漫天要价；严禁吟唱黄色歌曲，无论白天晚上，一经发现，必处以重刑；明令瞎子吟唱圣迹，必须证明所唱确有其事，否则不得外出卖艺，因为大多数盲人唱的纯属胡编乱造；指派公差专门管理乞丐，不是叫他去欺压他们，而是让他去鉴别真伪，因为有的叫花子，看上去缺胳膊少腿的，其实都是手脚利索的小偷，要不就是身体一点儿没毛病的酒鬼。反正，他搞了不少好法令，直到现在那个岛的人都还当做规矩在遵守，称那是《大总督桑丘·潘沙法典》呢。

第五十二章　嬷嬷磨人冒傻气
　　　　　　　　村妇村言笑死人

　　熙德·阿梅德说，堂吉诃德叫猫抓伤的地方都好利索了，就想向公爵告辞，去萨拉戈萨参加那里的节日庆典。他老待在爵爷府上闲住，实在不合骑士道的规矩，另外，庆典的日期就要到了，他还憋足了劲准备夺下锦标，得一套盔甲呢。一天，他同公爵夫妇在一起吃饭，正想找机会谈自己的事，却叫进来的两个人给岔开了。那两位，后来才知道是两个女人，从头到脚都戴着孝。其中一个走到堂吉诃德跟前，扑通一声，整个身子都趴在了地上，嘴贴着他的脚，一个劲儿地哀叹，真够凄惨的，弄得大伙儿莫名其妙，不知如何是好。公爵夫妇还以为手下的仆人在拿堂吉诃德耍着玩哩，可看到那个女人越哭越惨，就觉得不是那么回事了，心里犯起了嘀咕。堂吉诃德瞧她哭得泪人一样，不免动了恻隐之心，忙将她扶起，请她拿下面纱。等她摘去面纱，大家定睛一看，竟是府上的嬷嬷堂娜罗德里格斯，跟她一块儿走来的那个女人是她的女儿，就是被富农儿子骗了的那个姑娘。府上的人都感到吃惊，特别是公爵夫妇。大家都知道这位嬷嬷冒傻气，可怎么也没想到她会来这么一出。只听她对公爵夫妇说：

　　"我求大人和夫人开恩，让我跟这位骑士说两句话。有个不要脸的坏家伙跟我作对，我要治那小子，非得这位游侠帮忙不可。"

　　公爵说这有什么，她只管对堂吉诃德说就行了。她得到主人的批准，便转过脸，对堂吉诃德说：

　　"英勇的骑士，前些日子我不是跟您讲了我宝贝女儿受骗上当的事吗？我身边这个可怜的姑娘就是她。您当时说要替她伸张正义，打抱不平。可我听说您马上就要走，去找老天给您的好运。我求您动身之前，先找那个又土又野的坏小子打一仗，叫他乖乖跟我女儿把事办了。他不答应娶她当老婆，她能跟他睡觉吗？答应了就得办事！求我东家公爵大人出面主持公道，得等太阳从西边出来！什么缘故我不是早对您讲了吗？得，就这些。愿天主给您个好身体，也保佑我们顺顺当当。"

堂吉诃德听完，一本正经地对她说：

"我的好嬷嬷，您就别哭了，赶紧把眼泪擦干吧，也不要再唉声叹气了。您女儿的事全包在我身上。她也是，干吗耳朵那么软，听了人家的甜言蜜语就当真了？那些追她的人，大多数都是光说不兑现的主儿，说得好听，要他做就难了。不过，您甭怕，我这就求公爵大人批准，马上去找那个没良心的坏小子决斗。他要是推三阻四，不兑现过去说过的话，我就把他给宰了。干我们这一行的，你服软儿，咱就算拉倒；你要是来横的，那我非把你给治了不可，就是说，锄强扶弱。"

公爵说："咱们这位好嬷嬷告的那个粗人，您就不必亲自去找了，也不用求我批准向他挑战。现在就算您已挑过战了，由我去叫他来应战。就在我这儿决斗，我这儿有决斗场。我一定不偏不倚，一视同仁，要双方照决斗的规矩行事。这也是我们贵族应承担的责任。"

堂吉诃德说："既然大人有这句话，又肯做担保，我这回就暂且把绅士的身份放在一边，降格以平民对平民，让那个坏小子有资格跟我决斗。他把人家姑娘害得姑娘不是姑娘、媳妇不是媳妇、我就是要向他挑战，他不在场也没关系。他要是说了话不算数，不娶人家姑娘为妻，我一定叫他人头落地。"

说罢，他将一只手套摘下，扔在大厅当中。公爵捡起手套，说，他刚才已经讲了，他代表那个属民应战，决斗日期定在六天之后，地点就在城堡前的广场，武器就是骑士常用的矛、盾和盔甲，以及有关的各种附件。武器还须裁判当场检查，不得使用暗器和魔法。

"最要紧的是，我们这位好嬷嬷和她那个倒霉的女儿得声明，她们全权委托堂吉诃德先生为其主持公道。要不，一切免谈，挑战了也没用。"

嬷嬷说："我全权委托给堂吉诃德先生。"

她女儿又羞又愧，满脸泪水，也跟着说：

"我也是。"

现在可说是万事俱备，只等决斗。该怎么做，公爵大人心里已经有了底。身穿重孝的母女俩这时也退出了大厅。公爵夫人有话，以后府上大小不得再把她俩看成是仆人，要认做上门求助的落难女子。于是，府上给她俩另行安排了一间住房，按客人对待。别的女仆都感到吃惊，不知堂娜罗德里格斯和她那个倒霉的丫头到底要胡闹到什么地步。

罗德里格斯母女俩刚折腾完走了，又来了件有意思的事。原来，给桑丘·潘沙总督夫人特雷莎送信和礼物的小厮回来了。公爵夫妇一见他，心里别提有多高兴了。他们早就盼着他回府复命，着急想知道他到桑丘家后的所见所闻。小厮说厅里人多，讲话不方便，再说，也不是三两句话讲得清的，等其他人退下，他再当面向二位大人详细汇报。他说，他带回两封信，先给公爵和夫人解解闷。说着把信交给了公爵夫人。一个信封上写：寄不知哪个地方的公爵夫人；另一个信封上写：寄丈夫桑丘·潘沙，便宜岛总督，求上帝让他比我多享几年福。公爵夫人早急不可耐，拆开信先看了一遍，觉得没啥不便，就高声读了起来：

特雷莎·潘沙给公爵夫人的信

收到您的信，夫人，我真高兴死了。跟您说句掏心窝子的话吧，我早就盼着您的信了。那串珊瑚珠子太好了！我丈夫那套衣服也不差。村里听说夫人您给我那口子封了个总督的官儿，都挺高兴，可就是谁都不信，特别是神甫、理发师傅尼古拉斯和那个参孙学士。爱信不信！我才不在乎呢，只要是真事儿就行。说实话，要没见着那串珠子和那套衣服，我也不信！村里的人都说我那口子是个傻蛋，管群羊还凑合，管别的就不知道有没有本事了。上帝成全他吧！给他指道儿，他还有孩子要养哩。亲爱的夫人，我呀，只要您点个头，我就把这个好运留在家里，坐上马车上京城逛一圈，也气一气那些害红眼病的家伙。所以，我想劳夫人大驾叫我丈夫给我捎点儿钱回来，可得多点儿！京城那边啥都贵，面包一个得一雷阿尔，肉一磅三十文，贵得

厉害！他要是不想叫我去，就趁早告诉我。我实在等不及了，恨不能这就上路。街坊们都说，我和女儿到京城出出风头，出名的不是我们母女俩，是他！您瞧呀！人家见了我们一定会问："车上坐的太太、小姐是谁呀？"我的跟班就会说："是便宜岛总督桑丘·潘沙大人的夫人和女儿呀！"桑丘不就出名了？当然我也有了身份。反正，是福是祸，都要去罗马。

太对不起您了。今年我们村的橡子没收成。可不行呀，我说啥也得给您弄十几斤，是不是？我自个儿就上山挑了又挑、拣了又拣，恨不能给您送去的全是鸵鸟蛋那么大的个儿！

夫人您可别忘了给我写信啊！我一定好好写回信，跟您说说我的身体咋样呀，村里又出了什么事呀。求天主保佑夫人您，也别忘了关照我。我闺女桑奇卡和我小子吻您的手。

我真想见到夫人您啊！

您的仆人
特雷莎·潘沙

大家听了，都觉得好玩极了，公爵夫妇尤其欣赏。公爵夫人说，特雷莎给总督的信一定更有意思，问堂吉诃德可不可以拆开一看。堂吉诃德说，只要二位大人高兴，但拆无妨。信中写道：

特雷莎·潘沙给丈夫桑丘·潘沙的信

我亲爱的桑丘，我收到你的信，心里那个高兴呀，我是个好基督徒，我敢发誓，我差点儿乐疯了。我说，伙计，我一听说你当上了总督，高兴得不知咋好了，恨不得马上倒地，两眼一闭，死了算了。你知道，常言说，大悲人死，大喜能死人。咱那丫头乐得更没样了，连尿都憋不住了，她愣没感觉！眼跟前就是你捎来的那套衣服，脖子上挂着的就是公爵夫人送我的珊瑚珠子，手里拿的就是捎来的那两封信，捎信人就在眼跟前，可我总觉着这是在做梦！这也难怪，一个放羊的愣当上了总督，放着谁也不敢相信呀！伙计，你知道，我老妈过去说过：活得长，见识多。我说这话，意思是我想多活几年，多见见世面。我呀，打算一直活到你当上征粮官和收税官。我知道，当这种官儿，一出手就得叫小鬼勾去，可手里老有钱哪！我要去京城转悠的事，公爵夫人会告诉你的。你觉得咋样，跟我也说说。我准备坐马车去，也给你撑撑面子。

神甫、理发师傅、学士，还有教堂管事的，说啥也不信你当了总督，说我在瞎扯，要不就是遭了什么魔道，跟你东家堂吉诃德那些事一样。参孙还说，要去找你，劝你少做当官的梦，要把堂吉诃德也找回来，好给他治治脑袋瓜子。我听了啥也没说，光知道笑，只顾瞧那串珠子，琢磨着怎么把那套衣服给女儿改了穿。

我给公爵夫人捎去点儿橡子，我真想那都是一块块金子。要是你们岛上有珍珠项链，给我捎上几串。

村里没别的，就是贝鲁埃卡把她丫头嫁给了一个画画儿的。那个画画儿的，手艺不行，跑到咱们村找活儿干，村长叫他把国王陛下的徽章画在村公所门上，他说工钱得要两杜卡多。村里先付了钱，可他折腾了八天，啥也没画出来，说这些便宜的玩意儿他不干，末了，把工钱也退了。就这样，人家愣摆出一流画工的派头娶了贝鲁埃卡的姑娘。现在，人家早就不画了，当农民，下地干活了，还挺像个人似的。还有佩德罗·德罗波的儿子在教会里当差，已经把头剃了，准备当教士。明戈·西尔瓦托的孙女明吉亚听说他有这种打算，就要跟他打官司，说他们早定了亲。底下瞎传，说吉亚已经怀上了那小子的娃。可人家男方死活不认账。

今年橄榄长得不好，村里连一滴醋也甭想找到。村里来了一连当兵的，走的时候，顺手牵羊，弄走了三个姑娘。她们是谁我就不提了。兴许还会回来。甭管名声好听不好听，全能嫁出去。

桑奇卡每天忙着给人织花边，一天下来能挣上八文钱。她把钱都攒着呢，出嫁时好用呀。现在她可是总督的千金小姐了，还怕你这当爹的不管？所以，她也用不着再自个儿挣了。广场上那个喷水池早干得没水了，钟楼的塔尖也叫雷神爷给劈了。嘿！这和我有啥相干！

我等你回信，好知道你叫不叫我去京城。得，愿上帝保佑你比我活得长。还是咱俩一样长得了，我怎么舍得把你一个人扔在这个世上哩！

你的妻子
特雷莎·潘沙

　　这两封信写得既一本正经又惹人好笑，大家听了，一会儿拍手叫好，一会儿莫名其妙。真是无巧不成书，刚读完桑丘老婆的两封信，邮差又送来桑丘给堂吉诃德的信。堂吉诃德拆开当众朗读。大伙儿听了，都有点儿犯难：这桑丘到底算精猴呢，还是地地道道的傻蛋？公爵夫人趁这个机会带着小厮出了大厅，拣了个僻静地方向小厮询问在桑丘家的所见所闻。小厮从头到尾讲了一遍，一点儿没落。讲完见闻，取出橡子和一块奶酪交给夫人。奶酪也是特雷莎送给夫人的，据说特隆穷产的也比不上。公爵夫人满脸堆笑，一一收下不表。再去看看海岛总督中的精英和榜样、伟大的桑丘·潘沙是如何卸任收场的。

第五十三章 | 求官得官自找麻烦
丢官弃官图个清闲

"要世间万物永远不变，纯属胡思乱想。其实一切都在兜圈子，就是转过去又转回来。春天过去是初夏，初夏完了是盛夏，盛夏之后秋天到，秋天接着是冬天，冬天后面又是春。时光就是这样循环往复，无始无终。可人生总有尽头，它奔跑的速度比时间还要快，而且，一去不返。要想永生，只有进入天国。"这是回教哲人熙德·阿梅德说的话。有不少人不靠信仰，单凭天生的智慧也感悟到今生变化无常，转瞬即逝，来世悠悠，无始无终。作者见桑丘仕途来得急去得快，如过眼云烟，不胜感慨，才发了这番议论。

且说桑丘到任后第七天的晚上，正在床上躺着歇息。他这一天饭没吃饱，酒没喝够，可审案、立法这些公事让他忙得够呛。虽说肚子里没啥玩意儿不容易睡着，但到底是累狠了，眼皮子渐渐合到了一处。他刚要进入梦乡，忽听钟声四起，人声鼎沸，好像这岛就要沉入大海了。他赶忙坐起，侧耳细听。听了半天，没听出什么名堂，只觉得除了钟声人声，还有鼓声号声。他莫名其妙，百思不解，一颗心就在胸口里乱跳。后来，他干脆跳下床，怕潮不敢光脚，就穿上拖鞋，啥衣服也没披，就跑了出去。到了过道上一看，有二十来号人，个个一手举着熊熊的火把，一手拿着锃亮的宝剑，边跑边喊：

"快呀！快抄家伙呀！总督大人！敌人上了岛了！人太多了！数不清呀！您有什么本事就快使出来吧！您要不管，我们就全完了！"

那帮人就这么乱叫乱吼，蜂拥而来。桑丘听他们这阵乱喊，再看他们这个模样，早吓蒙了。

那帮人跑到他跟前，只听其中一个说：

"大人您怎么不抄家伙呀？快呀！要不，性命就难保了，咱这岛也得跟着完蛋。"

桑丘说："我拿啥玩意儿呀？我啥也不会使呀！我也不会打仗呀！咋办哪！还是叫我东家堂吉诃德来得了。他行，他一来就全妥了。我呀！啥也不是呀！我哪儿会打仗呀！"

又有一个说："哎哟喂，我的总督老大人！您还磨蹭啥呀？快！快抄家伙！攻的，守的，我们全带来了。快去广场！当我们的头，领着我们干！谁叫您是总督呢！您不当帅谁当帅？"

桑丘说："那就给我披上盔甲吧！"

那些人一听，马上把带来的两块长圆形的盾牌搬到他跟前，不容他再穿别的衣服，就前边一块后边一块扣在了他的衬衣外面，然后把他的胳膊从事先挖好的两个窟窿里拉出来，最后用绳子把两块盾牌捆了个结实。桑丘叫那伙人这么一折腾，就像个棒槌，直挺挺的，夹在两层木板当中，又好似砌在两堵墙之间，别说走路，连腰都甭想弯。那帮人又往他手里塞了一支长矛。他扶着长矛这才站稳了脚。他们把他都弄成这个德行了，还要他开步走，领他们打仗，说什么有他这个北斗、灯塔，他们肯定会所向披靡，万事大吉。

桑丘说："我的老天爷！我叫这两块板子夹得这么紧，能迈得开步吗？连膝盖都弯不过来！干脆把我抬到门洞那儿，立着也行、躺着也罢，爱咋放咋放。我就在那儿守着，这不，手里有支长矛，再加上我这百十来斤，还不行？"

有人对他说："您倒是走啊！我的总督大人。什么板子夹住动不了，我看您是吓的。快点儿走吧！再不走就来不及了。敌人越来越多，喊声也越来越大，太危险了！"

那伙人连喊带损，跟催命鬼似的。可怜的桑丘万般无奈，只好抬腿迈步，步子没迈出去，人倒先摔了个结实，心想自个儿准摔成八瓣。只见他躺在地上，像只缩在硬壳中的大乌龟，又好似放在木槽间的半片肥猪肉，更像反扣在沙滩地上的小木船。那帮要弄他的家伙见他摔倒在地，不但不可怜他，就此住手，反而弄灭火把，"冲呀！杀呀！"喊声震天，在桑丘身上踩来跑去，用剑使劲乱砍裹在他身上的盾牌。可怜的总督大人要不是及时缩起脑袋，全身蜷成一团，藏进盾牌之间，小命恐怕早就不保了。他躲在那个可怜巴巴的避难所里，冒完了热汗冒冷汗，心里一个劲儿地求老天爷赶快把他救出这要命的地方。那帮人不管那套，在他身上过来过去，有被他绊倒的，也有摔趴在他身上的，还有一位干脆把他当瞭望台，站在他身上，大呼小叫地指挥开了：

"快！都到这边来！敌人这边火力最厉害！把那个门关上！守住那个地方！看好那道楼梯！快把火弹运过来！往油锅里再加点儿松脂和柏油！快用床垫把街口堵上！"他把守城该用的武器一个不落地用嘴喊了一遍。桑丘叫他踩在脚下，一边听他乱喊，一边暗自叫苦，心里不停地说："老天爷！您赶紧让这个岛叫人家占了算了！我能不能活倒没啥，只要别叫我再受这份洋罪，我就谢天谢地了！"天主居然听见了他的哀告。为啥这么说呢？因为突然有人大喊：

"胜了！打胜了！敌人都跑了！总督大人，快起来吧！咱们打胜仗了！您大显身手，英勇无敌，给咱们赢了这么多战利品，快给大伙儿分了吧！"

桑丘让他们踩得浑身是伤，疼得直哎哟，有气无力地说：

"那就扶我起来吧！"

他们把他扶。他站稳脚跟，便说：

"我打败了敌人？别逗！我可不想分什么战利品，我现在就想来口酒喝！哪位够朋友？我快渴死了！再给我擦擦，我全身都湿透了！"

他们帮他擦了汗，送来了酒，还松开了绑在他身上的两面盾牌。桑丘连吓带累，终于晕倒在床。那帮拿他穷开心的家伙一看把人家整得这模样，都有点儿后悔。幸好桑丘晕的时间不长，没多大工夫就苏醒过来，他们这才转忧为喜。桑丘一醒过来便问是什么时辰了，回答说快天亮了。只见他不再说啥，动手穿起衣服。大伙儿都看着他，不明白他忙着穿衣服为啥。他穿好衣服，就奔马圈去了。他浑身疼走不快，只能一步一拐地往那儿挪。那伙人不知他葫芦里卖的是啥药，只好跟在后面，想看个究竟。桑丘进了马圈，走到灰驴身边，一把搂住它的脖子，在它脑门儿上亲了一口，然后眼泪汪汪地说：

"灰毛，我的伴儿，咱俩是有苦同吃、有难同当的患难哥们儿啊！咱们在一起，我惦记的就是拾掇拾掇你的鞍子，把你喂饱，再不操别的闲心，就这样一天天、一年年，过得挺自在。后来我丢下你，往上爬，想得意得意，谁知道惹了一肚子气，找了一大堆麻烦。"

他一面这么嘟嘟囔囔，一面给驴子套上鞍子。大伙儿都不吭声。他鞴好了驴，忍着疼，硬撑着上了驴背。他转身对管家、秘书、上菜的仆人，还有严厉大夫等人说：

"各位，给咱让个道儿，我还是回去过逍遥自在的日子吧，再待在这儿，我非死不可。我呀，还想多活几年呢！总督这活咱干不了，敌人来了，咱也不会守城。种个地、整个葡萄啥的，咱还在行。守疆卫国，立法定个啥规矩，咱就摸不着门了。圣佩德罗待在罗马最自在，就是说，你该干什么干什么。我这只手只配拿镰刀，拿总督的权杖就别扭。我宁可喝一肚子凉菜汤，也不愿受浑蛋大夫的治，整天饿得半死。当官有啥好啊？能披次貂皮①，睡细布单子，可麻烦多呀！还真不如夏天往树底下一躺，冬天披件老羊皮自在！上帝保佑各位，请跟公爵大人说一声，我光着身子生下来，如今还是身子光着，没赔没赚，就是说，我上任没带一个子儿，下台一个子儿没带，跟人家下台时候比，真可说是天上地下，差老鼻子啦！各位闪开，我得走了。我还得贴点儿药膏，昨晚上，那么多敌人在我身上乱踩，肋条怕是全断了！"

严厉大夫说："大人您这是干啥？我这儿有一剂汤药，专治各种跌打损伤，您只要喝下去，包您全好，跟没事儿一样。您不是对吃饭有意见吗？咱可以改进嘛。以后呀，您爱吃啥吃啥，还不行？"

桑丘说："晚了！让我留下？除非太阳打西边出来！拿我这么耍着玩，别想有第二回！跟你们说吧，别说这个官儿我不稀罕，就是求爷爷告奶奶，再白送我一个，我也不要！这是叫没翅膀的往天上飞！我们潘沙家的人，个个都是倔头，说不要就不要，错了，也一口咬定不要，才不在乎人家说啥呢。我这只蚂蚁不就在天上飞了半天了吗？差点儿叫燕子和鸟儿吃了！现在呀，这翅膀我也不要了，扔在这马圈得了，咱还是在这平地上走着实在。穿不上高级皮靴有啥呀！咱麻绳打的鞋总有几双吧？哪只羊也甭愁配不上对，被子有多长，脚就伸多远呗。时候不早了，快让我走吧！"

管家说："大人，您非走不可，我们也不能硬拦着不是？说实在的，我们还

---

① 应为紫貂皮。

真不愿让您走。您脑瓜儿好使不说，心眼还不赖。您要走也成，得先把公事交代清楚。您不是来了十天吗？那就把这十天干的事说明白。"

桑丘说："要是公爵大人派的人要我这样做，咱没说的，别人休想！再说，我就要去见他，啥事我不能当面跟他说呀？要我交代啥？你们这不都看见了，我就走我这个人，啥也没带呀。还用得着别的证据吗？凭这一条就可以说，咱当这几天官，比天使还干净。"

严厉大夫说："老天在上，桑丘大人说得在理。我看，就让他走吧，公爵大人肯定等他都等急了。"

众人均表同意，还说要送他一程，并为他准备了旅途所需物品，免得他受劳顿之苦。桑丘说不必如此麻烦，只须给他的灰驴带点儿大麦、给他弄半块面包和半块干酪就行了。临行，大伙儿都上前与他拥抱，他也含着泪水搂了搂他们，然后上了路。众人对他辞官而去交口称赞，说这实在是果断明智之举，对他那番说辞更是佩服得五体投地。

第五十四章 | 寻主人路遇乡亲
　　　　　 | 话离别畅谈往事

　　堂吉诃德要和那富农儿子决斗，原因前文已说得明白。公爵夫妇也一口答应。可那小子死活不认堂娜罗德里格斯这个丈母娘，一溜烟跑到了佛兰德斯。公爵夫妇无奈，便将手下一名随从叫来，命他替那小子与堂吉诃德决斗。那名随从是加斯科尼人，名叫托西洛斯，经公爵夫妇事先指点，知道如何应付堂吉诃德。过了两天，公爵通知堂吉诃德，说四天之后，他的对手就将以骑士的姿态，到决斗场与他交战。还说，那小子根本不承认说过要娶那姑娘，纯粹是她无中生有，瞎编出来的。堂吉诃德一听，喜出望外，暗下决心，这一仗一定要干得漂漂亮亮。能有机会在公爵夫妇面前显示自己的武功，他万分得意。为了早点儿出此风头，他心急如焚，只觉得这四天比四万年还长，恨不能立马就开始决斗。

　　得，咱们就让这四天慢慢过吧，先去瞧瞧可怜的桑丘。这会儿，他心里挺高兴，又觉得不是滋味，正骑着灰驴去找他的东家，琢磨着当这总督实在没劲，真不如给堂吉诃德做伴儿开心。他压根儿就没去想他管的那个地方到底算海岛呢，还是算城镇，反正没走多远，就迎面看见六名朝圣香客，手里都拄着拐杖。这些以卖唱乞讨为生的外国人走到他跟前，就一字排开，唱了起来。唱的都是外国歌，桑丘根本听不懂，可有一句话他听出是啥意思了，就是：给点儿吃的吧。就凭这，他猜出他们是卖唱乞讨的。据熙德·阿梅德讲，桑丘心软人善，一见是要饭的，赶紧把那半块面包和半块干酪从褡裢里取出来，给了他们，还用手比比画画，意思是就剩这点儿吃的了，没别的好给了。

　　那伙要饭的别提多高兴了，赶忙收下，又齐声对他说：

"盖尔特！盖尔特①！"

桑丘说："你们要啥？我听不懂啊！"

卖唱香客中有一位从怀里取出一只钱袋给桑丘看。桑丘明白了，原来是跟他要钱。就把大拇指对着脖子，其他指头向上，意思是他身上一个子儿也没有，随后用马刺刺了一下灰驴，冲了过去。那伙人当中有一位上下仔细打量了他好一会儿了，这时便冲上去，一把抱住他的腰，大声喊道，说的竟是地道的西班牙语：

"我的上帝呀！这不是我的好朋友好街坊桑丘吗？没错！我搂着的就是桑丘！我不是做梦，也没喝醉。"

桑丘一看那个外国人抱住自己不放，还直叫自个儿的名字，心中大惊。他没吭气，只管上下打量那人，看了半天，也没认出是谁。那人瞧他傻看着自个儿，就说：

"桑丘老弟，你这是咋啦？怎么连街坊都认不出来了？我是开小铺的摩尔人里科特呀！"

桑丘瞧了又瞧，看了又看，越瞧越觉得面熟，越看越觉得认识，等完全认出来了，他连驴都没来得及下，就一把搂过那人的脖子说：

"里科特，你穿这么一身怪里怪气的衣服，鬼都认不出来！你咋变成外国佬啦？你真是胆大包天哪！还敢回西班牙来！叫人认出你，把你逮住，你可就吃不了兜着走了！"

那人说："桑丘，只要你不说，我有这身衣服遮着，谁也甭想认出我。对了，咱们站在这儿干啥呀！走，到那边树林里去。我这帮伙计也正准备歇歇脚，吃点儿东西哩。你也来吃点儿，我这些伙计都挺和气，我也想跟你扯一扯我离开咱村后的事情。你也听说了，国王一道圣旨，我们只好走人。没辙呀，不走不行呀，我们这些摩尔人真是倒了八辈子霉了！"

桑丘说行。里科特跟他那伙人一说，大家就离开大路，朝前边的树林赶去。走了半天，才到了那儿。那伙朝圣香客立刻扔开拐杖，扒去披风外套，只穿紧身内衣。原来除了里科特年纪大点儿，其余都是帅小伙儿。他们人手一个褡裢，看

---

① 德语：钱。

样子都装得满满的，肯定是些好吃的东西，二十里外都能叫人流出口水。他们躺在地上，把草地当桌子，将面包、咸盐、核桃、干酪片、腌肉骨头，还有刀子什么的，全放在上面。骨头嚼不动，啃一啃，嘬嘬滋味也不赖。接着又拿出一种黑糊糊的玩意儿，说叫鱼子酱，下酒最好。还取出不少橄榄，虽说没加工腌渍，吃起来还挺爽口。那六位各自从褡裢里拿出一个装满酒的皮囊。里科特的那个论大小也不比其他人的差。最抢眼的还就数这些皮囊。里科特老兄这会儿居然摇身一变，成了日耳曼人，也就是德国人，不再当摩尔人了①。

东西摆好之后，他们开始进餐。他们把吃的切成小块，用刀尖挑着往嘴里送，细嚼慢咽，吃得有滋有味。吃一会儿，就一齐捧起酒囊，嘴对着囊口，眼望着天，好像在瞄准什么，一边摇头晃脑，就别提有多得意了。他们就这样一个劲儿地把酒往肚子里灌。桑丘看他们这样玩命地喝，一点儿也不心疼。有一句老话他记得特熟：到了罗马，瞧人干啥，你也干啥。所以，赶紧向里科特要过来酒囊，捧在手里，像那伙人一样，眼瞄着天，喝了个痛快。

那六个酒囊被他们举起了四回，等再举起来就叫人觉得没劲了，原来皮囊全瘪得像麻秆了。大家吃着喝着的时候，总有人用右手拉着桑丘的手说：

"西班牙人，德国人，统统好哥们儿。"

桑丘也学着他们的话说：

"向上帝发誓，统统好哥们儿。"

说完就笑，笑了一个多钟头，早把当总督遇到的那些倒霉事丢到了九霄云外。人有吃有喝的时候，心里只有乐没有愁。吃饱喝足，就在草地上倒头大睡。桑丘和里科特吃得多，喝得少，所以还没犯困。里科特把桑丘拉到一棵山毛榉树下坐着，跟他聊天，让那几个朝圣香客睡自己的大觉。这会儿他不说那绕嘴的摩尔话了，讲的是一口地道的西班牙语。

"桑丘，我的好街坊好朋友，你最清楚，国王陛下出了告示，要把我们摩尔人统统赶出西班牙，我们当时都很紧张很害怕，反正我吓得够呛。我怕我和孩子们来不及走，受到重罚，我呀就先走一步，等找好合适的地方，再回来接家小。

---

① 摩尔人戒酒，德国人爱酒。

人家规定好日子要你的房子，你不事先找个落脚的地方行吗？可不敢像好多人那样，着急早点儿走，一点儿准备都没有。国王下令要我们摩尔人离开，可不像有些人说的是吓唬吓唬。我们上年纪的人都看得明白，那是法，是来真格的，到时候该咋样就得咋样。所以说我看得挺远，做得挺对。我觉着陛下这样做实在英明，一定是老天爷的意思，因为我知道，我们摩尔人心眼太坏，净想胡来。当然不是都这样，我们里边也有老实巴交、真信基督的，可这样的人实在太少了，不能把那些不信基督的怎么样。毒蛇不能养在怀里，仇人不能留在家里。一句话，把我们轰出西班牙是活该倒霉。有些人认为这么对待我们算是宽大处理，可我们觉得这是最严厉的惩罚。我们不管走到哪儿，一想起西班牙眼泪就止不住，到底这儿是生我们养我们的家乡啊！我们四处流浪，找不到一个安身的地方。原以为柏柏尔和非洲其他地方总会收留我们，给我们点儿照顾，谁知那些地方还最欺负人。原来躺在蜜罐里不觉得甜，等后来倒霉，吃了苦头，才明白过来。我们这些人差不多都惦记回来，特别像我这样会讲西班牙语的，大多数都回来了。为了回西班牙，大伙儿连老婆孩子都不管了。您说，我们有多爱西班牙！俗话说：这好那好，家乡最好。现在我总算是明白了。我离开咱们村，先去了法国。法国人对我们不错，可我还想开开眼界，又去了意大利，后来又到了德国。在德国人活得比较自由，他们那儿的人不小心眼，大家过自个儿的日子，一般不管别人信什么。我在奥古斯塔那儿的一个村里搞了一所房子，后来就和这几位朝圣香客聚到一块儿了。他们这些人每年都要来西班牙朝圣。他们来这儿，就跟去美洲一样，都能捞上一笔。他们哪儿都去，差不多走遍了全西班牙。不管走到哪儿，都有吃有喝，还能得点儿钱，每次弄个一雷阿尔不成问题。来一趟西班牙，少说也能挣个百十埃斯库多。他们把钱换成金子，不是藏在拐杖里，就是缝在外衣的补丁中，反正不管关卡盘查得有多严，他们都有办法带出去。桑丘，我这次回来，就是要取我的财宝，都埋在村外的地里，估计不会遇到什么麻烦。我老婆和女儿都在阿尔及尔。我打算写信给她们，要不就从巴伦西亚坐船去找她们，把她们接到法国，再想办法到德国。到了那儿怎么样，就看上帝的了。桑丘，我女儿里科特和老婆佛朗西斯卡·里科特都是货真价实的基督徒。我比不上她们，可好歹也是基督徒啊，对不对？我已经不是摩尔人了，我一直求上帝他老人家给我开开窍，让我知道怎么才能为他效劳。有一件事我一直弄不明白：我老婆和女儿都是基督徒，为啥不上法国，偏偏要跑到柏柏尔去？"

桑丘告诉他说：

"里科特，这怪不着你老婆和女儿，是你那个叫什么胡安·丢皮欧的舅子把她们带到那儿去的。他这个摩尔人可是个机灵鬼，他肯定要去对他有利的地方，是不是？对了，我还得告诉你，你不是想挖埋在地下的财宝吗？我看就甭费这傻力气了。我们早就听说，你舅子和你老婆带的金银财宝全叫人家搜出来没收了。"

里科特说："这还真说不定。可不会呀，桑丘。我怕出事，没敢告诉她们埋在哪儿呀，肯定还在那儿。这样吧，桑丘，你要是跟我一块儿去，帮我把东西挖出来，又不声张出去，我给你两百埃斯库多，贴补贴补家用。我知道你家的日子过得也紧巴巴的。"

桑丘说："我真想帮你忙，但可不是为了钱。要是贪财，我今儿早上能把到手的官儿给扔了吗？我要是接茬儿干下去，不用半年，我家的墙就能全变成金的，吃饭都可以用银盘子了。这是一。另外，我也不能帮国王的对头，是不是？要是我干了这种事，人家不骂我叛徒才怪呢！所以，别说才许给我两百埃斯库多，就是你马上掏出四百现钱，我也不干。"

里科特问："桑丘，你扔的是啥官儿呀？"

桑丘说："海岛总督。说真格的，像我那个海岛，可不是随便就能碰上的哟。"

里科特问："你那个岛在啥地方？"

桑丘说："在啥地方？也就离这儿二十来里地吧，叫什么便宜岛。"

里科特说："你蒙谁呢，桑丘？海岛海岛，肯定在海里，陆地上哪来那玩意儿！"

桑丘说："咋没有！告诉你吧，里科特老兄，我今儿早上才离开那儿，昨天我还正经八百是那儿的总督大老爷呢。可我说啥也不干了，太悬！"

里科特问："你当这官得啥便宜了？"

桑丘说："便宜倒没捞着，但明白一件事：我呀，当官不行，赶羊看牛什么的还凑合。当那种官想发财，那你就甭休息也甭睡觉，连饭都得免了。想必海岛上的总督都不能多吃，要是再摊上个什么保健大夫侍候，那你就更完了。"

里科特说："桑丘，你说啥呢？我看你是睁着眼说胡话！谁会让你当总督？是不是这世上再找不到人了？你是不是在说梦话？你还是把嘴闭上的好！我说，还是跟我去挖宝吧。真的，我埋在那儿的东西够多的，说它是个宝库都不过分。完了事，我一定会给你分点儿，这我刚才都说了。"

桑丘说："里科特，我也跟你都说了，我不想去。你放心，我不去，也不会告发你。你干你的，我干我的，祝你走运。我知道有这么句老话：应得之利都难保，非分之财准要命。"

里科特说："得，我也不难为你。对了，桑丘，我老婆、女儿跟我舅子走的时候，你在不在村里？"

桑丘说："我在呀。那天哪，你女儿可漂亮了，全村都出来看她，说她是世上最美的大美人。她一边哭，一边和朋友、熟人，还有所有送她的乡亲拥抱告别，求上帝和圣母保佑大伙儿。她说得好伤心，连我这个不爱掉眼泪的人都哭了。跟你说吧，好多人真想在半道上把她抢了藏起来，可谁也不敢哪，和国王对着干那可不是闹着玩的！那时候，最难受的就是堂佩德罗·格里戈里奥。这位阔少爷你肯定知道，听说他爱你的女儿爱得要命。你女儿一走，他也没影儿了。大伙儿都以为他也跟着去了，准备找机会把你女儿抢走，可始终没听说他的消息。"

里科特说："我早就疑心那位少爷惦记上我的闺女了。我不用担心，我知道里科特是个什么样的孩子。桑丘，我想你也听说了，摩尔女子和基督徒搞对象实在少得可怜，可以说根本没有。我看哪，我女儿根本不是想谈恋爱，是想当个基督徒，她才不会把那位阔少爷的甜言蜜语放在心上哩。"

桑丘说："但愿如此，免得都不好受。老兄，我得走了，要不今晚儿就赶不到我东家堂吉诃德那儿了。"

"上帝保佑你，老弟。我那伙人也有动静了，我们也该上路了。"

两个同乡紧紧拥抱，然后桑丘骑上灰驴，里科特拿起拐杖，彼此告别，各奔前程。

桑丘倒霉误落深坑
骑士走运巧遇侍从

桑丘半道儿遇上里科特，耽搁了时间，当天晚上没能赶到公爵的城堡。其实就差五里来地，但天实在太黑，幸好是夏天，他并没有放在心上。为了找个过夜的地方，他离开了大路，谁知竟走入一座老房子中，还连人带驴掉进了一个伸手不见五指的深坑。他以为这下子算是到了地狱了，恨不得把心掏出来求上帝保佑。哪儿想到灰驴落到三人多深的地方就着了地，他居然还骑在驴背上，身上没受一点儿伤。他浑身摸了一下，看自个儿是不是安然无恙，还是哪儿捅了个大窟窿。他原以为自己非摔成肉泥烂酱不可，这会儿一看自个儿平安无事，哪儿也没少，就不停口地千恩万谢上帝的大慈大悲。他伸手摸了摸土坑的四壁，看有没有办法脱身。可四周光光的，根本就甭想爬出去。桑丘这下子傻眼了，再听见灰驴可怜的哀叫，心里越发难受。灰驴可没爱乱哼哼的毛病，它确实摔得够戗。

桑丘长叹一声，说道：

"唉！这个倒霉的世界！你啥事都能碰上！昨儿个还当总督，一呼百应，好不威风，谁知道今儿就叫天天不应，喊地地不灵，非活埋在这个坑里不可！就算驴没摔死，我不烦死，早晚我俩也得饿死。我主人堂吉诃德多有福气！他进了蒙特西诺斯洞，是享福去了。人家把他伺候得比在家还强，吃饭睡觉都不用操心，眼睛瞧的全是好看的东西，哪儿像我呀！我在这深坑里恐怕只能看见长虫和癞蛤蟆了。我真不走运！还不是怪我自己没脑子，异想天开！我看哪，等老天开眼，人家找到我们，我俩恐怕早剩下骨头了！谁都知道我和灰驴总是你跟着我、我跟着你，谁也离不开谁，没准儿看了能认出是我们俩。我们真是倒了八辈子霉了！"

死在家乡也行呀！有自家人在跟前，就算是活不成，也有人为我们哭几声，咽气的时候给我们把眼合上，是不是？现在这都甭想了！我的好伙计、好朋友，你为我辛苦了大半辈子，如今落了这么个下场，我怎么对得起你呀！原谅我吧！对了，你也想想办法求求管生死的女神仙，请她把咱俩救出去吧。到时候我一定会给你戴上桂冠，叫你当个得奖的诗人，每次还要喂你双份草料。"

桑丘叫苦连天，没完没了。灰驴一声不吭，这可怜的牲口也很难受。他俩就这样唉声叹气地过了整整一宿。好不容易熬到天亮，桑丘才看清，没人帮他，他和灰驴永远也逃不出这个枯井。他大喊大叫，指望有人听见他的呼救，但周围空无一人，他是在对旷野呼喊，完全是白费工夫。他知道自己只有死路一条。灰驴四脚朝天躺在井底。桑丘费了九牛二虎之力才把它扶起。幸好他的褡裢也不走运，随他一起掉进了枯井。他等灰驴站稳后，就从褡裢里掏出一块面包喂它。他见灰驴吃得有滋有味，就对它说话，好像它也通人性：

"肚里有面包，啥苦都能熬。"

就在这个时候，他忽然发现井壁上有个洞，里面竟能蹲下一个人。他毛腰进去一看，里面挺大，上头还透进一缕阳光。他借着这光极目望去，里边还有一个更宽的地方。他退回来，找了块石头挖洞口四周的土，等把洞口挖得能让驴进去，就牵起他的老伙伴往里走，看看能不能找个出去的地方，可走了半天，还是两眼一抹黑，所以一直提心吊胆。他心里说："全能的上帝保佑我吧！我碰上的这个倒霉事，要是叫我主人遇着，他准说成是奇遇，这个深坑他准看成是花园和加利亚娜宫殿，还惦着走出这黑洞后眼前会出现一片鲜花遍野的草地哩。可我哪儿有那种福气，又没人指点，加上天生胆小，总觉前边有个大坑在等着我，要把我一口吞掉。'福无双降，祸不单行'，可别叫我赶上！"

桑丘就这样一边走一边想，竟走了差不多五里多路，忽见前头有点儿光亮，好像外面已经是白天，阳光从哪个地方照进来的就搞不清了。他原以为这么走下去必死无疑，现在看来还有点儿救了。

熙德·阿梅德讲到这里，突然打住，又返回头去说堂吉诃德。那堂吉诃德一心要为堂娜罗德里格斯的女儿出口恶气，将那个骗她的浑蛋好好教训一顿，这些日子正摩拳擦掌，跃跃欲试，等着决斗的日子。决斗的前一天，他一大早就跑出去演练武艺。他双腿使劲一夹稀世驽驹的肚子，那坐骑就飞也似的跑了起来，眨眼间便到了一个土坑边。多亏他眼明手快，死死勒住缰绳，要不，早就连人带马掉进去了。他凑到坑口往下看，竟听见下面有人在喊，仔细一听，才听明白：

"上面有人吗？基督徒！好心的先生！您听到我在喊？求您可怜可怜，把我救出去吧！我快给活埋了！我是个倒霉蛋！当了没几天总督，就把官给丢了！"

堂吉诃德听出是桑丘的声音，大吃一惊，便高声问道：

"谁在里面？是谁？"

"还能是谁？是我桑丘！我活该倒霉，吃尽苦头，自作自受！原来是大名鼎鼎的骑士堂吉诃德的手下侍从，后来又当了便宜岛的总督！"

堂吉诃德听了这番话，吓了一跳，心想这桑丘一准儿是死了，坑里的怕是他的阴魂，就说：

"我是个诚心诚意的基督教徒，所以我也诚心诚意地跟你说话。请你告诉我，我能为你做点儿啥。助人救困是我的职业，这个世界的事我管，另一个世界的我也不能不问。"

"听声音，跟我说话的一定是我的东家堂吉诃德了。"

堂吉诃德说："我正是堂吉诃德。我干的这一行就是救苦救难，活的不用说，死的我也管。你到底是哪位？快快讲出来！我都叫你搞昏头了！你要真是我的侍从桑丘，死了还没叫魔鬼带走，靠上帝的慈悲正在炼狱里受罪的话，我可以尽全力求教会超度你的阴魂。现在，该说出你到底是谁了吧！"

坑底下的人说："堂吉诃德先生，我敢赌咒发誓，老天在上，我真的是您的侍从桑丘。我哪儿死了？我只不过把官给丢了。这事呀说起来话长，咱们以后有时间再扯。我是昨儿夜里连人带驴掉进这个土坑的。您不信，看看这灰驴就什么都明白了。"

那灰驴仿佛听懂了主人的话，立刻大叫起来，震得土坑乱颤。

堂吉诃德说："这真没说的！灰驴一叫，我就跟见了亲儿一样，你的声音我也听出来了。你在里面再捺着性子等会儿，我马上回公爵府叫人来救你，公爵府离这儿没多远。你呀准是干了什么坏事，要不，能受这罪吗？！"

桑丘说："看在上帝的分儿上，您快去快回！我都快给活埋了，吓得快没气了！"

堂吉诃德赶回城堡，向公爵夫妇讲了桑丘的事。这两口子知道说的是那个老早就有的地洞，但听说桑丘跌进去，不免大吃一惊。他们弄不明白桑丘总督不干了为啥也不事先打个招呼，搞得谁也不知道他何时回来。吃惊归吃惊，当务之急是救人。公爵马上吩咐手下人带上各种绳索，直奔那个地洞。大伙儿费了九牛二虎之力，才把桑丘和灰驴从黑洞里救了出来。有个学生见了，说：

"看这倒霉蛋，从黑洞里爬出来，饿得面无血色，没了人样，看样子兜儿里一个子儿也不能有。要是天下的贪官污吏下台时都这个熊样就好喽。"

桑丘听了立刻说：

"你这位老弟真爱发议论。我七八天前，叫人派到一个海岛当总督。在那儿，我没吃过一顿饱饭，受尽了大夫的折磨，还叫敌人踩断了骨头。我没受过贿，也没人发我一分的薪水，还落了个这样的下场！有啥办法？常言说：'人算不如天算'；又说：'人生在世自有上帝安排'；还有什么：'什么时候说什么话'；'谁也别说我不喝这儿的水'；'以为这里有腌肉，其实连挂肉的钩子都没有'。反正老天知道我说的是啥意思。不说了，我要想说呀还有的是哩！"

"桑丘，甭往心里去。爱说啥说啥，咱自个儿问心无愧就够了。你能堵住人家的嘴吗？那等于在野地上安门，瞎耽误工夫！这当官的也难，你发财了，人家说你吃了贿赂，你要是锱子儿没有，人又会骂你是个窝囊废。"

桑丘说："这回人家肯定骂我是窝囊废，绝不会说我是贪官。"

他们边说边走，后面一直跟着不少大人小孩。等桑丘和堂吉诃德到了城堡，公爵夫妇已在回廊那儿迎候他们。桑丘没有马上去见公爵，说灰驴在客店睡得极差，得先把它送进马圈安顿好。等弄完这事，他才上去拜见爵爷和夫人。

他跪在他们面前说：

"二位大人，我去便宜岛当总督，可是您二位的意思，其实我根本不够格儿。我光身去，光身回，没赚也没赔。我这官当得好不好，证人多的是，问他们就行。我破了疑案，判了官司，可一直吃不饱饭，这都是佩德罗·严厉大夫在作怪，他是总督府的医生，就是那个岛上的人，他存心想饿死我。后来又赶上敌人半夜三更攻上岛，当时可悬了。听岛上的人说，都是因为我胆儿大，本事高，才把敌人打跑了。但愿他们讲的都是真话，上帝就让他们身体健康吧。一句话，我当时就掂了掂身上这副担子，心想咱没那么大的劲儿，实在担当不起呀，干脆说吧，咱没那金刚钻。我不能让这官位把我整趴下，我呀，走人！我昨天一大早就走了。我去的时候海岛是啥样，我走的时候还是啥样，就是说还是那些马路，还是那些房子，全没变。我不欠人家一个子儿，也没捞什么油水。原想定几条章程，后来一条没定，怕没人听，定了也白搭。我离开那岛，一路上只有灰驴陪着我，再没第二个人。后来，我掉进了那个深坑。我一直往前走，天亮了才找到了出口，可出不去呀。幸亏老天爷大发慈悲，把我东家送到我跟前，要不，我就在那儿等着看世界末日喽。大人，夫人，你们的桑丘·潘沙总督回来了。他才当了十天总督就当得够够的了。他再也不想当什么官了，别说是管一个岛，就是把全世界都交给他管，他也不干。现在，请让我吻二位贵人的脚。小孩玩游戏不是常说'你跳过来，我跳过去'吗？我现在也这样，从总督的位子跳回来，重新给我东家堂吉诃德当侍从。跟着他虽说有点儿悬，可吃得饱呀。咱这号人，只要能填饱肚子，萝卜鸡肉全一样。"

　　桑丘好不容易讲完这一大堆话。堂吉诃德怕他胡说八道，一直惴惴不安，没想到他讲得还像那么回事，心里暗自感谢上帝。公爵拥抱了桑丘，对他没干几天就丢了官深表遗憾，说要想办法替他再安排个事儿少钱多的美差。夫人也拥抱了他。她看桑丘一副狼狈相，知道他被折腾得够呛，就吩咐下人对他多加关照。

第五十六章 | 见色起意随从假戏真做
不战而胜众人大唱赞歌

公爵夫妇把桑丘玩得狼狈不堪，心里并不感到有什么不对，等听了当天赶回府上的管家的报告，更是乐得合不拢嘴。那管家把桑丘几天来的所言所行一点儿不漏地全说给主人听，还特别讲述了一番偷袭海岛的情景，把桑丘如何胆小、如何无奈出走形容得活灵活现。书中说，堂吉诃德和对手决斗的日子眼看也要到了。公爵再三吩咐托西洛斯，只可赢堂吉诃德，但不许伤他一根毫毛。为此，他命令除去长矛上的铁尖，并对堂吉诃德说，他作为基督教徒，绝不愿看到决斗中出现伤亡。教会早已禁止决斗，他能提供决斗场地已经够给面子了，所以要求双方都不要玩命，不顾死活。堂吉诃德说，一切都听公爵大人吩咐。

大家提心吊胆的那一天终于到了。按公爵大人的指示，城堡广场上已搭好一个台子，决斗时裁判和原告将坐在上面。附近各村的人纷纷赶来，一时间广场周围人山人海。那个地方的人，死的活的全没见过这种眼，甚至连决斗都没听说过。第一个走进决斗场的是主持人。他走了一圈，检查场内有无暗设的陷阱和绊腿的机关。接着是堂娜罗德里格斯母女入场就座。两个女人都戴着围巾，从眼睛一直遮到胸口。他们见堂吉诃德走入场内，显得有些激动。未几，只听号角齐鸣。原来是公爵的随从托西洛斯也来到了广场上。托西洛斯身强体壮，顶盔贯甲，浑身披挂整齐，闪闪发光，胯下一匹高头大马，毛色黑白相间，肚大腰圆，每个蹄子上都挂着二十来斤的粗毛，一看就知道是佛里斯兰种。他骑马走在广场上，差点儿把场子踩成了坑。

这位好汉早就领了主子的指令，绝不能要了英雄堂吉诃德的性命，交手的时

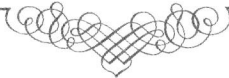

候一定要设法避开，否则，堂吉诃德就有可能命丧黄泉。他在场上转了一圈，经过嬷嬷母女跟前时，特别留意看了看那位非要嫁给他不可的姑娘。主持人将决斗双方叫到嬷嬷母女跟前，问她们是不是请堂吉诃德为自己主持公道。两个女人回答说没错，并表示，堂吉诃德在决斗场上的所作所为她们都将认为合法有效。公爵夫妇此刻已在楼上回廊中就座，下面就是决斗场。决斗场四周人山人海，挤得水泄不通，大家都等着一睹这闻所未闻、见所未见的恶战。决斗双方讲定：堂吉诃德赢了，对方就得娶堂娜罗德里格斯的闺女为妻；输了，那就啥也甭说了，各自走人了事。

主持人将决斗双方带到指定地点，不叫任何一方面对阳光，先行吃亏。双方站定之后，刹那间，鼓号齐鸣，震天动地。观众都十分紧张，不知道这一仗谁死谁活。堂吉诃德只顾祈求上帝和心上人温柔内雅多多保佑，等着决斗的信号。那位随从小伙儿跟他想的就大不一样了。他在想啥呢？原来他走到嬷嬷母女跟前，留心看了那姑娘几眼，发现她长得非常漂亮，可以说是从来没见过的大美人。爱神这个东西就喜欢碰运气，现在有人送货上门，它自然不会放过这个只赚不赔的买卖，就神不知鬼不觉地凑近那随从小伙儿身边，抽出一支两米来长的箭，朝他当胸射去，一举射透了他那颗心。它干这类事十拿九稳，绝无问题，因为它来无影去无踪，想到哪儿就到哪儿，谁也拿它没办法。

那小子被爱神射中，正想着台子上坐着的美人呢，决斗开始的信号发出了。他听而不闻，根本没注意到号角已经吹响。堂吉诃德等候多时，一听到信号，便纵马冲出，直扑对手。桑丘见状，大声喊道：

"您是天下头号游侠骑士！上帝保佑您！您一定旗开得胜！咱们本来就占着理嘛！"

托西洛斯眼瞅着堂吉诃德朝他扑来，竟然站在原地一动不动。不仅如此，还大声叫主持人过去。主持人跑过去问他出了什么事，他说：

"先生，这场决斗不就是为了我娶不娶那位小姐的事吗？"

"没错呀。"

那小伙儿说："唉，我真是问心有愧啊。再叫我跟那位先生决斗，不是让我罪上加罪吗？得，我认输，愿意马上和那位小姐成亲。"

主持人一听，竟不知如何是好。他是这场闹剧的策划者之一，没想到弄到半截会搞成这样，一时张口结舌，说不出话来。堂吉诃德见对手并不应战，只好勒马停下。公爵见决斗戛然而止，正在纳闷，主持人已走到他跟前。公爵听他的禀告，先是一愣，接着大发雷霆。就在这个时候，托西洛斯已经跑到堂娜罗德里格斯面前，大声说：

"夫人，我愿意和您的女儿结婚。这事咱们和和气气、没风险就能办好，干吗非得动刀动枪打一仗不可呢？"

英雄堂吉诃德说：

"这倒不错，我也算完成了任务。祝二位早结良缘，幸福美满。上帝成全，圣佩德罗祝福。"

公爵走下城堡，来到广场，问托西洛斯：

"骑士，你果真认输了？果真是良心发现，答应娶那位姑娘了？"

托西洛斯说："是的，大人。"

桑丘插嘴道："他干得太棒了！把给耗子的拿去喂猫，省心省大了。"

托西洛斯急着脱盔卸甲，还叫别人帮他一把，说扣在那铁家伙里都快憋死了。大伙儿七手八脚帮他脱下盔甲，他那副随从嘴脸立刻现出了原形。堂娜罗德里格斯和她女儿一看，马上大喊道：

"这不是我的丈夫！他是公爵大人的随从托西洛斯！你们骗人！我们不干！卑鄙！无耻！还有没有天理！还有没有王法！"

堂吉诃德忙上前劝解道：

"二位女士不必生气。这不能说是卑鄙，也谈不上无耻，退一万步讲，也不能怪咱们公爵大人，对不对？要怪只能怪那些跟我为仇作对的魔法师。他们怕我打胜了，就把您的丈夫变成了随从的模样。现在明白了吧？这都是他们玩的鬼花样。所以，您就放心嫁给他吧，他就是您想嫁的那个人。"

公爵一听，笑得前仰后合，一肚子怒火顿时烟消云散。他说：

"堂吉诃德先生碰到的事就是与众不同，说得连我都快不相信这个随从是随从了。咱们也想个计策怎么样？这样吧，婚期往后推半个月。这小子是谁弄不清吗，咱们先把他关起来，没准儿十五天的工夫他能变过来。那些魔法师也不可能对堂吉诃德先生恨起来没完是不是？再说了，他们这么折腾人有啥便宜可占？"

桑丘说："我说大人，这些坏蛋老是变这变那，都成了毛病了，每回呀，还都叫我主人碰上。那一回，他打败一个骑士，人称镜子骑士，可叫那些坏蛋一整，立马变成了我们村的街坊参孙学士。又有一回，他们居然把我家女主人温柔内雅小姐变成了乡下婆娘。我看，这随从到死也只能是随从喽。"

堂娜罗德里格斯的女儿这时竟一改先前的态度，接过桑丘的话茬儿说：

"得，甭管他是不是随从了，他乐意娶我，我就感激不尽了。我宁愿做随从的合法妻子，也不当绅士的玩意儿，再说那个玩弄我的家伙根本就不是绅士。"

长话短说，反正末了无非是让那个随从避开几天，看他到底能不能变回去。大家庆贺堂吉诃德不战而胜，可多数人觉得没劲儿。他们本来以为决斗双方定会打得头破血流，谁知人家连交手都没有就完了。这好像一群半大小子去刑场看热闹，傻等了半天，只等来一句话：苦主撤诉，法院重判，免于死刑。他们能不扫兴吗？

最后，看客四散而去，公爵和堂吉诃德重回城堡，托西洛斯被关进府中。嬷嬷母女感到十分满意，因为这场官司结局不错，她们终于要办喜事了。那个托西洛斯想的也是这个。

　　堂吉诃德总待在爵爷府里，整天除吃喝、睡觉，啥也不干，心里感到很不是滋味。虽说人家公爵大人敬重游侠骑士，真诚款待他，但长久下去，岂不是误了自己的职责，将来去见上帝恐怕都不好交代。所以有一天，他就向公爵夫妇表示打算立即上路。他们答应了他的请求，但显出不十分情愿的样子。公爵夫人把桑丘老婆的信给了他。桑丘流着眼泪说：

　　"我当了总督，老婆对我抱了好大的希望。现在倒好，我来了个回马枪，又得跟着主人堂吉诃德去东跑西颠、吃苦受罪了！还好，我的特雷莎还挺给我撑面子，知道给夫人捎些橡子来。要是她连这都不懂，我这人还不丢完了！还有啊，她送的橡子不能算行贿，因为东西送到的时候，我早去海岛上任了。这也给了我不少安慰。人家对你有恩，你就要知恩必报，哪怕小小不言的事也得这样。反正我是光身上任，光身离任，可以说问心无愧。老话讲'我赤条条来这个世上，如今还是赤条条一个，没占啥便宜，也没吃啥亏'。能这么讲的人不多呀。"

　　临走那一天，桑丘心里想的就是这些。堂吉诃德前一天晚上先行向公爵辞了行，所以，出发那天，一大早他就披挂整齐来到城堡前的广场上。公爵夫妇出来给他们送行。全府上下也都站在回廊那儿观看。桑丘骑着灰驴，带着褡裢、箱子和口粮，满脸是笑，原来那个装扮三尾裙嬷嬷的管家递给他一个小口袋，里面装了两百枚金币，以备不时之需。堂吉诃德对此全然不知。堂吉诃德和桑丘就要上路之际，突然在嬷嬷和使女那堆女人当中响起了如诉如泣的歌声，原来是小淘气兼机灵鬼阿尔蒂西多拉在唱：

骑士呀你真坏，
这就上路实在不够朋友！
我有话要对你讲呀，
你勒住马儿先别走。

心口不一的家伙，
我不是毒蛇，也不是猛兽。
你面对的只是只小羊啊，
干吗要急急忙忙逃走？

恶魔呀你竖起耳朵仔细听：
狄安娜夸我美如天仙，
维纳斯称我艳若桃李，
你为啥对我一点看不上眼？

埃涅阿斯负心汉，
维热诺为人凶残，
巴拉巴只会作乱，
你就是他们的翻版。

可怜的少女柔情似水，
无情的利爪挖开她的胸膛：
残酷的你呀，
夺走了她的六腑五脏。

还抢去三条头巾，
一副黑袜带。
那两条小腿呀，
比大理石还光还白。

还骗去两千声叹息啊，
好似火一般的声音。
即使特洛伊城有两千座，
转眼也会化为灰烬。

埃涅阿斯负心汉，
维热诺为人凶残，
巴拉巴只会作乱，
你就是他们的翻版。

桑丘是个大倔头，
心肠硬得像石头；
可怜的温柔内雅，
绝了还原的念头。

她大吃苦头，
完全和你有关；
坏人作恶好人承担，
在我们这儿司空见惯。

好事难长久，
转眼恶运来；
逍遥自在入梦去，
海誓山盟化云烟。

埃涅阿斯负心汉，
维热诺为人凶残，
巴拉巴只会作乱，
你就是他们的翻版。

从塞维利亚到马切纳，

从格拉纳达到洛哈，

从伦敦到莫格兰，

人人都骂你负心汉。

打百分不走运，

耍牌九手气坏；

要啥啥不来，

手里尽坏牌。

鸡眼挖不尽，

血流一河滩。

拔牙更倒霉，

一半断里边。

埃涅阿斯负心汉，

维热诺为人凶残，

巴拉巴只会作乱，

你就是他们的翻版。

　　听着姑娘的哭诉，堂吉诃德始终没有吭声。等她唱完了，他才转过脸问桑丘：“我说桑丘，你是不是拿了人家姑娘的三条头巾和一副袜带？我求你看在你列祖列宗的分儿上，对我讲实话。”

　　桑丘说：“我只拿了三条头巾，袜带的事我就不知道了。”

　　公爵夫人知道阿尔蒂西多拉胆儿大，好作弄人，没想到她还会玩出这种花样，颇为惊讶。公爵不想错过这个打趣的好机会，就故意说：

　　“骑士先生，这就是您的不是了。鄙人待您不薄，可说是款待有加。您怎么能以怨报德，把我家丫鬟的东西随便拿走呢？起码拿走了三条头巾，没准儿还有一副袜带呢。您这样做也太差劲儿了，再说也对不起您的名声，是不是？您趁早把袜带还给那丫头，不然的话，我可要跟您斗个你死我活。我可不怕那些专门给人变相的魔法师。他们不是把跟您决斗的那个小子变成了我的随从吗？我倒要看看，他们能把我变成啥！"

堂吉诃德说："您这是说到哪儿去了！您对我如此款待，上帝也不会叫我跟大人您为仇作对。头巾没问题，马上就还，桑丘已经说了是他拿的。袜带就难办了，我没拿，他也没拿。我看还是请您这位姑娘自个再好好找找，肯定能找到。公爵大人，我从来没拿过别人的东西，只要上帝还要我，我这辈子就不会干这种勾当。这姑娘自己都说了，她是在害相思病。她说的那些事和我毫无关联。我没有亏待谁，所以我用不着求她原谅，也不必向您二位贵人说对不起。别的不说了，只求您开恩放行。"

公爵夫人说："堂吉诃德先生，愿上帝保佑您，希望经常听到你到处折腾的好消息。赶紧走，我这些丫头只要见到您，就变得多愁善感，您在这儿越久，她们的欲火就越旺。这些没有廉耻的家伙，我非好好收拾收拾她们不可，叫她们往后再不敢随便乱看，信口胡言。"

这时，只听阿尔蒂西多拉哀求道：

"英勇的堂吉诃德，请听我再说一句，只一句！请您原谅：您没有偷我的袜带，是我错怪了您。上有天，下有地，我还有良心，跟您说吧，那副袜带就在我的小腿上。我骑驴找驴，实在是糊涂透顶！"

桑丘说："咱是那号人吗？拿了人家的东西，瞪着眼说没拿？我要是想干，在海岛当总督那会儿早干了！"

堂吉诃德向公爵夫妇等人鞠躬施礼，然后掉转马头，同桑丘一起，离开城堡，奔萨拉戈萨去了。

第五十八章

对美人夸下海口
挡公牛自讨苦吃

　　堂吉诃德离开城堡，来到旷野，如鱼回大海、鸟归山林，再也听不到淘气丫头阿尔蒂西多拉的花言巧语，省去多少心烦，顿觉精神大振，重新恢复游侠骑士的身份。他对桑丘说：

　　"我说桑丘，自由是天赐的无价之宝啊！不管地上的财富，还是海里的宝贝，都没法和它相比。自由和脸面一样，值得也应当用命去争去护。失去自由是最痛苦的事啊。桑丘，我可不是没事闲扯淡。你也都看见了，人家公爵家多富裕，过得多舒服，咱在那儿也是吃好菜，喝冷饮，可心里反倒觉得又饥又渴，浑身不自在。为啥？吃的喝的没一样是咱自个儿的。白吃白喝成何体统？所以老惦记什么时候回报人家，一天不报答，就一天不得安宁。你说，这还能有自由吗？什么人幸福？不靠别人恩典，只靠老天吃饭的人才最幸福。"

　　桑丘说："您说得不错。可人家公爵府上的总管给我的那个袋里，装了整整两百个金币，咱能不感激吗？有了这个钱袋，我就像吃了定心丸，再碰见啥紧急事就不着急了。我把它藏在怀里，贴身放着。像公爵府那样有好吃好喝又不用掏钱的地方，可不容易再碰上喽。咱们要住店，没准儿还得挨揍。"

　　主仆俩你一言我一语，不知不觉走了十多里路。忽见前面有一片绿油油的草地，上面坐了十一二个人，屁股底下都垫着外衣，一律农民打扮，正在吃饭。旁边隔不远铺了一条白布单子，遮盖着什么东西。堂吉诃德走过去，先客气地施礼，然后问那伙人单子下面盖着啥东西。其中一人回答说：

　　"先生，是雕的圣像，我们村修了个祭台，准备把它供在那儿。用布遮着是

怕掉色儿，扛着呢也弄不坏。"

堂吉诃德说："能不能让我瞧瞧？各位这么小心，想必是上品。"

另一位答道："那还用说！您听听这价钱就知道了。实话跟您说吧，这些雕像没一个能下五十杜卡多的。待会儿您看了就全明白了。"

他说着连饭也不吃了，起身掀开第一座雕像上盖的白布。原来是圣乔治，胯下一匹骏马，马脚周围盘着一条毒蛇，圣乔治手中的长矛正刺中它的咽喉。这位英雄的形象一向都是这般勇猛、凶狠，整个雕像金光灿烂。

堂吉诃德看了说："他是神军中最优秀的游侠，人称堂圣乔治，他还保护姑娘们呢。您再掀开一个让咱看看。"

那人又揭开一块布，露出的雕像是圣马丁骑在马上，正和一个穷人分他的外衣。堂吉诃德一看就说：

"这也是基督徒中的冒险家。我认为他叫人称道的地方并非勇敢，而是慷慨。桑丘，你看他把自个儿的外衣分一半给那个穷人，就知道我说得不错。想必当时正赶上冬天，否则像他那般心善的人，早把外衣全送给人家了。"

桑丘说："我看不一定。老话说得好：自用还是送人，得看看情况。"

堂吉诃德笑了。他又请人家再揭开一块布。这第三座雕像刻画的是西班牙的保护神，他骑在马上，举着一把滴血的宝剑，马蹄下是摩尔人的脑袋。堂吉诃德说：

"他也是位骑士，是基督徒中的武士，叫堂迭戈，人称杀摩尔。他活着的时候，是最勇敢的骑士，死后升天，是最勇敢的圣人。"

最后揭开的是圣巴勃罗坠马的雕像，浮雕上还有他皈依正教时的情景。堂吉诃德觉得这背景部分刻画得太逼真了，仿佛听到了基督和圣巴勃罗的一问一答。他说：

"圣巴勃罗想当年是我主上帝教会的头号死对头，后来皈依正教，又成了最忠心的卫道士。他当了一辈子游侠骑士，临死的时候成了顶天立地的圣徒。他在上帝的葡萄园里不辞劳苦，辛勤工作，向世人传播圣道。天国是他的学校，上帝亲自为他讲道。"

看完雕像，堂吉诃德叫他们把布单重新盖好，对他们说：

"各位老弟，今天能有幸看到这些雕像，说明我好运又来了。这几位，不管是圣人还是骑士，跟我都是同行，也是耍刀弄枪的，所不同的，他们个个是圣人，为神道而战，我呢，肉体凡胎，捍卫的是人道。他们进入天国靠的是努力，不努力可不行。我也在努力，可到今天也不知道得了啥。不过，只要我的温柔内雅能解除魔道，我个人能时来运转，脑子变得清楚，没准儿以后的路就能走顺了。"

桑丘接了一句："但愿上帝全听见，但愿魔鬼是聋子。"

那伙人看堂吉诃德模样古怪，说出的话更是离奇，便匆匆吃完饭，抬起雕像走了。

桑丘没想到主人的学识如此渊博，好像世上的事全写在他的手上、刻在他的心里，佩服得真是五体投地。他说：

"我说主人老爷，跟您说句掏心窝子的话，要是今儿个遇到的这档事能称得上奇遇，那就是我跟您出来碰上的最舒服、最得意的一次了。您瞧呀，没动枪没动剑，没挨打，也没叫人摔趴下，也没吓着，更没饿肚皮。谢天谢地，总算叫我赶上这么一回！"

堂吉诃德说："桑丘，你算说对了。不过运气这种事，也不能一概而论。一般人所谓的兆头不足为训，有头脑的人把这只看做碰巧而已，跟预兆根本不沾边儿。有一个信兆头的人，清早出门，碰上一位方济各会的修士，以为见了鬼，转身就往家跑。还有一位信这些玩意儿的先生，不小心把盐撒在了桌子上，便认为要大难临头，搞得自己吃不下睡不着，整天价发愁。有头脑的人不会这样小题大做，把啥都当做天意。想当年西庇阿去非洲，一上岸就摔了一跤。手下的兵士认为这不吉利，可人家西庇阿根本不管这套，趴在地上大喊：'非洲啊，你跑不掉了，我已经把你紧紧抱住了！'所以我说呀，我有幸看见这些雕像，也是碰巧了。"

桑丘说："没错。对了，老爷您能不能告诉我，为啥咱们西班牙人一打仗，就喊杀摩尔圣迭戈的名字：'圣地亚哥，关上西班牙！'咱们西班牙难道是四门大开敞着的，得把它关上？要不，还有别的意思？"

堂吉诃德说："桑丘，你咋这么笨呢？你知道不？这位伟大的红十字骑士是上帝赐给西班牙的保护神，西班牙人跟摩尔人打仗，全靠他保佑。所以一打仗，咱们的人就向他祷告，喊他的名字，求他保佑。有好多次，人们看见他把摩尔人打得溃不成军、望风而逃。咱们西班牙的史书上写了他不少这样的事迹哩。"

桑丘突然打住，谈起了别的话题，说：

"老爷，公爵夫人的那个丫头阿尔蒂西多拉脸皮可真够厚的，绝了！肯定是叫爱神那家伙用箭给射中，还伤得不轻！人家不是都说爱神是个瞎小子，眼睛迷迷糊糊，啥也看不见嘛，可要是看准了谁的心，不管那颗心有多小，他都能射中，而且一箭就得。还说，要是射的是个害羞懂规矩的姑娘，他那个箭头到人家那儿就得变钝。可射在阿尔蒂西多拉的心上，我看不但不钝，还变得更利了！"

堂吉诃德说："桑丘，你有所不知啊。这爱神呀，跟死神的脾气相通，横冲直撞，什么理也不讲，更不会三思而行，帝王的高墙深院拦不住，羊倌的茅草棚子也要进。他要是抓住了谁的心，第一步就是消除那个人的顾忌，去掉他的羞怯。要不阿尔蒂西多拉能那么毫无羞耻，把心里想的全唱出来？她倒是痛快了，可把我弄得挺为难，说实话，我反倒一点儿也不可怜她了。"

桑丘说："那您也太狠心了！人家这不是好心换来个驴肝肺吗！要是我啊，她随便说上一句半句亲热的话，我都得乐晕了。真他娘的！您是不是变成铁块、石头了？我也纳闷，那丫头片子到底看上您哪儿了，把自个儿搞得神神道道的？是瞧您穿得够气派，长得精神？还是姿势优美，模样疼人？到底是相上了哪一样？是不是全看好了？跟您说实话吧，我有时候把您从脚丫子一直往上看到头发根子，看了半天，啥招人心疼的地方也没有，还越看越害怕，您长得实在太吓人了。人家都说，最叫人动心的是模样，谁不喜欢长得俊的人呀！可这一条您连边儿都挨不上，那傻丫头也不知道爱上您哪儿了？"

堂吉诃德说："桑丘，你只知其一，不知其二。这美呀，可有两种。一种是外表美，一种是心灵美。心灵美胜过外表美。聪明、正直、有教养、举止端正、待人有礼都是心灵美。外表不美的人完全可以成为心灵美的人。这种人也会引起别人的爱慕。桑丘，我知道自己不算美男子，但也绝非丑八怪。一个男人只要不是怪物，又具备刚才讲的那些美德，肯定会有人爱的。"

主仆俩边说边走，不知不觉走进路边的树林中。没走几步，堂吉诃德竟莫名其妙地钻进了挂在树间的绿绳网中。他百思不解，对桑丘说：

"桑丘，咱们大概又碰上什么奇遇了。我敢拿命打赌，准是那些跟我作对的魔法师搞的鬼。他们见我对阿尔蒂西多拉太狠心，想替她出气，就在半道上设下圈套，把我网住，不叫我走。他们想得挺美！别说这是用绳儿结的网，就是金刚石做的，比火神捉奸套住维纳斯和玛斯①的那个网还结实，在我这儿也跟用草和线编的一样，要撕破它易如反掌。"

　　说完就准备往前走，想撞开那些绳网。可刚要前行，忽然见树林中走出两个绝世美人，看样子是牧羊女，起码那身打扮像。说是像牧羊女，可穿的那身衣服却是高级锦缎，漂亮的紧身小袄，华美的金丝百褶短裙；披肩长发金光耀眼，比太阳还要亮；头戴两只花环，一只是碧绿桂叶的，一只用鲜红苋叶编成的。看光景，年纪在十五到十八岁之间。

　　桑丘看得目瞪口呆，堂吉诃德一时不知所措，连太阳公公也被迷住了，竟停止了转动。一句话，这两男两女四个人，你看着我，我看着你，半天谁也没说话。末了，还是美女当中的一个先开了口：

　　"骑士先生，您别往前走了，会撞坏我们这些网子的。我们扯起这些网子绝没有害人之意，完全是为了玩。您一定会问，挂这些网干啥，我们是些什么人。我现在就简单自我介绍介绍。我们村子离这儿有二十来里，村里住了不少贵人、乡绅和富翁，有的是亲戚，有的是朋友，大家伙一商量，就各自带着妻子儿女，约了街坊邻居和亲朋好友，到这个地方野游。这个地方最幽静宜人，称得上富有诗情画意的乐土。我们在这儿，女孩打扮成牧羊姑娘，男孩装扮成牧童。我们准备了两首牧歌，一首是著名诗人加尔西拉索写的，一首是大诗人卡蒙斯写的。这后一首还是用葡萄牙文写的呢。不过，我们还没有演出，我们昨天才到嘛。我们在一条小溪边树荫下搭好了帐篷，人家说这叫野营。那条河河水还挺多，附近的草地树木全靠它滋润生长。昨天晚上，我们在树和树之间拉了这些网，想连喊带叫地把小鸟赶进网中，反正是玩呗。先生，您要是乐意，我们欢迎您到我们这儿做客，我们一定好好儿招待您。我们这儿没有忧愁，只有欢歌笑语。"

　　美人说完不再言语。堂吉诃德说：

　　"真的，绝世美人，阿克忒翁突然间看见狄亚娜在河里洗澡，肯定会看得

---

① 罗马神话：战神玛斯和火神之妻偷情，火神用网将他们当场抓住。

如醉如痴。我看见您这般的美貌，更是惊奇得呆若木鸡。我很欣赏各位游乐的方式，也感激您的盛情邀请。小姐，您需要我干什么，招呼一声就行，在下愿效犬马之劳。干我们这行，都知道做人要以德报德，特别是对您这样的贵人。您这些绳网占不了多大地方，就算把整个世界全遮严实了，我也不会碰它们一丝一毫，另找个新世界去走不就得了。我可不是信口开河。说这种话的不是别人，是我堂吉诃德。想必二位早听过这个名字。"

另一个美人喊道："你听见了吗，妹子？咱俩实在太走运了！你知道这位先生是谁吗？他是咱这世界上最勇敢、最多情、最文雅的人了。人家还给他专门写了一本书，都印出来了，我都看了，那本书不会胡编吧！我敢打赌，跟他在一块儿的那个人准是桑丘，就是他的侍从，说话可逗人了！"

桑丘说："没错，桑丘就是我，我就是桑丘，是挺爱逗乐的。这位先生是我的东家，书上写的、大伙儿说的那个堂吉诃德就是他！"

这时，先开口的那个美人说：

"我说姐呀，咱们求他别走了。他要是跟咱们在一块儿，你爹妈我爹妈、你兄弟我兄弟，大伙儿准会高兴得要命。你刚才说得不错，我也听说了，他们俩呀，一个英勇无敌，一个能把人笑死。都说他最大的优点是对爱情忠贞不贰。他的心上人叫温柔内雅，是全西班牙公认的头号大美人。"

堂吉诃德说："真是一点儿不假！我想二位美人也会同意在下的看法。两位小姐不用费心了，我重任在身，不便停留。"

说话间，其中一个姑娘的哥哥来到他们跟前。他也是一身牧人打扮，衣着讲究华贵，和两位牧女的不相上下。女孩们告诉他，那两位男士一个是堂吉诃德，一个是其侍从桑丘。小伙子读过写他俩的书，所以并不感到惊讶，便过来行礼，并请骑士去他们帐篷一叙。堂吉诃德见牧童诚心诚意相邀，不好推辞，便相跟而去。突然，轰鸟之声四起。各种鸟儿纷纷逃命，结果统统上当，全掉进绿网当中。不一会儿，那儿又跑来三十多人，都是衣着华丽的牧人打扮。堂吉诃德和桑丘来到的消息马上在他们中间传开。他们都看过堂吉诃德的传记，知道他俩的故事，现在见到本人，无不喜出望外。大家一起走进帐篷，里面酒宴已经摆好，真称得上又丰盛又卫生。众人请堂吉诃德在首席入座，还一直盯着他看，越看越觉得怪。

饭罢，堂吉诃德从容不迫地提高嗓门说：

"有人讲，人最大的毛病是狂妄，我说是不知感恩。所以有句老话说得好：地狱里塞满了忘恩负义之徒。我从懂事起，就特别当心不做忘恩负义的事，如果一时无力报答人家的恩德，也要时刻牢记在心；假如还过意不去，我就四处宣扬人家对我做的好事。这样，我一有条件就会马上回报。受惠的总是比施恩的地位低，处境差。上帝施恩给所有的人，人做的善举哪儿能相比，可以说一个在天，一个在地，相去十万八千里。上帝的大恩大德，我们无论如何都难以回报。怎么办？只能用感激之心来弥补我们的局限和无奈。我受了你们的盛情招待，却无力给予相应的回报，但我一定要尽我所能来表达我的感激之情，所以我准备站在去萨拉戈萨的大路当中，用两天的时间向过往行人宣告，各位牧女打扮的小姐是世上最美最文气的女子，当然得把我心上人、貌美无双的温柔内雅排除在外。我讲的是实话，各位听了可别见怪。"

桑丘认真听完主人这一番话，立刻叫道：

"我就纳闷，怎么会有人骂我东家是疯子呢？各位放羊的先生小姐，你们说，哪个村的神甫，不管他多聪明多有学问，能讲出我家老爷讲的这些话？哪个游侠骑士，不管他多勇敢多有名气，能许下我家老爷许的愿？"

堂吉诃德听了不但不高兴，反而气得满脸通红，冲着桑丘喊道：

"我说桑丘，你是不是以为你这傻气还冒得不够世界级？你呀蠢到家了！还是个无赖加混混儿！你是不是吃撑了？我聪明不聪明、糊涂不糊涂，你管得着吗！还是把你的嘴巴闭上，干点儿实事！去！看看稀世驽驹鞴好鞍没有，没有的话就给它鞴好。待会儿咱们就要去干我刚才答应下的那桩事，你放心，理儿全在我这儿，谁敢说个不字，我就叫他没好果子吃！"

说完，他一脸怒气地站起来。大伙儿都丈二和尚摸不着头脑，不知道他讲的是真是假，便一起劝他不必如此，说他的诚心大家都看得十分清楚，他的勇敢善战和丰功伟绩书中也写得详详细细，不用他再予以证明。堂吉诃德哪儿能听得进去，只见他跳上稀世驽驹，一手握盾，一手持矛，催马跑到大路，站在当中。桑丘连忙骑驴尾随而去。那一群牧羊人打扮的公子小姐也跟了上去，都想看看这场热闹如何收场。

堂吉诃德在路当中站定，便高声叫道，那声音之大，真是响彻云霄：

"过路行人都听着，从今儿个起，两天之内，凡是打这儿过的，骑士也好，侍从也好，步行也好，骑马也好，都得承认，除了本骑士堂吉诃德的心上人温柔内雅，当今天下最美最文气的小姐全在这块草地上，全在这片树林中。谁要敢说个不字，就请过来领教领教我的厉害！"

他喊了两遍，可路上并无行人。算他走运，没过多久终于看见人了，而且是一大帮，有许多人手里还拿着长矛。他们密密麻麻，疾驰而来。原来跟在堂吉诃德身后的那些人，一看情况不妙，赶紧躲得老远，连桑丘也藏到了稀世驽驹的屁股后头。只有堂吉诃德自己面不更色，镇定自如，仍在原地不动。

那帮人跑到堂吉诃德面前，见他挡路，为首的那位喊道：

"躲开！你是不是想找死？这群公牛会把你踩成肉酱的！"

堂吉诃德哪里肯听，厉声喝道：

"你们这帮无赖，少给我来这套！我管你是公牛母牛，就算是哈拉马产的种，我也不怕！你们这些恶棍，还是少废话，赶紧说我刚才讲的句句属实，千真万确。要是不说，咱们就比试比试。"

原来那帮人赶了一大群公牛，由几头阉牛领着，急着要去前面的村子，准备参加第二天举行的斗牛比赛。当时，那牛倌还没开口答话，公牛们和随行的人已经铺天盖地拥了过去，堂吉诃德想躲也来不及了。结果，他和稀世驽驹、桑丘和灰驴儿，都被撞得人仰马翻。桑丘差点儿叫牛们踩成八块儿，堂吉诃德也吓得魂飞魄散，灰驴儿倒了大霉，稀世驽驹也没逃过这场灾难。虽说如此，末了还都从地上爬了起来。堂吉诃德不依不饶，连滚带爬地追在人家后面，还一个劲儿地大呼小嚷：

"给我站住！你们这群浑蛋！本骑士单枪匹马和你们斗！'敌人逃跑，快给他架桥'？我不信这套！我就是要一追到底！"

那帮人只顾赶着牛往前跑，根本不理会他喊的是啥。堂吉诃德追了半天没追上，自己早已累得半死，只得坐在地上喘气。恶气没出，反倒添了一肚子怒气。他等桑丘、稀世驽驹、灰驴儿赶上来，便和桑丘上了各自的坐骑。主仆俩自觉丢人现眼，不好意思回去跟那个人造乐土说声再见，只得不辞而别，重新上路。

店老板吹破牛皮
吉诃德揭穿假货

第五十九章

　　堂吉诃德主仆叫那群公牛乱撞乱踩了一阵之后，浑身是土，气喘吁吁，狼狈不堪，幸好在树林中发现一口清泉，二人急忙卸下稀世驽驹和灰驴身上的鞍子，让它们松快松快，自个儿也靠在泉边坐下休整休整。桑丘从褡裢里翻出一些他所谓"吃食"。堂吉诃德洗漱完毕，精神有所振作，可心里仍然不是滋味，一点儿食欲也没有。桑丘知道规矩，侍从不能吃在主人前头，所以连碰都不敢碰吃的。可主人老在那儿发愣，根本没有吃东西的意思，桑丘实在忍不下去，就来个不管那套，不吭不哈，只管把面包和干酪往嘴里塞。

　　堂吉诃德说："桑丘老弟，吃吧，性命要紧，我就顾不了那么多了。我真是倒霉透顶，一肚子气出不来，还是让我死了吧！桑丘，咱俩不一样，我是活受罪，你是死也得吃。我这话有道理，你瞧，我是书上有名有姓的人物，武艺出众，知书达理，公侯奉为上宾，姑娘们爱得要命，正盼着凭自己的功劳赢得盖世英名，哪承想今儿一大早竟被一群肮脏下作的畜生撞倒在地，任意践踏。一想起这心酸的事，我牙倒舌木，手脚发麻，什么东西也咽不下去，恨不得活活饿死，用这种最残酷的手段了结此生。"

　　桑丘一边大吃大嚼，一边对他说：

　　"老爷，看样子您不会喜欢这句老话：'宁可撑死，也不做饿鬼。'我可不想死，我要学鞋匠的样儿，咬住皮子往死里抻，能抻多长抻多长。我可不能亏了肚子，能吃就吃，想方设法活长点儿，老天不要，绝不自动报到。老爷，您怎么傻到这份儿了？连自个儿的命都不想要了？您还是听我的劝，吃点儿东西，完了再

往这草褥子上一躺，睡上一觉，等您再睁开眼，那火呀十分就去了八分喽。"

堂吉诃德觉得桑丘说得挺有道理，毫无蠢话之嫌，当下决定照计而行，说道：

"桑丘，你如肯照我说的去办，我心里的火恐怕还会去掉几分哩。我听你的话去睡觉，你呢，去找个地方，把衣服脱了，用稀世驽驹的缰绳做皮鞭，抽自个儿三四百下。本来你得抽三千多下才能叫温柔内雅解除魔道的啊！都怪你马马虎虎，心不在焉，害得我那可怜的小姐到现在还没从魔法中解脱出来。"

桑丘答道："这话要说起来可就长了，咱们还是先睡觉，到底咋办，上帝自有安排。老爷，您不是不明白：自个儿抽自个儿能下得了手吗？再说，肚子里这会儿空空如也，啥玩意儿也没有，能经得住鞭子吗？还是请温柔内雅小姐再忍耐忍耐，说不定什么时候，我会把自个儿抽得皮开肉绽。只要命还在，不怕没时间。我是说，我还活着，说出的话有的是时间兑现。"

堂吉诃德谢了桑丘，吃了点儿东西。桑丘可跟他不一样，美美地大吃了一顿。二人随后倒头便睡。稀世驽驹和灰驴儿这一对形影不离的伙伴也得以自由自在，饱餐一顿丰美的青草。

他们一觉醒来，已是黄昏，便又上马上驴，继续前行。二人举目望去，遥见十里左右的地方有一家客店。不是我叫它客店，是堂吉诃德这样认为。以前他可不是这样，一见客店全说是城堡。他们快马加鞭，很快到了店门口。问店主可有空房，回答说不但有，而且条件极好，完全可以和萨拉戈萨的媲美。二人闻听大喜，忙翻鞍下马下驴。桑丘接过客房钥匙，先将褡裢放进屋内，然后请主人在石凳上歇息，自己牵了牲口送进马圈，给食槽里放够了草料。接着，又返回头请示堂吉诃德有何吩咐，一面心里不住地感谢老天，因为这回主人没再指店为城。他们回到屋里，已是吃晚饭的时候。桑丘问店主有什么吃的，店主说悉听尊便，想吃啥，他就做啥，天上飞的、地下跑的、海里游的，店中一应俱全。

桑丘忙答道："太多了，太多了。给我们烤上两只小鸡崽就成。我的东家身体不太好，吃不了多少，我也不是大肚皮。"

店主说没小鸡崽，都叫老鹰给抓走了。

桑丘说："那就烤只母鸡得了，要嫩点儿的。"

店主答道："母鸡？我的爹！跟二位说句实话，我昨儿个进城全卖光了，一下子就卖了五十多只。得，您二位还是要别的吧。"

桑丘听了又问道："是这么回事。嗯，小牛、小羊总有吧？"

店主说："今儿个还真没有，都卖完了。不过，下礼拜没问题，有的是。"

桑丘叫道："咱们可真走运啊！这没有，那没有，看样子咱们只好吃腌肉和鸡蛋了！"

店主说："您这位客官实在有意思！我不是都说了嘛，没小鸡、没母鸡，您还想要鸡蛋！我上哪儿给您找啊？想吃山珍海味？您趁早死了这条心！"

桑丘说："得得得，您甭再啰唆了，就问您一句话，您这店里到底有啥，我的大老板！"

店主说："跟您说句实话，小店就只有两只像小牛蹄的老牛蹄，也可以说是像老牛蹄的小牛蹄，反正都一回事。我把它们和腌肉、葱头、豆子炖在一起，这会儿肯定都好了，那对牛蹄子没准儿正着急呢，直喊：'快来吃吧！快来吃吧！'"

桑丘说："这份菜归我了，不许再让给别人啊，钱我不会少给你。别的我也不想了，这就挺好，是老牛的还是小牛的，咱都能往肚子里塞。"

店主说："哪儿能给别人呢。我这店住的可都是贵人，人家随身带着吃的，还有买菜的、做饭的跟着，您就放一百个心吧。"

桑丘说："贵人？谁也没我东家贵。可他干的这一行没法带瓶瓶罐罐呀。我们吃饭简单，往草地上一躺，玩命吃橡子和野果就得。"

店主问他主人干的是什么行当，桑丘不想回答，两人的对话就此打住。该吃晚饭了，堂吉诃德回到自己的客房。店主把牛蹄沙锅端来，两人共进晚餐。堂吉诃德住的房间和相邻的房间只一板之隔，他好像听见那边有人说话：

"我说堂黑罗尼莫先生，趁晚饭还没送来，麻烦您把《堂吉诃德》下卷再给我念上一段。"

堂吉诃德一听到自己的名字，腾地站了起来，想听个究竟。只听见那位叫堂黑罗尼莫的先生说：

"堂胡安先生，看过《堂吉诃德》上卷，就没人再想看它的下卷喽，全是瞎扯淡，没一点儿意思。"

堂胡安说："老话说：开卷有益。再坏的书也总有好的地方吧，还是给咱念一段。不过，这本书最叫人生气的是说堂吉诃德不爱温柔内雅了。"

堂吉诃德一听就炸了，吼道：

"谁要敢说堂吉诃德不爱温柔内雅，哪怕他只是一闪念，我也要跟他动武，叫他知道，这全是胡说八道！堂吉诃德能那么没有良心吗？他绝不会忘记绝世美人温柔内雅。他忠贞不贰，始终如一，到死都会诚心诚意照此行事。"

隔壁的人问："是哪位在接我们的话茬儿？"

桑丘答道："还能是谁？正是堂吉诃德本人。他说到做到，没说的也能做到。老话说得好：还得了账，啥不敢押？"

桑丘话音未落，两个绅士打扮的人就走了进来。其中一人上前就搂住堂吉诃德的脖颈，说：

"您真是名如其人、人如其名啊，不用说，先生您就是堂吉诃德，游侠的明星，骑士的北斗。写这本书的家伙真是胆大包天，竟敢盗用您的大名，把您骂得一无是处！"

说着把那本书递给堂吉诃德。堂吉诃德没有吭声，把书翻看了一阵，又还给绅士，说道：

"我随便翻了翻，就发现起码有三个地方该叫人骂。一是序言中有些话纯粹是信口雌黄；二是这本书全用的是阿拉贡话，连冠词都没有；三是作者无知到了极点，竟然把主要情节搞得面目全非。我的侍从桑丘·潘沙的老婆明明叫特雷莎·潘沙，他愣胡叫成玛丽·古铁雷斯。这么重要的地方都搞错，其他地方就可想而知了。"

桑丘听了说："这个写书的还真有点儿意思！把我老婆的名都改了，好好的特雷莎·潘沙，愣给换成玛丽·古铁雷斯！哎呀！咱们的事他怎么会知道呢？老爷，您再看看，没准儿书上还有我呢，说不定把我的名儿也改了。"

堂黑罗尼莫问他："朋友，听您这口气，莫非您就是堂吉诃德先生的侍从桑丘·潘沙？"

桑丘答道："就是我呀！怎么样，不简单吧？"

那位绅士说："这本新出的书把您可骂惨了，又是馋鬼，又是笨蛋，还一点儿不逗人，跟那本书上的您完全不是一个人，差得太远了。"

桑丘说："上帝原谅他吧。别再提我了。谁想唱谁唱；圣彼得还是住在罗马自在。"

两位绅士知道店里的供应不尽如人意，没他们这种身份的人看得上的饭食，就请堂吉诃德去他们房中一起用餐。骑士向来懂得礼数，恭敬不如从命，便随他们走了。主人一走，牛蹄沙锅便成了桑丘独享的佳肴。桑丘坐在上手，店主在旁边作陪，他对牛蹄的爱好一点儿不亚于这位侍从。

吃饭的时候，堂胡安问堂吉诃德温柔内雅小姐近况如何，是否早已嫁人，是否正在怀孕，如果尚未破身，还是个黄花闺女，是否还没忘记堂吉诃德先生对她的爱慕之情。堂吉诃德说：

"温柔内雅依旧完好如初，我对她的感情更加坚定。她一如既往，对我还是那么冷若冰霜，只是突然间从一个绝代佳人变成了俗不可耐的村姑。"

说到这儿，他就把他如何进入蒙特西诺斯洞，在里面看见了啥，温柔内雅如何中了魔，以及梅尔林为复原她的美貌叫桑丘抽多少皮鞭的事，一五一十地对那两位绅士述说了一遍。他们听得津津有味，又觉得离奇古怪，这么荒唐的事竟讲得头头是道、娓娓动听，实在叫人百思不解。更叫他们作难的是，不知道把堂吉诃德算做明白人呢还是当成大疯子，因为他一会儿讲得很有道理，一会儿又胡言乱语。

桑丘酒足饭饱，店主烂醉如泥。桑丘顾不上管店主，径自去了隔壁的客房，进门就说：

"二位先生，我要说得不对，您宰了我都行！写这本书的准是存心跟我们过不去。刚才二位也说了，他骂我是馋鬼，馋鬼就馋鬼，咱认了，可千万别叫我醉鬼。"

堂黑罗尼莫说："他还就这么叫了，具体是咋说的我想不起来了，反正说得够难听的。现在见到您这位货真价实的桑丘，不用说，他那些话全是瞎扯。"

桑丘说："您二位就听我的没错。这本书写的桑丘和堂吉诃德跟人家熙德·阿梅德·贝嫩赫利写的是两码事。熙德·阿梅德写的才是我们俩呢：我主人英勇善战，聪明过人，多情得要命；我呢，根本不是什么馋鬼，更不是醉汉，只是没啥心眼，可会逗乐啊。"

堂胡安说："我看也是这么回事。要是行得通，不如下令，除原作者熙德·阿梅德,禁止任何人给伟大的堂吉诃德立传。人家亚历山大大帝就这么干过,他当时下令,除了阿佩莱斯,谁也不能为他画像。"

堂吉诃德说:"谁爱写谁写,我才不管呢,可有一点,别胡骂乱骂,糟践人。要老是这样胡整,谁也受不了。"

堂胡安说:"谁胆敢糟践堂吉诃德先生,准没好果子吃。幸亏人家心大能忍,再难听的话都能顶得住。"

他们就这样东一句西一句扯了大半夜。堂胡安劝堂吉诃德再看看那本书,瞧里面还说了些啥玩意儿。堂吉诃德死活不看,说他翻了翻就算看过了,不用再细瞧就可以说它全是胡扯。他还说,要是叫写这本书的人知道他也拿来读了,还不把那家伙得意死了。对这样的下流玩意儿,想都不能想,更甭说看了。两位绅士问堂吉诃德要到哪儿去,回答说去萨拉戈萨,想参加那里一年一度的比武大赛。堂胡安告诉他,那本新出的书里说堂吉诃德,不管他是真是假,反正说他参加了一次跑马穿环比赛,场面毫无新意,徽记简单,服装更是寒酸。总之,啥也不行,就是没用的话多得叫人讨厌。

堂吉诃德说:"就冲这一条,我也不去萨拉戈萨了。我要让天下君子看看这位作者讲的都是些啥玩意儿,要让大家明白,我不是他瞎编的那个堂吉诃德。"

堂黑罗尼莫说:"高!实在是高!巴塞罗那也有比武,堂吉诃德先生何不去那儿一显神威?"

堂吉诃德说:"在下也正有此打算。二位如不嫌弃,就把我当朋友看待,本人随时可为二位效劳。时候不早了,咱们也都该上床睡觉,失陪了。"

桑丘说:"我也和您二位交个朋友,我还真没准儿能干点儿啥呢。"

说完各回各屋。堂胡安和堂黑罗尼莫不禁大发感慨:世上竟有又明白又糊涂的人!他们深信不疑的是:这个堂吉诃德和这个桑丘才是真货,那位阿拉贡人写的纯粹是冒牌货。

堂吉诃德一大早起来,敲了几下隔板,表示和邻屋的两位绅士告别。桑丘付了账,出手还挺大方。他奉劝店主以后少吹点儿牛皮,多准备些饭菜。

第六十章

美女子竟杀亲夫
土匪头偏讲仁义

　　堂吉诃德清晨上路，天气凉爽，估计那一整天都会比较凉快。他不想再去萨拉戈萨，便事先打听好去巴塞罗那的捷径，没别的，就是想叫世人知道，那本新出的书，说是写他，其实全是谎话，是对他的诬蔑。主仆二人一路无话，单说第六天，看看天色渐晚，他们离开大路，走入一片树林。熙德·阿梅德一向叙事具体，可这回却没细说，所以也不知堂吉诃德他俩进的是软木树林呢，还是橡树林。

　　主仆俩下驴下马，靠在树下歇息。桑丘肚里有食，转眼就入了梦乡。堂吉诃德却怎么也合不上眼，倒不是饿的，是他心事太多。他一会儿像是到了蒙特西诺斯洞，一会儿又觉着眼前温柔内雅在晃动，而且完全是一副村姑的土样儿，还连蹦带跳地蹿上了驴背，一会儿又仿佛听见梅尔林法师在说，要除去温柔内雅身上的魔道必须如此这般，这般如此。要是桑丘发发慈悲，肯出力，这事早就解决了，可那小子薄情寡义，豁不出去，恐怕最多也就抽了自个儿四五下吧，这跟需要的三千下相比，差得也太远了，可以说跟没抽一样。他越想越气，可又想不出什么别的高招，只在那儿干着急。突然他心头一亮："当年亚历山大大帝砍断戈耳迪死结时说过'砍断和解开是一码事'，他不还是当了整个亚洲的霸主吗？帮温柔内雅去魔也可以照此行事嘛！我不管桑丘乐意不乐意，先抽他三千下鞭子，反正说的是要抽这么多下，是桑丘自抽还是别人代抽，我看效果没什么两样，关键是他得挨鞭子。"

　　他这么一想，便取下稀世驽驹的马缰做鞭子，准备去抽桑丘。桑丘上衣和裤子有带子系住，堂吉诃德要脱他的裤子，先得解开这条带子。他刚用手摸过去，桑丘就醒了，忙问：

"干啥？干啥？扒我裤子干啥？"

堂吉诃德说："是我。我要抽你屁股，一来替你尽点儿义务，二来也让我少点儿烦恼。温柔内雅在遭罪，你呢，还跟没事一样，我能不着急吗！你呀，赶紧把裤子给我扒了，趁这个地方没人，先让我抽你两千鞭子。"

桑丘这下听明白了，忙叫道：

"这可不成！您还是歇着的好。您要是硬来，老天在上，我非跟您大闹一场不可，不把聋子整得都听得见，就没完！我欠下的鞭子，我准还。啥时候还，那就得看我啥时候高兴了。到时候，我一定把自个儿玩命抽一顿，但现在不行，我没这心气。您说，是不是这个理儿？"

堂吉诃德说："桑丘，跟你讲客气？甭想！你这家伙心肠太硬，可皮肉倒挺嫩，哪儿像个乡下人。"

说着，他又伸手去解桑丘的裤带。桑丘一看他要来真的，忙从地上跳起，一个箭步朝他扑去，上头用双臂抱住堂吉诃德的身子，下头用脚一钩，当下就把他摔了个仰面朝天，又赶上去用右膝顶住他的胸口，死命压住他的两只手。堂吉诃德被桑丘治得动弹不得，连喘气都够呛。都这德行了，他还大喊大叫呢：

"你反了？老子给你饭吃，你倒动手打起老子来了！我是你主子！你知道不？你胆儿也太大了！"

桑丘说："废君立君不关我的事，我得保护我的主子[①]，那就是我自己。您甭喊叫，答应这会儿不抽我鞭子，我就松手。要是不听，'我马上要你一命归西，谁叫你是堂娜桑卡的死敌！'[②]"

堂吉诃德连忙答应，发誓说，别说抽他，就是他衣服上的线毛他也不想碰了，桑丘愿意啥时候抽自个儿，悉听尊便。桑丘这才站起身，躲得老远。他找了棵树，正想靠上去歇息，就觉着脑袋好像叫啥东西撞了一下，伸手去摸，竟是一

① 桑丘引用的一条谚语。
② 桑丘引用的民谣。

双人脚，还穿着鞋袜。他吓得体若筛糠，忙换了一棵树，谁知那上头也有一双人脚。他不知所措，大喊救命。堂吉诃德跑来问他出了什么事。他说，树上挂满了人腿人脚。堂吉诃德上前用手摸了摸，立刻明白是怎么回事了，对桑丘说：

"没啥大惊小怪的，这个地方的官府，抓到土匪就把他们二十三十地一起吊死在树林里。你刚才碰上的，准是这些家伙的腿脚。看样子，咱们快到巴塞罗那了。"

堂吉诃德讲的还真是那么回事。天刚有点儿亮，他俩抬头看去，树上果然挂满了强盗的尸首。这些死强盗把他们吓了一跳，更叫他们心惊的是，天亮后又跑来四十多号活土匪。这些歹徒把他俩围在当中，叫他们不许乱动，等头儿来了再行发落，而且讲的全是加泰罗尼亚话。堂吉诃德哪儿想到会突然跑出来这么多土匪，一点儿没有准备，马没上鞍辔，长矛靠在树上，他自个儿也在地上站着。他想，还是低头抄手站在那儿，先忍一时再说。

土匪们上来先搜灰驴，把它驮的褡裢和箱子抢了个底朝天。谢天谢地，桑丘把带出来的和公爵送的金币全贴身放在了肚兜里。其实，这也没用，这帮好汉能耐大了，你就是藏在肉里，他们也能翻出来。幸好没等他们来这招绝的，土匪头子到了。这家伙看上去有三十三四岁的模样，中等偏高的个儿，长得挺壮实，黑脸膛，眼神很凶，胯下一匹高头大马，铁甲护身，腰两边各别着一对火枪。他见手下的随从（干他那一行的就这么叫）要动手搜桑丘的身，便命他们住手。喽啰们乖乖听命，要不，桑丘的那一大堆金币非叫他们洗劫一空不可。土匪头儿看着堂吉诃德，觉着挺有意思：长矛靠在树上，盾牌扔在地上，顶盔贯甲，若有所思，一副苦脸，真像个哭丧鬼，便说道：

"伙计，用不着犯愁，我可不是杀人魔王俄赛里斯。我叫罗克·吉纳尔特，心一点儿也不狠，软得像棉花。"

堂吉诃德说："啊！英名盖世的罗克大侠！我恼的不是落在了你的手中，只是恨自己过于粗心，不及上马就叫你手下兵丁抓住。我身为游侠骑士，本该时刻戒备，不能有半点儿懈怠。假如我骑在马上，长矛、盾牌在手，他们要想制伏我恐怕就没这么容易了，因为在你面前的，乃是武功盖世的堂吉诃德！"

罗克听了他这番话，认定这位绝不是胆量过人，而是脑袋瓜儿有毛病。他听人讲起过堂吉诃德，但并不以为然，根本不相信世上有这样的疯子，如今碰上了，便想亲自加以验证，便说道：

"勇敢的骑士，千万别往心里去。其实您未必就会倒霉，所谓福中有祸，祸中有福；逢凶化吉，遇难成祥，也是常有的事。老天爷无所不能，无所不在，他能叫摔趴下的站起来，也能让穷光蛋变成大富翁，这都是我们这些人难以想象得到的。"

堂吉诃德听得舒服，正要道谢，突然背后响起一阵马蹄声，好像奔过来大队人马，等定睛一看，不过是一人一骑。只见马上那人年纪轻轻，不过二十岁光景：一身金边绿锦缎衣裤，歪戴着帽子，完全是瓦龙人的打扮；打蜡的皮靴正合脚；镀金马刺、镀金短刀、镀金宝剑；手里拿一支小型猎枪，腰上两边各别一把手枪。罗克忙回头看，只见来人生得十分美貌。那人说道：

"罗克英雄，我是专门来找你的。我出事了，你要是帮不了我，起码也能给我一些安慰吧。我知道你不认识我，听了我刚才的话有点儿发蒙。好，就让我告诉你我是谁好了。我叫克劳迪亚·黑罗尼玛，西蒙·佛尔特的女儿。他跟你是好朋友，和克劳克尔·托雷亚斯是冤家对头。他的对头也是你的对头，因为克劳克尔那一伙人全跟你不对付。你也知道，克劳克尔有个儿子，叫堂维森特·托雷亚斯，起码两个钟头前还这么叫。这小子可把我害苦了！我呀也不想细说了，反正是这么回事：他对我甜言蜜语，百般奉承，我听得入耳，就背着我爹跟他谈上了。这个女人哪，哪怕她大门不出，二门不迈，循规蹈矩，谨守妇道，只要有了相好的，谁也甭想拦住她。一句话，他答应娶我，我答应嫁他。我们俩就这关系，没干什么别的出格的事。可你猜怎么着，昨儿个我听说，他不要我了，准备跟别的女人结婚，今天上午就要办事儿。我一听就急了，趁我爹不在家，赶忙把自个儿收拾成现在这模样，骑上马就追了出去。跑了大概十里来地，我就追上了堂维森特。我没有骂他，也没听他辩解，举起猎枪就射，接着，又用手枪，反正他身上吃了不下两颗子弹。他受伤流血，我挽回了名誉。我出了这口恶气，转身拍马就走。他手下的仆役没敢动手，也没那能耐。我跑来找你，没别的，求你想个法子，把我弄到法国，我在那儿有亲戚。还求你保护我爹，我怕他们找不到我，拿他老人家出气。"

罗克没想到像克劳迪亚这般苗条秀丽的美人竟如此英雄，敢开枪打人，禁不住倒吸一口凉气。他说：

"小姐，咱们先去看看你那个冤家是不是真的断了气，然后再说别的不迟。"

克劳迪亚和罗克两个人的对话，堂吉诃德全听见了。他不等克劳迪亚再说什么，开口道：

"此乃本人分内的事，别人休得插手。快把我的马和兵器送过来。各位稍候片刻，我去去就来。不管那位绅士是死是活，我都要叫他说话算话，绝不许他把我们这么漂亮的姑娘当猴耍。"

桑丘说："各位就等着瞧好吧！我家主人做媒呀可能耐了！这不，前几天，有个小伙子也是说娶人家姑娘又不娶了，想赖账。后来，还不是多亏我主人，他俩才又重新成双成对。要不是那些存心跟我主人过不去的魔法师在中间捣乱，把那小伙儿变成随从，那姑娘这会儿恐怕早不是姑娘啰。"

罗克只顾想克劳迪亚的事，根本没注意听他们主仆在说些啥。他吩咐手下喽啰把抢来的东西还给桑丘，然后返回昨晚过夜的地方，他则随克劳迪亚去看那个生死难定的堂维森特。他们快马加鞭，很快便到了出事的地点，但堂维森特踪影皆无，只见地上有一摊血。他们环顾四周，发现一个山坡上有一群人，料想必是堂维森特手下的人，不是要去把主人埋了，那就是要给他治伤。还真是那么回事。那帮人走得很慢，他们很快就追上了。只见众仆人抱着堂维森特，堂维森特有气无力地对他们说，他疼得实在受不了，不如就让他死在那儿算了。

罗克和克劳迪亚下了马，走上前去。那伙人一见罗克，吓得浑身打战。克劳迪亚看见堂维森特这般惨样儿，既生气又心疼，拉着他的手说：

"你要是按咱们原来讲好的做，娶我为妻，能弄成这样吗？"

堂维森特睁开几乎闭上的眼睛，认出是克劳迪亚，便说：

"你上当了，我美丽的小姐。我知道杀我的人是你。我受你这样的惩罚实在冤枉。我没做任何对不起你的事，连这种想法也没有啊！"

克劳迪亚问："那你今天上午要去和财主巴尔瓦斯特罗的女儿结婚是没影儿的事喽？"

堂维森特说："确实没有。都怪我命不好，叫你听了这种谣言，一气之下要了我的性命。我现在能死在你的怀里，已经很满足了。为了说明我的真心，如果你愿意，就握住我这双手，答应我做你的丈夫。既然你认为我对不起你，我这样做，你总该满意了吧？"

克劳迪亚握住他的手，紧紧贴在自己的心口上，一阵悲伤袭来，当下就晕倒在堂维森特血迹斑斑的胸口上。堂维森特激动过分，也昏死过去。罗克不知所措。众仆人忙搞了些凉水，浇到他们脸上。克劳迪亚终于苏醒过来，堂维森特则已呜呼哀哉。她知道亲爱的丈夫真的死了，顿时呼天抢地，大悲大号，扯头发，毁面容，痛不欲生，大声自责道：

"你这个糊涂的女人，你也太狠了！你心一动就去杀人，你也太任性了！你醋意大发，就昏了头了！我的夫呀！我爱你等于害你，是我把你从洞房推下了坟墓啊！"

克劳迪亚哭得死去活来，号得草木含悲，从来不哭的罗克也禁不住流出了眼泪。仆人们也哇哇大哭。一时间，山头悲声四起，仿佛到了坟地。后来，罗克叫那群仆人把堂维森特的尸体运回自家村里埋了。克劳迪亚对罗克说，她有个姨妈在当修道院院长，她准备投靠她做个修女，找个更好的丈夫，好好陪他一辈子[1]。罗克说她的这个打算不错，还表示要送她前往，并叫她放心，要是堂维森特的家人或别的什么人胆敢找她爹的麻烦，伺机报复，他会挺身而出，保护老人家的生命安全。克劳迪亚对他的好意千恩万谢，但执意不要他送，随后便流着眼泪，独自一人走了。

最后，堂维森特的仆人们抬走了他的尸体。罗克又回到他手下人当中。克劳迪亚爱了半天，竟落了个这样的下场，其实也在情理之中。人到了醋劲十足、妒火中烧的地步，十个有十个会捅出大娄子。

罗克到了事先说好的会合地点，见众喽啰都照他吩咐在那里等候，堂吉诃德骑在稀世驽驹身上正和他们畅谈。他说他们干的那一行凶多吉少，有今儿没明儿，良心还备受煎熬，不如趁早另谋生路。那帮人大多是加斯科尼人，又粗野又没脑子，根本听不进他那一番金玉良言。罗克问桑丘他手下抢去的东西是否悉数归还。桑丘说还了，只差三条头巾，说那三条头巾每条都抵得上一座城。

喽啰中有一个听了，急忙喊道：

---

[1] 指献身上帝。

"你胡说啥呢？都在我这儿哩，连三雷阿尔都不值！"

堂吉诃德说："是这么回事。可我的侍从也没说错。他把这几条头巾看得如此贵重，是因为它们都是人家送给他主人我的礼物。"

罗克命那个喽啰立即把头巾还给桑丘，然后叫他们一字排开，吩咐人把最近抢来的衣物、珠宝、钱财摊开摆在大家面前，接着，粗略地估摸一下，把没法均分的东西全折换成钱，最后每人一份分了个干净。他分得非常公平，大家都十分满意。罗克对堂吉诃德说：

"跟这伙人不一碗水端平，啥也弄不成。"

桑丘说："我可算开了眼了！这公平就是好，连土匪窝里也行得通。"

一个喽啰听了，举枪柄就往桑丘脑袋瓜儿上打。幸亏罗克及时大声将他喝住，要不，桑丘的脑壳非开花不可。他吓得要命，心想，跟这伙人待在一块儿，可不敢再张嘴胡说了。

这时，放哨的喽啰跑来报告，说：

"头儿，去巴塞罗那的那个道上来了一大帮人，快到咱这儿了。"

罗克问：

"你看清楚没有？是找咱们的，还是咱们要找的？"

"是咱们要找的。"

罗克说："给我全上，把他们带回来，一个也不能溜掉！"

众喽啰走后，罗克对堂吉诃德说：

"堂吉诃德先生想必觉得我们这样过日子挺新鲜、挺悬乎吧？您这样想一点儿也不怪。其实就是这么回事。我们一天到晚没安稳的时候，老是提心吊胆。我走上这条道是为了报仇。我这个人本来是个软心肠，从来没有害人的心，可叫人家给害了，您说，我能忍得下这口气吗？就这样，我这个好人也上了这条路。所谓'深渊招呼深渊'，罪孽和罪孽做伴，我不光替自己报仇，也为别人抱打不平。不过，有上帝保佑，我虽然身在黑道，但总想着有重返正路的一天。"

听他讲得振振有词，堂吉诃德颇感惊讶，他原以为杀人截道的土匪是讲不出这般合乎情理的话的，所以就对罗克说：

"罗克先生，治病首先得弄清是什么病，然后听医生的话，该吃啥药吃啥药。先生现在有病，也明白病在何处，那么大夫，也就是老天，确切地讲，是上帝，他会给你对症下药。当然，不是药一下肚就马上见效，得有一个过程，总之，病会逐渐变好。另外，聪明人知道自己错在哪里，往往比傻瓜康复得要快。听您刚才说的话，知道您是个明白人，所以您只要有勇气，有耐心，良心上的病就会慢慢好起来的。您要是嫌这种办法慢，那就跟我走，我教您当游侠骑士。您吃尽苦头，等于赎了自己的罪孽，就可一步登天。"

罗克听了只是一笑，又提起克劳迪亚的悲惨结局。桑丘听了心里十分难过，因为他觉得那个漂亮、爽快、泼辣的女孩并不坏。

去大路上截道的喽啰们回来了。他们押来的人有两个骑马的绅士、两个步行的朝圣者，还有一车女人和六个随行的仆从，仆从有骑马的，也有步行的，另外，还有两位绅士雇的两个骡夫。喽啰们把他们围在当中，大家都不做声，静候土匪头儿罗克的命令。罗克问那两个绅士何许人也，去什么地方，身上有多少钱。其中一个回答说：

"先生，我们都是西班牙步兵上尉，队伍在那不勒斯。我们准备从巴塞罗那坐船到西西里岛，因为听说有四艘海船也要去那个地方。我们身上差不多有两三百埃斯库多，当兵的都是穷光蛋，我们有这些钱真要成富翁了。"

罗克又问那两个朝圣者，问的还是那一套。回答说他们是去罗马，一共带了六十雷阿尔。罗克接着又问车里坐的是什么人，去哪儿，带了多少钱。一个骑马的说：

"车里坐的是那不勒斯法庭庭长的夫人堂娜吉奥玛尔·德基尼奥内斯，她的小女儿，一个使女和一个嬷嬷，还有六名随从，带了六百埃斯库多。"

罗克说："这样算起来，咱们今天能弄下九百埃斯库多零六十雷阿尔。我手下有六十来号人吧，看看每个人能分到多少？我算账可不行。"

众土匪听了，齐声高呼：

"罗克万岁！让那些想害他的浑蛋做白日梦去吧！"

被抓来的人一听都傻了：两个当兵的连连摇头，庭长夫人满面愁容，两个朝圣者更是着急。他们难受的模样老远都能看得见。罗克这样说是有意吓吓他们，后来实在看不下去，才改口道：

"二位上尉先生，帮帮忙借给我六十埃斯库多，庭长夫人也委屈您帮个八十。我手下这些伙计总不能白忙活吧？靠山吃山，靠水吃水，对不对？各位再往前走就没事了，我给开个路条，就没人找麻烦了。我手下人到处都有。其实我这个人从来不想欺负女人和当兵的，特别是高贵的夫人。"

两个上尉连声道谢，称他慷慨仗义。庭长夫人还打算下车去亲他的手和脚。罗克说他得罪了夫人，赔礼道歉的应当是他，无论如何都不肯答应，并说，他干的这一行不是什么好营生，对夫人多有冒犯也是出于无奈。

庭长夫人和两个上尉按罗克说的把钱如数交给罗克。两个朝圣者也准备把他们那点儿可怜的钱交出去，刚要往外掏，罗克却叫他俩别忙，转过身对手下喽啰说：

"现在我手里这些埃斯库多，每人分两个还剩二十。十个给这两位朝圣的，十个给这个好侍从，也好让他给咱们宣扬宣扬。"

接着，他又吩咐手下将随身带的纸笔取出，写了一张叫各路小头目放行的路条，给了那几个截来的人，然后叫他们重新上路。大家都说罗克慷慨豪爽，非同寻常，哪儿像江洋大盗，简直可以和亚历山大大帝媲美。可有一个说话既像加斯科尼人又像加泰罗尼亚人的喽啰生气了，说：

"咱这个头儿哪像土匪，整个儿一个修士。往后他要再显自个儿仁义呀，就叫他自己出血，少拿我们的钱。"

那个倒霉催的嗓门也太大了，罗克全听见了。他拔出宝剑将那人的脑袋差点儿一劈两半，并厉声说道：

"谁再敢胡言乱语，就是这个下场。"

众喽啰吓得大气都不敢出，对头儿他们就得这样顺从。罗克走到一旁，给他在巴塞罗那的一个朋友写了封信，叙述了他和大名鼎鼎的堂吉诃德在一起相处的情况，说这位游侠骑士风趣逗乐，见识超群，世间没有第二人可比，还说四天之后，也就是圣胡安·保蒂斯塔节那天，他将和堂吉诃德主仆俩在巴塞罗那海滩上露面，那主仆俩，一个骑在马上，全身披挂，一个坐在驴背，紧随其后。罗克在信中，叫他这位朋友别忘了告诉尼亚罗斯那伙哥们儿到时候一定去凑热闹。他真不想叫卡德尔斯那帮小子也趁机找乐儿，可这很难办到，因为堂吉诃德说起来头头是道，做起事来像个疯子，加上他那个侍从桑丘爱耍贫嘴，谁见了他们不笑得前仰后合？写好信，他叫过来一名喽啰，让他扮成农民混进巴塞罗那，把信送去。

第六十一章 | 好桑丘初见大海
疯骑士再受欢迎

　　堂吉诃德同罗克在一起待了三天三夜，就是待上三百年，他对他们过的那种日子也会感到新奇。他们睡觉一个地方，吃饭又一个地方；有时候躲着谁，有时候又好像在等着谁；都站着睡觉，一有动静，就立刻挪窝；时刻警惕，又放探子，又布置哨兵，随时准备点燃火枪的捻子，不过，使这种家伙的人不多，大部分土匪用的还是火石枪。罗克睡觉总躲着手下，叫他们弄不清他在什么地方过夜，因为巴塞罗那总督派人到处张贴告示，要他的项上人头。他吓得如惊弓之鸟，草木皆兵，谁也不敢相信，甚至害怕部下行刺，或捉去报官。他这种日子过得实在难受。

　　罗克带了六名喽啰，随堂吉诃德主仆去了巴塞罗那。他们择荒僻路径，抄近道，终于赶在圣胡安节前夕到了城外的海滩。罗克和堂吉诃德、桑丘互相拥抱，还把答应给桑丘的十埃斯库多给了他，然后彼此客套了一番，才分手告别。

　　罗克走后，堂吉诃德骑在马上原地未动，他在等黎明的到来。没过多久，东方渐渐发白，黎明女神露出了她亮丽的面庞，万物复苏，花草欣欣，一派寂静。突然铃铛作响，鼓号齐鸣，还夹杂着喊声和脚步声，好像有人正从城里往外跑。

　　黎明过后，人们便看见太阳那张比盾牌还大的脸膛，在天边慢慢升起。堂吉诃德和桑丘放眼望去，发现面前竟是一望无际的大海，他们从未见过这样壮观的水面，曼卡老家的鲁伊德拉湖根本无法和它同日而语。定睛细看，只见岸边停泊着许多海船，正收着篷幔，露出悬挂在船上的三角旗和长条旗，或风中飞舞，或轻拂水面，船上号声、笛声、喇叭声响成一片，战争的气氛笼罩着周围的天空。海船开始运动，激起无数浪花，摆出出击的姿态。城中遥相呼应，立刻有无数骑兵冲杀而出，个个军服醒目，马匹雄健。海船上连连发炮，城上也以炮回敬，双方你来我往，一时间，火光闪闪，炮声隆隆，海在乐，地在笑，晴朗的天空，硝烟弥漫，身在其中的兵士越发激动，更加兴奋。桑丘看着海上那些游动的庞然大物，心里直纳闷，他弄不明白它们怎么会有那么多的脚。

这时，那帮从城中冲杀出来的骑兵朝堂吉诃德奔来，嘴里还不停地喊叫。他和桑丘吓得不知如何是好。骑兵中有一位就是罗克的朋友，他已经收到了罗克的信。只听他大声对堂吉诃德说：

"欢迎您，游侠骑士的表率、北斗、明星！真不知道叫您什么好了！我是说，欢迎英勇无敌的堂吉诃德来我们城！我们欢迎的是史学界名家熙德·阿梅德笔下的那个正宗原装的堂吉诃德，可不是新近那本冒牌书胡编的那个冒牌货。"

堂吉诃德没有做声，那些骑兵也不打算听他说啥，就和后面跟上的队伍将他围在当中，转起圈来。这时，堂吉诃德才对桑丘讲：

"我敢说，这些人肯定认识咱们，他们一准儿看过写咱们的那本书，连阿拉贡人写的那本也看过，没错！"

收到罗克来信的那个骑士又走过来对堂吉诃德说："堂吉诃德先生，请随我们走吧，我们都是罗克的朋友，您有啥事只管说，我们随时为您效劳。"

堂吉诃德答道：

"看来礼貌这东西也讲究血缘，您和罗克好汉不是亲哥们儿也是表兄弟，他对我十分客气，您对我格外有礼。没说的，我一定遵命，也非常愿意为您效劳。"

骑士自然也客套了一番。随后，鼓号齐鸣，众人簇拥着堂吉诃德进了城。他们刚入城门，就碰上一群顽童。这些淘气的孩子比恶魔还坏，其中两个更是胆大包天，邪得悬乎，竟偷偷混入人群，凑到堂吉诃德主仆身边，还动手动脚，掀开稀世驽骍和灰驴儿的尾巴，各塞进一把带刺的树棵子。两头牲口哪里受过这种罪，气得夹尾巴，尥蹶子，结果把自己的主人全折腾到了地上。堂吉诃德气急败坏，跳起身就把稀世驽骍屁股上的那个玩意儿拔了下来；桑丘也学他的样儿，除掉了灰驴尾巴下的那个装饰。在前头开路的几个骑兵想去追那两个恶作剧的孩子，可他们刚这么想，那两个顽童早已钻进孩子堆，无踪无影了。

堂吉诃德和桑丘又重新上马上驴。没多久，他们便在一阵鼓乐声中到了带路的那位骑士的家。那可是座高门大宅，一句话，是个财主家。

第六十二章

真游侠上街自我展览
假铜像在家有问必答

把堂吉诃德迎进自个儿家的这位绅士名叫堂安东尼奥·莫雷诺，是个很精明的富翁，平时爱开玩笑，但极有分寸，从不伤大伙儿的和气。他见堂吉诃德住进了自己的家，便琢磨着拿他开心，叫大伙儿看看他的那股子疯劲，但有一点，不能惹恼了他。俗话说：玩笑不能伤人，逗乐要知深浅。

堂安东尼奥先命人帮堂吉诃德脱去盔甲，让他只穿一件虎皮紧身衣，然后把他请到阳台。阳台下就是闹市，来往行人都能看见他。大伙儿看着他就跟看猴儿似的。那队军服漂亮整齐的骑兵在他眼前奔来跑去，给人感觉，他们纯粹专为欢迎客人而来。桑丘乐得合不拢嘴，心想是不是又碰上了卡马丘式的婚礼，又进了堂迭戈或公爵那样的阔主家。

当日，堂安东尼奥请了几位朋友在家中吃饭。大家都把堂吉诃德奉为上宾，当游侠骑士看待。堂吉诃德得意扬扬，喜形于色。桑丘妙语连珠，滑稽逗人，众宾客和所有的仆人都听得津津有味。堂安东尼奥对桑丘说：

"桑丘老兄，我们这儿都说你特别爱吃浇汁鸡脯和肉丸子，吃不完就揣到怀里，明儿再吃。"

桑丘说："先生，根本不是那么回事。馋不馋，咱先不说，爱干净咱可是数得着的。这不，我东家堂吉诃德就在这儿，他知道，我们俩有时候一把橡子、一把核桃就能混上个七八天。当然，人家要是给头小牛，咱也不能客气，牵起来就走。就是说，有啥吃啥，孬的吃，好的更得吃。谁说我馋嘴不爱干净！我跟各位说明白，没那么回事！要不是看在各位先生的面上，我非……算了！"

堂吉诃德说："桑丘说得没错，他吃东西那个干净、那个细呀，真可以刻在碑上，万古流芳啊！当然，他饿极了也会像秋风扫落叶，狼吞虎咽，但爱干净可一点儿不含糊。他当总督的时候，学的吃相可文气了，吃葡萄，甚至吃石榴都用叉子。"

堂安东尼奥说："怎么着，桑丘还当过总督？"

桑丘说："是呀，在一个叫什么便宜岛的地方，我确确实实当了十天总督。没一天有闲工夫，最后我算看透了，这世上的官都没劲儿。我就跑了，谁知半道上又掉进一个大坑，可深了，我想这下算完了，哪儿知道又活着出来了。"

于是，堂吉诃德把桑丘当了十天总督的情况细说了一遍，大伙儿都听得入了神。

吃过饭，堂安东尼奥拉起堂吉诃德的手，把他领到一间僻静的房内。房内什么摆设都没有，只有一张大理石的独脚桌子，上面放了一尊雕像，好像是铜的，样子跟罗马皇帝的塑像差不多，是个半身头像。堂安东尼奥领着堂吉诃德绕着桌子走了好几圈，最后才对他说：

"堂吉诃德先生，门也关好了，相信不会有什么人在偷听。好，我现在要给您讲一件怪事，也算得上奇闻吧。不过，我讲之前，您得答应给我保密。"

堂吉诃德说："我发誓。您要是还不放心，就找个针把我的嘴缝上。这么跟您说吧，我只有耳朵，没有嘴。您就放一百个心，有什么话只管说，权当丢进了深沟。"

堂安东尼奥说："那您就听我慢慢道来，您听了肯定会大吃一惊。这件事闷在我肚子里，跟谁也不敢说，快把人憋死了。这会儿见到您，可以一吐为快喽！"

堂吉诃德心里直犯嘀咕，不知道这位绅士为啥这么小心谨慎，更猜不出他要对他讲些啥。堂安东尼奥没有马上开口，而是拉起他的手，让他摸摸那尊半身头像，接着又让他把那张桌子从面儿到腿儿摸了个遍，才开口说：

"堂吉诃德先生，做这尊铜像的人是世界一流的魔法师，波兰人，他师父就是那位鼎鼎大名的埃斯科迪约，能耐可大了，都把他说神了。我把那位魔法师请来，出一千埃斯库多要他给我塑这尊铜像。您可别小看它哟，您要是凑近耳边问它话，它能有问必答。法师画符念咒，看准天象，选定时辰，最后造出了这尊铜像。今天是星期五，它不说话。咱们明天就可以问它。您想问它啥，趁早做个准备。我试过，它的确有问必答。”

堂吉诃德听了颇为惊讶，真有点儿不相信，心想明天就知真假，便没有多问，只是感谢主人对他如此信任。堂安东尼奥锁好房门，和堂吉诃德又一起回到大厅。他俩在密室谈话的时候，桑丘给大家讲了他主人遭遇的种种冒险奇遇。

下午，他们带堂吉诃德上街。堂吉诃德脱去盔甲，穿了一条棕色呢子长袍。大热天穿这么一件厚实的衣服，就是一块冰也得捂出汗来。主人吩咐手下想方设法把桑丘稳住，叫他老老实实待在家里。堂吉诃德逛街骑的不是稀世驽驹，是一头走路四平八稳的大骡子，打扮得挺引人注目。仆人们在给堂吉诃德穿长袍的时候，偷偷在他背上的缝了一张羊皮纸，上面用大字写着："本人就是堂吉诃德"。等到了街上，过往行人见了他背上的这块招牌，都说道："这就是堂吉诃德。"堂吉诃德没想到这里的人竟然全认识他，非常惊奇，便对堂安东尼奥说：

"游侠骑士就是不一样啊，个个家喻户晓，人人天下闻名。您说，这里的孩子什么时候见过我？可他们叫得出我的名儿来。"

堂安东尼奥说："您说得不错。德行就如同一团火，是无论如何都包不住的，早晚得叫大家知道。三百六十行，哪儿行也比不上武士这一行耀眼。"

可巧有个卡斯提亚老乡也在那条街上走，他见堂吉诃德背上写的字，便大声嚷道：

"哎哟喂，你这个倒霉催的堂吉诃德，在这儿干啥呢？挨了那么多的板子，还没死？又跑这儿来发疯了！整天价疯疯癫癫的！在自个儿家要怪就得了，偏跑出来把别人也整得直犯疯病，不信，瞧瞧跟你在一块儿走的这几位。我看你这家伙还是赶紧回家，照看自己的家产，照看自己的老婆孩子，别再这样胡闹了，弄乱了自个儿的脑子，变成大傻瓜！"

堂安东尼奥说："这位老兄，谁请你来这儿训人了？堂吉诃德先生脑子好好的嘛，我们这伙人也不是傻瓜呀！有德行的人到哪儿都会受人尊敬。你这个倒霉的家伙少管人家的闲事，赶紧给我走！"

堂吉诃德的那个卡斯提亚老乡说：

"唉，真是活见鬼！不过，您说得没错，给这位先生说几句忠言逆耳，就好比拿脚往钉子上踹。我是太可怜他了。听说这个傻蛋说别的事都明明白白。唉，全是叫游侠骑士那玩意儿把脑子毁了。您不是说我是倒霉的家伙吗？好，打今儿起，哪怕我能活上千年万年，即使有人求我，我谁也不再劝了！我可不想当倒霉蛋，我儿子孙子更不想当！"

那人说罢转身走了。他们一行继续在街上逛。过路行人都挤过来看堂吉诃德背上的字，弄得人山人海，乱作一团。堂安东尼奥只好装做给他掸灰，取下了那张羊皮纸。

他们一直溜达到天黑才回到家。堂安东尼奥的太太长得漂亮，性格活泼，又风趣，她请了几个女友来家里跳舞唱歌，目的是让她们见见丈夫请来的客人，拿他的疯劲开心。大家用过丰盛的晚餐，十点左右开始跳舞。女宾当中，有两位夫人最喜欢作弄人。她们都是正派女子，这没错，但要起怪来，就啥也不顾了。她们轮番上阵请堂吉诃德跳舞，把这个疯骑士折腾得筋疲力尽，半死不活。他那副尊容实在无法恭维：面黄似蜡，骨瘦如柴，细长的个头整个儿一根麻秆；手脚僵硬，动作迟缓，笨得像块木头。这两个年轻的夫人假装向他暗送秋波，他也假装视若不见。后来，他看这两个女人得寸进尺，死命纠缠，便大声叫道：

"冤家快走！二位夫人休得如此！我心中只有绝世美人温柔内雅！谁也别想打我的主意！"

说着一屁股坐在了地上，这阵舞蹈把他累得够呛。堂安东尼奥一见，赶忙命人把他抬到床上。桑丘跑过来拉着他的手说：

"我的老爷啊，您这不是自讨苦吃吗？跳啥舞啊？您以为能打仗的就会跳舞？游侠骑士个个都是舞蹈专家？您想错了！有的人杀个巨人眼都不眨，可要他跳舞就成狗熊了。您还甭说，要论跺脚什么的，我还真能替您，我那两下子还真不赖哩，可要说跳舞，咱就不行了。"

桑丘把大伙儿都说乐了。他把主人安顿好，给他盖得严严实实，因为他怕主人跳舞跳得发冷，打算给他捂一捂，叫他出出汗。

第二天，堂安东尼奥准备向大家展示一下那尊头像的本事。他请了堂吉诃德、桑丘、他自己的两个朋友，还有那两位头天晚上折腾堂吉诃德的年轻夫人，她们跳完舞没走，在主人家住了一夜。堂安东尼奥把客人们领进放头像的密室，将门关严，就把头像的能耐向大家介绍了一番，还说这是头一回试它的本事，请大伙儿千万不要讲出去。这头像的奥妙他的两个朋友事先已经知道，否则，他们也会像其他人一样大吃一惊。也难怪叫人吃惊，因为那玩意儿是费尽心机搞出来的。

第一个向头像提问的是堂安东尼奥。只见他凑到它的耳朵跟前，细声细气地问：

"我说头像呀，把你的本事给大伙儿露两下。你说，我这会儿在想啥？"

头像根本没张嘴，可大家听见他说话了：

"我不说别人的心思。"

众人听得目瞪口呆，四下看看，没见谁张嘴替它回答呀！

堂安东尼奥又问："这屋里有几个人？"

就听见刚才那个声音从容不迫地答道：

"你和你的夫人，你的两个朋友，你夫人的两个女友，还有大名鼎鼎的骑士堂吉诃德和他的侍从桑丘·潘沙。"

大家越听越觉得悬乎，吓得头发根都竖起来了。堂安东尼奥这时往边上退了一步，说：

"行啊，我说，你还真是个聪明的头像，会说话，有问必答，神了！我这俩钱没白花。谁接着问？随便问，想问啥就问啥。"

女人差不离儿都好奇心切，沉不住气。这不，头一个忍不住想试试的就是堂安东尼奥夫人的一位女友。只听她问：

"头像，你说，我怎么做才能变成大美人？"

回答是："规规矩矩。"

"我就问这一个问题。"

她说完，女主人的另一位女友接着问：

"头像，我想问问，我丈夫是不是真的爱我？"

回答说："你看他是怎么对待你的，不就清楚了吗？"

提问的这位太太退下来说：

"这不是明摆着吗？要知道谁的心思，看他的所作所为就会一目了然。"

随后提问的是堂安东尼奥的一位朋友。他问：

"我是谁？"

"你自己知道。"

"我是说,你认不认识我?"

"怎么不认识?你是佩德罗·诺里兹。"

"这就够了。头像,你确实无所不知啊。"

他退下来,堂安东尼奥的另一个朋友接着问:

"头像,请问,我的大儿子有什么打算?"

"我说了,我不讲别人的心思。不过我倒是可以告诉你,你那儿子想把你埋了。"

"是这么回事。所谓秃子头上的虱子,明摆着嘛。"

这时,堂安东尼奥的夫人走过去,对头像说:

"头像,我也不知道该问你点儿啥,只想请你告诉我,我的好丈夫能不能长寿?"

回答说:"没问题。他身体健康,诸事有节,肯定长寿。没节制的人才活不长。"

堂吉诃德也凑上去问:

"你有问必答,我也问你一问:我在蒙特西诺斯洞里的所见所闻是不是真有其事?我的侍从桑丘能说话算话,自个儿抽自个儿吗?要让温柔内雅解除魔道,这样做管用吗?"

回答说:"你问那洞的事呀,要说的多了,不能说完全是真的,但也不能说全是假的。桑丘抽自个儿鞭子的事不能着急。温柔内雅中魔的事到时候就解决了。"

堂吉诃德说:"我不多问了。只要温柔内雅摆脱了魔法,我估摸着我的运气就会一个接着一个来了。"

最后轮到桑丘问了。他问的是:

"头像,我还能不能再当一回官?我干的侍从这苦差事还有没有头儿?我还能见着老婆孩子不?"

"你会当你家的官。一回家,你就能见着老婆孩子。你不侍候人了,不就不是侍从了吗?"

桑丘听了说:"说得太妙了!这些话我也会说,这不都是废话嘛!"

堂吉诃德骂道:"你真是个牲口!你要人家咋回答?你问什么人家答什么,

你还要咋？"

桑丘说："咋也不咋。我只是想让它多说点儿。"

问答到此为止，可大伙儿心里依然百思不解，这其中的奥妙只有堂安东尼奥的两个朋友知道。作者怕大家胡想乱猜，以为里面暗藏了什么机关或是施了什么巫术，便亲自出面揭开了谜。原来，堂安东尼奥在马德里看见一个头像，是个图片商做的，他照着样子自己在家也做了一个，好用它捉弄人。桌面桌腿儿都是木头的；桌面看上去像大理石，那是漆成的；桌腿儿底下安了四只鹰爪，把桌子支撑得特稳；桌上那尊像罗马皇帝的古铜色头像，里面全是空的，他把它严丝合缝地安在桌子上，外面根本看不出来是怎么回事。桌腿儿也是空的，上面可通头像的脖子，下头和密室底下的屋子相连；一条铁管贯穿其间，一头伸到头像脖子那儿，一头就在下层的屋里。铁管上下传递声音，便形成了一问一答。回答上面提问的是堂安东尼奥的一个外甥，还在上学，十分聪明，他待在下面，嘴对着铁管，有问必答。那天谁要去看头像，他舅舅都事先对他讲过，所以第一个问题他回答得十分流利，剩下的就全凭他那个聪明的脑瓜子连猜带蒙了。

作者还说，这个蒙人的把戏只玩了十一二天就寿终正寝了。原来堂安东尼奥的头像能说人话、有问必答的怪事不胫而走，很快传遍全城。堂安东尼奥心里明白，这事早晚得叫教会的那些卫道士知道，因为他们耳目多呀，所以干脆主动上门，去宗教裁判所，向那儿的官老爷自首。裁判所管事的吩咐他拆了头像，别再胡闹，免得无知小民大惊小怪。不过堂吉诃德和桑丘自有独到见解，他们认为头像的确很灵，有问必答，特别是堂吉诃德对此更是赞不绝口。

城里绅士都想讨好堂吉诃德，也打算款待款待人家，借机拿他的疯劲开心，便准备六天后搞一次跑马穿环比赛。结果没弄成。为啥呢？是这么回事：原来那堂吉诃德突然心血来潮，要去街上溜达溜达。他怕碰上小孩跟他胡缠，没有骑马，只带上桑丘和堂安东尼奥拨给他用的两个随从。他们边走边看，堂吉诃德突然看见一家字号门上写着"承印书刊"几个大字，心里挺高兴，因为他从未见过印书，想过去看看是咋回事。他们进到店里，看见这里在印，那里在校，有的在排字，有的在修版。总之，大印刷所里应有的工序这里全有。堂吉诃德走到一个木架跟前，问这是什么东西，工人们给他讲了一番。他觉得很有意思，又接着往前走。看见一个工人在干活，便问人家在干啥。那个工人回答说："先生，"一边指着身边一个相貌身材都不错、神情有点严肃的人，"这位先生把一本意大利语的书译成了咱们卡斯提亚语。这不，我正给他排版，等着印呢。"

堂吉诃德问："什么名儿？"

译者答："原名是*Le Begatelle*。"

"这个字在咱们卡斯提亚语里是啥意思？"

"用咱们的话说，就是'玩意儿'。您别瞧书名有点儿俗，可有内容，也挺有意思。"

堂吉诃德说："我也多少会点儿意大利语，有时候背上几段阿里奥斯托的诗，狂两下。对了，我想请教一下，您可别误会，我绝不是考您，纯粹是好奇。我是说，您在译书的时候，碰到过piñata这个字没有？"

"碰到过，常见。"

"那您咋译的？

"还能咋译？就是'沙锅'呗。"

堂吉诃德叫道："哎呀呀！您的意大利语可不一般啊！我敢打赌说，意大利语piace，您一定译成卡斯提亚语的'快乐'；più一定译成'更'；su就是'在上面'；giù就是'在下面'；对不对？"

"没错，这几个字在咱们卡斯提亚语里，就是这些意思。"

堂吉诃德又说："我还敢打赌说，您肯定没有名气。这个世界专门和有能耐有成就的人为仇作对，不知埋没了多少天才能人！冷落了多少杰出的作品！至于翻译，我看除了希腊语、拉丁语这两种最美的语言，其他语言之间的互译，就好比把弗兰德斯挂毯翻过来看，图案倒是还看得出，但由于到处是线头，根本没有正面那种光彩。要是译的两种语言十分相似，那翻译就如同抄书一般，文笔咋样根本没关系。我这么说绝没有小看翻译这一行的意思。世上还有比这更糟、更不赚钱的行当哩！不过，有两位翻译家例外。一个是翻译《忠实的牧人》的克里斯托瓦尔·德·费盖罗阿博士，一个是《阿明塔》的译者堂胡安·德豪雷吉。他们译笔完美，几乎和原著难以区分。再请教一个问题。这本书您是自己掏腰包印呢，还是把版权卖给书商？"

译者说："我自己掏钱印。第一版印两千册，定价六雷阿尔，估计很快就可以卖光，能有一千杜卡多的赚头。"

堂吉诃德说："您想得倒挺美！看样子您对书商之间搞的那些名堂还一无所知。跟您说吧，您那两千本书早晚得自个儿扛着，压得您透不过气。要是再写得不够刺激，没味儿，那您就更亏喽！"

译者说："那您说咋办？我总不能几分钱就把版权卖给书商吧？他给你俩钱，你还得感恩戴德！跟您说吧，我出这本书可不是图名。我出了不少书，名儿早有了。我现在求的只是利。没利，那名儿一文不值。"

堂吉诃德说："但愿上帝保您发财。"

他走到另一个木架前，见有人在那儿修改一本书的校样，知道书名叫《心灵之光》后，便说：

"要印就得印这种书，这种书出得再多也不算多，因为如今有罪的人太多了，需要无数明灯给他们指路啊。"

他又往前走，见有人在校对书，问是啥书，回答说是《堂吉诃德》（下卷），作者是托尔德西亚斯人。

堂吉诃德说："这本书我听人说过了。说良心话，像这种荒唐的玩意儿，我还以为早叫人烧成灰了哩。不过，也没啥。不是有那么一句话嘛：是猪都有挨刀的那一天。编的事编得越像那么回事越有味儿，真的事写得越真实越有人看。"

说完这些话，他很不高兴地出了印刷所。当天，堂安东尼奥又安排他们去看海船。桑丘生来还没看见过，听了高兴得要命。堂安东尼奥给舰队司令打了个招呼，告诉他下午要陪他的贵客、鼎鼎大名的堂吉诃德上海船参观。舰队司令和城里的百姓对这位骑士早有耳闻。要知堂吉诃德在海船上有何动作，请接着往下读。

第六十三章　观海船水手戏桑丘
　　　　　　　　　找财宝父女喜重逢

　　堂吉诃德对头像回答的那些话反复琢磨，就是没琢磨出它是在蒙人。有一句话他记得最清楚，就是说温柔内雅早晚会摆脱魔道那句。他认为这句话一点儿没错，越想越高兴。桑丘虽说一口一个不想当官，其实心里还惦着哪天走运，又能过上"一朝权在手，便把令来行"的神气日子。其实，当官也有坏处，哪怕是假的，也会上瘾。

　　咱们再说那天下午，堂安东尼奥和他的两位好友陪着堂吉诃德主仆俩去参观海船。舰队司令早已接到贵宾来访的通知，他知道来的两位是鼎鼎大名的堂吉诃德和桑丘，急得恨不能马上就享受到这种眼福。客人一到，所有的海船立刻全部降帆，笛号齐鸣。旗舰随即派了一只小艇前去迎客。那小艇上铺了华贵的地毯，放了大红绒垫。堂吉诃德刚把脚迈上小艇，旗舰就鸣礼炮，其他舰只一齐响应。堂吉诃德登上右舷梯，全体水手立刻以欢迎贵宾的礼仪，高呼三次"呜、呜、呜！"表示敬意。司令是巴伦西亚的贵族，以后我们就称他将军吧。将军拥抱堂吉诃德，说：

　　"今天是我这辈子最值得纪念的日子，因为我有幸见到了堂吉诃德先生，您可是骑士道的表率啊！我一定要用白石子来记住这一天。"

　　堂吉诃德非常礼貌地作了答谢。他受到如此隆重的欢迎，真是喜出望外。主人把客人让到船尾，大家都在木凳上坐下。船尾那天收拾得十分干净漂亮。这时，船长走到甲板中间，打了一个呼哨，众水手闻听，知道是命令，立刻都将衣服脱掉。桑丘见这么多人一下子都变得一丝不挂，大吃一惊。他还没缓过劲儿来呢，突然间发现帆篷都扯了起来，更是觉得奇怪，心想，这伙人简直像鬼精灵，干活干得也太麻利了。其实，这不过是个开头，好戏还在后头哩。当时桑丘旁边是右舷最后一位划手。看样子是事先布置好的，他突然将桑丘提起，用双臂高举过头。他这一手仿佛是信号，全体水手立刻从甲板上跳起，一齐高举双臂。可怜的桑丘便开始从一双手里飞到另一双手上，在空中不停翻滚，晕头转向，不知道是咋回事，还以为又落到魔鬼手里。那伙水手把他从船尾抛到船头，又从船头抛回船尾，在船上整整绕了一圈。

堂吉诃德见桑丘没长翅膀就在船上飞了一圈，就问将军，是不是头一回上海船的人都得举行一番这种仪式，如果真有这种说法，他可不干，并发誓说，要是哪个胆敢动手来抓他，把他也像桑丘那样在空中扔来抛去，他非把他踢个灵魂出壳不可。说着手按剑柄，霍地站起。

就在这个时候，突然船帆落下，帆桁放倒，震得惊天动地。桑丘还以为天塌了，吓得脑袋直往裤裆里钻。堂吉诃德猛然听到这么大的声响，也吃惊不小，直缩脖子，脸都没了人色。刹那间，水手们又竖起帆桁，和放倒时一样神速，弄出的动静也一样大。不过，他们自己始终不声不响，连大气都不喘。接着，船长发出信号，命令起锚，然后跑到甲板上，用鞭子抽打划手们的脊背。于是船开始慢慢向海上驶去。桑丘见这只船有那么多的红脚在一齐摆动（其实是船桨），心里说道：

"我主人说的那些根本挨不上边儿，瞧人家这才叫中了魔道。这些倒霉催的造了啥孽了？干吗要叫人家这么抽啊？这个吹哨子的小子咋那么大的胆儿？一个人敢抽这么多人？我看哪，这纯粹是地狱，起码也是炼狱。"

堂吉诃德见桑丘看得这么入神，就对他说：

"我说桑丘，现在可是机会难得哟，你不用费什么事，把衣服一扒，往这些先生跟前一凑，温柔内雅的事就算完了！还有啊，跟这么多人一起吃鞭子，也不会觉得特别疼，有人陪打对不对？另外，梅尔林法师瞧这家伙抽人下手狠，说不定一鞭当十鞭算也未可知，要是真那样，你便宜可就占大了！"

将军听不懂他说的是啥意思，正想开口问，就见水手来报：

"蒙锥克发来信号，说西海岸一带发现一条船。"

将军听了，立刻跑到甲板当中喊道：

"孩子们，都给我听着！瞭望塔发现了一条船，我敢肯定是阿尔及尔的海盗船。咱们绝不能叫它跑了！"

其他三条船奉命靠过来，听旗舰指挥。将军吩咐两条船驶入海中，他亲率旗舰和另一条船沿海岸行驶，以防敌船逃掉。水手们奋力划船，船只行进如飞。走了大约六里地，便发现敌船。估计那船上有十四五个桨位，事实也正是如此。敌船见后有追兵，便加速划船，以为自己行驶如此飞速，保证能逃脱。哪知这边的旗舰乃是左近海域中速度最快的船只，没多会儿就追了上来。敌船的船长自知难以逃掉，就命令众划手准备投降，免得惹火了追兵的首领没有好果子吃，可老天爷却不答应。当时两只船离得非常近，敌船上都能听到这边叫他们投降的声音，敌船上的划手都是土耳其人，其中有两个酒喝多了，朝这边开了两枪，当下打死追兵中的两名水手。将军见此，气得发誓说，等抓住敌船，一定要把那上面的人全部杀掉，随即指挥旗舰，以十二分的马力朝敌船扑去，大概冲得过狠，反叫敌船从桨下溜掉。旗舰一下子冲出老远，马上掉不过头。敌船知道命在旦夕，忙乘机扯足风帆，帆桨并举，拼死逃命。可他们再卖力气也救不了闯下的大祸，没过二里路的工夫，就叫旗舰追上了。旗舰上的人以桨为桥，过去俘获了敌船全部人员。这时另外两只海船也已赶到。四船会合，一起押着俘虏，胜利归来。快到岸边时，只见上面人山人海，十分热闹。将军下令各船抛锚。他听说总督也在岸上，忙吩咐人开小艇去迎接。又命令放下帆桁，准备吊死捉来的敌船船长和其他土耳其人。俘虏共有三十六人，个个都长得勇武英俊，多半是土耳其火枪手。将军问谁是船长，有一个俘虏用卡斯提亚语答道，后来知道他是个叛教的西班牙人，他说：

"大人，这个小伙子就是我们的船长。"

他指的那个青年英俊潇洒，非常好看，看上去还不到二十岁。将军问他：

"兔崽子，你的胆子不小啊！竟敢杀我的人！你看逃不掉了是不是？有你这样行礼的吗？你知道啥叫勇敢？冒冒失失能叫勇敢吗？好汉越是处境危险越是要勇敢，可不是胡来！"

敌船船长刚要开口，将军就见总督一行人上了船，只好丢下他去迎接。

总督说："将军大人，您这回打猎打得不赖呀！"

将军答道："的确不错，待会儿我把猎物吊上帆桁，您就知道了。"

总督说："干吗要这样呢？"

将军说："他们无法无天，不懂规矩，杀了我手下最好的两名水手。所以我发誓要把他们全部绞死，尤其是这小子，他们的船长。"

总督顺将军手指的方向看去，只见一青年小伙儿双手反捆，脖子上套着绞索。他凝神望去，觉得他相貌堂堂，器宇不凡。俗话说：貌美胜过求情，当时总督就动了恻隐之心，有心救他一命，便问道：

"船长，我问你，你是土耳其人，还是摩尔人，还是叛教徒？"

青年也说的是西班牙语：

"我不是土耳其人，不是摩尔人，也不是叛教徒。"

"那你是什么人？"

"我是信基督的女人。"

"女人？还是个基督徒？瞧瞧你这身打扮，再看看你干的这种缺德事，我能相信吗？"

青年说："求求各位先让我说说自个儿的身世，然后再处治我。反正早晚我也得死。"

听了他的恳求，铁石心肠的人也会发发慈悲，起码也想听听这个可怜的人到底想说什么吧。将军说他想说啥就只管说，但无论如何死罪难逃。

青年于是讲出了下面一段故事：

"我爹妈都是摩尔人。我们这个民族不够精明，命运更差，后来又落入无边苦海。没办法，我的两个舅舅把我带到了柏柏尔。我信奉基督，这是真的，一点儿没有骗人的意思，我再三表白，也没说动那些赶我们走的无情官吏。我的两个舅舅也不相信我的话，以为我想赖在家乡，胡编出来的，就硬把我带走了。我娘也是基督徒，我爹也是，他人也挺聪明。我娘喂我奶，也把对天主的信仰传给了我。我从小受到良好的家教，我觉得，我不管说话还是待人接物，根本和摩尔人不沾边儿。

"随着这些美德在我身上逐渐形成，我的模样也越长越美，如果我确实有几分姿色的话。我遵守女德，从不出门，可还是叫一个年轻的绅士看见了。他叫加斯帕·格里戈里奥，是邻村一家大户的长公子。他怎么遇见我，我们讲了哪些话，他如何迷上了我，我又怎么不太动心，这些事要说呀，恐怕几天几夜也说不完，再说眼下我脖子上套着绞索，哪有心思细说。我只说说那个堂格里戈里奥，他非要跟我们一起走不可。他会讲一口流利的摩尔话，就混在摩尔人当中，和我们一块儿上了路，没多久还和我那两个舅舅交了朋友。我爹脑子好，看得也远，第一道赶我们的圣旨下来，他就出国去给一家人找安身立命的地方。走前，他把金币宝石等贵重物品找了个地方埋了。这件事只有我一个人知道。他叮嘱我，万一他还没回来我们就被驱逐出境，千万不要动他埋在地下的这些财宝。我就是照他老人家的话做的。后来，我跟两个舅舅还有别的亲戚到了柏柏尔，在阿尔及尔住了下来。那个地方简直不是人待的地方，跟阴间地狱没啥两样。

　　"国王听说我长得美貌，当然也是因为我有钱，就召见了我。说实话，我有钱的名声倒救了我。国王问我是西班牙什么地方人，带了多少金银财宝。我告诉他我老家在哪儿，又说在什么什么地方埋了不少财宝银钱，还说我只要亲自去一趟，就能全挖出来。我大谈财宝的事，是想诱发他贪财之心，转移其好色之意。这时，有人向国王报告，说跟我在一起的还有个年轻的美男子。我立刻明白他说的是格里戈里奥，真为他的处境担忧，因为他的确长得英俊潇洒，称得上天下第一美男子，而在这些野蛮的土耳其人眼里，美男子要胜过美女千百倍。国王问我他手下人讲的是否属实。我当时好像受了上天的启示，忙回答说，人的确长得很美，可不是男子，跟我一样，也是个姑娘。我求国王让格里戈里奥重着女装，以展示其佳人的风韵，她自己感到自在，国王也看着舒服。国王让我先退下，说改日再说我回西班牙挖宝的事。格里戈里奥晋见国王前，我告诉他如果以男人的打扮进去见国王，肯定是凶多吉少，便给他穿了一身摩尔女装，当天下午领他去见了国王。国王见'她'如此美丽，不胜欣喜，决定留下献给苏丹。放在自己宫里，怕妻妾们嫉恨害了'她'，另外，也担心自己把持不住，国王就把格里戈里奥送到摩尔贵夫人家，请她们代为照看。

　　"我承认我喜欢他，所以，凡是经受过离别痛苦的情人都能体会出我们当时的心情。后来，没过多久，国王就派我坐这条船回西班牙，还安排了两个土耳其人与我同行。就是他俩杀死了你们的水兵。"说到这儿，她指了指刚才最先开口的那个俘虏，接着说："一起上船的还有这个叛教徒，我知道他偷着信基督，而且一心要留在西班牙，再也不想回柏柏尔了。剩下的除了摩尔人就是土耳其人，他们都只管划船。国王让我和那个叛教徒一到西班牙就换上基督徒的衣服上岸，

可这两个土耳其人为了能在海边抢点儿财物，根本不管国王的命令，拒不放我们走。他们怕我们上岸后万一出了岔子，供出他们，要是再赶上附近有舰队，还会被西班牙人抓住。昨晚我们到这儿的时候，根本没想到能碰见你们的海船。后来，被你们发现，弄到现在这个地步。现在，堂格里戈里奥穿着女人衣服，混在女人堆里，九死一生；我呢，束手就擒，只等一死。当然我还是怕死的，不过我也活腻了。各位先生，这就是我悲惨的一生，真是厄运不断，却全部属实。我只求各位让我像个基督徒那样死去。我已经说了，我们民族犯的事，我可没沾一点儿边儿。"

讲到这里，她再没有出声，只是伤心的泪水在眼睛里打转。听她述说身世的许多人禁不住流下了眼泪。心怀慈悲的总督也觉着难受，一声没吭，走到摩尔美人跟前，亲自给她松了绑。

摩尔姑娘讲述自己身世的时候，有个随总督上船的朝圣老者一直目不转睛地看着她，等她刚刚讲完，就一头扑过去。他倒在她的身边，抱住她的腿，泣不成声地说：

"安娜·费利克斯，我的孩子！我是你爹里科特呀！我是专门回来找你的呀！我的心肝宝贝啊！没有你，我咋活啊！"

桑丘一直低着头在想这次倒霉的事，听见有人说这种话，忙抬头看，一眼就认出是自己丢官那天碰上的那个里科特，确信这姑娘是他女儿无疑。姑娘这时已经松绑，忙扶起爹爹，父女俩抱头痛哭。里科特对将军和总督说：

"二位大人，她就是我的闺女安娜·费利克斯[1]，名字多吉利，可实际上净倒霉了。她长得漂亮，我很有钱，这在左近都是有名的。我跑到国外想找个安身的去处，后来在德国遂了心愿，就打扮成朝圣者的样子，和几个德国人结伴回西班牙找我的女儿，顺便把我走前埋在地下的财宝挖出来。结果，钱财是挖出来了，女儿却没找见。这不，大伙儿也都看见了，我转来转去，没想到竟在这儿碰上她了，我终于找到了亲爱的女儿，她才是我最贵重的财宝啊！我知道我们这个民族被你们驱逐完全是罪有应得，可我们并没有做什么对不起人的事。况且，我

---

[1] 意为幸福。

和他们也并不是一条心，所以，请各位可怜可怜我们父女俩，放我们一条生路吧。”

桑丘这时插嘴道：“里科特跟我挺熟，安娜的确是他的女儿，这一点没错。至于什么出去回来，好心坏心，那我就管不着了。”

大家都觉得这事实在巧得出奇。将军说：

“就冲你们父女流的这些眼泪，我也得收回成命。得，美丽的安娜，继续活下去吧，希望你尽享天年。该受刑的是那两个胆大包天的浑蛋。”

接着，他下令在桅桁上绞死那两个杀害水兵的土耳其人。总督又出面为他们向将军求情，说那俩小子并非心狠手毒，有意加害死去的水兵，完全是一时发昏，请将军对他们网开一面，手下留情。将军依从了总督的请求，因为他看众人火气已消，再进行报复似乎已没多大必要。随后，大家又一起合计如何搭救格里戈里奥。为这事，里科特愿出价值两千多杜卡多的珍珠宝石。众人想出不少办法，但都不如那个叛教徒出的主意可行。他答应自己去一趟阿尔及尔，但得给他准备一只六桨位的船，雇些基督徒给他划船。他知道什么时候，在什么地方上岸最合适，也知道格里戈里奥待在哪儿。将军和总督都对叛教徒不放心，更不敢把基督徒划手交给他使用。可安娜说她信得过他。她爹也说，要是基督徒划手真的出了事，叫柏柏尔人抓去，他愿出钱赎他们回来。

救格里戈里奥的事商定之后，总督弃舟登岸，堂安东尼奥则领着里科特父女准备回家。总督叮嘱他好好照顾他们，并说他也很高兴在自个儿家接待这父女俩。他对他们如此仁慈，完全是因为安娜长得实在太美了。

据书中说，堂安东尼奥的太太见安娜又聪明又好看，心里十分欢喜，对她十分热情。这摩尔女子不管模样还是天资，的确非比寻常。她来到巴塞罗那，轰动了全城，大家都好像听到钟声的召唤，纷纷赶来看她。

堂吉诃德对堂安东尼奥说，他们解救格里戈里奥的办法实在欠妥，纯粹是冒险，不如派他单人独马前往，哪怕摩尔人全体出动，他也能完成任务，就像堂盖菲罗斯救出妻子梅里森德拉一样，把那小白脸救出来。

桑丘提醒主人道："老爷，您别忘了，堂盖菲罗斯救他老婆可都是在陆地上干的。这回咱们要是救出了格里戈里奥，可咋往回带呀？西班牙和柏柏尔中间还横着一个大海哩！"

堂吉诃德说："死了没办法，活着便有救。只要船一靠岸，咱们就往上跳，谁也甭想拦！"

桑丘说："您想得挺美！可俗话说：说起来容易，做起来难啊。那个叛教徒我信得过，人老实巴交的，还是个热心肠。"

堂安东尼奥说，要是叛教徒办不成，还得请大骑士堂吉诃德亲自跑一趟。

两天之后，叛教徒便率一只六桨位的快船出发了，划手个个都非常勇敢。又过了两天，舰队驶向雷万特去了。将军走前请总督一定别忘了向他通报搭救格里戈里奥以及安娜的情况，总督一口答应。

一天早晨，堂吉诃德去海边散步，依旧顶盔贯甲，全身披挂。他常说：盔甲就是衣服，打仗就是休息，所以，他什么时候都得盔甲在身，不打仗就难受。突然，一位骑士迎面而来，也是全身披挂，盾牌上的标记是一轮明月。那人走到彼此能听清说话的地方，竟冲着堂吉诃德大声喊道：

"大名鼎鼎的骑士，令人大加称颂的堂吉诃德，我乃白月骑士，你要是听说过我那些骇人听闻的武功战绩，大概还能想得起来。我来此不为别的，就是要与你决一雌雄，见个高低，要你明白还得承认，我的心上人，不管她是谁，都要比你的温柔内雅美千万倍，两人就没法放在一块儿比。如果你心服口服，我饶你一死，也省得我费事。假如你不愿承认，非要和我打一仗不可，那咱们先把丑话说在头里：你要是被我打败，必须立即放下武器，不再到处冒险，马上回家，修身养性，老老实实，静待一年，不得再耍枪弄棒，连剑把儿也不许碰。你只有这样才能拯救自己的灵魂，重振家业。我要是输了，兵器战马归你，脑袋归你，就连我武功挣下的名声也归你。不知意下如何，请速速回答。我必须在今天了结此事。"

突然间听了这么一通狂妄至极的话语，堂吉诃德一时不知如何答对。停了一会儿，他才不紧不慢，郑重答道：

"白月骑士，你的所谓战绩武功，我压根儿就没听说过。我可以跟你打赌，你根本就没见过举世无双的温柔内雅。你要是真的见过，就不会讲刚才那句蠢话，一定还会承认，能和她并肩比美的佳丽，古时没有，现在没有，将来也不会有。我不是说你在胡扯，我是说你刚才那句话本人实难认可。我接受你的挑战条件。你不是说必须今天了结吗？好，那咱们马上动手。慢着，有一点我不能同意，就是我不要你那些武功挣来的名声，因为你有哪些战绩，我是一无所知啊，再说，我自己就有不少，要别人的干啥？得，你给自个儿选个地方吧，我也选我的。好，是祸是福，各听天命。"

城里有人看见，立刻向总督报告，说海边来了位白月骑士，正和堂吉诃德说话哩。总督以为又是堂安东尼奥或是别的哪个绅士搞的鬼。就和堂安东尼奥以及其他许多绅士赶到海边。到了那儿，正赶上堂吉诃德掉转马头，准备圈定自己的地方。等那两位摆开决斗的架势，准备厮杀一番的时候，总督忙赶上前，站在中间，问双方因何要动手打仗。白月骑士说是为争谁的心上人更美，便把刚才对堂吉诃德讲的那番话扼要说了一遍。总督走到堂安东尼奥身边，悄悄问他是否认识这位白月骑士，是否又是在和堂吉诃德逗着玩儿。堂安东尼奥说，他根本不知道那位是何许人，也搞不清眼下这场决斗是真是假。总督一听他这么说，也不知该怎么办了。后来他琢磨着这事不像是来真的，就闪到一旁，对他们说：

"既然二位都想玩命，非决一死战、分个高低不可，那就听天由命，打吧！"

两人谢过总督。堂吉诃德一如既往，先做祷告，祈求上天和温柔内雅保佑，然后掉转马头，向后跑出一段路，因为对方也这么做了。他们不用号角或军乐发信号，就同时勒马转身往回奔。白月骑士的马快，他和堂吉诃德相遇时，竟跑完了全程的三分之二。他故意高举长矛，怕伤了对方，哪知马跑得太猛，竟把堂吉诃德和稀世驽驹撞了个人仰马翻，双双摔倒在地。他立刻勒住马，用长矛逼住对手的面甲，说：

"骑士，你输了，快照咱们说好的办，否则，我就要了你的命！"

堂吉诃德摔得浑身疼，晕头转向，也没把面甲掀起，就有气无力地说，那声音简直像从坟地里冒出来的：

"温柔内雅是天下第一美人，我是世上最倒霉的骑士。这是千真万确的真理，我绝不能因为自己无能就颠倒黑白。既然我在你面前丢尽了脸，我还要这条命干啥？你就把我杀了吧！"

白月骑士说："这我可不能干。温柔内雅佳丽的美名可万古流传，但你大骑士堂吉诃德得按决斗前讲定的条件，回家待上一年，或者到我说定的别的期限。"

这些话总督、堂安东尼奥和其他许多人都听见了，他们还听见堂吉诃德说，只要不是伤害温柔内雅的事，他都可以做，还说他是个真正的骑士，说话一定算数。白月骑士见他答应下来，就掉转马头，向总督行礼告别，然后慢跑进了城。总督让堂安东尼奥尾随其后，想方设法弄清这白月骑士到底是什么人。大家将堂吉诃德扶起，帮他摘掉面甲，只见他面无血色，一头虚汗。稀世驽驹摔得够呛，一动不动。桑丘愁眉苦脸，不知如何是好。他觉得好像在做梦，眼前的一切似乎又是魔法师捣的鬼。主人叫人打败，一年不得耍刀弄枪，这一世英名就此一落千丈，他桑丘还有啥盼头？他还担心稀世驽驹会不会就此变成残废，又操心主人是不是会骨折脱臼。不过，这一跟头要真把他的疯病摔没了，那倒成了一桩好事。后来，总督叫人用轿子把堂吉诃德送回城里，他自己也赶了回去，因为他急着想知道，那个把堂吉诃德整治得如此狼狈的老小子到底是谁。

痴情侣久别重逢
好心人终了心愿

第六十五章

白月骑士身后不仅有堂安东尼奥尾随，还有一大群孩子相跟。最后，白月骑士走进一家客店。一位侍从出来替他脱去盔甲，一边将他送入客房。堂安东尼奥有意结识骑士，心急难耐，竟也跟了进去。白月骑士见他盯住自己不放，就转回身对他说：

"这位先生，我知道您想做啥，不就是想打听打听我是谁吗？我也不想瞒您，趁仆人给我脱盔卸甲，听我把实情一一向您道来。在下名叫参孙·卡拉斯科学士，和堂吉诃德是一个村的街坊。乡亲们见他疯疯癫癫的，都很难受，我尤其如此。治他这种毛病，没别的办法，只有把他弄回家，安心静养，才能痊愈。所以我在三个月前，就跟在他后面，找了个机会，装成所谓镜子骑士，提出与他决斗，条件是输家必须任凭赢家发落。我当然不是真的要跟他争个高低，斗个你死我活，只想将他打败，然后要他速回家乡，一年之内不得外出，争取在这个期间治好他的病。我原以为他绝不是我的对手，谁知老天不买我的账，硬叫他打败了我。结果，他自然扬长而去，该干什么干什么，我就惨了，不但竹篮打水一场空，还差点儿摔死。摔疼了身子，丢尽了脸，我只好转回村去。不过，我还是'贼心'不死，立志要打败他，达到自己的目的。各位今天都看见了。堂吉诃德是个说话算话的君子，他一定会严守骑士道的规矩，照我的吩咐去做。我把底儿全告诉您了，只求您替我保密，叫他中计，这才能治好他的病。他只要不再有骑士那套胡思乱想，就一定能恢复如初。其实，他原本是个非常聪明的人。"

堂安东尼奥说："先生，但愿上帝饶恕您这么逗人的疯子，您要把他治好，这不是扫大家的兴吗？他疯疯癫癫的，多有意思！您把他弄清醒了还有啥用？我看他疯得太深，您玩的这套把戏未必有效。要不是怕有违慈悲，我真希望堂吉诃德就这样一直疯下去，否则，我们不仅会没了他这个笑料，还得赔上逗人的侍从桑丘。这主仆俩都有本事叫你破涕为笑，转忧为喜。不过，我一定替您严守机密。绝不向堂吉诃德透露半句，因为我倒想看看本人是否真的料事如神。"

学士说，他的谋划安排得头头是道，应当不成问题，肯定马到成功。堂安东尼奥表示，学士如有别的需要，尽可吩咐他去做，然后就告辞而去。学士把武器放在随行的骡背上，骑着参加决斗的那匹马，起程回村。

堂安东尼奥把他从卡拉斯科那儿探来的消息向总督作了详细汇报。总督听了大为不快，因为堂吉诃德要是就此打道回府，那些想拿他疯病找乐儿的人可就没指望了。

堂吉诃德在床上躺了六天，心里又气又愁，烦闷不已，脑子里过来过去都是这次打败仗的事。桑丘在一旁不停地劝他：

"老爷，抬起您的脑袋，高兴高兴。您真得谢谢老天，那家伙把您打倒了不错，可您一根肋骨也没摔断呀！再说了：善有善报，恶有恶报；有挂钩的地方未必就挂着肉。您也用不着理那些大夫，您这病不用治。咱们还是回家去吧，别在这人生地不熟的他乡异土冒险了。其实细想起来，真正倒霉的是我！您不过是挨了几下打，我虽说不当总督了，但还想弄个伯爵威风一下。现在好了，您不做骑士了，还能当啥国王？您不当国王了，我那些希望不就全泡汤了？"

"桑丘，你能不能不说话？我回家也就待上一年，完了我还重操旧业，接茬儿干这种体面的营生。到时候，征服个王国还不是手到擒来的事，封你个伯爵能有问题吗？"

桑丘说："但愿上帝听得真，魔鬼听不见。我听人家说，手里捧个废物，不如心里有个好盘算。"

他俩正说着，堂安东尼奥跑来了，乐得嘴都合不拢，一见堂吉诃德，就嚷：

"特大喜讯！堂吉诃德先生，您还不知道吧？堂格里戈里奥和那个叛教徒已经上岸了！嘿，怎么说是上岸了呢！怕是早进了总督衙门了，说话就到这儿了！"

堂吉诃德听了，这才露出一点儿笑容，说：

"说心里话，我倒希望他们失败，这样我就可以亲自去柏柏尔，用我的武功救出格里戈里奥，顺便再把那些基督徒囚犯全放出来。我这是怎么了？叫人家打翻在地，一年不能再摸刀把儿，还敢在这儿说大话？我现在哪儿配谈什么枪呀刀呀，给人家纺个棉花还差不多！"

桑丘说："老爷，您怎么这么说呢！母鸡得了瘟病，也不希望它死，是不是？再说了，三十年河东，三十年河西，对不对？这打仗的事，谁能保证老赢？今儿趴下了，明儿站起来不就得了，除非您想赖在床上不起，我是说，除非您自己先打退堂鼓，不想振作起来再干一场。老爷，您还是赶紧起来去迎一下人家堂格里戈里奥吧。您听，这吵吵嚷嚷的，肯定早到了。"

桑丘说得不错。堂格里戈里奥见了总督，汇报了整个援救行动的经过。他急着要见安娜，就同叛教徒一起又赶到堂安东尼奥的家。小伙子逃出阿尔及尔时，还是女人打扮，到了船上才和同时出逃的一个囚犯换了服装。这个年轻人长得实在出众，不管穿啥，都那么可爱，招人喜欢，叫人瞧着心疼，年纪也就是十七八岁。里科特和安娜忙出来迎接，父亲老泪纵横，女儿含情脉脉。他们没有拥抱，往往爱得很深，反倒不愿当众表露。大家见这俊男靓女，天生一对，无不赞叹。两位恋人虽然都没有说话，但四只眼睛却在不停地诉说着心中的欣喜和爱情。叛教徒讲了救人的整个经过，堂格里戈里奥诉说了他在女人堆中的窘迫和危险。他们讲得简明扼要，看得出两人年纪虽轻，但已十分懂得事理。里科特慷慨解囊，酬谢叛教徒和划手们。叛教徒重新皈依圣教，好像一个腐朽的身体经过忏悔苦修，又变得健康干净，完好如初。

两天之后，总督和堂安东尼奥商量如何让里科特父女重新在西班牙定居的办法。他们认为，女儿笃信基督，父亲人好心善，在国内定居应当没有问题。堂安东尼奥自告奋勇，愿去京城办理此事，其实也是顺路，因为他本来也准备进京。他说，到了那儿，走走门子，送送人情，没有办不了的事。

里科特在一旁听了，说：

"靠走门子送人情怕不行。负责驱逐我们的可是萨拉沙尔伯爵、堂贝尔纳尔弟诺·德维拉斯科大人。这位大人执法如山，当然有时也会发发慈悲，可他心明眼亮，早已看透我们这个民族已腐烂透顶，不可救药，所以绝不吃送礼、求情这一套。他决意用火刑将我们付之一炬，绝不会用止痛一类的软办法。他精明能干，认真负责，不徇私情，苦苦哀告打动不了他的心，想蒙混过关也无济于事。他简直就是百眼巨人，我们谁也别想躲过他的眼睛。如果我们当中有一人漏网，不就等于埋下祸根，到时候又会发芽结果，贻害无穷。幸好伟大的菲利浦三世英明，任用了这位堂贝尔纳尔弟诺专门整治我们，西班牙才将我们这群祸害连根铲除！"

堂安东尼奥说："反正尽人事，听天命吧。堂格里戈里奥跟我一起走，他二老见不着儿子一定很着急。安娜就待在我家和我妻子做伴，去修道院也行。里科特老兄由总督大人接待，大人肯定欢迎。其他就看我这一趟的结果了。"

总督完全同意。堂格里戈里奥听了，说啥也不愿意丢下安娜。后来说好他见了父母立即回来找她，这才答应。总之，安娜留在堂安东尼奥家，里科特上总督府，一切就这么定了。

堂吉诃德因伤没有和堂安东尼奥同时上路，他和桑丘又多住了两天。堂安东尼奥动身那天，堂格里戈里奥和安娜这对情人，一个长吁短叹，一个泪流满面；一个昏迷不醒，一个痛不欲生，真是生离死别，难舍难分。里科特给堂格里戈里奥一千埃斯库多，以备不时之需。但小伙子说啥也不要，只向堂安东尼奥借了五埃斯库多，而且说好，一到京城就还他。他俩走后两天，堂吉诃德主仆俩也起程上路。这回他没顶盔贯甲，完全是一般出门的打扮。桑丘在后面步行，因为灰驴得驮一大堆盔甲兵器。

第六十六章 ｜ **吃败仗应诺把家还**
**　　　　　 遇不平挺身解疑难**

　　堂吉诃德离开巴塞罗那之前，回头看了看他从马上摔下来的那个地方，感叹道：

　　"这儿就是我的特洛伊！我不是胆小鬼，也并非没力气，怪只怪自己没运气。我苦苦挣来的英名全毁在了这里。都怪命运跟我过不去，我的盖世武功竟在这儿没了光彩。我完了，要想重现往日的辉煌，除非西边升起太阳。"

　　桑丘劝道："老爷，英雄好汉顺利的时候，得意扬扬，倒霉吃亏的时候，也用不着唉声叹气。我这个人就这样。想当初做总督，痛痛快快，如今给您跑腿当侍从，也没哭天抹泪。我听人家说，那个什么命运女神，是个酒鬼，眼睛又瞎，脾气古怪，想咋就咋，捧谁打谁，全由着性子来，她才不管你受不受得了哩。"

　　堂吉诃德说："桑丘，你讲得实在是太对了。这些学问你是打哪儿学来的呀？其实，这世上的事，不管是好事还是坏事，都不是偶然的，全是上天安排好的。老话不是说人各有命吗？就是讲的这个道理。我也不能例外，可我却狂妄自信，无自知之明，结果丢丑现眼。明摆着人家白月骑士人高马大，我的稀世驽驹弱不禁风，我却跟他硬拼，结果使尽全力，还是被撞倒在地。我虽说叫人打败，丢了脸，但说话算话的美德还在。我当游侠骑士，英勇无敌，武功盖世的时候，说话算话，如今，沦为步行侍从，还是说话算话。走吧，桑丘老弟。咱们在家修整一年，养精蓄锐，来年重整旗鼓，再干我难以割舍的这个武士行当。"

　　桑丘说："光靠两条腿往前挪可够呛，我反正受不了这种罪，不如把这些兵器盔甲像吊死鬼似的挂在树上，让我爬上灰驴，您叫我走多久我都没二话。要是就这么用脚往前挪，还要快走，您趁早另请高明。"

堂吉诃德说："桑丘，你说得不错，咱们干脆把这些玩意儿当战利品挂在树上得了，再在下面和旁边的树上写上罗尔丹盔甲上的那句话：

> 不是罗尔丹的对手，
> 他的盔甲你就少碰。"

桑丘说："您讲得太好了！要是路上用不着稀世驽驹，也把它挂起来得了。"

堂吉诃德说："算了算了，我都不挂了！马也好，兵器盔甲也好，都不挂了！我可不想叫人骂我卸磨杀驴，恩将仇报。"

桑丘说："老爷您说得太对了！明白人都知道，驴子捣乱，不怪驮鞍这个理儿。这回全怪您自己，您不能拿这副沾血的破盔甲出气，也不能把责任推到可怜的稀世驽驹身上，更不能逼我这双细皮嫩肉的脚丫去玩命受罪。"

主仆俩你一言我一语，不知不觉过去了一天。接下去四天无大事可述，单说这第五天，他们走进一个村子，就见一家客店门口挤了一大堆人。原来那天是过节，大家聚在一起玩哩。有个农民见堂吉诃德走过来，就提高嗓门说道：

"来的这两位先生跟咱们谁也不认识，咱们还是请他们来给评判评判。"

堂吉诃德说："我一定主持公道，不过，你们到底要我判啥呀？"

农民说："先生，是这么回事。我们这村有个老乡人挺胖，足有十一阿罗瓦，他要和另一个只有五阿罗瓦的老乡赛跑，讲好跑一百步远，跑的时候体重得一样。大伙儿问胖子咋样才能两人体重一样，他说，对方重五阿罗瓦，再背上六阿罗瓦的铁块，不就跟他一般重了吗？"

桑丘不等堂吉诃德开口，抢先说道：

"怎么能这样？大家知道，我前些日子当过几天总督，断过几个案子，所以，还是由我来解决这些疑难问题吧。"

堂吉诃德说："桑丘老弟，你这话讲得太是时候了！我这会儿呀，心神不定的，连喂猫面包渣的心思都没有啊。"

主人这么说了，那帮老乡又都张着大嘴等着他公断。桑丘便开口道：

"各位老哥，胖子说的不行，不公平嘛。说实话，人家也都这么讲，使啥家伙，得由应战的自己定，不能挑战的说了算。应战的能使对自个儿没利的玩意儿吗？所以呀，我看不如从胖子身上割下六阿罗瓦肉，是削、是片、是砍、是切，全随他的便，这样两人分量就全一样了。"

一个老乡听了叫道："好家伙！这位先生真是说话像圣人，判案如教长啊！别说割六阿罗瓦，就是掐一小点儿肉下来，胖子也不会答应！"

另一个老乡说："我看干脆也甭跑了，省得把咱瘦子压个半死，胖子掉一身肥膘。这样得了，把咱们打赌的钱拿出一半，找个上等酒店请这二位先生喝一顿。甭怕，都有我哩。"

堂吉诃德说："各位的好意我心领了，十分感谢。可我刚刚遇上倒霉的事，心情不好，又要赶路，不能多留，实在有负大家美意，还请各位见谅。"

说着，催马扬长而去。那伙农民看出桑丘是他的跟班，见主人模样如此古怪，仆从见识如此高明，无不惊叹。一个老乡说：

"跟班都这么聪明，主人就可想而知了。他们要是去萨拉曼卡大学念书，转眼就能做上个京官。这不跟玩儿一样嘛，玩命地读，再找个什么靠山，赶上点儿好运，谁都能一夜间当上主教，做上大官。"

当晚，堂吉诃德主仆俩在野地里过了一夜，第二天继续赶路。走着走着，忽见一人步行而来，脖子上挂个褡裢，手里拿一支标枪，要不，就是木棍，样子像个步行邮差。那人快到跟前时，突然加快脚步，上来就搂堂吉诃德。堂吉诃德骑在马上，他站在地上，咋能够着人家的身子？所以，只能抱上大腿。能在这儿遇上堂吉诃德简直把他乐坏了，只听他说：

"哎哟喂！我的堂吉诃德老爷！我家公爵大人要是知道您又要光临他的城堡，肯定得乐晕了。对了，大人和夫人还在那儿住呢。"

堂吉诃德说："老弟，我不认识你呀，请问你是……"

那人说："老爷，我是托西洛斯呀，公爵大人的随从，就是那个不想跟您决斗的小伙子，对，就是为了堂娜罗德里格斯女儿的婚事。"

堂吉诃德说："我的上帝！你就是叫那些浑蛋魔法师变成随从的那个小子？多好的露脸机会，就这么浪费了！"

那人说："我说老先生，您也别说了，什么魔法师变人！都是没影儿的事！

上场决斗的是我，退场的还是我，我啥时候都是随从托西洛斯。那天咱俩不是要决斗吗？我一看姑娘挺好，心想不如娶了她算了，也省得再决斗。结果，我是癞蛤蟆想吃天鹅肉，白做了个好梦。您刚迈出城堡的门槛，我就遭了殃。公爵叫人硬打了我一百大棒，埋怨我没按事先说好的做。后来，姑娘当了修女，堂娜罗德里格斯去了卡斯提亚。我现在是奉公爵大人之命去给巴塞罗那总督大人送信。不知老爷您想不想喝点儿，我这身上带了满满两葫芦好酒，虽说有点儿热，可玩意儿纯，还有不少特隆穿奶酪呢。这种奶酪您一吃，准来酒瘾。"

桑丘说："甭客气，我喝。托西洛斯老弟，给我倒！哪怕全美洲的魔法师不乐意，我也得喝！"

堂吉诃德说："桑丘，你真是天下饭桶第一，世上傻蛋头名！你怎么就不开窍呢？这送信的中了魔了！这个托西洛斯完全是假的！你就待在这儿跟他一起玩命吃吧喝吧，我先在前面慢慢走。"

托西洛斯笑了，也没说啥，从葫芦里倒出酒，从褡裢里拿出奶酪，还取出一个面包，就和桑丘两人坐在草地上美餐了一顿。他们吃得可香了，把褡裢里的东西吃光了还不解气，连那几封沾了奶酪味的信都一封不落地舔了一遍。

托西洛斯说："桑丘老兄，你这位东家该不是个疯子吧？"

桑丘说："啥该不该呀？他啥也不该，谁也不欠。他有辙，疯上一通也能顶账。这我心里都明白，跟他也都讲了，可没用呀！现在更完了，他刚叫什么白月骑士打败了。"

托西洛斯想知道是咋回事，求他给说说。桑丘说眼下不行，让主人在前面老等着也太不像话，答应他以后见面再说。说罢，桑丘站起身掸了掸衣服上的土，又抖掉胡子上的面包渣，就牵起灰驴与托西洛斯告别，去追主人。他主人就在前头树荫下等他哩。

旧地重游发奇想 第六十七章
骑士不做当牧人

堂吉诃德早就心事重重，这次叫白月骑士打败，更是烦闷无比。他待在树荫下，一会儿想如何给温柔内雅驱魔，一会儿又想这次被迫回乡隐居一年怎样度过，真是千头万绪，纷至沓来，就好像一群苍蝇叮上了蜜糖，挥之不去。他正这般思来想去的时候，桑丘跑了过来，一开口就把托西洛斯夸了一顿，说他如何慷慨如何大方。

堂吉诃德说："我说桑丘，你是不是还认为他真的是托西洛斯？你的记性也太差了！温柔内雅咋变成乡下姑娘的？镜子骑士咋变成卡拉斯科学士的？这些你都亲眼见过，怎么这么快全想不起来了？这不都明摆着是那些跟我作对的魔法师搞的鬼嘛！对了，你问没问你说的那个托西洛斯，阿尔蒂西多拉咋样了？我走后她还哭吗？我在的时候，她一片痴情，现在是不是早把我给忘了？"

桑丘说："我哪儿有心思管这些闲事！您也真是，现在还打听人家想啥，是不是还想您？这有啥用吗？"

堂吉诃德说："桑丘，你要弄清楚，这爱情和感激可是两档子事啊。一个骑士，对人家的爱情表示可以不接受，但对人家的一片好意绝不能冷若冰霜。不错，阿尔蒂西多拉确实对我很有情，她送我三条头巾，这你也知道。我走的时候，她又哭又闹，一点儿脸面也不顾，还当着众人骂我咒我，可见她对我爱得有多深，情人失恋，都要大骂特骂让她伤心的人。我不能让她抱有什么幻想，也不能送她贵重的东西，因为我早把希望献给了我的温柔内雅，至于说贵重东西，游侠骑士根本就没有，就和精灵鬼怪这些玩意儿一样。我对她只能时刻想念而已，还不能对不起我的温柔内雅。说起温柔内雅，你可把她整苦了！你欠她的鞭子啥时候还？你拖来拖去，为啥不痛下决心？是不是打算留着你那身肉养蛆？真要是这样，还不如让狼吃了！"

桑丘说："老爷，没别的，我是不相信我屁股上挨几下能把魔道给除了，这不跟脑袋疼，往大腿上贴膏药一样吗？我敢打赌，您念的那些骑士书就没讲过这种事。得，咱现在也不管这抽鞭子的法儿灵不灵，哪天我高兴了，玩命乱抽自己一顿不就完了嘛。"

堂吉诃德说："但愿如此，让老天给你教导，叫你时刻记住，你有责任有义务帮助我的女主人，也是你的女主人，因为我是你的主人。"

他们边走边聊，不知不觉竟又旧地重游，走到了上回遭牛群践踏的那个地方。堂吉诃德记忆犹新，对桑丘说：

"上回咱们就是在这片草地上碰见那群漂亮的牧羊人的。这些牧童牧女很有意思，思想也挺新奇，打算在这儿搞一个田园牧歌式的人间乐土。我呀，也想学他们的样儿，改行当个牧羊的，至少在我被迫回乡这一年里。桑丘，你看怎么样？我去买一群羊和牧羊必备之物。我叫牧人吉诃蒂士，你叫牧人潘西诺。我们在山林、旷野、草地间游荡往来，唱歌吟诗。清泉、小溪、大河供我们水喝，橡树用双手捧出甜果让我们吃，坚硬的软木树请我们坐，垂柳给我们绿荫，玫瑰让我们闻到芳香，广阔的草地就像色彩斑斓的地毯。我们呼吸着清新的空气，夜晚有星月照明。我们快乐地歌唱，泪水中带着欢快。阿波罗给我们诗才，爱情给我们意境，我们讴歌出的诗篇不仅闻名当代，还会千古流传。"

桑丘说："我的妈呀！这样的日子有多好啊！我就得意这样的生活！要是叫卡拉斯科学士和尼古拉斯师傅知道了，他们肯定也得来。咱们神甫爱说爱笑爱玩，要是听说咱们在这儿这么自在，一准儿也得来。"

堂吉诃德说："没错。要是参孙也来当牧羊人，我看他肯定来，咱们就叫他参孙尼诺，要不，叫卡拉斯公也行。可以给尼古拉斯师傅起个尼古洛索的名儿，过去有位叫博斯干的诗人就给自个儿起了内莫洛索的名儿。给神甫起个啥名儿呢？干脆在他的职务名称后加点儿东西，就叫神甫布罗得了。咱们喜欢的那些牧羊女取名就容易多了，就跟在梨堆里挑梨一样。我就给我喜欢的牧羊女起个我意中人的名字，这个名字对公主和牧羊女都挺合适。所以，我就不必再绞尽脑汁去

想了。桑丘，你给你那位起个啥名儿？"

桑丘说："也想不出更好的，这样吧，她不是叫特雷莎吗？人长得又胖，就给她起个胖特雷莎吧。我看她叫这名儿挺好。我还要作点儿诗夸她，也要说说我是个正派男人，绝不吃在碗里看着锅里，跑到外面打野食。神甫要为人师表，不能有牧羊女做情人。学士如果愿意找一个的话，名字由他自个儿起。"

堂吉诃德说："我的上帝啊，瞧咱们要过的是啥日子呀！我们能欣赏到木笛、风笛、长鼓、手鼓，还有三弦琴哩，如果再有阿尔博格，那牧羊人的乐器就算全了。"

桑丘问："啥是阿尔博格呀？我没见过，连听都没听说过。"

堂吉诃德说："这个阿尔博格嘛，就是两只铜盆儿，样子像烛盘，中间鼓，里头是空的，拿起来对着一敲，就发出声，说不上好听，但也不叫人讨厌，常和手鼓、风笛一类农村乐器在一起配乐。阿尔博格是摩尔话，意思是铜镲。咱们西班牙语里，凡是以'阿尔'开头的词儿全是从摩尔话里来的，比如，阿尔莫阿萨、阿尔莫尔萨尔、阿尔丰布拉、阿尔瓜西尔、阿尔乌塞马、阿尔马森、阿尔干西亚等。还有一些，就不说了。还有末尾是'衣'音的词，也是从摩尔话来的。不过，这样的词儿在咱们西班牙语里只有三个：博尔塞吉、萨吉萨密和马拉维迪。像阿尔埃力和阿尔发吉这两个词儿，既是以'阿尔'开头，又是以'衣'音结尾，一看就知道是阿拉伯语。我是因为说到铜镲，才讲了这一大堆话。我多少能写点儿诗，参孙那可是个大诗人，能写诗才能做个十全十美的牧羊人。神甫嘛，我没什么好说的，不过，我敢说，他也多少有点儿诗人的味儿。尼古拉斯师傅恐怕也有两下子吧？理发的大都会弹吉他，唱小曲。我要诉说自己的孤独；你呢，就夸自个儿对老婆忠心；牧人卡拉斯公可以抱怨人家对他冷淡；神甫布罗呢，就随他的便。照这样过日子，你说有多好！"

桑丘说："老爷，我这个人，没运气呀，恐怕享不上这种福了。可要真的能当个牧人，我能做的东西多了！什么小木勺呀、面包屑呀、奶油呀、花冠呀，还有牧人用的各种小玩意儿。靠脑袋瓜出不了名，咱还有这手艺哩，是不是？我女儿桑奇卡可以到咱们住的地方送送饭。不行！我这丫头长得好看哪！有些牧羊的心眼坏，不老实。我可不能让她'出门剪羊毛，反倒叫人家剃成秃瓢'。男女这事呀，起邪心歹意呀，哪儿都有，城里乡下，皇宫草棚，哪儿都有。所以呀，

'斩草不除根，祸害还得生'；'眼不见，心不动'；'求人高抬贵手，不如脚底抹油'。"

堂吉诃德说："桑丘，你怎么这么多废话！有一句就够了！我跟你讲过多少次，别老是满嘴顺口溜，说的时候也想想再说。唉，我呀纯粹是对牛弹琴；你呀，'妈妈只管打，我还是那个样'。"

桑丘说："我看您哪，是炒勺骂蒸锅，黑锅底骂黑锅底。您说我老是满嘴顺口溜，您呢？不也是在成串地说吗？"

堂吉诃德说："那可不一样。我用的是地方，就像往指头上戴戒指，恰到好处。你倒好，想到哪儿，说到哪儿，不管合适不合适，随便乱用。我记得给你讲过，这谚语呀，全是咱们先哲们从长期生活经验中总结出来的格言。可要是用得不是地方，就成了胡说八道。得，咱们也别再扯这个啦，天马上就要黑了，还是离开大路找个什么地方过夜吧。明天怎么回事，只有上帝知道。"

主仆俩走到深夜才随便吃了一顿晚饭，桑丘心里很不痛快。干游侠骑士，跋山涉水钻林子，实在是活受罪，当然也有大吃大喝的时候，像在堂迭戈的庄里，富翁卡马丘的婚宴上，还有堂安东尼奥的家中。有黑夜就有白天，总不能老是黑夜吧？他这么一想，心里好受多了，转眼就入了梦乡。堂吉诃德却一宿儿没合眼。

第六十八章 | 遇猪群大吃其苦
逢强人祸不单行

　　那天晚上黑得要命。月亮在天上，没错，就是不知道跑哪儿去了，可能上地球那一面了。这位狄亚娜小姐不在，搞得山上谷地一片昏黑。堂吉诃德到底是人不是神，终于睡了过去，可半夜醒来，就再也睡不着了。桑丘可不一样，总是一觉睡到大天亮。这说明他体质好，没心事。堂吉诃德就不行了，想这想那，没完没了，根本睡不着，后来竟然把桑丘叫醒，对他说：

　　"桑丘，你天生没心没肺，啥都不往心里去，我真是服你了。你是石头做的，还是铁打的？既没感觉，也没感情。我整宿失眠，你睡得像头死猪；我泪如雨下，你大唱其歌；我饿得犯晕，你撑得发昏。好仆人应当和主人同呼吸，共患难，至少也得像那么回事，对不对？你看，这个夜多安静，咱们待的这个地方也没别人，你赶紧起来，别睡了，到那边，鼓足勇气，拿出以死相报的劲儿，给自个儿抽上三四百鞭子，好让温柔内雅快点儿逃出魔道的纠缠。我求你帮帮忙，好不好？我不想再跟你来武的，上次我已经领教了，你那两下子也挺厉害。你打完了，咱们就唱到大天亮，我唱我的孤独，你唱你的坚贞。反正咱们回村就要去放羊，不如现在就开始干。"

　　桑丘说："老爷，我又不是修道的，干吗要吃饱了撑的，半夜起来抽自己？还有啊，浑身抽得喊爹叫娘的，哪能转眼就唱得出歌？您还是叫我好好睡个安稳觉，别再硬逼我了。真要惹急了我，别说抽鞭子了，就是碰我衣服一下我也不让！"

　　堂吉诃德说："你这个侍从真是无情无义，铁石心肠啊！我给你的饭都白吃了！我给你的好处，答应你的好事，你全忘了！没有我，你能当上总督？没有我，你还想弄上伯爵的头衔？你这个忘恩负义的家伙，你知不知道，只要过了这一年，你的美梦就会实现？因为'黑暗过去，光明就在眼前'。"

桑丘说："我管不了那么许多，反正我就知道，人一睡着了，什么担心呀、希望呀、受累呀、光彩呀，全没了。这睡觉是谁发明的？真该祝福他！睡觉像件大衣，能把一切盖住，叫你啥也不想。睡觉就是充饥的粮、解渴的水、驱寒的火、祛暑的风。睡是通用的钱，啥都能买到。睡是杆秤，不论国王牧人、能人笨蛋，睡着了全一个样。不过我听说，睡也有个不好的地方，就是睡着了跟死了一样。"

堂吉诃德说："好家伙，真是出口成章啊！我还是头一回听说。你常挂在嘴边的一句老话还真说到了点子上：'不问你生在哪家，只看你吃在哪家。'"

桑丘说："哈哈，我说老爷，这回满嘴顺口溜的可不是我哟，您这才叫出口成章，比我强！要说呢，都是谚语，可您总是说得是时候，我呢，是顺嘴瞎扯，老对不上号。"

他们正说着呢，突然野地里乱哄哄，还夹杂着刺耳的叫声。堂吉诃德连忙站起，手向剑柄伸去。桑丘赶忙钻到灰驴肚皮底下，还用那捆兵器盔甲和驮鞍把两边挡着，就这样，还吓得浑身发抖。堂吉诃德也有点儿惊慌。响声越来越大，越逼越近，主仆俩吓得够戗，起码有一位是这样，剩下那位的胆量大家早已有所领教。原来是几个人赶着六百多头猪去集市上做买卖，从这儿路过。这一大群猪哼哼唧唧，声浪滚滚，震得堂吉诃德和桑丘头昏耳聋。他们还没弄清是怎么回事呢，那群猪已蜂拥而至，把桑丘的掩体踩烂，将堂吉诃德和稀世驽驹撞倒，还不顾他们的面子，从主仆俩身上踏过去。这群肮脏的畜生来势迅疾，如洪水猛兽，所向披靡，驮鞍、兵器、灰驴、稀世驽驹、桑丘、堂吉诃德无一幸免。桑丘这时才看明白祸首原来是一群猪奶猪爷，就挣扎着爬起来，向主人借剑，声称要杀几头猪消消气。堂吉诃德说：

"老弟，由它们去吧。这是天意，我活该倒霉。游侠骑士打了败仗，就该叫狼吃、蜂蜇、猪踩，这是上天的惩罚。"

桑丘说："游侠骑士打败仗，他的侍从就该叫苍蝇叮、虱子咬，还得勒紧裤带，大概也是上天的惩罚吧。如果骑士是我们侍从的亲戚干的，他有罪，哪怕我们子孙四代跟着倒霉，也无话可说。可我们潘沙家和吉诃德家一点儿关系也没有呀！算了，离天亮还得好一会儿，咱们还是再睡上一觉吧。有什么话，明儿再说。"

堂吉诃德说："桑丘，你自个儿睡吧。你生来是睡觉的，我生来是熬夜的。趁天亮之前，我再想想心思，作首小诗消遣消遣。你不知道，我昨晚就想好了。"

桑丘说："我看能变成诗的心思恐怕也多不到哪儿去。这样吧，您唱您的，我睡我的。"

说罢，他倒地便睡，一会儿还真睡着了，真是无牵无挂，无忧无虑啊。堂吉诃德靠在一棵树上（什么树？不知道，熙德·阿梅德没说），一面叹息，一面唱道：

> 爱情啊，你为何
> 如此无情残忍？
> 要逃离这无边苦海，
> 我唯有速速去见死神。

> 就要走出苦的牢笼，
> 无限欢快翻滚心间；
> 生命又重新振作，
> 我又收住脚步，裹足不前。

> 生要我死，
> 死要我生；
> 我生不了死不成：
> 真是千古奇闻！

他唱一句，叹息一阵，泪流一片，好像战败的懊恼和远离温柔内雅的苦闷穿透了他的心。

天色大亮，阳光照在桑丘的眼上。他睁眼醒来，伸懒腰，抖衣服，活动腿脚，才发现粮袋被猪们糟蹋得不像样子，禁不住咒骂那些该死的畜生，当然，挨他骂的不光是那些猪。主仆俩重新上路。看看日头偏西，就见迎面走来十个骑马的，四五个步行的，个个手持盾牌长矛，完全是打仗的架势。堂吉诃德吃惊不

小，桑丘的心怦怦直跳。堂吉诃德对桑丘说：

"桑丘，我要不是已经答应人家，不得再动兵器，这伙人根本不在话下。说不定啥事也没有。"

这时候，那几个骑马的已到跟前，话也不说，举长矛对着他的胸背，以死威胁。步行人中有一个过来把指头放在嘴上，命他不许出声，一面把稀世驽驹从大道上牵走。剩下几个步行的拉起桑丘和灰驴跟在后面，很奇怪，一个个也都是一声不吭。堂吉诃德好几次想问要把他带到什么地方，去做啥，可每次不等他开口，那伙人就一齐把矛对准他。桑丘也一样，还没张嘴，那个步行的家伙就用棍子尖捅他，还捎带给了灰驴一下，好像那牲口也想说话。天已经完全黑下来了，那帮人加快了脚步，还不停地乱骂乱喊。主仆俩见此越发害怕。他们喊道：

"你们这两个野人，快走！"

"不许说话，蛮子！"

"你们这两个吃人肉的家伙，等着算账吧！"

"哼哼什么！不许睁眼！你们这两个该死的野人！杀人的妖怪！凶残的野兽！"

还有好多诸如此类的骂人话，一股脑儿地往这两个倒霉蛋的耳朵里灌。桑丘心里直嘀咕：

"骂我们是丸子？还挺瘦？还有什么腰带？这是哪儿跟哪儿呀！这些名儿我一个也不喜欢。这不是顶风簸谷子、乱棍打小狗吗！唉！但愿厄运到这儿算一站吧。"

堂吉诃德一直在发呆，心里也在琢磨：为啥要把他们臭骂一顿？想来想去，只能是凶多吉少。

到了半夜一点，他们才走到一座城堡前。堂吉诃德认出是不久前住过的公爵府，说道：

"上帝呀！这是怎么回事啊？我不是这儿的座上宾吗？怎么一转眼成了阶下囚了！都变了！好的变坏，坏的变得更坏。"

他们走进去，见院子里那种布置，大吃一惊，越发害怕。到底为何，请接着往后看。

侍从忍辱救少女
骑士二进公爵府

骑马的都跳下马，和步行的那几个人一起，把堂吉诃德和桑丘连拉带拽地架进了院子。四周点着近百个火把，走廊里亮着五百多盏灯，把院子照得如同白昼。当中搭了一座两巴拉高的台子，上面蒙了一块特大的黑丝绒幔帐。台子周围的一级级台阶上，摆着一百多个银烛台，都点着白蜡烛。台子上躺着一位少女的尸体，她非常非常美丽，使人似乎觉得死也是美丽的。她戴着各色香气袭人的花冠，枕在锦缎软枕上，双手握了一束金黄色的棕榈枝，交叉放在胸前。院子的一边搭了个戏台，上面坐了两个人，都戴着王冠，拿着权杖，一看就知道是国王，是真是假，只有天晓得。戏台的台阶边上也有两个座位，上面坐的是堂吉诃德和桑丘。押解他俩的那伙人一声不响，也示意他们不许出声。他们看着眼前的情景，早吓得目瞪口呆，哪儿还说得出话来。这时，又见许多随从簇拥着两位贵人登上戏台。堂吉诃德一眼就认出是公爵夫妇。他们在两把高级椅子上坐下，紧挨着那两位国王打扮的人物。堂吉诃德后来认出台子上躺着的是阿尔蒂西多拉。这一切实在令人费解。公爵登台后，堂吉诃德和桑丘忙起身向两位大人鞠躬致意。公爵夫妇也点头答礼。

突然，走过来一个管家，给桑丘身上披了一件黑麻布袍，上面画满了火焰，又摘去他头上戴的软帽，换上一顶高帽子，好像他是宗教裁判所拉出示众的犯人，还凑近他耳边，命令他不许说话，如若不听，轻者堵住他的嘴，严重的话，要他的命。桑丘看见自个儿身上到处在冒火，可一点儿烧不着他，也就没有放在心上。他又摘下那顶高帽子，看见上面画满了魔鬼。他重新戴上高帽子，心里说:"这倒不坏:有火烧不着,鬼多不抓我。"

堂吉诃德上下打量桑丘,虽说心里还在害怕,但见了自己侍从那副怪样,也忍不住笑了。正在这时,忽听笛声阵阵,悦耳动听,好像来自院中那个台子的下面。当时院内一片寂静,使笛声越发显得凄凉。再看躺在台子上那个女尸旁,竟冒出来一位美少年,罗马式打扮,一边弹拨竖琴,一边轻声柔语,唱出下面的诗句:

> 魔宫贵妇着丧服,
> 爵府嬷嬷换素装。
> 红颜薄命谁之过?
> 堂吉诃德是祸殃。

> 丽人顷刻返人间,
> 趁此机会歌一番。
> 一唱佳人命不好,
> 二唱姑娘美如仙。

> 今生唱你一辈子,
> 来世还要把你唱,
> 哪怕舌头已发僵,
> 哪怕嘴巴早变凉。

> 我的灵魂一出壳,
> 顺着冥河往下飘,
> 它要不断歌唱你,
> 美好东西难忘掉。

戏台上那两个国王中的一个这时开了腔:

"行了,神界的歌手!绝代佳人阿尔蒂西多拉红颜薄命和美貌风采,你是永远也唱不完颂不够的。蠢人们以为她死了，其实她还活着，活在人们的心间，而且，要是这位桑丘肯吃点儿苦，受点儿罪，她转眼就会还阳。好了，拉达曼堤斯，你我都是地府冥王狄斯驾前的判官，你已知道神秘莫测的天意已决定要这个姑娘重返人间，现在，你就把这个好消息告诉大家吧。"

说话的叫弥诺斯[①]，他刚讲完，拉达曼堤斯就起身说道：

"我说，各位听着！不管地位高低，也不看你岁数大小，都给我上来，把这桑丘按住，摸他下巴颏儿二十四下，掐他胳膊十二下，再在他背上扎六下。这样，阿尔蒂西多拉才能重返人间。

桑丘听了，忍无可忍，大叫道：

"真他妈的活见鬼！我就是变成摩尔人，也绝不让谁摸我的下巴颏儿！这姑娘还阳和摸我的脸有啥关系？怪事！这不是'老太太馋苋菜，不管新鲜不新鲜'嘛！温柔内雅中了魔，我得自个儿抽自个儿给她去魔；现在阿尔蒂西多拉要起死回生，我又任人折腾，下巴颏儿必须叫人家摸二十四下，胳膊得拧得青紫，身上得让人扎满窟窿！还是找你小舅子去吧！我可是条老狗，不听你瞎诈唬！"

拉达曼堤斯大吼道："你找死啊！老虎也得服软，宁录[②]也要低头。闭住你的嘴巴，少安毋躁。要你做的你完全可以办到，你何必这么大的怨气？快让人摸你的下巴！扎你的身子！拧你的胳膊！你们赶紧动手啊！谁要不听我的命令，我叫他吃不了兜着走！"

他话音刚落，就见院里走来六位嬷嬷，其中四个戴着眼镜。她们一律高举右手，露出四指长的腕子，显得手格外修长，当时就兴这个。桑丘一见，如发怒的公牛，吼道：

"换了别的人咱还好商量，让嬷嬷摸我的脸？没门！上回我主人在这儿叫猫抓破了脸。这种事我都能忍。哪怕用匕首把我往透里扎，用烧红的铁钳夹我的胳膊，我都不怕。就是不能让嬷嬷碰我，魔鬼要我的命也不行！"

堂吉诃德终于开口说话了。他对桑丘说：

① 弥诺斯和上文的拉达曼堤斯均为希腊神话中的人物。
② 宁录：亚述创始人，《圣经》中被称做猎人。

"伙计，忍一下吧，听他们的话算了。你还真要谢谢老天，要不你上哪儿有这么大的本事啊？自己受一点点苦，就能帮别人去魔道，还会起死回生哩。"

听了主人的话，桑丘变得驯服听话了。这时，那六位嬷嬷已经站在了他的面前。桑丘规规矩矩地坐在椅子上，向打头的嬷嬷把下巴伸过去。那嬷嬷使劲摸了一下他的下巴，然后给他行了个大礼。

"别那么多的礼，少搽点儿粉，我的嬷嬷太太！你手上怎么那么大的醋味？"

所有的嬷嬷都摸了他的下巴。接着又上来一帮用人掐他的胳膊。但挨针扎他实在受不了，气得跳起来，抓起旁边一支火把，朝那伙嬷嬷和所有拿他开心的人身后扔去，大骂道：

"滚！你们这些地狱里的魔鬼！我可不是铁打的玩意儿！我受不了你们这种折磨！"

这时，阿尔蒂西多拉大概仰面朝天的时间有点儿长了，便侧过身子。大家见了，齐声叫道：

"阿尔蒂西多拉活了！阿尔蒂西多拉活了！"

拉达曼堤斯叫桑丘不必生气，说他们的目的已经达到。堂吉诃德一见阿尔蒂西多拉真的活了，赶忙跪在桑丘面前，对他说：

"现在正是时候！我的侍从，不，我最亲最亲的人！赶紧往身上抽几鞭子吧！你不是答应要帮助温柔内雅去魔的吗？现在抽正是时候，你的神力已达到火候，肯定手到病除，求你发发慈悲吧！"

桑丘说："这哪儿是糖上加蜜，纯粹是雪上加霜！太妙了！掐我，摸我，扎我还不够，还要叫我自个儿抽自个儿！你们干脆在我脖子上绑块大石头，往井里一扔，不就得了嘛！怎么着？给人家治病，叫我当冤大头？我说你们少来这套！真要把我惹急了，我叫你们吃不了兜着走！"

这时，台子上躺着的阿尔蒂西多拉已经坐起了身子。顷刻间，喇叭和笛子齐鸣，大家欢声雷动：

"阿尔蒂西多拉活了！阿尔蒂西多拉活了！"

公爵夫妇、弥诺斯王和拉达曼堤斯王都离座起身，和在场各位以及堂吉诃德主仆一起迎上去，把姑娘扶下台子。她装出大梦初醒的样子，向公爵夫妇和两位国王鞠躬行礼，然后，斜着眼瞧着堂吉诃德，说：

"铁石心肠的骑士啊！但愿上帝饶恕你。为了你的残酷无情，我好像在阴间过了几千年啊！世上最有同情心的侍从啊！多亏了你，我才还阳回到了人世。桑丘老哥，我要送你六件衬衣，虽说不是件件都好，可全干干净净，你可以改了穿。"

桑丘听了，喜出望外，急忙将高帽子脱下拿在手中，上前跪在地上，亲吻了姑娘的手。公爵吩咐用人给桑丘换上原来的衣服和帽子。桑丘请公爵把高帽子和那件画满火的袍子送给他留做纪念。公爵夫人满口答应，说桑丘是她家的老朋友，这毫无问题。公爵叫下人收拾院子，把堂吉诃德和桑丘送到上回住的房间，随后，回房歇息。

第七十章　丫鬟柔情再纠缠
骑士童心终不乱

那天晚上，桑丘睡在一张带轮儿的木板床上，和主人同屋。他真想躲开，可又没有办法，因为他知道主人肯定会问这问那，没完没了，弄得他没法睡觉。刚才他叫那伙人好一阵折腾，心烦意乱，又困又乏，舌头全木了，根本没心思说话，宁愿一个人睡草棚，也不喜欢和主人同住这间高级卧室。他并非多虑，果然主人一上床就开了腔：

"桑丘，对今晚的事你有何高见？冷酷无情居然有这么大的力量！你也看见了，要了阿尔蒂西多拉性命的，不是刀剑，也非烈性毒药，只不过是我一直对她冷若冰霜。"

桑丘说："她爱死不死，爱咋死咋死，和我桑丘有什么相干？我也没爱上她，我也没看不上她。我不是都说了吗？阿尔蒂西多拉这个缺心眼又耍性子的丫头要还阳，折腾我干啥？原来我怎么也想不通，现在我算明白了：这世上确实有魔法。我咋躲开呢？得，还是求上帝帮帮我的忙。说一千道一万，我求求主人您别再问东问西，叫我安安稳稳睡个好觉。如果您还非要问，那我就跳窗户了。"

堂吉诃德说："那你就睡吧。可我弄不明白，桑丘老弟，你叫人家连掐带扎地折腾了好半天，能睡得着吗？"

桑丘说："最叫人受不了的是摸下巴颏儿，不是别的，摸我的是那帮嬷嬷！这些该死的老娘儿们！我说，您还是让我睡吧！一觉解千愁！"

堂吉诃德说："但愿如此，上帝保佑你。"

他俩睡着之后，这部大作的作者熙德·阿梅德赶紧抽这个空儿，讲一下公爵夫妇搞这场闹剧的前因后果。原来参孙·卡拉斯科学士扮成镜子骑士被堂吉诃德打败后，虽说原订计划落空，但并未死心，决定另起炉灶，再试一回，心想也许能大获成功。正巧碰上给桑丘老婆送信和礼物的那个小厮，从他那儿打听到堂吉诃德当时的去处，便准备盔甲马匹，还在盾牌上画了个明月，又找了个农民帮着赶驮武器的骡子。这回他没叫上托美·塞西亚尔，怕堂吉诃德识破他的花招。他赶到公爵府，才知道堂吉诃德已去萨拉戈萨比武。在那儿，他听公爵讲了一些堂吉诃德主仆俩的趣事：桑丘如何哄骗主人，胡说温柔内雅中了魔，变成了村姑；公爵夫妇如何设计要桑丘抽自个儿屁股，替温柔内雅驱魔；公爵夫人如何折腾桑丘，使他真的以为温柔内雅中了邪。学士听了直笑，也有些惊讶，想不到桑丘一会儿精得要命，一会儿傻得出奇，而堂吉诃德已疯到如此地步。公爵对学士说，不管输赢，都要请他回来通报一下。学士说没问题，就走了。但他在萨拉戈萨没碰上堂吉诃德，又一路追去，后来发生的事上文已经说了，这里就不提了。学士打败堂吉诃德，返回公爵府，向公爵大人作了汇报，说堂吉诃德是个说话算数的游侠骑士，肯定已经在往家走，准备隐居一年，但愿一年的时间能把他的疯病治好。学士说，他化装出来就是为了这个，他不忍心看着一个头脑聪明的乡绅就这样变成疯子。学士讲完情况，就起程回乡，他估计堂吉诃德随后也会到家。公爵觉得堂吉诃德和桑丘实在好玩，打算再拿他俩开开心，就派了不少人去堂吉诃德回乡的必经之路，把住各个道口，要他们一见堂吉诃德，不管用什么办法，务必将其带回。他们抓住堂吉诃德后，立即向公爵作了报告。公爵得知，马上准备，吩咐在院内点火把和油灯，叫阿尔蒂西多拉躺在台子上，以及安排好其他事情。这些上文早作交代，就不多言了。总之，他们巧作安排，叫人真假难辨。熙德·阿梅德认为，叫人耍弄的人愚不可及自不待言，然而处心积虑寻人开心的也未必不是蠢货。公爵夫妇如此热心捉弄那两个傻蛋，可见他们自己也愚蠢得可怜。那两个傻蛋呢，一个睡得像头死猪，一个胡思乱想，彻夜难眠。堂吉诃德一向喜欢早起，而且不受情绪好坏的影响，所以，天一亮，他就准备起床。就在这个时候，阿尔蒂西多拉进来了。

这个阿尔蒂西多拉按照主子的吩咐，头上依然戴着装死时那顶花冠，身上穿一件洒金花白波纹长绸袍，长发披肩，手里拿一根精致的乌木拐杖。堂吉诃德对她起死回生无半点儿怀疑，见她一大早跑来，则有些不知所措，慌忙缩回被窝，尽可能把自己捂严实，舌头也转不动了，连句客套话也说不出来。阿尔蒂西多拉往床头边的椅子上一坐，叹了口气，娇声细语道：

"有身份的女人，懂规矩的姑娘，能不顾体面，当众说出自己的心事？都是被逼出来的。堂吉诃德先生，我就是这样的一个女人。我被爱情抓住，成了俘虏，心中十分痛苦，但我自爱能忍，默默承受。可痛苦并未消失，我终于为此付出了生命。这都是因为：

> 我的声声哀叹
>
> 得到的竟是冷酷无情！

"就是你让我离开了人间，迄今已有两天，起码见到我的人都这样认为。要不是爱神可怜，这位好心侍从仗义，恐怕我至今还在阴间。"

桑丘插嘴道："要是叫我的灰驴替我受这个罪就好喽。但愿老天给小姐您配个多情的恋人，别再像我主人那样。对了，小姐，请问您在阴间都看见些啥？地狱里有什么东西？没盼头的人死了，全往那儿去。"

阿尔蒂西多拉说："跟你说实话吧。我死是死了，可并没有死透，所以还没进地狱。真要进去了，恐怕就出不来了。我只到了门口，看见十几个鬼在打球，都穿紧身衣裤，翻领和袖口都有佛兰德式花边；个个把手腕子露出四指多长，所以手显得挺长，手里的球拍直冒火，打的不是球，是书；书里空空的，只有些羊毛渣子。你说怪不怪？还有比这更怪的呢！一般打球，赢了高兴，输了生气，可那些鬼呀，输了赢了都不高兴，嘴里老是没完没了地骂来骂去。"

桑丘说："这有啥新鲜的？鬼都是这样。玩不玩、赢和输，他们老是吊着脸，反正没高兴的时候。"

阿尔蒂西多拉说："没准儿是这么回事。其实呀，还有更神的事哩！起码当时我觉着挺神。是这么回事，那些书也真差劲，他们只拍一下，就全散了架。他们就这样拍坏一本又一本，也不管新的旧的。后来，他们弄来一本新书，可新了！装订得也不坏；结果一拍下去，也完了，全散成一页一页的了。一个鬼对另一个鬼说：'这本是啥书呀？'另一个回答说：'《堂吉诃德》下卷，但不是熙德·阿梅德写的，作者是阿拉贡人，自称家在托尔德西亚斯。'问话的鬼说：'快给我

扔了，扔到十八层地狱里去，我可不想再看见它！'''至于这样吗？''实在太糟了！我就是存心往糟里写，也赶不上它。'那些鬼又继续拍书。我听见他们提到我昼思夜想的堂吉诃德，所以当时的情形就记得格外清楚。"

堂吉诃德说："肯定是个幻觉，这世上怎么会有第二个堂吉诃德呢？现在确实有这么一本书在人们手里流传，可在谁那儿也长不了，因为看着看着就把它一脚踢跑。我不在乎人家咋说，是黑暗地狱中的怪物也好，是光明人间里的人物也罢，反正我不是书里写的那个人。书要是写得精彩、真实，肯定会流芳千古，长命百岁，要是写得一团糟，一出世就进坟墓。"

阿尔蒂西多拉刚想接着抱怨堂吉诃德，堂吉诃德却来个先下手为强，说道：

"小姐，我已经向您表白了多次。您对我有情，弄得我十分为难。我从心眼里感谢您，但不能答应您。我生下来就是温柔内雅的人。如果真有命数，那我也注定属于她一个人。别的什么美人想取代她占据我的心，是根本办不到的。我讲得够明白了吧？所以，还是请您知难而退，死了这个心。办不到的事不可勉强。"

阿尔蒂西多拉一听，顿时怒气冲冲，气急败坏地说：

"天哪！我说咸鱼干、枣核心、石头人、乡下佬、一根筋，我真恨不得把你的眼珠子抠出来！专找挨揍的好汉，我的常败英雄，你以为我真的是为你才死的吗？你别做梦了！昨晚你看见的全是假的！我是那样的女人吗？就为你这样的蠢货把命都舍了？我告诉你，我连指甲盖里的黑泥儿都舍不得扔哩！"

桑丘说："这倒是句实话。哪儿有害相思病送命的？说出来都叫人好笑！说都这么说，谁真这么做了？鬼才相信！"

正说着，头天晚上弹琴唱歌的那个诗人兼歌手走了进来，对堂吉诃德深施一礼，说道：

"骑士先生，久闻大名，如雷贯耳，在下对您的英雄伟绩佩服得五体投地，情愿追随左右，尽效犬马之劳。"

堂吉诃德问："请问尊姓大名，也好回之以礼。"

那人说，就是头天夜里弹琴吟诗的那位。

堂吉诃德说："您嗓音极好，只是唱的内容文不对题。加尔西拉索那几行诗，和这位姑娘的死有什么关系？"

歌手说："先生不必见怪。如今那些愚昧无知的诗人都是乱抄乱写，哪儿管对不对题！说什么胡言乱语才是诗的语言。"

堂吉诃德正要答话，公爵夫妇走了进来。他们特地来看他，宾主双方四人在一起聊了半天，十分高兴。其间，桑丘妙语连珠，俏皮逗人，听得公爵夫妇暗自叫绝，笑他憨傻，夸他机灵。堂吉诃德说，战败的骑士只配在猪圈里卧着，哪儿能在王府里久留，恳求公爵允许他即日起程回乡。主人家一口答应。公爵夫人问他是否还对阿尔蒂西多拉有意。他回答说：

"夫人，您知道，这姑娘不学好全是没事闹的，要治她这个毛病也很容易，叫她老有正经事干。她刚才说，地狱里也时兴花边，我想她恐怕也会，不如叫她不停地干这种活计。她手上活不断，就没工夫想什么心上人了。这是本人的看法和建议，其实也是实际情况。"

桑丘也跟着说："就是嘛，哪儿有整天干活的女人害相思病死的？我这辈子还没见过哩！姑娘忙着手里的活，哪儿有闲工夫去想什么情呀爱呀。这我最清楚。我锄地的时候，就顾不上去想我家的那位，就是我的特雷莎。其实呀，我爱她比爱我的眼睫毛还深哩！"

公爵夫人说："你说得很对。以后我要叫阿尔蒂西多拉多干点针线活，她手可巧了！"

阿尔蒂西多拉不以为然。说：

"夫人，用不着费这么大的事。我呀，一想起这个浑蛋蠢货对我这样无情无义，我就会把他忘得干干净净，一点儿不费劲儿。您还是放我离开这儿吧，我实在不想再看见他。瞧那副苦脸儿，那副丑样，真叫人恶心！"

公爵说："俗话说：'别看嘴上骂得欢，其实心里已无怨。'现在是不是这个情况？"

阿尔蒂西多拉掏出手绢假装擦泪，然后向公爵夫妇行了礼，就退出门去。

桑丘说："可怜的姑娘，这我早料到了，你呀，也真是倒霉催的，怎么就看上他了呢？他心硬得像石头！说实话，你看上的要是我，能落这个下场吗？"

他们说完话，堂吉诃德换好衣服，和公爵夫妇一起用过饭，午后又上了回乡的路。

第七十一章 │ 傻子不傻会耍怪
　　　　　　　疯子虽疯心不坏

　　堂吉诃德打了败仗，被迫回乡，一路上自然是心事重重，闷闷不乐。不过想起某些事，又觉得十分欣慰。心中不痛快是因为让人家打败了，没了脸面，高兴的是桑丘居然神通广大，愣把死去的阿尔蒂西多拉变成了大活人，只是对那多情姑娘是否真的死过还有点儿怀疑。桑丘却一点儿高兴不起来，因为阿尔蒂西多拉说话不算话，答应给他的衬衣根本没给。他想来想去，实在气不过，才对主人说：

　　"老爷，我真是天下最窝囊的大夫。有些医生看病，病没看好倒把人治死了，可照样收钱。其实他们有啥本事？不就是开开方子，配药还得找药房。纯粹是骗人！我这个大夫，那就大不一样喽，给人看病，不但自个儿出血，还得叫人家连摸带掐，又抽又扎，完了连个大子儿也捞不着。以后再叫我给人看病，我得先把腰包撑满了再说。'教长唱到哪儿就吃到哪儿。'我就不信老天给我这个本事就是义务劳动，分文不取。"

　　堂吉诃德说："桑丘老弟，你说的没错。那姑娘怎么可以说了不算呢。平心而论，你那个本事也不是下了什么工夫学到手的，不过，那顿皮肉之苦的确比苦学苦练还要苦。我这个人不会赖账。如果你要我付挨鞭子钱，我绝无二话，该多少是多少，谁叫你替我的温柔内雅吃苦哩。我只担心鞭子算钱会不会失效。其实也没啥，试试也行。桑丘，你说吧，一鞭子多少钱？定下来你就马上抽，抽完就给钱，反正我的钱都在你手里，自个儿拿吧。"

　　桑丘一听有这样的好事，眼睛都睁圆了，耳朵伸出一拃多长，心甘情愿自个儿抽自个儿，就对主人说：

"行，老爷，我叫您满意，自己也得点儿好处。其实，我也是为了我的孩子和老婆。您说吧，我抽自个儿一下，您给多少钱？"

堂吉诃德说："桑丘，你能帮温柔内雅去掉魔道，那可是功德无量啊！我就是用威尼斯的财宝、波多西的银山也难以报答你呀！这样吧，我的钱全在你那儿，你估摸一下有多少，给每一鞭定个数，好不好？"

桑丘说："一共得抽三千三百鞭还挂零儿。我已经抽了五下，就算它是个零头吧。就是说，还差三千三百下。一鞭子按二十五分算，不能再少了，就是全世界的人都跑来跟我讨价还价，我也不能再让了。好，那就是三千三百个二十五分，按半雷阿尔算，三千就是一千五，按雷阿尔算呢，就是七百五十；三百呢，就是一百五十个半雷阿尔，等于七十五雷阿尔；前后加起来，总共是八百二十五雷阿尔。这笔钱，我就从您钱袋里拿喽。挨这么多鞭子，皮肉是得受点儿苦，可我能发笔大财，乐呵呵进家门啊。要想钓到鱼，就得……①这话只能说到这儿。"

堂吉诃德说："桑丘，你太好了，你真是大好人啊！你的大恩大德，我和温柔内雅这辈子也报答不完啊！她完全复原之日，就是我们幸福之时啊！她福星高照，我虽败犹荣，真是皆大欢喜！对了，你打算什么时候开始？我希望你越快越好，要是能提前，我再多给你一百雷阿尔。"

桑丘说："什么时候？就在今晚。您把地方找好，咱们就在露天地过夜，到时候我不把自个儿抽开了花，您找我。"

堂吉诃德别的都不想了，一心盼着天黑，就像情人等着夜半幽会，心急难耐，总以为太阳神坐的车子出了毛病，大有度日如年的感觉。好不容易盼来了夜晚，主仆俩赶紧钻进路边一个清幽树林，各自下了驴马，又给坐骑去掉鞍辔，便坐在绿绿的草地上，将干粮袋打开，吃了一顿晚饭。饭罢，桑丘取下灰驴的缰绳和辔头，拧了一根结实柔韧的鞭子，然后走出二十多步远，钻进榍树丛中。堂吉诃德见他义无反顾、毫不畏惧的样子，就对他说：

---

① 后半句是：……就得把裤扒。

"我说桑丘,你可别把自个儿抽成八块啊!抽一下就歇会儿,别抽起来没完,千万不要抽到半截就没气了,我是说,别下手太狠,弄得还没抽够数,先把命要了。我在这儿用念珠给你记数。求上天保佑,叫你有好心也有好报。"

桑丘说:"没有金刚钻,不揽瓷器活。我要抽得疼还要抽不死,这就是我的妙诀。"

他扒光上身,抢起鞭子就抽。堂吉诃德赶紧跟着数数。桑丘抽了七八鞭,觉着这玩笑开得实在过了头,一鞭子的价钱也太低了,就立即停止,说刚才他自己算糊涂了,一鞭子二十五分不行,应当半雷阿尔。"

堂吉诃德说:"老弟,接着抽吧,我答应你。"

桑丘说:"没错。上帝动手吧,玩命抽吧!"

这坏家伙哪儿是抽自个呀!他抽的是树!就这,还直叫唤,好像疼得马上就要见阎王。堂吉诃德听得心直发软,真怕他一时失手要了性命,自己的事也变得难办,就急忙喊道:

"我说老弟,你就先抽到这儿算了。我看这服药实在太厉害,咱们还是悠着点儿来。'萨莫拉可不是一天半天攻下来的。'你呢,已经抽了一千多下了,咱们先歇歇,以后再说。有句话粗了点儿,可说得在理:毛驴能驮货,可也不能往死里驮。"

桑丘说:"这哪儿行呀?咱可不能叫人戳脊梁骨,骂咱是'只知道拿钱,不知道干活'。老爷,您还是远点儿站着,再让我抽上几千鞭子,有两个回合就拿下了,没准还超额呢!"

堂吉诃德说:"既然你这么能行,那就抽吧。我这就躲开,愿老天爷帮你忙。"

桑丘抢起鞭子猛抽,把好几棵树的树皮都抽没了,抽得可真狠!他还一边抽,一边嚷:

"参孙今儿就死在这儿了,大伙儿也得玩儿完!"

堂吉诃德一听抽得啪啪直响,桑丘惨叫不断,吓得赶紧跑过去,一把抓住桑丘手中的所谓皮鞭,劝道:

"桑丘老弟,算了算了!别搞得我高兴了,你倒没命了。你要有个三长两短,谁来养活你的老婆孩子?温柔内雅的事可以缓一缓。反正你都答应了,我多

等几天也没啥。你先恢复恢复，等有了劲儿，咱们再一鼓作气，把这事办得大家都高兴。"

桑丘说："既然老爷要我这样，那我就先不抽了。劳您驾，把您的衣服借我披一下，我出了一身汗，怕感冒了。头回干这种事，弄不好就得着凉。"

堂吉诃德把上衣给了他，自个儿就剩裤子了。桑丘哪儿管主人着不着凉，倒头便睡，一直睡到太阳升得老高才睁开眼睛。两人继续赶路，走了三十来里，见前面有一村庄，就进去准备投宿。他们找到一家客店。这回堂吉诃德看得明白，是客店，不是什么城堡，更没有壕沟、塔楼、栅栏和吊桥。

自从吃了败仗，他的脑子倒变得清楚了。您往下看就知道。店家把他们安排在楼下。那间客房墙上，挂的不是壁毯，是几块旧布，上面画有图画，这是当地的习俗。其中一幅画的是海伦在自己家被色胆包天的远方来客劫走的故事，画技极差。还有一幅描绘的是狄多和埃涅阿斯：女王狄多登上高塔，挥动手中那半截床单，好像在向乘船逃往大海的埃涅阿斯表示她的情意。堂吉诃德发现，海伦虽然被劫，却看不出什么悲伤，而且，还偷着笑哩；美人狄多那可是真哭，泪珠子都赶上核桃大了。他说：

"这两位美人生不逢时，实在是太不幸了。我呢，比她俩还不走运，没生在她们那个时代。我要是碰上那两位先生，特洛伊就不会被一把火烧光，迦太基也不会从世界上消亡。我只要把帕里斯这个罪魁祸首一刀杀了，他就惹不出后来的这些灾祸了。"

桑丘说："我看用不了多久，所有的客店、酒铺、剃头的地方，都会把咱们的英雄事迹画成画，挂出来，这我敢打赌。不过，得请高手，可别找画这些玩意儿的那位。"

堂吉诃德说："桑丘，你讲得有理。画这些画的人，跟乌贝达的奥尔巴内哈一个样。他画东西，人家问画的是啥，他说什么'像啥是啥'。比如他画一只公鸡，就在底下注明：公鸡，要不，谁都会看成是狐狸。我看哪，最近编出一本新《堂吉诃德传》的那位，也是这路货色。前些年京城里有个叫猫狮的诗人，和他们也不相上下。这家伙说话不通过大脑，顺口就来，比方人家问：'胸有成竹是啥意思？'他马上答：'就是胸口里面有长成的竹子。'没意思，不说了。桑丘，今儿晚上还抽不抽了？抽的话是在屋里呢，还是在外头？"

桑丘说："哎，反正都是抽，哪儿抽不一样？不过，我还是喜欢在树林里抽。说来也怪，看着周围的那些树，好像就不那么疼了。"

堂吉诃德说："算了，今儿晚就甭抽了，你攒足了劲，回村再说，我看最晚后天也能到家了。"

桑丘说一切由东家做主，不过他倒喜欢趁热打铁，赶紧了事，还说什么："拖拖拉拉，难免出差"；"求上帝帮忙，还得自个动手"；"千句好话顶不上一件实事"；"天上飞的老鹰，不如手中的家雀"。

堂吉诃德说："行行好吧，桑丘，别没完没了往外倒成语了！有话直说，少东拉西扯！这话我跟你不知说了多少次了！你听我的话，只有好处没有坏处。"

桑丘说："我也不知道是咋搞的，不来点儿成语就说不出个道道儿，要说出个道道儿就得来点儿成语。得，以后我尽量注意，少说。"

主仆俩的谈话就此打住。

背井离乡胡闯荡 主仆终于回家乡　第七十二章

　　堂吉诃德和桑丘在客店里待了整整一天，专等夜幕降临。桑丘准备在野地里把自个儿抽够数，履行诺言，堂吉诃德想看着他抽完，以了心愿。店里突然来了一位骑马的客人，还有他的三四个仆役。其中一个仆役对主人说：

　　"堂阿尔瓦罗·塔尔非老爷，咱们今晚就住这儿吧，这家客店看样子挺干净，也凉快。"

　　堂吉诃德听了，对桑丘说：

　　"桑丘，我翻看写我的那本书时，好像见过这位堂阿尔瓦罗·塔尔非的名字。"

　　桑丘说："有可能。等他下了马，咱们去问问他。"

　　那位绅士下了马，老板娘也把他安排在楼下，就住在堂吉诃德他们对面。那间客房墙上挂的也是画布。绅士换上夏装，走到宽敞凉快的门廊，见堂吉诃德也在那儿，便问道：

　　"请问阁下，您要去什么地方啊？"

　　堂吉诃德说："回村去，不远，就在前边。您去哪儿啊？"

　　那人说："我也是回家：格拉纳达。"

　　堂吉诃德说："好地方啊！对不起，敢问先生尊姓大名？在下很想知道，原因不说也罢。"

　　那人说："我叫堂阿尔瓦罗·塔尔非。"

　　堂吉诃德说："没错，就是您！您知道，最近出了本《堂吉诃德》下卷，作者是当代人，里面有一位就叫堂阿尔瓦罗·塔尔非。"

那人说："正是本人。书中的主角堂吉诃德跟我是铁哥们儿。就是我把他带出来的，我还劝他去萨拉戈萨比武，我也去了。我帮了他不少忙。要不是我，就冲他那股子傻劲儿，早就叫刽子手给拍了。①"

"堂阿尔瓦罗先生，您看我跟您那个铁哥们儿像不像？"

"一点儿都不像。"

堂吉诃德说："他是不是有个跟班叫桑丘？"

堂阿尔瓦罗说："有啊。都说他特会逗乐，可我从没听他讲过一句逗乐的话。"

桑丘说："这我太信了！不是什么人都会逗乐的。绅士先生，您说的那个桑丘，是个流氓、混混儿，偷东西的贼！真的桑丘在这儿哩。我要讲起笑话来，就跟下雨一样。您要是不信，咱可以试试。您跟我待上一年，就知道了，我呀，满肚子都是顺口溜、俏皮话，张口就来，人听了就笑。有时候，我自己还不知道是咋回事哩，人家早笑趴下了。要说堂吉诃德，我家主人才是真的，别的堂吉诃德和桑丘全是冒牌假货。我这位东家，大名鼎鼎，鼎鼎大名，有勇有谋又多情。他锄强扶弱，保护孤寡，害得姑娘为他寻死觅活。他只有一个心上人，那就是绝世美人温柔内雅。"

堂阿尔瓦罗说："桑丘老兄果然了得！才说了两三句话，就叫人听得津津有味，不知胜过那个桑丘多少倍。那个家伙哪怕讲上一万句，人听了也不会乐。他嘴巴不灵，可馋得要命，一点儿也不会逗乐。我猜，一定是跟好堂吉诃德过不去的那些魔法师，又造出个坏堂吉诃德来骗我。怎么说呢？我敢发誓，是我把他送进托莱多教皇使节疯人院治病的。可这儿又冒出个堂吉诃德，跟进疯人院的那个完全不同！"

堂吉诃德说："我不敢说自己是好的，但我敢说我绝不是坏的。我这样说是有根据的，堂阿尔瓦罗先生。根据很简单，就是我从来没去过萨拉戈萨。我一听说那个冒牌的堂吉诃德在那儿参加比武，立刻决定不去了，这样就在世人面前

---

① 此处"拍"为黑话，即"杀"的意思。

撕下了他的假面。我改变主意，去了巴塞罗那。那个地方民风好客，称得上是礼仪之邦、穷人的天堂、勇士的故乡；冤枉的能在那儿报仇雪恨，亲朋好友也能够在那儿欢聚一堂；地势风光，也是独一无二。虽然我在那儿过得很不是味儿，但能够到那儿一游，心里倒也松快了许多。总而言之，本人才是大名鼎鼎的堂吉诃德，您讲的那位纯粹是冒牌假货。所以恳求阁下，本着骑士的义务，向这个村的村长声明，您是第一次和我相遇，我不是那部书下卷中的堂吉诃德，我的侍从桑丘也不是您见过的那个。"

堂阿尔瓦罗说："行，我打心眼里乐意。不过，这事也实在叫人奇怪：我怎么会见到两个堂吉诃德和两个桑丘呢？而且名字全一样，可行为却不相同。好，我再说一遍，我没见过我见过的，我也没经历我经历的。"

桑丘说："您准是中了魔了，跟我家女主人一样。您说不定也要求老天开恩，让我抽自己三千鞭子，帮您去魔。没问题，我连钱都不要。"

堂阿尔瓦罗问："什么抽鞭子不抽鞭子？我听不懂。"

桑丘说，这事三言两语说不清，如果他们同路，他会从头到尾给他细说。这时，正赶上吃饭，堂吉诃德就和堂阿尔瓦罗一起用餐，恰巧村长到店中来，还带了一位公证人。堂吉诃德一看这是个好机会，立刻请村长做主，说为了维护自己的权益，堂阿尔瓦罗必须在他面前声明，他以前从没见过眼前的堂吉诃德；这个堂吉诃德和托尔德西亚斯人阿维亚内达写的《堂吉诃德》下卷中的堂吉诃德根本不是同一个人。村长按照规定，把这个声明写成了文书，并签字画押。堂吉诃德和桑丘感到非常满意，好像两个堂吉诃德和两个桑丘彼此言谈举止相异还不足为凭，必须有文书为证。堂吉诃德和堂阿尔瓦罗互相再三致谢，礼貌有加。这位曼卡英雄言谈中，显得头脑非常清楚明智。堂阿尔瓦罗见此，如梦方醒，大有今是昨非之感，甚至怀疑自己是不是真的中了魔，否则两个完全不同的堂吉诃德怎么会都叫他撞上了呢？

下午，他们离开客店，一同上路，走了四五里的光景，便到了一个岔路口，一条路去堂吉诃德的村子，一条路是堂阿尔瓦罗要去的地方。他们从客店出来，结伴而行，时间不长，堂吉诃德却对他讲了许多事情：他如何叫人打败，温柔内雅如何中魔，又怎样才能使她得救。堂阿尔瓦罗听得暗自称奇。他拥抱了堂吉诃德，便告别而去。

当晚，堂吉诃德主仆在树林里露宿，为的是让桑丘完成抽自己的任务。桑丘当然和上回一样，又叫树皮替他受罪，他可知道爱惜自个儿了，就是苍蝇落在身上，也下不了手用鞭子轰，生怕皮肉受一点点苦。堂吉诃德浑然不知，还一五一十地给他记鞭子数，最后一算，加上前晚上抽的，总共是三千零二十九下。那天太阳老早就出来了，好像赶着来看桑丘如何折磨自己。二人见天已大亮，又继续前行。路上，他俩边走边聊，笑堂阿尔瓦罗上当受骗，庆幸自己搞了那份声明的正式文书。

他们走了一天一夜，除了桑丘完成了抽自己的任务，堂吉诃德无比欣慰外，没有发生别的什么有意思的事情。堂吉诃德对梅尔林的话深信不疑，认定心上人温柔内雅已摆脱魔道，盼着能在路上与她相遇，所以，一路上只要见到女人，他都要上前看个仔细。最后，主仆俩爬上一座山冈。桑丘举眼往下望去，发现山下就是自己的家乡，情不自禁地跪在地上，说：

"我日夜盼望的家乡啊！快睁开你的眼看吧！你的儿子桑丘回来了！他没发大财，可挨够了皮鞭。你张开胳膊，拥抱你的儿子堂吉诃德吧！他叫别人打败，反倒成了赢家，他说，这才是人生在世最大的胜利。我捎回来钱了。我挨够了鞭子，可当上了体面的骑士。"

堂吉诃德说："别说蠢话了！咱们赶紧回村去，到了家，好好儿想想咱们当牧羊人的事。"

接着，两人下坡，向村口走去。

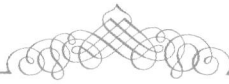

第七十三章 村妇见夫有啥说啥
乡绅回家仍讲疯话

　　这本传记的作者说，堂吉诃德走到村口，看见场院里有两个男孩在吵架。一个说：

　　"小糖果，你就死了心吧，这辈子你都甭想再见着了。"

　　堂吉诃德听了，对桑丘说："老弟，听见没有？'这辈子你都甭想再见着了'！"

　　桑丘问："这话有啥呀？"

　　堂吉诃德说："有啥？这不是明摆着冲我来的嘛！叫我死了心，甭想再见温柔内雅了！"

　　桑丘正想答话，就见野地里跑出一只兔子，后面有不少猎狗和猎人在追。兔子吓得要命，一头钻到灰驴的肚子底下，躲了起来。桑丘一把将它抓住，递给了主人。堂吉诃德说：

　　"不好，不好！兔子跑，猎狗追，温柔内雅不见了。"

　　桑丘说："您这不是少见多怪嘛！就算这只兔子是温柔内雅，追她的猎狗是把她变成村姑的浑蛋魔法师，可她现在不是在您手里，您正哄着吗？有啥不好？好不好哪能随便讲？"

　　这时，那两个吵架的孩子跑过来看兔子。桑丘问他们吵啥，那个说"这辈子你都甭想见着了"的孩子说，他拿走另一个孩子的蛐蛐笼子，不想还。桑丘给他四文钱，买下蛐蛐笼子，递给堂吉诃德，说：

　　"老爷，这下您满意了吧？什么兆头！全破了！别看我傻，我看得出，这些什么兆头呀，不过是头年的浮云，跟咱们一点儿关系也挨不上。我听咱村的神甫说过，明白人不该相信这些玩意儿。前些日子老爷您自己不是也跟我说，相信兆头的全是傻瓜吗？咱们也别在这些事上打转转儿了，进村吧。"

这时猎人们赶到，要他们的兔子。堂吉诃德二话没说，就给了他们。主仆俩继续往前走。走到村口的一块草地上，碰见神甫和卡拉斯科在那儿祷告。在公爵城堡，阿尔蒂西多拉还阳的那天晚上，人家不是给桑丘硬穿了一件画着火苗的麻布衣吗？现在这件火衣正盖在灰驴背上，把它驮的兵器盔甲捂了个严实，成了它的专用帷幔。这还不算，它头上还戴着那顶高帽子。像这种打扮的驴子恐怕世上也是头一份。神甫和学士认出了他们，张开胳膊就跑了过去。堂吉诃德急忙下马，和他们紧紧拥抱。小孩儿们眼睛尖得像山猫，一眼就看见戴高帽儿的毛驴，便前呼后应，纷纷跑来看新鲜，嘴里还不停叫嚷：

"快来瞧呀！桑丘的灰驴打扮得可神了！堂吉诃德的牲口都瘦成棍棍儿了！"

没多会儿，就跑过来一大帮小孩。他们前呼后拥，和神甫、学士一起，一直把主仆俩送到堂吉诃德的家门口。女管家和外甥女已经听说他们回来了，正在门外等候。桑丘的老婆也知道了消息，披头散发，光着上身，拉着闺女桑奇卡，赶到这儿找自个儿的丈夫。她满以为桑丘当了总督，肯定非常体面，可一看根本不是那么回事，就说：

"我的老头子，你这是咋了？两条腿走回来的吧？脚都磨烂了！你哪儿像什么总督呀，整个一个灾民！"

桑丘说："特雷莎，你能不能不说话？全以为这儿有肥肉，其实连挂肉的钩子都没有。咱们先回家去，我有好多稀罕事要对你讲哩。我这次带回钱啦，这才是真的哩！咱一不骗，二不坑，全是靠本事挣的。"

特雷莎说："我的好丈夫，管你是咋挣的，往家带就行。其实你再有高招，也不过是那两下子。"

桑奇卡过来搂住她爹，问给她捎回了啥，说她像五月里盼下雨一样一直盼着他回来哩。这边，女儿一手牵驴，一手拽住他的腰带；那边，老婆拉着他的手，一家人欢天喜地回家去了。堂吉诃德自然留在自己家中，有女管家和外甥女负责照看，还有神甫和学士陪伴。

　　堂吉诃德也不管是啥时候，什么地方，到家还没坐稳哩，就迫不及待地把神甫和学士招呼到一边，把他如何打了败仗，要按约回乡闲居一年的事简单扼要讲了一遍，说他身为游侠骑士，说话算话，一定会严守骑士道的规矩。还说，他打算趁此良机，当一年的牧羊人，过一过恬静的田园生活，自由地抒发心中的情思。他恳求神甫和学士，如果有空儿，如果没有要事，一定要和他做伴。他准备买牛买羊，大家做个真正的牧羊人。他已经给每个人起了名号，非常合适，还说这是最重要的事。神甫问都叫什么名儿，堂吉诃德说，他本人叫牧人吉诃蒂士，学士叫牧士卡拉斯公，神甫叫牧人神甫布罗，桑丘叫牧人潘西诺。

　　神甫和学士没想到堂吉诃德又疯出了新花样，怕他再跑出去当游侠骑士，又想趁这一年治好他的疯病，就假意附和，说这个想法甚好，还表示要陪他一起放羊。

　　参孙说："还有啊，我呢，大家都知道，是个很有名气的诗人，写什么田园诗、宫廷诗，还有别的什么诗，可以说是张口就来呀。所以，咱们在田野山间漫游，不怕没有消遣。二位老兄，还有一件要事可不该忘了：咱们得给诗里的牧羊女起个芳名，还得刻在树上，多硬的树也得刻上，多情的牧人都这样。"

　　堂吉诃德说："说得太好了。不过，我可以免了，因为我已经有绝世美人温柔内雅了，她是大地的骄傲、草原上的鲜花、高雅美丽的精华。反正，不管怎么形容她，都绝不会过分。"

　　神甫说："您说得挺对。咱们得找随和点儿的牧羊女，哪怕不招人喜欢，也绝不能找个捣蛋的女人。"

　　参孙接着说："要是想不出，就在书上找，那上面名字多了。什么费利达斯、阿玛里莉、狄安娜、弗雷丽达斯、伽拉苔亚、贝丽萨尔达，等等。要是我的意中人，还是叫牧羊女吧，要是她叫安娜，我就赞美她叫安娜尔达；要是叫佛朗西斯卡，就改称佛朗塞尼亚；露西亚呢，就叫露辛达。总之，都照这个办法改过来就是。比如，桑丘要是也来，他老婆特雷莎，就叫特雷莎依娜。"

　　堂吉诃德笑了。神甫又称赞他的打算既正当又高尚，再次表示，他做完教区的公事，剩下的时间全用来陪老伙计。说完，二人告辞。走的时候，一再叮嘱堂吉诃德多吃补品，保养身体。

谁知，他们三个讲的话全叫女管家和外甥女听了去。她俩等客人一走，立刻跑进屋。外甥女说：

"我说舅舅大人，您这是怎么了？我们以为您这次回来能好好在家待着，过几天安静日子。怎么又异想天开，要做什么：

> 牧童，你来了，
>
> 牧童，你走了？

跟您说实话，'麦秆硬了，当不成哨儿了'。"

女管家在一旁帮腔说："在野地里待着，又有狼又有虎的，夏天您咋歇晌？冬天您咋过夜？您不能干这种行当！这种活儿，那都是粗人干的，得经得起日晒雨淋，吃得下大苦，还得自小就干。当游侠骑士不好吧，也比当羊倌强。老爷，您别以为我是吃饱了撑的，跟您讲这些废话，我还啥也没进肚儿哩。我也是五十多岁的人了。我求您哪儿也别去了，就在家待着，照看家业，经常忏悔，帮助穷人。要是这有什么不好，我替您顶罪。"

堂吉诃德说："孩子们，别说了。我知道该怎么做。快扶我上床，我好像有点儿不对劲儿。你们放心吧。我将来当游侠骑士也好，做牧人也罢，我都不会不养你们的。"

于是，这两个听话的孩子（无疑就是女管家和外甥女）把他扶上床，给他吃了点儿东西，尽可能减轻他的痛苦，多方给他照顾。

第七十四章 | 吉诃德寿终正寝
| 阿梅德如愿以偿

世间之事，都是由兴至衰，最后走向消亡，绝无永存不变的道理，人的生命尤其如此，所以，老天也不会对堂吉诃德网开一面，另眼相待。话说有一天，不知是吃了败仗、忧郁成疾，还是天命如此，他竟突然高烧不退，一连六日卧床不起。神甫、学士和理发师等好友，你来我往，探视不断，仁义的侍从桑丘更是守在床头，寸步不离。他们都以为他打了败仗，心中烦恼，加上未能如愿看见温柔内雅解除魔道，恢复原貌，愁上加愁，才一病不起，便多方劝解，尽力开导。学士要他不必发愁，振作精神，好早日去过牧羊人的生活，说自己已经写好一首牧歌，美妙动听，萨那扎罗[1]见了也会自愧不如；还说他自己出钱从一个叫金塔纳尔的牧主那里买回来两只名贵的牧羊犬，一只叫巴尔西诺，一只叫布特龙。他说了半天也没有用，因为堂吉诃德依旧是满面愁容。

朋友们请来医生。医生一号脉，知道大事不好，对大家说，眼下吉凶难断，但性命看来难保，不如先救灵魂。堂吉诃德听了十分镇定，女管家、外甥女和侍从桑丘倒痛哭流涕起来，好像堂吉诃德已经命丧黄泉。医生认为，要他性命的是郁郁寡欢。堂吉诃德请大家都出去，他想一个人待会儿，睡个小觉。大家出去后，据说，他一觉睡了六个多钟头，吓得女管家和外甥女还以为他再也醒不过来了哩。他醒来后，就大声叫嚷：

---

① 萨那扎罗：意大利16世纪诗人。

　　"上帝啊！您无所不能，对我恩重如山，我对您感激不尽啊！您慈悲无边，人世间的罪恶想阻止也是白费工夫。"

　　外甥女听得仔细，觉着舅舅这番话讲得比平常有道理，起码是自他得了疯病以来，头一回讲得这么明白，就问他：

　　"舅舅，您这些话是啥意思呀？咱们又得了新的恩典？这慈悲无边是指啥呀？还有什么人世间的罪恶，都是啥意思呀？"

　　堂吉诃德说："我是说，上帝慈悲无边，刚刚宽恕了我，就是说，我的罪孽虽然深重，也没能阻止他对我的慈悲。我现在如梦方醒，终于明白了今是昨非。过去我不分昼夜大读特读那些害人的骑士小说，弄得自己昏头昏脑，胡思乱想。现在我已经明白那些书上写的全是胡说八道，但悔之已晚，想读读启迪心灵的好书，予以补救，也早已不是其时。外甥女啊，我知道自己行将就木，但我希望世人明白，我这辈子并非坏到不可救药，死后还得留个疯子的恶名。我的确疯过，但我不愿人家对我这样盖棺论定。亲爱的，去把我的好朋友神甫、参孙学士和理发师尼古拉斯师傅请来，快，我要立遗嘱，我要忏悔。"

　　外甥女还没去呢，这三位已经不请自来了。堂吉诃德一见几个朋友都到了，就对他们说：

　　"我的好朋友们，快为我祝贺吧！我不是堂吉诃德了，我是阿隆索·吉哈诺，我为人忠厚，大家送了个美名，叫我'好人'。我现在恨死了阿马迪斯和他那帮儿子、孙子，对那些乱七八糟的骑士小说深恶痛绝。我明白完全是自己昏庸、糊涂，深深体会到这些坏书对人的危害。我有今天这些认识，都是上帝对我的大慈大悲。"

　　三位好友一听，不免吃惊，以为他又犯了别的什么疯病。参孙赶忙说：

　　"您这是怎么了，堂吉诃德先生？我们刚刚听说温柔内雅小姐已经解除魔道了。我们不是马上就要去当牧人，像王公贵人那样整天唱歌作诗吗？您怎么又变卦了，要去做隐士呢？您是不是还没睡醒？我看您还是少说为好，别胡思乱想了。"

　　堂吉诃德说："这胡思乱想的确把我害苦了，愿上天能以我的死来教训后人，变害为利。各位老兄，我已命在旦夕，就别说笑话了，快请神甫来听我的忏悔，找个公证人帮我立下遗嘱。生死关头，没人会跟自己的灵魂闹着玩儿。神甫听我忏悔，别的人快去请公证人。"

大家听了他这番话，非常惊讶，你看着我，我看着你，一时不知是真是假。不过，这疯子突然变成了明白人，显然是人死前的回光返照。后来，堂吉诃德又讲了许多虔诚得体的话，而且有条有理。这一切使众人不再怀疑，明白他已经不是疯子，头脑完全正常。神甫让其他人避一避，他好单独听堂吉诃德忏悔。学士请来一个公证人，桑丘也跟了进来。他听学士说主人已经没救了，又看见女管家和外甥女哭成一团，眼泪立刻流了出来。

神甫听完忏悔，出来说：

"好人阿隆索·吉哈诺真的不疯了，也真的要死了。咱们都进屋吧，他要立遗嘱。"

女管家、外甥女和桑丘本来就眼泪汪汪，一听神甫这么说，顿时失声痛哭，泪如泉涌。上文也说了，这位乡绅，不管他叫啥，叫好人阿隆索·吉哈诺，还是叫堂吉诃德，对人始终十分厚道、和气，所以家里人喜欢他，认识他的人也都喜欢他。

公证人和大家一起走进屋。他先写好遗嘱的开头。接着，堂吉诃德照基督教的有关规定，把自己的灵魂交给上帝。最后，他才开始口授遗嘱。

"第一条，我闹疯病期间，曾雇桑丘·潘沙做我的侍从，当时我有一笔款子交他保管，我们之间有些账目未曾清算。现在我声明，那笔款项不必清算，也不由他负责，另外，扣除我欠他的，如尚有余额，也全数归他。这点儿余额为数甚少，但愿于他有用。我犯病时，曾帮他当上海岛总督，现在我头脑清醒了，真想叫他去当国王。他天生朴实，为人忠厚，当之无愧。"

堂吉诃德说到这儿，转过脸对桑丘说：

"老弟，实在对不住啊，我昏头昏脑，以为世上自古以来真的有什么游侠骑士，结果把你也害了，跟着我当了好长时间的疯子。"

桑丘一听，哭着说：

"我说老爷啊！您可不能死啊！听我的话，活下去，活个百岁千岁吧！好好儿的一个人，也没人害他，就因为心里不痛快，不想活了！这才是疯到头了！我说，别那么要死不活的，赶紧起来，咱们不是讲好要去当放羊的吗？没准儿咱们正在野地里放羊，温柔内雅突然会从哪个草堆后面冒出来，瞧她那么漂亮，就知

道她已经解除了魔道。如果您是因为打了败仗气的，就全怪在我的头上，不就完了吗？对，都是我没给稀世驽驹系好肚带，才把您摔在了地上。其实，骑士打骑士，今天你胜，明天我胜，是常有的事，您看的那些书不都是这么讲的吗？"

参孙说："没错！桑丘讲得太对了！"

堂吉诃德说："各位别着急。俗话说，'窝还在，鸟不来'呀。我疯过一阵，但现在全明白了。我过去当过堂吉诃德，现在我又是好人阿隆索·吉哈诺了。但愿各位见我真诚悔悟，还像过去一样看得起我。好，公证人先生，我接着往下说：

"第二条，我的全部家产，除去欠款，统统归在场的这个外甥女安东尼亚·吉哈娜一人所有。女管家应得的工钱，要如数付给，另加二十杜卡多给她做件衣裳。特委托在场的神甫先生和参孙·卡拉斯科学士监督执行。

"第三条，我外甥女嫁人，须事先查明男方懂不懂骑士小说。不懂可嫁，若知其懂仍执意要嫁，上述条款的执行监督人应剥夺该女所得全部遗产，将其转赠慈善机构。

"第四条，如果我的遗嘱执行监督人有幸遇上《堂吉诃德》下卷的作者，务请代我向他致歉。他写这荒唐可笑的书，虽非我的主使，但却是因我而起。我就要与世长辞，可一想到这个，仍深感不安。"

遗嘱口述完毕，堂吉诃德便昏死过去，直挺挺躺在床上。大家顿时慌作一团，急忙上前抢救。此后，他昏时醒，一连三天如此。这三天，家里搞得乱七八糟，不过，外甥女该吃饭就吃饭，女管家想喝酒就喝酒，桑丘该逗乐还逗乐，反正遗产就这么大的作用，能淡化人们的悲哀。堂吉诃德做完临终圣事，又痛骂了一番骑士小说，便一命归西。公证人当时在场，他说，他读过的骑士小说中，还从没见过像堂吉诃德这样安详、虔诚地死在自己床上的骑士。总而言之，堂吉诃德在亲友们悲哀的泪水中升天去了，我是说，死了。

神甫见好友已撒手归天，立即要求公证人作证，确认好人阿隆索·吉哈诺、众所周知的堂吉诃德业已过世，自然而亡。神甫这样做，是要以此断了那些妄图借堂吉诃德之名，继续炮制《堂吉诃德》续集之徒的念头。异想天开的曼卡绅士堂吉诃德就这样离开了人间。熙德·阿梅德没有说他家住何处，生在哪乡，免得曼卡大村小镇为争抢这个儿子发生纠纷，古时希腊七城争夺荷马就是个先例。

桑丘、女管家和外甥女如何悲哀，堂吉诃德坟前新刻的墓志铭有何内容，这里就不说了，但参孙·卡拉斯科撰写的铭文不能不提。他的铭文是这样写的：

> 长卧于此一乡绅，
> 威武绝伦尽人知。
> 灵魂随风升天去，
> 留得英名传万世。
>
> 无所畏惧无所怕，
> 敢与妖魔把仗打。
> 在世疯病难医治，
> 死前方吐明白话。

谨慎小心的熙德·阿梅德对他的笔说：

"我要把你挂起来了，我亲爱的笔。我不知道你仍然快捷好使，还是已毛秃无益？只要狂妄自大、心术不正的传记文人不将你取下胡涂乱写，你必长命百岁，永在此地。他们若是向你伸手，你可以好言相劝，对他们说：

> 卑劣小人不要急，
> 此事与你没关系。
> 我已全部来承担，
> 英明国王有旨意。

"堂吉诃德因我而生，我来世上也只为他一人。他做事，我记载，我们就好像一个人。那个托尔德西亚斯的冒牌作家自不量力，狂妄至极，居然拿一支粗制滥造的驼毛秃笔，来写我们英勇骑士的丰功伟绩！他文思枯竭，毫无才情，哪儿能肩负如此重任？你要是遇见他，请多方劝解。堂吉诃德那副骨头架生前备受煎熬，现已腐朽变霉，就让它在坟墓里安息吧，别老惦着和阴界的法权对着干，硬把他从坟坑里拽出来，带到旧卡斯提亚去。他确确实实直挺挺地躺在那里，不能再次出山，进行第三次冒险了。他的两次出游已把游侠骑士的荒唐行径嘲讽得体无完肤。消息传开，不分域内境外，闻者无不拍手称快。对心怀歹意的人你能好言相劝，就是尽了基督徒的职责。我写这本堂吉诃德传记，目的只有一个，就是要使天下之人厌恶荒诞不经的骑士小说。堂吉诃德的所言所行及其遭遇已使这类书籍寸步难行，最终必将摔倒在地。作者能如愿以偿胜果者，我乃第一人也！实在是可喜可贺！"

　　再会。

附录
Appendix
塞万提斯生平和创作年表

1547年

米格尔·德·塞万提斯·萨阿维德拉（Miguel de Cervantes Saavedra）生于阿尔卡拉·德·埃纳雷斯（Alcalá de Henares）。父罗德里戈·德·塞万提斯（Rodrigo de Cervantes），母莱奥诺尔·德·科尔蒂纳斯（Leonor de Cortinas），均为下层贵族，家境贫穷。〔卡洛斯一世为西班牙国王，他也是德国皇帝卡洛斯五世。明世宗朱厚熜（嘉靖）在位。〕

1550—1565年

随家迁居瓦雅多利德（Valladolid）、马德里和塞维利亚（Sevilla）。〔菲利佩二世继西班牙王位（1556）。莎士比亚诞生（1564）。〕

1566—1569年

住马德里，师从胡安·洛佩斯·德·奥约斯神甫（Juan Lopez de Hoyos），练习写诗。

1569年

发表处女诗作，哀悼菲利佩二世第三任王后伊莎贝尔·德·瓦洛伊斯（Isabel de Valois）逝世。投身军旅。赴罗马，任红衣主教胡利奥·阿夸比瓦（Julio Aquaviva）的侍从。

1570年

离开红衣主教府，参加某步兵团。

1571年

参加莱潘托（Lepanto）战役，左手因伤致残。

1572年

参加洛佩·德·菲格罗阿（Lope de Fiqueroa）兵团，开赴科孚岛（Corfu），投身地中海东部战事。

1574—1575年

先后随军去撒丁岛、热那亚、那不勒斯以及西西里岛。退役后，乘"太阳"号船返国途中，遭遇北非土著柏柏尔海盗，不幸被扣送往阿尔及尔，沦为囚徒。〔明神宗朱翊钧（万历）继皇帝位（1573）。〕

1576—1580年

在狱中多次写信给西班牙王国有关大臣和官员，详述其为国效力的情况，要求替他赎身。其间，创作多部喜剧和幕间短剧。家人付出五百金埃斯库多（escudo de oro，币名），方使之恢复自由。《堂吉诃德》有关俘虏的故事就是以这段囚徒生活为蓝本的。

1581—1582年

在里斯本结识葡萄牙女士安娜·佛兰卡，二人同居，生一女，名叫伊莎贝尔·德·萨阿维德拉（Isabel de Saavedra）。

1585年

出版小说《伽拉苔亚》（*La Calatea*）第一部。稍后，发表《阿尔及尔的交易》（*El trato de Angel*）和《努曼西亚》（*La Numancia*）。

1587—1589年

在安达卢西亚地区担任无敌舰队粮食采购员。

1590年

上书国王，恳求在美洲给他安排一个职位，但未如愿。

1591—1592年

他为军队采购粮食，整天奔走于乡村之间，日薪不过十雷阿尔。后被指控账目不清，进了班房。

1594年

出狱回马德里。后在格拉纳达任收税员。

1597年

被控欠款两千六百四十一雷阿尔，再次入狱。［莎士比亚出版《罗密欧与朱丽叶》（1595）和《威尼斯商人》（1597）。］

1598年

重获自由，但失去了收税员的职位，便给私人做事。创作诗和谣曲。［菲利佩二世逝世，其子菲利佩三世继任西班牙王位。莎士比亚出版《温莎的风流娘儿们》和《亨利四世》。］

1603年

赴瓦雅多利德，欠款案得到甄别。此行，随身携带了《堂吉诃德》上卷的手稿。［莎士比亚发表《第十二夜》（1600）和《哈姆莱特》（1601）。］

1605年

《堂吉诃德》上卷问世，当年再版六次。因埃斯佩莱塔（Ezpeleta）案，被怀疑杀人，与胞妹、女儿及侄女一起入狱数日。后证实无辜，恢复自由。

1606年

京都由瓦雅多利德迁往马德里。塞万提斯也随之迁居新都。经济又陷入困顿，再次外出谋职。

1607年

《堂吉诃德》欧洲主要语言节译本问世。

1609年

加入圣体教友会。

1613年

入圣方济各会。出版《警世典范小说集》（*Novelas ejemplares*）。托马斯（Thomas Shelton）《堂吉诃德》英译本问世。

1614年

发表诗歌《帕尔纳索游记》（*Viaje del Parnaso*）。署名阿隆索·费尔南德斯·德·阿维雅内达（Alonso Fernández de Avellaneda）的《堂吉诃德》（续）问世，塞万提斯大吃一惊。

1615年

出版喜剧和幕间短剧各八部。《堂吉诃德》下卷面世。

1616年

患水肿病，病情严重。为《贝雪莱斯和西吉斯蒙达历险记》（*Trabajos de Persiles y Sigismunda*）卷首献词签名。4月23日与世长辞。尸骨埋在何处，至今无人知晓。（莎士比亚去世。）

《爱的教育》
湖南文艺出版社
ISBN：9787540446840
开本：32开／定价：25.00元
意大利政府官方授权名家权威
版本 意大利原版完整插图

《飞鸟集·新月集》
湖南文艺出版社
ISBN：9787540447243
开本：32开／定价：22.00元
每天读一句泰戈尔，忘却世上
一切苦痛

《假如给我三天光明》
湖南文艺出版社
ISBN：9787540447984
开本：32开／定价：22.00元
人类意志力最伟大的典范作品

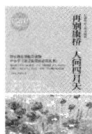

《再别康桥·人间四月天》
湖南文艺出版社
ISBN：9787540447922
开本：32开／定价：25.00元
新月派代表诗人＆民国第一
才女 诗歌精选首度合集出版

《朝花夕拾》
湖南文艺出版社
ISBN：9787540448103
开本：32开／定价：20.00元
一位文化巨人的回忆记事
一幅清末民初的生活画卷

《落花生》
湖南文艺出版社
ISBN：9787540448097
开本：32开／定价：22.00元
被忽视的文学大师许地山的传
世散文名作

《背影》
湖南文艺出版社
ISBN：9787540448080
白话美文典范，"天地间第一
等至情文学"
散文杰作＆诗歌名篇

《伊索寓言》
湖南文艺出版社
ISBN：9787540448561
开本：32开／定价：25.00元
影响人类文化的100本书之一
世界上拥有最多读者的寓言始祖

《呼兰河传》
湖南文艺出版社
ISBN：9787540448448
开本：32开／定价：22.00元
一个天才作家奉献给人间的礼物
穿越时光的艺术珍品
一代才女萧红代表作

《雾都孤儿》
湖南文艺出版社
ISBN：9787540448493
开本：32开／定价：26.00元
英国现实主义文学的杰出代表作
中国译协"资深翻译家"权威
全译

《春风沉醉的晚上》
湖南文艺出版社
ISBN：9787540448509
开本：32开／定价：25.00元
郁达夫中短篇小说精选集
感伤的浪漫，率真的反叛

《春醪集》
湖南文艺出版社
ISBN：9787540448554
开本：32开／定价：23.00元
偷饮香美春醪的年轻人，醉
中做出的几许好梦

《城南旧事》
中国画报出版社
ISBN：9787802208056
开本：32开／定价：24.80元
名家林海音独步文坛三十多年
的经典作品

《猎人笔记》
湖南文艺出版社
ISBN：9787540448912
开本：32开／定价：28.00元
俄国现实主义艺术大师的成
名之作

《格列佛游记》
湖南文艺出版社
ISBN：9787540448530
开本：32开／定价：23.00元
世界文学史上极具童话色彩的
讽刺小说

《鲁滨孙漂流记》
湖南文艺出版社
ISBN：9787540448752
开本：32开／定价：25.00元
倾注勇气的冒险之旅，锐意
进取的孤岛求生记

《哈姆雷特》
湖南文艺出版社
ISBN：9787540448578
开本：32开／定价：20.00元
在他身上，我们看到作为一个
人的全部复杂

《十四行诗》
湖南文艺出版社
开本：32开／定价：26.00元
你从未见过的"甜蜜的莎士
比亚"
时光流转中爱的不朽藏言

《最后一课》
湖南文艺出版社
ISBN：9787540449209
开本：32开／定价：22.00元
感受都德带给你心灵的震撼
和美轮美奂的诗意

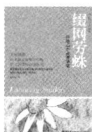

《缀网劳蛛：许地山小说菁华集》
湖南文艺出版社
ISBN：9787540449322
开本：32开／定价：23.00元
被忽视的文学大师许地山的传
世小说名作

《子夜》
湖南文艺出版社
ISBN：9787540449285
开本：32 开 / 定价：28.00 元
"中国第一部写实主义的成功
的长篇小说"

《汤姆·索亚历险记》
湖南文艺出版社
ISBN：9787540449117
开本：32 开 / 定价：22.00 元
"美国文学史上的林肯"
献给所有孩子和大人的礼物

《格兰特船长的儿女》
湖南文艺出版社
ISBN：9787540449230
开本：32 开 / 定价：28.00 元
"现代科学幻想小说之父"令
人惊异的科学预言

《海底两万里》
湖南文艺出版社
ISBN：9787540449315
开本：32 开 / 定价：28.00 元
最具魔力的科幻小说经典
充满自由与孤独的深海之旅

《神秘岛》
湖南文艺出版社
ISBN：9787540449223
开本：32 开 / 定价：28.00 元
"现代科学幻想小说之父"令
人惊异的科学预言

《羊脂球》
湖南文艺出版社
ISBN：9787540449292
开本：32 开 / 定价：25.00 元
在他笔下，世人可叹可笑，
寒冷入木三分香

《小王子》
湖南文艺出版社
ISBN：9787540449643
开本：32 开 / 定价：22.00 元
纪念永不尘封的爱与责任

《古希腊罗马神话》
湖南文艺出版社
开本：32 开 / 定价：26.00 元
真正读懂西方的入门课和必
修课
人类对最完美自我的期待

《一千零一夜》
湖南文艺出版社
开本：32 开 / 定价：25.00 元
芝麻开门独放异彩
东方文化不朽杰作

《瓦尔登湖》
湖南文艺出版社
开本：32 开 / 定价：26.00 元
倾听感受寂静之美
隐居的自然哲人絮语
让心灵自由呼吸

《钢铁是怎样炼成的》
湖南文艺出版社
开本：32 开 / 定价：28.00 元
永不过时的红色经典，闪烁
理想主义光彩的励志杰作
一部"超越国界的伟大文学作品"。

《巴黎圣母院》
湖南文艺出版社
ISBN：9787540449933
开本：32 开 / 定价：28.00 元
"法兰西的莎士比亚"第一部
浪漫主义鸿篇巨制

《红与黑》
湖南文艺出版社
ISBN：9787540450076
开本：32 开 / 定价：28.00 元
一个平民青年奋力跻身上流社
会的奋斗史

《八十天环游地球》
湖南文艺出版社
ISBN：9787540449957
开本：32 开 / 定价：28.00 元
凡尔纳最著名的作品

《呐喊》
湖南文艺出版社
ISBN：9787540449926
开本：32 开 / 定价：22.00 元
"以巨大的爱，为被侮辱和被
损害者悲哀，叫喊和战斗"

《野草》
湖南文艺出版社
开本：32 开 / 定价：22.00 元
要读懂20世纪中国的深度，
必看鲁迅；要读懂鲁迅的深度，
必看《野草》

《茶花女》
湖南文艺出版社
ISBN：9787540450588
开本：32 开 / 定价：20.00 元
流传最广的爱情名著，经久
的舞台剧目。

《林家铺子》
湖南文艺出版社
ISBN：9787540450601
开本：32 开 / 定价：18.00 元
一个人奋力挣扎却无力抗拒
的时代悲剧

《童年·在人间·我的大学》
湖南文艺出版社
ISBN：9787540451158
开本：32 开 / 定价：28.00 元
高尔基自传体小说三部曲，经
久不衰的励志佳作

《复活》
湖南文艺出版社
ISBN：978-7-5404-5132-5
开本：32 开 / 定价：28.00 元
列夫·托尔斯泰最受推崇作品
一部人性重生的福音书

《安妮日记》
湖南文艺出版社
开本：32开 / 定价：26.00元
一个普通犹太女孩在"二战"
期间的心灵独白
一个不屈的灵魂在黑暗中呐
喊，在磨难中坚定地成长

《基督山伯爵》
湖南文艺出版社
开本：32开 / 定价：55.00元
（全2册）
百年来难以计数的读者拥戴
世界通俗小说中的扛鼎之作

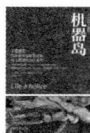

《机器岛》
湖南文艺出版社
开本：32开 / 定价：28.00元
"现代科学幻想小说之父"
令人惊异的科学预言
幽默惊险的大洋之旅，见证海
上"世外桃源"的辉煌与毁灭

《格林童话》
湖南文艺出版社
ISBN：9787540452278
开本：32开 / 定价：32.00元
德国民间文学的集大成之作
世界童话园林的迷人瑰宝

《安徒生童话》
湖南文艺出版社
开本：32开 / 定价：28.00元
充满奇异幻想的童话森林，流
溢诗意和幽默的美丽新世界
世界童话史上划时代的创作，
丹麦文学皇冠上的明珠

《麦琪的礼物》
湖南文艺出版社
开本：32开 / 定价：26.00元
曼哈顿桂冠散文作家和美国
现代短篇小说之父经典杰作
一部美国生活的幽默百科
全书

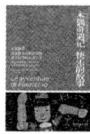

《木偶奇遇记》
湖南文艺出版社
开本：32开 / 定价：28.00元
被誉为童话文学的《圣经》荣
获意大利政府文化奖的唯一权
威版本

《圣经故事》
湖南文艺出版社
开本：32开 / 定价：29.80元
认识西方精神文明的必读经典
一部充满了民族悲伤和喜
悦、苦难与盼望的记录

《堂吉诃德》
湖南文艺出版社
开本：32开 / 定价：58.00元
（全2册）
自省与理想主义的不朽杰作
现代小说奠基之作，西方文
学最伟大的文学经典

《简·爱》
湖南文艺出版社
开本：32开 / 定价：28.00元
英国文坛"勃朗特三姐妹"
之一"诗意的生平写照"
一个平凡的女性捍卫尊严、
追求平等与幸福的奋斗史

《呼啸山庄》
湖南文艺出版社
开本：32开 / 定价：26.00元
有史以来最伟大的爱情小说之一
19世纪英国浪漫主义文学代
表作

《安娜·卡列尼娜》
湖南文艺出版社
开本：32开 / 定价：48.00元
（全2册）
俄罗斯文学史上最著名的女性
形象
列夫·托尔斯泰巅峰之作

《包法利夫人》
湖南文艺出版社
开本：32开 / 定价：29.80元
世界文学大师福楼拜的成名作
和代表作
世界十大文学名著之一，被誉
为"最完美的小说"

《哈克贝利·费恩历险记》
湖南文艺出版社
开本：32开 / 定价：26.00元
幽默大师马克·吐温的代表
作，美国文学史上的丰碑
《汤姆·索亚历险记》续集，
流浪顽童的精彩冒险史

《淘气包日记》
湖南文艺出版社
开本：32开 / 定价：28.00元
享誉世界的经典成长教科书
意大利政府文化奖得主、著名
翻译家王干卿权威译本